U0043907

大江東去，浪淘盡

唐宋詞鑑賞辭典

【第二卷】

北宋

宛敏灝、周汝昌、葉嘉瑩、唐圭璋、繆鉞、俞平伯、施蟄存 等著

歐陽脩、**王安石**、章楶、王安國、孫洙、**晏幾道**、張舜民、王觀、魏夫人

蘇軾、舒亶、王雱、黃裳、**黃庭堅**、晁端禮、王詵、李之儀、李元膺、朱服

劉弇、時彥、**秦觀**、米芾、李甲、趙令畤、**賀鑄**、仲殊、**晁補之**、晁沖之

張耒、李廌、阮閱、趙企、毛滂、蘇庠、**謝逸**、謝薖、司馬槱、惠洪、王安中

謝克家、秦湛、徐俯、**葉夢得**

目錄

撰稿人（以姓氏筆畫為序）

丁稚鴻　　于　飛　　王元明　　王少華　　王中華　　王水照　　王玉麟　　王延梯　　王汝瀾　　王步高

王季思　　王思宇　　王達津　　王運熙　　王筱芸　　王學太　　王錫九　　王雙啟　　王鎮遠　　毛　慶

方智范　　艾治平　　史雙元　　朱世英　　朱易安　　朱金城　　朱德才　　羊春秋　　江辛眉　　李廷先

李向菲　　李家欣　　李國章　　李達武　　李維新　　李濟阻　　呂智敏　　吳丈蜀　　吳小如　　吳小林

吳世昌　　吳企明　　吳汝煜　　吳奔星　　吳庚舜　　吳曼青　　吳惠娟　　吳無聞　　吳翠芬　　吳熊和

吳調公　　吳戰壘　　吳　錦　　邱俊鵬　　丘鳴皋　　何均地　　何林天　　何林輝　　何念龍　　何國治

何滿子　　余恕誠　　汪耀明　　沈文凡　　沈祖棻　　宋　廓　　范之麟　　林東海　　林昭德　　林家英

林從龍　　周汝昌　　周振甫　　周家群　　周義敢　　周溶泉　　周滿江　　周嘯天　　周篤文　　周錫韔

宛敏灝　　宛新彬　　胡中行　　胡國瑞　　秋如春　　侯　健　　俞平伯　　施紹文　　施蟄存　　施議對

姜書閣　　姜逸波　　洪柏昭　　祝振玉　　韋　樂　　秦惠民　　馬以珍　　馬承五　　馬祖熙　　馬　群

馬興榮　　袁行霈　　連弘輝　　夏承燾　　倪木興　　徐少舟　　徐永年　　徐永瑞　　徐培均　　徐　樺

徐翰逢　　徐應佩　　高建中　　高　原　　高章采　　唐圭璋　　唐玲玲　　唐葆祥　　陸永品　　陸　堅

陳仁鳳　　陳允吉　　陳永正　　陳邦炎　　陳志明　　陳　忻　　陳長明　　陳來生　　陳祖美　　陳振寰

陳華昌　　陳祥耀　　陳書錄　　陳順智　　陳慶元　　陳耀東　　孫映逵　　孫綠江　　孫藝秋　　陶爾夫

黃拔荊　　黃進德　　黃清士　　黃墨谷　　黃寶華　　曹光甫　　曹慕樊　　曹濟平　　崔海正　　許永璋

許理珣　　許　雁　　梁守中　　梁鑒江　　張仲謀　　張　旭　　張宏生　　張明非　　張忠綱　　張秉戍

張清華　　張撝之　　張燕瑾　　葉嘉瑩　　萬雲駿　　董乃斌　　董扶其　　程千帆　　程中原　　程郁綴

曾紹皇　　湯易水　　湯華泉　　湯貴仁　　蓋國梁　　楊鍾賢　　楊牧之　　楊海明　　雷履平　　趙其鈞

趙昌平　　趙義山　　趙興勤　　蔡厚示　　蔡義江　　蔡　毅　　蔣　凡　　蔣哲倫　　臧克家　　臧維熙

鄭臨川　　鄧小軍　　鄧喬彬　　鄧廣銘　　劉乃昌　　劉　刈　　劉文忠　　劉立人　　劉衍文　　劉逸生

劉揚忠　　劉德重　　劉慶雲　　劉燕歌　　劉學鍇　　劉競飛　　潘君昭　　薛祥生　　蕭　鵬　　賴漢屏

霍松林　　錢仲聯　　錢鴻瑛　　魏同賢　　謝桃坊　　謝楚發　　繆　鉞　　鍾振振　　鍾　陵　　聶在富

羅忠族　　蘇者聰　　顧易生　　顧偉列　　顧復生

凡　例

一、《唐宋詞鑑賞辭典》於一九八八年首次出版，本套書以其為基礎，全新增修校勘，收錄唐、五代十國、南北宋，及遼、金三百三十餘位詞人的詞作共一千五百餘篇。

二、本套書正文中作家、作品的先後排列次序，以及選收作品一般參照張璋、黃畬編《全唐五代詞》和唐圭璋編《全宋詞》、《全金元詞》。對於其他版本出現的字詞句異文，一般不作校勘說明，必要時在註釋和賞析文章中略作交代。

三、每位作家的首篇作品前，均載其小傳，無名氏從略。

四、本套書由二百二十餘位學者、專家及詩人，就其專長分別撰寫賞析文章。原則上採用一首詞配一篇鑑賞文章的形式，也有少數作品幾首合在一起賞析，並於文末括註撰稿人姓名。

五、詞中的疑難詞句和掌故史實，一般在賞析文章中串釋，個別在原作末酌加簡釋。

六、涉及古代史部分的歷史紀年，一般用舊紀年，夾註公元紀年，但省略「年」字。涉及的古代地名，夾註今地名。

七、本套書別冊有詞人年表、詞學名詞解釋、名句索引以及詞牌簡介等。

大江東去，浪淘盡

啟動文化

歐陽脩①

【作者小傳】（一〇〇七～一〇七二）字永叔，號醉翁，晚號六一居士。廬陵（今江西吉安）人。宋仁宗天聖八年（一〇三〇）進士。累擢知制誥、翰林學士，歷樞密副使、參知政事。神宗朝，遷兵部尚書，以太子少師致仕。卒謚文忠。政治上曾支持過范仲淹的革新主張，文學上力主「明道」、「致用」，反對論卑氣弱、艱澀險怪的時文和風靡詩壇的「西崑體」，是北宋詩文革新運動的領袖，「唐宋八大家」之一。散文、詩、詞均有成就。著有《新五代史》《集古錄》《歐陽文忠集》《六一詞》、《六一詩話》，並與宋祁等人合撰《新唐書》。詞存二百四十二首。他的詞基本上沿襲晚唐五代餘風，抒情委婉深致，寫景清新明麗，亦有少數篇章風格豪放疏宕。

〔註〕①一作「歐陽修」。

采桑子 歐陽脩

輕舟短棹西湖好，綠水逶迤，芳草長堤，隱隱笙歌處處隨。

無風水面琉璃滑，不覺船移，微動漣漪，驚起沙禽掠岸飛。

歐陽脩〈采桑子〉共十三首，其中聯章歌詠潁州西湖景物者十首。潁州治所汝陰，在今安徽阜陽。北宋仁宗皇祐元年（一〇四九），歐公四十三歲時曾移知潁州，「愛其民淳訟簡而物產美，土厚水甘而風氣和，於時慨然已有終焉之意也」（〈思潁詩後序〉）。二十二年之後，神宗熙寧四年（一〇七一），歐公六十五歲，以觀文殿學士、太子少師致仕，歸潁州私第居住，果如所願。潁州西湖在北宋時曾是清澈幽美的。據明代《正德潁州志》卷一：「西湖在州西北二里外。湖長十里，廣三里。相傳古時水深莫測，廣袤相齊。……湖南有歐陽文忠公書院基。」熙寧五年，「正值柳綿飛似雪」（歐陽脩〈玉樓春〉兩翁相遇逢佳節）的暮春季節，老同事趙概由南京應天府（今河南商丘）遠道相訪，高誼雅興，傳為文壇佳話。宋《蔡寬夫詩話》云：「文忠與趙康靖公概同在政府，相得歡甚。康靖先告老，歸睢陽（商丘）；文忠相繼謝事，歸汝陰（潁州）。康靖一日單車特往過之，時年幾八十矣。留劇飲逾月，日於汝陰縱遊而後返。前輩掛冠後，能從容自適，未有若此者。」（《苕溪漁隱叢話後集》卷二十三引）歐公這一組十首〈采桑子〉，從內容看非寫一時之景；詞前〈西湖念語〉云「並遊或結於良朋，乘興有時而獨往」，蓋是通其前後諸勝遊的感受以入詞，又不止與趙概同樂之事了。詞成，並在盛大的宴會上令官妓歌唱以佐清歡。此詞就是這組歌詞的第一闋。

作者用輕鬆澹蕩的筆調，描繪了在春色懷抱中的西湖。輕舟短棹，一開頭就給人以悠然自在的愉快感覺。不僅是「春草碧色，春水淥波」（南朝江淹〈別賦〉），跟綿長的堤影掩映著，看到的是一幅淡遠的畫面；而且在短棹輕縱的過程裡，隨船所向，都會聽到柔和的笙簫，隱隱地在春風中吹送。這些樂曲處處隨著詞人的船，彷彿是為著詞人而歌唱。這麼短短的幾筆，就把讀者帶進了一個可愛的冶春季節的氣氛中。下片著重描寫湖上行舟、波平如鏡的景色。西湖是上下空明，水天一色的，用琉璃來比擬它的滑溜和澄澈，再也貼切不過。「不覺船移」四字，更是語妙天下。正因為春波之滑，所以不待風吹，而船兒已自在地漾去。聯繫上片的「笙歌處處隨」

來看，船是不斷地在前移，歌聲也就不住地在後隨，詞人是覺到的，偏說是不覺，就有力地顯示了水面琉璃之滑。但船移畢竟不可能絕不觸動水波，於是，下文就遞到「微動漣漪」，詞人的觀察力和藝術構思，可算是細入毫芒。最後，「驚起沙禽掠岸飛」這一動態，劃破了境界的寧靜，使全幅畫面都跳動起來，更顯得詞心的活潑潑地。

北宋前半時期的小令，語言比較清新自然。這詞清空一氣，正如素面佳人，不施粉黛，便能動人。南宋後期那些用濃豔的藻彩去塗抹湖山的作品，倒不免是唐突西施了。（錢仲聯）

采桑子　歐陽脩

畫船載酒西湖好，急管繁弦，玉盞催傳，穩泛平波任醉眠。

行雲卻在行舟下，空水澄鮮，俯仰留連，疑是湖中別有天。

「西湖好」，是歐陽脩十首〈采桑子〉所要表現的共同主題，所以第一句都以這三個字結尾。但每一首詞表現的角度不同，本詞描寫的是「畫船載酒」遊西湖的情景。

乘坐彩繪的遊船，飲著美酒，蕩漾於湖光山色之間，是多麼愜意啊！再加上音樂助興，使這種歡樂更達到了高潮。管樂的聲音高亢嘹亮，節奏急促；弦樂紛然齊鳴，緊和著管樂的節奏。「急管繁弦」，這一「急」一「繁」，將音樂歡快、熱烈的氣氛和節奏渲染出來了。在這樣的樂聲中，人的情緒更加高漲，朋友間頻頻舉杯，行令助飲，你斟我勸。「玉盞催傳」的「催」字，形象地傳達出了主人、客人親密無間、開懷暢飲的情態。這樣的豪飲，自然是一醉方休。湖上風平浪靜，盡可以放心地躺在船上，任船兒在水上自由漂行。

上片寫飲酒遊湖之樂，下片寫醉後觀湖之樂。俯視湖水，只見白雲朵朵，飄於船下。船在移動，雲也在移動，似乎人和船在天上飄飛。這自然是一時產生的錯覺。「空水澄鮮」一句，本於謝靈運〈登江中孤嶼〉詩「雲日相輝映，空水共澄鮮」，言天空與湖水同是澄清明淨。這一句是下片的關鍵。兼寫「空」、「水」，綰合上句的「雲」與「舟」，下兩句的「俯」與「仰」、「湖」與「天」，四照玲瓏，筆意俱妙。雖借用成句，而恰切現景，妥帖自然，如自己出。「俯仰留連」四字，又是承上啟下過渡之筆。從水中看到藍天白雲的倒影，他一會兒舉頭望天，一會兒俯首看水，被這空闊奇妙的景象所陶醉，於是懷疑湖中別有一個天宇在，而自己行舟在兩層天空之間。「疑是湖中別有天」，與這組詞的上一首「蘭橈畫舸悠悠去，疑是神仙」，同用「疑是」語，上一首取其意態為喻，這一首則就其形貌為說，——與李白〈望廬山瀑布水〉詩「飛流直下三千尺，疑是銀河落九天」的手法相近。說「疑」者非真，說「是」者誠是，「湖中別有天」的體會，自出心裁，給人以活潑清新之感。一首好的詩詞，貴在真切地傳達出特殊環境中的特殊感受。歐詞和李詩，可說是春蘭秋菊，各極一時之秀。（陳華昌）

采桑子 歐陽脩

群芳過後西湖好，狼籍殘紅，飛絮濛濛，垂柳闌干盡日風。

笙歌散盡遊人去，始覺春空，垂下簾櫳，雙燕歸來細雨中。

這首詞寫出作者晚年居住的潁州西湖的暮春景象，從而表現了作者異常的、幽微的心理狀態。

西湖花時過後，殘紅狼籍，常人對此，當是無限惋惜，而作者卻讚賞說「好」，確是異乎常情的。首句是全詞的綱領，由此引出「群芳過後」的西湖景象，及詞人從中領悟到的「好」。詞的上半闋所寫，為「群芳過後」的湖上一片實景，籠罩在這片實景上的是寂寞空虛的氣氛。試看，落紅零亂滿地，楊花漫空飛舞，使人感覺春事已了。「垂柳」句與上二句相聯繫，寫出了欄畔翠柳柔條斜拂於春風中的姿態；單是這風中垂柳的姿態，本來是夠生動優美的，然而著以「盡日」二字，聯繫白居易〈楊柳枝詞〉「永豐西角荒園裡，盡日無人屬阿誰」來體會，整幅畫面上一切悄然，只有柳條竟日在風中飄動，其境地之寂靜可以想見。在詞的上闋裡所接觸到的，只是物象，沒有出現任何人的活動。眼前的自然界，顯得多麼令人意興索然！

下闋「笙歌散盡」，虛寫出過去湖上遊樂的盛況；遊人去後，「始覺春空」，點明從上面三句景象所產生的感覺。清譚獻說，「『笙歌散盡遊人去』句，悟語是戀語」（譚評《詞辨》），此語道出了作者複雜微妙的心境。「始覺」是頓悟之辭，這兩句是從繁華喧鬧消失後清醒過來的感覺，繁華喧鬧消失，既覺有所失的空虛，又覺獲得寧靜的暢適。首句說的「好」即是從這後一種感覺產生，只有基於這種心理感覺，才可解釋認為「狼籍殘紅」三句所寫景象的「好」之所在。

最後二句，寫室內景，從而使人揣想，前面所寫一切，都是詞人在室外憑欄時的觀感。末兩句是倒裝。本是開簾待燕，「雙燕歸來」才「垂下簾櫳」。著意寫燕子的活動，反襯出室內一片清寂氣氛。「細雨」二字還反顧到上闋的室外景。落花飛絮，著雨更見得春事闌珊。本詞從室外景色的空虛寫到室內氣氛的清寂，通首體現出詞人生活中的一種靜觀自適的情調。

這首詞是歐陽脩潁州西湖組詞〈采桑子〉十首的第四首。諸詞抒寫作者以閒退之身恣意遊賞的怡悅之情，呈現的景物都具有積極的美的性質，如「芳草長堤」、「百卉爭妍」、「空水澄鮮」等等，獨此首所賞會的是「狼籍殘紅」。整組詞描寫的時節景物為從深春到荷花開時，「狼籍殘紅」自然是這段時節過程中應有的一環。如果說諸詞表現了詞人作為「閒人」對各種景物的「歡然而會意」（見組詞前〈西湖念語〉），本詞卻不自覺地透露出他此時的別樣情緒。

作者這時是以太子少師致仕而卜居潁州的。他生平經歷過不少政治風浪，晚年又值王安石厲行新法，而不可與爭，於是以退閒之身放懷世外，這組詞確是體現了他這種無所牽繫的閒適心情。但人情往往也有這樣矛盾，解除世紛固覺輕快，而脫去世務又感空虛，本詞「笙歌散盡遊人去，始覺春空」，確實極微妙地反映出了這種矛盾心情。結末「垂下簾櫳」二句，乃極靜的境界中著以動象，覺餘情裊裊，亦如辛棄疾〈摸魚兒〉中所云：「算只有殷勤，畫簷蛛網，盡日惹飛絮。」表現出對春的留連眷戀意識，不免微露悵惘的情緒。

小令在北宋前期有代表性的作家如晏殊、歐陽脩筆下所寫出的，雖多為當筵命筆以付歌兒的抒寫男女之情的作品，仍襲花間餘風，然亦時有留連光景之作，於時節風物的根觸中融入人生感慨，這種感慨，莫可指實，細加體味，總覺其中有物。這乃是因為某種情緒蘊蓄胸中，往往觸發於不自知，讀來似覺有所寄託。在馮延巳的《陽春集》中，這類作品頗多，而晏、歐亦復不少。晏、歐俱為舊屬南唐的江西人，自易承受馮延巳的詞風影響，尤其是他們皆身處顯位，學養深厚，故詞風極為相近，有如清人劉熙載所說：「馮延巳詞，晏同叔得其俊，歐陽永叔得其深。」（《藝概．詞概》）在北宋詞人中，他們的這類作品，屬辭精雅，意象空靈，成為小令的典範。歐陽脩的這組〈采桑子〉，即是足以顯示這類詞風的名作。（胡國瑞）

采桑子 歐陽脩

天容水色西湖好，雲物俱鮮，鷗鷺閒眠，應慣尋常聽管弦。

風清月白偏宜夜，一片瓊田，誰羨驂鸞，人在舟中便是仙。

這首〈采桑子〉是寫泛舟夜遊西湖的感受。浩渺澄澈的湖上，「天容水色」渾然一體，雲彩風物都令人感到清新鮮美。詞一開始，作者便充滿喜悅之情衷心讚美西湖。湖上的「鷗鷺閒眠」，表明已經是夜晚。宋代士大夫們遊湖，習慣帶上歌妓，絲竹管弦，極盡遊樂之興。鷗鷺對於這些管弦歌吹之聲，早已聽慣不驚。這一方面表明歐公與好友——當時潁州地方長官呂公著等經常這樣玩樂，陶醉於湖光山色間；另一方面也間接表現了歐公退隱之後，已無機心，故能與鷗鷺相處。據《列子．黃帝篇》載，古時海邊有個喜愛鷗鳥的人，每天早上到海邊，鷗鳥群集，與之嬉戲。歐公引退之後，歡度晚年，胸懷坦盪，與物有情，故能使鷗鷺忘機。詞的上片粗略地勾畫了西湖的景物，草草兩筆已把握住西湖的特點。

詞的下片寫夜泛西湖的歡悅之情。雖然西湖之美多姿多態，無論「春深雨過」、「群芳過後」、「清明上巳」、「荷花開後」都異樣美麗，但比較而言要數「風清月白偏宜夜」，最有詩意了。這時泛舟湖心，天容水色相映，月光皎潔，廣袤無際，好似「一片瓊田」。「瓊田」即神話傳說中的玉田，此處指月光照映下瑩碧如玉的湖水。作者另有句云「渺渺平湖碧玉田」（〈祈雨曉過湖上〉），亦指此。這種境界使人感到遠離塵囂，心曠神怡。人在此時此境中，很易聯想到韓愈的詩句「遠勝登仙去，飛鸞不暇驂（音同餐）」（〈送桂州嚴大夫〉），誰也不希望作驂鸞騰天的仙人了，「人在舟中便是仙」。後來張孝祥作〈念奴嬌．過洞庭〉云「玉鑑瓊田三萬頃，著我扁舟一葉。素月分輝，明河共影，表裡俱澄澈」，且曰「妙處難與君說」，同此境界，同此會心。

歐陽脩從中年以後開始有意地轉變詞風，尤其在晚年作詞多用作詩的表現方法，明顯出現以詩為詞的傾向。這首〈采桑子〉意群之間缺乏緊密聯繫，有一定程度的跳躍，句式也像詩句似的爽健，很能代表歐詞後期風格。作者對西湖夜色的描寫，疏疏著筆，將夜色表現得優美可愛，每個句子都流露出從內心發出的讚嘆之聲，體現了對景物和現實人生的無限熱愛和眷戀。這是一首思想情調健康積極的好詞，反映了歐公晚年樂觀曠達的人生態度。作〈采桑子〉幾個月之後，歐公便下世了。（謝桃坊）

采桑子 歐陽脩

殘霞夕照西湖好，花塢蘋汀。十頃波平，野岸無人舟自橫。
西南月上浮雲散，軒檻涼生。蓮芰香清，水面風來酒面醒。

歐陽脩在潁州西湖寫下了十首充滿清興雅趣的〈采桑子〉。這是其中的第九首。

「殘霞夕照」是天將晚而未晚、日已落而尚未落盡的時候。「夕陽無限好」（李商隱〈樂遊原〉），古往今來不知有多少詩人歌詠過這一轉瞬即逝的黃金時刻。「落日熔金，暮雲合璧」（李清照〈永遇樂〉），李清照用的是濃重色彩；歐陽脩沒有直寫景物的美，而是說「霞」已「殘」，可見已沒有「熔金」、「合璧」那樣絢麗的色彩了。但這時的西湖，作者卻覺得「好」。好在何處，下邊敘寫出來：「花塢蘋汀」。在殘霞夕照下所看到的是種在凹地裡的花，長在水邊或小洲上的蘋草，從字面上看，無一字道及情，但情卻寓於景中了。「十頃波平」，這層意思，正是歐陽脩在另一首〈采桑子〉裡寫的「無風水面琉璃滑」。波平如鏡，而且這「鏡面」浩渺無邊。「野岸無人舟自橫」，這句出自韋應物〈滁州西澗〉詩「野渡無人舟自橫」。作者改「渡」為「岸」，從字面上看是說此處無渡口，自然也就不會有渡人。但作者的意思並不在此，而是說明「舟自橫」是由於當日的遊湖活動結束了。因此這「無人」而「自橫」的「舟」，就更襯托出了此刻「野岸」的幽靜沉寂。

上闋的一切景物好像都不帶有感情，其實，詞人在這裡借這些淡素之景，來發遣他那幽寂的情懷。「情寓景中，神遊象外」（清末許印芳《詩法萃編》），只是寫來不見痕跡罷了。

時間的腳步靜悄悄地前進著……

「西南月上」，殘霞夕照已經消失。月自西南方現出，顯然不是滿月，那麼雖在「浮雲散」之後，這月色也不會十分皎潔。這種色調與前面的淡素畫圖和諧融洽，見出作者用筆之細。「軒檻涼生」，這是人的感覺。直到這時才隱隱映現出人物來。至此可知，上闋種種景物，都是在這「軒檻」中人的目之所見，顯然他在這裡已經有好長一段時間了。詩詞中表示幽靜的情趣總是用動態來映襯，這裡，作者卻以靜寫靜，一切都是靜悄悄的，一點聲音也沒有，但同樣地也收到了詞以靜勝的藝術效果，使人們彷彿置身紅塵之外，人間的一切喧囂聲都消斂了。

「蓮芰香清，水面風來酒面醒。」「水面風來」，既送來蓮香，也吹醒了人的醉意。直到最後才明確表示「此中有人」。他吃醉了酒，西湖的軒檻內只剩下他一個人，就這麼長時間地悄無聲息地沉浸在「西湖好」的美景中。「歸來恰似遼東鶴，城郭人民，觸目皆新，誰識當年舊主人。」（〈采桑子〉平生為愛西湖好）曾任潁州知州、退休後又在此卜居的歐陽脩，他並沒有像王維那樣「晚年唯好靜，萬事不關心」（〈酬張少府〉），這位潁州西湖的「舊主人」懷著無限深情，奏出了一曲又一曲動人肺腑的清歌。（艾治平）

采桑子　歐陽脩

平生為愛西湖好，來擁朱輪。富貴浮雲，俯仰流年二十春。

歸來恰似遼東鶴，城郭人民，觸目皆新，誰識當年舊主人？

這是〈采桑子〉第十首。與前九首主要寫景物、敘遊賞不同，這一首主要是抒情，而且抒發的感情已不限於「西湖好」。它既像是潁州西湖組詞的抒情總結，又蘊含著更大範圍的人生感慨。

歐陽脩一生和潁州的關係很深。宋仁宗皇祐元年（一〇四九）二月，他從揚州移知潁州，翌年秋離任。到神宗熙寧四年（一〇七一），又再次因退休而歸潁州。詞的開頭兩句，就是追述往年知潁州的這段經歷。古代太守乘朱輪車，「擁朱輪」即指擔任知州的職務。這裡特意將知潁州和「愛西湖」聯繫起來，是為了凸出自己對西湖的愛，很早就有淵源，故老而彌篤；也是為了表現自己淡泊名利、寄情山水的夙志，為下面的抒情蓄勢。

「富貴浮雲，俯仰流年二十春。」接下來兩句，突然從過去「來擁朱輪」一下子拉回到眼前。從作者初知潁州之日到寫這首詞的時候，已經流逝了二十多年歲月。這二十來年，他從被貶謫外郡到重新起用、歷任要職（擔任過樞密副使、參知政事等高級軍政、行政職務），到再度受黜，最後退居潁州，不但個人在政治上屢經升沉，而且整個政局也有很大變化，因此他不免深感功名富貴正如浮雲變幻，既難長久，也不必看重了。「富貴浮雲」用孔子「不義而富且貴，於我如浮雲」（《論語·述而》）之語，這裡兼含變幻不常與視同身外之物兩層意思。一個像他這樣思想、經歷都比較豐富複雜的高級官員，當他回顧二十多年的生活時，是很容易產生世事滄桑之感的。從「來擁朱輪」到「俯仰流年二十春」，時間跨度很大，中間種種，都只用「富貴浮雲」一語帶過，其中蘊含了詞人在長期政治生活中、人生道路上許多難以明言、也難以盡言之意。

「歸來恰似遼東鶴。」過片點明視富貴如浮雲以後的「歸來」，與上片起首「來擁朱輪」恰成對照。「遼東鶴」用丁令威化鶴歸來的傳說，事見《搜神後記》。「城郭人民，觸目皆新，誰識當年舊主人？」這三句緊承上句，一氣直下，盡情抒發世事滄桑之感。在原來的故事中，「城郭如故」是為了反襯「人民非」，以引出「何不學仙」的主旨；這裡活用故典，改成「城郭人民，觸目皆新」，與劉禹錫貶外郡二十餘年後再至長安時詩句「不改南山色，其餘事事新」（〈初至長安．時自外郡再授郎官〉），用意相同，以凸出世情變化，從而逼出末句「誰識當年舊主人」。歐陽脩自己，是把潁州當作第二故鄉的。他在〈再至汝陰三絕〉中曾說：「朱輪昔愧無遺愛，白首重來似故鄉。」可見他對潁州和潁州人民確實懷有親切感。但人事多變，包括退居潁州後「誰識當年舊主人」的情景，又不免使他產生一種陌生感，產生某種悵惘與悲涼。

這首詞的內容，不過是抒寫詞人二十年前知潁及歸潁而引起的感慨，這在五七言詩中，是極常見的。但在晚唐五代以來的文人詞中，卻幾乎是絕響。在歐陽脩之前，范仲淹的邊塞詞〈漁家傲〉，已經有詩化的趨勢，歐陽脩的這首詞，可以說是完全詩化了。特別是下片，運用故典，化用成語，一氣蟬聯，略無停頓，完全是清新樸素自然流暢的詩歌語言。這種清疏雋朗的風格，對後來的蘇詞有明顯影響。（劉學鍇）

采桑子　歐陽脩

十年前是尊前客，月白風清，憂患凋零，老去光陰速可驚。

鬢華雖改心無改，試把金觥，舊曲重聽，猶似當年醉裡聲。

歐陽脩有〈采桑子〉十三首，是他在宋神宗熙寧四年退居潁州以後所作。前十首專詠西湖風光，像一組清新流麗的小詩。後三首均述身世之慨，是一組淒壯激越的慷慨悲歌。這一首是後三首中的代表之作。

詞中以在潁州的時間為斷限，將十年前後作一鮮明的對比，寫來自然真切，渾融一體。清人馮煦評歐陽脩詞云：「其詞與元獻（晏殊）同出南唐，而深致則過之。」（《蒿庵論詞》）就此詞而言，風格已逐漸擺脫南唐影響，沉鬱豪放，自成一體。此詞開頭回憶。十年以前，是一個概數，泛指他五十三歲以前的一段生活。那一時期，他曾出守滁州，徜徉山水之間，寫過著名的〈醉翁亭記〉，說是：「太守與客來飲於此，飲少輒醉，而年又最高，故自號曰醉翁也。」後來移守揚州，又常常到竹西、崑岡、大明寺、無雙亭等處嘲風詠月、品泉賞花。特別是仁宗嘉祐中，很順利地由禮部侍郎拜樞密副使，遷參知政事，最後又加了「上柱國」的榮譽稱號。這一切，他只以「月白風清」四字概括。「月白風清」四字，色調明朗，既象徵處境的順利，也反映心情的愉悅，絕不止是說在飲酒時碰上了月白風清的良夜。它給人的想像是美好、廣闊的。至「憂患凋零」四字，猛一跌宕，展現十年以後的生活。這一時期，他的好友梅堯臣、蘇舜欽相繼辭世。「自從蘇梅二子死，天地寂默收雷聲。」

（〈感二子〉）友朋凋零，引起他的哀痛。英宗治平二年（一〇六五），他又患了消渴疾（糖尿病）。老病羸弱，更增添他的悲慨。後來英宗去世，神宗即位，他被蔣之奇誣陷為「帷薄不修」，「私從子婦」；又因對新法持有異議，受到王安石的彈劾。這對他個人來說，可謂種種不幸，接踵而來。種種不幸，他僅以「憂患凋零」四字概之，以虛代實，頗有感情色彩。接著以「老去光陰速可驚」，作本片之結，語言樸質無華，斬截有力。此時此刻，詞人回首前塵，如同昨夢，怎能不感到人生易老，光陰易逝？「速可驚」三字，完全是從肺腑間流出！

清人周濟說：「吞吐之妙，全在換頭煞尾。古人名換頭為過變，或藕斷絲連，或異軍突起，皆須令讀者耳目振動，方成佳制。」（《宋四家詞選目錄序論》）此實道出詞家結撰之甘苦，以之分析此詞，亦頗中肯綮。此詞下片承前片意脈，有如藕斷絲連；但感情上驟然轉折，又似異軍突起。時光的流逝，不幸的降臨，使得詞人容顏漸老，但他那顆充滿活力的心，卻還似從前一樣，於是他豪邁地唱道「鬢華雖改心無改」！我們看到前片末二句，覺得淒然欲絕，情緒低沉；但一讀後片首二句，便覺精力彌滿、筆勢勁挺。玩其辭氣，似在自我安慰，自我排解。他是把一腔憂憤深深地埋藏在心底，語言雖豪邁而感情卻很沉鬱，在這裡，詞人久經人世滄桑、歷盡宦海浮沉的老辣性格，似乎隱然可見。在他的《六一詞》中，像這種慨嘆年華的句子頗多，如另兩首〈采桑子〉云：「去年綠鬢今年白，不覺衰容。」「白首相逢，莫話衰翁，但鬥尊前語笑同。」〈浣溪沙〉云：「白髮戴花君莫笑，六么催拍盞頻傳，人生何處似尊前？」但它們都有一個共同的結論，即以縱酒尋歡來慰藉餘年，其中滲透著人生無常、及時行樂的思想感情。這首詞也不例外，接下去就說「試把金觥」。金觥，大酒杯。《詩經．周南．卷耳》：「我姑酌彼兕觥，維以不永傷。」本來就有銷愁的意思在。但此詞著一「把」字，便顯出豪邁的氣概。詞人有〈浪淘沙〉詞云：「把酒祝東風，且共從容。」可謂各極其妙。

結尾二句緊承前句。詞人手把酒杯，耳聽舊曲，似乎自己仍陶醉在往日的豪情盛概裡。這個結尾正與起首相互呼應，相互補充。起首只講自己是「尊前客」，字面上只能看出當時他在飲酒，至於賞音聽曲，則未正面描寫。在這裡詞人說「舊曲重聽，猶似當年醉裡聲」，便補足了前面的意思。其法如常山之蛇，首尾相應，運轉自如，於是便構成了統一的藝術整體。曲既舊矣，又復重聽，一個「舊」字，一個「重」字，便把詞人的感情和讀者的想像帶到十年以前的環境裡。然而這畢竟是矛盾的：人已衰老，曲似當年，持酒重聽，情何以堪！詞人正是在矛盾衝突中刻畫自己的心境，所以詞中充滿了鬱勃之氣，慷慨之音。

這首詞中絕少景語，基本上以情語取勝。即使談到十年前後的景況，也是在抒發感情時自然而然地帶出來的。因而情感充沛，有一氣呵成之勢；又沉鬱頓挫，極一唱三嘆之致。其風格與〈朝中措．送劉仲原甫出守維揚〉相似，在《六一詞》中屬於豪放一路。馮煦說歐陽脩詞，「疏雋開子瞻，深婉開少游」（《蒿庵論詞》）。如果說歐詞對東坡產生影響的話，此篇乃是其中之一。（徐培均）

朝中措　歐陽脩

送劉仲原甫出守維揚

平山欄檻倚晴空，山色有無中。手種堂前垂柳，別來幾度春風。

文章太守，揮毫萬字，一飲千鍾。行樂直須年少，尊前看取衰翁。

宋葉夢得《避暑錄話》卷一說：「歐陽文忠公在揚州作平山堂，壯麗為淮南第一，堂據蜀岡，下臨江南數百里，真、潤、金陵三州，隱隱若可見。」仁宗嘉祐元年（一〇五六）劉原甫（名敞）出守維揚，詞人寫這首詞餞行，便聯繫自己守揚州時有關景物，致其拳拳之意。古人送友赴任，通常是寫詩，歐陽脩以詞送人赴任，無異是將歷來被視為「豔科」的小詞提高到與詩同等的地位，在詞史上是一個創舉。就此詞風格而言，在歐陽脩《六一詞》中也是特殊的。《六一詞》多承南唐餘緒，深情婉曲，酷似馮延巳。像〈蝶戀花〉〈阮郎歸〉的某些篇章，置之《陽春集》中，幾不可辨。然而此詞卻沒有像馮延巳那樣寫風花雪月，沒有寫兒女柔情，沒有用綺靡的情調去表現內心的細微活動。它寫景物，抒感慨，不加藻飾，直訴懷抱，大起大落，大開大闔。這種寫法在藝術風格上屬於疏宕一路。它在北宋豪放詞的發展中是不可缺少的一個環節。

這首詞一發端即帶來一股突兀的氣勢，籠罩全篇。讀了「平山欄檻倚晴空」一句，頓然使人感到平山堂凌空矗立，其高無比。其實到過揚州的人都知道此堂並不太高，只因位於一個高岡（蜀岡）上，四望空闊，故而顯得較為凸出。但是經詞人這一吟詠，便在讀者的頭腦中留下雄偉的印象，在美學上不妨稱做崇高美。由於這一句寫得氣勢磅礴，便為以下的抒情定下了疏宕豪邁的基調。接下去一句是寫憑欄遠眺的情景。據宋王象之《輿地紀勝》記載，登上平山堂，「負堂而望，江南諸山，拱列簷下」。則山之體貌，應該是清晰的，但詞人卻偏偏說是「山色有無中」。這是因為受到王維〈漢江臨汎〉原來詩句的限制，還是當年詞人的實感果真如此？曾有人說歐陽脩患「短視」，故云「山色有無中」。「蘇東坡笑之，因賦〈快哉亭〉道其事云：『長記平山堂上，欹枕江南煙雨，杳杳沒孤鴻。認取醉翁語，山色有無中。』蓋『山色有無中』，非煙雨不能然也。」（見宋胡仔《苕溪漁隱叢話後集》卷二十三引宋嚴有翼《藝苑雌黃》）平山堂上是「晴空」，不妨江南諸山之有煙雨，東坡為歐公解嘲，不知能得其本意否。但從揚州而望江南，青山隱隱，自亦可作「山色有無中」之詠。近者大者可見，而遠者小者若無，借用王維詩句，也能融化無跡，自然貼切，固不必以「煙雨」或「短視」為說也。

以下二句，描寫更為具體。仁宗慶曆八年（一〇四八），歐陽脩出守揚州，凡事謹慎，一仍韓琦之舊，沒有什麼凸出的政績，但他修建了平山堂，並在堂前手植楊柳，卻傳為千古佳話。此刻當送劉原甫出守揚州之際，詞人情不自禁地想起平山堂，想起堂前的楊柳。「手種堂前垂柳，別來幾度春風」，多麼深情，又多麼豪放！其中「手種」二字，看似尋常，卻是感情深化的基礎。因為按照常情，凡是自己勞動的成果，都是分外關切的。詞人在平山堂前種下楊柳，不到一年，便離開揚州，移任潁州。在這幾年中，楊柳長高了多少？憔悴了還是茂盛了？枝枝葉葉都牽動著詞人的感情。楊柳本是無情物，但在傳統詩詞裡，卻與人們的思緒緊密相連。《詩經．小雅．采薇》不是說「昔我往矣，楊柳依依」嗎？劉禹錫〈楊柳枝詞九首〉其八不是也說「長安陌上無窮樹，唯有垂楊管別離」嗎？何況這垂柳又是詞人手種的呢。可貴的是，詞人雖然透過垂柳寫深婉之情，但婉而不柔，深而能暢。特別是「幾度春風」四字，更能給人以欣欣向榮、格調軒昂的感覺，讀後久久縈懷而不可或釋。

過片三句寫所送之人劉原甫，與詞題相應。據《宋史．劉敞傳》記載，劉敞「為文尤贍敏，掌外制時，將下直（猶今語下班），會追封王、主九人，立馬卻坐，頃之，九制成。歐陽脩每於書有疑，折簡（寫信）來問，對其使揮筆，答之不停手，脩服其博」。九制，是指九道敕封郡王和公主的詔書，劉原甫立馬卻坐，一揮而就，可見其才思的敏捷。此詞云「文章太守，揮毫萬字」，不僅表達了詞人「心服其博」的感情，而且把劉敞的倚馬之才，作了精確的概括。綴以「一飲千鍾」一句，則添上一股豪氣，於是乎一個氣度豪邁、才華橫溢的文章太守的形象，便栩栩如生地站在我們面前。詞人秦少游對此三句非常激賞，他在〈望海潮．廣陵懷古〉中曾經寫道：「最好揮毫萬字，一飲拚千鍾！」

詞的結尾二句，先以勸人，又回過筆來寫自己。清人黃蘇評曰：「感慨之意，見於言外。」又解釋說：「君子進德修業，欲及時也，無事不須在少年努力者。現身說法，神采奕奕動人。」（《蓼園詞評》）其目的在於鼓勵人們及早圖謀上進，無可非議，但所云並不符合詞人原意。歐陽脩幾經貶謫，歷盡宦海浮沉，此時雖在京師供職，然已兩鬢蕭蕭，心情不暢。因此餞別筵前，面對知己，一段人生感慨，不禁衝口而出。無可否認，這兩句是抒發了人生易老，必須及時行樂的消極思想。但是由於豪邁之氣，通篇流貫，詞寫到這裡，並不令人感到低沉，無形之中卻有一股蒼涼鬱勃的情緒，在搏動人們的心弦。這是跟他在一開頭時定下的基調分不開的。

總之這首詞從平山堂寫到堂前垂柳，從被送者寫到送者，層層轉折，一氣呵成，不落一般酬贈之作的窠臼，確是一首成功之作。（徐培均）

訴衷情

歐陽脩

清晨簾幕捲輕霜，呵手試梅妝①。都緣自有離恨，故畫作遠山長。

思往事，惜流芳，易成傷。擬歌先斂，欲笑還顰，最斷人腸。

〔註〕①梅妝：《太平御覽》卷三十《時序部》引《雜五行書》：「宋武帝女壽陽公主人日（正月初七）臥於含章殿檐下，梅花落公主額上，成五出花，拂之不去。皇后留之，看得幾時，經三日，洗之乃落。宮女奇其異，競效之，今梅花妝是也。」

這首小詞，寫一位歌女的生活片段。

上片敘事，從一天的清晨寫起：簾幕捲，暗示她已起床；輕霜，氣候只微寒；因微寒而呵手，想見她的嬌怯；梅妝，是一種美妝，始於南朝宋壽陽公主；試梅妝，謂試著描畫梅花妝，如是，更凸出她的秀慧俏麗。在梳妝中，她把眉兒畫得又細又長，作者領會出，她這樣做是有意的，因為她本有離愁別恨，所以把眉畫得很長，眉黛之長，象徵水闊山長。用遠山比美人之眉，由來已久。托名漢伶玄《飛燕外傳》說趙合德入宮，「為薄眉，號遠山黛。」又托名劉歆《西京雜記》卷二：「卓文君姣好，眉色如望遠山。」在詩詞中，常被引用。

下片抒情，從舉止、容色中，作者窺測她有感傷的情緒，大概她正在思量著難追的往事，惋惜著易逝的芳年。由於她有感傷，觸處皆愁，所以欲歌之際，卻先斂容不歡；將笑之時，也還帶恨含顰。她誠於中而形於外，人則見其外而知其中，故此情此態，最得知心者憐愛而為之魂銷，因魂銷乃至腸斷。

在這首詞中，作者筆下出現一位嬌柔羞澀的少女，她工愁善感，敏慧多情，這些，都沒有作正面交待，卻從側面點撥，使讀者從她的梳妝、歌唇、顰笑中想像而得，而她的形象栩栩如生、呼之欲出。「擬歌」兩句，曲折而含蓄，不但現出人物的姿態，而且傳出人物的神情，周邦彥的「欲說又休，慮乖芳信，未歌先咽，愁轉清觴」（〈風流子〉），即脫胎於此。雖然，她所透露的傷離感舊之情，只是淡薄的、微婉的，可是留給我們的印象，卻深刻而難忘。（黃清士）

踏莎行　歐陽脩

候館梅殘，溪橋柳細，草熏風暖搖征轡。離愁漸遠漸無窮，迢迢不斷如春水。
寸寸柔腸，盈盈粉淚，樓高莫近危闌倚。平蕪盡處是春山，行人更在春山外。

在婉約派詞人抒寫離情的小令中，這是一首情深意遠、柔婉優美的代表性作品。

上片寫離家遠行的人旅途中所見所感。開頭三句是一幅洋溢著春天氣息的溪山行旅圖：旅舍旁的梅花已經開過了，只剩下幾朵殘英，溪橋邊的柳樹剛抽出細嫩的枝葉。暖風吹送著春草的芳香，遠行的人就在這美好的環境中搖動馬轡，趕馬行路。梅殘、柳細、草熏、風暖，暗示時令正當仲春。這正是最易使人動情的季節。在這種環境下行路，不但看到春的顏色，聞到春的氣味，感到春的暖意，而且在心裡也蕩漾著一種融怡的醉人的春意。從「搖征轡」的「搖」字中可以想像行人騎著馬兒顧盼徐行的情景。

融怡明媚的仲春風光，既令征人欣賞留連，卻又很容易觸動離愁。因為面對芳春麗景，不免會想到閨中人的青春芳華，想到自己孤身跋涉，不能與對方共賞春光。而梅殘、柳細、草熏、風暖等物象又或隱或顯地聯繫著別離，因此三、四兩句便由麗景轉入對離情的描寫：「離愁漸遠漸無窮，迢迢不斷如春水。」因為所別者是自己深愛的人，所以這離愁便隨著分別時間之久、相隔路程之長越積越多，就像眼前這伴著自己的一溪春水一樣，來路無窮，去程不盡。上文寫到「溪橋」，可見路旁就有清流。這「迢迢不斷如春水」的比喻，妙在即景設喻，觸物生情，亦賦亦比亦興，是眼中所見與心中所感的悠然神會。從這一點說，它比李煜的「問君能有幾多愁？恰似一江春水向東流」（〈虞美人〉）顯得更加自然。

「寸寸柔腸，盈盈粉淚。」過片兩對句，似乎由陌上行人轉筆寫樓頭思婦。其實，整個下片，都是行人對居者的想像。上下片的關係不是並列，而是遞進。上片結尾已經講到自己的離愁迢迢不斷，無窮無盡，於是這位深情的主人公便不由得進而想像對方此刻也正在憑高遠望，思念旅途中的自己。這正是所謂透過一層，從對面寫來的手法。「柔腸」而說「寸寸」，「粉淚」而說「盈盈」，顯示出女子思緒的纏綿深切。從「迢迢春水」到「寸寸腸」、「盈盈淚」，其間又有一種自然的聯繫。接下來一句「樓高莫近危闌倚」，是行人在心裡對淚眼盈盈的閨中人深情的體貼和囑咐。你那樣憑高倚闌遠望，又能望得見什麼呢？這就很自然地引出了結拍兩句。

「平蕪盡處是春山，行人更在春山外。」補足「莫近危闌倚」之故，也是行人想像閨中人憑高望遠而不見所思的情景：展現在樓前的，是一片雜草繁茂的原野，原野的盡頭是隱隱春山，所思念的行人，更遠在春山之外，渺不可尋。這兩句不但寫出了樓頭思婦凝目遠望、神馳天外的情景，而且透出了她的一往深情，正越過春山的阻隔，一直伴隨著漸行漸遠的征人飛向天涯。行者不僅想像到居者登高懷遠，而且深入到對方的心靈對自己的追蹤。這正是一個深刻理解所愛女子心靈之美的男子，用體貼入微的關切懷想描繪出來的心畫。

這首詞所寫的是一個常見的題材，但卻展現出一片情深意遠的境界，讓人感到整首詞本身就具有一種「迢迢不斷如春水」式的含蓄蘊藉，令人神遠。這固然首先取決於感情本身的深摯，但和構思的新穎、比喻的自然、想像的優美也分不開。上片寫行者的離愁，下片寫行者的遙想，這遙想實際上是離愁的深化，它使整個詞境更加深遠。而上下片結尾的比喻和想像所展示的情意和境界，更使人感到詞中所展示的畫面雖然有限，情境卻是無限的。俞平伯說下片結尾兩句「似乎可畫，卻又畫不到」（《唐宋詞選釋》），這畫不到處不只是春山外的行人，更是那悠遠的情境。（劉學鍇）

望江南

歐陽脩

江南蝶，斜日一雙雙。身似何郎全傅粉，心如韓壽愛偷香，天賦與輕狂。

微雨後，薄翅膩煙光。才伴遊蜂來小院，又隨飛絮過東牆，長是為花忙。

歐陽脩這首詠蝴蝶的小令是詠物詞中上乘之作。

開頭兩句寫雙雙對對的江南蝴蝶在傍晚的陽光下翩翩飛舞。「身似何郎全傅粉」，何郎，何晏。南朝宋劉義慶《世說新語．容止》：「何平叔（晏）美姿儀，面至白，魏明帝疑其傅粉，正夏月與熱湯餅，既啖，大汗出，以朱衣自拭，色轉皎然。」此句以人擬蝶，以何郎傅粉喻蝶的外形美。蝶翅和體表生有各色鱗片和叢毛，形成各種花斑，表面長著一層蝶粉，彷彿是經過精心塗粉裝扮的美男子。「心如韓壽愛偷香」，據《世說新語．惑溺》與《晉書．賈充傳》載，韓壽美姿容。賈充辟為司空掾。充少女賈午見而悅之，使侍婢潛通音問，厚相贈結，壽逾垣與之通。午竊充御賜西域奇香贈壽。充僚屬聞其香氣，告於充。充乃考問女之左右，具以狀對。充祕之，遂以女妻壽。此處也是以人擬蝶，以韓壽偷香喻指蝴蝶依戀花叢、吸吮花蜜的特性。典故隨意拈來，妙筆天成，運用得極其生動、貼切。「傅粉」、「偷香」，從「身」（外形）與「心」（內質）兩方面概寫了蝴蝶的美貌與特性，這兩句可以說是整首詞的詞眼。接著一句「天賦與輕狂」，挽住上片，又啟迪下片。「輕狂」者，情愛不專一、恣情放浪也。歐陽脩〈洞天春〉詞云：「燕蝶輕狂，柳絲撩亂，春心多少。」可相印證。

下闋就「輕狂」二字生發。傍晚下了一場小雨，雨一停，浪蝶便度翠穿紅地忙乎起來。「薄翅膩煙光」一句體物入微，狀寫精妙，選詞用字準確、熨帖。蝴蝶的粉翅是薄而有些透明的，當它沾上雨水之後，翅上的「粉」彷彿粘糊糊地變「膩」了。這是在雨過天晴，透過斜日餘暉的照射，才呈現出來並使人感觸到的。「煙光」指的是雨後的晚晴夕照。斜陽透過霑水發膩的粉翅，自然就顯得朦朦朧朧，宛似籠罩在一片縹緲的煙霧之中了。

輕狂的蝴蝶自有輕狂的朋侶「遊蜂」、「飛絮」相伴。蜂與蝶向來並稱為狂蜂浪蝶。飛絮楊花，向被人目為自然界中的水性之物。蝴蝶伴隨狂蜂，飛絮到處宿粉棲香，遊蕩不定——「長是為花忙」。結句回應了上片的「天賦與輕狂」，以「為花忙」的具體意象點出「輕狂」。「花」的意蘊雙關，亦物亦人。全詞一縱一收，上下闋合，聯密而自然。

歐陽脩這首詠蝴蝶詞，既切合蝶的外形與內質，又不單單滯留在蝶的本身，而是以擬人化手法，將蝶加以人格化，亦蝶亦人，借蝶詠人，透過兩個切題的典故——何郎傅粉與韓壽偷香，維妙維肖地把蝶與人的「天賦與輕狂」、「長是為花忙」的特點巧妙地綰合起來，將何郎、韓壽的稟賦一股腦兒傾注在專以粉翅搧情、以戀花吮蜜為營生的浪蝶身上，把自然的動物性與社會的人性融合為一體，在蝴蝶的形象上集中了風流浪子眠花臥柳、尋歡作樂的種種屬性，蝶就成為活脫脫的輕狂男子的化身。反過來，作者又含蓄地諷刺了那些輕狂男子身上過多的動物屬性。試想，如果這首詞抽去了何郎與韓壽兩個典故，它僅止於表面的詠蝶而已，失去任何內涵寓意，自是淡乎寡味了。

五代毛文錫有〈紗窗恨〉云：「雙雙蝶翅塗鉛粉，咂花心。綺窗繡戶飛來穩，畫堂陰。二三月愛隨飄絮，伴落花、來拂衣襟。更剪輕羅片，傅黃金。」可以看到毛詞詠蝶僅止於蝶而已，雖然在藝術技巧上也有可取處，但比之歐詞，在思想藝術境界、審美情趣與價值上自然要遜色得多了。明湯顯祖評〈紗窗恨〉詞云：「『咂』

字尖，『穩』字妥，他無可喜句。」（湯本《花間集》卷二）顯然，其所以「無可喜句」，主要是不如歐詞之有寄託。清蔣敦復說：「詞原於詩，即小小詠物，亦貴得風人比興之旨。」（《芬陀利室詞話》）歐詞詠物而又詠懷，這是取得成功的重要原因吧。（吳翠芬）

生查子 歐陽脩

元夕

去年元夜時，花市燈如晝。月上柳梢頭，人約黃昏後。

今年元夜時，月與燈依舊。不見去年人，淚滿春衫袖。

此詞作者，或作朱淑真，或作秦觀。但南宋初曾慥所編《樂府雅詞》作歐陽脩，當較為可信。詞作透過主人公對去年今日的往事回憶，寫物是人非之感，其語言通俗可謂到口即消，其內容情事幾乎一目了然，但構思巧妙，饒有新意，這集中表現在詞的分片上。

詞的上片寫「去年元夜」情事。「元夜」今稱元宵節，自唐時起即有觀燈鬧夜的風俗：「誰家見月能閒坐？何處聞燈不看來？」（崔液〈上元夜〉）「火樹銀花合，星橋鐵鎖開」，「金吾不禁夜，玉漏莫相催」（蘇味道〈正月十五日夜〉）。這些詩句正是寫「花市燈如晝」的情景，此「花」乃「火樹銀花」之「花」。這金吾不禁之夜，不但是觀燈賞月的好時節，也給予戀愛的青年男女以良好時機。或於人眾稠密處眉目傳情，或在燈光闌珊處祕密相會。此處所寫的大抵屬於後一種情況。「月上柳梢頭」分明不像鬧市區，「人約黃昏後」是觀花燈去麼？這一結恰如水窮雲起，言有盡而意無窮。雖未像下片那樣明確表情，一種「月出皎兮，佼人僚兮」（《詩經．陳風．月出》）的甜情蜜意卻溢於言表。在禁錮很嚴的封建時代，這實在是難得的一個機會，它在情人們心中會留下永不磨滅的記憶。下片寫「今年元夜」情景。「月與燈依舊」雖只舉月與燈，實應包括上片二三句花、柳、燈、月而言，是說鬧市佳節良宵與去年完全一樣。言景物「依舊」，暗逗下句「不見去年人，淚滿春衫袖」，表情極明顯，與上片對比更覺有味。一個「滿」字，將物是人非、舊情難續的感傷表現得很充分。

上片說去年，下片說今年，元夜、燈、月、人等字面互相關照。兩片文義並列，基本重疊，但頗寓變化。詩歌重疊方式運用於全章的，《詩經》國風比比皆是，每章字句大同小異，或易詞申意（如《鄭風．褰裳》），或循序遞進（如《周南．芣苢》），迴旋往復的音節對於簡樸的歌詞頗有增強表情的功用。雙調的詞有重頭（不換頭）與換頭之分，重頭的詞上下片字句調式全同，〈生查子〉即屬此類。作者根據詞調特點採取文義並列的分片結構，就形成章的重疊，頗類歌曲反覆一遍，有迴旋詠嘆之致。

作者大約受到唐人崔護〈題都城南莊〉「去年今日此門中，人面桃花相映紅。人面不知何處去，桃花依舊笑春風」的啟發。此後詞人亦多效此法。如王邁〈南歌子．謝送菊花糕〉上片寫「家裡逢重九」，下片寫「官裡逢重九」；呂本中〈采桑子〉上片說「恨君不似江樓月」，下片說「恨君卻似江樓月」；辛棄疾〈醜奴兒．書博山道中壁〉上片寫「少年不識愁滋味」，下片寫「而今識盡愁滋味」，均是此法的運用或翻新。而此詞具有《詩經》風詩那種明快、淺切、自然的民歌風味，則為諸詞所未備的。（周嘯天）

生查子　歐陽脩

含羞整翠鬟，得意頻相顧。雁柱十三絃，一一春鶯語。
嬌雲容易飛，夢斷知何處？深院鎖黃昏，陣陣芭蕉雨。

此詞《類編草堂詩餘》卷一、《草堂詩餘》、清黃蘇《蓼園詞評》均誤作張先詞，《全宋詞》列為歐陽脩作，今從之。詞中以男子口吻，寫一女子彈箏，並結合愛情與離愁，寫得聲情並茂，是一首意味雋永的詞中小品。

上片描寫從前女子在與情郎相聚時彈箏的情景。起首一句好似一個特寫鏡頭，先畫出這位女子的嬌容美態。此時她彷彿坐在箏前，旁邊站著一位英俊少年。在彈箏之前，她嬌羞怯怯，理了理頭髮。「含羞」二字，令人想像到她的兩頰此刻正泛起朵朵紅雲。「整翠鬟」三字則把她內心深處一股難以名狀的激動感情恰當地反映出來。唐宋詞中往往以這類細節的描寫揭示人物的內心活動，如馮延巳〈謁金門〉云「閒引鴛鴦香徑裡，手挼紅杏蕊」，秦觀〈浣溪沙〉云「照水有情聊整鬢，倚闌無緒更兜鞋」，既形象，又具體。人物內心儘管難堪、難耐、百無聊賴，但若不透過「手挼紅杏」、「照水整鬢」、「倚闌兜鞋」這些細微的充滿生活氣息的動作，就不足以顯示出來。因此前人對這種寫法評價極高，說是「上句妙在照水，下句妙在兜鞋。即令閨人自模，恐未到」（明沈際飛《草堂詩餘續集》）。下面「得意頻相顧」一句，是寫這女子彈箏彈到高潮，她的感情已和箏聲融為一片，忘記了方才的羞怯，不時地回眸一顧，看看身旁的少年。讀至此處，那女子彈箏的動作以及得意的神情，似乎躍入我們的眼簾。她那頻頻回顧的眼波，似乎在觀察那位少年是否知音，是否知己。用現在的話說，這是用白描的手法表現了演奏者與欣賞者的感情交流，寫得非常準確而生動。

詞至「雁柱」二句，始具體地描寫箏聲。唐宋時箏有十三絃，每絃用一柱支撐，斜列如雁行，故稱「雁柱」。「一一春鶯語」，係以鶯語擬箏聲。白居易〈琵琶行〉云：「間關鶯語花底滑。」韋莊〈菩薩蠻〉云：「琵琶金翠羽，絃上黃鶯語。」似為此句所本。前一句以「雁行」比箏柱，這一句以「鶯語」狀箏聲，無論在視覺和聽覺上都給人以美感。而「十三」、「一一」兩組數字，又使人覺得女子的十指在一一按動箏絃，輕攏慢撚，很有節奏。隨著十指的滑動，絃上發出悅耳的曲調，有如「嚦嚦鶯歌溜的圓」（明湯顯祖《牡丹亭．驚夢》）。在這裡，詞人著一「語」字，又進一步擬人化，好像這絃上發出的聲音在傾訴女子的心曲。而這心曲又是愉悅的，象徵著他們的愛情十分美滿。

下片寫而今兩情隔絕，悽苦難禁。「嬌雲」二句，語本宋玉〈高唐賦〉：「旦為朝雲，暮為行雨；朝朝暮暮，陽臺之下。」暗示他們在彈箏之後曾有一段幽會。然而好景不長，他們很快分離了。著以「容易」二字，說明他們的分離是那樣的輕易、那樣的迅速，其中充滿了懊惱與悵恨，也充滿了憐惜與懷念之情。「夢斷知何處」，表明他們的歡會像陽臺一夢。從語氣上可以看出，此刻的男子似乎在尋尋覓覓，企圖重溫舊夢，然而鶯魂縹緲，舊夢依稀，一覺醒來，仍被冷冷清清的氛圍所籠罩。這就逗出了意境悠遠的結句。

結尾二句，寫男子深院獨處，黃昏時刻，諦聽著窗外的雨聲。雨打芭蕉，詩詞中常用以襯托愁苦。這是從字面上理解。若從全詞意脈來看，實際上是虛擬箏聲。清人黃蘇云：「次一闋寫別後情懷，無限悽苦，胥以箏寓之。」（《蓼園詞評》）說得非常正確。陣陣急雨，敲打芭蕉，這是男子在回憶中產生的錯覺，也是他迫促煩躁心情的寫照，同時又表現了孤棲時刻幽寂淒清的況味。這樣的箏聲，最易觸動愁緒，所以黃蘇又說：「凡遇合

無常，思婦中年，英雄末路，讀之皆堪淚下。」（同上）

這首詞在藝術上具有很多特點。一是巧妙地運用了哀樂對比。上片充滿了歡樂的氣氛、明快的節奏；下片則情深調苦，表現了孤單寂寞的悲哀。以樂景反跌哀情，故哀情更為動人。二是虛實相應。詞中正面描寫彈箏的女子，而以英俊少年作側面的陪襯，上片中寫這男子隱約在場，下片中則寫女子在回憶中出現，虛實相間，錯綜敘寫，詞中的感情就不會變得單調。三是善於運用比喻，如以「雁行」比箏柱，以「鶯語」擬箏聲，以「嬌雲」狀遠去的彈箏女子，以雨打芭蕉喻箏中的哀音，或明比，或暗喻，都增加了詞的形象性和感染力。最後一點是採取了跳躍的過渡形式。按照生活邏輯，上下片之間，應該有歡會，有餞別，可是詞人卻一筆帶過，沒有正面描寫。他所著力刻畫的只是初會和別後兩個階段，因而顯得筆酣墨暢，婉曲動人。（徐培均）

蝶戀花　歐陽脩

越女採蓮秋水畔。窄袖輕羅，暗露雙金釧。照影摘花花似面。芳心只共絲爭亂。

鸂鶒灘頭風浪晚。霧重煙輕，不見來時伴。隱隱歌聲歸棹遠。離愁引著江南岸。

歐陽脩的《六一詞》，有的是自我抒情的，如同小詩；有的是用以應歌的，如他在〈采桑子〉前〈西湖念語〉中所說：「因翻舊闋之辭，寫以新聲之調，敢陳薄伎，聊佐清歡。」這首詞寫越女採蓮，當係依古樂府〈採蓮曲〉的舊題寫成，以供演唱。以詞的形式寫採蓮的，在《花間集》中有皇甫松的〈採蓮子〉、李珣的〈南鄉子〉，但前者是七言絕句體，中間伴以「舉棹」、「年少」作為和聲；後者才是長短句，但只單片。南唐馮延巳有〈菩薩蠻〉「欹鬟墮髻搖雙槳，採蓮晚出清江上」一首，分上下片，情節已稍豐富。歐陽脩此首，其曲折深婉，又過於馮詞，可以看出唐、五代至宋詞的發展。

由於題材的規定，此詞的特點是形象鮮明，語言通俗，節奏明快，動作性強，極適於歌女們載歌載舞。起首三句即點明人物身分和活動環境，彷彿令人看到一群少女在美麗的荷塘裡，用靈巧的雙手採擷蓮花。她們的衣著頗與文獻記載相符，據元馬端臨《文獻通考》卷一四六《樂考》云：宋時教坊有採蓮舞隊，舞女們均「衣紅羅生色綽子（套衫），繫暈裙，戴雲鬟髻，乘彩船，執蓮花」。這裡詞人只是抓住舞女服飾的一部分，便把她們的綽約丰姿、婀娜舞態勾勒出來，筆法至為簡練。「暗露雙金釧（音同串）」一句寫得更好，意境如同牛嶠〈女冠子〉的「臂釧透紅紗」。它們都富有一種含蓄的美、朦朧的美。玉腕上的金釧時隱時露，閃閃爍爍，便有一種妙不可言的美感。若是完全顯露出來，即毫無意味了。以下兩句分別寫採蓮姑娘的動作和表情，在明白曉暢的語言中蘊藏著美好的形象和美好的感情，做到語淺意深，以俗為雅。我們彷彿看到採蓮女們像荷花一樣嬌豔，簡直就如李白〈淥水曲〉所說的「荷花嬌欲語」，或王昌齡〈采蓮曲二首〉其二所說的「亂入池中看不見」，美麗的姑娘和美麗的荷花交錯在一起，使你分不清何者為花，何者為人。以荷花比女子，在唐宋詞中屢見不鮮。李珣〈臨江仙〉云：「彊整嬌姿臨寶鏡，小池一朵芙蓉。」陳師道〈菩薩蠻〉云：「玉腕枕香腮，荷花藕上開。」但它們都離開了荷塘的特定環境，沒有具體的形象作為陪襯，而且格調不高。這裡的「照影摘花花似面」，俗中見雅，形象逼真。王國維《人間詞話》評歐陽脩、秦觀詞云：「詞之雅鄭，在神不在貌。」以之衡量本句，極為恰切。它的精神實質是較高雅的，可以娛悅和陶冶人們的性情。就意義來講，這句話還含有多種層次：採蓮女子先是臨水照影，這是第一層；接著伸手採蓮，這是第二層；然後感到花如人面，不忍去摘，這是第三層。由於層次多，動作性也就很強，非常適合於結合舞蹈的手勢、身段，也很容易揭示人物的內在感情。「芳心只共絲爭亂」一句，便是表現人物的內心矛盾。芳心，是形容姑娘們美好的心靈。「絲」字前面雖未有說明，但從上句的「摘花」聯想，人們可以理解這是採摘蓮花拗斷蓮梗時從斷口中拉出來的絲，即溫庭筠〈達摩支曲〉詩所云「拗蓮作寸絲難絕」的絲。隨事生發，信手拈來，以此絲之亂擬彼心之亂，構想絕妙。這一句和上一句一樣，都帶有民歌色彩。由於感情挖掘得深，寫得真，所以很容易化為舞蹈語言（動作）。

然而此詞並不停留在舞姿的描繪和感情的刻畫上，它還有簡單的情節，情節還有所發展，這在一般的唐宋詞中是見不到的。如果說上片是群舞，場面比較歡快；那麼下片就是獨舞居多，場面漸漸變得緊張。天晚了，起風了，荷塘上湧起陣陣波濤。採蓮船在風浪中顛簸、掙扎，有的竟被風浪沖散，場面上似乎只剩下一個採蓮姑娘。這樣緊張的情節，我們都可以從「鸂鶒灘頭風浪晚」七個字中體會到。鸂鶒是一種類似鴛鴦的水鳥，而色多紫，性喜水上偶游，故又稱紫鴛鴦。李珣〈南鄉子〉云：「乘彩舫，過蓮塘，棹歌驚起睡鴛鴦。」情境差為近之。池塘上既有荷花，又有紫鴛鴦，再加上荷花也似的採蓮姑娘，畫面上真是美不勝收。如此優美的情境，忽然籠上暮色，被風浪破壞，情節自然緊張起來。於是詞筆轉而寫採蓮姑娘尋找失散的夥伴。「露重煙輕」，是具體地描繪暮色。此時天幕漸漸暗下來，暮色蒼茫，能見度極低，也許失散的夥伴相去不遠，但採蓮姑娘卻找不到她們。其焦急之情，倉皇之狀，令人可以想見。這裡面可以產生許多尋人的動作，化成許多優美的舞蹈身段。從全詞的結構來看，這一段也是情節發展的高潮。

在結尾之前，詞情有一個跳躍，在章法上叫做空際轉身。上面說姑娘在尋找夥伴，但到底找到了沒有，詞人未作具體交代。然而根據「隱隱歌聲歸棹遠」一句來看，她們已快樂地回家，當然是找到了；而「離愁引著江南岸」，則似若有所失，又像是沒有找到。境界迷離惝怳，啟人遐想。這在詞來說，正是一個理想的結尾。清謝章鋌《賭棋山莊詞話》云：「長調要轉折矯變，短調要辭意惝怳。」清沈祥龍《論詞隨筆》云：「小令須突然而來，悠然而去，數語曲折含蓄，有言外不盡之致。」此詞從廣義上講可算是短調、小令。採蓮姑娘唱著採蓮曲歸去了，歌聲伴著槳聲，由近而遠，悠然而去。人雖離去，蓮塘上卻灑下一片愁情，留下一曲優美的畫外音，久久地吸引著讀者。真是餘音嫋嫋，不絕如縷；情意綿綿，牽繫人心。（徐培均）

漁家傲

歐陽脩

花底忽聞敲兩槳，逡巡女伴來尋訪。酒盞旋將荷葉當①。蓮舟蕩，時時盞裡生紅浪。

花氣酒香清廝②釀，花腮酒面紅相向。醉倚綠陰眠一晌，驚起望，船頭擱在沙灘上。

〔註〕①當：去聲，作為、代替之意，如杜耒〈寒夜〉：「寒夜客來茶當酒。」②廝：相。與下句「相」字互文同義。

這首詞是作者用〈漁家傲〉詞調譜寫的六首採蓮詞之一，特別清新可愛，富有生活氣息。它描寫一群採蓮姑娘，在蕩舟採蓮時喝酒逗樂的情景。過去文人筆下對女子的描述，總以端莊、賢淑、嬌慵、多愁為主。而此作卻以活潑、大膽的形象出之，所以能令人耳目一新。

首句「花底忽聞敲兩槳」，「聞」字、「敲」字，不寫人而人自見，「槳」字不寫舟而舟自在，用「花底」二字映襯出了敲槳之人，是一種烘托的手法，著墨不多而蘊藉有味。第二句「逡巡女伴來尋訪」，方才點明了人和人的性別。「逡巡」，頃刻，顯示水鄉女子盪舟技巧的熟練與亟欲併船相見的心情，人物出場寫得頗有聲勢。

「酒盞」句，是對姑娘們喝酒逗樂的描寫，是一個倒裝句，即「旋將荷葉當酒盞」的意思，倒文是為了協調平仄和押韻。這個「旋」字，與上面的「忽」字、「逡巡」字，匯成一連串快速的行動節奏，表現了姑娘們青春活潑、動作麻利的情態，惹人喜愛。

荷葉作杯，據說是把荷葉連莖摘下，在葉心凹處，用針刺破，一手捧荷葉注酒凹處以當酒杯，於莖端吸飲之，隋殷英童〈採蓮曲〉云「蓮葉捧成杯」，唐戴叔倫〈南野〉云「酒吸荷杯綠」，白居易〈酒熟憶皇甫十〉云「寂寥荷葉杯」等，都是指此。試想在荷香萬柄，輕舟蕩漾中間，幾個天真爛漫的姑娘，用荷葉作杯，大家爭著吮吸荷杯中的醇酒，沒有一點忸怩作態的樣子，這是一幅多麼生動而富有鄉土氣息的女兒行樂圖！接著輕蕩蓮舟，碧水微波，而荷杯中的酒，也微微搖動起來，映入了荷花的紅臉，也映入了姑娘們腮邊的酒紅，一似紅浪時生，把「芙蓉向臉兩邊開」（王昌齡〈采蓮曲二首〉其二）的意境，用另一種方式細膩地表達出來，結束了上片。

下片第一、二兩句「花氣酒香清廝釀，花腮酒面紅相向」是從花、酒與人三方面作交錯描述。花的清香和酒的清香相互混和，花的紅暈和臉的紅暈相互輝映。花也好，人也好，酒也好，都沉浸在一片「香」與「紅」之中了。把熱鬧的氣氛，推向了高潮。然而第三句「醉倚綠陰眠一晌」筆鋒一轉，熱鬧轉為靜止，把讀者剛剛起步的想像，突然提攜到另一種意境中去。又拈出一個「綠陰」的「綠」字來，使人在視覺和聽覺上產生一種強烈的色彩和音響的對比。從而構成了非凡的美感。下面兩句筆鋒又作一層轉折，從「眠」到「醒」，由「靜」再到「動」，用「驚起」二字作為轉折的紐帶。特別是這個「驚」字，則又是過渡到下文的紐帶。因為姑娘們既喝醉了酒，在荷葉的綠陰中睡得正甜，然而船卻因無人打槳而隨風飄流起來，結果在沙灘上擱淺了。之所以「驚起」，正因為是醒來看到了這個令人尷尬的場面，既坐實一個「醉」字，又暗藏一個「醒」字，並以愉快而詼諧的構思作結。起、承、轉、合，脈絡清晰。在詩詞作法上，可以說是一篇極好的範例。而風格之清新，言語之含蓄，設色之穠豔，猶其餘事。作者的採蓮詞中多半是描寫愛情的題材，唯獨此詞生動活潑，健康明朗，確是一篇難得的佳作。（江辛眉）

玉樓春　歐陽脩

尊前擬把歸期說，欲語①春容先慘咽。人生自是有情痴，此恨不關風與月。
離歌且莫翻新闋，一曲能教腸寸結。直須看盡洛城花，始共春風容易別。

〔註〕①一作「未語」。

北宋初年的一些名臣，如范仲淹及晏殊、歐陽脩等人，除德業文章以外，他們也都喜歡填寫一些溫柔旖旎的小詞，而且在小詞的銳感深情之中，更往往可以見到他們的某些心性品格甚至學養襟抱的流露。就歐陽脩而言，則他在小詞中所經常表現出來的意境，可以說乃是一方面既對人世間美好的事物常有著賞愛的深情，而另一方面則對人世間之苦難無常也常有著沉痛的悲慨。這一首〈玉樓春〉詞，可以說就正是表現了其詞中此種意境的一首代表作。

這首詞開端的「尊前擬把歸期說，欲語春容先慘咽」兩句，表面看來固僅是對眼前情事的直接敘寫，但在其遣辭造句的選擇與結構之間，歐陽脩卻已於無意間顯示出了他自己的一種獨具的意境。首先就其所用之語彙而言，第一句的「尊前」，原該是何等歡樂的場合，第二句的「春容」又該是何等美麗的人物，而在「尊前」所要述說的卻是指向離別的「歸期」，於是「尊前」的歡樂與「春容」的美麗，乃一變而為傷心的「慘咽」了。在這種轉變與對比之中，雖然僅只兩句，我們卻隱然已經能夠體會出歐陽脩詞中所表現的對美好事物之愛賞與對人世無常之悲慨二種情緒相對比之中所形成的一種張力了。

其次再就此二句敘寫之口吻而言，歐陽脩在「歸期說」之前，所用的乃是「擬把」兩個字；而在「春容」「慘咽」之前，所用的則是「欲語」兩個字。曰「擬」、曰「欲」，本來都是將然未然之辭；曰「說」、曰「語」，本來都是言語敘說之意。表面雖似乎是重複，然而其間卻實在含有兩個不同的層次，「擬把」仍只是心中之想，而「欲語」則已是張口欲言之際。二句連言，不僅不是重複，反而更可見出對於指向離別的「歸期」，有多少不忍念及和不忍道出的宛轉的深情。其間固有無窮曲折吞吐的姿態和層次，而歐陽脩筆下寫來，卻又表現得如此真摯，如此自然，如此富於直接感發之力，所以即此二句，實在便已表現了歐詞的一種特美。

至於下面二句「人生自是有情痴，此恨不關風與月」，則似乎是由前二句所寫的眼前的情事，轉入了一種理念上的反省和思考，而如此也就把對於眼前一件情事的感受，推廣到了對於整個人世的認知。所謂「人生自是有情痴」者，《世說新語．傷逝》有云：「聖人忘情，最下不及情，情之所鍾，正在我輩。」所以清況周頤在其《蕙風詞話》中就曾說過：「吾聽風雨，吾覽江山，常覺風雨江山外，有萬不得已者在。此萬不得已者，即詞心也。」這正是人生之自有情痴，原不關於風月。李後主之〈虞美人〉詞曾有「春花秋月何時了，往事知多少？小樓昨夜又東風，故國不堪回首月明中」之句，夫彼天邊之明月與樓外之東風，固原屬無情，何干人事？只不過就有情之人觀之，則明月東風遂皆成為引人傷心斷腸之媒介了。所以說「人生自是有情痴，此恨不關風與月」，此二句雖是理念上的思索和反省，但事實上卻是透過了理念才更見出深情之難解。而此種情痴則又正與首二句所寫的「尊前」「欲語」的使人悲慘嗚咽之離情暗相呼應。所以下半闋開端乃曰「離歌且莫翻新闋，一曲能教腸寸結」，再由理念中的情痴重新返回到上半闋的尊前話別的情事。「離歌」自當指尊前所演唱的離別的歌曲，所謂「翻新闋」者，殆如白居易〈楊柳枝〉所云「古歌舊曲君休聽，聽取新翻楊柳枝」，與劉禹錫同題和白氏詩所云「請君莫奏前朝曲，聽唱新翻楊柳枝」。歐陽脩〈采桑子〉組詞前之〈西湖念語〉，亦云「因翻舊闋之辭，寫以新聲之調」。蓋如〈陽關〉舊曲，已不堪聽，離歌新闋，亦「一曲能教腸寸結」也。前句「且莫」二字的勸阻之辭寫得如此叮嚀懇切，正以反襯後句「腸寸結」的哀痛傷心。

寫情至此，本已對離別無常之悲慨陷入極深，而歐陽脩卻於末二句突然揚起，寫出了「直須看盡洛城花，始共春風容易別」的遺玩的豪興，這正是歐陽脩詞風格中的一個最大的特色，也是歐陽脩性格中的一個最大的特色。我以前在《靈谿詞說》中論述馮延巳與晏殊及歐陽脩三家詞風之異同時，就曾指出過他們三家詞雖有繼承影響之關係，然而其詞風則又在相似之中各有不同之特色，而形成其不同之風格特色的緣故，則主要在於三人性格方面的差異。馮詞有熱情的執著，晏詞有明澈的觀照，而歐詞則表現為一種豪宕的意興。歐陽脩這一首〈玉樓春〉詞，明明蘊含有很深重的離別的哀傷與春歸的惆悵，然而他卻偏偏在結尾寫出了「直須看盡洛城花，始共春風容易別」的豪宕的句子。在這二句中，不僅其要把「洛城花」完全「看盡」，表現了一種遺玩的意興，而且他所用的「直須」和「始共」等口吻也極為豪宕有力。然而「洛城花」卻畢竟有「盡」，「春風」也畢竟要「別」，因此在豪宕之中又實在隱含了沉重的悲慨。所以王國維在《人間詞話》中論及歐詞此數句時，乃謂其「於豪放之中有沉著之致，所以尤高」。其實「豪放之中有沉著之致」，不僅道中了〈玉樓春〉這一首詞這幾句的好處，而且也恰好說明了歐詞風格中的一點主要的特色，那就是歐陽脩在其賞愛之深情與沉重之悲慨兩種情緒相摩蕩之中，所產生出來的要想以遺玩之意興掙脫沉痛之悲慨的一種既豪宕又沉著的力量。在他的幾首〈采桑子〉小詞，都體現出此一特色。不過比較而言，則這一首〈玉樓春〉詞，可以說是對此一特色最具代表性的作品。（葉嘉瑩）

玉樓春 歐陽脩

洛陽正值芳菲節，穠豔清香相間發。遊絲有意苦相縈，垂柳無端爭贈別。

杏花紅處青山缺，山畔行人山下歇。今宵誰肯遠相隨，唯有寂寥孤館月。

前人論歐詞，有的說它「深婉」，有的說它「層深」，雖然讚賞的角度不同，但都意識到了「深」是歐詞藝術上的基本特色。一個深字，看似簡單，要達到卻頗不容易。因為它既要求作品寫得含蓄，又要求作品能抒發作者深藏的強烈感情。沒有二者和諧的統一，就談不上歐詞的深。這首〈玉樓春〉正是具備了這樣兩個方面，所以才顯得深，才有餘味。

這是一首寫離別的詞，開頭兩句點明離別的時間和地點，如果直說，簡直平淡無奇。作者採用另一種表現方法，從離人對環境的感受來寫，效果便大不一樣。

洛陽在北宋稱為西京，是僅次於汴京的大城市，這兒有許多花園，到處花木繁茂，所以「洛陽花」在當時聞名全國。歐陽脩抓住這一點，也就抓住了洛陽的一個特點。劉禹錫〈春日書懷寄東洛白二十二楊八二庶子〉寫春色曾說：「野草芳菲紅錦地」，色彩很鮮明。歐陽脩用「芳菲節」代替「春季」一詞，用「洛陽正值芳菲節」開頭，一下子就把讀者帶進了離人所在的滿城春色的地方。但作者並不滿足於此，他又用「穠豔清香相間發」來進一步渲染「芳菲節」，使洛陽的春色變得更為具體可感。「穠豔」一句不僅使人想見花木繁盛、姹紫嫣紅開遍的景象，而且還使人彷彿感受到了陣陣春風吹送過來的陣陣花香。接下去兩句「遊絲有意苦相縈，垂柳無端爭贈別」，粗心大意地看過去，好像是寫景，但聯繫下闋，細心體味，便可察覺它們已暗含眷戀送別者的感情。「遊絲」是蜘蛛所吐的絲，春天飄盪在空中，隨處可見。北周庾信的〈春賦〉就曾用「一叢香草足礙人，數尺遊絲即橫路」來點染春景。至於折柳相贈的習俗，又是大家所熟知的。遊絲和垂柳原是無情之物，它們是不會留人送人的，但在惜別者眼中，它們卻彷彿變得有情了。作者用擬人化的手法，說遊絲在這裡那裡苦苦地纏繞著人不讓離去，又埋怨楊柳怎麼沒來由地爭著把人送走，即景抒情，把筆鋒轉入抒寫別離。

社會生活中的離別環境本來是千差萬別的，有淒風苦雨中的離別，也有良辰美景中的離別。寫淒風苦雨，固然可以烘托別離之苦；寫良辰美景又何嘗不能反襯離人的懊惱。這首詞就是後者的例證，作者不但在上闋寫了出發地的春光和離愁，而且又在下闋繼續寫旅途的春光和離愁，使人感到春色無邊無際，愁思也無邊無際，始終苦惱著離人。一篇小令當然不能把離人在長途跋涉中的事寫得很多，作者選擇了重點凸出的寫法，只寫旅途一瞥，使富有特徵的形象描繪產生以少勝多的藝術效果。

「杏花紅處青山缺，山畔行人山下歇」是全詞傳神之筆。上句描寫旅途中的春山。人們可以想像作者是寫山口處有紅杏傍路而開；也可以想像作者是寫紅豔豔的杏花林遮住了一大片青山，給人以那是山的缺處的感覺。總之，無論哪一種構思，都很新穎，不落陳套。就在這樣的背景上，人們看到了那位離人的活動：他繞山而行，群山連綿，路途遙遠，他還沒有到達目的地，中途停宿在有杏花開放的驛舍裡。這兒人煙稀少，和繁華的洛陽形成鮮明的對照。他感到寂寞，他夜不成眠，望月思人，終於迸發出了「今宵誰肯遠相隨，唯有寂寥孤館月」的嘆息，使作品所要抒發的感情得到強烈的表現，雖然不是火山爆發式的，但也有湧泉突發之勢。（吳庚舜）

玉樓春

歐陽脩

西湖南北煙波闊，風裡絲簧聲韻咽。舞餘裙帶綠雙垂，酒入香腮紅一抹。
杯深不覺琉璃滑，貪看〈六么〉花十八。明朝車馬各西東，惆悵畫橋風與月。

潁州西湖在北宋時是「花塢蘋汀，十頃波平」（〈采桑子〉殘霞夕照西湖好）的煙水之地。本篇起二句以簡練的筆觸，概括地寫出了西湖的廣闊與繁華。首句雖是平平著筆，但卻寫出了西湖的闊大，如果用纖細的著意描畫之筆，反而不能收到這樣的效果。「煙波闊」，一筆渲染過去，背景是有氣派的，下句如果太切近，太具體，就與首句不稱。「風裡絲簧聲韻咽」，則是渾括不流於纖弱的句子。使人想像到那廣闊的煙波中，迴盪著絲簧之聲，當日西湖風光和一派繁華景象，便如在目前。三、四句承次句點到的絲簧之聲，具體寫歌舞。「舞餘裙帶綠雙垂，酒入香腮紅一抹」，寫的不是絲簧高奏，舞蹈處在高潮的情景，而是舞後。但從終於靜下來的「裙帶綠雙垂」之狀，可以想像此前「舞腰紅亂旋」（晏殊〈木蘭花〉）的翩翩之態；從「香腮紅一抹」的嬌豔，可以想像酒紅比那粉黛胭脂之紅更為好看，同時歌舞女子面容之白和幾乎不勝酒力，也得到了傳神的表現。

換頭由上片點出的「酒」過渡而下，但描寫的角度轉移到了正在觀賞歌舞的人們的一邊。酒杯在手，之所以不覺酒漫杯滑的原因，是由於貪看歌舞入了迷。〈六么〉是一種琵琶舞曲，花十八屬於〈六么〉中的一疊。因其包括花拍，與正拍相比，在表演上有更多的花樣與自由，也就格外迷人。酒杯在手，連「琉璃滑」都感覺不到，又怎能去想像明朝離別的情景呢？這樣，轉入明朝，就跌宕得更有力了。「明朝車馬各西東，惆悵畫橋風與月。」「明朝」不一定機械地指第二天，而是泛指日後或長或短的時間。隨著人事的變化，今天沉醉不覺者會有一天被車馬帶向遠方。那時，在異鄉，甚至在無可奈何的孤獨寂寞中，回首畫橋風月，該是何等惆悵。

歐陽脩知潁州時已經四十三歲。宦海浮沉，鬢鬚皆白，像早年那種「直須看盡洛城花，始共春風容易別」（〈玉樓春〉尊前擬把歸期說）的情懷已大為消減（至於他第二次居潁，更在六十五歲退休之後）。詞中一系列似乎很客觀的描寫和敘述，可能寓有多方面的情思和感觸。關於西湖煙波，風裡絲簧和歌舞場面的描寫，似帶有欣賞的意味，而車馬東西，回首畫橋風月的惆悵，則表現出在無可奈何之中若有所失、又若有所思的一種很複雜的情緒。

歐詞在比較注意感情深度的同時，藝術表現上多數顯得很蘊藉，有一種雍容和婉的風度。本篇開頭兩句，大筆取景，於舒緩開闊中見出氣象，已經給全詞定下了從容不迫的基調。結尾二句，從內容和情調上看，是大轉折，大變化，但出語用「明朝」二字輕輕宕開去，沒有用力扳轉的痕跡，最後又收轉到「畫橋風月」。行文上從容承接，首尾相應，顯得和婉圓融，情緒上也表現了優柔不迫的容與之態。清周濟說：「永叔詞，只如無意，而沉著在和平中見。」（《介存齋論詞雜著》）確是很中肯的評語。（余恕誠）

玉樓春 歐陽脩

別後不知君遠近，觸目淒涼多少悶。漸行漸遠漸無書，水闊魚沉何處問。

夜深風竹敲秋韻，萬葉千聲皆是恨。故攲單枕夢中尋，夢又不成燈又燼。

詞是寫閨中思婦深沉淒絕的別恨。發端句「別後不知君遠近」是恨的緣由。因不知親人行蹤，故觸景皆生出淒涼、鬱悶，亦即無時無處不如此。「多少」，「不知多少」之意，以模糊語言極狀其多。三、四兩句再進一層，抒寫了遠別的情狀與愁緒。「漸行漸遠漸無書」，一句之內重複疊用了三個「漸」字，將思婦的想像意念從近處逐漸推向遠處，彷彿去追尋愛人的足跡，然而雁絕魚沉，天涯何處尋覓蹤影！「無書」應首句的「不知」，且欲知無由，她只有沉浸在「水闊魚沉何處問」的無窮哀怨之中了。「水闊」是「遠」的象徵，「魚沉」是「無書」的象徵。「何處問」三字，將思婦欲求無路、欲訴無門的那種不可名狀的愁苦，抒寫得極為痛切。在她與親人相阻絕的浩浩水域與茫茫空間，似乎都充塞了觸目淒涼的離別苦況。詞的筆觸既深沉又婉曲。

詞篇從過片以下，深入細膩地刻畫了思婦的內心世界，著力渲染了她秋夜不寐的愁苦之情。「自古傷心唯遠別，登山臨水遲留。暮塵衰草一番秋。尋常景物，到此盡成愁。」（張先〈臨江仙〉）風竹秋韻，原是「尋常景物」，但在與親人遠別，空床獨宿的思婦聽來，萬葉千聲都是離恨悲鳴，一葉葉一聲聲都牽動著她無限愁苦之情。「故攲單枕夢中尋，夢又不成燈又燼。」思婦為了擺脫苦況的現實，急於入睡成夢，故特意斜靠著孤枕，幻想在夢中能尋覓到在現實中尋覓不到的親人，可是「千山萬水不曾行，魂夢欲教何處覓？」（韋莊〈木蘭花〉），連僅有的一點小小希望也成了泡影，不單是「愁極夢難成」（薛昭蘊〈小重山〉），最後連那一盞作伴的殘燈也熄滅了。「燈又燼」一語雙關，閨房裡的燈花燃成了灰燼，自己與親人的相會也不可能實現，思婦的命運變得像燈花一樣淒迷、黯淡。詞到結句，哀婉幽怨之情韻裊裊不斷。

前於歐陽脩的花間派詞人，往往喜歡精心刻畫女性的外在體態服飾，而對人物內心的思想感情則很少揭示。歐陽脩顯然比他們進了一大步，在這首詞中，他沒有使用一個字去描繪思婦的外貌形象，而是著力揭示思婦內心的思想感情，字字沉著，句句推進，如剝筍抽繭，逐層深入，由分別——遠別——無音信——夜聞風竹——尋夢不成——燈又燼，將一層、一層、又一層的愁恨寫得愈來愈深刻、淒絕。全詞寫愁恨由遠到近，自外及內，從現實到幻想，又從幻想回歸到現實。且抒情寫景情景兩得，寫景句寓含著婉曲之情，言情句挾帶著淒涼之景，表現出特有的深曲婉麗的藝術風格。（吳翠芬）

南歌子 歐陽脩

鳳髻金泥帶，龍紋玉掌梳。走來窗下笑相扶，愛道畫眉深淺入時無。
弄筆偎人久，描花試手初。等閒妨了繡功夫，笑問鴛鴦兩字怎生書。

此詞描寫了一對青年夫婦的新婚生活。在這對新婚夫婦中，又是以女方為主。詞人以細膩的筆觸勾勒了她的聲容笑貌和心理活動。讀著這首詞，彷彿在觀賞一齣崑曲折子戲，劇中主人翁富有生活氣息的表演，給我們帶來濃厚的情趣。

明人沈際飛評此詞云：「前段態，後段情，各盡，不得以蕩目之。」（《草堂詩餘別集》卷二）此意頗能道著，詞中的新婦活潑自如，甚至有些嬌縱，但不能視作放蕩。在封建禮教的重重桎梏下，詞人能塑造出這樣一個女子，確非易事。起首二句，詞人寫其裝束，真可謂極妍盡態，宋初作品中似不多見。作者曾在〈盤車圖〉詩中說：「古畫畫意不畫形，梅詩詠物無隱情。忘形得意知者寡，不若見詩如見畫。」由於感到忘形得意的作品知之者甚少，因而他竭力追求形似，使讀者見詩如同見畫。正是在這種文藝思想的指導下，他在這首詞中才不厭其煩地描繪這位新嫁娘的頭飾。鳳髻者，狀如鳳凰的髮型，已夠華麗了；在這種髮型上再束以金色的彩帶，則更加華麗了。這還不算，她還在頭髮上插著一把玉掌梳，玉是華貴的飾物，在這飾物上再刻上龍紋，則又更加華貴了。這種寫法就是人們常說的層層加碼。詞人採用這種層層加碼法，把這位新嫁娘打扮得雍容華貴，收到了「見詞如見畫」的效果。

但是詞人並不停留在形似上，倘若如此，就只能徒有其表，沒有靈魂。於是接下去兩句便以輕鬆的筆調描繪這位新嫁娘的神態。她梳妝才罷，便輕盈地走到窗前，滿面笑容地挨著她的丈夫，甜蜜地問道：「畫眉深淺入時無？」這句話來自唐人朱慶餘〈閨意獻張水部〉詩，原意在於試探主考官是否賞識自己的文章。這裡直截用來表現愛情，顯得更加自然貼切。

詞的下闋寫這位新嫁娘在寫字繡花，雖係寫實，然卻富於情味。過片首句中的「久」字用得極工，非常準確地表現了她與丈夫形影不離的親密關係，那種小鳥依人的姿態，令人感到溫柔可愛。結尾二句，一承繡花，一承寫字，過渡得極為自然，運筆如行雲流水，恰到好處地反映了人物輕快愉悅的情緒。由於她剛剛嫁過來，第一次描花，總想試一試好身手；然而近在咫尺的新郎又像磁鐵一樣吸引著她，「等閒妨了繡功夫」。她只好停下繡針，拿起彩筆，問丈夫「鴛鴦」二字怎麼寫。鴛鴦在傳統詩詞中總是比喻夫婦和雙雙對對的情侶。此時新娘問此二字如何寫法，心中自然充滿著幸福感；對她丈夫來說，甚至帶有一股挑逗的味兒。然而卻較為含蓄，所謂「發乎情，止乎禮義」（《詩經．大序》），「不得以蕩目之」者是也。

前人認為歐詞風格迫近花間，此詞尤甚。《花間集》中寫女子的裝飾，錯金組繡，備極華麗，然「每截取可以調和的諸印象而雜置一處，聽其自然融合」（俞平伯《讀詞偶得》評溫庭筠〈菩薩蠻〉），而人物的思想感情則影影綽綽，難以捉摸。歐陽脩此詞雖也寫人物的華麗裝束，但於人物的精神風貌則刻畫得較為具體生動，可見在繼承花間傳統時有所發展。特別是此詞的上下兩結均出以問句，在人物內心感情的自然流露中，表現出活潑輕靈的風格，這在花間詞中也是少見的。（徐培均）

臨江仙 歐陽脩

柳外輕雷池上雨，雨聲滴碎荷聲。小樓西角斷虹明。闌干倚處，待得月華生。

燕子飛來窺畫棟，玉鉤垂下簾旌。涼波不動簟紋平。水精雙枕，傍有墮釵橫。

此詞甚奇，奇在所取時節、景色、人物、生活，都不是一般作品中常見重複或類似的內容，千古獨此一篇，得未曾有。

此即是奇，而不待挾山超海、攬月驅星，方是奇也。所寫是夏景，傍晚陣雨旋晴，一時之情狀，畫所難到，得未曾有。柳在遠處近處？詞人不曾「交代」，然而無論遠近，雷則來自柳的那一邊，雷為柳隔，聲似為柳「濾」過，分明已經音量減小，故是輕雷，隱隱隆隆之致，有異於當頭霹靂。雷在柳外，而雨到池中，是一是二？亦覺不易分疏。雨來池上，雷已先止，唯聞沙沙颯颯，乃是雨聲獨響。最奇者，是「雨聲滴碎荷聲」。奇不在兩個「聲」字疊用。奇在雨聲之外，又有荷聲。荷聲者，其葉蓋之聲也。奇又在「碎」。雨本一陣，了不可分，而因荷承，聲聲清晰。此為輕雷疏雨，於一「碎」字盡得風流，如於耳際聞之。

雨本不猛，旋即放晴。「人間重晚晴」（李商隱〈晚晴〉），晚晴之美，無可著筆。「夕陽無限好」（李商隱〈樂遊原〉），而斷虹一彎，忽現雲際，則晚晴之美，無以復加處又加一重至美，無可著筆處乃偏偏有此斷虹，來為生色，來為照影。晚晴之美，至矣極矣！

斷虹之美，又無可寫處，難於落筆，詞人又只下一「明」字，而斷虹之美，斜陽之美，雨後晚晴的碧空如

歐陽脩〈臨江仙〉（柳外輕雷池上雨）——明刊本《詩餘畫譜》

洗之美，被此一「明」字寫盡，再無可寫矣！「明」乃尋常之字，本無奇處，但細思之，此處此字，實又甚奇，因為它表現了那麼豐富的光線、色彩、時間、境界！

斷虹現於何處？乃在小樓西角。小樓西角，引出上片聞雷聽雨之人。其人獨倚畫闌，領此極美的境界，久久不曾離去。久久，久久，一直到天邊又見了一鉤新月，宛宛而現。「月華生」三字，繼「斷虹明」三字，奇外添奇，美上增美，其筆致之溫麗明妙，直到不可思議處，——此方是無奇處真奇，蓋詞人連一個生僻字、粉飾字也不曾使用，而達此極美的境界，方是高手，也是聖手。

下片詞境繼月華生而再進一層，寫到闌干罷倚，人歸簾下，天真晚矣。涼波以比簟紋，已妙極，又下「不動」字，下「平」字，力寫靜處生涼之境。水精（晶）枕，加一倍渲染畫棟玉鉤，大似溫飛卿〈菩薩蠻〉「水精簾裡頗黎枕」，皆以精美華麗之物以造一理想的人間境界。而結以釵橫，後來蘇東坡〈洞仙歌〉亦以之寫夏夜：「繡簾開，一點明月窺人，人未寢，欹枕釵橫鬢亂。」末四字為俗流妄用為褻詞，其實坡公止是寫熱甚不能入寐，毫無他意。歐公此處，神理不殊，先後一揆。若作深求別解，即墮惡趣，而將一篇奇絕之名作踐踏矣。（周汝昌）

浪淘沙

歐陽脩

把酒祝東風，且共從容，垂楊紫陌洛城東。總是當時攜手處，遊遍芳叢。

聚散苦匆匆，此恨無窮。今年花勝去年紅。可惜明年花更好，知與誰同？

此詞為春日與友人在洛陽城東舊地同遊有感而作。據詞意，在寫作此詞的去年春，友人亦曾同作者在洛城東同遊。仁宗天聖九年（一〇三一）三月，歐陽脩至洛陽西京留守錢惟演幕作推官，與同僚尹洙和河南縣（治所即在洛陽）主簿梅堯臣等詩文唱和，相得甚歡，這年秋後，梅堯臣調河陽（治所在今河南孟州市南）主簿，次年（明道元年，一〇三二）春，曾再至洛陽，寫有〈再至洛中寒食〉和〈依韻和歐陽永叔同遊近郊〉等詩。歐陽脩在西京留守幕前後共三年，其間僅明道元年春在洛陽，此詞當即本年所作。詞中同遊之人或即梅堯臣。

上片敘事，從遊賞中的宴飲起筆。這裡的新穎之處，是作者既未寫酒筵之盛，也未寫人們的宴飲之樂，而是寫作者舉酒向東風祝禱：希望東風不要匆匆而去，能夠停留下來，參加他們的宴飲，一道遊賞這大好春光。首二句詞語本於司空圖〈酒泉子〉「黃昏把酒祝東風，且從容」，而添一「共」字，便有了新意。「共從容」是兼風與人而言。對東風言，不僅是愛惜好風，且有留住光景，以便遊賞之意；對人而言，希望人們慢慢遊賞，盡興方歸。「洛城東」揭出地點。洛陽公私園囿甚多，宋人李格非著有《洛陽名園記》專記之。京城郊外的道路叫「紫陌」。「垂楊」同「東風」合看，可想見其暖風吹拂，翠柳飛舞，天氣宜人，景色迷人，正是遊賞的好時候、好處所。所以末兩句說，都是過去攜手同遊過的地方，今天仍要全都重遊一遍。「當時」就是下片的「去年」。「芳叢」說明此遊主要是賞花。

下片是抒情。頭兩句就是重重的感嘆。「聚散苦匆匆」，是說本來就很難聚會，而剛剛會面，又要匆匆作別，這怎能不給人帶來無窮的悵恨呢！「此恨無窮」並不僅僅指作者本人而言，也就是說，在親人朋友之間聚散匆匆這種悵恨，從古到今，以至今後，永遠都沒有窮盡，都給人帶來莫大的痛苦。「黯然銷魂者，唯別而已矣！」（南朝江淹〈別賦〉）好友相逢，不能久聚，心情自然是非常難受的。這感嘆，就是對友人深情厚誼的表現。下面三句是從眼前所見之景來抒寫別情，也可以說是對上面的感嘆的具體說明。「今年花勝去年紅」有兩層意思。一是說今年的花比去年開得更加繁盛，看去更加鮮豔，當然希望同友人盡情觀賞。說「花勝去年紅」，足見去年作者曾同友人來觀賞過此花，此與上片「當時」呼應，這裡包含著對過去的美好回憶；也說明此別已經一年，這次是久別重逢。聚會這麼不易，花又開得這麼美好，本來應該多多觀賞，然而友人就要離去，怎能不使人痛惜？這句寫的是鮮豔繁盛的景色，表現的卻是感傷的心情，正是清代王夫之所說的「以樂景寫哀」（《薑齋詩話》）。末兩句意思更進一層：明年這花還將比今年開得更加繁盛，可惜的是，自己和友人分居兩地，天各一方，明年此時，不知同誰再來共賞此花啊！再進一步說，明年自己也可能已離開此地，更不知是誰來賞此花了。杜甫〈九日藍田崔氏莊〉「明年此會知誰健，醉把茱萸仔細看」，立意與此詞相近，可以合看，不過，杜詩意在傷老，此詞則意在惜別。把別情熔鑄於賞花中，將三年的花加以比較，層層推進，以惜花寫惜別，構思新穎，富有詩意，是篇中的絕妙之筆。而別情之重，亦即說明同友人的情誼之深。

清人馮煦謂歐陽脩詞「疏雋開子瞻（蘇軾），深婉開少游（秦觀）」（《蒿庵論詞》）。此詞筆致疏放，婉麗雋永，近人俞陛雲稱它「因惜花而懷友，前歡寂寂，後會悠悠，至情語以一氣揮寫，可謂深情如水，行氣如虹矣」（《宋詞選釋》），正說明它兼具這兩方面的特色。（王思宇）

浪淘沙　歐陽脩

五嶺麥秋殘，荔子初丹。絳紗囊裡水晶丸。可惜天教生處遠，不近長安。

往事憶開元，妃子偏憐。一從魂散馬嵬關，只有紅塵無驛使，滿眼驪山。

詠史詞在唐代即已產生，如竇弘餘、康駢的〈廣謫仙怨〉都是寫唐玄宗、楊貴妃事跡的。《花間集》裡，有韋莊、孫光憲的〈河傳〉，毛熙震的〈臨江仙〉。宋初有李冠的兩首〈六州歌頭〉，一寫唐玄宗、楊貴妃的愛情悲劇，一寫劉邦、項羽的鬥爭，都是慷慨雄偉之作。歐陽脩這首〈浪淘沙〉，承前人餘緒，歌詠唐代天寶年間玄宗荒淫、楊妃專寵的史事，深寓鑑戒之意。

唐玄宗晚年的亂政，可入題詠的事很多。一首篇幅很短的小令，不可能也不必要寫許多事件。本篇集中筆墨，單就楊妃喜食鮮荔枝，玄宗命人從嶺南、西蜀馳驛進獻一事發抒感慨。開頭三句從五嶺荔枝成熟寫起。首句點明產地產時，次句點明荔枝成熟，第三句描繪荔枝的外形內質，次第井然。荔枝成熟時，果皮呈紫絳色，多皺，果肉呈半透明凝脂狀，這裡用「絳紗囊裡水晶丸」來比況，不但形象逼真，而且能引發人們對它的色、形、味的聯想而有滿口生津之感。

但詞人的筆卻就此打住，不再黏滯在荔枝上。接下來兩句，承首句「五嶺」，專從產地之遙遠託諷致慨。「可惜天教生處遠，不近長安。」像是故意模擬玄宗惋惜遺憾的心理與口吻，又像是作者意味深長的諷刺，筆意非常靈動巧妙。從玄宗方面說，是惋惜荔枝生長在遠離長安的嶺南，不能頃刻間得到，以供楊妃之需；從作者方面說，則又隱然含有天不從人願，偏與玄宗、楊妃作對的揶揄嘲諷。而言外又自含對玄宗專寵楊妃、為她羅致一切珍奇的行為的批判。

過片「往事憶開元」句一筆兜轉，點醒上片。說「開元」而不說「天寶」，純粹出於音律上的考慮。《新唐書．楊貴妃傳》：「妃嗜荔枝，必欲生致之。乃置騎傳送，走數千里，味未變，已至京師。」「妃子偏憐」及下「驛使」本此。這裡的「偏」與上片的「天教」正形成意味深長的對照。

結尾三句「一從魂散馬嵬關，只有紅塵無驛使，滿眼驪山」。「魂散馬嵬關」，指玄宗奔蜀途中，隨行護衛將士要求殺死楊妃，玄宗不得已命高力士將其縊死於馬嵬驛事。「紅塵」用杜牧〈過華清宮絕句三首〉其一「一騎紅塵妃子笑，無人知是荔枝來」意。驛使，指馳送荔枝的驛站官差。這三句既巧妙地補敘了當年馳驛傳送荔枝的勞民之舉，交待了楊妃縊死馬嵬的悲劇結局，而且收歸現境，抒發了當前所見所感：熱鬧的新豐道上，被過往行人車馬揚起的紅塵依然如故，但馳送荔枝的驛使卻再也見不到了。當年沉醉於享樂的唐玄宗早已成為塵土，一代絕色也早已魂散馬嵬，滿眼中只有佳木蔥蘢的驪山依然長在，供後人遊賞憑弔。詞人對淫侈享樂、亂政誤國的歷史教訓並不直接說出，只用「有」、「無」的開合相應與「滿眼驪山」的景象隱隱逗露，顯得特別雋永耐味。

詞作為一種純粹抒情的詩體，長於言情寫景，拙於敘事。而詠史詞卻不可能避開對史事的敘述與議論。這首詠史詞，在處理事與情、敘與議的關係上，提供了比較成功的經驗。（劉學鍇）

浣溪沙　歐陽脩

堤上遊人逐畫船，拍堤春水四垂天。綠楊樓外出秋千。

白髮戴花君莫笑，六么催拍盞頻傳。人生何處似尊前！

歐陽脩善於寫一些即景抒情的小詞。他往往能在很短的篇幅中，運用清麗自然的語言，描繪生動優美的景象，抒發婉曲深厚的感情，具有一種獨特的風神之美，這首〈浣溪沙〉就是這方面的代表作之一。

此詞大約作於知潁州（治所在今安徽阜陽）時，敘寫作者春日載酒湖上的所見所感。上片描摹明媚秀麗的春景和眾多遊人的歡娛。「堤上遊人逐畫船」，寫所見之人：堤上踏青賞春的人隨著畫船在行走。一個「逐」字，生動地道出了遊人如織，熙熙攘攘，喧囂熱鬧的情形。「拍堤春水四垂天」，寫所見之景：溶溶春水，碧波浩瀚，不斷地拍打著堤岸；上空天幕四垂，遠遠望去，水天相接，廣闊無垠。第三句「綠楊樓外出秋千（鞦韆）」，寫出了美景中人的活動。這句中的「出」字用得極精。晁補之說：「只一『出』字，自是後人道不到處。」（南宋吳曾《能改齋漫錄》卷十六引）王國維則說：「余謂此本於正中（馮延巳字）〈上行杯〉詞『柳外秋千出畫牆』，但歐語尤工耳。」（《人間詞話》卷上）「出」字凸出了鞦韆和盪鞦韆的人，具有畫龍點睛的作用，使人們好像隱約聽到了綠楊成蔭的臨水人家傳出的笑語喧鬧之聲，彷彿看到了鞦韆上嬌美的身影，這樣就在幽美的景色中，平添出一種盎然的生意。上片真切地描寫出了一幅春光旖旎的圖畫，給人以清新迷人的美感；同時又著力渲染了春景中世人的得意歡娛，為下片寫詞人自己作鋪墊。

下片敘寫作者在畫船中宴飲的情況，著重抒情。「白髮戴花君莫笑」，「白髮」，詞人自指。這樣的老人頭插鮮花，自己不感到可笑，也不怕別人見怪，儼然畫出了他曠放不羈、樂而忘形的狂態。〈浣溪沙〉詞調過片二句多用對偶句。下句「六么催拍盞頻傳」和上句對仗，但對得靈活，使人不覺。「六么」即「綠腰」，曲調名。「拍」，歌的節拍。此句形象地寫出畫船上急管繁弦，樂聲四起，頻頻舉杯，觥籌交錯的場面。和上句一起描繪了一幅湖上宴樂圖，作者沉醉於其間的神態，躍然紙上。歇拍「人生何處似尊前」，雖是議論，但它是作者感情的昇華，寫得淒愴沉鬱，耐人品味。至此，作品完成了對詞人自我形象的塑造，這個形象正是〈醉翁亭記〉中那個「蒼顏白髮，頹然乎其間者」的「太守」。歐陽脩剛正不阿，憂國憂民，可是宦海浮沉，政治上多次遭受挫折。他的嗜酒耽樂正是他藉以排遣苦悶的特殊方式，絕不是一般的生活放縱。

這首詞上片和下片對比鮮明，上片寫眾人在春光中的得意歡娛，喧囂熱鬧，正襯托出下片詞人在畫船中的酣酒耽樂，別有意趣。而在刻摹詞人的自我形象，抒發作者的感慨時，既疏放清曠，又婉曲含蓄，意在言外。

（吳小林）

浣溪沙

歐陽脩

湖上朱橋響畫輪，溶溶春水浸春雲，碧琉璃滑淨無塵。

當路遊絲縈醉客，隔花啼鳥喚行人，日斜歸去奈何春。

歐陽脩做過潁州知州，晚年又退居潁州，寫過十首描寫潁州西湖的〈采桑子〉，是一組著名的詞作。這首〈浣溪沙〉，也是描寫潁州西湖的，寫湖上春景，寫人們到湖上遊春的景象。首句的「朱橋」和「畫輪」，是經過特意裝飾的字面，給讀者造成了一種富麗華貴的感覺。遊客們乘坐著豪華的車子，駛過那裝修著朱紅欄杆的橋梁，蹄聲得得，輪聲隆隆，來到西湖遊賞春光。這一句的緊要字眼是那個「響」字，用聲音表示動態，而且能夠傳達出一種喧闐熱鬧的氣氛，很像北周庾信〈春賦〉裡所寫的「開上林而競入，擁河橋而爭渡」那種景況。第二句「溶溶春水浸春雲」寫湖面風光，水裡映出了雲的影子，雲、水、天空都融在一起了。溶溶，水盛貌。春水，言水之柔和；春雲，言雲之舒緩。一句之中，並列兩個「春」字，這倒是名副其實的「加一倍寫法」，目的就是把這個字凸現出來。這句裡的「浸」字也用得好，把映照說成浸泡，就等於把雲的影子說成是真的雲，透過這種「真實感」暗中透露出湖水的清澈程度來。〈浣溪沙〉這個詞調，上下片都是七言三句，一般的寫法是，前兩句要有足夠的分量，到第三句，或是伸延下來作成補充的描寫，或是生發開去寫出轉換的筆墨。歐陽脩這首詞的前兩句就勾連得很緊密，這還不只是在於湖、橋、水三者原本就是一體，而更在於兩個句子裡的動詞

「響」和「浸」都是醒目的字眼，又都被安排在第五字的位置上，顯得銖兩悉稱，旗鼓相當。於是，第三句就成了前兩句拖下來的一條尾巴，擔當著對湖水作一點補充描寫的任務。作者接下來寫道：「碧琉璃滑淨無塵。」用尾巴作比喻，並不是說這個句子不必要，恰恰相反，寫〈浣溪沙〉，就得這樣安排章法，正像畫馬必須畫出一條漂亮的尾巴那樣。用琉璃的光潔平滑來比喻西湖的水面，可能是作者的得意之筆，因為在〈采桑子〉裡也有同樣的描寫——「無風水面琉璃滑」。

下片前兩句，按照此調格律的要求，是對偶句：「當路遊絲縈醉客，隔花啼鳥喚行人。」這兩句描寫春物留人，人亦戀春，是全詞的重點所在。遊絲，是春季裡昆蟲吐出來的細絲，隨風飄舞在花草樹木之間，庾信〈春賦〉裡，有「一叢香草足礙人，數尺遊絲即橫路」的句子，李白又加以發展，說成「見遊絲之橫路，網春暉以留人」（〈惜餘春賦〉）。遊絲本無情而有情，網住春光，留住遊人。歐陽脩接過這層意思，又把「留人」發展成「縈醉客」。遊人來到西湖，或畫船載酒，或茵席舉觴，不覺都成了「醉客」——既是賞春縱飲，也有被美景所陶醉的意思。既來遊賞了，又已「醉」了，「遊絲」因何還牽住他們不放，這一點道理下面自有交代。「隔花啼鳥喚行人」，「喚」，也是「喚住」之意，與遊絲縈客同。總的是說春色無多了，何不再留連些時，這正是「惜餘春」之意。明明是遊人捨不得歸去，卻說成是遊絲、啼鳥出主意挽留，這便是詞體以婉曲寫情的特別處。下片前兩句，寫得繁富飽滿，字面也相當華麗，頗有點「仕女遊春圖」的氣象。這樣一來，就給末句提出了較高的要求，必須作出很好的收束。可是，末句裡的「日斜歸去」四字，不過是平板的敘事，至多說明西湖景色美好，讓人留連，此外就沒有別的意思了，所以，結句的妙處就在「奈何春」三個字了，這三字使得全詞更顯得精彩。第一，它生發開來，寫得遠。隨著時間的不斷推移，人既已歸，春亦將歸，作者想到美好的春光即將逝去，這是無可奈何的事。第二，它挖掘下去，寫得深。西湖遊春，度過了一天歡快，但「天下沒有不散的筵席」，歸去之際，不免若有所失，由歡樂而轉入惆悵，這也是無可奈何的事。這首詞的結尾，是用陡轉直下的筆法揭示了遊人內心深處的思維活動，表現了由歡快而悲涼這種兩極轉換的心理狀態，故而能夠取得含蓄蘊藉、餘味不絕的效果。（王雙啟）

漁家傲

歐陽脩

近日門前溪水漲，郎船幾度偷相訪。船小難開紅斗帳，無計向，合歡影裡空惆悵。

願妾身為紅菡萏，年年生在秋江上；重願郎為花底浪，無隔障，隨風逐雨長來往。

歐陽脩現存的詞作中，〈漁家傲〉達二十闋，可見他對北宋民間流行的這一新腔有著特殊愛好。其中用這一詞調填的採蓮詞共六首。晚唐五代以來，詞中寫愛情多以閨閣庭院為背景，採蓮詞卻將背景移到了蓮塘秋江，男女主角相應地換成了水鄉青年男女，詞的風格也由深婉含蓄變為清新活潑。

上片敘事，寫蓮塘相訪而不得好合的惆悵。起二句寫近日溪水漲綠，情郎趁水漲駕船相訪。男女主人公隔溪而居，平常大約很少有見面的機會，所以要趁水漲相訪。說「幾度」，正見雙方相愛之深；說「偷相訪」，則其為祕密愛情可知。這漲滿的溪水，既是雙方會面的便利條件，也似乎象徵著雙方漲滿的情愫。或者說，由於雙方常趁水漲會面，這漲滿的溪水就自然引起他們心潮的上漲。

「船小難開紅斗帳，無計向，合歡影裡空惆悵。」紅斗帳，是一種紅色的圓頂小帳。古詩〈孔雀東南飛〉：

「紅羅複斗帳，四角垂香囊。」在詩歌中經常聯繫著男女的好合。採蓮船很小，一般僅容一人，說「難開紅斗帳」自是實情。無計向，即沒奈何、沒辦法。合歡，指並蒂而開的蓮花。三句寫不得好合的惆悵，說「難」，說「無計」，說「空」，重疊反覆，見惆悵之深重。特別是最後一句，物我對照，觸景增慨，將男女主人公對影傷神的情態生動地表現出來了。

下片抒情，寫女主人公因不能合歡而產生的幻想，緊扣秋江紅蓮的現境設喻寫情。紅菡萏，即紅蓮花。面對秋江中因浪隨風搖曳生姿的紅蓮，女主人公不禁產生這樣的痴想：希望自己化身為眼前那豔麗的芙蓉，年年歲歲託身於秋江之上；更希望情郎化身為花底的輕浪，與紅蓮緊密相依，沒有障隔，在雨絲風片中長相廝伴。如果說把紅妝少女想像成秋江紅蓮並不算新鮮，那麼用「紅菡萏」和「花底浪」來比喻情人間親密相依的關係，則是一種創造。妙在即景取譬，託物寓情，融寫景、抒情、比興、想像為一體，顯得新穎活潑，深帶民歌風味。

（劉學鍇）

少年遊

歐陽脩

欄杆十二獨憑春，晴碧遠連雲。千里萬里，二月三月，行色苦愁人。

謝家池上，江淹浦畔，吟魄與離魂。那堪疏雨滴黃昏，更特地、憶王孫。

在古典詩歌中，離愁常用芳草來比興，芳草萋萋往往象徵著離恨悠悠。因為一則春草的滋生，標誌著季節的更迭，而美好的春色，又總能逗引起閨婦思遠、遊子懷鄉等盼望團聚的思想感情。二則芳草榮茂，伸展天外，最能表達出離愁無窮無盡的情思。歐陽脩的這首詞正是詠春草而兼涉離愁的。

詞的起首從憑欄寫入。「春」字點出季節，「獨」字說明孤身一人。當春獨立，人之了無意緒可知。「欄杆十二」，著一「憑」字，表示憑遍了十二欄杆。李清照詞：「倚遍欄杆，只是無情緒。」（〈點絳脣〉）辛棄疾詞：「欄杆拍遍，無人會、登臨意。」（〈水龍吟〉）「倚遍」、「拍遍」，都是一種動作性的描繪。歐詞說欄杆十二，一一憑遍，說明詞中人物憑眺之久長，心情之焦切。這開頭一句容量不小，不只點出了時、地、人，還寫了人物的處境、動作和情態。

「晴碧遠連雲」句是承上句憑欄所見，以「晴碧」著色，正面詠草。南朝江淹〈別賦〉云：「春草碧色。」晴則色明。「遠連雲」，是說芳草延伸，至目盡處與天相接。一以見所望之遠，二以見草野之深，三則言外尚有神馳遐方之意。杜牧〈江上偶見絕句〉：「草色連雲人去住。」可見此景確實關乎別情。

作詞如作畫，亦有點染之法，即先點出中心物象，然後就其上下左右著意渲染之。「晴碧」句是「點」，「千里」兩句為「染」。「千里萬里」承「遠連雲」，從廣闊的空間上加以渲染，極言春草的綿延無垠。「二月三月」應首句一個「春」字，從「草長」的時間上加以渲染，極言春草滋生之盛，由此而出現「千里萬里」無處不芳草的特定景象。

「行色苦愁人」，上片的煞拍極好。「行色」總括「晴碧」三句，即指芳草連天之景，遠行的象徵。這種景象在傷離的愁人眼中看出，倍增苦痛，因為引起了對遠人的思念。此句將人、景綰合，結出不勝離別之苦的詞旨，並開啟了下片的抒情。

下片伊始，作者連用兩個有關春草的故實來詠物抒情。「謝家池上」，指南朝謝靈運〈登池上樓〉中的名句「池塘生春草」。這首詩是詩人有感於時序更迭、陽春初臨而發，故曰「吟魄」。「江淹浦畔」，指江淹作〈別賦〉描摹各種類型的離別情態，其中直接寫到春草的有「春草碧色，春水淥波，送君南浦，傷如之何」。因為賦中又有「知離夢之躑躅，意別魂之飛揚」，所以歐詞中出現「江淹浦」與「離魂」字面。以上三句寫詞中人由眼前的無邊草色所勾引起的離恨別緒，說明愁人不堪其「苦」。

接著「那堪」一句用景色的變換，將此種不堪離愁之苦的感情再翻進一層。上片寫白天的晴中之景，「疏雨滴黃昏」，則是黃昏時分的雨中之景。這一句雖未有意用典，但由於情景的酷似，極容易使人聯想到馮延巳的名句「細雨濕流光，芳草年年與恨長」（〈南鄉子〉）。王國維在《人間詞話》中說：「人知和靖〈點絳脣〉、聖俞〈蘇幕遮〉、永叔〈少年遊〉三闋為詠春草絕調，不知先有正中『細雨濕流光』五字，皆能攝春草之魂者也。」結拍「更特地、憶王孫」，「更」與「那堪」呼應，由景入情，文意連貫而下。「憶王孫」本自「王孫遊兮不歸，春草生兮萋萋」（《楚辭．招隱士》）。至此，詞中人物身分豁然明朗，確是思婦無疑。她於當春之際，獨上翠樓，無論豔陽晴空，還是疏雨黃昏，總使她別情依依，離夢纏繞，魂魄不能自已。

歐陽修的這首詠物詞在表現手法上有一個顯著特色，即不重寫實，不對所詠物象展開多層次、多角度的細緻入微的刻畫，而是以寫意為主，全憑渾涵的意境取勝。其所以如此，一則和小令短小的體制有關，二則與南、北宋人不同的詞學觀念有關。南宋人詠物，重在鍊字鍛句的工巧和對物象的精細勾勒，並尤重寄託。北宋人則重在自然明快的筆調和渾涵有致的意境，不太講究寄託。如被王國維譽為詠草三絕唱的其他兩首——林逋的「萋萋無數，南北東西路」（〈點絳脣〉），梅堯臣的「滿地殘陽，翠色和煙老」（〈蘇幕遮〉），乃至稍後韓縝〈鳳簫吟〉詠草之「長行長在眼，更重重、遠水孤雲」句，都在不同程度上表現了這一藝術特色。（朱德才）

阮郎歸　歐陽脩

南園春半踏青時，風和聞馬嘶。青梅如豆柳如眉，日長蝴蝶飛。

花露重，草煙低，人家簾幕垂。秋千慵困解羅衣，畫梁雙燕歸。

詞中傷感悲涼之音多，愉悅榮和之境少。歐陽公獨有自家擅場處，即如本篇正可為例。首句點明時序。芳春過半，踏青遊賞，戲罷鞦韆（秋千），由動境而歸靜境，寫其季節天色之氣氛，閨閣深居之感受，讀之如置身風和日麗之中，而「困人天氣日初長」（朱淑真〈清晝〉）之意味，溢於毫端，中人如醉。

以吾所感而言，次句「風和聞馬嘶」五字最為一篇關鍵，其用筆閒閒，不揚不厲，而造境傳神，良不可及。然於青年學子，「風和」自不難解，「聞馬嘶」即未必盡得其理，——蓋不知古時遊春，車馬並重，車則香車，馬則寶馬，雕鞍繡轡，駿足隨花，讀唐賢詩：「大道直如髮，春來佳氣多；五陵貴公子，雙雙鳴玉珂。」（儲光羲〈洛陽道五首獻呂四郎中〉其三）想像爾時驕馬貴介，為一特色；此時此境，寶馬之振鬣長嘶，乃是良辰美景之一種不可或少的「聲響標誌」。當風日晴和中，傳來聲聲嘶馬之音，頓覺春和遊興，加倍戀人矣。

時節已近暮春，青梅結子，小雖如豆，已過花時，柳盡舒青，如眉剪黛；而日長氣暖，蝴蝶自來，不知從何而至，翩翩於花間草際，是又為此一季節之「動態標誌」。雖曰動態，而愈令人覺其動中靜極，所謂「蝴蝶上階飛，烘簾自在垂」（陳克〈菩薩蠻〉），可以合看。

果然，過片即言「人家簾幕垂」，極寫靜境。然而「花露重，草煙低」，何也？豈亦與寫靜有關乎？正是，正是。花而覺其露重欲滴，草而見其煙伏不浮，非在極靜之物境、心境下，不能察也。學詞之人，能知蝶飛簾垂，尚易；能寫露重煙低，則難。難易之間，淺深之際，最要用心尋味。

寫靜已至精微處，再以動態一為襯染，然亦虛筆，而非實義：出鞦韆，似動態矣，然已是戲罷鞦韆，只覺慵困，解衣小憩，已是歸來之後。既歸畫堂，忽有雙燕，亦似春遊方罷，相繼歸來。不說人歸，只說燕歸，以燕襯人。然而燕亦歸來，可知天色近晚，一切動態，悉歸靜境。結以燕歸，又遙遙與開篇馬嘶構成輝映。於是春景融融，芳情脈脈，畢現於毫端紙上。「狀難寫之景，如在目前；含不盡之意，見於言外。」（歐陽脩《六一詩話》引梅堯臣語）古人佳作，皆到此境界，洵不虛也。（周汝昌）

蝶戀花　歐陽脩

庭院深深深幾許？楊柳堆煙，簾幕無重數。玉勒雕鞍遊冶處，樓高不見章臺路。

雨橫風狂三月暮。門掩黃昏，無計留春住。淚眼問花花不語，亂紅飛過秋千去。

這首詞亦見於馮延巳的《陽春集》。清人劉熙載說：「馮延巳詞，晏同叔得其俊，歐陽永叔得其深。」（《藝概．詞概》）在詞的發展史上，宋初詞風徑承南唐，沒有太大的變化，而歐與馮俱仕至宰執，政治地位與文化素養基本相似。因此他們兩人的詞風大同小異，有些作品，往往混淆在一起。此詞據李清照〈臨江仙〉詞序云：「歐陽公作〈蝶戀花〉，有『深深深幾許』之句，予酷愛之，用其語作『庭院深深』數闋。」李清照去歐陽脩未遠，所云當不誤。

此詞寫閨怨。詞風深穩妙雅。所謂深者，就是含蓄蘊藉，婉曲幽深，耐人尋味。此詞首句「深深深」三字，前人嘗嘆其用疊字之工；茲特拈出，用以說明全詞特色之所在。不妨說這首詞的景寫得深，情寫得深，意境也寫得深。

先說景深。詞人像一位舞臺美術設計大師一樣，首先對女主人公的居處作了精心的安排。我們讀著「楊柳堆煙，簾幕無重數」這兩句，似乎在眼前出現了一組電影搖鏡頭，由遠而近，逐步推移，逐步深入。隨著鏡頭所指，我們先是看到一叢叢楊柳從眼前移過。「楊柳堆煙」，寫柳枝重疊若煙。著一「堆」字，則楊柳之密，

歐陽脩〈蝶戀花〉（庭院深深深幾許）——明刊本《詩餘畫譜》

宛如一幅水墨畫。隨著這一叢叢楊柳過去，詞人又把鏡頭搖向庭院，搖向簾幕。這簾幕不是一重，而是過了一重又是一重。究竟多少重，他不作瑣屑的交代，一言以蔽之曰「無重數」。「無重數」，即無數重。秦觀〈踏莎行〉「驛寄梅花，魚傳尺素，砌成此恨無重數」，與此同義。一句「無重數」，令人感到這座庭院簡直是無比幽深。可是詞人還沒有讓你立刻看到人物所在的地點。他先說一句「玉勒雕鞍遊冶處」，宕開一筆，把你的視線引向她丈夫那裡；然後折過筆來寫道：「樓高不見章臺路。」原來這詞中女子正獨處高樓，她的目光正透過重重簾幕，堆堆柳煙，向丈夫經常遊冶的地方凝神遠望。這種寫法叫做欲揚先抑，做盡鋪排，造足懸念，然後讓人物出場，如此便能予人以深刻的印象。

再說情深。詞中寫情，通常是和景結合，即景中有情，情中有景，但也有所側重。此詞將女主人公的感情層次挖得很深，並用工筆將抽象的感情作了細緻入微的刻畫。詞的上片著重寫景，但「一切景語，皆情語也」（王國維《人間詞話》），在深深庭院中，人們彷彿看到一顆被禁錮的與世隔絕的心靈。詞的下片著重寫情，雨橫風狂，催送著殘春，也催送女主人公的芳年。她想挽留住春天，但風雨無情，留春不住。於是她感到無奈，只好把感情寄託到命運同她一樣的花上：「淚眼問花花不語，亂紅飛過秋千（鞦韆）去。」這兩句包含著無限的傷春之感。清人毛先舒評曰：「詞家意欲層深，語欲渾成。作詞者大抵意層深者，語便刻畫；語渾成者，意便膚淺，兩難兼也。或欲舉其似，偶拈永叔詞云『淚眼問花花不語，亂紅飛過秋千去』，此可謂層深而渾成。」（清王又華《古今詞論》引）他的意思是說語言渾成與情意層深往往是難以兼具的，但歐詞這兩句卻把它統一起來。所謂：「意欲層深」，就是人物的思想感情要層層深入，步步開掘。毛先舒說，第一層寫女主人公「因花而有淚」。見花落淚，對月傷情，是古代女子常有的感觸。此刻女子正在憶念走馬章臺（漢長安章臺街，後世藉以指遊冶之處）的丈夫，可是望而不可見，眼中唯有在狂風暴雨中橫遭摧殘的花兒，由此聯想到自己的命運，不禁傷心淚下。第二層是寫「因淚而問花」。淚因愁苦而致，勢必要找個發洩的對象。這個對象此刻已幻化為花，或者說花已幻化為人。於是女主人公向著花兒痴情地發問。第三層是「花竟不語」。花本不能語。詞人說它「不語」，以見自己的苦悶無可告語。緊接著詞人寫第四層，「不但不語，且又亂落，飛過鞦韆」。人兒走馬章臺，花兒飛過鞦韆，有情之人，無情之物對她都報以冷漠，她怎能不傷心呢？這種借客觀景物的反應來烘托、反襯人物主觀感情的寫法，正是為了深化感情。毛先舒評曰：「人愈傷心，花愈惱人，語愈淺而意愈入，又絕無刻畫費力之跡，謂非層深而渾成耶？然作者初非措意，直如化工生物，筍未出而苞節已具，非寸寸為之也。」詞人一層一層深挖感情，並非刻意雕琢，而是像竹筍有苞有節一樣，自然生成，逐次展開。在自然渾成、淺顯易曉的語言中，蘊藏著深摯真切的感情，這是本篇一大特色。

最後是意境深。詞中寫了景，寫了情，而景與情又是那樣的融合無間，渾然天成，構成了一個完整的意境。我們讀此詞，總的印象便是意境幽深，不徒名言警句而已。詞人刻畫意境也是有層次的。從環境來說，它是由外景到內景，以深邃的居室烘托深邃的感情，以灰暗淒慘的色彩渲染孤獨傷感的心情。從時間來說，上片是寫濃霧瀰漫的早晨，下片是寫風狂雨暴的黃昏，由早及晚，逐次打開人物的心扉。過片三句，近人俞平伯評曰：「『三月暮』點季節，『風雨』點氣候，『黃昏』點時刻，三層渲染，才逼出『無計』句來。」（《唐宋詞選釋》）暮春時節，風雨黃昏；閉門深坐，情尤怛惻。個中意境，彷彿是詩，但詩不能寫其貌；是畫，但畫不能傳其神；唯有透過這種婉曲的詞筆才能恰到好處地勾畫出來。尤其是結句，更臻於妙境：「一若關情，一若不關情，而情思舉蕩漾無邊。」（明沈際飛《草堂詩餘正集》）近人王國維認為這是一種「有我之境」。所謂「有我之境」，便是「以我觀物，故物皆著我之色彩」（《人間詞話》）。也就是說，花兒含悲不語，反映了詞中女子難言的苦痛；亂紅飛過鞦韆，烘托了女子終鮮同情之侶、悵然若失的神態。而情思之綿邈，意境之深遠，尤令人神往。（徐培均）

王安石

【作者小傳】（一〇二一～一〇八六）字介甫，晚號半山。撫州臨川（今屬江西）人。宋仁宗慶曆二年（一〇四二）進士。神宗朝兩度任相，實行變法。封舒國公，改封荊國公。晚居金陵。卒，謚曰文。詩、文皆有成就，為「唐宋八大家之一」。詞作不多，風格高峻，一洗五代綺靡舊習。以〈桂枝香．金陵懷古〉為代表作。著有《王臨川集》《臨川先生歌曲》。存詞二十九首。

桂枝香　王安石

金陵懷古

登臨送目，正故國晚秋，天氣初肅。千里澄江似練，翠峰如簇。征帆去棹殘陽裡，背西風酒旗斜矗。彩舟雲淡，星河鷺起，畫圖難足。

念往昔，繁華競逐。嘆門外樓頭，悲恨相續。千古憑高對此，謾嗟榮辱。六朝舊事隨流水，但寒煙衰草凝綠。至今商女，時時猶唱，〈後庭〉遺曲。

王安石〈桂枝香・金陵懷古〉——明刊本《詩餘畫譜》

古來有學識、有抱負的文士，一旦登高望遠，便興起了滿懷愁緒，那愁又不是區區個人私情，而常常是日月之遷流，世途之坎壈，家國之憂患，人生之苦辛……一齊湧上心頭，奔赴筆下，遂而寫成了名篇佳作，歷久長新，此等例真是舉之不盡，而王半山的這一闋〈桂枝香〉，實為個中翹楚。

作者這次是在南朝古都，金陵勝地，而時值深秋，天色傍晚，他在此意境之間，臨江攬勝，憑高弔古。他開門見山，表明時地。試看他雖以登高望遠為主題，卻是以故國晚秋為眼目。一個「正」字領起，一個「初」字吟味，一個「肅」字點醒。筆力遒舉，精神振斂，無限涵詠，皆從此始。

以下兩句，已盡勝概，然而如此江山，如何「刻畫」？不過一借六朝謝家名句——「解道『澄江淨如練』①，令人長憶謝玄暉」（李白〈金陵城西樓月下吟〉）；一出自家隨手拈舉。即一個「似練」，一個「如簇」，形勝已赫然，全是大方家數，蓋在此間容不得半點描眉畫鬢。然後即遺山光而專江色，——縱目一望，只見斜陽映照之下，數不清的帆風檣影，交錯於閃閃江波之上。更一凝睛細審，卻又見西風緊處，那酒肆青旗高高挑起，因風飄拂。帆檣為廣景，為「宏觀」；酒旗為細景，為「微象」；而皆江上水邊之人事也。故詞人之領受，自以風物為導引，而以人事為著落。然而，學文之士，卻莫忘他一個「背」字，一個「矗」字，又是何等神采，何等警策！

寫景至此，全是白描高手。為文采計，似宜稍稍刷色。於是乃有「彩舟」「星河」兩句一聯，頓增明麗。然而詞拍已到上片歇處，故而筆亦就此斂住，以「畫圖難足」一句，抒讚美嗟賞之懷，仍歸於大方家數，不肯入於鏤鐫一路；雖曰「刷色」，亦非外鑠之比。即如「彩舟雲淡」，寫日落之江天；「星河鷺起」，狀夕夜之洲渚：仍是來自實景，而非但憑虛想也。

詞至下片，便另換一幅筆墨，感嘆六朝皆以荒樂而相繼亡覆。其間說到了悲恨榮辱，空貽後人憑弔之資；往事無痕，唯見秋草淒碧，觸目驚心而已。「門外韓擒虎（敵已逼門），樓頭張麗華（猶戀美色）」，用杜牧〈臺城曲二首〉其一句以為點染，亦簡淨之法則所在。

詞人走筆至此，辭意實已兩盡。我們且看他王介甫又以何等話語收束全篇。不意他卻寫道：時至今日，六朝已遠，但其遺曲，往往猶似可聞——「商女不知亡國恨，隔江猶唱〈後庭花〉！」此唐賢小杜於「煙籠寒水月籠沙，夜泊秦淮近酒家」（杜牧〈泊秦淮〉）時所吟之名句也，詞人復加運用，便覺尺幅千里，饒有有餘不盡之情致，而嗟嘆之意，於以彌永。

王介甫只此一詞，已足千古，其筆力之清遒，其境界之朗肅，兩宋名家竟無二手，真不可及也！（周汝昌）

〔註〕①出自南朝謝朓〈晚登三山還望京邑〉：「餘霞散成綺，澄江靜如練。」

菩薩蠻 王安石

數間茅屋閒臨水，窄衫短帽垂楊裡。花是去年紅，吹開一夜風①。

梢梢新月偃，午醉醒來晚。何物最關情，黃鸝三兩聲。

〔註〕①「花是去年紅，吹開一夜風」兩句，王安石《臨川集》作「今日是何朝，看予度石橋」。

黃庭堅〈菩薩蠻〉「半煙半雨溪橋畔」一首序云：「王荊公新築草堂於半山，引八功德水作小港，其上壘石作橋，為集句云云。戲效荊公作。」所謂集句詞，即全用前人詩句雜綴成詞。王安石一生寫了不少集句詩，當時人們競相仿效，成為一種風氣。他不僅集句為詩，也集句為詞，這也可以說是他的首創，同時的蘇軾、黃庭堅，後來的辛棄疾等，皆相效法。集句為詞，除了要諳熟前人作品外，還要考慮句式長短，對偶聲韻，但最主要的是在詞意上須安排妥帖，情思聯續，使之如出己口，真正為自己表情達意。只有如此，集句詞才算是一種藝術創作，否則只是一領破衲衣而已。

王安石卜居半山是他晚年罷相後回到金陵時，此時王安石所推行的新法遭到廢除，自己也落職出京，政治局面以至自己的身分地位都發生了極大的變化。「數間茅屋閒臨水，窄衫短帽垂楊裡」開首二句明白地表示自己目前的生活環境與身分。往昔重樓飛簷、雕欄畫棟的官宦居處換成了築籬為牆，結草作舍的水邊茅屋；如今窄衫短帽的閒人裝束取代了過去的冠帶蟒服。作者從九重宸闕的丹墀前來到了水邊橋畔的垂楊裡。對於這種遭際的變化，王安石似乎採取一種安然自適的態度。一個「閒」字渲染出淡泊寧靜的生活環境，也點出了作者擺脫宦海遠離風塵的村野情趣。兩句閒雅從容，雖然是從前人詩句中摘錄而成，但指事類情，貼切自然，不啻如出己口。

接著兩句是寫景：「花是去年紅，吹開一夜風。」一夕春風來，吹開萬紫千紅，風光正似去年。但是「年年歲歲花相似，歲歲年年人不同」（劉希夷〈代悲白頭翁〉），參照唐人的原句「髮從今日白，花是去年紅」（殷益〈看牡丹〉），不難覺得作者也包含著與前人相同的感慨。但是，作為一個曾經勵志改革的政治家，他對花事依舊、人事已非的感慨，就不僅僅是時光流逝、老之將至的嘆息，更包含著他壯志未酬的憂愁。

這種憂愁和嘆息並不僅僅是關乎自己個人寵辱得失，更包含著對政局國事的關切憂慮。因此在看似閒適的生活裡，自然界的月色風聲，都會引起這位政治家的敏感與關注，而被賦予某種象徵的意義：「梢梢新月偃，午醉醒來晚。」作者醉酒晝寢，再不必隨班上朝參預政事，生活是如此閒逸，但是，酒醒夢回，陪伴他的並不是清風明月，而是風吹雲走、月翳半規的昏沉夜色。如果將「新月偃」這一富於象徵的景象聯繫當時新法廢除，新派落職，宋哲宗年幼不能理事，太皇太后高氏聽政起用舊黨的政治局面，認為作者用比興的手法寓示對國家政局的關懷，恐怕也不是郢書燕說。

但是，自己下野的身分，茅舍卜居的環境畢竟是遠離了政治中心，他此時的所志所適，也唯有閒逸而已，因此最後二句自然地歸結到閒情上：「何物最關情，黃鸝三兩聲。」作者自問自答，寫得含蓄而餘韻悠長。據舊題唐馮贄《雲仙雜記》引《高隱外書》云：「戴顒春攜雙柑斗酒，人問何之？曰：『往聽黃鸝聲。此俗耳針砭，詩腸鼓吹，汝知之乎？』」可見王安石的寄情黃鸝，不僅要表現在鳥語花香中的閒情逸趣，更是顯示自己孤介傲岸、超塵拔俗的鯁直人格。

在安逸淡淡的生活情景中寄寓著政治家的襟懷心志，在閒雅流麗的風調裡顯示著改革家的才性骨力。素潔平易而又含蓄深沉是這首詞的基本特色，雖是集句，也體現了王安石詞「一洗五代舊習」（清劉熙載《藝概．詞概》）的創作個性。

但是，這首詞最值得稱道的是集詩句為詞這一藝術形式。這是王安石的發明。前人豐富的詩歌遺產，成了王安石現成的詞句，除了第三句取自唐人殷益的〈看牡丹〉外，其餘亦多出自唐詩，第一句用的是劉禹錫〈送曹璩歸越中舊隱詩〉：「數間茅屋閒臨水，一盞秋燈夜讀書。」第五句的出處是韓愈的〈南溪始泛三首〉其一：「點點暮雨飄，梢梢新月偃。」第六句來自方棫的詩（失題）：「午醉醒來晚，無人夢自驚。」而最後一句，則出自宋郭祥正的〈題山居詩〉：「謝家莊上無多景，只有黃鸝三兩聲。」據說王安石還命人以此聯繪圖。（見宋胡仔《苕溪漁隱叢話前集》卷三七引《遯齋閑覽》）如此信手拈來，隨意驅策，使之協律入樂，變詩為詞，確實體現了作者學富才高的創作功力。這首集句詞的成功更重要的還是作者用前人的詩句創造出自己心中的意境，為自己表情達意，並透過自己的精心組合安排，使之渾然無跡，如同己作。由於這首詞這樣的成就，我們也不妨原諒作者炫才逞學、矜富誇博的文人積習。（祝振玉）

漁家傲 王安石

燈火已收正月半，山南山北花撩亂。聞說洊亭新水漫，騎款段，穿雲入塢尋遊伴。

卻拂僧床褰素幔，千巖萬壑春風暖。一弄松聲悲急管，吹夢斷，西看窗日猶嫌短。

王安石罷相退隱江寧（今南京）之後，在府城東與鍾山間的一所名「半山園」的住宅裡度過了他生命中的最後十年。距半山園不遠的鍾山定林寺昭文齋是他日常下榻的別館，他時時在那兒讀書、著述、接待客人，也經常到附近的山林溪壑間登覽野遊。這首詞就是他在定林寺生活的一個剪影。

上片寫一次騎驢春遊。起拍二句點明節令，描繪鍾山春意盎然的景象。燈火，指元宵節綵燈。宋時元夜燈節，熱鬧異常。宋蔡絛《鐵圍山叢談》：「上元張燈，天下止三日。」京師不止三天，晏殊有〈正月十八夜〉詩云：「樓臺冷落收燈夜，門巷蕭條掃雪天。」當時收燈後，又有出城探春的習俗，而江南孟春，不同於北方，往往收燈後便已芳草如茵、春意滿野。而鍾山一帶，竹木蔥蘢，萬花競秀，景色更為誘人。「撩亂」，寫出山花爭奇鬥豔，撩惹行人。「燈火已收」而山花滿眼，用筆正所謂掃處還生。這二句，既寫了江寧附近的季候特徵，又點出作者居住的山中環境。美景良辰，引逗起詞人覽賞春色的興致，於是筆鋒一轉，由「聞說」領起以下三句，寫洊（音同澗）亭之遊。亭在鍾山西麓，溪水青青，花木如繡，是作者喜愛遊賞的風景勝地。王安石〈馬死〉詩李壁注引《建康續志》云：「金華俞紫琳清老，嘗冠禿巾，掃塔服，抱《字說》，逐公之驢，往來法雲、定林，過八功德水，逍遙洊亭之上。」作者在〈洊亭〉詩中說：「朝尋東郭來，西路歷洊亭。眾山若怨思，慘淡長眉青。迸水泣幽咽，復如語丁寧。豈予久忘之，而欲我小停。歇鞍松柏間，坐起俯軒櫺。秋日幸未暮，奈何雨冥冥。」可見他對洊亭有很深的感情。「新水漫」，說明是在雨後，經春雨洗禮，郊原格外清新。款段，馬行遲緩貌。語出於《後漢書．馬援傳》「乘下澤車，御款段馬」，李賢註：「款猶緩也，言形段遲緩也。」後借指駑馬。這裡作者實用以指他所騎的毛驢，亦取其「形段遲緩」之意。作者退居江寧時，神宗賜他一匹馬，後來馬死了，他外出旅遊就騎毛驢。其〈馬死〉詩云「天廄賜駒龍化去，謾容小蹇載閒身」，即詠此事。「蹇」謂蹇驢。宋魏泰《東軒筆錄》卷十二載，王安石在江寧，「築第於南門外七里，去蔣山亦七里，平日乘一驢，從數僮遊諸山寺。欲入城則乘小舫，泛潮溝以行，蓋未嘗乘馬與肩輿也。」這次正是騎毛驢野遊，心閒意靜，恬然自若，什麼升沉得失，堯桀是非，彷彿早拋至九霄雲外，其精神風貌之翛然塵外，一望可知。定林寺左右，峰巒複沓，後環屏風，前障桂嶺，其間雲霧繚繞，跨驢繞行山徑，時要透過雲層，故曰「穿雲」。山間谷壑毗連，四周巒嶂如屏，形成不少花木叢生的天然塢堡，如定林寺附近有道士塢，亭附近有桃花塢等。詞人行經此種地帶，不免停轡徜徉，訪勝探幽，故曰「入塢」。才行高岡，又入低谷，故曰「穿雲入塢」。不畏雲霧迷茫，不避谷堐低濕窈深，不計山路崎嶇迴環，而去尋訪遊伴，探奇覽勝，一句中連用「穿」、「入」、「尋」三個動作詞，充分表現了詞人一心尋春的濃厚遊興，描繪出他那「山野之人」的生動形象。

下片寫僧齋晝寢。詞人遊興已盡，還是回歸山寺，就床而臥。過片另意另起，意脈不斷。卻，還也，仍也。

上寫遊山，此寫憩寢，事有轉折，故用「卻」字。因為孤身棲居山寺，故要拂拭僧床，撩起白色的帷帳。「僧床」、「素幔」，寫明作者生活清寂雅素，也凸出了寄身山寺的生活特點。「千巖萬壑」承上「山南山北」，「春風暖」回應「正月半」。值此東風駘蕩，春光融融，詞人怡然自適的心境也彷彿與大地春色融契而為一，加之遊山的困乏，於是他漸漸沉入靜謐而深穩的夢中。不知何時，山間的一派松濤之聲，把他從酣夢中驚醒，抬眼望去，紅日照臨西窗，而詞人的睡意猶未足呢！煞拍三句寫夢醒。一弄，一派。悲急管，謂松濤猶如急切的笛聲，在深山中嗚咽地悲鳴，仍切山林環境下筆，松聲帶有作者的感情色彩。

政治家兼文學家的王安石，這時身在山林，但他的內心世界並未完全平靜。「高論頗隨衰俗廢，壯懷難值故人傾」（〈偶成二首〉其二），政局的變化，常使他有無力回天之嘆。雖然他極力放情世外，「臨溪放杖依山坐，溪鳥山花共我閒」（〈定林所居〉），希望在與溪山作伴、花鳥為友的生活中「坐曠息煩襟」（〈定林院〉），然而卻總是有「出山愁路難」（〈兩山間〉）的感慨，因此，也就只好於「風竹聲中作醉醒」（〈雜詠五首〉其五）了。本篇寫他在野遊尋春與大自然的默契中，得到了心境的恬靜，沉入了暫時的酣眠，然而，一時的心理平衡，卻被四周突然闖入的急切悲涼的松濤聲所打破，無怪乎作者起看日光，不能不嫌夢境之短了，這正隱隱透露了作者身雖悠閒而內心並不平靜。全篇記遊，借入山尋春的生活片段，體現隱居鍾山的情懷，即事寫景，全以白描手法勾勒，物象清幽，氣韻蕭散，在充滿脂膩粉香的北宋前期詞壇上，這首詞的題材及其「瘦削雅素」（清劉熙載《藝概．詞概》評王安石詞語）的風格，都使人有耳目一新之感。（劉乃昌、崔海正）

漁家傲 王安石

平岸小橋千嶂抱，揉藍一水縈花草。茅屋數間窗窈窕。塵不到，時時自有春風掃。

午枕覺來聞語鳥，欹眠似聽朝雞早。忽憶故人今總老。貪夢好，茫然忘了邯鄲道。

這是王安石晚年的一首作品。王安石二次罷相隱居金陵以後，心境漸漸平淡下來。宋葉夢得《避暑錄話》記載：「王荊公不耐靜坐，非臥即行。晚卜居鍾山謝公墩……畜一驢，每食罷，必日一至鍾山，縱步山間，倦則即定林而睡，往往至日昃乃歸。」這種曠日的遊歷體察，引發詞人創作了不少描寫水光山色的景物詞。這首詞，在藝術的錘鍊上比早年更為成熟。歷來的評論家，極推崇王安石晚年寫景抒情的小詩；而往往忽略他這類風格的詞。其實，這首詞寫得比其同類的詩還要出色。此詞的主要特色，是善於融詩入詞。先看開首兩句，寫得極為娟秀，為人所稱譽，即是融化他人詩句而來。宋吳聿《觀林詩話》記王安石「嘗於江上人家壁間見一絕云：『一江春水碧揉藍，船趁歸潮未上帆。渡口酒家賒不得，問人何處典春衫。』深味其首句，為躊躇久之而去，已而作小詞，有『平漲小橋千嶂抱，揉藍一水縈花草』之句。蓋追用其語。」此見詞人善於融煉詩句，渾然天成。

王安石〈漁家傲〉（平岸小橋千嶂抱）——明刊本《詩餘畫譜》

他用「一水」來概括「一江春水」，添「縈花草」三字烘托春光爛漫，豐富了原句的內容。提取原詩菁華，調和得巧妙自然。「揉藍一水」，形容水色清碧，「揉」字下得輕盈貼切，形象生動，使詞的畫面呈現出一種美麗、清新、寧靜的色彩美。「茅屋數間窗窈窕」三句，以「窈窕」形容窗的幽深，反映出茅屋在「千嶂抱」著的竹林裡的深窈秀美。他同期寫的〈竹裡〉詩可與此參讀：「竹裡編茅倚石根，竹莖疏處見前村。閒眠盡日無人到，自有春風為掃門。」此即詞中「茅屋數間」的一般情景。「茅屋」三句，包含了〈竹裡〉詩的全部情景，但情韻連續，融成一片，更見精嚴。

「午枕覺來聞語鳥」一句，見出詞人那種與花鳥共憂樂，與山水通性情，悠閒的情致與恬淡的心境。他同期寫的〈午睡〉詩說：「簷日陰陰轉，床風細細吹。翛然殘午夢，何許一黃鸝？」詩中黃鸝驚夢，即詞中意境。「午枕」一句，也同樣蘊含了〈午睡〉詩的全部情景。詞中小令，音韻比詩繁密，四句詩意凝為一句詞，辭意相屬，但「聲情」更覺優美。「欹眠」句，從睡醒聞鳥聲，聯想到當年從政早朝時「騎馬聽朝雞」，恍如隔世。這並非久靜思動，卻是絢爛歸於平淡後常有的心理反應。其比較的結果，馬上的雞聲還是不如今天枕上的鳥聲好聽。此意由下文再補足。「忽憶故人今總老」，反襯自己之已老。而今貪愛閒適的午夢，已丟卻盧生邯鄲道上所作的「建功樹名，出將入相」的黃粱幻夢（見唐沈既濟《枕中記》）。全詞以景起，以情結，而情與景之間，由茅屋午夢加以溝通，使上下片寫景與抒情之間不覺截然有分界。

王安石晚年這首山水詞所表現的是一種恬靜的美，就中反映出他在退出政治舞臺後的生活情趣和心情，對世途感到厭倦，而對大自然則無限嚮往，輒借自然景物以抒發自己的幽懷。（蓋國梁）

浪淘沙令 王安石

伊呂兩衰翁，歷遍窮通。一為釣叟一耕傭。若使當時身不遇，老了英雄。
湯武偶相逢，風虎雲龍。興王只在笑談中。直至如今千載後，誰與爭功！

這是一首詠史詞，歌詠伊尹和呂尚「歷遍窮通」的遭際和名垂千載的功業。伊、呂是上古時代的兩位著名的政治家。伊尹輔佐湯王，滅了夏桀，建立了商朝；呂尚輔佐武王，滅了殷紂，建立了周朝。他們之所以能夠建功立業，除了自身具有才幹之外，能夠遇到英明的君主給他們提供施展才幹的機會，倒是更為重要的條件，這就是所謂「君臣遇合」、「風雲際會」。古代有抱負的士大夫，常常把這樣的歷史故事傳為美談，因為這裡面是寄託著他們自己的感慨和希冀的。王安石作為北宋的改革派政治家，他要推行自己的變法主張，首先必須取得神宗皇帝的支持。這也是所謂「君臣遇合」。所以，這首詞不同於一般古代詩人詞客那種籠統空泛的詠史作品，而是一個政治家鑑古論今的真實思想感情的流露。

「伊呂兩衰翁，歷遍窮通」，這首詞從窮、通兩個方面落筆，寫伊尹、呂尚前後遭際的變化。伊尹，原名摯；尹，是他後來所擔任的官職。傳說他是伊水旁的一個棄嬰，以「伊」為氏，曾傭耕於莘（《孟子．萬章》：「伊尹耕於有莘之野。」莘，古國名，其地在今河南開封附近），商湯娶有莘氏之女，他作為陪嫁而隨著歸屬於商，後來得到湯王的重用，才有了作為。呂尚，姜姓，呂氏；名尚，字子牙，號「太公望」。傳說他直到晚年還是困頓不堪，只得垂釣於渭水之濱，一次，恰值周文王出獵，君臣才得遇合，他先輔文王，繼佐武王，終於成就了滅商興周之大業。伊、呂二人的經歷並不是一帆風順的，他們都是先窮而後通，度過了困窘之後才遇到施展抱負的機會，所以說他們「歷遍窮通」，呂尚顯達的時候，年歲已老了，所以稱作「衰翁」。此並言「伊呂兩衰翁」，伊尹佐湯時年老與否，書無明文，此是連類而及。值得思考的問題是，封建時代的士人由窮到通，總有一定的偶然因素、僥倖成分，也就是說，能夠由窮到通的畢竟是少數。「若使當時身不遇」中的「若使」即假如。當伊、呂為耕傭、釣叟之時，假如不遇商湯、周文，則英雄終將老死巖壑。伊、呂是值得慶幸的，但更多的士人的命運卻是大可惋惜的，因為那些人沒有被發現、被賞識、被任用的機會，他們是「老了」的英雄，亦即被埋沒了的英雄。

下片，「湯武偶相逢」中的「偶」字，已經點明了「君臣遇合」的偶然性，可是，一旦能夠遇合，那就會出現「風虎雲龍」的局面。《易經．乾．文言》：「雲從龍，風從虎，聖人作而萬物睹。」意思是說，雲跟隨著龍出現，風跟隨著虎出現，人世間如果出現了聖明的君主，那麼，國家和社會就會昌盛繁榮起來。「興王只在笑談中」，是說伊、呂才能出眾，在談笑之間就輕而易舉地完成了興王道、建國家的大事業。伊、呂有真實的本領，果然能夠做出一番事業來，這樣，才真正稱得上是人才。因為這是問題的實質之所在，所以「興王」一句在全詞中是很有分量的，結尾，也是對這一句的引申，說伊、呂不僅功蓋當世，至今超越千載，也沒有人能夠與之匹敵。

在歌頌伊、呂的不朽功業的這幾句的背後，隱藏著作者的一句「潛臺詞」：大丈夫當如是也！詠史詩詞，雖然取材於歷史人物、歷史事件，但最終還是要表達作者自己的思想感情。伊、呂遭逢明主和建立功業的事蹟對於王安石來說，無疑是一股巨大的精神力量，他從中受到了鼓舞，增強了推行變法的決心和勇氣。古往今來，善於讀史、善於用史者，往往如此。（王雙啟）

千秋歲引 王安石

別館寒砧，孤城畫角，一派秋聲入寥廓。東歸燕從海上去，南來雁向沙頭落。楚臺風，庾樓月，宛如昨。

無奈被些名利縛，無奈被他情擔閣。可惜風流總閒卻。當初謾留華表語，而今誤我秦樓約。夢闌時，酒醒後，思量著。

作為一代風雲人物的政治家，王安石也並未擺脫舊時知識分子的矛盾心理：在兼濟天下與獨善其身兩者中間徘徊。他一面以雄才大略、執拗果斷著稱於史冊；另一面，在激烈的政治漩渦中也時時泛起急流勇退、功名誤身的感慨。這首小詞便是他後一方面思想的表露。無怪明代的楊慎說：「荊公此詞，大有感慨，大有見道語。既勘破乃爾，何執拗新法，鏟除正人哉？」（《批點草堂詩餘》）楊慎對王安石政治上的評價未必得當，但以此詞為表現了作者思想中與熱中政治相反的另一個側面，則還是頗有見地的。

詞的上片以寫景為主，是一篇淒清哀婉的秋聲賦，一幅岑寂冷雋的秋光圖。旅舍客館本已令羈身異鄉的客子心中抑鬱，而砧上的擣衣之聲表明天時漸寒，已是「寒衣處處催刀尺」（杜甫〈秋興八首〉其一）的時分了。古人有秋夜擣衣、遠寄邊人的習俗，因而寒砧上的擣衣之聲便成了離愁別恨的象徵。「孤城畫角」則是以城頭角聲

王安石〈千秋歲引〉（別館寒砧）——明刊本《詩餘畫譜》

來狀秋聲蕭條。畫角是古代軍中的樂器，其音哀厲清越，高亢動人，在詩人筆下常作為悲涼之聲來描寫。「孤城畫角」四字便喚起了人們對空曠寥闊的異鄉秋色的聯想。下面接著說：「一派秋聲入寥廓。」「一派」本應修飾秋色、秋景，而藉以形容秋聲，正道出了秋聲的悠遠哀長，給人以空間的廣度感，「入寥廓」的「入」字更將無形的聲音寫活了。開頭三句以極凝練的筆墨繪寫秋聲，它不同於歐陽脩〈秋聲賦〉裡描繪的自然肅殺之氣，而完全是人為的聲響。寒砧、畫角的背後自有擣衣人與吹角人在，所以這裡的秋聲，也純然是愁人客子耳際心頭的秋聲。

上三句是耳之所聞，下兩句便是目之所見。燕子東歸，大雁南飛，都是秋日尋常景物，而燕子飛往那蒼茫的海上，大雁落向平坦的沙洲，都寓有久別返家的寓意，自然激起了詞人久客異鄉、身不由己的思緒，於是很自然地過渡到下面兩句的憶舊。

戰國楚宋玉〈風賦〉中說：楚王遊於蘭臺之宮，有風颯然而至，王乃披襟而當之曰：「快哉此風！」「楚臺風」即用此典。南朝宋劉義慶《世說新語‧容止》中說：庾亮在武昌，與諸佐吏殷浩之徒上南樓賞月，據胡床詠謔。「庾樓月」即用此典。這裡以清風明月指昔日遊賞之快，而於「宛如昨」三字中表明對於往日的歡情與佳景未嘗一刻忘懷。

下片即景抒懷，也道出了感秋的原因：無奈名韁利鎖，縛人手腳；世情俗態，擔閣（耽擱）了自在的生活。風流之事可惜總被拋在一邊。「當初」以下便從「風流」二字鋪展開去，說當初與心上之人海誓山盟，密約私諾，然終於辜負紅顏，未能兌現當時的期約。「華表語」用了《搜神後記》中的故事：遼東人丁令威學仙得道，化鶴歸來，落在城門華表柱上，唱道：「有鳥有鳥丁令威，去家千年今始歸。城郭如故人民非，何不學仙離塚壘。」這裡的「華表語」就指「去家始歸」云云。「秦樓」本指婦女的居處，用的是蕭史、弄玉隨鳳凰飛去的典故（見舊題西漢劉向《列仙傳》）。李白〈憶秦娥〉中說：「簫聲咽，秦娥夢斷秦樓月。」亦用此典，以秦樓為思婦傷別之處。因而此處的「秦樓約」顯係男女私約。這裡王安石表面上寫的是思念昔日歡會，空負情人期約。其實是藉以抒發自己對政治的厭倦之情，對無羈無絆生活的留戀與嚮往。因而這幾句可視為美人香草式的比興，其意義遠在一般的懷戀舊情之外，故清黃蘇《蓼園詞評》中說此詞「沈際飛曰：介甫有遊仙之意，……按是必其退居金陵時作也。意致清迴，然有出塵之想」。詞意至此也已發揮殆盡。然末尾三句又宕開一筆作結，說夢回酒醒的時候，每每思量此情此景。

夢和酒，令人渾渾噩噩，暫時忘卻了心頭的煩亂，然而夢終究要做完，酒也有醒時。一旦夢回酒醒，那憂思離恨豈不是更深地噬人心胸嗎？這裡的夢和酒也不單純是指實在的夢和酒。人生本是一場大夢，《莊子．齊物論》上說只有從夢中醒來的人才知道原先是夢。而世情渾沌，眾人皆醉，只有備受艱苦如屈原才自知獨醒。因而，此處的「夢闌酒醒」正可視為作者歷盡滄桑後的憬然反悟。

統觀全詞，作者用了虛實相間的手法，如「別館寒砧，孤城畫角」只是泛寫秋聲，未必是他一時一地的見聞。「楚臺風」、「庾樓月」借前人典故道出昔日風情，但也只是虛寫，不必究其何事何人。「華表語」、「秦樓約」寫得若即若離，未知何語何約。總之，此詞意在表達作者的一種情感，寫來空靈迴盪，真如空中之色，鏡中之像，然情意真摯，惻惻動人。這正是詞這一藝術所特有的表現手段與意象境界。王安石的詩中不乏功名誤身、及時隱退的感嘆，如：「少狂喜文章，頗復好功名；稍知古人心，始欲老蠶耕。」（〈少狂喜文章〉）又如：「歸歟今可矣，何以長人為？」（〈中書偶成〉）其實都與此詞的主旨相同，但寫得質直暢達，與詞中空靈婉曲的表現方法迴然有別，這也正是宋詩與宋詞在表現方法上的區別之一吧。（王鎮遠）

章楶

【作者小傳】（一〇二七～一一〇二）字質夫。浦城（今屬福建）人。宋英宗治平二年（一〇六五）進士。哲宗朝，歷集賢殿修撰，知渭州，進端明殿學士。徽宗時除同知樞密院事。蘇軾贊其〈水龍吟．楊花〉詞妙絕，並次韻和之。詞存二首。

水龍吟

章楶

楊花

燕忙鶯懶芳殘，正堤上、柳花飄墜。輕飛亂舞，點畫青林，全無才思。閒趁遊絲，靜臨深院，日長門閉。傍珠簾散漫，垂垂欲下，依前被、風扶起。

蘭帳玉人睡覺，怪春衣、雪霑瓊綴。繡床漸滿，香毬無數，纔圓卻碎。時見蜂兒，仰粘輕粉，魚吞池水。望章臺路杳，金鞍遊蕩，有盈盈淚。

此詞似作於神宗元豐四年（一〇八一）。據蘇軾謫居黃州時寄章楶信中說：「承喻慎靜以處憂患，非心愛我之深，何以及此，謹置之座右也。柳花詞妙絕，使來者何以措詞！本不敢繼作，又思公正柳花飛時出巡按，坐想四子，閉門愁斷，故寫其意，次韻一首寄去，亦告不以示人也。」蘇軾元豐三年二月到黃州，七年四月離開。信中引章楶來信有「慎靜以處憂患」之語，是對他初遭貶謫時加以勸慰的應有之義，「不以示人」的叮囑也符合他剛以文字賈禍後怕再出事的心理。又據宋李燾《續資治通鑑長編》卷三一二記載，元豐四年夏四月章楶已任荊湖北路提點刑獄，蘇軾信中說章楶「正柳花飛時出巡按」，也是指初蒞任時口氣，其出任湖北提刑或即在此年春末夏初，柳花詞的唱和亦當在此時。章楶詞見於宋人詩話及選本，頗有異文。

一開篇，詞人就把時間、空間和主題點明。「燕忙鶯懶芳殘」，燕忙於營巢，鶯懶於啼唱，繁花紛紛凋殘，表明季節已是暮春；「堤上」，指明地點；「柳花飄墜」，點明主題。宋沈義父《樂府指迷》說：「詠物詞最忌說出題字……如〈月上海棠．詠月出〉兩個『月』字，便覺淺露」；這首詞一開頭就把題字（「柳花」）說出，卻並不使人覺得淺露，足見沈說也不盡然。它開門見山，入手擒題，不失為一種平地架梯以安步登雲的方法。但使用這種方法破題之後，必須生發開去，引讀者漸入佳境，才稱得上是真正的作手。

這首詞於破題之後，用「輕飛亂舞，點畫青林，全無才思」緊接上句，把柳花飄墜的形狀作了一番渲染。韓愈〈晚春〉詩云：「草樹知春不久歸，百般紅紫鬥芳菲。楊花榆莢無才思，惟解漫天作雪飛。」意思是說：楊花（即柳花）和榆莢一無才華，二不工心計，不肯爭芳鬥豔，開不出千紅萬紫的花。韓愈表面上是在貶楊花，實際上卻暗寓自己的形象，稱許它潔白、灑脫和不事奔競。章楶用這個典故，自然也包含這層意思。它為下文鋪敘，起了蓄勢的作用。

「閒趁遊絲，靜臨深院，日長門閉。」寫到此，詞人神思飛越，筆勢遂騰空而起。柳花竟被虛擬成一群天真無邪、愛嬉鬧的孩子，悠閒地趁著春天的遊絲，像盪鞦韆似地悄悄進入了深邃的庭院。春日漸長，而庭院門卻整天閉著。這是為什麼呢？柳花活似好奇的孩子們一樣，當然想探個究竟。這樣，就把柳花的形象寫活了。

「傍珠簾散漫，垂垂欲下，依前被、風扶起。」柳花緊挨著珠箔做的窗簾散開，緩緩地想下到閨房裡去，卻一次又一次地被旋風吹起來。南宋黃昇和魏慶之等都特別欣賞這幾句。黃昇說它「形容盡矣」（《唐宋諸賢絕妙詞選》卷五評）；魏慶之說它「曲盡楊花妙處」，甚至認為蘇軾的和詞也「恐未能及」（《詩人玉屑》卷二十一）。當然，把這首詞評在蘇軾和詞之上是未免偏愛太過；但說它刻畫之工不同尋常，那是確實不假。試想：柳花散漫欲下又因風起的形狀不就是這樣麼？章楶這幾句除了刻畫出柳花的輕盈體態外，還把它擬人化了，賦予它以「栩栩如生」的神情，真正做到了形神俱似；並且為過片引出「蘭帳玉人」作了墊筆。

下片改從「玉人」方面寫：「蘭帳玉人睡覺，怪春衣、雪霑瓊綴。繡床漸滿，香毬無數，纔圓卻碎。」唐圭璋等《唐宋詞選注》稱此詞為「閨怨詞」，應該就是從這裡著眼的。到這裡，「玉人」已成為詞中的女主人公，柳花反退居到陪襯的地位了。但通篇自始至終不曾離開柳花的形象著筆，下片無非是再透過閨中少婦的心眼，進一步摹寫柳花的形神罷了。柳花終於鑽入了閨房，粘在少婦的春衣上。少婦的繡花床很快被落絮堆滿，柳花像無數香毬似地飛滾著，一會兒圓，一會兒又破碎了。這段描寫，真可謂刻畫入情；不僅把柳花寫得神情酷肖，同時也把少婦惝怳迷離的內心世界顯現出來。柳花在少婦的心目中竟變成了輕薄子弟，千方沾惹，萬般追逐，乍合乍離，反覆無常。詞人詠物能造成這等境界，確非易事！

「時見蜂兒，仰粘輕粉，魚吞池水。」詞人更進一層拓開說去，引出蜂兒和魚的形象；既著意形容柳花飄空墜水時為蜂兒和魚所貪愛，又反襯幽閨少婦的孤寂無歡。

「望章臺路杳，金鞍遊蕩，有盈盈淚。」章臺為漢代長安街名。《漢書·張敞傳》：「時罷朝會，過走馬章臺街，使御吏驅，自以便面拊馬。」顏師古註謂其不欲見人，以扇自障面。後世以「章臺走馬」指冶遊之事。唐崔顥〈渭城少年行〉：「鬥雞下杜塵初合，走馬章臺日半斜。章臺帝城稱貴里，青樓日晚歌鐘起。」即其一例。至於柳與章臺的關係，較早見於南朝梁詩人費昶〈和蕭記室春旦有所思〉：「楊柳何時歸，嫋嫋復依依，已映章臺陌，復掃長門扉。」唐代傳奇《柳氏傳》又有「章臺柳」故事。詞人把這兩個典故結合起來用作雙關：既狀寫柳花飄墜似淚花；又刻畫少婦望不見正在「章臺走馬」的遊冶郎時的痛苦心情。南宋張炎《詞源．詠物》說得好：「詩難於詠物，詞為尤難。體認稍真，則拘而不暢；模寫差遠，則晦而不明。要須收縱聯密，用事合題，一段意思，全在結句，斯為絕妙。」此詞之成功處，亦正在此。

由於有了蘇軾的和詞，後人對此難免有所軒輊。多數認為蘇軾和詞高於章楶原詞。但對原作也應該作公正的評價。有人說章楶原詞僅停留在詠物和未充分展開想像上，這種說法是不對的。章楶原詞的不足處主要在上、下片主題的不統一，因而造成形象的不集中。這當然還是跟蘇軾和詞相比較而言。若獨詠此篇，我們於沉浸之餘，就未必能覺察出這個缺點。藝術上層巒迭出、一峰更比一峰高的現象是經常出現的；但不能因為後者而否定前者，若沒有章楶的巧麗之作，也不會有蘇軾的奇思壯采之篇。（蔡厚示）

王安國

【作者小傳】（一〇二八～一〇七四）字平甫，王安石之弟。宋神宗熙寧元年（一〇六八）賜進士出身。歷官大理寺丞，集賢校理。坐鄭俠事，放歸田里。有《王校理集》，不傳。詞存三首。

清平樂　王安國

留春不住，費盡鶯兒語。滿地殘紅宮錦汙，昨夜南園風雨。

小憐初上琵琶，曉來思繞天涯。不肯畫堂朱戶，春風自在楊花。

古來傷春悲秋的詩詞多得不可勝數。這類被人嚼爛了的題材，卻是歷代不乏佳篇，非但不使人感到老一套，相反，永遠有新鮮之感。王安國這首〈清平樂〉就是這樣的好詞。

詞寫殘春景象。且看詞人如何著筆：「留春不住，費盡鶯兒語。滿地殘紅宮錦汙，昨夜南園風雨。」顯然，由於「昨夜雨疏風驟」（李清照〈如夢令〉），南園今朝滿地殘紅了。詞人面對這萬花凋謝的景象，自然不勝傷感。此時耳邊傳來了黃鶯兒不停的啼唱，彷彿多情的鶯兒也正為落花發愁，苦勸春天不要歸去呢。「留春不住，費盡鶯兒語」，好像詞人在嘆息：鶯兒呵，春去矣，你費盡口舌也勸不轉來了！寫鶯語的「費盡」，實是襯托出詞人「無可奈何花落去」（晏殊〈浣溪沙〉）的失落感，因為花開花謝，春去秋來，干鶯兒何事？妙在詞人賦予禽鳥以人的感情，不直說自己無計留春之苦，而是借鶯兒之口吐露此情，手法新巧而又饒有韻味。作者將這個奇特的構想用於詞的發端，給人以別開生面的新鮮感，並造成了強烈的抒情效果。

這首詞整篇的結構是交叉地寫聽覺與視覺的感受，從音響和色彩兩方面勾勒一幅暮春圖畫。開頭從聽鶯聲寫起，轉而便訴諸視覺。一夜風雨過後，園花凋謝，殘紅敗蕊，滿地飄零，狼藉不堪。百花盛開時，燦爛本如宮錦，可惜如今給糟蹋得不成樣子了！「滿地殘紅」自是殘春時節的典型景色，比之美好宮錦之被汙損，詞人痛惜之情可見。

下面又從視覺轉到聽覺上來：正當詞人目睹這如花似錦的春天匆匆消逝，心中無限惆悵之時，彷彿從遠處傳來歌女小憐之輩彈奏琵琶的聲音，「弦弦掩抑聲聲思」（白居易〈琵琶行〉），那弦弦聲聲都是惜春惜花之情啊！小憐，即北齊後主高緯寵幸的馮淑妃，因她「慧黠能彈琵琶」（《北史．后妃列傳》），後代詩人常用以借指歌女。本詞中「小憐初上琵琶」，是從李賀〈馮小憐〉詩「灣頭見小憐，請上琵琶弦」句化出。這琵琶之聲——一曲傷春的哀歌，打動著多少人的心弦！當此即將逝去的春宵，有多少閨中佳人長夜不眠，那剪不斷理還亂的情思飛越千里關山，追尋天涯遊子。《楚辭．招隱士》云：「王孫遊兮不歸，春草生兮萋萋。」顧敻〈虞美人〉云：「玉郎還是不還家，教人魂夢逐楊花，繞天涯。」如今春天已去，王孫尚未歸來，看錦瑟華年悄悄流逝，怎不使人「思繞天涯」呢！在這裡，作者抒寫的是由春天的匆匆歸去而引起的年華虛度之感。隱隱寄託著一種美人遲暮、英雄末路的悲慨。

最後，詞人又從傷春的琵琶聲寫到眼前觸目皆是的楊花。這是暮春特有的風光。這漫天飛舞的楊花，詞人看得出神了：只見那如雪的飛花飄揚，是那樣的自由自在，飛向山坡，飛向河畔，飛向茅屋，可始終不肯飛入那權貴人家的畫堂朱戶……這景象多麼發人深思！

王安國是王安石之弟，為人耿直，不肯憑藉兄長勢位獵取高官。後呂惠卿上臺，藉故將他罷歸田里，一生很不得意，他惜春傷春，慨嘆美好年華逝去，其中何嘗沒有個人身世之慨。結筆「不肯畫堂朱戶，春風自在楊花」，寫的是楊花，又何嘗不可視為一種人格的象徵呢？清譚獻《譚評詞辨》卷二稱此詞「結筆品格自高」，是說得不錯的。古人論詩講究風骨，《魏書．祖瑩傳》引祖瑩語曰：「文章須自出機杼，成一家風骨，何能共人同生活也！」王安國這首〈清平樂〉，在眾多的傷春詞中能出乎其類而拔乎其萃，不正是因為它融進了自己的生活，寫出了自己的性情嗎？（高原）

減字木蘭花　王安國

畫橋流水，雨濕落紅飛不起。月破黃昏，簾裡餘香馬上聞。
徘徊不語，今夜夢魂何處去。不似垂楊，猶解飛花入洞房。

這首詞寫相思之情。一起卻不透露作意，而是以清麗之筆繪出一幅風光旖旎的圖畫：「畫橋流水，雨濕落紅飛不起。」畫橋如虹，流水如帶，春雨瀟瀟，落紅成陣，好一派暮春景象！這一切，又統統籠罩在穿破黃昏霧靄的月光下，好似披上一層輕柔的薄紗，更顯得清幽淡雅。就在這樣一個月白風清、如詩如畫的夜晚，在畫橋流水旁邊，在落紅繽紛的小路上，詞中的主人公與他傾心愛慕的女子邂逅了。這一相遇，也許是一次極其偶然的天賜良機，也許是苦心孤詣好不容易等到的一個機會，總之，在他的馬兒接近香車的那一霎間，他心情的興奮和激動是不言而喻的。儘管一在車中，一在馬上，兩人既無法交談，更難通款曲，但能與心愛的人如此接近，能聞到簾裡飄出的芳香，已使他心旌搖搖，不勝陶醉了。這裡雖未對女子作正面刻畫，但透過傳出簾外的「餘香」，讀者完全可以想像出女子娟好的容貌和綽約的風姿。賞心樂事使良辰美景顯得格外迷人，原本十分美好的月夜也變得更加令人銷魂了。

然而好景不常，當他沉浸在甜蜜的心境之中，當空氣中女子那溫馨的氣息還未消散，卻已是香車遠逝，芳塵杳然，剛才發生的事情彷彿只是一場幻夢，從夢中醒來，一切都消失得無影無蹤，只剩下孤零零的自己。下片寫的便是主人公在車去人走之後的心境。他先是「徘徊不語」，繼而悵然若失，「今夜夢魂何處去」，語氣極為悽惋。他因不知所之而「徘徊」，因無可告語而「不語」，因今宵難遣而夢魂不安。此時此刻，周圍的一切，諸如小橋流水，春花明月，彷彿都一下子黯然失色，再也喚不起他的半點興致，只有眼前飛過的片片楊花引起了他的注意。目送著無拘無束、飛來飛去的楊花，他不禁觸景生情，聯想到自己的命運，發出深沉的嘆息：「不似垂楊，猶解飛花入洞房。」說楊花能夠穿簾入戶，追隨自己的意中人飛進洞房，而自己卻連夢魂都不得去。這兩句既是寫景，又是抒情，透過奇特的聯想、看似無理的比喻，含蓄委婉地傳達出主人公的一往情深，可謂設想極痴，蘊意極厚。這也正是此詞有別於其他同類作品的鮮明特色。（張明非）

孫洙

【作者小傳】（一〇三一～一〇七九）字巨源，廣陵（今江蘇揚州）人。年十九舉進士，補秀州法曹。復舉制科，遷集賢校理、太常禮官。宋英宗治平中，兼史館檢討、同知諫院、出知海州。神宗元豐中，官翰林學士。有《孫賢良集》，不傳。存詞二首。

菩薩蠻　孫洙

樓頭尚有三通鼓，何須抵死催人去！上馬苦匆匆，琵琶曲未終。

回頭凝望處，那更廉纖雨。漫道玉為堂，玉堂今夜長。

關於這首詞，有一段本事：神宗元豐中，孫洙官翰林學士。某晚，朝廷傳命要他進院起草詔令，他卻正在太尉李端愿家歡宴。當時李端愿的一位美貌侍妾正在彈奏琵琶為賓客助興，孫洙也正在興頭上，很不願意離宴，但迫於朝廷宣命，不敢留連。他入翰林院草制後，就寫了這首詞，天一亮就派人送給李端愿，深表遺憾之情。事見宋洪邁《夷堅甲志》卷四，是據孫洙的曾外孫所述。宋魯紵《南遊記舊》亦載其事，而謂孫洙當晚在翰林院發病，六天後去世。所說與《夷堅甲志》有異，所錄詞亦有出入。

「樓頭尚有三通鼓，何須抵死催人去！」開頭這兩句是對於宣召的牢騷話：剛剛二更時分，城樓上還要敲三通鼓才天亮，何必這麼死命地催人走呢！不說已過了二更，而說「尚有三通鼓」，表示離天亮還早，希望多玩一會兒；這留連不捨之意遭到阻抑，自然轉化為對「抵死催人去」的憾恨之情。抵死，猶言死命、拚命，形容竭力。對於皇帝宣召，竟是如此不情願，可見這夜宴是何等令人樂而忘返了。「上馬苦匆匆，琵琶曲未終」，一邊匆匆上馬，一邊卻還戀顧那美妙的琵琶聲，深以未聽到曲終為憾。琵琶的誘人魅力來自那位彈奏的女子，言外蘊含著對其人的深情眷戀。然而迷人的女樂，終究抵不住皇命的催逼，他只得無可奈何地上馬離去了，但那聲聲琵琶似乎一直縈繞在耳際。上片四句，一氣流注，節奏快速，造成一種皇命催人、刻不容緩的氣氛，以反襯不願從命而又不敢違命的矛盾和怨憾之情。

過片餘情未斷：「回頭凝望處，那更廉纖雨。」人雖已上馬，心尚留筵間，一路上還在出神地回頭凝望。但馬跑得快，老天更不湊趣，又下起濛濛細雨，眼前只覺一片模糊，宛如織就一張漫天的愁網，連人帶馬給罩住了。「廉纖雨」，濛濛細雨。「無邊絲雨細如愁」（秦觀〈浣溪沙〉），這廉纖細雨，既阻斷了視線，又攪亂了心緒；借景語抒情，情景湊泊而有醞藉之致。「漫道玉為堂，玉堂今夜長！」玉堂，翰林院的別稱。在玉堂供職的翰林學士，是人們所歆羨的清貴之官，作者平時也許自以為榮寵，今夜卻感到一種前所未有的無聊和索寞。他從一個充滿美酒清歌的歡樂世界，硬生生地被拋到宮禁森嚴的清冷官署，其懊喪和惱恨可想而知。「玉堂今夜長」，大有長夜難捱之感。對照開頭「樓頭尚有三通鼓」，同是對於時間的感受，竟有如此不同的心理變化。這一起一結也自然形成兩種情境的鮮明對比，使這首小詞首尾相顧，有迴環不盡之意。作者的深沉慨嘆，還告訴我們：自由而歡樂的情感價值，是玉堂富貴之類所無法代換的。（吳戰壘）

晏幾道

【作者小傳】（一〇三八～一一一〇）字叔原，號小山，撫州臨川（今江西撫州）人。晏殊幼子。曾監潁昌府許田鎮。一生仕途不利，家道中落，然個性耿介，不肯依傍權貴，文章亦自立規模。工令詞，多追懷往昔歡娛之作，情調感傷，風格婉麗。有《小山詞》傳世，存二百六十首。

臨江仙　晏幾道

鬥草階前初見，穿針樓上曾逢。羅裙香露玉釵風。靚妝眉沁綠，羞臉粉生紅。

流水便隨春遠，行雲終與誰同？酒醒長恨錦屏空。相尋夢裡路，飛雨落花中。

這是一首深情款款的懷人之作。懷念一個已經離開自己的女子。

先請看上闋。不過是寥寥五句，可是一句一景，一景一情，景中不僅有人，也有人物的感情透出；而且，透過這情景交融的描寫，又暗暗交代了雙方的感情由淺而深，逐步遞變。更妙的是，這個女子的音容笑貌，也彷彿呼之欲出。

「鬥草階前初見」，有一天，她同別的姑娘在階前鬥草的時候，他第一次看見了她。鬥草，據南朝梁宗懍《荊楚歲時記》，五月五日，四民並踏百草，又有鬥百草之戲。而柳永〈木蘭花慢〉清明詞云「盈盈，鬥草踏青」，則春日亦有此遊戲。「穿針樓上曾逢」，轉眼又到了七夕。七夕，女子在樓上對著牛郎織女雙星穿針，以為乞巧。《西京雜記》說：「漢綵女常以七月七日穿七孔針於開襟樓。」這種風俗就從漢代一直流傳下來。這天晚上，在穿針樓上，他又同她相逢了。「羅裙香露玉釵風」以下三句，是補敘兩次見面時她的情態。她的裙子沾滿了花絲中的露水，玉釵在頭上迎風微顫。她「靚妝眉沁綠，羞臉粉生紅」，靚妝才罷，新畫的眉間沁出了翠黛，她突然看到了他，粉臉上不禁泛起了嬌紅。以上既有泛寫，又有細膩的刻畫，一位天真美麗的女子形象如在目前。末句一「羞」字，已露情意。

進入下闋，已是女子離開之後了。中間留下了一大段空白，到底他同她有過一段什麼樣的關係，小晏沒有正面描寫，但是，從小晏那深情一片的憶念中，仍可探出一二。

「流水便隨春遠」，義兼比興，說那人就像流水一樣，隨著春天的逝去而去遠了。「春」也是象徵他們的歡聚，可惜不能長久。「行雲終與誰同」，用巫山神女「旦為朝雲，暮為行雨」（見戰國楚宋玉〈高唐賦〉）的典故，說她像傳說中的神女那樣，不知又飄向何處，依附誰人了。「酒醒長恨錦屏空」，人是早已走了，再也不回來了。可是，那情感卻一直留了下來。每當夜闌酒醒的時候，總覺得圍屏是空蕩蕩的，他永遠也找不回能夠填滿這空虛的那一段溫暖了。正因為她像行雲流水，不知去向，所以只好在夢裡相尋了。「相尋夢裡路，飛雨落花中」，在春雨飛花中，他獨個兒跋山涉水，到處尋找那女子。儘管這是在夢裡吧，他仍然希望能夠找到她。小晏是一位沒落的貴公子，他的有些詞還是能以同情而嚴肅的態度塑造底層女子的形象的。這二句便有一種不能自已的真情實感，有意無意之間還向我們揭示他心中有一種對美好事物執著追求的崇高情操。

這首詞寫情婉轉而含蓄。詞人正面寫了與女子的初見、重逢，至於錦屏前的相敘，他倆更接近了，但詞人卻沒有正面寫，只是透過「錦屏空」來透露，這樣寫就更耐人尋味。夢中相尋路上的「飛雨落花」，這一句寫得也很含蓄，不僅給夢境以迷濛的色彩，而且含蓄地暗示出女子的遭遇和夢中的難尋，同時還透露出小晏無可奈何的情懷，抒發了自己生活中的真正哀愁。（劉逸生）

臨江仙　晏幾道

夢後樓臺高鎖，酒醒簾幕低垂。去年春恨卻來時，落花人獨立，微雨燕雙飛。

記得小蘋初見，兩重心字羅衣。琵琶絃上說相思。當時明月在，曾照彩雲歸。

這是晏幾道詞的代表作。在內容上，它寫的是小山詞中最習見的題材，對過去歡樂生活的追憶，並寓有「微痛纖悲」（龍榆生編《唐宋明家詞選》引夏敬觀評小山詞）的身世之感；在藝術上，它表現了小山詞特有的深婉沉著的風格。可以說，這首詞代表了作者在詞的藝術上的最高成就，堪稱婉約詞中的絕唱。

本詞當是別後懷思歌女小蘋之作。上片用兩個六言句對起。午夜夢回，只見四周的樓臺已閉門深鎖；宿酒方醒，那重重的簾幕正低垂到地。「夢後」、「酒醒」二句互文，寫眼前的實景。對偶極工，意境渾融。「樓臺」，當是昔時朋遊歡宴之所，而今已人去樓空。詞人獨處一室，在闃寂的闌夜，更感到格外的孤獨與空虛。企圖借醉夢以逃避現實痛苦的人，最怕的是夢殘酒醒，那時更是憂從中來，不可斷絕了。《小山詞》中常見「夢」、「酒」等語，多有深意，這裡的「夢」字，語意相關，既可能是真有所夢，重夢到當年聽歌笑樂的情境，也可指「悲歡合離之事，如幻如電，如昨夢前塵」（〈小山詞·自序〉）。如作者〈踏莎行〉詞云：「從來往事都如夢，傷心最是醉歸時。」也許，此時已是「君龍疾廢臥家，廉叔下世」（〈小山詞·自序〉）之後了。起二句情景，非一時驟見而得之，而是詞人經歷過許多寥寂淒涼之夜，或殘燈獨對，或醺酒初醒，遇諸目中久矣，忽於此時鍊

晏幾道〈臨江仙〉（夢後樓臺高鎖）

成此十二字，始如彌勒彈指，得現「華嚴境界」（梁令嫻《藝蘅館詞選》引康有為評起二句）。所謂「華嚴境界」，是說它已進入佛家的空寂之境，這種空寂，正是詞人內心世界的反映，是真正的「傷心人」的感受。

「去年春恨卻來時」，一句承上啟下，轉入追憶。「春恨」，因春天的逝去而產生的一種莫名的悵惘。點出「去年」二字，說明這春恨的由來已非一朝一夕的了。同樣是這春殘時節，同樣惱人的情思又湧上心頭——「落花人獨立，微雨燕雙飛」！孤獨的詞人，久久地站立庭中，對著飄零的片片落英；又見雙雙燕子，在霏微的春雨裡輕快地飛去飛來。「落花」、「微雨」，本是極清美的景色，在本詞中，卻象徵著芳春過盡，美好的事物即將消逝，有著至情至性的詞人，怎能不黯然神傷？燕子雙飛，反襯愁人獨立，因而引起了綿長的春恨，以至在夢後酒醒時回憶起來，仍令人惆悵不已。這種韻外之致，蕩氣迴腸，真教後世的讀者也不能自持，溺而難返了。

清譚獻謂「落花」二語「名句千古，不能有二」（《譚評詞辨》卷一），頗引起近人議論。論者謂此二語出自五代翁宏〈宮詞〉（一作〈春殘〉）：「又是春殘也，如何出翠帷？落花人獨立，微雨燕雙飛。寓目魂將斷，經年夢亦非。那堪向愁夕，蕭颯暮蟬輝。」其實，宋詞襲用前人成句，已成慣例，無須指摘。好句，往往是要與全篇融渾在一起的。翁詩全首平庸，「落花」二語在其中殊不特出。小晏一把它化入詞中，妙手天然，構成一悽豔絕倫的意境。以故為新，點鐵成金，具見詞家手段。

換頭一句，是全詞關鍵。「記得」，那是比「去年」更為遙遠的回憶，是詞人「夢」中所歷，也是「春恨」的緣由。小蘋，歌女名。是〈小山詞·自序〉中提到的「蓮、鴻、蘋、雲」中的一位。小晏好以屬意者的名字入詞，以紀其墜歡零緒之跡，而小蘋更是他所深深眷戀的：「小蘋若解愁春暮，一笑留春春也住」（〈木蘭花〉）、「小蘋微笑盡妖嬈」（〈玉樓春〉），可想見她是個天真爛漫、嬌美可人的少女。本詞中特標出「初見」二字，用意尤深。也許，爾後的許多情事，都會隨著歲月的流逝而逐漸淡忘，而相識時的第一印象卻是永誌於心的。夢後酒醒，首先浮現在腦海中的依然是小蘋初見時的形象——「兩重心字羅衣。琵琶絃上說相思。」她穿著薄羅衫子，上面繡有雙重的「心」字。宋代婦女衣裙上每有「♡」形圖案，類似小篆的「心」字（見宋畫〈女孝經圖〉），歐陽脩〈好女兒令〉詞也有「一身繡出，兩同心字」之語。小晏詞中的「兩重心字」，還暗示著兩人一見鍾情，日後心心相印。小蘋也由於初見羞澀，愛慕之意欲訴無從，唯有借助琵琶美妙的樂聲，傳遞胸中的情愫。彈者脈脈含情，聽者知音沉醉，與白居易〈琵琶行〉「低眉信手續續彈，說盡心中無限事」同意。「琵琶」句，既寫出小蘋樂技之高，也寫出兩人感情上的交流已大大深化，不僅是目挑眉語了。也許小晏的文名，使小蘋在見面之前已暗暗傾心了吧。

「當時明月在，曾照彩雲歸。」一切見諸形相的描述都是多餘的了。不再寫兩人的相會、幽歡，不再寫別後的思憶。詞人只選擇了這一特定鏡頭：在當時皎潔的明月映照下，小蘋，像一朵冉冉的彩雲飄然歸去。李白〈宮中行樂詞八首〉其一：「只愁歌舞散，化作彩雲飛。」又，白居易〈簡簡吟〉：「大都好物不堅牢，彩雲易散琉璃脆。」彩雲，因以指美麗而薄命的女子，其取義仍從宋玉〈高唐賦〉「旦為朝雲」來，亦暗示小歌妓的身分。結兩句因明月興感，與首句「夢後」相應。如今之明月，猶當時之明月，可是，如今的人事情懷，已大異於當時了。夢後酒醒，明月依然，彩雲安在？在空寂之中仍舊是苦戀，執著到了一種「痴」的境地，這正是小晏詞藝術的深度和廣度上遠勝於「花間」之處。

在結構上，本詞也頗具特色。上半闋寫「春恨」，夢後酒醒，落花微雨，皆春恨來時的情境；下半闋寫「相思」，追憶「初見」及「當時」的情況，表現詞人苦戀之情、孤寂之感。過片二句是全詞樞紐，最為吃緊，雖與首二句對稱，字數、平仄俱同，而作法各別：起處用對偶，辭語緻密；過片卻用散行，辭旨疏宕，另起新意。

全詞以虛筆作結，自有無窮感喟蘊蓄其中，情深意厚，耐人尋味。清陳廷焯《白雨齋詞話》卷一評此詞曰：「既閒婉，又沉著，當時更無敵手。」其實何止當時，恐百世之後亦難乎為繼了。（陳永正）

蝶戀花　晏幾道

初撚霜紈生悵望。隔葉鶯聲，似學秦娥唱。午睡醒來慵一晌，雙紋翠簟鋪寒浪。

雨罷蘋風吹碧漲。脈脈荷花，淚臉紅相向。斜貼綠雲新月上，彎環正是愁眉樣。

這首小詞寫一位女郎午睡醒後的閒愁。取材固然未離於傳統閨閣生活，但情景相生而又契合無間，設喻新巧而又雋永傳神，具有獨特的境界。

詞之開首，一位幽怨繾綣的閨中女子便躍然紙上。她手執潔白的紈扇，無語凝思，悵然懷想。她在想什麼呢？也許是在思念遠方的情人，也許是在傷惋青春的易逝。李白的〈折荷有贈〉有「相思無由見，悵望涼風前」句，這裡的意境與李詩相近。「撚」意為用手指輕輕搓轉，表現執扇時悵然無緒的情態，極為傳神。「初」、「生」二字，前後關聯，暗示因節序變換，令閨中人頓生新的悵望之情。空閨獨守，本已寂寞難耐，偏又有「隔葉鶯聲」，撩人意緒。把鶯聲比似學秦娥之唱。西漢揚雄〈方言〉：「娥、嬴，好也。……秦晉之間，凡好而輕者謂之娥。」此言年輕貌美的女子，其歌聲之美可知。以鶯聲之歡快，反襯人心之悵恨，命意與著筆確有含蓄蘊藉之妙。鶯啼婉轉，是實處著筆；閨中索寞，則是虛處命意，運實於虛，終無一字點破。「午睡醒來」二句，深一層寫閨中女郎百無聊賴的孤寂情狀。她午睡醒後，好一會兒還嬌困無力，那鋪在床上的雙紋翠席，猶如平展著清涼的細浪。這兩句點出睡醒，而由翠簟聯想起寒浪，又引出了下片的出戶看花。

過片以後，詞境展拓，由上片閨房繡閣的狹小天地，轉為戶外優美的自然場景：夏雨初霽，徐徐的和風吹拂著新漲的碧水，那水中荷花，帶著晶瑩的雨珠，亭亭玉立，搖曳生姿。「碧漲」，是由上片的「寒浪」引出，「寒浪」是虛喻，「碧漲」是實寫，前虛而後實，意脈不斷，運意十分靈活。「脈脈」二句，更是傳神入化之筆。作者賦予雨後荷花以人的風韻和感情，它含情脈脈，淚珠在臉，有情有思。白居易〈長恨歌〉以「玉容寂寞淚闌干，梨花一枝春帶雨」狀楊玉環容貌，與此有著異曲同工之妙，但白詩以花喻人，何者為喻體，何者為被喻體，不難看出。這裡的荷花已跳出物象，「紅相向」三字，似寫朵朵紅荷，搖曳相映，實寫荷花帶雨，向人脈脈欲語；人帶淚珠，對之黯然神傷。是花是人，迷離莫辨，已達到物與人交融，渾然合一的境地。結拍二句，時間由午後過渡到夜晚，寫新月初上的景象。作者於依託明月遙寄相思的傳統作法上，能自出新意，別開境界。「綠雲」明指夜空浮雲，暗喻女郎烏髮。「新月」傍雲而上，猶如女郎愁眉，蹙於烏髮之下。新月彎彎的，不正是愁眉的模樣嗎？作者運用雙關的委婉手法，既借月夜之景，抒寫懷人之情；又避開對形象作直露的繪形鉤貌，而是以新月狀人之愁眉，透過景物的暗示性和象徵性，使讀者獲得聯想生發的廣闊天地，使情與境諧，造成濃重的情緒氣氛。

前人對小山詞向有「詞情婉麗」、「曲折深婉」的評價。這首〈蝶戀花〉的最大特色，在於情景交融，以景襯情。詞的上片，全借細節和襯景構成一幅和諧的閨中閒眠圖，而閨中人獨處空閨的閒愁，都被織入此畫之中。詞的下片，純以花、月狀人，句句辭兼比興，處處意存雙關。全詞室內景物與戶外景色相生，女郎容態與自然景致相映，讀後倍覺生意躍於紙上，情思溢於紙外，不失為「曲折深婉」的佳作。（顧偉列）

蝶戀花

晏幾道

醉別西樓醒不記，春夢秋雲，聚散真容易。斜月半窗還少睡，畫屏閒展吳山翠。

衣上酒痕詩裡字，點點行行，總是淒涼意。紅燭自憐無好計，夜寒空替人垂淚。

這是一首懷舊詞。

首句憶昔，凌空而起。往日醉別西樓（泛指歡宴之所），醒後卻渾然不記。這似乎是追憶往日某一幕具體的醉別，又像是泛指所有的前歡舊夢。似實似虛，筆意殊妙。晏幾道〈小山詞．自序〉中說他自己的詞，「悲歡合離之事，如幻如電，如昨夢前塵」。沈祖棻《宋詞賞析》借此說這句詞，「極言當日情事『如幻如電，如昨夢前塵』，不可復得」，「撫今追昔，渾如一夢，所以一概付之『不記』」，是善體言外之意的。不過，這並不妨礙詞人在構思時頭腦中有過具體的「醉別西樓」一幕的回憶。聯繫下兩句來吟味，這種由具體情事引出一般人生感慨的痕跡便看得更加清楚。

「春夢秋雲，聚散真容易」，襲用其父晏殊〈木蘭花〉「長於春夢幾多時，散似秋雲無覓處」詞意。兩句用春夢、秋雲作比喻，抒發聚散離合不常之感。春夢旖旎溫馨而虛幻短暫，秋雲高潔明淨而縹緲易逝，用它們來象喻美好而不久長的情事，最為真切形象而動人遐想。「聚散」偏義於「散」，與上句「醉別」相應，再綴以「真容易」三字，好景輕易便散的感慨便顯得非常強烈。這裡的聚散之感，視「春夢秋雲」之喻，似主要指愛情方面，但與此相關的生活情事，以至整個往昔繁華生活，也自然可以包舉在內。

接下來兩句，從離合之感拍到眼前的實境。斜月已低至半窗，夜已經深了。由於追憶前塵，感嘆聚散，卻仍然不能入睡。而床前的畫屏卻在燭光照映下悠閒平靜地展示著吳山的青翠之色。這一句看似閒筆，其實正是傳達心境的妙筆。在心情不靜、輾轉難寐的人看來，那畫屏上的景色似乎顯得特別平靜悠閒，這「閒」字正從反面透露了他的鬱悶傷感。這裡有怨物無情的意思，卻含而不露。

「衣上酒痕詩裡字，點點行行，總是淒涼意。」過片承上「醉別」。「衣上酒痕」，是西樓歡宴時留下的印跡；「詩裡字」，是筵席上題寫的詞章。它們原是歡遊生活的表記，只是如今舊侶已風流雲散，回視舊歡痕跡，翻引起無限淒涼意緒。前面講到「醒不記」，這「衣上酒痕詩裡字」卻觸發他對舊日歡樂生活的記憶。讀到這裡，可知詞人的聚散離合之感和中宵輾轉不寐之情即由此而生。作者把它放在過片這個關鍵位置上，既自然地解釋了上片所抒感慨之因，又為下面的描寫張本，而且使全篇的結構不顯得平直，充分表現出構思的精妙。

結拍兩句，化用杜牧〈贈別二首〉其二「蠟燭有心還惜別，替人垂淚到天明」詩意，直承「淒涼意」而加以渲染。人的淒涼，似乎感染了紅燭。它雖然同情詞人，卻又自傷無計消除其淒涼，只好在寒寂的永夜裡空自替人長灑同情之淚了。小杜詩裡的「蠟燭」，是人與物一體的，實際上就是多情女子的化身；小晏詞中的「蠟燭」，卻只是擬人化的物，有感情、有靈性的物。從自然深摯方面看，小杜詩似更勝一籌；但從構思的曲折方面看，小晏詞卻自有其勝處。（劉學鍇）

蝶戀花　晏幾道

夢入江南煙水路，行盡江南，不與離人遇。睡裡銷魂無說處，覺來惆悵銷魂誤。欲盡此情書尺素，浮雁沉魚，終了無憑據。卻倚緩弦歌別緒，斷腸移破①秦箏柱。

〔註〕①移破：猶云移盡或移遍也。張相《詩詞曲語辭匯釋》：破，猶盡也，遍也，煞也。

岑參〈春夢〉詩：「洞房昨夜春風起，遙憶美人湘江水。枕上片時春夢中，行盡江南數千里。」晏幾道是否到過江南，是否有「心上人」在江南，難以稽考；這首詞上片起三句「夢入江南煙水路，行盡江南，不與離人遇」，似用岑詩語意，未必是寫實。它說夢遊江南，夢中始終找不到離別的「心上人」。「行盡」二字，狀夢境倏忽和求索之苦；求索之苦又反映思念之深，出於夢中的潛意識活動，深更可知。「煙水路」三字寫出江南景物特徵，使夢境顯得優美。上下句「江南」疊用，加深感情力量。接著兩句「睡裡銷魂無說處，覺來惆悵銷魂誤」，寫得最精彩，它表示夢中找不到「心上人」的「銷魂」情緒無處可說，已經夠難受；醒來尋思，加倍「惆悵」，更覺得這「銷魂」的誤人。「銷魂」二字，也是前後重疊；但在重疊中又用反跌機勢，遞進一層，比「江南」一詞的重疊，更為曲折，自然也就倍增綿邈。這種以反跌為遞進的句法，詞中也不多見。宋徽宗〈燕山亭〉「怎不思量？除夢裡有時曾去。無據，和夢也新來不做」，辛棄疾〈賀新郎〉「不恨古人吾不見，恨古人不見吾狂耳」，比較典型。晏幾道詞喜用這種句法，如〈鷓鴣天〉「從別後，憶相逢，幾回魂夢與君同？今宵剩把銀釭照，猶恐相逢是夢中」，〈阮郎歸〉「夢魂縱有也成虛，那堪和夢無」，都是。

上片寫夢中無法找到離人，下片改變念頭，想到寫信。起三句：「欲盡此情書尺素，浮雁沉魚，終了無憑據」，說的是寫了信要寄無從寄出，寄了也得不到回音。相思之情，真到了無可彌補、無可表達的地步了，那只好借音樂來排遣。結尾兩句「欲倚緩弦歌別緒，斷腸移破秦箏柱」，用的樂器是秦箏。古箏弦、柱十三，每根弦有柱支撐，「柱」左右移動以調節音高，弦急則高，弦緩則低。他借低音緩弦抒發傷別的情懷，移遍箏柱不免是「斷腸」之聲。只用「緩弦」、「移柱」來表達其「幽懷難寫」，行動的描寫比言辭的表白更為鮮明有力。

這首詞語言清疏明暢，但寫情從做夢到寄信，到彈箏，節節遞進，節節頓挫，又顯得沉摯有力。清馮煦《宋六十一家詞選．例言》說晏幾道和秦觀，都是「古之傷心人」，所以寫出來的詞，是「淡語皆有味，淺語皆有致」。這首詞真可說是「淺語有致」的。晏殊、晏幾道父子的詞風，有相同處，也有不同處，清周濟《介存齋論詞雜著》說「小晏精力尤勝」。所謂「精力」之勝，不是才力、筆力超過其父，而是他寫詞時更敢於縱情抒寫，政治上、生活上又比其父有更多的「傷心」之事，所以寫出來更有一股鬱積、盤旋的力量。（陳祥耀）

鷓鴣天 晏幾道

彩袖殷勤捧玉鍾，當年拚卻醉顏紅。舞低楊柳樓心月，歌盡桃花扇底風①。

從別後，憶相逢，幾回魂夢與君同？今宵剩把銀釭照，猶恐相逢是夢中。

〔註〕①底：一作「影」。

這首詞是晏幾道與一個相熟的女子久別重逢之作。這個女子可能是晏幾道自撰〈小山詞．自序〉中所提到的他的朋友沈廉叔、陳君龍家歌女蓮、鴻、蘋、雲諸人中的一個。晏幾道經常在這兩位朋友家中飲酒聽歌，與這個女子是很熟的而且有相當愛惜之情的，離別之後，時常思念，哪知道現在忽然不期而重遇，又驚又喜，所以作了這首詞。上半闋寫當年相聚時歡樂之況，下半闋寫今日重逢時驚喜之情。

上半闋敘寫當年歡聚之時，歌女殷勤勸酒，自己拚命痛飲，歌女在楊柳圍繞的高樓中翩翩起舞，在搖動繪有桃花的團扇時緩緩而歌，直到月落風定，真是豪情歡暢，逸興遄飛。詞中用了許多漂亮的顏色字面，如「彩袖」、「玉鍾」、「醉顏紅」、「楊柳樓」、「桃花扇」等，寫得非常絢爛。但是，所有這一切並不是作詞時當前的情況，乃是追憶往事，似實卻虛，所以它不像一幅固定的圖畫，而像一幕電影，在眼前一現，又化為烏有。

下半闋敘寫久別重逢的驚喜之情。「銀釭」即是銀燈；「剩」，只管。末二句雖是從杜甫〈羌村三首〉其一「夜闌更秉燭，相對如夢寐」兩句脫化而出，但是表達得更為輕靈婉折，不像杜甫詩那樣悲愴沉重。這是因為杜甫作此詩時是在戰亂期間，而久別重逢的對象則是妻子兒女，晏幾道作此詞是在承平之世，而久別重逢的對象則是相愛的歌女，情況不同，則情致各異，而詞體與詩體也是有所區別的。詞中說，在別離之後，回想歡聚時（即是上半闋所寫情況），常是夢中相見，而今番真的相遇了，反倒疑是夢中。情思委婉纏綿，辭句清空如話，而其妙處更在於能用聲音配合之美，造成一種迷離惝怳的夢境，有情文相生之妙。下半闋共計二十七個字，其中有十六個字是陽聲（凡字尾帶 m、n、ng 等鼻音者為陽聲），即是「從」「相」「逢」「魂」「夢」「君」「同」「今」「剩」「銀」「釭」「恐」「相」「逢」「夢」「中」等，而在這十六個陽聲字中，收尾是 ong 韻母者有八個字，即是「從」「逢」「夢」「同」「恐」「逢」「夢」「中」。這八個 ong 韻母的字，分散在這幾句中，反覆出現，使我們讀起來，彷彿是聽一個諧美的樂曲，其中經常有嗡嗡的聲音，引入一種似夢非夢的境界，恰好與詞中所要表達的情思相配合，而增強其感染力。

總之，晏幾道這首詞的藝術手法，上半闋是利用彩色字面，描摹當年歡聚情況，似實而卻虛，宛如銀幕上的電影，當前一現，倏歸烏有；下半闋抒寫久別相思不期而遇的驚喜之情，似夢而卻真，利用聲韻的配合，宛如一首樂曲，使聽者也彷彿進入夢境。全詞不過五十幾個字，而能造成兩種境界，互相補充配合，或實或虛，既有彩色的絢爛，又有聲音的諧美，這就是晏幾道詞藝高妙之處。

文學與藝術意境是可以相通的。蘇軾說王維「詩中有畫」，「畫中有詩」。這是說，詩與畫的意境可以相通，讀詩時彷彿是欣賞一幅畫，而觀畫時又好像是吟誦一首詩。由此意推而廣之，我們在讀古人詩詞時，不但常是如同觀畫，而且有時彷彿是看到一幕電影，或是聆聽一曲樂歌，晏幾道這首〈鷓鴣天〉詞即是如此。

晏幾道是晏殊之幼子。晏殊久居相位，其門生故吏，多據要津，晏幾道如果想仕宦騰達，是很有機會的。但是晏幾道為人耿介恬淡，厭惡仕途混濁，「仕宦連蹇，而不能一傍貴人之門」（黃庭堅〈小山集序〉）。他只作過監潁昌許田鎮的小官，旋即退居京都私第。晏幾道既不肯與達官貴人往還，而身為貴公子，又不能到社會下層中去，於是他覺得，在相知友好家中所遇到的幾個歌女，如「蓮、鴻、蘋、雲」等，倒還天真淳樸，不似官場中人之混濁鄙俗，所以願意和她們相處，而寄予愛賞與同情。其《小山詞》中所抒寫的多是這一類的情事，這首〈鷓鴣天〉詞也是一個例證。近來論詞者有人認為，晏幾道的為人很像《紅樓夢》小說中的人物賈寶玉，這個意見是相當有道理的。（繆鉞）

鷓鴣天　晏幾道

一醉醒來春又殘，野棠梨雨淚闌干。玉笙聲裡鸞空怨，羅幕香中燕未還。終易散，且長閒。莫教離恨損朱顏。誰堪共展鴛鴦錦，同過西樓此夜寒！

好春易逝，離恨常縈，詞人心中有著無窮的幽怨。要知道，料峭的春寒之夜，是最難熬過的，他多害怕孤獨，害怕這無法擺脫的孤獨！

一起二句，已是攝神之筆：昨夜裡一番沉醉，今朝酒醒，又是春殘時候。啊，野棠梨上的宿雨，跟我的悲淚一樣縱橫。「一醉」，寫昨夜借酒以遣寂寞之懷；「春又殘」，本與醉醒之事全無干涉，詞中把它們捏在一起，則有兩重意思：酒醒之後，雨飄花落的情景，觸眼生悲，詞人驀地感到，春天真的過去了；另一重意思是：往日的歡娛，如昨夢前塵，一切美好的情事全都消失了。如小晏詞集自序云：「感光陰之易遷，嘆境緣之無實。」真不勝世事滄桑之感，令讀者也為之掩卷憮然。春殘，以「野棠梨雨」表之，而帶雨的棠梨又暗喻流淚的人。次句雖從白居易〈長恨歌〉「玉容寂寞淚闌干，梨花一枝春帶雨」化出，然情景交融，自能搖人心魄。三、四句寫與情人別後的情景：在悠揚的玉笙聲裡，孤鸞空自哀怨；羅幕中餘香馥郁，去燕猶未歸來。「鸞」，謂孤鸞，失偶的鸞鳥，這裡當為詞人自喻。又古樂曲有〈孤鸞〉之曲，其聲哀怨，故「鸞空怨」三字，語意相關。「羅幕」，指房中的帷幕。燕子穿過高樓的重重簾幕，回到舊日巢中，本是古詩詞中常見的情景，而此詞謂「燕未還」，則指離別了的情人還未回來。兩句寫盡獨處時的淒涼況味：在簾下百無聊賴地吹笙，想念著遠別的情人，心中充滿了哀怨。

過片三句，強作自我解慰之語：我也知道，歡聚總是易散的，不如暫且在悠閒中度日吧。不要讓離愁別恨損害了青春美好的容顏。在行文中故作退讓，用表面豁達的語言來表現怨極而無可奈何的心境。可是，儘管一再說「終易散，且長閒」，小晏，這古之傷心人，是不可能真正這樣覺悟的，他還是要讓那千萬縷割不斷的情絲去牽繫著自己——「誰堪共展鴛鴦錦，同過西樓此夜寒！」這真是一部《小山詞》中的徹骨情語。「鴛鴦錦」，指繡有鴛鴦圖案的錦被，象徵著男女的和合。「西樓」，是詞人青年時歡會之地，小晏詞中屢見。如〈滿庭芳〉「西樓題葉，故園歡事重重」，〈蝶戀花〉「醉別西樓醒不記」，〈少年遊〉「西樓別後，風高露冷」，其址當在汴京城中。末兩句寫無望的相思。春寒料峭，長夜漫漫，西樓悵臥，誰共晨夕？當時「共展鴛鴦錦」的美好時光，已不會再有了，所餘下的只是永久的孤獨和哀傷。唯有痛飲至醉，以度過這難明的寒夜吧。

本詞在結構上亦頗具特色。以長調章法入於小詞。扣首則尾應，扣尾則首應，扣其中則首尾俱應。「一醉醒來」，已伏下「西樓此夜寒」一筆；「鸞空怨」、「燕未還」，已伏下「誰堪共展鴛鴦錦」一筆。這一切，都使詞人悲不自勝，兩淚縱橫，唯有強自寬解，以免損毀朱顏——也許在詞人的內心深處，還盼望著有重聚的一天吧。（陳永正）

鷓鴣天

晏幾道

守得蓮開結伴遊，約開萍葉上蘭舟。來時浦口雲隨棹，採罷江邊月滿樓。

花不語，水空流，年年拚得為花愁。明朝萬一西風動①，爭奈朱顏不耐秋。

〔註〕①動：一作「勁」。

寫青年婦女採蓮的詩歌，自南朝樂府以來，就有許多動人的篇章。〈子夜四時歌．夏歌〉：「乘月採芙蓉，夜夜得蓮子。」用「蓮」字諧「憐」字音，暗指對心中人的愛憐，借採蓮事表達愛情；李白〈淥水曲〉：「荷花嬌欲語，愁殺蕩舟人。」寫採蓮人見了荷花的美麗而自傷；王昌齡〈采蓮曲二首〉其二：「亂入池中看不見，聞歌始覺有人來。」寫採蓮人和蓮花一樣美，在池塘中兩者相混，分辨不出，形象都很優美。在詞中，李珣的〈南鄉子〉，也能寫出採蓮人「棹歌驚起睡鴛鴦」，「帶香偎伴笑」，「競折團荷遮晚照」的天真情態。

這首詞也是寫採蓮的，別具風貌。它不著重寫蓮花或採蓮人的外表美，而著重寫採蓮的環境美和採蓮人的心靈美。上片：「守得蓮開結伴遊，約開萍葉上蘭舟。」一群女子為了採蓮，她們長時期地等候蓮花盛開，蓮花開了，她們便結伴去採。湖塘裡長滿浮萍，她們要上船，得先輕輕地把它撥開。寫出了蓮開前的耐心等待，採蓮前的細緻動作。「來時浦口雲隨棹，採罷江邊月滿樓。」寫採蓮過程，採蓮環境。夏天白晝雲霧少，採蓮又不會等到傍晚才開始；句中的「雲」，應該不是指午雲、晚雲而是指曉雲。它寫的是採蓮人到了浦口，曉日初升，尚未消散的雲氣籠罩在她們船棹周圍；她們採蓮休工回到江邊，夜月已上，人家的樓臺上已照滿月光。這本來是寫從早到晚地採蓮的辛苦的，但作者卻把景色寫得很幽美。對於環境的渲染，是為了把採蓮的工作和採蓮人烘托得更為動人一些。

下片，寫採蓮人的心理活動，這是她們最美的方面。她們的心靈是那樣的單純、多情，她們愛惜蓮花，為蓮花的遭遇擔憂。當然，她們在採蓮中，也從蓮花身上看到自己的影子。好花本來就是少女美麗容顏的象徵；好花易謝當然也象徵著少女的青春易逝、好景不常。她們愛惜蓮花、關切蓮花，和愛惜自己的青春、關切自己的命運有密切的聯繫，自然而然地就會對於前者注入更大的深情。「花不語，水空流」，好花無語，流水無情，深情無法傾訴，好景不斷流逝，人無可如何，花也無可如何，那就只有「年年拚得為花愁」了。美好的事物無法保護，只能給心靈蒙上了陰影，帶來了悲傷。那麼，最急迫的「愁」是什麼呢？「明朝萬一西風動，爭奈朱顏不耐秋。」怕萬一西風驟然吹來，豔麗的蓮花抵擋不住，馬上就陷於飄零、憔悴。「朱顏」，指花，在擬人寫法中進一步表現人心和花貼緊的感情了。這一片，著筆無多，卻能細膩地寫出採蓮人的心靈美好而承受的卻是悲傷。詞在藝術上兼有民歌的清新明淨和文人詞的雋雅含蓄，都有其動人之處。（陳祥耀）

鷓鴣天　晏幾道

鬥鴨池南夜不歸，酒闌紈扇有新詩。雲隨碧玉歌聲轉，雪繞紅瓊舞袖迴。今感舊，欲沾衣。可憐人似水東西。回頭滿眼淒涼事，秋月春風豈得知！

這是一首感舊之詞。上片寫當年在鬥鴨池邊徵歌逐舞、飲酒賦詩的盛況，下片寫分離後的淒涼冷落。對比鮮明，感慨係之，已是中年以後的情懷了。

鬥鴨，古人好作此戲。在池畔築欄，使鴨相鬥，以為笑樂。首兩句寫卜晝卜夜的遊賞歡宴。酒闌之後，興猶未盡，還在歌女的紈扇上題遍綺麗的新詩，可以想見詞人的才情意氣。兩句用淡墨淺染，略點時地和宴樂的興致，然後用濃墨重彩勾勒：看哪！天上的雲，也像隨著碧玉的歌聲而飄轉；紅瓊的舞袖迴旋，彷彿裹著一身飛雪。「碧玉」、「紅瓊」，是歌兒舞女的代稱。在本詞中當指同一人，也許就是小晏最眷戀的小蓮。《小山詞》中尚有一首〈鷓鴣天〉「梅蕊新妝桂葉眉，小蓮風韻出瑤池」，特為小蓮而作，亦有「雲隨綠水歌聲轉，雪繞紅綃舞袖垂」之句，語意與本詞相仿。小晏詠歌舞之詞，人多賞其「舞低楊柳樓心月，歌盡桃花扇底風」二語，而較少注意到「雲隨」、「雪繞」的妙處。古人形容歌聲高亢，每謂「響遏行雲」（見《列子．湯問》），幾成濫調，小晏易「遏」為「隨」為「轉」，賦予歌聲更大的感染力，真有點鐵成金手段。寫舞態婆娑，如流風迴雪，亦極生動形象。活色生香，酣歌暢舞，可知小晏此時之樂，這也是紈扇題詩的內容吧。近世論者，嘗舉此聯與大晏的「重頭歌韻響錚鏦，入破舞腰紅亂旋」（〈木蘭花〉）相比，認為兩聯意同而小晏造語尤勝，宜王國維《人間詞話》謂其「矜貴有餘」也。

過片三句，點明「感舊」的主題。追懷往事，不禁淚下沾衣。最令人痛苦的是，兩人像各向東西分流的水那樣，再也不能會合在一起了。古樂府〈白頭吟〉：「蹀躞御溝上，溝水東西流。」這已不是一般的離愁別恨，可能此時已「君龍疾廢臥家，廉叔下世，昔之狂篇醉句，遂與兩家歌兒酒使俱流轉於人間」（〈小山詞．自序〉），小蓮也不知去向了。詞人發出了深沉的嘆息：「回頭滿眼淒涼事，秋月春風豈得知！」一切都已經過去了，追憶也是徒然的。依舊是那麼皎潔的秋月，依舊是那麼溫煦的春風，但，她早已不在眼前了，連同她清越的歌聲，連同她妙曼的舞態，所留給自己的只是滿眼淒涼的遲暮之感！「秋月春風」四字，包含了無限的哀思，可與李後主〈虞美人〉詞「春花秋月何時了？往事知多少」同讀。「豈得知」三字，反詰作收，是孤寂的詞人絕望之語。

（陳永正）

鷓鴣天　晏幾道

醉拍春衫惜舊香，天將離恨惱疏狂。年年陌上生秋草，日日樓中到夕陽。雲渺渺，水茫茫。征人歸路許多長。相思本是無憑語，莫向花箋費淚行！

此詞抒寫男女離情，但所詠非與妻室的離別，而是與歌酒場中相悅女性的離別之情。作者在其〈小山詞·自序〉中說：「始時，沈十二廉叔、陳十君龍家有蓮、鴻、蘋、雲，品清謳娛客，每得一解，即以草授諸兒，吾三人持酒聽之，為一笑樂。」由於他和沈、陳是好朋友，常和他們及其家的歌女蓮、鴻、蘋、雲聚會宴樂，於是他和沈、陳及蓮、鴻等的離合悲歡，常成為他詞中歌詠的內容，如其「自序」所說的：他的「狂篇醉句」，「遂與兩家歌兒酒使俱流轉於人間」。男女歌酒宴樂，在宋代詞人生活中是習以為常之事，而在晏幾道則別有一番作用，即是如後來姜夔所說的：「仗酒祓清愁，花銷英氣。」（〈翠樓吟〉）他的父親晏殊為一代顯宦，富弼、范仲淹、歐陽脩、王安石等皆出門下，而他晚途仕宦連蹇時，卻「不能一傍貴人之門」，「遂陸沉於下位」（俱見黃庭堅〈小山集序〉）。因此，他常縱情歌酒，以排遣其生平抑鬱不平之懷，而形之於詞，使其詞具有頓挫磊落之致，而讀者亦可以略見其身世之感及鮮明個性。

本詞的起二句以激情的活動形容離恨之被勾起，及其無法排遣之狀。「舊香」是往日與伊人歡樂的遺澤，乃勾起「離恨」之根源，其中凝聚著無限往昔的歡樂情事，自覺堪惜，「惜」字飽含著對舊情的深切留念。而

「醉拍春衫」則是產生「惜舊香」情思的活動，因為「舊香」是存留在「春衫」上的。句首用一「醉」字，可使人想見其縱恣情態，「醉」，更容易觸動心懷鬱積的情思。次句乃因「惜舊香」而激起的無可奈何之情。「疏狂」二字是作者個性及生活情態的自我品題。「疏」為闊略世事之意，即黃庭堅〈小山集序〉所說的「磊塊權奇，疏於顧忌」，「不能一傍貴人之門」等個性的表現。「狂」為作者生活情態的概括。他的〈阮郎歸〉曾說「殷勤理舊狂」，可見「狂」在他並非偶然，而是生活中常有的表現。「莫問逢春能幾回，能歌能笑是多才」（〈浣溪沙〉），「彩袖殷勤捧玉鍾，當年拚卻醉顏紅。舞低楊柳樓心月，歌盡桃花扇底風」（〈鷓鴣天〉），俱是其生活狂態的具體寫照。這句意謂以自己這個性情疏狂的人卻被離恨所煩惱而無法排遣，而在句首著一「天」字，使人覺得他的無可奈何之情是無由開解的。人情總是在處於絕境時把根源歸之於天，早在《詩經．邶風．北門》中就有「天實為之，謂之何哉！」同是一種極端矛盾心情的表露。

三、四兩句緊接著從時空兩方面形容其長久遭受離恨折磨的情狀。「秋草」為一年衰晚之象，「夕陽」為一日垂暮之景。陌上秋草，年年自生，樓上夕陽，日日照到，二句純屬客觀景象，而與上句緊相承接，則為表現離恨之無限深重而設，綜合二句，即覺其中儼然有個倚樓悵望陌上之人，其人年年日日都在迷惘中度過，使讀者感到人物景象，一片渾茫。這種運用賦的手法，因情敷景，布景織情，是小晏的一種常用抒情手法，如其〈臨江仙〉，於「去年春恨卻來時」之後，緊承以「落花人獨立，微雨燕雙飛」，即是膾炙人口的名句。

下闋從可以解除離恨的方面著想。欲解離恨莫如命駕歸去，或書問慰藉，然歸途遙遠，書訊難憑，則離恨終將無可消釋。「雲渺渺，水茫茫」二句，看來純屬景語，承以「征人」句，道出主人公於樓上悵望時的感覺，即景生情，以景喻情，使自然界遼闊的雲水，俱織入主人公的情思之中。小晏曾在其「自序」中謂「感物之情，古今不易」，然寫來固自多方。我們讀這首詞，可與李白的〈菩薩蠻〉對照玩索，二詞所寫同為羈旅思歸之情，其情俱生於樓上悵望，只是時間長短及繫情的景物彼此殊異，而寫來異曲同工，不過李詞表情細微深婉，而晏詞則豪邁俊爽耳。

末二句的表情乃由上寫各種情節逼出，意謂離恨之深重，直是無從表達。在雲水渺茫遠隔的異鄉，年年日日的相思之情何可勝道，而這一切只有自己獨自體味感受到，故云「無憑語」，即是拿什麼說呢？怎麼說呢？由此乃發出最後一句。「莫向花箋費淚行」雖是決絕之辭，卻是情至之語，從中帶出以往情事，當是曾向花箋多費淚行，如元王實甫《西廂記》所說，把書信「修時和淚修，多管閣著筆尖兒未寫早淚先流」。「淚行」，雙關文字與淚水之成行。既然離恨這般深重，非言辭所能申寫，如果再「向花箋費淚行」，那便是虛枉了。小晏也曾在一首〈采桑子〉中寫道：「長情短恨難憑寄，枉費紅箋。」情意正同。總之，此二句意謂此際相思之情，絕非言語所能表達得出來的。

小晏把他自己的詞編集，名曰「補亡」，「以謂篇中之意，昔人所不遺，第於今無傳耳」。基於這種創作思想，所以他在詞中往往能道出眼前之事，為人人心中之所欲言，使讀者感到非常愜意，說來非常新鮮，卻不纖巧，倒覺得很老實，而情意又極深重。清況周頤《蕙風詞話》所主張的「重、拙、大」的標準，在《小山詞》裡頗多合者，從這首詞裡也可看到這一藝術特點。（胡國瑞）

鷓鴣天

晏幾道

小令尊前見玉簫，銀燈一曲太妖嬈。歌中醉倒誰能恨？唱罷歸來酒未消。春悄悄，夜迢迢。碧雲天共楚宮遙。夢魂慣得無拘檢，又踏楊花過謝橋。

疏狂落拓的詞人，參加一次春夜的宴會，遇到一位美豔的女郎。在璀璨的銀燈下，歌酒共歡，不知不覺沉醉了。可是，好事難成，聚散匆匆，夜闌歸後，夢魂又悄悄地回到她的身旁……

小晏此詞，近世論者，多以為是懷人之作，謂上片寫昔時相見，下片寫今日相思。但細細體味詞意，全首寫的都是初見當夜的情事，上下兩片在時間上緊緊銜接，並沒有所謂久別懷人之意。

「小令」二句，寫兩人初逢的情境。「尊前」，點酒筵；「銀燈」，點夜晚；「玉簫」，指在筵席上侑酒的歌女。唐范攄《雲溪友議．玉簫化》載，韋皋與姜輔家侍婢玉簫有情，韋歸，一別七年，玉簫遂絕食死，後再世，為韋侍妾。詞中以玉簫指稱，當意味著兩人在筵前目成心許。在華燈下清歌一曲，醉頰微酡，她實在是太美了！「妖嬈」前著一「太」字，表露了詞人傾慕之情，由此而生發出下邊幾層意思來。

「歌中」二句，從「一曲」生出。在她優美的歌聲中痛飲至醉，誰又能感到遺恨啊！在她唱完之後，餘音在耳，筵散歸來，酒意依然未消。「歌中醉倒」四字甚妙，起到統攝全篇的作用。表面看來，是說一邊聽歌，一邊舉杯酣飲，不覺便酩酊大醉了，實際上是暗示自己被美妙的歌聲陶醉，被美豔的歌者迷醉。美酒，清歌，麗人，舌嘗而知味，耳得而聞聲，目遇而成色，三者皆集於此地此時，怎不令人為之醉倒！一「醉」字，點明命意，情韻悠長，對下片寫的春夜夢尋也起到提引的作用。醉倒，是心甘情願的。「誰能恨」即無人能恨，三字與柳永〈蝶戀花〉詞「衣帶漸寬終不悔」的「終不悔」，有異曲同工之妙。詞人醉得實在是太深太沉了，以至宴會歸來，仍酒意未消。其實，「未消」的不僅是酒意，而是見玉簫而產生的綿綿情意。兩句實中有虛，落筆沉著而用意深婉。

過片後，緊接寫「歸來」的情事。小晏尚有〈鷓鴣天〉詞云「歸來獨臥逍遙夜，夢裡相逢酩酊天」，可作本詞下片的概括。春意，悄悄地潛進了心中；春夜，又是那麼漫長。唉，我熱切想望的女郎，跟那碧雲無盡的夜空同樣地遙遠。「悄悄」二字，寫春夜的寂靜，也暗示詞人獨處時的心境。久不成寐，更覺春夜迢迢。與上片短暫的歡娛恰成強烈對照。「碧雲」句，以天設喻，慨嘆由於人為的間阻，使兩人不能互通心愫，侯門如海，要想重見就更是困難了。一「遙」字，與《詩經．鄭風．東門之墠》「其室則邇，其人甚遠」的「遠」字用意略同，並不是說兩人在道里上相隔很遠。若把這理解為遠別之辭，則未能領會作者的深意了。「楚宮」，楚王之宮，指代玉簫的居處，亦暗示她「巫山神女」的身分。三句寫宴罷歸來的刻骨相思，音節特婉妙，能搖我情。

「夢魂」二語，是全詞中最精彩之筆。人生經常處在桎梏之中，人們總不能按自己的意願去行動，思想卻是自由的，詞人盡可以去戀慕相思，而比思想更自由的是人的「夢魂」，它無拘無束，任意遊行，去「實現」現實生活中不可能實現的一切，去追尋現實生活中不可能得到的歡樂。今夜裡，詞人的夢魂，在迷濛的夜色中，又踏著滿地楊花，悄悄地走過謝橋，去重會意中人了。「慣」，即慣常之意。「謝橋」，謝娘家的橋。唐代有名妓謝秋娘。詞中以謝橋指女子所居之地。張泌詩〈寄人二首〉其一：「別夢依依到謝家，小廊迴合曲闌斜。多情只有春庭月，猶為離人照落花。」晏詞暗用詩意。兩句宕開一筆，跌深一層。相思無望，唯是有寤寐求之。

以縹緲迷離的夢境反襯歌酒相歡的現實，以夢魂的無拘無束反襯生活中的迢遙間阻，對照之下，更覺深婉有味。末句「又」字，用意尤深，赴宴時踏楊花過謝橋的是現實生活中的人，再來卻是虛幻飄忽的夢魂了。一結能生能新，情韻佳絕。據宋邵博《邵氏聞見後錄》載，與小晏同時的學者程頤，聽到人誦「夢魂」兩句時，笑著說：「鬼語也！」意甚賞之。連這位方正的道學家都受到小晏詞的誘惑，可見真正的文藝作品是有其不可抗拒的魅力的。所謂「鬼語」，是因句中幽緲的意境而言，說只有鬼才能寫得出來。（陳永正）

鷓鴣天

晏幾道

十里樓臺倚翠微，百花深處杜鵑啼。殷勤自與行人語，不似流鶯取次飛。

驚夢覺，弄晴時，聲聲只道不如歸。天涯豈是無歸意，爭奈歸期未可期。

這首詞寫的是客中聞杜鵑有感。杜鵑，又名子規、杜宇，叫聲像「不如歸去」，歷代詩詞作家，由其叫聲引起的吟詠頗多。

詞的上片「十里樓臺倚翠微，百花深處杜鵑啼」，寫鵑啼的環境和季節。翠微，青翠的山色，如南朝梁何遜〈仰贈從兄興寧寘南〉「高山鬱翠微」；也用以指代青山，如杜牧〈九日齊山登高〉「與客攜壺上翠微」。此處指青山，說在靠著青山的十里樓臺的旁邊，在春天百花盛開的深處，聽見了杜鵑啼叫。「殷勤自與行人語，不似流鶯取次飛。」說杜鵑在花間不斷地叫著，好像對「行人」很有情感，不惜「殷勤」相告，比諸黃鶯的隨意飛動，對人漠不關心，大不相同。取次，猶隨意，黃庭堅〈次韻裴仲謀同年〉：「煙沙篁竹江南岸，輸與鸕鷀取次眠。」也是用這個詞來寫鳥。「行人」走在春色絢爛的優美環境中，本來是會心情愉悅的，但因為離家作客，所以聽了杜鵑叫聲，不免引起思家之念，作客之愁。那麼，詞中所寫的美麗景色，又正好反襯了杜鵑叫聲的感人。

下片，寫「行人」聞杜鵑啼的心理變化。「驚夢覺，弄晴時，聲聲只道不如歸。」在晴明的春日，杜鵑偏又賣弄牠的叫聲，「行人」從夢中驚醒，聽到的還是聲聲的「不如歸去」。前面路上初聞鵑啼，感到「殷勤」；聽得太多，睡在床上也被叫得不安，叫的又是一句人所做不到的話，那「行人」心中自然也就變得有點煩躁了。「天涯豈是無歸意，爭奈歸期未可期。」不是自己不想回家，只是自己不能決定回去的日期，生活不能由自己主宰，有什麼辦法呢？這是在煩躁中的思念，說是自言自語行，說是對杜鵑的回答也行。這裡表面上有埋怨鵑鳥無知、強聒難耐的意思，但歸根到底，是對真正「作弄」人的生活遭遇的憤慨。這片詞，話說得比較直致，但內容還有曲折。

同樣聽到杜鵑聲，不同的詩人、詞家，可以從各自的處境、各樣的角度寫出不同的感受。杜荀鶴〈聞子規〉的「啼得血流無用處，不如緘口過殘春」，是憤慨文章無用之言；韋應物〈子規啼〉的「鄰家孀婦抱兒泣，我獨展轉何為情」，是同情丈夫死在外地的寡婦之言；朱敦儒〈臨江仙〉的「月解重圓星解聚，如何不見人歸？今春還聽杜鵑啼」，是痛心國土淪陷，南北親人不能團聚之言；范仲淹〈越上聞子規〉的「春山無限好，猶道不如歸」，是豁達之言；楊萬里〈出永豐縣西石橋上聞子規二首〉其一的「自出錦江歸未得，至今猶勸別人歸」，是詼諧之言。晏幾道這首詞，則是對浪跡在外、有家難歸的生活的嘆息之言，寫得真切，有感染力；結尾兩句，用反跌之筆表曲折之情，意境尤深。（陳祥耀）

生查子 晏幾道

金鞭美少年，去躍青驄馬。牽繫玉樓人，繡被春寒夜。
消息未歸來，寒食梨花謝。無處說相思，背面秋千下。

這是一首思婦詞。詞中女主人公所思念的對象，是她的丈夫。開頭即寫出男子形象：「金鞭美少年，去躍青驄馬。」至於去作何事，並未言明。這類人物形象，蓋本於樂府詩。《樂府詩集》同類主題作品中有兩種寫法。一種如南朝梁何遜〈長安少年行〉：「長安美少年，羽騎暮連翩。玉羈瑪瑙勒，金絡珊瑚鞭。陣雲橫塞起，赤日下城圓。追兵待都護，烽火望祁連……」這是去從軍。另一種如李白〈少年行二首〉其二：「五陵年少金市東，銀鞍白馬度春風。落花踏盡遊何處，笑入胡姬酒肆中。」這是去冶遊。這兩種行為都可以統一在豪俊少年的身上。小晏詞中意指何者，無跡象可尋，未便指實。反正他是騎著駿馬出門去了，家裡留下了一位年少多情的妻子，時刻把他的消息牽掛心頭。

全詞一共寫了四幅畫面。一、二兩句是第一幅畫面，先寫「金鞭美少年」的形象，這是女主人公思念的對象。他那揚鞭躍馬、威武俊美的英姿，大概就是他臨走時所留給女主人公的最後印象。可是，人走了之後呢？緊接著，三、四兩句便展示了第二幅畫面，鏡頭開始轉到女主人公身上來了。像是有著無形的紐帶，她的感情，她的思緒，始終牽繫在遠出的丈夫身上；到了夜晚，繡被春寒，孤燈獨眠，那是多麼難耐的寂寞啊！「繡被春寒夜」，是透過環境的渲染，來凸出人物的孤寂。五、六兩句又換了一個鏡頭，展示了第三幅畫面。天天盼，月月盼，寒食節過去了，梨花開了又謝了，一次次地等待，始終沒有等到丈夫的音信，隨之而來的，只是一次次失望！「寒食梨花謝」，是透過節令和景物來暗示出時間的流逝，表現她無限的悵惘。七、八兩句，是最後一幅畫面，也是最精彩的一個鏡頭：鞦韆（秋千）架下，女主人公背面痴痴地站著，她在默默地承受著相思之苦，無處訴說，也不想對人訴說——也許，那鞦韆架是丈夫在家時和她常來的地方吧？也許，她是想來排遣憂悶，但是睹物思人、觸物生情，倍感憂傷和淒涼吧？總之，她就那樣地站在鞦韆架下，給人留下了不盡的聯想。南宋曾季狸《艇齋詩話》指出：「晏叔原（幾道字）小詞：『無處說相思，背面秋千下。』呂東萊（本中）極喜誦此詞，以為有思致。此語本李義山（商隱）詩，云：『十五泣春風，背面鞦韆下。』」李商隱的詩〈無題二首〉其一寫的是少女傷春，晏幾道此詞則是寫思婦懷人，同樣的畫面，但內涵是不同的。呂本中稱它有思致，是很有見地的批評。

這首詞寫的是女主人公的相思之情，但通篇沒有一句直接寫她的音容外貌或心理活動，完全透過環境、景物等畫面來烘托人物的感情，而讓讀者自己去聯想、去體會。這是它在藝術表現上的主要特色。女主人公的性格是含蓄內向的，整首詞的風格也是含蓄蘊藉的，讀來極耐人尋味。（劉德重）

生查子 晏幾道

長恨涉江遙，移近溪頭住。閒蕩木蘭舟，誤入雙鴛浦。
無端輕薄雲，暗作廉纖雨。翠袖不勝寒，欲向荷花語。

這是一首含蓄婉轉的小詞。在寫作手法上獨特新穎，意味深蘊。表面上是寫一位姑娘在泛舟遇雨時的情景，其實是暗喻抒情主人公愛情生活的不幸和痛苦。在五代、北宋的詞中，我們常會聽到採蓮姑娘熱切浪漫的歌聲，而很少能聽到被遺棄的女子這樣掩抑含情的低訴。即使在《小山詞》中，也找不到別的相似的例子了。

「長恨涉江遙，移近溪頭住」，兩句落想已妙。「涉江」，當本〈古詩十九首〉「涉江採芙蓉，蘭澤多芳草。採之欲遺誰？所思在遠道」之意。這位女郎感到離江邊路太遠了，遂移家近溪頭，以便涉江採芙蓉（荷花），而且溪水流入江中，也將會流到所思之處吧！慰情聊勝於無，兩句已是「痴絕」之語。三、四句又作曲折：她搖蕩著木蘭船去採芙蓉，啊，不知不覺誤入了雙鴛浦。「木蘭舟」，以香木製成的船隻，泛指佳美的小船。她在蕩舟，緣溪而去，可是卻來到觸動她孤獨情懷之地「雙鴛浦」，鴛鴦成雙作對的水邊。這裡妙在一「誤」字。古來因地名不吉利而觸忌諱者多矣，但如「雙鴛」這樣美好的字眼也引起她的不快，卻是少見，所謂「傷心人別有懷抱」者是。句意雖與〈臨江仙〉「落花人獨立，微雨燕雙飛」相似，然著一「誤」字，則怨恨之意，溢於言表了。

過片二句，再作轉折：最沒道理的是，那些輕薄的浮雲，居然暗暗地化作霏微細雨飄灑下來。兩句寫泛舟時遇雨，語意雙關，表達了女子被棄時複雜的感情。「無端」，有料想不到之意。那像浮雲般輕薄的男子，竟然毫無理由地玩弄女子的感情，被侮辱被損害的女子卻只能暗暗地忍受著無窮的痛苦。那幾乎是絕望的哀傷、綿綿的遺恨，緊揪著人們的心。「雲」、「雨」之喻，屢見前人詩詞中，多寫男女間的歡合，而在本詞中，卻顯得如此淒冷悲涼。這裡，有譴責，有痛悔，有自傷，十字中有著幾層含意，深刻地寫出被棄女子的心理。末兩句承「廉纖雨」寫來：她那單薄的衣裳怎抵擋寒風冷雨？只好向荷花訴說自己的幽恨。「翠袖」句本杜甫〈佳人〉詩：「天寒翠袖薄，日暮倚修竹。」杜詩寫一位絕代佳人，幽居深谷，與草木相依。而「輕薄」的夫婿卻另有新歡，把她遺棄，佳人貞潔自持，甘過清貧的生活。本詞寫女子「不勝」風雨之寒，既點出她的軟弱無依的可悲處境，也暗示她的清操獨守。然而心靈上的創傷是無法消除的，無人傾訴，只能悄悄地共荷花相語。「荷花」，與首句「涉江」遙相呼應。二語宛曲迴環，使這愛情悲劇更是搖人心魄了。（陳永正）

南鄉子　晏幾道

新月又如眉，長笛誰教月下吹？樓倚暮雲初見雁，南飛。漫道行人雁後歸。意欲夢佳期，夢裡關山路不知。卻待短書來破恨，應遲。還是涼生玉枕時。

懷人小詞，寫得曲折往復，宛如一篇長調的縮寫。意極精，味極永，風流蘊藉，既麗且莊，豔詞中自有氣格者。王涯〈秋思贈遠二首〉其一云：「當年只自守空帷，夢裡關山覺別離。不見鄉書傳雁足，唯看新月吐蛾眉」，可作本詞提綱看。

首兩句，寫倚樓時所見所感：黃昏後，又見如眉般的一彎新月。為誰人更持長笛，在月下吹徹哀音？首句寫景，云新月如眉，也就是說眉如新月，隱有抒情女主人公的形象在。黃昏新月，常會勾動人的離思。詞中更著一「又」字，可知倚樓懷人已非一朝一夕了。「誰教」，猶言誰令、誰使，故作設問。無人欣賞，自己在月下吹笛也是徒然的。緊接「樓倚」三句，點出主題：獨倚高樓，在暮雲中第一回看到歸雁——牠不住地向南飛去——可不要說遠行的人要比雁還遲歸啊！三句暗用隋薛道衡〈人日思歸〉詩：「人歸落雁後，思發在花前。」著一「初」字，語意比上文「又」字跌深一層。時節轉換，秋雁南飛，更增對行人的思念。唐趙嘏〈長安秋望〉詩：「殘星幾點雁橫塞，長笛一聲人倚樓。」此詞上片，意境與之彷彿。

換頭二語，寫相思無望，唯有夢裡相尋。小晏詞中，常有這樣的描述：「夢魂慣得無拘檢，又踏楊花過謝橋」

（〈鷓鴣天〉）、「夢入江南煙水路，行盡江南，不與離人遇」（〈蝶戀花〉），同是寫夢尋，但又用意各別。本詞云「路不知」，即是說連尋找也不可能了，語更深切。《文選》南朝沈約〈別范安成詩〉：「夢中不識路，何以慰相思？」李善注：「《韓非子》曰：『六國時，張敏與高惠二人為友，每相思不能得見，敏便於夢中往尋，但行至半道，即迷不知路，遂回，如此者三。』」小晏此詞，運用前人故事，而又不覺其蹈襲模擬。入夢的描寫與上下文融合無間，逼出末三句：再想等他的短信寄來，稍解離恨——恐怕已太遲了——又到了枕畔涼生的清秋時節！夢裡難尋，唯有等音書寄來，可是書信又遲遲不至，閨中人的離恨就更無法排遣了。詞中不言「長信」而曰「短書」，真所謂慰情聊勝於無，個中已有難言之處。連這草草兩三行的短信也沒有，則遊子的薄情可知。古人慣用雁足傳書故事，「待短書」與上片「初見雁」呼應。末句表面上是說秋天到來，因而感到玉枕太涼了，其實是「衾鳳冷，枕鴛孤」（〈阮郎歸〉）、「只消鴛枕夜來閒」（〈西江月〉）的另一種說法。

本詞在結構上迴環曲折，層層深入。由月下吹笛而見南飛雁，由雁而思及行人。思極而成夢，夢不識路而待來書，書終不至，孤枕涼生，悵惘之情便溢於言表了。（陳永正）

清平樂　晏幾道

留人不住，醉解蘭舟去。一棹碧濤春水路，過盡曉鶯啼處。
渡頭楊柳青青，枝枝葉葉離情。此後錦書休寄，畫樓雲雨無憑。

通觀全詞，當是託為妓女送別情人之作。離別在一個渡口，時間是春天的一個早晨。

前六句主寫景，但無往非情。「留人不住」四字，扼要地寫出送者、行者雙方不同的情態：一個曾誠意挽留，一個卻去意已定。妓、客身分，見於言外。「留」而「不住」，已啟末二句之怨思。從次句看，分手前有一個餞行酒宴。席間那個不忍別的送行女子，想必是「將來的酒共食，嘗著似土和泥」（元王實甫《西廂記》），哪裡吃得下去；而即將登舟上路的男子，卻喝了個「醉」。這又是一個對照。「一棹碧濤春水路，過盡曉鶯啼處」二句緊承「醉解蘭舟去」，寫的是春晨江景，也是女子揣想情人一路上所經的風光。江中是碧綠的春水，江上有宛轉的鶯歌，是那樣的宜人。這景象似乎正是輕別的行者輕鬆愉快的心境的象徵。他就這樣地走了。想起來多麼令人難堪！「渡頭楊柳青青，枝枝葉葉離情」則遙應「留人不住」句，是蘭舟既發後渡頭空餘的景物，也是女子主觀感覺中的景，所以那垂柳「枝枝葉葉」俱含「離情」。以上四句寫景，渾成完整，卻包含兩種不同情感的象徵。初讀似以常語寫常景，久而覺字字句句皆含怨意。

後兩句寫情。上文講到挽留、講到離別，充滿依依不捨的纏綿的情緒。這裡卻突然轉折，說出決絕的話，寄語對方「此後錦書休寄」，因為「畫樓雲雨無憑」——我們青樓女子是靠不住的，你今後不必來信了。從此割斷感情的聯繫。似乎不可理解，其實這是負氣之言，其中暗含難言之隱。妓女社會地位低下，沒有愛的權利。即使有了傾心的男子，也沒有長聚不散之理。彼此結歡之夕，縱使「枕前發盡千般願」（敦煌曲子詞〈菩薩蠻〉），時過境遷，便「留人不住」。有感於此，所以乾脆叫對方「此後錦書休寄」了。話雖如此，倘不想得到「錦書」，何以特別提到？二句表現的心情還是矛盾的。故清周濟《宋四家詞選》評：「結語殊怨，然不忍割。」「怨」是怨對方的薄倖，更是怨命運的不幸。

全詞先是脈脈含情之語，後轉為決絕語，二者相反相成。因多情而生絕望，絕望恰表明不忍割捨之情。末二語鍛鍊精純，足稱警策。（周嘯天）

木蘭花

晏幾道

秋千院落重簾暮，彩筆閒來題繡戶。牆頭丹杏雨餘花，門外綠楊風後絮。
朝雲信斷知何處？應作襄王春夢去。紫騮認得舊遊蹤，嘶過畫橋東畔路。

晏幾道友人沈廉叔、陳君龍家，有蓮、鴻、蘋、雲四歌妓，宴會則清歌娛客，幾道「每得一解，即以草授諸兒」（見〈小山詞．自序〉）。及沈、陳或死或病，諸姬亦離散。幾道將詞稿綴輯成篇，「考其篇中所記悲歡合離之事，如幻如電，如昨夢前塵」（同上）。這首詞所寫的懷舊之思，正是以這樣的生活情事為背景的。

起首二句寫舊地重遊，似曾相識的情景。在這鞦韆（秋千）院落、垂簾繡戶之內，彷彿有一位佳人在把筆題詩。佳人是誰，詞中未作交代。然從過片「朝雲」二字來看，可能是指蓮、鴻、蘋、雲中的一位。他在〈臨仙江〉詞中說：「記得小蘋初見，兩重心字羅衣。琵琶絃上說相思。當時明月在，曾照彩雲歸。」說者多以為指雲、蘋二歌女。此詞所寫者，不妨也是這樣的人物。鞦韆院落，本是佳人遊戲之處，如今不見佳人，唯見鞦韆，已有空寂之感；益之以「重簾暮」一詞，暮色蒼茫，簾幕重重，其幽邃昏暗可知。在這種環境中居住的佳人，孤寂無聊，何以解憂？「彩筆閒來題繡戶」一句，作出了回答。彩筆，又稱五色筆，相傳南朝梁代江淹，才思橫溢，名章雋語，層出不窮。後夢中為郭璞索還彩筆，從此作品絕無佳者。這位佳人閒來能以彩筆題詩，可見是位才女，亦蓮、鴻、蘋、雲之流亞。「題繡戶」者，諒非題詩於門戶或窗戶，而是當窗題詩耳。一位佳人當窗題詩，鏡頭極美，當係詞人舊地重遊，從外面所攝得。然而這一鏡頭多半出於幻覺，因為從下文來看，這位佳人已經不在了。此即所謂「如幻如電」也。

「牆頭」兩句，主要寫詞人從外面所看到的景色，以及由此景色所觸發的情思。此時詞人恍如從幻夢中醒來，眼前只見一枝紅杏出牆頭，幾樹綠楊飄白絮。美麗的景色勾起美好的回憶，那紅杏就像昔日佳人嬌豔的容顏，經過風吹雨打已變得憔悴；那綠楊飄出的殘絮又好似詞人漂泊的行蹤，幸喜又回到故枝。這工整的一聯，韻致纏綿，寄情深遠，令人想起周邦彥〈玉樓春〉中的名句：「人如風後入江雲，情似雨餘粘地絮。」它們都是以眼前景，寫胸中情，寓言外意。因此明人沈際飛評曰：「『雨餘花，風後絮』，『入江雲，粘地絮』，如出一手。」（《草堂詩餘正集》）

過片用楚襄王夢遇巫山神女的故事，表達對這位佳人的懷念。據〈小山詞．自序〉云，蓮、鴻、蘋、雲四位歌妓，後來「俱流轉於人間」，不知去向。這裡說佳人像朝雲一樣飛去，從此音信杳然，也許又去赴另一個人的約會。事雖出於猜想，但卻充滿關切之情，從中也透露了這位女子淪落風塵的消息。古事今用，惝恍迷離，昨夢前塵，盡呈眼底，不能不令人為之一唱三嘆。

結尾二句宕開一筆，從佳人寫到自己。然而似離仍合，虛中帶實，形象更加優美，感情更加深摯。詞人不說這位佳人的住處他很熟悉，而偏偏以擬人化的手法，託諸駿馬。馬而有情，何況人乎？這一比喻是獨創的，也很符合詞人作為貴家子弟的身分。證明在此之前，詞人確曾身騎駿馬，來到這鞦韆深院，與玉樓繡戶中人相會。由於常來常往，連馬兒也認得遊蹤了。紫騮驕嘶，柳映畫橋，意境極美，這是虛中寫實，實中有虛。清人沈謙說：「填詞結句，或以動蕩見奇，或以迷離稱雋，著一實語，敗矣。康伯可『正是銷魂時候也，撩亂花飛』；晏叔原『紫騮認得舊遊蹤，嘶過畫橋東畔路』；秦少游『放花無語對斜暉，此恨誰知』，深得此法。」（《填詞雜說》）

所說頗中肯綮。用這種虛寫的筆法，勾勒出動蕩的畫面，確實引人入勝，饒有餘味。

總的來說，「如幻如電，如昨夢前塵」，正是此詞的風格所在。詞人舊地重遊，閒窺繡戶，彷彿重睹芳華，這是幻境；佳人有如朝雲，飄然遠逝，另赴襄王之約，也是幻境；最後駿馬驕嘶過畫橋，詞人更覓遊蹤去，則將幻境與真境糅合在一起，尤富於浪漫色彩。這樣的小令在唐宋詞中，是很優秀的作品。（徐培均）

木蘭花

晏幾道

小蓮未解論心素，狂似鈿箏絃底柱。臉邊霞散酒初醒，眉上月殘人欲去。
舊時家近章臺住，盡日東風吹柳絮。生憎繁杏綠陰時，正礙粉牆偷眼覷。

小蓮，是沈廉叔、陳君龍二家歌女中小晏最為眷戀的。《小山詞》中如〈鷓鴣天〉（「手撚香箋憶小蓮」）、〈愁倚闌令〉（「渾似阿蓮雙枕畔，畫屏中」）、〈破陣子〉（「寫向紅窗夜月前，憑誰寄小蓮」）等詞，皆為她而作。小蓮能歌善舞，色藝雙絕。而本詞更凸出她的「狂」態，把一位天真爛漫而又嫵媚風流的姑娘的形象生動地展現出來。她的性格如此鮮明，給人留下非常深刻的印象，也許是小晏對她特別瞭解，熟悉她的精神世界的緣故吧。

起頭二句，已是攝神之筆。小蓮啊，她多麼天真幼稚，還未懂得怎樣跟人細訴衷情，而她的狂放，卻像鈿箏中發出的熱烈的樂音。「狂」，是小山最為欣賞的，他在詞中多次寫到「天將離恨惱疏狂」（〈鷓鴣天〉）、「盡有狂情鬥春早」（〈泛清波摘遍〉）、「殷勤理舊狂」（〈阮郎歸〉），企圖借這個「狂」字來發抒自己滿腔的熱情和積忿。而小蓮也是「狂」的，她不直接地說出自己內心的情愫，而借熱烈而狂亂的箏聲去表達出來。「柱」，用以架絃。我們可以想像到小蓮在急絃促柱時著迷似的「狂」態。「未解論心素」，只是欲進先退的手法，次句才寫出小蓮的真實形象。她的真純，她的柔情密意，她心中激烈的風暴，都憑著這「雁柱十三絃」（歐陽脩〈生查子〉），一一向所戀慕的人傳送。

三、四句，補足「狂」字。她臉上的暈霞漸散，宿酒初醒，眉上的翠黛消殘，人將歸去。「霞」，指紅暈、酒暈。小蓮借著一點醉意，在彈箏時才狂態十足吧。「月」，語意雙關。既謂眉上額間「麝月」的塗飾在卸妝睡眠時殘褪，也表示良宵將盡，明月墜西。兩句實在是寫歡會的情景，豔冶之至，可是在小晏筆下，卻寫得那麼優雅，沒有一點兒庸俗低級的情調。小晏是以同情的態度去塑造那些身分卑微而又善良純潔的女性形象的，他對小蓮，更是傾注了深深的情感，女孩子天真爛漫，一片柔情，音容笑貌，彷彿呼之欲出。本詞上片所刻畫的小蓮形象是美好的，使讀者感到十分親切。

過片後，補寫小蓮的身世。章臺，街名，在漢代長安章臺之下。《漢書．張敞傳》有「過走馬章臺街」之語，後世以為歌樓妓院的代稱。小蓮舊時的家靠近「章臺」居住，這裡暗示她的歌妓身分。唐孟棨《本事詩》載，唐詩人韓翃有寵姬柳氏在京中，韓寄詩曰：「章臺柳，章臺柳，昔日青青今在否？」後世詩人，常以「章臺」與「柳」連用。詞中寫春風吹絮，也許象徵著小蓮的飄零身世吧。小晏〈浣溪沙〉詞「行雲飛絮共輕狂」，當同此意。末兩句說，最可恨的是杏子成叢，綠陰滿樹，正妨礙她在粉牆後邊偷眼相窺呢！收處回憶當日相見留情時情景，這也是小晏所念念不忘的。他在詞中多次寫到「丹杏牆東當日見，幽會綠窗題遍」（〈清平樂〉）、「鶯來燕去，宋玉牆東路」（〈清平樂〉）。宋玉，是戰國末年楚國的辭賦家，他作〈登徒子好色賦〉，記一位住在東鄰的美女，曾在牆頭窺看他，希望能與他相好。《本事詩》也載有柳氏「每以暇日隙壁窺韓（翃）所居」之事。小蓮當日或許有過這麼一段情事，她主動地去偷眼相覷，正表現了她不受拘束的「狂」態。

本詞上片寫今宵幽會的歡娛，下片追憶當時初見的情景，而以一「狂」字貫串始終，小蓮的風韻與小晏的鍾情都真切地表現出來，詞旨風流豔麗，仍無媟褻之失，這也是小晏詞的特色吧。（陳永正）

菩薩蠻 晏幾道

哀箏一弄湘江曲，聲聲寫盡湘波綠。纖指十三絃，細將幽恨傳。

當筵秋水慢，玉柱斜飛雁。彈到斷腸時，春山眉黛低。

晏幾道早年風流浪漫，與沈廉叔、陳君龍友善，每作詞，授兩家歌女蓮、鴻、蘋、雲等演唱，以為娛樂。他的詞大部分為這些歌女而作，本篇也是如此。詞中雖有音樂描寫，但意旨不在音樂，而是借寫彈箏來表現那位當筵演奏的歌妓。《小山詞》中有多處提到箏，如〈鷓鴣天〉：「手撚香箋憶小蓮，欲將遺恨倩誰傳。……秦箏算有心情在，試寫離聲入舊絃。」〈木蘭花〉：「小蓮未解論心素，狂似鈿箏絃底柱。」箏和小蓮往往並提，這首詞裡所寫的彈箏者很可能就是小蓮。這首詞不僅寫她的彈箏技巧，同時還表現她的整個風情。

開頭一句先寫彈奏。箏稱之為「哀箏」，感情色彩極為明顯。「一弄」，奏一曲。曲為「湘江曲」，內容亦當與舜及二妃一類悲劇故事有關。由此可見酒筵氣氛和彈箏者的心情。「寫盡湘波綠」，湘水以清澈著稱，「綠」為湘水及其周圍原野的色調。但綠在色彩分類上屬冷色，則又暗示樂曲給予人心理上的感受。「寫」，指彈奏，而又不同於一般的「彈」或「奏」；似乎彈箏者的演奏，像文人的用筆，雖然沒有文詞，但卻用箏聲「寫」出了動人的音樂形象。

「纖指十三絃，細將幽恨傳。」讓人想到彈箏者幽恨甚深，非細彈不足以盡情傳達，而能將幽恨「細傳」，又足見其人有很高的技藝。從「纖指」二句的語氣看，詞人對彈箏者所傾訴的幽恨是抱有同情的，或所傳之幽恨即是雙方所共有的。

詞的上片側重從演奏的內容情調方面寫彈者，下片則側重寫彈者的情態。「當筵秋水慢」，「秋水」代指清澈的眼波。「慢」，形容凝神，指箏女全神貫注。「玉柱斜飛雁」，箏上一根根絃柱排列，猶如一排飛雁。飛雁在古代文學作品中，常與離愁別恨相連，同時湘江以南有著名的回雁峰。因此，這裡雖是說絃柱似斜飛之雁，但可以想見所奏的湘江曲亦當與飛雁有聯繫，寫箏柱之形，其實未離開彈箏者所傳的幽恨。「彈到斷腸時，春山眉黛低。」春山，指像山一樣彎彎隆起的雙眉，是承上文「秋水」而來的，用的是卓文君「眉色如望遠山」（《西京雜記》）的典故。女子凝神細彈，表情一般應是從容沉靜的，但隨著樂曲進入斷腸境界，箏女斂眉垂目，淒涼和悲哀的情緒還是明顯地流露了出來，可見幽恨深重。

上下片各分兩個層次。上片「寫」、「傳」兩個動詞最為吃緊，從「寫」到「傳」都是寫彈奏，但「寫盡」云云主要指對湘江曲的內容創造性地予以再現；「傳」則指演奏時藉以傳自己身世之恨，兩個動詞不可互相移易。下片以寫彈箏女子的眉眼為線索，準確地用了「慢」與「低」兩個形容詞，而從「秋水慢」到「眉黛低」，也明顯地表現了感情的發展。從這些動詞、形容詞的運用，可以清楚看出作者更多的是在寫人，詞並沒有提供完整的音樂形象，但彈箏女子卻神情畢現，讀者可以由「纖指」、「秋水」和「春山眉黛」想像她的纖秀，可以由以箏傳恨和斷腸時的眉黛低垂，想像她彈奏時的心境、情緒，而整個人物給人的印象則是哀豔動人。這可能是沈、陳兩家衰落後，小蓮經過流落，又與晏幾道偶然相逢時的演奏。作者不作呆滯的刻畫與敘述，筆勢迴盪飄忽，似不著紙。而情感真摯悽惻，於閒婉之中又顯得深沉。詞的開頭「哀箏一弄湘江曲」，驀然而來，結尾「彈到斷腸時，春山眉黛低」，悠然而止，極能引發人的回味和想像。（余恕誠）

玉樓春 晏幾道

東風又作無情計，豔粉嬌紅吹滿地。碧樓簾影不遮愁，還似去年今日意。
誰知錯管春殘事，到處登臨曾費淚。此時金盞①直須深，看盡落花能幾醉！

〔註〕①金盞：金製的飲酒器，泛指精美的酒杯。

全詞抒寫花落春殘的感傷。首句「東風又作無情計」，破空而來，筆力沉重。起始就直怨東風，東風無情，而且這種無情並非偶爾，完全出於有意算計，著一「又」字，則不僅是今年如此，遠射下面「去年」，著力寫出東風的「無情」，同時也就烘襯出內心的愁怨之深，此意直貫全篇。第二句的「豔粉嬌紅吹滿地」，正面描寫落花，「粉」是「豔」，「紅」是「嬌」，不僅描繪了花的色彩，而且寫出了花的豔麗嬌冶如人。著力寫花的美，也就更反襯出「吹滿地」的景象之慘，滿目繁華，轉瞬即逝，使人觸目驚心。「吹」字暗接「東風」，進一步寫東風的無情。「碧樓簾影不遮愁，還似去年今日意」，上句詞意深厚，樓臺高遠，簾影層深，是怕見春殘花落觸動愁腸，雖然較之近觀增加了幾分隱約朦朧，但花飛花謝仍然依稀可見，「不遮愁」三字絕妙！景既不能遮斷，愁自然油然而生。下句語甚淺而情甚深，紅稀綠暗的春殘景象「還似」去年一樣，「還似」二字，回應首句「又」字，申說花飛花謝的景象，春殘春去的愁情，不是今年才有，而是年年如此，情意倍加深厚，語氣愈益沉痛。

下片「誰知錯管春殘事，到處登臨曾費淚」二句，緊接上片，以轉作承，不正面敘說惜春之意，卻出以反筆，自怨自悔，說惜春不僅是多管，而且是「錯管」。花落春去，人力無法挽回，惜春憐花，豈非徒然多事！當初不能通曉此理，每逢登臨遊春都為花落淚，現在看來，都屬多餘的感情浪費。表面上看似怨悔，實是感傷。結拍「此時金盞直須深，看盡落花能幾醉」二句，從唐人崔敏童的「能向花前幾回醉，十千沽酒莫辭頻」（〈宴城東莊〉）化來，轉寫今日此時，表面上自解自慰，說傷春惜花費淚無益，不如痛飲美酒，恣賞落花，語極曠達，實際上卻極為沉痛，較之惋惜更深一層。群花飛謝，在還沒有委埋泥土、墜隨流水之前，「吹滿地」的「豔粉嬌紅」還可供人憐惜，然而這種景象轉瞬間即將消逝無蹤，又能夠看到幾次？更又能看得幾時！「臨軒一盞悲春酒，明日池塘是綠陰」（韓偓〈惜花〉），在「直須深」的連連呼喚中，蘊藏著無計留春、悲情難抑的痛苦，但這種感情卻故以問語相詰，就顯得十分宛轉。與乃父晏殊的「門外落花隨水逝，相看莫惜尊前醉」（〈蝶戀花〉）相比，自然有明朗顯豁與搖曳頓挫之別。（鍾陵）

阮郎歸

晏幾道

舊香殘粉似當初，人情恨不如。一春猶有數行書，秋來書更疏。

衾鳳冷，枕鴛孤。愁腸待酒舒。夢魂縱有也成虛，那堪和夢無？

這是一首居者憶行者的詞，也是一首表達男女相思的詞。但在欣賞這首詞時，先要解答一個問題：詞中的居者到底是男方，還是女方？有人認定行者是女方，而居者就是晏幾道本人。這當然不失為一種解釋。可是，寫男女別後相思，本是詩詞中常見的題材，多半是虛擬。對這首詞，如無本事可考，似不必坐實為作者本人憶念其離去的情侶。而這類題材的作品，往往寫居者是女方、行者是男方的，古代生活中多半也是如此。

詞的上片寫怨情，怨行者之薄情。起句「舊香殘粉似當初」，寫物；次句「人情恨不如」，寫人。兩句合起來，是以物與人相比。往昔所用香粉雖給人以殘舊之感，但物仍故物，香猶故香，而離去之人的感情，卻經不起空間與時間考驗，逐漸淡薄，今不如昔了。上片的後兩句「一春猶有數行書，秋來書更疏」，是上兩句的補充和延伸，舉出人不如物、今不如昔的事實，那就是行人初去時還有幾行書信寄來，從春到秋，書信越來越稀少了。

這上片所寫，應是詞中女主人晨起梳洗時，觸及舊時的化妝用品，不禁因物思人，感昔傷今，而勾起了一腔怨情。下片則是倒敘夜間的愁思，述說其處境的淒涼、相思的痛苦。

換頭「衾鳳冷，枕鴛孤」兩句，寫詞中人的主觀感受。照說，衾、枕本是無知之物。被上繡的鳳凰、枕上繡的鴛鴦也應仍「似當初」，當初是那樣，現在也是那樣，人去前是那樣，人去後也是那樣，無所謂冷，也無所謂孤，只在獨眠之人的眼中、心上產生了清冷、孤寂之感。這正是王國維所說的「以我觀物，故物皆著我之色彩」（《人間詞話》）。這裡寫衾與枕而著眼於鳳與鴛，還有其象喻意義，是詞中人因見衾、枕上繡的鳳凰、鴛鴦而想到情侶的分離，以鳳凰失侶、鴛鴦成單，來暗示自己的處境已經「人成各，今非昨」（舊題唐琬〈釵頭鳳〉）了。下面「愁腸待酒舒」一句，是其人在愁腸百結之際希冀在酒醉中求得暫時的解脫。這是她可能找到的唯一銷愁的辦法。但這裡只說「待酒舒」，未必真個入醉鄉，而酒也未必真能舒愁。聯繫下兩句看，其愁腸不僅未舒，更可能如范仲淹所說，「酒入愁腸，化作相思淚」（〈蘇幕遮〉），其結果是加深了愁恨。

這三句寫衾冷枕孤，遣愁無計，應是入夜後、就寢前的感觸。下面「夢魂縱有也成虛，那堪和夢無」兩句，則寫到一覺醒來時的空虛和惆悵。既然人已成各，今已非昨，而又往事難忘，後會難期，那就只有在入睡之際，寄希望於夢中與相思之人重溫舊情了。儘管夢境幻而非真，虛而非實，夢回後反而會令人惘然若失。但夢裡倘能相見，總也聊勝於無。可是，最可悲的是，夜來空有相思，竟難成夢，連這一點片刻的虛幻的慰藉也得不到，就更令人難以為懷了。這結拍兩句是翻進一層的寫法。上句說已看穿了夢境的虛幻，似乎有夢無夢都無所謂，把話已經講到了頭，而下句一轉，把詞意又推進一層。從下句再回過來看上句，才知上句是襯墊和加重下一句的，也可以說是未發先斂，欲擒故縱，從而形成跌宕，顯示波瀾。這一手法是詩詞中常用的，如柳永〈雨霖鈴〉詞中的「多情自古傷離別，更那堪冷落清秋節」，辛棄疾〈摸魚兒〉詞中的「惜春長怕花開早，何況落紅無數」等等。而從寫法到語意與這兩句更相似的，有宋徽宗〈燕山亭〉下片的後幾句：「天遙地遠，萬水千山，知他故宮何處。怎不思量，除夢裡有時曾去。無據。和夢也新來不做。」

就整首詞的意境而言，可以與晏幾道這首詞參讀的，還有歐陽脩的一首〈玉樓春〉：「別後不知君遠近，觸目淒涼多少悶。漸行漸遠漸無書，水闊魚沉何處問？夜深風竹敲秋韻，萬葉千聲皆是恨。故欹單枕夢中尋，夢又不成燈又燼。」所寫情事，兩詞大致相同。（陳邦炎）

阮郎歸　晏幾道

天邊金掌露成霜，雲隨雁字長。綠杯紅袖趁重陽，人情似故鄉。

蘭佩紫，菊簪黃，殷勤理舊狂。欲將沉醉換悲涼，清歌莫斷腸！

晏幾道為晏殊幼子，是個賦性天真而又風流的貴公子，年輕時候，酒筵歌席，良辰佳節，有過不少歡娛的朝暮。父親死後，家道衰落，生活陷於貧困，對於人情世故、悲歡離合，有更多的體驗，天真的心腸不免時時蒙受悲哀，因此，他的詞作也由寫得真率而逐漸走向深沉。

這首〈阮郎歸〉是晏幾道詞情思深沉的代表作之一，題材還是屬於酒筵歌席、佳節良辰的，但感情和早年的單純看待歡樂不同了。詞是寫重陽節的。「天邊金掌露成霜，雲隨雁字長。」《禮記．月令》：季秋之月，霜始降，鴻雁來賓。詞以寫景起，為後文九月「重陽」先作渲染，並從中透露作詞地點。漢武帝在長安建章宮建高二十丈的銅柱，上有銅人，掌托承露盤，以承武帝想飲以求長生的「玉露」。承露金掌是帝王宮中的建築物，詞以「天邊金掌」指代宋代汴京景物，選材凸出，起筆峻峭。但作者詞風不求以峻峭勝，故第二句即接以閒淡的筆調。白露為霜，天上的長條雲彩中飛出排成一字的雁隊，雲似乎也隨之延長了。僅僅用這兩句寫秋空之景，已能表現重陽前後汴京的氣候、景物特色了。「綠杯紅袖趁重陽，人情似故鄉。」前句起著承上貫下的作用，連接緊密而自然。承上，點出上面所寫的是「重陽」的景；貫下，引出「人情」。在過節時，對著「紅袖」佳人，舉「綠杯」而飲，習俗有如故鄉，算是當前樂事；但更可貴的還是「人情」溫暖如故鄉。經過不少辛酸之後，還能得到這種溫暖，後句不言珍重而包含多少珍重之意！句中只表欣悅，但聯繫下文，聯繫作者身世，可知這是充滿辛酸的欣悅。這兩句先敘事後抒情，抒情是用筆輕細而涵蘊深厚。

換頭「蘭佩紫，菊簪黃，殷勤理舊狂」，補充上片第三句，再寫重陽節的活動內容。菊花多黃，人所盡知；紫蘭較生，但《楚辭．九歌．少司命》已有「秋蘭兮青青，綠葉兮紫莖」之句。感人情的溫暖，又兼佩蘭簪菊，增添節日的興致，那就應該不惜再一次重複著舊時的清狂豪飲了。此狂此飲，必曾因受刺激而有一度的冷淡和衰退，所以需要再去調理它。這三句是整個過節活動的一個歸結點，含著多重的層次。清況周頤《蕙風詞話》卷二說：「『綠杯』二句，意已厚矣。『殷勤理舊狂』，五字三層意：狂者，所謂一肚皮不合時宜，發見於外者也。狂已舊矣，而理之，而殷勤理之，其狂若有甚不得已者。」試想，本是清狂耽飲的人，如今要喚起舊情酒興，還得「殷勤」去「理」才行，此中的層層挫折，重重矛盾，必有不堪回首、不易訴說之慨，感情的曲折，自然把意境推向比前更為深厚的高度。結尾兩句：「欲將沉醉換悲涼，清歌莫斷腸。」由上面的歸結，再來一個大的轉折，又引出很多層次。《蕙風詞話》又說：「『欲將沉醉換悲涼』，是上句註腳；『清歌莫斷腸』，仍含不盡之意。」所謂「註腳」，表「理舊狂」只是求新的「沉醉」。有人情的溫暖，有過節的興致，「悲涼」還是排除不了，只能希望借助「沉醉」來暫時抑制它，忘掉它，也即是暫時的以之對「換」；那「悲涼」的來歷之久、潛藏之深、力量之大也自然可想而知了。問題還有更為複雜的地方，是這個主觀想「換」的事，客觀上真正「換」得了嗎？作者雖未明言，但內心是完全沒有自信的。正因為沒有自信，所以感覺連「沉醉」也不容易做到，只好用吩咐的口氣，盼望席上歌者，不要唱出「斷腸」的歌聲；否則，不但「悲涼」忘卻不了，而且怕連「沉醉」也做不到了。只有吩咐，不說原由，這就是所謂「仍含不盡之意」。

「蘭佩紫」二句，承上片「人情」句的含蓄轉為寬鬆；「殷勤」句隨著內容的迅速濃縮，音節也迅速轉向悠揚；「欲將」二句，感情越來越深沉、曲折，音節也越來越悠揚、激盪。清譚獻《複堂詞話》評周邦彥〈蘭陵王〉詞的「斜陽冉冉春無極」句，說「微吟千百遍，當入三昧，出三昧。」讀晏幾道這首詞的最後三句，使人也有同樣的感覺，因為它的意境、音節配合得極有韻味和感染力，妙處須細細體會。

這首詞，寫景洗練；寫情轉折起伏，步步深化；音節從和婉到悠揚，適應感情的變化。《蕙風詞話》說「此詞沉著厚重」，得到最後兩句結句，「便覺竟體空靈」。實際上，這詞以欲吐還吞之筆，寫無可奈何之情，是由「空靈」進入「厚重」的；結尾三句，創深痛巨，力求和婉，轉益悲涼，最為「厚重」，只是厚重而不沉滯，故仍有「空靈」之感。陳匪石《宋詞舉》說：「小晏多聰俊語，一覽即知其勝，此則非好學深思不能知其妙處者。」這首詞感情悲涼，音節悲涼，「悲涼」二字正是它的基調，從悲涼處體會其意境，追溯其生活根源，對它的妙處，就容易理解。（陳祥耀）

歸田樂　晏幾道

試把花期數。便早有、感春情緒。看即梅花吐。願花更不謝，春且長住。只恐花飛又春去。

花開還不語。問此意、年年春還會否？絳脣青鬢，漸少花前侶。對花又記得，舊曾遊處。門外垂楊未飄絮。

淺語深情，小晏所擅。把感春懷人的心事絮絮道來，流美自然而又纏綿往復，如小兒女背人的痴語，語語皆真，字字皆切，非有至性至情者不能道。

「試把花期數。便早有、感春情緒。」數花期，是盼望春天的到來。春殘花謝，勾起人們惋惜之情，是很自然的。可是，當春天還未到來，花還未開，詞人就預為感春了。春感一類題材，在舊體詩詞中不知凡幾，每易落套。而本詞以盼春寫傷春，前後矛盾，語便脫俗。而著一「試」字、「早」字，尤見深情。「看即梅花吐」句，承上啟下。「看即」，猶今言「眼看著就……」為隨即義。梅花是最早開的花，報春的花，如今已是含苞欲放了。緊扣上句「便早有」三字。「願花」三句，補足上文。梅未開時，已希望它更不凋謝，好讓芳春長駐人間。怕的是百花飄殘，匆匆春又歸去！上兩句寫惜花人的心願，自是痴兒女的口吻，痴兒女的情懷。末句頓住，收束有力。

過片後，緊承上半闋。「花開還不語」，本歐陽脩〈蝶戀花〉「淚眼問花花不語」意。等到花開時，它卻默然無語，試問其中的深意，年年的春天都能夠理解嗎？三句的潛臺詞是：如果春天能理解人們的心意的話，它就不會叫花兒凋謝了，因為花開花落，春來春去，正是人們悲感的緣由啊。年年如是傷春，年年的春天依然逝去，還能有什麼話可說呢？「不語」的是花，發出痴問的是詞人，「此意」，即上片願花不謝、春長住之意。句句深入，環環緊扣，兩片融為一氣。「絳脣青鬢」二句，忽作轉折，進入懷人的主題。當日在花前一起快樂地遊春的侶伴——那些紅脣綠鬢的少年人——如今安在？〈小山詞．自序〉說：「追維往昔過從飲酒之人，或壟木已長，或病不偶，考其篇中所記悲歡合離之事，如幻如電，如昨夢前塵，但能掩卷憮然，感光陰之易遷，嘆境緣之無實也。」「絳脣青鬢」，形容年少。當指昔日同遊的女子，即蓮、鴻、蘋、雲等人，也可以指沈廉叔、陳君龍輩。「漸少」，意謂一年比一年少，與上文「年年」呼應。兩句跌深一層，全詞旨意，至此方出。「對花」三句，為全詞大結裹。可是看到花開，便記起舊日曾遊之地——那時，她門外婀娜的垂楊，還未曾揚花飄絮呢！「舊曾遊處」，即當時歌酒徵逐之地；「門外垂楊」，即作者〈浣溪沙〉詞「戶外綠楊春繫馬」處。末三句追憶舊遊，以當日賞春的歡樂與今朝孤獨的悲感對照，說明花飛春去只是勾起傷感的表面原因，而感舊懷人才是「感春情緒」的來由。

這首小詞，語言淺近，感情深摯。作者不乞靈於華麗的詞藻，深曲的典實；詞中也沒有奇特的結構、怪誕的想像。詞人只是把個人的一些感受，向讀者反反覆覆訴說，就使人為之低迴不已。把感春懷人之情，表現得那麼深切，那麼娓娓動人，這種獨特的藝術魅力，不是所有的詩人（包括某些天才詩人）都能具有的，它只屬於為數不多的、還懷有赤子之心的詩人，有著至情至性的詩人。宋陳振孫《直齋書錄解題》中說：「（晏幾道）

其詞在諸名勝中，獨可追逼『花間』，高處或過之。」所謂「高處」，正指這種純情之作，平易深刻，秀韻天然，絕非「花間」中鏤金雕玉者所能及的。

本詞在語言上還有兩個特色：一是頗多拗句。「願花更不謝」、「對花又記得」，為「仄平仄仄仄」；「春且長住」，為「平仄平仄」，「只恐花飛又春去」、「門外垂楊未飄絮」，後五字為「平平仄平仄」；「年年春還會否」，為「平平平平仄仄」。誦讀時有一種特殊的音樂美，可想見蓮、鴻、蘋、雲執紅牙板歌一過時的情境。二是大量使用重字。詞中「花」字凡七見，「春」字凡三見。以「花」為線索，串起全詞，以凸出傷「春」之意。（陳永正）

浣溪沙 晏幾道

二月和風到碧城，萬條千縷綠相迎。舞煙眠雨過清明。
妝鏡巧眉偷葉樣，歌樓妍曲借枝名。晚秋霜霰莫無情。

唐宋詩詞中，柳枝常常用作歌伎舞女的代稱。這首小令所歌詠的柳枝，大約就是這類「冶葉倡條」中的一位。詞人對她是極賞愛的，充滿著關切之情。

首句明點時令。「碧城」是叢叢柳樹的形象化比喻，南宋李萊老〈小重山〉詞「畫簷簪柳碧如城」之句可證。起句從容自在而又明快輕靈，給人以和煦的春風飄然而至的感覺，而「碧城」的字面又造成重翠疊碧的視覺印象，故雖平直敘起，卻有鮮明的形象感。次句「綠相迎」應上「到碧城」，不僅畫出了柳枝迎風飄拂、如有情相迎的動人意態，凸出了和風的化煦作用，也傳出詞人面對春風楊柳萬千條的景象時欣喜的心情。第三句「舞煙眠雨過清明」以概括之筆收結上片。柳枝在暮春的晴煙輕靄中飄舞，在暮春的霏霏絲雨中安眠，在夢一般溫馨的環境中度過了清明三月天。「舞」字「眠」字，一寫動態，一寫靜態，都能得柳枝之神理，前者見其春風得意，後者見其恬靜安閒。

上片從和風拂柳寫到暮春煙柳，按照時序寫出了柳枝在春風細雨的環境中生長繁茂的過程，展示了她的青春美和意態美，特別是「舞煙眠雨過清明」，更是何等風流蘊藉、溫馨旖旎，讓人自然聯想起青春少女所度過的一生中最美好的時光。

下片仍承上對柳的美盛作進一步渲染。美人對鏡梳妝，愛把雙眉畫成柳葉的形狀，歌樓宴席上演唱的清歌也用柳枝作為曲名。詞人巧妙地借柳葉眉、〈柳枝〉曲的流行來渲染柳枝的聲名，「偷」、「借」二字，把被「偷」、被「借」的柳放到備受歆羨的位置上，可謂尊崇之至。

「晚秋霜霰莫無情！」結拍陡然捩轉，作變徵之聲，這是詞人對柳枝將來命運的憂慮。在春風得意之時預想到「晚秋霜霰」的無情摧殘，這彷彿有些突然，但卻正透露出詞人對自然、對人生已經有了類似的體驗。由於有前面對柳枝青春美盛情景的層層渲染描繪，這陡轉作收便格外顯得情深語重，引人注目，令人感慨。

詞中所詠的是「物」——和風細雨中盛極一時的柳枝，也是「人」——青春年少、紅極一時的歌伎舞女。人與物，借助形象上的比擬和聯想，借助環境與命運的相似相關，很自然地渾化為一體。但柳枝的形象似乎還概括了更廣泛的人生體驗，包括詞人自身的命運。作為一位貴公子，詞人年輕時也經歷過富貴風流的生活，後來卻落拓潦倒、沉淪下位。這種先榮後悴的身世，使他對人間「霜霰」的無情有一種切膚之痛，因而對「柳枝」的命運也就有一種特殊的關切。

跟後來周邦彥和南宋某些詞人刻畫精工、巧為形似之言的詠物詞不同，小晏的這首柳枝詞對柳枝的形象並沒有多少描繪刻畫，只以概括虛涵之筆稍作點染，更多的卻是深情的詠嘆。讀來只覺通體空靈，而無詠物詞常見的滯累拘執之病。（劉學鍇）

浣溪沙　晏幾道

日日雙眉鬥畫長，行雲飛絮共輕狂。不將心嫁冶遊郎。

濺酒滴殘歌扇字，弄花熏得舞衣香。一春彈淚說淒涼。

小詞寫一位歌女痛苦寂寞的內心世界。她被迫過著「行雲飛絮」般「輕狂」的生活，但還是希望能獲得真正的愛情。小晏是懷著深厚的同情來寫這些被侮辱與被損害的女性形象的，故更能真切感人。

起句描述歌女的日常生活：她每天都精心地描畫著自己一雙長長的黛眉。唐秦韜玉〈貧女〉詩「不把雙眉鬥畫長」，本詞卻反用其意。歌女雖不願意，卻不得不跟別人爭妍比美。一「鬥」字，已飽含辛酸。次句更進一步描寫：她啊，像天上的行雲那樣輕浮，像紛飛的柳絮那樣狂蕩。「行雲」，用戰國楚宋玉〈高唐賦〉巫山神女「旦為朝雲，暮為行雨」意，暗喻歌妓的生涯。「飛絮」，舊詩詞中常用楊花柳絮的飄流無定喻女子的命運和行蹤。「行雲飛絮」四字，不獨寫歌女的舉止情態，也暗示了她的身分。「輕狂」，也是表象而已。杜甫〈絕句漫興九首〉其五：「顛狂柳絮隨風去，輕薄桃花逐水流。」隨風逐水，不也象徵著女子身不由己、隨人擺佈的可悲境遇嗎？前兩句極力寫這位歌女的裝飾和態度，強調她的「輕狂」，是為了表現其現實生活與理想的矛盾——「不將心嫁冶遊郎！」這才是歌女內心世界的真實寫照。她發誓不把自己的真心許給浪蕩的男子。語雖從李商隱〈蝶三首〉其三「不知身屬冶遊郎」化出，而其思想境界則比李詩要高得多。「身屬」，那是無可奈何的，也許是無法避免的，處在社會底層的歌妓，被迫委身於那些玩弄女性的公子哥兒，可是，她的內心深處，還是有其不可侵犯的領地的，身可屬而心不可嫁，冶遊郎絕不能獲得自己真正的愛情。「不將心嫁」，千古奇語。它揭示了一位女子純潔的心靈和獨立的人格，也表現了封建社會中人的自我意識的覺醒。沈祖棻《宋詞賞析》云：「這一句語氣堅決，而筆力沉重足以達之。」可謂的評。

過片二句，細緻地描寫歌舞筵前之「樂」：酣飲時濺出的美酒滴到歌扇上，使扇上的字跡都漫漶了；拈花弄草，把舞衣熏染得幽香裊裊。「濺酒」，謂其縱飲狂蕩；「弄花」，寫其嬌美情態。歌扇舞衣，乃表明女子身分之物。兩句字面豔冶，描繪精工，次句從唐人于良史〈春山夜月〉詩「掬水月在手，弄花香滿衣」化出，而色彩更為穠麗。這就是歌女的日常生活，也是「輕狂」二字的註腳，她在酒筵上不得不歌舞助歡，而其心裡卻充滿了濃重的悲涼——「一春彈淚說淒涼」！篇終見意。無人可訴，唯有暗中流淚，獨自淒涼，又辜負了美好的芳春，虛度了大好的年華！

本詞在藝術手法上也頗具特色，上、下兩片的前兩句，用濃墨重彩，力寫女子裝飾之美，歌舞之樂，而在末句卻突作轉折，寫女子內心的堅貞與淒涼。兩相對比，從這似乎是難以調和的矛盾中表現了女子的完整的形象，顯示出她的鮮明的個性。我們知道，每一個詞人都能或多或少地在其作品中展示自己的內心世界，亦即在塑造詞中抒情主人公的形象的同時，也為自己塑造了形象。在本詞中，透過作者深情的描述，分明看到一個誠摯的靈魂在躍動，那就是小晏自己的形象。我們完全能從字裡行間體會出詞人的心靈，他那「痴」的個性，他那「傷心人」的懷抱，都真實地反映出來了。劉永濟先生對此詞有一段頗為精到的論述：「作者將此一舞女之生活和內心寫得如此酣暢，其自身幾已化為此女。蓋由作者自身亦具有此種矛盾之痛苦，亦同有此舞女之個性，故能體認真切。此舞女，直可認為作者己身之寫照。此種寫法，又較託閨情以抒己情者更加親切，因之更加動人。論者稱其詞頓挫，即從此等處看出也。」（《唐五代兩宋詞簡析》）可供參看。（陳永正）

浣溪沙

晏幾道

唱得紅梅字字香，柳枝桃葉盡深藏。遏雲聲裡送離觴。
纔聽便拚衣袖濕，欲歌先倚黛眉長。曲終敲損燕釵梁。

抒寫別情離恨，是古典詩詞中熟見的題材。要寫好一首送別詞，除了要有真摯的感情外，往往還須借助於新巧的藝術構思和特異的藝術手法。像小晏這首〈浣溪沙〉詞，著力去描寫歌女唱曲的優美動人，從側面托出悲離傷別的命意，虛實相生，情文並茂，吐棄陳詞套語，便成妙構佳篇。

首句「唱得紅梅字字香」，語甚綺麗。「紅梅」，當指歌女所唱的曲詞。漢橫吹曲有〈梅花落〉，多述離情。至唐白居易〈送滕庶子致仕歸婺州〉詩云：「猶聽侍女唱〈梅花〉。」宋人歌筵中多唱曲子詞，宋詞有〈落梅花〉、〈梅花引〉、〈小梅花〉等調。本詞著一「紅」字，便添色彩。「字字香」，極言歌者聲情之美。由樂曲之名聯想到真正的梅花，又以紅梅之香比喻樂聲，聽覺與視覺、嗅覺交織起來，這就是詩論家所說的「通感」。字字皆香，聲聲俱美，可想見歌女此時情愫。雋言秀句，無怪元人郭豫亨竟襲取「梅花字字香」名其詩集了。次句「柳枝桃葉盡深藏」，反襯補足首句。「柳枝」，指〈楊柳枝〉曲。古橫吹曲有〈折楊柳〉。北朝樂府鼓角橫吹曲〈折楊柳枝〉詞云：「上馬不捉鞭，反拗楊柳枝。下馬吹橫笛，愁殺行客人。」後世翻此曲者，亦多寫離別行旅之情。「柳枝」，亦歌女名，見李商隱〈柳枝五首〉詩序。「桃葉」，《古今樂錄》載，晉王獻之愛妾名桃葉，緣於篤愛，獻之臨江相別時作歌曰：「桃葉復桃葉，渡江不用楫。但渡無所苦，我自迎接汝。」後收入樂府，名〈桃葉歌〉（宋郭茂倩《樂府詩集》引）。詞中柳枝、桃葉，語意雙關。亦人名，亦歌名，又與首句「紅梅」字面相應。句意謂其他歌女及所唱的曲子都遠不及這位姑娘和她的「紅梅」曲。「遏雲聲裡送離觴」，於上片歇拍處小結。「遏雲」，謂歌者聲調高亢激越，使天上的行雲為之而停止。《列子．湯問》載，歌者秦青相送薛譚，「餞於郊衢，撫節悲歌，聲振林木，響遏行雲」。送別之詞用此典，亦甚工切。「送離觴」三字，始點出歌筵送別的本意。

過片二句，分別從行人與歌者兩方面來寫：被送的人纔聽到她的歌聲，便感情激盪，不禁淚濕衣袖；而女子欲歌之時，早從她那修長的眉黛中，流露了脈脈深情。「便拚」、「先倚」二語極鍊。「拚」，有甘願、不顧惜之意。行人知道無法控制自己的感情，那就索性讓淚水流下來吧。「倚」，有依靠、憑仗之意。女子巧畫長眉，宜顰宜笑，若是畫作「遠山眉」時，就更勾起人的離愁別恨了。「纔聽」二句，寫出行人與歌者早已心意相通，故就更容易被歌聲感染。「曲終敲損燕釵梁」，這是全詞精絕之筆。「燕釵」，飾以玉燕的釵。行人聽歌時以玉釵按拍擊節，當人的感情正被激發到最高潮時，歌曲戛然而止，不覺敲損了釵梁，可見其激賞之至。南朝宋劉義慶《世說新語．豪爽》載有王處仲（敦）詠歌時以鐵如意打唾壺，壺口盡缺之事。韓偓〈閨情〉詩也有「敲折玉釵歌轉咽」之句。本詞暗用前人故實，而又自然貼切。釵梁折斷，亦暗示有「分釵」之意。古人離別時有分釵的習俗，把釵分拆兩股，各持其半，以為紀念。白居易〈長恨歌〉「釵留一股合一扇」，即記此事。本詞寫曲終人別，敲損釵梁，以表達離人的淒絕之情，其味更是有餘不盡了。（陳永正）

六么令 晏幾道

綠陰春盡，飛絮繞香閣。晚來翠眉宮樣，巧把遠山學。一寸狂心未說，已向橫波覺。畫簾遮匝。新翻曲妙，暗許閒人帶偷掐。

前度書多隱語，意淺愁難答；昨夜詩有迴文，韻險還慵押。都待笙歌散了，記取留時霎。不消紅蠟。閒雲歸後，月在庭花舊欄角。

晏幾道的詞，多以歌妓舞女為描寫對象，題材範圍是比較狹窄的，但是，他又能夠在這個狹窄的範圍之內進行相對廣闊的開掘，寫出歌妓舞女們的眾多生活側面來，故而並不單調。同時，由於作者熟悉他所描寫的對象，對她們關切，同情，所以作品中流露的感情是真摯的，再加上新穎的構思、精美的語言和生動的描繪，於是形成了小晏詞的獨特的藝術風格。

這首詞寫一位歌女和情人的約會，題材的角度比較新穎；透過這個角度，展現女主人公的內心活動，描摹相當生動。

開頭的「綠陰春盡，飛絮繞香閣」兩句，不僅是點出季節時令，柳絮的飛舞環繞也是一層比喻，它把歌女因有約會而產生的興奮、緊張的心情作了一番引人聯想的比擬。盼到晚來，演出的時間快到了，這位歌女開始梳妝。於是對她作了幾句正面的描寫。只須寫她的眉和目就夠了，因為眉目是足可傳情的。學著宮中的遠山眉樣，精心描畫。舊題漢伶玄《飛燕外傳》載，趙飛燕妹合德，「為薄眉，號遠山黛」。這是「女為悅己者容」，翠眉是畫給她的情人看的。寫眼睛的兩句更為生動。此時她化妝已畢，步出宴會廳前，「一寸狂心未說，已向橫波覺」。「狂心」，是難以抑制的熱切之心。眼睛是心靈的窗戶，她的心事無須開口，就已經從她那如水波流動的眼神中傳出來，被人察覺了。「已向橫波覺」，「向」字、「覺」字，其中隱隱有一個人在，這是什麼人呢？就是今晚她所要密約的人。這人已在席間，她一瞥見，就向他眼波傳情，而被這個人察覺了，彼此心照不宣。這一點很重要，是理解詞情的關鍵。

上片的後幾句寫的是笙歌演出的情況。在四周有畫簾遮護的宴席場所，她演奏的新翻曲子，妙處紛呈。因為有所愛者在座，她盡情施展本事，不但奏「新翻曲」，而且奏得「妙」。「暗許閒人帶偷掐」，意謂：情人在座，定要盡心演奏的，曲譜儘管讓旁人偷記了去，也在所不惜。「偷掐」，暗用元稹〈連昌宮詞〉「李謨擫笛傍宮牆，偷得新翻數般曲」所述事。元詩自註云：「明皇嘗於上陽宮夜後按新翻一曲……（李謨）自云：『其夕竊於天津橋玩月，聞宮中度曲，遂於橋柱上插譜記之。』」「掐」，與「插」同屬《廣韻》入聲三十一洽，聲母不同，此處可通。這個字屬於險韻，不容易押得好。這裡結合用事，卻下得非常自然。

下片的開頭，補敘了情人連續寫給她的書信、詩歌，因為其中「多隱語」、「有迴文」，本來是應該作答書、和原韻的，但是由於自己領會得還不夠深，詩的韻字也嫌太窄，答書、和詩都沒有寫成，自己心裡的話，只好待今夜會面時與對方傾談了。這幾句補敘，說明了兩人交往的親密程度，也說明了今晚約會的必要性和重要性。最後叮囑約會的時間、地點，是全詞裡寫得最生動的部分。「都待笙歌散了，記取留時霎」，這是告知笙歌散後，彼此都暫留片刻，做什麼呢？就是去私會。這兩句表明，她的情人原來就是參與了這個笙歌之會的，所以有散席暫留這些話。依此再回顧上片所寫，所有巧畫宮眉，橫波送心，新翻曲妙，女主人公都是有所為的。祕密至此才揭破，不能不使人驚嘆小山詞筆之巧妙。一對情人相約會，當然不必驚動別人，不必點燃燈燭，「不消紅蠟」這一句叮嚀的話，粗看似乎多餘，細味起來，卻有一種輕俏親昵的感覺，寫上這四個字，就給作品增添了一點特殊的情趣。「閒雲歸後，月在庭花舊欄角」，這是確認約會的地點。這地點本來是又簡單又熟悉的，還是庭中欄角那個老地方，但在作者的筆下卻被妝點得繁複而花俏了。作者把這欄杆一角，寫成了「雲破月來花弄影」（張先〈天仙子〉）的所在，用雲、月、花作裝飾，使得這個地方變得更加幽美。當然，對地點環境的描繪是為了襯托人物的活動，把情人的約會安排在花前月下，果然給作品增添了詩情畫意。

角度新、筆觸細，人物生動、語言精美，晏幾道馳騁才華，描繪他周圍的蓮、鴻、蘋、雲等歌姬舞女的日常生活和內心世界，在這個狹小的題材範圍之內，也寫出了不少像〈六么令〉這樣富有魅力的好詞。（王雙啟）

更漏子　晏幾道

柳絲長，桃葉小。深院斷無人到。紅日淡，綠煙晴，流鶯三兩聲。

雪香濃，檀暈少。枕上臥枝花好。春思重，曉妝遲，尋思殘夢時。

小詞寫春日閨思，風調閒雅，詞情深婉，為閒情之作中的工於言情者。《花間》諸作中，亦有此情，亦有此景，但卻沒有小晏這種純美的境界。清陳廷焯《白雨齋詞話》中稱之「婉轉纏綿，情深一往」，俞陛雲《宋詞選釋》亦稱其「景麗而情深，《金荃集》中絕妙詞也」，皆非虛譽。

「柳絲長」三句，寫深院中的景色，烘托春日寂靜的氣氛。柳樹，垂下了長長的柳絲；桃樹，也長出了小小的嫩葉。這闃寂的深院啊，終日沒有人到來。「無人到」上加一「斷」字，便有怨意，為結處寫情作了鋪墊。接著補寫院中的景物：淡淡的紅日照進院子裡，濃綠的樹叢籠罩著漠漠輕煙，傳來了流鶯三兩聲鳴囀。一「淡」字，寫出春天初陽的特色。空中水氣彌漫，故太陽淡而無光。綠煙，指草木間的煙靄。末句以鶯聲反襯深院的寂靜。猶王維〈過感化寺曇興上人山院〉「谷鳥一聲幽」之意。上片寫室外美好的春景。筆觸輕倩，詞語妍秀，在景物描寫中自有人在，自有情在。

過片三句，轉寫室內的情景：她雪白的肌膚透出了濃香，臉上淺紅色的嬌暈也消退了——哎，那繡在枕頭上的低壓著枝梢的花兒多麼美好！雪，喻女子瑩白的肌膚；檀暈，淺紅色的妝暈。上兩句暗示閨人一夜獨眠，輾轉不寐，故妝殘暈少。「枕上」句，隱喻閨人之美，故見枕上花枝而益增棖觸。三句透露出許多字面之外的信息。語愈美，意愈深，情愈切，逼出篇末三句：「春思重，曉妝遲，尋思殘夢時。」春思，猶言春情、春愁，指閨人在春日的情思。「曉妝」句，意與溫庭筠〈菩薩蠻〉「懶起畫蛾眉，弄妝梳洗遲」相近，而情韻似更勝，真能寫得出「尋思」的神理。春日裡，閒愁深重，起床後也遲遲不願去梳妝——獨個兒在尋思清曉的殘夢。她夢到了什麼？詞中沒有明說，也不必去明說，讓讀者一起去細細「尋思」，便有無窮的餘味。也許是夢到所愛的人？也許是夢到舊日歡娛的情景？這些都在不言之中，而醒來只見到悄無人跡的深院，只聽到撩人情思的鶯聲，那惆悵的情懷就更令人難堪了。本詞結處，怨而不露，自覺動人。（陳永正）

河滿子　晏幾道

綠綺琴中心事，齊紈扇上時光。五陵年少渾薄倖，輕如曲水飄香。夜夜魂銷夢峽，年年淚盡啼湘。

歸雁行邊遠字，驚鸞舞處離腸。蕙樓①多少鉛華在，從來錯倚紅妝。可羨鄰姬十五，金釵早嫁王昌。

〔註〕①蕙樓：指女子所居的房子。

本詞反映歌伎的不幸身世。首兩句透過綠綺琴、齊紈扇傳達出女子的幽怨，她的心情是借琴聲曲曲傳出的，一如小晏〈菩薩蠻〉所寫的「哀箏一弄湘江曲，聲聲寫盡湘波綠。纖指十三絃，細將幽恨傳。」齊紈扇，指歌舞時所持的團扇，「舞低楊柳樓心月，歌盡桃花扇底風」（晏幾道〈鷓鴣天〉）。公子王孫，徵歌選色，縱情狂歡，真是所謂「肯愛千金輕一笑」（宋祁〈玉樓春〉）！惜乎時光易逝，紅顏難駐，一旦憔悴，就被遺棄，猶如秋扇見捐。古詩〈怨歌行〉云：「新裂齊紈素，鮮潔如霜雪，裁為合歡扇，團團似明月。出入君懷袖，動搖微風發。常恐秋節至，涼飆奪炎熱，棄捐篋笥中，恩情中道絕。」這大概就是琴中所訴述的心事吧。

接下去指斥了那些薄倖年少。五陵，本指漢代長安的長陵、安陵、陽陵、茂陵、平陵一帶豪富聚居之地，這兒是借指。「渾薄倖」，形容那些貴遊子弟，簡直都是負心的無賴，他們輕薄浮浪，猶如水面浮花，倏爾遠逝。「正憶玉郎遊蕩去，無尋處。」（顧敻〈楊柳枝〉）這裡也透露出知音難求、終身無靠的苦悶。以下兩句，使用典故，作出了概括。「夜夜」句用宋玉〈高唐賦〉巫山神女事。李商隱〈無題二首〉其二（重幃深下莫愁堂）中有「神女生涯原是夢」之句，即由此而來，後來「神女」成為「青樓倡女」的同義語。「年年」句，則用晉張華《博物志》「舜崩，二妃啼，以涕揮竹，竹盡斑。」之事，藉以寫出歌伎內心的痛苦。

下片承接上文，敘述歌伎在強顏歡笑中度過了青春時光，一旦容顏衰老，就此「門前冷落車馬稀」，那種「五陵年少爭纏頭，一曲紅綃不知數」（白居易〈琵琶行〉）的景況再也不會出現。「歸雁」句，寫她悵望長空，懷念遠人，但見雁群排列成字，飛回南方，卻收不到薄情郎的片紙隻字。「驚鸞」為自喻。古時稱妝鏡為「鸞鏡」。南朝宋劉敬叔《異苑》載：「罽賓國王買得一鸞，欲其鳴不可致。飾金繁，饗珍羞，對之愈戚。三年不鳴。夫人曰：『嘗聞鸞見類則鳴，何不懸鏡照之？』王從其言，鸞睹影悲鳴，衝霄一奮而絕。」這裡說她攬鏡自照，看到自己為相思所苦的憔悴容貌，十分驚憂。繼而又聯想起還有多少青樓女子，自恃麗質天成，引人愛慕，待到「暮去朝來顏色故」（白居易〈琵琶行〉），只能獨處神傷。鉛華，本指搽臉之粉，曹植〈洛神賦〉云：「芳澤無加，鉛華不御。」此處借喻濃妝歌伎。

末尾兩句筆鋒忽轉，化用崔顥〈古意〉（一作〈王家少婦〉）詩意：「十五嫁王昌，盈盈入畫堂。自矜年最少，復倚婿為郎。舞愛前溪綠，歌憐子夜長。閒來鬥百草，度日不成妝。」著意渲染了鄰姬早嫁貴人、享盡榮華之可羨，以此作為襯托，使本詞女主角淪落風塵的憔悴形象顯得更為凸出。

作者之父晏殊寫過一首〈山亭柳．贈歌者〉，內容與本詞相似：「家住西秦，賭博藝隨身。花柳上，鬥尖新。

偶學念奴聲調，有時高遏行雲。蜀錦纏頭無數，不負辛勤。數年來往咸京道，殘杯冷炙謾銷魂。衷腸事，託何人。若有知音見採，不辭遍唱陽春。一曲當筵落淚，重掩羅巾。」全詞以敘事為主，從歌者色藝超群、獲得纏頭無數的盛時寫到她淪落江湖、殘杯冷炙的暮年，並以知音難求、淚濕羅巾作結。在手法上與俗詞接近。而這首〈河滿子〉則與之完全不同，不直接敘事、不使用口語，而是運用典故，注意對稱，如「魂銷夢峽」與「淚盡啼湘」；並且雕琢刻鏤，辭采華麗，如「綠綺琴中」與「齊紈扇上」；還求含蓄曲折，化用前人詩意，如「鄰姬十五」、「早嫁王昌」。相比之下，二者在手法上可說是完全不同的，但是對於歌伎的悲慘遭遇，則都抱著同情的態度。（潘君昭）

御街行　晏幾道

街南綠樹春饒絮，雪滿遊春路。樹頭花豔雜嬌雲，樹底人家朱戶。北樓閒上，疏簾高捲，直見街南樹。

闌干倚盡猶慵去，幾度黃昏雨。晚春盤馬踏青苔，曾傍綠陰深駐。落花猶在，香屏空掩，人面知何處？

此詞寫故地重遊中戀舊的情懷，容易令人想起唐人崔護〈題都城南莊〉：「去年今日此門中，人面桃花相映紅。人面不知何處去，桃花依舊笑春風。」二者的心情頗類，但小晏詞並不落崔詩的窠臼。

崔詩是從昔到今順敘，此詞卻從眼前景象詠起，漸漸勾起回憶，是倒說。上片的開頭與結句數字重複（「街南綠樹」與「街南樹」），頗為別致。細玩詞意，原來前四句與後三句乃是倒裝，重複處恰是銜接的標誌。「街南綠樹春饒絮」四句，是北樓南望中的景色和意想。正因鳥瞰，才能看得那樣遠，看得見成行的柳樹和別的花樹，看得見花絮紅白相間織成的燦爛「嬌雲」，看得見漫天飛絮。這裡，「雪滿遊春路」是由柳樹「饒絮」而生的奇想，同時又點出「晚春」二字。至於「樹底人家朱戶」，當是從「樹頭」的空隙間隱約見之，它是掩映在一片豔花嬌雲之中的。把一種急切的尋尋覓覓的情態表現得非常傳神。先寫出鳥瞰畫面，引起讀者沉思，再推出人物樓頭顒望的畫面，使人感受漸趨明確。

過片由景及情。詞中人「闌干倚盡」，甚至在「幾度黃昏雨」、「遊春」的人們盡皆歸去的時候，還不忍離開。「猶慵去」，是寫情態，也是寫心理。何以如此？緊接二句便是回答。「盤馬」顯然不是今日之事，「晚春」也不是眼前這個晚春，而「綠陰」、「青苔」的所在，必定是「街南綠樹」底下的那某個「人家」。要之，這裡是詞中人昔遊之地。對景悵觸如此，必有值得永久紀念的特殊情事。於是，詞最後三句點睛：「落花猶在，香屏空掩，人面知何處？」較之「桃花依舊笑春風」之句，尤覺有花落人去之苦。此詞把讀者帶到憶昔的剎那便止，留下了回味的餘地。詞中人只於北樓閒（空）望，原來他已經訪過詞中不曾出現的伊人了：斷無消息，唯「香屏空掩」而已。那麼「幾度黃昏雨」或不限於一日，「北樓閒上」撫景懷舊或不止一度罷。

就字數而言，此詞比崔詩超過一倍，而敘事成分僅及其半（它點出「人家朱戶」，卻未明言「去年今日此門中，人面桃花相映紅」那樣的情事），其致力處乃在於透過寫景來表現一種心境，這正是詞體一般的特長，不同於崔詩；然而作者又透過「人面知何處」的字樣巧妙借用了崔護詩意，對情事作了明確暗示，達到了含蓄有致、事簡言豐的效果。（周嘯天）

少年遊 晏幾道

離多最是，東西流水，終解兩相逢。淺情終似，行雲無定，猶到夢魂中。

可憐人意，薄於雲水，佳會更難重。細想從來，斷腸多處，不與者番同①。

〔註〕①者番：同「這番」。

此詞抒離別怨情，章法最活。全詞共三層。上片作兩層比起。先以雙水分流設喻：「離多最是，東西流水。」以流水喻訣別，其語本於傳為卓文君被棄所作的〈白頭吟〉：「蹀躞御溝上，溝水東西流。」第三句卻略反其意，說水分東西，終會再流到一處，等於說流水不足喻兩情的訣別，第一層比喻便自行取消。於是再設一喻：「淺情終似，行雲無定。」用行雲無憑喻對方一去杳無信息，似更妥帖。不意下句又暗用宋玉〈高唐賦〉楚王夢神女「旦為朝雲」之典，謂行雲雖無憑準，還能入夢。將第二個比喻也予取消。短短六句，語意翻覆，不及寫到「可憐人意」，已有柔腸百折之感了。

這裡，有兩點值得特別一提。其一，兩層比喻均有轉折而造句上均有所省略，「東西流水」與「行雲無定」，於前句為賓語，於後句則為主語。即後句省略了主語。用散文眼光看來是難通的，即使在詩中這樣的省略也不多見，而詞中卻常常有之。這種省略法不但使行文精鍊，同時形成一種有別於詩文的詞味。其二，行雲流水通常只作一種比喻，此處分用，「終解」與「猶到」在語氣上有強弱之別，彷彿行雲不及流水。故兩層比喻似平列而實有層遞關係，頗具新意。

過片處將前二意合併，說「可憐人意，薄於雲水」，同時就更進一層。流水行雲本為無情之物，可是它們或終解相逢，或猶到夢中，似乎又並非一味無情。在苦於「佳會更難重」的人兒心目中，人情之薄豈不甚於雲水！翻無情為有情，原是為了加倍凸出人情之難堪。最後的沉痛情語也就順勢迸發而出：仔細回想，過去最為傷心的時候，也不能與今番相比呢！「細想」二字，是抒情主人公直接露面。而經過三重的加倍渲染，這樣明快直截的內心獨白中，自覺有充實深厚的內蘊。

〈少年遊〉是重頭詞，它不僅上下片格式全同，有一體（例如此詞）每片也由相同的兩小節（以韻為單位）構成。作者利用調式的這一特點，上片作兩層比起，雲、水意相對，四四五的句法相重，遞進之中，有迴環往復之致。而下片又更作一氣貫注，急轉直下，故絕不板滯。恰如近人夏敬觀所評：「雲水意相對，上分述而又總之，作法變幻。」（龍榆生《唐宋名家詞選》引）（周嘯天）

虞美人　晏幾道

曲闌干外天如水，昨夜還曾倚。初將明月比佳期，長向月圓時候望人歸。
羅衣著破前香在，舊意誰教改？一春離恨懶調絃，猶有兩行閒淚寶箏前。

這首詞寫的是懷人怨別的傳統題材，在刻畫女主人公的行動和心態時，卻很有藝術特色。上片四句，描述她倚闌望月，盼人歸來之情。「曲闌干外天如水，昨夜還曾倚。」這兩句主寫倚闌，而寫今夕倚闌，卻從「昨夜曾倚」見出，同樣一句詞，內涵容量便增加一倍不止。——既然連夜皆倚闌而望，當還有多少個如「昨夜」者的哩！「天如水」，比喻夜空如水般明澈與清涼，可是其意不在於寫天，而在於以明淨的天空引出皓潔的明月。這與柳永〈二郎神·七夕〉的「天如水、玉鉤遙掛」，把「天如水」設置為月的背景，用意相同；但「明月」到隔句才出現，這關係卻一時不易覺察。倚闌望月，若止於直說懷人，也還是平平無奇。曹植〈七哀詩〉早已說道：「明月照高樓，流光正徘徊。上有愁思婦，悲嘆有餘哀。」豈不正是寫思婦對月懷人嗎？古已有之了。「太陽底下無新事物」，可是會有新的表現方式或者特別手法，令它說得與眾不同。詞中就這樣來寫女主人公的對月懷人：「初將明月比佳期，長向月圓時候望人歸。」男子去後一直不回來，也沒說準什麼時候回來，她結想成痴，就相信了傳統的或當時流行的說法——月圓人團圓，每遇月圓，就倚闌苦望。唐吳兢《樂府古題要解》說古絕句〈藁砧今何在〉云：「『何當大刀頭』，刀頭有『環』，問夫何時當『還』也；『破鏡飛上天』，言月半當還也。」一月之半即是月圓之夕，言夫「當還」，可見這種說法也是由來已久。但如此預言畢竟是虛妄難憑。詞中寫女主人公倚闌看月，從希望到絕望，有其獨到之處。「初將」是說「本將」，這一語彙，便已含有「後卻不然」的意味。下面卻跳過這層意思，徑寫「長望」，其中自有一而再、再而三以至多次的希望和失望的交替，在不言之中。「初」字起，「長」字承轉，兩個是要緊的字眼，括盡一段時期以來望月情事，從中烘托出女主人公的痴情和怨意。

下片四句，抒寫不幸被棄之恨，與上片的真誠信託、痴情等待形成強烈的對照。「羅衣著破前香在，舊意誰教改？」從等待無望而終於悟知痴想成虛。「羅衣著破」，是時長日久；「前香在」，則以羅衣前香之猶存比喻往日歡情的溫馨難忘，委婉表達對舊情的繾綣眷戀。然而舊日的情意，是誰使它這麼容易就改變呢？「舊意誰教改？」問語怨意頗深。人情易變，不如前香之尚在；易散之香比人情還要持久，詞中女主人公感到深深的痛苦。最後結以「一春離恨懶調絃，猶有兩行閒淚寶箏前」二句，點出全詞的「離恨」主旨，以「一春」寫離恨的時間久長，以「懶調絃」、「兩行閒淚」形容離恨的悲苦之深。用筆有迴環往復之妙。

這首詞沒有華麗的詞藻，深曲的典故，也沒有奇特的結構和想像，只是透過抒情主人公把個人的身世遭遇，短暫的歡樂與無法擺脫的悲哀，用淺近而真摯的語言，反反覆覆向讀者訴說，使人心醉神迷，為之低迴不已。深一層體味全詞，似覺不只是抒寫離恨閨情，因為「善言辭者，假閨房兒女子之言，通之於〈離騷〉、變雅之意」（清朱彝尊〈陳緯雲紅鹽詞序〉），在作者著意刻畫的這一女子形象中，隱然蘊含自傷幽獨之感。箏絃懶調，閒淚自墜，也自寓有「不惜歌者苦，但傷知音稀」（〈古詩十九首．西北有高樓〉）的哀傷。小晏落拓一生，華屋山丘，親身經歷，人情冷暖，世態炎涼，在他的心靈上留下了難以磨滅的創痕。這首詞裡的「羅衣著破前香在，舊意誰教改」，都在抒寫兒女之情中拌和著身世浮沉、世情翻覆的感慨。（鍾陵、陳長明）

采桑子 晏幾道

西樓月下當時見，淚粉偷勻。歌罷還顰，恨隔爐煙看未真。別來樓外垂楊縷，幾換青春。倦客紅塵，長記樓中粉淚人。

西樓，是小晏難以忘懷之地；樓中人，更是小晏難以忘懷的人。他一再幽婉地唱道「別來長記西樓事」（〈采桑子〉）、「誰堪共展鴛鴦錦，同過西樓此夜寒」（〈鷓鴣天〉）、「西樓別後，風高露冷，無奈月分明」（〈少年遊〉）、「西樓題葉，故園歡事重重」（〈滿庭芳〉），可知西樓在小晏的「故園」汴京，也是當時歡會之地。那是一次夜間的宴集，詞人在月下與她相見——她正偷偷地抹乾珠淚，重整鉛華。「淚粉偷勻」，初次見面的印象是最深刻的，也許是終生不忘的，何況那是一位正在流淚的姑娘！「勻」，謂勻粉，把臉上的粉搽勻。「偷勻」二字，中含幾許辛酸。「歌罷還顰」，她勻臉後還要繼續唱歌，唱完了歌卻又皺著眉頭，鬱鬱不樂——可惜我隔著裊裊的爐煙，未能看得真切。「看未真」三字，意味深長。其實，澹薄的香煙，哪能阻隔人的視線呢！詞人所「恨」的只是坐處與她隔開，未得親近，尤其是無法知道她為什麼流淚悲傷。上半闋著力在「淚」字與「顰」字。歌女的淒涼身世，痛苦心情，詞人對她的同情和愛慕，都在這裡表達出來了。如俞陛雲所說的：「此詞不過回憶從前，而能手寫之，便覺當時淒怨之神，宛呈紙上。」（《宋詞選釋》）作者尚有一首〈采桑子〉詞云：「非花非霧前時見，滿眼嬌春。淺笑微顰。恨隔垂簾看未真。」詞語雖與本詞相近，而用意卻別。「嬌春」、「淺笑」，詞雖美而意淺，純為冶遊之作，格調則遠遜了。

下半闋寫別後相思。自從一別之後，想那樓外的縷縷垂楊，又幾度在春天更枝換葉。「垂楊」，在舊體詩詞中，往往有著各種特殊的象徵意義。古來有折楊柳贈別的習俗，因而見到楊柳便使人聯想到別離；楊花柳絮，飄颺無定，又使人聯想到身世的飄泊無依。「幾換青春」，猶言過了幾個春天。歐陽脩〈朝中措．送劉仲原甫出守維揚〉詞：「手種堂前垂柳，別來幾度春風。」青春，指春季，春季草木由枯而綠，故云青春。在詞中說青春幾回更換，語意雙關，亦暗示人的年華漸老。「倦客紅塵」，猶言紅塵中之倦客，詞人自謂。上與「別來」「幾換青春」相應，飄零歲久，故云「倦客」；下連「長記樓中粉淚人」。「紅塵」對照「樓中」，「倦客」對照「粉淚人」；處境不同，命運豈異？都是「傷心人也」（清馮煦《六十一家詞選．例言》評晏幾道語），宜乎每思身世，輒念彼人，是所謂「長記」！「樓中粉淚人」，篇首所寫初見時歌女形象，至此特再大書一筆，不但在詞的作法上做到首尾相應，思想感情上也是以初見時她的「淚粉偷勻」的情景為最撼動人心，因而別來長記不忘。詞人下此一句，是哀人，還是自哀，亦渾不可辨，真足令人「掩卷憮然」（〈小山詞．自序〉中語）。（陳永正）

留春令 晏幾道

畫屏天畔，夢回依約，十洲雲水。手撚紅箋寄人書，寫無限傷春事。

別浦高樓曾漫倚，對江南千里。樓下分流水聲中，有當日憑高淚。

寫與意中人別後的懷思，落筆便出奇想——畫屏中的風景，彷彿遠在天邊；殘夢初回，依稀猶見那十洲的行雲流水。小晏詞多寫夢境，而此詞卻寫夢回之後，夢裡的情景只從側面寫來，便留給讀者思考的餘地：詞中抒情主人公無望的追求，痛苦的思念，都在不言之中了。近在咫尺的屏風，在迷離中居然看成像天般遙遠。一實一虛，一近一遠，透過這強烈的對比，表達了對情人遠別的懷思，意境比〈蝶戀花〉詞「斜月半窗還少睡，畫屏閒展吳山翠」更深一層。「十洲」，是仙人所居、人跡罕至之地。託名為漢東方朔撰的《十洲記》載，在八方大海中，有祖洲、瀛洲、玄洲、炎洲、長洲、元洲、流洲、生洲、鳳麟洲、聚窟洲。詞中例以美人為仙，美人所居為仙境，此暗指所思念的人的居處。十洲是仙靈境界，凡人無法到達的地方，只有在夢中才能前往。作者〈清平樂〉詞也有句云：「正在十洲殘夢，水心宮殿斜陽。」與此同意。夢醒後，看到屏風上畫的山山水水，猶疑是夢中所歷，更寫出夢境的虛幻和醒後的悵惘，真是妙有遠神，令人掩抑低迴不已。僅起頭三句，意已甚妙。緊接兩句：我手執著紅箋——那是準備寄給她的書信——上邊寫有無限的傷春心事。作者〈鷓鴣天〉詞：「手撚香箋憶小蓮，欲將遺恨倩誰傳？」晏殊〈清平樂〉詞：「紅箋小字，說盡平生意。鴻雁在雲魚在水，惆悵此情難寄。」寫的是兩人隔絕，水遙山遠，此時相望，何止天涯！好夢無憑，紅箋難寄，這相思之情，又怎能夠排遣！把寄人的紅箋與十洲的殘夢聯繫起來，創造出情景交融的境界，表現了詞人苦戀的情懷。

下片寫對往事的回憶：我也曾無聊地獨倚高樓——正在兩人分別的水邊——面對著遼闊的千里江南之地。這裡所寫的不是昔時相聚的歡娛，而是別後的思念，脫出詞家慣常用的上下片對比的手法，感情便越覺沉厚。結兩句「樓下分流水聲中，有當日憑高淚」，進一步寫倚樓時的懷思。明楊慎《升菴集》引晁元忠詩：「安得龍湖潮，駕回安河水。水從樓前來，中有美人淚。人生高唐觀，有情何能已！」並認為小晏此詞下片「全用其語」；清鄭文焯又謂結二語「亦襲馮延巳〈三臺令〉『流水，流水，中有傷心雙淚』」，並貶斥小晏詞「乏質茂氣」（龍榆生《唐宋名家詞選》引）。楊、鄭之論，苛責古人，未免不公。小晏此詞，渾金璞玉，秀韻天然，非徒以片言隻語見工者。且晁元忠的輩分晚於小晏，小晏怎能預用其語？晏詞此句，著意在「分流」二字。古樂府〈白頭吟〉：「蹀躞御溝上，溝水東西流。」以水東西分流，喻人們一別之後不再相見。人倚高樓，念遠之淚卻滴向樓下分流的水中，如果要說是承襲馮詞，那也是青出於藍了。（陳永正）

思遠人 晏幾道

紅葉黃花秋意晚，千里念行客。飛雲過盡，歸鴻無信，何處寄書得？

淚彈不盡當窗滴，就硯旋研墨。漸寫到別來，此情深處，紅箋為無色。

此首調名與詞題合。小晏詞多用直筆樸語，不加掩飾，不事雕琢，真情自然流露，故清陳廷焯謂其「情溢詞外，未能意蘊其中」（《白雨齋詞話》）。此詞則用筆甚曲，下字甚麗，宛轉入微，味深意厚，於小晏為另一機杼。其實，無論是淡語淺語，還是麗句穠辭，只要有一片真情充溢其中，便可具迴腸蕩氣的情致，何況小晏在含蓄深婉之中仍保持其純樸真摯的特色呢！

起兩句，寫林葉轉紅，菊花開遍，又到了晚秋時候，閨中人不禁想念起遠隔千里的行客來了。因感秋而懷遠，點出主題。——「晚」字，暗示別離之久，「千里」，點明相隔之遠。兩句交代了時間和空間，給下文留了鋪展的餘地。「飛雲過盡，歸鴻無信」，兩句是客；「何處寄書得」，此句是主。鴻雁，隨著天際的浮雲，自北向南飛去。閨中人遙望渺渺長空，盼望歸鴻帶來遊子的音信。「過盡」，已極寫其失望之意了，由於「無信」，便不知遊子而今所在，自己縱欲寄書也無從寄與。愈是失望，懷念愈是深切。

過片二句，語雖承上而意忽轉折。彈灑不盡的那兩行珠淚，還當窗滴下來——滴進了硯臺中，就用它來研磨香墨。本來上片說到無處寄書，似乎已把話講死了，下片一轉，出人意表，另開思路。而這轉折，卻又是順理成章的：正因無處寄書，更增悲感而彈淚，淚彈不盡，而臨窗滴下，有硯承淚，遂以研墨作書。明知書不得寄，仍是要寫，一片痴情，悃悃不甘，用意尤其深厚。孟郊〈歸信吟〉有「淚墨灑為書」之語，鍊意極精，每為後人所襲用，小晏詞亦本此，而情真意足，寫出小兒女的情態，巧而不纖，較諸「和淚濡墨」的套語自有深淺真偽之別。「漸寫到別來，此情深處，紅箋為無色。」收語尤令人叫絕。閨人此時作書，純是自我遣懷，她把自己全部的內心本質力量投進其中，感情也昇華到物我兩忘的境界。陳匪石《宋詞舉》有一段極為透闢的分析：「『漸』字極宛轉，卻激切。『寫到別來，此情深處』，墨中紙上，情與淚黏合為一，不辨何者為淚，何者為情。故不謂箋色之紅因淚而淡，卻謂紅箋之色因情深而無。」無論是淚、墨、紅箋，都融進閨人的深情之中，物與情已渾然一體。全詞就「寄書」二字發揮，寫以淚研墨，淚滴紅箋，情愈悲而淚益多，竟至箋上的紅色褪盡。語似極無理，然將閨人心事，攝入毫端，於無理中有至理存焉。用誇張的修辭方法，逐步托出感情的深化過程，這種手法在小晏詞中並不多見。唐圭璋《唐宋詞簡釋》稱其「痴人痴事」、「慧心妙語」，可作總評。（陳永正）

長相思 晏幾道

長相思，長相思。若問相思甚了期，除非相見時。

長相思，長相思。欲把相思說似誰，淺情人不知。

南朝梁、陳樂府，多取古詩「長相思」三字作起句，調名本此。此詞純用民歌體裁，語語質直，全是小兒女口吻。語極淺近，情極深摯，在樸直中自饒婉曲之致，非至情者不能道。全詞八句，而「相思」一語竟重複六遍，不嫌其複，且覺越轉越深，盪氣迴腸，音節尤美，此等句法，是不易學步的。

長久的相思啊，長久的相思。如果要問，這相思什麼時候才能了結——除非是相見的時候。上片四句，一氣流出，情溢乎辭，不加修飾。「若問」兩句，自問自答，痴人痴語。要說「相見」是解決「相思」的唯一辦法，這純是傻裡傻氣的廢話，可是，我們的小晏卻認認真真地把它說了出來，正是如黃庭堅〈小山集序〉所云「其痴亦自絕人」。

相見，真的能了結相思之苦嗎？可是，「欲把相思說似誰，淺情人不知」。這是比相思不相見更大的悲哀！「說似誰」，猶言說與誰、向誰說。縱使把相思之情說了出來，那淺情的人兒終是不能體會。淺情是深情的對面，懂得「深情」的含義就懂得「淺情人」是什麼了。多情的小晏卻總是碰到那樣的人，他不由得深深嘆息了：「相逢欲話相思苦，淺情肯信相思否？還恐漫相思，淺情人不知」（〈菩薩蠻〉）、「懊惱寒花暫時香，與情淺人相似」（〈留春令〉）、「別來久，淺情未有，錦字繫征鴻」（〈滿庭芳〉）。小晏平生，「人百負之而不恨，己信人，終不疑其欺己」（黃庭堅〈小山集序〉），可是，當那人交暫情淺，別後又杳無音信，辜負了自己的刻骨相思時，詞人依然是一往情深，不疑不恨，只是獨自傷心而已。下片四句，以「淺情人」反襯，小晏相思苦戀之情，至此全出。

清陳廷焯《詞則．閒情集》評此詞云：「此為小山集中別調，而纏綿往復，姿態有餘。」可為確論。（陳永正）

張舜民

【作者小傳】（約一〇三四～？）字芸叟，號浮休居士，又號矴齋。邠州（今陝西彬縣）人。詩人陳師道之姊夫。宋英宗治平二年（一〇六五）進士。哲宗元祐初，召試，二年，除監察御史。徽宗朝，為吏部侍郎，以龍圖閣待制知同州。坐元祐黨，貶商州安置。有《畫墁集》。詞存四首，以〈賣花聲〉為最傑出。

賣花聲

張舜民

題岳陽樓

木葉下君山，空水漫漫。十分斟酒斂芳顏。不是渭城西去客，休唱〈陽關〉。

醉袖撫危闌，天淡雲閒。何人此路得生還？回首夕陽紅盡處，應是長安。

這首詞近人俞陛雲在《宋詞選釋》中說：「觀其『此路生還』及『回首長安』句，殊有遷謫之感。但芸叟（張舜民字）由諫官荐擢侍郎，初未放逐，此殆登樓送友之作，代為致慨也。」這段話只說對了一半，詞中寫了遷謫之恨，但不是登樓送友之作。據宋李燾《續資治通鑑長編》卷三三〇云：元豐中張舜民用邊帥高遵裕辟，管勾機宜，從軍守靈州，因贊晝無功，作詩譏訕，於神宗元豐五年（一〇八二）冬十月，謫監郴州茶鹽酒稅。他的《畫墁集》中收有〈郴行錄〉，曾記載遊岳陽樓事，故知詞當作於此時。由於詞是在遷謫途中寫成的，因而詞中反映了遷謫之恨。表現在風格上則與一般的抒情小詞不同，顯得沉鬱悲壯，扣人心弦。宋周紫芝《太倉稊米集．書浮休生畫墁集後》曾說有人當它是蘇軾的作品，顯係誤題。

本篇調下題作「題岳陽樓」，詞中所寫景色，所抒發的感情，都以岳陽樓為基點。岳陽樓在今湖南省岳陽市西門，與聳峙洞庭湖中的君山遙遙相對。「木葉下君山」，語本屈原《九歌．湘夫人》：「嫋嫋兮秋風，洞庭波兮木葉下。」因為君山以舜之二妃湘君、湘夫人的故事而得名，故詞人用此典，非常貼切，且不露痕跡。時值初冬，樹葉凋謝，視野開闊，所以詞人登樓一望，只覺洞庭湖上霜天寥廓，煙波浩渺。詞境略似黃庭堅的〈登快閣〉詩：「落木千山天遠大，澄江一道月分明。」唯黃詩疏朗，張詞沉鬱。第三句詞筆轉向樓內。此時詞人正在樓內飲宴，因為他的身分是謫降官，又將離此南行，所以席上的氣氛顯得沉悶。「十分斟酒斂芳顏」，說明歌妓給他斟上了滿滿的一杯酒，表示了深深的情意，但她臉上沒有笑容。「十分」二字，形容酒斟得很滿，也說明滿杯敬意，用得上《花間集》中薛昭蘊的一句〈浣溪沙〉：「情深還似酒杯深。」「斂芳顏」，即斂眉、斂容。白居易〈琵琶行〉「整頓衣裳起斂容」，與此同義。蘇軾〈江神子．孤山竹閣送述古〉云：「翠蛾羞黛怯人看，掩霜紈，淚偷彈。且盡一尊，收淚唱〈陽關〉。」與此詞相比，送別的對象雖有調任（陳述古）與貶謫（張舜民）之別，而歌妓的斂顏，詞人的傷別，則有近似之處。特別是從歌妓的「斂芳顏」與「淚偷彈」來看，寫女子之動情，可謂極宛極真，各極其妙。

四、五兩句，似直而紆，似質而婉，用在張舜民這個特殊人物身上，尤富深義。〈陽關曲〉本是唐代王維所作的〈送元二使安西〉詩，譜入樂府時名〈渭城曲〉，又名〈陽關曲〉，在送別時歌唱：「渭城朝雨浥輕塵，客舍青青柳色新。勸君更盡一杯酒，西出陽關無故人。」所寫情景，與此刻岳陽樓上的餞別有某些相似之處。詞中這兩句，必須聯繫作者的身世來看，他是因了贊畫軍機無功，又因寫了〈西征回途中二絕〉「靈州城下千枝柳，總被官軍斫作薪」、「白骨似沙沙似雪，將軍休上望鄉臺」這些反戰的「謗詩」，才從與西夏作戰的前線撤下來的；如今他不但不能西出陽關，反而南遷郴州，可是仍未接受教訓，緘口不言，卻又不畏譏訕，寫下這樣的詞句，心中該有多深的憤慨！玩其詞意，冶自我解嘲與譏諷當局於一爐，正話反說，語直意婉。讀了之後，不正是感到有一股鬱勃之氣咄咄逼人麼？

過片寫詞人從宴席上走出，憑欄遠眺。此時的遠眺與起首時不同。起首時只是清醒地一望，留下一個淡遠遼闊的印象。此時他已帶有幾分醉意，仰望天空，只見天淡雲閒；回首長安，又覺情牽意縈。從詞情的發展來看，已漸次推向高潮，人物的內心也揭示得更為深刻。「醉袖」二字，用得極工。不言醉臉、醉眼、醉手，而言醉袖，以衣飾代人，是一個非常形象的修辭方法。看到衣著的局部，比看到人物的面部表情，更易引起人們的想像，更易產生美感。從結構來講，「醉袖」也與前面的「十分斟酒」緊相呼應，針線亦甚綿密。「天淡雲閒」似乎與整個詞情不協調。其實古人填詞，很講究疏密和離合。用今天的話來講，就是要注意節奏的快慢、旋律的起伏和舒緩。如果詞情一味緊張、激烈，便像一根緊繃著的弦子，叫人的感情上受不了。若間以淡語、閒語，就能做到有張有弛，疾徐有致。「天淡雲閒」四字，正起著這樣的作用。由於感情上如此一鬆，下面一句突然揚起，便能激動人心。「何人此路得生還」，完全是口語，但卻比人工鍛鍊的語言更富有表現力。它概括了古往今來多少遷客的命運，也傾吐了詞人壓在胸底的心聲，具有悠久的歷史感和深刻的現實性。岳陽樓這個地方，古稱「北通巫峽，南極瀟湘，遷客騷人，多會於此」（范仲淹〈岳陽樓記〉）。不知有多少人經過此地，流徙南方，死於貶所。如今詞人又要踏著他們的足跡走過去，心情的惶懼、戰慄，是不難想見的。因此他不得不仰天長嘆，發出這一由衷的問句。

按照上面的意脈發展下去，情緒勢必更加激烈。然而並不，詞人筆鋒一轉，又揭示內心深處的矛盾。這裡的結句用的是宋人獨創的脫胎換骨法。宋費袞《梁溪漫志》卷七曾評論說：「樂天〈題岳陽樓〉詩云：『春岸綠時連夢澤，夕波紅處近長安。』芸叟用此換骨也。」所謂換骨，就是「以妙意取其骨而換之」（宋釋惠洪《天廚禁臠》）。這裡的妙意在於表達對朝廷的一片眷戀之情。長安本是漢唐故都，後人多借指京師。詞人即將南下郴州了，前途可畏；但仍頻頻回首，瞻望故都。這是歷史加之於他的局限，固難苛求。但從藝術手法來講，他寫得如此曲折，在矛盾衝突中刻畫自己的感情，將感情隱藏在景色的描繪之中，並將前人詩句取其骨而換其意，做到渾然一體，無跡可求，確也不失為一種特色。

宋陳振孫《直齋書錄解題》於〈畫墁集〉條下云：「崇寧（徽宗年號）初，坐謝表言紹聖逐臣，有曰『脫禁錮者何止一千人，計水陸者不啻一萬里』，又曰『古先未之或聞，畢竟不知其罪』，以為譏謗，坐貶。」這是後來的事。表中對於元祐黨人的紛紛被貶逐抱有極大的不平，可以與詞中「何人此路得生還」句合看，見出他這一認識又有了提高。痛憤之情，又何止表現於小詞中而已！（徐培均）

王觀

【作者小傳】（一〇三五～一一〇〇）字通叟。高郵（今屬江蘇）人，宋仁宗嘉祐二年（一〇五七）進士，累官大理寺丞，知江都縣，著〈揚州賦〉、〈芍藥譜〉，有《冠柳詞》，今趙萬里、劉毓盤各有輯本。又，《御選歷代詩餘》作如皋人，哲宗元祐二年（一〇八七）進士，以賦應制詞被謫，因自號逐客。詞存二十八首。

卜算子 王觀

送鮑浩然之浙東

水是眼波橫，山是眉峰聚。欲問行人去那邊？眉眼盈盈處。

才始送春歸，又送君歸去。若到江南趕上春，千萬和春住。

王觀的作品，風趣而近於俚俗，時有奇想。宋王灼說他「新麗處與輕狂處皆足驚人」（《碧雞漫志》）。這首〈卜算子〉，俏皮話說得新鮮，毫不落俗，頗受選家的注意。它是一首送別詞。

友人鮑浩然大抵是浙東（宋代「兩浙東路」的簡稱，今浙江省衢江、富春江、錢塘江以東地區）人，同王觀的交情似乎不很深。這次分別，是鮑浩然從客途返家（但也可能他有個愛姬在浙東，這回是去探望她）。這類事情極為尋常，而王觀卻運用風趣的筆墨，把尋常的生活「化腐朽為神奇」，設想了一套不落俗的構思：先從遊子歸家這件事想開去，想到朋友的妻妾一定是日夜盼著丈夫歸家，由此設想她們在想念遠人時的眉眼，再聯繫著「眉如遠山」（《西京雜記》：「文君姣好，眉色如望遠山。」）「眼如秋水」（李賀〈唐兒歌〉：「一雙瞳人剪秋水。」）這些習用的常語，又把它們同遊子歸家所歷經的山山水水擬人化，於是便得出了「水是眼波橫，山是眉峰聚」。它是說，當這位朋友歸去的時候，那浙東一帶的山水，對他都顯出了特別的感情。那些清澈明亮的江水，彷彿變成了他所想念的人的流動的眼波；而一路上團簇糾結的山巒，也似乎是她們蹙損的眉峰了。山水都變成了有感情之物，正因為鮑浩然在歸途中懷著深厚的懷人感情。

從這一構思向前展開，於是就點出行人此行的目的：他要到哪兒去呢？是「眉眼盈盈處」。「眉眼盈盈」四字有兩層意思。一層意思是：江南的山水，清麗明秀，有如女子的秀眉和媚眼。又一層意思是：有著盈盈眉眼的那個人。（〈古詩十九首·青青河畔草〉：「盈盈樓上女。」盈盈，美好貌。）因此「眉眼盈盈處」，既寫了江南山水，也同時寫了他要見到的人物。語帶雙關，扣得又是天衣無縫，實在是高明的手法。

上片既著重寫了人，下片便轉而著重寫季節。而這季節又是同歸家者的心情配合得恰好的。那還是暮春天氣，春才歸去，鮑浩然卻又要歸去了。作者用了兩個「送」字和兩個「歸」字，把季節同人輕輕搭上，一是「送春歸」，一是「送君歸」；言下之意，鮑浩然此行是愉快的，因為不是「燕歸人未歸」，而是春歸人也歸。然後又想到鮑浩然歸去的浙東地區，一定是春光明媚，更有明秀的山容水色，越顯得陽春不老。因而便寫出了「若到江南趕上春，千萬和春住」。也許是從唐詩人韋莊的〈古離別〉「更把玉鞭雲外指，斷腸春色在江南」得到啟發吧，春色既然還在江南，所以是能夠趕上的。趕上了春，那就不要辜負這大好春光，一定要把春光留住。

但這只是表面一層意思，它還有另外一層。這個「春」，不僅是季節方面的，而且又是人事方面的。所謂人事方面的「春」，便是與心上人團聚，是情感生活中的「春」。這樣的語帶雙關，當然也聰明，也俏皮。

通看整首詞，輕鬆活潑，比喻巧妙，耐人體味；幾句俏皮話，新而不俗，雅而不謔。比起那些敷衍應酬之作，顯然是有死活之別的。（劉逸生）

清平樂 王觀

黃金殿裡，燭影雙龍戲。勸得官家真個醉，進酒猶呼萬歲。

折旋舞徹〈伊州〉，君恩與整搔頭。一夜御前宣住，六宮多少人愁。

這首詞題為「應制」，即是應皇帝之命而作的。應制詞須寫得典雅莊重，即使皇帝與后妃們玩賞之際，一時高興而命詞臣作詞，對這種題材也要寫得華貴雍容無傷大雅。唐代李白在沉香亭應制作〈清平調〉，宋初柳永因老人星現作〈醉蓬萊〉以進，都因偶爾不慎致使前程斷送。據宋人吳曾說：「王觀學士嘗應制撰〈清平樂〉詞云云，高太后以為媟瀆神宗，翌日罷職，世遂有『逐客』之號」（《能改齋漫錄》卷十七）。可見詞人王觀在宋神宗時曾為翰林學士，因作了這首應制詞而罷職被逐。王觀是學習柳永詞風格的。宋王灼說：「王逐客才豪，其新麗處與輕狂處，皆足驚人。」（《碧雞漫志》卷二）這首詞也可足見其輕狂驚人，它竟以輕佻滑薄的語氣對至尊無上的皇帝進行揶揄嘲弄，使人讀後隱隱發笑。也許作者的主觀願望還是在歌頌天子的恩澤降及嬪妃呢！

詞是寫皇帝與某嬪妃宴樂的情形。「金殿」是皇帝住的地方，從宴樂的情形推測，它應屬宮中的便殿。作者不去正面描寫皇帝與嬪妃的狎昵狀態，而是側面寫殿裡燭光輝煌，有人在「雙龍」燭影下為「戲」。這時皇帝在嬪妃之前無所顧忌，去掉了其欽文睿武、憲元繼道的假面，宛然一副昏君模樣。皇帝貴為天子，俗稱官家，據宋釋文瑩《湘山野錄》卷下記載，宋真宗問：「何故謂天子為官家？」李侍讀仲容對曰：「臣嘗記蔣濟〈萬機論〉言『三皇官天下，五帝家天下。』兼三、五之德，故曰官家。」這位嬪妃，能夠討得「官家」的歡喜，便施展出特有的本領將這聖明的官家真個灌醉了。因她進獻尊酒時還嬌媚地祝頌「吾皇萬歲萬萬歲」，便不由得官家不一杯杯飲下去了。所謂「真個醉」，意即真的有了醉意，其中自然包含著對這位風流嬌美的嬪妃之入迷。在這種精神狀態下，皇上甚是開心，難免酒力更覺春心蕩漾，愈加放肆起來，也就容易露出滑稽可笑的醜態了。

作者在詞的下片，進一步將宴飲的歡樂之情推向高潮。古代帝王宮中宮人們為了爭得皇帝的寵愛，競新鬥奇，百花齊放，採取各種有效的手段以表現女性的魅力。所以在「勸得官家真個醉」之後，又採用歌舞手段以達到目的。〈伊州〉乃唐代邊地伊州（故城在今新疆哈密）傳入的西域舞曲，唐吳融〈李周彈箏歌〉：「只知〈伊州〉與〈梁州〉，盡是太平時歌舞。」詞中的「折旋舞徹〈伊州〉」，說明宋時宮中猶傳唐人伊州樂舞。這種精美的舞蹈熱烈活潑，真使皇帝著迷了。他竟躬親為舞者整理「搔頭」。「搔頭」即玉簪，為婦女頭上飾物。「與整搔頭」表示愛憐和親近之意。皇上對宮人略示親近愛憐便算是一種「君恩」了，宮內人是難以得到的。

這位嬪妃色藝超群，很有手段，終於僥倖得到一點君恩，初步達到了目的。至此，皇上餘興未盡，或可說興致已經被逗引得濃厚極了。為她整理搔頭，已暗示了隱祕的聖意。「御」乃古時對天子的敬稱，御前即皇上之前；「宣」為傳達皇上之命。「一夜御前宣住」，意即當晚在皇上面前就傳命這位妃嬪留宿侍寢，得以陪伴君王了。這一方面是妃嬪的宿願得以實現，是她步步進取得到的恩寵；另一方面作者也層層地刻畫了皇上沉醉入迷、貪戀女色、淫樂佚豫的形象。詞的結尾「六宮多少人愁」，忽然跳出題外，變得嚴肅起來，作者為數千深鎖宮中的女子之不幸命運而哀嘆。她們將羨慕這位嬪妃「宣住」而被「幸」，又暗暗為自己虛擲青春而愁嘆嗟怨。這不是意味著扼殺人性的後宮制度的不合理嗎！

無論作者當時的主觀願望如何，作品的客觀形象確是明顯地對帝王的淫樂生活作了嘲諷的描述，將至尊無上的帝王的醜態暴露出來。無怪乎當日神宗皇帝的生母高太后一眼就看出此詞有「媟瀆」之意，給作者予以重重的懲罰。此詞使人們看清了帝王庸俗本性的一面，其頭上聖明威嚴的光暈似乎也因之大為減色，原來他們也同凡夫俗子一般。應該說，這首〈清平樂〉真是宋詞中不可多得的好作品。（謝桃坊）

慶清朝慢 王觀

踏青

調雨為酥，催冰做水，東君①分付春還。何人便將輕暖，點破殘寒？結伴踏青去好，平頭鞋子小雙鸞②。煙郊外，望中秀色，如有無間。晴則個③，陰則個，餖飣④得天氣有許多般。須教鏤花撥柳，爭要先看。不道吳綾繡襪，香泥斜沁幾行斑。東風巧，盡收翠綠，吹在眉山。

〔註〕①東君：《楚辭．九歌》裡有「東君」，是指日神，這裡是借用來稱春神。②小雙鸞：指古代婦女鞋上繡成的鸞鳳。也有繡鴛鴦的，吳文英〈八聲甘州〉詞：「時靸雙鴛響，廊葉秋聲」，即用「雙鴛」代稱鞋子。③則個：加重語氣的語助詞。④餖飣：音同豆訂，本形容堆砌羅列貌，此處形容天氣變化多端。

這是一首寫春景的詞，寫得很巧麗，在同類題材的作品中是很有特色的。

寫春景，大多離不開和風煦日，寵柳嬌花，這首詞卻另闢新境。開頭三句「調雨為酥，催冰做水，東君分付春還」，寫出了初春時節人們不大注意的自然景物的變化：雨變成酥，冰化為水。恰恰是這些變化，顯示出嚴寒的漸斂，春天的到來。韓愈〈早春呈水部張十八員外二首〉其一有「天街小雨潤如酥」之句，「如酥」正是早春之雨的特色，這裡深入一步說「調雨為酥」，與「催冰做水」一起，凸出春神主持造化的本領，把大自然的運行，用「東君分付」四字加以形象化。沒有春雨，沒有春水，何來的春天？有了它的滋潤，大地將勃發出無限生機，百花爭妍的日子定會來到。濃郁的春意，盡括在三句之中，可以說是對「東君」的贊歌。前兩句，人們只賞其對仗的工麗，用字的尖新，如元陸輔之《詞旨》把它作為名家對句三十八則之一。實際上，這三句是一個整體，前兩句乃由後一句生發而出，在意思的順序上，當是第三句在前，前兩句在後，詞人把它們倒置過來，先畫龍而後點睛，顯得瀟灑多姿。三句之後，接下去是「何人便將輕暖，點破殘寒？」這個疑問句式表明已到殘寒盡退、感到輕暖的時候。這是何人主使的呢？當然仍是「東君」。詞人之所以用疑問句式，不止是為了鋪敘的跌宕生姿，也是為了使人們對春天的到來，應向造福於人的「東君」表示深深的敬意。

人們都是嚮往春天的，而姑娘們對於春天更是懷著特殊的深厚的感情。「結伴踏青去好，平頭鞋子小雙鸞。」趁著輕暖的天氣，姑娘們結伴而行，野外踏青。為什麼不寫姑娘們的服飾打扮，而只寫她們著的是「平頭鞋子小雙鸞」呢？這正是詞人別具匠心的地方，文章是要在她們的鞋子上來做的，不過不在這裡，而在下闋，這裡只是先把它提出來作為伏筆。「煙郊外，望中秀色，如有無間。」「江流天地外，山色有無中」，這本是王維〈漢江臨汎〉詩中的名句。歐陽脩曾把它化用在〈朝中措〉詞裡，來寫揚州平山堂上所看到的春景：「平山欄檻倚晴空，山色有無中。」這裡又被化用來寫踏青的姑娘們在野外所看到的迷迷濛濛的秀色。在詞裡化用六朝、唐人的詩句是常常有的，問題在於要化用得自然貼切，如出己手。在這裡，不僅寫出了陽春煙景，且可從「望中」二字體會到姑娘們愉悅的心情，王通叟熔鑄前人詩句的本領，似乎不亞於歐陽永叔。

換頭「晴則個，陰則個，餖飣得天氣有許多般」，承上闋結句「如有無間」而來，運用口語，生動地描繪出天氣的變化。以口語入詞，在宋代以柳永為最多，歐陽脩、黃庭堅、秦觀的詞裡也不少，但像這首詞裡用得如此活潑有意趣的並不多見，只有後來的李清照可以媲美。清賀裳在他所作的《皺水軒詞筌》裡說：「險麗，貴矣，須泯其鏤劃之痕乃佳。如蔣捷『燈搖縹暈茸窗冷』，可謂工矣，覺斧痕猶在。如王通叟春遊曰：『晴則個，陰則個』云云，則痕跡都無，真猶石尉（石崇）香塵，漢皇（漢成帝）掌上也。兩『個』字尤弄姿無限。」賀氏提出了兩個「個」字用得妙，是有見地的，但他沒有注意到，這三句是連貫而下的，「餖飣」一詞在這裡用得更具神采，真是點鐵成金手，沒有這個詞，前兩個「個」字的「弄姿」也顯不出來。天氣的陰晴無常，使得踏青的姑娘們的情緒起了變化，她們要趕快一攬春景之勝：「須教鏤花撥柳，爭要先看。」寫出了她們看花覓柳的急切心情與行動，「鏤」、「撥」兩字用得很工，彷彿可以聽到她們清脆的笑聲，看到她們輕盈的體態，她們的活動為春景增色，而妍麗的春景也為姑娘們的嬌姿豔容增添了光輝。

她們只顧忘情地歡笑，「不道吳綾繡襪，香泥斜沁幾行斑」。不提防，一腳踏進泥淖裡，濁漿濺了她們的羅襪，不用說，「小雙鸞」更是沾滿汙泥。無限珍惜的心情使她們笑容頓斂，雙眉緊鎖：「東風巧，盡收翠綠，吹在眉山。」《西京雜記》上說卓文君「眉色如望遠山，臉際常若芙蓉」。這是「眉山」典故的由來。踏青姑娘們的蛾眉，本來是淡淡的，但眉頭一皺，黛色集聚，好像大地上所有的翠綠全被靈巧的東風吹在上邊。不是「東風巧」，而是詞筆巧，詞人捕捉住踏青的姑娘們一瞬間的感情變化，用幽默、風趣的誇張手法，寫出了她們有點尷尬的神情。這不是詞人，而是主持春事的「東君」在同姑娘們開玩笑，是他把天氣弄得變化多端，才產生這一幕小小的喜劇，這幕喜劇在開頭兩句寫雨水的詞裡已暗暗地作了安排。

這首詞主要是從春天裡天氣的變化方面來寫春景，踏青姑娘的活動，只是鋪敘的線索，沿著這個線索，把天氣的變化逐步描繪出來。儘管沒有多從正面來寫踏青的姑娘，但透過她們本身的活動，使她們的聲音笑貌以至泥涴羅襪後的神態躍然紙上。天氣的變化和踏青的姑娘們的活動，和諧地融合為一個整體，構成了一幅充滿詩情畫意的春景圖。至於造語的工麗，用字的尖新，則是這首詞很明顯的藝術特色。從鋪敘手法、描寫技巧方面來看，此詞顯然是從柳永學來而又加以發展，超出了柳永的水平，在婉約詞裡是一朵炫目的花朵。

宋黃昇在《唐宋諸賢絕妙詞選》卷五裡評論這首詞，說：「風流楚楚，詞林中之佳公子也。世謂柳耆卿工為浮豔之詞，方之此作，蔑矣。詞名《冠柳》（王觀詞集名《冠柳集》，今已佚，趙萬里有輯本）豈偶然哉？」這個評論是褒中有貶。在黃氏看來，這首詞比起柳永的浮豔之詞來，只是更加浮豔而已。這裡牽涉到對柳永詞的評價問題。在柳永之後，凡是講究典雅的詞人和評論家，對柳永的詞大多不滿，認為他的詞「俗」、「浮豔」。至於柳永的作品，是不是可以概目為「俗」，「浮豔」，是另外一個問題，而把這首充滿生活氣息，寫法新穎的作品，稱為「浮豔」之作，則失之偏頗。（李廷先）

木蘭花令 王觀

銅駝陌上新正後，第一風流除是柳。勾牽春事不如梅，斷送離人強似酒。

東君有意偏撋就，慣得腰肢真個瘦。阿誰道你不思量，因甚眉頭長恁皺。

王觀是一位很風趣的詞人。他的詞學習柳永，自以為可以「冠柳」。以其整個詞作的成就而論，遠不能與柳永相比，但個別的作品卻寫得工細輕柔，善用俗語而不粗鄙，宋王灼評「其新麗處與輕狂處，皆足驚人」（《碧雞漫志》卷二）。這首詠柳詞的藝術表現十分新麗，頗能代表其風格。

宋人詠物之作很多，寫得成功的卻較少。王觀詠柳是較成功的，他善於抓住所詠之物的特性，使之人格化，構成一個完整而生動的藝術形象。全詞共八句，每兩句組成一個意群；四個意群之間聯繫緊密，語言輕快自然，是作者興會而成的妙作。第一個意群點明所詠之物為柳，凸出柳的風流本性，全詞遂以擬人的方法從各方面來表現它的風流。洛陽古都有銅駝街，唐駱賓王詩說「銅駝路上柳千條，金谷園中花幾色」（〈豔情代郭氏答盧照鄰〉）。詞首先提到銅駝陌上，令人聯想到柳的風姿，十分切題。「新正」即新春正月。詞人以讚美的語氣強調新春到來之時，最顯得俊俏風流的應是葉芽青嫩、柔條迎風而舞的柳了。

詞的第二個意群便由新春的柳而聯想到梅柳爭春。柳雖得春意之先，而人們又以梅為東風第一枝，詞人試圖給它們以公允的評判。他以為柳在勾引或引惹人們春日賞玩方面不如梅花之嬌豔，但在送別的場合，柳的作用遠過於離觴了，當然也就更勝於梅了。這樣非常巧妙地暗與民俗聯繫起來。漢代都城長安東門外的灞橋柳色如煙，都城人們送別親友至灞橋而止，折柳枝為贈。此後折柳贈別成為民俗，故南朝范雲〈送別詩〉有「春風柳線長，送郎上河梁」之句。唐代詩人李商隱〈柳〉詩也說「如線如絲正牽恨，王孫歸路一何遙」。這些表現古代女子送別情人折柳為贈的情景是十分動人的。似乎人們以為柳條的絲縷可以繫住離人的情感，使勿相忘。可見與梅比，柳是更為多情的。

第三個意群是讚賞柳的婀娜輕盈的美姿，以為春天之神東君好似對柳特地寵愛和遷就，以致嬌縱得它的身材苗條、腰肢柔細了。以柳條之柔細比喻婦女之腰肢是很具傳統特色的意象。唐代白居易〈楊柳枝〉的「枝婀輕風似舞腰」和溫庭筠〈南歌子〉的「娉婷似柳腰」，便都是以柳喻美人腰肢的。宋人以纖瘦為美，「慣得腰肢真個瘦」，在人們看來便是女性美的重要特徵了。以柳喻女性腰肢在傳統詩詞中早已濫用，這裡作者卻能以故為新，脫去用比痕跡，寫出柳如美人之天生麗質。

最後一個意群也是舊比翻新而表現得更為曲折。唐宋詞人已慣用柳葉比喻婦女之秀眉，如「人似玉，柳如眉」（溫庭筠〈定西番〉）或「玉如肌，柳如眉」（歐陽脩〈長相思〉），都屬常見。這裡作者卻以表現柳性之風流多情，它好似女子一樣因對離人的思量，愁眉難展，長是皺著。這種設疑自釋的句式，曲折地暗用舊比而全不落俗套。全篇的表述方式都很新穎，顯示了作者藝術手腕熟練高超。詞中的「勾牽」（勾引）、「斷送」（送走）、「撋就」（遷就）、「慣得」（嬌縱）等都是宋時民間通俗語辭，用得貼切而富於情味，使詞語流美生動，很能體現作者的藝術個性。

這首詞透過對柳的特性的描述，有意借物喻人，勾畫出一個風流、多情、柔美的女性形象。顯然作者是有寓意的，而且可能有較為具體的寓意對象。唐宋時文人們常將柳與風塵中女子相聯繫，說她們是「冶葉倡條」，以為她們有如柳葉柳條那樣浮媚輕狂，可以由人們任意折取。從這首詞所喻的女子，她所處的環境為四會之道的街陌，她具有風流多情的心性，嫋娜俊俏的身姿，她常常送別和相思。從這些情形推測，她當為某一民間歌妓之類的人物。作者處理這種題材時並未賤視為「冶葉倡條」，而是流露出讚美的語氣，以輕快活潑的筆調，描繪了風塵女子優美的形象，有似青泥白蓮。王觀的詞很受市民歡迎，除當行入律、通俗自然、格調新麗之外，還在於其藝術形象蘊含有一定的社會意義，較符合中下層社會民眾的審美觀。（謝桃坊）

魏夫人

【作者小傳】名玩，字玉汝，襄陽（今屬湖北）人。魏泰之姊，宋丞相曾布之妻，封魯國夫人。詞存十四首，婉柔蘊藉，近秦觀。有周泳先輯《魯國夫人詞》。

好事近

魏夫人

雨後曉寒輕，花外早鶯啼歇。愁聽隔溪殘漏，正一聲淒咽。

不堪西望去程賒①，離腸萬回結。不似海棠陰下，按〈涼州〉時節。

〔註〕①賒：音同奢，遙遠。

這是一首懷人詞。在初春的一個拂曉，女主人公從幽閨中醒來，想起遠在外地的親人，不免愁思千般，離腸萬轉。

起拍二句寫景。在「幾處早鶯爭暖樹」（白居易〈錢塘湖春行〉）的初春時節，夜雨過後，清晨的空氣中仍然略帶寒意，早起的黃鶯兒在花間唱了幾首迎接黎明的歌曲，大概有點兒疲倦了吧，現在也停止了歌唱。這兩句，既點明時間節令，又描繪出一派清寂的氣氛，為主人公布置了一個與情懷恰相契合的環境。以下寫人。「愁聽」

反接「早鶯啼歇」，說明思婦醒來很早，因為她已經聽過了早鶯的歌唱，也許她的愁腸曾和著淅瀝的夜雨聲一起顫抖。天剛破曉，她就起身獨坐，隔溪傳來夜盡的更鼓聲，更添無限孤寂悽惻之感。辛棄疾〈蝶戀花．送鄭元英〉：「莫向樓頭聽漏點，說與行人，默默情千萬。」天已拂曉，該是行人登程的時候。「正一聲淒咽」與「愁聽」相應，更鼓聲染上了主人公的感情色彩，使她回想起和情人離別的情景，這就為下片寫懷遠人作了鋪墊。

上片由寫景到寫人，下片進一步寫內心活動。她和親人的離別，也許正是在「坎坎城頭漏鼓殘」（陸游〈江樓夜望〉）的時刻。親人西去，迢迢千里，分別時的繾綣、留戀、淚眼相看的情景無不歷歷在目，直到如今，仍不堪回首，簡直不敢注目西去路。然而，她畢竟又不由自主地瞭望親人奔向他方的路衢。正因為「西望」，她才「不堪」，才惹起了「離腸萬回結」，「不堪」二句，寫出了左右為難的極端矛盾的心緒。「去程賒」說明與行人間隔之遠，「萬回結」極言離情愁苦之狀。重筆渲染，已把別離苦寫到極致。結拍二句宕開，追憶往日與親人相處時令人難忘的一個生活場景，以反襯今日獨處的悲涼。她想起與親人團聚之日，兩人曾坐在海棠花下，演奏〈涼州曲〉時，彼時的心情較之今朝，相去何啻天壤！〈涼州曲〉，為唐代邊塞之樂，當時屬於新聲。白居易〈秋夜聽高調涼州〉詩云：「樓上金風聲漸緊，月中銀字韻初調。促張弦柱吹高管，一曲〈涼州〉入泬寥。」可見〈涼州曲〉的聲情是比較悲涼的。不過，那時兩人都幸福地沉浸在藝術境界之中，如今卻是自己孤獨地承受著現實的孤獨的折磨，那麼，個人心靈負擔的沉重，真是難以估量了！

全詞圍繞「愁聽殘漏」展示思婦的內心世界，以「不堪」、「不似」分別領起抒情、敘事的語句，用筆直中有曲。「海棠陰下」遙應「花外早鶯」，外境之美相似，而心境迥乎不同：「按〈涼州〉」巧接「西望去程賒」，曲調聲情與遼遠的西路相關，而「望」與「按」時的背景卻劃然而異。巧為綰合，耐人尋繹。（劉乃昌、崔海正）

菩薩蠻　魏夫人

溪山掩映斜陽裡，樓臺影動鴛鴦起。隔岸兩三家，出牆紅杏花。
綠楊堤下路，早晚溪邊走。三見柳綿飛，離人猶未歸。

魏夫人是北宋丞相曾布（字子宣）之妻，詩論家魏泰（字道輔）之姊，在詞史上頗負盛名。朱熹曾把她與李清照並提，說是「本朝婦人能文，只有李易安與魏夫人」（《御纂朱子全書》卷六十五）。清人陳廷焯也說：「魏夫人詞筆頗有超邁處，雖非易安之敵，亦未易才也。」（《白雨齋詞話》卷二）從這些評價上，可以知道她是一個傑出的女詞人。

這首詞的題材，大率不脫唐人寄遠詩的範圍，但它寫得清新自然，不落俗套，而且饒有情韻，耐人吟味。整首詞的結構，都是以一個「溪」字作為契機，無論從畫面的構圖、設色來看，還是從感情的寄託來看，都緊緊圍繞著「溪」字。首句「溪山掩映斜陽裡」，寫斜陽映照下的溪山，側重點在於「溪」字。次句「樓臺影動鴛鴦起」，補足上文，進一步寫溪中景色。在夕陽斜照之下，溪中不僅有青山的倒影，而且還有樓臺的倒影，還有對對鴛鴦在溪中嬉水。上句專寫靜景，下句則是動中有靜。「樓臺影動」，表明溪水在微風吹拂之下，蕩起層層綠波。因此在人們看來，樓臺的影子也彷彿在晃動一般。如果溪中只有山光樓影，畫面仍嫌單調，詞人再添上「鴛鴦起」一筆，整個畫面就充滿了盎然生趣。宋人范晞文《對床夜語》引王安石集句詩「風定花猶落，鳥鳴山更幽」，評曰：「前輩謂上句置靜意於動中，下句置動意於靜中，是猶作意為之也。」相比起來，此詞上句寫靜，下句寫動，以動襯靜，自然渾成，卻無「作意為之」的痕跡。這是非常可貴之處。

三、四兩句寫兩岸景色，當然也離不開「溪」字。這條溪水的兩岸，只住著兩三戶人家，人煙並不稠密，環境自然是幽靜的。讀了此句，也就知道上面所說的樓臺原是這幾戶臨水人家的住宅，可見意脈的連貫，針線的綿密。這句是寫實，下一句便虛了，在章法上叫做虛實相生，與前兩句動靜相宜，恰相對稱。深院高牆，關不住滿園春色，一枝紅杏花，帶著嬌豔的姿態，硬是從高高的圍牆上探出頭來，這境界多麼生動優美。在文學史上，人們都欣賞南宋葉紹翁〈遊園不值〉詩中的名句「春色滿園關不住，一枝紅杏出牆來」，上句固然是他的首創，而下句，魏夫人大約比他早一個世紀就已寫出了。此句的妙處在於一個「出」字。詞史上「出」字用得好的不乏佳作，王國維《人間詞話》說：「歐九（歐陽脩）〈浣溪沙〉詞『綠楊樓外出秋千』，晁補之謂『只一出字，便後人所不能道』。余謂此於本正中（馮延巳）〈上行杯〉詞『柳外秋千出畫牆』，但歐語尤工耳。」這兩個「出」字都是形容鞦韆外露的情景，自然帶有詩情畫意。但此詞以出字形容紅杏花，似乎富有勃勃生機，意味似更雋永。

詞的下闋，轉入抒情，但仍未脫「溪」字。在溪水旁邊，有一道長堤，堤上長著一行楊柳。暮春時節，嫩綠的柳絲籠罩著長堤，輕拂著溪水，境亦優美。魏夫人作為臨水人家的婦女，是經常從這裡走過的。「早晚」一詞，並非指時間的早和晚。張相《詩詞曲語辭匯釋》卷六云：「早晚，猶云隨時也；日日也。」其義猶如舒亶〈鵲橋仙·呂使君餞會〉詞「兩堤芳草一江雲，早晚是西樓望處」。詞人沒有言明是到溪邊做什麼，從全篇著眼，她來到這裡，多半是為了盼望外出的丈夫。在古代，水邊柳外，往往是送別的場所。秦觀〈八六子〉「念柳外青驄別後，水邊紅袂分時」，便是例證。按之《宋史·曾布傳》，曾布於神宗元豐中，連知秦州、陳州、蔡州和慶州。陸游《老學庵筆記》卷七也說：「曾子宣丞相，元豐間帥慶州，未至，召還，主陝府，復還慶州，往來潼關。夫人魏氏作詩戲丞相云：『使君自為君恩厚，不是區區愛華山。』」在這期間，曾布告別家人，遊宦在外，可能連續三年。詞人既能以詩相戲，當亦會填詞述懷。結尾二句說明她在溪邊已徜徉了三年，年年都見過一次柳絮紛飛，從柳絮紛飛想到當年折柳贈別，這是很自然的。「三見柳綿飛」是實語，與上面所舉的史實大致相符；然下句著一「猶」字，便化實為虛，化景物為情思，自然如行雲流水；而哀怨之情，離別之恨，亦隱然流於言外。

〈菩薩蠻〉這個詞牌，只有四十四字，篇幅極短，在押韻方面，上下闋都是先仄後平，情調由緊迫轉入低沉，宜於抒發傷高念遠的感情。此詞充分利用這一調式的特點，感情寫得婉曲纏綿。同李白的〈菩薩蠻〉相比，內容雖相近，而感情的強烈程度則不同。這除了未用過於傷心的字眼以外，還因為所押的仄韻有細微的差別。李白的仄韻全是入聲，因而給人以激越痛楚的感覺。魏詞押的是上聲和去聲仄韻，因而使緊迫的音調變得略為舒徐，恰好表現了詞人作為貴族婦女的溫柔敦厚的感情。（徐培均）

點絳脣 魏夫人

波上清風，畫船明月人歸後。漸消殘酒，獨自憑欄久。
聚散匆匆，此恨年年有。重回首，淡煙疏柳，隱隱蕪城漏。

魏夫人的某些小詞，以柔婉蘊藉見長，其含蓄雅淡處不亞於秦觀詞。如秦觀有一首〈點絳脣〉，其上片云：「月轉烏啼，畫堂宮征生離恨。美人愁悶，不管羅衣褪。」秦詞與魏夫人這首〈點絳脣〉，同是寫少婦深夜傷別，前者點題語「美人愁悶」云云，作第三人稱口吻敘寫，後者則為詞中女主人公自抒胸臆。相較之下，魏夫人詞似更為親切真純。

詞的上片由景物引出人物。清風拂過水面，明月瀉下銀輝，粼粼微浪閃動著光波，月夜恬靜、皎潔、優美。此刻，一隻裝飾華美的小船蕩離江岸，駛向迷茫的遠方，一個女郎憑依著樓頭的欄杆，借著朦朧的月色，凝神目送那漸漸消失在夜空中的一葉輕舟。江波、清風、明月、畫船，開端並列幾個富有特徵的意象，就構成了一個清麗純淨、沁人心脾的意境。值此良宵美景，與意中人聯袂共賞，該是何等快意愜懷；然而，其人竟登舟飄然遠去，「良辰好景虛設」（柳永〈雨霖鈴〉），這是多麼令人黯然神傷。「波上清風」、「畫船明月」之下，突然接上「人歸後」，這三字，使意脈陡轉，氣氛驟變，頓時給主人公帶來了無限的寥落和空虛。「人歸後」三字含蘊豐厚，既點明行人，又暗示送者獨留，從而逗出下文對居者的描寫。「漸消殘酒」是翻進一層的寫法，臨行前，置酒餞別，雙方筵席間繾綣叮嚀，依依難捨之情，一併涵蓋在內，筆法極為經濟。殘酒漸消，說明分手已為時不短，仍要獨自久久憑欄，足見依戀之深。「憑欄久」緊承「漸消殘酒」，「獨自」應上「人歸後」。這位女郎兀自一人，夜幕中憑欄佇立，不忍離去，她對行人的無限鍾情，她的滿懷思緒，讀者是不難想像的。

下片換頭寫「獨自憑欄」的思緒。人之聚散，雖屬常事，但別離總給人帶來憂傷。蘇軾〈南歌子〉詞云：「寸恨誰云短，綿綿豈易裁。」對於戀人，短暫的分離已足可銷魂，何況年年分別，歲歲離恨，而這回又歸期難憑呢！這二句，像是女主人公的內心獨白，她從當前的離別進而回想起昔日多少次的「聚散匆匆」，其中包含著無數的辛酸與憂慮，期待與不安，容納了多少實際的生活內容！她凝神冥想，思緒翻騰，卻沒有覺察到時間如奔逝的流水從身邊悄悄掠過。猛然，遠處的蕪城傳來隱隱的更鼓聲，原來夜已很深，回首遙望，向時的津渡一片沉寂，只有殘月映射下的兩行疏柳、幾縷淡煙，依稀可辨。蕪城，揚州別稱。南朝宋竟陵王劉誕作亂，城邑荒蕪，遂稱蕪城。南朝宋鮑照寫過著名的〈蕪城賦〉，其後，詩人常借蕪城以寄慨。蕪城，亦可泛指荒城。煞拍三句，以景結情，言止而意無盡。「重回首」遙接「人歸後」，「蕪城漏」暗合「憑欄久」，全篇綰合無間，渾然一體。

本篇詞寫月夜送別，側重點在居者的憂思，別後月夜的佇望和凝想，詞中對女主人公自我形象的描寫著墨不多，攝取清風、明月、淡煙、疏柳、隱隱鼓漏等清麗秀逸的景物來襯映烘托，創造出一個優美的意境，從而使詞人深情誠篤的心靈也宛然在目。清吳衡照說：「言情之詞，必借景色映托，乃具深婉流美之致。」（《蓮子居詞話》卷二）此詞正具有這種特色。（劉乃昌、崔海正）

捲珠簾　魏夫人

記得來時春未暮，執手攀花，袖染花梢露。暗卜春心共花語，爭尋雙朵爭先去。多情因甚相辜負，輕拆輕離，欲向誰分訴。淚濕海棠花枝處，東君空把奴分付。

這首詞寫戀情。暮春時節，在一株海棠花下，一位多情的少女回想起自己戀愛生活中的不幸遭遇，感到無限淒楚。

上片描寫熱烈的戀情。首句以「記得」引入回憶，「春未暮」點明時間。以下二句，攝取典型的動作細節，描繪了一個富於情趣的生活場景。當海棠花開放的時候，少女進入了幸福的熱戀，她和戀人「執手攀花」，歌笑逗鬧，多麼情投意合。這兩句，將人與花結合來寫，沾帶晨露的嬌豔海棠，深情脈脈的純潔女郎，美的花，美的人，美的戀情理想，交相輝映，渾化為一。天真無邪的少女，對純真的愛情和幸福，懷著赤誠的祈望和熱烈的追求，「暗卜」兩句就是她內心奧祕的宣露。她暗自想像自己懷春初戀前景，乃至痴情地希望海棠能給以啟示，尋到並蒂花，贏得愛神的庇護滿意而歸。「暗卜春心」句表現少女初戀時的微妙的心理；「爭尋雙朵爭先去」，寫少女與情人心心相印，爭先去尋並蒂雙花以證他們的愛情美滿久長。兩個「爭」字，活寫出花下熱鬧的氣氛與熱烈的情緒。

下片回到眼前，情緒降到冰點，女主人公在傾訴愛情生活的不幸和委曲。過片三句，直吐胸臆。「多情」

是對情人的俗稱，宋元俗語，詞曲中屢見。說情人不知為何負心，輕易毀約，辜負了自己一片痴情，令人一腔幽恨，欲訴無門。兩個「輕」字，與上片的兩個「爭」字成為強烈的對比。這裡既是對對方的詰責，又是對命運的控訴，怨憤、委曲、悔恨、痛苦……種種複雜的感情錯綜交織，凝鑄成這幾句率直、發露、一瀉無餘的「分訴」，真是聲聲幽怨，字字委曲。煞拍二句，歸結到少女對花傷心，自悲感情虛擲，與開端幾句拍合。東君，司春之神。分付，發落之意。時至暮春，少女只得到當初與負心人嬉遊徘徊的花下暗暗地落淚，因為海棠是她愛情悲劇的見證，海棠最瞭解她的痴情，也看清了薄倖人的負心。當時，她曾「共花語」，如今無人「分訴」，只可向海棠傾灑悲淚，表明心跡了。她埋怨春之神把她打發到這海棠花下的愛情圈子裡，卻是一場無結果，故曰「空」也。這兩句由悲傷懊恨，轉而對春神埋怨，也是無理而妙。

整篇詞像是一位鍾情少女悲切地陳述自己曲折的愛情悲劇，透過她的傾訴，展示出前後兩個不同的愛情生活圖畫。主人公的感情隨著愛情生活的歷程，由甜蜜、祈望、追求，轉變為怨恨、懊悔、悲傷，進而發展為對東君的不滿和詰責。這是一個不幸少女的愛情心理遞變史，是一支婉秀淒豔的愛情追求幻滅的怨歌，體現了舊時代佳人薄命的主題。（劉乃昌、崔海正）

蘇軾

【作者小傳】（一〇三七～一一〇一）字子瞻，號東坡居士。眉州眉山（今屬四川）人。蘇洵長子。宋仁宗嘉祐二年（一〇五七）進士。累除中書舍人、翰林學士、端明殿學士、禮部尚書。曾通判杭州，知密州、徐州、湖州、潁州等。神宗元豐三年（一〇八〇）以謗新法貶謫黃州。哲宗紹聖初，又貶惠州、儋州。徽宗立，赦還。卒於常州。追謚文忠。博學多才，善文，工詩詞，書畫俱佳。陸游稱其詞「豪放，不喜剪裁以就聲律」（《老學庵筆記》），題材豐富，意境開闊，突破晚唐五代和宋初以來「詞為豔科」的傳統樊籬，以詩為詞，開創豪放清曠一派，對後世產生巨大影響。代表作有〈念奴嬌·赤壁懷古〉〈江城子·密州出獵〉〈水調歌頭·明月幾時有〉等，亦有婉麗之作。著有《東坡七集》《東坡詞》。存詞三百七十八首。

水龍吟　蘇軾

次韻章質夫楊花詞

似花還似非花，也無人惜從教墜。拋家傍路，思量卻是，無情有思。縈損柔腸，困酣嬌眼，欲開還閉。夢隨風萬里，尋郎去處，又還被、鶯呼起。

不恨此花飛盡，恨西園、落紅難綴。曉來雨過，遺蹤何在，一池萍碎。春色三分，二分塵土，一分流水。細看來，不是楊花，點點是離人淚。

「眼前有景道不得，崔顥題詩在上頭。」此李白有感於崔顥〈黃鶴樓〉詩也。而今，面對「曲盡楊花妙處」（宋魏慶之《詩人玉屑》）的章質夫楊花詞，蘇軾又待如何爭而勝之呢？唯有另闢新境，自出新意。綜觀全詞，其新有二：一、避開章詞的實寫楊花，而從虛處著筆，即化「無情」之花為「有思」之人。二、「直是言情，非復賦物」（清沈謙《填詞雜說》）。有此二端，遂使通篇不勝幽怨纏綿，又空靈飛動。從而，誠如王國維《人間詞話》所言，蘇詞「和韻而似原唱」，章詞則「原唱而似和韻」了。

「似花還似非花」，看其出手便自不凡，已定一篇詠物宗旨：既詠物象，又寫人言情。清劉熙載稱起句「可作全詞評語，蓋不離不即也」（《藝概．詞概》）。即謂人與花、物與情當在「不離不即」之間。唯其「不離」，方能使種種比興想像切合本體，有跡可求，此詞家所謂「不外於物」；唯其「不即」，方能不囿本體，神思飛越，展開想像，此詞家所謂「不滯於物」。如果純以詠楊花而論，則這一句又準確地把握住了楊花那「似花非花」的獨特「風流標格」。說它「非花」，它卻名為「楊花」，與百花同開同落，共同裝飾春光，又一起送走春色。說它「似花」，它色淡無香，形態碎小，隱身枝頭，向不為人注目愛憐。

次句承以「也無人惜從教墜」。一個「墜」字，賦楊花之飄落；一個「惜」字，有濃郁的感情色彩。「無人惜」，是說天下惜花者雖多，惜楊花者卻少。然細加品味，亦反襯法，詞人用筆之妙，正是於「無人惜」處，暗暗逗出縷縷憐惜楊花的情意，並為下片雨後覓蹤伏筆。

「抛家傍路，思量卻是，無情有思」三句承上「墜」字，寫楊花離枝墜地、飄落無歸情狀。不說「離枝」，

蘇軾畫像——傳宋李公麟原畫，清朱野雲臨摹，翁方綱題款

而言「抛家」，貌似「無情」，猶如韓愈所謂「楊花榆莢無才思，惟解漫天作雪飛」（〈晚春〉），實則「有思」，一似杜甫所稱「落絮遊絲亦有情」（〈白絲行〉）。詠物至此，已見擬人端倪，亦為下文花人合一張本。

「縈損柔腸，困酣嬌眼，欲開還閉」，這三句緊承「有思」而來，詠物而「不滯於物」，大膽馳騁想像，將抽象的「有思」的楊花，化作了具體的有生命的人——一位春日思婦的形象。她那寸寸柔腸受盡了離愁的痛苦折磨，她的一雙嬌眼因春夢纏繞而困極難開。此處明寫思婦而暗賦楊花，花人合一，無疑是蘇詞有別於章詞的一種新的藝術創造。

以下「夢隨」數句妙筆天成，既攝思婦之神，又攝楊花之魂，二者正在「不即不離」之間。從思婦來說，那是由懷人不至而牽引起的一場惱人春夢。她神魂飄颺，萬里尋郎；但這裡未至郎邊，那邊卻早已啼鶯驚夢。此化用唐人金昌緒〈春怨〉詩意：「打起黃鶯兒，莫教枝上啼。啼時驚妾夢，不得到遼西。」但蘇軾寫來備覺纏綿哀怨而又輕靈飛動。就詠物象而言，描繪楊花那種隨風飄舞、欲起旋落、似去又還之狀，亦堪稱生動真切，絕不亞於章詞的「傍珠簾散漫，垂垂欲下，依前被、風扶起」。篇首所言「似花還似非花」，正可於此境界中心領神會。

宋張炎《詞源》評此詞「後片愈出愈奇」。奇在何處？奇在承上片「惜」字意脈，借追蹤楊花，抒發了一片惜春深情。緣物生情，以情映物，使情物交融而至渾化無跡之境。

「不恨此花飛盡，恨西園、落紅難綴。」詞人在這裡是以落紅陪襯楊花，蓋無論萬紅凋零，抑或楊花飛盡，都意味著花事已盡，春色將逝。「不恨」者，乃是承上片「非花」、「無人惜」而言。其實，正如「無人惜」實即「有人惜」一樣，說「不恨」者，實即「有恨」，是所謂曲筆傳情。

以下由「曉來雨過」而問詢楊花遺蹤，真是痴人痴語。春水覓蹤，可謂一往情深；但楊花不見，唯有一池浮萍在目，這就進一步加深了人的春恨。蘇軾自註云：「楊花落水為浮萍，驗之信然。」此說自然不合科學，但作為文學特別是作為抒情詩詞，本來無須拘泥。無理有情，這裡主要藉以表達一種濃郁的惜花之情和春去之恨。

情不足，恨未盡，於是繼之以「春色三分，二分塵土，一分流水」。「春色」居然可以「分」，這是一種想像奇妙而兼以極度誇張的手法。這種手法其來有自，如唐詩人徐凝的〈憶揚州〉云：「天下三分明月夜，二分無賴是揚州。」宋初詞人葉清臣的〈賀聖朝〉更說：「三分春色二分愁，更一分風雨。」蘇詞的「春色三分」，顯然以葉詞為藍本。而從全篇詞脈來考察，則「二分塵土」與上片「拋家傍路」相呼應，「一分流水」與上文「一池萍碎」一意相承。總之，花盡難覓，春歸無跡。至此，楊花的最終歸宿，和詞人的滿腔惜春之情水乳交融，將詠物抒情的題旨推向頂峰。

正因為詠物抒情已臻頂峰，所以詞的煞拍尤為吃緊。寫好了，畫龍點睛，全篇生輝；寫不好，畫蛇添足，功虧一簣。此詞的煞拍不愧為「點睛」之筆：「細看來，不是楊花，點點是離人淚。」情中景，景中情，總收上文，既乾淨利索，又餘味無窮。詞由眼前的流水，聯想到思婦的淚水；又由思婦的點點淚珠，映帶出空中的紛紛楊花。是離人淚似的楊花，還是楊花般的離人之淚？看其虛中有實，實中見虛，總在虛實相間、似與不似之間，「蓋不離不即也」。再回顧篇首，令人欣然有悟，情趣倍生。不是嗎？詞人開宗明義，原本說得清楚：「似花還似非花。」（朱德才）

滿庭芳

蘇軾

元豐七年四月一日，余將去黃移汝，留別雪堂①鄰里二三君子，會李仲覽自江東來別，遂書以遺之。

歸去來兮，吾歸何處？萬里家在岷峨②。百年強半，來日苦無多。坐見黃州再閏③，兒童盡、楚語吳歌。山中友，雞豚社酒，相勸老東坡。

云何，當此去，人生底事，來往如梭。待閒看秋風，洛水清波④。好在堂前細柳，應念我，莫剪柔柯。仍傳語，江南父老，時與曬漁蓑。

〔註〕①雪堂：蘇軾在黃州的居所名，位於長江邊，是他到黃州一年多之後友人幫助營建的。②岷峨：四川有岷山、峨眉山，蘇軾家鄉在四川眉山縣，故以岷峨代指家鄉。③黃州再閏：蘇軾謫居黃州五年，農曆三年一閏，故稱「再閏」。④洛水清波：洛水流經洛陽，與汝州近，故云。

蘇軾作詞，有意與「花間」以來只言閨情瑣事的傳統相異，而盡情地把自己作為高人雅士、作為天才詩人的整個面貌、胸懷與學問從作品中呈現出來。一部東坡詞集，抒情方式與技巧變化多端，因內容的需要而異。其中有一類作品，純任性情，不假雕飾，脫口而出，無窮清新，它們在技巧和章法上看不出有多少創造發明，卻專以真實感人的情緒和渾然天成的結構取勝。這首留別黃州父老的詞即其一例。

宋神宗元豐七年（一〇八四），因「烏臺詩案」而謫居黃州達五年之久的蘇軾，接到了量移汝州（今屬河南）安置的命令。所謂量移，指的是被貶謫遠方的臣子，遇赦酌情移近安置，並非平反覆官。對於蘇軾來說，這次雖是從遙遠的黃州調到離京城較近的汝州，但五年前加給他的罪名並未撤銷，官職也仍是一個「不得簽書公事」的州團練副使，政治處境和實際地位都沒有任何實質上的改善。因此，接到這個量移之令的蘇軾，心中沒有任何欣喜之感。這一年他已四十八歲，在二十多年的宦海生涯中，由於政治上的風雲變幻，他不斷地西去東來，南遷北徙，嘗夠了人生的苦味。當此再一次遷徙之際，政治牢騷與思鄉之情交織在他胸中，使他思緒萬千，心潮難平。不過蘇軾畢竟是豪放曠達之士，他不願、也絕不會在牢騷與哀愁中沉淪下去。他很快地恢復了自我感覺的平衡，轉而用親切平和的筆調，向黃州父老娓娓動聽地傾訴起依依難捨的別情來。以親密的友情來驅散遷客的苦情，以久慣世路的曠達之懷來取代人生失意的哀愁，這，就是本篇的感情波瀾的醞釀過程，也是詞章思想內容的核心。南宋周煇論曰：「豈無去國流離之思，殊覺婉而不傷。」（《清波雜誌》評張舜民〈賣花聲題岳陽樓〉）此評正適合於闡釋這首詞的情感特徵。

上片開頭三句，起勢十分陡健，作者翹首西望，哀聲長吟，鄉情濃郁感人。首句「歸去來兮」，一字不易地搬用陶淵明〈歸去兮來辭〉首句，非常貼切地表達了自己思歸西蜀故里的強烈願望。這三句中，還包含了一段潛臺詞，讓讀者自去想像補充，這就是：當年陶淵明高唱「歸去來兮」，是歸隱之志已經得以實現之時的歡暢得意之辭，而東坡雖然一心想效法淵明，無奈量移汝州是不可抗拒的「君命」，此時仍在「待罪」之中，不能自由歸去，因此自己吟唱「歸去來兮」，僅僅是表示欲歸不得的悵恨而已。接下來「百年強半，來日苦無多」二句，以時光易逝、人空老大的感嘆，加濃了失意思鄉的感情氛圍。上片的後半，筆鋒一轉，撇開滿腔愁思，抒發因在黃州居住五年所產生的對這裡的山川人物的深厚情誼。楚語吳歌，鏗然在耳；雞豚社酒，宛然在目。黃州的語音風俗，黃州的父老鄉親對東坡先生敬之愛之的熱烈場面，以及東坡臨別依依的情懷，都在這一段真切細緻的描寫中展露出來了。

詞的下片，進一步將宦途失意之懷與留戀黃州之意對寫，凸出了作者達觀豪爽的可愛性格。過片三句，向父老申說自己不得不去汝州，並嘆息人生無定，來往如梭，表明自己失意坎坷，無法掌握命運的痛苦之情。「待閒看秋風，洛水清波」二句，卻一筆蕩開，瞻望自己即將到達之地，隨緣自適的思想頓然取代了愁苦之情。一個「閒」字，將上項哀思愁懷化開，抒情氣氛從此變得開朗明澈。從「好在堂前細柳」至篇末，是此詞的最後一個抒情層次，以對黃州雪堂的留戀再次表達了對鄰里父老的深厚感情。漁蓑，是東坡在雪堂釣魚時所服。囑咐鄰里莫折堂前細柳，懇請父老時時為曬漁蓑，言外之意顯然是：自己有朝一日還要重返故地，再溫習一下這段難忘的生活。措辭非常含蓄，不明說留戀黃州，而留戀之情早已充溢字裡行間。東坡到黃州，原是以待罪之身來過被羈管的囚徒日子的，但頗得長官的眷顧，居民的親近，加以由於他性情達觀，思想通脫，善於自解自慰，變苦為樂，卻在流放之地尋到了無窮的樂趣。他寒食開海棠之宴，秋江泛赤壁之舟，風流高雅地徜徉了五年之久。一旦言別，豈能不牽心掛腸於此地的山山水水和男女老幼？由此可知，本篇抒發的離情，是發自東坡內心的高度真實之情。本篇的優長，就在情真意切這四個字上。尤其是上下兩片的後半，不但情致溫厚，屬辭雅逸，而且意象鮮明，婉轉含蓄，是構成這個抒情佳篇的兩個高潮。（劉揚忠）

滿庭芳

蘇軾

蝸角①虛名，蠅頭微利，算來著甚乾忙。事皆前定，誰弱又誰強。且趁閒身未老，須放我、些子疏狂。百年裡，渾教是醉，三萬六千場。

思量、能幾許？憂愁風雨，一半相妨。又何須抵死，說短論長。幸對清風皓月，苔茵展、雲幕高張。江南好，千鍾美酒，一曲〈滿庭芳〉。

〔註〕①蝸角：蝸牛角。比喻極微小的境地。《莊子．則陽》：「有國於蝸之左角者，曰觸氏；有國於蝸之右角者，曰蠻氏。時相與爭地而戰。」

這首〈滿庭芳〉作於何時，已不可考，但從詞中表現的內容和抒發的感情看，須是蘇軾受到重大挫折後，大致可斷為寫於貶往黃州之後。此作以議論為主，夾以抒情。上片由諷世到憤世，下片從自嘆到自適。它真實地展現了一個失敗者複雜的內心世界，也生動地刻畫了詞人憤世嫉俗和飄逸曠達的兩個性格層次，在封建社會中很有典型意義。

詞人以議論發端，用形象的藝術概括對世俗熱衷的名利作了無情的嘲諷。功名利祿曾占據過多少士人的心靈，主宰了多少士人喜怒哀樂的情感世界，它構成了世俗觀念的核心。而經歷了人世浮沉的蘇軾卻以蔑視的眼光，稱之為「蝸角虛名，蠅頭微利」，進而以「算來著甚乾忙」揭示了追名逐利的虛幻。這不僅是對世俗觀念的奚落，也是對蠅營狗苟塵俗人生的否定。詞人由世俗對名利的追求，聯想到黨爭中由此而帶來的傾軋以及被傷害後的自身處境，嘆道：「事皆前定，誰弱又誰強。」「事」，指名利得失之事，謂此事自有因緣，不可與爭；但得者豈必強，而失者豈必弱，因此也無須過分介意。這個思想來自老子。《老子》說：「柔弱勝剛強。」（第三十六章）又說：「天下莫柔弱於水，而攻堅強者莫之能勝。」（第七十八章）這就是「誰弱又誰強」一句的本意。一方面，「木強則折」（第七十六章）；一方面，「水善利萬物而不爭。……夫唯不爭，故無尤」（第八章），蘇軾領會此意，故「得罪以來，深自閉塞……不敢作文字」（黃州所作〈答李端叔書〉）。「飲中真味老更濃，醉裡狂言醒可怕」（〈定惠院寓居月夜偶出〉），是他這個時期自處的信條。所以，「且趁閒身未老，須放我、些子疏狂。百年裡，渾教是醉，三萬六千場」。意圖在醉中不問世事，以全身遠禍。一「渾」字抒發了以沉醉替換痛苦的悲憤。一個憤世嫉俗而以無言抗爭的詞人形象呼之欲出。

過片於自敘中夾以議論。「思量、能幾許」，承上「百年裡」說來，謂人生能幾；而「憂愁風雨，一半相妨」，即李白「為歡幾何」（〈春夜宴桃李園序〉）之意。「風雨」自指政治上的風風雨雨，所「妨」者是人生樂事。陸游〈假日書事〉詩所云「但嫌憂畏（憂讒畏譏）妨人樂」，即是此意。蘇軾一踏上仕途便捲入朝廷政治鬥爭的漩渦，此後命途多舛，先被排擠出朝，繼又陷身大獄，幸免一死，帶罪貶逐，昔時朋友相聚，文酒之歡，此時則唯有「清詩獨吟還自和，白酒已盡誰能借。不惜青春忽忽過，但恐歡意年年謝」（〈定惠院寓居月夜偶出〉）。當此時，詞人幾於萬念皆灰。「又何須抵死，說短論長」，是因「憂愁風雨」而徹悟之語。他的〈答李端叔書〉中有一段話可作為這兩句詞的極好注解：「軾少年時，讀書作文，專為應舉而已。既及進士第，貪得不已，又舉制策，其實何所有。而其科號為『直言極諫』，故每紛然誦說古今，考論是非，以應其名耳。人苦不自知，既以此得，因以為實能之，故譊譊至今，坐此得罪幾死，所謂『齊虜以口舌得官』，真可笑也。然世人遂以軾為欲立異同，則過矣。妄論利害，攙說得失，此正制科人習氣。譬之候蟲時鳥，自鳴自己，何足為損益。」可見，「抵死（老是）說短論長」之要不得。詞人自嘲自解，其中實又包含滿肚子不平之氣。下面筆鋒一轉，以「幸」字領起，以解脫的心情即景抒懷。造物者無盡藏的清風皓月、無際的苔茵、高張的雲幕，這個浩大無窮的現象世界使詞人的心量變得無限之大。那令人鄙夷的「蝸角虛名，蠅頭微利」的狹小世界在眼前消失了，詞人忘懷了世俗一切煩惱，再也無意向外馳求滿足，而願與造化同樂。最後在「江南好，千鍾美酒，一曲〈滿庭芳〉」的高唱中，情緒變得豁達開朗，超脫功利世界的閒靜之情終於成為其人生的至樂之情，在新的精神平衡中洋溢著超乎俗世的聖潔理想，詞人那飄逸曠達的風采躍然紙上。

蘇軾在詞中擅長抒寫人生。他高於一般詞人之處，在於他能從人生的矛盾、感情的漩渦中解脫出來，追求一種精神上的解放，正因如此，蘇軾描寫的人類心靈就比別人多一個層次。這也是他的詞能使人「登高望遠」的一個重要原因。

詞人重在解脫，在感情生活中表達了一種理性追求，故不免要以議論入詞。此首〈滿庭芳〉便表現出這一特色。詞人「滿心而發，肆口而成」（宋張耒〈賀方回樂府序〉），意顯詞淺，帶有口語化的痕跡，似毫不經意，然又頗具匠心。對偶工整的起句成了後世用來議論名利最貼切最形象的概括。詞的結構也頗為特殊，它打破了一般上片寫景、下片抒情，或是層層遞進的直線式結構法，而採用了平行式的結構法。詞人在上片著重勾畫的是世俗社會的名利世界，下片是人生命運的憂患世界，它們彼此呼應，構成了蘇軾面臨的人生矛盾。詞人在這樣的人生矛盾中尋求精神上的解脫，平行的結構也就在這種內在的思想脈絡中和諧地統一起來。作為詞人憤世嫉俗與飄逸曠達的兩個性格側面也就因此種結構法合理地、有層次地給揭示出來。（吳惠娟）

滿庭芳

蘇軾

有王長官者，棄官黃州三十三年，黃人謂之王先生。因送陳慥來過余，因為賦此。

三十三年，今誰存者，算只君與長江。凜然蒼檜，霜幹苦難雙。聞道司州古縣，雲溪上、竹塢松窗。江南岸、不因送子，寧肯過吾邦？摐摐，疏雨過，風林舞破，煙蓋雲幢。願持此邀君，一飲空缸。居士先生老矣，真夢裡、相對殘釭。歌聲斷，行人未起，船鼓已逢逢。

宋神宗元豐六年（一〇八三）五月，蘇軾在黃州其友人陳慥報荊南莊田。時「有王長官者，棄官黃州三十三年」，因送陳慥去江南，過黃州訪東坡，東坡故有此作。

陳慥字季常，「季常少時慕朱家、郭解為人，稍壯，折節讀書，晚乃遁於光、黃間，曰岐亭。……東坡在岐下識之。至黃，季常數從之遊」（南宋施元之等《施註蘇詩》）。而作者對王長官，則是素聞其名，可謂神交已久，以前卻無緣得見。因而此詞雖涉三人交遊，較多的篇幅卻是寫作者與這位王先生傾蓋如故之情懷的。

全詞大致可分三層。

〈滿庭芳〉（三十三年）——蘇軾手跡

上片全就王長官其人而發，描繪了一個飽經滄桑令人神往的高士的形象。首三句即發語驚人，蓋「三十三年」於人生固然是一個不小的數目，但對於長江大河卻不算什麼。而詞人竟說：「三十三年，今誰存者，算只君與長江。」這裡隱含有作者對仕途風波的感喟：大浪淘沙，銷磨了多少人物，唯有不戀宦情如王先生者得以長存，豈不可慨！措語之妙，都在將長江擬人化的同時，則將人神化了。與作者〈木蘭花令．次歐公西湖韻〉「與余同是識翁人，唯有西湖波底月」二句同味。王長官棄官不做達三十餘年之久，其事雖不可得而詳，但可見是不慕榮利之輩。從黃人尊稱為「王先生」看，他在為官期間也是為人愛戴的。「凜然蒼檜，霜幹苦難雙」二句即喻其人品格之高，透過「蒼檜」的形象比喻，其人傲幹奇節，風骨凜然如見。王長官當時居住黃陂，唐代武德初以黃陂置南司州，故詞云「聞道司州古縣，雲溪上、竹塢松窗」。強調「古縣」歷史悠久，則意味地靈人傑。「雲溪」「竹塢」「松窗」描繪其居處極幽，頗具隱逸情趣。「聞道」二字則見慕名之久，與相見恨晚之意。「江南岸」三句是說倘非王先生送陳慥來黃州，恐終不得見面也。語中既含幸會之意，又因王先生而歸美陳季常。

過片到「相對殘釭」句為第二層，寫三人會飲。「摐摐（音同窗）」二字擬（雨）聲，其韻鏗然，有風雨驟至之感。「疏雨過，風林舞破，煙蓋雲幢（音同床）」幾句，承上片歇拍王、陳來訪，卻轉入景語。既見當日氣候景色，又照應前文「雲溪上、竹塢松窗」的寫照，暗示出這次遇合不同於俗人聚首。「煙蓋雲幢」，以車蓋、幢帷形容樹林。自然意象與人的氣質搭成一種象徵關係。造訪者固屬奇傑，而主人也非俗士，酒逢知己千杯少，故云「願持此邀君，一飲空釭」。「一飲空釭」也就是乾杯，但含有多少豪情！興酣之際，也不免回顧人生遭際，撫事生哀，「居士先生老矣」，這是作者自嘆。雖嘆老，卻無嗟卑之意。「真夢裡」句翻用杜詩〈羌村三首〉其一「夜闌更秉燭，相對如夢寐」，言外見三人相飲談笑至夜深，彼此相契之深。

末三句為最後一層，寫天明分手，船鼓催發（逢逢，音同彭彭，鼓聲），主客雙方相見得遲，歸去何疾。

既幸有此遇，又不免雜著爽然若失之感。

全詞將敘事、寫人、寫景、抒情打成一片，景為人設。所敘乃會友之快事，所寫乃一方之奇人，所抒乃曠達之情感。與一般的描寫離合情懷不同。在用筆上較恣肆，往往幾句敘一意，而語具多義，故又耐人咀含。所用韻部，亦屬洪亮，與詞情悉稱。故清鄭文焯謂其「健句入詞，更奇峰鬱起，此境匪稼軒所能夢到。不事雕鑿，字字蒼寒，如空岩霜幹，天風吹墮頗黎地上，鏗然作碎玉聲」（《手批東坡樂府》）。（周嘯天）

水調歌頭

蘇軾

黃州快哉亭贈張偓佺

落日繡簾捲，亭下水連空。知君為我新作，窗戶濕青紅。長記平山堂上，欹枕江南煙雨，杳杳沒孤鴻。認得醉翁語：「山色有無中。」

一千頃，都鏡淨，倒碧峰。忽然浪起，掀舞一葉白頭翁。堪笑蘭臺公子，未解莊生天籟①，剛道有雌雄。一點浩然氣，千里快哉風。

〔註〕①天籟：《莊子・齊物論》說：「女（汝）聞人籟，而未聞地籟；女聞地籟，而未聞天籟夫！」「人籟」，謂簫管之音。「地籟」，謂穴竅之聲。

張懷民字偓佺，又字夢得，謫居黃州，坦然自適，在其宅西南長江邊築亭，作為陶冶性情之所。蘇軾貶黃州後，與張心境相同。他不僅欣賞江邊的優美景致，而更欽佩張的氣度。所以，蘇軾為張的亭臺取名為「快哉亭」，並賦此詞相贈。時為宋神宗元豐六年（一〇八三）。其後，蘇轍又寫〈黃州快哉亭記〉，極其生動地描繪了「快哉亭」周圍的山光水影，並把張懷民的處世精神，予以表述。因而，蘇轍這篇散文，便成為蘇軾這首

蘇軾〈水調歌頭〉（落日繡簾捲）——明刊本《詩餘畫譜》

詞的姊妹篇。

這首詞有其獨到的特色，它把寫景、抒情和議論熔為一爐，表現作者身處逆境，泰然處之，大氣凜然的精神世界，及其詞作雄奇奔放的風格。

作者描寫的對象，主要不在「快哉亭」本身，他的著眼點是「快哉亭」周圍的廣闊景象。開頭四句，先用實筆，描繪亭下江水與碧空相接，遠處夕陽與亭臺相映的優美圖景。詞人坐在快哉亭上，捲起錦繡的窗簾，看到亭臺和江面亭連水，水連空，水天一色的勝景。「知君為我新作」兩句，就亭著一染筆，點明亭主人和自己的親切關係，說自己知道你為接待我而特意建築了這座亭臺。亭臺窗戶塗抹上青的和紅的油漆，色彩猶新。「濕」字形容油漆未乾，頗為傳神。

「長記平山堂上」五句，是回憶鏡頭，又是現實描寫。作者用「長記」二字，喚起他曾在揚州平山堂所領略的「江南煙雨」、「杳杳沒孤鴻」那種若隱若現、若有若無，高遠空濛的江南山色的美好回憶。作者又以此比擬他在「快哉亭」上所目睹到的景致，這樣就把「快哉亭」與「平山堂」融為一體，構成一種優美獨特的意境。這種以憶景寫景的筆法，確實比較新穎別致，使人耳目為之一新。

詞人把快哉亭與平山堂融為一體，自然有其相互關連的因素。平山堂（在今江蘇揚州市瘦西湖蜀岡法靜寺內），是蘇軾老師歐陽脩於宋仁宗慶曆年間修建，「負堂而望，江南諸山，拱列簷下」（宋王象之《輿地紀勝》），因此得名。其「壯麗為淮南第一」（宋葉夢得《避暑錄話》）。快哉亭位於長江之濱，其佳境勝景，可以與平山堂比肩。正如蘇轍所描繪的那樣：「蓋亭之所見，南北百里，東西一舍。濤瀾洶湧，風雲開闔。晝則舟楫出沒於其前，夜則魚龍悲嘯於其下。變化倏忽，動心駭目，不可久視。今乃得玩之几席之上，舉目而足。西望武昌諸山，岡陵起伏，草木行列，煙消日出，漁夫、樵父之舍，皆可指數。」（〈黃州快哉亭記〉）這正是蘇軾把快哉亭與平山堂融為一體的原因。「欹枕江南煙雨」，傳神寫照，極為生動形象，意謂詞人在平山堂上，欹枕斜躺著，觀賞江南空濛的山色、迷茫的雨景。值得注意的是，詞人為何對那消逝在煙雨迷茫中的「孤鴻」，如此記憶猶新、久久難以忘懷呢？聯繫詞人身受貶斥，「杳杳沒孤鴻」句中所寄寓的感慨，也就不言而喻了。儘管詞人被貶謫黃州，但他能曠達超脫、怡然自得，陶醉在「山色有無中」（王維〈漢江臨汎〉）的佳境之中。的確，這也是排除憂愁，解脫困境的絕妙辦法。「認得醉翁語」云云，是指歐陽脩〈朝中措〉中「平山欄檻倚晴空，山色有無中」兩句詞而言，意謂在晴日，站在平山堂前，就能領略江南山色空濛，時隱時現、若有若無的絕妙佳境。

上片是用虛實結合的筆法，描寫快哉亭下及其遠處的勝景。下片換頭以下五句，又用特寫鏡頭攝製亭前廣闊江面倏忽變化的壯觀景象，並由此生發開來，抒發其江湖豪興和對待人生的見解。「一千頃，都鏡淨，倒碧峰」三句，寫眼前廣闊明淨的江面，清澈見底，碧綠的山峰，倒映在江水中，形成了一幅優美動人的平靜的山水畫卷。真是別具情趣，令人賞心悅目。然而，「忽然」兩句，寫一陣巨風，江面倏忽變化，「濤瀾洶湧，風雲開闔」，一個漁翁駕著一葉小舟，在狂風巨浪中掀舞。又出現一種「動心駭目」的驚險鏡頭。但是，漁翁並不懼怕，習以為常。詞人看到，老漁翁與風浪搏鬥的情景，順勢用自然界的風引出一段議論。戰國時代楚國蘭臺令宋玉寫了一篇〈風賦〉，寫宋玉等人陪同楚襄王遊蘭臺之宮，忽然颳起風來，楚襄王披襟當風說：「快哉此風！寡人所與庶人共者邪？」宋玉說：「此獨大王之風耳，庶人安得而共之！」楚王不理解是什麼意思，宋玉就向楚王解釋說：「大王之風」經過優美的園林宮室，帶著花草等香氣，才吹到身上，所以清清涼涼，治病解酒，「發明耳目，寧體便人」，就稱為「雄風」。「庶人之風」，起於窮巷之間，一路挾帶汙濁腐穢之氣，吹到貧窮人家，使人精神淒慘，生病造熱，故稱之為「雌風」。顯然，宋玉分風為「雌」「雄」，諷諫楚王之意是很明顯的。妙在蘇軾故意挑剔宋玉的毛病，一本正經地引經據典，批評「蘭臺公子」「未解莊生天籟」。《莊子・齊物論》中有關於天籟、地籟、人籟的議論。風者，「天籟」也，乃是大自然演奏的樂曲，把它分什麼雌雄不是很可笑嗎？「一點浩然氣，千里快哉風」，東坡說，正因為有一種浩然之氣充塞於天地之間，因而才有「千里快哉風」，因而也才有今天這座黃州快哉亭啊！顯然，東坡之嘲笑宋玉，讀者不能當真，不過是詞人酣筆豪情、借題發揮而已。「浩然氣」典出於《孟子．公孫丑上》，孟子曰：「我善養吾浩然之氣。……其為氣也，至大至剛，以直養而無害，則塞於天地之間。」東坡所謂「浩然氣」即由此而來，他從老漁翁與風浪的搏鬥中，悟出了做人應當遵循的哲理：只要胸中有「一點浩然氣」（指正氣和節操），剛直不阿，坦然自適，在任何境遇中，就能處之泰然，如同領略「千里快哉風」那樣舒適快意。蘇軾這種豪邁的氣概，探索人生的精神，顯然具有積極的社會意義。詞人與張懷民皆被貶黃州，他們能「不以謫為患」，「不以物傷性」，「自放山水之間」（〈黃州快哉亭記〉），相互勉勵，藐視邪惡，這的確是難能可貴的。

換頭以下五句，先寫江平如鏡，緊接著，瞬息間突然濤瀾洶湧，可謂巨大變化也。但詞人並沒有繼續描寫江面上的風雲開闔，漁翁與風浪搏鬥的「動心駭目」的場面，他卻把筆鋒一轉，引用典故，就風的雌雄大發議論，去探索人生的哲理。最後陡然又用「一點浩然氣，千里快哉風」頓住，與「忽然浪起」兩句接應。這就使詞作在結構和情節上，隨著詞人的滾滾思潮，瞬息變化，大開大闔，波瀾起伏。真猶如黃河九曲，驚濤萬里，令人目不暇給。

這首詞的特點，與一般寫景抒情詞迥然不同，它表現了以散文入詞，以議論入詞的特色。它的議論，又非同凡響，其中寄寓著對人生的探索，蘊含著深邃的哲理，因而「其精微超曠，真足以開拓心胸，推倒豪傑」（清劉熙載《藝概．詩概》論蘇軾詩）。（陸永品）

水調歌頭　蘇軾

丙辰中秋，歡飲達旦，大醉，作此篇。兼懷子由。

明月幾時有？把酒問青天。不知天上宮闕，今夕是何年？我欲乘風歸去，又恐①瓊樓玉宇，高處不勝寒。起舞弄清影，何似在人間！

轉朱閣，低綺戶，照無眠。不應有恨，何事長向別時圓？人有悲歡離合，月有陰晴圓缺，此事古難全。但願人長久，千里共嬋娟。

〔註〕①一作「唯恐」。

本篇長調詞，作於宋神宗熙寧九年（一〇七六），即丙辰年的中秋節日。時作者正任密州（今山東諸城）知州。從題序來看，這首詞蓋為醉後抒情，懷念兄弟（子由）之作。古人評論說：「此詞前半自是天仙化人之筆」（清程洪、先著《詞潔》）。今天看來，本詞通篇風調，又何嘗不是這樣。至於明卓人月把本詞比為「畫家大斧皴，書家擘窠體」（《古今詞統》），則是囿於「蘇詞粗豪」的傳統之見。揆諸實際，本篇除具蘇詞一般共有的豪邁清雄特色之外，它還有其飄逸空靈以及韶秀方面的特點。與「粗」則是毫無關涉的。

這首中秋詞作，主旨在於抒發作者外放無俚的煢獨情懷。詞中雜用道家思想，觀照世界，並且自為排遣。

蘇軾〈水調歌頭〉（明月幾時有）——明刊本《詩餘畫譜》

作者俯仰古今變遷，感慨宇宙流轉，厭薄險惡的宦海風濤，揭示睿智的人生理念。運用直接描繪的形象範疇，勾勒出一種皓月當空、美人千里、孤高曠遠的境界氛圍，把自己遺世獨立意緒和往昔神話傳說融合一起，在月的陰晴圓缺當中，滲進濃厚的哲學意味，是一首自然與社會高度契合的感喟作品。此種思想蘊涵是至為明顯的。

蘇軾一生，是以崇尚儒學，講究實務為主。但他也「齠齔好道」（蘇軾〈與劉宜翁書〉），中年以後，又曾表示「晨夕禮佛，以此皈依」（蘇軾〈法雲寺禮拜石記〉），是經常處在儒釋道糾葛當中的。尤其是每當挫折失意，則老莊思想上升，以幫助自己解釋窮通進退的困惑。這在蘇軾一生中是數見不鮮的事。熙寧四年（一〇七一），他以開封府推官通判杭州，是為了權且避開汴京政爭漩渦。熙寧七年調知密州，雖曰出於自願，實質上仍是處於外放冷遇地位。儘管他當時是「而貌加豐」（蘇軾〈超然臺記〉），頗有一些曠達表現，也難以掩飾深藏內心的幽憤。這首中秋詞，正是此種宦途險惡體驗的昇華與總結。「大醉」遺懷是主；「兼懷子由」是輔。對於一貫秉持「尊主澤民」（蘇軾〈與李公擇二首〉其二）節操的作者來說，手足分離的私情，比起內憂邊患的國勢來，畢竟是屬於次要的倫理負荷。此點在題序中並有明確揭舉。

本詞通篇詠月，月是詞的中心形象，卻處處關合人事，表現出自然社會契合的特點。上片借明月自喻清高，下片用圓月襯托離別。開篇「明月幾時有」一問，排空直入，筆力奇崛。諸家指出此處詞意和屈原〈天問〉、李白〈把酒問月〉的傳承關係，正可說明作者「奮勵有當世志」（蘇轍〈亡兄子瞻端明墓誌銘〉），而又不諧塵俗的怫鬱心理。「不知天上宮闕，今夕是何年」以下數句，筆勢夭矯回折，跌宕多彩。它說明作者在「出世」與「入世」，亦即「退」與「進」、「仕」與「隱」之間抉擇上的深自徘徊困惑心態。李澤厚在闡述蘇軾詩文的美學觀時說：「蘇軾把中晚唐開其端的進取與退隱的矛盾雙重心理發展到一個新的質變點」、「蘇軾一生並未退隱」、「但他透過詩文所表達出來的那種人生空漠之感，卻比前人任何口頭上或事實上的『退隱』、『歸田』、『遁世』

要更深刻更沉重。」（《美的歷程》）李氏這些論斷，對理解〈水調歌頭〉中秋詞，是頗有啟示意義的。

「我欲乘風歸去，又恐瓊樓玉宇，高處不勝寒」幾句，把見於《酉陽雜俎》諸書的月的神話傳說中「廣寒清虛之府」具象化。說入世不易，出世則尤難。言外之意仍是說得在現實社會中好自為之。這裡寄寓著作者出世入世的雙重矛盾心理，也潛藏著作者對封建秩序的些微懷疑情緒，儘管詞的上下銜轉處曾經表達自己顧影自憐、徑欲遐舉之意。蘇軾詩文中，很多貌似「出世」的內容思想，實質都是「入世」思想的反撥形式，本篇正復如此。

下片融寫實為寫意，化景物為情思，一韻一意，一意一轉，淋漓揮灑，無往不適。唐圭璋《唐宋詞簡釋》評云：「轉朱閣，低綺戶，照無眠」三句，「實寫月光照人無眠。以下愈轉愈深，自成妙諦」。「照無眠」者，當兼月照不睡之人與月照愁人使不能入睡這兩層意思。作者〈永遇樂〉（長憶別時）云「別來三度，孤光又滿，冷落共誰同醉？捲珠簾，淒然顧影，共伊到明無寐」，即兼具這兩層意思，可以參讀。「不應有恨，何事長向別時圓」兩句，承「照無眠」而下，筆致瀏漓頓挫，表面上是惱月照人，增人「月圓人不圓」的悵恨，骨子裡是本抱懷人心事，借見月而表達。石延年詩「月如無恨月長圓」，說的是月缺示有恨，無恨應長圓；詞人糅入人事，謂月圓時，月固無恨矣，而人不圓，見圓月轉有恨。又進一步說：月「長向別時圓」，亦「應有恨」。「不應」與「何事」兩者抵消，即見此正面之命意。這裡把人此時的思想感情移之於月，對石延年詩語是發展，對上文月照無眠又是轉深一層。「人有悲歡離合，月有陰晴圓缺，此事古難全」三句，又轉出一意，從「別時圓」生發而來。知人之離合（「悲歡」包含其中），與月之圓缺（「陰晴」，謂月至中秋雖圓，亦有可見與不可見之時，與「圓缺」同等），實自古而然。（此處偏義於「合」與「圓」，故云「難全」。）既知此理，便不應對圓月而感喟離，生無謂的悵恨。由感情轉入理智，化悲怨而為曠達，這三句詞意轉折較大，而意脈仍承自上文。親人間的歡聚既不能強求，當此中秋月圓，則唯有「但願人長久，千里共嬋娟」，亦足以慰情。兩句據南朝宋人謝莊〈月賦〉「美人邁兮音塵闕，隔千里兮共明月」，轉出更高的思想境界，向世間所有離別的親人（包括自己的兄弟），發出深摯的慰問和祝願，給全詞增加了積極奮發的意蘊。作者此後兩年有〈中秋月寄子由三首〉詩云：「悠哉四子心，共此千里明。」（「四子」指友人舒煥、鄭僅、頓起、趙杲卿）所向之祝長久、共嬋娟者，更由親人擴大到朋友了。下片詞意三轉，愈轉愈深。不特意深，情更深，「但願」二字，感人肺腑。南宋趙彥衛《雲麓漫鈔》謂曾見蘇軾真跡，「但願」作「但得」，並云「以此知前輩文章為後人妄改亦多矣」。但味詞意，用「願」字，情思實較「得」字為深厚，真跡作「得」者安知非屬初稿而後自改為「願」？說「後人妄改」，是只知其一而不知其二。

〈水調歌頭〉中秋詞，是蘇詞代表性篇章之一。它落想奇拔，蹊徑獨闢，極富浪漫色彩。格調上，它「一洗綺羅香澤之態，擺脫綢繆宛轉之度，使人登高望遠，舉首高歌」（宋胡寅《斐然集．向薌林酒邊集後序》），是歷來公認的中秋詞中的絕唱。在表現上，本詞前半縱寫，後半橫敘。前半高屋建瓴，後半峰迴路轉。前半是對古老神話傳說、故事筆記的推陳出新，也是對魏晉六朝遊仙詩的遞嬗發展。後半白描素寫，人月雙濟。它名為演繹物理，實則闡釋人生。筆勢錯綜迴環，搖曳有力。布局上，本詞上片凌空而起，入處似虛；下片波瀾層疊，返虛轉實。最後虛實相縈，紆徐作結。豪宕中自有謹飭之致。

詞中，作者既揭舉了「敻絕的宇宙意識」，又屏棄那種「在神奇的永恆前面的錯愕」心態（借用聞一多〈宮體詩的自贖〉評〈春江花月夜〉語）。作者的世界觀並非是完全超然地對待自然界的變化發展，而是努力從自然規律中尋求「隨緣自娛」的生活意義。所以，儘管本詞基本上是一種情懷寥落的秋的吟詠，讀來卻並不缺乏「觸處生春」（清趙翼《甌北詩話》）的韻味。（徐翰逢、陳長明）

水調歌頭

蘇軾

歐陽文忠公嘗問余：琴詩何者最善？答以退之穎師琴詩最善。公曰：此詩最奇麗，然非聽琴，乃聽琵琶也。余深然之。建安章質夫家善琵琶者，乞為歌詞。余久不作，特取退之詞，稍加檃括，使就聲律以遺之云。

昵昵兒女語，燈火夜微明。恩怨①爾汝來去，彈指淚和聲。忽變軒昂勇士，一鼓填然作氣，千里不留行。回首暮雲遠，飛絮攪青冥。眾禽裡，真彩鳳，獨不鳴。躋攀寸步千險，一落百尋輕。煩子指間風雨，置我腸中冰炭，起坐不能平。推手從歸去，無淚與君傾。

〔註〕①怨：一作「冤」。

唐代詩歌繁盛，音樂發達。唐人描寫音樂美的詩歌，不乏名篇佳構。然而在宋詞中，能成功地描寫音樂的篇什，則寥寥無幾。因為「詩難於詠物，詞為尤難」（宋張炎《詞源》）。而以詞刻畫無形的音樂，比之描繪花柳蟲魚等有形之物，更是難上加難。可是，蘇軾這首詠音樂的〈水調歌頭〉，卻寫得相當成功。不過，此詞是根據韓愈寫音樂的名篇〈聽穎師彈琴〉改寫的。韓詩原文如下：

昵昵兒女語，恩怨相爾汝。劃然變軒昂，勇士赴敵場。浮雲柳絮無根蒂，天地闊遠隨飛揚。喧啾百鳥群，忽見孤鳳凰。躋攀分寸不可上，失勢一落千丈強。嗟餘有兩耳，未省聽絲篁。自聞穎師彈，起坐在一旁。推手遽止之，濕衣淚滂滂。穎乎爾誠能，無以冰炭置我腸。

韓詩歷來受人稱賞，以為「寫琴聲之妙入髓」，「可謂古今絕唱」（清朱彝尊評《昌黎先生詩集注》），唯獨歐陽脩認為此作「非聽琴，乃聽琵琶也」（見詞序）。蘇軾對老師的意見不便駁回，後來不同意歐陽公見解的人頗為不少，這且不去管它。反正東坡這首詞是應章質夫家琵琶手之請，特取韓愈詩「稍加檃括」而成的。韓詩的妙處，在於運用一系列生動的比喻，來描摹妙手彈出的音聲節奏，而極盡掩抑頓挫之趣。東坡改寫成詞，依然保存了韓詩的妙趣和神韻。

開端四句寫樂聲初發，彷彿靜夜微弱的燈光下，一對青年男女在親昵地竊竊私語，談愛說恨，卿卿我我，往復不已。「彈指淚和聲」——妙指彈出的聲音拌和著眼淚——倒點一句，見出彈奏開始，音調既輕柔、細碎而又哀怨、低抑。「忽變」三句，寫曲調由低抑到高昂，猶如氣宇軒昂的勇士，在填然驟響的鼓聲中，躍馬馳騁，不可阻擋。其音色的雄壯磅礴可以想見。「回首」兩句，以景物形容聲情，指下的音響，一變而為遠天的暮雲，高空的飛絮，極盡縹緲幽遠之致。接著是百鳥爭喧，明媚的春色中振顫著宛轉錯雜的啁晰之聲，此時彩鳳不鳴。瞬息間高音突起，曲折而上，曲調轉向艱澀，好像走進懸崖峭壁之中，腳登手攀，前行一寸，也要花費很大氣力。正在步履維艱之際，音聲陡然下降，恍如一落千丈，飄然墜入深淵，弦音戛然而止。

音樂由低抑幽怨，變而為雄壯高昂，縹緲幽遠，和諧宛轉，再變為冷澀艱險……讀著這首詞，宛然置身於響遏行雲的妙曲繚繞之中，感情的潮水，不禁隨著弦音的顫動而起伏激盪。這表明詞人確乎借助於語言，把這位樂師的高妙彈技逼真地再現出來了。

如果說以上是對樂師高妙彈技和音樂美的正面描繪，那麼，末後的五句，則是從聽者心情的激動，反映出成功的彈奏所產生的感人的藝術效果。「指間風雨」，寫彈者技藝之高，能興風作雨；「腸中冰炭」，寫聽者感受之深，腸中忽而高寒、忽而酷熱；並以「煩子」、「置我」等語，把彈者聽者緊密關聯起來。取譬也極簡當而生動。音響之撼人，不僅使人坐立不寧，而且簡直難以禁受，由於漣漣泣下，再沒有淚水可以傾灑了。「無淚與君傾」，較之原詩中「濕衣淚滂滂」，更加翻進一層。

訴諸聽覺的音樂美，缺乏空間形象的鮮明性和確定性，是很難捕捉和形容的。但詞人巧於取譬，他運用男女談情說愛、勇士大呼猛進、飄蕩的晚雲飛絮、百鳥和鳴、攀高步險等等自然和生活現象，極力摹寫音聲節奏的抑揚起伏和變化，藉以傳達樂曲的感情色調和內容。這一系列含義豐富的比喻，變抽象為具體，把訴諸聽覺的音節組合，轉化為訴諸視覺的生動形象，這就不難喚起一種類比的聯想，從而產生動人心弦的感染力。末後再從音樂效果，進一步刻畫彈技之高。筆墨精微神妙，可說與韓詩同一機杼，同入化境。

詞中檃括體，倡自東坡。檃括前人詩篇有方便處，也有難處。原作雖可在創意、用語上提供憑藉，卻也為作者騁才運思帶來桎梏，因而不易把作品寫得自然無跡。然而，東坡的再創作卻非常成功。他對原詩句意有刪減，又有補充，既保留了原作的精神，又發揮了詞體的長處，寫來宛轉錯落，曲折盡意，渾成融貫，全章妥溜，宛如抒寫自身的實感，句句從心扉中自在流出。王國維曾讚揚東坡〈水龍吟〉詠楊花「和韻而似原唱」（《人間詞話》）。也不妨說這首〈水調歌頭〉寫音樂，雖屬檃括前人詩篇，卻宛如新創。這確可表明蘇軾駕馭詞體，具有過人的功力。（劉乃昌）

滿江紅 蘇軾

寄鄂州朱使君壽昌

江漢西來，高樓下、蒲萄深碧。猶自帶、岷峨雪浪，錦江春色。君是南山遺愛守，我為劍外思歸客。對此間、風物豈無情，殷勤說。

《江表傳》，君休讀；狂處士，真堪惜。空洲對鸚鵡，葦花蕭瑟。不獨笑書生爭底事，曹公黃祖俱飄忽。願使君、還賦謫仙詩，追黃鶴。

本篇是宋神宗元豐年間蘇軾貶居黃州時期寫給友人朱壽昌的。朱壽昌，字康叔，當時任鄂州（治今武漢市武昌區）知州。鄂州同江北的黃州隔江相望，朱壽昌對身處逆境的蘇軾時有饋問，兩人交誼頗厚。蘇軾由於詩文涉及新法，為某些官僚忌恨羅織，被逮入獄，結案後，以罪人身分安置黃州，內心是悲憤不平的。此詞以慷慨憤激之調，振筆直書，開懷傾訴，通篇貫注了鬱勃不平之氣。

開篇由寫景引入。長江、漢水自西方奔流直下，匯合於武漢，著名的黃鶴樓在武昌黃鵠山巋然屹立，俯瞰浩瀚的大江。發端兩句，大筆勾勒，起勢突兀，抓住了當地最有特色的勝景偉觀。「蒲萄（葡萄）深碧」，重筆施彩，以酒色形容水色，用李白〈襄陽歌〉「遙看漢水鴨頭綠，恰似葡萄初醱醅」。以下「猶自帶」三字振起，繼續以彩筆為江水染色。李白又有「江帶峨眉雪」之句（〈經亂離後天恩流夜郎憶舊遊書懷贈江夏韋太守良宰〉），杜甫〈登樓〉詩云：「錦江春色來天地。」蘇軾在此不僅化用前人詩句，不著痕跡，自然入妙，而且用「蒲萄」、「雪浪」、「錦江」、「春色」等富有色彩感的詞語，來形容「深碧」的江流，筆飽墨濃，引人入勝。值得注意的是，洶湧深碧的大江，既是友人駐地的勝景，又從四川流來，無形中沾帶著詞人故鄉的某些風情。這就為下文感懷作了有力的鋪墊。以下由景到人，一句寫對方，一句寫自己。朱壽昌曾知閬州，閬州在四川，唐屬山南道。《宋史》本傳載朱壽昌在閬斷一疑獄，除暴安良，「郡稱為神，蜀人至今傳之」，即「南山遺愛守」所指。詞中「南山」當是「山南」之誤。以對「劍外」，「山南」字面亦勝於「南山」。蘇軾蜀人，稱朱壽昌亦以其宦蜀之事；自稱「劍外思歸客」，映帶有情。至此又回到眼前，面對此間風物，自會觸景興感，無限悵惘。「對此間」以下，將君、我歸攏為一，逼出「殷勤說」三字，雙流匯注，水到渠成。

「殷勤說」三字帶出整個下片。換頭兩句，勸友人休讀三國江左史乘（《江表傳》多記三國吳事跡，原書今已不傳，散見於裴松之《三國志》注中），以憤激語調喚起，恰說明感觸很深，話題正要轉向三國人物。「狂處士」四句，緊承上文，對恃才傲物、招致殺身之禍的禰衡，表示悼惜。禰衡因忠於漢室，曾不受折辱，大罵曹操，曹操不願承擔殺人之名，故意把他遣送給荊州刺史劉表，劉表又把他轉送到江夏太守黃祖手下，後被黃祖所殺，葬於漢陽西南沙洲上，因為禰衡曾撰〈鸚鵡賦〉，有聲名，故後人稱此洲為鸚鵡洲。「空洲對鸚鵡，葦花蕭瑟」，以蕭索之景，寓惋惜之情，意在言外。接著筆鋒一轉，把譏刺的鋒芒朝向了迫害文士的曹操、黃祖。「不獨笑書生爭底事，曹公黃祖俱飄忽。」「爭底事」，即爭何事，意謂書生何苦與此輩糾纏，以惹禍招災。殘害人才的曹操、黃祖，雖能稱雄一時，不也歸於泯滅了嗎！這話是有弦外之音的，矛頭隱隱指向對他羅織構陷的李定、舒亶一類人物。收尾三句，就眼前指點，轉出正意，希望友人超然於風高浪急的政治漩渦之外，寄意於歷久不朽的文章事業，撰寫出色的作品來追躡前賢。李白當年遊覽黃鶴樓，讀到崔顥著名的〈黃鶴樓〉詩，曾有擱筆之嘆，後來他寫了〈登金陵鳳凰臺〉〈鸚鵡洲〉等詩，據說都是有意同崔顥競勝比美的。蘇軾借用李白的故事，激勵友人寫出趕上黃鶴樓詩的名作。這既是勉人，又是作者個人襟懷志趣的流露。結句「黃鶴」與開端「高樓」呼應，拍合上文，以明本旨。

此詞上片即地寫景，由景到情，下筆關照到友、我兩方，至「對此間、風物豈無情」，一筆道破。有情就要傾吐、抒發，故由「情」字，導出「說」字。此處「說」含有傾訴、評說之意。下片正是面向友人開懷傾訴，慷慨評說。這種直瀉胸臆、談古論今的寫法，容易導致淺露平直、缺乏情韻。但本篇卻無此弊。一則，它即景懷古，《江表傳》、鸚鵡洲、黃鶴樓云云，處處都聯繫「此間風物」，即當地的歷史遺跡來評人述事，能使眼中景、意中事、胸中情相互契合；再則，它選用內涵豐富、饒有意趣的歷史掌故來寫懷，藏情於事，耐人咀詠；三則，筆端飽和感情，人們不難從中感到有一種蒼涼悲慨、鬱憤不平的激情，在字裡行間湧流。從格調上說，本篇大異於纏綿惋惻之調，也不同於縹緲軼塵之曲，而以辭氣慷慨見長。彷彿西來的江漢碧濤，注入奇峭的山崖峽谷，形成頓挫跌宕、起伏不平之勢。這種詞格，同蘇軾貶斥黃州時那種複雜矛盾無法平靜的內心世界是一致的。（劉乃昌）

歸朝歡　蘇軾

和蘇堅伯固

我夢扁舟浮震澤，雪浪搖空千頃白。覺來滿眼是廬山，倚天無數開青壁。此生長接淅，與君同是江南客。夢中遊、覺來清賞，同作飛梭擲。明日西風還掛席，唱我新詞淚沾臆。靈均去後楚山空，澧陽蘭芷無顏色。君才如夢得，武陵更在西南極。〈竹枝詞〉、莫傜①新唱，誰謂古今隔。

〔註〕①莫傜：部分瑤族的古稱，隋時分布於今湖南大部、廣東北部和廣西東北一帶，包括詞中寫到的武陵、澧陽在內。

宋哲宗紹聖元年（一〇九四）七月，蘇軾以「譏斥先朝」的罪名，責授寧遠軍節度副使，惠州（在今廣東）安置。途經九江時，遇到了闊別多年的老友蘇堅（伯固）。當時蘇堅被命赴澧陽（今湖南澧縣）任所。客中相遇，行腳匆匆，在臨歧泣別之際，子瞻為作〈歸朝歡〉以贈。

離別，對於人生來說是一種很動感情的事，特別是暮年遠別，在那山川阻隔、音訊難通的古代就更令人黯然銷魂了。千古騷壇，此類作品占了很大的比例。它們大多借楊花柳枝、淒迷芳草、斷腸月色和雁陣西風之類的景物，以抒寫悽惋悒惻的情懷。直到東坡把一股雄健之風帶進敘別詞中，這種局面才得以改觀。蘇詞中，像「一時分散水雲鄉，唯有落花芳草斷人腸」（〈南歌子・別潤守許仲塗〉）一類低迴掩抑之音也是有的，但更多的詞章表現了令人耳目一新的特徵：純真爽朗，境界闊大，氣度高亢，披露了作者的浩逸襟懷。其中，〈歸朝歡〉一詞尤氣象宏闊，情致高健，堪稱東坡離別詞的代表。

詞的上片寫作者與伯固同遊廬山的所見所感。出人意表的是，他並沒有一上來就寫廬山，卻遠遠宕開一筆，從夢遊太湖（震澤）落墨。「我夢」二句突兀而起，想落天外，神氣極旺。千頃白浪翻空搖舞，而我們的詩人呢？卻棹一葉之扁舟，徜徉於這雲水之間，顯得那麼從容自若。這動與靜、大與小的對比是如此強烈、鮮明，真是神來之筆。接下去，筆勢一頓，借「覺來」二字實現了畫面的轉換，把人們帶入了廬山勝景：望中青山蔚然深秀，千峰峭峙，拔地參天……好一派動人心魄的壯景。前面寫震澤夢遊是虛，後面寫廬山清賞是實。虛實交映，相反相成，給人一種瑰麗多變、目不暇給的感覺。「雪浪搖空」，「青壁倚天」，這壯浪幽奇的湖山勝概，是多麼令人神往。然而正當作者陶醉於這種似夢非夢的自然天趣之中時，一縷悲涼之感卻襲上心頭，使他又回到了坎坷的現實中來。「此生長接淅」，這是他宦海浮沉的生動概括。「接淅」，本於《孟子・萬章下》「孔子之去齊，接淅而行」：途中淘米燒飯，不等把米淘完，瀝乾帶起就走，言其匆遽狼狽之狀。東坡一生屢遭貶黜，充滿了艱難挫折。這暫時的遊賞，是難以癒合他心靈的傷痛的。此處文意為之一折，是大開大闔之筆。「與君同是江南客」，九江在長江南，於此點出客中送客之意。尤其不可放過「同」、「客」二字，它上應「接淅」，寫彼此之飄蓬，下逗「飛梭」，言清歡之短暫。用以作柱，半篇皆活。「夢中」三句收束前片，迷離幻象，湖山清景，俱如飛梭過眼，轉瞬即逝了。一結奇健，令人悵惘不盡。

過片換筆另起一意，寫對伯固的勉勵。東坡與伯固交誼篤厚，曾敘宗盟，每遇離別，必有所作。觀其集中〈生查子・送蘇伯固〉：「三度別君來，此別真遲暮。白盡老髭鬚，明日淮南去。酒罷月隨人，淚濕花如霧。後夜逐君還，夢繞湖邊路。」情文並茂，傳誦眾口。然此詞作於衰暮，前程艱險，後會難期，故語氣較前沉痛。蘇伯固赴任澧陽，大概也不是愉快的差使，所以東坡要用遷客騷人的典實來慰勉伯固。一味傷感不是東坡的性格，他在泣別之餘，更多的是對故人的期許與鼓勵。此老倔強，平生不解作一軟語，此詞亦復如是。「明日」兩句，點出送別。「掛席」即「掛帆」。揚帆西去，指蘇堅的去處。唱新詞而泣下，見出友情之深篤。隨著西去的征帆，作者心隨帆駛，由地及人，聯想到在那裡行吟漂泊過的屈原。「靈均」二句就是沿著這一思想脈絡而出現的。「靈均」即屈原的別名。沅芷澧蘭，這些散發著他人格光輝的香草，也因為偉人的逝去而憔悴無華了。「靈均」二句從反面落筆，映襯出屈子光並日月的品格，這是一層意思。另一層意思，則是隱約地流露出希望蘇堅追踵前賢，能寫出使山川增色的作品來。這一點，在下文中就表現得更明顯了。「君才」以下各句，援引劉禹錫（字夢得）的故實，從正面著筆，寫出了對蘇堅的期望。劉禹錫因參加王叔文革新集團，貶為朗州（今湖南常德）司馬，在武陵一帶生活了十年，後來又到夔州（今重慶奉節）任刺史。在夔州，他效屈原居沅湘間依當地迎神舞曲作〈九歌〉的精神，用巴渝民歌〈竹枝〉曲調創作了九首〈竹枝詞〉（見其〈竹枝詞引〉），對詞體的發展起了積極的作用。東坡即以此鼓勵老友，期望他在逆境中奮起，像屈原、劉禹錫那樣寫出光耀古今的作品來。「君才」二句，充滿了信任。你的才華不減夢得，他謫居的武陵（即常德）在這裡的西南遠方，又和你所要去的澧陽同是莫傜聚居之地，到了那邊便可接續劉夢得的餘風，創作出可與〈竹枝詞〉媲美的「莫傜新唱」來，讓這個寂寞已久的澧浦夷山，能重新鳴奏出詩的合唱，與千古名賢後先輝映。「誰謂古今隔」，語出謝靈運〈七里瀨〉詩：「誰謂古今殊，異代可同調。」東坡略加剪裁，用以煞尾，便有精彩倍增之妙。這首詞橫放而不失空靈，直抒胸臆而又不流於平直，是一篇獨具匠心的佳作。（周篤文、王玉麟）

念奴嬌 蘇軾

赤壁懷古

大江東去，浪淘盡、千古風流人物。故壘西邊，人道是、三國周郎赤壁。亂石崩雲①，驚濤裂岸②，捲起千堆雪。江山如畫，一時多少豪傑！

遙想公瑾當年，小喬初嫁了，雄姿英發。羽扇綸巾，談笑間、檣櫓灰飛煙滅。故國神遊，多情應笑我、早生華髮。人間③如夢，一樽還酹④江月。

〔註〕①崩雲：一作「穿空」。②裂：一作「拍」或「掠」。③間：一作「生」。④酹：音同淚，以酒灑地而祭拜。

清代詞論家徐釚謂東坡詞「自有橫槊氣概，固是英雄本色」（《詞苑叢談》卷三）。在《東坡樂府》中，最具有這種英雄氣格的代表作，恐怕要首推這篇被譽為「古今絕唱」（宋胡仔《苕溪漁隱叢話》）的〈赤壁懷古〉了。這篇詞是北宋詞壇上最為引人注目的作品之一。它寫於宋神宗元豐五年（一〇八二）七月。當時，由於蘇軾詩文諷喻新法，為新派官僚羅織論罪貶謫到黃州，這首詞是他遊賞黃岡城外的赤壁磯時寫下的。

此詞上闋，先即地寫景，為英雄人物出場鋪墊。開篇從滾滾東流的長江著筆，隨即用「浪淘盡」，把傾注

蘇軾〈念奴嬌〉（大江東去）——明刊本《詩餘畫譜》

不盡的大江與名高累世的歷史人物聯繫起來，布置了一個極為廣闊而悠久的空間時間背景。既使人看到大江的洶湧奔騰，又使人想見風流人物的卓犖氣概，更可體味到作者兀立江岸憑弔勝地雄傑所誘發的起伏激盪的心潮，氣魄極大，筆力非凡。接著「故壘」兩句，點出這裡是傳說中的古代赤壁戰場。在蘇軾寫此詞的八百七十多年前，即漢獻帝建安十三年（二〇八），東吳名將周瑜曾在長江南岸，指揮了以弱勝強的赤壁之戰。當年的戰場究竟在哪兒？向來眾說紛紜，東坡在此不過是聊借懷古以抒感，讀者不必刻舟求劍。「人道是」，下字極有分寸。「周郎赤壁」，既是拍合詞題，又是為下闋緬懷公瑾預伏一筆。以下「亂石」三句，集中描寫赤壁雄奇壯闊的景物：陡峭的山崖散亂地高插雲霄，洶湧的駭浪猛烈地搏擊著江岸，滔滔的江流捲起千萬堆澎湃的雪浪。這種從不同角度而又訴諸於不同感覺的濃墨健筆的生動描寫，一掃平庸萎靡的氣氛，把讀者頓時帶進一個奔馬轟雷、驚心動魄的奇險境界，使人心胸為之開闊，精神為之振奮！煞拍二句，總束上文，帶起下片。「江山如畫」，這明白精切、脫口而出的讚美，應是作者和讀者從以上大自然的雄偉畫卷中自然而然地得出的結論。「地靈人傑」，錦繡山河，必然產生、哺育和吸引無數出色的英雄，三國正是人才輩出的時代：橫槊賦詩的曹操，馳馬射虎的孫權，隆中定策的諸葛亮，赤壁破敵的周公瑾……真可說是「一時多少豪傑」！

上片重在寫景，將時間與空間的距離緊縮集中到三國時代的風雲人物身上。但蘇軾在眾多的三國人物中，尤其嚮往那智破強敵的周瑜，故下片由「遙想」領起五句，集中腕力塑造青年將領周瑜的形象。作者在歷史事實的基礎上，挑選足以表現人物個性的素材，經過藝術集中、提煉和加工，從幾個方面把人物刻畫得栩栩如生。據史載，建安三年東吳孫策親自迎請二十四歲的周瑜，授予他「建威中郎將」的職銜，並同他一起攻取皖城。周瑜娶小喬，正在皖城戰役勝利之時，而後十年他才指揮了有名的赤壁之戰。此處把十年間的事集中到一起，在寫赤壁之戰前，忽插入「小喬初嫁了」這一生活細節，以美人烘托英雄，更見出周瑜的丰姿瀟灑、韻華似錦、年輕有為，足以令人豔羨。同時也使人聯想到：贏得這次抗曹戰爭的勝利，乃是使東吳據有江東、發展勝利形勢的保證，否則難免出現如杜牧〈赤壁〉詩中所寫的「銅雀春深鎖二喬」的嚴重後果。這可使人意識到這次戰爭的重要意義。「雄姿英發」「羽扇綸巾」是從肖像儀態上描寫周瑜束裝儒雅，風度翩翩。綸巾，青絲帶頭巾，「葛巾毛扇」，是三國以來儒將常有的打扮，著力刻畫其儀容裝束，正反映出作為指揮官的周瑜臨戰瀟灑從容，說明他對這次戰爭早已成竹在胸、穩操勝券。「談笑間、檣櫓灰飛煙滅」，抓住了火攻水戰的特點，精切地概括了整個戰爭的勝利場景。據《三國志》引《江表傳》，當時周瑜指揮吳軍用輕便戰艦，裝滿燥荻枯柴，浸以魚油，詐稱請降，駛向曹軍，一時間「火烈風猛，往船如箭，飛埃絕爛，燒盡北船」。詞中只用「灰飛煙滅」四字，就將曹軍的慘敗情景形容殆盡。試看，在滾滾奔流的大江之上，一位卓異不凡的青年將軍周瑜，談笑自若地指揮水軍，抗禦橫江而來不可一世的強敵，使對方的萬艘舳艫，頓時化為灰燼，這是何等的氣勢！蘇軾為什麼如此嚮慕周瑜？這是因為他覺察到北宋國力的軟弱和遼夏軍事政權的嚴重威脅，他時刻關心邊庭戰事，有著一腔報國疆場的熱忱。面對邊疆危機的加深，目睹宋廷的萎靡慵懦，他是多麼渴望有如周瑜那樣的豪傑，來扭轉這很不景氣的現狀呵！這正是作者所以要緬懷赤壁之戰，並精心塑造導演這一戰爭活劇的中心人物周瑜的思想契機。

然而，眼前的政治現實和詞人被貶黃州的坎坷處境，卻同他振興王朝的祈望和有志報國的壯懷大相抵牾，所以當詞人一旦從「神遊故國」跌入現實，就不免思緒深沉、頓生感慨，而情不自禁地發出自笑多情、光陰虛擲的嘆惋了。仕路蹭蹬，壯懷莫酬，使詞人過早地自感蒼老，這同年華方盛即卓有建樹的周瑜適成對照。然而人生幾何，何苦讓種種「閒愁」縈迴我心，還是放眼大江、舉酒賞月吧！「一樽還酹江月」，玩味著這言近意遠的詩句，一位襟懷超曠、識度明達、善於自解自慰的詩人，彷彿就浮現在我們眼前。詞的收尾，感情激流忽作一跌宕，猶如在高原闊野中奔湧的江水，偶遇坎谷，略作迴旋，隨即繼續流向曠遠的前方。這是歷史與現狀、理想與實際經過尖銳的衝突之後在作者心理上的一種反映，這種感情跌宕，更使讀者感到真實，也更能引起讀者的思考。

這首詞從總的方面來看，氣象磅礴，格調雄渾，高唱入雲，其境界之宏大，是前所未有的。通篇大筆揮灑，卻也襯以諧婉之句，英俊將軍與妙齡美人相映生輝，昂奮豪情與感慨超曠的思緒迭相遞轉，做到了莊中含諧，直中有曲。特別是它第一次以空前的氣魄和藝術力量塑造了一個英氣勃發的人物形象，透露了作者有志報國、壯懷難酬的感慨，為用詞體表達重大的社會題材，開拓了新的道路，產生了重大影響。據宋俞文豹《吹劍錄》記載，當時有人認為此詞須關西大漢手持銅琵琶、鐵綽板進行演唱，雖然他們囿於傳統觀念，對東坡詞新風不免微帶譏誚，但也從另一方面說明，這首詞的出現，對於仍然盛行纏綿悱惻之調的北宋詞壇，確有振聾發聵的作用。（劉乃昌）

沁園春　蘇軾

孤館燈青，野店雞號，旅枕夢殘。漸月華收練，晨霜耿耿；雲山摛錦①，朝露漙漙②。世路無窮，勞生有限，似此區區長鮮歡。微吟罷，憑征鞍無語，往事千端。

當時共客長安，似二陸初來俱少年。有筆頭千字，胸中萬卷；致君堯舜，此事何難。用舍由時，行藏在我，袖手何妨閒處看。身長健，但優游卒歲，且鬥尊前。

〔註〕①摛：音同痴，鋪展。摛錦：鋪展錦繡。②漙：音同團，飽含露水狀。《詩經．鄭風．野有蔓草》：「野有蔓草，零露漙兮。」

這首詞一本有副題〈赴密州早行馬上寄子由〉，作於神宗熙寧七年（一〇七四）十月由海州出發赴密州（今山東諸城）途中，時蘇軾三十九歲，由杭州通判調知密州，其弟蘇轍時在齊州（今山東濟南）。

這首詞的凸出特點是以議論入詞，直抒胸臆，表現政治懷抱。詞作一開頭，作者便以「孤館燈青，野店雞號，旅枕夢殘」以及「月華收練，晨霜耿耿；雲山摛錦，朝露漙漙」數句，繪聲繪色地畫出了一幅旅途早行圖。早行中，眼前月光、山色、晨霜、朝露，別具一番景象，但行人為了早日與弟弟聯床夜話，暢敘別情，他對於眼前一切，已無心觀賞。此時，作者「憑征鞍無語」，進入沉思，感嘆「世路無窮，勞生有限」。為此，便引出了一大通議論來。作者想：他們兄弟倆，「當時共客長安，似二陸初來俱少年」。長安，代指宋都汴京。二陸，指西晉詩人陸機、陸雲兄弟，吳亡後，二陸入洛陽，以文章為當時士大夫所推重，時年只二十餘歲，詞裡用來比自己和弟弟蘇轍。說他們兄弟倆具有遠大抱負，要像伊尹那樣，「使是君為堯舜之君」（《孟子．萬章上》）；要像杜甫那樣，「致君堯舜上，再使風俗淳」（〈奉贈韋左丞丈二十二韻〉），以實現其「結人心、厚風俗、存紀綱」（蘇軾〈上神宗皇帝書〉）的政治理想，而且，他們兄弟倆，「有筆頭千字，胸中萬卷」，對於「致君堯舜」這一偉大功業，充滿著信心和希望。眼下，他們兄弟倆在現實社會中都碰了壁。為了相互寬慰，作者將《論語．述而》「用之則行，舍之則藏，唯我與爾有是夫」，《孔子家語》「優哉游哉，聊以卒歲」，以及唐牛僧孺「休論世上升沉事，且鬥尊前見在身」（〈席上贈劉夢得〉）詩句，化入詞中，並加以改造、發揮，以自開解。整首詞，除了開頭幾句形象描述之外，其餘大多是議論，成為一篇發牢騷的政治文字。

但是，這首詞發議論，也並非疏放粗豪，統觀全詞，寫景、抒情、議論合為一體，詩、文、經、史融會貫通，其「自在處」，表現了東坡詞的特有風格。

上片寫景：「孤」「青」「野」「殘」，點明早行時靜寂、淒清的環境與心境。「世路無窮，勞生有限」，把思緒由自然界帶向現實人生。接著，詞作由景物描寫轉入敘事。「用舍由時，行藏在我」，又把思緒由理想世界帶回現實的社會當中來。結處，「身長健，但優游卒歲，且鬥尊前」，這是作者當時的實在心境；至此，矛盾暫歸統一，作者的心情得到了暫時的寬慰。全詞脈絡清楚，上片的早行圖與下片的議論貫穿一氣，構成一個統一的整體。

蘇軾是一位具有遠大政治抱負的天才詩人，他寫文章，如萬斛泉源，不擇地而出，他作詞，「橫放傑出」（宋吳曾《能改齋漫錄》引晁補之語），同樣是「行於所當行，止於所不可不止」（蘇軾〈與謝民師推官書〉）。但是，如果把蘇詞看作是「曲子中縛不住」（宋吳曾《能改齋漫錄》）的「句讀不葺之詩」（宋胡仔《苕溪漁隱叢話後集》引李清照評蘇詞語），卻也未必盡然，比如這首〈沁園春〉詞，不僅寫景、抒情、議論三者合為一體，而且在表現手法上，鋪張排比，勾勒提掇，充分地體現了作者善於駕馭詞調，善於將詩、文、經、史譜入歌詞的本領。

這一詞調，上片十一個四言句，下片八個四言句，多處用對仗，句法比較工整，而且，在許多整齊的句子之間，還穿插了幾個長短句，如三言句、六言句、七言句和八言句，長短相間，參差錯落。這個詞調適合於以賦體入詞，但又最忌板滯，它不同於短篇令詞，也不同於一般長調，是個較難駕馭的詞調。兩宋詞人當中，辛棄疾填了九首，劉克莊填了二十五首，陳人傑填了三十一首，這算是較為罕見的。許多名家，比如柳永、李清照、周邦彥、姜夔、史達祖、張炎等，都不見填製。但是，此調格局開張，掌握得好，卻可造成排山倒海之勢，收到良好的藝術效果。

蘇軾這首〈沁園春〉詞，上片寫景，一下子羅列了七個四言句。前三個四言句，「孤館燈青，野店雞號，旅枕夢殘」，句式相同，三腳並立。後四個四言句，「月華收練，晨霜耿耿；雲山摛錦，朝露漙漙」，組成「扇面對」（隔句對仗），由「漸」字構成領頭格，貫穿到底。七個四言句組織綿密，構成了一幅整體的畫面。緊接著，「世路無窮，勞生有限」，仍用四言對句，「征鞍無語，往事千端」，也是四言對句。這十一個整齊的四言句，除了靠「漸」、「憑」兩個領格字提攜，還由兩個長短句「似此區區長鮮歡」及「微吟罷」，在當中輾轉運氣。於是，十一個四言句，就不至於像是拆開來的七寶樓臺，不成片段。下片八個四言句略有變化。前四個四言句，不再用「扇面對」，其中，「筆頭千字，胸中萬卷」，自成對仗，「致君堯舜，此事何難」二句不對。其餘與上片大致相同。這段議論，先由換頭「當時共客長安，似二陸初來俱少年」兩個長短句敘事，承接上結所提「往事」，然後鋪排議論。領格字「有」，從字面上看，僅管領「筆頭」「胸中」二句，但「有」字下面的六個四言句，詞意還是相貫通的，六個四言句之下，直接「袖手何妨閒處看」，還是具有一定氣勢的。最後，由一個三言短句「身長健」停頓蓄勢，「但」字提攜、轉折，帶上兩個四言句「優游卒歲，且鬥尊前」，為全詞作結。

總之，〈沁園春〉詞是蘇軾以詩人句法入詞的嘗試，已稍露東坡本色。但這首詞在藝術上仍有某些不足之處，如與〈水調歌頭〉（明月幾時有）等詞作比較，就覺得〈沁園春〉以抽象的說理議論代替具體的形象描述，不如以情動人之作，具有那麼大的感人力量。比如「身長健，但優游卒歲，且鬥尊前」與「但願人長久，千里共嬋娟」，意思相近，但前者總不及後者那樣有意境，那樣耐人尋味。（夏承燾、施議對）

一叢花　蘇軾

初春病起

今年春淺臘侵年，冰雪破春妍。東風有信無人見，露微意、柳際花邊。寒夜縱長，孤衾易暖，鐘鼓漸清圓。

朝來初日半銜山，樓閣淡疏煙。遊人便作尋芳計，小桃杏、應已爭先。衰病少悰，疏慵自放，唯愛日高眠。

這是一首遣興之作，描寫詞人初春病起，又喜悅又疏慵的心情。表現這種心情的作品本是古已有之，如南朝謝靈運的〈登池上樓〉，寫他「臥痾對空林」，當「新陽改故陰」之時登樓所見所感，並有「池塘生春草，園柳變鳴禽」的名句，一向為人稱道，但它徒有佳句卻無通體之美。而這首〈一叢花〉，詞人抓住今年初春和病癒初起這一特殊情景和特有的心情感受，並由此結構全篇，於極普通、極尋常的生活感受中，寫出了個性，可稱佳品。

詞的上片側重初春病起之喜悅，下片側重初春病起之疏慵。「今年春淺臘侵年，冰雪破春妍」，寫春寒猶重耳，而用臘侵、雪破表述，一起句便呈新奇。「東風」二句進一步刻畫「今年春淺」的特色：不光春來得遲，而且即「有信」也「無人見」，她只在「柳際花邊」露了些「微意」。而敏感的詞人已察覺了。這既表現了今年初春的異常，同時也暗中透露了詞人特有的乍覺乍喜的心情。這裡雖無具體的形象描繪，但「微意」和「柳際花邊」卻啟人聯想，含蘊深細，極見個性。接下去「寒夜」三句，直抒感受和喜悅心情。初春時節，縱然夜寒且長，但已是大地春回，所以「孤衾易暖」，就連那報時鐘鼓，也覺其音韻「清圓」，入耳堪聽了。至此，初春乍覺而興奮之情，極有層次，極細膩地刻畫出來，而這種情景正是病起的詞人才會有的獨特的心理感受。

下片結構與上片相似，但在意象的刻畫和感情的抒發上有了變化。前二句寫初春晨景，仍貼合著「病起」的特殊景況，所以只能寫樓閣中所見所感，「初日半銜山，樓閣淡疏煙」，景象雖不闊大，但色調明麗，充滿生機，清新可喜。這既是初春晨景的真實描繪，又符合作者獨特的環境和心理感受。接下二句又由眼前景而說到遊人郊苑尋芳，進而聯想到「小桃杏、應已爭先」。「爭先」者，先於其他花卉而開放，下語甚雋。只說推想，未有實見，還是緊扣「初春病起」的獨特情景落筆，寫得生動活潑，意趣盎然。以上四句寫景敘事，有實有虛，既描繪了「初春」之景，又表現了「病起」之情，清新韶秀，細密妥溜。這四句與上片前四句在寫法上有所不同，上片前四句敘事兼寫景，景是出以虛筆；下片四句寫景兼敘事，景則有實有虛。這樣的變化，不但避免了重複呆板，同時也符合詞人病起遣興的邏輯。因為這首詞所寫的是日出前後的情景，上片寫日出之前，初醒時的感受和心情，故多意想之辭，病起逢春，自然興奮愉悅；下片寫日出之後，見到明麗的晨景，故以實筆描畫，這既合乎情理，又為下文蓄勢。詞人由眼前景，自然會聯想到尋芳之趣，聯想到樓閣之外明媚春光之喜人，因而理應也「作尋芳計」。這寫法上的變化正合題旨，結構上同中有異，自然活潑。最後三句「衰病少悰（音同叢，心情），疏慵自放，唯愛日高眠」，陡然逆轉，與前景前情大異其趣。從結構上說，這裡出現曲折，頓起波瀾；從抒情上說，仍是緊扣「病起」二字。因為儘管春回大地，而病體方起，畢竟少歡樂之趣。「疏慵」應「少悰」，

「愛眠」應「衰病」；而「日高眠」，又與「尋芳計」相對。由上文逢春情緒一起，到此處少歡又一跌，這種心理上的變化，正是「病起」者特有的，表達得深刻細膩，真切動人。

清人黃子雲說：「詩不外乎情事景物，情事景物要不離乎真實無偽。一日有一日之情，有一日之景，作詩者若能隨境興懷，因題著句，則固景無不真，情無不誠矣。」（《野鴻詩的》）蘇軾這首詞恰是「能隨境興懷，因題著句」，筆下之「景」，無論為虛為實，「無不真」；筆下之「情」，無論是喜是憂，「無不誠」，這原因就在於他抓住了「初春」這一日和「病起」這一事的特殊情景，寫出了「這一個」。（張秉戍）

玉樓春　蘇軾

次歐公西湖韻①

霜餘已失長淮闊，空聽潺潺清潁咽。佳人猶唱醉翁詞，四十三年如電抹。

草頭秋露流珠滑，三五盈盈還二八。與余同是識翁人，唯有西湖波底月！

〔註〕① 歐陽脩在潁州寫有〈玉樓春〉（一名〈木蘭花令〉）多首，其中一首是：西湖南北煙波闊，風裡絲簧聲韻咽。舞餘裙帶綠雙垂，酒入香腮紅一抹。杯深不覺琉璃滑，貪看〈六幺〉花十八。明朝車馬各西東，惆悵畫橋風與月。

這首詞是蘇軾在宋哲宗元祐六年（一〇九一）寫的。當時他五十六歲，任潁州（治所在今安徽省阜陽）知州。

上片寫自己泛舟潁河時觸景生情。他於當年八月下旬到達潁州，時已深秋，故稱「霜餘」。深秋是枯水季節，加上那年江淮久旱，淮河也就失去盛水季節那種寬闊的氣勢。這是寫實。同樣，第二句「空聽潺潺清潁咽」的「清潁」寫的也是實情，可以他的〈泛潁〉詩「上流直而清，下流曲而漪」為證，「咽」字也寫出了水淺聲低的情景。水漲水落，水流有聲，這本是自然現象，但詞人卻說水聲潺潺是潁河在幽咽悲切。這是由於他當時沉浸在懷念恩師歐陽脩的思緒中。因為歐公曾任潁州知州，最後並終老於此，他泛舟的潁河又是當年歐公經常遊樂的地方。如今憑弔遺蹤，一時之間自然感慨萬分，思緒也就波濤起伏，不禁移情於景，就使潁河人格化了。正如他當時在〈祭歐陽文忠公夫人文・潁州〉中所寫的那樣：「清潁洋洋，東注於淮，我懷先生，豈有涯哉！」思念歐公之情，勝於洋洋潁水，無邊無際，可見懷念之深。

正當作者極懷念之深情時，河上傳來了歌聲：「佳人猶唱醉翁詞。」「醉翁詞」是指歐公在宋仁宗皇祐元年（一〇四九）知潁州至晚年退休居潁時所作詞如組詞〈采桑子〉等，當時以其疏雋雅麗的獨特風格盛傳於世。而數十年之後，歌女們仍在傳唱，足見「潁人思公」（〈祭歐陽文忠公夫人文・潁州〉）。這不光是思其文采風流，更重要的是思其治潁政績。歐公因支持范仲淹的政治革新，而被貶到滁州、揚州、潁州等地，但他能興利除弊，務農節用，西湖遂「擅東潁之佳名」（歐陽脩〈西湖念語〉）。因此人民至今仍在懷念他，傳唱他的詞和立祠祭祀，就是最好的說明。蘇軾推算，他這次來潁州，上距歐公知潁州已四十三年了，歲月流駛，真如電光一閃而過，因此下一句說「四十三年如電抹」。

詞的下片是發抒感慨和思念之情。過片由「四十三年如電抹」而來，感到人生如「草頭秋露」，明澈圓潤，流轉似珠，但轉眼即消失。下面的「三五盈盈還二八」是借用謝靈運〈怨曉月賦〉「昨三五兮既滿，今二八兮將缺」，仍申此意。意思是十五日的月亮晶瑩圓滿，而到了二八即十六日，月輪就要缺一分了。總言時光流逝，人事遷變。此時距歐公去世亦已二十年，數十年後追思已逝的故人，常會發出如此的感慨。最後兩句「與余同是識翁人，唯有西湖波底月」，結合自己與歐公的交情，以及歐公與潁州西湖的淵源，抒發懷人傷逝的感情，寫得情思濃摯，沉哀入骨。句意承露消月缺而下，言自歐公守潁以後四十三年，不特歐公早逝，即使當年識翁之人，今存者亦已無多，眼前在者，只有自己，以及西湖波底之月而已。寫自己「識翁」，融合了早年知遇之恩，師生之誼，政見之相投，詩酒之歡會，尤其是對歐公政事道德文章之欽服種種情事。而西湖月之「識翁」，則是由於歐公居潁時常夜遊西湖，波底明月對他特別熟悉，也不妨說代表了潁州人民心底對歐公難忘的記憶。

在寫法上，開端觸景生情，以濃郁的懷念氣氛涵蓋全篇，氣勢聳動；結尾寫波底月，是以景結情，首尾呼應，含蓄深沉，詞味雋永。

這首詞的題目是「次歐公西湖韻」，他按次韻的要求，用了歐詞的原韻，所寫的地點也相同。以前歐陽脩為亡友尹師魯作墓誌，說自己「師魯之志用意特深而語簡，蓋為師魯文簡而意深」，「死者有知，必受此文」（歐陽脩《論尹師魯墓誌》）。蘇軾為告慰恩師，也按歐詞的風格來和韻。宋人傅幹《注坡詞》，曾引《本事曲集》云：「二詞皆奇峭雅麗，如出一人，此所以中間歌詠，寂寥無聞也。」事實也正是如此，他們前唱後和，二詞就成為絕唱。

蘇軾的這首和韻與歐詞也有不同之處。歐詞作於盛夏，是餞別之作，重在讚美佳人的歌舞。蘇詞作於深秋，是懷念之作，重在頌德。詞的上片著重寫「思翁」，下片著重寫「識翁」；「思」是「識」的前提，「識」是「思」的主旨。蘇軾寫作常禁體物語，如此詞處處寫思念，卻不提思念一類的詞；主旨在評議，卻不露議的痕跡。

金人王若虛曾批評蘇軾的和韻詩「雖窮極技巧，傾動一時，而害於天全多矣」（《滹南詩話》）。這一批評確有道理，因為和韻是作繭自縛的詩法，難能而不一定可貴。但這首和韻卻寫得自由活潑，渾然天成，這是因為他對歐公心嚮往之，感情真摯，識見卓犖，故落筆生輝。同時，這也與他有豐富的學識、橫絕一世的文才分不開。

（周義敢）

西江月

蘇軾

世事一場大夢，人生幾度新涼？夜來風葉已鳴廊，看取眉頭鬢上。
酒賤常愁客少，月明多被雲妨。中秋誰與共孤光，把盞淒然北望。

宋神宗元豐二年（一〇七九）八月十八日，蘇軾因「烏臺詩案」入獄，九死一生。事後責授檢校水部員外郎黃州團練副使，本州安置，不得簽書公事。三年二月至黃州，過著近似流放的生活。此年中秋，距蘇軾入獄日已近一整年，也是其受貶後的第一個中秋，皓月之下，回首往事、瞻念前程，詞人不免百感交集。宋楊湜《古今詞話》云：「東坡在黃州，中秋夜對月獨酌，作〈西江月〉詞。」（宋胡仔《苕溪漁隱叢話》後集卷三十九引）詞的上片寫感傷，寓情於景，詠人生之短促，嘆事業之無成。下片寫悲憤，借景抒懷，感世道之險惡，悲人生之寥落。這些構成了蘇軾貶逐生涯中人生樂章的主旋律，吟唱出一個政治上失意者鬱積於心的牢騷與怨憤。

上片的起句便是一個沉重低緩的悲涼之音。「世事一場大夢，人生幾度新涼」，感嘆人生的虛幻與短促，發端便以悲劇氣氛籠罩全詞。以夢喻世事，不僅包含了因「烏臺詩案」被繫御史獄，以及在獄中備受凌辱等不堪回首的辛酸史，還概括了過去種種努力奮鬥終隨流光歸於破滅的恨事。其中既有對人生旅程充滿牢騷的評判，又有詞人從悵念前塵到擺脫人生煩惱的感情掙扎。「人生幾度新涼」有對於年華逝水的無限惋惜和悲嘆。「新涼」二字照應中秋，蘇軾曾云：「涼天佳月即中秋」（〈江月．序〉）。而句中數量詞兼疑問詞「幾度」的運用，則低迴唱嘆，更顯示出人生的瞬間性。這與他在〈和孔密州五絕其三．東欄梨花〉詩「惆悵東欄一株雪，人生看得幾清明」所流露的惘惘之情是相似的。三、四句「夜來風葉已鳴廊，看取眉頭鬢上」，緊承起句，進一步唱出了因時令風物而引起的人生惆悵。詞人以少總多，對千品萬匯的秋色秋景，只擷取了最典型的西風、落葉。中秋之際，西風颯颯、落葉蕭蕭，風聲、葉聲充斥廊廡。西風蕭瑟近歲暮，草木搖落而變衰。這悲戚的秋聲震動了詞人易感的心弦，情融景而出，愁緣境而生。感歲時，念自身，眉頭鬢髮已斑，遲暮之悲不禁油然而生。詞人屆年四十五歲，正為用世之年華，但帶罪貶謫，進身之路被堵塞，前程茫茫，那「道理貫心肝，忠義填骨髓」（蘇軾〈與李公擇二首〉之二）的浩瀚之氣不得不化為壯志未酬的長嘆息。

下片「酒賤常愁客少，月明多被雲妨」寫的是眼前景，而詞人心中無數翻騰壓抑之情極欲借此一吐，真可謂調感愴於融會中。負罪放逐，勢利小人避之如同水火，詞人曾在黃州寫的〈東坡八首〉其七中嘆道：「我窮交舊絕。」有酒少客，門庭冷落。在酒賤與客少的矛盾中，流露了詞人對世態炎涼的感憤。明月，既是寫當前中秋之夜的實景，也是用以象徵詞人美好的理想和高潔的人格。他是一個關心和獻身於政治的人，也是一個有抱負而不願隨俗浮沉的人。但月明雲遮，才高人妒，忠而見謗，因讒入獄。在明月與浮雲的矛盾中，抒發了詞人對群小當道的憤懣。此二句與上片似斷實連，由感己而憤世，又由憤世繼而思及自身。於是在結拍中發出了「中秋誰與共孤光，把盞淒然北望」的悲慨。詞人撫今思昔，心頭怎能平靜？他摯愛親友，卻長向別離！他忠於其君，卻屢遭排斥！在人家宴樂、歡度佳節的時刻，他卻成了一個天涯淪落人。於是詞人念遠懷人的無限情思，從口中唱出，充滿了難耐的孤寂落寞及不被理解的苦痛淒涼。細品此結拍，我們仍能發現詞人在尋求理解中有著一種人生的呼喚，這悲劇色彩的呼喚體現了他跌落進峽谷深淵後對人生和生活的熱愛與追求，也激起了千百年來讀者的強烈感應和共鳴。

此屬吟詠節序之作，然極富詩情哲理。宋張炎曾在《詞源》中談道：「昔人詠節序，不唯不多，附之歌喉者，類是率俗，不過為應時納祜之聲耳。」而此調卻非一般，詞人當時含冤貶謫，有無數壓抑亟待訴說，但身為罪人，憂讒畏譏，豈敢直抒胸臆？於是透過吟詠節序，含蓄地抒發心底之情。故詞中筆筆應時，不離中秋，無論是新涼、風葉，還是賤酒、明月，均與節序有關。然詞人由中秋思及人生，人生與中秋俱化。觸類以感，慷慨悲歌，情深意長。詞中運用比興手法，將常見之景「酒賤常愁客少，月明多被去妨」來概括人生矛盾，言近旨遠，辭淺意深，富於哲理，令人咀嚼回味。此調不用典故，不尚藻繪，只用一、二、五、六四句排偶稍事點綴，詞語顯得平妥精粹，情感充盈於聲調，讀之使人擊節可嘆。（吳惠娟）

西江月

蘇軾

玉骨那愁瘴霧，冰肌自有仙風。海仙時遣探芳叢，倒掛綠毛么鳳。

素面常嫌粉涴，洗妝不褪脣紅。高情已逐曉雲空，不與梨花同夢①。

〔註〕①梨花同夢：《苕溪漁隱叢話》前集卷四十一引《高齋詩話》：「『高情已逐曉雲空，不與梨花同夢。』後見王昌齡〈梅詩〉云：『落落寞寞路不分，夢中喚作梨花雲。』方知東坡引用此詩也。」。近人認為《高齋詩話》所引兩句不是王昌齡梅詩，而是王建的梨花詩，但《全唐詩》未收此詩，疑不能明，姑從舊說。

這首詞是蘇軾貶到惠州（今屬廣東）以後，宋哲宗紹聖三年（一〇九六）十月間的作品。有的本子題作梅，也有的本子題作梅花（見龍榆生《東坡樂府箋》）。宋人釋惠洪《冷齋夜話》和王楙《野客叢書》都說這首詞是蘇軾為悼念侍妾朝雲而作。細玩詞意，他們的說法是可信的。

朝雲，字子霞，姓王氏，錢塘（今浙江杭州）人，能歌善舞，少歸蘇軾為妾，曾生一子名遯，小名幹兒，未周歲而夭。蘇軾自宋神宗元豐八年（一〇八五）繼室王夫人去世後，沒有再娶，其他幾個侍妾也都先後辭去，紹聖元年南貶時，只有朝雲相從，紹聖三年七月五日死於惠州，年三十四。蘇軾作有〈朝雲墓誌銘〉、〈悼朝雲詩〉及這首〈西江月〉詞。

詞的上闋寫惠州梅花的風神。「玉骨那愁瘴霧」，憑空而起，說惠州的梅花不怕瘴霧的侵襲。古代廣東沿

蘇軾〈西江月〉（玉骨那愁瘴霧）——明刊本《詩餘畫譜》

海是瘴氣很重的地區，唐代韓愈貶為潮州（治所在今廣東潮州）刺史時寫的一首詩中說「好收吾骨瘴江邊」（〈左遷至藍關示侄孫湘〉），也可以說明這一點。惠州的梅花生長在瘴癘之鄉，卻不怕瘴氣的侵襲，是因為它「冰肌自有仙風」。冰雪般的肌體，神仙般的風致，瘴霧對它是無能為害的，它的仙姿豔態，引起了海仙的羡愛，「海仙時遣探芳叢」，經常地派遣使者來到花叢中探望，這個使者是誰呢？原來是「倒掛綠毛么鳳」。這個么鳳在嶺南名叫「倒掛子」。東坡有詩云：「蓬萊宮中花鳥使，綠衣倒掛扶桑暾。」（〈十一月二十六日，松風亭下，梅花盛開〉其二）自註云：「嶺南珍禽，有倒掛子，綠毛紅喙，如鸚鵡而小，自東海來，非塵埃間物也。」

下闋追寫梅花的形貌。「素面常嫌粉涴（音同握，弄髒）」，它的天然潔白的容貌，是不屑於用鉛粉來妝飾的；施了鉛粉，反而掩蓋了它的自然美容。張祜說虢國夫人「卻嫌脂粉汙顏色，淡掃蛾眉朝至尊」（〈集靈臺二首〉其二），正是為了炫耀自己的天生國色，才摒棄粉黛而不用。「洗妝不褪脣紅」，說脣上的紅色不因卸妝而消滅，這紅也是天然的紅。白色的梅花中，何來紅色呢？據說廣南的梅花，花葉四周皆紅。宋莊綽《雞肋編》云：「而梅，花葉四周皆紅，故有『洗妝』之句。」即使梅花謝了（洗妝），而梅葉仍有紅色（不褪脣紅），稱得上是絢麗多姿，大可遊目騁懷，然而面對著這種美景的東坡，卻另有懷抱：「高情已逐曉雲空，不與梨花同夢。」東坡慨嘆愛梅的高尚情操已隨著曉雲而成空無，已不再夢見梅花，不像王昌齡夢見梨花雲那樣做同一類的夢了。句中「梨花」即「梨花雲」，「雲」字承前「曉雲」而省。曉與朝疊韻同義，這句裡的「曉雲」，可以認為是朝雲的代稱，透露出這首詞的主旨所在。

這一首悼亡詞是借詠梅來抒發自己的哀傷之情的，寫的是梅花，而且是惠州特產的梅花，卻能很自然地綰合到朝雲身上來。東坡在〈殢人嬌·贈朝雲〉一詞裡說：「朱脣筯點，更髻鬟生彩。這些個、千生萬生只在。」從中可以得知朝雲長得很美。當東坡南貶時，只有她不畏瘴癘，跟隨著萬里投荒，她不僅有美的容貌，兼有美的心靈。上闋的前兩句，讚賞惠州梅花的不畏瘴霧，實質上則是懷念朝雲對自己的深情。下闋的前兩句，結合〈殢人嬌・贈朝雲〉一詞來看，很明顯，也是在寫朝雲。再結合末兩句來看，哀悼朝雲的用意，更加明朗了。

詠物詞貴在空靈蘊藉，言近旨遠，給人以無限深思的餘地，而忌拘於形似，索寞乏神，正如清劉熙載所說的「詞以不犯本位為高」（《藝概・詞概》），在這首〈西江月〉裡，他緊緊地把握住廣南梅花的特色，用誇張的描寫手段，多方面烘托出它的亭亭玉立、妖嬈多姿的形象，單就寫花來說，已經到了絕妙的境地，更妙的是這亭亭玉立、妖嬈多姿的形象，同時也就是朝雲的形象，如莊周化蝶，兩相契合，渾然無跡，高度發展了比興的表現手法。最後兩句，迴盪一筆，點明了主題，淒然傷懷之情，溢於言外。廣南的梅花在這首詞裡獲得了永久的生命，朝雲也隨之而獲得了永久的生命，兩種生命同時存在於僅僅五十個字的一首小令之中，這種回天的筆力，巧妙的構思，在詠物的詩詞裡極為罕見。就是他本人的〈悼朝雲〉詩，感情雖真，藝術上卻顯得平實少采，也不及此詞的拗折多姿。（李廷先）

西江月　蘇軾

頃在黃州，春夜行蘄水①中，過酒家飲，酒醉，乘月至一溪橋上，解鞍，曲肱醉臥少休。及覺已曉，亂山攢擁，流水鏘然，疑非塵世也。書此語橋柱上。

照野瀰瀰淺浪，橫空隱隱層霄。障泥未解玉驄驕，我欲醉眠芳草。

可惜一溪風月，莫教踏碎瓊瑤。解鞍欹枕綠楊橋，杜宇一聲春曉。

〔註〕①蘄（音同祈）水：水名，流經湖北蘄春縣境，在黃州附近。

蘇軾貶為黃州團練副使以後，在黃州寫了不少寄情於山水的詩文。這首小詞便是其中一首很有特色的佳作。小序敘事簡潔，描寫生動，短短五十四字，即寫出地點、時間、景物以及詞人的感受。它充滿了詩情畫意，是一篇寫得很優美的散文，可與其〈記承天寺夜遊〉媲美。

上片頭兩句先寫歸途所見：「照野瀰瀰淺浪，橫空隱隱層霄。」首句倒裝，正常語序是：「淺浪瀰瀰照野。」主語是淺浪，淺浪可作比喻看，即月光也；也可作寫實看，則溪水反射月光以照野。春夜，詞人在蘄水邊騎馬而行，經過酒家飲酒，醉後乘著月色歸去，經過一座溪橋。由於明月當空，所以才能看見清溪在遼闊的曠野流過。廣闊的天空還有些淡淡的雲層。「橫空」，寫出了天宇之廣。說雲層隱隱約約地在若有若無之間，更映襯了月色的皎潔。野外是廣袤的，天宇是寥廓的，溪水是清澈的，在明月朗照之下，這無限的空間，美好的自然，便和詩人曠達的襟懷融合在一起了。

「障泥未解玉驄驕」是說那白色的駿馬忽然活躍起來，提醒他的主人：要渡水了！障泥，是用錦或布製作的馬韉。它墊在馬鞍之下，一直垂到馬腹兩邊，用來遮擋塵土。南朝宋劉義慶《世說新語．術解》：「王武子善解馬性，嘗乘一馬，著連錢障泥，前有水，終日不肯渡。王云『此必是惜障泥』。使人解去，便徑渡。」詞人在這裡只是寫了坐騎的神態，便襯托出瀕臨溪流的情景。把典故融化於景物描寫之中，這是很成功的一個例子。此時，詞人不勝酒力，從馬上下來，等不及卸下馬鞍韉，即欲眠於芳草。「我欲醉眠芳草」，既寫出了濃郁的醉態，又寫了月下芳草之美以及詞人因熱愛這幽美的景色而產生的渴望，可以說收到了一石三鳥的效果。

過片二句，更進一步抒發十分迷戀、珍惜月色之佳的心情：「可惜一溪風月，莫教踏碎瓊瑤」，這就為「解鞍少休」補充了看來非常奇特，實際上更為充足的理由。瓊瑤，是美玉，這裡比作皎潔的水上月色。可惜，是可愛的意思。這一溪風月確實太迷人了！你看，月光灑滿了靜靜的原野，灑滿了清澈的溪流，水月交輝，真像綴滿了無數晶瑩無瑕的珠玉。如果策馬前進，馬蹄豈不踏碎那些珍奇的瓊瑤？這怎麼能行呢？可千萬不能讓馬兒踏碎它呵！詞人在這裡用的修辭手法是「借喻」，徑以月色為「瓊瑤」。由於感情的摯濃，使譬喻的客體升到了凸出的地位，因而它的形象顯得更鮮明，更生動。這種表現手法是從生活中來的，不背理，更不違情。清葉燮在《原詩》中云：「夫情必依乎理，情得然後理真，情理交至，事尚不得耶？」月色皎潔，加之以醉人痴語，怪不得異想天開，這是「理」；十分珍惜美好的月色，這是「情」。「情理交至」，這就更巧妙地揭開了詞人所追求的精神世界的帷幕。這個境界是極為幽美、靜謐、純潔的，如果有一丁點兒外物羼入，就會被損害，被踐踏。此一境界，當是東坡的獨特感受，前人似未曾有過。

「解鞍欹枕綠楊橋」，詞人終於用馬鞍作枕，倚靠著它斜臥在綠楊橋上「少休」了。這一覺當然睡得很香，及至醒來，「杜宇一聲春曉」，春天的黎明又是一番景色了。這個結尾如空谷傳聲，餘音不絕。妙在又將展現一幅清新明麗的畫卷，卻留下空白，讓讀者自己用豐滿的聯想去感受它。作者在詞中不去寫「亂山攢擁，流水鏘然」的景致，而是抓住了杜鵑在黎明的一聲啼叫，便把野外春晨的景色作了「畫龍點睛」的提示。這是因為他是從杜鵑啼叫聲中醒過來的，由杜鵑之啼才首先感到春晨之美。詞人真實地記錄了他第一次難忘的感受，因而也就給讀者留下了第一次動人的印象。

蘇軾在這首小詞裡，反映他在黃州的曠放生活，表達了他樂觀而豁達的胸襟。寫景之中，處處有「我」，「我」之情懷，即在景中。天上的明月、雲層，地上的溪流、芳草，乃至玉驄的驕姿，杜鵑的啼聲，無不成為塑造「我」的典型性格的憑藉。不論是醉還是醒，是月夜還是春晨，都能「無入而不自得」（《中庸》），隨遇而成趣，逐步展示詩的意境。詞人善於把意和境渾然凝結成為不可分割的整體。例如杜鵑之啼，春天之曉，與詞人醉後的清醒是十分融洽的；猶如瀰瀰的淺浪，隱隱的層霄，一溪的風月和詞人矇矓的醉意非常相稱一樣。金人元好問云：「自東坡一出，情性之外，不知有文字。」（《新軒樂府》引）這話說得很有見地。否則，瀰瀰淺浪，「干卿何事」？一溪風月，也不過是大自然的圖像而已。詩詞佳作，每以情勝，良有以也。（宋廓）

西江月　蘇軾

平山堂①

三過平山堂下，半生彈指②聲中。十年不見老仙翁，壁上龍蛇飛動。
欲弔文章太守，仍歌楊柳春風。休言萬事轉頭空，未轉頭時皆夢。

〔註〕①平山堂：揚州名勝。宋王象之《輿地紀勝》卷三十七云：「平山堂，在州城西北五里，大明寺側。慶曆八年二月，歐公來牧是邦，為堂於大明寺庭之坤隅。江南諸山，拱列簷下，若可攀取，因目之曰平山堂。」②彈指：佛教名詞，喻時間短暫。宋釋法雲《翻譯名義集》卷五《時分》：「二十念為一瞬，二十瞬名一彈指。」

宋神宗元豐二年（一〇七九）四月，作者自徐州移知湖州，途經揚州時，知州鮮于侁設宴於平山堂。作者酒酣思賢，即席賦此詞。釋惠洪〈跋東坡平山堂詞〉云：「東坡登平山堂，懷醉翁，作此詞。張嘉父謂予曰：『時紅妝成輪，名士堵立，看其落筆置筆，目送萬里，殆欲仙去爾。』」（《石門文字禪》卷二七）張嘉父與惠洪均是作者的友人，張所云又是親見，當為可信。

詞的上片寫瞻仰歐詞手跡而生感慨。作者對他的恩師歐陽脩懷有深摯的情誼，此刻置身於歐公所建的平山堂，自然思緒萬千。他想這是第三次登臨此堂了，在此之前，神宗熙寧四年（一〇七一）他離京任杭州通判，熙寧七年由杭州移知密州，都途經揚州，都曾來平山堂。自己受教於歐公門下十六年，恩師當年曾寄予厚望，云「我老將休，付子斯文」（蘇軾〈祭歐陽文忠公夫人文・潁州〉）。但多年來遊宦南北，「狂謀謬算百不遂，唯有霜鬢來如期」（〈送安惇秀才失解西歸〉），真是事事不如意。如今已四十四歲了，半生轉瞬即逝。他又回想，不見恩師也將近十年了。記得熙寧四年通判杭州，曾繞道潁州去謁見業已致仕的歐公。那是一次歡快的相聚，師生宴飲於潁州西湖，自己有〈陪歐陽公燕西湖〉一詩紀其盛：「謂公方壯鬚似雪，謂公已老光浮頰。揭來湖上飲美酒，醉後劇談猶激烈。」歐公雖銀鬚似雪，但仙風道骨，神采奕奕，批評新法，談鋒激烈。誰知此次竟成永訣，次年歐公就仙逝了。當聞此噩耗時，自己曾灑淚寫祭文：「上以為天下慟」，「赤子無所仰庇」；「下以哭其私」，「不肖無狀，因緣出入，受教於門下者，十有六年於茲」（〈祭歐陽文忠公文〉）。

歐公雖早已仙去，但平山堂壁上仍刻有他親書手跡，其中有他的詞〈朝中措・送劉仲原甫出守維揚〉：

平山欄檻倚晴空，山色有無中。手種堂前垂柳，別來幾度春風。
文章太守，揮毫萬字，一飲千鍾。行樂直須年少，尊前看取衰翁。

劉原甫名敞，仁宗嘉祐元年（一〇五六）出守揚州，歐公賦此送行。劉原甫到任後登平山堂，懷念它的創建人，寫有〈登平山堂寄永叔內翰〉一詩，云登堂遠眺江南水光山色，感到美不勝收，自己真想學淮南王劉安，服藥羽化而登仙。隨後歐公寫了和韻。如今歐、劉二公雖然不在了，可他們唱和詩詞的手跡，都完整地保存下來了。瞻仰壁間歐公遺草，只覺龍蛇飛動，令人發揚蹈厲。

詞的下片寫聽唱歐詞而生感慨。此次置酒高會，不僅使自己能重新瞻仰歐詞手跡，而且能再次聽到紅妝歌伎演唱歐詞。歐詞中的「文章太守」、「垂柳」、「春風」，其真正的含意和價值，也許只有他才能懂得。歐公曾諄諄告誡：「我所謂文，必與道俱。見利而遷，則非我徒。」（〈祭歐陽文忠公夫人文．潁州〉）作為文章太守、文壇領袖，歐公揮毫萬字，是為了以文載道，輔君濟民。其一生「以救時行道為賢，以犯顏納諫為忠」（蘇軾〈六一居士集敘〉），絕不「見利而遷」。這種風範高節，德業文望，使「國有蓍龜，斯文有傳，學者有師」（〈祭歐陽文忠公文〉），就像平山堂前的楊柳春風，化育士林，能給後人帶來溫暖和力量。

正由於直言敢諫，歐公屢遭貶謫，直至最後釋位而去，退居潁州。人們還希望他能進而復用，誰知竟一去不回。作者決心謹承師命，堅守儒道，但等待自己的，將會是什麼樣的命運呢？自從因反對王安石變法而離京後，輾轉南北，備嘗艱辛磨難。白居易〈自詠〉詩云：「百年隨手過，萬事轉頭空。」白詩言人生百年，隨手即過；世間萬事，轉頭已空。作者進一步說，未轉頭時亦已空。「夢」也就是「空」的意思。

作者以夢幻作結，無疑是受到佛教的影響，《維摩經》云世間萬物一律性空。他這樣寫，也許還因預感到災禍即將臨頭。多年來他寫了許多詩文，激烈批評新法，預計變法派也不會罷休。他的擔心並非過慮，數月之後，御史府的李定、舒亶等人就彈劾他「包藏禍心，怨望其上，訕瀆謾罵，而無人臣之節」。隨即他鋃鐺入獄，「夢繞雲山心似鹿，魂飛湯火命如雞」（〈予以事繫御史臺獄，獄吏稍見侵，自度不能堪，死獄中，不得一別子由，故作二詩授獄卒梁成，以遺子由，二首〉其二），比「未轉頭時皆夢」更慘怛了。

此詞採取抒情、敘事和議論相結合的寫作方法。抒情時傾談肺腑，語真情摯，雖不以含蓄取勝，但讀來耐人尋味。敘事鋪陳，慨嘆自己半生窘蹙困躓，緬懷與歐公十多年的交誼，展現了廣闊的社會生活。他以議論入詞，議論融入身世之感，成為詞的有機組成部分。宋詞常用情景交融的創作手法，創造環境氣氛，以求點染之妙。而此詞中的景物，並不是獨立的描寫對象，只是抒情時觸及到的形象材料。

在構思上，此首以歐詞〈朝中措〉為中心線索。上片寫因見歐詞手跡而有感於懷，下片寫因聽唱歐詞而慨嘆不已，上下片意脈不斷，渾然一體。作者寫友情詞，慣用濃墨粗筆，縱挑橫抹，以超邁的韻格，顯露其胸中浩懷逸氣。此詞亦是其中一例。（湯易水、周義敢）

臨江仙　蘇軾

送王緘

忘卻成都來十載，因君未免思量。憑將清淚灑江陽。故山知好在，孤客自悲涼。
坐上別愁君未見，歸來欲斷無腸。殷勤且更盡離觴。此身如傳舍①，何處是吾鄉！

〔註〕①傳：音同撰，驛站。舍：旅舍。

龍榆生《東坡樂府箋》將本詞收於未作編年的第三卷中。顧隨《東坡詞說》以為此詞與蘇軾〈江城子〉（十年生死兩茫茫）所抒寫的感情極接近。按之本詞首句「忘卻成都來十載」，十年之數亦相同，兩詞屬稿日不會相差很遠。〈江城子〉作於神宗熙寧八年（一〇七五）正月任密州知州時，本詞當作於熙寧七年秋冬間。其時蘇軾尚在杭州通判任所。題目是〈送王緘〉。緘，字元直，蘇軾亡妻王氏之弟。當時王元直自眉山到錢塘看望蘇軾，回去時，蘇軾寫了這首詞相送。詞中抒發的感情極為複雜。概而言之，共有四條脈絡可尋。一是送別的惆悵，二是悼亡的悲痛，三是政治上受排斥的失意，四是對故鄉的思念。這四條感情脈絡交織在一起，而以生離死別之痛為其主脈，遂使此詞成為蘇軾極度傷感的代表作之一。

上片寫悲痛的勾起、擴展以至不能自已的情狀。開頭兩句「忘卻成都來十載，因君未免思量」，一下子觸到了蘇軾愛情生活中的一個劇痛點。蘇軾愛妻王弗自仁宗至和元年（一〇五四）嫁到蘇家以後，一直很細心地照顧著丈夫的生活。蘇軾於婚後五年開始宦遊生涯。王弗便在蘇軾身邊充當賢內助。蘇軾性格豪爽，毫無防人之心，王弗有時還要提醒丈夫提防那些慣於逢迎的所謂「朋友」，夫妻感情極為深篤。不料到英宗治平二年（一〇六五），王弗突然染病身亡，年僅二十六歲。這對蘇軾來說，打擊非常之大。為了擺脫悲痛的纏繞，他只好努力設法「忘卻」過去的一切。哪知大凡人之至情，越是要「忘卻」，越是不易忘卻。從王弗歸葬眉山（眉山縣所在的眉州屬成都府路，故以「成都」稱之）至王緘到錢塘看望蘇軾，其間相隔正好「十載」（一〇六五～一〇七四）。這「十載」兩字恰恰說明蘇軾沒有一年不在想念王弗。每逢一年，便作一次紀念，添一重傷感。十年便是十次紀念，十重傷感。「忘卻」所起的作用不過是把紛繁堆積的難以忍受的悲痛，化為長久的有節制的悲痛而已。但是王緘的到來，一下子勾起了往日的回憶；日漸平復的感情創傷重又陷入了極度的痛楚之中。「憑將清淚灑江陽」，憑，憑仗也，煩請也。語本是「憑君」，「君」字蒙上「因君」而省去。今日送別，請你將我傷心之淚帶回家鄉，灑向江頭一弔。王緘此來，與蘇軾盤桓甚久，日常話說故鄉眉山種種情事，使蘇軾知道「故山好在」（「好在」，無恙、依舊也），自感寬慰，但一方面覺得自己宦跡飄零，賦歸無日，成為天涯孤客，又不禁悲從中來。所謂「悲涼」，原因有種種。蘇軾當時因為與變法派政見不合而被迫到杭州任通判。內心本來就有一種壓抑、孤獨之感。眼下與鄉愁、旅思及喪妻之痛攪混在一起，其情懷之惡，更是莫可名狀了。由此可見，「孤客自悲涼」一句的意蘊是多麼的豐富！

下片寫送別的情懷及內心的自我排遣。過片「坐上別愁君未見，歸來欲斷無腸」，始入送別之意。題目是「送王緘」，而上片只寫王緘到來後的悲悽情懷，看似與題目無關，其實不然。蓋王緘為蘇軾之內弟，即至愛親屬。由王緘來到而勾起對乃姊的思念，實為人之常情。人生世間，凡百痛苦，苟無可親之人，只好忍住不說，一任其盤旋鬱結於胸腹之中。一旦與親人相對，方能盡情傾吐。這對排解苦悶，頗為有效。王緘千里來訪，使蘇軾十年積悶能對內弟一慟，亦可使其愁懷稍得舒展；且王緘此行帶來故鄉消息，蘇軾的鄉愁雖緣是而增，但促膝之際，孤寂也略略得解；更何況蘇軾在政治上的種種不如意及一肚皮的不合時宜，早先無處可說，眼下方可暢所欲言，一吐為快。毋庸置疑，王緘的到來，在蘇軾悲涼的感情中多少增添了幾分暖意。而現在王緘又要匆匆離去，當然更使蘇軾感到難以為懷了。於是國憂、鄉思、家恨，統統融進了「別愁」之中，從而使這別愁的分量，與古往今來一切單純的別愁頓有鈞銖之別。但蘇軾畢竟是善於自持的，而且在餞別的宴會上也不宜痛形於色，只是送別歸來以後，內心的痛苦將有不可勝言者。「歸來欲斷無腸」，是說這次相見之前及相見之後，愁腸皆已斷盡，以後雖再遇傷心之事，亦已無腸可斷了。出語之痛心徹骨，實無以復加。「殷勤且更盡離觴」一句，意在借酒澆愁，排遣離懷，而無可奈何之意，亦見於言表。結尾兩句，蘇軾將整個人生一切看破，以求徹底之解決。這在今天看來，無疑過於虛無消極，而在蘇軾當年，捨此似亦別無妙法。《漢書·蓋寬饒傳》云：「富貴無常，忽則易人。此如傳舍，閱人多矣。」本詞「此身如傳舍」一句借用上述典故而略加變通，以寓「人生如寄」之意。又《列子·天瑞篇》云：「古者謂死人為歸人。夫言死人為歸人，則生人為行人矣。行而不知歸，失家者也。」歇拍「何處是吾鄉」暗用其意。蘇軾另有〈臨江仙·送錢穆父〉詞云：「人生如逆旅，我亦是行人。」意思與本詞略同，而用典反不如本詞深切。其時蘇軾將調任密州知州，其倦宦之情，於此可見。關於末二句的妙處，顧隨分析較為精闢，茲錄於下：「人有喪其愛子者，既哭之痛，不能自堪，遂引石孝友〈西江月〉詞句，指其子之棺而詈之曰：『譬似當初沒你。』常人聞之，或謂其徹悟，識者聞之，以為悲痛之極致也。此詞結尾二句與此正同。」（《顧隨文集·東坡詞說》）（吳汝煜）

臨江仙

蘇軾

送錢穆父

一別都門三改火①，天涯踏盡紅塵。依然一笑作春溫。無波真古井，有節是秋筠。

惆悵孤帆連夜發，送行淡月微雲。尊前不用翠眉顰。人生如逆旅，我亦是行人。

〔註〕①改火：古時鑽木取火，四時各異其木，故有改火之稱。唐宋時於寒食日賜百官新火，係沿此古制。後以改火為一年，「三改火」即過了三年。

蘇軾此詞作於宋哲宗元祐六年（一〇九一）春，時任杭州知州。錢穆父，名勰，又稱錢四，吳越讓王之諸孫。元祐三年九月，因坐奏開封府獄空不實，出知越州（今浙江紹興市），見南宋王稱《東都事略．錢勰傳》。元祐五年十月，徙知瀛州（治所在今河北河間）。見南宋李燾《續資治通鑑長編》卷四四九，於次年春啟行，途經杭州時，作者以此詞贈行。

詞的上片寫與友人久別重逢。元祐初年，蘇軾在朝為起居舍人，錢穆父為中書舍人，氣類相善，友誼甚篤。元祐三年穆父出知越州，都門帳飲時，蘇軾曾賦詩贈別。歲月如流，此次在杭州重聚，已是別後的第三個年頭了。三年來，穆父奔走於京城、吳越之間，此次又遠赴瀛州，真可謂「天涯踏盡紅塵」。分別雖久，可情誼彌堅，相見歡笑，一似春風入懷。更為可喜的是穆父能以道自守，保持耿介風節，借用白居易〈贈元稹〉詩句來說，即「無波古井水，有節秋竹竿」。作者認為，穆父出守越州，同自己一樣，是由於在朝好議論政事，為言官所攻。「欲息波瀾須引去，吾儕豈獨坐多言」（〈次韻錢越州見寄〉）。自動引去，好事者就無法興風作浪了。穆父到越州，「臥治何妨晝掩門」，「閉眼丹田夜自存」（同上），作者說他像漢代的汲黯那樣，「任氣節，行修潔」，「臥閤內不出」（《漢書．汲黯傳》）而治東海郡和淮陽郡，政績為天下先。

一般的送別詞，大多寫行者難留而寡歡，居者惜別而悲切。而蘇軾此首以輔君治國、操守風節勉勵友人，為友人開釋胸懷，不僅動人以情，而且還使友人從理性上受到啟迪，純一道心，保持名節。蘇軾讚頌汲黯行黃老之術，無為而治，有其思想局限性，但與元祐年間罷新法、輕賦稅也有關係。

作者這樣稱譽穆父，也寓有身世之感。元祐中期，新舊黨爭仍在繼續，蜀黨、洛黨的矛盾也日益加劇。他請求出知杭州，就是為了息波瀾，存名節。其〈乞郡劄子〉云：「欲依違苟且，雷同眾人，則內愧本心，上負明主。若不改其操，知無不言，則怨仇交攻，不死即廢。」（《東坡奏議集》卷五）他以道自守，一似古井不起波瀾。他當時的〈和錢四寄其弟龢〉詩云：「年來總作維摩病，堪笑東西二老人。」他認為，與穆父分別治錢塘江西之杭和江東之越，信念和操守是完全一致的。

詞的下片寫月夜送別友人。穆父所去的瀛州為僻郡，繁華不如越州，更不如開封府。特別是在神宗熙寧年間，瀛州先是遭受旱災，赤地千里，五穀不收。接著又連發地震，傾牆摧棟，遍地洪流。百姓南來逃荒，到元祐年間仍未恢復元氣。穆父由知開封府徙越州，復徙瀛州，每況愈下，內心鬱鬱寡歡。早春時節，春風已綠江南岸，而河北仍然朔風凜冽。但規定的到仕期間已逼近，不得不啟行。夜中分別，送行的也只能是淡月微雲。

宋代州郡長官宴席，例有官妓侑酒，而送別筵上，歌妓容易動情。蘇軾詞中，每勸以「不用斂雙蛾」（〈菩薩蠻．西湖送述古〉）、「紅粉莫悲啼」（〈好事近．黃州送君猷〉），與此詞的「尊前不用翠眉顰」同一機杼。其用意，一是不要增加行者與送者臨歧的悲感，二是世間離別本也是常事，則亦不用哀愁。這二者似乎有矛盾，實則可以統一在強抑悲懷、勉為達觀這一點上，這符合蘇軾在宦途多故之後鍛鍊出來的思想性格。就在前幾天，當得知穆父正與宗族錢道士飲酒時，作者曾遣人送去酒二壺，詩一首，今晚飲別的酒與前幾天送去的相同。送去的詩有云：「金丹自足留衰鬢，苦淚何須點別腸。」（〈聞錢道士與越守穆父飲酒，送二壺〉）詞末二句言何必為暫時離別傷情。其實人生如寄，李白〈春夜宴從弟桃花園序〉云：「夫天地者，萬物之逆旅也，光陰者，百代之過客也。」既然人人都是天地間的過客，又何必計較眼前聚散和江南江北呢？蘇軾送別詞的結尾，一般均為友人解憂釋慮，此首從《列子》「死人為歸人，則生人為行人」借用思想武器，流露出一定的消極成分。但在當時，他為友人提供一種精神力量，使友人忘情升沉得失，雖遠行而能安之若素。對穆父的眷眷惜別之情，寫得深至精微，宛轉回互。

蘇軾一生交遊廣闊，朋輩眾多。他對友人誠摯相待，輸與府藏，表現在詞作中，至情由性靈肺腑中流出，貫注著真情實感。如此首以思想活動為線索，先是回顧過去的交往，情誼深厚，懷戀足珍。話別時對友人關懷備至，雙方意緒契合。而展望今後，則以曠達相期。感情一波三折，委曲跌宕，寫得真可謂動人心弦。此首不以情景交融取勝，景物並不是獨立描寫對象。著重抒情，情似說盡，而讀後愈覺情之無盡。又上下片結句，均融入議論。此議論借助於形象的文學語言，不直接說理，而理在其中。這種寫法引人深思，也使詞作波瀾層生。

（湯易水、周義敢）

臨江仙

蘇軾

夜飲東坡醒復醉，歸來彷彿三更。家童鼻息已雷鳴。敲門都不應，倚杖聽江聲。
長恨此身非我有，何時忘卻營營？夜闌風靜縠紋平。小舟從此逝，江海寄餘生。

宋神宗元豐三年（一〇八〇），蘇軾因烏臺詩案，謫貶黃州（今湖北黃岡），住在城南長江邊上的臨皋亭。後來，又在不遠處開墾了一片荒地，種上莊稼樹木，名之曰東坡，自號東坡居士。還在這裡築屋名雪堂。對於經受了一場嚴重政治迫害的蘇軾來說，此時是劫後餘生，內心是忿懣而痛苦的。但他沒有被痛苦壓倒，而是表現出一種超人的曠達，一種不以世事縈懷的恬淡精神。有時布衣芒屩，出入於阡陌之上，有時月夜泛舟，放浪於山水之間，他要從大自然中尋求美的享受，領略人生的哲理。

據宋葉夢得《避暑錄話》卷上記載，東坡在黃州時，「與數客飲江上，夜歸，江面際天，風露浩然，有當其意，乃作歌辭，所謂『夜闌風靜縠紋平。小舟從此逝，江海寄餘生』者，與客大歌數過而散。翌日，喧傳子瞻夜作此辭，掛冠服江邊，拏舟長嘯去矣。郡守徐君猷聞之，驚且懼，以為州失罪人，急命駕往謁，則子瞻鼻鼾如雷，猶未興也。然此語卒傳至京師，雖裕陵（神宗）亦聞而疑之」。可見上面這首〈臨江仙〉在當時就很有名。

這首詞寫於元豐五年九月，記敘深秋之夜詞人在東坡雪堂開懷暢飲，醉後返歸臨皋的情景。「夜飲東坡醒復醉」，一開始就點明了夜飲的地點和醉酒的程度。醉而復醒，醒而復醉，當他回臨皋寓所時，自然很晚了。「歸來彷彿三更」，「彷彿」二字，傳神地畫出了詞人醉眼矇矓的情態。這開頭兩句，先一個「醒復醉」，再一個「彷彿」，就把他縱飲的豪興淋漓盡致地表現出來了。

接著，下面三句，寫詞人已到寓所、在家門口停留下來的情景：「家童鼻息已雷鳴。敲門都不應，倚杖聽江聲。」人們讀到這裡，眼前就好像浮現出一位風神蕭散的人物形象，一位襟懷曠達、遺世獨立的「幽人」。你看，他醉復醒，醒復醉，恣意所適；時間對於他來說，三更，四更，無所不可；深夜歸來，敲門不應，坦然處之。展示出一種達觀的人生態度，一種超曠的精神世界，一種獨特的個性和真情。

詞的上片還創造了一個極其安恬的靜美境界。因為夜闌更深，萬籟俱寂，所以佇立門外，能聽到門裡家僮的鼾聲；也正因為四周極其靜謐，所以詞人在敲門不應的時候，能夠悠悠然「倚杖聽江聲」。以動襯靜，以有聲襯無聲，是常用的詩家手法，從寫家僮「鼻息如雷」到進而寫諦聽江聲，就把夜之深、夜之靜完全襯托出來了，使人有身臨其境之感。

清王夫之《薑齋詩話》說：「情、景名為二，而實不可離。神於詩者，妙合無垠。」而這首詞更做到了情、景、理三者的妙合無垠。上片這段文字，看起來只是記敘詞人夜飲歸來的情形，沒有一句直接抒情，然而，它卻使你感到詞人在「倚杖聽江聲」時，心中會有無限感慨。詞中抒情主人公風神蕭散的形象，還使人感受到有一種超然物外的理趣。這裡面有許多沒有說出來的話，留給讀者去想像，去補充。對於歷盡宦海風波、九死一生的蘇東坡來說，現在置身於這寧靜、曠闊的大自然中，會感到一種精神上的解脫，白天的憂愁和煩惱，人世的得失榮辱，剎那間被一筆勾銷，進而想追求一種新的人生。

「倚杖聽江聲」，這個富有啟發性的句子很自然地引出下片的內容。下片一開始，詞人便慨然長嘆道：「長恨此身非我有，何時忘卻營營？」這突兀而起的喟嘆，是詞人長期孤憤心情的噴發，正反映了他在「聽江聲」時心境之不平靜。妙在這兩句直抒胸臆的議論中充滿著哲理意味。

「長恨此身非我有」，是化用《莊子．知北遊》「汝身非汝有也」句。「何時忘卻營營」，也是化用《莊子．庚桑楚》「全汝形，抱汝生，無使汝思慮營營」。本是說，一個人的形體精神是天地自然所付與，此身非人所自有。為人當守本分，保其生機，不要因世事而思慮百端，隨其周旋忙碌。蘇軾政治上受大挫折，憂懼苦惱，向道家思想尋求超脫之方。這兩句頗富哲理的議論，飽含著詞人切身的感受，帶有深沉的感情，一任情性，發自衷心，因而自有一種感人的力量。以議論為詞，化用哲學語言入詞，衝破了傳統詞的清規戒律，擴大了詞的表現力。這種語言上的特色正表現出詞人的獨特個性。正如前人所說，東坡「橫放傑出，自是曲子中縛不住者」（宋吳曾《能改齋漫錄》引晁補之語）。

詞人靜夜沉思，豁然有悟，既然自己無法掌握命運，就當全身遠禍。顧盼眼前江上景致，是「夜闌風靜縠紋平」，心與景會，神與物遊，為如此靜謐美好的大自然深深陶醉了。於是，他情不自禁地產生脫離現實社會的浪漫主義的遐想，唱道：「小舟從此逝，江海寄餘生。」他要趁此良辰美景，駕一葉扁舟，隨波流逝，任意東西，他要將自己的有限生命融化在無限的大自然之中。

「夜闌風靜縠紋平」，表面上看來只是一般寫景的句子，其實不是純粹寫景，而是詞人主觀世界和客觀世界相契合的產物。它意蘊豐富，富有啟迪、暗示作用，象徵著詞人追求的寧靜安謐的理想境界，接以「小舟」兩句，自是順理成章。蘇東坡政治上受到沉重打擊之後，思想幾度變化，由積極用世轉向消極低沉，又轉而追求一種精神自由的、合乎自然的人生理想。在他複雜的人生觀中，由於雜有某些老莊思想，因而在痛苦的逆境中形成了曠達不羈的性格。「小舟從此逝，江海寄餘生」，寫得多麼飄逸，又多麼富有浪漫情調，這樣的詩句，也只有從東坡磊落豁達的襟懷才能流出。

這首詞寫出了謫居中的蘇東坡的真性情，反映了他的生活理想和精神追求，表現出他的獨特性格。歷史上的成功之作，無不體現作者的鮮明個性，因此，作為文學作品寫出真情性是最難能可貴的。元好問評論東坡詞說：「唐歌詞多宮體，又皆極力為之。自東坡一出，情性之外，不知有文字，真有『一洗萬古凡馬空』氣象。」（《新軒樂府》引）元好問道出了東坡詞的特點：文如其人，個性鮮明。也是恰好指出了這首〈臨江仙〉詞的最成功之處。

（高原）

鷓鴣天

蘇軾

林斷山明竹隱牆，亂蟬衰草小池塘。翻空白鳥時時見，照水紅蕖細細香。
村舍外，古城旁，杖藜徐步轉斜陽。殷勤昨夜三更雨，又得浮生一日涼。

宋神宗元豐五年（一〇八二），蘇軾在黃州（治所在今湖北黃岡）貶所，因政治上遭受重大打擊，產生了隨遇而安的思想。此作即是他當時幽居生活的自我寫照，在表現其失意心境及其形象刻畫方面，有獨到的藝術特色。

上片寫景，寫的是夏末秋初之景。開頭兩句，作者用推移鏡頭，由遠而近，描繪自己身處的具體環境：遠處鬱鬱蔥蔥的樹林盡頭，有高山聳入雲端，清晰可見。近處，叢生的翠竹，像綠色的屏障，圍護在一所牆院周圍。這所牆院，正是詞人的居所。靠近院落，有一個池塘，池邊長滿枯萎的衰草。蟬聲四起，叫聲亂成一團。在這兩句詞中，竟然寫出了林、山、竹、牆、蟬、草、池塘七種景物，容量如此之大，堪為妙筆。這裡呈現的景象，與詞人神宗熙寧十年（一〇七七）任徐州知州時，描寫「軟草平莎過雨新，輕沙走馬路無塵」、「麻葉層層檾葉光，誰家煮繭一村香」（〈浣溪沙．徐門石潭謝雨，道上作五首〉其五、其三）的鄉村景色迥然不同。那幾句詞呈現出一種奔騰奮發、蒸蒸日上的景象；而「林斷山明竹隱牆」兩句則是一派幽狹的氣氛。詞人在徐州時政績卓著，深得民心，所以他當時寫的詞，充滿著積極奮發的精神。後來被貶黃州，身為「罪官」，才能無從施展，只有過著「幽人」的生活。這首〈鷓鴣天〉即若隱若現地表現出他的此種境遇。

三、四兩句，含意更深邃。在宏廓的天空，不時地能看到白鳥在飛上飛下，自由翱翔。滿池荷花，映照綠水，散發出柔和的芳香。意境如此清新淡雅，似乎頗有些詩情畫意。並且詞句對仗，工整嚴密。芙蕖是荷花的別名。「細細香」，描寫得頗為細膩，是說荷花散出的香味，不是撲鼻的濃烈香氣，而是宜人的淡淡芳香。如若不是別的原因，生活在這樣的境界中，的確是修身養性的樂土。然而，對於詞人來說，他並非安於現狀，著意留連這裡的景致。他雖然描繪出白鳥翻空、紅荷照水的畫面，但與他傾心欣賞西湖那種「淡妝濃抹總相宜」（〈飲湖上初晴後雨二首〉其二）的美麗景色，是不能相提並論的。在這裡，透過此等畫面，便能隱隱約約地看到詞人那種百無聊賴、自尋安慰、無可奈何的心境。詞的下片，作者又用自己的形象，生動地作了說明。

「村舍外，古城旁，杖藜徐步轉斜陽。」這三句，字面上所描寫的是詞人的形象。「杖藜徐步」是寫他的老態龍鍾，還是病後的神態？是表現他自得其樂的隱逸生活，還是百無聊賴的失意情緒？這裡似乎不是刻畫詞人老態龍鍾的形象，因為寫這首詞時，他不過四十六歲；其餘情況，大概是兼而有之。這三句似人物素描畫，透過外部形象顯示其內心世界，也是高明的手法。

最後兩句，是畫龍點睛之筆。詞句的表面是說：天公饒有情意似的，昨夜三更時分下了一場好雨，使得他又度過了涼爽的一天。「殷勤」二字，是擬人化手法。但細細品味，說天公殷勤送來涼雨，卻含有自嘲的酸辛，隱藏著詞人的感慨。「又得浮生一日涼」，是詞中最顯露的一句。「浮生」，是說人生飄忽不定。《莊子．刻意》說：「其生若浮，其死若休。」蘇軾的這種消極思想，即受莊子的影響。此句句首著一「又」字，分量很重，對揭示主題，起著重要的作用，它表現詞人得過且過、日復一日地消磨歲月的無可奈何的情緒。

總觀全詞，從詞作對特定環境的描寫和作者形象的刻畫，可以看到一個抑鬱不得志的閒人的形象，所謂其身則閒，其心則苦了。（陸永品）

少年遊 蘇軾

潤州作，代人寄遠

去年相送，餘杭門外，飛雪似楊花。今年春盡，楊花似雪，猶不見還家。

對酒捲簾邀明月，風露透窗紗。恰似嫦娥憐雙燕，分明照、畫梁斜。

宋神宗熙寧四年（一〇七一）蘇軾因與王安石議論不合，乞補外郡，被朝廷派往杭州作通判。這對被黨爭的政治漩渦攪得暈頭轉向的蘇軾來說，無異於是一種精神上的解脫。杭州的湖光山色，市民與同僚對他的尊敬，僧人與歌妓對他的崇拜，都使他感到從未有過的愉快。續娶的年輕妻子和牙牙學語的兒女也使他感到愜意和溫暖。杭州真的成了他的人間天堂，每一次因公而暫時離開杭州都使他依依不捨。熙寧六年冬天，他又被兩浙轉運使派往常、潤、蘇、秀等州賑濟災民，直到第二年入夏才回杭州。這是他離開杭州最長的一次，眷戀之情自然更為深切，沿途曾寫有不少詩詞表此衷曲，此詞就是其中之一，作於潤州（今江蘇鎮江）。

這首詞有點特別。清王文誥《蘇文忠公詩編註集成．總案》卷十一對此詞作了說明：「（熙寧七年四月），有感雪中行役作〈少年遊〉詞。……公（蘇軾）以去年十一月發臨平（鎮名，在杭州東北），及是春盡，猶行役未歸，故託為此詞耳。」這就是說，此詞是作者有感於行役之苦而懷戀杭州及其家小而作，可是它託以「代人寄遠」的形式，即借思婦想念行役在外的丈夫的口吻來表達他的思歸之情。

上片以思婦的口吻，訴說親人不當別而別，當歸而未歸。前三句分別點明離別的時間——「去年相送」；離別的地點——「餘杭門外」；分別時的氣候——「飛雪似楊花」。把分別的時間與地點說得如此之分明，說明她無時無刻不在惦念。大雪紛飛本不是出門的日子，可是公務在身不得不送丈夫冒雪出發，這種淒涼氣氛自然又加深了平日的思念。後三句與前三句對舉，同樣點明時間——「今年春盡」，氣候——「楊花似雪」，可是去年送別的丈夫「猶不見還家」。原以為此次行役的時間不長，當春即可還家，可如今春天已盡，楊花飄絮，卻不見人歸來，怎能不叫人牽腸掛肚呢？這一段引入了《詩經．小雅．采薇》「昔我往矣，楊柳依依；今我來思，雨雪霏霏」的手法，而「雪似楊花」、「楊花似雪」兩句，比擬既工，語亦精巧，可謂推陳出新，絕妙好辭。

下片著意刻畫本想對酒邀月以慰寂寥，不意反惹惆悵。「對酒捲簾邀明月，風露透窗紗」，說的是在寂寞中，本想仿效李白的「舉杯邀明月，對影成三人」（〈月下獨酌四首〉其一），捲起簾子引明月作伴，可是風露又乘隙而入，透過窗紗，撲入襟懷。更惱人的是邀來的月亮偏只憐愛雙棲燕子，把它的光輝與柔情斜斜地灑向那畫梁上的燕巢，而置自己於不顧。這就不能不使她由羨慕雙燕、嫉妒雙燕，而更思念遠方的親人。

這個思婦的所思所念，是身為征人的作者所設想的，作者的戀家思歸之情難道還不昭然嗎？

此詞藝術上的成功集中在兩處：一是利用雪與楊花形狀相似，卻代表著兩種不同節候的特點，互為比喻，既可以形象地表示氣候由極冷到極暖，歷時長久；又可以構成潔白迷濛的景象，象徵著純真而紛亂的情思。也就是說，雪與楊花互喻，既有表情上的深度，又有形象上的美感。二是構思新巧別致。從雙棲燕映襯出單棲人已是一種纖巧的聯想，而把月照梁上燕，看作是月中嫦娥只垂愛於成雙成對的燕，而不顧憐空閨獨守之人，就更是一種綺思妙想了，其表現力遠勝於一大段思婦的內心獨白。（謝楚發）

定風波

蘇軾

三月七日沙湖道中遇雨。雨具先去，同行皆狼狽，余獨不覺。已而遂晴，故作此。

莫聽穿林打葉聲，何妨吟嘯且徐行。竹杖芒鞋輕勝馬，誰怕？一蓑煙雨任平生。料峭春風吹酒醒，微冷，山頭斜照卻相迎。回首向來蕭瑟處，歸去，也無風雨也無晴。

此詞作於宋神宗元豐五年（一〇八二），貶謫黃州後的第三年。寫眼前景，寓心中事；因自然現象，談人生哲理。屬於即景生情，而非因情造景。作者自有這種情懷，遇事便觸發了。蘇軾《東坡志林》說：「黃州東南三十里為沙湖，亦曰螺師店，予買田其間，因往相田。」途中遇雨，便寫出這樣一首於簡樸中見深意、尋常處生波瀾的詞來。

首句「莫聽穿林打葉聲」，只「莫聽」二字便見性情。雨點穿林打葉，發出聲響，是客觀存在，說「莫聽」，就有外物不足縈懷之意。那麼便怎樣？「何妨吟嘯且徐行」，是前一句的延伸。在雨中照常舒徐行步，呼應小序「同行皆狼狽，余獨不覺」，又引出下文「誰怕」即不怕來。徐行而又吟嘯，是加倍寫；「何妨」二字逗出一點俏皮，更增加挑戰色彩。首兩句是全篇主腦，以下詞情都是從此生發。

「竹杖芒鞋輕勝馬。」先說竹杖芒鞋與馬。前者是步行所用，屬於閒人的。作者在兩年後離開黃州量移汝州，途經廬山，有〈初入廬山三首〉其三云：「芒鞋青竹杖，自掛百錢遊；可怪深山裡，人人識故侯。」用到竹杖芒鞋，即他所謂「我是世間閒客此閒行」（〈南歌子〉）者。而馬，則是官員或忙人的坐騎，即俗所謂「行人路上馬蹄忙」（京劇《秋胡戲妻》）者。兩者都從「行」字引出，因而具有可比性。前者勝過後者在何處？其中道理，用一個「輕」字點明，耐人咀嚼。竹杖芒鞋誠然是輕的，輕巧，輕便，然而在雨中行路用它，拖泥帶水的，比起騎馬的便捷來又差遠了。那麼，這「輕」字必然另有含義，分明是有「無官一身輕」的意思。

何以見得？古代士大夫總有這麼一項信條，是達則兼濟天下，窮則獨善其身。蘇軾因反對新法，於元豐二年被人從他的詩中尋章摘句，硬說成是「謗訕朝政及中外臣僚」（宋蔡正孫《詩林廣記後集》引《年譜》），於知湖州任上逮捕送御史臺獄；羈押四月餘，得免一死，謫任黃州團練副使，本州安置。元豐三年到黃州後，答李之儀（字端叔）書云：「得罪以來，深自閉塞，扁舟草履，放浪山水間，與樵漁雜處，往往為醉人所推罵，輒自喜漸不為人識。」被人推搡漫罵，不識得他是個官，卻以為這是可喜事；〈初入廬山〉詩的「可怪深山裡，人人識故侯」，則是從另一面表達同樣的意思。這種心理是奇特的，也可見他對於做官表示厭煩與畏懼。「官」的對面是「隱」，由此引出一句「一蓑煙雨任平生」來，是這條思路的自然發展。

關於「一蓑煙雨任平生」，流行有這樣一種解釋：「披著蓑衣在風雨裡過一輩子，也處之泰然。（這表示能夠頂得住辛苦的生活。）」（胡雲翼《宋詞選》）從積極處體會詞意，但似乎沒有真正觸及蘇軾的實際思想。這裡的「一蓑煙雨」，我以為不是寫眼前景，而是說心中事。試想此時「雨具先去，同行皆狼狽」了，哪還有蓑衣可披？「煙雨」也不是寫沙湖道中雨，乃是江湖上煙波浩渺、風片雨絲的景象。蘇軾是想著退隱於江湖！他寫這首〈定風波〉在三月，到九月作〈臨江仙〉詞，又有「小舟從此逝，江海寄餘生」之句，使得負責管束他的黃州知州徐君猷聽到後大吃一驚，以為這個罪官逃走了（宋葉夢得《避暑錄話》卷上）；結合答李之儀書中所述的

「扁舟草履，放浪山水間，與樵漁雜處」而自覺可喜，他的這一種心事，在黃州的頭兩三年裡一而再、再而三地表白出來，用語雖或不同，卻可以彼此互證。再看看別人對「一蓑」的用法，如陸游〈題繡川驛〉的「會買一蓑來釣雨」，和〈舟過小孤有感〉的「商略人生為何事，一蓑從此入空濛」，不儼然是蘇軾「一蓑煙雨任平生」、「小舟從此逝，江海寄餘生」那幾句的翻版嗎？陸游也是個宦途不得志的詩人，以放翁詩證東坡詞，則「一蓑煙雨任平生」之為歸隱的含義，也是可以了然的。蘇軾對於張志和的〈漁父〉詞「青箬笠，綠蓑衣，斜風細雨不須歸」極為稱賞，恨其曲調不傳，曾改寫為〈浣溪沙〉入歌（吳曾《能改齋漫錄》卷十六）。江湖上的「斜風細雨」既令他如此嚮往，路上遭遇的幾點雨自然就不覺得什麼了。

下片到「山頭斜照卻相迎」三句，是寫實，不須作過深的詮解；不過說「斜照相迎」，也透露著喜悅的情緒。詞序說：「已而遂晴，故作此。」七個字閒閒寫下，卻是點睛之筆。沒有這個「已而遂晴」，這首詞他是不一定要寫的。寫晴，仍牽帶著原先的風雨。他對於這一路上的雨而復晴，引出了怎樣的感觸來呢？

「回首向來蕭瑟處，歸去，也無風雨也無晴。」蕭瑟，風雨聲。「夜雨何時聽蕭瑟」（〈辛丑十一月十九日，既與子由別於鄭州西門之外，馬上賦詩一篇寄之〉），是蘇軾的名句。天已晴了，回顧來程中所經風雨，自有一番感觸。自然界陰晴圓缺的循環，早已慣見，毋用懷疑；宦途中風雨的襲來，卻很難料定何時能有轉圜，必定有雨過天青的遭際嗎？既然如此，則如黃庭堅所說的，「病人多夢醫，囚人多夢赦」（〈謫居黔南十首〉其十），遭受風吹雨打的人那是要望晴的吧，蘇軾卻說自己已超然物外，因此，政治上、人生道路上風雨也好，晴也好，都無所謂，都不能使我掛懷。這便是「也無風雨也無晴」的意思。如何到得政治上「也無風雨也無晴」的境界？是「歸去」！這個詞彙從陶淵明的「歸去來兮」取來，照應上文「一蓑煙雨任平生」。在江湖上，即使是煙雨迷濛，也比宦途的風雨好多了。（陳長明）

定風波　蘇軾

紅梅①

好睡慵開莫厭遲，自憐冰臉不時宜。偶作小紅桃杏色，閒雅，尚餘孤瘦雪霜姿。

休把閒心隨物態，何事，酒生微暈沁瑤肌。詩老不知梅格在，吟詠，更看綠葉與青枝。

〔註〕①參看蘇軾〈紅梅三首〉其一：「怕愁貪睡獨開遲，自恐冰容不入時。故作小紅桃杏色，尚餘孤瘦雪霜姿。寒心未肯隨春態，酒暈無端上玉肌。詩老不知梅格在，更看綠葉與青枝。」

欣賞這首詞，有兩點值得注意：一、此詞針對「詩老」石延年（字曼卿）的〈紅梅〉詩而發，因而略見爭奇鬥勝之趣。二、蘇軾有〈紅梅〉詩三首，此詞絕類其中第一首，當是從詩點化而來。而梅品即人品，就中不無自我寫照意味。

石曼卿是宋初詩人，其〈紅梅〉詩云：

梅好唯傷白，今紅是絕奇。認桃無綠葉，辨杏有青枝。

烘笑從人贈，酡顏任笛吹。未應嬌意急，發赤怒春遲。

蘇軾以為僅有紅梅之「形」，而無紅梅之「神」。在蘇軾看來，「論畫以形似，見與兒童鄰」（蘇軾〈書鄢陵王主簿所畫折枝二首〉其一）。他詠荷花曾贊它「天然地別是風流標格」（〈荷華媚〉）。真正的「梅格」，應當是「形」與「神」的有機結合和高度統一。所以，他下筆立意，既注意紅梅與桃杏色澤之同，更凸出紅梅與桃杏氣質之異，從而賦予她獨特的「風流標格」——既豔如桃杏，又冷若冰霜。

詞一起便出以擬人手法，花似美人，美人似花，饒有情致。「好睡慵開莫厭遲」，「慵開」指花，「好睡」擬人，「莫厭遲」，綰合花與人而情意宛轉。就花時而言，梅花理應開在百花之先：「前村深雪裡，昨夜一枝開」（齊己〈早梅〉）；理應是報春使者：「雪裡已知春信至，寒梅點綴瓊枝膩」（李清照〈漁家傲·梅〉）。不想由於「好睡」竟延誤花期而與桃杏同時，故云「遲」，故請求諒解：莫嫌疏懶晚放，莫厭姍姍來遲。

然則與桃杏同放，是否切合時宜？「自憐冰臉不時宜」，梅花生就冰清玉潔之姿，怎合奼紫嫣紅之群？無可奈何，唯有「喬妝改扮」以合春之「時宜」了。這就自然帶出以下三句正面詠紅梅文字。

「偶作小紅桃杏色，閒雅，尚餘孤瘦雪霜姿。」這三句是「詞眼」，繪形繪神，正面畫出紅梅的美姿丰神。「小紅桃杏色」，說她色如桃杏，鮮豔嬌麗，切紅梅的一個「紅」字。「孤瘦雪霜姿」，說她鬥雪凌霜，歸結到梅花孤傲瘦勁的本性。「偶作」一詞上下關連，天生妙語。不說紅梅天生紅色，卻說美人因「自憐冰臉不時宜」，才「偶作」紅色以趨時風。但以下之意立轉，雖偶露紅妝，光彩照人，卻仍保留雪霜之姿質，依然還她「冰臉」本色。形神兼備，尤貴於神，這才是真正的「梅格」！

過片三句續對紅梅作渲染，筆轉而意仍承。「休把閒心隨物態」，承「尚餘孤瘦雪霜姿」；「酒生微暈沁瑤肌」，承「偶作小紅桃杏色」。「閒心」、「瑤肌」，仍以美人喻花。言心性本是閒淡雅致，不應隨世態而轉移；肌膚本是潔白如玉，何以酒暈生紅？「休把」二字一責，「何事」二字一詰，其辭若有憾焉，其意仍為紅梅作回護。「物態」，指桃杏嬌柔媚人的春態。紅梅本具雪霜之質，不隨俗作態媚人，雖呈紅色，形類桃杏，乃是如美人不勝酒力所致，未曾墮其孤潔之本性。看他〈紅梅〉詩此處云：「寒心未肯隨春態，酒暈無端上玉肌」，其意昭然。這裡是詞體，故筆意婉轉，不像做詩那樣明白說出罷了。下面「詩老不知梅格在」，補筆點明，一縱一收，回到本意。紅梅之所以不同於桃杏者，豈在於青枝綠葉之有無哉！這正是東坡詠紅梅之慧眼獨具、匠心獨運處，也是他超越石曼卿〈紅梅〉詩的真諦所在。

據清王文誥《蘇文忠公詩編註集成》，東坡三首〈紅梅〉詩作於元豐五年貶黃州時，此詞作年當稍後於詩。考東坡宦蹤，他先是與當政者政見不合而自請外任，繼之元豐二年因詩文罹罪下獄。元豐三年至七年，則以劫後餘生來到黃州貶所，幽冷孤憤之感充鬱心頭。其詠定惠院海棠詩說：「只有名花苦幽獨。」（〈寓居定惠院之東，雜花滿山，有海棠一株，土人不知貴也〉）其〈定惠院寓居月夜偶出〉云：「清詩獨吟還自和。」身處逆境，然「一肚皮不合時宜」的蘇軾，寧肯自憐幽獨，「揀盡寒枝不肯棲，寂寞沙洲冷」（〈卜算子．黃州定惠院寓居作〉），終不願隨波上下，俯仰由人。「尚餘孤瘦雪霜姿」——他那高潔的本性絕不改變！

總之，此詞不僅自出新意，以傳神之筆寫出了紅梅的獨特「風流標格」，更兼是詞人自我品格的生動寫照。清人劉熙載說：「東坡〈定風波〉云：『尚餘孤瘦雪霜姿。』〈荷華媚〉云：『天然地別是風流標格。』『雪霜姿』、『風流標格』，學坡詞者，便可從此領取。」（《藝概．詞概》）其《詩概》又云：「詩品出於人品。」這就是說，要學蘇詞的高遠境界，必須具有蘇軾那種超塵拔俗的胸襟，和藝術上的開拓創新精神。（朱德才）

定風波

蘇軾

常羨人間琢玉郎，天教分付點酥娘。自作清歌傳皓齒，風起，雪飛炎海變清涼。萬里歸來年愈少，微笑，笑時猶帶嶺梅香。試問嶺南應不好？卻道，此心安處是吾鄉。

這首詞的原序說：「王定國歌兒曰柔奴，姓宇文氏，眉目娟麗，善應對，家世住京師。定國南遷歸，余問柔：『廣南風土，應是不好？』柔對曰：『此心安處，便是吾鄉。』因為綴詞云。」宋神宗元豐二年（一〇七九）六月，蘇軾因「烏臺詩案」被捕入獄，後貶為黃州團練副使。王鞏字定國，從蘇軾學為文，因收受蘇詩而遭牽連，被貶賓州（治所在今廣西賓陽縣南）監鹽酒稅。賓州當時屬廣南西路，為嶺南地區，僻遠荒涼，生活艱苦。王鞏赴嶺南時，歌女柔奴同行。三年後王鞏北歸，出柔奴勸蘇軾飲酒。蘇軾作此詞讚歌女，其中可見歌女性格，亦可看到蘇軾的胸襟氣度。

上片總寫歌女，先從其主人寫起：「常羨人間琢玉郎，天教分付點酥娘。」「琢玉郎」一詞，蘇軾不是第一次用以形容王鞏。早在元豐元年蘇軾知徐州時，王鞏去看望他，未帶家眷，蘇軾有〈次韻王鞏獨眠〉一詩戲之云：「居士身心如槁木，旅館孤眠體生粟。誰能相思琢白玉，服藥千朝償一宿。」詩裡用了盧仝〈與馬異結交詩〉的典：「白玉璞裡琢出相思心，黃金礦裡鑄出相思淚。」因此「琢玉郎」就是指善於相思的多情種子。

詞中對王鞏再一次稱為「琢玉郎」，是使用有關他們兩人故事的「今典」。連下句「天教分付點酥娘」，說是羨慕你這位多情男子，老天交付給你一位心靈手巧的「點酥娘」來了。「分付」即交付，一本作「乞與」。「乞」有「與」義，《廣雅．釋詁》：「乞，予也。」與「分付」意同。「點酥娘」，本於梅堯臣詩。梅詩題甚長，為便於說明「點酥娘」，並詩全錄如下。題云：「余之親家有女子能點酥為詩，並花果麟鳳等物，一皆妙絕，其家持以為歲日辛盤之助。余喪偶，兒女服未除，不作歲，因轉贈通判。通判有詩見答，故走筆酬之。」詩云：「翦竹纏金大於掌，紅縷龜紋挑作網。瓊酥點出探春詩，玉刻小書題在榜。名花雜果能眩真，祥獸珍禽得非廣。磊落男兒不足為，女工餘思聊可賞。」這裡的「點酥」，大約相當於現在的裱花工藝吧。詞用「點酥娘」一語，取梅詩的精神，誇讚柔奴的聰明才藝。「琢玉郎」、「點酥娘」，屬對甚工。

第三句的「自」字緊承上句，專寫柔奴：「自作清歌傳皓齒，風起，雪飛炎海變清涼。」她能自作歌曲，清亮悅耳的歌聲從她芳潔的口中傳出，令人感到如同風起雪飛，使炎暑之地一變而為清涼之鄉，使政治上失意的主人變憂鬱苦悶、浮躁不寧而為超然曠放，恬靜安詳。蘇詞橫放傑出，往往馳騁想像，構成奇美的境界，這裡對「清歌」的誇張描寫，表現了柔奴歌聲獨特的藝術效果。「詩言志，歌詠言」，「哀樂之心感，而歌詠之聲發」（班固《漢書．藝文志》），美好超曠的歌聲發自於美好超曠的心靈。這裡讚其高超的歌技，更是頌其廣博的胸襟。筆調空靈蘊藉，給人一種曠遠清麗的美感。

下片寫柔奴的北歸，重點敘其答話。換頭承上啟下，先勾勒她的神態容貌：「萬里歸來年愈少。」嶺南艱苦的生活她甘之如飴，心情舒暢，歸來後容光煥發，更顯年輕。「年愈少」多少帶有誇張的成分，洋溢著詞人讚美歷險若夷的女性的熱情。「微笑」二字，寫出了柔奴在歸來後的歡欣中透露出的度過艱難歲月的自豪感。「嶺梅」，指大庾嶺上的梅花，「笑時猶帶嶺梅香」，表現出濃郁的詩情。既寫出了她北歸時經過大庾嶺這一溝通嶺南嶺北咽喉要道的情況，又以鬥霜傲雪的嶺梅喻人，讚美柔奴克服困難的堅強意志，為下邊她的答話作了鋪墊。最後寫到詞人和她的問答。先以否定語氣提問：「試問嶺南應不好？」「卻道」，陡轉，使答語「此心安處是吾鄉」更顯鏗鏘有力，警策雋永。白居易〈初出城留別〉中有「我生本無鄉，心安是歸處」，〈種桃杏〉中有「無論海角與天涯，大抵心安即是家」等語，蘇軾的這句詞，受白詩的啟發，但又明顯地帶有王鞏和柔奴遭遇的烙印，有著詞人的個性特徵，完全是蘇東坡式的警語。它歌頌柔奴身處窮境而安之若素，和政治上失意的主人患難與共的可貴精神，同時也寄寓著作者自己隨遇而安、無往不快的曠達情懷。

這首詞寫政治逆境出以風趣輕快的筆墨，情趣和理趣融而為一，寫得空靈清曠，在蘇軾黃州時期創作的詞中具有代表性。（吳小林）

南鄉子 蘇軾

晚景落瓊杯，照眼雲山翠作堆。認得岷峨春雪浪，初來，萬頃蒲萄漲淥醅①。

春雨暗陽臺，亂灑歌樓濕粉腮。一陣東風來捲地，吹回，落照江天一半開。

〔註〕①淥醅：淥，清澈。醅，未濾的酒。李白〈襄陽歌〉「遙看漢水鴨頭綠，恰似葡萄初醱醅」，為此詞所本。

蘇東坡似乎對自然界陰晴不定、倏忽變化的現象非常敏感。在三百數十首蘇詞中，寫乍雨乍晴的奇麗景色的竟有二十多首。並且，首首風貌不同，使人不得不讚嘆詞人觀察入微，感受細膩，表現技巧高超。

這首詞作於神宗元豐四年（一〇八一），傅幹註本的題目為「黃州臨皋亭作」。蘇軾因為寫詩揭露新法的弊端，被貶為黃州團練副使本州安置不得簽書公事，成為失去自由的罪人。到黃州後，他開始住在定惠院，以後又遷到長江邊上的臨皋亭。本詞即描寫一個春日的傍晚所見到的景色。

端起玉杯，只見落日斜照，青翠的雲山倒映在酒杯中，把一杯玉液都染綠了。詞人忽然覺得，這杯瓊漿是那樣熟悉，是那樣有情，彷彿是老朋友似的。那碧綠的色彩，和滿江的春水不是一樣的嗎？而滿江的春水，正是故鄉的岷山、峨眉山上的積雪融化而來的啊。你看那碧綠晶瑩的江水，不正是清醇濃香的葡（蒲）萄美酒嗎？杯中的美酒是從江中舀起來的，難怪是老相識了。

多麼奇特的審美感受啊！這感受由一杯酒而起：由倒影看到了天空，由酒的顏色而寫到江水，由江水而想到岷峨，最後居然認為江水就是酒。彷彿這個小小的酒杯可以盛下整個世界。蘇東坡的神通真是廣大，將一個廣大的空間裝進小酒杯中，是他的拿手好戲。「水天浮白屋，河漢落酒樽。」（〈九月十五日觀月聽琴西湖一首示坐客〉）「船穩江吹坐，樓空月入樽。」（〈和蔣發運〉）「山城薄酒不堪飲，勸君且吸杯中月。」（〈月夜與客飲酒杏花下〉）類似的詩句不少。獨特的空間意識，正是蘇軾曠達、寬廣的胸懷的表現。

下半闋寫驟雨復晴的景色。「春雨暗陽臺，亂灑歌樓濕粉腮。」用「暗」和「亂」寫春雨，抓住了春雨飄忽不定、倏來倏往的特徵。來得突然，使人們不及迴避，才能打濕美人的粉腮。既有瓊杯美酒，又有美人粉腮，這場雨似乎擾亂了歡宴，真不是時候。但是，且慢！忽然有一陣東風捲地而來，吹散了雲雨，落日的餘暉從雲縫中斜射出來，把半邊天染紅，碧綠的江水也「半江瑟瑟半江紅」（白居易〈暮江吟〉），景色奇麗，更勝於前，詞人的酒興怕更要高漲，「粉腮」怕更加嬌豔，歌喉怕更要宛轉悠揚吧。

乍一看來，詞的上半闋寫小酒杯中映出的世界，下半闋寫乍雨還晴的景象，似乎兩不相干，似乎純是寫景，無甚深意，率爾而作。但細細玩味，再聯繫詞人當時的處境，便不難把握到其中的脈絡。詞的上半闋，由酒杯而雲山，而江水，而岷峨，這是詞人形象思維的過程，也是詞外在的邏輯。藝術聯想和想像的動力是情感。罪繫黃州的蘇東坡，端起酒杯，思鄉之情便油然而生。正是這種情感作為動力，他的聯想才最終指向故鄉岷峨即蜀中，才產生了杯中之酒是岷峨的雪水這種奇特的心理。思鄉之情是詞的上半闋的內在邏輯。詞的下半闋描繪倏忽變化的自然景觀，給人動盪不定、神奇瑰麗的感覺。發展變化是宇宙的根本規律。自然界如此，人類社會亦如此。在政治鬥爭中遭到挫折的蘇東坡，對自然界倏忽變化的敏感，不也包含著豐富的社會內容嗎？我們可以說，詞的下半闋在純粹寫景之中蘊含著身世之感。這樣，整個一首詞便神氣貫通、融為一體了。上半闋思鄉與下半闋人生的感慨原是二而一的東西。這樣講是否牽強附會？只要我們將蘇詞中描寫乍雨乍晴的詞多讀幾首，便會承認此說是有根據的。只不過在如像〈定風波．沙湖道中遇雨〉等一些詞中，表現得較為明顯，而在這首詞中，卻不露痕跡。唐末司空圖主張「不著一字，盡得風流」（《二十四詩品．含蓄》）。這正是本詞的藝術特色。

（陳華昌）

南鄉子　蘇軾

梅花詞和楊元素

寒雀滿疏籬，爭抱寒柯看玉蕤。忽見客來花下坐，驚飛，踏散芳英落酒巵。

痛飲又能詩，坐客無氈醉不知。花謝酒闌春到也，離離，一點微酸已著枝。

本詞寫於蘇軾任杭州通判的第四年即神宗熙寧七年（一〇七四）初春。時楊元素為杭州知州。元素名繪，所著《時賢本事曲子集》為古代最早的詞話。全書已佚，尚有數條散見於其他載籍，近人趙萬里《校輯宋金元人詞》中有輯佚本。蘇軾與楊元素唱和甚多。本詞即是楊詞的和作之一。可惜楊的原唱已經不存，否則，兩詞對讀，一定會更有興味的。

詞中沒有正面描寫梅花的姿態、神韻與品格，而是採用了側面烘托的辦法來加以表現。上片寫寒雀喧枝，以熱鬧的氣氛來渲染早梅所顯示的姿態、風韻。歲暮風寒，百花尚無消息，只有梅花綴樹，葳蕤如玉。在冰雪中熬了一冬的寒雀，值此梅花盛開之際，得知大地即將回春，自有無限喜悅之意。開頭兩句「寒雀滿疏籬，爭抱寒柯看玉蕤」，生動地描繪了寒雀對於物候變化的敏感。它們翔集在梅花周圍，瞅準空檔，便爭相飛上枝頭，好像要細細觀賞花朵似的。寒梅著花，原是冷寂的，故前人詠梅，總喜歡賦予梅花一種孤獨冷豔的性格。本詞則不然。作者先從嚮往春天氣息的寒雀寫起，由歡蹦亂飛的寒雀引出梅花，便有了鳥語花香的意味，而梅花的性格也隨之顯得熱乎起來。顧隨先生自云早年極喜楊誠齋的〈寒雀〉絕句：「百千寒雀下空庭，小集梅梢話晚晴。特地作團喧殺我，忽然驚散寂無聲。」但讀了蘇軾此詞以後，看法有了變化。他說：「持以與此〈南鄉子〉開端二語相比，苦水（按顧隨自號苦水）不嫌他楊詩無神，卻只嫌他楊詩無品。」「『滿』字、『看』字，頗上三毫，一何其清幽高寒，一何其湛妙圓寂耶？」「一首〈南鄉子〉，高處、妙處，只此開端二語。」（《顧隨文集·東坡詞說》）顧隨深賞極愛開端二語，自是不差，而從「滿」、「看」兩字悟出「清幽高寒」及「圓寂」之說，似有未諦，且蘇軾此詞的妙處，亦不止這兩句。「忽見客來花下坐，驚飛，踏散芳英落酒卮」，進一步從寒雀、早梅逗引出賞梅之人，而逗引的妙趣也不可輕輕放過。客來花下，寒雀自當驚飛，此原無足怪，妙在雀亦多情，迷花戀枝，不忍離去，竟至客來花下，尚未覺察，直至客人坐定酌酒，方始覺之，而驚飛之際，才不慎踏散芳英，則雀之愛花、迷花、惜花已盡此三句之中，故花之美豔絕倫及客之為花所陶醉俱不待繁言而明。再說，散落之芳英，不偏不倚，恰恰落在酒杯之中，此於賞梅之人，平添無窮雅興，是則雀亦頗可人意。可見雀之於梅，在此詞中實有相得益彰之妙。整個上片，由梅花盛開而飛揚出一片熱烈的情致，因此梅花的惹人喜愛的美姿、丰神，也就不言而喻了。

下片寫高人雅士在梅園舉行的文酒之宴，藉以襯托出梅花的風流高格調。「痛飲又能詩」的主語是風流太守楊元素及其賓客僚佐。楊元素才調不凡，門下自無俗客。詩、酒二事，此中人原是人人來得，不過這次有梅花助爽，飲興、詩情便不同於往常。「痛飲」即開懷暢飲。俗語所謂「酒逢知己千杯少」，高人雅士喜以梅花為知己，「痛飲」固當，況又「能詩」。「能詩」又不限於其字面意義為善於寫詩，這裡暗用劉禹錫寄時任蘇州刺史白居易的詩句「蘇州刺史例能詩」（〈白舍人曹長寄新詩有遊宴之盛因以戲酬〉），以稱美楊元素的文采風流。作者又有〈訴衷情·送述古迓元素〉詞云：「錢塘風景古來奇，太守例能詩」，也是此意。「坐客無氈醉不知」，又用杜甫贈鄭虔詩「才名四十年，坐客寒無氈」（〈戲簡鄭廣文虔兼呈蘇司業源明〉）語。「醉不知」的主語是宴會的主人楊元素。坐客無氈則寒，如今飲興正酣，故不復知。此句意不在寫坐客之寒，而是寫主人之醉。主人既醉，則賓客之醉亦可見。觀主客的高情逸致，梅花的高格也不難想知了。「花謝酒闌春到也」，非指一次宴集時間如許之長，而是指自梅花開後，此等聚會，殆無虛日。歇拍二韻，「離離，一點微酸已著枝」，重新歸結到梅，但寒柯玉蕤，已為滿枝青梅所取代。詠梅花而兼及梅子，似屬出格，但細察作者本意，原是要說明梅花的深可愛賞，雖日日對之痛飲狂歌，終無饜時，直至時序暗換，微酸著枝，尚有愛賞之意。古人早有所謂愛屋及烏之說，焉有愛梅花而不及梅子之理？何況不直說梅子而說「一點微酸」，訴之味覺形象，讀來多麼新穎可喜！整個下片，仍沒有直接描寫梅花的姿態、神韻與品格，但高人雅士為之留連忘返，逸興遄飛，已經足以說明。

如前所說，本詞是楊元素〈梅花詞〉的和作。就題目要求來說，應該著重描寫梅花，而就作者的創作意圖來說，主要是要透過詠梅、賞梅來記錄他與楊元素共事期間的一段美好生活和兩人之間的深切友誼。這段生活，非梅花不足以喻其優雅；這種友誼，非梅花不足以擬其高潔。故全詞既不句句黏在梅花上，亦未嘗有一筆怠慢了梅花。此即所謂不即不離，妙合無垠。（吳汝煜）

南鄉子　蘇軾

重九涵輝樓呈徐君猷

霜降水痕收，淺碧鱗鱗露遠洲。酒力漸消風力軟，颼颼，破帽多情卻戀頭。

佳節若為酬，但把清尊斷送秋。萬事到頭都是夢，休休！明日黃花蝶也愁。

宋神宗元豐三年（一〇八〇），蘇軾得罪謫貶黃州，時知州為徐君猷，通判為孟亨之。蘇軾與君猷弟徐得之書云：「始謫黃州，舉目無親。君猷一見，相待如骨肉，此意豈可忘哉！」又〈跋君子泉銘〉說：「予謫居黃州，通判承議郎孟震，字亨之，頗與予相善。」元豐四年有詩題云：「太守徐君猷、通守孟亨之皆不飲酒，以詩戲之。」可見蘇軾雖為「罪官」，頗得長官厚待，遷謫之意稍減。這是理解此詞的思想感情時所當注意的。

詞是元豐五年重陽日在郡中涵輝樓宴席上寫的。「霜降水痕收，淺碧鱗鱗露遠洲」，從寫景起。江上水淺，是深秋霜降季節現象，以「水痕收」表之。「淺碧」承上句江水，「鱗鱗」是水泛微波，似魚鱗狀；「露遠洲」，水位下降，露出江心沙洲，「遠」字體現的是登樓遙望所見。兩句是此時此地即目之景，暗中點題，境界清遠。東坡雖處逆境，寫秋色卻無「悲秋」意緒，他還不是這樣的人。

「酒力漸消風力軟，颼颼，破帽多情卻戀頭」，此三句寫酒後感受，不只是生理的，還有心理的，寫法上又有幾重轉折。東坡好飲而量窄，自言「吾飲酒至少，常以把盞為樂，往往頹然坐睡」（〈和陶飲酒二十首〉序）。

這次宴飲，自有「不勝酒力」的一幕。及至「酒力漸消」，皮膚敏感，故覺有「風力」，一也。而風本甚微，故覺其「力軟」，二也。風力雖「軟」，仍覺有「颼颼」涼意，三也。然風力終是軟，仍不至於落帽，四也。風力之微，已先於上句「淺碧鱗鱗」透出，至力不能落帽處再補一筆。此三句以「風力」為軸心，環繞它來發揮。晉時孟嘉落帽於龍山，是唐宋詩詞常用的典故（事見東晉王隱《晉書》）。樓中不比山上，又「風力軟」，故帽不落，只是寫實耳。尋常小事，甚至於不成其為一件事，原本不值一提，而鄭重提出，至於翻用故典以表述之，則只為要說出「破帽戀頭」四個字罷了。破帽戀頭，寓意此身還不至被故人所棄，又加上「多情」二字以禮讚「破帽」，更是感人至深。至於「風」象徵什麼，看他元豐三年到黃州後〈次韻答子由〉詩「平生弱羽寄衝風，此去歸飛識所從」之句，可以體會得到。這種深曲的寓意，也只是即興借題發揮一下，點到即止，不宜太著痕跡。這是詞體的要求，也是東坡此時的處境所規定，他只能這樣寫。

下片就涵輝樓上宴席，抒發感慨。「佳節若為酬，但把清尊斷送秋」兩句，本於杜牧〈九日齊山登高〉詩「但將酩酊酬佳節，不用登臨恨落暉」，承其語而變其意。杜言「但將酩酊」，蘇言「但把清尊」，都是只、且、一味飲酒之意，而所不同者，杜是樂飲酬謝佳節，此則把酒聊度清秋（「秋」字亦指此重陽秋節而言），其境遇不同，心事不同，情懷亦異。「斷送」，此即打發走之意。政治上所受重大打擊使他對待世事的態度有所變化，由憂懼轉為達觀，這乃是他在黃州時期所領悟到的安心之法。「萬事到頭都是夢，休休！」詞至此處，開口見喉嚨，而語言卻是借用宋初潘閬〈尊前勉兄長〉「須信百年都似夢，莫嗟萬事不如人」。既然是「人間如夢」，則「一樽還酹江月」（〈念奴嬌・赤壁懷古〉）可也，「但把清尊斷送秋」亦無不可。「休休」就是口語中的「罷了呀罷了」。陶淵明無酒尚過重陽（〈九日閒居〉詩序：「秋菊盈園，而持醪靡由。」），有酒時更是「何以稱我情，濁酒且自陶。千載非所知，聊以永今朝」（〈己酉歲九月九日〉）。東坡是慕陶、學陶的，何況此時一座皆頗為相得之人，豈可不且醉今朝！「明日黃花蝶也愁」一句，參合他在知徐州時所作〈九日次韻王鞏〉①詩結尾「相逢不用忙歸去，明日黃花蝶也愁」來理解，可知正是「且盡今日之歡」的意思。此詞用的是他自己的「今典」，而彼詩則變化了唐鄭谷〈十日菊〉「節去蜂愁蝶不知，曉庭還繞折殘枝」詩意。鄭谷詩的意思是：重陽過後，黃花被賞菊人折剩殘枝了（鄭詩後兩句「自緣今日人心別，未必秋香一夜衰」可見），蜂因無花可採而發愁，而蝴蝶不知已沒有花了，因花枝已折而花香猶在，故仍來繞故叢；或亦可解為：花不在，香已渺，而蝶戀故處，仍來繞枝而飛。「蝶不知」者，非直接承上「愁」字作「不知愁」解，而是承句首二字為「不知節去」，即不知花殘。節去花殘，正是鄭詩主意。東坡轉深一步說「明日黃花蝶也愁」：十日已無菊，蜂愁「蝶也愁」，則不如趁賞現在之花，酬今朝之酒也。詞末句徑接「但把清尊斷送秋」，與詩之「相逢不用忙歸去」正一脈相通。後世論東坡此詞者，於此句多未結合其〈九日次韻王鞏〉詩為說，或只孤立賞其造句能「換骨」，或說本鄭谷詩「卻更進一層，言愁之甚」，或如清黃蘇《蓼園詞評》所云：「『明日黃花』句，自屬達觀，凡過去未來皆幾非，在我安可學蜂蝶之戀香乎？」就嫌無法連結全詞，講得順溜了。

說「明日黃花蝶也愁」句應結合其徐州所作〈九日次韻王鞏〉詩理解，有東坡自己的第一手資料可證。其黃州所作〈與王鞏定國〉書云：「重九登棲霞樓②，望君淒然。歌〈千秋歲〉（按即「淺霜侵綠」一首，題「重陽徐州作」），滿坐識與不識，皆懷君。遂作一詞云：『霜降水痕收……』其卒章則徐州逍遙堂中夜與君和詩也。」可見詞是有意沿用前詩句，兩者的關係是很顯然的。

全詞以景起，以情結，句句不離題目（重九樓頭飲宴），處處關係懷抱（失意而達觀）。行文或用典，或不用，隨意所宜。使用前人故事、成句處，或反用，或正引，或作小變化，都是為抒寫自己胸襟懷抱，正是「使事不為事所使」。東坡是詞壇大家，「以詩為詞」是他詞作的重要特色。以詩的題材內容入詞，以詩的意境和

語言入詞，而仍然是詞的味道，就是多了一層婉轉的風致，如這篇〈南鄉子〉即是一例。（陳長明）

〔註〕①〈九日次韻王鞏〉：「我醉欲眠君罷休，已教從事到青州。鬢霜饒我三千丈，詩律輸君一百籌。聞道郎君閉東閣，且容老子上南樓。相逢不用忙歸去，明日黃花蝶也愁。」②按蘇軾〈水龍吟〉（小舟橫截春江）調名下註云：「閭丘大夫孝終公顯嘗守黃州，作棲霞樓，為郡中勝絕。」棲霞樓當即涵輝樓。

南鄉子　蘇軾

送述古

回首亂山橫，不見居人只見城。誰似臨平山上塔，亭亭，迎客西來送客行。

歸路晚風清，一枕初寒夢不成。今夜殘燈斜照處，熒熒，秋雨晴時淚不晴。

蘇軾這首詞善於從社會人生常見的聚散之中展現出特定環境中的真情摯意。送別之作，牽涉到送行與被送行雙方，聯繫雙方的感情紐帶是作品好壞的決定性因素。只有在二者深厚情誼的基礎上，才說得上如何運用藝術的手段把它表現出來，而不致僅流於應酬而已。蘇軾與陳述古交誼較深。述古名襄，比蘇軾年長。當他還在朝時，便曾向宋神宗推薦蘇軾是難得的人才。以後二人都因反對新法離朝外任，陳述古於熙寧五年（一〇七二）五月由陳州移知杭州時，蘇軾已任杭州通判半年。二人在這個風景名城一起宴集唱酬，十分相得。熙寧七年（一〇七四）七月，陳調赴南都（宋之南京，今河南商丘）新任，於有美堂宴會僚佐，蘇軾賦〈虞美人〉（湖山信是東南美）贈別。不久，陳離杭，蘇軾追送至臨平（在杭州東北面，即今餘杭），寫下了這首情深意摯的送別詞。

詞以回顧二人兩年來在一起共事的杭州城開始，雖是即景之筆，卻在這擬寫送述古的一回首之中表現了無限美好的回憶與惜別之情，而點出「居人」，含蓄地反映了陳述古在杭任上的愛民措施，以及離去時對「居人」

的關注、眷顧之情。這種從眼前實景落筆而展衍開去與由景入情的寫法，不僅使人感到親切，而且增加了作品的深度。緊接著寫臨平山上的塔，仍就眼前景物落筆，實則是以客觀的無知之物，襯托詞人主觀之情。「誰似」二字，既含有詞人不像亭亭聳立的塔，能目送友人遠去而深感遺憾，又反映了詞人不像塔那樣無動於衷地迎客西來復送客西去，而為友人的離去陷入深深的哀傷之中。同時，也反映了作者迎友人來杭又送友人離去的實際。

下闋承上闋以塔之無情送客襯己之惜別深情，再從正面和實處抒發。詞意似斷似續，實是妙筆。「歸路晚風清」，友人既已離去，自己亦只得返程，然惜別的情思綿綿不絕。「夢不成」與「淚不晴」，都是實寫詞人對陳述古的思念，而又有一個遞進、深化的過程。同時，在詞的環境氛圍與形象的描繪上，這兩句也非常成功。「夢不成」，襯以初秋的寒意，愈顯出環境氣氛之淒清，「淚不晴」，置於微弱的殘燈斜照之下，說雨晴而淚不晴，極有思致，愈展現出人物形象的孤寂及其內心思念友人的深情。

整首詞就這樣從一反一正、一虛一實之中，以通俗明白的語言，表現出詞人對陳述古的深情厚誼與惜別之意。不用典故，不加藻飾，但寫真景物真感情，在送別的題材中，令人有耳目一新之感。（邱俊鵬）

南鄉子　蘇軾

集句

帳望送春杯（杜牧），漸老逢春能幾回（杜甫）。花滿楚城愁遠別（許渾），傷懷，何況清絲急管催（劉禹錫）。

吟斷望鄉臺（李商隱），萬里歸心獨上來（許渾）。景物登臨閒始見（杜牧），徘徊，一寸相思一寸灰（李商隱）。

選取前人成句合為一篇叫集句。這本是詩中之一體，始見於西晉傅咸〈七經詩〉。宋代自石延年、王安石到文天祥，都喜為集句詩文。文天祥〈集杜詩〉二百篇最為著名。王安石又以集句為詞，開詞中集句一體。蘇軾作有〈南鄉子·集句〉三首，這是其第二首，詞中所集皆唐人詩句。詳審詞意，當作於貶謫黃州時期。

「帳望送春杯」，起筆取杜牧〈惜春〉詩句，點對酒傷春現境。帳望著這杯送春之酒，撩起了比酒更濃的傷春之情。次句直抒傷春所以傷老。「漸老逢春能幾回」，取杜甫〈絕句漫興九首〉其四之句。杜甫此詩是飄泊成都時作。漸老，語意含悲。逢春，則一喜。能幾回？又一悲。非但一悲，且將逢春之喜也一併化而為悲。

一句之中一波三折，筆致淡宕而蒼老。前人謂杜詩筆老，說得極是。東坡拿來此句，妙在正好寫照了自己在「烏臺詩案」後貶謫黃州的相似心情。東坡黃州詩〈安國寺尋春〉云「看花嘆老憶年少，對酒思家愁老翁」，可盡此句意蘊。此時正是看花嘆老，對酒思家，所以下句便道：「花滿楚城愁遠別。」此句取自許渾〈竹林寺別友人〉詩。時當春天，故曰花滿。謫居黃州，正是楚城。遠離故國，豈不深愁！花滿楚城，觸目傷心，真是春紅萬點愁如海呵！取此句實在切己之至。楚城一語，已貫入詞人受迫害遭貶謫的政治背景這一深層意蘊，並隱然翻出之，詞句便不等同於傷春傷別之原作。這極能體現集句古為今用之妙。「傷懷」，短韻二字，分量極重，囊括盡臨老逢春遠別之種種痛苦。上片有此二字自鑄語，遂進一步將所集唐人詩句融為己有。「何況清絲急管催」，此句取自劉禹錫〈洛中送韓七中丞之吳興口號五首〉其三。傷心人別有懷抱，更何況酒筵上清絲急管之音樂，只能加重難以為懷之悲哀呵。周邦彥〈滿庭芳．夏日溧水無想山作〉云：「憔悴江南倦客，不堪聽、急管繁弦。」語意相似，若知人論世，則東坡此句實沉痛過之。據載，「東坡來黃州，二君為守倅（指太守、通判），厚禮之，無遷謫意。君猷秀惠列屋，杯觴流行，多為賦詞。」（南宋施元之《施註蘇詩》卷十九〈太守徐君猷、通守孟亨之皆不飲酒，以詩戲之〉）詞中所寫酒筵絲管，當是黃州太守為東坡所設。

過片著力寫思鄉之情。「吟斷望鄉臺」取自李商隱〈晉昌晚歸馬上贈〉詩。義山原詩云：「征南予更遠，吟斷望鄉臺。」這裡雖是取其下句，其實亦有取上句。東坡宦遊本不忘蜀，其〈醉落魄．席上呈元素〉云：「故山猶負平生約，西望峨嵋，長羨歸飛鶴。」退隱還鄉，幾乎是東坡平生始終纏繞心頭的一個情結。人窮則思返本，何況南遷愈遠故國。當飲酒登高之際，又怎能不倍加望鄉情切！下邊縱筆寫出：「萬里歸心獨上來。」此句取自許渾〈冬日登越王臺懷歸〉詩。詞人歸心萬里，同筵的諸君，又何人會此登臨之意？「獨」之一字，凸出了詞人的一份孤獨感。東坡黃州詩〈侄安節遠來夜坐三首〉其二云：「永夜思家在何處？」語意同一深沉。

萬里歸心，本由宦遊而生，更因遷謫愈切。無可擺脫的遷謫意識，在下句進一步流露出來。「景物登臨閒始見」，取自杜牧〈八月十二日得替後，移居霅溪館因題長句四韻〉，蓋有深意。原詩云：「景物登臨閒始見，願為閒客此閒行。」兩句之中，閒字三見。東坡取其詩意，是整個地融攝，又暗注己意。春日之景物，只因此身已閒，始得從容登臨見之真切如此。此句雖是言登臨覽景，其實已轉而省察自身。閒之一字，飽含了自己遭貶謫無可作為的莫大痛苦。東坡黃州詞〈念奴嬌．赤壁懷古〉，即發抒理想落空、「人生如夢」（一作「人間如夢」，此組〈南鄉子．集句〉其三「須著人間比夢間」可參）之感。此句，正是感喟這份無可作為的痛苦與憤懣。然而，此時詞人又能如何？「徘徊。」此二字，也是下片唯一自鑄之語，但它所關消息甚大，暗示著詞人此時心態由外向轉而內向之一過渡。輾轉徘徊，反思內心，正是「一寸相思一寸灰」。結筆取李義山〈無題四首〉其二（颯颯東風細雨來）詩句，沉痛至極，包孕至廣。東坡黃州詩〈寒食雨二首〉其二云：「君門深九重，墳墓在萬里。也擬哭途窮，死灰吹不起。」正是結筆乃至全詞的極好註腳。君門不可通，故國不可還，兩般相思，一樣寒灰。一結哀感無窮。東坡在黃州，自有人所熟知的曠達一面（〈念奴嬌．赤壁懷古〉、〈赤壁賦〉），可也有心若死灰的另一面。此詞深刻反映了東坡當時心態的一個側面。

此詞落墨於酒筵，中間寫望鄉，結穴於一寸相思一寸灰的反思，呈現出一個從向外觀照而返聽收視、反觀內心的心靈活動過程。由外向轉而內向，是此詞特色之一。這一點極可注意。北宋晁補之稱東坡詞「橫放傑出，自是曲子中縛不住者」（宋吳曾《能改齋漫錄》卷十六引）。而此詞則證明，東坡詞在橫放傑出風格之外，更有內斂綿邈之一體。若進一步知人論世，則當時東坡之思想祈向，實已從前期更多的向外用力，轉變為更多的向內用力。南宋施宿《東坡先生年譜》元豐三年（一〇八〇）譜云：「到黃（州）無所用心，輒復覃思於《易》、《論語》，端居深念，若有所得。」可見此詞呈現反觀內心之特色並非偶然。同時，詞中取唐人詩句無一而不切合詞人當下之現境、命運、心態，既經其靈氣融通，遂煥然而為一新篇章，具一新生命。集句為詞，信手拈來，渾然天成，如自己出，是此詞又一特色。東坡黃州詩〈次韻孔毅父集古人句見贈五首〉其一云「世間好句世人共，明月自滿千家墀」，其三云「用之如何在我耳，入手當令君喪魄」，正是夫子自道。東坡這首集句詞之成功，足見其博學強識，更足見其思想之自由靈活。陳寅恪先生《論再生緣》說：「六朝及天水①一代之思想最為自由，故文章亦臻上乘。」又說：「苟無靈活自由之思想，以運用貫通於其間，則千言萬語，盡成堆砌之死句。」可以移評東坡此詞。好的集句實無異創作。宋代詩詞盛行用典、檃括、集句、和古人韻等法式，自其低下者而觀之，不過為卑不足道的技巧。但自其高明者以觀之，則體現了一種以故為新、善繼傳統和尚友古人、認同古人的文化精神，可說是技進乎道了。（鄧小軍）

〔註〕①趙姓郡望天水，故以天水代指宋朝。

南歌子　蘇軾

遊賞

山與歌眉斂，波同醉眼流。遊人都上十三樓，不羨竹西歌吹古揚州。

菰黍連昌歜①，瓊彝倒玉舟。誰家〈水調〉唱〈歌頭〉，聲繞碧山飛去晚雲留。

〔註〕①菰黍連昌歜：歜，音同觸。昌歜即菖蒲根切細醃成的鹹菜。《左傳．僖公三十年》載周天子派遣周公閱聘問魯國，宴請他的食物有「昌歜、白黑」。周公閱稱為「薦五味，羞嘉穀」。（薦、羞，皆獻進之意。）據歷代註家解釋：昌歜有五味之和；嘉穀指原料稻、黍，白黑指製成品白米糕、黑黍糕，還澆上油脂。詞語用典，非謂必食此數物，取其意而已。

蘇軾一到杭州就對杭州的山水發出驚嘆，「餘杭自是山水窟」（〈將之湖州戲贈莘老〉），「故鄉無此好湖山」（〈六月二十七日望湖樓醉書五絕〉其五），並表示死後願能葬在這裡。他先為通判，後作知州，在杭期間無日不在山水之間，甚至連辨訟決案等公務也在西湖辦理。隨著政治上的日益不得志，他對杭州的這種深情也與日俱增。他不僅把杭州當作遊賞地、棲身所，更把它當作擺脫煩惱的精神逋逃藪。他寫於杭州的詩詞有不少就是這一段心靈歷程的忠實紀錄。此詞就是其中之一。

這首詞寫的是杭州的遊賞之樂，但並非寫全杭州或全西湖，而是寫宋時杭州名勝十三樓。這十三樓是臨近西湖的一個風景點。宋周淙的《乾道臨安志》有這樣的記載：「十三間樓去錢塘門二里許。蘇軾治杭日，多治

蘇軾〈南歌子〉（山與歌眉斂）——明刊本《詩餘畫譜》

事於此。」

詞一開頭就寫出了一個最為熱烈的場面：「山與歌眉斂，波同醉眼流。」就是說，作者及其同伴面對湖光山色，盡情聽歌，開懷痛飲。歌女眉頭黛色濃聚，就像遠處蒼翠的山巒；醉後眼波流動，就像湖中的灩灩水波。接著補敘一筆：「遊人都上十三樓。」意即凡是來遊西湖的人，沒有不上十三樓的，此一動人場面就出現在十三樓上。為了寫出十三樓的觀覽之勝，作者將古揚州的竹西亭拿來比襯：「不羨竹西歌吹古揚州。」據《輿地紀勝》記載：「揚州竹西亭在北門外五里。」得名於杜牧〈題揚州禪智寺〉的「誰知竹西路，歌吹是揚州」。竹西亭為唐時名勝，向為遊人羨慕。這裡說只要一上十三樓，就不會再羨慕古代揚州的竹西亭了，意即十三樓並不比竹西亭遜色。

過片以後極寫自己和同伴於此間的遊賞之樂。「菰黍連昌歜」，寫他們宴會上用的糕點，材料普通而精緻味美。（一本題作「杭州端午」，則此指粽子。）「瓊彝倒玉舟」，「彝」（音同宜）為貯酒器，「玉舟」即酒杯，句意為漂亮的酒壺，不斷地往杯中倒酒。綜上二句，意在表明他們遊賞的目的不是為了口腹之欲，作烹龍炮鳳的盛宴，而是貪戀湖山之美，追求精神上的愉快和滿足。最後以寫清歌曼唱滿湖山作結：「誰家〈水調〉唱〈歌頭〉，聲繞碧山飛去晚雲留。」〈水調〉，相傳為隋煬帝於汴渠開掘成功後所自製，唐時為大曲，凡大曲有歌頭，〈水調歌頭〉即裁截其歌頭，另倚新聲。此二句是化用杜牧〈揚州三首〉其一「誰家唱水調，明月滿揚州」詩意，但更富聲情。意思是不知誰家唱起了水調一曲，歌喉宛轉，音調悠揚，情滿湖山，最後飄繞著近處的碧山而去，而傍晚的彩雲卻不肯流動，彷彿是被歌聲所吸引而留步。這最後一筆極富表現力，一表明遊人不知疲倦，至晚不歸；二形容歌聲之美妙動人，彩雲也為之傾倒。

此詞以寫十三樓為中心，但並沒有將這一名勝的風物作細緻的刻畫，而是用寫意的筆法，著意描繪聽歌、飲酒等雅興豪舉，烘托出一種與大自然同化的精神境界，給人一種飄然欲仙的愉悅之感。同時，對比手法的運用也為此詞增色不少。十三樓的美色就是透過與竹西亭的對比而突現出來的，省了很多筆墨，卻增添了強烈的藝術效果。此外移情的作用也不可小看。作者利用歌眉與遠山、目光與水波的相似，付與遠山和水波以人的感情，創造出「山與歌眉斂，波同醉眼流」的迷人的藝術佳境。晚雲為歌聲而留步，自然也是一種移情，耐人品味。

（謝楚發）

南歌子　蘇軾

雨暗初疑夜，風回便報晴，淡雲斜照著山明。細草軟沙溪路馬蹄輕。

卯酒醒還困，仙村夢不成，藍橋何處覓雲英？只有多情流水伴人行。

包括這首詞在內，《東坡樂府》裡有三首韻字相同、內容相近而且互相連屬的〈南歌子〉，顯然是同題之作。王氏四印齋本，三首編排在一起，且於第一首（日出西山雨）之下，標以「送行甫赴餘姚」的題目，考其內容，與題不合，而排在這三首前面的另一首題作「湖州作」的〈南歌子〉，寫的卻是送別的內容。前人疑為詞題互誤，是有道理的。所以，「雨暗初疑夜」這一首，亦當是屬於「湖州作」那個題目之下的篇章。蘇軾由徐州轉守湖州（今屬浙江），是神宗元豐二年（一〇七九）三月的事，到任不久，同年七月底，就發生了「烏臺詩案」，蘇軾隨即被捕入獄。很可能，由於蘇軾在湖州經歷了這場巨大的政治風波，而同時所作的三首〈南歌子〉又都以描寫晴雨變化的句子開頭，所以毛氏汲古閣本就給它們加上了「寓意」二字的標題。蘇軾到湖州，是那年三月奉命，四月到任，詞中恰有「亂山深處過清明」之句，故而，三首〈南歌子〉當是赴任途中所作。那時，蘇軾自己並不知道即將發生詩案，直到七月七日，他還在湖州從容地曝曬圖書字畫，懷念那年新故的表兄文同，寫了那篇著名的〈文與可畫筼簹穀偃竹記〉，可見毛氏之所謂「寓意」，乃出附會。

「雨暗初疑夜」這首小詞，寫的是作者行路途中的所見所感，反映了他那宦海漂泊的生活經歷中的一個片斷。蘇軾那次調職赴任，自徐州往南京（商丘），再向東南方進發，過淮、泗，經金山、惠山、垂虹橋等勝跡，沿途舊地重遊，多逢故人，不免相與感慨。在金山寺贈寶覺長老詩，有「稽首願師憐久客，直將歸路指茫茫」（〈余去金山五年而復至，次舊詩韻，贈寶覺長老〉）之句，可見作者當時心境。這首小詞，則從輕鬆處著筆，聊發聯想，嘆人生之不得成仙而歸去。開頭所寫晴雨變化，當是江南三月之實情。由於夜來陰雨連綿，時辰到了，不見天明，仍疑是夜；待到一陣春風把陰雲吹散，迎來的已是晴朗天氣。「淡雲斜照著山明」，寫的是晨景，並非暮景。初升朝日，其光亦斜，亦是先把山頭照得明亮。既是晴天，便可繼續上路了。接下來，便是「細草軟沙溪路馬蹄輕」長句。這一句寫得清新輕快，的是春朝雨後乘馬行於溪邊路上之情味。蘇軾喜作此等語句，「軟草平莎過雨新，輕沙走馬路無塵」（〈浣溪沙．徐門石潭謝雨，道上作五首〉其五），「山下蘭芽短浸溪，松間沙路淨無泥」（〈浣溪沙．遊蘄水清泉寺，寺臨蘭溪，溪水西流〉），都與此二句非常近似，可以合看。下片著重寫裴航遇雲英，雙雙成仙的傳奇故事，卻從「卯酒醒還困」一句引發出來。卯酒，早晨卯時飲下之酒，亦即蘇軾曾戲稱為「澆書」之「晨飲」（見宋魏慶之《詩人玉屑》）。所謂「醒還困」，既說酒未全醒，也說夜來睡眠未足，於是很自然地，單調而有節奏的踢踢踏踏的馬蹄聲，就引起神仙故事的聯想來了。唐人裴鉶所作《傳奇》中，有一篇題作〈裴航〉的小說，故事離奇曲折，略謂：裴航下第歸，與一女仙同舟，得其所示詩，有云：「藍橋便是神仙窟，何必崎嶇上玉清。」及至藍橋驛，下道求漿，得遇雲英，雲英，女仙之妹也，經歷訪求玉杵臼、擣藥服食諸曲折，終得結而升仙。蘇軾此詞中所謂「仙村」，即指藍橋而言；所謂「夢不成」者，謂神仙飄渺不可求，故有「何處覓雲英」之感嘆。最後，從幻想回到現實，為了找尋一點慰藉，作者覺得路邊的溪水也還是有情的，它正鳴奏著潺潺的樂曲，伴隨著自己，向前流淌著，這就是「只有多情流水伴人行」。

一首小詞，總要寫出一點情趣才能引人喜愛。蘇軾這首〈南歌子〉的特點，在於寫了他自己的聯想，並且能夠引起讀者的聯想，神仙故事如何如何，現實生活又如何如何，儘管人們從中獲得的感受並不相同，但都會覺得它是有點味道的。這恐怕就是這首詞的情趣所在了。（王雙啟）

鵲橋仙

蘇軾

七夕送陳令舉

緱山仙子，高情雲渺，不學痴牛騃女。鳳簫聲斷月明中，舉手謝時人欲去。

客槎曾犯，銀河波浪，尚帶天風海雨。相逢一醉是前緣，風雨散、飄然何處？

此詞調寄〈鵲橋仙〉，以七夕為題，是詠調名本意，為送別友人陳令舉而作，非必寫於七月七日。陳舜俞，字令舉，烏程（今浙江湖州市）人。宋神宗熙寧中做過山陰知縣，因抵制青苗法，遭貶居家。熙寧七年（一〇七四）秋九月，蘇軾同楊元素、陳令舉、張先（字子野）等曾到湖州拜訪知州李公擇，作有〈菩薩蠻・席上和陳令舉〉詞，本篇之作大約亦在此時，為分別時所寫。農曆七月七日夜，稱為七夕，古代民間神話，每年七夕，牛郎織女渡天河相會。向來寫七夕題目的小詞，都不外描寫民間乞巧，或藉以表達男女離恨。如張先〈菩薩蠻・七夕〉「雙針競引雙絲縷，家家盡道迎牛女」，即是寫前者；歐陽脩〈漁家傲・七夕〉「新歡往恨知何限，天上佳期貪眷戀」，即是寫後者。蘇軾這首七夕詞不同，他用來贈別，在立意上一反舊調，別開新境。

詞寫七夕，用事須得合題，故一般離不開鵲橋歡會、兒女私情。此詞上片，也緊切七夕下筆，但用的卻是王子喬飄然仙去的故事。據舊題西漢劉向《列仙傳》載，周靈王太子王子喬，好吹笙作鳳凰鳴，遊伊洛之間，被道士浮丘公接上嵩高山三十餘年。後於山上見柏良，對他說：「告我家，七月七日待我於緱（音同鉤）氏山顛。」至時，果乘白鶴駐山頭。望之不得到。舉手謝時人，數日而去。李白〈感遇四首〉其一和〈鳳吹笙〉，都寫此事。蘇軾此詞上片，借這則神話故事，稱頌一種超塵拔俗、不為柔情羈縻的飄逸曠放襟懷，以開解友人的離思別苦。發端三句，贊王子喬仙心超遠，縹渺雲天，不學牛郎織女身陷情網，作繭自縛。一揚一抑，獨出機杼，頓成翻案之筆。緱山，在河南偃師縣。緱山仙子，指王子喬，因為他在緱山仙去，故云。「鳳簫」兩句，承「不學」句而來，牛女渡河，兩情繾綣，勢難割捨；仙子吹簫月下，舉手告別家人，飄然而去。前者由仙入凡，後者超凡歸仙，趨向相反，故贊以「不學痴牛騃女」。李白〈感遇四首〉其一云：「吾愛王子晉，得道伊洛濱……舉手白日間，分明謝時人。」上片詞意，正與李白詩相近。

上片剪裁緱山仙子王子喬故事，泛詠七夕，隱隱為開解離愁作鋪墊。下片寫自己與友人的聚合與分離，彷彿前緣已定，事有必然。據東坡〈記遊松江〉（《東坡志林》卷一）說：「吾昔自杭移高密，與楊元素同舟，而陳令舉、張子野皆從余過李公擇於湖，遂與劉孝叔俱至松江。夜半月出，置酒垂虹亭上。」蘇軾於熙寧七年九月從杭州通判移任密州知州，與同時奉召還汴京的杭州知州楊元素同舟至湖州訪李公擇，陳令舉、張子野同行，並與劉孝叔會於湖州府園之碧瀾堂，稱為「六客之會」，席上「年八十五，以歌詞聞於天下」的張子野作〈定風波令〉，即「六客詞」，會後同泛舟遊吳松江，至吳江垂虹亭暢飲高歌，「坐客歡甚，有醉倒者」。他們幾位友人曾如此歡聚，如今又將星散了。下片就是記述這段經歷。但作者不是徑直敘寫，仍借與天河牛女有關的故事來進行比況。晉張華《博物志》載一則故事說：天河與海相通，年年有浮槎（音同茶）定期往來，海濱一人懷探險奇志，便多帶乾糧，乘槎浮去。經十餘日，至一城郭，遇織布女和牽牛人，便問牽牛人，此是何處。牽牛人告訴他回去後問蜀人嚴君平便知。後來乘槎人還，問嚴君平。君平告以某年月日有客星犯牽牛宿，計算年月，正是乘槎人到天河之時。詞人借用這則優美的神話故事，比況他們曾衝破澄澈的銀浪泛舟而行。也許在明淨的月夜，滿天星斗映入波光，他們的航船，果真衝犯過牽牛宿呢！「槎」，即竹筏，「客槎」，一語雙關：明指天河的「浮槎」，暗喻他們所乘的客船。「尚帶天風海雨」，切合「浮槎」通海之說。與會者之一的楊元素，後來作詩寄東坡回憶此事，也說「仙舟遊漾霅溪風」，見宋吳聿《觀林詩話》。煞拍兩句筆墨落到贈別。「相逢一醉是前緣」，寫六客之會，「風雨散、飄然何處」，「風雨」承上「天風海雨」，寫朋友分袂，各自西東。兩句，一寫聚，一寫散。「一醉是前緣」，含慰藉之意；「飄然何處」，有無限感慨。他們對於王安石新政，見解相同，臨別之時，自是其情難已。

蘇軾寫七夕，擺脫了兒女豔情的舊套，藉以抒寫送別的友情，且用事上雖緊扣七夕，格調上卻能以飄逸超曠，取代纏綿悱惻之風。使人讀來，深感詞人逸懷浩氣，超乎塵垢之外，「不特興會高騫，直覺有仙氣縹緲於毫端」（清李佳《左庵詞話》評〈水調歌頭．明月幾時有〉語）。陸游在〈跋東坡七夕詞後〉說：「昔人作七夕詩，率不免有珠櫳綺疏惜別之意。唯東坡此篇，居然是星漢上語，歌之曲終，覺天風海雨逼人。學詩者當以是求之。」陸游的話，是此詞的千古定評。（劉乃昌）

望江南 蘇軾

超然臺作

春未老，風細柳斜斜。試上超然臺上看，半壕春水一城花。煙雨暗千家。

寒食後，酒醒卻咨嗟。休對故人思故國，且將新火試新茶。詩酒趁年華。

這首詞作於宋神宗熙寧九年（一〇七六）暮春，在密州（今山東諸城縣）任上。作者於熙寧七年十一月至密州，「處之期年」，即八年底，動工修葺園北舊臺，並由其弟蘇轍命其名曰「超然」，這就是超然臺（據蘇軾〈超然臺記〉）。作者登超然臺，眺望滿城煙雨，觸動鄉思，寫下了這首詞。

這首詞為雙調，比原來的單調〈望江南〉增加了一疊。上片寫登臺時所見城中景象，包括三個層次。首先以春柳在春風中的姿態——「風細柳斜斜」，點明當時的季節特徵：春已暮而未老。其次，以「試上」二句，直說登臨遠眺，而「半壕春水一城花」，在句中設對，以春水、春花，將眼前圖景鋪排開來。然後，以「煙雨暗千家」作結。三個層次先是由一個特寫鏡頭導入，再是大場面的鋪敘，最後，居高臨下，說煙雨籠罩著千家萬戶。於是，滿城風光，盡收眼底。這是上片，寫春景。下片寫情，乃觸景生情，與上片所寫之景，關係緊密。「寒食後，酒醒卻咨嗟」，進一步將登臨的時間點明。寒食，在清明前二日，相傳為紀念介子推，從這一天起，禁火三天；寒食過後，重新點火，稱為「新火」。此處點明「寒食後」，揣其用意：一是說，寒食過後，可以另起「新火」，二是說，寒食過後，正是清明節，應當返鄉掃墓。但是，此時卻欲歸而歸不得：一是因為公務在身，二是因為想繼續進取，希望實現其「致君堯舜」的宏大志願。此時，作者的思想處於極端矛盾的狀態之中。既由眼前之景觸動思歸之欲望，而這種欲望又不可能得到滿足，因此，他只好自我開解，進行一番自我安慰。「休對故人思故國，且將新火試新茶。」「休對」、「且將」，這是最好的解脫辦法，也是最切實的解脫辦法。這一辦法，雖十分勉強，無可奈何，但畢竟使思想上的矛盾，暫時得到了解決。於是，「詩酒趁年華」，便進一步申明：必須超然物外，忘卻塵世間一切，而抓緊時機，借詩酒以自娛。「年華」，指好時光，與開頭所說「春未老」相應合。全詞所寫，緊緊圍繞著「超然」二字，至此，即進入了「超然」的最高境界。這一境界，便是蘇軾在密州時期心境與詞境的具體體現。當然，細心玩味，似也不盡如此。這首詞從「春未老」說起，既是針對時令，謂春風、春柳，春水、春花尚未老去，仍然充滿春意，生機蓬勃，同時也是針對自己老大無成而發的，所謂春未老而人空老，可見心裡是不自在的。從這個意義上看，蘇東坡實際上並不真能「超然」。這種似是非是的境界，正是東坡精神世界的真實體現。

在作法上，作者按譜填詞，也頗為講究。〈望江南〉詞，以單調為多，宋人喜作雙調，《全宋詞》中存詞一百五十多首（不包括殘篇）。宋人所作，成功例子並不多，而蘇軾此詞，卻堪稱典範。〈望江南〉詞，上下兩片居中兩個七字句，通常是對仗句。蘇軾這首詞，上片兩個七字句，上一句是散文句式，與下一句並不對，但下一句，「半壕春水一城花」，「半壕」對「一城」，「春水」對「（春）花」，卻很工整，同樣收到鋪排場景的藝術效果。下片兩個七字句，天設地造，不僅字面對得工，而且辭義也對得工。這組對句，道出了全詞的中心意思。兩組對句，一組寫景，一組抒情，兩相照應，兩相關聯。上一組對句，寫的是異鄉之景，下一組對句，抒的是故鄉之情；上下合在一起看，可知上片所寫之景乃由異鄉人眼中看出，而下片所抒之情則由眼前

之景所觸發，景與情已經融為一體。令詞小調，作得如此天衣無縫，實在難得。可見，蘇軾並非豪放而不拘格律的詞作者。（施議對）

卜算子 蘇軾

黃州定惠院寓居作

缺月掛疏桐，漏斷人初靜。誰見幽人獨往來，縹緲孤鴻影。

驚起卻回頭，有恨無人省。揀盡寒枝不肯棲，寂寞沙洲冷。

這首詞是宋神宗元豐五年（一〇八二）十二月蘇軾在黃州所作（王文誥《蘇文忠公詩編註集成·總案》）。先是熙寧中，蘇軾與王安石政見不合，出補外官，他看到當時地方官吏執行新法多擾民者，心中不滿，發抒於詩中，因此激怒新黨，說蘇軾誹謗朝政，遂逮捕下獄，百端羅織，必欲置之死地，即所謂「烏臺詩案」。幸而神宗還算明白，終於釋放蘇軾出獄，貶為黃州團練副使。蘇軾自元豐三年（一〇八〇）二月至黃州，至元豐七年六月乃量移汝州，在黃州貶所居住四年多。

定惠院在黃州東南。此詞是蘇軾在貶所抒懷之作。上半闋敘寫寓居定惠院時的寂靜情況。「漏」指漏壺，是古人計時的器具，從壺中滴水計算時間，夜深時，壺中滴水減少，彷彿斷了，故「漏斷」即指夜深。這段詞意是說，在院中夜深人靜，月掛疏桐之時，彷彿有個幽人獨自往來，如同孤鴻之影。這個「幽人」，可能是想像的，也可能是蘇軾自指。下半闋承接上文而專寫孤鴻，說這個孤鴻驚恐不安，心懷幽恨，揀盡寒枝，都不肯棲息，只得歸宿於荒冷的沙洲。這正是蘇軾貶居黃州時心情與處境的寫照，用比興之法，借孤鴻襯托，正足以

蘇軾〈卜算子〉（缺月掛疏桐）——明刊本《詩餘畫譜》

表達其「幽約怨悱，不能自言之情」（清張惠言《詞選．序》語）。「揀盡寒枝不肯棲」句，南宋時曾有人認為：「鴻雁未嘗棲宿樹枝，唯在田野葦叢間，此亦語病也。」（南宋胡仔《苕溪漁隱叢話前集》卷三十九）這種看法未免拘泥。金王若虛《滹南詩話》卷二說：「東坡雁詞云『揀盡寒枝不肯棲』，以其不棲木，故云爾。蓋激詭之致，詞人正貴其如此。而或者以為語病，是尚可與言哉！」這是通達之見。

這首詞雖是蘇軾經歷烏臺詩案之後，貶居黃州，發抒其個人幽憤寂苦之情的作品，但是也曲折地反映了封建社會文字冤獄對人才的摧殘，還是有一定的社會意義的。至於後人或謂此詞為王氏女子而作（宋吳曾《能改齋漫錄》卷十六），或謂為溫都監女而作（南宋王楙《野客叢書》卷二十四）。都是好事者附會之辭，不足憑信。

這首詞的藝術是很高妙的。黃庭堅評此詞說：「語意高妙，似非吃煙火食人語，非胸中有萬卷書，筆下無一點塵俗氣，孰能至此！」（《豫章黃先生文集》卷二十六〈跋東坡樂府〉）評價可謂甚高。尤其「胸中有萬卷書，筆下無一點塵俗氣」二語，能說出蘇詞的真實本領，蘇軾其他好詞亦常有此種境界。清陳廷焯評此詞說：「寓意高遠，運筆空靈，措語忠厚，是坡仙獨至處，美成、白石亦不能到也。」（《詞則．大雅集》）也推崇備至。至於這首詞的章法也很奇特，前人已有道出者。胡仔說：「此詞本詠夜景，至換頭但只說鴻。正如〈賀新郎〉詞『乳燕飛華屋』，本詠夏景，至換頭但只說榴花。蓋其文章之妙，語意到處即為之，不可限以繩墨也。」（《苕溪漁隱叢話前集》卷三十九）這也可以看出蘇軾在作詞上的創新之處。

晚近人論詞多以「豪放」為貴，而推蘇軾為豪放之宗。這實在是一種偏見。宋詞仍是以「婉約」為主流，而蘇軾詞的特長是「超曠」，「豪放」二字不足以盡之。這首〈卜算子〉詞以及〈水調歌頭〉（明月幾時有）、〈八聲甘州〉（有情風萬里卷潮來）、〈永遇樂〉（明月如霜）、〈定風波〉（莫聽穿林打葉聲）等佳什，都是超曠之作，同時也不失詞的傳統的深美閎約的特點。這是評賞蘇詞時所極應注意的。（繆鉞）

昭君怨 蘇軾

金山送柳子玉

誰作桓伊三弄①，驚破綠窗幽夢？新月與愁煙，滿江天。

欲去又還不去，明日落花飛絮。飛絮送行舟，水東流。

〔註〕①桓伊三弄：桓伊，字叔夏，小字子野。東晉時音樂家，善箏笛。南朝宋劉義慶《世說新語・任誕》載：「王子猷（徽之）出都，尚在渚下。舊聞桓子野善吹笛，而不相識。遇桓於岸上過，王在船中，客有識之者云：『是桓子野。』王便令人與相聞云：『聞君善吹笛，試為我一奏。』桓時已貴顯，素聞王名，即便回，下車，踞胡床，為作三調。弄畢，便上車去，客主不交一言。」

宋神宗熙寧六年（一〇七三）十一月，在杭州任通判的蘇軾往常州、潤州一帶賑饑，恰好柳子玉要到舒州（今安徽安慶）靈仙觀，二人便結伴同行。第二年二月，蘇軾在金山送別柳子玉，遂作此詞以贈。子玉名瑾，潤州丹徒（今江蘇鎮江）人，其子仲遠為蘇軾堂妹婿，兩人是誼兼戚友的。

詞的上半闋寫離別前的晚上。在夜深人靜的時候，不知是誰吹起了優美的笛曲，將人從夢中驚醒。是什麼樣的夢呢？從「驚破」一詞來看，似有怨恨之意。夜聽名曲，本是賞心樂事，卻引起了怨恨；而一旦夢醒，離愁就隨之襲來，可見是個好夢。大概是夢見和朋友一起飲酒賦詩吧。歡聚的日子馬上就要結束，怎不使人懊惱、愁悶？推開窗戶，不知是要追尋那悠揚的笛聲，還是要尋回夢中的歡愉，只見江天茫茫，空蕩蕩的天上，掛著一彎孤單的新月，淒冷地望著人間。江天之際，迷迷濛濛、混混沌沌一片，那是被愁悶化作的煙霧塞滿了。上半闋寫夜愁。融情入景，笛聲，綠窗，新月，煙雲，天空，江面，織成了一幅有聲有色、浩渺幽清的圖畫。

下半闋遙想「明日」分別的情景。「欲去又還不去」，道了千萬聲珍重，但遲遲沒有成行。二月春深，將是「落花飛絮」的時節，景象淒迷，那時別情更使人黯然。「飛絮送行舟，水東流。」設想離別的人終於走了，船兒離開江岸漸漸西去。送別的人站立江邊，引頸遠望，不願離開，只有那多情的柳絮，像是明白人的心願，追逐著行舟，代替人送行。而滔滔江水，全不理解人的心情，依舊東流入海。以「流水無情」反襯人之有情，又借「飛絮送行舟」表達人的深厚情意，結束全詞，分外含蓄雋永。詞所謂明日送行舟，未必即謂作此詞的第二日開船，須作稍為寬泛的理解。詩集送柳子玉詩稱「先生官罷乘風去」（〈柳子玉亦見和，因以送之，兼寄其兄子璋道人〉）之後，復數有遊宴之事，子玉始成行，可參。

通觀全詞，沒有寫一句惜別的話，沒有強烈激切的抒情。將情感融入景物，透過景物描寫渲染出一種情感氛圍，使讀者身不由己地被引進其所創造的意境之中，這是本詞的藝術魅力之所在。在眾多的景物之中，又挑出一二件，直接賦予它們生命，起到畫龍點睛的作用，使所有的自然物都生氣勃勃，整個畫面都活了起來，這是本詞的特色。上半闋用「愁」寫煙，使新月也帶上了感情色彩；下半闋用「送」狀柳絮，使之與東去的流水對比而生情。而「愁煙」和「飛絮」在形態上又有共同之處，它們都是飄忽不定、迷迷濛濛的自然物；它們輕虛空靈，似乎毫無重量，不可捕捉，但又能無限擴散，彌漫整個宇宙。用它們象徵人世的飄泊不定，傳達出迷濛悵惘、拂之不去的眷戀之情，那是再妙不過的了。但作者似乎是隨手拈來，毫不費力，只道眼前所見，顯得極其自然。這正是詞人的高超之處。（陳華昌）

賀新郎

蘇軾

乳燕飛華屋，悄無人、桐陰轉午，晚涼新浴。手弄生綃白團扇，扇手一時似玉。漸困倚、孤眠清熟。簾外誰來推繡戶？枉教人夢斷瑤臺曲。又卻是、風敲竹。石榴半吐紅巾蹙，待浮花浪蕊都盡，伴君幽獨。穠豔一枝細看取，芳心千重似束。又恐被、秋風驚綠。若待得君來向此，花前對酒不忍觸。共粉淚、兩簌簌。

自從屈原用美人香草寄託君國之思，這種手法遂一直為後世詩人襲用。杜甫以「天寒翠袖薄，日暮倚修竹」（〈佳人〉）之佳人自喻，東坡在自己的作品中也多次以美人寄身世之慨。這首〈賀新郎〉就是這類作品。

詞的開頭安排人物出場別具匠心，用一隻小燕子引路，把讀者的視線引向一座梧桐深院的華屋。而「乳燕飛華屋」，描畫出環境氣氛之幽靜。華屋，暗示這裡非尋常人家。傍晚清涼，在「悄無人」的桐陰下，推出一位出浴美人來。東坡喜愛寫那「冰肌玉骨、自清涼無汗」（〈洞仙歌〉）的佳人，這出浴美人更能喚起一種表裡澄清、一塵不染的美感吧。

「手弄生綃白團扇，扇手一時似玉」，進而工筆描繪美人「晚涼新浴」之後的閒雅風姿。東坡著意給人物設置了一個道具——「生綃白團扇」，這種輕羅小扇自是適合她的華貴身分，它的潔白精美更像它的主人一樣純潔玲瓏。「扇手一時似玉」，表面上寫美人的手和手中的扇都如白玉浮雕似的美好，同時也暗示了美人和她的扇子同樣的命運。自從漢代班婕妤（漢成帝妃，為趙飛燕譖，失寵）作團扇歌後，在古代詩人筆下，白團扇常常是紅顏薄命，佳人失時的象徵。上文已一再渲染「悄無人」的寂靜氛圍，這裡又寫「手弄生綃白團扇」，著一「弄」字，便透露出美人內心一種無可奈何的寂寥，接以「扇手一時似玉」，實是暗示「妾身似秋扇」（南朝劉孝綽〈班婕妤怨〉）的命運。

以上寫美人心態，主要還是用環境烘托、用象徵、暗示方式，隱約迷離。她究竟在想什麼呢？下面東坡便透過一個夢來表現。古今中外的文學家都喜歡寫夢，它最適宜表現文學主人公心靈最深層的要眇幽微的情思。東坡運用得極其巧妙而自然。夏天，又是「新浴」，容易使人昏昏欲睡，自是一種生理反應。然而「漸困倚、孤眠清熟」一句，寫睡眠而曰「孤」，曰「清」，卻又使人感受到佳人處境之幽清和她內心的寂寞。瑤臺，是帝王閬苑，也是天上仙宮，美人究竟做的什麼夢呢？李白〈清平調〉寫玄宗與楊妃「若非群玉山頭見，會向瑤臺月下逢」，當是歡會的好夢吧？或者她像那「肌膚若冰雪，綽約若處子」（《莊子．逍遙遊》）的姑射女神，與嫦娥結伴，去過著那超然物外的仙家生活了。朦朧中彷彿有人掀開珠簾，敲打門窗，又不由引起她的一陣興奮，引起她一種期待。可是從夢中驚醒，卻是那風吹翠竹的蕭蕭聲，等待她的仍舊是一片寂寞。唐李益詩云：「開門復動竹，疑是故人來。」（〈竹窗聞風寄苗發司空曙〉）東坡化用了這種幽清的意境，著重寫由夢而醒、由希望而失望的悵惘；「枉教人」、「卻又是」，將美人這種感情上的波折凸顯出來了。從上片整個構思來看，主要寫美人孤眠。寫「華屋」，寫「晚涼」，寫「弄扇」，都是映襯和暗示美人的空虛寂寞，而種種情愫盡在不言之中。無可告訴的悵惘之情最後翻成瑤臺一夢。

杜甫筆下的佳人是「日暮倚修竹」，用蕭蕭修竹來映襯佳人。東坡則用穠豔獨芳的榴花為美人寫照。上片寫到美人夢斷瑤臺，為了且散愁心，她穿過桐陰，來到了石榴花畔。「石榴半吐紅巾蹙」，看那半開的榴花真似折縐的紅巾！白居易有詩云「山榴花似結紅巾」（〈題孤山寺山石榴花示諸僧眾〉），東坡句由此脫化而來，但把花寫得更活了，「蹙」字形象地寫出了榴花的外貌特徵，又帶有西子含顰的風韻，耐人尋味。「待浮花浪蕊都盡，伴君幽獨」，這是美人觀花引起的感觸和情思。石榴在夏季開花，好像她是有意不與百花爭春，待那些趕時髦的春花都凋謝盡了，她才蓓蕾初綻，晚花獨芳。這幽獨的榴花和幽獨的美人是多麼相似啊！因此，美人浮想聯翩，想到心中所期待的遠人。她似乎自言自語、無限深情地對心上人說：待那些浮花浪蕊謝盡的時候，你感到寂寞了，這裡有石榴花陪伴您呀！「伴君幽獨」一句中的「君」，隱隱指那瑤臺夢中之人，與上片意脈暗連。這兩句把榴花和「浮花浪蕊」對照，寫榴花的堅貞忠誠，寓意深遠。

「穠豔一枝細看取」，詞中女主人公似乎又從遐想中把思緒收回來，仔細看取眼前的花兒了，這紅豔穠麗的榴花多瓣重疊緊束。「芳心千重似束」，不僅捕捉住了榴花外形的特徵，並再次託喻美人那顆堅貞不渝的芳心。美人對著花兒「細看取」，芳意重重之中，一顆多愁善感的心又飛到遠處去。她由眼前之景想到將來之事。「又恐被、秋風驚綠」，韶華易逝，好景難駐，綠枝翠葉尚不堪秋風，何況這嬌柔的紅花？一個「驚」字，綰合花與人；花是如此，人何以堪！由花及人，油然而生美人遲暮之感，美好年華就要在這幽寂的期待中過去了，不禁又想到了那瑤臺夢中之人：「若待得君來向此，花前對酒不忍觸。共粉淚、兩簌簌。」美人又沉入遐想的境界中去：今日待君君不歸，他日君歸芳已歇。那時再到花前對酒共賞，恐不復看到這「穠豔一枝」、「芳心千重」的美景了。到那時難免對酒傷懷，淚珠兒、花瓣兒將一同簌簌落下了！清黃蘇《蓼園詞評》評這結尾四句說：「是花是人，婉曲纏綿，耐人尋味不盡。」

整個下片看似只說榴花，實是句句寫人。詞中之榴花是美人眼中之花，著有濃郁的感情色彩。美人看花時而觸景感懷，浮想聯翩；時而以花自比，託花言志。有時她是站在花外觀花，有時憐花惜花，亦自艾自嘆，花與人合而為一了。這是別開生面的借物抒情之法。

關於這首詞，前人傳說紛紜。宋楊湜《古今詞話》說：東坡知杭州時，府僚西湖宴集，官妓秀蘭浴後倦臥，姍姍來遲，折一枝榴花請罪，東坡乃作此詞，令秀蘭歌之以侑觴。宋曾季貍《艇齋詩話》說：此詞係東坡在杭州萬頃寺作，寺有榴花樹，是日有歌者晝寢云云。又宋陳鵠《耆舊續聞》說：有人在晁說之家見東坡此詞真跡，問知為侍妾榴花作。然從詞的內容看，詞人為生活中某事而作，只不過借題發揮而已，這首詞實是寫東坡自己的情懷的。宋胡仔說得好：「東坡此詞，冠絕今古，託意高遠，寧為一娼而發耶！」（《苕溪漁隱叢話》後集卷三十九）詞中美人的「瑤臺夢」頗可注意，它隱隱寓含著「君臣遇合」和超然物外兩種理想境界，而這正是東坡性格中的兩種主要特質。可嘆「浮花浪蕊」偏能惑主，他仕途多舛，壯志難酬，而年華如水，期待杳茫，乃借佳人失時之態，寄政治失意之感，此其真正託意所在乎？（高原）

洞仙歌 蘇軾

江南臘盡，早梅花開後。分付新春與垂柳。細腰肢、自有入格風流，仍更是、骨體清英雅秀。

永豐坊那畔，盡日無人，誰見金絲弄晴晝？斷腸是飛絮時，綠葉成陰，無箇事、一成消瘦。又莫是東風逐君來，便吹散眉間，一點春皺。

這篇詞寫作年代不可確考，朱祖謀《東坡樂府編年本》認為詞意與〈殢人嬌〉略同，把它編入宋神宗熙寧十年（一〇七七）。因為據宋傅藻《東坡紀年錄》，這年三月一日，蘇軾在汴京與王詵（晉卿）會於四照亭，王詵侍女倩奴求曲，遂作〈洞仙歌〉、〈殢人嬌〉與之。〈殢人嬌〉題「小王都尉席上贈侍人」，與《東坡紀年錄》所記相合。〈洞仙歌〉倘真是寫給倩奴的，其內容當會與倩奴有關。按南宋傅幹註本，〈洞仙歌〉題作「詠柳」。那麼本篇則是借柳以喻人，人即在柳中。

上片寫柳的體態標格和風度。起拍說臘盡梅凋，既點明節令，且借賓喚主，由冬梅引出春柳。以下「新春」緊承「臘盡」，臘月已盡，新春來臨，早梅開過，楊柳萌發。柳絲弄碧，是春意繁鬧的表徵，故說「分付新春與垂柳」。「分付」，交付之意，著「分付」一詞，彷彿春的活力、光彩、妖嬈，均凝集於垂柳一身，從而凸出了柳的形象。以下讚美柳的體態標格。柳枝婀娜，別有一種風流，使人想到少女的細腰。杜甫〈絕句漫興九首〉其九早有「隔戶楊柳弱嫋嫋，恰似十五女兒腰」之句。東坡正是抓住了這一特點，稱頌她有合格入流的獨特風韻，並進而用「清英雅秀」四字來品評其骨相。這就寫出了垂柳的清高、英雋、雅潔、秀麗，見出她與濃豔富麗的浮花浪蕊迥然不同。作者把握住垂柳的姿質特色，從她的體態美，進而刻畫了她的品格美。

下片轉入對垂柳不幸遭遇的感嘆。換頭三句，寫垂柳境況清寂、麗姿無主。長安永豐坊多柳，生在永豐園一角的垂柳，儘管在明媚春光中修飾姿容，分外妖嬈，怎奈無人一顧。詩人白居易寫過一首著名的〈楊柳枝詞〉，據唐人孟棨《本事詩．事感》載：白居易有妾名小蠻，善舞，白氏比為楊柳，有「楊柳小蠻腰」之句。及年事高邁，小蠻還很年輕，「因為楊柳之詞以託意，曰：『一樹春風萬（千）萬枝，嫩於金色軟於絲。永豐坊裡東南角，盡日無人屬阿誰？』」後皇上聽到此詞，極表讚賞，遂命人取永豐柳兩枝，移植禁中。東坡在這裡化用樂天詩意，略無痕跡，但平易曉暢的語句中，卻藏有深沉的含義。「斷腸」四句，緊承上文，寫垂柳的悽苦身世，說：一到晚春，綠葉雖繁，柳絮飄零，她更將百無聊賴，必然日益瘦削、玉肌消減了。煞拍三句是展望前景，也許只有東風的吹拂，纔可銷愁釋怨，使蛾眉般的彎彎柳葉，得以應時舒展。正如宋初詩人辛夤遜〈柳〉句云：「既待和風始展眉。」

全章用擬人法寫柳，垂柳是詞中的「主人公」。她身段苗條，體態輕盈，儀容秀雅。然而卻寂寞無主，被禁錮在園林的一角，感受不到春光的溫暖，也看不到改變命運的希望。這婀娜多姿、落寞失意的垂柳，宛然是骨相清雅、姿麗命蹇的佳人。詞中句句寫垂柳，卻句句是寫佳人。這佳人或許是向蘇軾索詞的倩奴，或許是與倩奴命運相似的女性。至少可以說，作者是以婉曲的手法，飽和感情的筆墨，描寫了一位品格清淑而命運多舛的少女形象，對之傾注了無限的同情。

前人說：「詠物詞極不易工，要須字字刻畫，字字天然，方為上乘。」（清彭孫《金粟詞話》）詠物含蘊深湛，在於寄託，「貴有不粘不脫之妙」（清吳衡照《蓮子居詞話》）。東坡此詞正具有這些優點。它句句刻畫垂柳，清圓流暢，形神兼到，熨帖自然。並借柳喻人，把人的品格與身世融入對柳的形神描摹之中，物中有人，亦物亦人，既不粘滯於物，也不脫離所詠課題。就風格而論，此詞纏綿幽怨，嫻雅婉麗，曲盡垂柳風神，天然秀美處有似〈水龍吟．次韻章質夫楊花詞〉，而又別具一段傾城之姿。可以說，這是東坡婉約詞的又一佳篇。（劉乃昌）

洞仙歌

蘇軾

冰肌玉骨，自清涼無汗。水殿風來暗香滿。繡簾開，一點明月窺人，人未寢，
欹枕釵橫鬢亂。
起來攜素手，庭戶無聲，時見疏星渡河漢。試問夜如何？夜已三更，金波淡，
玉繩低轉。但屈指西風幾時來，又不道流年暗中偷換。

坡公的詞，手筆的高超，情思的深婉，使人陶然心醉，使人淵然以思，爽然而又悵然，一時莫明其故安在。繼而再思，始覺他於不知不覺中將一個人生的哲理問題，已然提到了你的面前，使你如夢之冉冉驚覺，如茗之永永回甘，真詞家之聖手，文事之神工，他人總無此境。

即如此篇，其寫作來由，老坡自家交代得清楚：「僕七歲時見眉山老尼姓朱，忘其名，年九十餘，自言嘗隨其師入蜀主孟昶宮中。一日大熱，蜀主與花蕊夫人夜起避暑摩訶池上，作一詞。朱具能記之。今四十年，朱已死，人無知此詞者。但記其首兩句，暇日尋味，豈〈洞仙歌令〉乎，乃為足之。」這說明一個七歲的孩子，聽了這樣一段故事，竟是何等深刻地印在了他的心靈上，引起了何等的想像和神往，而四十年後（其時東坡當謫居黃州），這位文學奇人不但想起了它，而且運用了天才的藝術本領，將只餘頭兩句的一首曲詞，補成了完

蘇軾〈洞仙歌〉（冰肌玉骨）——明刊本《詩餘畫譜》

篇——而且補得是那樣的超妙，所以要相信古人是有奇才和奇跡出現過的。顯然，東坡並不可能「體驗」蜀主與花蕊夫人那樣的「生活」而後纔來創作，但他卻「進入了角色」，這種創造的動機和方法，似乎已然隱約地透露出「代言體」劇曲的胚胎醞釀。

冰肌玉骨，可與「花容月貌」為對，但實有高下之分、雅俗之別了。盛夏之時，其人肌骨自涼，全無汗染之氣，可想而得。以此之故，東坡乃即接曰：水殿風來暗香滿。暗香者，何香？殿裡焚焙之香？殿外蓮荷之香？冰玉肌骨之人，既自清涼，應亦體自生香？一時俱難「分析」。即此一句，便見東坡文心筆力，何等不凡。學文之士，宜向此等處體會，方不致只看「熱鬧」耳。

以下寫簾開，寫月照，寫欹枕，寫釵鬢，須知總是為寫大熱二字，又不可為俗見所牽，去尋什麼別的，自家將精神境界降低（或根本未曾能高），卻說什麼昶、蕊甚至坡公只一心在「男女」上摹寫，豈不可悲哉。

上片全是交代「背景」。過片方寫行止，寫感受，寫思索，寫意境，寫哲理。因大熱人不能寐，及風來水殿，月到天中，再也不能閉置繡簾之內，於是起身而到中庭。以其無人，乃攜手同行——所攜者特曰素手，此本舊詞，早見古詩，不足為奇，但東坡用來，正為蜀主原語呼應：其為冰玉生涼之手，又不待「刻畫」，只一「素」字盡之，所以學文者若只以東坡「用傳統詞語」視之，便只得到「箋註家」能事，而失卻藝術家心眼也。（所以好的箋註家須同時是藝術家，方可。）

既起之後，來至中庭，時已深宵，寂無人跡，聞無蟲語，唯有微風時傳暗香之夜氣。仰而見月，於是由看月而又看銀河天漢，蓋時至六七月，河漢已愈顯清晰。銀河亦如此寂靜無譁——時見流星一點，掠過其間。此筆寫得又何等超妙入神！不禁令人想起孟襄陽寫出「微雲渡河漢，疏雨滴梧桐」（殘句，見唐王士源〈孟浩然集序〉）時，當時一座嘆為清絕。我則以為，東坡此一句，足抵孟公十字，不是秋夜之清絕，而是夏夜之靜絕，大熱中之靜絕。寫清絕之境不難，此境卻實難落筆得神也。

「試問」一句，又從容傳出二人攜手大熱中靜玩夜空之景已久，已久。及聞已是三更，再觀霄漢，果見月色澄輝，便覺減明，北斗玉繩，柄更低垂——真個宵深夜靜，已到應該歸寢之時了。但是大熱不隨夜色而稍減。於是又不禁共語：什麼時候才得夏盡秋來，暑氛退淨呢！

以上一切，皆非老尼朱氏所能傳述，全出坡公自家為他二人而設身，而處地，而如覺大熱，而如見星河，而如聞共語……學詞者，又必須領會：漢、淡、轉三韻，連寫天象，時光暗轉，是何等諧婉悅人，而又何等如聞微嘆！

東坡既敘二人之事畢，乃於收煞全篇處，似代言，似自語，而感慨係之：當大熱之際，人為思涼，誰不渴盼秋風早到，送爽驅炎？然而於此之間，誰又遑計夏逐年消，人隨秋老乎？嗟嗟，人生不易，常是在現實缺陷中追求想像中的將來的美境；美境縱來，事亦隨變；如此循環，永無止息——而流光不待，即在人的想望追求中而偷偷逝盡矣！當朱氏老尼追憶幼年之事，昶、蕊早已無存，而當東坡懷思製曲之時，老尼又復安在？當後人讀坡詞時，坡又何處？……是以東坡之意若曰：人宜把握現在。所以他寫中秋詞〈水調歌頭〉，也說「起舞弄清影，何似在人間？」「……此事古難全，但願人長久，千里共嬋娟！」（此種例句，舉之不盡）故東坡一生經歷，人事種種，使之深悲；而其學識性質，又使之達觀樂道。讀東坡詞，常使人覺其悲歡交織，喜而又嘆者，殆因上述緣故而然歟？

此義既明，強分「婉約」「豪放」，而欲使東坡歸於一隅，豈不徒勞而自縛哉。（周汝昌）

八聲甘州　蘇軾

寄參寥子

有情風萬里卷潮來，無情送潮歸。問錢塘江上，西興浦口，幾度斜暉？不用思量今古，俯仰昔人非。誰似東坡老，白首忘機。

記取西湖西畔，正春山好處，空翠煙霏。算詩人相得，如我與君稀。約他年、東還海道，願謝公雅志莫相違。西州路，不應回首，為我沾衣。

這首詞寫作的時間、地點，多有異說：一、作於宋哲宗紹聖四年（一〇九七），時蘇軾謫居儋州（今屬海南省），見清人王文誥《蘇文忠公詩編註集成．總案》卷四十一；二、作於哲宗元祐六年（一〇九一），時蘇軾由杭州知州召為翰林學士承旨，將離杭州赴汴京，見朱祖謀《東坡樂府編年本》，後龍榆生《東坡樂府箋》、曹樹銘《蘇東坡詞》從之；三、清人黃蘇《蓼園詞評》謂作於杭州任內：「此詞不過嘆其久於杭州，未蒙內召耳」；四、元祐六年自杭到汴京後作和元祐四年（一〇八九）初到杭州時作。

以上五說以第二說為勝。南宋胡仔《苕溪漁隱叢話．後集》卷三十九說：「其詞（即本篇）石刻後東坡自題云：『元祐六年三月六日。』」余以《東坡先生年譜》考之，元祐四年知杭州，六年召為翰林學士承旨，則長

蘇軾〈八聲甘州〉（有情風萬里卷潮來）——明刊本《詩餘畫譜》

短句蓋此時作也。」蘇軾離杭時間為元祐六年三月九日（據宋王宗稷《東坡先生年譜》），則此詞當是蘇軾離杭前三天寫贈給參寥的。這是一。又南宋傅幹《注坡詞》卷五此詞題下尚有「時在巽亭」四字。巽亭，在杭州東南。宋周淙《乾道臨安志》卷二：「南園巽亭，慶曆三年郡守蔣堂於舊治之東南建巽亭，以對江山之勝。」蘇舜欽〈杭州巽亭〉詩：「公自登臨闢草萊，赫然危構壓崔嵬。涼翻簾幌潮聲過，清入琴尊雨氣來。」蘇軾當時所作〈次韻詹適宣德小飲巽亭〉：「濤雷殷白晝。」這都說明巽亭能觀潮，與本篇起句相合，而且說明蘇軾可能曾遊過此亭，就在巽亭小宴上與詹適詩歌唱和。這是二。詞中所寫景物皆為杭地，內容又繫離別，這是三。

參寥即僧道潛，於潛（舊縣名，今併入浙江臨安市）人，是當時一位著名的詩僧，與蘇軾交往密切。此詞乃蘇軾臨離杭州時的寄贈之作，為其豪邁超曠風格的代表作之一。詞的上下片都以景語發端，議論繼後，但融情入景，並非單純寫景；議論又伴隨著激越深厚的感情一併流出，大氣包舉，格調高遠。寫景，說理，其核心卻是一個情字，抒寫他歷經坎坷後了悟人生的深沉感慨。

上片「有情風」兩句，劈頭突兀而起，開筆不凡。表面上是寫錢塘江潮一漲一落，但一說「有情」，一說「無情」，此「無情」，不是指自然之風本乃無情之物，而是指已被人格化的有情之風，卻絕情地送潮歸去，毫不依戀。所以，「有情卷潮來」和「無情送潮歸」，並列之中卻以後者為主，這就凸出了此詞抒寫離情的特定場景，而不是一般的詠潮之作，如他的〈南歌子．八月十八日觀潮〉詞、〈八月十五日看潮五絕〉詩，著重渲染潮聲和潮勢，並不含有別種寓意。下面三句實為一個領字句，以「問」字領起。西興，在錢塘江南岸，今杭州市蕭山區境內。「幾度斜暉」，即多少次看到殘陽落照中的錢塘潮呵！蘇軾在宋神宗熙寧年間任杭州通判時曾作〈南歌子〉說：「笑看潮來潮去，了生涯。」他在杭時是經常觀潮的。這裡指與參寥多次同觀潮景，頗堪紀念。「斜暉」，一則承上「潮歸」，因落潮一般在傍晚時分，二則此景在古代詩詞中往往是與離情結合在一起的特殊意象。如溫庭筠〈望江南〉：「梳洗罷，獨倚望江樓。過盡千帆皆不是，斜暉脈脈水悠悠，腸斷白蘋洲。」柳永的〈八聲甘州〉寫思鄉：「漸霜風淒緊，關河冷落，殘照當樓。」李清照〈永遇樂〉：「落日熔金，暮雲合璧，人在何處？」尤其是唐人郎士元〈送李遂之越〉詩結句云：「西興待潮信，落日滿孤舟」，更可與蘇軾本篇合讀。這夕陽的餘光增添多少離人的愁苦！

「不用」以下皆為議論。議論緊承寫景而出：長風萬里卷潮來送潮去，似有情實無情，古今興廢，亦復如此。「不用」兩句應作一句讀，「思量今古」用不著，「俯仰昔人非」，即頃刻之間古人已成過眼雲煙的感嘆也用不著。東晉王羲之〈蘭亭集序〉云「向之所欣，俯仰之間，已為陳跡」，並發出「豈不痛哉」的呼喊。蘇軾對於古今變遷，人事代謝，一概置之度外，泰然處之。「誰似」兩句，又進一步申述己意。蘇軾時年五十六歲，垂垂老矣，故云「白首」。《莊子．天地篇》云：「有機械者必有機事，有機事者必有機心。」「機心」，指機詐權變的心計，忘機，則泯滅機心，無意功名利祿，達到超塵絕世、淡泊寧靜的心境。蘇軾在〈和子由四首．送春〉詩中也說：「芍藥櫻桃俱掃地，鬢絲禪榻兩忘機。」他是以此自豪和自誇的。

過片開頭「記取」三句又寫景：從上片寫錢塘江景，到下片寫西湖湖景，南江北湖，都是記述他與參寥在杭的遊賞活動。「春山」，一些較早的版本作「暮山」，或許別有所據，但從詞境來看，不如「春山」為佳。前面寫錢塘江時已用「斜暉」，此處再用「暮山」，不免有犯重之嫌；「空翠煙霏」正是春山風光，「暮山」，則要用「暝色暗淡」、「暮靄沉沉」之類的描寫；此詞作於元祐六年三月，恰為春季，特別叮嚀「記取」當時春景，留作別後的追思，於情理亦較吻合。這樣，從江山美景中直接引入歸隱的主旨了。

「算詩人」兩句，先寫與參寥的相知之深。參寥詩句甚著，蘇軾稱讚他詩句清絕，可與林逋比肩。他的〈子瞻席上令歌舞者求詩，戲以此贈〉云「底事東山窈窕娘，不將幽夢囑襄王。禪心已作沾泥絮，肯逐春風上下狂」，妙趣橫生，傳誦一時。他與蘇軾肝膽相照，友誼甚篤。早在蘇軾任徐州知州時，他專程從餘杭前去拜訪；蘇軾被貶黃州時，他不遠二千里，至黃州與蘇軾遊從；此次蘇軾守杭州，他又到杭州卜居智果精舍；甚至在以後蘇軾南遷嶺海時，他還打算往訪，蘇軾去信力加勸阻才罷。這就難怪蘇軾算來算去，像自己和參寥那樣親密無間、榮辱不渝的至友，在世上是不多見了。如此志趣相投，正是歸隱佳侶，轉接下文。

結尾幾句是用謝安、羊曇的典故。《晉書．謝安傳》：謝安雖為大臣，「然東山之志（即退隱會稽東山的「雅志」），始末不渝，每形於言色」。他出鎮廣陵時，「造泛海之裝，欲須經略粗定，自江道還東，雅志未就，遂遇疾篤」。病危還京，過西州門時，「自以本志不遂，深自慨失」。他死後，其外甥羊曇一次醉中過西州門，回憶往事，「悲感不已，以馬策扣扉，誦曹子建詩曰：『生存華屋處，零落歸山丘。』慟哭而去」。這裡以謝安自喻，以羊曇喻參寥，意思說，日後像謝安那樣歸隱的「雅志」盼能實現，免得老友像羊曇那樣為我抱憾。順便說明，蘇軾詞中常用此典，如〈水調歌頭〉：「安石在東海，從事鬢驚秋。……一旦功成名遂，準擬東還海道，扶病入西州。雅志困軒冕，遺恨寄滄洲。」〈南歌子．杭州端午〉：「記取他年扶病入西州。」超然物外，寄情山水確實是蘇軾重要的人生理想，也是這首詞著重加以發揮的主題。

清末詞學家鄭文焯十分激賞此詞。他在《手批東坡樂府》中評云：「突兀雪山，捲地而來，真似錢塘江上看潮時，添得此老胸中數萬甲兵，是何氣象雄傑！妙在無一字豪宕，無一語險怪，又出以閒逸感喟之情，所謂骨重神寒，不食人間煙火氣者。詞境至此，觀止矣！」可謂推崇備至。本篇語言明淨駿快，音調鏗鏘響亮，但反映的心境仍是複雜的：有人生的悒鬱，有興會高昂的豪宕，更有了悟後的閒逸曠遠——「骨重神寒，不食人間煙火氣」。這種超曠的心態，又真實地交織著人生矛盾的苦惱和發揚蹈厲的豪情，使這首看似明快的詞作蘊含著玩味不盡的情趣和思索不盡的哲理。（王水照）

阮郎歸 蘇軾

初夏

綠槐高柳咽新蟬，熏風初入弦。碧紗窗下水沉煙，棋聲驚晝眠。
微雨過，小荷翻，榴花開欲燃。玉盆纖手弄清泉，瓊珠碎卻圓。

這首詞寫的是初夏時節的閨閣生活，閒雅而有生氣。上片寫初夏已悄悄來到一個少女的身邊。「綠槐高柳咽新蟬」，都是具有初夏特徵的景物：枝葉繁茂的槐樹，高大的柳樹，還有濃綠深處的新蟬鳴聲乍歇，一片陰涼幽靜的庭園環境。「熏風初入弦」，又是初夏的氣候特徵。熏風，即暖和的南風。古人對這種助長萬物的風曾寫有〈南風〉歌大加讚頌：「南風之熏兮，可以解吾民之慍兮。南風之時兮，可以阜吾民之財兮。」據《禮記・樂記》載：「昔者，舜作五弦之琴以歌〈南風〉。」意即虞舜特製五弦琴為〈南風〉伴奏。這裡的「熏風初入弦」，是說〈南風〉之歌又要開始入管弦被人歌唱，以喻南風初起。由於以上所寫景物分別訴諸於視覺（綠槐、高柳）、聽覺（咽新蟬）和觸覺（薰風），使初夏的到來具有一種立體感，鮮明而真切。「碧紗窗下水沉煙，棋聲驚晝眠」，進入室內描寫。碧紗窗下的香爐中升騰著沉香（即水沉）的裊裊輕煙。碧紗白煙相襯，不僅具有形象之美，且有異香可聞，顯得幽靜閒雅。這時傳來棋子著枰的響聲，把正在午睡的女主人公驚醒。蘇軾有〈觀棋〉四言詩，其序云：「獨遊廬山白鶴觀，觀中人皆闔戶晝寢，獨聞棋聲於古松流水之間，意欣然喜之。」詩句有云：「不聞人聲，時聞落子。」這首詞和這首詩一樣，都是以棋聲烘托環境的幽靜。而棋聲能「驚」她的晝眠，我們可以想像，在這麼靜的環境中，她大概已經睡足，所以丁丁的落子聲便會把她驚醒。醒來不覺得餘倦未消，心中沒有不快，可見首夏清和天氣之宜人。

下片寫這個少女午夢醒來以後，盡情地領略和享受初夏時節的自然風光。「微雨過，小荷翻，榴花開欲燃」，又是另一番園池夏景。小荷初長成，小而嬌嫩，在細雨過後隨風搖曳；石榴花色本鮮紅，經雨一洗，更是紅得像火焰。這生機，這秀色，大概使這位少女陶醉了，於是出現了又一個生動的場面：「玉盆纖手弄清泉，瓊珠碎卻圓。」這位女主人公索性端著漂亮的瓷盆到清池邊玩水。水花散濺到荷葉上，像珍珠那樣圓潤晶亮。可以想見，此時此刻這位少女的心情也恰如這飛珠濺玉的水花一樣，喜悅，興奮，不能自持。

在蘇軾以前，寫女性的閨情詞，總離不開相思、孤悶、疏慵、倦怠，種種弱質愁情，可是蘇軾在這裡寫的閨情卻不是這樣。女主人公單純、天真，無憂無慮，不害單相思，困了就睡，醒了就去貪賞風景，撥弄清泉。她熱愛生活，熱愛自然，願把自己融化在大自然的美色之中，與初夏的勃勃生機構成一種和諧的情調。蘇軾的此種詞作，無疑給詞壇，尤其是給閨情詞，注入了一股甜美的清泉。

描寫是這首詞的主要表現方法。它注意景物描寫、環境描寫與人物描寫的交叉運用。上片由綠槐、高柳、鳴蟬、南風等景物描寫與碧紗窗、香煙、棋聲等環境描寫，以及午夢初醒的人物描寫共同構成一幅有聲有色的初夏閨情圖。下片又以微雨、小荷、榴花等景物描寫與洗弄清泉的人物描寫結合，構成一幅活潑自然的庭園野趣圖，女主人公的形象卓立其間。同時它還注意了動態描寫，且不說「棋聲驚晝眠」、「玉盆纖手弄清泉」的人物活動，就是景物也呈現出動感。小荷為微雨而翻動，可以想見它的迎風搖曳之姿。榴花本是靜物，但用了一個「燃」字，又使它彷彿動了起來。這些動態描寫活躍了氣氛，豐富了畫面。（謝楚發）

江城子 蘇軾

陶淵明以正月五日遊斜川，臨流班坐，顧瞻南阜，愛曾城之獨秀，乃作斜川詩，至今使人想見其處。元豐壬戌之春，余躬耕於東坡，築雪堂居之，南挹四望亭之後丘，西控北山之微泉，慨然而嘆，此亦斜川之遊也。乃作長短句，以〈江城子〉歌之。

夢中了了醉中醒，只淵明，是前生。走遍人間，依舊卻躬耕。昨夜東坡春雨足，烏鵲喜，報新晴。

雪堂西畔暗泉鳴，北山傾，小溪橫。南望亭丘，孤秀聳曾城。都是斜川當日景，吾老矣，寄餘齡。

宋神宗元豐三年（一〇八〇），蘇軾四十五歲，因「烏臺詩案」得罪謫黃州（今湖北黃岡）。次年春夏之際，蘇軾生計困難，在老友馬正卿幫助下向州郡求得黃州東門外東坡故營地數十畝，開墾耕種，以補食用之不足。蘇軾因此自號東坡居士。這年冬天，黃州大雪盈尺，十二月二日微雪，至二十五日大雪始晴。下雪期間，蘇軾在東坡營造了房屋，「作堂焉，其正日雪堂。堂以大雪中為，因繪雪於四壁之間，無容隙也。起居偃仰，環顧睥睨，無非雪者」（《東坡志林》卷六）。元豐五年初春，蘇軾躬耕於東坡，居住於雪堂，感到滿意自適，有似晉代詩人陶淵明田園生活一般。陶淵明〈遊斜川〉詩序云：「辛丑正月五日，天氣澄和，風物閒美。與二三鄰曲，同遊斜川。臨長流，望曾城（「曾」同「層」。層城，神話傳話中崑崙山最高級，此指江西鄣山，在廬山北），魴鯉躍鱗於將夕，水鷗乘和以翻飛。……若夫曾城，傍無依接，獨秀中皋，遙想靈山，有愛嘉名。」蘇軾以為東坡雪堂初春的情景宛如淵明斜川之遊，因有此作。

震動朝野的「烏臺詩案」是北宋中期黨爭的惡果，它是蘇軾仕宦以來所遭受到的空前嚴重的政治打擊，幾被置之死地。謫居黃州期間，他冷靜思索和探討了許多問題，政治態度與人生態度都發生了一些變化，在藝術上也開始追求平淡的趣味。晉代詩人陶淵明的歸隱生活，恬靜閒適的田園趣味，平淡樸質的詩風，對於躬耕東坡的蘇軾變得親切起來。他這時認真地研讀陶淵明詩，並在詩詞中多次表現出對淵明的仰慕之意。在這首〈江城子〉詞中，蘇軾彷彿與淵明神交異代，產生了共鳴。詞充滿了強烈的主觀情緒，起筆甚為突兀，直以淵明就是自己的前生。他後來作的〈和陶飲酒二十首〉序云：「吾飲酒至少，常以把盞為樂，往往頹然坐睡。人見其醉，而吾中了然，蓋莫能名其為醉為醒也。」陶淵明好飲酒，自言：「余閒居寡歡，兼比夜已長，偶有名酒，無夕不飲，顧影獨盡，忽焉復醉。」（〈飲酒二十首序〉）蘇軾能理解淵明飲酒的心情，深知他在夢中或醉中實際上都是清醒的，這是他們的共同之處。「走遍人間，依舊卻躬耕」，充滿了辛酸的情感，這種情況又與淵明偶合，兩人的命運何其相似。淵明因不滿現實政治而歸田，蘇軾卻是以罪人的身分在貶所躬耕，這又是兩人的不同之處。但他以曠達的態度對待人生的逆境，以逆為順，因而「春雨足，烏鵲喜，報新晴」這些春天富於生氣的景物使他歡欣，感到適意。

詞的下片略敘東坡雪堂周圍的景觀。鳴泉、小溪、山亭、遠峰，日與耳目相接，正如其所說：「余之此堂，追其遠者近之，收其近者內之，求之眉睫之間，是有八荒之趣。」（《東坡志林》卷六）僅以粗略的幾筆勾畫，表現出田園生活恬靜清幽的境界，「意適於遊，情寓於望」（同上），給人以超世遺物之感。作者接著以「都是斜川當日景」作一小結，是因心慕淵明，嚮往其斜川當日之遊，遂覺所見亦斜川當日之景，同時又引申出更深沉的感慨。陶淵明四十一歲棄官歸田，後來未再出仕，五十歲時作斜川之遊。蘇軾這時已經四十七歲，躬耕東坡，一切都好像淵明當日的境況，是否也會像淵明一樣就此以了餘生呢？那時王安石已罷政數年，章惇、蔡確等後期變法派執政，政治生活黑暗，蘇軾東山再起的希望很小，因而產生遲暮之感，有於此終焉之意。結句「吾老矣，寄餘齡」的沉重悲嘆，說明蘇軾不是自我麻木，盲目樂觀，而是對政局存在深深的憂慮，是「夢中了了」者。

這首詞似隨手寫出，未曾著意經營，而詞人胸中自有成熟的構想，故下筆從容不迫，不求工而自工。從縱的方面看：醉醒連淵明，淵明連躬耕，躬耕連東坡，東坡連及雪堂與周圍景物，景物連斜川，最後回應到陶淵明〈遊斜川〉詩之「開歲倏五日，吾生行歸休」，迤邐寫來，環環相扣，總不離於本題。從橫的方面看：寫周圍景物，於所居之東坡則加細，說及一夜至曉的春雨、新晴；對西南諸景則只大略點出泉、溪、亭、丘，似零珠之散，合之則儼然是一幅東坡坐眺圖，總歸到「都是斜川當日景」之內，誠亦「至今使人想見其處」。以似斜川當日之景，引出對斜川當日之遊的嚮往，對陶〈遊斜川〉詩結尾所云「中觴縱遙情，忘彼千載憂；且極今朝樂，明日非所求」，當亦冥契於心。蘇軾對付逆境有自己的特殊態度。他對生活有信心，善於從個人痛苦情緒中解脫出來，很快適應環境，將生活安排得很好，隨遇而安。這首詞也反映了他躬耕東坡，自食其力，竊比淵明淡焉忘憂的風節，而且對謫居生活感到適意，怡然自樂，令政敵們對他無可奈何。蘇軾有時難免有一點衰遲之感，卻也留心著局勢的變化，注意保存自己，不久神宗皇帝死後，哲宗即位，他又起復，積極從政了。（謝桃坊）

江城子　蘇軾

孤山竹閣送述古

翠蛾羞黛怯人看，掩霜紈，淚偷彈。且盡一尊，收淚唱〈陽關〉。漫道帝城天樣遠，天易見，見君難。

畫堂新構近孤山，曲欄杆，為誰安？飛絮落花，春色屬明年。欲棹小舟尋舊事，無處問，水連天。

詞為宋神宗熙寧七年（一〇七四）在杭州送別友人陳述古而作。陳襄字述古，為杭州知州時，蘇軾為通判，二人政治傾向基本相同，又是詩酒朋友，守杭期間甚為相得。這年七月，陳襄由杭州調知應天府（今河南商丘），於是僚友們為陳襄舉行了幾次餞別宴會。蘇軾在這段時間先後共作了七首送別陳襄的詞。其中有〈菩薩蠻〉，或題為「西湖席上代諸妓送陳述古」。這首〈江城子〉實際上也是代某妓送陳襄的。

竹閣在杭州西湖孤山寺內，為白居易在杭州時所建，故又稱白公竹閣。據宋周淙《乾道臨安志》卷二云：「白公竹閣，在孤山，與柏堂相連，有唐刺史白居易祠堂。」繼杭州僚佐在有美堂舉行盛大餞送宴會之後，蘇軾又與陳襄泛舟西湖，宴於孤山竹閣。在這些宴會上都是有官妓歌舞侑觴的。這首〈江城子〉便是作者摹擬某官妓語氣，代她向陳襄表示惜別之意。

上闋描述此妓在餞別時的情景。首先表現她送別長官時的悲傷情態。「翠蛾」即蛾眉，借指婦女。「黛」本是一種黑色顏料，古代女子用來畫眉，這裡借指眉。「羞黛」為眉目含羞之態。「霜紈」指潔白如霜的紈扇。她因這次離別而傷心流淚，卻又似感害羞，怕被人知道而取笑，於是用紈扇掩面而偷偷彈淚。她強制住眼淚，壓抑著情感，唱起〈陽關曲〉，殷勤勸陳襄且盡離尊。〈陽關曲〉即唐代詩人王維〈送元二使安西〉詩譜入樂府後所稱，亦名〈渭城曲〉，用於送別場合。上闋的結三句是官妓為陳襄勸酒時的贈別之語：「漫道帝城天樣遠，天易見，見君難。」這次陳襄赴應天府任，其地為北宋之「南京」，亦可稱「帝城」。她曲折地表達自己留戀之情，認為帝城雖然有如天遠，但此後見天容易，再見賢太守卻不易了。這將是永遠的離別。她清楚地知道：士大夫宦跡無定，他們與官妓在花間尊前的一點情意，離任後便會很快忘掉的。詞情發展至此達到高潮，下闋全是模寫官妓的相思之情。

「畫堂」當指孤山寺內與竹閣相連接的柏堂。蘇詩〈孤山二詠並引〉云：「孤山有陳時柏二株，其一為人所薪，山下老人自為兒時已見其枯矣，然堅悍如金石，愈於未枯者。僧志詮作堂於其側，名之曰柏堂。堂與白公居易竹閣相連屬。」蘇軾詠柏堂詩有「忽驚華構依巖出」句，詩作於熙寧六年六月以後，可見柏堂確為「新構」，建成始一年，而且可能由陳襄支持建造的（陳襄於五年五月到任）。在此宴別陳襄，自然有「樓觀才成人已去」（辛棄疾〈滿江紅．江行和楊濟翁韻〉）之感。官妓想像，如果這位風流太守不離任，或許還可同她於畫堂之曲欄徘徊觀眺呢！由此免不了勾起一些往事的回憶。去年春天，蘇軾與陳襄等僚友曾數次遊湖，吟詩作詞。蘇軾〈有以官法酒見餉者，因用前韻，求述古為移廚飲湖上〉詩有「遊舫已妝吳榜穩，舞衫初試越羅新」；後作〈常潤道中，有懷錢塘，寄述古五首〉其三亦有「三月鶯花付與公」之句。可見當時遊湖都有官妓歌舞相伴。

「飛絮落花，春色屬明年」，是說眼下已是花飛春盡，大好春色要到明年才有了。結尾處含蘊空靈而情意無窮。官妓想像她明年春日再駕著小船在西湖尋覓舊跡歡蹤時，「無處問，水連天」，情事已經渺茫，唯有倍加想念與傷心而已。

這首詞屬於傳統婉約詞的寫法，表現較為細緻，語調柔婉。作者善於描摹歌妓的情態，揣測到她內心隱祕的情緒，很有分寸地表現出來，豔而不俗，哀而不傷，切合現實情景。遊湖等事，大都有蘇軾在場。他瞭解官妓們的思想與生活，尊重她們的人格，因而能將其情態表現得真實而生動。可以設想：當這位官妓在尊前請求蘇軾代為作詞以贈陳襄，詞人對客揮毫，頃刻而就，她當即手執拍板情真意切地演唱起來，聲淚俱下，在座諸公無不被感動，尤其是太守陳襄。

從這首詞，可以看到宋代士大夫的私人生活。宋代統治階級維持著歌妓制度，在官府服役的官妓，歌舞侍宴，送往迎來虛度青春，沒有自由，精神生活十分痛苦。如儀真的一位官妓所說：「身隸樂籍，儀真過客如雲，無時不開宴，望頃刻之適不可得。」（宋洪邁《夷堅丁志》卷十二）儘管她們身著綺羅，出入官府，實際上屬於「賤民」，處於社會中卑賤的地位。由於職業關係，她們不得不歌舞侑觴，也不可能不與長官們尊前調情。這實際上是封建統治者公開玩弄婦女的一種方式。可見詞中的官妓敬勸別酒、懷舊事、瞻念未來之時是有許多淒涼的情感，隱藏著對不幸命運的嘆息悲傷。她們與長官的情誼，真真假假，很難說清。二者社會地位的懸殊又使他們之間不可能存在真正的情誼。蘇軾為應酬官場習俗，實有相戲之意，將這種關係表現得撲朔迷離，真假難辨，非常巧妙。詞的真實含意是比較複雜的。它是蘇軾早期送別詞中的佳作，反映了作者早期創作所受傳統婉約詞風的影響。（謝桃坊）

江城子 蘇軾

湖上與張先同賦，時聞彈箏。

鳳凰山下雨初晴，水風清，晚霞明。一朵芙蕖，開過尚盈盈。何處飛來雙白鷺，如有意，慕娉婷。

忽聞江上弄哀箏，苦含情，遣誰聽！煙斂雲收，依約是湘靈。欲待曲終尋問取，人不見，數峰青。

據詞題，當是蘇軾於宋神宗熙寧五年（一〇七二）至七年在杭州通判任上與當時已八十餘歲的有名詞人張先同遊西湖時所作。詞題云「與張先同賦」，但張先所賦詞，今已佚。

關於這首詞有兩則傳說。宋張邦基《墨莊漫錄》卷一記載：東坡與客人同遊西湖，其中二人有服。湖中有一彩舟，載靚妝婦女數人，其中一位三十餘歲的正在彈箏，特別美麗。二客竟目送之。曲未終，彩舟已遠去。東坡戲作此詞。宋袁文《甕牖閒評》卷五則云：東坡與劉貢父等同遊西湖，一美婦乘舟至，見東坡，自言：「少年景慕高名，以在室無由得見，今已嫁為民妻，聞公遊湖，不避罪而來。善彈箏，願獻一曲，輒求一小詞，以為終身之榮，可乎？」東坡不能卻，援筆賦此詞與之。《甕牖閒評》所記，似屬無稽，但《墨莊漫錄》所載，聯繫到蘇軾通判杭州時，常與友人同遊西湖的不少軼聞趣事，以及詞題與詞的內容來看，似不能說純屬子虛烏有。至於這種傳說有多少分真實性，已很難判斷，也沒有多大的必要去進行詳細的考辨。知道這首詞是作者在遊西湖時聞有人彈箏而作，也就足夠我們去理解、分析這首詞了。

這首詞在寫作上的最大特點，是富於情趣。作者緊扣「聞彈箏」這一詞題，從多方面描寫彈箏人的美好與動人的音樂。詞把彈箏人置於雨後初晴、晚霞明麗的湖光山色之中，使人物與自然景色相映成趣，樂音與山水相得益彰。

在對人物的描寫上，作者採用了比喻和襯托的手法。詞的開頭三句寫山色湖光，只是作為人物的背景畫面。「一朵芙蕖」兩句緊接其後，既實寫水面荷花，又是以出水芙蓉比喻彈箏的美人，收到了雙關的效果。從結構上看，這一表面寫景，而實則轉入對彈箏人的描寫，真可說是天衣無縫。如果我們相信《墨莊漫錄》關於彈箏人三十餘歲，「風韻嫻雅，綽有態度」的記載，則覺得「一朵芙蕖，開過尚盈盈」的比喻，不僅準確，而且極有情趣。接著便從白鷺似也有傾慕意來烘托彈箏人的美麗。假如《墨莊漫錄》所記有著白衣（服喪）的兩人見彈箏人之美而竟目送之的記載可信，那麼詞中之雙白鷺也是喻指二客呆視不動的情狀。

詞的下闋重點寫音樂。分幾層來寫：第一層是從樂曲總的旋律來寫，故曰「哀箏」；第二層則從樂曲傳達的感情來寫，故言「苦（甚、極的意思）含情」；第三層「遣誰聽」，是說樂曲哀傷，誰能忍聽，是從聽者的角度來寫；第四層，再進一步渲染樂曲的哀傷，使無知的大自然也為之感動：煙靄為之斂容，雲彩為之收色；最後再總括一句，這哀傷的樂曲就好像是湘水女神奏瑟在傾訴自己的哀傷（傳說帝舜二妃娥皇、女英死後成為湘水之神。又屈原〈遠遊〉有「使湘靈鼓瑟兮」之句）。詞寫到這裡，把樂曲的哀傷動人一步一步地推向最高峰，似乎這樣哀怨動人的樂曲非人間所有，只能是出自像湘水女神那樣的神靈之手。與此同時，「依約是湘靈」

這總縮樂曲的一句，又隱喻彈箏人有如湘靈之美好。詞的最後，承「依約」一句正待寫人，卻又採取欲擒故縱的手法，不僅沒有正面去描寫人物，反而寫彈箏人已飄然遠逝，只見青翠的山峰仍然靜靜地立在湖邊，彷彿那哀怨的樂曲仍然蕩漾在山間水際。從欣賞的心理角度來看，這種寫法，既能緊扣讀者的心弦，又留給人們以豐富的聯想，真可謂「此時無聲勝有聲」（白居易〈琵琶行〉），雖未見人勝見人了。「人不見，數峰青」兩句，用唐代詩人錢起〈省試湘靈鼓瑟〉詩「曲終人不見，江上數峰青」，是那樣的自然、貼切而又不露痕跡。即使不知其出處，也不妨礙我們理解其妙處，但我們知其出處，就更能體味其美妙。它不僅意象動人，而且在結構上還暗承「依約是湘靈」一句，把上下用典結合起來，而以「數峰青」收束，又回應詞的開頭「鳳凰山下雨初晴」描寫的雨過山青的景象，而富有回味，引人遐想。（邱俊鵬）

江城子　蘇軾

密州出獵

老夫聊發少年狂，左牽黃，右擎蒼，錦帽貂裘，千騎卷平岡。為報傾城隨太守，親射虎，看孫郎①。酒酣胸膽尚開張，鬢微霜，又何妨。持節雲中，何日遣馮唐？會挽雕弓如滿月，西北望，射天狼②。

〔註〕①孫郎：即孫權。《三國志．吳志》載：「權將如吳，親乘馬射虎於庱亭，馬為虎所傷，權投以雙戟，虎卻廢。」②天狼：星名，一名犬星，主侵掠，這裡代指遼和西夏。

蘇東坡是北宋詞壇的大革新家，他作詞時，正當柳永詞風靡一世之際。他有志於改變《花間》以來柔媚的詞風，就以柳永為對手。宋神宗熙寧八年（一〇七五），東坡任密州知州，曾因旱去常山祈雨，歸途中與同官梅戶曹會獵於鐵溝，寫了一首出獵詞。他致書鮮于子駿說：「近作小詞，雖無柳七郎風味，亦自是一家，呵呵。數日前獵於郊外，所獲頗多。作得一闋，令東州壯士抵掌頓足而歌之，吹笛擊鼓以為節，頗壯觀也。」他樹起了「自是一家」的旗幟，並對於自己的詞有別於「柳七郎風味」，頗為得意。

出獵，對於東坡這樣的文人來說，或許是偶然的一時豪興，所以開篇便曰：「老夫聊發少年狂。」狂者，豪情也。這首詞通篇縱情放筆，氣概豪邁，一個「狂」字貫穿全篇。看，今日詞人左手牽黃犬，右臂駕蒼鷹，好一副出獵的雄姿！隨從武士個個也是「錦帽貂裘」，打獵裝束。「千騎卷平岡」，千騎奔馳，騰空越野，好一幅壯觀的出獵場面！「為報傾城隨太守，親射虎，看孫郎」，更是顯出東坡「狂」勁兒來了。「太守」，東坡也。他說：快告訴全城的人，跟隨我去打獵，看我像當年孫郎那樣，親自彎弓射虎吧！如此聲情口吻，可見他何等豪興！射虎，壯舉也，孫郎，三國時代的孫權，曹操就曾稱讚說：「生子當如孫仲謀！」孫權射虎，在風華正茂之年，詞人如今也要「親射虎」，可見其英雄豪氣，不減當年孫郎，亦是「聊發少年狂」也。寫到這裡，我們已經看到一個意氣風發的狂飆式的人物形象：太守出獵而須「報」知人民跟隨去看，其狂一也；出看而須「傾城」，其狂二也；獵必射虎，其狂三也；自比孫郎，其狂四也。

以上主要寫在「出獵」這一特殊場合下表現出來的詞人舉止神態之「狂」，下片更由實而虛，進一步寫詞人「少年狂」的胸懷，抒發由打獵激發起來的壯志豪情。「酒酣胸膽尚開張」，是說酒酣時胸膽還能夠開擴，足見年紀雖過青年，卻並不衰颯。「鬢微霜，又何妨」，鬢邊添了幾根頭髮，又有什麼要緊？廉頗能飯，就大有可用！此時東坡才三十九歲，因反對王安石新法，自請外任。此時西北邊事緊張，熙寧三年，西夏大舉進攻環、慶二州，四年占撫寧諸城。東坡因這次打獵，小試身手，進而便想帶兵征討西夏了。「持節雲中，何日遣馮唐？」就是表達這層意思。漢文帝時雲中太守魏尚抗擊匈奴有功，但因報功不實，獲罪削職。後來文帝聽了馮唐的話，派馮唐持節去赦免魏尚，仍叫他當雲中太守。這是東坡藉以表示希望朝廷委以邊任，到邊疆抗敵。一個文人要求帶兵打仗，並不奇怪，唐代詩人多有此志。東坡同時有〈祭常山回小獵〉詩說：「聖明若用西涼簿，白羽猶能效一揮。」《烏臺詩案》記東坡自云：「意取（晉）西涼州主簿謝艾事。艾本書生也，善能用兵，故以此自比。若用軾為將，亦不減謝艾也。」可見當時東坡這種思想感情是真實的。「會挽雕弓如滿月，西北望，射天狼。」詞人最後為自己勾勒了一個挽弓勁射的英雄形象，英武豪邁，氣概非凡。

這首詞上片出獵，下片請戰，場面熱烈，情豪志壯，大有「橫槊賦詩」的氣概，把詞中歷來香豔軟媚的兒女情，換成了報國立功，剛強壯武的英雄氣了。這是東坡對溫（庭筠）柳（永）為代表的傳統詞風的挑戰，他以「攬轡澄清」（《後漢書·范滂傳》）之志，寫慷慨豪雄之詞，提高了詞品，擴大了詞境，打破了「詞為豔科」的範圍，把詞從花間柳下、淺斟低唱的靡靡之音中解放出來，走向廣闊的生活天地。凡是可以寫詩的內容，無一不可以入詞。詞至東坡，其體始尊，從此詞與詩並駕齊驅的地位逐漸得了確認。從這個角度看，東坡這首〈江城子〉在詞的發展史上有著里程碑的意義。（高原）

江城子　蘇軾

別徐州

天涯流落思無窮！既相逢，卻匆匆。攜手佳人，和淚折殘紅。為問東風餘幾許？春縱在，與誰同！

隋堤三月水溶溶。背歸鴻，去吳中。回首彭城，清泗與淮通。欲寄相思千點淚，流不到，楚江東。

蘇軾於宋神宗熙寧十年（一〇七七）四月調知徐州，五月到任，歷時近兩年，元豐二年（一〇七九）三月由徐州調往湖州。這首詞就是他在離徐後赴湖州途中寫的，故曰「別徐州」，又題作「恨別」。

清況周頤曾說：「『真』字是詞骨。情真，景真，所作必佳。」（《蕙風詞話》卷一）蘇軾這首詞的凸出特點便是「真」，情真，景真，語語真切，抒發了他對徐州風物人情無限留戀之情。

詞以感慨起調，言天涯流落，愁思茫茫，無窮無盡。「天涯流落」，深寓詞人的身世之感。蘇軾外任多年，類同飄萍，自視亦天涯流落之人。在這之前的〈醉落魄．席上呈元素〉詞中，已有「人生到處萍飄泊」、「天

蘇軾〈江城子〉（天涯流落思無窮）——明刊本《詩餘畫譜》

涯同是傷淪落」的感慨；他在徐州寫的〈永遇樂〉（明月如霜）中，又再興「天涯倦客」之嘆。他在徐州僅兩年，又調往湖州，南北折騰，這就更增加了他的天涯流落之感。顯然，這一句同時也飽含著詞人對猝然調離徐州的感慨。詞以感慨起調，是比較少見的。它是在矛盾痛苦之中，在輾轉反側、欲言不能、而又不吐不快的情況下，用千言萬語凝成的一句話，竭肺腑之力，衝口而出，所以筆勢凌厲、沉重。吐出這句感情激越的話之後，心情似乎平靜了些，才又慢慢敘起。「既相逢，卻匆匆」兩句，轉寫自己與徐州人士的交往，相逢既晚（當時蘇軾來徐州時已四十多歲），相處尤短，卻匆匆離去！對邂逅相逢的喜悅，對驟然分別的痛惜，得而復失的哀怨，溢於言表。「攜手」兩句，寫他永遠不能忘記自己最後離開這個城市時依依惜別的動人一幕。他不正面寫徐州官員與友人盛大宴別場面，而是攫取一個動人的細節：別筵上的歌妓——紅粉佳人。「和淚折殘紅」，跡象與神情兼備，是抒發感情的極細微處：睹物傷懷，情思綿綿，輾轉不忍離去，諸般情緒，皆在「和淚折殘紅」這一細節描寫之中。且眼淚與殘紅相照，淚猶殘紅，殘紅濺淚，綢繆之至，極是渲染感情之筆。蘇軾另有詞〈減字木蘭花．彭門留別〉（此調亦調離徐州時所寫。彭門，即徐州。），有「玉觴無味，中有佳人千點淚」句，可與此句互參。「殘紅」同時也是寫離徐的時間，啟過拍「為問」三句。由殘紅而想到殘春，因問東風尚餘幾許，其實，縱使春光仍在，而身離徐州，與誰同春！透過寫離徐後的孤單，寫對徐州的依戀，且筆觸一步三折，婉轉抑鬱，是抒發感情極深沉處。

詞的上片側重「情真」，下片則是側重「景真」，但又並非純寫景物，而是即景抒情，繼續抒發上片未了之情。過片「隋堤三月水溶溶」，是寫詞人離徐途中的真景。蘇軾是由汴河水路離開徐州的。〈罷徐州往南京，馬上走筆寄子由五首〉其三中說：「古汴從西來，迎我向南京。東流入淮泗，送我東南行。」汴河，隋時所開，它西入黃河，南達江淮，在北宋仍是溝通京師與江淮的重要水道。沿河築堤，世稱隋堤。暮春三月，綠水溶溶，亦景亦情，柔情似水，一片純真。「背歸鴻，去吳中」，亦寫途中之景，而意極沉痛。春光明媚，鴻雁北歸故居，而詞人自己卻與雁行相反，離開徐州，南去吳中湖州。蘇軾顯然是把徐州當成了他的故鄉，而自嘆不如歸鴻。「彭城」即徐州城。「清泗與淮通」又是一真景。蘇軾不忍離徐，而現實偏偏無情，不得不背歸鴻而去，故於途中頻頻回顧，直至去程已遠，回顧之中，唯見清澈的泗水由西北而東南，向著淮水脈脈流去。看到泗水，觸景生情，自然會想到徐州（泗水流經徐州），詞人還不禁想起他在徐州所建築的黃樓呢！「蕩蕩清河堧，黃樓我所開」（〈送鄭戶曹〉）、「唯有黃樓臨泗水」（〈答范淳甫〉），這些，不正是表現他對黃樓的感情嗎？上引〈罷徐州往南京……〉詩下續云：「暫別還復見，依然有餘情。春雨漲微波，一夜到彭城。過我黃樓下，朱欄照飛甍。」可以作為此語的補充。故歇拍三句，即景抒情，於沉痛之中交織著悵惘的情緒。徐州既相逢難再，因而詞人欲託清泗流水把千滴相思之淚寄往徐州，怎奈楚江（指泗水）東流，相思難寄，怎不令詞人悵然若失！託淮泗以寄淚，情真意厚，且想像豐富，造語精警；而楚江東流，又大有「自是人生長恨水長東」（李煜〈相見歡〉）之意，感情沉痛、悵惘，不禁百無聊賴，黯然銷魂！

此詞之美，在於純真，如上所說，情真，景真，而寫景也是為了寫情。真而不矜，處處赤誠，不矯揉造作，不忸怩作態。這是由於蘇軾對徐州確實有深厚的感情。蘇軾調任徐州之後，曾對徐州的山川地理、風俗民情，作過詳細考察，從內心裡愛上了這個南北要衝、古多豪傑的地方，因而滿懷激情，讚頌備至。他自己也有一套治理徐州的方略。他曾蓑衣草鞋、捨家忘身，和徐州人民一起奮戰特大洪水，從而與徐州人民結下了生死與共的情誼。他曾組織人民開發徐州煤礦，揭開了徐州煤礦史的第一頁。他對徐州人民相當熟悉，白叟、黃童、採桑姑、絡絲娘以及人民的生活方式甚至各種農作物，都成了他詩詞取材的對象，他甚至學會了徐州的一些方言，並且寫進了他的作品，他甚至想終老徐州，儘管他當時只有四十多歲。徐州人民也愛戴這位長官，對他的人品、政績、文學都很敬佩，男女老幼都喜歡和他接近。「旋抹紅妝看使君，三三五五棘籬門，相挨踏破蒨羅裙」（〈浣溪沙．徐門石潭謝雨，道上作五首〉其二），寫的就是徐州的村姑少女爭看這位「使君」的生動場面。他的詩詞，當時就在人民中傳誦。當蘇軾調離徐州時，滿城人民攀轅挽留，哭聲填巷。正因為如此，蘇軾對徐州才會那樣戀戀不捨，才會寫出這樣一片純情的告別詞來。由於感情至真至切，所以下筆便純是情語，而於文字則落其華芬，不假雕鏤，雕鏤反失其真。蘇軾在這首詞中所要告別的，是整個徐州，包括了徐州的廣大人民，因而詞中所流露的思想感情是極為可貴的。蘇軾的這首詞和他的其他詩詞、事跡一樣，至今還在徐州人民口頭上流傳，可謂君子之澤，歷經滄桑而不竭！（丘鳴皋）

江城子 蘇軾

乙卯正月二十日夜記夢

十年生死兩茫茫。不思量，自難忘。千里孤墳，無處話淒涼。縱使相逢應不識，塵滿面，鬢如霜。

夜來幽夢忽還鄉，小軒窗，正梳妝。相顧無言，唯有淚千行。料得年年腸斷處：明月夜，短松岡。

蘇東坡十九歲時，與年方十六的王弗結婚。王弗年輕美貌，侍翁姑恭謹，對詞人溫柔賢惠，恩愛情深。可惜恩愛夫妻不到頭，王弗活到二十七歲就年輕殂謝了。東坡喪失了這樣一位愛侶，心中的沉痛，精神上所受到的打擊，是難以言說的。父親對他說：「婦從汝於艱難，不可忘也。」（〈亡妻王氏墓誌銘〉）宋神宗熙寧八年（一〇七五），東坡來到密州，這一年正月二十日，他夢見愛妻王氏，便寫下了這首傳誦千古的悼亡詞。

文學史上，悼亡詩寫得最好的有潘安仁與元微之，他們的作品悲切感人。前者狀寫愛侶去後，處孤室而淒愴，睹遺物而傷神；後者呢，已富且貴，追憶往昔，真是貧賤夫妻百事哀呵，讀之令人心痛。同是一個題目，東坡這首詞卻另具特色。這首詞是「記夢」，而且明確寫了做夢的日子。我們確認作者的「夢」是真實的，不是假託的。說是「記夢」，其實只有下片五句是記夢境，其他都是抒胸臆，訴悲懷的。寫得真摯樸素，沉痛感人。

開頭三句，單刀直入，概括性強，感人至深。如果是活著分手，即使山遙水闊，世事茫茫，總有重新晤面的希望；而今是隔著生死的界線，死者對人間世是茫然無知了，而活著的對逝者呢，不也是同樣的嗎？恩愛夫妻，撒手永訣，時間倏忽，轉瞬十年。人雖云亡，而過去美好的情景「自難忘」呵！可是為什麼在「自難忘」之上加了「不思量」？這不顯得有點矛盾嗎？然而並不，相反是覺得加得好，因為它真實。王弗逝世這十年間，東坡因反對王安石的新法，在政治上受壓制，心境是悲憤的；到密州後，又逢凶年，忙於處理政務，生活上困苦到食杞菊以維持的地步，而且繼室王閏之（王弗堂妹）及兒子均在身邊，哪能年年月月，朝朝暮暮都把逝世已久的妻子老記掛心間呢？不是經常懸念，但絕不是已經忘卻！十年忌辰，正是觸動人心的日子，往事驀然來到心間，久蓄心懷的情感潛流，忽如閘門大開，奔騰澎湃而不可遏止。如是乎有夢，是真實而又自然的。想到愛侶的死，感慨萬千，遠隔千里，無處可以話淒涼，話說得沉痛。如果墳墓近在身邊，隔著生死，就能話淒涼了嗎？這是抹煞了生死界線的痴語、情語，所以覺得格外感動人。「縱使相逢應不識，塵滿面，鬢如霜。」這三個長短句，又把現實與夢幻混同了起來，把死別後的個人種種憂憤，包括在容顏的蒼老、形體的衰敗之中，這時他才三十九歲，已經「鬢如霜」了。「縱使相逢」句，要愛侶起死回生，這是不可能的假設，感情是深沉的也是悲痛的，表現了對愛侶的深切懷念，也把個人的變化作了形象的描繪，使這首詞的意義更加深了一層。

對「記夢」來說，下片的頭五句，才入了題。飄泊在外，雪泥鴻爪，憑藉夢幻的翅膀忽然回到了時在念中的故鄉。故鄉，與愛侶共度甜蜜歲月的地方，那小室的窗前，親切而又熟習，她呢，情態容貌，依稀當年，正在梳妝打扮。夫妻相見了，沒有出現久別重逢、卿卿我我的親昵之態，而是「相顧無言，唯有淚千行」！「無言」，包括了萬語千言，表現了「此時無聲勝有聲」的沉痛之感，如果彼此申訴各自的別後種種，相憶相憐，那將從何說起？一個夢，把過去拉了回來，但當年的美好情景，並不存在。這是把現實的感受融入了夢中，使這個夢境也令人感到無限淒涼。

結尾三句，又從夢境落到現實上來。「明月夜，短松岡」，多麼淒清幽獨的環境呵。作者料想長眠地下的愛侶，在年年傷逝的這個日子，為了眷戀人世、難捨親人，該是柔腸寸斷了吧？這種表現手法，有點像杜工部的名作〈月夜〉。不說自己如何，反說對方如何，使得詩詞意味，更加蘊蓄有味。（臧克家）

蝶戀花 蘇軾

花褪殘紅青杏小，燕子飛時，綠水人家繞。枝上柳綿吹又少，天涯何處無芳草！
牆裡鞦韆牆外道，牆外行人，牆裡佳人笑。笑漸不聞聲漸悄，多情卻被無情惱。

在詞史上，蘇軾是豪放派的代表作家。他的詞橫放傑出，清曠雄奇，「歌之曲終，覺天風海雨逼人」（陸游〈跋東坡七夕詞後〉）。然而這樣的作品不多，就數量而言，大都比較婉約。所以南宋王灼在《碧雞漫志》中說：「東坡先生以文章餘事作詩，溢而作詞曲，高處出神入天，平處尚臨鏡笑春。」這兩種風格似乎都融合在這首詞中，它清婉雅麗，深篤超邁，具有一種扣人心弦的魅力。

此詞上闋寫暮春景色與傷春情緒，然卻作曠達之語。這在一般的婉約詞或豪放詞中是看不到的。夫傷春與曠達，本是互不相關，甚至是相互對立的兩種感情，然而詞人卻透過一系列形象和流利的音律把它們統一起來。起句「花褪殘紅青杏小」，既寫了衰亡，也寫了新生，是對立的統一。殘紅褪盡，青杏初生，反映了自然界的新陳代謝，但卻有幾分悲涼。二、三兩句則把視線離開枝頭，移向廣闊的空間，心情也自然隨之軒敞。晏殊〈破陣子〉云：「燕子來時新社，梨花落後清明。」此處「燕子飛時」一語，正點明了節序是在春社（立春後第五個戊日），與起句所寫的景色恰相符合。燕子在村頭盤旋飛舞，給畫面帶來了盎然春意，增添了動態美。於是起句投下的悲涼陰影，似乎被沖淡了一些。「綠水人家」，寫環境的優美。這句中的「繞」一作「曉」，明人俞彥《爰園詞話》說：「愚謂『繞』字雖平，然是實境；『曉』字無皈著。試通詠全章便見。」明沈際飛《草

蘇軾〈蝶戀花〉（花褪殘紅青杏小）——明刊本《詩餘畫譜》

堂詩餘正集》也說：「合用『繞』字，若『曉』字，少著落。」但宋魏慶之《詩人玉屑》卷二十一引《詞話》卻以為「曉」字好，與「繞」字相比，有「霄壤」之別。其實就詞意而言，「曉」字雖虛，僅能點明時間；「繞」字雖實，卻描繪了具體的形象，令人產生優美的聯想；而村上人家，綠水環抱，也於中可見。所以這個字萬萬改它不得。

「枝上」二句先一跌，後一揚，在跌宕騰挪之中，表現了深摯的感情，曠達的襟抱。「枝上柳綿吹又少」，與起句「花褪殘紅青杏小」，本應同屬一組，但如果接連描寫，不用「燕子」二句穿插，則詞中的音調和感情將一直在低旋律上進行。現在分開來，便可以在傷感的調子中注入疏朗的氣氛。絮飛花落，最易撩人愁緒。這裡不是說枝上柳絮被吹得滿天飛揚，也不是說柳絮已被吹盡，而是說越吹越少。著一「又」字，則又表明詞人之看絮飛花落，非止一次。傷春之感，惜春之情，自然見於言外。因此清人王士禛評曰：「『枝上柳綿』，恐屯田（柳永）緣情綺靡，未必能過。」（《花草蒙拾》）可見這是道地的婉約風格。相傳蘇軾謫居惠州（今屬廣東省），一年深秋，命侍兒朝雲歌此詞。朝雲歌喉將囀，淚滿衣襟。東坡問其故，回答說：「奴所不能歌者，是『枝上柳綿』句也。」東坡笑曰：「是吾正悲秋，而汝又傷春矣。」（清張宗橚《詞林紀事》引《林下偶談》）這則故事，再一次證明了這兩句寫得多麼深婉感人。

下闋寫人，「尤為奇情四溢」（清黃蘇《蓼園詞評》）。如果說上闋是在寫景中寄託傷春之感，那麼下闋則是透過人的關係、人的行動，表現對愛情以至整個人生的看法。「牆裡鞦韆」，自然是指上面所說的那個「綠水人家」。由於綠水之內，環以高牆，所以牆外行人只能看到露出的鞦韆。不難想像，此刻發出笑聲的佳人是在盪著鞦韆。在藝術描寫上有一個藏和露的關係。如果把牆裡女子盪鞦韆的歡樂場面寫得袒露無遺，勢必索然寡味。現在詞人只露出牆頭的鞦韆架，露出佳人的笑聲，而佳人的容貌與動作，則全部隱藏起來，讓「行人」與讀者一起去想像，在想像中產生無窮意味。可以說，一堵圍牆，擋住了視線，卻擋不住姑娘們的笑聲，擋不住行人的感情。詞人（還有讀者）想像的翅膀，更可以飛越圍牆，創造出一個瑰麗的詩的境界。這種寫法，可謂絕頂高明。自「花間」以來，寫女性的小詞，或寫其體態妖嬈、服飾華麗，或寫其相悅相思、離愁別恨；然而「類不出乎綺怨」（清劉熙載《藝概．詞概》評溫庭筠語）。東坡此詞同樣是寫女性，情景生動而不流於豔，感情真率而不落於輕，在詞史上是難能可貴的。從結構來看，下闋從第一句到第四句，詞意流走，一氣呵成，直到結尾，才作一停頓。誠如作者平時所說的「大略如行雲流水，初無定質，但常行於所當行，常止於不可不止，文理自然，姿態橫生」（〈與謝民師推官書〉）。其具體方法則是用「頂真格」，即過片第二句的句首「牆外」，緊接第一句句末的「牆外道」，第四句句首的「笑」，緊接前一句句末的「笑」，這樣就像火車之有掛鉤一般，車頭一動，後面的各節車廂便滾滾向前，不可遏止。

這首詞中充滿了矛盾：一是思想與現實的矛盾，二是情與情的矛盾，三是情與理的矛盾。而上下句之間、上下闋之間，往往體現出這種錯綜複雜的矛盾。例如上片結尾二句，「枝上柳綿吹又少」，感情極為低沉；「天涯何處無芳草」，則又表現得頗為樂觀。這就反映出情與情的矛盾。「天涯」一句，語本屈原〈離騷〉「何所獨無芳草兮，爾何懷乎故宇」，是卜者靈氛勸屈原的話，其思想與詞人在〈定風波〉中所說的「此心安處是吾鄉」是一致的，可是在現實中，詞人卻屢遭遷謫，此語僅足自慰而已。這種狀況在胸懷曠達的詞人來說能夠泰然處之，而侍兒朝雲則不能忍受，所以她唱到這裡就情不自禁地掉下淚來。下結「多情卻被無情惱」，不僅寫出了情與情的矛盾，也寫出了情與理的矛盾。佳人歡笑，行人多情，結果是佳人灑下一片笑聲，杳然而去；行人凝望鞦韆，煩惱頓生。俞陛雲《宋詞選釋》評此段曰：「多情而實無情，是色是空，公其有悟耶？」所云切中肯綮。詞人雖然寫的是感情，但其中也滲透著人生哲理，這些都是值得仔細吟味的。（徐培均）

蝶戀花 蘇軾

暮春別李公擇

簌簌無風花自墮。寂寞園林，柳老櫻桃過。落日有情還照坐，山青一點橫雲破。路盡河迴人轉舵。繫纜漁村，月暗孤燈火。憑仗飛魂招楚些①，我思君處君思我。

〔註〕①楚些：《楚辭．招魂》有「魂兮歸來！南方不可以止些」、「魂兮歸來！反故居些」等句，後用「楚些」代指《楚辭．招魂》。

李公擇名常，是東坡的老朋友了。東坡通判杭州時，公擇知湖州，為「六客」之會的東道主。嗣後東坡由密州調知河中府（後改知徐州），神宗熙寧十年（一〇七七）正月經過濟南，李公擇時知齊州（治所在濟南），又相見，留月餘始去，東坡和公擇詩有「到處逢君是主人」（〈至濟南，李公擇以詩相迎，次其韻二首〉其二）之語。次年（元豐元年，一〇七八）公擇調任淮南西路提點刑獄公事，治所在壽春（今安徽壽縣），遂南行，寒食日至徐州見東坡，相與宴飲唱酬，復「論事到深夜」。東坡詩集有徐州〈送李公擇〉詩，中云「比年兩見之，賓主更獻酬」，又云「頗嘗見使君（東坡自指），有客如此不？欲別不忍言，慘慘集百憂」。南宋施元之註：「公擇與東坡，皆以論新法擯黜遠外，意好最厚。」詞當與詩同時作。以東坡此時間詩，亦可參知詞情。

詞首句「簌簌無風花自墮」，寫暮春花謝，是送公擇時光景。《顧隨文集．東坡詞說》評為「發端高妙」，又精細地剖析道：「夫寫春而寫暮春，寫花而寫落花，詩人弄筆，成千累萬，老蘇於此，有甚奇特？就參他第一句『簌簌無風花自墮』，『簌簌』字、『自』字，真將落花情理寫出，再不為後人留些兒地步。尤妙在無風，便覺落花之落，乃是舒徐悠揚，不同於風雨中之飄零狼藉。乃至『墮』字，落花乃遂安閒自在地腳跟點地了也。」此句妙處誠如所言。接以「寂寞園林，柳老櫻桃過」，至此點出園林寂寞，人亦寂寞，感慨漸出。何為「柳老」？白居易戲答劉禹錫和其〈別楊柳枝〉絕句詩，有句云「柳老春深日又斜」，略如「枝上柳綿吹又少」（蘇軾〈蝶戀花〉）時節，不特柳老，春亦老矣。「櫻桃過」者，是櫻桃花期已過之謂。東坡在密州〈和子由四首．送春〉詩云：「芍藥櫻桃俱掃地。」自註：「病過此二物。」可為「櫻桃過」的例證，正巧今送李公擇亦逢此時。東坡這期間另有詩〈送筍芍藥與公擇二首〉其二說道：「今日忽不樂，折盡園中花。園中亦何有，芍藥裊殘葩。」詩言芍藥，詞言櫻桃，同時皆盡，而摯友將行。花木的榮瘁與朋儕的聚散，都是無可奈何的事，但一時俱至，為人情所不能堪罷了。能多留戀些時也好吧。「落日有情還照坐，山青一點橫雲破」，可以想見，兩人在「寂寞園林」之中對坐話別，有「相對無言」的時刻，這才分心領略到落日照坐之有情，青山橫雲之變態來。「欲別不忍言，慘慘集百憂」（〈送李公擇〉），此時彼此都是滿懷心事，可不是像陶淵明那樣去「悠然見南山」了。上片主寫暮春，卻並非不露惜別之情，「照坐」之「坐」，明明點出是在話別，未曾冷落題中的「別」字也。

下片寫送別。「路盡河迴人轉舵」：「路盡」，屬送者，在岸上；「轉舵」，屬行者，在舟中；「河迴」二字居中，相關前後。河道彎曲，船一轉舵，不復望見；岸上人亦送到河曲處為止，故云「路盡」。不是岸上之路至此盡頭了，是送行之路可盡於此。「繫纜漁村，月暗孤燈火」，想像行舟今夜泊處情景：漁村冷落，又是想像行人必是中宵不寐，獨對孤燈，為下文之「君思我」先點一筆。夜宿舟中，唯有暗月孤燈相伴。著此兩句，便見作者對行人神馳心繫之情。「月暗孤燈火」一句，顧隨先生謂「火」字須是「明」字，修辭格律始合，今以為韻所牽，易「明」為「火」，不妥；如謂「燈火」二字合成一名，原無不可，但只著一「孤」字形容，未免湊合。東坡詞語自有此類粗率處，不容諱言。「憑仗飛魂招楚些，我思君處君思我」，上句突如其來，似不可解，然實具深意。可以用東坡自己的詩語來說明。他晚年遠貶海南，至元符三年（一一〇〇）徽宗即位，詔移廉州（今廣西合浦）安置，遂北行渡海至澄邁驛通潮閣，有詩云：「餘生欲老海南村，帝遣巫陽招我魂。」（〈澄邁驛通潮閣二首〉其二）《楚辭．招魂》假託天帝遣巫陽招屈原離散之魂，有「魂兮歸來，反故居些」等語，東坡用此故典，意指朝廷召他回去。他與李公擇都是因反對新法離開京城出守外郡的，情懷鬱悶，已歷數年，每思還朝，有所作為，而局面轉變，未見朕兆，四方流蕩，似無了期，此所以有「飛魂」之嘆。按句意應作「憑仗楚些招飛魂」，今「飛魂」與「楚些」倒裝，主要是為了押韻。末句「我思君處君思我」，採用迴文，因有懇切濃至的情思為之撐腰，故不虛浮，無文字遊戲的弱點。（陳長明）

蝶戀花 蘇軾

密州上元

燈火錢塘三五夜，明月如霜，照見人如畫。帳底吹笙香吐麝，更無一點塵隨馬。
寂寞山城人老也！擊鼓吹簫，卻入農桑社。火冷燈稀霜露下，昏昏雪意雲垂野。

蘇軾於宋神宗熙寧七年（一〇七四）九月，由杭州通判調知密州（今山東諸城），十一月三日到任。次年正月十五，寫下這首詞。

題目是「密州上元」，詞卻從錢塘即杭州的上元夜寫起。蘇軾在熙寧四年十一月到杭州任，在杭州整整三年，過了三個元宵節，印象是深刻而新鮮的。元宵的特點，第一是燈，唐蘇味道〈正月十五日夜〉詩稱為「火樹銀花」，宋歐陽脩〈生查子．元夕〉詞又有「花市燈如晝」之句。蘇軾對此雖未細寫，而因為那是「東南形勝，三吳都會，錢塘自古繁華」（柳永〈望海潮〉）的地方，僅點了一句「燈火錢塘三五夜」，其燈夕的盛況便可想見。其次是月。「明月如霜」，用「如霜」形容月，是取其色白。但元宵的月又不同於平常。十五夜月正圓，燈月交輝，引來滿城士女，爭相遊賞。南北宋都很重視這一個節日。宋孟元老《東京夢華錄》「十六日」說：「五陵年少，滿路行歌；萬戶千門，笙簧未徹。」宋周密《武林舊事》說：「元夕節物，婦人皆戴珠翠、鬧蛾、玉梅、雪柳，……而衣多尚白，蓋月下所宜也。」就是詞中所謂的「人如畫」了。這還是街市的遊人。至於富貴人家慶賞元宵，又另有一種排場。宋吳自牧《夢粱錄》「元宵」：「府第中有家樂兒童，亦各動笙簧琴瑟，清音嘹亮，最可人聽。……內侍蔣苑使家，雖曰小小宅院，然裝點亭臺，懸掛玉柵，異巧華燈，珠簾低下，笙歌並作。」這「帳底吹笙香吐麝」所寫的情景，到南宋時杭州升為臨安府，做了都城，可就越見繁奢了。「更無一點塵隨馬」，化用上述蘇味道〈正月十五日夜〉詩「暗塵隨馬去，明月逐人來」句，進一步從動態寫遊人。說「無一點塵」，更顯得江南氣候之清潤。

上片整個描寫杭州元宵景致，寫燈，寫月，寫人，詞句雖不多，卻是「有聲有色」。乍看似與題中「密州」無涉。到過片一句「寂寞山城人老也」，只用「寂寞」二字一點，便將前面「錢塘三五夜」那一片熱鬧景象全部移來，為密州上元當前光景作反襯，再不須多著一字，使人領會到密州上元的寂寞冷落究竟是如何了。如此點入本題，真是「筆端回萬牛」，絕大的工力。作者以於兩地為前後任的經歷作關合，得此奇文，在他以前的詩詞中，未曾見有如此章法。

本來麼，蘇軾剛到密州兩個多月，即逢上元，密州上元之夜，也該是有燈有月，也有遊人，如果正面敘寫，也不是無可點染，也可以題作「密州上元」。但是，他當時的處境卻令他不能如此下筆。密州上元比之「錢塘三五夜」之不須多寫，在作者來說，不止是「曾經滄海難為水」（元稹〈離思五首〉其四），更因為他這一次由杭州調知密州，環境和條件出現了很大的變化，遂使心情完全不同。他在下一年所寫的〈超然臺記〉中，有一段話追述他的這場變化：「余自錢塘移守膠西，釋舟楫之安而服車馬之勞，去雕牆之美而蔽采椽之居，背湖山之觀而行桑麻之野。」即從大城市轉到山溝來了。這還不是他感到「寂寞」的原因。況且他此來是由通判改任知州，升了官，也無鬱鬱不樂之理。他心境沉重的真正原因是如〈超然臺記〉接著所說的：「始至之日，歲比不登，盜賊滿野，獄訟充斥，而齋廚索然，日食杞菊，人固疑余之不樂也。」蘇軾是個親民的官，作為一州之長，地方連年蝗旱，「天上無雨，地下無麥」（〈論河北京東盜賊狀〉），連知州和通判也只能每天吃枸杞和菊花（〈後杞菊賦敘〉：「日與通守劉君廷式循古城廢圃求杞菊食之，捫腹而笑。」），百姓的生活困苦更可想而知，使這位剛到新任年僅四十的「使君」憂愁滿腹，不禁有「人老也」之嘆。他在這上元之夜，隨意閒行，聽到簫鼓之聲，走去看看，原來是村民正在舉行社祭，祈求豐年。這個古老的風俗在《周禮》中已有記載：「凡國祈年於田祖，吹〈豳雅〉，擊土鼓，以樂田畯（農神）。」王維〈涼州郊外遊望〉也說：「婆娑依里社，簫鼓賽田神。」然而詞人面對眼前農民祈年的場面，耳聞簫鼓之聲，仍排遣不去心頭的落寞。結末二句「火冷燈稀霜露下，昏昏雪意雲垂野」，意象慘淡，作者心間的愁惱可以想見。

王國維論詞，謂「能寫真景物、真感情者，謂之有境界」（《人間詞話》）。蘇軾這首〈蝶戀花〉，確是「有境界」之作。他在〈南行前集敘〉中說他們父子出川赴京途中所作詩文，是「山川之秀美，風俗之樸陋，賢人君子之遺跡，與凡耳目之所接者，雜然有觸於中而發於詠嘆」，以此言衡量此詞，亦無不合。他作詞，於內容、筆墨不囿於成規，自抒胸臆，意之所到，筆亦隨之，不求工而自工。此詞章法之奇，轉折之大，含蘊之深，體現出了他當時的境遇和心情。誠如元好問所言：「唐歌詞多宮體，又皆極力為之。自東坡一出，情性之外，不知有文字，真有『一洗萬古凡馬空』氣象。」（《新軒樂府》引）（陳長明）

蝶戀花 蘇軾

記得畫屏初會遇。好夢驚回，望斷高唐路。燕子雙飛來又去，紗窗幾度春光暮。
那日繡簾相見處，低眼佯行，笑整香雲縷。斂盡春山羞不語，人前深意難輕訴。

蘇軾的詞具有多種風格是人所共知的。有的像天風海雨那樣雄奇奔放，由此而創豪放一派；有的像花間流鶯那樣婉轉多情，並不亞於柳、秦諸家。這首〈蝶戀花〉就是一首柔情似水的純愛情詞，毫無掩飾地寫出了一個男子的單相思。

上片回憶了戀愛的全過程：初遇——破滅——思念。「記得畫屏初會遇」，寫出這愛情的開端是美妙的，令人難忘的，與心愛的人在畫屏之間的初次會遇，至今記得清清楚楚。可是不知出於什麼原因，情緣突然被割斷了，這無異於一場美夢的破滅，一切幸福的嚮往都化為泡影，所以緊接著就說「好夢驚回，望斷高唐路。」「高唐」，即高唐觀，又稱高唐臺，在古雲夢澤中，宋玉〈高唐賦〉和〈神女賦〉中寫楚懷王和楚襄王都曾於此觀中夢與巫山神女相遇。這裡藉以比喻再也不能與情人相會了。「燕子雙飛來又去，紗窗幾度春光暮」，進一步寫出男主人公的一片痴情。雖然是「高唐夢斷」，情絲卻還緊緊相連：梁間的雙飛燕春來又秋去，美麗的春光幾度從窗前悄悄走過，而對她的思念卻並不因時間的流逝而減弱半分。其特別標舉燕子是雙飛，春光是從紗窗前走過，是因為這些物象最惹人相思，意在表明自己這幾年是在極度的思念中度過的，是在沒有希望的等待中度過的。

下片回過頭來集中描述他們之間最甜蜜的一次會遇。「那日繡簾相見處」，點明相會的時間與地點。「低眼佯行，笑整香雲縷」，活畫出女方的嬌羞之態：低眉垂眼，假意要走開，卻微笑著用手整理自己的鬢髮（即香雲縷）。一個「佯」字，見出她的忸怩之態，一個「笑」字，傳出鍾情於他的心底祕密。當人理鬢自也是一種保持最佳容姿以取悅於人的親昵表示。「斂盡春山羞不語，人前深意難輕訴」，進一步寫出女方的內心活動：斂起眉頭不說話，不是對他無情，實在出於害羞。一個姑娘家怎好在人前輕率地傾吐自己的愛情呢？可愈是如此，愈見其純真，愈是招人疼愛。全詞就以此甜蜜回憶的結束而結束，活潑而有分寸，細膩而有餘味。

作者在這裡描寫的相思之情是赤裸裸的，熱乎乎的，可也是健康的，樸素的，就像愛情本身那麼健康，就像生活本身那麼樸素。女主人公自然是青樓中人物，男主人公是青年士子無疑。他們可以向意中人表示自己的愛情，但無權決定自己的婚姻。愛情的中斷，絕不是女方的變心，更不是男方的負情，而是受著外力的壓迫與阻撓。正因為如此，才值得男主人公相思不已；正因為如此，才能使人去思索這個千古難解之謎：為什麼自古紅顏多薄命？為什麼自古多情空餘恨？

此詞在藝術上有兩個顯著的特點。一是順敘、倒敘的交叉運用，使結構錯落有致。上片先寫愛情的「好夢驚回」，下片再寫甜蜜的歡會，自然是倒敘。單就上片說，從初會寫到破裂，再寫到無窮盡的思念，自然又是順敘。如此交叉安排，使其具有簡單的情節，頗有點像現代的抒情性短篇小說的梗概，收到了曲折生情、搖曳生姿的藝術效果。

二是運用了反襯手法，即以相見之歡反襯相離之苦。此詞下片特意集中筆墨將勾魂攝魄的歡會詳加描述，就正是為了反襯男主人公失戀的痛苦。因為只有愛得如此之深，才能思得如此之切；只有享受過如此的歡愉，才能產生如此的痛苦。這不比說任何傷心的話更傷心十分嗎？（謝楚發）

蝶戀花 蘇軾

蝶懶鶯慵春過半。花落狂風，小院殘紅滿。午醉未醒紅日晚，黃昏簾幕無人捲。
雲鬟鬅鬆眉黛淺。總是愁媒，欲訴誰消遣。未信此情難繫絆，楊花猶有東風管。

這是蘇軾寫的一首閨情詞。主人公是一位多情善感的少女，她在暮春時節，獨處幽閨，不免苦悶無聊，對花傷春。李冠也有一首寫少女傷春的〈蝶戀花〉，詞中說：「桃杏依稀香暗度……一寸相思千萬緒，人間沒箇安排處。」蘇軾這首〈蝶戀花〉寫的也正是這樣的內容。比較起來，李詞顯得較為明暢疏朗，蘇詞則頗為含蓄細膩。

此詞上片由寫景過渡到寫人。春光已消逝大半，蝴蝶懶得飛舞，黃鶯也有些倦怠，風捲花落，殘紅滿院。面對這風雨送春歸而「無計留春住」（歐陽脩〈蝶戀花〉）的情景，心事重重的少女，不免觸目傷情，倍添寂寥之感。自然，蝶、鶯本來不見得慵懶，但從這位少女的眼光看來，不免有些無精打采了。發端寫景，下了「懶」、「慵」、「狂」、「殘」等字，就使周圍景物蒙上了主人公的感情色彩，隱約地透露了主人公的心境。以下寫人：紅日偏西，午醉未醒，光線漸暗，簾幕低垂。此情此景，分明使人感到主人公情懶意慵，神倦魂銷。無一語言及傷春，而傷春意緒卻宛然在目。

下片由寫人的外在形象，過渡到寫人的內心世界。頭上髮髻散亂，眉間黛墨淡淺，可見無心梳妝。古代閨閨少女是很講究打扮裝束的。如今她懶畫蛾眉，慵於梳頭，說明心事沉重，精神不振。首句以形寫神，以下承上刻畫愁思之重。「總是愁媒，欲訴誰消遣」，是說觸處皆能生愁，無人可為排解。唐代詩人李咸用〈途中逢友人〉詩說：「煙花隨處作愁媒。」煙花泛指春景，佳景本可娛人，但對情緒不佳的人，偏會撩撥起無限愁情。「總」字統括一切，一切景物都成為愁的觸媒，而又無人可以傾訴，則心緒之煩亂，襟懷之孤寂，可以想見。到此已把愁情推向高潮。煞拍宕開，謂此情將不會一無依託，楊花尚有東風來吹拂照管，難道自身連楊花也不如嗎！古樂府〈楊白花〉歌有「春風一夜入閨闥，楊花飄蕩落南家」之句；南北朝庾信〈春賦〉也說：「二月楊花滿路飛。」楊花似花非花，在花中身價不高，且隨風飄盪，有似薄命紅顏，一無依託。這裡即景取喻，悲涼之情以曠語出之，愈覺悽惻動人。

全詞用「蝶」、「鶯」、「殘紅」、「簾幕」、「雲鬢」、「楊花」等柔美的意象，來烘托少女的形象；用春意闌珊的環境，來映現少女傷春的心境。句句寫傷春情懷，但通篇不露傷春字面，所謂「言其用而不言其名」（宋釋惠洪《冷齋夜話》卷四），有含蓄不露、詞綺情婉之妙。近人吳梅云：「余謂公詞豪放縝密，兩擅其長。世人第就豪放處論，遂有鐵板銅琶之誚，不知公婉約處，何讓溫、韋。」（《詞學通論》）本篇正顯示出東坡詞縝密婉約有似溫、韋的一面。（劉乃昌）

采桑子　蘇軾

多情多感仍多病，多景樓中。尊酒相逢，樂事回頭一笑空。
停杯且聽琵琶語，細撚輕攏。醉臉春融，斜照江天一抹紅。

東坡喜吟詠，詞集中頗多歌席酬贈、即事命筆的「急就章」。這些臨時隨意而發、肆口而成的作品，不容深思，無暇推敲，未必完美，但卻更足以顯示東坡豐富的生活積累、深厚的文化素養和敏捷的創作才華，別有繫人心處。這闋〈采桑子〉，正屬於此類。

此詞另有題載：宋神宗熙寧七年甲寅（一〇七四）仲冬，東坡由杭州通判調知密州，途經潤州（治所在今江蘇鎮江市），與孫洙（巨源）、王存（正仲）集會於該地風景奇勝的甘露寺多景樓。席間，京師官妓甚多，而一個名叫胡琴的，姿色技藝尤其美好。酒闌，孫巨源請求東坡說：「殘霞晚照，非奇才不盡。」東坡於是填了這闋〈采桑子〉。東坡另有〈潤州甘露寺彈箏〉一詩，亦為同時所作，可參讀。

「萬事開頭難」，吟詩填詞也不例外。但東坡填這闋〈采桑子〉卻能毫不費力地從「多景樓」的「多」字獲取靈感，從杜甫〈水宿遣興奉呈群公〉的首句「魯鈍仍多病」借來句型和後三字，寫出了連用三個「多」字的言情語句作為發端。它像「劈地抽森秀」（李賀〈贈陳商〉）的太華，以其奇兀給人以強烈的印象。多景樓在今鎮江市北固山後峰、甘露寺後部，下臨長江，三面濱水，登樓四望，整個城市可盡收眼底，曾被米芾讚為「天下江山第一樓」（〈題多景樓〉）。東坡是個博古通今，關心時政，喜歡尋幽探勝的人，在這樣的多景樓上眺望壯麗的江山，他能不觸景生情嗎？想到三國時的孫權曾建都於此地，六朝的宋武帝劉裕曾居住於此地、起兵討伐桓玄於此地，東晉謝安、梁武帝蕭衍曾留連於此山等等歷史事實，他能不感慨係之嗎？想到他先因與執政的王安石政見不合，自請外任離京而今奔走於道路，他能不滿懷愁緒，病已病時嗎？東坡不把自己的「情」、「感」和「病」之「多」的內容一一寫出，只用此七字概括。近人陳洵說：「詞筆莫妙於留。蓋能留則不盡而有餘味，離合順逆，皆可隨意指揮，而深沉渾厚，皆由此得。」（《海綃說詞》）東坡可以說是深得「留」的三昧了。關於這起句，還必須說明一下：他所以戛然而止，迅疾道出「多景樓中」，為的是顧及全篇，不使這憂愁情緒的抒發過多而成為贅疣。緊接著的「尊酒相逢」，點明與孫巨源、王正仲等集會於多景樓之事，極其平實。像山脈之有起伏，浪潮之有高低，如此平實，為的是給下句抒情鋪墊。「樂事回頭一笑空」，與起句「多情多感仍多病」的語意相連，意謂這次集會多景樓而飲酒聽歌，誠為「樂事」，可惜不能長久，「一笑」之後，「回頭」來眼前的「樂事」便會消失而「空」無所有，只有「多情」、「多感」、「多病」依然留在心頭。哀怨無窮，盡在言外。上片是虛與實的結合，言事與言情的結合，而以虛為主，以言情為主。唯其如此，所以既不浮泛，又頗空靈。前二句先言情後言事，後二句先言事後言情，亦錯落有致。

「停杯且聽琵琶語」，領起下片。「停杯」承上，與「尊酒相逢」相呼應。「且聽琵琶語」啟下，是「樂事」的補充。「琵琶語」，由白居易〈琵琶行〉的「今夜聞君琵琶語」句而來，指琵琶所彈奏的樂曲。「且」是姑且的意思。因為既「多情多感仍多病」，又認為「樂事回頭一笑空」，就不能以認真的態度來對待音樂，以振奮的精神來欣賞音樂，東坡所以特地挑選了這個虛字「且」來著於「聽」字之前，用以表現他當時無聊賴、不經意的心態。「細撚輕攏」句，亦自白居易〈琵琶行〉化出，讚美彈奏琵琶的技藝。他本無心欣賞，然而卻被吸引，說明演奏得確實美妙。「撚」，指左手手指按弦在柱上左右搓轉的手法。「攏」，指左手手指按弦向裡推的手法。讚美之情除了透過「細」和「輕」兩字來表達外，還借此引起讀者對〈琵琶行〉中那段膾炙人口的「輕攏慢撚抹復挑，初為〈霓裳〉後〈六么〉。大弦嘈嘈如急雨，小弦切切如私語。嘈嘈切切錯雜彈，大珠小珠落玉盤……」的描寫之聯想。讚罷彈奏琵琶的美妙，順勢描寫彈奏者，也就是前面所說的那位叫做胡琴的姑娘。東坡惜墨如金，不去寫其容貌、形體和服飾等，只用「醉臉春融」四字表現其神態。這四字，麗而不豔，媚中含莊，稍加想像，就不難看見一個喝了少許酒後，兩頰泛紅，嘴角含笑，充滿了青春氣息，懷抱琵琶的少女坐在你的面前。

「結句須要放開，含有餘不盡之意，以景結尾最好。」（南宋沈義父《樂府指迷》）此詞的結句「斜照江天一抹紅」，正是景語。這句景語，可視為當時「殘霞晚照」的寫實，也可視為是藉以形容胡琴姑娘之「醉臉」的，妙在一語雙關。它的色彩儘管明快，但其基調仍是感傷的，與上片完全一致。

清沈祥龍在《論詞隨筆》中說：「小令須突然而來，悠然而去，數語曲折含蓄，有言外不盡之致。」東坡這闋〈采桑子〉非常符合沈祥龍所總結的對小令的要求，當可為則。（何均地）

永遇樂

蘇軾

孫巨源以八月十五日離海州，坐別於景疏樓上。既而與余會於潤州，至楚州乃別。余以十一月①十五日至海州，與太守會於景疏樓上，作此詞以寄巨源。

長憶別時，景疏樓上，明月如水。美酒清歌，留連不住，月隨人千里。別來三度，孤光又滿，冷落共誰同醉？捲珠簾、淒然顧影，共伊到明無寐。今朝有客，來從濉上，能道使君深意。憑仗清淮，分明到海，中有相思淚。而今何在？西垣清禁，夜永露華侵被。此時看、迴廊曉月，也應暗記。

〔註〕①十一月：按宋傅藻《東坡紀年錄》記蘇軾熙寧七年十一月三日到密州任，不應此月十五日仍在海州。「一」字疑誤衍。

孫洙字巨源，宋神宗熙寧七年（一〇七四）八月，自知海州調汴京任修起居注、知制誥。時蘇軾自杭州赴密州知州任，與巨源相遇於潤州，同行至楚州分道。蘇軾至海州，作此詞以表懷念之情。一般表達念友思親的懷人之作，無論是直吐胸臆，還是借景映托，多是從作者一方落筆，而蘇軾此詞卻一反常格，從對方寫，通篇皆為設想之辭，有人有己，撲朔迷離，並「不以虛為虛，而以實為虛，化景物為情思，從首至尾，自然如行雲流水」（宋范晞文《對床夜語》卷二引〈四虛序〉），寫法上很別致。

上片由設想巨源當初離別海州時寫起，以月為抒情線索。首三句寫景疏樓上餞別時「明月如水」；「美酒」三句寫巨源起行後明月有情，「隨人千里」；下六句寫別來三度月圓，而旅途孤單，無人同醉，唯有明月相共，照影無眠。幾種不同情景，層深遞進。但這都是出自詞人的想像，都是從對方在月下的心理感受上落筆，寫得極有層次，形象逼真，情景宛然。詞人這樣著力刻畫，是「化景物為情思」，「借景物映托」，給讀者以若有其事之感，但表面上是映托巨源，實際上是寫詞人自己懷人之思。寫對方越深細，越真切，越見情致，則映己之思念越強烈，越深沉，比正面直書更生動感人。

換頭另起一境，寫此時此刻己方的情景。過片三句點破引發詞人遙思之因，有客從濉上來，捎帶了巨源「深意」，遂使詞人更加痴情懷念。「憑仗」三句，又發奇想。淮河發源於河南，東經安徽、江蘇入洪澤湖，其下游流經淮陰、漣水入海。此時孫巨源在汴京，蘇軾在海州，友人淚灑清淮，東流到海，見出其念我之情深；自己看出淮水中有友人相思之淚，又說明懷友之意切。舉目所見，無不聯想到友情，而且也知道友人也必念到自己。淮水之淚，將對方之深意，己方之情思，外化為具體形象，設想精奇，抒情深透。「而今」以下六句，又翻進一境，再寫意想中景象，回應上片幾次點月，使全篇渾然圓妥，勾連一氣，意脈層深。「夜永」句設想巨源在西垣（中書省）任起居舍人宮中值宿時情景，長夜無眠，孤清寂寞，「此時看、迴廊曉月」，當起懷我之情，刻畫更為感人，有形象，有情思。詞人不說自己徹夜無眠，對月懷人，而說對方如此，仍是借人映己。最後「也應暗記」，四字可謂神來之筆，這裡有人有我，深細婉曲，既寫到了巨源的心理，又寫出了自己的深意，是提醒，也是確信巨源會「暗記」往日的情景，二人綿長情思，具見言外。實在是「一篇之妙，在乎落句」（宋真德秀《文章正宗》評杜甫〈縛雞行〉引宋趙次公語），看似平平，其實回振全篇，含蓄空靈，宕出遠神。這首詞主意是懷人的，但詞中無一語道及，又無語不申此意；寫對方又以景物映托，運實於虛，借人映己，使詞情更為深透、委婉，其凸出特色正可用「心已神馳到彼，詩從對面飛來」（清浦起龍《讀杜心解》評杜甫〈月夜〉語）二語概括。（張秉戍）

永遇樂 蘇軾

彭城夜宿燕子樓，夢盼盼，因作此詞。

明月如霜，好風如水，清景無限。曲港跳魚，圓荷瀉露，寂寞無人見。紞如①三鼓，鏗然一葉，黯黯夢雲驚斷。夜茫茫、重尋無處，覺來小園行遍。

天涯倦客，山中歸路，望斷故園心眼。燕子樓空，佳人何在，空鎖樓中燕。古今如夢，何曾夢覺，但有舊歡新怨。異時對、黃樓夜景，為余浩嘆。

〔註〕①紞，音同膽。紞如：擊鼓聲。

燕子樓在彭城（今江蘇徐州）。據說此樓乃唐張愔尚書為愛妓關盼盼所築。盼盼善歌舞，雅多風態。張氏死後，盼盼念舊愛而不嫁，居是樓十餘年。白居易有〈燕子樓〉詩三首並序述其事。歷代詩人有感於此，也為燕子樓留下了不少詩篇。

蘇軾這首詞作於宋神宗元豐元年（一〇七八）十月。自熙寧四年（一〇七一）以來，蘇軾已相繼接任杭州通判，密州知州，其時正改知徐州。由於仕途上的波折和遠離政治中心，加以頻繁遷調，孤寂落寞之感不時襲上心頭，以致使他十分嚮往探尋心靈上的超脫和自由。這首詞以「夜宿燕子樓，夢盼盼」為題，可能是託為此言，但他不從紅粉豔情著筆，只用「夢雲驚斷」稍作點染，便一筆宕開，由燕子樓生發出對人生宇宙的思考和感慨。

詞的開端以景生發，融情入景，鋪寫燕子樓小園之夜。月色明亮，皎潔如霜；秋風和暢，清涼如水。詞人提筆就把人引入了一個無限清幽的境地。「清景無限」既是對暮秋夜景的描繪，也是詞人的心靈得到清景撫慰後的情感抒發。接著景由大入小，由靜變動：曲港跳魚，潑刺有聲；圓荷瀉露，晶瑩可愛。港之曲，荷之圓，足見畫面的線條美與圖案美。魚之上跳，露之下瀉，呈現了一上一下的動態美。詞人以動襯靜，使本來就十分寂靜的深夜，顯得越發安謐了。魚跳暗點人靜，露瀉可見夜深；「寂寞無人」之意，先已逗出，「見」字也於句外知之，蓋得見然後才能寫也。但「跳」之倏忽，「瀉」之細微，又非胸次無塵，心中有會，何能見而寫之？「寂寞無人見」一句，含意頗深。園池中跳魚瀉露之景，夜夜可有，終是無人見的時候多；自己偶來，若是無心，雖在眼前，亦不得見，所以就此景而論，徑說「寂寞無人見」，亦無不可。〈記承天夜遊〉云：「何夜無月，何處無竹柏，但少閒人如吾兩人耳。」東坡往往有此妙悟，二例可互參。

以下轉從聽覺寫出：三更鼓響，秋夜深沉；一片葉落，鏗然作聲。夢被鼓聲葉聲驚醒，更覺黯然心傷。「紞如」和「鏗然」寫出了聲之清晰，以聲點靜，更加重加濃了夜之清絕和幽絕。好夢難圓，悵然若失，自有尋夢之舉。詞人於半睡半醒中尋繹斷夢，然夜色茫茫，尋夢無處，惆悵滿懷，低迴欲絕，便踏遍小園以自遣。「茫茫」既描繪了無邊的夜色，也寫出了夢醒後的茫然之情。詞先寫夜景，後述驚夢遊園，故夢與夜景，相互輝映，似真似幻，惝怳迷離。又因這一布局之巧，前六句小園之景既是尋夢時所知所見，也成了詞人著意要表現的一種悟境：世人被名利所擾，營營終日，猶如自己睡裡夢裡，眼前身畔有多少良辰美景交臂失之。這真是「清景無限」可嘆「寂寞無人見」！詞人心與境會，借景抒懷，於上片已透出消息。

下片直抒感慨，議論紛陳，觸處生輝。詞人登高望遠，油然而起身世之感。「倦」字道出了他內心的無限悵惘和煩惱。七載外任，久別京城，怎不牽動去國懷鄉的愁思！山隱隱，路茫茫，望不到迢迢故鄉，欲歸無期，徒存此願，何處可訴心曲？面對燕子小樓，幽情難已，不免發出「燕子樓空，佳人何在，空鎖樓中燕」的喟嘆。發生在樓中悲歡交織的愛情故事，有道不完的要眇情，寫不完的淒迷境，但蘇軾只十三個字便說盡了，由人亡樓空悟得萬物本體的瞬息生滅，然後以空靈超宕出之，直抒感慨：人生之夢未醒，只因歡怨之情未斷。其感慨包容了多少古與今、倦客與佳人、夢幻與現實的綿綿情事，其感慨超越了自我，推及了人生和宇宙。詞人的詞思還在馳騁，他從燕子樓想到黃樓，從今日又思及未來。黃樓為蘇軾所改建，是黃河決堤洪水退去後的紀念，也是蘇軾守徐州政績的象徵。但詞人設想後人見黃樓憑弔自己，亦同今日自己見燕子樓思盼盼一樣，抒發出「後之視今亦猶今之視昔」（王羲之〈蘭亭集序〉）的無窮感慨。這是詞人思考人生的結晶。詞人把對歷史的詠嘆，對現實以至未來的思考，巧妙地結合在一起，終於掙脫了由政治波折而帶來的感情鐐銬，精神獲得了解放。尺幅中竟蘊含了如此深廣的喟嘆，沉摯之思，浩瀚之氣，令人玩索不盡。

此詞在《東坡樂府》中極有藝術特色。首先是章法的獨到之處。上片前六句正寫燕子樓小園夜景，後六句則追述夢醒之由和尋夢之行，用的是倒裝逆挽手法，因其倒裝逆挽，凸出了小園清幽的夜景，使其成為上片的主體。其次詞人將景、情、理熔於一爐，圍繞燕子樓情事而發。景是燕子樓小園的清幽之景，情為詞人於燕子樓驚夢後縈繞於懷的黯黯之情，理即由燕子樓關盼盼事而悟得的「人生如夢似幻」之理。然景中有情，情景交融；情中有理，以理化情。燕子樓小園之無限清景和深夜尋幽的詞人之澄澈心境可謂合而為一，心不為名利所絆，所見之景則淡遠清空，而寂寞無人見之美景與「寂寞而莫我知」之詞人又何其相似。物我一境，情與境諧。夢斷盼盼之情黯黯，望斷故園之情悃悃，詞人悟得古今同夢，便情為理化，從情之纏礙中獲得解脫，變得超曠放達，喜怒哀樂乃至榮辱毀譽，全然無意留存於心間，見出格高韻勝。故此詞雖和婉淡麗而不失其高曠清雄，議論灑脫而不流於枯燥寡味。

詞中論及的人生哲理，無疑是受了佛老思想的影響。詞人在對外部世界的追求中接連失敗，於是便轉向對內心世界的探尋。在這樣的情況下，借景抒懷難免有些超塵絕俗之念，這是完全可以理解的。（吳惠娟）

行香子 蘇軾

清夜無塵，月色如銀。酒斟時、須滿十分。浮名浮利，虛苦勞神。嘆隙中駒，石中火，夢中身。

雖抱文章，開口誰親。且陶陶、樂盡天真。幾時歸去，作個閒人。對一張琴，一壺酒，一溪雲。

這首詞的寫作時間不可確考，從其所表現的強烈退隱願望來看，應是蘇軾在宋哲宗元祐時期（一〇八六～一〇九三）的作品。當時宋哲宗年幼，高太后主持朝政，罷行新法，起用舊派，蘇軾受到特殊恩遇。但是政敵朱光庭、黃慶基等人曾多次以類似「烏臺詩案」之事欲再度誣陷蘇軾，因高太后的保護，他雖未受害，但卻使他對官場生活無比厭倦，感到「心形俱瘁」（〈在彭城日，與定國為九日黃樓之會。今復以是日，相遇於宋。凡十五年，憂樂出處，有不可勝言者。而定國學道有得，百念灰冷，而顏益壯，顧予衰病，心形俱瘁，感之作詩。〉），產生退隱思想。蘇軾曾在詩中表示：「老病思歸真暫寓，功名如幻終何得。從來自笑畫蛇足，此事何殊食雞肋」（〈與葉淳老、侯敦夫、張秉道同相視新河，秉道有詩，次韻二首〉其一）；「那知老病渾無用，欲向君王乞鏡湖」（〈次韻子由使契丹至涿州見寄四首〉其三）。兩詩為元祐五、六年間知杭州時作，此詞思想與之相近，就是他把酒對月之時抒寫其退隱之意的。

作者首先描述了抒情環境：夜氣清新，塵滓皆無，月光皎潔如銀。此種夜的恬美，只有月明人靜之後才能感到，與日間塵世的喧囂判若兩個世界。把酒對月常是詩人的一種雅興：美酒盈尊，獨自一人，仰望夜空，遐想無窮。唐代詩人李白月下獨酌時浮想翩翩，抒寫了狂放的浪漫主義激情。蘇軾正為政治紛爭所困擾，心情苦悶，因而他這時沒有「把酒問青天」，也沒有「起舞弄清影」，而是嚴肅地思索人生的意義。月夜的空闊神祕，闃寂無人，正好冷靜地來思索人生，以求解脫。蘇軾以博學雄辯著稱，在詩詞裡經常發表議論。此詞在描述了抒情環境之後便進入玄學思辨了。作者曾在作品中多次表達過「人生如夢」的主題思想，但在這首詞裡卻表達得更明白、更集中。他想說明：人們追求名利是徒然勞神費力的，萬物在宇宙中都是短暫的，人的一生只不過如「隙中駒，石中火，夢中身」一樣地須臾即逝。作者為說明人生的虛無，從古代典籍裡找出了三個習用的比喻。《莊子·知北遊》云：「人生天地之間，若白駒之過郤（隙），忽然而已。」古人將日影喻為白駒，意為人生短暫得像日影移過牆壁縫隙一樣。《文選》潘岳〈河陽縣作二首〉其一李善註引古樂府詩「鑿石見火能幾時」和白居易〈對酒五首〉其二的「石火光中寄此身」，亦謂人生如燧石之火。《莊子·齊物論》言人「方其夢也，不知其夢也，夢之中又占其夢焉，覺而後知其夢也；且有大覺而後知此其大夢也，而愚者自以為覺」。唐人李群玉〈自遣〉之「浮生暫寄夢中夢」即表述莊子之意。蘇軾才華橫溢，在這首詞上片結句裡令人驚佩地集中使用三個表示人生虛無的詞語，構成博喻，而且都有出處。將古人關於人生虛無之語密集一處，說明作者對這一問題是經過長期認真思索過的。上片的議論雖然不可能具體展開，卻概括集中，已達到很深的程度。

下片開頭，以感嘆的語氣補足關於人生虛無的認識。「雖抱文章，開口誰親」是古代士人「宏材乏近用」（蘇軾〈次韻答章傳道見贈〉），不被知遇的感慨。蘇軾在元祐時雖受朝廷恩遇，而實際上卻無所作為，「團團如磨牛，步步踏陳跡」（蘇軾〈送芝上人遊廬山〉），加以群小攻擊，故有是感。他在心情苦悶之時，尋求著自我解脫的方法。

善於從困擾、紛爭、痛苦中自我解脫，豪放達觀，這正是蘇軾人生態度的特點。他解脫的辦法是追求現實享樂，待有機會則乞身退隱。「且陶陶、樂盡天真」是其現實享樂的方式。「陶陶」，歡樂的樣子。《詩經．王風．君子陽陽》：「君子陶陶，……其樂只且！」只有經常在「陶陶」之中才似乎恢復與獲得了人的本性，忘掉了人生的種種煩惱。但最好的解脫方法莫過於遠離官場，歸隱田園。看來蘇軾還不打算立即退隱，「幾時歸去」很難逆料，而田園生活卻令人十分嚮往。彈琴，飲酒，賞玩山水，吟風弄月，閒情逸致，這是古代文人理想的一種生活方式。他們恬淡寡欲，並無奢望，只需要大自然賞賜一點便能滿足，「一張琴，一壺酒，一溪雲」就足夠了。這多清高而又富有詩意！

蘇軾是一位思想複雜和個性鮮明的作家。他在作品中既表現建功立業的積極思想，也經常流露人生虛無的消極思想。如果僅就某一作品來評價這位作家，都可能會是片面的。本首詞的確表現了蘇軾思想消極的方面，但也深刻地反映了他在政治生活中的苦悶情緒，因其建功立業的宏偉抱負在封建社會是難以實現的。蘇軾從青年時代進入仕途之日起就有退隱的願望。其實他並不厭棄人生，他的退隱是有條件的，須得像古代范蠡、張良、謝安等傑出人物那樣，實現了政治抱負之後功成身退。因而「幾時歸去，作個閒人」，這就要根據政治條件而定了。事實上，他在一生的政治生涯中並未功成名遂，也就沒有實現退隱的願望，臨到晚年竟被遠謫海南。

全詞在抒情中插入議論，它是作者從生活感受中悟出的人生認識，很有哲理意義，我們讀後不致感到其說得枯燥。此詞在題材內容和表現方式等方面都與傳統婉約詞相異，是東坡詞中風格曠達的作品。據宋人洪邁《容齋四筆》所記，南宋紹興初年就有人略改動蘇軾此詞，以諷刺朝廷削減給官員的額外賞賜名目，致使當局停止討論施行。可見它在宋代文人中甚為流傳，能引起一些不滿現實的士大夫的情感共鳴。（謝桃坊）

行香子　蘇軾

攜手江村，梅雪飄裙。情何限、處處銷魂。故人不見，舊曲重聞。向望湖樓，孤山寺，湧金門。

尋常行處，題詩千首，繡羅衫、與拂紅塵。別來相憶，知是何人。有湖中月，江邊柳，隴頭雲。

宋神宗熙寧六年（一〇七三），蘇軾在杭州通判任上。宋制，知州知府總掌郡政，又設通判監政，共商和裁決管內大事。當時杭州知州陳襄，字述古，是蘇軾的至交詩友。他們都是因反對王安石新法而被排斥出朝，外任地方官職的。這年十一月，蘇軾因公到常州、潤州視災賑饑，姻親柳瑾（子玉）附載同行。次年元旦過丹陽（今屬江蘇），至京口（今江蘇鎮江市）與柳瑾相別。此詞題為「丹陽寄述古」，據宋人傅藻《東坡紀年錄》，它是蘇軾「自京口還，寄述古作」，則當作於二月由京口至宜興（今屬江蘇）途中，返丹陽之時。詞中表現了蘇軾對杭州詩友的懷念之情。

作者以追念與友人「攜手江村」的難忘情景開始，引起對友人的懷念。風景依稀，又是一年之春了。去年初春，蘇軾與陳襄曾到杭州郊外尋春。蘇軾作有〈正月二十一日病後，述古邀往城外尋春〉詩，陳襄的和詩有「暗驚梅萼萬枝新。尋僧每拂題詩壁」（〈和蘇子瞻通判在告中聞余出郊以詩見寄〉）之句。詞中的「梅雪飄裙」即指兩人尋春時正值梅花似雪，飄沾衣裙。友情與詩情，使他們遊賞時無比歡樂，銷魂陶醉。「故人不見」一句，使詞意轉折，表明江村尋春已成往事，去年同遊的故人不在眼前。每當吟誦尋春舊曲之時，就更加懷念了。作者筆端帶著情感，形象地表達了與陳襄的深情厚誼。順著思念的情緒，詞人更想念他們在杭州西湖詩酒遊樂的地方——望湖樓、孤山寺、湧金門。這三處都是風景勝地。詞的下片緊接著回味遊賞時兩人吟詠酬唱的情形：平常經過的地方，動輒題詩千首。「尋常行處」用杜甫〈曲江二首〉其二「酒債尋常行處有」字面，「千首」言其多。他們遊覽所至，每有題詩，於是生發出下文「繡羅衫、與拂紅塵」的句子。「與」字下省去賓語，承上句謂所題的詩。這裡用了個本朝故事。宋吳處厚《青箱雜記》卷六載：「世傳魏野嘗從萊公（寇準）遊陝府僧舍，各有留題。後復同遊，見萊公之詩已用碧紗籠護，而野詩獨否，塵昏滿壁。時有從行官妓頗慧黠，即以袂就拂之。野徐曰：『若得常將紅袖拂，也應勝似碧紗籠。』萊公大笑。」宋時州郡長官遊樂，常有官妓相從。「繡羅衫」，如溫庭筠〈菩薩蠻〉「新帖繡羅襦」，為女子所服。這一句呼應陳襄前詩，也就是喚起對前遊的回憶。詞意發展到此，本應直接抒寫目前對友人的思念之情了，但作者卻從另一角度來寫。他猜想，自離開杭州之後是誰在思念他。當然不言而喻應是他作此詞以寄的友人陳襄了。然而作者又再巧妙地繞了個彎子，將人對他的思念轉化為自然物對他的思念。「湖中月，江邊柳，隴頭雲」不是泛指，而是說的西湖、錢塘江和城西南諸名山的景物，本是他們在杭州時常遊賞的，它們對他的相憶，意為召喚他回去了。同時，陳襄作為杭州一郡的長官，可以說就是湖山的主人，湖山的召喚就是主人的召喚，「何人」二字在這裡得到了落實。一點意思表達得如此曲折有致，遣詞造句又是這樣的清新蘊藉，借用辛稼軒的話來說：「看使君，於此事，定不凡。」（〈水調歌頭．送鄭厚卿赴衡州〉）

蘇軾在杭州時期，政治處境十分矛盾，因反對新法而外任，而又得推行新法。他寫過許多反對新法的詩歌，「以詩託諷，庶有補於國」（《宋史．蘇軾本傳》）；又勤於職守，捕蝗賑饑，關心民瘼，在力所能及的範圍內，「因法以便民，民賴以安」。政事之餘，他也同許多宋代文人一樣，能很好地安排個人生活。這首〈行香子〉正是從一個側面反映了宋代士大夫的生活，不僅表現了與友人的深厚情誼，也流露出對西湖自然景物的熱愛。〈行香子〉是他早期的作品之一，它已突破了傳統豔科的範圍，無論在題材和句法等方面都有顯見的以詩為詞的特點。這首詞雖屬酬贈之作，卻是情真意真，寫法上能從側面入手，詞情反覆開闔，抓住了詞調結構的特點，將上下兩結處理得含蓄而有詩意。（謝桃坊）

行香子　蘇軾

過七里瀨①

一葉舟輕，雙槳鴻驚。水天清、影湛波平。魚翻藻鑑，鷺點煙汀。過沙溪急，霜溪冷，月溪明。

重重似畫，曲曲如屏。算當年、虛老嚴陵。君臣一夢，今古空名。但遠山長，雲山亂，曉山青。

〔註〕①七里瀨：又名七里灘、七里瀧，在今浙江桐廬城南三十里處。兩岸青山相對，江中水流湍急。

德國十八世紀藝術理論家萊辛（Gotthold Ephraim Lessing）談詩和畫的差別時認為，詩是時間的藝術，適宜於表現在時間中持續的事物；畫是空間的藝術，適宜於表現在空間中並列的事物（《拉奧孔》）。東坡這首小詞，既描繪了靜止的畫面，又表現了畫面的流動，將動和靜、虛與實結合得如此巧妙，給人以詩情畫意的美感享受。

宋神宗熙寧六年（一〇七三）二月，在杭州任通判的蘇軾，放棹富春江，由新城至桐廬。這一帶景色很美，一葉小舟，蕩著雙槳，像驚飛的鴻雁一樣，飛快地掠過水面。天空碧藍，水色清明，山色天光，盡入江水，波平如鏡。水中游魚，清晰可數，不時躍出明鏡般的水面；水邊沙洲，白鷺點點，悠閒自得如超脫塵世的仙翁。詞人用簡練的筆墨，滿懷深情地描繪了在同一空間並列的事物：水、天、小船、游魚、白鷺，為我們展開了一幅形象生動、色彩鮮明的圖畫。緊接著，用一「過」字領下邊的三句——「沙溪急，霜溪冷，月溪明」，使畫面飛速地移動起來，高度簡練概括地記錄了沿途的景色和主觀的感受。這兒，既是空間的轉換，又是時間的推移，更是情緒的波動。船經沙灘，水流湍急，舟飛如箭，使人既高興又緊張；早晨行船，兩岸樹木罩上了一層白霜，水面清冷，使人感到寒意料峭；夜晚降臨，月亮升起，銀白色的光輝灑滿了山、樹，江水泛著銀波，波光瑩瑩，置身在這清涼透明的世界裡，詞人彷彿覺得自己的整個身心也晶瑩透明起來。

以上是詞的上半闋，寫水。下半闋開頭兩句轉換寫山：「重重似畫，曲曲如屏」：兩岸連山，往縱深看則重重疊疊，如畫景；從橫列看則曲曲折折，如屏風。詞寫水則特詳，寫山則至簡，章法變化，體現了在江上舟中觀察景物近則精細遠則粗略的特點。富春山水，夙享嘉譽，如南朝梁代吳均〈與宋元思書〉所說：「自富陽至桐廬，一百許里，奇山異水，天下獨絕。水皆縹碧，千丈見底，游魚細石，直視無礙。急湍甚箭，猛浪若奔。夾岸高山，皆生寒樹，負勢競上，互相軒邈，爭高直指，千百成峰。」與此詞對看，更能體會東坡抒寫之妙。富春江是東漢嚴光（字子陵）隱居的地方。嚴光是東漢光武帝劉秀的同學。劉秀當皇帝後，嚴光隱姓埋名，避而不見。劉秀打聽到他的下落後，三次徵召，才把他請到京城，授諫議大夫，並百般禮遇。「君臣一夢」，指光武帝與嚴光同床共臥事。但嚴光對富貴榮華堅辭不受，仍回到富春江釣魚。對於嚴光的隱居，不少人稱讚，但亦有人認為是沽名釣譽。唐代的韓偓〈招隱〉詩即寫道：「時人未會嚴陵志，不釣鱸魚只釣名。」東坡在此，也笑嚴光當年白白在此終老，只留下空名而已。唯有青山依舊，朝夕百態，在人心目。下半闋以山起，以山結，中間插入議論感慨，而以「虛老」粘上文，「但」字轉下意，銜接自然。結尾用一「但」字領「遠山長，雲山亂，曉山青」三個跳躍的短句，又與上半闋「沙溪急，霜溪冷，月溪明」遙相呼應。前面寫水，後面寫山，異曲同工，以景結情。人生的感慨，歷史的沉思，都融化在一片流動閃爍、如詩如畫的水光山色之中，雋永含蓄，韻味無窮。

蘇東坡經常發出「人生如夢」的感慨，但他的感慨總是融化在對自然的永恆和美麗的禮讚之中，因而總是給人一種生動活潑的、生意盎然的美感。這就是為什麼雖然某些評論家批評蘇東坡消極、悲觀，而人們仍然喜愛蘇詞的主要原因。人們從蘇詞中得到的，不是灰色的頹唐，而是綠色的歡欣。謂予不信，不妨將這首小詞吟誦幾遍，待走進富春江那「重重似畫，曲曲如屏」的光潔靈秀的天地之中，難道不覺得肉體和靈魂都得到淨化而昇華到一種更高的境界之中嗎？（陳華昌）

菩薩蠻　蘇軾

迴文夏閨怨

柳庭風靜人眠晝，晝眠人靜風庭柳。香汗薄衫涼，涼衫薄汗香。手紅冰碗藕，藕碗冰紅手。郎笑藕絲長，長絲藕笑郎。

迴文，是中國詩歌特有的體制，詩詞字句迴旋往返，都能成文可誦。通常說的迴文詩，主要是指可以倒讀的詩篇。如南朝齊王融〈後園作迴文詩〉「斜峰繞徑曲，聳石帶山連。花餘拂戲鳥，樹密隱鳴蟬」，倒讀亦能成文。六朝以還，作者漸多，詠歌日盛，工巧益增。宋人桑世昌編有《迴文類聚》四卷，收錄了大量的迴文作品。儘管迴文作者用足心機，畢竟近於文字遊戲，有價值的作品不多，可以說是難能而不可貴。宋詞中迴文體較少，《東坡樂府》中有七調，姑錄其「四時閨怨」中的「夏閨怨」一首，聊備一格。

東坡這首迴文詞，兩句一組，下句為上句的倒讀，這比起一般迴文詩整首倒讀的作法要容易些，因而對作者思想束縛也少些。一首好的迴文詩詞，除了在格律、內容、感情、意境等方面的要求外，還有一種特殊的講究，就是倒讀後的文意應與原來的有所不同，這是比較難辨到的。東坡的七首迴文詞中，如「郵便問人羞，羞人問便郵」（〈菩薩蠻．迴文〉）、「顰淺念誰人，人誰念淺顰」（〈菩薩蠻．迴文春閨怨〉）、「樓上不宜秋，秋宜不上樓」（〈菩薩蠻．迴文秋閨怨〉）、「歸不恨開遲，遲開恨不歸」（〈菩薩蠻．迴文冬閨怨〉）等，下句補充發展了上句，故為妙構。

再看這首「夏閨怨」。上片寫閨人晝寢的情景，下片寫醒後的怨思。用意雖不甚深，詞語自清美可誦。「柳庭」二句，關鍵在一「靜」字。上句云「風靜」，下句云「人靜」。風靜時庭柳低垂，閨人困倦而眠；當晝眠正熟，清風又吹拂起庭柳了。同是寫「靜」，卻從不同角度著筆。靜中見動，動中有靜，頗見巧思。三、四句，細寫晝眠的人。風吹香汗，薄衫生涼；而在涼衫中又透出依微的汗香。變化在「薄衫」與「薄汗」二語，寫衫之薄，點出「夏」意，寫汗之薄，便有風韻，而以一「涼」字串起，夏閨晝眠的形象自可想見。過片二句，是睡醒後的活動。她那紅潤的手兒持著盛了冰塊和蓮藕的玉碗，而這盛了冰塊和蓮藕的玉碗又冰了她那紅潤的手兒。上句的「冰」是名詞，下句的「冰」作動詞用。古人常在冬天鑿冰藏於地窖，留待夏天解暑之用。杜甫〈陪諸貴公子丈八溝攜妓納涼晚際遇雨二首〉其一「公子調冰水，佳人雪藕絲」，寫以冰水拌藕，猶本詞「手紅」二句意。「郎笑藕絲長，長絲藕笑郎」，收兩句為全詞之旨。「藕絲長」，象徵著人的情意綿長，古樂府中，常以「藕」諧「偶」，以「絲」諧「思」，藕節同心，故亦象徵情人的永好。〈讀曲歌〉：「思歡久，不愛獨枝蓮（憐），只惜同心藕（偶）。」自然，郎的笑是有調笑的意味的，故閨人報以「長絲藕笑郎」之語。笑郎，大概是笑他的太不領情或是不識情趣吧。郎的情意不如藕絲之長，末句始露出「閨怨」本意。（陳永正）

虞美人 蘇軾

有美堂①贈述古

湖山信是東南美，一望彌千里。使君能得幾回來？便使尊前醉倒更徘徊。

沙河塘②裡燈初上，水調③誰家唱？夜闌風靜欲歸時，唯有一江明月碧琉璃。

〔註〕①有美堂：在杭州城內吳山上，宋仁宗時梅摯所建。歐陽脩〈有美堂記〉云：「嘉祐二年，龍圖閣直學士尚書吏部郎中梅公出守于杭。於其行也，天子寵之以詩。於是始作有美之堂，蓋取賜詩之首章而名之。」（《歐陽文忠公文集．居士集》卷四十）宋仁宗賜詩〈賜梅摯知杭州〉首章曰：「地有吳山美，東南第一州。」②沙河塘：在杭州城南，通錢塘江，宋時為杭州繁華地區。③水調：曲名。宋王灼《碧雞漫志》卷四引《脞說》云：「〈水調〉、〈河傳〉，煬帝將幸江都時所製，聲韻悲切，帝喜之。」唐孟棨《本事詩．事感第二》記唐玄宗聽唱〈水調〉而凄然泣下。此曲北宋仍傳唱，宋劉敞《公是集》有〈揚州聞歌〉云：「淮南舊有〈于遮〉舞，隋俗今傳〈水調〉聲。」

關於此詞的寫作，宋人傅幹的註本所敘甚詳。傅云：「《本事集》云：陳述古守杭，已及瓜代，未交前數日，宴僚佐於有美堂。侵夜月色如練，前望浙江，後顧西湖，沙河塘正出其下，陳公慨然，請貳車蘇子瞻賦之，即席而就。」陳述古名襄，其離杭州知州任，徙知應天府（今河南商丘）在宋神宗熙寧七年（一〇七四）七月，可知詞作於此時，蘇軾時為杭州通判。

上片寫攬景興懷。錢塘環以湖山，左右映帶，秀麗奇絕。加上閩商海賈，風帆浪舶，自古繁盛。而有美堂在城南吳山最高處，尤為登覽之勝。正如歐陽脩在〈有美堂記〉中所云：「獨所謂有美堂者，山水登臨之美，人物邑居之繁，一寓目而盡得之。蓋錢塘兼有天下之美，而斯堂者又盡得錢塘之美焉。」如許內容，蘇軾僅用二句簡括述之，從遠處著想，大處落墨，境界闊大，氣派不凡。面對江山勝景，僚佐們在物我交融中感到無比歡樂，詞人更感到陳公重遊的機會無多，應該直飲到醉倒尊前，再多留連些時候。

然而，「尊前醉倒更徘徊」，也反映了詞人此時此刻的心情：使君此去，何時方能重來？何時方能置酒高會？他的惜別深情是由於他們志同道合。據《宋史・陳襄傳》，他因批評王安石和「論青苗法不便」，被貶出知陳州、杭州。然而他不以遷謫為意，「平居存心以講求民間利病為急」。而蘇軾亦因同樣的原因離開朝廷到杭州，他自言「政雖無術，心則在民」（〈謝晴祝文〉）。在這裡，我們無須論列變法派與反變法派的是非功過，但我們應看到在他們共事的兩年多過程中，能協調一致，組織治蝗，賑濟飢民，浚治錢塘六井，獎掖文學後進。在他們力所能及的範圍內，確實做了不少有益於人民的事。如今即將天隔南北，心情豈能平靜？我們不妨看蘇軾寫於同時的送述古的詞句：「今夜殘燈斜照處，熒熒，秋雨晴時淚不晴。」（〈南鄉子・送述古〉）「欲棹小舟尋舊事，無處問，水連天。」（〈江城子・孤山竹閣送述古〉）這些都表現了他戀戀不捨的心情。

下片寫有美堂上所觀夜景。過片承上留連徘徊而來，以至明月當空、市區燈火初上尚未離去。燈火黃昏，使人感到淒清寂寥，更何況此時又傳來〈水調〉悲歌。想當年，隋煬帝於開汴河時令製此曲，製者取材於河工之勞歌，因而聲韻悲切。傳至唐代，唐玄宗聽後傷時悼往，淒然泣下。而杜牧在他的著名的〈揚州三首〉其一中寫道：「誰家唱水調，明月滿揚州。」直到宋代，此曲仍風行民間。這種悲歌，此時更增添離懷別思。離思是一種抽象的思緒，能感覺到，卻看不見，摸不著，對它本身作具體描摹很困難。詞人借助燈火和悲歌，既寫出環境，又寫出心境，極見功力之深。

離別詞往往被人寫得慘戚憯悽，不忍卒讀。而蘇軾寫此類詞則淒清而不淒愴，憂愁而不愁苦。他慣於為離別的親友解除憂慮，開釋情懷，此首以「一江明月碧琉璃」作結，水月交映，意境闊遠，令人豁然開朗。這江面月色由夜闌風靜而來，明澈如鏡，清輝萬里，溫婉靜謐。它留給人們充分的想像天地，想像詞人以此來象徵述古為人高潔耿介，象徵他們友情的冰清玉潔，象徵他們前程的光明，等等，總之是言有盡而意無窮。蘇軾是寫月夜的能手，在他三百數十首詞作中，寫有月夜的有五十多首。他寫月變化多端，神妙獨到，多不雷同，此首結句僅是其中一例。

官場餞行，即席賦詩詞，或讚行人之顯貴，或想像道途的風光，常常因陳襲舊，僅是應酬而已。而蘇軾此首以真情出之，寫得深沉委婉，真實誠摯。在寫作時他抓住有美堂居高臨下的特點。上片以樂景寫憂思，寓情於景。下片因景寓情，由憂而樂。詞人把景物和情思交織起來寫，有層次地表現出感情的波瀾。通篇八句，有六句直接寫景，景物有動有靜，有雄放有清麗，做到了動靜相生，剛柔相濟。有二句直接寫情，但「尊前醉倒更徘徊」卻是全篇關鍵所在。宴飲由白天而燈火黃昏而夜闌風靜，均由「徘徊」生出，充分表現了述古留戀錢塘之意和僚佐們的友情。（周義敢）

虞美人　蘇軾

波聲拍枕長淮曉，隙月窺人小。無情汴水自東流，只載一船離恨向西州。
竹溪花浦曾同醉，酒味多於淚。誰教風鑑在塵埃？醞造一場煩惱送人來！

宋神宗元豐七年（一〇八四）十一月，東坡至高郵與秦觀相會，秦觀追送渡淮，於淮上飲別，東坡遂作此詞。黃庭堅謂曾「見其親筆，醉墨超放，氣壓王子敬（獻之）」（南宋胡仔《苕溪漁隱叢話前集》引）。此詞情真意切，可想見蘇、秦兩人的深摯交誼。

起二句，寫在淮上飲別後的情景。秦觀厚意拳拳，自高郵相送，溯運河而上，經寶應至山陽，止於淮上，途程二百餘里。臨流帳飲，惜別依依。詞人歸臥船中，只聽到淮水波聲，如拍枕畔，不知不覺又天亮了。著一「曉」字，已暗示一夜睡得不寧貼。「隙月」，指在船篷罅隙中所見之月。據清王文誥《蘇文忠公詩編註集成·總案》載，蘇軾於冬至日抵山陽，十二月一日抵泗州。與秦觀別時當在十一月底，所見之月是天亮前從東方昇起不久的殘月，故「窺人小」三字便形容真切。「無情汴水自東流，只載一船離恨向西州」，二語為集中名句。汴水一支自開封向東南流，經應天府（北宋之南京，今河南商丘）、宿州，於泗州入淮。蘇軾此行，先由淮上抵泗州，然後溯汴水西行入應天府。流水無情，隨著故人東去，而自己卻載滿一船離愁別恨，獨向西行。「無情流水多情客」（〈泛金船·流杯亭和楊元素〉），類似的意思，在蘇詞中也有，而本詞之佳，全在「載一船離恨」一語。以水喻愁，前人多有，蘇軾是詞，則把愁恨物質化了，可以載在船中，逆流而去。這個妙喻被後人競相摹擬。

東坡的門人張耒〈絕句〉：「亭亭畫舸繫春潭，直待行人酒半酣。不管煙波與風雨，載將離恨過江南。」李清照〈武陵春〉詞「只恐雙溪舴艋舟，載不動許多愁」，聲名竟出蘇詞之上。張元幹〈謁金門〉「艇子相呼相語，載取暮愁歸去」，亦有情致。金董解元《西廂記諸宮調》卷六云：「休問離愁輕重，向個馬兒上駝也駝不動。」則置愁於馬背；元王實甫《西廂記》云：「遍人間煩惱填胸臆，量這些大小車兒如何載得起？」又載愁於車上。以上數例，雖不免有蹈襲之嫌，仍能各出新意。至如朱淑真「可憐禁駕許多愁」（〈清瘦〉）及明人「雙槳別離船，駕起一天煩惱」之類，情辭俱竭，了無餘味了。「西州」，龍榆生《東坡樂府箋》引傅幹註以為揚州，誤。詞中只是泛指西邊的州郡，即東坡此行的目的地。

過片二句，追憶當年兩人同遊的情景。元豐二年，東坡自徐州徙知湖州，與秦觀偕行，過無錫，遊惠山，唱和甚樂。復會於松江，至吳興，泊西觀音院，遍遊諸寺。詞云「竹溪花浦曾同醉」，當指此時情事。「酒味」，指當日的歡聚；「淚」，謂別後的悲辛。元豐二年端午後，秦觀別東坡，赴會稽。七月，東坡因烏臺詩案下詔獄，秦觀聞訊，急渡江至吳興尋問消息。以後幾年間，蘇軾居黃州貶所，與秦觀不復相見。「酒味多於淚」，當有感而發。末兩句故作反語，足見真情。詞人在深深嘆息：誰叫我在芸芸眾生中發現了您，認識您的價值，並獲得您的友誼啊？如今反而使我增添了無窮無盡的煩惱！「風鑑」，指以風貌品評人物。宋吳處厚《青箱雜記》卷四：「風鑑一事，乃昔賢甄識人物拔擢賢才之所急。」東坡對秦觀的賞拔，可謂不遺餘力。熙寧七年（一○七四），東坡得讀秦觀詩詞，大為驚嘆，遂結神交。三年後兩人相見，過從甚歡。後屢次向王安石推薦秦觀。元豐七年，致書安石，稱美秦「行義修飭，才敏過人，有志於忠義者，其請以身任之。此外博綜史傳，通曉佛書，講集醫藥，明練法律」，希望王安石「少借齒牙，使增重於世」（〈上王荊公書〉）。作為蘇門四學士之一的秦觀，對蘇軾知遇之情也是永誌不忘的。（陳永正）

河滿子　蘇軾

湖州作，寄益守馮當世

見說岷峨悽愴，旋聞江漢澄清。但覺秋來歸夢好，西南自有長城。東府三人最少①，西山八國初平。

莫負花溪縱賞，何妨藥市微行。試問當壚人在否，空教是處聞名。唱著子淵新曲，應須分外含情。

〔註〕①「東府」句：北宋時，中書門下掌政務，稱東府；樞密院掌軍政，稱西府，合稱二府，都是最高國務機關。東府長官為同中書門下平章事（即宰相），和參知政事（即副宰相）。宰相、參政員數，據宋洪邁《容齋三筆》，或三員，或四員。宋太祖初時三宰相，後一相二參、二相一參不等，自後頗以二相二參為率。詞中言「三人」，似指宋神宗熙寧三年王安石為相，馮京、王珪為參政時。但人員登黜頻繁，不必坐實定指此三人。

馮當世，名京，鄂州江夏（今湖北武漢市武昌）人。神宗熙寧四年（一〇七一）為參知政事時，曾薦蘇軾、劉攽直舍人院掌外制，為皇帝起草詔令，未獲准，蘇軾即出為杭州通判，劉為泰州通判。兩人都是反對新法的。馮京本與王安石政見不合，著論抨擊新法失當，參政後又數與安石辯論於神宗之前，終被排擠，出守外郡。成都府路所屬茂州（治所在今四川茂汶羌族自治縣）舊領羈縻九州，皆蕃部（少數民族）聚居，茂州舊無城牆，居民每被搶掠。熙寧九年三月，知州奏准築城，因城基侵占蕃人住地，發生糾紛，蕃部結連數千人，攻城占隘。朝廷調馮京由知渭州改知成都府兼成都府路利州路安撫使，前往處理。（見司馬光《涑水紀聞》卷十四、李燾《續資治通鑑長編》卷二七四）《宋史．馮京傳》載：「蕃部何丹方寇雞粽關，聞京兵至，請降。議者遂欲蕩其巢窟。京請於朝，為禁侵掠，給稼器，餉糧食，使之歸。夷人喜，爭出犬豕，割血受盟，願世世為漢藩。」十月，事漸平，召京入朝知樞密院事，次年春離成都。這就是本詞上片所寫的時事背景。詞題「益守」，通行諸本作「南守」，今從南宋傅幹《注坡詞》。成都府路在宋初曾稱益州路。此詞全篇也是用成都事最多，作「益」應無可疑。

因馮京曾知成都府，東坡自己又是成都府路所屬的眉州眉山縣人，全詞便以成都事為核心，稱美馮京在當地的治績和表達自己的欣悅之情。起首「見說岷峨悽愴，旋聞江漢澄清」，指馮京迅速安定茂州局勢事。「見說」、「旋聞」，表明問題解決得很快，又宛然是遠道聽到家鄉新聞的口氣，這裡面便透出一種親切感。岷峨為四川的岷山和峨眉山，是東坡故鄉的名山。他在〈滿庭芳〉詞中自言「萬里家在岷峨」，廣義又借指蜀中。「江漢澄清」，一方面是以江、漢二水之復歸澄清，比喻兵亂的平定，同時還暗取《詩經．大雅．江漢》讚美周宣王時召虎平淮夷的詩意。〈江漢〉詩說：「江漢湯湯，武夫洸洸（勇武貌）。經營四方，告成於王。四方既平，王國庶定。時靡有爭，王心載寧。」以馮京比擬召虎，歌頌得體，事跡又頗為切近。「但覺秋來歸夢好」，承上「江漢澄清」而來，又映帶「岷峨悽愴」之時。久客思鄉，故有「歸夢」；亂止憂除，故覺「夢好」。黃山谷〈謫居黔南十首〉其十（摘白樂天句）有云：「如何春來夢，合眼在鄉社。」任淵註：「一本作『秋來何所夢，合眼見鄉社』。」此兩句與東坡之「秋來歸夢」，若合符契。大抵境遇心事相同者，出語亦易相近。古人又豈無此類言語，總之各自寫其胸臆，也不能說是誰剿襲誰了。東坡之「歸夢好」，是因為蜀中有能人鎮守，即所謂「西南自有長城」。長城本義是古代北方為防備匈奴所築的城牆，東西連綿長至萬里，引申指國家所倚賴的能臣良將。南朝宋檀道濟被文帝收捕，怒曰：「乃復壞汝萬里長城！」（《宋書・檀道濟傳》）唐李勣守并州，突厥不敢南侵，唐太宗甚至誇他是「賢長城遠矣」（《新唐書・李勣傳》）。詞至此，以「長城」為喻，轉入寫馮京。「東府三人最少」，提到他任參知政事的時候，在宰執中年紀最輕，意味著最有銳氣。馮京於熙寧三年六月為樞密副使，旋改參知政事，踏進政府最高層以此開端，東坡也不忘他在參政任上推薦自己的一段因緣，所以提出這一點。「西山八國初平」，借用韋皋事以指馮京之安撫茂州諸蕃部。寫其事功亦以稱美其人。韋皋於唐德宗貞元九年（七九三）任劍南西川節度使，出兵西山破吐蕃軍，招撫原附吐蕃的西山羌族八個部落，「西川節度使韋皋處其眾於維、霸、保等州，給以種糧、耕牛，咸樂生業」（《舊唐書・東女國傳》）。韋、馮都是鎮守西川，事實又相類，此句用典十分貼切，比之直寫馮京茂州事，顯得典雅有風致。

上片主要寫馮京守成都時的事功，下片轉從成都地理歷史、風土人情生發，結合馮京的知府兼安撫使身分，擬寫他在那裡的公餘遊賞生活、和人民的關係以調劑詞情。「莫負花溪縱賞，何妨藥市微行」。「花溪」即浣花溪，在成都城西郊。陸游《老學庵筆記》卷八載：「四月十九日，成都謂之浣花。遨頭宴於杜子美草堂滄浪亭。傾城皆出，錦繡夾道。自開歲宴遊，至是而止，故最盛於他時。予客蜀數年，屢赴此集，未嘗不晴。蜀人云：『雖戴白之老，未嘗見浣花日雨也。』」這確是一個遊賞的好去處。以「遨頭」稱州郡長官，意為嬉遊隊伍的首領。東坡有「遨頭要及浣花前」（〈次韻劉景文、周次元寒食同游西湖〉）的詩句。「藥市」在成都城南玉局觀。《老學庵筆記》卷六謂「成都藥市以玉局化為最盛，用九月九日」；其〈漢宮春・初自南鄭來成都作〉以「重陽藥市」與「元夕燈山」為對，其盛況也可以想見。莊綽《雞肋編》卷上記成都重九藥市較詳：「於譙門外至玉局化五門，設肆以貨百藥，犀麝之類皆堆積。府尹、監司，皆步行以閱。又於五門之下設大尊，容數十斛，置杯杓，凡名道人者，皆恣飲。如是者五日。」這兩處遊樂，都是群眾性的盛集，且都有州郡長官參與。詞以「莫負」、「何妨」的敦勸口吻出之，期盼馮京與民同樂，委婉入情。

接著「試問當壚人在否，空教是處聞名」，提起有名的「文君當壚」故事。《史記．司馬相如列傳》載成都人司馬相如字長卿，在臨邛「買一酒舍酤酒，而令文君當壚。相如身自著犢鼻褌，與保庸（奴婢）雜作，滌器於市中」。詞中只寫到文君，當兼有相如在內。這是一則文人才女的風流故事，歷代被人津津樂道。如李商隱〈杜工部蜀中離席〉云：「美酒成都堪送老，當壚仍是卓文君。」而他的另一首〈寄蜀客〉則云：「君到臨邛問酒壚，近來還有長卿無？」東坡的「試問當壚人在否」，立意與之相同，也是說這樣的風流人物不在了，只有佳話留傳。這意味著人文鼎盛的成都，應該還有特出的人才出現，這就期望著地方長官的教導和識拔了。結尾「唱著子淵新曲，應須分外含情」，便體現了這樣的意思。漢宣帝時，蜀人王褒字子淵，有俊才，為益州刺史王襄作〈中和〉、〈樂職〉、〈宣布〉等頌詩，言當地在王襄的治理下，政治和平，百官各得其職，風化普洽，無所不被。詩成，選好事者依〈鹿鳴〉之聲，習而歌之。歌曲傳入朝廷，命征王褒入都（事見《漢書．王褒傳》）。這兩句重點在「新曲」二字，借王褒作詩教歌稱美王襄事，轉到歌頌馮京的意思上面。這是指文治，與上片的頌其武功相呼應。「應須分外含情」，表示了東坡拳拳的情意，這內中應該有政治上志同道合的一份。

這首詞似為應酬之作，而能輸入個人情思，穿插歷史感慨，如「但覺秋來歸夢好」、「試問當壚人在否」等句，便見意境不俗。又全首述事、用典較多，比較質實，又多排偶句，但讀來頗覺流利，以有諸多虛詞斡旋其間，如上片之「見說」、「旋聞」、「但覺」、「自有」，下片之「莫負」、「何妨」、「試問」、「空教」、「唱著」、「應須」，又多用於句首，兩兩呼應，使全詞氣機不滯。它的格局近詩，氣息還是詞的，是東坡以詩為詞的又一例證。還有一點，在東坡詞三百多首中，寫時事、大事的僅此一首，也是值得注意的。

關於這首詞的寫作時間，尚有疑點。據題云「湖州作」，各本於「湖州」無異文。按東坡行跡，涉及湖州者有兩個時期：一是熙寧四年至七年（一〇七一～一〇七四）任杭州通判期間及離杭赴密州時，曾數次經過湖州；又一是元豐二年（一〇七九）四月至七月間知湖州。詞寫寄馮京，緊扣成都事。馮京至熙寧九年始知成都府，則詞非作於熙寧七年及以前甚明。龍榆生《東坡樂府箋》據清朱祖謀《東坡樂府》編年本列於熙寧七年甲寅，誤。至於東坡知湖州時，距馮京安撫茂州蕃部已二年半，別成都入朝任知樞密院事亦逾年。東坡消息不至於太隔膜，以至詞的上片還把茂州事當作新聞，下片仍按馮京在成都任上的情況來寫。若依詞的內容來斟酌作年，似在熙寧九年冬至十年春之間為近是。（詞中的「秋來歸夢好」，可以是指茂州事解決的時間，不必是作詞時間。）此時東坡知密州已近尾聲，九年十一月離密州，輾轉道上，十年二月至汴京，將赴徐州新任。題中「湖州」字或有誤。（陳長明）

更漏子　蘇軾

送孫巨源

水涵空，山照市，西漢二疏鄉里。新白髮，舊黃金，故人恩義深。

海東頭，山盡處，自古客槎來去。槎有信，赴秋期，使君行不歸。

宋神宗熙寧七年（一〇七四）十月，蘇軾在楚州（今江蘇淮安）別孫巨源，作此詞。孫洙字巨源，揚州人。在諫院時，與王安石政見不合，乞補外郡，知海州（今江蘇連雲港）。此年八月十五日離海州赴京任修起居注、知制誥。九月，蘇軾被命罷杭州通判，權知密州。蘇、孫二人曾會於潤州（今江蘇鎮江），並同至楚州相別。

上片用西漢二疏（疏廣、疏受）故事讚頌孫洙。二疏叔侄皆東海（海州）人。廣為太子太傅，受為少傅，官居要職而同時請退歸鄉里，得到世人景仰（事見《漢書．疏廣傳》）。孫洙曾知海州，故云「二疏鄉里」。作者別有〈次韻孫巨源，寄漣水李、盛二著作，並以見寄五絕〉，其二曰：「高才晚歲終難進，勇退當年正急流。不獨二疏為可慕，他時當有景孫樓。」自註：「巨源近離海州，郡有景疏樓。」作者認為：海州人景仰二疏，曾為建造景疏樓，將來必定還會有景孫樓。對海州來說，孫洙和二疏一樣都是值得紀念的。「水涵空，山照市，西漢二疏鄉里」，三句說海州碧水連天，青山映簾，江山神秀所鍾，古往今來出現了不少可景仰的人物。前有二疏，後有孫洙，都為此水色山光增添異彩。「新白髮，舊黃金，故人恩義深」。三句以二疏事說孫洙。二疏請歸，宣帝賜黃金二十斤，太子贈五十斤，公卿大夫、故人邑子設祖道，供帳東都門外，舉行盛大歡送會（《漢書・疏廣傳》）。「新」與「舊」二字，將二疏與孫洙聯繫在一起。點明，這雖是發生在很久很久以前的故事，但說的卻是眼前人。孫洙海州一任，白髮新添，博得州人殷勤相送，這是老友在此邦留下的深恩厚義所致。此意與詩中所設想的「景孫樓」暗相關合。

下片以乘槎故事敘說別情。舊題晉張華《博物志》卷十載：近世人居海上，每年八月，見海槎來，不違時，齎一年糧，乘之到天河。見婦人織，丈夫飲牛，問之不答。遣歸，問嚴君平，某年某月日，客星犯牛斗，即此人也。這是傳說中的故事，作者藉以說孫洙，謂其即將浮海通天河，晉京任職。「海東頭，山盡處，自古客槎來去。」「海」與「山」照應上片之「水」與「山」，將乘槎浮海故事與海州及孫洙聯繫在一起。在作者的想像中，當時有人乘槎到天河，大概就是從這裡出發的。但是，自古以來，客槎有來有往，每年秋八月一定準時來到海上，人（孫洙）則未有歸期。「槎有信，赴秋期，使君行不歸」。其中「有信」、「不歸」，就把著眼點集中在眼前人（孫洙）身上，凸出送別。這裡，一方面用浮海通天河說應召晉京，一方面以歸期無定抒寫不忍相別之情。

詞作所寫兩個故事似毫不相干，但用到海州，用在孫洙身上，兩件事就聯繫在一起了。作者以這兩個故事為孫洙送別，既是對孫洙的讚頌，也體現了自己的不安情緒。在仕途上，作者與孫洙有著共同的遭遇，為了從政治鬥爭的漩渦中逃脫出來，二人皆乞外任。而今，孫洙接到調令，即將返回朝廷，這不能不引起作者的思想波動。因為致君堯舜的理想尚未實現，有機會奉調晉京，這自然是值得慶賀的。但是歸期無定，前景難測，又不能不令人擔心。總的看，作者之不忍別，其中包含著仕途中的無窮憂患情思，不僅僅是「故人恩義」。讀這首詞，必須將作者的身世聯繫在一起，才能較為切實地把握其用意。（施議對）

醉落魄　蘇軾

蘇州閶門留別

蒼顏華髮，故山歸計何時決！舊交新貴音書絕，唯有佳人，猶作殷勤別。

離亭欲去歌聲咽，瀟瀟細雨涼吹頰。淚珠不用羅巾裛，彈在羅衣，圖得見時說。

宋神宗熙寧七年（一〇七四）十月，蘇軾由杭州通判移知密州，途經蘇州，餞別時書此贈某歌妓。閶門是蘇州的西北門，地近運河邊，市廛繁盛。別筵當在此舉行。詞的上片寫自己在備嘗坎坷中遇知音。熙寧七年，作者才三十九歲，正處盛年，為何開篇即云「蒼顏華髮」？這自然是有見於佳人的荳蔻年華而自感老大，但也是實寫由於政治上的失意而未老先衰。熙寧三年，他在汴京〈送安淳秀才失解西歸〉詩中即云：「狂謀謬算百不遂，唯有霜鬢來如期。」四年過去了，事事不如意，自然更增華髮。他自幼即有救時濟世之志，在思想上儒家的進取精神占主導地位，但也受佛老思想的影響，從政之初就想及早退歸林下。縱觀其一生，一直處於「欲仕不能，欲隱不忍」的矛盾之中。自因反對新法而離京後，他鬱鬱不得志，思念故鄉之情就更迫切。只是因為「我亦戀薄祿，因循失歸休」（〈熙寧中，軾通守此郡。除夜，直都廳，囚繫皆滿，日暮不得返舍，因題一詩於壁，今二十年矣。衰病之餘，復忝郡寄，再經除夜，庭事蕭然，三圄皆空，蓋同僚之力，非拙朽所致。因和前篇呈公濟子侔二通守〉），故山歸計才久而未決。

作者反對王安石變法，特別反對王安石重用「巧進之士」，「新進勇銳之人」（熙寧四年二月〈上皇帝書〉）。

在他看來，這些人飛揚跋扈，殘政擾民，道不同不相為謀，自然不會通音書。「唯有佳人，猶作殷勤別。」在眼前，只有這位歌妓情意懇切，輸肝瀝膽，是可貴的知己。作者並未留下這位佳人的姓名和其他有關材料，但我們可以從他同時寫於蘇州的詞〈阮郎歸．蘇州席上作〉所提供的情況，作些推想。詞中有云：「一年三度過蘇臺，清尊長是開。佳人相問苦相猜，這回來不來？」一年之中，作者三次來蘇州，可能宴席間與這位佳人幾度相逢，相互間會有較深的了解，故此詞詞序亦云，這次赴密州，佳人問能否再重聚時「其色淒然」，可見是一往情深。我們在這首閶門留別詞中，看到作者不僅以平等的態度相待侍宴的歌妓，對她以及她們寄予深刻的同情，而且進一步把佳人當作可以推心置腹的知音，把自己的宦遊漂泊與歌妓不幸的命運聯繫起來。同是天涯淪落人，同樣有不幸的命運，在臨別之際，作者自然會觸動真情。用語雖是平常，含蘊則極深至。

下片寫與佳人依依惜別的深情。由「殷勤別」到「離亭欲去」，意脈相連，過片自然。不同的是上片由己及人，下片由人到己，充分體現出雙方意緒契合，情感交流。歌妓擅唱，以歌贈別屬情理之中。但「多情自古傷離別」（柳永〈雨霖鈴〉），與自己最愛重的知音作別，就必然是未歌先淒咽，以至於泣不成聲。然而此時無聲勝有聲，一個「咽」字說盡了佳人的海樣情深。

結句與武則天〈如意娘〉詩之詩意「看朱成碧思紛紛，憔悴支離為憶君。不信比來長下淚，開箱驗取石榴裙」相近。作者用意則更進一層，勸佳人不用羅巾裹淚，任它灑滿羅衣，等待再次相會時，以此作為相知貴心的見證。這既是勸慰佳人，也是自我寬解，今日灑淚相別，但願後會有期。作者的贈別詞一般均以寬慰對方作結，此首用「圖得見時說」來鼓勵佳人，對再次相聚抱有信心。真情流於肺腑，對佳人體貼入微。

按現在通行的編年本，蘇軾任杭州通判之後詞作漸多，到了離杭州赴密州前後，更大量創作詞篇，自此一發而不可收。他學習前人的經驗，沿用晚唐五代以來婉約詞的某些寫作技巧來寫歌妓，但不寫淺斟低唱，不涉豔冶風情，而是以幽怨纏綿的手法，表達身世之感和政治懷抱。這是他的歌妓詞的創造性，賦予歌妓詞新的靈魂和生命。（湯易水、周義敢）

醉落魄 蘇軾

離京口作

輕雲微月，二更酒醒船初發。孤城回望蒼煙合。記得歌時，不記歸時節。

巾偏扇墜藤床滑，覺來幽夢無人說。此生飄蕩何時歇？家在西南，常作東南別。

羈旅行役，本是詞人墨客經常吟詠的主題。蘇東坡的這首小詞，讀起來卻很別致。它表現的是酒醒後突然湧上心頭的瞬間感受。月色微微，雲彩輕輕。是二更了吧？詞人從沉醉中醒來，聽著咿咿呀呀的搖櫓聲，船家告訴他，剛開船哩。從船艙中往回望，只見孤城籠罩在一片煙霧迷濛之中。這一切彷彿在做夢一樣。只記得飲酒高歌時的情景，怎麼又回到船上來了呢？真是月朦朧，雲朦朧，孤城朦朧，人的意識也朦朧。一切都融化在輕柔朦朧的月色之中了。景和情的和諧，巧妙地烘出了醉醒後的心理狀態。

下半闋緊接上半闋，描寫醉後的形態：頭巾兒歪在一邊，扇子墜落在艙板上，藤床分外滑膩，彷彿連身子也掛不住似的。中國畫講究傳神，中國詩也講究傳神。「巾偏扇墜藤床滑」，短短七個字，就將醉態刻畫得維妙維肖。詞人終於記起來了，他剛才還真做了個夢。但天地之間，一葉小舟托著他的軀體在迷濛的江面上飄蕩，朋友們留在岸上了，親人們遠在一方，向何人訴說自己的夢境呢？詞人不禁有些悲慨了，這樣飄蕩不定的生活幾時才能結束呢？他的家遠在西南的四川，而人卻長年累月地在東南奔波。真是不幸啊！最後兩句，像從朦朧中浮現出來的航燈，照亮了詞人心靈深處埋藏的思鄉之情。但他究竟做了個什麼樣的夢，依然沒有說，而卻留給讀者去猜想。

這首詞作於宋神宗熙寧六年（一〇七三）冬，蘇軾正在杭州通判任上。他經常來往於鎮江（即京口）、丹陽、常州一帶，公務冗忙，四處奔波，對故鄉的思念之情不時襲上心頭。這首詞以樸素的語言、自然的筆調，含蓄蘊藉地表現了酒醉醒後思鄉的心境，顯得很有特色。酒醒後的情景，柳永的〈雨霖鈴〉也描寫過。那是一種什麼樣的情景呢？「今宵酒醒何處？楊柳岸，曉風殘月。此去經年，應是良辰好景虛設。便縱有千種風情，更與何人說？」景不朦朧，情感也不朦朧。一切都鮮明熱烈。風流浪子要訴說的是「千種風情」而不是「夢」，要訴說的對象是熱戀中的情人，而不是不確定的朋友親人。兩相比較，更能使人領略到兩種不同形態的美。（陳華昌）

如夢令　蘇軾

為向東坡傳語，人在玉堂深處。別後有誰來？雪壓小橋無路。歸去，歸去，江上一犁春雨。

這闋〈如夢令〉，毛氏汲古閣本題作〈有寄〉，傅幹本調下註云：「寄黃州楊使君二首，公時在翰苑。」當是宋哲宗元祐元年（一〇八六）九月以後，元祐四年三月以前，蘇軾在京城官翰林學士期間所作。

蘇軾在「烏臺詩案」後，被貶為檢校尚書水部員外郎黃州團練副使本州安置。自神宗元豐三年（一〇八〇）二月到黃州，至元豐七年四月離去，在黃州住了四年零兩個月。在此期間，他一方面在州城東門外墾闢了故營地數十畝，命名為東坡，躬耕其中；一方面狎漁樵之侶，窮山水之勝，樂其土風，生活頗為愜意。因此，他對黃州，特別對東坡，感情深厚，在量移汝州時的〈別黃州〉詩中說「桑下豈無三宿戀」，在〈過江夜行武昌山上聞黃州鼓角〉詩中說「黃州鼓角亦多情，送我南來不辭遠」，在〈滿庭芳〉詞中說「好在堂前細柳，應念我、莫剪柔柯。仍傳語，江南父老，時與曬漁蓑」。在京城官翰林學士期間，雖受重視，但既與司馬光等在一些政治措施上議論不合，又遭程頤等竭力排擠，心情並不舒暢，因此一再表示厭倦京官生涯，不時浮起歸耕念頭。如在詩裡說：「我恨今猶在泥滓，勸君莫棹酒船回」（〈送錢穆父出守越州絕句二首〉其二），「我亦江海人，市朝非所安」（〈送曹輔赴閩漕〉），「如君尚出麾，顧我宜耕壟。告歸謝先手，求去悔不勇」（〈送周正孺知東川〉）；還在詞裡說：

「須信人生如寄」（〈西江月·送錢待制穆父〉），「居士，居士，莫忘小橋流水」（〈如夢令〉）。這闋〈如夢令〉，抒寫懷念黃州之情，表現歸耕東坡之意，正是蘇軾上述兩個時期的特定生活及由此產生的特定心理狀態的反映和流露。

全詞分為三層。首二句「為向東坡傳語，人在玉堂深處」，是第一層。它以明快的語言，交代他在「玉堂（翰林院）深處」，向黃州東坡表達思念之情，引起下文。這兩句的語氣，十分親切，甚類杜甫〈贈別何邕〉的「五陵花滿眼，傳語故鄉春」。在蘇軾心目中，黃州東坡，儼然是他的第二故鄉，所以思念之情才如此殷切。

次二句「別後有誰來？雪壓小橋無路」，是第二層。它是「傳語」的內容，是蘇軾對別後黃州東坡的冷清荒涼景象的揣想。為了避免平直，故先設一問。有此一問，便搖曳生姿，並讓讀者注意下句「雪壓小橋無路」，仍承上句帶有問意，似乎是說：別後有沒有人來？是雪壓住了小橋，路不通嗎？以景語曲折表達之，既富於形象性，又深得「婉」字之妙。雪壓住了小橋，無路可通，就沒有誰來；如果不是，就會有誰來。是與否之間，都表現了對別後黃州東坡的無限關心，也體現了「人在玉堂深處」遙想的情景。

末三句「歸去，歸去，江上一犁春雨」，是第三層。它緊承上意，亦是「傳語」的內容，表達歸耕東坡的意願。陶淵明在〈歸去來兮辭〉裡說：「田園將蕪胡不歸！」蘇軾在這裡的思緒是：東坡可耕胡不歸！「歸去，歸去」，直抒胸臆，是願望，是決定，是決心。「江上一犁春雨」，是說春雨喜降，恰宜犁地春耕，補充要急於「歸去」的理由，說明「歸去」的打算。「一犁春雨」四字，使人自然地想起他所作〈江城子〉詞「昨夜東坡春雨足，烏鵲喜，報新晴」的意境。宋人俞成在《螢雪叢說》卷上「詩隨景物下語」條，將此寫農耕的「一犁春雨」，與寫漁父的「一蓑煙雨」（蘇軾〈定風波·三月七日沙湖道中遇雨〉）、寫舟子的「一篙春水」（姜夔〈滿江紅〉）等，並稱為「皆曲盡形容之妙」。妙在哪裡呢？妙在捕捉住了雨後春耕的特殊景象，妙在飽和著輕快的情感。

清人周濟在《介存齋論詞雜著》中說：「人賞東坡粗豪，吾賞東坡韶秀。韶秀是東坡佳處，粗豪則病也。」這闋〈如夢令〉，便是蘇軾的韶秀之作，像山間的一灣清溪，像西天的一抹晚霞，淡雅自然，無一字雕刻，無一語奇險，無毫釐粗豪氣息。（何均地）

陽關曲 蘇軾

中秋月

暮雲收盡溢清寒，銀漢無聲轉玉盤。此生此夜不長好，明月明年何處看。

就在產生那首卓絕千古的中秋兼懷胞弟的詞章〈水調歌頭〉之後不久，蘇軾兄弟便得到了團聚的機會。熙寧九年（一〇七六）冬蘇軾得到移知河中府的命令，離密州南下。次年春，蘇轍自京師往迎，兄弟同赴京師。抵陳橋驛，蘇軾奉命改知徐州。四月，蘇轍又隨兄來徐州任所，住到中秋以後方離去。七年來，兄弟第一次同賞月華，而不再是「千里共嬋娟」。蘇轍有〈水調歌頭．徐州中秋〉記其事，蘇軾則寫下這首小詞，題為「中秋月」，自然也寫「人月圓」的喜悅；調寄〈陽關曲〉，則又涉及別情。

月到中秋分外明，是「中秋月」的特點。首句便及此意。但並不直接從月光下筆，而從「暮雲」說起，用筆富於波折。蓋明月先被雲遮，一旦「暮雲收盡」，轉覺清光更多。沒有這層「面紗」先襯托一下，便顯不出如此效果。句中並無「月光」、「如水」等字面，而「溢」字，「清寒」二字，都深得月光如水的神趣，全是積水空明的感覺。月明星稀，銀河也顯得非常淡遠。「銀漢無聲」並不只是簡單的寫實，它似乎說銀河本來應該有聲，李賀就有「銀浦流雲學水聲」（〈天上謠〉）的詩句，但由於遙遠，也就「無聲」了，天宇空闊的感覺便由此傳出。「江天一色無纖塵」，最引人注目、惹人喜愛的，是「皎皎空中孤月輪」（兩句皆張若虛〈春江花月夜〉）。今宵它顯得格外團圞，恰如一面「白玉盤」似的。李白〈古朗月行〉：「小時不識月，呼作白玉盤。」這比喻寫出月兒冰清玉潔的美感，而「轉」字不但賦予它神奇的動感，而且暗示它的圓。兩句並沒有寫賞月的人，但全是賞心悅目之意，而人自在其中。沒有遊賞情事的具體描寫，詞境轉覺清新空靈。

明月團圞，誠然可愛，更值兄弟團聚，共度良宵，這不能不令詞人讚嘆「此生此夜」之「好」了。從這層意思說，「此生此夜不長好」大有佳會難得，當盡情遊樂，不負今宵之意。不過，恰如明月是暫滿還虧一樣，人生也是會難別易的。兄弟分離在即，又不能不令詞人慨嘆「此生此夜」之短。從這層意思說，「此生此夜不長好」又直接引出末句的別情。但這裡並未像「今夜清尊對客，明夜孤帆水驛，依舊照離憂」（蘇轍〈水調歌頭·徐州中秋〉）那樣挑明此意，結果其意味反而更加深遠。說「明月明年何處看」，當然含有「未必明年此會同」（朱淑真〈元夜三首〉其三）的意思，即有「離憂」在焉。同時，「何處看」不僅就對方發問，也是對自己發問。作者長期外放，屢經遷徙。「明年何處」，實寓行蹤萍寄之感。這比蘇轍詞的含義也更多一重。末二句意思銜接，對仗天成。「此生此夜」與「明月明年」作對，字面工整，假借巧妙。「明月」之「明」與「明年」之「明」義異而字同，借來與二「此」字對仗，實是妙手偶得。疊字唱答，再加上「不長好」、「何處看」一否定一疑問作唱答，便產生出悠悠不盡的情韻。

全詞避開情事的實寫，只在「中秋月」上著筆。從月色的美好寫到「人月圓」的愉快，又從今年此夜推想明年中秋，歸結到別情。形象集中，境界高遠，語言清麗，意味深長。

此作詩詞集皆收入。除文辭外，聲律上也有特色。他後來有〈書彭城觀月詩〉一文，引錄原詩後說：「余十八年前中秋夜，與子由觀月彭城，作此詩，以〈陽關〉歌之。」〈陽關曲〉原以王維〈送元二使安西〉詩為歌詞，蘇軾此詞與王維詩平仄四聲，大體相合，等於詞家之依譜填詞，故此詞也反映了蘇軾「通詞樂，知音律」的一面。

（周嘯天）

減字木蘭花　蘇軾

維熊佳夢，釋氏老君親抱送。壯氣橫秋，未滿三朝已食牛。

犀錢玉果①，利市平分沾四座。多謝無功，此事如何著得儂！

〔註〕①犀錢玉果：犀角色黃，錢色似之，故曰犀錢。果白如玉，故曰玉果。這個「果」大概是花生之類。似是用線把錢果串在一起以分贈賓客。

詩詞中的應酬作品，絕大多數是內容空泛的陳詞濫調，有些比較高明的作品，也不過是用上一些典故敷衍成篇而已，即大手筆也不免。這首詞是作者經過吳興（今浙江湖州市），在他的老朋友李公擇生子三朝宴客席上寫下的。題前有一段作者的自註，把原委說得很清楚。由於他們的交誼，已達到「忘形到爾汝」（杜甫〈醉時歌〉）的程度，所以主人「求歌詞，乃為作此戲之」，也就是說，這是一首開開玩笑的作品。

起首兩句，一是化用杜甫〈徐卿二子歌〉中「君不見徐卿二子生絕奇，感應吉夢相追隨。孔子釋氏親抱送，並是天上麒麟兒」的詩句；一是把杜詩「吉夢」字面的來歷——《詩經．小雅．斯干》中「吉夢維何？……維熊維羆，男子之祥」諸句，化成「維熊佳夢」四字，以「夢」字叶「送」字。雖然是爛熟的典故，但錘鍊得卻很自然。三、四兩句，以誇誕大言，善頌善禱。「氣橫秋」字面本於南朝齊孔稚珪〈北山移文〉「霜氣橫秋」，結合杜甫〈送韋十六評事充同谷郡防禦判官〉詩的「子雖軀幹小，老氣橫九州」，而改用一「壯」字，切合小兒特點。第四句本出於戰國尸佼《尸子》：「虎豹之駒未成文，而有食牛之氣」。但這裡主要仍然是翻用杜甫〈徐卿二子歌〉中「小兒五歲氣食牛，滿堂賓客皆回頭」的句子。上片僅此四句，大多是從杜詩中借來。可是一經熔鑄，語言更覺矯健挺拔。並且這首詞是即席賦成的，具見作者腹笥豐富，從容不迫。

古時習俗，三朝洗兒，富有人家，一般都要大會賓客，作湯餅之宴。席上散發喜錢喜果，叫作「利市」。喜錢用之於湯餅宴上者俗稱「洗兒錢」。唐王建的〈宮詞〉其七十一有「妃子院中初降誕，內人爭乞洗兒錢」（一作花蕊夫人詩），可見這個習俗，由來已久了。下片第一、二兩句「犀錢玉果，利市平分沾四座」就是描寫這種場面。三、四兩句才轉入調笑戲謔。題下作者自註引祕閣《古笑林》說：「晉元帝生子，宴百官，賜束帛，殷羨謝曰：『臣等無功受賞。』帝曰：『此事豈容卿有功乎！』同舍每以為笑。」作者把這個笑話，檃括成為「多謝無功，此事如何著得儂」，把晉元帝、殷羨兩人的對話變成自己的獨白，把第二人稱的「卿」字換成第一人稱的「儂」（我）字，意思是多謝，多謝，我是無功受賞了，這件事情，怎麼可以該著我有功呢？語言幽默風趣，謔而不虐，所以弄得「舉座皆絕倒」，確實不是作者在自我吹擂。在這篇作品中，雖然沒有什麼思想內容可言，但如果把眼光放在另外一個角度，看作者語言吐屬的典雅得體，看他檃括前人詩句的技巧，是那麼嫻熟，老練；而文字中所洋溢的歡樂氣氛，也可看出作者自身開朗而詼諧的性格。（江辛眉）

減字木蘭花

蘇軾

錢塘西湖有詩僧清順，所居藏春塢，門前有二古松，各有凌霄花絡其上，順常晝臥其下。余為郡①，一日屏騎從過之，松風騷然，順指落花求韻，余為賦此。

雙龍對起，白甲蒼髯煙雨裡。疏影微香，下有幽人晝夢長。

湖風清軟，雙鵲飛來爭噪晚。翠颭②紅輕，時下凌霄百尺英。

〔註〕①為郡：作地方的行政長官。秦時分天下為三十六郡，長官稱太守。宋時地方行政單位叫州，長官稱知州。此處言知杭州。②颭：音同展。風吹物動。

本詞的作意，小序裡交代得很清楚。東坡愛和僧人交往，喜歡談禪說法，詞既是應和尚的請求而作，自然透露出禪機。

「雙龍對起」，起筆便有拔地千尋、突兀凌雲之勢。兩株古松衝天而起，銅枝鐵幹，屈伸偃仰，如白甲蒼髯的兩條巨龍，張牙舞爪，在煙雨中飛騰。前兩句寫古松，寫的是想像中的幻景。有人說，後面明明寫的是晴天，和煙雨矛盾。這是不明白幻景和實景的區別。詞人乍一見古松，即產生龍的聯想，而龍是興風作雨的神物，恍惚中似見雙龍在風雨中翻騰。當時已是傍晚，濃蔭遮掩的枝幹，若隱若現，也容易產生煙雨的感覺。

詞人眼見凌霄花的金紅色花朵，掩映在一片墨綠蒼翠之間，他彷彿聞到了一股淡淡的清香。一個和尚，躺在濃蔭下的竹床上，正在沉沉大睡哩。多麼悠閒自在啊。

從湖上吹來的風，又清又軟，多麼溫柔，不知是怕吹醒了幽人呢還是憐惜嬌嫩的凌霄花兒。一對喜鵲，飛來樹上，嘰嘰喳喳爭吵些什麼呢？但樹自在，花自香，幽人自夢。有人說，一對喜鵲爭噪，將「疏影微香」、「幽人夢長」的意境攪得稀糟。這是不明白鬧與靜的辯證關係。人世的紛爭更能顯出佛門的超脫，鳥兒的鳴叫更能顯示境界的幽靜。南朝王籍不是有「蟬噪林逾靜，鳥鳴山更幽」（〈入若耶溪〉）的名句嗎？

在微風的摩挲之下，青翠的松枝伸展搖動，金紅色的凌霄花兒微微顫動。在濃綠的枝葉之中，忽然一點金紅，輕飄飄、慢悠悠地離開枝蔓，緩緩而下，漸落漸近，安然無聲。過了好一會兒，又是一點金紅，緩緩而下。如此境界，令人神清氣爽，思慮頓消，整個身心都融化在一片無我、無物、無思、無慮，純任自然，天機自運的恬淡之中。

綜觀全詞，在對立中求得和諧，是其創造意境的藝術特色。整首詞寫的物象只有兩種：古松和凌霄花。前者是陽剛之美，後者是陰柔之美。而凌霄花是描寫的重點，「雙龍對起」的勁健氣勢被「疏影微香」、「湖風清軟」所軟化，作為一種陪襯，統一在陰柔之美中。從詞的上片看，是動與靜的對立，「對起」的飛騰激烈的動勢和「疏影微香」、「幽人晝夢」靜態形成對比。詞的下片是鬧與靜的對立，鵲的「噪」和凌霄花無言的「下」形成對比。就是在這種對立的和諧之中，詞人創造出了一種超然物外，虛靜清空的境界。他只是作為一個旁觀者，為我們描繪出了一幅風景畫。而在這天然的圖畫中，沒有任何人力的作用，沒有人的絲毫活動，樹風花鳥自由自在，了無交涉，晝夢的幽人似乎也融化在自然之中了。這是禪意的詩。（陳華昌）

減字木蘭花　蘇軾

己卯儋耳春詞

春牛春杖，無限春風來海上。便丐春工，染得桃紅似肉紅。
春幡春勝，一陣春風吹酒醒。不似天涯，捲起楊花似雪花。

這首詞作於蘇軾貶謫海南島儋耳（今海南省儋州市）之時。己卯，宋哲宗元符二年（一〇九九）。春詞，為立春所作之詞，別本題即作〈立春〉。

海南島在宋時被目為蠻瘴僻遠的「天涯海角」之地，前人偶有所詠，大都是面對異鄉荒涼景色，興起飄零流落的悲感。蘇軾此詞卻以歡快跳躍的筆觸，凸出了邊陲絢麗的春光和充滿生機的大自然，在詞史中，這是對海南之春的第一首熱情贊歌。蘇軾與其他逐客不同，他對異地風物不是排斥、敵視，而是由衷地認同。他當時所作的〈被酒獨行，遍至子雲、威、徽、先覺四黎之舍三首〉其二也說「莫作天涯萬里意，溪邊自有舞雩風」，寫溪風習習，頓忘身處天涯，與此詞同旨。蘇軾一生足跡走遍大半個國家，或是遊宦，或是貶逐，但他對所到之地總是懷著第二故鄉的感情，這又反映出他隨遇而安的曠達人生觀。

〈減字木蘭花〉上、下片句式全同。此詞上、下片首句，都從立春的習俗發端。古時立春日，「立青幡，施土牛耕人於門外，以示兆民（兆民，即百姓）」（《後漢書．禮儀志上》）。春牛即泥牛。春杖指耕夫持打牛的棍子侍立；後亦有「打春」之俗，由人扮「勾芒神」，鞭打土牛春幡，即「青幡」，指旗幟。春勝，一種剪紙，剪成圖案或文字，又稱剪勝、彩勝，也是表示迎春之意。上、下片首句交代立春日習俗後，第二句都是寫「春風」：一則曰「無限春風來海上」。作者〈儋耳〉詩也說：「垂天雌霓雲端下，快意雄風海上來。」風從海上來，不僅寫出地處海島的特點，而且境界壯闊，令人胸襟為之一舒。二則曰「一陣春風吹酒醒」，點明迎春儀式的宴席上春酒醉人，興致勃發，情趣濃郁。兩處寫「春風」都有力地強化全詞歡快的基調。以後都出以景語：上片寫桃花，下片寫楊花，紅白相襯，分外妖嬈。寫桃花句，大意是乞得春神之力，把桃花染成粉紅。丐，乞求。這裡把春神人格化，見出造物主孳乳人間萬物的親切之情。寫楊花句，卻是全詞點睛之筆。海南地暖，其時已見楊花。作者次年人日（農曆正月初七日）有詩云「新巢語燕還窺硯」（〈庚辰歲人日作，時聞黃河已復北流，老臣舊數論此，今斯言乃驗〉其二），南宋方回《瀛奎律髓》卷十六評：「海南人日，燕已來巢，亦異事。」蓋在中原，燕到春分前後始至，與楊柳飛花約略同時。以此知海南物候之異，楊花、新燕並早春可見。而早春時節，中原時或降雪。作者用海南所無的雪花來比擬海南早見的楊花，那麼，海南不是跟中原一般景色麼！於是發出「不似天涯」的感嘆了。——這實在是全詞的主旨所在。

如前所述，此詞內容一是禮讚海南之春，在古代詩詞題材中有開拓意義；二是表達作者曠達之懷，對舊時代知識分子影響深遠。這是蘇軾此詞高出常人的地方。我們不妨以南北宋之交的朱敦儒的兩首詞來對讀。朱敦儒的〈訴衷情〉也寫立春：「青旗彩勝又迎春，暖律應祥雲。金盤內家生菜，宮院遍承恩。時節好，管弦新，度昇平。惠風遲日，柳眼梅心，任醉芳尊。」這裡也有「青旗」、「彩勝」、「惠風」、「柳眼」、「醉尊」，但一派宮廷的富貴「昇平」氣象，瞭解南北宋之交政局的讀者自然會對此詞產生遺憾和失望。比之蘇詞真切的自然風光，遜色得多了。朱敦儒另一首〈沙塞子〉說：「萬里飄零南越，山引淚，酒添愁。不見鳳樓龍闕又驚秋。九日江亭閒望，蠻樹繞，瘴雲浮。腸斷紅蕉花晚水西流。」這是寫南越（今嶺南兩廣等地）的重陽節。但所見者為「蠻樹」、「瘴雲」，由景引情者為「山引淚，酒添愁」，凸出的是「不見鳳樓龍闕」的流落異鄉之悲。朱敦儒此詞作於南渡以後，思鄉之愁含有家國之痛，其思想和藝術都有可取之處，宋吳曾《能改齋漫錄》卷十七「顏持約詞不減唐人語」條也稱讚此詞「不減唐人語」。但此類內容的詞作在當時詞人中不難發現，與蘇詞相比，又迥異其趣。二詞相較，對異地風物有排斥和認同的差別，從而更可見出蘇詞的獨特個性。

這首詞在寫作手法上的特點是大量使用同字。把同一個字重複地間隔使用，有的修辭學書上稱為「類字」。（如果接連使用稱「疊字」，如李清照〈聲聲慢〉「尋尋覓覓，冷冷清清，淒淒慘慘戚戚」。）清人許昂霄《詞綜偶評》云：「《玉臺新詠》載梁元帝〈春日〉詩用二十三『春』字，鮑泉奉和用三十『新』字……余謂此體實起於淵明〈止酒〉詩，當名之曰『止酒詩體』。」本來，遣詞造句一般要避免重複。南朝梁劉勰《文心雕龍．練字》提出的四項練字要求，其中之一就是「權重出」，以「同字相犯」為戒。但是，有的作者偏偏利用「同字」來獲得別一種藝術效果：音調增加美聽，主旨得到強調和渲染。而其間用法頗多變化，仍有高下之別。陶淵明的〈止酒〉詩，每句用「止」字，共二十個，可能受了民間歌謠的影響，畢竟是遊戲之作。梁元帝〈春日〉詩說：「春還春節美，春日春風過。春心日日異，春情處處多。處處春芳動，日日春禽變。春意春已繁，春人春不見。不見懷春人，徒望春光新。春愁春自結，春結誰能申。欲道春園趣，復憶春時人。春人竟何在，空爽上春期。獨念春花落，還似昔春時。」共十八句竟用二十三個「春」字，再加上「日日」、「處處」、「不見」等重用兩次，字法稠疊，頗嫌堆垛。再如五代時歐陽炯〈清平樂〉：「春來階砌，春雨如絲細。春地滿飄紅杏蒂，春燕舞隨風勢。春幡細縷春繒，春閨一點春燈，自是春心繚亂，非干春夢無憑。」這首詞也寫立春，為凸出傷春之情，一連用了十個「春」字，句句用「春」，有兩句用了兩個「春」字，也稍有平板堆砌之感。

蘇軾此詞卻不然。全詞八句，共用七個「春」字（其中兩個是「春風」），但不平均配置，有的一句兩個，有的一句一個，有三句不用，顯得錯落有致；而不用「春」字之句，如「染得桃紅似肉紅」，「捲起楊花似雪花」，卻分別用了兩個「紅」字，兩個「花」字。其實，蘇軾在寫作此詞時，並非有意要作如此複雜的變化，他只是為海南春色所感發，一氣貫注地寫下這首詞，因而自然真切，樸實感人，而無絲毫玩弄技巧之弊。後世詞人中也不乏擅長此法的，南宋周紫芝的〈蝶戀花〉下片：「春去可堪人也去，枝上殘紅，不忍抬頭覷。假使留春春肯住，喚誰相伴春同處。」前後用四個「春」字，強調「春去人也去」的孤寂。蔡伸的〈踏莎行〉下片「百計留君，留君不住，留君不住君須去。望君頻向夢中來，免教腸斷巫山雨」，共用五個「君」字，凸出留君之難。這都是佳例。（王水照）

浣溪沙　蘇軾

遊蘄水清泉寺，寺臨蘭溪，溪水西流。

山下蘭芽短浸溪，松間沙路淨無泥，蕭蕭暮雨子規啼。

誰道人生無再少？門前流水尚能西，休將白髮唱黃雞。

這首小詞是蘇軾貶居黃州時期，於宋神宗元豐五年（一〇八二）三月遊蘄水清泉寺時所作。蘄水，縣名，即今湖北浠水縣，距黃州不遠。《東坡志林》卷九云：「黃州東南三十里為沙湖，亦曰螺師店，予買田其間，因往相田，得疾。聞麻橋人龐安常善醫而聾，遂往求療。……疾愈，與之同遊清泉寺。寺在蘄水郭門外二里許，有王逸少洗筆泉，水極甘，下臨蘭溪，溪水西流。予作歌云……是日劇飲而歸。」這裡所指的歌，即這首〈浣溪沙〉，除第五句「門前」作「君看」外，其餘文字完全相同。

東坡為人胸襟坦盪曠達，善於因緣自適。他因詩中有所謂「譏諷朝廷」語，被羅織罪名入獄，「烏臺詩案」過後，於元豐三年二月貶到黃州。初時雖也吟過「飲中真味老更濃，醉裡狂言醒可怕」（〈定惠院寓居月夜偶出〉）那樣惴惴不安的詩句，但當生活安頓下來之後，樵夫野老的幫助，親朋故舊的關心，州郡長官的禮遇，山川風物的吸引，促使他撥開眼前的陰霾，敞開了超曠爽朗的心扉。這首樂觀的呼喚青春的人生之歌，當是在這種心情下吟出的。

上闋三句，寫清泉寺幽雅的風光和環境。山下小溪潺湲，岸邊的蘭草剛剛萌生嬌嫩的幼芽。松林間的沙路，彷彿經過清泉沖刷，一塵不染，異常潔淨。傍晚細雨瀟瀟，寺外傳來了杜鵑的啼聲。這一派畫意的光景，滌去官場的惡濁，沒有市朝的塵囂。它優美，潔淨，瀟灑……充滿詩的情趣，春的生機。它爽人耳目，沁人心脾，誘發詩人愛悅自然、執著人生的情懷。

環境啟迪，靈感生發，風水相遭，興會飆舉。於是詞人在下闋迸發出使人感奮的議論。這種議論不是抽象的，概念化的，而是即景取喻，以富有情韻的語言，抒寫有關人生的哲理。「誰道」兩句，以反詰喚起，以借喻回答。「人生長恨水長東」（李煜〈相見歡〉），光陰猶如晝夜不停的流水，匆匆向東奔駛，一去不可復返，青春對於人只有一次，正如古人所說：「花有重開日，人無再少時。」這是不可抗拒的自然規律。然而，人未始不可以老當益壯，自強不息的精神，往往能煥發出青春的光彩。誰說青春不能回復呢？你看門前的流水不是也能向西奔流嗎！東坡在作此詞稍後就吟過「我老多遺忘，得君如再少」（〈弔李臺卿〉）的詩句。可見人是未嘗不可以「再少」的。

人們慣用「白髮」、「黃雞」比喻世事匆促，光景催年，發出衰颯的悲吟。白居易當年在〈醉歌·示伎人商玲瓏〉中唱道：「誰道使君不解歌，聽唱黃雞與白日。黃雞催曉丑時鳴，白日催年酉前沒。腰間紅綬繫未穩，鏡裡朱顏看已失。」蘇軾也曾化用樂天詩，吟過「試呼白髮感秋人，令唱黃雞催曉曲」（〈與臨安令宗人同年劇飲〉）之句。此處作者反其意而用之，希望人們不要徒發自傷衰老之嘆。「誰道人生無再少？」「休將白髮唱黃雞！」這與另一首〈浣溪沙〉中所云「莫唱黃雞並白髮」，用意相同。這並非僅為自我寬慰。應該說，這是不服衰老的宣言，這是對生活、對未來的嚮往和追求，這是對青春活力的召喚。在貶謫生活中，能一反感傷遲暮的低沉之調，唱出如此催人自強的爽健歌曲，這體現出蘇軾執著生活、曠達樂觀的性格。（劉乃昌）

浣溪沙 蘇軾

十二月二日，雨後微雪，太守徐君猷攜酒見過，座上作〈浣溪沙〉三首。明日酒醒，雪大作，又作二首。時元豐五年也。

萬頃風濤不記蘇，雪晴江上麥千車。但令人飽我愁無。
翠袖倚風縈柳絮，絳脣得酒爛櫻珠。尊前呵手鑷霜鬚。

據小序云，可知作者於宋神宗元豐五年（一〇八二）十二月二日和三日先後作了五首〈浣溪沙〉。此篇為三日「又作二首」中的第二首。

這是一篇在詞史上十分值得重視的作品。在此之前的文人詞作中，還未發現用詞這種藝術形式來表達關心人民疾苦的。蘇軾本來一貫比較關心和同情人民的疾苦，對北宋王朝「取之無術，用之無度」（〈上韓魏公論場務書〉）的政策所造成的民窮役重的狀況極為不滿。他主張輕徭薄賦，認為民裕才能國富，食足而後兵強，反對以「國用不足」為由，而「求利太廣」（〈策別七〉）。基於這種思想，他反對新法言其於民不便，並因此屢遭排擠，終受陷害貶謫。他謫居黃州一年多後，因生活困難，躬耕東坡。墾闢之勞，使他進一步體會到「濕薪如桂米如珠」（〈浣溪沙〉同題其四）的民生疾苦，而寫下這首小詞。

詞的首句，南宋傅幹撰《注坡詞》引舊註云：「公有薄田在蘇，今歲為風濤蕩盡。」若據此，則「萬頃風濤不記蘇」的「蘇」，當指蘇州，舊註中的「公」，當指蘇軾。全句意思應為：蘇軾未把在蘇州為風災蕩盡的田產記掛心上。但據現有資料，蘇軾被貶黃州時無田產在蘇州，只在神宗熙寧七年（一〇七四）曾於常州宜興置田產。舊註者於其時是否別有所據，不得而知。因此，不擬採傅引舊註作解。從詞前小序得知，蘇軾此詞乃徐君猷過訪的第二天酒醒之後見大雪紛飛時所作。聯繫前一首寫的「半夜銀山上積蘇（「積蘇」喻陋室）」與「濤江煙渚一時無」的景象來看，又知徐君猷離去的當天夜晚，即由白天的「微雪」轉為大雪。「萬頃風濤不記蘇」，當是「萬頃風濤蘇不記」，為押韻而將「蘇」字倒置。謂昨日醉中，風濤大作，蘇醒來已不大記得了，只見江上雪晴，眼前一片銀妝世界。詞人立刻從「雪兆豐年」的聯想中，想像到麥千車的豐收景象，而為人民能夠飽食感到慶幸。（若按傅引舊註作解，則表現詞人不計較個人的損失，只要人民能夠飽食也就心安了，似亦無不可。）下片回敘前一天徐君猷過訪時酒筵間的情景：歌伎的翠袖在柳絮般潔白、輕盈的雪花縈繞中搖曳，她那紅潤的嘴唇酒後更加鮮豔，就像熟透了的櫻桃；而詞人卻在酒筵歌席間，呵著發凍的手，鑷著已經變白的鬍鬚，思緒萬端。

這首詞的最大特點，是以樂景表憂思，以豔麗襯愁情。這種相反相成的手法運用得非常巧妙、成功，完全符合生活的邏輯。詞的上片描寫雪景和由之而聯想到的來年豐收的景象，以及因人民有希望獲得飽食而喜悅的心情，境界遼闊，節奏亦較輕快。不過，「但令」一詞所表達的僅僅是詞人一種美好的願望，因而其間又不無一絲淡淡的哀愁。下片的「翠袖」、「白雪」相映成趣，「絳唇」、「櫻珠」豔上加豔。但是，這些豔麗的場景，卻和「尊前呵手鑷霜鬚」的愁苦形象形成了鮮明的對比。鮮豔的青春形象，愈襯出詞人容顏的衰老。詞人攝取「呵手鑷霜鬚」這一富有典型特徵的動作，極大地增強了藝術的形象性和含蓄性，深刻地揭示了抒情主人公在謫貶的特定環境中的內心世界。這一憂思的形象，很像以白雪縈繞翠袖和鮮豔的絳唇為背景的特寫鏡頭，對比強烈，含蘊豐富、深刻。

從藝術感受來看，上片比較明快，下片更顯得深婉，而上片的情思抒發，似乎在為下片的無聲形象作提示。這樣，上下兩片的重點，就很自然地都落在最末的無聲形象上，從而展示出詞人因濟民無術，處於身不由己的境地，容顏日衰，而又不甘心的複雜感情。它們彼此呼應，互為表裡，而全詞也就靠這種內在的思緒脈絡和諧地統一起來，表現了詞人一個晝夜的活動和心境。

遣詞、用字的準確、鮮明、形象、自然，也是這首詞的成功之處。如「不記」二字，看來無足輕重，但它卻切詞序「酒醒」而表現了醉中的矇矓。「但令」一詞，確切地表達了由實景引起的聯想中產生的美好願望。「倚」、「縈」兩字的運用，境界全出。「爛櫻珠」，著一「爛」字，活畫出酒後朱唇的紅潤欲滴。而「鑷」字一出，多少情思，都表現在這一無聲的動作中了。

正是上述的特點，使這首詞的境界鮮明，形象凸出，情思深婉，收到了言已盡而意不盡的效果，成為詞中的妙品。（邱俊鵬）

浣溪沙 蘇軾

詠橘

菊暗荷枯一夜霜，新苞綠葉照林光。竹籬茅舍出青黃。
香霧噀人驚半破，清泉流齒怯初嘗。吳姬三日手猶香。

詠物詩詞，義兼比興，講求氣象，自然容易受到好評。唐宋詩人，遵循《詩經》以來的「美」、「刺」原則，每借物寓意，有所寄諷，並以此為詠物「正宗」，而直寫物象的純粹的詠物之作，似乎已落入第二義了。其實，「純用賦體，描寫確肖」（俞陛雲《宋詞選釋》評本詞）的詠物詩詞，只要在選材鍊意、琢句謀篇方面技巧嫻熟，精美工緻，也不失為佳構。

東坡是詠物能手，他的詩詞中既有託諷深遠的名篇，也有刻畫精工的妙製，像這首詠橘詞，可謂「寫氣圖貌，既隨物以宛轉；屬采附聲，亦與心而徘徊」（南朝梁劉勰《文心雕龍．物色》），巧言切狀，體物細微，雖無深刻的思想內容，亦足以令人低迴尋味不已。

「菊暗荷枯一夜霜」，先布置環境。詠物詞，特別是詠小物的詞，往往由於題材狹窄，難以展開，低手為之，易成枯窘。東坡才大，先在題前落筆，下文便有餘地抒發。唐人皮日休〈石榴歌〉首句「蟬噪秋枝槐葉黃」，同此手段。「菊暗荷枯」四字，是東坡〈贈劉景文〉詩「荷盡已無擎雨蓋，菊殘猶有傲霜枝」的概括。「一夜霜」，經霜之後，橘始變黃而味愈美。晉王羲之帖：「奉橘三百枚，霜未降，未可多得。」又白居易〈揀貢橘書情〉詩：「瓊漿氣味得霜成。」皆可參證。「新苞」句，輕輕點出題目。新苞，指新橘。橘有皮包裹，故稱。又，橘樹常綠，凌寒不凋。《楚辭．橘頌》：「綠葉素榮，紛其可嘉兮。」南朝沈約〈園橘〉詩：「綠葉迎露滋，朱苞待霜潤。」東坡用「新苞綠葉」四字，何等自然，再以「照林光」描繪之，可謂得橘之神了。「竹籬茅舍出青黃」，好在一「出」字。竹籬茅舍，掩映於青黃相間的橘林之中，可見橘樹生長之盛，人家環境之美，一年好景，正當此時。上片三句，純是賦體，不雜一點抒情成分，然詞人對橘的喜愛之情自見於字裡行間。

過片二句，寫嘗橘的情狀。擘開橘皮，芳香的油腺如霧般噀人（噀，音同迅，噴濺）；初嘗新橘，汁水在齒舌間如泉般流淌。「香霧」、「清泉」之喻，大概是東坡頗為得意的，他的〈食柑〉詩也有「清泉蔌蔌先流齒，香霧霏霏欲噀人」之句，後來南宋詩人曾幾更把它壓縮為「流泉噴霧真宜酒」（〈曾宏甫分餉洞庭柑〉）一語了。此詞中「驚」、「怯」二字，活畫出女子嘗橘時的嬌態。驚，是驚於橘皮迸裂時香霧濺人，怯，是怯於橘汁的涼冷和酸味。末句點出「吳姬」，實際也點明新橘的產地。吳中產橘，尤以太湖中東西兩洞庭山所產者為最著，洞庭橘在唐宋時為貢物。詞中謂「三日手猶香」，著意誇張。以此作結，餘音不絕，亦自有「三日繞梁」之妙。

（陳永正）

浣溪沙（三首） 蘇軾

徐門石潭謝雨，道上作五首。潭在城東二十里，常與泗水增減清濁相應。

其一

照日深紅暖見魚，連村綠暗晚藏烏。黃童白叟聚睢盱。
麋鹿逢人雖未慣，猿猱聞鼓不須呼。歸家說與採桑姑。

其二

旋抹紅妝看使君，三三五五棘籬門。相挨踏破蒨羅裙。
老幼扶攜收麥社，烏鳶翔舞賽神村。道逢醉叟臥黃昏。

其三

麻葉層層檾葉光，誰家煮繭一村香？隔籬嬌語絡絲娘。
垂白杖藜抬醉眼，捋青擣麨軟飢腸。問言豆葉幾時黃？

宋神宗元豐元年（一〇七八）徐州發生嚴重春旱，作者有詩云：「東方久旱千里赤，三月行人口生土」（〈起伏龍行〉）。作為一州的長官，他曾往石潭求雨，得雨後，又往石潭謝雨，沿途經過農村。這組〈浣溪沙〉詞即記途中觀感，共五首，這裡是前三首。

第一首寫以石潭為中心的村野風光，及聚觀謝雨儀式的民眾的歡樂。〈起伏龍行〉序云：「父老云，（石潭）與泗水通，增損清濁，相應不差。時有河魚出焉。」故首句寫到潭魚。西沉的太陽，格外紅而大，也染紅了潭水。由於剛下過雨，潭水增多，大約也湧進了不少河魚，它們似乎貪戀著夕照的溫暖，紛紛游到水面。魚而可見，也寫出了潭水的清澈。與大旱時水濁無魚應成一番對照。從石潭四望，村復一村，佳木蘢蔥，只聽得棲鴉的啼噪，而不見其影。兩句一寫見，一寫聞。不易見的（潭魚）見了，易見的（昏鴉）反不見了，寫出了農村得雨後風光為之一新，也流露出作者喜悅的心情。三句撇景而寫人。兒童黃髮，老人白首，故稱「黃童白叟」，這是聚觀謝雨的人群中的一部分。「睢盱（音同雖吁）」二字俱從「目」，張目仰視貌，兼有喜悅之義。《易經．豫卦》「盱豫」，《疏》：「盱謂睢盱。睢盱者，喜悅之貌。」這裡還暗用韓愈〈元和聖德詩〉「黃童白叟，踴躍歡呀」句意。只及童叟之樂，則一般村人之樂，及作者樂人之樂可知。是舉一反三的手法。

謝雨的盛會，打破了林潭的寂靜。常到潭邊飲水的「麋鹿」突然逢人，驚恐地逃避了。而喜慶的鼓聲卻招來了頑皮的「猿猱」。「雖未慣」與「不須呼」相映成趣，兩種情態，各各逼真。頗有助於表現和平熙樂的氣氛。細細品味，似覺其中含有藉以比擬人物的意趣。山村的老人純樸木訥，初見知州不免有幾分「未慣」，孩童則活潑好動，聽到祭神儀式開始的鼓聲，已爭向前來，恐落人後了。他們回家必得要興奮地追說一天的見聞，說給誰呢？當然是未能目睹盛況的「採桑姑」們了。「歸家說與採桑姑」，這節外生枝一筆，妙趣橫生，豐富了詞的內涵。

詞中始終沒有正面寫謝雨之事，只從鼓聲間接透露了一點消息。卻寫到日、村、潭、樹等自然景物，魚、鳥、猿、鹿等各類動物，黃童、白叟、採桑姑等各色人物及其活動，織成一幅有聲有色的畫圖。上片竟連用「深紅」、「綠暗」、「黃」、「白」等色彩字，細辨則前二屬實色（真色），後二屬虛色（假色），交錯使用，畫面生動悅目。下片則賦而兼比。全詞無往而非喜雨、謝雨的情事。這正表現出作手取捨經營的匠心。前五句是實寫，末一句是虛寫，實寫易板滯，以虛相救，始覺詞意玩味不盡。

第二首寫謝雨途中見聞。情形與前者又不一樣。上片作者著重寫村姑形象，似乎就是順著前一首寫下去的。村姑不像朱門少女深鎖閨中，但仍不能和男子們一樣隨便遠足去瞧熱鬧，所以只能在門首聚觀，這是很富於特徵的情態。久旱得雨是喜事，「使君」（州郡長官的敬稱，這裡是作者自謂）路過是大事，不免打扮一下才出來看。一般人民的女子打扮方式，絕不會是「弄妝梳洗遲」（溫庭筠〈菩薩蠻〉）的，「旋抹紅妝」四字足以為之傳神。匆匆打扮一下，是長期生活養成的習慣，同時也表現出心情的急切。選擇一件蒨（同「茜」）草紅汁染就的羅裙穿上，又自含愛美的心理。「看使君」當然有一睹使君風采之意，同時也有觀看熱鬧的意味在內。「三三五五」總起來說人不少，分散著便不能說太多，但「棘籬門」畢竟小了一些，都爭著向外探望，你推我擠（「相挨」），便有人尖叫裙子被踏破了。短短數語就刻畫出一幅極風趣生動的農村風俗畫。作者下筆十分自然，似是實寫生活中事，以致使人覺得它同杜牧〈村行〉詩的「籬窺蒨裙女」一句只是暗中相合而已。

下片寫到田野、祠堂，又是一番光景：村民們老幼相扶相攜，來到打麥子的土地祠，為感謝上天降雨，備酒食以酬神，剩餘的祭品引來饞嘴的烏鳶，在村頭盤旋不去。兩個細節都表現出喜雨帶來的歡欣。結句則是一個特寫，黃昏時分，有個老頭兒醉倒在道邊。這與前兩句形成忙與閒，眾與寡，遠景與特寫的對比。但它同樣富於典型性。「桑柘影斜春社散，家家扶得醉人歸」（王駕〈社日〉），酩酊大醉是歡飲的結果，它反映出一種普遍的喜悅心情。

如果說全詞就像幾個電影鏡頭組成，那麼，上片則是一個連續的長鏡頭；下片卻像兩個切割鏡頭，老幼收麥、烏鳶翔舞是遠景，老叟醉臥道旁是特寫。透過一系列畫面表現出農村得雨後的氣象。「使君」雖只是個陪襯角色，但其與民同樂的心情也洋溢紙上。

第三首寫村中見聞。上片寫農事活動。首句寫地頭的作物。「檾」（音同請）即蔶麻，是麻的一種。「麻葉層層」是寫作物茂盛，「檾葉光」是說葉片滋潤有光澤，二語互文見義，是雨後莊稼實況。從具體經濟作物又見出時值初夏，正是春蠶已老，繭子豐收的時節。於是村中有煮繭事。煮繭的氣味很重，只有懷著豐收喜悅的人嗅來才全然是一股清香。未到農舍，在村頭先嗅繭香，「誰家煮繭」云云，傳達出一種新鮮好奇的感覺，實際上煮繭絡絲何止一家。「一村香」之語倍有情味。走進村來，隔著籬牆，就可以聽到繅絲女郎嬌媚悅耳的談笑聲了。「絡絲娘」本俗語中的蟲名，即絡緯，又名紡織娘，其聲如織布，頗動聽。這裡轉用來指蠶婦，便覺詩意盎然，味甚雋永。另有一種別具會心的解釋說：「從前江南養蠶的人家禁忌迷信很多，如蠶時不得到別家串門。這裡言女郎隔著籬笆說話，殆此風宋時已然。」（俞平伯《唐宋詞選釋》）則此句還反映了當時的民俗。

下片寫作者對農民生活的採訪，鬚髮將白的老翁拄著藜杖，老眼迷離似醉，捋下新麥（「捋青」）炒乾後搗成粉末（即「麨」，音同炒）以果腹，故云「軟飢腸」。這裡的「軟」，本字為「餪」，有「送食」之義，《廣韻》：「女嫁三日送食日『餪』」。兩句可見村中生活仍有困難，流露出作者的關切之情。於是更詢問：豆類作物幾時成熟？糧食能否接上？簡單的一問，含蘊不盡。

要之，作者並沒有把雨後農村理想化，他不停留在隔籬的觀察上，而是較深入地接觸到農民生活的實際情況，所以具有相當濃郁的生活氣息。作者把詞的題材擴大到農村，寫農民的勞動生活，對於詞境開拓有積極的影響。（周嘯天）

浣溪沙 蘇軾

徐門石潭謝雨，道上作五首其四。

簌簌衣巾落棗花，村南村北響繅車。牛衣古柳賣黃瓜。

酒困路長唯欲睡，日高人渴漫思茶。敲門試問野人家。

詞者，具名曲子詞，即今日所說的「唱詞兒」是也。初起民間，後落於文士之手，遂為雅製。然而花間酒畔，豔麗為多。創新境者，李後主、柳耆卿、蘇東坡，皆另闢鴻蒙，沾溉百世。然能創新境猶易，創奇境更難。所謂奇，非荒誕怪譎之意，但出人意表，全在常流想外，使人激賞讚嘆，此即奇境。在詞境中敻乎未有，乍開耳目，不禁稱奇叫絕者，如坡公此作，可謂奇甚。

常說天風海雨，一洗綺羅香澤之習，足令誦者胸次振爽，為之軒朗寥廓——此猶是不尋常之為奇者也。若坡公此等詞，則唯以最尋常最普通最不「值得」入詠的景物風光寫之為詞，此真奇外之奇！

可知千古未有之奇境，正在無奇之中。

試看他首句即奇：花落衣上，簌簌有聲，何花也而具此斤兩？曰：棗花。棗花者，無麗色，無濃馨，形狀屑細，最不惹人注目，而經東坡一寫，其體瑣而質重，紛紛而飄落於過路人，使之衣巾皆滿，颯颯如聞聲響。此境已極可喜矣。此簌簌之棗花聲，旋即為另一之妙音所奪——又何音也？曰繅（音同搔，通「繰」）車。昔者農家，耕織兩重，蓋衣食雙營，皆由己手，而採桑育蠶，繅絲紡織，則婦女之重要功課。當棗花灑落之時，正繅絲忙迫之際，家家戶戶，響徹村周，范石湖所謂「繅車嘈嘈似風雨」（范成大〈繅絲行〉），足資想像。行人至此，不禁駐足。為欲追涼，先尋老柳，——卻見綠蔭覆地，早有著牛衣之賣瓜人佔盡清涼福地矣。

以上，寫盡村農風物。

過片以下，便筆端一換，專屬行人。農家繅絲，時在初夏，時大麥已然登場，天已甚熱。酒困，途長，日高人倦，觸暑煩勞之狀躍然紙上。看來，古柳下之黃瓜，早已試過，了不濟事，唯念茶漿，方能解渴。然而又何處可得甘露？當此之時，乃知農野之人家，遠勝於大士之洞府，於是叩其門而求焉——古所謂「乞漿」，正此義此情也。

在《全宋詞》中，月露風花，比比皆是，尋此奇境，唯有坡公，所以為千古獨絕。

然而，東坡又何為而寫此詞耶？蓋他自家那時正做「使君」——宋神宗元豐元年（一〇七八），東坡在知徐州任上，地方春旱，因至城東二十里石潭乞雨；既得喜雨，故復至石潭謝焉，於路中作此等小詞五章，此其第四也。一片為民憂喜之心情，於此寫之。其境之奇，其筆之奇，方知並非無故。（周汝昌）

浣溪沙

蘇軾

徐門石潭謝雨，道上作五首其五。

軟草平莎過雨新，輕沙走馬路無塵。何時收拾耦耕身？
日暖桑麻光似潑，風來蒿艾氣如薰。使君元是此中人。

這首詞係作者於徐州石潭謝雨道上所作。詞中寫徐州農村久旱逢雨之後所呈現的一派欣欣向榮、豐收在望景象，流露出作者對農村田園生活的熱愛和他希冀歸耕田園的願望。

上片首二句「軟草平莎過雨新，輕沙走馬路無塵」，不僅寫出「草」之「軟」、「沙」之「輕」，而且寫出作者在這種清新宜人的環境之中舒適輕鬆的感受。久旱逢雨，如沐甘霖，經雨之後的道上，「軟草平莎」，油綠水靈，格外清新；路面上，一層薄沙，經雨之後，淨而無塵，作者縱馬馳騁，自是十分愜意。觸此美景，不禁使他情動於衷，遂脫口而出：「何時收拾耦耕身？」「耦耕」，指二人並耜而耕，典出《論語．微子》：「長沮、桀溺耦而耕。」長沮、桀溺是春秋末年的兩個隱者。二人因見世道衰微，遂隱居不仕。蘇軾則與之不同。蘇軾自幼胸懷奇志，期在為國建樹奇勛。但在王安石變法時，他因與王政見不合，便自請外放，歷任地方官。「收拾耦耕身」，不僅表現出他對農村田園生活的熱愛，同時也是他在政治上不得意的情況下，仕途坎坷、思想矛盾的一種反映。

下片「日暖桑麻光似潑，風來蒿艾氣如薰」二句，承上接轉，將意境宕開，從道上寫到田野裡的蓬勃景象。在春日的照耀之下，桑麻欣欣向榮，閃爍著誘人的綠光；一陣暖風，挾帶著蒿艾的薰香撲鼻而來，沁人心肺。這兩句對仗工穩，且妙用點染之法。上寫日照桑麻之景，先用畫筆一「點」；「光似潑」則用大筆塗抹，盡力渲染，將春日雨過天晴後田野中的蓬勃景象渲染得淋漓盡致；下句亦用點染之法，先點明「風來蒿艾」之景，再渲染其香氣「如薰」。「光似潑」用實筆，「氣如薰」用虛寫。一「光」、一「氣」，虛實相間，有色有香，並生妙趣。「使君元是此中人」一句，總上作結，畫龍點睛，為昇華之筆。它既道出了作者「收拾耦耕身」的思想本源，又將作者對農村田園生活的熱愛之情更進一步深化。作者身為「使君」，卻能不忘他「元是此中人」，且樂於如此，應該說這是難能可貴的。蘇軾〈題淵明詩〉云：「非余之世農，亦不能識此語之妙也。」而這也正是蘇軾農村詞之所以臻於妙境的真諦所在。

這首詞的結構十分奇特，與前四首均不同，也與一般詞的結構不同。前四首〈浣溪沙〉詞全是寫景敘事，並不直接抒情、議論，而是於字行之間蘊蓄著作者的喜悅之情。這一首既不像前四首〈浣溪沙〉詞那樣，也不是把景物和感受分開來寫，而是用寫景和抒情互相錯綜層遞的形式來寫。上片首二句寫作者於道中所見之景，接著觸景生情，自然逗出他希冀歸耕田園的願望；下片首二句寫作者所見田園之景，又自然觸景生情，照應「何時收拾耦耕身」而想到自己「元是此中人」。這樣寫，不僅使全詞情景交融，渾然一體，而且用層遞的手法，使詞情深化昇華，臻於妙境。特別「軟草平莎過雨新」二句、「日暖桑麻光似潑」二句，似平卻奇，出詩入畫，顯示出蘇軾農村詞清新開闊、含蓄雋永的藝術特色。（王元明）

浣溪沙

蘇軾

春情

道字嬌訛語未成，未應春閣夢多情。朝來何事綠鬟傾。

綵索身輕長趁燕，紅窗睡重不聞鶯。困人天氣近清明。

「良辰美景奈何天，賞心樂事誰家院。」這是明湯顯祖《牡丹亭》中的兩句曲詞。明媚的春色，給年輕姑娘帶來了無限歡樂，也帶來了綿綿春恨。這首詞中的女主人公剛踏進青春的門檻，帶有更多孩提時的天真，但青春的煩惱已悄悄地闖進她的心房。

請看，她說起話來字音兒從嘴裡一連串地滾出來，使人聽不分明。她並非咬字不清，分明帶著撒嬌、討人愛憐的成分，說明她年齒尚稚。但是，為什麼她早晨醒來卻鬟髮不整，無心梳理呢？不會是春閨夜夢，想什麼情人吧！「多情」，宋元俗語，指情人。魏夫人〈捲珠簾〉詞：「多情因甚相辜負。」「何事」是因狀態不正常而有所疑，「未應」是猜測而不肯定，二句倒裝，將「夢多情」提前來說，故作驚人之筆。其實作者也知道，「花面丫頭十三四」（劉禹錫〈寄贈小樊〉）還未解風情，他不過是意存調侃而已。這兩句將少女的春情寫得若有若無，巧妙地表現了情竇初開的少女的心理特點。

詞的上片寫少女朝慵初起的嬌態，下片寫她貪玩好睡的憨態。她不像那些早已成熟、受著現實愛情熬煎的女子那樣，情感畢竟還沒有達到纏綿執著的地步。你看，她在春光的感召下，早已把夢中的煩惱拋到了九霄雲外，騰身在鞦韆架上，鞦韆一起一落，如在追逐飛過的燕子。玩累了，就睡在紅窗下，黃鶯兒動聽的歌聲怎麼也喚不醒她。她玩得那樣痛快，那樣盡興，睡得那樣香甜，那樣酣沉，哪像個有心事的人呢？是的，她並不是由於晚上沒睡好，白天這樣貪睡，純粹是因為快要到清明了，正是困人的季節啊！這樣的解釋分明帶有打趣的味道，在肯定中包含著否定，更有幽默感。我們當然不會把她的酣睡僅僅歸因於「困人天氣近清明」的。

清賀裳《皺水軒詞筌》說：「蘇子瞻有銅琵鐵板之譏，然其〈浣溪沙．春閨〉曰『綵索身輕長趁燕，紅窗睡重不聞鶯』，如此風調，令十七八女郎歌之，豈在『曉風殘月』之下。」確實，蘇軾並非僅以豪放詞獨步詞壇，他的婉約詞也寫得非常出色。這首詞刻畫了一個少女的可愛形象，絲毫沒有一般閨情詞的輕薄成分。語言活潑而有風趣，或正或反，不言春情而春情自見，言春情而又無跡可尋，含蓄蘊藉，輕鬆幽默，刷新了婉約詞的意境。將此詞和當時風行天下的柳永的最出色的作品比，也是毫不遜色的。（陳華昌）

浣溪沙

蘇軾

風壓輕雲貼水飛，乍晴池館燕爭泥。沈郎多病不勝衣。
沙上不聞鴻雁信，竹間時聽鷓鴣啼。此情唯有落花知！

這首詞一說是李璟的作品，見《李璟李煜詞補遺》。因明代顧從敬《類編箋釋草堂詩餘》署為李璟所作，故《補遺》誤收。應據元刻本定為東坡詞。它寫的是春景，但作於何年春天已無法確知。

「風壓輕雲貼水飛，乍晴池館燕爭泥。」作者用輕快的筆觸三塗兩抹，就把一幅生機勃勃的春天畫圖呈現在讀者眼底了。他既沒有用濃重的色彩，也沒有用豔麗的詞藻，而只是輕描淡寫地勾勒出幾樣景物，便使讀者感到一股清新的春之氣息。這是何等筆力！

在一個多雲轉晴的春日裡，作者徜徉於池館（周圍有水池的屋子）內外，但見和風吹拂大地，薄雲貼水迅飛，輕陰擱雨，天氣初晴，那銜泥的新燕，正軟語呢喃。按理說，面對著這春意盎然的良辰佳景，作者也應該心情振奮、逸興遄飛了吧？哪知緊接著一句卻是「沈郎多病不勝衣」！作者竟自比多病的沈約，腰圍帶減，瘦損不堪，值茲陽和氣清之際，更加弱不禁風了。

首句連用三個動詞壓、貼、飛，構成連動句式，振動起整個畫面。次句把時、空交互在一起寫：季節是春天（由燕爭泥可推知），天氣是初晴，地點在池館內外。這兩句色彩明快。第三句點出作者自己，由於情感外

蘇軾〈浣溪沙〉（風壓輕雲貼水飛）——明刊本《詩餘畫譜》

射，整幅畫面頓時從明快變為陰鬱；這一喜、一憂、一揚、一抑，產生了跌宕的效果，更增加了詞的動態美感。詞意到此出現了巨大轉折，過渡到下片。

「沙上不聞鴻雁信，竹間時聽鷓鴣啼。」鴻雁傳書，出於《漢書．蘇武傳》，詩、詞裡常用這個典故。如今連鴻雁也不捎個信來。鷓鴣啼聲，俗謂似「行不得也，哥哥！」更時時勾起詞人對故舊的思念。「沙上」「竹間」，既分別為鴻雁和鷓鴣棲息之地，也極可能即作者舉目所見之景。作者謫居黃州期間所寫「揀盡寒枝不肯棲，寂寞沙洲冷」（〈卜算子．黃州定惠院寓居作〉）的情境，與此詞類似。

「此情唯有落花知！」落花本無知；但由於作者的移情作用，竟使無知的落花變成了深知作者心情的知己。這樣融情入景，使得情景交融，其中含蘊的「韻外之致」（唐司空圖〈與李生論詩書〉）就格外耐人尋味了。唐代皎然《詩式》說：「兩重意以上，皆文外之旨。」這句則至少包含了三重意思。一、「唯有」二字，說明除落花之外，其他人對作者的心情都不理解；二、落花為什麼能夠理解作者的心情呢？豈不是由於作者與落花的命運相似麼？三、落花無言，即使它理解作者的心情，也無可勸慰。這樣尋味下去，不就越思越深了麼？

全詞僅上片開頭兩句寫景，第三句抒情，用的是先實後虛的手法。下片則虛實結合，情中見景。在蘇軾筆下，不僅「一切景語，皆情語也」（王國維《人間詞話》），而且於情語中也往往見景物。這是一種很高妙的手法。

（蔡厚示）

浣溪沙 蘇軾

元豐七年十二月二十四日，從泗州劉倩叔遊南山。

細雨斜風作曉寒，淡煙疏柳媚晴灘。入淮清洛漸漫漫。
雪沫乳花浮午盞，蓼茸蒿筍試春盤。人間有味是清歡。

這首南山記遊之作，掇拾眼前景物，卻涉筆成趣，寓意深刻，有自然渾成之妙。宋神宗元豐七年（一〇八五）三月，蘇軾在黃州貶所過了四年多謫居生活之後，被命遷汝州（今屬河南汝州市）團練副使。這種量移雖然不是升遷，但卻標誌著政治氣候的轉機。據《宋史》本傳，神宗手札移軾汝州，有「人材實難，不忍終棄」之語。這年四月東坡離黃赴汝，心境比較輕鬆，一路上頗事遊訪。暢遊廬山，在江西筠州探視了胞弟子由，到金陵又與致仕家居的王安石酬唱累日，且有買田江干、相偕歸隱之約。這年歲暮，蘇軾來到泗州，即上書朝廷，請罷汝州職，回宜興休養。本詞就是在這種背景下創作的。

小序中提到的劉倩叔，不詳其人。查宋人傅藻《東坡紀年錄》，元豐七年內，東坡與之同遊泗州南山並都有詞記述的，有十一月晦日之劉仲達，為眉山舊相識，作〈滿庭芳〉；十二月之泗州太守（宋王明清《揮麈後錄》卷七謂名劉士彥），作〈行香子·與泗守過南山晚歸作〉；同月二十四日之劉倩叔，作〈浣溪沙〉。詞序稱「泗州劉倩叔」，又不帶寫官職，當不是前二劉。按東坡詩集元豐八年正月泗州作有〈書劉君射堂〉詩，分類本此詩題為〈劉乙新作射堂〉，題下自註「乙父嘗知眉州」。故詩首句稱「蘭玉當年刺史家」。清王文誥《蘇文忠公詩編註集成·總案》因謂此詩中「劉君」與二劉（士彥、仲達）不合，乃家於泗州者，即劉倩叔。可備參考。蓋詞題稱「泗州」是指其本籍或寄籍；其父曾知眉州，與東坡沾一層關係，故同遊南山，並得他為射堂題詩。

這首小令是以時間為序來鋪敘景物的。從早上寫到中午，從細雨寫到天晴，層次非常清楚。上片寫沿途景觀。第一句寫清晨，風斜雨細，瑟瑟寒侵，這在殘冬臘月是很難耐的，可是東坡卻只以「作曉寒」三字出之，表現了一種不大在乎的態度。第二句寫晌午的景物：雨腳漸收，煙雲澹蕩，河灘疏柳，盡沐晴暉。儼然成了一幅淡遠的風景圖畫了。一個「媚」字尤能傳出作者喜悅的心聲。「媚」者，動態之美也。作者從搖曳於淡雲晴日中的疏柳，覺察到萌發中的春潮。於殘冬歲暮之中把握住物象的新機，這正是東坡逸懷浩氣的表現，是他精神境界上度越恆流之處。「入淮」句寄興遙深，一結甚遠。句中的「清洛」，即「洛澗」，發源於合肥，北流至懷遠合於淮水，地距泗州（宋治在臨淮）不近，非目力能及。那麼詞中為什麼又要提到清洛呢？這是一種虛摹的筆法。作者從眼前的淮水聯想到上游的清碧的洛澗，當它匯入濁淮以後，就變得混混沌沌一片浩茫了。這是單純的景物描寫嗎？是否含有「在山泉水清，出山泉水濁」（杜甫〈佳人〉）的歸隱林泉的寓意在內呢？

下片寫春盤初試的杯盞清歡。一起兩句，作者抓住了兩件有特徵性的事物來描寫：乳白色的香茶一盞和翡翠般的春蔬一盤。兩相映托，便有濃郁的節物氣氛和誘人的力量。「雪沫」句寫點茶，用筆入微，宋蔡襄《茶錄》：「凡欲點茶，先須熁盞令熱，冷則茶不浮。」又云：「鈔茶一錢匕先注湯，調令極勻，又添注入，環迴擊拂，湯上盞可四分則止。眂其面色鮮白，著盞無水痕，為絕佳。」這可視為對「雪沫乳花」的詳盡的注解。午盞，指午茶。此句可說是對宋人茶道的形象描繪。「蓼茸蒿筍」，即蓼芽與蒿莖，這是立春的應時節物。明李時珍《本草綱目》：「元旦立春以蔥、蒜、韭、蓼、蒿、芥辛嫩之菜，雜和食之，取迎新之意，謂之五辛盤，杜甫詩所謂『春日春盤細生菜』是矣。」東坡此次出遊為臘月廿四日，距春節很近，故得預賞春盤以應節候。兩句中一言飲，一言食。以尊俎間的微物入詞，本是很難討好的。因為這些供人口腹之欲的物品，嚴格說來不是精神範疇的審美對象。可是東坡卻用以入詞，而且是用一種屬對工整的形式來寫的，這就難上加難。試看「雪沫」、「蓼茸」二句，詞性字聲，纖悉皆合，既工整熨帖，又流轉自然，可見筆力之健舉。〈浣溪沙〉為六句七言之體制，上下片皆以單句作結，故末句之經營，十分重要。即如下片以「人間有味是清歡」作結，則前面所鋪陳的景物，如午盞之茶香，春盤之蔬美等，一併昇華為清歡之意趣了。其餖飣細物，並成妙諦，而不以瑣屑為病者，就在於煞尾收得好，有畫龍點睛，叫破全篇之功效。近人劉永濟《詞論》云：「小令尤以結語取重，必通首蓄意、蓄勢，於結句得之，自然有神韻。」持論此詞，真有笙磬之合。一經結句點破，前此之細雨曉寒，晴灘煙柳，無不與詞心契合，並化清歡了。雖然這裡沒有什麼華堂宴席與金碧樓臺，但是，對於一個心地坦蕩與情致高潔的詩人來說，有什麼比擺脫羈絆和歸向自然更令人欣快的呢？在〈前赤壁賦〉中，作者曾熱情謳歌過江上之清風與山間之明月，認為這是造物者賜予人們的無盡寶藏。而今天撥響他的琴弦的，仍然是這同一個共振的頻率。我們的詞人是多麼嚮往寧靜無憂的田園生活呵。「人間有味是清歡」，這是一個具有哲理性的命題，用在詞的結尾，卻自然渾成，有照徹全篇之妙趣。此誠所謂「意到語工，不期於高遠而自高遠」（宋陳郁《藏一話腴．甲集卷下》評姜夔語）之作也。（周篤文）

浣溪沙　蘇軾

送梅庭老赴上黨學官

門外東風雪灑裾，山頭回首望三吳。不應彈鋏為無魚。
上黨從來天下脊，先生元是古之儒。時平不用魯連書。

這是一首送友赴任之作。梅庭老生平未詳，從詞裡可知他是三吳地區（「三吳」，諸說不一，大抵指今浙東、蘇南一帶）人。「上黨」，一本作「潞州」，治所在今山西長治，北宋時與遼邦接近，地屬邊鄙。「學官」掌地方文教，職位不顯，可謂「食之無味，棄之可惜」。梅庭老赴任，想必不太情願，而又不得已而為之，蘇軾便針對他這種心情寫了這首詞送他。

「門外東風雪灑裾」，是寫送別的時間與景象。儘管春已來臨，但因春雪，而氣候尚很寒冷。而「飛雪似楊花」（蘇軾〈少年遊．潤州作，代人寄遠〉）的情景，隱含無限惜別之意。彼此握別，意見言外。這時有「雪灑裾（衣襟）」，而不言「淚沾衣」，頗具豪爽氣概。次句即有一較大跳躍，由眼前寫到別後，想像梅庭老別去途中，於「山頭回首望三吳」，對故園依依不捨。這裡作者不是強調三吳可戀，而是寫一種人之常情。第三句便針對這種心情進一言：「不應彈鋏為無魚。」這句用戰國齊人馮諼事，馮諼為孟嘗君食客，曾嫌不受重視，彈鋏（寶劍）作歌道：「長鋏歸來乎，食無魚。」（《戰國策．齊策》）此句意謂梅庭老做了學官，總算是「食有魚」，不必唱歸來。

同時又似乎是說，儘管上黨地方艱苦，亦不必計較個人待遇，彈鋏使氣。正因意在兩可之間，語尤忠厚。

過片音調轉高亢：「上黨從來天下脊。」意謂勿嫌上黨邊遠，其地勢實險要。蓋秦曾置上黨郡，因其地勢高，故有「與天為黨」之說。杜牧〈賀中書門下平澤潞啟〉：「上黨之地，肘京洛而履蒲津，倚太原而跨河朔，戰國時，張儀以為天下之脊。」蘇軾詩〈雪浪石二首〉其一亦云：「太行西來萬馬屯，勢與岱嶽爭雄尊。飛狐上黨天下脊，半掩落日先黃昏。」可以參讀。「先生元是古之儒」，此稱許梅庭老有如古之大儒，以天下為己任，意謂勿以學官而自卑。此聯筆力豪邁，高唱警挺，可以壯友人行色。然而不免還有一個問題，上黨誠為要地，學官畢竟冷閒，既有大志大才，何以不當大任呢？這就補出末句：「時平不用魯連書。」魯連，即魯仲連，戰國齊人，曾遊趙，值秦兵圍趙，魏遣人說趙奉秦為帝，魯仲連力排此議，使趙保持了獨立。後十餘年，燕、齊交戰，燕將攻下齊之聊城，聊城人讒之於燕，燕將懼誅，因保守聊城，不敢歸。齊田單攻聊城，歲餘，士卒多死而聊城不下，魯仲連乃為箭書射入城中，以利害勸說燕將或全師歸燕，或降齊受封，擇一而行之，勿行一朝之忿，殺身亡聊城，至功敗名滅。燕將見書，泣三日，猶豫不能自決，乃自殺。田單遂復聊城，歸而欲以爵封魯仲連，魯仲連逃隱於海上。《史記》給他很高評價。因上黨是趙地，當時宋遼早已議和，故云時代承平，梅庭老即有魯連奇策，亦無所用之。既有勸勉其安心本職工作之意，又含有對其生未逢辰不得重用之遭際的同情。

全首僅六句，卻委曲周詳，既同情於友人不得志的遭遇，又復風義相期，開導他努力於公事。作者是用自己樂觀曠達的人生態度去影響朋友，出語灑脫卻發自肺腑，故能動人。〈浣溪沙〉詞調，在作者以前如晏、歐等名家手裡，大抵只用於寫景抒懷，而此詞卻以之寫臨別贈言，致力於用意，有如文章之「序」體，開拓了小詞的題材內容。下片的聯語對仗自然工穩，音情高古，兩片結語均用戰國故事，為全詞增添了色澤和韻味。（周嘯天）

點絳脣　蘇軾

紅杏飄香，柳含煙翠拖輕縷①。水邊朱戶，盡捲黃昏雨。燭影搖風，一枕傷春緒。歸不去，鳳樓何處，芳草迷歸路。

〔註〕①一作「金縷」。

東坡才大如海，其詞堂廡亦大。如「有情風萬里卷潮來，無情送潮歸」（〈八聲甘州．寄參寥子〉），固然極富創新之局面，而如「枝上柳綿吹又少，天涯何處無芳草」（〈蝶戀花〉），則又深具傳統之神理。此首〈點絳脣〉亦然。此詞所寫，乃是詞人對於所愛女子無法如願以償之一片深情懷想。

上片懸想伊人之情境。「紅杏飄香，柳含煙翠拖輕縷」，起筆點染春色如畫。萬紫千紅之春光，數紅杏、柳煙最具有特徵性，故詞中素有「紅杏枝頭春意鬧」（宋祁〈玉樓春〉）、「江上柳如煙」（溫庭筠〈菩薩蠻〉）之名句。此寫紅杏意猶未足，更寫其香，杏花之香，別具一種清芬，寫出飄香，足見詞人感受之馨逸。此寫翠柳，狀之以含煙，又狀之以拖輕縷，既能寫出其輕如煙之態，又寫出其垂絲拂拂之姿，亦足見詞人感受之美好。這番美好的春色，本是大自然賜予人類之造化，詞人則以之賦予對伊人之鍾情。這是以春色暗示伊人之美好。下邊二句，遂由境及人。「水邊朱戶」，點出伊人所居。朱戶、臨水，皆暗示伊人之美、之秀氣。筆意與起二句同一旨趣。「盡捲黃昏雨」，詞筆至此終於寫出伊人，同時又已輕輕宕開。伊人捲簾，其所見唯一片黃昏雨而已。黃昏雨，隱然喻說著一個愁字。句首之盡字，猶言總是，實已道出伊人相思之久，無可奈何之情。此情融於一片黃昏雨景，隱秀之至。

下片寫自己相思情境。「燭影搖風，一枕傷春緒。」燭影暗承上文黃昏而來，搖風，可見窗戶洞開，亦暗合前之朱戶捲簾。傷春緒即相思情，一枕，言總是愁臥，愁緒滿懷，相思成疾矣。此句又正與盡捲黃昏雨相映照。上寫伊人捲簾愁望黃昏之雨，此寫自己相思成疾臥對風燭，遂以虛摹與寫實，造成共時之奇境。挽合之精妙，有如兩鏡交輝，啟示著雙方心靈相向、靈犀相通但是無法如願以償之人生命運。「歸不去」，遂一語道盡此情無法圓滿之恨事。「鳳樓何處。芳草迷歸路。」鳳樓朱戶歸不去，唯有長存於詞人心靈中之矚望而已。「何處」二字，問得淒然，其情畢見。矚望終非現實，現實是兩人之間，橫亙著一段不可逾越之距離。詞人以芳草萋萋之歸路象喻之。此路雖是歸路，直指鳳樓朱戶，但實在無法越過。句中「迷」之一字，感情沉重而深刻，迷惘失落之感，天長地遠之恨，意餘言外。

東坡此詞藝術造詣之妙，在於結構之迴環婉轉。歇拍、過片，兩人情境，一樣相思，無計團圓，前後映照。起句對杏香柳煙之一往情深，與結句芳草迷路之歸去無計，則相反相成，愈神往，愈淒迷。其結構迴環婉轉如此。此詞造詣之妙，又在於意境之淒美空靈。紅杏柳煙，屬相思中之境界，而春色宛然如畫。芳草歸路，象喻人間阻絕，亦具淒美之感。此詞結構、意境皆深得唐五代宋初令詞傳統之神理。若論其造語，則和婉瑩秀，如「水邊朱戶，盡捲黃昏雨」，「鳳樓何處，芳草迷歸路」，置於晏歐集中，真可亂其楮葉。東坡才大，其詞作之佳勝，又豈止橫放傑出之一途而已。

此詞意蘊之本體，實為詞人之深情。若無有一份真情實感，恐難有如此造詣。東坡一生，如天馬行空，似無所罣礙。然而，東坡亦是性情中人，此詞有以見之。此詞之本事或緣起，今難考知了。（鄧小軍）

醉翁操　蘇軾

琅琊幽谷，山水奇麗，泉鳴空澗，若中音會，醉翁喜之，把酒臨聽，輒欣然忘歸。既去十餘年，而好奇之士沈遵聞之往遊，以琴寫其聲，曰〈醉翁操〉，節奏疏宕而音指華暢，知琴者以為絕倫。然有其聲而無其辭。翁雖為作歌，而與琴聲不合。又依《楚辭》作〈醉翁引〉，好事者亦倚其辭以製曲。雖粗合均度而琴聲為辭所繩約，非天成也。後三十餘年，翁既捐館舍，而遵亦沒久矣。有廬山玉澗道人崔閑，特妙於琴，恨此曲之無辭，乃譜其聲，而請於東坡居士以補之云。

琅然，清圓①，誰彈，響空山。無言，唯翁醉中知②其天。月明風露娟娟，人未眠。荷蕢過山前，曰有心也哉此賢。

醉翁嘯詠，聲和流泉。醉翁去後，空有朝吟夜怨③。山有時而童巔，水有時而回川。思翁無歲年，翁今為飛仙。此意在人間，試聽徽④外三兩絃。

〔註〕①一作「清圜」。②知：《詞律》、《詞譜》「知」作「和」。③空有朝吟夜怨：《詞律》、《詞譜》「怨」作平聲。④徽：古琴上音階之標識。亦可代指古琴。

這是琴曲，屬正宮。蘇軾詞集原不載。同時郭祥正效作一首，序云：「予甥法真禪師以子瞻內相所作〈醉翁操〉見寄，予以為未工也。倚其聲作之。」此後，辛棄疾作一首，始編入集中，即正式沿用為詞調。又，樓鑰二首，其一和蘇氏韻。宋人所作，合五首。雙調，九十一字。上片十句十平韻，下片十句八平韻。

據蘇軾自序可知，這是為琴曲〈醉翁操〉所譜寫的一首詞。醉翁，即歐陽脩。宋仁宗慶曆中，歐陽脩謫守滁州，其間有琅琊幽谷，山川奇麗，鳴泉飛瀑，聲若環佩。歐陽脩曾把酒臨聽，樂而忘歸。這是大自然之聲，乃天籟也。十餘年後，太常博士沈遵，依據這自然之聲，以琴寫之，譜製為琴曲〈醉翁操〉。此曲宮聲三疊，節奏疏宕，音指華暢，乃琴曲中之絕妙者。但此天生絕妙之曲，有其聲而無其辭，實一恨事。現傳《歐陽文忠公集》中有〈醉翁吟〉（即〈醉翁引〉），據說是為此曲而譜寫的歌詞。但蘇軾認為，歐陽脩的歌詞與琴聲不合。另有依《楚辭》所作之〈醉翁引〉，蘇軾亦以為僅是「粗合均度」而已，因琴聲為辭所繩約，已失去琴曲之自然美，非天成也。因此，蘇軾此詞就是專門為這一天生絕妙之曲而譜寫的。

由於時代變遷，琴曲〈醉翁操〉原來是有其聲而無其詞，此後樂譜失傳，卻變成有其詞而無其聲。現傳蘇軾所作詞，是否得其天籟，這就只能從語言文字中加以揣摩。

這首詞上片寫流泉之自然聲響及其感人效果。

「琅然，清圓，誰彈，響空山。」四句為鳴泉飛瀑之所謂聲若環佩，創造出一個美好意境。琅然，乃玉聲。《楚辭．九歌．東皇太一》曰：「撫長劍兮玉珥，璆鏘鳴兮琳琅。」此用以狀流泉之聲響。清圓兩字，有用以形容月的，如杜甫詩〈舟中〉「昨夜月清圓」；有用以形容荷葉的，如周邦彥〈蘇幕遮〉詞「水面清圓，一一風荷舉」；有用以形容聲音的，如蘇軾〈一叢花〉詞「鐘鼓漸清圓」。這裡也是用來說聲音——泉聲的清越圓轉。在這十分幽靜的山谷中，是誰彈奏起這一絕妙的樂曲？

「無言，唯翁醉中知其天。」這是對上面設問的回答。謂：這是天地間自然生成的絕妙樂曲。這一絕妙的樂曲，很少有人能得其妙趣，只有醉翁歐陽脩能於醉中得之，亦即理解其天然妙趣。於是，這就進一步表明了流泉聲響之無限美妙。

「月明風露娟娟，人未眠。」二句不是正面寫聲響，但卻說出了聲響所產生的感人效果。謂：在此明月之夜，「風含翠篠娟娟靜，雨裛紅蕖冉冉香」（杜甫〈狂夫〉），人們因為受此美妙樂曲所陶醉，遲遲未能入眠。

「荷蕢過山前，曰有心也哉此賢。」上二句說一般人聽此樂曲聽得入了迷，此二句說這一樂曲如何打動了荷蕢者。《論語．憲問》：「子擊磬於衛，有荷蕢而過孔氏之門者，曰：『有心哉，擊磬乎！』既而曰：『鄙哉，硜硜乎！莫己知也，斯己而已矣。深則厲，淺則揭。』子曰：『果哉，末之難矣。』」詞作將此流泉之聲響比作孔子之擊磬聲，用荷蕢者對擊磬聲的評價，頌揚流泉之自然聲響。

下片寫醉翁的嘯詠聲及琴曲聲。

「醉翁嘯詠，聲和流泉。」二句照應上片所說，只有醉翁歐陽脩才能得其天然妙趣。歐陽脩曾作醉翁亭於滁州，在琅琊幽谷聽鳴泉，且嘯且詠，樂而忘還，天籟人籟，完全融為一體。

「醉翁去後，空有朝吟夜怨。」二句說醉翁離開滁州，流泉失去知音，只留下自然聲響，但此自然聲響，朝夕吟詠，似帶有怨恨情緒。「怨」為平聲，作名詞解。

「山有時而童巔，水有時而回川。」二句說時光流轉，山川變換。琅琊一山，林壑蔚然深秀，卻並非永遠保持原狀。童巔，指山無草木。謂：蔚然而深秀之琅琊，有時候也將失去其奇麗景象。至於水，同樣也不是永遠朝著一個方向往前流動的。因此，琅琊幽谷之鳴泉也就不可能完美地保留下來。

「思翁無歲年，翁今為飛仙。」二句說，山川變換，人事變換，人們因鳴泉而念及醉翁，而醉翁卻已化仙而去。《十洲記》載：蓬萊山周迴五千里，有圓海繞山，無風而洪波百丈，不可往來，唯飛仙能到其處耳。詞謂醉翁化為飛仙，一去不復返，鳴泉之美妙，也就再也無人聆賞了。

但是，「此意在人間，試聽徽外三兩絃」。二句說，鳴泉雖不復存在，醉翁也已化為飛仙，但鳴泉之美妙樂曲，醉翁所追求之絕妙意境，卻仍然留在人間，這就是琴曲〈醉翁操〉。因為琴曲〈醉翁操〉乃鳴泉之另一知音沈遵，以琴聲描摹下來的樂曲，同是鳴泉之天然和聲。詞作最後將著眼點落在琴聲上，凸出了全詞的主題。

從詞意上看，詞作寫鳴泉及其和聲，能將無形之聲響寫得如此真實可感，如果不是對於大自然的造化之工有著真切的體驗，無論如何不能臻於此境。而且，從格式上看，詞作句式及字聲配搭非常奇特。開頭四句，「琅然，清圓，誰彈，響空山。」只有一個仄聲字（「響」），其餘都是平聲。接著二句亦然。這樣的安排，恐怕與此曲所屬宮調有關。同時，上下兩結句作七言拗句，當也是特意安排的。（據盛配《詞調訂律》卷十九，未刊）這都是琴曲韻度所留下的音樂印記。盛配先生指出：統觀全調，音節和平。有如流水清泠。（同上）蘇詞甚工，郭祥正之言未可信也。所以，清鄭文焯曰：「讀此詞，髯蘇之深於律可知。」（《鄭文焯手批〈東坡樂府〉》）（施議對）

舒亶

【作者小傳】（一〇四二～一一〇四）字信道，號懶堂，明州慈溪（今屬浙江）人。宋英宗治平二年（一〇六五）進士，試禮部第一。累官知制誥、試御史中丞，權直學士院。以罪斥。徽宗崇寧初，知南康軍。由直龍圖閣進待制。工小詞，思致妍密。今有趙萬里輯《舒學士詞》一卷，存五十首。

虞美人　舒亶

寄公度

芙蓉落盡天涵水，日暮滄波起。背飛雙燕貼雲寒，獨向小樓東畔倚闌看。浮生只合尊前老，雪滿長安道。故人早晚上高臺，贈我江南春色一枝梅。

這是一首寄贈友人的詞。一本無「寄公度」的詞題。公度，或謂即黃公度，字師憲，莆田（今屬福建）人，非是。黃公度生於徽宗大觀三年（一一〇九），時舒亶卒已六年。此「公度」似友人之字，其人俟考。

上片寫日暮登樓所見。「芙蓉落盡天涵水，日暮滄波起。」芙蓉，即荷花。荷花落盡，時當夏末秋初。秋風江上，日暮遠望，水天相接，煙波無際；客愁離思，亦隨煙波蕩漾而起。這兩句視野開闊，而所見秋風殘荷、落日滄波等外景，則透示出一派蒼茫蕭索的情調。江上芙蓉，還使人想起〈古詩十九首〉那首懷人的「涉江採芙蓉，蘭澤多芳草。采之欲遺誰？所思在遠道」。秋風四起，菡萏香銷，即欲有所遺贈，亦已無可採摘，其惆悵為何如！「背飛雙燕貼雲寒」，視角由平遠而移向高遠；正當獨立蒼茫、黯然凝望之際，卻又見一對燕子，相背向雲邊飛去。這是樓中凝望的焦點，也是上片的眼目所在。《玉臺新詠》卷九〈東飛伯勞歌〉云：「東飛伯勞西飛燕，黃姑（牽牛）織女時相見。」後即稱朋友離別為「勞燕分飛」。這裡的「背飛雙燕」，即寓此意。「貼雲寒」，狀飛行之高；高處生寒，由聯想而得。但這一「寒」字，又從視感而轉化為一種心理感受，暗示著離別的悲涼況味。上片連下三句景語，與其說是即自感興，毋寧說是借物抒情。「獨向小樓東畔倚闌看。」這是補敘之筆，交代前面所寫，都是小樓東畔倚闌所見。把宏闊高遠的視線收聚到一點，猶如一組搖鏡頭，由遠景、中景而搖至近景，終於把鏡頭對準樓中倚闌悵望之人。「獨」字輕輕點出，既寫倚闌眺景者為獨自一人，又透露出觸景而生的孤獨惆悵之感。

下片直抒念遠懷人之情。「浮生只合尊前老，雪滿長安道。」是說光陰荏苒，轉眼又是歲暮，雪滿京城，寂寥寡歡，唯有借酒遣日而已。長安，借指京城。「雪滿長安」，既點時地，又渲染出一派冷寂的氣氛，雪夜把盞，卻少對酌之人，歲暮懷人的孤悽心境可想而知。於是順勢轉出下兩句：「故人早晚上高臺，贈我江南春色一枝梅。」故人，老朋友，指公度。早晚，多義詞，這裡為隨時、每日之意。這兩句從對方著筆，心有同感，友情的思念彼此相似，我之思彼，亦如彼之思我，想像老朋友也天天登高望遠，思念著我；即使道遠雪阻，他也一定會給我寄贈一枝江南報春的早梅。這是用南北朝陸凱折梅題詩以寄范曄的故事。《荊州記》：「陸凱與范曄相善，自江南寄梅花一枝，詣長安與曄。並〈贈花詩〉曰：『折梅逢驛使，寄與隴頭人。江南無所有，聊贈一枝春。』」這一枝明豔的「江南春色」，定會給「雪滿長安」的友人帶來親切的問候和友情的溫暖。這是用典，卻又切合作者當年與友人置酒相別的一段情事。作者有一首〈蝶戀花〉，題曰：「置酒別公度，座間探題得梅」，有句云：「折向尊前君細看，便是江南，寄我人還遠。」可見折梅相贈這一典故，在這裡具有普遍與特殊的雙層涵義，用典如此，可謂表裡俱化了。（吳戰壘）

一落索 舒亶

正是看花天氣，為春一醉。醉來卻不帶花歸，誚不解、看花意。

試問此花明媚，將花誰比？只應花好似年年，花不似、人憔悴。

蔣園和李朝奉

這首詞寫春日賞花。一起開門見山，點出題意：「正是看花天氣。」與此類題材的通常寫法不同，這句略無修飾，純用白描，看似樸拙，其實巧妙。這是因為看花經驗，人皆有之，讀者完全可以根據它所規定的情景，輔以自己的生活體驗，在眼前描繪出一幅繁花似錦、春光宜人的美麗圖畫。次句由景及人：「為春一醉。」對此良辰美景，陶然一醉，誠為賞心樂事。這一句既是寫看花人的感受，也從側面進一步烘托出春景的迷人。至此，不需多費筆墨，已將賞花情景交代明白。接下去便宕開筆鋒，將語意一轉：「醉來卻不帶花歸。」一個「卻」字，頓起波瀾。「為春一醉」，即為花一醉，足見對花愛之深，迷之切。既然如此，在留連花叢興猶未盡之時，便該帶花而歸才是，為什麼偏偏度越常情「不帶花歸」？自不免令人費解。對此，作者也不禁自己笑自己：「誚不解、看花意。」「誚」，渾也，直也。前人有云：「有花堪折直須折，莫待無花空折枝。」（佚名〈金縷衣〉）而今賞花卻不折花而歸，豈非全然不解看花之意？這是就常人的心理而言，正話反說。作者自己的「看花意」究竟是什麼？沒有明說。細細體味，便知是惜花而不折。這樣，作者高於俗人的愛花、惜花的一片深情，便委婉曲折地表達出來了。

下片轉為對自己「看花意」的申述，卻又不明白說出來，先設一問：「此花明媚，將花誰比？」言外之意是無人可比。再進一層說：「只應花好似年年，花不似、人憔悴。」就是說花之好，是年年如此，便該讓它留在枝頭，保持年年如此的明媚之姿，因為花不似人之隨著年光過往會漸趨憔悴呵！至此，因惜年華而惜春、因惜春而惜花的主意便曲折透出。「不帶花歸」之意既明，上下片渾成一體，詞的意味也就雋永。

此詞寫惜花，卻又不止於惜花，從下片將花比人，可以看出作者有所寄託。以花喻人，本是詩詞中常用的手法，因為二者確有許多相似之處，不僅盛開的鮮花與人的青春有著同樣的美麗，而且又都容易隨著時光的流逝而凋零、衰老。此詞借鑑了這一傳統手法而能翻出新意，先是反問：「將花誰比？」後又指出：「花不似人憔悴。」這就是說，自然界的花朵固然有時凋謝，但年年重開；人的盛年一去，卻再也不會回來。這幾句極易使人想起唐代詩人劉希夷〈代悲白頭翁〉中的名句：「年年歲歲花相似，歲歲年年人不同。」兩者都包含著對花開盛衰有時而人生青春難駐的感慨和愁怨。不過，這一情緒在詞中表達得更含蓄不露。只有弄懂了這一點，才算真正懂得了作者的「看花意」。

這首詞緊扣賞花來寫，句句有花，實則句句寫人，惜花亦即惜人。作者既不雕章琢句，也不刻畫景物，只以自然質樸的語言抒寫自己從賞花中悟出的生活哲理，立意既新，理趣尤富。全詞以議論為主，但由於手法的曲折委婉，語氣的跌宕起伏，讀來絲毫不覺板滯。結處尤弦外有音、味外有味。總之，這是一首別具一格、饒有情致的小詞。（張明非）

菩薩蠻　舒亶

畫船捶鼓催君去，高樓把酒留君住。去住若為情，西江潮欲平。

江潮容易得，只是人南北。今日此尊空，知君何日同！

這首詞從送別的場面寫起。捶鼓，猶言敲鼓，是開船的信號。船家已擊鼓催行，而這一邊卻在樓上把盞勸酒。「催」，見時間之難以再延。「留」，見送行人之殷勤留戀。這一開頭用一「去」一「住」，一「催」一「留」，就凸出了去和住的矛盾，並且帶動全篇。「去住若為情」，即由首二句直接逼出，欲去不忍，欲住不能，何以為情？這一問見別離之極度苦人，但這種問題本來誰也回答不了，下文如果接應不好，不僅這一句成為累贅，就連頭兩句也難免呆相。「西江潮欲平」的好處在於沒有直接回答問題，而是由前面擊鼓催客、高樓把酒的場面推出一個江潮漲平的空鏡頭。句中的「欲」字包含了一個時間推進過程，說明話別時間頗長，而江潮已漸漸漲滿，到了船家趁潮水開航的時候了。可以想像，正在把酒之際，突然看到江潮已漲，兩個朋友在感情上會產生多麼複雜的反應，心潮也必然如江潮一樣愈加激盪不已。

換頭仍就江潮生發，潮水有信，定時起落，所以說「容易得」，然而它能送人去卻未必會送人來。一旦南北分離，相見即無定期。「今日此尊空，知君何日同！」這最後一結悠然宕開，與上片以景結情，都值得玩味。「此尊空」，遙承上片次句「把酒留君」，「尊空」見情不忍別，共拚一醉。但即使飲至尊空，故人終不可留，所以結尾則由嘆見面之難，轉思它日再會，發出「知君何日同」的感慨。

詞借江潮抒別情，不僅情景交融，同時還顯出情景與意念活動相結合的特點。詞在「去住若為情」這樣的思忖後，接以「江頭潮欲平」看上去是寫景，實際上卻把思索和情感活動帶進了景物描寫，在讀者的感受中，那茫茫的江潮似乎融匯著詞人難以用語言表達的浩渺的情思。下片「江潮容易得，只是人南北」仍不離眼前景象，而更側重寫意念，以傳達人物的心境。結尾二句雖然表現為感慨，卻又是循上文意念活動繼續發展的結果。所循的思路應該是：今日尊空而潮載君去，但未知潮水何日復能送君歸來。依然是情景和思忖結合。不過，景由現場轉入到想像中而已。宋代曾季貍《艇齋詩話》評這首詞「甚有思致」，指的大約就是上述這種特點。詞中「君」字三見，「去」、「住」、「江」、「潮」均兩見，特別是換頭與一般不同，「江」「潮」二字連續出現，造成迴環往復的語言節奏，也有助於表現依依不捨、綿長深厚的情思。（余恕誠）

王雱

【作者小傳】（一〇四四～一〇七六）字元澤。王安石子。宋英宗治平四年（一〇六七）進士。歷太子中允、崇政殿說書、龍圖閣直學士。《全宋詞》錄其詞一首。

倦尋芳慢

王雱

露晞向晚，簾幕風輕，小院閒晝。翠徑鶯來，驚下亂紅鋪繡。倚危牆，登高榭，海棠經雨胭脂透。算韶華，又因循過了，清明時候。

倦遊燕，風光滿目，好景良辰，誰共攜手？恨被榆錢，買斷兩眉長鬥。憶高陽，人散後，落花流水仍依舊。這情懷，對東風，盡成消瘦。

王雱（音同龐），字元澤，王安石之子。宋陳善《捫虱新話》下集載，世傳王雱一生不作小詞，或者笑之，他「遂作〈倦尋芳慢〉一首，時服其工。……此詞甚佳，今人多能誦之，然元澤自此亦不復作」。這則故事未知是否可靠，不過王雱這首詞寫得嫵媚動人，不亞於當行之作，倒也是事實。

本篇詞詠春愁。上片描寫暮春景象。起拍三句為抒情主人公勾勒了一個具體環境，時間是春季的一個白晝，地點是閒靜的小院。「向晚」，說明天還未到傍晚，由「露晞」可知，還下過一陣微雨。晞，乾燥之意。《詩經．秦風．蒹葭》「白露未晞」，是說葦叢中還有露珠的閃光。這裡則說快到傍晚的時候，花木的水露已經乾了，和風輕輕地吹拂著簾幕，庭院裡顯得非常幽靜。「閒晝」說明環境沉寂，又因為下過雨，氛圍就更加清幽。以下就庭院景物著筆，一寫翠徑落紅，一寫著雨海棠。通幽小徑，青草勻鋪，經雨沖洗，碧綠如翠，故曰「翠徑」。雨停雲霽，黃鶯飛來，枝上經雨的花瓣繽紛下落，綠徑點綴上落紅，色彩斑斕，猶如織錦蓋地，故曰「鋪繡」。這裡觀察細密，聯想巧妙，用筆工緻，著一「驚」字，把花與鳥關聯起來，使景物變活，極具匠心。海棠經雨，花色變得緋紅，猶如美女搽上胭脂，更為豔冶動人。唐詩人鄭谷〈海棠〉詩說：「穠麗最宜新著雨，嬌嬈全在欲開時。」不過，鄭谷描寫的是半開的海棠，這裡是寫海棠盛開，紅色浸透了每個花瓣。「胭脂透」三字，說明經雨的海棠已經開放到最鮮妍最鼎盛的時刻，也暗寓盛極而衰，即將轉向凋落的消息。作者寫「亂紅鋪繡」，寫「海棠經雨胭脂透」，都是寓感春嘆春的情愫於景物刻繪之中，這就為下文收束到嘆春伏了暗線。「算韶華」三句，以「算」字領起，略略點明題意。韶華，美好的年華，此指春光。因循，等閒、隨意、輕易之意，白居易曾有「因循擲白日，積漸凋朱顏」（〈和微之詩二十三首：和櫛沐寄道友〉）之嘆。過了清明，春光將盡，所謂「愁見清明後，紛紛蓋地紅」（唐李建勳〈金谷園落花〉）。這裡，「算」、「又」急促相承，表現出「無計留春住」（歐陽脩〈蝶戀花〉）的一種無可奈何的嘆惋，揭示了作者「今春不減前春恨」（趙令時〈蝶戀花〉）的內心底蘊。

下片緊承春意闌珊之景，抒發傷春意緒。換頭幾句，以「倦遊燕」起。「燕」通「宴」，說春來懶事遊宴。雖然時是「好景良辰」，景是「風光滿目」，只因無人攜手同樂，於遊燕之事就意懶情倦了。「誰共」二字反詰，意即無人與共。以下再用「恨」字承接，進一步形容春愁之深。「恨被榆錢，買斷兩眉長鬥」，本意只是說一春常在愁中。「兩眉長鬥」，形容因愁苦而雙眉緊鎖的樣子。詞卻巧用「榆錢買斷」為說。榆樹早春未生葉時先開花，果實不久成熟，名榆莢，形狀似錢而小，色白成串，俗呼榆錢。因「錢」之稱而得「買」字意，是一層；榆錢早春即見，而《春秋元命苞》曰「三月榆莢落」，是榆錢幾與春光同起訖，是第二層。「買斷」即買盡，自有榆錢以來，所「買」得者是「兩眉長鬥」，則其一春之不歡，至此已曲折寫出。以下「憶高陽，人散後」，似轉仍承，申上「遊燕誰共攜手」意。《史記・酈生列傳》：「酈生食其者，陳留高陽人也。……縣中皆謂之狂生。」他見劉邦時，自稱「高陽酒徒」。「高陽」之「人」，即指遊燕時的狂朋怪侶。酒侶星散，又值「落花流水」的春暮，其愁悶之情可知。先說的是去年的事，故曰「憶」；再指今年亦復如是，故曰「仍依舊」。春光如彼，情懷如此，總因春色雖好，無共遊賞之人，以至因循過去。不特於春為孤負，於人亦增愁。故煞拍三句「這情懷，對東風，盡成消瘦」，以說一春之愁，比「買斷兩眉長鬥」又進一步，總收全文。昔魏文帝曹丕〈與朝歌令吳質書〉言，「每念昔日南皮之遊，誠不可忘……方今蕤賓紀時，景風扇物，天氣和暖，眾果具繁，時駕而遊」，此時尚覺「節同時異，物是人非，我勞如何」。何況作者並無可與遊之人，其情懷之惡，遠較昔人為甚了。

王雱才高志遠，著論深刻，贊助其父推行新法，卻因多病早卒。從本篇詞流露的情緒看，其中也不免融入了作者家國身世之感。在寫法上，它由景及情，上片景中有情，下片以情帶景，筆鋒細膩，用語婉媚，韻致翩翩，洵是青年詩人的孤篇力作，無怪乎前人嘆稱「時服其工」了。（劉乃昌、崔海正）

黃裳

【作者小傳】（一〇四四～一一三〇）字勉仲，號演山，延平（今福建南平）人。宋神宗元豐五年（一〇八二）進士第一。累官端明殿學士。有《演山先生文集》《演山詞》。存詞五十三首。

減字木蘭花

黃裳

競渡

紅旗高舉，飛出深深楊柳渚。鼓擊春雷，直破煙波遠遠回。歡聲震地，驚退萬人爭戰氣。金碧樓西，銜得錦標第一歸。

相傳屈原在農曆五月初五這一天投汨羅江自殺，人民為了紀念他，每逢端午節，常舉行競渡，象徵搶救屈原生命，以表達對屈原的尊敬和懷念。這一活動，後來已成為民間的一種風俗。南朝宗懍的《荊楚歲時記》，已有關於競渡的記載。宋耐得翁《都城紀勝》一書，專門記載南宋京城杭州的各種情況，其「舟船」條有云：「西湖春中，浙江秋中，皆有龍舟爭標，輕捷可觀。」可見當時龍舟競渡奪標，春秋季均有，已不限於端午節。本篇提到「楊柳渚」，寫的還是春夏之際的活動。

龍舟競渡時，船上有人高舉紅旗，還有人擂鼓，鼓舞划船人的士氣，以增加競渡的熱烈氣氛，本篇就是描寫龍舟競渡奪標的實況。上片寫競渡。比賽開始，「紅旗高舉，飛出深深楊柳渚。」一群紅旗高舉的龍舟，從柳陰深處的小洲邊飛駛而出。「飛出」二字用得生動形象，令人彷彿可以看到群舟競發的實況，這時各條船上的鼓手都奮力擊鼓，鼓聲猶如春雷轟鳴。龍舟衝破浩渺煙波，向前飛駛，再從遠處轉回。「直破煙波遠遠回」句中的「直破」二字寫出了船的凌厲前進的氣勢。下片寫奪標。一條龍舟首先到達終點，「歡聲震地」，岸上發出了一片震地的歡呼聲，健兒們爭戰奪標的英雄氣概，簡直使千萬人為之驚駭退避。「金碧樓西，銜得錦標第一歸」，錦標，是高竿上懸掛的給予競渡優勝者的賞物。白居易〈和春深二十首〉其十五：「齊橈爭渡處，一匹錦標斜」，賞物是錦緞；宋孟元老《東京夢華錄》卷七〈駕幸臨水殿觀爭標錫燕〉條：「軍校執一竿，上掛以錦綵、銀碗之類，謂之『標竿』。……兩行舟鳴鼓並進，捷者得標。」則賞物還有其他物品。「銜」是從龍舟的龍形生發出來的字眼，饒有情趣。唐盧肇詩云「向道是龍剛（偏也）不信，果然銜得錦標歸」（〈及第後江寧觀競渡寄袁州刺史成應元〉），是此句所本。

本篇採取白描手法，注意透過色彩、聲音來刻畫競渡奪標的熱烈緊張氣氛。紅色的旗幟，濃綠的楊柳，白茫茫的煙波，金碧樓臺，多麼豐富多彩的色調！鼓擊如春雷，歡聲震動地面，又是多麼喧鬧熱烈的聲響！龍舟飛駛，鼓擊春雷，這是寫參與競渡者的緊張行動和英雄氣概。歡聲震地，是寫群眾的熱烈情緒。銜標而歸，是寫勝利健兒充滿喜悅的形象與心情。絢麗的色彩，喧鬧的聲音，人們緊張的行動，熱烈的情緒，所有這些，展示出一個動人的場面，真實地再現了當日龍舟競渡、觀者如雲的情景。全詞風格雄壯，虎虎有生氣。

龍舟競渡在古代雖很流行，但詩詞中反映不多，因此，黃裳這首〈減字木蘭花〉詞，就顯得彌足珍貴了。（王運熙、施紹文）

清・翁方綱題黃庭堅小像

黃庭堅

【作者小傳】（一〇四五～一一〇五）字魯直，號山谷道人、涪翁。分寧（今江西修水）人。宋英宗治平四年（一〇六七）舉進士。歷著作佐郎、祕書丞。哲宗紹聖初，以校書郎坐修《神宗實錄》失實貶涪州別駕，黔州安置。徽宗立，召知太平州，九日而罷，復除名，編管宜州。三年而徙永州，未聞命而卒。「蘇門四學士」之一。詩與蘇軾齊名，世稱蘇黃。江西詩派之宗主，影響極大。詞與秦觀齊名，號秦七、黃九。詞風疏宕，俚俗處甚於柳永。晁補之謂其小詞「固高妙，然不是當行家語，是著腔子唱好詩」。著有《豫章集》《山谷詞》。詞存一百九十首。

念奴嬌

黃庭堅

八月十七日，同諸生①步自永安城樓，過張寬夫園待月。偶有名酒，因以金荷酌眾客。客有孫彥立，善吹笛。援筆作樂府長短句，文不加點。

斷虹霽雨，淨秋空，山染修眉新綠。桂影扶疏，誰便道，今夕清輝不足？萬里青天，姮娥何處，駕此一輪玉。寒光零亂，為誰偏照醽醁？

年少從我追遊，晚涼幽徑，繞張園森木。共倒金荷，家萬里，難得尊前相屬。老子平生，江南江北，最愛臨風笛。孫郎微笑，坐來聲噴霜竹。

〔註〕①原作「諸甥」，據南宋胡仔《苕溪漁隱叢話後集》卷三十一改。山谷諸甥洪朋、洪芻、洪炎、徐俯，皆能詩，而山谷戎州詩未及諸人。

黃山谷的個性、學養一似東坡，豪放不羈，豁達大度，即使處在最惡劣的環境中，依然談笑風生，不改其樂。山谷一生和東坡一樣，一直被捲在黨爭的漩渦裡。哲宗紹聖年間，他被貶涪州別駕黔州安置，後改移戎州（今四川宜賓）安置。有一年（據宋任淵《山谷詩集注》附《年譜》，當是哲宗元符二年〔一〇九九〕）八月十七日，與一群青年人一起賞月、飲酒，有個朋友名叫孫彥立的，善吹笛，月光如水，笛聲悠揚。此情此境，山谷意興方濃，援筆寫下這首〈念奴嬌〉詞，文不加點。胡仔引黃自述：「或以為可繼東坡赤壁之歌。」

詞的開頭三句描寫開闊的遠景：雨後新晴，秋空如洗，彩虹掛天，青山如黛，何等美好的境界！詞人不說「秋空淨」，而曰「淨秋空」，筆勢飛動，寫出了煙消雲散、玉宇為之澄清的動態感。「山染修眉新綠」，寫遠山如美女的長眉，反用《西京雜記》卓文君「眉色如望遠山」的故典，已是極嫵媚之情態，而一個「染」字，更寫出了經雨水洗刷的青山鮮活的生命力。詞人由天際畫秋，展示出一幅高曠的極富色彩感的仲秋景象，襯托出作者快意的情懷。

接著寫賞月。此時的月亮是剛過中秋的八月十七的月亮，為了表現它清輝依然，詞人用主觀上的賞愛彌補自然的缺憾，凸出欣賞自然美景的愉悅心情，他接連以三個帶有感情色彩的問句發問道：誰能說月中桂影很濃，今夜的月色便不夠美滿？晴空萬里，嫦娥呵，你在哪裡駕駛這圓圓的一輪玉盤？月亮呵，你又為誰偏照這尊中美酒、而散發皎潔的光輝？三個問語如層波疊浪，極寫月色之美和自得其樂的騷人雅興。嫦娥駕駛玉輪是別開生面的奇想。歷來詩人筆下的嫦娥都是「姮娥孤棲」、「嫦娥倚泣」的形象，山谷卻把她從寂寞清冷的月宮中解放出來了，讓她興高采烈地駕駛一輪玉盤，馳騁長空，多麼富有浪漫主義的色彩，多麼富有豪邁的詩情！

下面，轉而寫月下遊園、歡飲和聽曲之樂。「年少從我追遊，晚涼幽徑，繞張園森木」，用散文句法入詞，信筆揮灑，恍惚使人看到灑脫不羈的詞人，後面跟著一幫子愉快的年輕人，正在張寬夫園密茂的樹林中。「共倒金荷，家萬里，難得尊前相屬」，讓我們把金色的荷葉杯斟滿，大家來乾一杯吧！離家萬里，難得有今宵開懷暢飲呀！舉起酒杯時，忽然，在詞人心靈上掠過一抹陰影，流露出一種身世之感，但這只是一剎那，個性倔強的詞人感到今天能和青年朋友們共飲，難得一歡。他不肯沉吟，馬上把筆調一轉，振作精神，以豪邁剛健之氣高唱道：「老子平生，江南江北，最愛臨風笛！」文似看山喜不平，「家萬里」是一抑，「老子平生……」又一揚，沒有深谷焉見山之高也，行文至此，起伏跌宕，把詞人豪邁激越之情推向頂峰。這三句是詞中最精彩之筆，南朝宋劉義慶《世說新語．容止》記載東晉庾亮在武昌時，於氣佳景清之秋夜，登南樓遊賞，庾亮曰：「老子於此處興復不淺。」老子，猶老夫，語氣間隱然有一股豪氣在。山谷說自己這一生走南闖北，偏是最愛聽那臨風吹奏的曲子。這句話意味深長，似在隱指自己漂泊顛躓的一生，然而這又算得了什麼呢，我生平最愛的就是那種高亢激越的旋律啊！「最愛臨風笛」句，雄渾瀟灑，豪情滿懷，表現出詞人處逆境而不頹唐的樂觀心情。這裡的「笛」字，陸游《老學庵筆記》卷二謂「瀘、戎間謂笛為獨，故魯直得借用」。山谷是依戎州方音押韻。有些本子改作「曲」字，以求完全合於本韻，但是在文意上就嫌稍隔一層了。

最後一筆帶到那位善吹笛的孫彥立：「孫郎微笑，坐來聲噴霜竹。」孫郎感遇知音，噴發奇響，那悠揚的笛聲迴響不絕。以聲結情，使人神遠。

這首詞通篇洋溢著豪邁樂觀的情緒，詞中出現的形象如斷虹、秋空、萬里青天、明月、森木等等，大都是巨大的，色彩鮮明的，其本身就具有一種高遠的意境。在這首詞中沒有落木蕭蕭的衰颯景象，而是表現出一種豪邁的氣派。詞中寫遊園、飲酒、聽曲，也都自有一種豪氣充斥其間。筆墨淋漓酣暢，頗見作者灑脫曠放的為人，《宋史》本傳說：「庭堅泊然，不以遷謫介意，蜀士慕從之游，講學不倦。」這首詞不正是他這種豪放性格的生動寫照嗎？正如東坡之有赤壁詞，山谷也在這首詞中真實地寫出了他自己。（高原）

水調歌頭　黃庭堅

瑤草一何碧，春入武陵溪。溪上桃花無數，枝上有黃鸝。我欲穿花尋路，直入白雲深處，浩氣展虹霓。只恐花深裡，紅露濕人衣。

坐玉石，倚玉枕，拂金徽。謫仙何處，無人伴我白螺杯。我為靈芝仙草，不為朱唇丹臉，長嘯亦何為？醉舞下山去，明月逐人歸。

黃庭堅曾參加編寫《神宗實錄》，在《實錄》中，寫有「用鐵龍爪治河，有同兒戲」的文字，譏笑神宗的治河措施。後來又因作〈江陵府承天禪院塔記〉，被誣告為「幸災謗國」。因此，他晚年兩次被貶官西南，最後死於西南貶所。這首詞採用幻想的鏡頭，描寫神遊「桃花源」的情景，反映他對汙濁的現實社會的不滿以及不願媚世求榮、與世俗同流合汙的品德。據此看來，詞作大約寫於作者被貶官時期。

開頭一句，詞人採用比興手法，熱情讚美瑤草（仙草）的青翠可愛，使詞作一開始就能給人一種美好的印象，激起人們的興味，把讀者不知不覺地引進作品的境界中去。然後，再從第二句開始，用倒敘的手法，逐層描寫神仙世界的美麗景象。

「春入武陵溪」，具有承上啟下的作用，以下描寫進入幻想的神仙世界的第一境界。在這裡，詞人巧妙地

黃庭堅〈水調歌頭〉（瑤草一何碧）——明刊本《詩餘畫譜》

使用了陶淵明〈桃花源記〉的典故。〈桃花源記〉說：「晉太元中，武陵人，捕魚為業，緣溪行，忘路之遠近，忽逢桃花林。夾岸數百步，中無雜樹，芳草鮮美，落英繽紛，漁人甚異之。復前行，欲窮其林。林盡水源，便得一山……」陶淵明描寫這種子虛烏有的理想國度，表現他對現實社會的不滿。黃庭堅用這個典故，聯繫他的經歷來看，其用意何在，不是一目了然了嗎？這三句寫詞人春天來到「桃花源」，那裡溪水淙淙，到處盛開著桃花，樹枝上的黃鸝（黃鶯）在不停地唱著婉轉悅耳的歌。這是多麼美麗的境界啊！顯而易見，作者似乎已為這種理想境界而陶醉。

「我欲穿花尋路」三句，是寫詞人進入幻想國度的第二個境界。這是幻想鏡頭，詞人想穿過桃花源的花叢，一直走向飄浮白雲的山頂，一吐胸中浩然之氣，化作虹霓。在這裡，詞人曲折含蓄地表現對現實的不滿。

然而儘管如此，作者並不就為這仙境的桃花所迷醉。「只恐花深裡，紅露濕人衣」兩句，即是詞人採用比喻和象徵手法，曲折地表現他對紛亂人世的厭倦但又不甘心離去的矛盾。這種含蓄的寫法，很富有令人咀嚼不盡的詩味。「紅露濕人衣」一句，是從王維詩句「山路元無雨，空翠濕人衣」（〈山中〉）脫化而來，黃庭堅把「空翠」換成「紅露」，使詞句天衣無縫，渾然一體，真有脫胎換骨之妙。

下片繼續採用浪漫主義筆調，抒寫作者孤芳自賞、不同凡俗的思想。詞人以豐富的想像，用「坐玉石，倚玉枕，拂金徽（彈瑤琴）」表現他的志行高潔、與眾不同。「謫仙何處，無人伴我白螺杯」兩句，表面上是說李白不在了，無人陪他飲酒，言外之意，是說他缺乏知音，感到異常寂寞。他不以今人為知音，反而以古人為知音，這正表現他對現實的不滿，及其苦悶的情懷。這種手法儘管在古典詩詞中屢見不鮮，但由於作者的寫法比較自然，所以並不使人有落入俗套之感。

「我為靈芝仙草」兩句，表白他到此探索的真意。「仙草」即開頭的「瑤草」，「朱脣丹臉」指第三句「溪上桃花」。蘇軾詠海棠詩云：「朱脣得酒暈生臉，翠袖卷紗紅映肉。」（〈寓居定惠院之東，雜花滿山，有海棠一株，土人不知貴也〉）花容美豔，大抵略同，故這裡也可用以說桃花。這兩句是比喻和象徵的語言，用意如李白〈擬古十二首〉其四所謂「恥掇世上豔，所貴心之珍」。既然如此，則「長嘯亦何為」？意謂自不必去為得不到功名利祿而憂愁嘆息的了。

此作好像是寫詞人幻想升入仙境的一齣戲劇，表現他到了仙境的喜悅。然而最後他還是從仙境回到人間來。最後兩句是詞作中的警句，生動、形象、含蓄，具有深刻的意境和濃郁的詩味。它不僅描寫詞人酒醉後搖搖晃晃、如舞婆娑的形象，更是表現他想逃避現實而又不甘心如此的矛盾心理。最終還是回到現實中，卻說是明月追隨他回來的。「明月逐人歸」的境界，正如王國維所說：「常人皆能感之，而唯詩人能寫之。」（《清真先生遺事》）李白〈下終南山過斛斯山人宿置酒〉詩的「暮從碧山下，山月隨人歸」，用之於開頭，悠閒舒暢，帶起下文良朋共飲的歡樂；此詞用作結尾，為醉後的感覺，體現了獨處無友、唯月相隨的孤寂的心境，以應接前文。兩者面目相同，而情味自異。整首詞寫景抒情，渾然一體，是富有強烈抒情性的佳作。（陸永品）

滿庭芳　黃庭堅

茶

北苑春風，方圭圓璧，萬里名動京關。碎身粉骨、功合上凌煙。尊俎風流戰勝，降春睡、開拓愁邊。纖纖捧，研膏濺乳，金縷鷓鴣斑。

相如雖病渴，一觴一詠，賓有群賢。為扶起燈前，醉玉頹山。搜攪胸中萬卷，還傾動、三峽詞源。歸來晚，文君未寢，相對小窗前。

此詞也收入秦觀《淮海居士長短句》中，字句少異。據南宋吳曾《能改齋漫錄》卷十七《茶詞》一條說，山谷曾作〈滿庭芳〉茶詞「北苑龍團，江南鷹爪」云云，其後修改前作，止詠建茶，「北苑研膏，方圭圓璧」云云，詞意益工。證為山谷所作。此詞刻畫鋪敘，極妍盡態，極似一篇茶賦。

詞先從茶的名貴說起：「北苑春風，方圭圓璧，萬里名動京關」。北苑在建州，即今福建建甌。是貢茶的主要產地。宋王象之《輿地紀勝》引周絳《茶苑總錄》云：「天下之茶建為最，建之北苑又為最。」從宋太宗太平興國二年開始，建州專造龍鳳團茶入貢，北苑茶貴，至此得名。由於是貢品，故採擇十分講究，據宋蔡襄〈北苑焙新茶詩〉序云：「北苑（茶）先發而味尤佳，社（立春後第五個戊日為春社日）前十五日，即採其芽，日數千工，聚而造之，逼社（臨近社日）即入貢。」（宋阮閱《詩話總龜》引）因此「春風」二字，即指社前之茶。山谷另一首〈看花回．茶詞〉云：「香引春風在手，似粵嶺閩溪，初採盈掬」，並可證。如此講究產地節令，且「日費數千工」，製成的方圓茶餅，宋蔡絛《鐵圍山叢談》卷六且云「『玉圭』凡僅盈寸，大抵北苑絕品曾不過是，歲但可十百餅」，故無怪要聲傳萬里名動汴京了。圭方璧圓，以喻茶餅形狀。

這些細小的茶，有如此身價，且進奉御用，簡直是有功社稷，可與淩煙閣（唐代所建，表彰開國功臣的地方）中那些流芳百世，為國粉身碎骨的將相功臣並列了。「碎身粉骨」二句寫得刻至，以研磨製茶之法攀合將相報國之事，以貢茶之貴比之開業之功，著意聯想生發，避實就虛。接著寫茶之用，「尊俎風流戰勝」是「戰勝風流尊俎」的倒裝，意指茶能解酒驅睡、清神醒腦，排憂解愁。「戰勝」、「開邊」，字面切合淩煙功臣。以下說更有紅巾翠袖，纖纖玉指，研茶沏水，捧精美茶盞，侍奉身前，堪稱一時雅事。「鷓鴣斑」，以其紋色代指茶盞。楊萬里詩：「鷓斑碗面雲縈字，兔褐甌心雪作泓。」（〈陳蹇叔郎中出閩漕別送新茶李聖俞郎中出手分似〉）據蔡襄《茶錄》：「茶色白，宜黑盞，建安所造者紺黑，紋如兔毫。」范成大《桂海虞衡志》記有鷓鴣斑香，謂其「色褐黑而有白斑點點，如鷓鴣臆上毛」，則仿兔毫甌例，茶盞色澤花點似鷓鴣斑者，亦可命名。以上言有好茶葉之外，還要有好水，好茶具，好的捧盞人，這才珠聯璧合，相得益彰。

下片寫邀朋呼侶集茶盛會。當時有行茶令的風俗：「每會茶，指一物為題，各舉故事，不通者罰。」（宋王十朋《梅溪集》）這裡寫自己雅集品茶，卻翻出司馬相如的風流情事。茶可解渴，故以「相如病渴」引起。司馬相如「常有消渴疾」，見《史記》列傳。緊接著帶出他的宴賓豪興，又暗暗折入茶會行令的本題。「為扶起燈前」下四句，是承接字面，明寫司馬相如的酒興文才，實暗指茶客們酣飲集詩、比才鬥學的雅興。「一觴一詠」兩句，用東晉王羲之〈蘭亭集序〉「群賢畢至，少長咸集。……一觴一詠，亦足以暢敘幽情」。「醉玉頹山」，用南朝宋劉義慶《世說新語．容止》「嵇叔夜（康）……其醉也，傀俄若玉山之將崩」。「搜攪胸中萬卷」，用唐盧仝〈走筆謝孟諫議寄新茶〉詩「三碗搜枯腸，唯有文字五千卷」。「還傾動、三峽詞源」，用杜甫〈醉歌行〉「詞源倒流三峽水」。以上連用四個典故，真如他自己所主張的「無一字無來處」（〈答洪駒父書〉）了。最後帶出卓文君，呼應相如，為他們的風流茶會作結，使下片成為一個整體。

這首詞圍繞一杯茶，竭盡騰挪鋪敘之能事。為了避免泥定題目導致拘而不暢，作者通篇不著一個茶字，翻轉於名物之中，出入於典故之間，不即不離，愈出愈奇。特別是下片用司馬相如集宴事綰合品茶盛會，專寫古今風流，可謂得詠物詞的要領了。

當時人論詞家有「秦七、黃九」之說，但清代的馮煦在《宋六十一家詞選．例言》中卻不以為然，認為「若以比柳（永），差為得之」，這話頗中肯綮。山谷詞以疏雋曠放為主調，但他也受到了柳永詞的影響。這首詞的傳移鋪寫，風流冶蕩頗近柳詞格調，但刻意出奇，窮力追新，卻是自家面目。以這首詞論之，黃庭堅的長調雖學柳永，但無柳詞的平直曉暢，雕琢有餘而自然不足，雖冶豔而乏情致，不免有堆砌、詞意枯澀之弊。（鄧喬彬、祝振玉）

醉蓬萊

黃庭堅

對朝雲靉靆，暮雨霏微，亂峰相倚。巫峽高唐，鎖楚宮朱翠。畫戟移春，靚妝迎馬，向一川都會。萬里投荒，一身弔影，成何歡意！

盡道黔南，去天尺五，望極神州，萬重煙水。尊酒公堂，有中朝佳士。荔頰紅深，麝臍香滿，醉舞裀歌袂。杜宇聲聲，催人到曉，不如歸是。

哲宗紹聖二年，山谷被指控為撰修《神宗實錄》失實多誣，貶為涪州別駕黔州安置，此詞當是他赴黔途中經過夔州巫山縣時所作。作為一個知名的詩人，山谷受到了地方官的熱情接待，還遊覽了峽中的山水奇勝；但作為一個逐臣，他的內心又有著難以排解的抑鬱憂悶。山谷把這兩方面編織在同一首詞中，透過樂與悲的多層次對比烘托，凸現出他在貶謫途中去國懷鄉的憂悶之情。

提起巫山，人們自然會聯想到那浪漫旖旎的神話傳說：巫山神女與楚王幽會，「旦為朝雲，暮為行雨」（戰國楚宋玉〈高唐賦〉）。詞的開頭以「對」字直領以下三句，描繪出一幅煙雨淒迷的峽江圖：有時雲蒸霞蔚，有時微雨濛濛，雲雨迷離之中，只見錯落攢立的群峰互相依傍。這裡既是肖妙的寫景，又是貼切的用典，「朝雲」、「暮雨」鑲嵌於句中，化而不露，「亂峰」則指巫山群峰，其中神女峰尤為峭麗，相傳即為神女的化身。這樣我們不僅領略到雲雨奇峰的峽江風光，而且產生對歷史、神話的豐富聯想，進入一個惝怳迷離、淒清悠遠的境界。這種意境與他去國懷鄉的悵惘心情是十分協調的。如以「靉靆」狀雲，表現雲氣濃重，據漢代服虔《通俗文》的解釋為「覆日」，更有日色昏暗之意。又如以「亂」字表現群峰的攢擁交疊。這些不正暗示他遭貶後神亂意迷的心境嗎？「巫峽高唐，鎖楚宮朱翠」，是由神話生發出來的聯想。「朱翠」指女子的朱顏翠髮，代指美人。一個「鎖」字不也隱約透露出自嘆身世的感慨：此行西去，羈管於荒遠之地，身非由己，不正像鎖於深山峽谷的楚宮佳麗嗎？這裡感情的流露是含蓄深婉的，詞人只是創造一種情緒和氛圍，給人以感染。他寫同一主題的〈減字木蘭花．登巫山縣樓作〉就表現得較為直露，其詞云：「襄王夢裡，草綠煙深何處是？宋玉臺頭，暮雨朝雲幾許愁。飛花漫漫，不管羈人腸欲斷。春水茫茫，欲渡南陵更斷腸。」

順著這樣的情緒寫下去，應該繼續抒發其鄉愁離恨，但山谷並未如此，而是筆鋒一轉，描繪出一幅熱鬧的儀仗圖：春光明媚之中，官府的儀仗隊在行進，盛裝豔服之人迎接著馬隊，迤邐向城中行去。「畫戟」是加上彩飾的戟，用於儀仗隊。「靚妝」，粉黛妝飾，這裡大約指歌姬舞女之類。面對如此盛況，山谷的內心卻是一片悲涼：「萬里投荒，一身弔影，成何歡意！」它與開頭呼應，但與其以景言情的含蓄隱晦相比，這裡一腔憂悶簡直是噴湧而出。詞的上片巧妙地運用了反襯，使詞意極盡跌宕起伏、曲折迴環之致。

下片與上片則同一機杼。開頭四句承上片最後一層意思而加以生發。上面「一身弔影，成何歡意」，傾訴悲情，已一瀉無餘，如何再深入一層呢？山谷巧妙地越過眼前的情景，而設想在貶謫之地的望鄉之苦，這也是一種襯托，即用未來的鄉愁反過來烘托現實的離情。「去天尺五」極言黔南地勢之高，舊有「城南韋、杜，去天尺五」的諺語，此處借來形容山高摩天。儘管在這樣的高處，但是眺望神州，還是隔著千山萬水。那鄉愁就像那萬重煙水，一直延伸到天地的盡頭，綿綿不絕。「神州」指中原，這裡意同「神京」。古代的逐臣每每透過回望京城來表達其哀怨之情。

「尊酒」五句又是一個大的轉折，展現了地方官為山谷擺酒接風，歡宴公堂的熱烈景象。宴會上不僅有來自朝廷的「佳士」，還有歌舞的美女。為了渲染歡快的氣氛，這裡用了一些色彩富麗的詞，如用「荔頰紅深」形容美人容顏的嬌豔之色，用「麝臍香滿」描寫香氣的氤氳馥郁。輕歌曼舞，醉意朦朧，場面越是寫得熱烈，越能反襯出山谷心頭的悲涼孤寂。置身於高堂華宴，面對著主賓的觥籌交錯，更使人強烈地感受到「斯人獨憔悴」（杜甫〈夢李白二首〉其二）的況味。所以詞的最後又跌入深沉的鄉愁之中，唯有那杜鵑「不如歸去」的聲聲啼鳴陪伴著他通宵達旦。

清王夫之說過：「以樂景寫哀，以哀景寫樂，一倍增其哀樂。」（《薑齋詩話》）此詞正是這一藝術辯證法的具體應用。表現在詞的結構上就是：上下兩片都分三個層次，先寫悲情，然後折入歡快場景的描寫，最後又轉入悲情的抒發，而上下兩片又寫法各異，不使雷同。誠所謂「常山蛇勢」：「擊其首則尾至，擊其尾則首至，擊其中則首尾俱至。」（《孫子兵法．九地篇》）為了構成鮮明的對比，寫悲與樂所用詞語的色彩反差也很大：前者樸素自然，近乎口語，直抒胸臆；後者富麗濃郁，風華典雅，著力鋪陳。（黃寶華）

驀山溪　黃庭堅

贈衡陽妓陳湘

鴛鴦翡翠，小小思珍偶。眉黛斂秋波，盡湖南、山明水秀。娉娉裊裊，恰似十三餘，春未透，花枝瘦，正是愁時候。尋花載酒，肯落誰人後。只恐遠歸來，綠成陰，青梅如豆。心期得處，每自不由人，長亭柳，君知否，千里猶回首？

〈驀山溪〉又名〈上陽春〉，「贈衡陽妓陳湘」又作「別意」。這是一首贈別的詞。上片寫陳湘的天生麗質，荳蔻年華，而又柔情脈脈，春愁懨懨，使人魂飛心醉，我見猶憐。下片寫詞人載酒尋芳，臨別傷懷，後約無期的悵惘心情。前者重在繪形，故多綺語；後者重在抒情，故饒風韻。全詞運用鋪敘的手法，層次分明。上片分三個層次來寫。第一個層次是前兩句。鴛鴦、翡翠，皆偶禽。雄者為鴛，雌者為鴦。東漢許慎《說文解字》：「翡，赤羽雀也。翠，青羽雀也。」雄赤曰翡，雌青曰翠。作者〈鼓笛令〉也有「翡翠金籠思珍偶」之句。這兩句把陳湘妙年懷春的內心活動揭示了出來。第二個層次也是兩句，以遠山秋波，比喻陳湘的眉清目秀。作者另有〈阮

黃庭堅〈驀山溪〉（鴛鴦翡翠）——明刊本《詩餘畫譜》

郎歸〉一詞，也是讚美陳湘的歌舞的，中有「歌調態，舞工夫，湖南都不如」云云，可作這兩句詞的註腳。「山明水秀」與「眉黛」、「秋波」相應，言其眉如山之明，眼如水之秀。把美人的眼比作秋波，眉比作遠山，是古代詩文中所習見的。第三個層次是末五句，以春花的嬌嫩鮮豔，比喻陳湘的年輕貌美。妙在詞人不著痕跡地點染了杜牧〈贈別二首〉其一的「娉娉裊裊十三餘，荳蔻梢頭二月初」的詩句，含蓄而婉轉地把陳湘的婀娜身段、錦繡年華勾勒了出來。在點染中有創造，在綺語中有蘊藉，細膩而工巧。又以「透」、「瘦」、「愁」三字分別寫出陳湘的情竇初開、腰肢苗條和多愁善感。豔而不冶，媚而不妖，清麗纖巧，情韻兼勝，其構思之委婉曲折，低迴往復，出人意表，不可窺測，讓許多層次的內容，組成一個完整的機體，給人以多側面的鮮明而真實的感受。

下片也有三個層次。第一個層次也是前兩句。寫結識陳湘，唯恐不早。一種急於謀面、一傾積愫的感情，溢於言表，不言傾慕，而愛戀之情自見。第二個層次是中兩句，寫詞人對後約無期、猶恐美人已有所屬的悵惘。妙在他把杜牧〈悵詩〉詩「自是尋春去校遲，不須惆悵怨芳時。狂風落盡深紅色，綠葉成陰子滿枝」融化在裡面。據載，唐文宗大和末年，杜牧自侍御史出佐沈傳師宣城幕，雅聞湖州出美女，於是前往遊觀，逢州裡張水戲，見一女十餘歲，面容姣好，遂相約十年後來迎娶。後杜牧於唐宣宗大中三年出任湖州刺史，此時已過十四年，所相約的女子早已嫁人並生二子。杜牧只好作詩悵別。（事見宋胡仔《苕溪漁隱叢話後集》卷十五引《麗情集》）詞人在這裡是借用，表示別易會難，聚少離多，待到他們重逢的那天，恐怕是花已成泥、葉已成陰、子已滿枝了。這在意脈上是與「娉娉裊裊，恰似十三餘」相呼應；在感情上深沉、真摯又含詠諧滄桑。第三個層次是最後五句，表現自己的眷戀之深，依慕之切。「心期」，指內心深處的期望。這裡是申說人生實難，事與願違，造物是那樣的捉弄人，不讓人把握自己的命運，實現自己的願望。接著又以柳的飄拂依人，比喻自己的別情無極，依戀不已。雖在千里之外，猶然頻頻回首，尋覓那折柳贈行者的倩影。讀到這裡，不禁使人聯想起那「羈客春來心欲碎，東風莫遣柳條青」（戎昱〈湖南春日二首〉其二）的情思油然而生，那「含煙惹霧每依依，萬緒千條拂落暉」（李商隱〈離亭賦得折楊柳二首〉其二）的情景宛然在目。語淡而情深，意濃而韻遠，非有這種實際生活的體驗，是不能道出此中的委婉曲折的。寫這樣的題材，是很不容易著筆的。過於濃豔，則流於儇薄；過於厚重，則易失風韻；痴語多則失之纖弱，諧謔多則流於褻近。清劉熙載說得好：「詞要恰好，粗不得，纖不得，硬不得，軟不得。不然，非傖父即兒女矣。」（《藝概．詞概》）山谷這首詞，既妥溜，又恰切；既合身分，又饒情趣，使人挹之不盡，味之無窮。（羊春秋）

定風波　黃庭堅

次高左藏使君韻

萬里黔中一漏天，屋居終日似乘船。及至重陽天也霽，催醉，鬼門關外蜀江前。莫笑老翁猶氣岸①，君看，幾人黃菊上華顛？戲馬臺南追兩謝，馳射，風流猶拍古人肩。

〔註〕①氣岸：氣概。《梁書．張充傳》：「氣岸疏凝，情塗狷隔。」

此詞為作者在黔州貶所的作品。唐置黔中郡，後改黔州，治所在今四川彭水，在宋時是邊遠險阻的處所。哲宗紹聖二年（一〇九五）黃庭堅以修《神宗實錄》不實的罪名，貶為涪州（今重慶市涪陵區）別駕，黔州安置，開始他生平最艱難困苦的一段生活。當時他的弟弟黃叔達有詩云：「人鮓甕中危萬死，鬼門關外更千岑。問君底事向前去，要試平生鐵石心。」（〈戲答劉文學〉）寫出他在窮困險惡的處境中，不向命運屈服的博大胸懷。這種心境見於詞體創作，則一變早年多寫豔情的故態，轉而深於感慨了。此闋透過重陽即事，抒發了一種老當益壯、窮且益堅的樂觀奮發精神。

全詞分四層寫。上片首二句寫黔中氣候，以說明貶謫環境之惡劣。黔中秋來陰雨連綿，遍地是水，人終日只能困居室內，不好外出活動。不說苦雨，而透過「一漏天」、「似乘船」的比喻，形象生動地表明秋霖不只叫人不堪其苦的狀況。「乘船」而風雨喧江，就有覆舟之虞。所以「似乘船」的比喻不僅是足不出戶的意思，還影射著環境的險惡。聯繫「萬里」二字，又有去國懷鄉之感。這比使用「人鮓甕中危萬死」的誇張說法來得蘊藉。下三句是一轉，寫重陽放晴，登高痛飲。說重陽天霽，用「及至」、「也」二虛詞呼應斡旋，有不期然而然、喜出望外之意。久雨得晴，是一可喜；適逢佳節，是二可喜。逼出「催醉」二字。「鬼門關外蜀江前」回應「萬里黔中」，點明歡度重陽的地點。「鬼門關」即石門關，在今重慶市奉節縣東，兩山相夾如蜀門戶，「僅通一人行，天下至險也」（陸游《入蜀記》）。但這裡卻是用其險峻來反襯一種忘懷得失的胸襟，大有「鬼門關外莫言遠，五十三驛是皇州」（作者〈竹枝詞二首〉其二）的意味。前二句起調低沉，此三句則稍稍振起，已具幾分傲兀之氣了。

過片三句承上意寫重陽賞菊。古人在重陽節有簪菊的風俗（杜牧〈九日齊山登高〉：「塵世難逢開口笑，菊花須插滿頭歸。」），但老翁頭上插花卻不合時宜，即所謂「幾人黃菊上華顛」。作者卻借這種不入俗眼的舉止，寫出一種「氣岸遙淩豪士前，風流肯落他人後」（李白〈流夜郎贈辛判官〉）的不伏老的氣概。「君看」、「莫笑」云云，全是自負口吻。這比前寫縱飲就更進一層，詞情再揚。但高潮還在最後三句。這裡用了一個典故：晉時劉裕北征至彭城，九月九日會將佐群僚於戲馬臺（臺為項羽所築，在今江蘇銅山縣南），賦詩為樂，當時名詩人謝瞻、謝靈運各賦詩一首（〈九日從宋公戲馬臺集送孔令詩〉詩見《文選》卷二十）。「兩謝」即指此二人。此三句說自己重陽節不但照例飲酒賞菊，還要騎馬射箭，吟詩填詞，其氣概直追古時的風流人物（如在戲馬臺賦詩之兩謝）。末句中的「拍肩」一詞出於郭璞〈遊仙詩〉「右拍洪崖肩」，即追蹤的意思。下片分兩層推進，從「莫笑老翁猶氣岸」到「風流猶拍古人肩」彼此呼應，一氣呵成，將豪邁氣概表現到極致。

全詞結構是一抑三揚（催醉——簪菊——馳射），襯跌有力；鑄詞造句新警生動，用典亦自然貼切。作者雖身經憂患，卻氣度開張，絕不作衰颯乞憐語，至今讀來猶凜然有生氣。（周嘯天）

阮郎歸　黃庭堅

效福唐獨木橋體作茶詞

烹茶留客駐金鞍，月斜窗外山。別郎容易見郎難，有人思遠山。

歸去後，憶前歡，畫屏金博山。一杯春露莫留殘，與郎扶玉山。

茶，與宋人生活、宋代文化有不解之緣。宋代三大詩人蘇東坡、黃山谷、陸放翁，有許多詩詠茶。清王士禛《花草蒙拾》云：「黃集詠茶詩最多，最工。」山谷詠茶詞亦多，多達十首。此詞即其中之一。與他首專詠茶有所不同，此首以一女子口吻，詠其與茶頗有因緣之一段愛情。題中所謂福唐獨木橋體，是詞中一種體式，又有全部或部分韻腳押用同一個字兩式。這裡是用後一式。

「烹茶留客駐金鞍。」烹茶二字破題，留客五字轉出本事。過客駐馬止息，女子烹茶相留。起句寫情事，次句點時間。「月斜窗外山。」客人投宿，正當黃昏月出。月兒爬上山頭，照進窗戶。那情境，很樸素，也很優美。兩人相遇，在女子印象極深。可見客人給女子之好感。「別郎容易見郎難。」接上來這一聲喟嘆，便將上二句所寫，全化為回憶。別易會難，古今所嘆，唯情之所鍾有以致之。喟嘆之中，稱郎而不再稱客，很微妙，也很含蘊，包蘊了那位駐馬過客成為女子情郎的一段鍾情過程。郎來郎又去，「有人思遠山。」有人，正是女子自指。李白〈菩薩蠻〉「暝色入高樓，有人樓上愁」，同此句法。思遠山，遂將意境拓遠。當日，郎從窗外山邊來，後又向遠山去。遠山遮住了女子的愁目，也牽動了她的悠悠情思。歇拍之遠山，與次句之窗外山，同字押韻，其妙用在於含意各不相同。

「歸去後，憶前歡。」換頭所寫，補足上片前二句相遇與下二句別後之間的那一分離。情郎歸去後，女子剩有空憶而已。女子何所憶？最憶是前歡。「畫屏金博山。」畫屏掩映，博山銷香，那正是前歡的象徵。博山，指雕有重疊山形的香爐，金博山即銅製博山爐。此句暗用南朝樂府詩〈楊叛兒〉「歡作沉水香，儂作博山爐」。博山銷香，一片氤氳，正似前歡之融洽。韻腳仍用山字，可是已非窗外之遠山，而是室內之博山。「一杯春露莫留殘。」一杯春露，遙接起句之烹茶，寫出女子捧茶勸郎。山谷另首〈阮郎歸．茶詞〉云：「雪浪淺，露花圓，捧甌春筍寒」，作此四字之註腳極好。莫留殘，是女子殷勤語，謂一飲須盡。宋袁文《甕牖閒評》評云：「殘字下得雖險，而意思極佳。」佳就佳在如聞女子之聲口，如見女子之深情。勸郎飲茶，又包蘊了前此醉飲之一節情事。所以結云：「與郎扶玉山。」玉山，形容男子醉後儀容之美。語出南朝宋劉義慶《世說新語．容止》：「（嵇康）其醉也，傀俄若玉山之將崩。」此句不光是寫出女子為扶醉酒之情郎，承上句，也有以此清茶為郎解酒之意。解酒，正是茶之一份神奇功能。而酒，又往往是生活中不可無。山谷〈品令．茶詞〉云：「味濃香永。醉鄉路，成佳境。」可為情郎此時之感受作註。其〈滿庭芳．茶詞〉云「纖纖捧，研膏濺乳」，「為扶起燈前，醉玉頹山」，則可使兩人此時之情景如畫。不難體會，這醉後勸茶之情景雖非現境，可在心頭細細回憶起來，那滋味之美不正和香茶一樣回味無窮嗎？

此首題名茶詞，以烹茶捧茶之意象，貫串女子愛情之本事，題材與題名是若即若離，又不可分離。茶，正是前歡之見證，一妙也。女子回味前歡之美（此是詞中所寫），實暗與茶味回甘之美（此是詞題所啟示）相合。茶，又是回味之象徵，又一妙也。此詞共九句，起二句結三句為回憶（準確地說應為追思實寫），中間四句大抵為現境，時間錯綜，情境往復，表現女子之神情惝怳心境迷離最佳，又是一妙。此詞隔句用同字押韻，屬獨木橋體式之一種。其中，起句以鞍字押韻，三句押難字，換頭押歡字，第八句押殘字，韻字並不全同。即使隔句押韻的同一個山字，出現四次，但窗外山是郎來處，遠山是郎去處，博山是物，玉山指人。字雖同而含意用法皆不雷同，這在獨木橋體詞中也不可謂不高明。王士禛《花草蒙拾》云：「僕嘗取黃詩：『金沙灘頭鎖子骨，不妨隨俗暫嬋娟。』以為涪翁殆自道其文品耳。」對山谷作此體詞，也可作如是觀，即隨俗而能不流於俗。（鄧小軍）

清平樂 黃庭堅

春歸何處？寂寞無行路。若有人知春去處，喚取歸來同住。

春無蹤跡誰知？除非問取黃鸝。百囀無人能解，因風飛過薔薇。

對黃庭堅的詞，歷代毀譽不一。宋代陳師道說：「今代詞手，唯秦七、黃九耳，唐諸人不迨也。」（《後山詩話》）晁補之說：「黃魯直間作小詞，固高妙，然不是當行家語，是著腔子唱好詩。」（宋吳曾《能改齋漫錄》卷十六引）清代陳廷焯更指斥說：「黃九於詞，直是門外漢。」（《白雨齋詞話》卷二）這些話雖各執一端，但都有一定的道理。因為黃庭堅現存近兩百首詞中，品類很雜，高下懸殊，不可一概而論。只是這首〈清平樂〉，傳誦至今，向來獲得好評。

在古代詩詞中，以「惜春」為主題的作品何止千百篇。因此詞人寫這類作品，必須取新的角度和新的手法方能取勝。

此詞好就好在寫得新穎、曲折，風格清奇，語言輕巧，詞味雋永。它賦予抽象的春以具體的人的特徵。詞人因春天的消逝而感到寂寞，感到無處覓得安慰，像失去了親人似的。這樣透過詞人的主觀感受，反映出春天的可愛和春去的可惜。

若詞人僅限於這樣點明惜春的主題，那也算不了什麼高手。此詞高妙處，在於它用曲筆渲染，跌宕起伏，饒有變化。好像盪鞦韆，既跌得深、猛，又盪得高、遠。此詞先是一轉，希望有人知道春天的去處，喚她回來，與她同住。這種奇想，表現出詞人對美好事物的執著和追求。

下片再轉。詞人從幻想中回到現實世界裡來，察覺到無人懂得春天的去向，春天不可能被喚回來。但詞人仍存一線希望，希望黃鸝能知道春天的蹤跡。為什麼呢？因為黃鸝常和春天一同出現，也許能得知春的訊息。這樣，詞人又跌入幻覺的境界裡去了。

末兩句寫黃鸝不住地啼叫著，宛轉的啼聲，打破了周圍的寂靜。但詞人從中仍得不到解答，心頭的寂寞感更加重了。只見黃鸝趁著風勢飛過薔薇花叢。薔薇花開，說明夏已來臨。詞人才終於清醒地意識到：春天確乎是回不來了。

像這樣一首短詞，幾經曲折，含蘊著一層深似一層的感情。詞人從惜春到尋春，從希望到失望，從不斷追尋到瀕於絕望；終於懷著無可告慰的心情，為美好事物的消逝陷入沉思中去了。

黃庭堅在詩詞創作中，常喜歡掉書袋，發議論，甚至堆砌典故，化用前人辭句，並自詡為「奪胎換骨」（宋釋惠洪《冷齋夜話》卷一引）、「點鐵成金」（黃庭堅〈答洪駒父書〉）。這首詞卻非此類。僅結尾與歐陽脩〈蝶戀花〉（庭院深深深幾許）詞末句「淚眼問花花不語，亂紅飛過秋千去」，意境稍嫌重複。但這充其量只是「偷意」（唐釋皎然《詩式．三不同語意勢》），仍不失為一種高格。

有人認為這首詞「結語暗寓身世，大有佳人空谷，自傷幽獨之感」，不妨聊備一說。但從全詞看，這種說法顯然跟通篇的主題不合。一首詞不能是上半寫「惜春」，下半又變成寫「自惜」。如果這樣寫，勢必造成主題的不統一。

讀這首詞，感情的波瀾常會隨著詞人筆底的波瀾一同跳動，一同變化。使人覺得：春天是可愛的，要珍惜春天，別讓她輕易流逝！（蔡厚示）

鷓鴣天 黃庭堅

座中有眉山隱客史應之和前韻，即席答之。

黃菊枝頭生曉寒，人生莫放酒杯乾。風前橫笛斜吹雨，醉裡簪花倒著冠①。身健在，且加餐，舞裙歌板盡清歡。黃花白髮相牽挽，付與時人冷眼看。

〔註〕①倒著冠：參考《世說新語．任誕》載山簡酒後倒著帽之事：「山季倫為荊州，時出酣暢。人為之歌曰：『山公時一醉，徑造高陽池。日莫倒載歸，茗艼無所知。復能乘駿馬，倒著白接䍦。舉手問葛彊，何如并州兒？』」

史應之，為黃庭堅在戎州貶所新交的朋友。《山谷內集詩》有〈戲答史應之〉七絕三首，又〈謝應之〉一首，任淵註云：應之名鑄，眉山人，授館於人，為童子師；落魄無檢，喜作鄙語，人以屠僧目之；客瀘、戎間，因識山谷。哲宗元符三年（一一〇〇），山谷既得赦復官，七月自戎州省其姑於青神，應之亦自眉山來青神，二人在客館時接從容，賓主相樂。山谷十一月始自青神復還戎州，這首〈鷓鴣天〉，當是重陽節後在戎州或青神所作。同調同韻三首，此為第二首，自和前首韻。

山谷因被誣修《神宗實錄》不實，於哲宗紹聖二年（一〇九五）謫涪州別駕黔州安置，後移戎州安置，在貶五年餘。初至戎州時，寓居南寺，作槁木寮、死灰庵，喻其心已如槁木死灰，可以見其抑鬱憤嫉之情。此詞寫的正是胸中不平之氣，卻以達觀放浪之態出之。上片是勸酒之辭，勸別人，也勸自己到酒中去求安慰，到醉中去求歡樂。首句「黃菊枝頭生曉寒」是紀實，其第一首（題「明日獨酌自嘲呈史應之」）末云「茱萸菊蕊年年事，十日還將九日看」，點明為重陽後一日所作。因史應之有和詞，故自己再和一首，當亦是此數日間事。賞菊飲酒二事久已有不解之緣，借「黃菊」自然過渡到「酒杯」，引出下一句「人生莫放酒杯乾」。意即酒中自有歡樂，自有天地，應讓杯中常有酒，應該長入酒中天。「風前橫笛斜吹雨，醉裡簪花倒著冠」，著意寫出酒後的浪漫舉動和醉中狂態，表明酒中自有另一番境界：橫起笛子對著風雨吹，頭上插花倒戴帽，都是不入時的狂放行為，只有在酒後醉中才能這樣放肆。能達此境，即可眼中無人；能做到眼中無人，心中還有什麼憂慮煩惱不能消除呢？不言而喻，這仍然只是借酒澆愁而已。高明之處是不說一個愁字，而處處愁怨可見。

下片則是對世俗的侮慢與挑戰。「身健在，且加餐，舞裙歌板盡清歡。」仍是一種反常心理，其含意不在正面，而在反面：世事紛擾，是非顛倒，世風益衰，無可挽回，只願身體長健，眼前快樂，別的一無所求。其實這些輕鬆俏皮的話語後面隱藏著無可名狀的悲哀。「黃花白髮相牽挽，付與時人冷眼看」，則是正面立言。菊花傲霜而開，常用以比喻人老而彌堅，故有黃花晚節之稱。這裡說的白髮人牽挽著黃花，明顯地表示自己要有傲霜之志，絕不同流合汙，而且特意要表現給世俗之人看。這自然是對世俗的侮慢，不可能為時人所理解和容忍，那就讓他們冷眼對我吧。

此詞表現的是黃山谷從坎坷的仕途上得來的人生經驗。他與蘇東坡同在新舊黨爭的夾縫中過日子，四處碰壁，幾經貶徙，投荒萬死，受盡了種種屈辱與迫害。東坡還懂得用老莊思想來遣愁解憂，而山谷卻忘不了自己的傷痛，常常用侮世慢俗的方式來發洩心中的憤懣。本詞所寫的雨中吹笛也好，簪花倒戴帽也好，都是對俗人俗眼的一種戲弄侮慢；加餐也好，聽歌觀舞也好，都是以自樂自娛對現實迫害作調侃與反擊；而「黃花白髮相牽挽」則是對時人的抗爭。此詞三首一意貫串，總寫其不平傲世之心。史應之看來也是個不諧於俗的人，故山谷與他能彼此投合。山谷〈戲答史應之〉詩有云「不嫌藜藿來同飯，更展芭蕉看學書」，可見二人窮困相得之情。在這樣的朋友面前，所言自不必忌憚，所以數詞寫來自見真情。清劉熙載《藝概．詞概》云：「黃山谷詞用意深至，自非小才所能辨。」這正是其為人的可貴之處，也是此詞的積極意義所在。（謝楚發）

南歌子　黃庭堅

槐綠低窗暗，榴紅照眼明①。玉人邀我少留行。無奈一帆煙雨畫船輕。

柳葉隨歌皺，梨花與淚傾。別時不似見時情。今夜月明江上酒初醒。

〔註〕①韓愈〈題張十一旅舍三詠．榴花〉：「五月榴花照眼明，枝間時見子初成。」

本詞寫離別。上片寫行客即將乘舟出發，正與伊人依依話別。作者先從寫景入手，這時正當初夏，窗前槐樹綠葉繁茂，所以室內顯得昏暗，而室外榴花競放，紅豔似火，耀人雙眼，這與室內氣氛恰好形成強烈對比，兩人此刻的心情沒有明說，卻以室內黯淡的氣氛來曲折地反映。

離別在即，難捨難分，「玉人邀我少留行」，不僅是伊人在挽留，行客自己也是遲遲不願離開。「無奈」兩字一轉，寫出事與願違，出發時間已到，不能遲留。接著繪出江上煙雨淒迷，輕舟掛帆待發，兩人無限淒楚的別情就在這詩情畫意的描述中宛轉流露。

本詞係雙調，下片格式與上片相同。「柳葉」兩句，承上片「無奈」而來，由於舟行在即，不能少留，而兩人情意纏綿，難捨難分，真是「悲莫悲兮生別離」（《楚辭．少司命》）。「柳葉」兩句，寫臨行餞別時伊人蹙眉而歌，淚如雨傾。這裡運用比喻，以柳葉喻雙眉，梨花喻臉龐。「別時」句又一轉，由眼前淒淒慘慘的離別場面回想到當初相見時的歡樂情景，但往事不堪回首，只能使臨行時的心情更加沉重。

末句略同柳永「今宵酒醒何處？楊柳岸、曉風殘月」（〈雨霖鈴〉）。詞人懸想半夜酒醒，唯見月色皓潔，江水悠悠，無限離恨，盡在不言之中，如此寫法頗具蘊藉含蓄之致。

李清照〈詞論〉認為「黃（庭堅）即尚故實，而多疵病」。但本詞卻並未使用典故，倒是在寫作手法上顯得很有特色。如「槐綠」兩句，例用對句，做到了對偶工整、色澤鮮豔：槐葉濃綠，榴花火紅，「窗暗」、「眼明」用來渲染葉之綠與花之紅，「綠」與「紅」、「暗」與「明」在色彩與光度上形成兩組強烈的對比，對人物形象和環境氣氛起著烘托渲染的作用。「柳葉」兩句，以柳葉和梨花來比喻伊人的雙眉和臉龐，以「皺」眉和「傾」淚刻畫伊人傷離的形象，通俗而又貼切。（潘君昭）

謁金門

黃庭堅

示知命弟

山又水，行盡吳頭楚尾。兄弟燈前家萬里，相看如夢寐。

君似成蹊桃李，入我草堂松桂。莫厭歲寒無氣味，餘生今已矣。

這首詞是黃庭堅於哲宗紹聖三年（一〇九六）在黔州（四川彭水）所作。知命是黃庭堅之弟，名叔達。據任淵《山谷詩集注．目錄》附《年譜》，黃庭堅於紹聖元年十二月謫涪州別駕，黔州安置。紹聖二年四月到達黔州，寓開元寺。庭堅赴貶所，未能攜家來，其家時寓蕪湖。同年秋，其弟知命自蕪湖登舟，攜一妾、一子及庭堅之子相及其生母溯江而上，於紹聖三年五月六日到黔州。此後數年中，知命一直在貶所陪伴庭堅，兄弟間友愛甚篤。這首詞是知命初到黔州時庭堅所作，充分抒寫了兄弟間患難相依的天倫篤厚之情。

開頭兩句是說知命萬里遠來，行路艱難。宋祝穆《方輿勝覽》：「豫章之地為吳頭楚尾。」豫章，今江西，春秋時為吳國之西界，楚國之東界，故稱為吳頭楚尾。知命自蕪湖登舟，溯江西行，正是經歷了吳頭楚尾之地。下邊兩句寫兄弟患難中相聚的驚喜之情。「相看如夢寐」，用杜甫〈羌村三首〉其一：「夜闌更秉燭，相對如夢寐。」下半闋起二句用了兩個典故。上句用《史記．李將軍列傳》。這篇傳贊中引諺曰「桃李不言，下自成蹊」，稱讚李廣誠信著於中而自然形於外。黃庭堅借用此語稱讚其弟知命。下句用南朝齊孔稚珪〈北山移文〉。

文中有「鍾山之英，草堂之靈」及「誘我松桂，欺我雲壑」之語。此文原意是譏諷周顒的。「周顒昔經在蜀，以蜀草堂寺林壑可懷，乃於鍾嶺雷次宗學館立寺，因名草堂」（《文選．北山移文》李善注引梁簡文帝〈草堂傳〉），周顒曾隱居於此，後來他又出來作官，所以孔稚作文以譏之。黃庭堅此處只是借用其中辭句，以「草堂」擬所居之開元寺，以「松桂」喻環境荒寂，與〈北山移文〉原意無關。古人詩詞中對典故常是靈活運用，不可拘泥求之。以「草堂松桂」對「成蹊桃李」，對偶工整，很有文采，這也是作詞的一種藝術手法。最後二句是對遠謫的慨嘆，是年黃庭堅五十二歲，故曰「餘生今已矣」。此詞以放筆為直幹之法抒寫天倫情誼，質樸渾厚，在宋人詞中還是少見的。

黃庭堅是北宋詩的大家，造詣很高，與蘇軾齊名，並稱蘇黃。他也能填詞。但論者毀譽不同。黃庭堅在文學藝術上是具有很高天才的，而又是卓然自立，不肯隨人後的。他作詩時，態度鄭重，精心結撰，而填詞則不然，僅視為餘事，因此不免有「褻諢」、「鄙俚」之語，且有「倔強」、「太生硬」處，但其佳者則是「妙脫蹊徑，迥出慧心」（詳拙著《靈谿詞說．論黃庭堅詞》，載《四川大學學報》一九八四年第三期）。從這首〈謁金門〉詞，也可以看出黃庭堅詞的特點，他能將其作詩遒勁的筆法運化於詞中。（繆鉞）

漁家傲　黃庭堅

三十年來無孔竅，幾回得眼還迷照。一見桃花參學了。呈法要，無弦琴上單于調。

摘葉尋枝虛半老，拈花特地重年少。今後水雲人欲曉。非玄妙，靈雲合破桃花笑。

宋代有不少叫作「燈錄」的禪宗典籍，記載著許多叫人轉迷成悟的機關，頗得當時文人的喜愛，一些人乾脆援禪家語入詩詞，以增加其理趣，這首〈漁家傲〉便是其中凸出的一例。

這首詞所演繹的是南嶽臨濟宗福州靈雲志勤和尚的故事。此事最早見於五代靜、筠二僧所撰之《祖堂集》卷十九：「（靈雲和尚）偶睹春時花蕊繁花，忽然發悟，喜不自勝。」在南宋釋普濟的《五燈會元》卷四中也有記載，說靈雲在潙山見桃花而悟道，作偈云：「三十年來尋劍客，幾回落葉又抽枝。自從一見桃花後，直至如今更不疑。」這裡所謂的「劍」，即指佛家的般若慧劍，般若，意謂智慧，是成佛的途徑之一。「落葉抽枝」，喻年復一年地苦心修習參學。考禪家源流，臨濟宗屬南宗，南宗修禪的根本方法是「頓悟」，主張無須經過長期修習而突然發悟。因此，靈雲和尚睹桃花而悟，實在是個很好的例子。按黃庭堅的禪學根源，亦出自臨濟宗派，《五燈會元》券十七將他的座次排在南嶽下十三世，稱為「居士」，可見他作此詞並非出自偶然。

首三句，講靈雲三十年茫昧混沌，幾番出入於迷悟之間。最後一見桃花，終於參悟。「無孔竅」，典出《莊子·應帝王》，亦即「儵忽鑿竅」之寓言。據西漢劉安《淮南子·精神訓》：「夫孔竅者，精神之戶牖也。」此用來比喻靈雲三十年來的不徹不悟。「得眼迷照」，是說靈雲幾次將悟還迷。佛家有「五眼」之說，即肉眼、天眼、慧眼、法眼和佛眼。其中肉眼和天眼只能看見世間虛妄的幻象，慧眼和法眼才能看清事物的實相。因此，此處的「眼」，當指慧眼或法眼。「參學了」的「了」，作「完成」講。

下面兩句是講靈雲參悟的境界。「呈法要」即是得佛法的意思。「無弦琴」，用陶淵明故事。「（淵明）不解音律，而蓄無弦琴一張，每酒適，輒撫弄以寄其意」（蕭統〈陶淵明傳〉）。黃庭堅以此作比，意在闡釋至法無法的禪理：琴有弦，所奏音調總有一定限制，即是有礙。唯其無弦，方能奏出單于（廣大無限）之調。所謂至法無法，也就是一種縱橫自在、純任本然的境界。而這，正是禪宗南宗創始人慧能所倡導，為他的後學大力闡揚的法則。

詞的下闋，由靈雲之事生出感想，大意是說靈雲為求「悟」的境界，歷經曲折，虛度了半輩子。我們應以此為鑑，趁著年少及早悟道。豈但見花能悟道，天地萬物，流水行雲無不蘊藏著道機禪理，因此，參禪學佛實非高不可攀之事，靈雲三十年方悟道，真該見笑於桃花了。這裡所著重闡揚的，仍是「頓悟」之說。在黃庭堅看來，靈雲三十年的蹉跎，是大可不必的。因為在他身上，頓悟之中尚有「漸」的痕跡。而事實上，世間的萬事萬物皆可作為頓悟的憑藉，真所謂「青青翠竹總是法身，鬱鬱黃花無非般若」（見明瞿汝稷《指月錄》卷六）。黃庭堅闡揚頓悟之說，還有著自己的參學體驗。據說他早年投靠晦堂禪師，《五燈會元》：「乞指徑捷處。堂曰：『只如仲尼道「二三子以我為隱乎？吾無隱乎爾」（《論語·述而》）者，太史（即黃庭堅）居常，如何理論？』

公擬對。堂曰：『不是，不是。』公迷悶不已。一日侍堂山行次，時巖桂盛放，堂曰：『聞木樨花香麼？』公曰：『聞。』堂曰：『吾無隱乎爾。』公釋然，即拜之。」這真是不折不扣的頓悟了。

黃庭堅另有一首詩，所詠也是靈雲（詩作「淩雲」）的故事，可與這首詞參照。詩曰：「淩雲一笑見桃花，三十年來始到家。從此春風春雨後，亂隨流水到天涯。」（〈題王居士所藏王友畫桃杏花二首〉其二）詩的末句所揭示的同樣是縱橫自在、純任本然的意境。

應該說，用詩詞來闡揚禪理，並不是什麼創舉。平心而論，黃庭堅的這首詞在藝術上也並無驚人之處。不過，在詞壇的弦歌聲中加入一些鐘磬梵唄之音，倒能給人一點新鮮之感，聊備一格可也。（祝振玉、胡中行）

訴衷情

黃庭堅

在戎州登臨勝景，未嘗不歌漁父家風，以謝江山。門生請問：先生家風如何？為擬金華道人作此章。

一波纔動萬波隨，蓑笠一鉤絲。金鱗正在深處，千尺也須垂。吞又吐，信還疑，上鉤遲。水寒江靜，滿目青山，載月明歸。

這首詞在構思用意上十分著力深刻，說是學金華道人漁父家風，實際上是搬用了唐代船子和尚的偈語，借此表白自己當時遭貶後的胸次襟抱。

詞前小序所說金華道人，即唐代詞人張志和，婺州金華（今浙江金華）人。據《新唐書》記載，他原名龜齡，十六擢明經，肅宗特見賞重，因賜名，後坐事貶南浦尉，不復仕，居江湖，自稱煙波釣徒，著《玄真子》，亦以自號。曾寫過五首〈漁父〉詞，以「西塞山前白鷺飛，桃花流水鱖魚肥。青箬笠，綠蓑衣，斜風細雨不須歸」一闋最有名。其詞表達「得道身不繫，無機舟亦閒，從水遠逝兮任風還，朝五湖兮夕三山」（釋皎然〈奉和顏魯公真卿落玄真子舴艋舟歌〉）的情趣，對後人影響很大。宋哲宗元符元年（一〇九八），山谷自黔州貶所移戎州（治所在今四川宜賓），賦閒之日，登高攬勝，目盡青天，感懷今古，不禁嚮往獨釣江天、泛跡五湖的自由生活而與張志和神交意合。

「一波纔動萬波隨，蓑笠一鉤絲」，這是幅寒江獨釣圖，一碧萬頃，波光粼粼，有孤舟蓑笠翁，浮游其上，置身天地之間，垂釣於重淵深處，鉤入水動，波紋四起，環環相隨。這樣空靈灑脫的境界與尊前花下的綠意紅情，不啻有仙凡之別，令人逸懷浩氣，舉首高歌。「金鱗」二句寫垂釣之興：魚翔深底，沉淪不起，為取水下金鱗，漁翁不惜垂絲千尺。此時此刻，漁父專注於一念之上，神智空明，似乎正感受到水下之魚盤旋於釣鉤左右的情態：「吞又吐，信還疑，上鉤遲。」這一虛設之筆描繪了漁翁閉目凝神，心與魚游的垂釣之樂，在這種快樂中，漁父舉目江天山水，忽然得道忘魚。末三句皴染出一幅空靈澄澈的江漁歸晚圖：「水寒江靜，滿目青山，載月明歸。」從魚的乍信乍疑情態忽然轉入江漁歸晚的圖景，用筆雖然突兀，但意思並不離奇，因為詞中的「漁父」，本來就是志不在魚。據說張志和垂釣時不設餌，乘興而往，興盡而返，不計所得如何。黃庭堅繼承的就是這種漁父家風，他嚮往的是那種置身江天、脫落塵滓的逍遙生活，那麼，凸出漁父在這樣一種澄靜淡遠的境界裡，任漂泊而不問其所至，不正顯示漁父的最終目的與風人之旨麼？

黃庭堅稱揚的是張志和的漁父家風，但這首詞的語句卻本自秀州華亭船子和尚德誠的〈撥棹歌〉，該題下有詩詞三十九首，其一云：「千尺絲綸直下垂，一波纔動萬波隨。夜靜水寒魚不食，滿船空載月明歸。」顯然，黃庭堅這首詞是由船子和尚〈撥棹歌〉增益而成。船子和尚為唐憲宗元和至武宗會昌間人，其〈撥棹歌〉本是超度眾人的偈語。禪宗講究不涉理路，不落言筌，故說法傳道都用比喻暗示，因此禪宗說偈往往有類詩詞。據《五燈會元》卷五記載，一次有一官人問船子和尚：「如何是和尚日用事？」他答曰：「棹撥清波，金鱗罕遇。」這個比喻是說，皈依佛法之人，處世優游而不涉虛名榮利，當如行船於水而槳不碰魚身。那麼這首〈撥棹歌〉的意思，也可分作二層理解，前二句暗喻沽名釣譽，紛紛攘攘的世相，後二句是象徵功利心絕，頓然透脫的悟境。於是，黃庭堅借用船子和尚的〈撥棹歌〉，不也是他當時參破世相、捨棄榮利的心靈表白麼？這樣，他就將張志和那種志不在魚、逍遙自由的漁父家風，更昇華為一種擺脫世網，頓悟入聖的精神境界。

黃庭堅在這首詞中寫得如此逍遙超脫，但當時的實際生活卻沒有那樣自由。哲宗紹聖二年（一〇九五），他因修《神宗實錄》不實的罪名，被貶黔州（今重慶彭水），三年後又遷至戎州，經過朝政的反覆與自己三年的貶謫生活，他對世相人生有了更深的認識，有感於人世因緣的束縛，而又無法得到真正的自由，他在心中幻想出一個逍遙超脫的境界，透過對不受羈勒、隨緣任運的理想王國的描寫，來為自己苦痛的心靈注射一針麻醉劑。題序「歌漁父家風，以謝江山」，表明了寫作的真正動機，乃在於表白自己面對江山勝景，幡然悔悟的解脫心理，但是這種自欺欺人的自由幻想，只是更說明現實對他的真實束縛。因此在這首詞貌似空靈超脫的漁父家風與禪機佛理中，又打著作者當時生活創傷的印記。

這首詞在取景設境上具有象徵色彩，雖然在描寫上不失形象的鮮明與完整，但他的用意並不在具體景物本身而在於形象後面的暗示。作者展開的是一連串跳躍行進的特寫鏡頭：波紋四起的水面，獨釣江天的漁翁，沉淪不起的魚兒，吞吐猶疑的魚情，青山明月下的歸舟。這些鏡頭組織成一幅空明澄澈、含意深遠的山水畫軸，特別是最後「水寒江靜，滿目青山，載月明歸」三句，直以詩家之化境寫禪宗之悟境，用自然超妙之景象徵自己覺悟解脫，由凡入聖的心志襟懷。相傳這首詞在當時頗有名，南宋張元幹特將所填〈訴衷情〉調名改為〈漁父家風〉，可見其稱賞了。（祝振玉）

菩薩蠻

黃庭堅

半煙半雨溪橋畔①，漁翁醉著無人喚②。疏懶意何長，春風花草香。
江山如有待，此意陶潛解。問我去何之，君行到自知。

〔註〕①唐鄭谷〈柳〉：「半煙半雨溪橋畔，映杏映桃山路中。會得離人無限意，千絲萬絮惹春風。」②唐韓偓〈醉著〉：「萬里清江萬里天，一村桑柘一村煙。漁翁醉著無人喚，過午醒來雪滿船。」

此詞原有序云：「王荊公新築草堂於半山，引八功德水作小港，其上壘石作橋，為集句云：『數間茅屋閒臨水，窄衫短帽垂楊裡。花是去年紅，吹開一夜風。梢梢新月偃，午醉醒來晚。何物最關情，黃鸝三兩聲。』戲效荊公作。」作者曾批評集句詩是「百家衣」（宋釋惠洪《冷齋夜話》），以為王安石作集句詩「正堪一笑」（宋陳師道《後山詩話》），後來不知怎麼，自己技癢難禁，也效法王安石寫了這首集句詞。

開首二句以極自然輕盈的筆法描繪了一幅閒適的溪橋野漁圖，一點也沒有剝落前人的痕跡。在一片氤氳迷濛的山嵐水霧中，是煙是雨，叫人難以分辨，真是「空翠濕人衣」（王維〈山中〉）。在溪邊橋畔，有漁翁正在醉酒酣睡，四周闃無聲息，沒有人來驚破他的好夢。「疏懶意何長，春風花草香」，這不是杜甫的兩句詩嗎？「無人覺來往，疏懶意何長」（〈西郊〉），「遲日江山麗，春風花草香」（〈絕句二首〉其一）。兩句詩不僅從字面看放在這裡十分熨帖，而且從原作的意境看，也與這首詞情相合，更重要的是透過這詩句的媒介，將讀者導向了杜甫的詩境，這些詩境又反過來豐富了這首詞本身的意蘊。我們會感到在「春風花草香」後面，不單是春風花草的幽香，而且是「遲日江山麗，春風花草香，泥融飛燕子，沙暖睡鴛鴦」，整個風光明媚生機勃勃的春世界。

江山形勝，四時美景吸引著一切身為形役的江湖遊子投入她溫馨的懷抱，「江山如有待」是杜甫〈後遊〉中的詩句，作者嚮往大自然的美好，卻推開自己不說，而從對面著筆，將自己熱烈的感情移植到無生命的江山自然上，透過擬人化的描寫，表現「我見青山多嫵媚，料青山見我應如是」（辛棄疾〈賀新郎〉）那種人與自然交流相親、物我不分的情感意緒，黃庭堅巧妙地移植了這一詩意，將前面「疏懶意何長，春風花草香」詞意發展為對自然生活的嚮往與追求。這時候，作者自然地想到了開隱逸風氣的陶靖節先生，又隨手拈來了杜甫的另一句詩「此意陶潛解」（〈可惜〉），令人聯想到陶潛返樸歸真退居田園的隱逸事跡，將自己對山川自然的企慕之意，又落實到對這位拋棄榮利的田園先哲的景仰上，從而挑出了全詞隱逸的主題。

「此意陶潛解，吾生後汝期」（杜甫〈可惜〉），杜甫感嘆生不逢時，恨不能與陶淵明同歸田園。這首詞的最後二句「問我去何之，君行到自知」，是接住杜甫詩意，表明自己的態度，他不學杜甫的感慨而是步先哲的後塵。作者決心歸隱，但到底去何方，是山野，是林莽，是田園，卻無可奉告，不過如隨之而去，一定會明白他的蹤跡。這二句在別人詩裡，是非常平常的句子，而在這首詞裡，卻將上面貫串下來的情志意趣，結束得非常工穩，飄逸而含蓄。

文學創作的源泉應該來自生活，像這樣全靠剝落前人詩句以為詞，當然不是創作的正道。但如果真的是才高學富，能夠移花接木，發明妙慧，真正為自己表情達意服務，也不妨在詞苑詩國中予它一席之地。（祝振玉）

西江月　黃庭堅

老夫既戒酒不飲，遇宴集，獨醒其旁。坐客欲得小詞，援筆為賦。

斷送一生唯有，破除萬事無過。遠山橫黛蘸秋波①，不飲旁人笑我。

花病等閒瘦弱，春愁沒處②遮攔。杯行到手莫留殘，不道月斜人散。

〔註〕①一作「遠山微影蘸橫波」。②一作「沒箇」。

山谷作詩主張「以俗為雅」（《豫章黃先生文集》卷六），這一點也表現在他的詞作中，他的一部分詞相當口語化，但卻能表現出脫俗的雅趣，在遣詞造句上，力求在平常語句中翻新出奇，使之不同凡響，真所謂「看似尋常最奇崛」（王安石〈題張司業詩〉）。此詞就是一例。

開頭兩句：「斷送一生唯有，破除萬事無過。」真有點破空而來的味道。以議論破題，一掃傳統詞的綢繆宛轉之度。這一聯對仗濃縮了山谷的人生體驗，是他閱歷過人世滄桑以後產生的深沉感慨，但它又以「歇後」的形式出之，頗有出奇制勝之妙與詼諧玩世之趣。它們分別化用了韓愈的兩句詩，見出他的點化之功。韓愈〈遊城南十六首：遣興〉云：「斷送一生唯有酒，尋思百計不如閒。莫憂世事兼身事，須著人間比夢間。」又〈贈鄭兵曹〉云：「當今賢俊皆周行，君何為乎亦遑遑？杯行到君莫停手，破除萬事無過酒。」宋陳師道《後山詩

黃庭堅〈西江月〉（斷送一生唯有）——明刊本《詩餘畫譜》

話》評此二句云：「才去一字，遂為切對，而語益峻。」韓愈的兩句詩經過他的組織，竟成為一聯工整的對偶，表現出山谷的才力富贍。

「遠山橫黛蘸秋波」，此句接得突兀，細繹詞意，當是指酒席宴上，侑酒歌女的情態。「遠山橫黛」指眉毛。《西京雜記》稱：「（卓）文君姣好，眉色如望遠山。」又，漢趙飛燕妹合德為薄眉，號「遠山黛」，見舊題漢伶玄《飛燕外傳》。「秋波」則指眼波。此句「蘸」字下得奇巧，真有出人意表之概，描繪出一幅黛色遠山傍水而臥的美景，引起人們對女子眉眼盈盈的聯想。「遠山」與「秋波」在文人的筆下已被用得爛熟，而著一「蘸」字則光彩頓生，境界全出，這也是所謂的「臭腐復化為神奇」（《莊子．知北遊》）。儘管有賓客、歌女勸酒，但山谷因戒酒而不飲，因而見笑於人，上片即以「不飲旁人笑我」作結。

下片卻是一個轉折，由「不飲」轉為「勸飲」。其轉變之由則是對花傷春。「花病等閒瘦弱，春愁沒處遮攔。」前句寫群花凋零，好似一個病軀瘦弱之人，「等閒」，意謂「無端」，顯然這寫的是暮春花殘之時。後句寫春愁撩人，「沒處遮攔」即阻擋不住之意。所謂「春愁」不光是指傷春意緒，而有著更深的意蘊，它是山谷在宦海浮沉、人生坎坷的經歷中所積澱下的牢騷抑鬱、愁悶不平的總和。所以接下來說：「杯行到手莫留殘。」還是開懷暢飲，一醉方休吧！這一句也是化用韓愈〈贈鄭兵曹〉中的詩句，而「留殘」則又本於南北朝庾信六言詩〈舞媚娘〉：「少年唯有歡樂，飲酒那得留殘。」山谷在詩中常常詠及「勸酒」，如〈喜太守畢朝散致政〉云：「功名富貴兩蝸角，險阻艱難一酒杯。百體觀來身是幻，萬夫爭處首先回。」〈題太和南塔寺壁〉云：「萬事盡還杯酒裡，百年俱在大槐中。」〈和師厚郊居示里中諸君〉云：「身後功名空自重，眼前樽酒未宜輕。」這一些都表現出山谷遊戲人生的傾向。末句「不道月斜人散」，「不道」意為「不思」、「不想」，多用為反辭，猶云「何不思」、「何不想」，此句是說：何不思月斜人散後，無復會飲之樂乎（參見張相《詩詞曲語辭匯釋》卷四）。

山谷這首詞感慨世事人生，帶有詼諧玩世的情趣，但又使人觸摸到他內心的愁悶抑鬱，頗堪玩味。字面上明白如話，但詞意卻多轉折，且處處顯示出化用成語典故的功力。這一類作品以尋常語句感嘆世事，寄寓人生哲理，我們顯然可以發現它們和唐代詩僧寒山、拾得、王梵志的淵源關係，這也就是他所說的「以俗為雅」。（黃寶華）

西江月　黃庭堅

月仄金盆墮水，雁回醉墨書空。君詩秀絕雨園蔥，想見衲衣寒擁。
蟻穴夢魂人世，楊花蹤跡風中。莫將社燕笑秋鴻，處處春山翠重。

宋胡仔《苕溪漁隱叢話前集》卷四十八引釋惠洪《冷齋夜話》云：「山谷南遷，與余會於長沙，留碧湘門一月，李子光以官舟借之，為憎疾者腹誹，因攜十六口買小舟。余以舟迫窄為言，山谷笑曰：『煙波萬頃，水宿小舟，與大廈千楹、醉眠一榻何所異，道人繆矣。』即解纜去。聞留衡陽作詩寫字，因作長短句寄之，曰：『大廈吞風吐月，小舟坐水眠空。霧窗春曉翠如蔥，睡起雲濤正湧。往事回頭笑處，此生彈指聲中。玉箋佳句敏驚鴻，聞道衡陽價重。』時余方還江南。山谷和其詞云云。」詞如上所錄。山谷詞集此首前有序，云：「崇寧甲申（三年，一一〇四），遇惠洪上人於湘中，洪作長短句見贈云云，次韻酬之。時余方謫宜陽，而洪歸分寧龍安。」兩者合看，有關情事大致可知。山谷因在荊州作〈江陵府承天禪院塔記〉，被執政者指摘其中數語為「幸災謗國」，除名編管宜州（今屬廣西），由鄂州（湖北武昌）出發，此年二月過洞庭湖，經湖南長沙、衡陽、零陵等地赴宜州貶所。在長沙遇惠洪，至衡陽而有寄書唱和之詞。長沙別惠洪時，曾贈以詩，大意說：雖只相識數面，而已情如舊交；讀詩喜其豐腴，談論至於忘食；末云「月清放舟舫，萬里渺雲濤」（〈贈惠洪〉），所以惠洪寄詞有「小舟坐水眠空」和「睡起雲濤正湧」之句，切合山谷情事，亦用其詩語。

山谷在衡陽，當亦宿於舟中，故詞首句云「月仄金盆墮水」。語本於杜甫〈贈蜀僧閭丘師兄〉詩：「夜闌接軟語，落月如金盆」；又蘇軾〈鐵溝行贈喬太博〉詩：「山頭落日側金盆。」仄同側，金盆在山谷詞中形容圓月，加以「墮水」二字，切合湘江夜宿舟中所見。次句「雁回醉墨書空」。衡山有回雁峰，其峰勢如雁之回轉。相傳雁南下至衡陽而止，遇春而回飛向北。又雁飛時排成「一」字或「人」字，稱雁字。哲宗元祐三年（一〇八八）山谷在京師史局與蘇軾、秦觀以〈虛飄飄〉為題相唱和，有「雁字一行書絳霄」之句（此詩不見山谷詩集中，宋周紫芝《太倉稊米集》和此題詩序中錄此事。或編入蘇軾詩集），詞句也同此意，說出了春到衡陽這點意思。首兩句成工整對偶，以律詩鍛鍊之筆，寫水天空闊之景，點出眼前時地，以為發端；而逐客遷流，扁舟迫窄，種種感慨，已暗藏其中，卻並不在字面上表露。

三、四句轉入酬答惠洪之意：「君詩秀絕雨園葱，想見衲衣寒擁。」因其詞而及其人，因其人而稱其詩，說詩兼代說人。山谷稱道他人之詩之美，常巧設比喻，如對蘇軾云：「我詩如曹鄶，淺陋不成邦；公如大國楚，吞五湖三江。」（〈子瞻詩句妙一世，乃云效庭堅體，蓋退之戲效孟郊樊宗師之比，以文滑稽耳，恐後生不解，故次韻道之〉）又對劉季孫云：「公詩如美色，未嫁已傾城。」（〈次韻劉景文登鄴王臺見思五首〉其五）這裡說惠洪詩秀絕（詞集作「秀色」），如園裡青葱，得雨更為鮮綠。這種以形象化比喻來評論詩風的手法，南朝梁鍾嶸《詩品》已有之，如所評范雲詩「清便宛轉，如流風回雪」，評丘遲詩「點綴映媚，似落花依草」之類。惠洪是詩僧，有《石門文字禪》三十卷，大半為詩，其中頗多清雋之篇，山谷所稱，亦非虛譽。至於園葱之喻，王梵志詩亦云「喻若園中韭，猶如得雨澆」，想同本於俗諺。「想見衲衣寒擁」是說惠洪苦吟時的情狀。意似調侃，實見親切。「擁」字韻不用惠洪原唱的「湧」，以同部的另一字為叶，使詞意不為韻字所拘，這原是和韻詩詞中可以允許的。

下片「蟻穴夢魂人世，楊花蹤跡風中」，至此感慨生平，也是應答惠洪來詞「往事回頭笑處，此生彈指聲中」

句意。上句用唐李公佐《南柯太守傳》事。淳于棼與客飲酒間，夢入宅南古槐中蟻穴，所謂「槐安國」者，國王招為駙馬，賜爵拜相，又領兵守郡，數十年榮耀顯赫，一旦公主死後，備受冷落，遣送還家，其夢方醒，斜日未墜，餘酒尚陳，「夢中倏忽，若度一世矣」。山谷曾供職祕書省，又為史官，在京師十年，友朋文酒之樂，亦甚稱意，而後一貶黔州，再謫宜州，後者且為黜降官最重的除名編管處分，所去又是南荒之地，前後比照，宜有「夢魂人世」之感。「楊花」句說自己轉徙流離，有似柳絮隨風飄盪，不由自主。即如這次由鄂州遠赴宜州貶所，中途暫寓衡陽，不久又將南行。與惠洪在長沙才相聚一月，彼又將東歸分寧（今江西修水），分寧是山谷家鄉，對此豈不益增淒愴？但是山谷處逆境已久，能夠看得開。他對這次與惠洪的分別，各奔前程，說是「莫將社燕笑秋鴻，處處春山翠重」。燕、鴻皆候鳥，因時遷徙。燕，春社來，秋社去（春社為春分前後，秋社為秋分前後）；《禮記．月令》：「季秋之月，鴻雁來賓。」蘇軾〈送陳睦知潭州〉詩云：「有如社燕與秋鴻，相逢未穩還相送。」山谷也以此二物作喻，或許還融入了他老師的詩意。指事述情，在這裡也是非常之貼切的。彼此皆如社燕、秋鴻，各去所要去的地方，一例奔忙，莫以彼而笑此。心頭誠然沉重，卻以輕倩之語出之。「處處春山翠重」句，祝惠洪此行能履佳境，也有自為開解之意。南方草木，當也是美好的，只要心地寬闊，亦何妨處處皆春。這同視長沙城外水宿小舟為一榻之在大廈，都可以見出山谷曠達的胸襟。

〈西江月〉詞八句，兩句一組，分為四組意思。上下片前兩句寫自己，後兩句及惠洪。每片兩意過接處，純以神行，不著痕跡。山谷為江西詩派始祖，此篇亦是以詩法為詞。《苕溪漁隱叢話前集》卷四十七引錄其語云：「詩文不可鑿空強作，待境而生，便自工耳。每作一篇，先立大意；長篇須曲折三致意，乃可成章。」所謂「不鑿空強作，待境而生」，就是有情事，有感受要寫，才寫。此首雖是和韻詞，而有實事，有真情，絕非泛泛應酬之什。寫法上雖短篇亦有層次，有曲折。上片由衡陽舟中的自己，轉到長沙旅次的惠洪，用以連結的樞紐就是不久前的接席論詩，與此時的便道寄詞。下片由南行途中的湘水流域匝月勾留，回溯導致此行的生平政治遭遇，瞻望還待走下去的千里程途。「蟻穴」、「楊花」，分設兩喻，總於一身；「社燕」、「秋鴻」，扣合二人，歸於各散。以此結束，事盡、語盡而情未盡。曲折吞吐之處，一轉一深，值得再三體味。（陳長明）

虞美人　黃庭堅

宜州見梅作

天涯也有江南信，梅破知春近。夜闌風細得香遲，不道曉來開遍向南枝。

玉臺弄粉花應妒，飄到眉心住。平生箇裡願杯深，去國十年老盡少年心。

徽宗崇寧二年（一一〇三），黃庭堅因寫過一篇〈江陵府承天禪院塔記〉，被人挑剔、鍛鍊出「幸災謗國」的罪名，被除名，羈管宜州（今屬廣西）。他冬天從鄂州起程，次年五、六月始達宜州貶所。此詞即作於三年的冬天。當時作者已是六十歲的老人了。

宜州地近海南，去京國數千里，說是「天涯」不算誇張。到貶所居然能看到江南常見的梅花，作者很詫異：「天涯也有江南信，梅破知春近。」「梅破知春」，這不僅是以江南梅花多在冬末春初開放，意謂春天來臨；而且是側重於地域的聯想，意味著「天涯」也無法隔斷「江南」與我的聯繫（作者為江西修水人，地即屬江南）。「也有」——居然也有，是始料未及、喜出望外的口吻，顯見環境比預料的好。「也」字用法，與作者初貶黔州時作〈定風波〉「及至重陽天也霽」的「也」字同妙。表現出一種豁達樂觀的情懷。

緊接二句則由「梅破」——含苞欲放，寫到梅開。梅花開得那樣早，那樣突然，夜深時嗅到一陣暗香，沒能想到什麼緣故，及至「曉來」才發現向陽的枝頭已開繁了。雖則「開遍」，卻僅限於「向南枝」，不失為早梅，令人感到新鮮，喜悅。「得香」在「夜闌（其時聲息俱絕，暗香易聞）風細（恰好傳遞清香）」時候，不及想到，是由於「得香遲」的緣故。此處用筆細緻。如果說「也有」表現出第一次意外（居然有梅），「不道」則表現出又一次意外（梅開何早），作者驚喜不迭之情，溢於言表。

於是這個天涯待罪的垂老之人，已滿懷江南之春心。一個久已忘卻的關於梅花的浪漫故事，不期然而然地回到記憶中來了。宋李昉《太平御覽·時序部》引《雜五行書》：「宋武帝女壽陽公主，人日臥於含章殿檐下。梅花落公主額上，成五出花，拂之不去。」這就是「玉臺弄粉花應妒，飄到眉心住」的典故由來。多少詩人詞客用它，但此詞用來卻有獨特意味。由此表現出一個被貶的老人觀梅以致忘懷得失的心情，暗伏下文「少年心」三字。想起故事的人，自己進入了角色，體味到那以梅試妝的少女嬌羞喜悅的心情。這是何等浪漫的情味！所以，此處用事之妙不僅是切題而已。

從哲宗紹聖元年（一〇九四）初次貶謫算起，到此已經整整十年，是多麼不平靜的十年。作者並不能一味浪漫，純然超脫，他必須正視這個現實，雖則是無情的現實。想到往日賞梅，對著如此美景（「箇裡」，此中，這樣的情景中），總想把酒喝個夠；但現在不同了，經過十年的貶謫，宦海沉淪之後，不復有少年的興致了。結尾在詞情上是一大兜轉，「老」加上「盡」的程度副詞，更使拗折而出的鬱憤之情得到充分表現。用「願杯深」來代言興致好，亦形象有味。

全詞透過梅花，把天涯與江南、垂老與少年、去國十年與平生作了一個令人不知不覺的對比，有力表現出作者對當局橫加的政治迫害的不滿，有不勝今昔之慨。另一方面，作品又表現出天涯見梅的喜悅，朝花夕拾的欣慰，使得這首抒憤之作饒有興味，而無消沉之感。（周嘯天）

木蘭花令 黃庭堅

當塗解印後一日，郡中置酒，呈郭功甫。

凌歊臺上青青麥，姑孰堂前餘翰墨。暫分一印管江山，稍為諸公分皂白。

江山依舊雲空碧，昨日主人今日客。誰分賓主強惺惺，問取磯頭新婦石。

山谷此詞作於宋徽宗崇寧元年（一一〇二）。對徽宗，他是寄有希望的。徽宗繼位之後，倒也擺出一副刷新朝政的姿態，改年號為「建中靖國」，意謂消弭黨爭，安邦定國，一些貶官也被紛紛召回，山谷也從戎州回到荊南待命。但是曾幾何時，黨禍復起，朝政更趨腐敗。山谷先是受命知舒州，後又召為吏部員外郎，但他將這些「恩命」一概辭去，只請求在太平州做個地方官，以了餘生。這個請求終於獲准，他在崇寧元年六月赴太平州（治所在今安徽當塗），初九到任，不料十七日即罷官，連頭帶尾只做了九天知州。這一令人啼笑皆非的戲劇性事件，使他感慨萬千，在一次宴會上寫成了這首詞。據宋吳曾《能改齋漫錄》卷十七：「豫章守當塗，即解印後一日，郡中置酒，郭功甫在坐，豫章為〈木蘭花令〉一闋示之。」郭功甫是當塗的名士，為詩豪放俊邁，人稱「太白後身」，山谷守當塗日，他已棄官歸隱，兩人詩詞唱和，引為同調。

詞從當塗的名勝古跡寫起。凌歊（音同霄）臺，「在城北黃山之巔，（南朝）宋孝武大明七年，南遊登臺，建離宮」。姑孰堂，「在州之清和門外，下臨姑溪」。（宋王象之《輿地紀勝》）開頭兩句概括了當塗的山川風物。

但首句寫淩歊臺，既不寫登臨遠眺之勝，也不寫花竹草樹之美，而是綴以「青青麥」三字，不由逗起人「黍離麥秀」的聯想。《史記．宋微子世家》寫到殷商舊臣「箕子朝周，過故殷虛，感宮室毀壞，生禾黍，箕子傷之」，遂作〈麥秀〉之詩，詩云：「麥秀漸漸兮，禾黍油油。」「青青麥」在字面上又是用《莊子．外物》所引的逸詩：「青青之麥，生於陵陂。生不布施，死何含珠為？」高臺離宮，而今麥苗青青，透露出世事滄桑的無限感慨，就像後來姜夔在〈揚州慢〉中所寫之「過春風十里，盡薺麥青青」，二者有著同樣的藝術效果。姑孰本是當塗縣的古名，姑孰溪流貫其中，姑孰堂淩駕溪上，頗得山水之勝。所謂「餘翰墨」，實即感嘆昔人已逝，只留下了佳篇名章。前人詠當塗之作甚夥，如李白就有〈姑孰十詠〉，為江山增色，供後人吟詠。這兩句寄寓了山谷宦海浮沉的無盡感慨，無論是稱雄一世的帝王，還是風流倜儻的詞客，都已成歷史的陳跡，只有文章翰墨尚能和江山共存，垂之久遠。這種感慨令人聯想起孟浩然的詩：「人事有代謝，往來成古今。江山留勝跡，我輩復登臨。」（〈與諸子登峴山〉）

三、四兩句寫知太平州。經過遷謫的動蕩磨難，憂患餘生的山谷已把做官一事看得十分淡漠，所以他把此事只稱為「管江山」、「分皂白」。「管江山」實際是「吏隱」的代稱，亦即把做官作為隱居的一種手段，不以公務為念，優游江湖，怡情山林，亦官亦隱。蘇、黃詩文中常用此說。《東坡志林》卷十〈臨皋閒題〉云：「江山風月，本無常主，閒者便是主人。」而所謂「分皂白」亦即「分是非」之意。州郡官歷來為皇帝所倚重，是統治穩固的基礎，《漢書．循吏傳》說：「與我共此者，其唯良二千石乎？」而山谷卻輕描淡寫地說：他只是來為諸位斷一斷是非曲直的。再加上一個「暫」字，一個「稍」字，更凸出了這種淡然超脫的態度。

下片開頭兩句概括了九日罷官的戲劇性變化，與上兩句適成對照，大有「江山依舊，人事已非」之概。「江山」承上而來，山川形勝，碧天浮雲，著一「空」字，真所謂「應是良辰好景虛設」（柳永〈雨霖鈴〉），因為「昨日主人今日客」，本來要「管江山」、「分皂白」的主人，一下子成了「諸公」的客人了！這一句集中揭示了政治生活的反常和荒謬，它運用當句對，一句之中即構成今昨主客的鮮明對比，語氣斬截，強調了變化之突兀，其中有感嘆、不平、譏諷、自嘲，內涵頗為豐富。最後兩句則展現了山谷自我解脫的感情變化。誰要勉強把主客分個一清二白，那就去問江邊的「新婦石」吧！「惺惺」，此處意謂清醒、明白，「新婦石」即當塗當地的望夫山，劉禹錫有詩云：「終日望夫夫不歸，化為孤石苦相思。望來已是幾千載，只似當時初望時。」（〈望夫山〉）顯然它是千百年來歷史的見證，閱盡了人世滄桑，但見人間的升沉榮辱都只如過眼煙雲，本無須有是非彼此之分。「誰分賓主」句，從字面上看是山谷在宴會上勸大家無分賓主，盡歡一醉，而從深一層看，則是用「萬物之化，終歸齊一」的老莊哲學來作自我解脫。

這首詞在曠達超然之中發洩了牢騷不平，最後仍歸結為物我齊一，表現出山谷力圖在老莊哲學中尋求解脫的思想傾向。全詞展示了這樣一條變化脈絡：暫作主人——反主為客——主客不分。一個「暫」字表現出山谷不以進退出處縈懷的超脫。變化的萬物本來只是「道」在運行中表現出的一種暫時形式，正如莊子借孔子之口答魯哀公所說：「死生、存亡、窮達、貧富、賢與不肖、毀譽、飢渴、寒暑，是事之變、命之行也。日夜相代乎前，而知不能規乎其始者也。」（《莊子．德充符》）故宜隨形任化，淡然自若，不入於心。儘管認識到這一點，但一夜突變，畢竟難堪，所以還是不免有牢騷，最後又用齊物論否定牢騷，達於解脫。《莊子．繕性》說：「軒冕（官位）在身，非性命也，物之儻來（意外忽來），寄者也。寄之，其來不可圉（同「禦」），抵擋），其去不可止。故不為軒冕肆志，不為窮約趨俗，其樂彼與此同，故無憂而已矣。」全詞所展現的正是這樣一個否定之否定的過程，「誰分賓主」的無差別境界正是超脫放達的進一步昇華，「磯頭新婦石」遙應開頭，歸結為「人事代謝，江山永存」之意。山谷這一類抒發人生感慨的詞，風格奇崛奧峭，與他的詩頗為相近。此詞押入聲韻，也有助於這種硬體風格的形成。詞中多用俗語，看似明白，而意在言外，曲折刻深，耐人尋味，富有理趣。清劉熙載《藝概·詞概》中指出：「黃山谷詞用意深至，自非小才所能辨。」這正是他提倡的「以俗為雅」的特色。

（黃寶華）

品令 黃庭堅

茶詞

鳳舞團團餅。恨分破，教孤令①。金渠體淨，隻輪慢碾，玉塵光瑩。湯響松風，早減了二分酒病。

味濃香永。醉鄉路，成佳境。恰如燈下，故人萬里，歸來對影。口不能言，心下快活自省。

〔註〕① 孤令：孤零零。

黃庭堅嗜茶是出名的，有「分武寧一茶客」（《朱子語類》）之稱。他不僅善品茶，而且愛寫茶。有關茶的詩詞，他做了不下五十首。「我家江南摘雲腴，落磑霏霏雪不如。為君喚起黃州夢，獨載扁舟向五湖」（〈雙井茶送子瞻〉），是他詠茶詩的名句，而這首〈品令〉，特別是最後「恰如燈下」五句，卻是詠茶詞的奇作了。

上闋寫碾茶煮茶。開首寫茶之名貴。宋初進貢茶，先製成茶餅，然後以蠟封之，蓋上龍鳳圖案。這種龍鳳團茶，皇帝也往往只以少許分賜從臣，足見其珍。下二句「分破」即指此。接著描述碾茶，唐宋人品茶，十分講究，須先將茶餅碾碎成末，方能入水。白居易亦有「茶新碾玉塵」（〈遊寶稱寺〉）之句。「金渠」三句無非形容加工之精細，成色之純淨。如此碾成瓊粉玉屑，加好水煎之，一時水沸如松濤之聲，蘇軾〈汲江煎茶〉詩所謂「松風忽作瀉時聲」者即此。煎成的茶，清香襲人。不須品飲，先已清神醒酒了。

下片寫品茶，換頭處以「味濃香永」承接前後。正待寫茶味之美，作者忽然翻空出奇：「醉鄉路，成佳境。恰如燈下，故人萬里，歸來對影」，以如飲醇醪、如對故人來比擬，可見其愜心之極。山谷茶詩中每有這種奇想，如〈戲答荊州王充道烹茶四首〉其四云：「龍焙東風魚眼湯，箇中即是白雲鄉」，甚至還有登仙之趣哩；四首其一也提到「醉鄉」：「三徑雖鋤客自稀，醉鄉安穩更何之。老翁更把春風碗，靈府清寒要作詩。」杯中之趣，碗中之味，確有可以匹敵的地方。至於故人燈下重逢，在他也是夢寐以求的事，如〈寄黃幾復〉詩：「我居北海君南海，寄雁傳書謝不能。桃李春風一杯酒，江湖夜雨十年燈。」念遠懷舊之情，溢於言表，一旦得以實現，快何如之！但詞中用「恰如」二字，明明白白是用以比喻品茶。其妙處都是「只可意會，不能言傳」的。這幾句話，原本出於蘇軾〈和錢安道寄惠建茶〉詩：「我官於南（時蘇軾任杭州通判）今幾時，嘗盡溪茶與山茗。胸中似記故人面，口不能言心自省。」但山谷稍加點染，添上「燈下」、「萬里」、「歸來對影」等字，意境又深一層，形象也更鮮明。這樣，作者就將風馬牛不相及的兩樁事，巧妙地與品茶糅合起來，將口不能言之味，變成人們常有之情，令讀者都領略分享到他品茶的快活。

蘇軾說：「求物之妙，如繫風捕影，能使是物了然於心者，蓋千萬人而不一遇也，而況能使了然於口與手者乎？」（〈與謝民師推官書〉）要心中透徹瞭解事物的奧妙，而且用語言文字表達出來，其難尚且如此，何況是對「情味」之類玄虛的東西。黃庭堅這首詞的佳處，就在於把人們當時日常生活中心裡雖有而言下所無的感受情趣，表達得十分新鮮具體，巧妙貼切，耐人品味，以出奇制勝之筆，顯示他遷想妙得之才。（祝振玉）

歸田樂引　黃庭堅

對景還銷瘦。被箇人、把人調戲，我也心兒有。憶我又喚我，見我嗔我，天甚教人怎生受。

看承幸廝勾，又是尊前眉峰皺。是人驚怪，冤我忒撋就。拚了又捨了，定是這回休了，及至相逢又依舊。

此詞寫一對情侶在相戀過程中的矛盾和苦悶，但讀後使人爆發出歡快的笑聲。那種「怨你又戀你，恨你惜你，畢竟教人怎生是」（〈歸田樂引〉其一）的矛盾，貫串在詞的始終。詞中女主人公是那樣的逗人喜愛，又是那樣的惹人氣惱；是那樣的玲瓏剔透，天真無邪，又是那樣的情性乖張，不可捉摸。詞中的男主人公是那樣的溫存憨厚，如痴如醉，「為伊消得人憔悴」（柳永〈蝶戀花〉）；又是那樣的負氣絕情，拚休拚捨，然而乍寒乍暖，「及至相逢又依舊」。往往在天朗氣清中，出現迅雷疾風；在甜情蜜意中，滲進辣味醋勁。然而只要相視一笑，他們之間的齟齬怨恨，就會化為烏有，化為兩情繾綣。

詞的上片，寫男主人公被那個善於調風弄月的「詐妮子」捉弄得魂牽夢縈的情狀。「對景還銷瘦」三句，是寫他形容憔悴、腰圍瘦損的原因。「對景」就是「對影」。這句話起得很突兀，好像忽然發現自己的清影還是那麼銷瘦，原來是被那人兒捉弄的結果。「箇人」意即「那人」，是宋、元之間的用語。「調戲」是「捉弄」、「調侃」的意思。作者的〈鼓笛令〉「苦殺人，遭誰調戲」，正是遭人嘲弄之意。「我也心兒有」，上應「人」，言越遭調戲，心裡越有她。「憶我又喚我」三句，是進一步描寫女主人公對他的「調戲」。她的言行常常是出人意料之外，卻又在情理之中。想「我」又喚「我」來，可在見著的時候，卻又是那樣的嗔怪「我」。這種舉動的反常性，仔細一想，卻又是那樣合乎邏輯。「天甚教人怎生受」的「甚」，是「真正」的意思，也是宋、元時語。「生受」同「消受」，「怎生受」意即怎麼受得了。

下片分三個層次，深入寫兩人的愛情糾葛。「看承幸廝勾」二句，寫他們本來是那樣的親昵，忽然又是那樣的厭憎。「廝勾」和皺眉同時出現，這是他們之間的矛盾的第一個層次。「看承」有「特別看待」的意思，「幸」作「本」或「正」講，「廝勾」意為「親昵」。明楊景賢《西遊記》(雜劇)：「他想我須與害，我因他廝勾死」，就是「親昵」的意思。「是人驚怪」二句，從旁人眼中看他們之間的微妙關係，這是寫矛盾的第二個層次。「是人」是「人人」、「個個」的意思，猶「是處」、「是事」、「是物」釋作「處處」、「事事」、「物物」一樣。「撋就」有「遷就」、「溫存」之意，也是詞曲中常用語。劉克莊〈滿江紅．中秋〉的「說與行雲，且撋就、嫦娥今夕」，就是作「遷就」講。在一般人的眼裡，個個都怪他太溫存了，太遷就了，而在她看來，卻依舊責怪他太薄倖了，太無情了，這就把矛盾推向一個新的高潮，也進一步說明哪裡有愛情、哪裡就有妒忌的道理。「拚了又捨了」三句，寫男主人公在內外交迫下，不得不橫下心來和她決絕，以為這一回關係一定完了，但相逢一笑，又和好如初。這是狀寫矛盾的第三個層次。透過這三個層次的描寫，他們的行動上越是荒誕，他們的內心越是純樸；他們表面上越是矛盾，愛情越是真誠。

清彭孫說：「山谷『女邊著子，門裡安心』，鄙俚不堪入誦。」(《金粟詞話》)清劉熙載也說：「黃山谷詞……

故以生字俚語侮弄世俗，若為金、元曲家濫觴。」（《藝概．詞概》）所謂「鄙俚」，所謂「以生字俚語侮弄世俗」，實際上就是以通俗的語言，詼諧的筆致，刻畫世俗的人和事，如果用「設色貴雅」、「言情貴含蓄」的正統觀點去衡量黃山谷的詞，自然是「鄙俚不堪入誦」了，其實這正是詞人的藝術特色，是詞人繼承民間詞傳統的成果，說它「為金、元曲家濫觴」，是頗具慧眼的。

朱光潛先生有一句名言：「絲毫沒有諧趣的人大概不易作詩，也不能欣賞詩。……但是詩也最不易諧，因為詩最忌輕薄，而諧最易流於輕薄。」（《詩論．詩與諧隱》）這話值得我們咀嚼。（羊春秋）

南鄉子　黃庭堅

重陽日，宜州城樓宴集，即席作。

諸將說封侯，短笛長歌獨倚樓。萬事盡隨風雨去，休休，戲馬臺南金絡頭。

催酒莫遲留，酒味今秋似去秋。花向老人頭上笑，羞羞，白髮簪花不解愁。

據舊題宋王暐《道山清話》載：「山谷之在宜州，其年乙酉，即（徽宗）崇寧四年（一一〇五）也。重九日，登郡城之樓，聽邊人相語：『今歲當鏖戰取封侯。』因作小詞云云，倚欄高歌，若不能堪者。是月三十日果不起。」由此看來，這首詞是山谷的一首絕筆詞。詞中對自己一生經歷的風雨坎坷，表達了無限深沉的感慨，對功名富貴予以鄙棄，抒發了縱酒頹放、笑傲人世的曠達之情。

詞的開頭兩句就描繪了一組對立的形象：諸將侃侃而談，議論立功封侯，而自己卻悄然獨立，和著笛聲，倚樓長歌。對比何等鮮明，大有「舉世皆濁我獨清，眾人皆醉我獨醒」（《楚辭．漁父》）的意味。封侯顯貴歷來是人生追求的目標，東漢的班超就曾「投筆嘆曰：『大丈夫無他志略，猶當效傅介子、張騫立功異域，以取封侯，安能久事筆硯間乎！』」（《後漢書．班超傳》）但在山谷眼中，這一切都只是夢幻一場，所以他此時只在一邊冷眼旁觀，沉醉在音樂之中。這一組對比用反差強烈的色調進行描繪，一熱一冷，一動一靜，互為反襯，凸出了詞人耿介孤高的形象。老子《道德經》第二十章中說：「眾人熙熙，如享太牢，如春登臺。我獨泊兮其未兆，如嬰兒之未孩。儽儽兮若無所歸。」山谷此詞也是用類似的對比，借助笛聲與歌聲把我們帶入了一個悠長深遠的意境中，超然之情蘊含於這不言之中，自有一種韻外之致，味外之旨。「吹笛倚樓」用唐趙嘏〈長安秋望〉詩中的名句「殘星幾點雁橫塞，長笛一聲人倚樓」，正切本詞寫重九登高遠望之意。

「萬事盡隨風雨去，休休，戲馬臺南金絡頭。」一切的是非得失、升沉榮辱，都淹沒在時光流逝的波濤中，被時代的風雨沖洗得一乾二淨了。「休休」，算了吧，還有什麼可說呢！即使是像南朝宋武帝劉裕在彭城（今徐州）戲馬臺歡宴重陽的盛會，不也成為歷史的陳跡而一去不復返了麼！劉裕在晉安帝義熙十二年被封為宋公，遂於重陽節大會群僚於戲馬臺，置酒高會，後即相承以為慣例。劉裕「固一世之雄也，而今安在哉」（蘇軾〈前赤壁賦〉）！用「戲馬臺」之典正切重陽宴集之題，而「金絡頭」，用南朝宋鮑照〈結客少年場行〉「驄馬金絡頭，錦帶佩吳鉤」，既切戲馬臺之馬，又照應開頭說封侯的「諸將」。山谷受佛老思想的浸潤，人生觀中有著消極虛無的一面，隨著政治上的連遭打擊，這種思想時有流露，如〈喜太守畢朝散致政〉詩云：「功名富貴兩蝸角，險阻艱難一酒杯。百體觀來身是幻，萬夫爭處首先回。」〈題太和南塔寺壁〉云：「萬事盡還杯酒裡，百年俱在大槐中。」這裡表現的就是這種思想感情，但更為含蓄深婉，在感嘆「萬事」之後，再墊上一句「戲馬臺南金絡頭」，頗有言不盡意之慨。

如果說上片的感情較為低沉，那麼下片則轉而為開朗達觀。詞人舉杯勸酒：「催酒莫遲留，酒味今秋似去秋」（一作「酒似今秋勝去秋」）。過去的就讓它過去吧，還是開懷痛飲，莫辜負這大好秋光和杯中佳釀。以功名之虛無，對美酒之可愛，本於晉人張翰「使我有身後名，不如即時一杯酒」之語（見南朝宋劉義慶《世說新語．任誕》），也是山谷詩中常有的寫法，如「身後功名空自重，眼前樽酒未宜輕」（〈和師厚郊居示里中諸君〉），這裡也是同一機杼。古人詠重九，常由美酒而兼及黃花，山谷沿用此法，卻又翻出新意。他運用擬人手法，借花自嘲。

詞人老興勃發，插花於頭，而設想花該笑他偌大年紀還要簪花自娛。《道山清話》中最後一句作「人不羞花花自羞」，這樣寫就是詞人與花在相互調侃，更洋溢出幽默感與生活的情趣。其造語則是脫胎於蘇軾的兩句詩：「人老簪花不自羞，花應羞上老人頭。」（〈吉祥寺賞牡丹〉）詞人熱愛生活的不服老精神躍然紙上，他並不因處境的拂逆和年事的增高而消沉，相反覺得秋光和美酒都與去年不殊，表現出開朗豁達的胸襟，這方面頗有點像東坡。

作為蘇門弟子，山谷也繼承了東坡「以詩為詞」的創作方法，從遣詞造句到意境格調都體現出詩的特點。這首詞也像山谷的不少詩一樣，不借助景物渲染，而直抒胸臆，風格豪放中有峭健。語言質樸，有的句子完全口語化，體現了他所謂的「以俗為雅」的特點。（黃寶華）

千秋歲　黃庭堅

少游得謫，嘗夢中作詞云：「醉臥古藤陰下，了不知南北。」竟以元符庚辰①死於藤州②光華亭上。崇寧甲申③，庭堅竄宜州，道過衡陽。覽其遺墨，始追和其〈千秋歲〉詞。

苑邊花外，記得同朝退。飛騎軋④，鳴珂⑤碎。齊歌雲繞扇⑥，趙舞⑦風回帶。
嚴鼓斷⑧，杯盤狼藉猶相對。
灑淚誰能會？醉臥藤陰蓋。人已去，詞空在。兔園⑨高宴悄，虎觀⑩英遊改。
重感慨，波濤萬頃珠沉海。

〔註〕①元符庚辰：哲宗元符三年（一一〇〇）。②藤州：州治在今廣西藤縣。③崇寧甲申：徽宗崇寧三年（一一〇四）。④軋：摩軋。⑤鳴珂：馬身上的玉製裝飾品。⑥齊歌：古有齊人善謳之說，此處是泛指。雲繞扇：暗用《列子．湯問》秦青善歌，響遏行雲典故，形容歌聲美妙。⑦趙舞：古代趙國女子善歌舞，天下聞名。此處也是泛稱。⑧嚴鼓斷：宋代都城汴京有宵禁，以擊鼓為號。⑨兔園：《西京雜記》說，梁孝王劉武在汴梁築兔園。⑩虎觀：指白虎觀，東漢章帝時曾在這裡會集學者討論五經，詞裡用以代稱宋國史館和祕書省一類的學術機構。

這是一首悼念故人的詞。這首詞的作者，據宋胡仔《苕溪漁隱叢話後集》卷三十三引《復齋漫錄》說是晁補之。清張宗橚《詞林紀事》卷六說：「汲古閣《山谷詞》、《琴趣外篇》（晁補之詞集名）並收，當以山谷詞序為正。」張宗橚的說法是正確的。據詞的序文，可知這首詞作於宋徽宗崇寧三年（一一〇四）。當時黃庭堅被貶宜州，經過衡陽，在秦觀的好友、衡州知州孔毅甫處，見到了秦觀的遺作〈千秋歲〉詞。秦觀是哲宗元符三年（一一〇〇）在貶謫中死於藤州的，黃庭堅追和秦觀〈千秋歲〉（水邊沙外）詞時，距離秦觀之死已經五年。

詞的上闋寫在朝為官時的歡樂。黃庭堅和秦觀都出自蘇東坡門下。哲宗元祐年間，又同在朝為官。黃庭堅任《神宗實錄》檢討官，又遷著作佐郎，加集賢校理；秦觀為祕書省正字兼國史院編修官，意氣相投，關係親密，是他們生平最得意的時期。詞的開頭兩句從退朝以後說起，「飛騎軋，鳴珂碎」，寫出了他們退朝以後聯騎奔馳的快意情狀。「齊歌」兩句寫他們公餘之暇的徵歌逐舞，有動聽的歌聲，有婀娜的舞姿。他寫這些，主要是表現他們在得意時期的深契豪情，並不是表明他留戀的就是過去這種生活。在「嚴鼓斷」兩句裡，可以想像得到，他們在酒酣耳熱之際，會縱談國家大事，會談詩論文，如果有他們的老師蘇東坡在座的話，氣氛會更加活躍，一定是莊諧雜出，議論風起。可惜他們集會的具體內容不得而知，只能留待後人想像了。政治風雲的突然變化，改變了他們的生活。哲宗紹聖元年（一〇九四），章惇等人執政，元祐黨人都被貶官，他和秦觀連遭貶謫，不復相見。詞的下闋寫他對秦觀的沉痛悼念。「灑淚誰能會」表明自己的哀苦心情沒有人能夠領會，其實他的哀苦心情是不難領會的，他是在悼念秦觀，實際上也是自悲自悼，也就是曹丕〈與吳質書〉中所說的：「既痛逝者，行自念也。」他和秦觀遭遇相同，秦觀已死，墳有宿草，而他仍在奔赴貶所途中，豈能久生！這大概就是「灑淚」一語的深刻含意。他在追和秦詞的次年亦即崇寧四年（一一〇五）九月三十日，果然死在宜州。「醉臥藤陰蓋」，用的是秦觀〈好事近．夢中作〉（春路雨添花）詞中的句子「醉臥古藤陰下」。由秦觀的詞，想到了秦觀的死，他感嘆「人已去」而「詞空在」，言外之意是對秦觀之死，表示痛惜。在「兔園」兩句裡，更強烈地表露出他的痛惜心情。「高宴」之所以「悄」，「英遊」之所以「改」，是因為秦觀已不在人間，以蘇軾為中心的一班才士則因遭貶而風流雲散。黃庭堅讚賞秦觀的學識與才華。秦觀之死，對他來說，是失去了一位交誼深厚的朋友，而對國家來說則是失去了一位可以作出更大貢獻的英才。秦觀死的時候才五十一歲，是無情的政治風波吞沒了他的生命。「重感慨，波濤萬頃珠沉海。」秦觀的橫遭折磨，以至於死，使他感慨百端。這是全詞的警句，集中地表現出他的沉痛情緒。

黃庭堅的詞作，在當時他的朋友中間，評價不一，陳師道說：「今代詞手，唯秦七、黃九耳，唐諸人不迨也。」（《後山詩話》）把他和秦觀並論，這在當時是很高的評價。但晁補之卻說：「黃魯直間作小詞，固高妙，然不是當行家語，是著腔子唱好詩。」（宋吳曾《能改齋漫錄》卷十六引）在後代也有異同之論，稱之者如夏敬觀，說：「『超軼絕塵，獨立萬物之表；馭風騎氣，以與造物者游。』東坡譽山谷之語也，吾於其詞亦云。」（手批《山谷詞》）毀之者如清彭孫，說：「詞家每以秦七、黃九並稱，其實黃不及秦甚遠，猶高（觀國）之視史（達祖），劉（過）之視辛（棄疾），雖齊名一時，而優劣自不可掩。」（《金粟詞話》）大概是喜婉約者貶之，喜豪放者尊之。平心而論，黃庭堅的詞的基本風格是豪放的，受蘇東坡的影響比較大。他是個大才，偶爾寫些婉麗詞，如〈清平樂〉（春歸何處）、〈驀山溪〉（鴛鴦翡翠）等，風味絕不減秦七。他的毛病是下筆輕率，好寫些庸俗卑下的東西，為人所詬病。這類作品大多產生在他的青年時期。到後來，飽經憂患，他的創作態度也轉趨嚴肅，他晚年的一些作品，足可與東坡爭輝。這首追和秦觀的〈千秋歲〉詞，就是非常老成的作品。感情深沉鬱勃，在用語上不事藻飾。透過上闋所寫的歡樂，與下闋的悲憤，形成強烈的對比，反映出政治局面的重大變化，從中抒發出悼念故人的深情，同時也表露出自己的身世之感，切身之痛。和韻詞比和韻詩更難寫，壓「海」字韻尤其難。但他寫來，毫無著力之痕。「波濤萬頃珠沉海」和秦詞末句「飛紅萬點愁如海」相比，功力悉敵，比起孔毅甫和詞末句「仙山杳杳空雲海」（全詞見《能改齋漫錄》卷十七）來，要勁健、形象得多。黃庭堅這首〈千秋歲〉詞，在詞史上是值得重視的。（李廷先）

望江東 黃庭堅

江水西頭隔煙樹，望不見江東路。思量只有夢來去，更不怕、江攔住。

燈前寫了書無數，算沒箇、人傳與。直饒尋得雁分付，又還是秋將暮。

這首詞所寫的，是夢幻與現實的矛盾，是人物性格的衝動的激情與冷靜的沉思的結合，是心靈的自剖，這些，又寄託在深刻的離愁之中。這首詞對離情的描寫，透過多種意境來體現，白天與黑夜，思念與期待，沉思與呼喊，都錯綜地融合在一起。

詞的開篇「江水西頭隔煙樹，望不見江東路」句，在展現一片迷濛浩渺的境界中，反映出主人公對遠方親人的懷念。她極目瞭望，茫無所見；「江水」、「煙樹」、「江東路」等客觀自然意象，揭示了人物的思想感情。「隔」字把在遙望一片浩渺江水、迷濛遠樹時的失望惆悵的心境呈現出來，既反映了客體的真實和美，又表現了主體的情思意緒。「望不見江東路」延續了這種情思。接著，作者把特定的強烈的感情深化，把滿腔的幽怨化為深沉的情思：「思量只有夢來去，更不怕、江攔住。」夢是遂願的手段，在現實生活中無從獲得的東西，就企望在夢中得到。「思量」，是主人公在遙望中沉思獲得了頓悟，「只有夢來去」，這是一種複雜的情緒。她在瞭望大江被江樹攔阻所引起的感受是什麼呢？就像「隔煙樹」、「望不見江東路」一樣，在霧靄迷濛的襯托下，顯示出一種彷彿、模糊的潛意識，渴望離別重逢，只有在夢中才能自由地來去；「更不怕、江攔住」，從「江水西頭隔煙樹」到「不怕江攔住」是一個回合，似乎可以衝破時空，跨越浩浩的大江，實現自己的願望，飛到思念中的親人身邊。但這是依靠夢來實現的。況且這個「夢」還沒有做，只是在「思量」。作者沒有寫她是否做成了這樣的夢。既然是「日有所思」，可以設想這樣的夢是做成了吧。夢是自由的，然而又是虛幻的。在夢裡會見了親人，夢醒後回到現實，一切美好的情景又將歸於烏有了。

畫餅還是不能充飢，她又把思緒帶回現實生活的無窮思念和孤獨之中。詞的下闋，透過燈前寫信的細節，進一步細膩精微地表達主人公感情的發展。夢中相會終是空虛的，她要謀求實在的交流與聯繫。「燈前寫了書無數」，以傾訴對遠方親人的懷念深情，但在「算沒箇、人傳與」的一念中，又使她陷入失望的深淵。「直饒尋得雁分付」，「直饒」，在宋代語言中，有「縱使」的意思。詞中的主人公想到所寫的信無人傳遞，一轉念間，鴻雁傳書又燃燒起她的希望，「分付」即交付，要把燈下深情的書信交與飛雁；然而又一想，縱然「尋得」傳書的飛雁，「又還是秋將暮」，雁秋暮纔來，已為時太晚！燈下寫信這一感情細膩的刻畫，把女主人公的直覺、情緒、思想、夢境、幻境等全部精神活動，在「寫了書」又「沒人傳」，「尋得雁」又「秋將暮」那迴環曲折的描摹過程中用「算」、「直饒」、「還是」等表現心裡嘀咕的詞語，作了深度的心靈開掘。黑格爾在《美學》第一卷中曾說過：「在藝術裡，感性的東西是經過心靈化了，而心靈的東西也借感性化而顯現出來。」山谷在這首〈望江東〉中，把離情別緒中的「心理流」寫得迴腸蕩氣，他採用遐想中的意識的流動，表現人物的熱烈的思念和失落感，寫得何等精細，何等生動。在藝術形象的創造中，體現了深刻鮮明的主題。〈望江東〉調，宋詞只此一首，即以其中「望不見江東路」句而得名，有可能是山谷所創製。（唐玲玲）

訴衷情 黃庭堅

小桃灼灼柳鬖鬖①，春色滿江南。雨晴風暖煙淡，天氣正醺酣。

山潑黛，水挼②藍，翠相攙。歌樓酒旆③，故故招人，權典④青衫。

〔註〕①鬖：音同三。本意是形容毛髮下垂，此處形容柳條紛披下垂。②挼：音同挪。揉搓。③旆：音同配。旗子。④權典：姑且典當。

這是一首寫春景的小令。唐宋人寫春景的詩或詞，大多是藉以抒發春愁春恨，或感時傷離，例如「晴煙漠漠柳毿毿（音同三），不那離情酒半酣。更把玉鞭雲外指，斷腸春色在江南」（韋莊〈古離別〉），「恨芳菲世界，遊人未賞，都付與、鶯和燕」（陳亮〈水龍吟〉），例子舉不勝舉。這首詞的情調卻完全不同，它以輕快的筆調寫出了江南春天的秀麗風光，清新俊美，富有生活情趣。

春天是百花爭妍、萬物繁茂的季節，但最足以作為春天表徵的是桃花盛開，柳條垂拂。詞的開頭一句就把這兩種典型景物描寫出來。第二句「春色滿江南」，用個「滿」字似乎表明不必再寫其他景物了，其實這一句是承上啟下，是個過渡句。一切景物都是相互關聯著的，美景還要有良辰襯托。如果碰到風雨如晦的天氣，即使是盛開的桃花，扶疏的柳條，看起來也黯然魂銷。所以接下去轉向對天氣的描寫：「雨晴風暖煙淡，天氣正醺酣。」這裡包括四種意思：宿雨初晴，惠風和暢，煙靄淡淡，著人如酒的天氣。這樣的天氣，使人心曠神怡，正可以遊目騁懷，飽覽自然風光。江南是名山勝水之鄉，在春天裡它們會呈現更加誘人的姿態。

寫江南春景，如果不寫山水，不管怎麼說，都是美中不足。下闋前三句「山潑黛，水挼藍，翠相攙」連貫而下，以濃重的色彩，繪出了江南山水的春容。「潑」字、「挼」字用得很有魄力，非崇尚纖巧者所能辦。色彩濃麗的山和水，正承上闋「雨晴風暖煙淡」句而來，只有新雨之後，和風之中，天宇澄澈，萬木爭榮，才能為山水增輝。「潑黛」、「挼藍」二句不僅畫出了山色、水色，也反映了萬物在春天裡的勃勃生機。寫到這裡為止，已經構成了一幅完整的色彩明麗的江南春景畫面。「良辰美景」都有了，但似乎還缺少點什麼，抬頭望處，看到了「歌樓酒旆」。樓外的酒旗迎風飄動，足以惹人神飛。「故故招人」，生動地寫出了詞人的心理狀態，「故故」在這裡是故意、特意之義，酒旗當然談不上故意招人，只是因為詞人想喝酒，所以產生這種感覺。這一句是在「天氣醺酣」時的心理反應。酒興發作了，而阮囊已空，怎麼辦呢？回去吧，豈不敗興！辦法有了，這就是「權典青衫」。這一句是化用杜甫「朝回日日典春衣，每日江頭盡醉歸」（〈曲江二首〉其二）詩意。詞人的性格、情趣集中體現在結語裡，使人回味不盡。

在詞裡，小令是很難寫的。宋代著名詞人張炎在《詞源》裡說：「詞之難於令曲，如詩之難於絕句，不過十數句，一句一字閒不得。末句最當留意，有有餘不盡之意始佳。」這是他本人的創作經驗之談，講得很精闢。拿黃庭堅這首小令來說，初看似信筆寫成，實際上卻很費經營。短短的四十四個字，分四層來寫，江南春景隨著層層敘寫而逐步展現。寫桃柳是第一層，寫天氣是第二層，寫山水是第三層，「歌樓酒旆」到結語是第四層，層層勾勒，上下呼應，脈理分明，在語言運用上沉著有力，結語風神搖曳，情景兼備，是一首很精彩的寫景小令。

（李廷先）

瑞鶴仙　黃庭堅

環滁皆山也。望蔚然深秀，琅琊山也。山行六七里，有翼然泉上，醉翁亭也。翁之樂也。得之心、寓之酒也。更野芳佳木，風高日出，景無窮也。遊也。山肴野蔌，酒洌泉香，沸籌觥也。太守醉也。喧譁眾賓歡也。況宴酣之樂、非絲非竹，太守樂其樂也。問當時、太守為誰，醉翁是也。

山谷此詞之體裁，其別致處有二。論筆法為「檃括體」，檃括歐陽脩〈醉翁亭記〉而成。論體式則為福唐獨木橋體，全詞用同字叶韻。可稱之為全獨木橋體。山谷〈阮郎歸．效福唐獨木橋體作茶詞〉隔句用同字押韻，可稱之為半獨木橋體。〈醉翁亭記〉為宋文名篇，檃括非易，成功尤難。

「環滁皆山也。」起句全用〈醉翁亭記〉（下簡稱〈記〉）首句原文。滁即滁州（今屬安徽滁州市），歐陽脩曾任滁州知州。起筆寫出環滁皆山之空間境界，頗有一份在大自然懷抱之中的慰藉感，從而覆蓋全篇，定下基調。下第一個也字，已覺唱嘆有情。「望蔚然深秀，琅琊山也。」〈記〉云：「其西南諸峰，林壑尤美，望之蔚然而深秀者，琅琊也。」詞句則更省淨，直指環山中之琅琊。蔚然，草木茂盛的樣子。更言深秀，倍加令人神往。「山行六七里，有翼然泉上，醉翁亭也。」此三句，以倒裝句法，移植〈記〉中「山行六七里，漸聞水聲潺潺，而瀉出於兩峰之間者，釀泉也。峰迴路轉，有亭翼然臨於泉上者，醉翁亭也」。直點出意境之核心所在，而語句更加省淨。「翁之樂也。」此一句拖筆，變上文之描寫而為抒情，詞情遂愈發搖曳生姿。〈記〉中原無此句，乃詞人統攝原意而自鑄新辭，筆力之巨，顯然可見。翁之樂，何所從來？「得之心、寓之酒也。」此二句概括〈記〉中「醉翁之意不在酒，在乎山水之間也。山水之樂，得之心而寓之酒也」。歷來讀〈醉翁亭記〉的人，往往最欣賞「醉翁之意不在酒」之句，而山谷卻寧捨此句而取「得之心而寓之酒」一句，可謂具眼。境由心生，故謂之得。酒為外緣，故謂之寓。此句較「醉翁之意不在酒」，更為內向，更為深刻，可謂有識。「更野芳佳木，風高日出，景無窮也。」此三句，囊括〈記〉中「若夫日出而林霏開，雲歸而巖穴暝，晦明變化者，山間之朝暮也。野芳發而幽香，佳木秀而繁陰，風霜高潔，水落而石出者，山間之四時也。朝而往，暮而歸，四時之景不同，而樂亦無窮也」。此一節〈記〉文，極寫琅琊山朝暮四季之自然神理，其於自然知賞也深，故其樂也無窮。詞句僅三句，於朝暮一節僅以日出二字點出，其餘略去，而著力寫四季。這是因為寫四季尤可開拓意境之時間深度，從而與上文環滁皆山的空間廣度相副，境界遂愈感闊大遙深，此類筆法，深得造境之理。只言景無窮，而樂無窮實已寓於其中，這又深得融情之法。凡此在在皆顯示詞人運思之自由靈活。這是作檃括詞乃至一切詞的法寶。

「遊也。」上片造境既足，下片便極寫境中人之遊樂。換頭，將〈記〉文「至於負者歌於途，行者休於樹，前者呼，後者應，傴僂（躬腰的樣子，指老人）、提攜（須提攜而行者，指小兒），往來而不絕者，滁人遊也」一節，盡行打併在「遊也」這兩字短韻的一聲唱嘆之中。筆墨精鍊無倫。下邊著力寫太守與眾賓客之遊樂。「山肴野蔌（蔬菜），酒洌泉香，沸籌觥（酒器）也。」籌，是用來行酒令、飲酒計數的簽子。此三句，移植〈記〉中「釀泉為酒，泉香而酒洌。山肴野蔌，雜然而前陳者，太守宴也。宴酣之樂，非絲非竹。射（投壺）者中，弈者勝，觥籌交錯」。泉香酒洌，係泉洌酒香之倒裝，為的是增強語感之美。山肴泉酒之飲食，及此處略寫的非絲非竹之音樂，正是野趣、自然之趣的體現。極寫此趣，實透露出作者憤世之情。眾人之樂以至於沸，又正是眾人與太守同一情趣之證明。「沸」字添得有力，〈記〉中所無。人心既與自然相合，人際情趣亦復相投，所以，下邊接著寫出：「太守醉也。喧譁眾賓歡也。」太守遭貶謫別有傷心懷抱，故返歸自然容易沉醉。眾人無此懷抱，故歡然而已。一醉一歡，下字自有輕重。此二句移植〈記〉中「起坐而喧譁者，眾賓歡也。蒼顏白髮，頹然乎其間者，太守醉也」。下邊，「況宴酣之樂、非絲非竹，太守樂其樂也」三句，移植〈記〉中「宴酣之樂，非絲非竹」及「人知從太守遊而樂，而不知太守之樂其樂也」。太守遊宴，不用樂工歌妓彈唱侑酒，有「響不亂人語，其清非管弦」（歐陽脩〈題滁州醉翁亭〉）的釀泉潺潺水聲助興。其所樂者何？眾人不知，但太守實以與民共樂為樂。妙。「問當時、太守為誰，醉翁是也。」結筆檃括〈記〉末：「太守謂誰？廬陵歐陽脩也。」讀其詞（進而〈記〉），想見其人，結筆是意味深長的。

〈醉翁亭記〉是北宋文化領袖人物歐陽脩被貶滁州時所作，〈記〉中以雍容而平易之文情，表現了超越而深沉的哲思，即天人合一、與民同樂的樂觀精神。山谷此詞檃括〈記〉文，全篇處處能表現樂於自然、樂於同樂之情景。尤其上片云「翁之樂也。得之心、寓之酒也」，下片云「太守醉也」，又云「太守樂其樂也」，反覆暗示寄意所在，可謂一篇之中三致意焉。能於檃括之中不失其精神，實為難得。若加苛求的話，則此詞忠實原作有餘，創寓新意稍嫌不足。宋詞發展到後來，已彌補此種不足，如朱熹詞〈水調歌頭．檃括杜牧之齊山詩〉，便能另寓哲思。

此詞藝術技巧上之特色，在極巧妙地運用獨木橋體，成功地再現了〈醉翁亭記〉的神韻。原作共用了二十一個「也」字煞句尾，最是唱嘆有情，而在散文中別具一格。此詞用「也」字為全詞同一韻腳，共十二次，較原作已過其半，遂使原作唱嘆有情之神韻，獲致生生不已之重視。可見，用獨木橋體檃括〈醉翁亭記〉，真有恰到好處之妙。這是山谷聰明過人處。獨木橋體之本身，純屬文字技巧之顯示，僅可稱之小道，山谷此詞，卻可說是小道中之無上高明者。善繼傳統以創新之宋代文化精神，在宋詩中之體現，推山谷為第一人。從山谷此詞，也可見其「以故為新」（《豫章黃先生文集》卷六）之本領。（鄧小軍）

晁端禮

【作者小傳】（一〇四六～一一一三）字次膺。其先澶州清豐（今屬河南）人，家彭門（今江蘇徐州）。宋神宗熙寧六年（一〇七三）進士。兩為縣令，忤上官，坐廢。徽宗政和三年（一一一三）以承事郎為大晟府協律。有《閒適集》，不傳。今傳《閒齋琴趣外篇》（端禮作元禮）六卷，存詞一百四十首。

綠頭鴨　晁端禮

詠月

晚雲收，淡天一片琉璃。爛銀盤、來從海底，皓色千里澄輝。瑩無塵、素娥淡佇；靜可數、丹桂參差。玉露初零，金風未凜，一年無似此佳時。露坐久，疏螢時度，烏鵲正南飛。瑤臺冷，欄杆憑暖，欲下遲遲。

念佳人音塵別後，對此應解相思。最關情、漏聲正永，暗斷腸、花影偷移。料得來宵，清光未減，陰晴天氣又爭知？共凝戀，如今別後，還是隔年期。人強健，清尊素影，長願相隨。

這是一首寫中秋月景兼懷人的慢詞，全詞長一百三十九字，在慢詞裡也是較長的一體。晁端禮，其詞集《閒齋琴趣外篇》署名作晁元禮，而據他的《慶壽光》詞序自稱端禮，宋吳曾《能改齋漫錄》也稱他為晁端禮，則以作端禮為是。他是晁補之的長輩，是北宋末年一位精於音律的詞人。在這首詞裡，他對於中秋月景和懷人情思作了細緻的描寫，聲調諧婉，詞語和雅，確很出色。

在詞裡，寫長調和小令各有不同的要求，各有不同的寫法。長調難於小令之處，就在於要操縱自如，氣脈貫串，不蔓不枝，徘徊宛轉。在雙疊詞中，起、結、過拍都是要注意的，而在長調裡這幾處顯得特別重要，因為全詞的神理、脈絡都要透過這幾處顯示出來。宋沈義父在《樂府指迷》中說長調「第一要起得好，中間只鋪敘，過處要清新，最緊是末句，須是有一好出場方妙」。晁端禮這首詞為沈義父的說法提供了一個範例。

詞的上闋重在寫景，分六層敘寫。開頭兩句「晚雲收，淡天一片琉璃」，一筆放開，為下邊的鋪敘，開拓了廣闊的領域。晚雲收盡，天色清淡如琉璃般的色彩，這就預示著皎潔無倫的月亮將要升起，下邊的一切景和情都從這裡生發出來。接著寫海底湧出了冰輪，放出了無邊無際的光輝，使人們胸襟開朗，不覺得注視著天空裡的玉盤轉動。「瑩無塵、素娥淡佇，靜可數、丹桂參差。」嫦娥素裝佇立，丹桂參差可見，把神話變成了具體的美麗形象。而這兩種形象只有在「瑩無塵」、「靜可數」中才得顯現出來，和上邊所說的「晚雲收」、「千里澄輝」的脈理暗通。到這裡，月光和月中景已經寫得很豐滿。下邊再從氣候方面來寫：中秋是露水初降，「已涼天氣未寒時」（韓偓〈已涼〉），是四季中最宜人的節候，美景良辰，使人留連。「疏螢時度，烏鵲正南飛。」化用了曹操「月明星稀，烏鵲南飛」（〈短歌行〉）和韋應物「流螢度高閣」（〈寺居獨夜寄崔主簿〉）的名句，寫出了在久坐之中、月光之下所看到的兩種景物，這是一片幽寂之中的動景，兩種動景顯得深夜更加靜謐。「瑤臺冷，欄杆憑暖，欲下遲遲。」上邊說「露坐久」，這裡又說「欄杆憑暖」，表明先是坐著的，而且坐得很久；

後來是憑欄而立的，立的時間也很長。用了很長的時間在淒冷的樓臺上望月，以致把欄杆憑暖，委婉地表現出詞人不是單單地留戀月光，而是在對月懷人。詞人的懷人情意，在結語「欲下遲遲」裡透露出來，直貫下闋。

下闋著重寫情，分五層敘寫。換頭「念佳人音塵別後，對此應解相思」這兩句，上承上闋結語「欲下遲遲」，下啟下闋對情思的描寫。宋張炎說：「最是過片，不要斷了曲意，須要承上接下。如姜白石詞云『曲曲屏山，夜涼獨自甚情緒』，於過片則云『西窗又吹暗雨』，此則曲之意脈不斷矣。」（《詞源．製曲》）這裡過片也接得自然妥帖，渾然無跡，深得宛轉情致。下邊從對方寫起。遙想對方在此夜裡「最關情」的是「漏聲正永」；「暗斷腸」的是「花影偷移」。為什麼聽到漏聲相接，看到花影移動，倍覺「關情」而至於「斷腸」呢？因為隨著漏聲相接、花影移動，時間悄悄地消逝，而兩人的相會仍遙遙無期。下邊再寫對方的此夜情：料想明天夜月，清光也未必會減弱多少，只是明天夜裡是陰是晴，誰能預料得到呢？兩人之所以共同留戀今宵清景，是因為今年一別之後，只能待明年再見了。自己懷念對方的情思，不從自己方面寫出，而偏從對方那裡寫出，對方的此夜情，也正是自己的此夜情；寫對方也是寫自己，心心相印，雖懸隔兩地而情思若一，越寫越深婉，越寫越顯出兩人音塵別後的深情。這種藝術表現手法，即使在柳耆卿詞裡也不多見。上闋裡所說的「露坐久」，「欄杆憑暖」的深刻含意，透過對對方此夜情的兩層描寫揭示出來。所謂「氣脈貫串」，應當從這方面去領會。歇拍三句「人強健，清尊素影，長願相隨。」結得雍容和婉，有不盡之情，而無衰颯之感。也正是沈義父所說的「有一好出場」。東坡的〈水調歌頭〉結句「但願人長久，千里共嬋娟」和這首詞的結句，都是從南朝宋謝莊〈月賦〉「隔千里兮共明月」句化來。蘇詞勁健，本詞和婉，表現出兩種不同的藝術風格。宋胡仔《苕溪漁隱叢話》說：「中秋詞，自東坡〈水調歌頭〉一出，餘詞盡廢，然其後亦豈無佳詞？如晁次膺（端禮字）〈綠頭鴨〉一詞殊清婉，但樽俎間歌喉，以其篇長憚唱，故湮沒無聞焉。」（李廷先）

水龍吟

晁端禮

倦遊京洛風塵，夜來病酒無人問。九衢雪少，千門月淡，元宵燈近。香散梅梢，凍消池面，一番春信。記南樓醉裡，西城宴闋，都不管、人春困。屈指流年未幾，早人驚、潘郎雙鬢。當時體態，如今情緒，多應瘦損。馬上牆頭，縱教瞥見，也難相認。憑欄杆，但有盈盈淚眼，把羅襟搵①。

〔註〕①搵：音同問。擦拭，通「抆」。

晁端禮，徽宗時曾為大晟樂府協律郎，精於詞作。從這首〈水龍吟〉中可以看出，無論在詞的結構、聲韻、用字設色等方面，他都具有很高的素養，評之曰當行本色，恐不為太過。

此詞主旨在於抒發人生不得意的感慨。這種不得意表現在兩方面：一是仕途上的蹭蹬，一是愛情上的挫折。晁端禮於神宗熙寧六年（一〇七三）考中進士，在北宋詞人中，他的發軔比秦觀、周邦彥都早；但仕途並不順利，曾兩度為縣令，因為觸犯上官而被廢黜。此詞起首二句便把詞人可悲的身世揭示出來。「京洛風塵」，語本晉人陸機〈為顧彥先贈婦詩二首〉其一：「京洛多風塵，素衣化為緇。」此處蓋喻詞人在汴京官場上的落拓不遇。「病酒」，謂飲酒過量而身體不適。詞人由於政治上不得意，常以酒澆愁。可是酒飲多了，反而沉醉如病。官場失意，酒病纏身，境況可謂慘矣，復著以「無人問」三字，其羈旅飄零之苦，尤為難堪。這些都是開門見山，句句寫實，與一般以比興開頭的長調相比，便顯出完全不同的特色。按照這個路子發展下去，便應層層鋪敘，句句落實，可是這樣又有什麼詞味呢？詞人沒有這樣做。他的目光似乎從住處的窗口向外探視，無邊夜色，盡入毫端，一下子化實為虛，詞境變得空靈了。詞人向下看，九衢（御街）上的殘雪斑斑駁駁，向上看，朦朧淡月照進千門萬戶。詞人本來為酒所困，心情異常煩悶，如今在這清淨、潔白的世界裡，胸襟自然為之一暢。接著夜風送來梅花的清香，池塘表面上的薄冰已經融解。這些與其說是寫景，毋寧說是抒情，因為這些景物上都抹上了一層感情色彩，彷彿是詞人心靈附著在這些景物上，一一袒露出來，告訴讀者他那因酒而病的身軀與心靈在自然景色的陶冶中，漸漸輕鬆了，開朗了。此刻，他不僅想到一年一度的元宵佳節即將來臨，不僅感受到春天的信息已經來到，而且他的思緒也回復到往年醉酒聽歌的快樂生涯。句中的「南樓」，指冶遊之地；「西城」指汴京西鄭門外金明池和瓊林苑，都是北宋時遊覽勝地。這裡以對仗的句式強調當年的豪情勝概，特別是「都不管、人春困」一句，出之以口語，使人如聞其聲，如見其人。

長調過片最為吃重，一是要求宕開一筆，但不能脫離原來的脈絡；一是要求緊承前意，但又不能過於粘著。它就像畫家作畫，能開能闔，旋斷仍連，方為佳致。此詞上片歇拍本寫昔日豪情，是放開去，即「開」；及至過片又寫目前衰顏，是收回來，與起首二句遙相映射，即「合」。「潘郎雙鬢」，謂兩鬢已生白髮，語本晉潘岳〈秋興賦〉：「余春秋三十有二，始見二毛。」如果說上片多從景物描寫中展示人物心靈，那麼整個下片則是純粹描寫詞人的內心感情。「屈指」二字是起點，點明詞人是在算計，以下都是寫算計中的思維活動。詞人不僅驚覺自己早生華髮，而且聯想到對方——從她當時妖嬈的體態，聯想到如今愁苦的情緒，於是深感她的形容已經消瘦。「多應」二字，表明這是想像和猜測，而一往深情，皆寓其中。以下三句，是這種感情的延伸。「馬上牆頭」，語本白居易〈井底引銀瓶〉詩：「妾弄青梅憑短牆，君騎白馬傍垂楊。牆頭馬上遙相顧，一見知君即斷腸。」詞筆至此，正面點出詞人昔日曾與一位女子邂逅，無情的歲月凋謝了彼此的容顏，即使相逢恐亦不敢相認，言之不勝傷感。以上幾層意思，款款道來，情韻悠然，環環相扣，宛轉相生，收縱自如，不離主線。這些都是此詞在結構上的妙處。

結尾三句，仍從伊人方面著筆。設想她憑欄凝望，羅襟搵淚——此情自己豈不也是一樣，寫對方亦寫自己。一般論詞，都以為「以景結情最好」。可是此處全用情語作結，卻收到餘味無窮的效果，堪與蘇、辛同調作品媲美。蘇軾〈水龍吟．次韻章質夫楊花詞〉結句云：「細看來，不是楊花，點點是離人淚。」辛棄疾〈水龍吟．登建康賞心亭〉結句云：「倩何人喚取，紅巾翠袖，搵英雄淚。」讀了這三首結句，不禁令人感到其間有驚人的相似之處。首先他們都寫到淚：蘇詞是以楊花喻淚，在美學上謂之「移情作用」；辛詞寫的是壯志難酬的英雄之淚；晁詞則是把仕途的失意、人生的感慨化作盈盈淚水，風格較為纖弱。其次，除蘇詞外，他與辛棄疾都寫到搵淚。搵者，拭也。辛詞欲喚美人以翠袖拭淚，在豪放中微露妍倩之致；晁詞單用羅襟，字面上雖不如辛詞濃麗，而感情婉約則過之。在這個比較之下，可以看出，以同一詞調、同一句式寫相似的感情，也可以變化多端，表現出各自的個性特徵。問題在於作者的才性和技巧是否高超，而晁端禮在這方面是很出色的。

寫作長調，要講究變化，講究辯證法。清人沈祥龍說：「句不可過於雕琢，雕琢則失自然；采不可過於塗澤，塗澤則無本色；濃句中間以淡語，疏句後接以密語。不冗不碎，神韻天然；斯盡長調之能事。」（《論詞隨筆》）此乃經驗之談，頗得個中三昧，以之衡量此詞，可謂切中肯綮。此詞看來有雕琢，像上片「九衢」以下六句，對仗工整，情景交錬，非經雕琢不能到。但這些詞句也很自然，它雖塗了色澤，卻能濃淡相宜，不像花間派那樣鏤玉雕瓊，使人目迷五色。從全篇布局來看，凡用對偶之處，結構都較密，讀時須一氣呵成；而用領格字處（如「記南樓」中的「記」字）及換頭處，都較疏，讀時須作一頓挫。總的來看，它密處能疏，疏處能密，如同織錦一般，渾然天成，構成一首絕妙的好詞。（徐培均）

王詵

【作者小傳】（一〇四八～一一〇四）字晉卿，并州太原（今屬山西）人，徙開封（今屬河南）。宋英宗女蜀國長公主婿，拜左衛將軍、駙馬都尉，為利州防禦使。神宗元豐二年（一〇七九）坐罪落駙馬都尉，責授昭化軍節度行軍司馬，均州安置，移潁州。哲宗元祐元年（一〇八六），復登州刺史、駙馬都尉。卒謚榮安。能詩善畫，亦工詞，詞風清麗，然欠豐容宛轉。今有趙萬里輯《王晉卿詞》，存十五首。

憶故人 王詵

燭影搖紅，向夜闌，乍酒醒、心情懶。尊前誰為唱〈陽關〉，離恨天涯遠。

無奈雲沉雨散。憑欄杆、東風淚眼。海棠開後，燕子來時，黃昏庭院。

〈憶故人〉這首詞牌，後來改作〈燭影搖紅〉。據宋吳曾《能改齋漫錄》卷十七記載：「王都尉有〈憶故人〉詞云云。徽宗喜其詞意，猶以不豐容宛轉為恨，遂令大晟府別撰腔。周美成增損其詞，而以首句為名，謂之〈燭影搖紅〉。」周美成，即周邦彥，時提舉大晟樂府。他的〈燭影搖紅〉，下半闋基本上保持王詵詞原樣，只是增添了前半闋，豐容是夠豐容的了，但卻顯得繁冗拖沓，減少了原來濃醇的詞味。因此清朱彝尊批評說：「原

詞甚佳，美成增益，真所謂續鳧為鶴也。」（《詞綜》卷七）

調名〈憶故人〉，詞意相彷彿。按照常例，抒情詩的主人公往往是詞人自己，可是在唐宋詞中也有很多是代言體。詞為應歌而作，而歌者多為女性。為了使演唱逼真，所以詞中的主人公也多為女性。這首詞中便是寫一女子對故人的憶念，詞風濃至沉博，深情繾綣，宛如出自一個失戀者之口。

開頭四個短語，寫女主人公深夜酒醒時的情景。「燭影搖紅」，表現夜間洞房深處的靜態，極婉極真。夜闌人靜，萬籟俱寂，女主人公剛剛酒醒，睜開惺忪的醉眼看看室內，只覺得空蕩蕩的，靜悄悄的，唯有一枝孤零零的蠟燭在搖著紅色的光焰。這句中的「搖」字，與溫庭筠〈菩薩蠻〉（夜來皓月纔當午）詞中「深處麝煙長」的「長」字相比，可謂各極其妙。「長」字狀靜定空氣中之麝煙，似在目前；「搖」字形容微風中之燭光，亦分明可睹。後來明湯顯祖《牡丹亭》劇中杜麗娘所唱的〈步步嬌〉有句云：「裊晴絲吹來閒庭院，搖漾春如線。」晴絲搖漾與燭影搖紅，境雖不同，而意趣則一，都能引起人們的遐想。「向夜闌」，是說臨近天曉。張相《詩詞曲語辭匯釋》卷三說：「向，猶臨也。」宋趙長卿〈南歌子·暮春值雨〉詞「向曉春酲重，偎人起較遲」，宋曾覿〈滿庭芳·賞牡丹〉詞「醺醺醉，壺天向晚，春思正悠揚」，皆為臨近義。「夜闌」，是說夜將殘盡。東漢蔡琰〈胡笳十八拍〉之十四：「山高地闊兮見汝無期，更深夜闌兮夢汝來斯。」即為此意。在更深夜闌之際，女主人公宿酒初醒，神思慵怠，著一「懶」字，便寫出心情之失意。雖未言「憶」，而「憶」字已隱隱逗出。「尊前」二句，開始落到憶字上，用現在的話說，是倒敘法。這裡的倒敘不是平鋪直敘地回憶往事，而是在人物抒情時將往事自然而然地帶出來，比客觀地描述要生動得多，感人得多。「尊前誰為唱〈陽關〉」，說的是在餞別故人之時，她無可奈何地唱了一曲送別之歌。看到這裡，我們才知道她的「酒醒」乃是在餞別時喝醉了的，前後照應，詞筆至細。「誰為」二字，飽含著幽怨。〈陽關曲〉她雖是唱了，但為什麼當時要唱呢？

又是懊悔，又是怨恨，充滿了自怨自艾的情緒。周邦彥將「誰為」改為「誰會」，便感到淺露，沒有回味的餘地。他還在前面增益了一段：「早是縈心可慣，向尊前頻頻顧眄。幾回相見，見了還休，爭如不見。燭影搖紅，夜闌飲散春宵短。」更使人感到把話說盡，反沒有這一句含蓄蘊藉，耐人尋味。「離恨天涯遠」，蟬聯上句，意境又進一步拓開。大凡詞中寫離情的，常常說「魂夢繞天涯」，此處女主人公本在睡中，完全可用「魂夢」，卻未用，這就避免了落套。李煜〈清平樂〉詞「離恨恰如春草，更行更遠還生」，是從行者方面寫離情；歐陽脩〈踏莎行〉「平蕪盡處是春山，行人更在春山外」，是從居者方面寫離情；但他們都憑藉客觀景物加以烘托。此詞則不主故常，刬盡華藻，直抒胸臆，純以情語見長。離恨遠至天涯，表明她的思緒也跟蹤故人而去，其情之深摯，殆與李、歐之作異曲而同工。

如果說前半闋是寫酒醒後片刻的回憶，後半闋則著意寫日間的相思。過片起句用了一個典實，表明幽會之後，故人音訊杳然。戰國楚宋玉〈高唐賦〉序云：「妾在巫山之陽，高丘之阻，旦為朝雲，暮為行雨，朝朝暮暮，陽臺之下。」於是楚懷王遇巫山神女，便成為後世文人騷客寄跡青樓的代稱。這裡說：「雲沉雨散」，也透出了女主人公的身分乃是一名青樓女子。在「雲沉雨散」之前冠以「無奈」二字，則加強了感情色彩，彷彿令人聽到她的嘆息聲。其法也是在感情的抒發中交代往事，語言自然而略帶頓挫。以下幾句有一個大幅度的時間跨度，即從上闋的夜闌酒醒，到這時的倚欄遠眺，再到黃昏時的庭院。在這長長的過程中，她幾乎無時無刻不在思量。明代王世貞曾說舊題秦觀〈鷓鴣天〉（枝上流鶯和淚聞）一詞所寫的相思，「『安排腸斷到黃昏。甫能炙得燈兒了，雨打梨花深閉門』，則十二時無間矣，此非深於閨恨者不能也」（《弇州山人詞評》）。此詞意境似之，但卻更為空靈幽麗。黃庭堅曾說：「晉卿（王詵字）樂府，清麗幽遠，工在江南諸賢季孟之間。」（清張宗橚《詞林紀事》卷五引）以之衡量此詞，殊為恰切。讀了這幾句，似乎看到女主人公斜倚欄杆，凝神遠望，那雙盈盈淚眼飽含著離情別緒，飽含著怨恨和憂思。著以「東風」二字，主人公的形象便在特定的氛圍中表現出苦苦盼望的神情，丰神獨具，感人至深。

結尾三句純為景語。南宋沈義父《樂府指迷》說：「結句須要放開，含有餘不盡之意，以景結尾最好。」這裡正是以渾融悠遠之景結淒婉深邃之情。「海棠開後」，是說花落春殘，象徵女子的芳華易逝，境已慘矣；「燕子來時」，是以歸燕反襯故人之未歸，激發和增添女子之離思，情更淒然。晏殊〈破陣子〉云：「燕子來時新社，梨花落後清明。」把人物放在清明佳節，寫出對明媚春光的滿懷喜悅。這裡易「梨花」為「海棠」，並壓縮為一聯四言偶句，以更為凝練的詞筆表現人物的傷春之感和念遠之情。然而它們在字面上都未明寫這樣的感情，只是在景色的描繪中，給人以暗示，以感染，顯得非常含蓄。以上兩個並列的句子一寫花，一寫鳥，原為兩景，接著「黃昏庭院」一句，便把兩景融合在一個統一的意境中，自然渾成，思致渺遠，做到語盡而意不盡，意盡而情不盡。唐人劉方平〈春怨〉詩云：「紗窗日落近黃昏，金屋無人見淚痕。寂寞空庭春欲晚，梨花滿地不開門。」不是此詞結句最好的註腳嗎？（徐培均）

蝶戀花 王詵

小雨初晴迴晚照。金翠樓臺，倒影芙蓉沼。楊柳垂垂風裊裊，嫩荷無數青鈿小。
似此園林無限好。流落歸來，到了心情少。坐到黃昏人悄悄，更應添得朱顏老。

北宋文化宛如燦爛星漢。若把東坡及其友人比作一星群，則王詵為其中之一曜。詵字晉卿，開國功臣之後裔，神宗熙寧二年（一〇六九）娶英宗女蜀國公主，為駙馬都尉。詵是著名畫家，學宋人李成水墨法，風格清潤，「落筆思致，遂將到古人超軼處」（宋《宣和畫譜》卷十二）。又學唐人李思訓金碧法，作著色山水，「不今不古，自成一家」（元湯垕《畫鑑》）。溝通水墨與金碧，在中國畫史上遂開創一新局面。詵兼擅詩詞書畫，與東坡情好交密。「風流文采磨不盡，水墨自與詩爭妍」（〈王晉卿作煙江疊嶂圖，僕賦詩十四韻，晉卿和之，語特奇麗。因復次韻，不獨紀其詩畫之美，亦為道其出處契闊之故，而終之以不忘在莒之戒，亦朋〉），是蘇東坡對其詩畫的讚美。「清麗幽遠，工在江南諸賢季孟之間」（清張宗橚《詞林紀事》卷五引），是黃山谷對其詞作的評價。這首〈蝶戀花〉，即其詞作之一。

此詞手卷真跡流傳至今，清卞永譽《書畫彙匯考》著錄為「王晉卿潁昌湖上詩蝶戀花詞卷」。此詞之背景，實關涉一大公案。神宗元豐二年（一〇七九），東坡以譏諷新法之罪名被逮下獄，王詵受牽連致遭重譴。罪名是「留軾譏諷文字及上書奏事不實」，「（軾）作詩賦及諸般文字寄送王詵等，致有鏤刻印行」（《烏臺詩案》）。元豐三年，詵貶均州（湖北丹江口市）。元豐七年（一〇八四），轉置潁州（安徽阜陽）。哲宗元祐元年（一〇八六），始得召還。此詞即作於元祐元年。手卷首云：「余前年恩移清潁，道出許昌，前途小阻，留西湖之

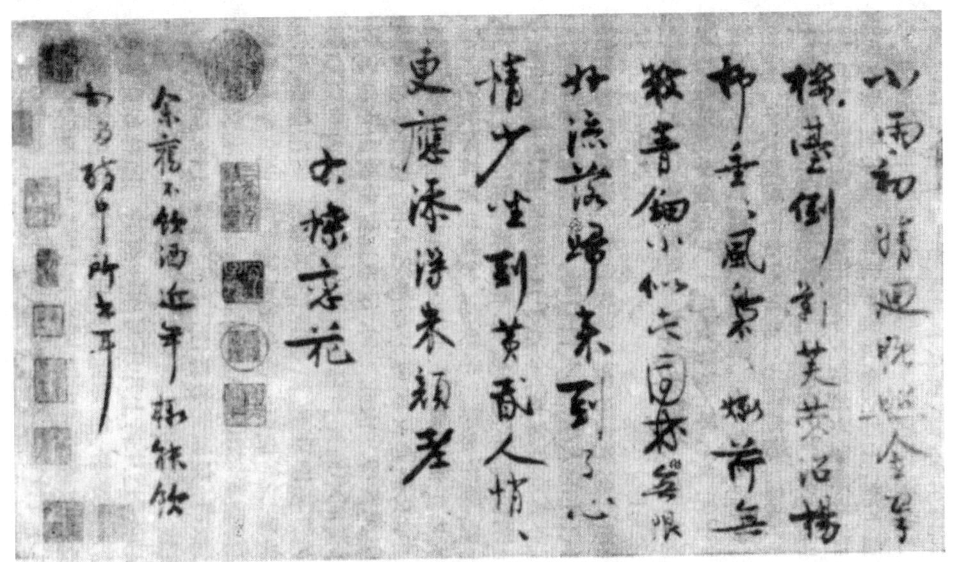

王詵〈蝶戀花〉（小雨初晴迴晚照）——王詵手跡

別館者幾一月。」可證。潁昌即許昌，潁昌湖上詩作於元豐七年，手卷則寫於元祐元年，〈蝶戀花〉詞亦作於本年。經歷了七年貶謫，詞人回到汴京，妻子早已病故，自己也垂垂老矣。此詞正是其當時心境之寫照。

「小雨初晴迴晚照。」起筆實在富於象徵意味。雨後初晴，夕陽返照的景象與久遭遷謫始得召還的人生，多麼相似呵。終見天晴固然可喜，可是夕陽黃昏，亦復可悲。這亦喜亦悲之情，全融於這初晴晚照之中。但就詞面以觀之，起句之基調還是明快的。「金翠樓臺，倒影芙蓉沼。」接上來二句更可玩味。樓臺本已巍峨壯觀，疊下金翠二字狀之，氣象更加富麗堂皇。《宣和畫譜》稱王詵「風流蘊藉，真有王謝家風氣」，此詞亦有以見之。此金碧輝煌之樓臺，沐浴於晚照霞輝之中，其倒影又映現於荷池之水面，樓臺本身與其倒影，遂構為一亦實亦幻之莊嚴景觀。由此二句，足見這位金碧山水畫家所作之詞，亦復深具其畫理，可謂詞中有畫。「楊柳垂垂風裊裊。」詞人更以如畫之筆，渲染出池塘上一片春色。楊柳垂垂，原是靜態；風裊裊，則化靜態為動態，姿態具動靜相生之妙。裊裊二字極美。讀者試看其手跡，此二字真是姿媚無限，筆意之美，與詞情相得益彰。「嫩荷無數青鈿小。」歇拍承上文芙蓉沼而來。時值春天，初出水面之嫩荷，宛如無數青鈿。觸目春意盎然，詞人之心，宜乎為之得到一份撫慰，獲致一份生機了。

「似此園林無限好。」過片將上片所寫作一綰結。園林如此富麗，春色復如此迷人，確乎可說無限之好。應知此園林非指別處，就在這位駙馬之府邸。王詵詞中曾一再對之加以描繪。藝術史上「偉大的西園會」（林語堂《蘇東坡傳》），即舉行於此。（這一盛會凡十六人，包括王詵、東坡兄弟、蘇門四學士、米芾、李公麟等，見公麟〈西園雅集圖〉，米芾亦作有〈西園雅集圖記〉。）句首「似此」二字，頗可玩味。下此二字，實已暗將此美好之園林與自己之間推開一段距離。「流落歸來，到了心情少。」流落二字，寫盡七年的遷謫生涯，所包蘊的無窮辛酸，又豈是歸來二字所可去之以盡。重到了舊時園林，已物是人非，經此重譴，詞人臨老，妻子下世，園林縱好，可是，哪還有當年朝夕樂於斯的心情呢？韻腳之「少」字，極含婉，極厚重，試看手跡，何其用力！詞情至此，由極寫富麗之景一變而為極寫悲哀之情，真有一落千丈之勢。「坐到黃昏人悄悄。」黃昏遙承起句晚照而來，使全幅詞有綰合圓滿之美。更重要的，還在於以時間之綿延，增加意境之深度。坐到黃昏，極言其悽寂況味。人悄悄，倍增孤身一人之哀。「更應添得朱顏老。」如果說上句尚是返觀自己處身於此園林之情境，則結句已純為返觀自己一身之省察，詞情更為內向，悲感尤為深沉。園林依舊，朱顏已改，人生到此，復何可言。全詞結穴於蒼茫暮色與人之垂垂老矣，一結悲徊無已。

以樂景寫哀感，倍增其哀，是此詞特色之一。初晴晚照，金翠樓臺，楊柳裊裊，嫩荷無數，皆可喜之景，亦皆可慰人心。然而詞人對之只是「心情少」而已，絕不能樂，則其悲哀之牢不可破可知。而寫景設色愈富麗，則愈反襯出其傷心懷抱之黯淡。全幅詞情一氣呵成，中間仍具一大跌宕、大頓挫，筆勢變化有力，是此詞又一特色。上片至過片，皆寫樂景，讀來初不覺其為哀感，至流落句以下到篇終，乃一變而陡轉為寫哀感，轉折極大，極為有力。抒情結構的巨大轉折，與情景之間的強烈反襯，都是表現主題的重要藝術手段，足可玩味。蘇軾〈和子由論書〉詩云：「端莊雜流麗，剛健含婀娜。」此詞以「華嚴境界」（借用康有為評晏幾道詞語）襯傷心懷抱，以婉約之筆寓硬轉之勢，正是具有東坡所論之一種特美。尤妙者，此詞手卷之墨跡亦具同一特美。真跡既在，自可兼賞其書法美。縱觀其墨跡，挺秀清潤，風韻動人。元趙肅稱「其書遒勁，一點一畫，自有晉人風度」，「雖放縱不羈，而軌度不失，信哉神品也」。明王洪稱其「波瀾迴婉，氣象瀟灑」，清曹溶稱其「豪落之氣，躍躍行墨間」（三人評語皆清卞永譽《書畫彙考》引）。其書法亦有端莊雜流麗，剛健含婀娜之美。作為一位兼擅詩詞書畫的藝術家，王詵此詞文學書法之特徵，竟是如此和諧一致，合為完璧。此詞此帖，堪稱宋代藝術之瑰寶。（鄧小軍）

李之儀

【作者小傳】（一〇四八～一一一七）字端叔，晚號姑溪居士、姑溪老農。滄州無棣（今屬山東）人。宋神宗熙寧三年（一〇七〇）進士。蘇軾知定州時他做過幕僚。後官樞密院編修。徽宗朝，提舉河東常平，坐罪編管太平州，遂居姑熟。終朝議大夫。有《姑溪居士文集》《姑溪詞》。存詞六十九首。

謝池春

李之儀

殘寒銷盡，疏雨過，清明後。花徑款餘紅，風沼縈新皺。乳燕穿庭戶，飛絮沾襟袖。正佳時，仍晚晝。著人滋味，真箇濃如酒。

頻移帶眼，空只恁、懨懨瘦。不見又相思①，見了還依舊。為問頻相見，何似長相守？天不老，人未偶。且將此恨，分付庭前柳。

〔註〕①「相思」一作「思量」。

蘇東坡有一首詩，題作〈夜值玉堂，攜李之儀端叔詩百餘首，讀至夜半，書其後〉，其中有句云：「暫借好詩消永夜，每逢佳處輒參禪。」可見他對李之儀的詩是很欣賞的。李之儀雖然未被列入蘇門「四學士」、「六君子」，但也以門生之禮師事東坡。東坡不喜柳永詞，尤其反對他的弟子學柳永，對秦觀，他就不只一次地提出過這類批評，至有「山抹微雲秦學士，露花倒影柳屯田」的譏誚。其實，秦觀的詞，固然受到柳詞的影響，而更接近柳永的，莫過李之儀了，不知東坡對他這個學生教訓過沒有？李之儀這首〈謝池春〉，完全是柳永那種「市民詞」的格調，用通俗淺近的語言，寫離別相思的內容。上片寫景，下片抒情，也合乎一般長調的習慣寫法。開頭三句，點出節令，但並不算完結，中間隔過四句之後，又說「正佳時，仍晚晝」，繼續點出黃昏時分。這樣，唯其有了中間四句的具體描寫，所謂「正佳時」的「佳」字，才算得有著落，有根據。看來，在章法的安排上還是相當細密的。上片寫景，當然是以「花徑款餘紅」等四個五言句子為主體的。這四句，筆鋒觸及了構成春天景物的眾多方面，又各用一個非常恰當的動詞把它們聯得緊密，點得活生，有聲有色，有動有靜，使讀者頓覺滿園生輝，油然而生「原來春色如許」的讚嘆。這正是類似「車輪戰法」的排比句子所取得的藝術效果。在「飛絮沾襟袖」一句裡，已經暗示了「人」的存在，故而過片處的「著人滋味，真箇濃如酒」才不顯得突兀。著人，是「讓人感覺到」的意思；「滋味」究竟是什麼，卻不能說得具體，只好用酒來比喻，而且又用「濃」來形容，用「真箇」來強調，這樣一來，又是在迫使讀者盡量用自己的感受和經驗去理解那種「滋味」，力求把這個比較抽象的概念填補得充實起來。詞的所謂韻味，往往就是包含在類似這樣的句子之中的。

下片開頭兩句，直是柳詞「衣帶漸寬終不悔，為伊消得人憔悴」（〈蝶戀花〉）的另一說法，只是缺少點柳詞那種甘心情願而已。接下來的四個五言句，當然是這首詞抒情部分的核心內容了。這四句寫得深，寫得細，它把「不見」和「相見」、「相見」和「相守」逐對兒比較。按常情，相見總比不見好吧，他說未必。不見時要相思，見了面，還要分離，依舊要相思，則相見仍如不見。另一對，那就不必比了，「頻相見」當然「何似長相守」，無須多說。那為什麼要從「不見」開始兜個圈子說過來？須知，問題是從「不見」這個現狀出發的，感到只相見，哪怕是頻相見，還不足以療得相思，遂有「長相守」的要求。冠以「為問」二字，表明這還只是一種認識，一種追求，只能祈之於天、謀之於人，可是「天不老，人未偶」，仍然不得解決。「天不老」，本於李賀的名句「天若有情天亦老」（〈金銅仙人辭漢歌〉），反過來說，天不老也就是天無情，不肯幫忙，於是「人未偶」，目前還處於離別相思的境地，實在沒有辦法，只好「且將此恨，分付庭前柳」。分付，有交託之義。將相思別恨交付庭前垂柳，是轉託它承擔嗎？是請求它作證嗎？或者還有別的寓意，作者給讀者留下懸念，留下了各式各樣的思索的餘地，這就是含蓄的韻味。總起來說，寫景繁華繚亂，抒情委婉細緻，構思新奇巧妙，語言俚俗活潑，這幾點，可以看作是李之儀這首詞的主要特點。（王雙啟）

卜算子　李之儀

我住長江頭，君住長江尾。日日思君不見君，共飲長江水。
此水幾時休，此恨何時已。只願君心似我心，定不負相思意。

李之儀這首〈卜算子〉，明白如話，複疊迴環，深得民歌的神情風味，同時又具有文人詞構思新巧、深婉含蘊的特點，可以說是一種提高和淨化了的通俗詞。

詞以長江起興。開頭兩句，「我」、「君」對起，而一住江頭，一住江尾，見雙方空間距離之懸隔，也暗寓相思之情的悠長。重疊複沓的句式，加強了詠嘆的情味，彷彿可以感觸到女主人公深情的思念與嘆息，而江山萬里的悠遠廣闊背景，和在遙隔中翹首思念的女子形象也宛然在目。

三、四兩句，從前兩句直接引出。江頭江尾的萬里遙隔，引出了「日日思君不見君」這一全詞的主幹；而同住長江之濱，則引出了「共飲長江水」。如果各自孤立起來看，每一句都不見出色，但聯起來吟味，便覺筆墨之外別具一段深情妙理。這就是兩句之間含而未宣、任人體味的那層轉折。可以理解為這樣一種轉折關係：日日思君而不得見，卻又共飲一江之水。這「共飲」不免更反托出離隔之恨，相思之苦。也可以理解為另一種轉折關係：儘管思而不見，畢竟還能共飲長江之水。這「共飲」又似乎多少能稍慰相思離隔之恨。兩種看來矛盾的理解，實際上恰恰是懷著遠隔之恨的雙方在「共飲長江水」時可以次第浮現的想法。詞人只淡淡道出「不見」與「共飲」的事實，隱去它們之間的轉折關係的內涵，任人揣度吟味，反使詞情分外深婉含蘊。明人毛晉盛讚這幾句為「古樂府俊語」（〈姑溪詞跋〉），當是有感於其清俊中見深婉含蘊的特點。詩詞意蘊的不確定性和多向性，往往是使它耐人尋味的一個原因，而這種不確定性和多向性，又往往是生活本身的豐富性的反映。

「此水幾時休，此恨何時已。」換頭仍緊扣長江水，承上「思君不見」進一步抒寫別恨。長江之水，悠悠東流，不知道什麼時候才能休止，自己的相思離別之恨也不知道什麼時候才能停歇。用「幾時休」、「何時已」這樣的口吻，一方面表明主觀上祈望恨之能已，另一方面又暗透客觀上恨之無已。江水永無不流之日，自己的相思隔離之恨也永無銷歇之時。古樂府〈上邪〉說：「山無陵，江水為竭，冬雷震震，夏雨雪，天地合，乃敢與君絕。」敦煌曲子詞〈菩薩蠻〉說：「要休且待青山爛，水面上秤錘浮，直待黃河徹底枯，白日參辰現，北斗回南面。」都是用一系列絕不可能發生的事來強調分離之絕不可能，其中包括「江水為竭」、「黃河徹底枯」這樣的「條件」。李詞這兩句正師其遺意，卻以祈望恨之能已反透恨之不能已，變民歌、民間詞之直率熱烈為深摯婉曲，變重言錯舉為簡約含蓄，這和作者論詞「長短句於遣詞中最為難工，自有一種風格，稍不如格，便覺齟齬」（《姑溪居士前集》卷四十〈跋吳師道小詞〉）的主張是一致的。

寫到這裡，似乎只能慨嘆「人生長恨水長東」（李煜〈相見歡〉）了。但詞人卻從「此恨何時已」中翻出一層新的意蘊：「只願君心似我心，定不負相思意。」恨之無已，正緣愛之深摯。「我心」既是江水不竭，相思無已，自然也就希望「君心似我心」，我定不負相思之意。從「此恨何時已」翻出「定不負相思意」，是感情的深化與昇華。江頭江尾的遙隔在這裡反而成為感情昇華的條件了。詞人主張寫詞要「妙見於卒章，語盡而意不盡，意盡而情不盡」（〈跋吳師道小詞〉），這首詞的結拍正是寫出了隔絕中的永恆之愛，給人以江水長流情長在的感受。

全詞以長江水為貫串始終的抒情線索，以「日日思君不見君」為主幹。分住江頭江尾，是「不見君」之因；

「此恨何時已」，是「不見君」之果；「君心似我心」、「不負相思意」是雖有恨而無恨，有恨者「不見君」，無恨者不相負。悠悠長江水，既是雙方萬里阻隔的天然障礙，又是一脈相通、遙寄情思的天然載體；既是悠悠相思、無窮別恨的觸發物與象徵，又是雙方永恆相愛與期待的見證。隨著詞情的發展，它的作用也不斷變化，可謂妙用無窮。這樣新巧的構思，和深婉的情思、明淨的語言、複沓的句法的結合，構成了這首詞特有的靈秀雋永、玲瓏晶瑩的風神。（劉學鍇）

憶秦娥 李之儀

用太白韻

清溪咽，霜風洗出山頭月。山頭月，迎得雲歸，還送雲別。

不知今是何時節，凌歊望斷音塵絕。音塵絕，帆來帆去，天際雙闕。

這是一首寫景抒懷的小詞。上片寫景，有清溪，有霜風，有山月，有在山月下隨風飄動的流雲。這裡的幾個動詞用得很好。一個「咽」字，傳出了「清溪」哽哽咽咽的聲音；用個「洗」字，好像山頭月是被「霜風」有意識地「洗」出來的，這個「洗」字，也使山月更加皎潔。山高月小，霜風料峭，再配上哽咽的流水，給人以如置空谷，如飲冰泉之感。「霜風」句中，暗藏一個「雲」字：無雲則山月自明，無須霜風之「洗」。換句話說，山月既須霜風「洗」而後出，則月下必有雲遮。直到上片結句，始有「雲歸」、「雲別」出現。迎、送的主語是「山月」，一迎一送，寫出了月下白雲舒卷飄動的生動形象。「雲歸」、「雲別」兩句，不僅揭出了「霜風」句中暗藏的「雲」字，而且又將「霜風」的「風」字暗暗包容句中。雲歸雲別，烘雲托月，使皎潔的山月，更見皎潔。上片寫景如畫，美且靜，稍有聲者，僅一「咽」字。但是，這如同「蟬噪林逾靜」（南朝王籍〈入若耶溪〉）一樣，著一「咽」字，以動襯靜，更覺其靜。詞人賦予諸景以人的感情，所以，景物之中顯示了一種內在的生命力，表現了作者孤高恬靜的性格與心情。

下片，詞人觸景生情，懷念帝鄉之感油然而生。從「凌歊（音同霄）」一詞看，李之儀寫這首詞的時候，蓋在太平州編管之中。徽宗崇寧二年（一一〇三）夏，李之儀坐為范純仁作遺表與行狀，下御史獄。出獄後，編管太平州（今安徽當塗）。「凌歊」，即凌歊臺，因山而築，南朝宋孝武帝曾登此臺，並築離宮於此，遺址在今當塗縣西，為當地名勝。李之儀在當塗，住在城南的姑孰（或稱姑溪），曾偕賀鑄登臺，見其〈跋凌歊引後〉；賀鑄有〈凌歊／金人捧露盤〉）詞記其事。李之儀在姑溪，思想上是苦悶而消極的（見其〈姑溪自贊〉、〈李伯時畫姑溪濯足圖贊〉、〈董曼老畫姑溪贊〉、詞〈臨江仙．登凌歊臺感懷〉等），且僻居荒隅，遠離朝廷，故云「不知今是何時節」。但從結句的「雙闕」看，詞人仍未忘朝廷。「天際雙闕」，字面義是指當塗附近江面上夾江並峙的天門山，即李太白詩「天門中斷楚江開」（〈望天門山〉）之所謂「天門」。但「雙闕」（即古代宮門前兩邊供瞭望用的樓）又可代指帝王的住所。當時，蔡京專權，政治黑暗。元祐諸臣，雖被排斥於邊遠軍州，但總是把國事繫於心頭，而盼望朝廷下詔起用。李之儀「望斷」云云，即是這種心情的形象反映。但他盼望的結果，卻是「音塵絕」，望中唯見「帆來帆去」，「雙闕」渺在天際而已。「天際」一詞，暗示了詞人盼望帝京之切；而「音塵絕」則可見詞人的失望與悵惘。至此，我們才知道起句的「咽」字，正是為表現詞人的這種心情而設。

這首詞，前片寫景，後片抒懷，為宋詞的常用筆法，唯寫景之中，時見用筆的精巧，抒情之中，雖有奔騰的感情，卻總以淡雅出之。

這首詞在詞史上有其特定意義：詞題明確揭出「用太白韻」，是為和李白〈憶秦娥〉而作。李白〈憶秦娥〉，初見於宋釋文瑩《湘山野錄》卷上、宋邵伯溫《邵氏聞見後錄》卷十九，宋黃昇編《唐宋諸賢絕妙詞選》，首選李白〈菩薩蠻〉、〈憶秦娥〉，並稱其為「百代詞曲之祖」。對此，明代人始作懷疑與否定。胡應麟《莊嶽委談》以為〈菩薩蠻〉當出於晚唐溫庭筠輩，胡震亨《唐音癸籤》卷十三又謂〈憶秦娥〉出於唐文宗宮人憶秦郎。之後，論者意見紛紜，莫衷一是。李之儀是北宋人，與蘇軾同時代，寫這首詞的時候，也不過是崇寧三年（一一〇四）前後，比《邵氏聞見後錄》早數十年。李之儀的這首和詞，全依太白〈憶秦娥〉韻，可見當時這首詞已流傳比較普遍，且認為其作者是李太白，也是無疑義的。（丘鳴皋、秋如春）

臨江仙　李之儀

登凌歊臺①感懷

偶向凌歊臺上望，春光已過三分。江山重疊倍銷魂。風花飛有態，煙絮墜無痕。已是年來傷感甚，那堪舊恨仍存！清愁滿眼共誰論？卻應臺下草，不解憶王孫？

〔註〕①凌歊臺：歊，音同霄。遺址在今當塗縣西。

宋徽宗初年，李之儀因替范純仁草遺表獲罪，被編管太平州（州治在今安徽當塗）。這首詞，當作於居太平期間的某年春天。

凌歊臺，南朝宋孝武帝曾建避暑離宮於此。李白有〈姑孰十詠：凌歊臺〉詩云：「曠望登古臺，臺高極人目。疊嶂列遠空，雜花間平陸……」實際上，凌歊臺並不很高（據宋樂史《太平寰宇記．江南西道三．太平州》載僅高四十丈），只是因周圍平曠，才望得很遠。陸游《入蜀記》說凌歊臺「南望青山、龍山、九井諸峰，如在几席。……北戶臨和州新城，樓櫓歷歷可辨」。

此詞是詠懷詞。上片寫景，下片抒情；但寫景也是為了抒情。換句話說：詩人目的在借景發揮，借登凌歊臺以抒發內心的感慨。

「偶向凌歊臺上望，春光已過三分。江山重疊倍銷魂。」李之儀被編管太平州時已六十多歲，由於政治上受壓抑，已無興致經常登高攬勝；故起首用「偶向」二字，便透露出他平時幽居抑鬱的心情。李之儀雖身在江南，心猶念汴京和故土（李之儀的家鄉在今山東無棣）。登高以眺遠，自難免引起萬千感觸。但詞人僅用「春光已過三分」一句概括他種種思緒，把無窮的空間感化作有限的時間感，從而收到含蓄蘊藉的效果。「銷魂」一詞，兼有極度高興和極度傷心兩方面的含義。眼見江山多嬌，自油然而生喜愛之情；但山重水複，汴京不見，又難免興去國之愁。詩人能把這種種複雜的感受熔鑄於景物的描寫之中，不能不推為高手。

「風花飛有態，煙絮墜無痕。」飛花、墜絮，本都是自然形態的東西；但經過詩人的渲染，便都變成了含情物。若細心領會，便不難覺察出飛花、墜絮都有所指。飛花，指他人之乘風直上，舞態翩躚，得意非常；墜絮，喻己身之遭謗被逐，墮地沾泥，了無痕跡。如此比興手法，真可謂用「剛健婀娜之筆」，抒「婉轉慷慨之情」（清謝章鋌《賭棋山莊集．詞話》）了。

下片點明題意：「已是年來傷感甚，那堪舊恨仍存！清愁滿眼共誰論？」三句最少包括四層意思：一、「傷感甚」，指以往歲月裡所遭受的政治打擊。二、「那堪舊恨仍存」，意味著此刻、此後仍然「舊恨」綿綿。這樣，意思便深了一層。三、「清愁」，當指目前所觸起的新愁。詞人在「愁」字下加用「滿眼」一詞，便使人覺得愁如春天的遊絲彌漫空際。至於愁些什麼，詞人未敢明言，因此給讀者留下了想像空間。這樣，意思又深一層。四、「共誰論」，進一步表明詩人塊然獨處，竟無人可為解愁。這樣，意思就更深一層了。

「卻應臺下草，不解憶王孫？」卻，這裡作「豈」解，「卻應」即「豈應」，相當現代漢語「難道是……麼」

的意思。詞人目睹淩歊臺下春草叢生，很自然會聯想起淮南小山〈招隱士〉中「王孫遊兮不歸，春草生兮萋萋」的著名詩句。但李之儀這裡的「王孫」指的不是別人，而是自己。按理說，春草綠了，該是賦歸之時；而己身編管江南，限制居住地，受地方官管束，欲歸且不可得。詞人把這股怨恨歸咎於春草的不解相憶，表面看是很無道理的。但深一層著想，詞人究竟該怨誰呢？看來又不便明言。只好託之芳草，採用自屈原以來古典詩歌的傳統比興手法隱約言之。因此讀者只能求之於字面之意，去尋繹詞人的「味外之旨」和「韻外之致」（唐司空圖〈與李生論詩書〉）了。

明毛晉〈姑溪詞跋〉指出：李之儀「長於淡語、景語、情語」；清紀昀《四庫全書總目提要．姑溪詞》指出：李之儀「小令尤清婉、峭蒨（鮮明貌），殆不減秦觀。」證之於此詞，都可謂深中其的。（蔡厚示）

李元膺

【作者小傳】東平人。南京（今河南商丘）教官。宋哲宗紹聖間，李孝美作《墨譜法式》，元膺為序，蓋與蔡京同時人。詞存九首。

茶瓶兒

李元膺

去年相逢深院宇，海棠下、曾歌〈金縷〉。歌罷花如雨。翠羅衫上，點點紅無數。

今歲重尋攜手處，空物是人非春暮。回首青門①路。亂紅飛絮，相逐東風去。

〔註〕①青門：古長安城門名。《三輔黃圖》：「長安城東出南頭第一門曰霸城門，民見門色青，名曰青城門，或曰青門。」

自從唐代詩人崔護寫了一首〈題都城南莊〉的詩，加上唐孟棨《本事詩》裡頗有傳奇色彩的記載，「人面桃花」便成了人盡皆知的故事。李元膺的這首詞也寫了類似的經歷，但感情更纏綿，形象更生動。

上片寫去年此時，在深幽清寂的庭院中，詞人遇到了她。正值春深似海，海棠花開，姿影綽約。那位女子在花下，淺吟低唱，其風韻體態，與海棠花融為一體，豔麗非凡。〈金縷衣〉是女子所唱的柔媚的曲調，杜牧就有「秋持玉斝醉，與唱金縷衣」（〈杜秋娘〉）的句子。她一曲歌罷，如雨一般的花瓣點點落在她碧綠的羅衣上。那色澤，那神情，多麼令人難忘！

上片寥寥數語，已勾勒出一個嫻靜嫵媚而善歌的女性形象。作者的描繪是靜態的：海棠花下輕歌慢吟的女子，點綴在翠衣上的落紅點點，然而給人的印象是動態的，那娉婷婀娜的女子像是與海棠同舞，那如雨的花瓣在春風中簌簌飛墜，這種靜中見動的境界極美。

下片寫今日此時重尋去年蹤跡，同是那庭院深處，海棠花下，飛花片片，然而那位脈脈含情，風姿飄逸的佳人如今安在？「攜手處」即是去年相會的地方，卻已「物是人非」，美妙的春光只能使詞人無限悵惘。

下片的後半，詞人並不接著寫自己如何感傷和失望，卻輕輕宕開，去寫眼前景物。回看通向都城的大道，紅英亂落，飛絮滿天，像是要追逐著駘蕩的東風遠去。這些景物，都大可尋味，那飄零的落紅，令人想起李商隱的名句「芳心向春盡，所得是沾衣」（〈落花〉）；那飛舞的楊花，則令人憶及蘇東坡的詞「不是楊花，點點是離人淚」（〈水龍吟・次韻章質夫楊花詞〉）。而且，那「亂紅飛絮」，也令人聯想一去不返的青春歲月，連同那夢一般溫馨的回憶，都隨著春光遠去了。「以寫景之心理言情」，才能曲盡情態（清王夫之《夕堂永日緒論・內編》）。這裡詞人以寫景代替了抒情，而情在景中，詞意更加含蓄深蘊。

這詞中所表現的一往深情是為了懷念昔日的情人，還是盼望下一次的歡會？是隱喻命定的離別，還是描摹刻骨的相思？或以為這是首悼亡之作。宋釋惠洪《冷齋夜話》引宋許顗說：李元膺喪妻，作〈茶瓶兒〉詞，尋亦卒。蓋謂詞人虛構了一個傳奇般的「人面桃花」式的故事，寄寓了對亡妻的悼念與人去樓空的哀怨。同是悼亡，元稹的〈遣悲懷〉平易樸實，情感真摯，惻惻動人；李商隱的悼亡詩蒙著濃豔迷離的色彩，讀後令人悵惘嘆息；而李元膺的這首詞卻寫得如此含蓄不露，不加點破，很難知是悼亡。筆記類多小說家言，未必可信也。

（王鎮遠）

洞仙歌

李元膺

一年春物，唯梅柳間意味最深。至鶯花爛漫時，則春已衰遲，使人無復新意。予作〈洞仙歌〉，使探春者歌之，無後時之悔。

雪雲散盡，放曉晴池院。楊柳於人便青眼。更風流多處，一點梅心，相映遠，約略顰輕笑淺。

一年春好處，不在濃芳，小豔疏香最嬌軟。到清明時候，百紫千紅，花正亂，已失春風一半。早占取韶光共追遊，但莫管春寒，醉紅自暖。

本篇旨趣，小序已表白清楚，意在提醒人們及早探春，無遺後時之悔。然而，若許以「獨識春光之微」（明沈際飛《草堂詩餘正集》評），卻又不然。因為詞有所本，唐楊巨源〈城東早春〉云：「詩家清景在新春，綠柳才黃半未勻。若待上林花似錦，出門俱是看花人。」韓愈〈早春呈水部張十八員外二首〉其一亦云：「最是一年春好處，絕勝煙柳滿皇都。」均先得此意。不過，同樣意思發而為詞，以比興手法出之，仍饒有新意。

序云：「一年春物，唯梅柳間意味最深。」上片即分寫梅與柳，均早春物候。隆冬過盡，梅發柳繼，詞人巧妙地把這季節的消息具體化在一個有池塘的宅院裡。當雪雲剛剛散盡，才放曉晴，楊柳便綻了新芽。柳葉初生，形如媚眼，故云：「楊柳於人便青眼。」人們在喜悅時正目而視，眼多青處，故曰「青眼」。二字的運用不唯象形，又賦予柳以多情的人格。與柳色遙遙相映（「相映遠」）的，是梅花。「一點梅心」，與前面柳眼的擬人對應，寫出梅柳間的關係。蓋柳係新生，梅將告退，所以它不像柳色那樣一味地喜悅，而約略有些哀愁，「約略顰輕笑淺」。而這一絲化在微笑中的幾乎看不見的哀愁，又給梅添了無限風韻，故云「更風流多處」在梅不在柳。如此嫵媚的擬人，如此細膩的筆墨，寫得「意味最深」。

過片即用韓詩「最是一年春好處」意，挽合上片，又開下意，即「至鶯花爛漫時，則春已衰遲，使人無復新意」。「小豔疏（淡）香」上承柳眼梅心而來，「濃芳」二字則下啟「百紫千紅」。清明時候，繁花似錦，百紫千紅，遊眾如雲。「花正亂」的「亂」字，表其熱鬧過火，反使人感到「無復新意」，它較之「爛漫」一詞更為別致，而稍有貶意。因為這種極盛局面，實是一種衰微的徵兆，「已失春風一半」。當此之際，特別使人感到韶光之寶貴。所以，詞人在篇終向「探春者」殷勤致意：「早占取韶光共追遊，但莫管春寒，醉紅自暖。」這裡不僅是勸人探春及早，還有更深一層的意思。蓋早春容易讓人錯過，也有氣候上的原因，春寒料峭，自然不如春暖花開的為人喜悅。作者卻以為，「春寒」也自有意趣。這時更宜杯酒，一旦飲得上了臉，通身也就暖和了。這種風趣是前舉唐詩所沒有的。（周嘯天）

朱服

【作者小傳】（一〇四八～？）字行中，湖州烏程（今浙江湖州市）人。宋神宗熙寧六年（一〇七三）進士。累官國子司業、起居舍人，歷中書舍人、禮部侍郎。徽宗朝，加集賢殿修撰，知廣州，黜，知袁州，再貶蘄州安置，改興國軍安置，卒。詞存一首。

漁家傲 朱服

小雨纖纖風細細，萬家楊柳青煙裡。戀樹濕花飛不起，愁無比，和春付與東流水。

九十光陰能有幾？金龜解盡留無計。寄語東城沽酒市，拚一醉，而今樂事他年淚。

這首詞原題為「春詞」，是作者知婺州（亦稱東陽郡，治所在今浙江金華）期間的作品。作者早年以「風采才藻皆秀整」著稱一時。現存詞僅此一首，風格俊麗，是他的得意之作。據其門下士方勺《泊宅篇》記載：「公往往乘醉大言：『你曾見我「而今樂事他年淚」否？』」可見其自負之極。

詞的上片，主旨是惜春，景中寓情。開頭兩句「小雨纖纖風細細，萬家楊柳青煙裡」，寫暮春時節，好風吹，細雨潤，滿城楊柳，鬱鬱蔥蔥，萬家屋舍，掩映在楊柳的青煙綠霧之中。正是「綠暗紅稀」，春天快要悄然歸去了。次三句：「戀樹濕花飛不起，愁無比，和春付與東流水」，借濕花戀樹寄寓人的戀春之情。「戀樹濕花飛不起」是個俊美的佳句。「濕花」應上「小雨」，啟下「飛不起」。「戀」字用擬人法，賦落花以深情。花尚不忍辭樹而留戀芳時，人的心情更可想而知了。在春天將去的時候，落花有離樹之愁，人也有惜春之愁，這「愁無比」三字，渾含二者，不可分辨。如此深愁，既難排遣，那就將它連同春天一道付與東流的逝水吧。

下片感嘆韶光易逝，因而產生不如及時行樂的思緒，著意抒情。前兩句：「九十光陰能有幾？金龜解盡留無計。」作者感嘆春來春去，雖然是自然界的常態，然而美人有遲暮之思，志士有未遇之感，這九十日的春光，也極短暫，說去也就要去的，即使解盡金龜換酒相留，也是留她不住的。詞句中的金龜指所佩的玩飾，唐孟棨《本事詩·高逸第三》載，賀知章曾經解過金龜換酒以酬李白，成為往昔文壇上的佳話。作者借用這個典故，表明極意把酒留春。「寄語東城沽酒市。拚一醉，而今樂事他年淚。」雖然留她不住，也要借酒澆愁，拚上一醉，以換取暫時的歡樂。「寄語」一句，謂向酒肆索酒。「而今樂事他年淚」，結句一語兩意，樂中興感。有些人「今朝有酒今朝醉，明日愁來明日愁」（羅隱〈自遣〉），有些人則當快意之時，想得較深，就有愁思相伴。想到他年將追思今日之樂而不可再得，反成為興悲下淚之由。何況今日東城買醉，僅為驅遣春愁，又非真正的賞心樂事呢！

這首詞在章法上是上景下情。上片以「戀樹濕花」三句寫愁來之景，下片以「寄語」三句寫遣愁之情。結句「而今樂事他年淚」，一意化兩，示遣愁不盡，無限感傷。清況周頤《蕙風詞話》卷二說：「白石詞『少年料情事老來悲』，宋朱服句『而今樂事他年淚』，二語合參，可悟一意化兩之法。宋周端臣〈木蘭花慢〉云：『料今朝別後，他時有夢，應夢今朝。』與『而今』句同意。」作者自以「而今」句為得意之句，正因為寄意頗深，既表明而今的暫時歡樂，又預示他年回憶此時情景，將成為興感的來源。從這句中，可以看出作者的思路是：由而今而念及他年，又由他年回思而今，在意念的推移往復中，顯示不同的時間，不同的環境，常常使人有哀樂不同之感。所以這樣的詞句是耐人尋味的。（馬祖熙）

劉弇

【作者小傳】（一〇四八～一一〇二）字偉明，吉州安福（今屬江西）人。宋神宗元豐二年（一〇七九）進士，繼中博學鴻詞科。哲宗元符中，進〈南郊大禮賦〉，稱旨，除祕書省正字，改著作佐郎、實錄檢討官。著有《龍雲集》，詞有《彊村叢書》本《龍雲先生樂府》，凡八首。

清平樂

劉弇

東風依舊，著意隋堤柳。搓得鵝兒黃欲就，天氣清明廝勾①。

去年紫陌青門，今宵雨魄雲魂。斷送一生憔悴，能消幾箇黃昏！

〔註〕①廝勾：將近、將要。「廝勾」一作「時候」。

這首詞宋黃昇《花菴詞選》以為趙德麟（令時）作，疑誤。宋胡仔《苕溪漁隱叢話後集》卷四十引《復齋漫錄》云：「劉偉明（弇）既喪愛妾而不能忘，為〈清平樂〉詞云云，與唐阿灰之詞有間矣。」今人唐圭璋《詞學論叢．考證》云：「據此本事，可證確為劉弇作。」應從之。唐阿灰，指唐代張曙。他的叔父張禕喪愛妾，張曙曾代作悼亡詞〈浣溪沙〉（枕障薰爐隔繡幃）一首，與此詞題材相似而風格稍異，故復齋以為「有間矣」。

劉弇〈清平樂〉（東風依舊）——明刊本《詩餘畫譜》

此詞與張曙詞的差別主要有兩點：張詞著重寫室內情景，而此詞著重寫室外，此其一；張詞感情較曖昧淒婉，此詞則沉痛感傷，此其二。按劉弇於宋神宗時舉進士，曾知峨眉縣；元符中進〈南郊大禮賦〉，深得哲宗賞識，被任命為祕書省正字；徽宗立，授實錄院檢討官。一生未隸元祐黨籍。有人認為此詞與政治有關，似無實據。從詞的內容來看，當係在京任職期間為傷愛妾之逝而作。

詞的上片寫景。從景象所反映出來的意致看，只是一股淡淡的哀愁，隨著詞情的發展，才逐漸把悼亡之情揭示出來，最後達到高潮。詞中所寫的地點比較明確，即汴京城外的隋堤上，所謂「隋堤柳」、「紫陌青門」是也。但時間較難言，起句「東風依舊」，實際上包括今時與舊時。今時是指這回的清明時候，舊時是指與愛妾在紫陌青門同遊的去年。全詞以感情為紐帶，把舊時與今時的情景綰合在一起，對愛妾寄予了深摯的悼念。

起首二句寫春風輕拂垂柳，語言很通俗，意思也很簡單，但卻層折多變，富於婉約特色。句中的隋堤，指汴河一帶的河堤。相傳隋煬帝時開運河，自洛陽至揚州，沿堤廣植楊柳。初春時節，和煦的東風輕拂隋堤上的楊柳，給人以親切溫柔之感。而「著意」二字，更把東風擬人化。言外之意彷彿是說，自然界的東風對楊柳尚如此多情，而現實生活中的詞人卻如此孤單，再也得不到親人的憐愛。詞中寫的是物態，蘊含的乃是人情。這裡特別引人注意的是「依舊」二字，也就是說去年今日，正是東風駘蕩、楊柳婀娜的時節，他和愛妾曾在一起欣賞這美好的春光。可是今日重來，東風依舊，人事全非，他怎能不傷感？第三句蟬聯首二句。東風對楊柳的「著意」，主要體現在一個「搓」字上。此字甚俗，但也很新，可算是以俗為雅。說東風輕拂楊柳，若用「吹」或「拂」，皆為習見之語；但用了一個「搓」字，則給人以輕輕搓揉、撫摩之感。在東風搓揉之下，柳枝上遂呈現出「鵝兒黃」的顏色。鵝兒黃，指柳色的嫩黃。楊柳初綻的嫩葉，宛如雛鵝的羽絨，而這惹人喜愛的顏色，竟是東風搓出來的，設想多麼奇警，真是巧奪天工。歇拍「天氣清明廝勾」，則總括前文，一切景色，一切人情，都包括其中，由人想像了。

過片一聯，從語言上看是工整的對仗，從詞意上看是鮮明的對比。「去年紫陌青門」，與上片「東風依舊」相映射，是回憶從前在郊外與愛姬共同遊賞之樂。紫陌，指京城的道路，如唐人賈至〈早朝大明宮呈兩省僚友〉詩云：「銀燭朝天紫陌長，禁城春色曉蒼蒼。」青門，漢時長安霸城門之別名，此處借指汴京城門。「雨魄雲魂」，語本宋玉〈高唐賦〉：「妾在巫山之陽，高丘之阻，旦為朝雲，暮為行雨，朝朝暮暮，陽臺之下。」以之形容愛妾死亡之後，魂魄飄盪，有如朝雲暮雨，非常恰切。詞筆至此，悼念愛妾的主題便趨於明朗化。結尾二句，悲哀的抒發，至於極點。「斷送一生憔悴」，張相《詩詞曲語辭匯釋》卷五釋云：「言逗引人一生憔悴也。」是什麼逗引得詞人一生憔悴？是春風在多情地撫弄楊柳，是清明時候的惱人天氣，是愛妾業已消逝的雨魄雲魂。多少撩人愁緒的往事，多少觸目驚心的現實，怎不逗引得他黯然神傷而導致一生憔悴！尤其在黃昏時刻，煙靄迷茫，景色慘淡，在失去愛妾的詞人看來，此情此景真真催人淚下。「能消幾箇黃昏」，同張曙詞「黃昏微雨畫簾垂」極其相似，它們都是透過環境的渲染，反映內心深處的感情。明人沈際飛評曰：「『能消幾箇黃昏』，恆語之有情者。『能』字更喫緊。」（《草堂詩餘正集》卷二）近人俞陛雲也評曰：「撫今追昔，人之常情。此詞結末二句，何沉痛乃爾！」（《宋詞選釋》）恆語即是常語。綜合他們兩人的意思，就是說以常語寫常情。其中沒有什麼藻飾，也不作一絲矯情，句句都是從肺腑間流出。而著一「能」字，則加強了感情的深度，更富於感染力量。所謂「更喫緊」，所謂「何沉痛乃爾」，當從此悟出。

宋詞中的悼亡之作，以蘇東坡的〈江城子〉（十年生死兩茫茫）、賀鑄的〈半死桐〉（重過閶門萬事非）最為感人，但都是悼念正室。至於悼念愛妾，則應推東坡的〈西江月〉（玉骨那愁瘴霧）和這一首了，然亦有不同：坡詞較典雅，此詞較通俗。兩者對讀，便可發現不同的意味。（徐培均）

時彥

【作者小傳】（？～一一〇七）字邦美。開封（今屬河南）人。宋神宗元豐二年（一〇七九）進士第一。歷官兵部員外郎、集賢校理、祕閣校理、河東轉運使、吏部尚書。詞存一首。

青門飲 時彥

寄寵人

胡馬嘶風，漢旗翻雪，彤雲又吐，一竿殘照。古木連空，亂山無數，行盡暮沙衰草。星斗橫幽館，夜無眠、燈花空老。霧濃香鴨，冰凝淚燭，霜天難曉。

長記小妝才了。一杯未盡，離懷多少。醉裡秋波，夢中朝雨，都是醒時煩惱。料有牽情處，忍思量、耳邊曾道。甚時躍馬歸來，認得迎門輕笑。

本詞是遠役懷人之作，在藝術構思方面有其獨特之處，即採用對比、回憶等手法，如上片雄渾的北國風光，與下片的傷離情景，形成鮮明的對比；下片別時依依難捨的回憶和想像中重逢時欣喜歡悅的對比，寫來豪放和柔婉兼而有之；在題材的處理方面亦是境界闊大而又有別出心裁的細膩描寫，語言的運用極其生動活潑，流利自然，由此給人以十分新穎獨特的感覺。

宋初范仲淹寫邊陲風光的〈漁家傲〉，歷來受人稱道，視為豪放詞的前驅，其中如「四面邊聲連角起，千嶂裡，長煙落日孤城閉」，本詞上片開始幾句，手法亦與之相似，在讀者面前展開邊地的特有風光。作者將親身經歷的旅途情景，用概括而簡練的字句再現出來。「胡馬」兩句，寫風雪交加，在呼嘯的北風聲中，夾雜著胡馬的長嘶，真是「胡馬依北風」（〈古詩十九首．行行重行行〉），使人意識到這裡已離邊境不遠。抬頭而望，「漢旗」，也即宋朝的大旗，卻正隨著紛飛的雪花翻舞，車馬就在風雪之中行進。「彤雲」兩句，寫氣候變化多端。正行進間，風雪逐漸停息，西天晚霞似火，夕陽即將西沉。「一竿殘照」，是形容殘日離地平線很近。借著夕陽餘暉，只見一片廣闊荒寒的景象，老樹枯枝縱橫，山巒錯雜堆疊；行行重行行，暮色沉沉，唯有近處的平沙衰草，尚可辨認。這裡寫邊地氣候多變，時而風雪交加，時而晚霞夕照；描寫是由遠而近，由明亮而朦朧，意味著這天旅程的結束。

「星斗」以下，寫投宿以後夜間情景。採用襯托手法，從凝望室外星斗橫斜的夜空，到聽任室內燈芯延燒聚結似花，還有鴨形熏爐不斷散放香霧，燭淚滴凝成冰，都是用來襯托出長夜漫漫，作者沉浸在思念之中，整宵難以入睡的相思之情，由此引出下片內容。

下片以回憶和想像為主，用生活的語言和委婉曲折的筆觸勾勒出那位「寵人」的形象。離情別意，本來是詞中經常出現的內容，而且以直接描寫為多，如「殘月出門時，美人和淚辭」（韋莊〈菩薩蠻〉），「暗垂珠露，泣送征輪」（韓縝〈鳳簫吟〉）。作者卻另闢蹊徑，以「寵人」的各種表情和動態來反映或曲折地表達不忍分離的心情。

「長記」三句，寫別離前夕，她淺施粉黛、裝束淡雅，在餞別宴上想借酒澆愁，卻是稍飲即醉。「醉裡」三句，寫醉後神情，由秋波頻盼而終於入夢，然而這卻只能增添醒後惜別的煩惱，真可說是借酒澆愁愁更愁了。這裡刻畫因傷離而出現的姿態神情，都是運用白描和口語，顯得宛轉生動，而人物內心活動卻在這看似平淡的幾筆中曲曲道出。

結尾四句，是作者繼續回想別時難捨難分的情況，其中最牽惹他的情思而難以忘懷的一幕，就是臨行之際，她上前附耳小語的神態。這裡不用一般篇末別後思念的寫法，如「春欲暮，思無窮，舊歡如夢中」（溫庭筠〈更漏子〉），「落花猶在，香屏空掩，人面知何處」（晏幾道〈御街行〉），而是曲折地以對方望歸的迫切心理和重逢之時的喜悅心情作為結束，這也即是耳語的內容；低聲問他何時能躍馬歸來，是關心和期待，讓他想像對方迎接時愉悅的笑容，則是進一層展開一幅重逢之時的歡樂場面。這樣，就使這首傷離的懷人之作不以「黯然銷魂者，唯別而已矣」（南朝梁江淹〈別賦〉）的低調結束，而是以充滿著期待和喜悅的心情總收全篇。

本詞作者時彥是河南開封人，宋神宗元豐二年（一〇七九）進士第一。這首詞不見宋人傳本，唯見明人陳耀文《花草稡編》卷二十三，殊屬可貴。（唐圭璋）

秦觀

【作者小傳】（一〇四九～一一〇〇）字少游，一字太虛，號淮海居士。高郵（今屬江蘇）人。少豪雋，慷慨溢於文辭，喜讀兵家書。見蘇軾於徐州，作〈黃樓賦〉，軾以為有屈、宋才，勉以應舉。宋神宗元豐八年（一〇八五）登進士第。哲宗元祐初，除祕書省正字、兼國史院編修官。紹聖初，坐黨籍，削秩，監處州酒稅。徙郴州、又徙雷州。徽宗朝，赦還，至藤州卒。其詞清麗和婉，深有情致，多寫男女情愛，亦有感傷身世之作。代表作有〈滿庭芳．山抹微雲〉、〈踏莎行．霧失樓臺〉、〈八六子．倚危亭〉、〈鵲橋仙．纖雲弄巧〉等。著有《淮海集》、《淮海居士長短句》。詞存九十首。

望海潮

秦觀

梅英疏淡，冰澌①溶洩，東風暗換年華。金谷俊遊，銅駝巷陌，新晴細履平沙。長記誤隨車。正絮翻蝶舞，芳思交加。柳下桃蹊，亂分春色到人家。

西園夜飲鳴笳。有華燈礙月，飛蓋妨花。蘭苑未空，行人漸老，重來是事堪嗟！煙暝酒旗斜。但倚樓極目，時見棲鴉。無奈歸心，暗隨流水到天涯。

〔註〕①澌：音同斯。漂流的融冰。

這首詞，宋本《淮海居士長短句》無題，汲古閣本《淮海詞》題為〈洛陽懷古〉。細玩詞意，乃是感舊而非懷古；且作詞之地也為汴京而非洛陽。至其作期，則在哲宗紹聖元年（一〇九四）春，即朝局大變，舊黨下臺，新黨再起，他因此貶官即將離京之時。

秦觀曾於神宗元豐五年（一〇八二）及八年兩度入京應試，但只是在哲宗元祐五年（一〇九〇）制舉及第之後，才留京供職達五年之久，得以參與當時名公的文酒之會，而元祐七年的賜宴，則是他印象最深的一次。《淮海集》載〈西城宴集〉詩序云：「元祐七年三月上巳，詔賜館閣官花酒，以中澣日遊金明池、瓊林苑，又會於國夫人園。會者二十有六人。」這是當時罕有的盛舉，所以作者後來貶謫處州（州治在今浙江麗水），作〈千秋歲〉詞，還提及「憶昔西池會，鵷鷺同飛蓋」，而致慨於「日邊清夢斷，鏡裡朱顏改」。此刻更是記憶猶新，怎生捨得不在貶官去國之時，重遊其地，讓兩年前的這件事再現心頭，形諸筆墨呢？

這首詞的結構有些特別。一般的詞，都從換頭處改變作意，如上片寫景，下片寫情，或上片寫今，下片寫昔等。此詞也是以今昔對比，但它是先寫今，再寫昔，然後又歸到今。憶昔是全篇的重點，這一部分通貫上下兩片，而不從換頭處換意。

上片起頭三句，寫初春景物。梅花漸漸地稀疏，結冰的水流已經溶解，在東風的煦拂之中，冬天悄悄地走了，春天不聲不響地來了。「暗換年華」，指的當然是眼前自然界的變化，但對於自己榮辱窮通所關至巨的政局變化即寓其中。此種雙關的今昔之感，直貫結句思歸之意。

從「金谷俊遊」以下，一直到下片「飛蓋妨花」為止，共十一句，都是寫舊遊，而以「長記」兩字領起，「誤隨車」固在「長記」之中，即前三句所寫在金谷園中、銅駝路上的遊賞，也同樣在內。但由於〈望海潮〉格律關係（此詞四、五句要實對，如柳永的「東南形勝」一首亦作「煙柳畫橋，風簾翠幕」），就把「長記」這樣作為領起的字移後了。所以讀時不可誤會，以為「金谷」三句是寫今而非憶昔。只要仔細一點，就不難看出，此三句所寫都是歡娛之情，與下片後半所寫今日的感傷心緒很不和諧，顯然不是一時之事。

在汴京居住達五年之久，「長記」之事，當然可說者甚多，而這首詞寫的只是兩年前春天的那一次遊宴。金谷園是西晉石崇的花園，在洛陽西北。銅駝路是西晉都城洛陽皇宮前一條繁華的街道，以宮前立有銅駝而得名。故人們每以金谷、銅駝代表洛陽的名勝古跡。但在本篇裡，西晉都城洛陽的金谷園和銅駝路，卻是用以借指北宋都城汴京的金明池和瓊林苑，而非實指。與下面的西園也非實指曹魏鄴都（在今河北臨漳西）曹氏兄弟的遊樂之地，而是指金明池（因為它位於汴京之西）同。古人詩詞中出現的名勝古跡名稱，或為實指，或以借喻，要根據詩中情事，具體分析，不可一概而論。如唐駱賓王〈豔情代郭氏答盧照鄰〉「銅駝路上柳千條，金谷園中花幾色」，或係實指；劉禹錫〈楊柳枝〉「金谷園中鶯亂飛，銅駝陌上好風吹」，亦為實指。而元人雅琥〈汴梁懷古〉云：「荊榛無月泣銅駝」，則顯然是以洛陽之典來詠汴梁，與秦詞全然相同了。總之，這「金谷」三句，乃是說前年上巳，適值新晴，遊賞幽美的名園，漫步繁華的街道，緩踏平沙，非常輕快。

由於記起當年在大道之上，名園之中，「細履平沙」，因而連帶想起最令人難忘的「誤隨車」那件事來。「誤隨車」出韓愈〈遊城南十六首〉中的〈嘲少年〉：「直把春償酒，都將命乞花。祇知閒信馬，不覺誤隨車。」而李白的〈陌上贈美人〉：「駿馬驕行踏落花，垂鞭直拂五雲車。美人一笑褰珠箔，遙指紅樓是妾家。」以及張泌的〈浣溪沙〉：「晚逐香車入鳳城，東風斜揭繡簾輕，慢回嬌眼笑盈盈。消息未通何計是？便須佯醉且隨行，依稀聞道太狂生。」則都可作誤隨車的注釋。不過有有意之隨與無心之誤的區別而已。士女傾城，春遊極盛，在那種「車如流水馬如龍」（李煜〈望江南〉）的盛況之下，「誤隨車」是完全可能的。儘管那次只是「誤隨」，但卻引起了詞人溫馨的遐思，使他對之長遠地保持著美好的記憶，在心裡縈迴不已，難以忘懷。

「正絮翻蝶舞」四句，寫春景。時間已由初春到了豔陽天，所以春色也就更其濃麗了。「絮翻蝶舞」、「柳下桃蹊」，正面形容濃春。春天的氣息到處洋溢著，人在這種環境之中，自然也就「芳思交加」，即心情充滿著青春的歡樂了。而且，這濃麗的春光並非作者所能獨占，而是被紛紛地送到了沿著「柳下桃蹊」住著的許多人家。這個「亂」字下得極好，它將春色無所不在，亂哄哄地呈現著萬紫千紅的圖景出色地反映了出來。

換頭「西園」三句，從美妙的景物寫到愉快的飲宴，時間則由白天到了夜晚，以見當時的盡情歡樂。西園借指西池。曹植的〈公讌詩〉寫道：「清夜遊西園，飛蓋相追隨。明月澄清景，列宿正參差。」曹丕〈與朝歌令吳質書〉云：「白日既匿，繼以朗月。同乘並載，以遊後園。輿輪徐動，參從無聲；清風夜起，悲笳微吟。」又云：「從者鳴笳以啟路，文學託乘於後車。」詞用二曹詩文中意象，寫日間在外面遊玩之後，晚間又到國夫人園中飲酒、聽樂。各種花燈都點亮了，使得明月也失去了她的光輝；許多車子在園中飛馳，也不管車蓋擦損了路旁的花枝。寫來使人覺得燈燭輝煌，車水馬龍，如在目前。「礙」字和「妨」字，不但顯出月朗花繁，而且還顯出燈多而交映，車眾而並馳的盛況。

以上十一句寫舊遊。把過去寫得愈熱鬧就愈襯出現在的淒涼、寂寞。「蘭苑」二句，暗中轉折，逼出「重來是事堪嗟」，點明懷舊之意，與上片「東風暗換年華」相呼應。（蘭苑即指金谷、西園之類。是事，猶言每事。）追憶前遊，是事可念，而「重來」舊地，則「是事堪嗟」，感慨深至。

當年西園夜飲，何等意氣！今天酒樓獨倚，何等消沉！煙暝旗斜，暮色蒼茫，既無飛蓋而來的俊侶，也無鳴笳夜飲的豪情，極目所至，已經看不到絮、蝶、桃、柳這樣一些春色，只是「時見棲鴉」而已。這時候，當然早已沒有了交加的芳思，而宦海風波，仕途蹉跌，也使得詞人不得不離開汴京，於是歸心也就自然而然地同時也是無可奈何地湧上心頭來了。

這首詞的主旨是感舊，感時之意即寓其中；由感舊而思歸，則盛衰之意自見，故以今昔對照為其基本表現手段。它用大量的篇幅寫舊遊之樂以反襯今日之牢落衰老，所以感染力特強。這也就是清周濟《宋四家詞選》所說的「兩兩相形」。如酒樓和金谷、銅駝、西園、蘭苑，「煙暝旗斜」和「華燈礙月，飛蓋妨花」，「倚樓」和「隨車」，「棲鴉」和「蝶舞」，「歸心」和「芳思」，「暗隨」與「亂分」，「天涯」和「人家」，無往而非兩兩相形，以見今昔之殊，而抒盛衰之感。（程千帆、沈祖棻）

水龍吟

秦觀

小樓連苑橫空，下窺繡轂雕鞍驟①。朱簾②半捲，單衣初試，清明時候。破暖輕風，弄晴微雨，欲無還有。賣花聲過盡，斜陽院落，紅成陣，飛鴛甃。玉珮丁東別後，悵佳期、參差難又。名韁利鎖，天還知道，和天也瘦。花下重門，柳邊深巷，不堪回首。念多情、但有當時皓月，向人依舊。

〔註〕①前人有批評首二句者。宋俞文豹《吹劍三錄》云：「東坡問少游別後有何作？少游舉『小樓連苑橫空，下窺繡轂雕鞍驟』。坡曰：『十三個字只說得一個人騎馬樓前過。』」清沈祥龍說：「詞當意餘於辭，不可辭餘於意。東坡謂少游『小樓連苑橫空，下窺繡轂雕鞍驟』二句，只說得車馬樓下過耳，以其辭餘於意也。」（《論詞隨筆》）今人也有不以為然者，如吳世昌以為此說不確，因為句中非但有馬，而且有車，東坡不可能連「繡轂」二字也不識。②一作「疏簾」。

這是一首贈妓詞。宋胡仔《苕溪漁隱叢話前集》卷五十引《高齋詩話》云：「少游在蔡州，與營妓婁琬字東玉者甚密，贈之詞云『小樓連苑橫空』，又云『玉珮丁東別後』者是也。」此詞頗具特色，深情綿眇，婉轉悽惻，從男女兩方抒寫了別情。其好處並不在起調，而在上下片兩結具有有餘不盡的情致。上片從女方著筆，寫她在樓上看到戀人身騎駿馬奔馳而去。這個開頭是用頓入的手法，一下子閃出兩個人物形象。然後便寫別時

秦觀〈水龍吟〉（小樓連苑橫空）——明刊本《詩餘畫譜》

天氣，別時景物。明李攀龍說：「輕風微雨，寫出暮春景色。」又說：「按景綴情，最有餘趣。謂筆能生花，信然！」（《草堂詩餘雋》卷二引）所謂「按景綴情」，就是在景物描寫中綴入人物的別情。

「朱簾」三句，承首句「小樓」而言，謂此時樓上佳人正身穿春衣，捲起朱簾，出神地凝望著遠去的情郎。「破暖」三句，表面上是寫微雨欲無還有，似在逗弄晴天，實際上則綴入女子的思想感情——它也像當前的天氣一樣陰晴不定。如果說相別的時間在早晨或午後，那麼這位女子就是一個人在樓上一直等待到紅日西斜。以下四句便寫這種等待的過程以及「候人兮猗」（塗山氏〈候人歌〉）的情緒。輕風送來的賣花聲清脆悅耳，充滿著生活的誘惑力，也容易引起人們對美好事物的追求。女主人公想去買上一枝插在鬢邊；可是縱有鮮花，誰適為容？她沒有心思買花，只好讓賣花聲過去，過去，直到它過盡。「過盡」二字用得極妙，從中可以想像得到女主人公諦聽的神態、想買又不願買的惋惜之情。特別巧妙的是，詞人將聲音的過去同時光的流逝結合在一起寫，若是一字一頓地吟誦「賣花聲過盡，斜陽院落」，便能體會到女主人公綿綿不盡的感情。歇拍二句，則是以景結情。落紅成陣，飛遍鴛甃（音同皺，此指井臺），景象是美麗的，感情卻是悲傷的。花辭故枝，象徵著行人離去，也象徵著紅顏憔悴，最易使人傷懷。它同「飛紅萬點愁如海」（秦觀〈千秋歲〉）相比，意境有些相似，但卻沒有點明愁字。不言愁而愁自在其中，因而蘊藉含蓄，帶有悠悠不盡的情味。

下片從男方著筆，寫別後情懷。「玉珮丁東別後」，雖嵌入「東」、「玉」二字，然無人工痕跡，且比起首二句凝練準確，讀後頗有「環珮人歸」之感。「悵佳期、參差難又」，是說再見不易。參差猶差池，即蹉跎、失誤。剛剛言別，馬上又擔心重逢難再，可見人雖遠去，而留戀之情猶縈迴腦際。至「名韁利鎖」三句，始點出不得不與情人分別的原因。古代士人，既嚮往愛情的幸福，也要追求功名富貴，這是當時社會造成的一種思想矛盾。為了功名富貴，不得不拋下情人，詞人思想上是矛盾的、痛苦的，因此發出了詛咒。「和天也瘦」句從李賀〈金銅仙人辭漢歌〉中「天若有情天亦老」化來。但以瘦易老，卻別有情味，明王世貞對此極為讚賞，他說：「詞內『人瘦也，比梅花，瘦幾分』（按：程垓〈攤破江城子〉），又『天還知道，和天也瘦』，又『莫道不銷魂，簾捲西風，人比黃花瘦』（按：李清照〈醉花陰〉），三瘦字俱妙。」（《弇州山人詞評》）它概括了人物的思想矛盾，凸出了相思之苦。多少個不眠之夜，多少次輾轉反側……都包含在一「瘦」字中。明沈際飛說：「天也瘦起來，安得生致？少游自抉其心。」（《草堂詩餘正集》卷五）可謂揭示了「瘦」字的奧祕。「花下」三句，照應首句，回憶別前歡聚之地。此時他雖策馬遠去，途中猶頻頻回首，瞻望女子所住的「花下重門，柳邊深巷」。著以「不堪」二字，更加刻畫出難耐的心情，難言的痛苦。煞尾三句，頗饒餘韻，寫對月懷人情景，頗有「見月而不見人之憾」（《草堂詩餘雋》卷二）。古代許多詩人也寫對月懷人，往往以美好的祝願，帶給讀者怡悅欣慰之情。少游則不然，他賦予皓月以人的感情，說他當初曾多情地照著男女雙方，如今雖仍像從前一樣當空高照，但只照著男子的孑然一身。淒然之感，溢於言外。清人馮煦稱他為「古之傷心人也」（《宋六十一家詞選．例言》），確有見地。（徐培均）

八六子　秦觀

倚危亭，恨如芳草，萋萋剗盡還生。念柳外青驄別後，水邊紅袂分時，愴然暗驚。

無端天與娉婷，夜月一簾幽夢，春風十里柔情。怎奈向、歡娛漸隨流水，素絃聲斷，翠綃香減，那堪片片飛花弄晚，濛濛殘雨籠晴。正銷凝，黃鸝又啼數聲。

這是一首懷人之詞，懷念他曾經相愛過的一個歌女。懷念情侶本是唐、五代、兩宋詞中常見的題材，但是由於作者的才情、際遇不同，雖是同樣題材的懷人之詞，還是出現了許多殊光異彩耐人吟誦之作。秦觀這首詞就是很有特色的。此詞發端三句即很精彩。作者與所懷念之人相別已久矣，獨倚危亭，忽睹芳草，因芳草之剗（音同產，通「剷」）盡還生而聯想到離情之纏綿鬱結，難以屏除，只用一「恨」字作聯繫，設想與用筆均極為含蘊空靈，故清周濟譽為「神來之筆」（《宋四家詞選》）。下邊兩句用「念」字領起追憶。「柳外青驄」、「水邊紅袂」，分寫自己與對方離別時的情況。柳外、水邊是幽雅的環境，青驄、紅袂是鮮明的形象，當日情景，宛然再現，這是虛景實寫。「愴然暗驚」一句，突然落到今日的現實，追憶的夢幻霎時驚醒，遂有無限淒楚之感，也含有離別已久之恨。

下片「無端」三句，再進一步追憶當時歡聚之樂。「無端」是不知何故之意，言老天好沒來由，賜予她一份娉婷之姿，致使我為之神魂顛倒。「夜月」二句敘寫歡聚情況，借用杜牧詩句以含蓄出之。（杜牧〈贈別二首〉其一：「娉娉裊裊十三餘，荳蔻梢頭二月初。春風十里揚州路，卷上珠簾總不如。」）如果直說，就淺露寡味了。（秦觀〈滿庭芳〉詞：「銷魂，當此際，香囊暗解，羅帶輕分」，就顯得淺露。）「怎奈向」三句（「怎奈向」義同「奈何」）嘆惋好景不常，倏又離散。「素絃聲斷，翠綃香減」，仍是用形象寫別離，有幽美淒清之致。「那堪」二句，忽又寫當前景物，以景融情。「片片飛花弄晚，濛濛殘雨籠晴」，是淒迷之景，在懷人的深切愁悶中，觀此景更增惆悵，故用「那堪」二字領起。結尾「正銷凝，黃鸝又啼數聲」，又是融情入景，有悠然不盡之意。宋洪邁《容齋四筆》卷十三云：「秦少游〈八六子〉詞云：『片片飛花弄晚，濛濛殘雨籠晴。正銷凝，黃鸝又啼數聲。』語句清峭，為名流推激。予家舊有建本《蘭畹曲集》，載杜牧之一詞，但記其末句云：『正銷魂，梧桐又移翠陰。』秦公蓋效之，似差不及也。」洪邁指出秦觀詞此二句是從杜牧〈八六子〉詞中脫化出來是對的，但是他認為秦詞不及杜詞，論斷並不公允。

秦觀這首〈八六子〉詞，若論藝術是很精美的。他寫離情並不直說，而是融情於景，以景襯情，也就是說，把景物融化入感情之中，使景物更鮮明而具有生命力，把感情附託在景物之上，使感情更為含蓄深邃。宋張炎評秦觀〈八六子〉詞云：「離情當如此作，全在情景交鍊，得言外意。」（《詞源》卷下）「情景交鍊」四字，很能說出此詞的特點。詞中無論是敘寫當前或追憶過去，都是用鮮明幽美的意象，如「危亭」、「芳草」、「柳外青驄」、「水邊紅袂」、「夜月一簾」、「春風十里」、「素絃聲斷」、「翠綃香減」、「飛花弄晚」、「殘雨籠晴」、「黃鸝又啼數聲」等等，而「青驄」、「紅袂」、「素絃」、「翠綃」、「黃鸝」等，都是用顏色的字面，更增加彩色之美，使人彷彿看到一幅幅的畫圖，在幽美的景象中飽含淒楚之情。從章法來說，忽爾寫當前，忽爾寫過去，交插錯綜，頗似電影中所用的手法。從用筆來說，極為輕靈，空際盤旋，不著重筆。從聲律來說，〈八六子〉這個詞調，音節舒緩，迴旋宕折，適宜於表達淒楚幽咽之情，讀起來覺得如聽溪水從山巖中曲折流出的琤琮之音。秦觀這首詞還有一個特點，就是洗練得非常精純，這也是秦觀所擅長的。張炎早就指出這一點，他說：「秦少游詞，體製淡雅，氣骨不衰，清麗中不斷意脈，咀嚼無滓，久而知味。」（《詞源》卷下）〈八六子〉這首詞，如果反覆吟諷，確實使人感到是通體精純，「咀嚼無滓，久而知味」。（繆鉞）

滿庭芳 秦觀

山抹微雲，天連衰草，畫角聲斷譙門①。暫停征棹，聊共引離尊。多少蓬萊舊事，空回首，煙靄紛紛。斜陽外，寒鴉萬點，流水繞孤村。

銷魂，當此際，香囊暗解，羅帶輕分。謾贏得、青樓薄倖名存。此去何時見也，襟袖上、空惹啼痕。傷情處，高城望斷，燈火已黃昏。

〔註〕①譙門：譙，音同瞧。「譙門」為城門上供遠眺瞭望的高樓。

有不少詞調，開頭兩句八個字，便是一副工緻美妙的對聯。宋代名家，大抵皆向此等處見功夫，逞文采。諸如「做冷欺花，將煙困柳」（史達祖〈綺羅香．詠春雨〉），「疊鼓夜寒，垂燈春淺」（姜夔〈玲瓏四犯．越中歲暮〉）……一時也舉他不盡。這好比名角出臺，繡簾揭處，一個亮相，風采精神，能把全場「籠罩」住。試看那「欺」字、「困」字、「疊」字、「垂」字……詞人的慧性靈心、情腸意匠，早已穎秀葩呈，動人心目。

然而，要論個中高手，我意終推秦郎。比如他的「碧水驚秋，黃雲凝暮」（〈滿庭芳〉），何等神筆！至於這首〈滿庭芳〉的起拍開端「山抹微雲，天連衰草」，更是雅俗共賞，只此一個出場，便博得滿堂碰頭彩，掌聲

秦觀〈滿庭芳〉（山抹微雲）

雷動——真好看煞人！

這兩句端的好在何處？

大家先就看上了那「抹」字。好一個「山抹微雲」！「抹」得奇，新鮮，別有意趣！

「抹」又為何便如此新奇別致，博得喝彩呢？

須看他字用得妙，有人說是文也而通畫理。

抹者何也？就是用別一個顏色，掩去了原來的底色之謂。所以，唐德宗在貞元時閱考卷，遇有詞理不通的，他便「濃筆抹之至尾（唐蘇鶚《杜陽雜編》）」（煞是痛快）！至於古代女流，則時時要「塗脂抹粉」，羅虬寫的「一抹濃紅傍臉斜」（〈比紅兒詩〉其十七），老杜說的「曉妝隨手抹」（〈北征〉），都是佳例，其實亦即用脂紅別色以掩素面本容之義。

如此說來，秦郎所指，原即山掩微雲，應無誤會。但是如果他寫下的真是「山掩微雲」四個大字，那就風流頓減，而意致無多了。學詞者宜向此處細心體味。同是這位詞人，他在一首詩中卻說：「林梢一抹青如畫，知是淮流轉處山。」（〈泗州東城晚望〉）同樣成為名句。看來，他確實是有意地運用繪畫的筆法而將它寫入了詩詞，人說他「通畫理」，可增一層印證。他善用「抹」字，一寫林外之山痕，一寫山間之雲跡，手法俱是詩中之畫，畫中之詩，其致一也。只單看此詞開頭四個字，宛然一幅「橫雲斷嶺」圖。

出句如彼，且看他對句用何字相敵？他道是：「天連衰草。」

於此，便有人嫌這「連」字太平易了，覺得還要「特殊」一點才好。想來想去，想出一個「粘」字來（按：如葉夢得《避暑錄話》即載「天粘衰草」）。想起「粘」字來的人，自以為這樣才「鍊字」警策。大家見他如此寫天際四垂，遠與地平相「接」，好像「粘合」了一樣，用心選辭，都不同常俗，果然也是值得擊節讚賞！

我卻不敢苟同這個對字法。

何以不取「粘」字呢？蓋少游時當北宋，那期間，詞的風格還是大方家數一派路子，尚無十分刁鑽古怪的鍊字法。再者，上文已然著重說明：秦郎所以選用「抹」並且用得好，全在用畫入詞，看似精巧，實亦信手拈來，自然成趣。他斷不肯為了「敵」那個「抹」字，苦思焦慮，最後認上一個「粘」，以為「獨得之祕」——那就是自從南宋才有的詞風，時代特徵是不能錯亂的。「粘」字之病在於：太雕琢——也就顯得太穿鑿；太用力——也就顯得太吃力。藝術是不以此等為最高境界的。況且，「粘」也與我們的傳統畫理不相貼切，我們的詩人賦手，可以寫出「野曠天低」，「水天相接」。這自然也符合西洋透視學；但他們還不致也不肯用一個天和地像是粘合在一起這樣的「修辭格」，因為畫裡沒有這樣的概念。其間的分際，是需要仔細審辨體會的：大抵在選字功夫上，北宋詞人寧肯失之「出」，而南宋詞人則有意失之「入」。後者的末流，就陷入尖新、小巧一路，專門在一二字眼上做扭捏的功夫；如果以這種眼光去認看秦郎，那就南其轅而北其轍了。

以上是從藝術角度上講根本道理。注釋家似乎也無人指出：少游此處是暗用寇準的「倚樓無語欲銷魂，長空暗淡連芳草」的那個「連」字。豈能亂改他字乎？

說了半日，難道這個精彩的出場，好就好在一個「抹」字上嗎？少游在這個字上享了盛名，那自是當然而且已然，看他的令婿在宴席前遭了冷眼時，便「遽起，叉手而對曰：『某乃山抹微雲女婿也！』」（宋蔡絛《鐵圍山叢談》卷四）可見其膾炙之一斑。然而，這一聯八字的好處，卻不會「死」在這一兩個字眼上。要體會這一首詞通體的情景和氣氛，上來的這八個字已然起了一個籠罩全域的作用。

「山抹微雲」，非寫其高，寫其遠也。它與「天連衰草」，同是極目天涯的意思——這其實才是為了惜別傷懷的主旨，而攝其神理。懂了此理，也不妨直截地說極目天涯就是主旨。

然而，又須看他一個山被雲遮，便勾勒出一片暮靄蒼茫的境界；一個衰草連天，便點明了暮冬景色慘淡的氣象。整個情懷，皆由此八個字裡而透發，而「彌漫」。學詞者於此不知著眼，翻向一二小字上去玩弄，或把少游說成是一個只解「寫景」和「鍊字」的淺人，豈不是見小而失大乎？

八字既明，下面全可迎刃而解了：「畫角」一句，加倍點明時間。蓋古代傍晚，城樓吹角，所以報時，正如姜白石所謂「漸黃昏，清角吹寒，都在空城」（〈揚州慢〉），正寫那個時間。「暫停」兩句，才點出賦別、餞送之本事——詞筆至此，能事略盡，於是無往不收，為文必轉，便有回首前塵、低迴往事的三句，稍稍控提，微微唱嘆。妙在「煙靄紛紛」四字，虛實雙關，前後相顧。——何以言虛實，言前後？試看紛紛之煙靄，直承「微雲」，脈絡曉然，乃實有之物色也，而昨日前歡，此時卻憶，則也正如煙雲暮靄，分明如在，而又迷茫悵惘，全費追尋了。此則虛也。雙關之趣，筆墨之靈，允稱一絕。

詞筆至此，已臻妙境，而加一推宕，含情欲見，而無用多申，只將極目天涯的情懷，放在眼前景色之間，就又引出了那三句使千古讀者嘆為絕唱的「斜陽外，寒鴉萬點，流水繞孤村」。又全似畫境，又覺畫境亦所難到。嘆為高手名筆，豈虛譽哉。

詞人為何要在上片歇拍之處著此「畫」筆？有人以為與正文全「不相干」。真的嗎？其實「相干」得很。莫把它看作敗筆泛墨、湊句閒文。少游寫此，全在神理，泯其語言，蓋謂：天色既暮，歸禽思宿，人豈不然？流水孤村，人家是處，歌哭於斯，亦樂生也。而自家一身微官濩落，去國離群，又成遊子，臨歧城郊帳飲，哪不執手哽咽乎？

我很小時候，初知讀詞，便被它迷上了！著迷的重要一處，就是這歸鴉萬點，流水孤村，真是說不出的美！

調美，音美，境美，筆美。神馳情往，如入畫中。後來才明白，詞人此際心情十分痛苦，他不是死死刻畫這一痛苦的心情，卻將它寫成了一種極美的境界，令人稱奇叫絕。這大約就是大詩人大詞人的靈心慧性、絕豔驚才的道理了吧？

我常說：少游這首〈滿庭芳〉，只須著重講解賞析它的上半闋，後半無須婆婆媽媽，逐句饒舌，那樣轉為乏味。萬事不必「平均對待」，藝術更是如此。倘昧此理，又豈止笨伯之譏而已。如今只有兩點該當一說：

一是青樓薄倖。人盡皆知，此是用「杜郎俊賞」（姜夔〈揚州慢〉語）的典故：杜牧之，宦滿十年，棄而自便，一身輕淨，亦萬分感慨，不屑正筆稍涉宦場一字，只借「閒情」寫下了那篇有名的「十年一覺揚州夢，贏得青樓薄倖名」（〈遣懷〉），其詞意怨甚，憤甚，亦謔甚矣！而後人不解，竟以小杜為「冶遊子」。人之識度，相去不亦遠乎。少游之感慨，又過乎牧之之感慨。少游有一首〈夢揚州〉，其中正也說是「離情正亂，頻夢揚州」，是追憶「殢酒為花，十載因誰淹留？」忘卻此義，講講「寫景」、「鍊字」以為即是懂了少游詞，所失不亦多乎哉。

二是結尾。好一個「高城望斷」。「望斷」二字是我從一開頭就講了的那個道理，詞的上片整個沒有離開這兩個字。到煞拍處，總收一筆，輕輕點破，頰上三毫，倍添神采。而燈火黃昏，正由山有微雲——到「紛紛煙靄」（漸重漸晚）——到滿城燈火，一步一步，層次遞進，井然不紊，而惜別停杯，留連難捨，維舟不發……也就盡在「不寫而寫」之中了。

作詞不離情景二字，境超而情至，筆高而韻美，涵詠不盡，令人往復低迴，方是佳篇。雕繪滿眼，意纖筆薄，乍見動目，再尋索然。少游所以為高，蓋如此才真是詞人之詞，而非文人之詞、學人之詞……所謂當行本色，即此是矣。

有人也曾指出，秦淮海，「古之傷心人也」（清馮煦《宋六十一家詞選．例言》）。其語良是。他的詞，讀去乍覺和婉，細按方知情傷，令人有淒然不歡之感。此詞結處，點明「傷情處」，又不啻是他一部詞集的總括。我在初中時，音樂課教唱一首詞，使我十幾歲即為之動魂搖魄——

江城子　秦觀

西城楊柳弄春柔，動離憂，淚難收。猶記多情，曾為繫歸舟。碧野朱橋當日事，人不見，水空流。……

每一吟誦，追憶歌聲，輒不勝情，「聲音之道，感人深矣」，古人的話，是有體會的。然而今日想來，令秦郎如此長懷不忘、字字傷情的，其即〈滿庭芳〉所詠之人之事乎？（周汝昌）

滿庭芳　秦觀

紅蓼花繁，黃蘆葉亂，夜深玉露初零。霽天空闊，雲淡楚江清。獨棹孤篷小艇，悠悠過、煙渚沙汀。金鉤細，絲綸慢捲，牽動一潭星。

時時，橫短笛，清風皓月，相與忘形。任人笑生涯，泛梗飄萍。飲罷不妨醉臥，塵勞事、有耳誰聽？江風靜，日高未起，枕上酒微醒。

詞的上闋可以說是一幅清江月夜獨釣圖。

蓼花紅豔繁簇，蘆葉衰黃零亂，夜深了，白露剛剛降下來。作者選取了三種最能表現秋江夜色的典型景物，透過設色的明與暗，造境的野而幽，烘托出江邊的淒清氣氛。這是寫地上所見。

接著再對秋夜江天作大筆的渲染——

「霽天空闊，雲淡楚江清。」秋高雲淡，水天一色，境界闊大，紅蓼黃蘆雜處其間（這正所以成其為秋景），十分美麗。開頭五句全是寫景，似乎完全不夾雜人的感情，但「一切景語，皆情語也」（王國維《人間詞話》），秦觀所作的這種景語，與他所要抒發的感情水乳交融，從而收到借景抒情的效果。

下面轉入情事的抒寫。首先是：「獨棹孤篷小艇，悠悠過、煙渚沙汀。」小艇、孤篷，又是獨棹——船上只有自己一個人。這樣景況應該說夠寂寞了吧。可是這位獨棹孤舟的人，卻是優哉游哉地駛過煙霧迷離的沙岸小洲。這裡詞人透過表達特定情境的「獨」、「孤」、「小」和「悠悠」等字，把一件本是江中盪舟的極平常事，不僅寫得搖曳生姿，而且充分表達出此刻「這一個」人的生活情趣。

不知什麼時候，他的「孤篷小艇」停了下來，接著是「金鉤細，絲綸慢捲，牽動一潭星」。他垂釣江中，懸著細鉤的絲線，慢慢地從水中拉起，倒映水中的星星，似乎也被牽動起來了。「慢捲」，表明垂釣時的閒裕，與「悠悠過」綰合。而收捲釣絲後泛起水面漣漪，向外擴展，使一派水面上倒映的星光動蕩不已，如果不是細緻觀察、體驗，便不會寫得這樣美妙。秦觀在〈臨江仙〉詞裡也有「微波澄不動，冷浸一天星」之句，寫的是夜泊瀟湘浦口，月高風定，秋水澄藍，水不動，星亦不動，如浸水中，一片靜景，與此詞的絲綸垂釣，「牽動一潭星」的以動寫靜，各擅其妙，可謂善寫水中星影者。上闋有景物有情事，景物和情事的搭配，表現出泛江垂釣者的悠然自得情趣。蘇軾稱讚王維的詩，說他「詩中有畫」。就這首作品來看，也可以說「詞中有畫」了。

換頭三句是上闋結尾三句情事的繼續，只不過不再是垂釣，而是吹笛了。「時時，橫短笛」，看來今天夜晚，當小船悠悠地在水面漂動時，當「絲綸慢捲」後，他曾不止一次地吹過短笛。在寂寞秋江之上，當他吹笛發出悠揚之聲的時候，他覺得陪伴著自己的有「清風皓月」，「相與忘形」——彼此都脫略形跡，忘卻你我的區別，物我一體。這幾句，寫出了垂釣之人此刻的怡然自得，更寫出了他的恬淡情懷，或者還微微夾雜一些兒自身的感慨吧，所以逼出來下面似達觀似鬱結的一句：「任人笑生涯，泛梗飄萍。」秦觀早年一度漫遊，過的是「泛梗飄萍」的生涯，此處寫垂釣者，其實也暗寓自己的人生感喟。不過詞人說「任人笑」，而自己並不在乎；不僅不在乎，還要「飲罷」而「醉臥」，因為「塵勞事、有耳誰聽」——對於世間煩惱擾心的種種不如意事，有耳朵也不會去聽了。

最後三句，在「飲罷」「醉臥」之後，一枕沉酣，直到天明。秋江風靜，水波不興，忘掉塵世間一切煩惱的人，儘管太陽高高升起，他還躺在枕上，剛剛醒來，還帶著些微的醉意。

整首詞景色如畫，雖有「紅蓼花繁」，但全幅畫面淡素雅潔，清麗恬靜。作者寫來情景融和，直抒胸臆，表現出他對「泛梗飄萍」生涯的嚮往，看似淡然、坦然，實際上鬱積著不平和憤懣的心情。透過表象，結合秦觀的為人，看他的「任人笑」的話語，顯然是「弦外有音」——而這，與他的寫景、抒情又融合為一，含蓄不露，從而造就成一件「咀嚼無滓，久而知味」（宋張炎《詞源》）的精美藝術品。（艾治平）

滿庭芳

秦觀

碧水驚秋，黃雲凝暮，敗葉零亂空階。洞房人靜，斜月照徘徊。又是重陽近也，幾處處、砧杵聲催。西窗下，風搖翠竹，疑是故人來。傷懷！增悵望，新歡易失，往事難猜。問籬邊黃菊，知為誰開？謾道愁須殢酒，酒未醒、愁已先回。憑欄久，金波漸轉，白露點蒼苔。

〔註〕①殢酒：殢，音同替。「殢酒」，沉溺於酒。

這是一首傷離懷舊的詞，從詞中的「新歡易失，往事難猜」兩句來看，似是遭貶謫以後的作品。秦少游的詞，以「情韻兼勝」（清《四庫全書總目提要．淮海詞》）而廣泛傳誦，歷久不衰。他的「情韻兼勝」的藝術風格是在景物的描寫中來展現的。人，都是在特定的自然環境中活動的，四季景物的變化，不能不對人們的感情有所觸動，正如南朝梁劉勰《文心雕龍．物色》所說：「物色之動，心亦搖焉。」而由於每個人的社會地位、遭遇、情緒以及審美趣味的不同，他們心目中的自然景物，也無不具有自己的感情色彩。借景寫情，是詩詞裡，特別是詞裡最常用的手法。前人對這個問題有很多論述。清況周頤說：「蓋寫景與言情，非二事也。

善言情者，但寫景而情在其中。」（《蕙風詞話》卷二）王國維甚至說：「昔人論詩詞，有景語、情語之別，不知一切景語，皆情語也。」（《人間詞話》）在詞裡被人們廣泛傳誦的警句、秀句，大多是景語，可以證實他們的論斷的正確性。善於融情入景，既顯豁，又含蓄，可以說是秦少游在詞的藝術上的一項重要成就，在這首詞裡，可以很清楚地看出他的抒情手段。

這首詞的意境乃從宋玉的〈九辯〉化出。開頭三句：「碧水驚秋，黃雲凝暮，敗葉零亂空階。」地上，一片碧水放出了冷光，感到「薄寒之中人」（〈九辯〉），不覺驚嘆時序變遷之速；天上，幾片黃雲在逐漸凝聚，掩沒了微弱的陽光，大地呈現出蒼茫的暮色，臺階上堆積著零亂的黃葉。濃重的衰颯氣氛，烘托出詞人此時此地的心境。這三句和他另一首〈滿庭芳〉的起首三句「山抹微雲，天連衰草，畫角聲斷譙門」，同樣是寫秋天的黃昏景色，但兩者相比，前者顯得更加衰颯。「驚」、「凝」二字集中地表現出詞人對一片蕭瑟景象的主觀感受，加重了所寫景物的感情色彩，反映出他的淒苦心情。「黃雲」一句，語本於李商隱詩「秋風動地黃雲暮」（〈東還〉），而著一「凝」字，就比原句顯得沉著有力。「洞房人靜，斜月照徘徊。」「人靜」，而詞人不靜，他心思潮湧，在斜月照耀之下，徘徊不定，陷入了沉思之中。

「又是重陽近也，幾處處、砧杵聲催」。這幾句不是泛泛地點明時序，而蘊蓄著很深的感慨。九月，正是「授衣」的時候。老杜詩說：「寒衣處處催刀尺，白帝城高急暮砧。」（〈秋興八首〉其一）這是老杜在夔州秋天日暮聽得砧杵聲時的感受。漂泊異鄉，到此時，很自然地會起故園之思，而對於接連遭受政治排斥的詞人來說，當這種聲音清晰地傳入他的耳鼓時，他的感受如何呢？細玩「又是」二字和「催」字，不難體會出這幾句話裡滲透著無限的悲涼情緒：時光在一年一年地消失，而苦恨何時能休！「又是重陽近也」和另一首〈滿庭芳〉中的「此去何時見也」是同一句法，而前一句尤極委婉之致。「西窗下，風搖翠竹，疑是故人來。」在寫景中透露出懷人的情思，是全詞的主旨所在。這幾句是從唐人李益詩句「開門復動竹，疑是故人來」（〈竹窗聞風寄苗發司空曙〉）化出，易「動」為「搖」，寫出了竹影扶疏的風神，同時也反映出對故人的情意。

換頭「傷懷！增悵望，新歡易失，往事難猜」幾句緊承上片結句，婉轉地表達出在遭貶謫以後的生活歷程和傷離懷舊的情緒。宋哲宗紹聖初年，章惇等人執政，把所有和司馬光、蘇軾有點關係的人，甚至毫無牽連而為他們所忌恨的人物，一概目為「元祐黨人」，加以貶斥。險惡的政治風浪，衝散了詞人的友好親朋，這中間是非曲直是十分難言的。人情反覆，世態炎涼，在貶謫中不會有什麼新歡，即使有，也會很快失去；生平故舊，或存或亡，即使存者，也天各一方，對於往事還能想些什麼呢？只有悵惘而已。「新歡易失，往事難猜」兩語濃縮了詞人的千愁萬恨，低迴欲絕，但也只說到這裡為止，再發洩，就不成為他的婉約詞風。宋玉〈九辯〉中說：「憯悽增欷兮，薄寒之中人；愴怳懭悢兮，去故而就新。坎廩兮，貧士失職而志不平；廓落兮，羈旅而無友生；惆悵兮，而私自憐！」可以作為詞人此時心境的寫照。

菊花，是秋天的花，它的盛開，表明了時序已到了深秋。「問籬邊黃菊，知為誰開？」忽然向花發問，而且問得很奇，花還有專為某人開的嗎？原來這是有來歷的，唐嚴惲〈落花〉詩說：「春光冉冉歸何處？更向花前把一杯。盡日問花花不語，為誰零落為誰開？」大概是最早開問花之風的詩作。秦少游的師尊蘇東坡，在〈吉祥寺花將落而述古不至〉一詩裡說：「今歲東風巧剪裁，含情只待使君來。對花無信花應恨，直恐明年便不開。」足見花是有感情的，它可以專為某人而開。他又在〈述古聞之，明日即至，坐上復用前韻同賦〉詩裡說：「太守問花花有語，為君零落為君開。」不僅問了花，而且花還作了回答，這都是多情的詩人所賦予的花的感情，所虛構的花的形象，已成了往事。秦少游這幾句有可能是從東坡那裡學來的，也有可能是直接從唐人的詩句化出。把問春花改為問秋菊，不只是為了表明時令，和下幾句聯繫起來看，它還有更深刻的意義。「謾道愁須殢酒，酒未醒、愁已先回」。這幾句和上兩句初看似乎沒有什麼聯繫，實際上是緊密相連。唐人原詩裡有「更向花前把一杯」的話，春花前可以把酒，陶淵明喜歡喝酒，喜歡菊花，是人盡皆知的，「東籬把酒」似乎來頭更大一些，也更自然一些。但在這裡，從詞人的發問語氣裡可以判斷出他已無心賞花；為什麼呢？因為無心把盞；為什麼呢？因為即使喝醉了酒，也解不了愁；為什麼呢？因為「酒未醒，愁已先回」。就這樣，把黃花與酒以及解愁與否聯繫起來，感情跌宕，噴湧而出，步步進逼，最後說出一句最深摯、最動情的話：酒敵不過愁。這是一句久經苦難的詞人的肺腑之言，中間蘊蓄著詞人的無限辛酸。比起他的「便做春江都是淚，流不盡，許多愁」（〈江城子〉）來，更為淒婉動人。這樣迴腸蕩氣的詞境，在婉約詞人中很少能夠達到。歇拍三句「憑欄久，金波漸轉，白露點蒼苔」，以景語作結。詞情搖曳，迴旋不盡。

這首詞從景語開始，以景語結束，在層層鋪敘中滲透著強烈的感情，但又委婉深至，不顯得發露，構成了「情韻兼勝」的風格。他的最著名的作品，如〈滿庭芳〉（山抹微雲、曉色雲開）、〈江城子〉（西城楊柳弄春柔）、〈踏莎行〉（霧失樓臺）、〈千秋歲〉（水邊沙外）等，都是這種寫法，都是景中透情，氣脈貫串，顯示出他的婉約詞風。宋末著名詞人張炎說：「秦少游詞，體製淡雅，氣骨不衰，清麗中不斷意脈，咀嚼無滓，久而知味。」（《詞源》卷下）所指的就是這一類作品。（李廷先）

江城子

秦觀

西城楊柳弄春柔，動離憂，淚難收。猶記多情曾為繫歸舟。碧野朱橋當日事，人不見，水空流。

韶華不為少年留。恨悠悠，幾時休？飛絮落花時候一登樓。便做春江都是淚，流不盡，許多愁。

這是一首暮春懷人之作。上片是由楊柳勾起的回憶，下片是抒情中所作的比興修辭，均自然而具特色。

楊柳在詞中扮演了一個重要角色，首句便是「西城楊柳弄春柔」。這柳色，通常能使人聯想到青春及青春易逝，又可以使人感春傷別。「弄春柔」的「柔」字，便有百種柔情，「弄」字則有故故撩撥之意。賦予無情景物以有情，寓擬人之法於無意中。（試比較張先〈天仙子〉的名句「雲破月來花弄影」。）「楊柳弄春柔」的結果，便是惹得人「動離憂，淚難收」。這「淚」字，是詞中又一個關鍵字，詳後說。以下寫因柳而有所感憶：「猶記多情曾為繫歸舟。碧野朱橋當日事，人不見，水空流。」這裡已給讀者足夠的暗示，這楊柳不是任何別的地方的楊柳，而是靠近水驛的長亭之柳，所以當年曾繫歸舟，曾有離別情事在這地方發生。那時候，一對情侶或至友，就踏過紅色的板橋，眺望春草萋萋的原野，在這兒話別。一切都記憶猶新，可是眼前呢，風景不殊，人兒已天各一方了。「水空流」三字表達的惆悵是深長的。在寫「淚」之後寫到「水」，似不經意，其實已為下片煞拍的設喻作了伏筆，這正是詞中機杼所在。

好景不常，凡人都有這類感慨。過片卻特別強調「韶華不為少年留」，那是因為少年既是風華正茂，又特別善感的緣故，所謂既得之，患失之。「恨悠悠，幾時休？」兩句無形中又與前文的「淚難收」、「水空留」唱和了一次，這樣，一個巧妙的比喻已水到渠成。只需要一個適當的誘因，於是便有「飛絮落花時候一登樓」的描寫。「一登樓」，可見不常登樓。而不登則已，「一登」就在這楊花似雪的暮春時候，真正是感如之何？感如之何？這就逼出最後的妙喻：「便做春江都是淚，流不盡，許多愁。」它妙就妙在一下子將從篇首開始逐漸寫出的淚流、水流、恨流挽合作一江春水，滔滔不盡地向東奔去。這比喻不是突如其來的，而是逐漸匯合的，說它水到渠成，也就是說它自然而具特色。

這比喻又顯然受到李後主〈虞美人〉名句「問君能有幾多愁，恰似一江春水向東流」的影響，甚至可以說是從此翻新的。那麼它新在何處呢？細味後主之句作問答語，感情是哀痛而澎湃洶湧的；少游之句改作假設語（「便做……」），語氣就微婉得多，表達的感情則較纏綿傷感。前者之美是「陽剛」的，後者卻稍近「陰柔」；都是為具體的情感內容所制約，故各得其宜。（周嘯天）

鵲橋仙

秦觀

纖雲弄巧，飛星傳恨，銀漢迢迢暗渡。金風玉露一相逢，便勝卻人間無數。

柔情似水，佳期如夢，忍顧鵲橋歸路。兩情若是久長時，又豈在朝朝暮暮。

「七夕」是一個美好而又充滿神話色彩的節日。杜牧〈秋夕〉詩云：「天階夜色涼如水，坐看牽牛織女星。」相傳這天夜晚（農曆七月初七）是分居銀河兩側的牛郎織女，一年一度相會的日子。織女是織造雲錦的巧手，所以，這天夜晚，天空的雲彩特別好看。舊時風俗，少女們要於此夜陳設瓜果，朝天禮拜，向織女「乞巧」。這個漢魏以來就流傳著的美麗神話，引起了古往今來多少詩人的詠嘆。其中能長久地膾炙人口，傳誦不衰的絕唱，則要推秦少游這首〈鵲橋仙〉了。

詞一開始即寫「坐看牽牛織女星」時初秋夜空美景：「纖雲弄巧」，輕柔多姿的雲彩，變化出許多優美巧妙的圖案，顯示出織女的手藝真是精巧無倫啊！可是，這樣美好的人兒，卻不能與自己心愛的人共同過美好的生活。「飛星傳恨」，那些閃亮的星星彷彿都在傳遞著他們的離愁別恨而飛馳長空。這兩句寫雲，寫星星，都具有人的情意，那「纖雲」著意「弄巧」，似乎為這對愛侶的團聚而高興；而「飛星」也為他們傳情遞意而奔忙，這種寫法可謂「化景物為情思」了。

接著寫織女渡銀河。〈古詩十九首．迢迢牽牛星〉云：「河漢清且淺，相去復幾許？盈盈一水間，脈脈不得語。」「盈盈一水間」，近在咫尺，似乎連對方的神情語態都宛然在目。這裡，秦觀卻寫道：「銀漢迢迢暗渡」，以「迢迢」二字形容銀河的遼闊，牛女相距之遙遠。這樣一改，感情深沉了，凸出了相思之苦。迢迢銀河水，把兩個相愛的人隔開，相見多麼不容易！「暗渡」二字既點「七夕」題意，同時緊扣一個「恨」字，他們踽踽宵行，千里迢迢來相會，那深情摯意真像長河秋水源遠流長啊！

按說接下來就是寫牛女相會的場面了。可是高明的詞人不作實寫，卻宕開筆墨，以富有感情色彩的議論讚嘆道：「金風玉露一相逢，便勝卻人間無數！」一對久別的情侶在金風玉露之夜，在碧落銀河之畔相會了，這是多麼美好幸福的時刻，天上一次相逢，就抵得上人間千遍萬遍呀！詞人熱情歌頌了一種理想的聖潔而永恆的愛情。「金風玉露」用李商隱〈辛未七夕〉詩：「恐是仙家好別離，故教迢遞作佳期。由來碧落銀河畔，可要金風玉露時。」用以描寫七夕相會的時節風光，同時還另有深意，詞人把這次珍貴的相會，映襯於金風玉露、冰清玉潔的背景之下，顯示出這對愛侶心靈的高尚純潔。

「相見時難別亦難」（李商隱〈無題〉），以上寫「佳期相會」，下面便是「依依惜別」。「柔情似水」，那兩情相會的情意啊，就像悠悠無聲的流水，是那樣的溫柔纏綿。而一夕佳期竟然像夢幻一般倏然而逝，才相見又分離，怎不令人心碎！「柔情似水」，「似水」照應「銀漢迢迢」，即景設喻，十分自然。「佳期如夢」，除言相會時間之短，還寫出愛侶相會時的複雜心情。平日他倆只有夢中相見，此時真的相會，卻又「乍見翻疑夢」（司空曙〈雲陽館與韓紳宿別〉）了！「忍顧鵲橋歸路」，轉寫分離，剛剛藉以相會的鵲橋，轉瞬間又成了和愛人分別的歸路。不說不忍離去，卻說怎忍看鵲橋歸路，婉轉語意中，含有無限惜別之情，含有無限辛酸眼淚。

作者寫這幾句詞，似乎他的感情已和詞中主人公融成一片，進入「不知何者為我，何者為物」（王國維《人間詞話》）的化境了。回顧佳期幽會，疑真疑假，似夢似幻，及至鵲橋言別，戀戀之情，已至於極。詞筆至此忽又空際轉身，爆發出高亢的音響：「兩情若是久長時，又豈在朝朝暮暮！」這擲地作金石聲的警句，使全篇為之一振。

「多情自古傷離別」（柳永〈雨霖鈴〉），固然是人之常情，而秦觀這兩句詞卻揭示了愛情的真諦：愛情要經得起長久分離的考驗，只要能彼此真誠相愛，即使終年天各一方，也比朝夕相伴的庸俗情趣可貴得多。這兩句又是感情色彩很濃的議論，它與上片的議論遙相呼應，也與上片同樣結構，敘事和議論相間，從而形成全篇連綿起伏的情致。而更可貴的是：詞的命意超絕。正如明人沈際飛評曰：「七夕以雙星會少別多為恨，獨謂情長不在朝暮，化臭腐為神奇！」（《草堂詩餘正集》卷二）誠然，這種正確的戀愛觀，這種高尚的精神境界，遠遠超過了古代同類作品，是十分難能可貴的。

就全篇而言，這首寫神話故事的詞，句句是天上，句句寫雙星，而又句句寫人間，句句寫人情，天人合一，成為千古抒情絕唱。其抒情，悲哀中有歡樂，歡樂中有悲哀，悲歡離合，起伏跌宕。詞中有寫景，有抒情，有議論，虛實兼顧，融情、景、理於一爐。有趣的是，婉約詞家在寫作上常以議論為病，而今作為婉約派大師的秦少游，直接在這篇名作中抒發了議論：「金風玉露一相逢，便勝卻人間無數」，「兩情若是久長時，又豈在朝朝暮暮」。這些自然流暢的句子，近於散文，卻更顯得婉約蘊藉，餘味盎然。（高原）

減字木蘭花　秦觀

天涯舊恨，獨自淒涼人不問。欲見迴腸，斷盡金爐小篆香。
黛蛾長斂，任是春風吹不展。困倚危樓，過盡飛鴻字字愁。

這首詞寫一位獨處高樓的女子深長的離愁。

起句陡峭，由情直入。「天涯」點明所思遠隔，「舊恨」說明分離已久，四字寫出空間、時間的懸隔，為「獨自淒涼」張本。獨居高樓，已是淒涼，而這種孤淒的處境與心情，竟連存問同情的人都沒有，就更覺得難堪了。「人」可以理解為泛指，但也不妨包括所思念的遠人在內，這與下片結句「過盡飛鴻字字愁」聯繫起來體味，就可以看得比較清楚。兩句於傷離嗟獨中含有怨意。

「欲見迴腸，斷盡金爐小篆香。」篆香，盤香，因其形狀迴環如篆，故稱。兩句是說要想瞭解她內心的痛苦嗎？請看金爐中寸寸斷盡的篆香！盤香的形狀恰如人的迴腸百轉，這裡就近取譬，觸物興感，顯得自然渾成，不露痕跡。「斷盡」二字著意，凸出了女主人公柔腸寸斷，「一寸相思一寸灰」（李商隱〈無題四首〉其二）的強烈感情狀態。這兩句在哀怨傷感中寓有沉痛激憤之情。上片四句，前兩句直抒怨情，後兩句借物喻情，筆法變化，而感情則怨憤沉痛。

過片從內心轉到表情的描寫：「黛蛾長斂，任是春風吹不展。」在人們的意念中，和煦的春風給萬物帶來生機，它能吹開含苞的花朵，展開細眉般的柳葉，似乎也應該吹展人的愁眉，但是這長斂的黛蛾，卻是任憑春風吹拂，也不能使它舒展，足見愁恨的深重。這和辛棄疾〈鷓鴣天〉詞「春風不染白髭鬚」同一機杼，都可謂無理而妙。「任是」二字，著意強調，加強了愁恨的分量。讀到這兩句，眼前便會浮現在拂面春風中雙眉緊鎖、脈脈含愁的女主人公形象。

「困倚危樓，過盡飛鴻字字愁。」結拍兩句，點醒女主人公獨處高樓的處境和引起愁恨的原因。高樓騁望，見懷遠情殷，而「困倚」、「過盡」，則騁望之久，失望之深自見言外。舊有鴻雁傳書之說，仰觀飛鴻，自然會想到遠人的書信，但「過盡」飛鴻，卻盼不到來自天涯的音書。因此，這排列成行的「雁字」，在困倚危樓的閨人眼中，便觸目成愁了。兩句意蘊與溫庭筠〈望江南〉詞「過盡千帆皆不是，斜暉脈脈水悠悠，腸斷白蘋洲」相似，而秦觀的這兩句，主觀感情色彩更為濃烈。

張炎說：「秦少游詞，體製淡雅，氣骨不衰，清麗中不斷意脈。」（《詞源》卷下）這首詞正是清而有骨、意脈貫通的顯例。全篇四韻，每韻均為一個四字句、一個七字句，這種形式，相對來說比較呆板，很容易造成各韻之間不相聯屬的斷片結構。這首詞卻以一個「愁」字貫串全篇。首韻總提虛領，點明「天涯舊恨」，是「愁」的總根；次韻借物喻愁，寫內心的痛苦；三韻借外形的描寫進一步寫愁緒之深重；四韻又從主人公對外物的主觀感受寫愁，並點明愁的直接原因，以「過盡飛鴻」不見音書，回應篇首的「獨自淒涼人不問」，首尾呼應，一意貫串。全詞基調雖偏於感傷，但並不顯得柔靡纖弱，字裡行間，流露出一種深沉的怨憤激楚之情，特別是每韻七字句的頭兩個字（獨自、斷盡、任是、過盡），都用重筆著意強調，顯出感情的強度力度，加上辭采的清麗，讀來便明顯感到它的清而有骨了。（劉學鍇）

畫堂春　秦觀

落紅鋪徑水平池，弄晴小雨霏霏。杏園憔悴杜鵑啼，無奈春歸。
柳外畫樓獨上，憑欄手撚花枝。放花無語對斜暉，此恨誰知。

秦觀是北宋詞壇上一位重要的作者，這一則自然是因為他的詞具有一種婉約纖柔的特美；再則也因為這種特美，與詞之性質有特別相近之處；因此當詞之發展，已經在蘇軾手中達到了詩化之高峰以後，秦觀詞的成就，就更有了一種對詞之本質重新加以認定的意義。而其後較秦觀時代稍晚的一些作者，如賀鑄、周邦彥諸人，其作風乃多近於秦，而並不近於蘇，所以清陳廷焯《白雨齋詞話》卷一乃謂「秦少游自是作手，近開美成，導其先路」。而更可注意的則是秦觀詞中所表現的婉約纖柔之特美，乃全出於其心靈中一份敏銳善感之天性的資質，所以雖然是對詞之本質的回歸，然而與以前五代的《花間集》和北宋中期的晏殊、歐陽脩諸人的詞風，則又各有不同。《花間集》中的作品大多為歌筵酒席之豔歌，其纖柔婉麗之品質，乃是與現實之女性結合有密切之關係者，而並不必為作者個人心性品質之流露，這是秦觀詞之所以與《花間集》中一些纖柔婉麗之作，表面上作風雖然看似相近，而實際上卻有所不同的緣故。至於晏、歐的一些小詞，則又因為他們在學問事功方面各有過人的成就，因此在他們的小詞中，也就隱然結合了個人的懷抱修養，而如此也就並不僅是其心性本質單純自然之流露了，這是秦觀詞之所以與晏、歐的某些纖柔婉麗的小詞雖看似相近，而實際上卻也有所不同的緣故。所以清劉熙載在其《藝概．詞概》中，乃云「秦少游詞得《花間》、《尊前》遺韻，卻能自出清新」。清馮煦在

秦觀〈畫堂春〉（落紅鋪徑水平池）——明刊本《詩餘畫譜》

其《宋六十一家詞選．例言》中，亦云「他人之詞，詞才也；少游，詞心也，得之於內，不可以傳」。這些評語都不失為對秦觀詞的體會有得之言。現在我們就以這一首〈畫堂春〉詞為例證，來對秦觀詞的此種出於心性之本質的婉約纖柔之特點，一加賞析。

這是一首傷春之詞。傷春原是自唐五代以來，詞人所經常敘寫的一個主題。即以《花間集》而言，如溫庭筠〈菩薩蠻〉詞的「楊柳又如絲，驛橋春雨時」，韋莊〈謁金門〉詞的「滿院落花春寂寂，斷腸芳草碧」。還有晏殊〈浣溪沙〉詞的「滿目山河空念遠，落花風雨更傷春」，及歐陽脩〈玉樓春〉詞的「直須看盡洛城花，始共春風容易別」，便也都是寫傷春之情的小詞。但溫、韋所寫的乃是以男女之相思離別為主的傷春之情，而晏、歐所寫的一則表現了圓融的觀照，一則表現了豪宕的意興，都隱然有個人的襟抱修養流露於其間。可是秦觀這一首小詞所寫的，卻只是由於春歸之景色所引起的一片單純銳感的柔情。

開端的「落紅鋪徑水平池，弄晴小雨霏霏。杏園憔悴杜鵑啼」三句，全從眼中耳中所見所聞之春歸的景物寫起，而且全不用重筆，寫「落花」只是「鋪徑」，寫「水」只是「平池」，寫「小雨」只是「霏霏」，第三句寫「杏園」雖用了「憔悴」二字，明寫出春光之遲暮，然而卻也並不是落花狼藉風雨摧殘的重筆，而是在「憔悴」中也仍然有著含斂的意致。所以下一句雖明寫出「春歸」二字，但也只是一種「無奈」之情，而並沒有斷腸長恨的呼號。這種纖柔婉麗的風格，正是秦觀詞的一種特美。

至於此詞之下半闋，則由寫景而轉為寫人，換頭之處「柳外畫樓獨上，憑欄手撚花枝」兩句，情致更是柔婉動人。試想「柳外畫樓」是何等精緻美麗的所在；「獨上」「憑欄」而更「手撚花枝」，又是何等幽微深婉的情意。如果就一般《花間》詞風的作者而言，則「柳外畫樓獨上」的精微美麗的句子，他們也容或還寫得出來，但「憑欄手撚花枝」的幽微深婉的情意，就不是一般作者所可以寫得出來的了。

而秦觀詞的佳處還不僅如此而已，他的更為難能之處，是緊接著又寫了下一句的「放花無語對斜暉」，這才真是一句神來之筆。因為一般人寫到對花的愛賞多只不過是「看花」、「插花」、「折花」、「簪花」，甚至即使寫到「葬花」，也都是把對花的愛賞之情，變成了帶有某種目的性的一種理性之處理了。可是秦觀這首詞所寫的從「手撚花枝」到「放花無語」，卻是如此自然，如此無意，如此不自覺，更如此不自禁，而全出於內心中一種敏銳深微的感動。當其「撚」著花枝時，是何等愛花的深情，當其「放」卻花枝時，又是何等惜花的無奈。在這種對花之多情深惜的情意之比較下，我們就可以見到一般人所常常吟詠的「有花堪折直須折」（無名氏〈金縷衣〉）的情意，是何等庸俗而且魯莽滅裂了。所以「放花」之下，乃繼之以「無語」，便正因為此種深微細緻的由愛花惜花而引起的內心中的一種幽微的感動，原不是粗糙的語言所能夠表達的。而又繼之以「對斜暉」三字，便更增加了一種傷春無奈之情。何則？蓋此詞前半闋既已經寫了「落紅鋪徑」與「無奈春歸」的句子，是花既將殘，春亦將盡，而今面對「斜暉」，則一日又復將終。以前歐陽脩曾經寫過一組調寄〈定風波〉的送春之詞，其中有一首的開端兩句，寫的就是「過盡韶華不可添，小樓紅日下層簷」。其所表現的一種春去難留的悲感，是極為深切的。秦觀此句之「放花無語對斜暉」，也有極深切的傷春之悲感，但卻未使用如歐陽脩之「過盡」、「不可添」、「下層簷」等沉重的口吻，而只是極為含蓄地寫了一個「放花無語」的輕微的動作，和「對斜暉」的凝立的姿態，但卻隱然有一縷極深幽的哀感襲人而來。所以繼之以「此恨誰知」，才會使讀者感到其中心之果然有一種難以言說的幽微之深恨。清周濟在其《宋四家詞選．目錄序論》中，即曾云：「少游最和婉醇正。」又云：「少游意在含蓄，如花初胎，故少重筆。」〈畫堂春〉這首詞，便可以作為這些評語的印證。也許有人會以為像這類銳感多情的小詞，並沒有什麼深遠的意境可言，然而這種晶瑩敏銳的善於感發的資質，卻實在是一切美術與善德的根源。（葉嘉瑩）

千秋歲 秦觀

水邊沙外，城郭春寒退。花影亂，鶯聲碎。飄零疏酒盞，離別寬衣帶。人不見，碧雲暮合空相對。

憶昔西池會，鵷鷺同飛蓋。攜手處，今誰在？日邊清夢斷，鏡裡朱顏改。春去也，飛紅萬點愁如海。

據清秦瀛《淮海先生年譜》，哲宗紹聖二年乙亥（一〇九五），少游「嘗遊（處州）府治南園，作〈千秋歲〉詞」。然宋吳曾《能改齋漫錄》卷十七及宋曾敏行《獨醒雜誌》卷五俱謂作於衡陽，面呈孔毅甫。按少游於紹聖三年由處州（今浙江麗水）削秩徙郴州，歲暮抵貶所，其經衡陽已屆秋冬，與詞中所寫春景不合。故此詞應作於處州，至衡陽始錄呈孔毅甫。因為詞中感情極其悲傷，所以孔毅甫讀後說：「秦少游氣貌，大不類平時，殆不久於世矣。」（《獨醒雜誌》）

這首詞的特點是把今與昔、政治上的蹭蹬與愛情上的失意交織在一起，因而短短一首小詞，具有極大的思想容量與強烈的藝術魅力，在《淮海詞》中是少有的佳篇。

上片著重寫「今」。詞人於紹聖元年貶監處州酒稅。據府志云，處州城外有大溪，岸邊多楊柳。起首二句即寫眼前之景，將時令、地點輕輕點出。春去春回，往往引起古代詞人的詠嘆。王觀〈卜算子．送鮑浩然之浙東〉云：「若到江南趕上春，千萬和春住。」黃庭堅〈清平樂〉云：「春無蹤跡誰知，除非問取黃鸝。」然而少游這裡卻把春天的蹤跡看得明明白白：「水邊沙外，城郭春寒退。」淺淺春寒，從溪水邊、城郭旁，悄悄地退卻了。二月春尚帶寒，「春寒退」即三月矣，於是詞人寫道：「花影亂，鶯聲碎。」「暮春三月，江南草長，雜花生樹，群鶯亂飛」（南朝梁丘遲〈與陳伯之書〉），正是這個時候。這兩句詞從字面上看，好似出自唐人杜荀鶴〈春宮怨〉詩「風暖鳥聲碎，日高花影重」，然而詞人把它濃縮為兩個三字句，便覺高度凝練。其中「碎」字與「亂」字，用得尤工。鶯聲嚦嚦，以一「碎」字概括，已可盈耳；花影搖曳，以一「亂」字形容，幾堪迷目。白居易有詩〈錢塘湖春行〉云：「亂花漸欲迷人眼，淺草纔能沒馬蹄。」俱以「亂」字狀花之紛繁，可謂各極其妙。因為這兩句特別好，所以南宋范成大守處州時建鶯花亭以紀之，並題了〈次韻徐子禮提舉鶯花亭〉六首詩。後世題詠者，亦代不乏人。

以上幾句寫春深景色，似乎洋溢著對大自然的熱愛，可是詞人的著眼點卻是在轉瞬的春歸。到了「飄零」句以下，詞情更加傷感了。所謂「飄零疏酒盞」者，謂遠謫處州，孑然一身，不復有「殢酒為花」（〈夢揚州〉）之情興也；「離別寬衣帶」者，謂離群索居，腰圍瘦損，衣帶寬鬆也。〈古詩十九首．行行重行行〉云：「相去日已遠，衣帶日已緩。」當為後一句所本，因此明人沈際飛評曰：「兩句是漢魏人詩。」（《草堂詩餘正集》卷二）少游此詞基調本極哀怨，此處忽然注入漢魏詩風，故能做到柔而不靡。歇拍二句進一步抒發離別後的惆悵情懷。所謂「碧雲暮合」，說明詞人所待之人，遲遲不來。這一句是從南朝江淹〈擬休上人怨別〉詩「日暮碧雲合，佳人殊未來」化出，表面上似寫怨情，而所怨之人又宛似女性，然細按全篇，卻又不似。朦朧曖昧，費人揣摩，這正是少游詞的微妙之處，即清人周濟所云「將身世之感，打并入豔情，又是一法」（見《宋四家詞選》評其〈滿庭芳〉

「山抹微雲」闋）。說得通俗一點，便是將政治上的蹭蹬與愛情上的失意交織起來。因此讀來不覺枯燥之味，而是深感蘊藉含蓄，耐人涵泳。

上片寫今，過片則轉而寫昔。時間不同了，場景變化了，而詞人的潛在意識卻一直是貫串的。因為看到處州城外如許春光，詞人便情不自禁地勾起對昔日西池宴集的回憶。西池，即金明池，宋孟元老《東京夢華錄》卷七謂在汴京城西順天門外街北，自三月一日至四月八日閉池，雖風雨亦有遊人，略無虛日。《淮海集》卷九〈西城宴集〉詩註云：「元祐七年三月上巳，詔賜館閣官花酒，以中澣日遊金明池、瓊林苑，又會於國夫人園。會者二十有六人。」這是一次盛大而又愉快的集會，在詞人一生中留下了難忘的印象。「鵷鷺同飛蓋」一句，概括了二十六人同遊西池的盛況。鵷鷺者，謂朝官之行列整齊有序，猶如天空中排列飛行的鵷鳥與白鷺。飛蓋者，狀車輛之疾行，語本曹植〈公讌詩〉：「清夜遊西園，飛蓋相追隨。」陽春三月，館閣同人乘著車輛，排成長隊，馳騁在汴京西城門外通向西池的大道上，多麼歡樂；然而曾幾何時，景物依稀——這兒也有水邊，也有繁花，也在城外，而從遊者則貶官的貶官，遠謫的遠謫，俱皆風流雲散，無一幸免，令人多麼痛心！「攜手處，今誰在」，這是發自詞人肺腑的情語，我們彷佛聽到他在哭泣著呼喚，哭泣著訴說。這對元祐黨禍無異是痛心疾首的控訴。然而詞人表達這種感情時也不是淺述直露，這從「日邊」一聯可以看出。「日邊清夢」，語本李白〈行路難〉其一：「閒來垂釣碧溪上，忽復乘舟夢日邊。」王琦註云：「《宋書》：伊摯（伊尹）將應湯命，夢乘船過日月之旁。」少游將之化而為詞，說明自從遷謫以來，他對哲宗皇帝一直抱有幻想。他時時刻刻夢想回到京城，恢復昔日供職史館的生活。可是日復一日，年復一年，他的夢想如同泡影。於是他失望了，感到回到帝京的夢已不可能實現。夢斷難尋，這是多麼慘痛的遭際；然而表達得又是如此委婉曲折。接著「鏡裡朱顏改」一句，更聯繫自身。無情的歲月，使詞人臉上失去紅潤的顏色。詞人一會兒談政治理想的破滅，一會兒又說個人容顏的衰老，反覆纏綿，宛轉悽惻，簡直催人淚下。

詞的結尾是全詞感情的高潮，也是全篇的警策。開頭說「春寒退」，暗示夏之將至，到此又說「春去也」，明點春之即歸。兩者從時間上或許尚有些少距離，而從詞人心理上則是無甚差別的。蓋四序代謝，功成者退，春至極盛時，敏感的詞人便知其將被取代了。詞人從眼前想到往昔，又從往昔想到今後，深感前路茫茫，人生叵測，一種巨大的痛苦在噬齧他的心靈，因此不禁發出「春去也，飛紅萬點愁如海」的呼喊。這不僅是說自然界的春天正在逝去，同時也暗示生命的春天將一去不復返了。「飛紅」句頗似從杜甫〈曲江二首〉其一中「一片花飛減卻春，風飄萬點正愁人」化來，然其以海喻愁，卻是一個了不起的創造。從全篇來講，這一結句也極有力。近人夏閏庵（孫桐）云：「此詞以『愁如海』一語生色，全體皆振，乃所謂警句也。」（俞陛雲《宋詞選釋》引）憂愁有如浩瀚的大海，少游謫恨之深之廣，可以想見了。

總之，此詞寫昔是為了襯今，春深是為了襯春去，點染豔情是為了凸出政治理想的破滅，最終落在一個無邊無際的愁字上。全篇自然渾成，哀感頑豔，有一唱三嘆之妙。（徐培均）

踏莎行　秦觀

霧失樓臺，月迷津渡，桃源望斷無尋處。可堪孤館閉春寒，杜鵑聲裡斜陽暮。
驛寄梅花①，魚傳尺素②，砌成此恨無重數。郴江幸自③繞郴山，為誰流下瀟湘去？

〔註〕①驛寄梅花：《荊州記》：「陸凱與范曄相善，自江南寄梅花一枝詣長安與曄，并〈贈花詩〉曰：『折梅逢驛使，寄與隴頭人。江南無所有，聊贈一枝春。』」②魚傳尺素：古詩〈飲馬長城窟行〉：「客從遠方來，遺我雙鯉魚，呼兒烹鯉魚，中有尺素書。」③幸自：本自，本來是。郴，音同嗔。

此詞毛晉汲古閣本《淮海詞》調下附註謂作於郴州旅舍，時間略晚於〈阮郎歸〉（湘天風雨破寒初），大約作於哲宗紹聖四年（一〇九七）春三月，其時，由於新舊黨爭，秦觀先貶杭州通判，再貶監處州酒稅，最後又被人羅織罪名，貶徙郴州，並削去了所有的官爵和俸祿。接二連三的貶官，少游內心的悲苦絕望可想而知。他來到郴州後，寫下了這首詞，以委婉曲折的筆法，抒寫了謫居之恨，成為蜚聲詞壇的千古絕唱。

開篇三句「霧失樓臺，月迷津渡，桃源望斷無尋處」，寫一個意想中的夜霧籠罩一切的淒淒迷迷的世界：樓臺在茫茫大霧中消失；渡口被朦朧的月色所隱沒；那當年陶淵明筆下的桃花源（在郴州以北的武陵），更是雲遮霧障，無處可尋了。為什麼說這是意想中的景象呢？因為緊接著的兩句是「可堪孤館閉春寒，杜鵑聲裡斜

秦觀〈踏莎行〉（霧失樓臺）——明刊本《詩餘畫譜》

陽暮」。詞人閉居孤館，哪裡還能看得到「津渡」呢？而從時間上來看，上句寫的是霧的月夜，怎麼到了下句，時間又倒退到「斜陽暮」——殘陽如血的黃昏時刻了呢？顯然，這兩句是實寫詩人不堪客館寂寞，而頭三句則是虛構之景了。這裡詞人運用因情造景的手法，景為情而設。細細體味這開頭三句是意味深長的。「樓臺」，令人聯想到的是一種巍峨美好的形象，而如今被漫天的霧吞噬了；「津渡」，可以使人產生指引道路、走出困境的聯想，而如今在朦朧夜色中迷失不見了；「桃源」，令人聯想到陶淵明〈桃花源記〉中「黃髮垂髫，並怡然自樂」的一片樂土，而如今在人間再也找不到了。這開頭三句，分別下了「失」、「迷」、「無」三個否定詞，接連寫出三種曾經存在過或在人們的想像中存在過的事物的消失，表現了一個屢遭貶謫的失意者的悵惘之情和對前途的渺茫之感。清人黃蘇在《蓼園詞評》中說：「霧失月迷，總是被讒寫照。」這是深得詞人之心的。

正因為詞人此時此刻的處境是苦難不可脫，仙境不可期，極端的失望和傷心，因而寫下了聲情淒厲、感人肺腑的詩句：「可堪孤館閉春寒，杜鵑聲裡斜陽暮。」這兩句開始正面實寫詞人羈旅郴州客館不勝其悲的現實生活。一個「館」字，已暗示羈旅之愁。說「孤館」則進一步點明客舍的寂寞和客子的孤單。而這座「孤館」又緊緊封閉於春寒之中，置身其間的詞人其心情之淒苦就可想而知了。此時此刻，又傳來杜鵑的陣陣悲鳴；那慘淡的夕陽正徐徐西下，這景象益發逗引起詞人無窮的愁緒。杜鵑一聲聲「不如歸去」的鳴聲，曾經勾引起多少遊子的歸思。李白〈宣城見杜鵑花〉寫道：「一叫一迴腸一斷，三春三月憶三巴。」「斜陽」，在詩詞中也是引起鄉愁的。崔顥〈黃鶴樓〉詩云：「日暮鄉關何處是？煙波江上使人愁。」以少游一個羈旅之身，所居住的是寂寞孤館，所感受的是料峭春寒，所聽到的是杜鵑啼血，所見到的是日暮斜陽，此情此境，他怎能忍受得了呢？所以，這兩句以「可堪」二字領起。「可堪」者，豈堪也，詞人被深「閉」在這重重淒厲的氛圍中，他實在不堪忍受呀！

王國維《人間詞話》評價這兩句詞說：「少游詞境最為淒婉，至『可堪孤館閉春寒，杜鵑聲裡斜陽暮』，則變為淒厲矣。」他還認為這兩句是一種「有我之境」，就是說，這兩句在景物描寫上充滿了詩人自我的感情色彩，刻畫了詩人的自我形象，使人感到其中有詩人自我在，在情與景的結合上是極其自然的。

「驛寄梅花，魚傳尺素，砌成此恨無重數。」過片連用兩則友人投寄書信的典故，極寫思鄉懷舊之情。「驛寄梅花」，見於《荊州記》記載；「魚傳尺素」，是用古樂府〈飲馬長城窟行〉詩意，意指書信往來。少游是貶謫之人，北歸無望，親友們的來書和饋贈，實際上並不能給他帶來絲毫慰藉，而只能徒然增加他別恨離愁而已。因此，書信和饋贈越多，離恨也積得越多，無數「梅花」和「尺素」，彷彿堆砌成了「無重數」的恨。詞人這種感受是很深切的，而表現這種感情的手法又是新穎絕妙的。「砌成此恨無重數」，說恨可以堆砌。有這一「砌」字，那一封封書信，一束束梅花，便彷彿成了一塊塊磚石，層層壘起，以至於達到「無重數」的極限。這種寫法，不僅把抽象的微妙的感情形象化，而且也可使人想像詞人心中的積恨也如磚石壘成的城牆那般沉重堅實而無法消解了。

詞人正是在如此深重、結鬱難排的苦恨中，迸發出結尾二句：「郴江幸自繞郴山，為誰流下瀟湘去？」從表面上看，這兩句似乎是即景抒情，寫詞人縱目郴江，抒發遠望懷鄉之思。郴江，發源於湖南省郴縣黃嶺山，即詞中所寫的「郴山」。郴江出山後，向北流入耒水，又北經耒陽縣，至衡陽而東流入瀟水湘江。本來是自然山川的地理形勢，一經詞人點化，那山山水水都彷彿活了，有了人的思想感情。這兩句由於分別加入了「幸自」和「為誰」兩個字，無情的山水也好像變得有情了，彷彿詞人在對郴江說：郴江啊，您本來生活在自己的故土，和郴山歡聚在一起，究竟為了誰而竟自離鄉背井，「流下瀟湘去」呢？又好像詞人面對著郴江自怨自艾，慨嘆自己的身世：自己好端端一個讀書人，本想出來為朝廷做一番事業，正如郴江原本是繞著郴山轉的呀，誰會想到如今竟被捲入一場政治鬥爭的漩渦中去呢？這結尾兩句，意蘊豐富，因為在詞人筆下的郴江之水，已經注入了作者對自己離鄉遠謫的深長怨恨，富有象徵性了。詞人詰問離開郴山一去不返的郴江江水「為誰流下瀟湘去」，可以說正是他對自己的不幸命運的一種反躬自問。

就全篇而論，秦少游這首〈踏莎行〉詞，它的開頭三句「霧失樓臺，月迷津渡，桃源望斷無尋處」和結尾兩句「郴江幸自繞郴山，為誰流下瀟湘去」都是採用象徵性的表現手法，「驛寄梅花，魚傳尺素，砌成此恨無重數」三句，是用典抒情。而從現實的景物正面抒寫其貶謫之情的，只有「可堪孤館閉春寒，杜鵑聲裡斜陽暮」這兩句，王國維在《人間詞話》中特別讚賞，因為這兩句完全符合他主張的「以自然之眼觀物，以自然之舌言情」的鑑賞標準。「郴江幸自繞郴山，為誰流下瀟湘去」兩句，寫得比較隱晦曲折，往往不容易為一般人理解。蘇東坡在蘇門四學士中，「最善少游」（宋葉夢得《避暑錄話》卷下），二人「同升而並黜」（宋朱弁《曲洧舊聞》卷五），因此，這「郴江幸自繞郴山」兩句，最能引起東坡強烈的共鳴，曾嘆曰：「少游已矣，雖萬人何贖！」（宋魏慶之《詩人玉屑》引《冷齋夜話》）以至書於扇面，永誌不忘。

寫實和象徵的多種手法的綜合運用，構成這首詞淒迷幽怨、含蘊深厚的特色。「可堪孤館閉春寒，杜鵑聲裡斜陽暮」兩句和「郴江幸自繞郴山，為誰流向瀟湘去」兩句，各有特點。少游為表現其內心不能直言的深曲幽微的逐客之恨，使用多種手法開拓詞的意境，正表現了作為北宋一代詞手、婉約派大家秦少游高超的藝術才能。（高原）

南鄉子　秦觀

妙手寫徽真，水剪雙眸點絳脣。疑是昔年窺宋玉，東鄰，只露牆頭一半身。

往事已酸辛，誰記當年翠黛顰？盡道有些堪恨處，無情，任是無情也動人！

這是一首題畫詞。首句為「妙手寫徽真」，點出所題者即是高明肖像畫師手畫的崔徽像。為什麼定說「徽真」不是虛指，而予以坐實呢？因為蘇東坡寫過一首題為〈章質夫寄惠崔徽真〉的詩，稱「卷贈老夫」，知道當時確有這幅畫像流傳，並輾轉歸於東坡；少游為東坡門下士，當能獲見並題詞。崔徽真的來歷，據元稹〈崔徽歌〉題下註云：「崔徽，河中府娼也。裴敬中以興元幕使蒲州，與徽相從累月。敬中便還，崔以不得從為恨，因而成疾。有丘夏善寫人形，徽托寫真寄敬中曰：『崔徽一旦不及畫中人，且為郎死。』發狂卒。」〈歌〉中云：「有客有客名丘夏，善寫儀容得恣把。」即詞首句「妙手寫徽真」所指。總提一筆，接下去描寫畫中人的儀容，同時也映帶出畫師的神技。

東坡詩中，寫畫中崔徽形象是「玉釵半脫雲（髮）垂耳，亭亭芙蓉在秋水」，十四個字只作大略形容。少游用了七個字——「水剪雙眸點絳脣」，寫她的眼睛和嘴脣，給人的印象便自不同，如工筆畫之於剪影，精細得多了。並不是少游比東坡來得高明，這是詩、詞性質的不同。東坡寫的是七言古詩，宜用大筆勾勒，故粗；少游寫的是小詞，容許加意點染，故細。唐人李賀〈唐兒歌〉「一雙瞳人剪秋水」，南朝江淹〈詠美人春遊〉

詩「明珠點絳脣」，是其用語所本。眼睛和嘴脣是最能顯示美人神采和情韻的部位，況且又加上了水波之光，絳脂之豔，確能動人心目。

「疑是昔年窺宋玉，東鄰，只露牆頭一半身」，繼續說這幅寫真的畫面，透露出所畫的是半身像，借宋玉〈登徒子好色賦〉來增加情趣。〈賦〉中說，宋玉東鄰的女子私慕他，登牆偷望他有三年之久（古人以「三」表多，非必是實數）。這個情節自然與崔徽本事無關，不過是由於畫像是半身的而想到鄰女窺宋，牆頭半遮玉體的形象。這樣說，似乎是詞人在那裡耍筆頭，硬拉扯，游離於詞情之外，寫出敗筆來了。細想也並不。「疑是」者，非是而似是也。「似是」者何？〈賦〉中如「著粉則太白，施朱則太赤；眉如翠羽，肌如白雪」云云，宋玉所藉以盛稱鄰女美色之處，也不妨加之於崔徽，以補充上句刻畫的不足，這就是詞用宋玉賦的言外之意。

不過，崔徽畫像上的神態可不是如宋玉東鄰女那樣的「嫣然一笑，惑陽城，迷下蔡」，而是眉黛含顰。這是由於崔徽請畫師丘夏寫真時正懷著悲苦的心事，畫師又作了精確的反映；詞語不僅如實地表述了畫面的這一部分——「翠黛顰」，而且深入追求她顰眉的原因——有「酸辛」之事。「往事已酸辛」一句，與東坡〈章質夫寄惠崔徽真〉詩中的「當時薄命一酸辛」，辭意皆合，當本之於他的老師，這也是少游所題崔徽真即是東坡藏品的一個佳證。「誰記當年翠黛顰」，顰眉承上「酸辛」，絕非寫美人的套語，而是反映了畫面上的真實。這兩句詞把崔徽的身世遭逢作一提挈。她的一段辛酸史既成往事，誰復省記，唯有這一幅寫真留下，作為藝術精品供人鑑賞而已。言下有無窮的感慨。

最後筆鋒一轉，寫詞人賞鑑了畫像後的感受：「盡道有些堪恨處，無情。」面對如此美豔絕俗的人物，如此高妙傳神的畫筆，觀賞之後還有什麼「堪恨處」呢？說是因為畫中人「無情」。「無情」云者，蓋即是如東坡前題詩中所謂「丹青不解語」，或者如明湯顯祖《牡丹亭·玩真》一折中，柳夢梅看著杜麗娘自畫的真容時說的：「韻情多，如愁欲語，只少口氣兒呵！」謂畫上美人，雖是極妍盡態，可惜不是真人，不通情愫吧。看來詞人有點想入非非了。但看了好畫，讚嘆之餘，發此異想，人情中往往有之。這樣想，這樣寫，也是出格而不出格。緊接著，詞人以拗折之筆挽轉一句，說「任是無情也動人」！全用晚唐羅隱〈牡丹花〉詩句「若教解語應傾國，任是無情也動人」。「不解語」的牡丹花，「少口氣兒」的美人圖，「無情也動人」。化工之妙，藝術之精，一語說盡。

全詞以「妙手寫徽真」破題，以下都是從畫上真容著筆。為崔徽寫真的畫師丘夏的姓名賴元微之之歌而傳，畫像的概貌因少游此詞而見，可以收入畫史。（陳長明）

浣溪沙

秦觀

漠漠輕寒上小樓，曉陰無賴似窮秋。淡煙流水畫屏幽。
自在飛花輕似夢，無邊絲雨細如愁。寶簾閒掛小銀鉤。

在秦觀《淮海詞》中，長調應推〈滿庭芳〉（山抹微雲）為冠，小令則似應以這首〈浣溪沙〉為壓卷了。論詩要講境界，論詞也應當講境界。王國維在《人間詞話》中說：「境界有大小，不以是而分優劣。『細雨魚兒出，微風燕子斜』（按：杜甫〈水檻遣心二首〉其一），何遽不若『落日照大旗，馬鳴風蕭蕭』（按：杜甫〈後出塞五首〉其二）；『寶簾閒掛小銀鉤』，何遽不若『霧失樓臺，月迷津渡』（按：秦觀〈踏莎行〉）也。」他認為此詞結句境界雖小，然藝術性卻高。其實就通篇來說，何嘗不能作如此評價？

這首詞的特點就在於描繪了一個精美無比的境界。作者以高超的手法，將自然與藝術巧妙地媾合，彷彿在現實社會中另建一個世界，讓人們神遊其中，留連忘返。在這境界之中，彷彿有人。然而詞人並未正面刻畫這個人物的形象，而是著力於刻畫人物的心靈，人物的情緒。他也沒有具體地描繪人物的思想活動過程，而是借助於氣氛的渲染和環境的烘托，讓人們透過環境與心靈的結合、情與景的交融，感到其人宛在，感到一種輕輕的寂寞和淡淡的哀愁。

詞的起調很輕，恍如風送清歌，悠然而來。「漠漠輕寒上小樓」，韻律何其婉妙幽雅！漠漠者，彌漫、輕淡也。李白〈菩薩蠻〉云：「平林漠漠煙如織，寒山一帶傷心碧。」韓愈〈同水部張員外曲江春遊寄白二十二舍人〉云：「漠漠輕陰晚自開，青天白日映樓臺。」皆其意，然此詞更似韓詩首句。輕寒者，薄寒也，有別於嚴寒和料峭春寒。無邊的薄薄春寒無聲無息地侵入了小樓，這是透過居住在樓中的人物感受寫出來的，故我們可以感到其人宛在。時屆暮春，天氣為什麼這樣冷呢？下一句補充說：「曉陰無賴似窮秋。」原來是一大早就陰霾不開，所以天氣冷得像秋天一般。窮秋者，九月也。南朝鮑照〈代白紵歌二首〉其一云：「窮秋九月荷葉黃，北風驅雁天雨霜。」唐人韓偓〈惜春〉詩亦云：「節過清明卻似秋。」詞境似之。春陰寒薄，不能不使人感到抑鬱，因詛咒之曰「無賴」。無賴者，令人討厭、無可奈何之憎語也。南朝徐陵〈烏棲曲〉云：「唯憎無賴汝南雞，天河未落猶爭啼。」以無賴喻節序，亦見於杜甫詩，如〈絕句漫興九首〉其一云：「無賴春色到江亭。」此詞云景色「無賴」，正是人物心情無聊之反映。以上二句，一云「小樓」，一云「曉陰」，時間地點在寫景和抒情中自然而然地交代得清清楚楚。至「淡煙流水畫屏幽」一句，則專寫室內之景。詞人枯坐小樓，畏寒不出，舉目四顧，唯見畫屏上一幅「淡煙流水圖」，迷濛淡遠，此又一境界也。樓外天色陰沉，室內光景清幽，在在令人不歡，於是一股淡淡的春愁油然而生。

在輕悠的音樂節奏中，詞過渡到下片。明人沈際飛說：「後疊精研，奪南唐席。」（《草堂詩餘續集》評）也就是說下片寫得特別精彩研鍊，竟超過了南唐二主。這個評價毫不為過。尤其過片一聯，輕靈杳眇，意境不凡。從前片意脈來看，主人公在小樓中坐久，不堪寂寞，於是出而眺望外景。「自在飛花輕似夢，無邊絲雨細如愁」，寫望中所見所感，境界略近唐人崔櫓〈華清宮三首〉其三所寫的「濕雲如夢雨如塵」。詞人在〈八六子〉中也寫過相似的句子：「那堪片片飛花弄晚，濛濛殘雨籠晴。正銷凝，黃鸝又啼數聲。」所不同的是此處以纖細的筆觸把不可捉摸的情緒描繪為清幽可感的藝術境界。據梁令嫻《藝蘅館詞選》記載，梁啟超曾讚之為「奇語」。

今人沈祖棻《宋詞賞析》分析說：「它的奇，可以分兩層說。第一，『飛花』和『夢』，『絲雨』和『愁』，本來不相類似，無從類比。但詞人卻發現了它們之間有『輕』和『細』這兩個共同點，就將四樣原來毫不相干的東西聯成兩組，構成了既恰當又新奇的比喻。第二，一般的比喻，都是以具體的事物去形容抽象的事物，或者說，以容易捉摸的事物去比譬難以捉摸的事物。……但詞人在這裡卻反其道而行之。他不說夢似飛花，愁如絲雨，而說飛花似夢，絲雨如愁，也同樣很新奇。」分析得非常精闢，確是道出了這一奇語的特點。但從境界著眼，這兩句還特別具有一種音樂美、詩意美和畫境美。細細吟味，它的音律多麼諧婉，詩意多麼濃郁，而那畫境又是多麼清幽。詞人正是運用這樣諧婉的音律，濃郁的詩意和清幽的畫境，構成一個淒清婉美、輕靈杳眇的境界。清人陳廷焯稱之曰「宛轉幽怨，溫、韋嫡派」（見《詞則．大雅集》卷二眉批），確為有識之見。

〈浣溪沙〉一調，下片由兩對偶句接一單句結偶句給人以工整穩定之感，而單句則顯示出搖曳不定的情韻，因此要寫好這個結句是頗費工力的。陳廷焯對此深有體會，他曾說：「〈浣溪沙〉結句，貴情餘言外，含蓄不盡。如吳夢窗之『東風臨夜冷於秋』，賀方回之『行雲可是渡江難』，皆耐人玩味。」（《白雨齋詞話》卷一）少游此詞的結句亦深得個中妙諦，並能變搖曳為穩定，化動態為靜態，饒有餘味。或有人以為「銀鉤閒掛，表示簾已垂下」，然此句係主動賓結構，「掛」字係被動詞，就是說寶簾已被銀鉤高高掛起，然著一「閒」字、「小」字，便融情入景，韻味悠然。其意境彷彿李璟〈攤破浣溪沙〉中的「手捲真珠上玉鉤」，而閒雅則過之。李詞點明人物之動作，秦詞則寫簾櫳自掛，而將人物感情隱於這一靜景之中，形成一種恬靜悠閒的境界。全詞以此境作結，倍覺含蓄有味。（徐培均）

如夢令　秦觀

遙夜沉沉如水，風緊驛亭深閉。夢破鼠窺燈，霜送曉寒侵被。無寐，無寐，門外馬嘶人起。

秦觀半生仕途坎坷，屢遭貶謫遷徙。此詞透過驛亭一夜的所聞、所見、所感，抒寫謫宦羈旅的情懷。人物的心境全是透過環境的描寫來表現的，是很富於情致的作品。

「遙夜」即長夜，但它構成雙聲，比較「長夜」，不僅從意義、而且也從聲音上狀出了夜漫漫而難盡的感覺。緊接「沉沉」的疊字，更增強上述感覺。這第一句尤妙在「如水」的譬喻。是夜長如水，是夜涼如水，還是黑夜深沉如水呢?只說「如水」，而不限制在何種性質上相「如」，讓讀者去體味。聯繫「遙夜」這似乎是形容夜長，聯繫「沉沉」又似形容夜深，聯繫下文「風緊」則又似形容夜涼，喻意倍加豐富。較之通常用水比夜偏於一義的寫法，有所創新。這句點明時間是夜晚，次句則點出地點，「驛亭」是古時供傳遞公文的使者和來往官員憩宿之所，一般都遠離城市。驛站到夜裡自是門戶關閉，但詞句把「風緊」與「驛亭深閉」聯在一起，則有更多的意味。一方面更顯得荒野「風緊」；另一方面也暗示出即使重門深閉也隔不斷呼嘯的風聲。「驛亭」本易使人聯想到荒野景況以及遊宦情懷，而「風緊」更添荒野寒寂之感。作者的心情就從這純粹的景語中暗示出幾分。

在這樣的夜晚，他也許會做上一個還鄉之夢吧，儘管第三句只寫「夢」而沒有說明夢的具體內容。而「夢破」二字，又流露出多少煩惱情緒。沉沉寒夜做一好夢，更反襯出氛圍的淒清。「夢破」大約與「鼠」有關，客房點的是油燈，老鼠半夜出來偷油吃，不免弄出些聲響。人一驚夢，鼠也嚇跑了，但牠還捨不得已到口邊的美味，遠遠地盯著燈盞。牠那目光閃閃，既惶恐，又貪婪。「鼠窺燈」的「窺」字，用得十分傳神。昏暗燈光之下這一景象，直叫人毛骨悚然，則整個驛舍設備之簡陋、寒磣，也就使人可以窺斑見豹。能否捕捉富於特徵性的細節，往往是創造獨特的詞境的成敗關鍵。同屬寫驚夢，「夢破鼠窺燈」就與「花落子規啼，綠窗殘夢迷」（溫庭筠〈菩薩蠻〉）的意境不同，而各擅妙境。孤立地看，花鳥與老鼠之為物，美醜判然；但作為詩歌意象的「鼠窺燈」可謂善狀特殊的情景。此句與下句間，有一個從夜深至黎明的時間過程，天猶未明，「曉」的將臨是由飛「霜」知道的，而「霜」的降臨又是由「寒」之「侵被」感到的。「送」字、「侵」字都錘鍊極佳。

由四句可知，饑鼠驚夢的結果是主人公不能繼續安睡。「無寐，無寐」的重複，造成感嘆語調，其中包含著許多內容，只要聯繫「風緊」、「鼠窺燈」、「霜送曉寒」等等情景，不難體味出來。好不容易熬到天明，而「門外馬嘶人起」。蓋古時驛站常備官馬，以供來往使者、官員們使用。門外驛馬長嘶，人聲嘈雜，正是驛站之晨的光景。這不僅是寫景，從中可以體味到被失眠折騰的人聽到馬嘶人聲時的困怠情緒。同時，「馬嘶人起」，又暗示出旅途跋涉，長路關山，白晝艱辛的生活又將開始。則行役的愁懷又見於言外。

總之，全詞自始至終沒有直接寫人物的心情，而集中抒寫「無寐」者聽覺、視覺和觸覺種種感受，令讀者如歷其境，不但成功傳達了一段旅程況味，而且表達出一種倦於宦遊的情緒。（周嘯天）

阮郎歸

秦觀

湘天風雨破寒初，深沉庭院虛。麗譙吹罷〈小單于〉，迢迢清夜徂。

鄉夢斷，旅魂孤。崢嶸歲又除。衡陽猶有雁傳書，郴陽和雁無。

宋哲宗紹聖三年（一〇九六），秦觀貶監處州酒稅，平時不敢過問政治，常常到法海寺修懺。然而使者猶承風望旨，以謁告寫佛書為罪，於是再次削秩徙郴州。詞人丟官削秩，愈貶愈遠，那顆一再遭受打擊的心似乎破碎了一般。在經過瀟湘南徙的時刻，他幾乎哭泣著說：「人人盡道斷腸初，那堪腸已無！」（〈阮郎歸〉其三）在郴州貶所挨過了整整一年，眼看又到了除夕，詞人心情無比哀傷，便提筆寫下這首詞。

詞的上闋寫除夕夜間長夜難眠的苦悶。起首二句，詞人以簡練的筆觸勾勒了一個寂靜幽深的環境。滿天風雨衝破了南方的嚴寒，似乎呼喚著春天的到來。然而詞人枯寂的心房，卻毫無復蘇的希望。環顧所居的庭院，深沉而又空虛，人世間除舊歲、迎新年的節日氣象一點也看不到。寥寥十二個字，不僅點明了時間——破寒之初，點明了地點——湘南、庭院；而且描寫了一個巨大的空間：既寫了寥廓的湖南南部的天空，也寫了蝸居一室的狹小的貶所。更堪注意的是，在淒涼孤寂的氛圍中，隱然寓有他人的歡娛。因為除夕是傳統節日，這一天家家戶戶，圍爐守歲，個中意味，讀者會從傳統習慣上聯想得到。由此可見詞人此處用了隱寓的手法，讓讀者以經驗和想像來補充他所描寫的情境。這就是評論家所常說的「含蓄得妙」。

「麗譙」二句是寫詞人數盡更籌，等待著天明。麗譙，指城門樓，語出《莊子．徐無鬼》「君亦必無盛鶴列於麗譙之間」。〈小單于〉是唐代大角曲名，詩人李益有〈聽曉角〉詩云：「無限塞鴻飛不度，秋風捲入〈小單于〉。」從字面上看，秦觀的構思似乎受到這兩句詩的影響，但所寫的感情，完全是詞人自己的。上面說了，除夕之夜，人們是闔家守歲，而此時此地的詞人卻獨居在與世隔絕的「深沉庭院」之中，耳中聽到的只是風聲、雨聲，以及淒楚的從城門樓上傳過來的畫角聲。這種種聲音，彷佛是利箭，是亂石，不斷地刺激著、敲打著詞人的心靈。在這種情況下，詞人好容易度過「一夜長如歲」（柳永〈憶帝京〉）的除夕。「迢迢」二字，極言夜之長；加一「清」字，則凸出了夜之靜謐，心之淒涼。而一個「徂」字，則把時間的流逝寫得很慢，很慢。可以看出，詞人用字是極為精審而又準確的。

整個上闋，情調是低沉的，節奏是緩慢的。然而到了換頭的地方，詞人卻以快速的節奏發出「鄉夢斷，旅魂孤」的詠嘆。自從貶謫以來，離開家鄉已經四年了，這個「鄉」字當是廣義，包括京都和家鄉。詞人日日夜夜盼望著回鄉，可是如今卻像遊魂一樣，孑然一身，遠謫南州。當此風雨之夕，即使他想在夢中回到家鄉，也因角聲盈耳，進不了夢境。「鄉夢斷，旅魂孤」，這六個字凝聚著多麼深沉的感情呵！至「崢嶸歲又除」一句，詞人始正面點除夕。崢嶸，喻不尋常，此言歲月之艱難。杜甫詩云：「旅食歲崢嶸。」（〈敬贈鄭諫議十韻〉）詞意同此。然而著一「又」字，卻表明了其中蘊有多少次點燃了復又熄滅的希望之火：一個又一個除夕到來了，接著又消逝了，詞人依舊流徙在外。痛楚之情，溢於言外。

詞的結尾，寫離鄉日遠，音訊久疏，連用二事，貼切而又自然。鴻雁傳書的典故出於《漢書．蘇武傳》，本來是漢朝使臣欺騙匈奴單于的話，後人卻把它當事實引用。據說「南地極燠，人罕識雪者，故雁望衡山而止」（見宋陸佃《埤雅》卷十）。末兩句的意思是說，在衡陽還可以有鴻雁傳書，而自己貶在衡陽以南幾百里的郴陽，連雁也不到，何能帶來書信呢？這兩個故實用得不著痕跡，表現了詞人此時的哀苦心情。

明人沈際飛評此詞曰：「傷心！」（見《草堂詩餘正集》卷一）這兩個字確是道出了本篇的感情特點。從詞的內容到詞的音調，無不充滿了淒婉悲傷的色彩。清人馮煦說：「淮海（秦觀）、小山（晏幾道），真古之傷心人也。其淡語皆有味，淺語皆有致，求之兩宋詞人，實罕其匹。」（《宋六十一家詞選・例言》）在宋代詞壇上，以抒寫淒婉感情見長的詞人，獨推淮海、小山。在淮海詞中，情調最為淒婉的，此闋也可算得上一首。細細品玩，頗覺淺語、淡語之中，蘊有深遠意味，使人自然而然地對詞人的身世產生同情。（徐培均）

滿庭芳　秦觀

曉色雲開，春隨人意，驟雨才過還晴。古臺芳榭，飛燕蹴紅英。舞困榆錢自落，秋千外、綠水橋平。東風裡，朱門映柳，低按小秦箏。

多情，行樂處，珠鈿翠蓋，玉轡紅纓。漸酒空金榼，花困蓬瀛。荳蔻梢頭舊恨，十年夢、屈指堪驚。憑欄久，疏煙淡日，寂寞下蕪城。

這首詞，從「寂寞下蕪城」看，是在揚州作的。南朝宋時，揚州於十年間兩遭兵禍，城邑荒蕪。南朝鮑照登廣陵故城而傷之，作〈蕪城賦〉。後亦稱揚州為「蕪城」。作者在〈夢揚州〉、〈望海潮〉裡曾描繪在揚州遊冶的歡樂。這首詞也是寫揚州行樂，但又流露出舊事不堪回首的感慨。上片從寫景開端，寫的是春末的風光。天破曉了，驟雨剛過，雲開天晴，天從人願，又是一番春景，可以外出春遊了。作者從廣闊的空間，大筆揮灑，春景的美好，人意的舒暢，融成一體。作者在園林裡遊賞，開曠的古臺旁，建築著臨水的樓閣，周圍繁花似錦，一片燦爛。飛燕穿花，把粉紅色的花瓣紛紛踢落；榆莢隨風飛舞，慢悠悠地一片片飛落下來。河中的綠水也已高漲到與橋相平了。燕舞花飛，綠水盈岸，處處洋溢著迷人的春光。作者的筆已由遼闊的遠景轉到了近景。「秋千（鞦韆）外」，最後凝聚到一點，另外開拓出一個境界來。鞦韆設置在人家花園內，這裡用了一個「外」字，表示在園外所見。這裡點出鞦韆，由園林景色轉入朱門歌舞。從那柳絲掩映的朱門裡，隨著溫煦的東風，傳出低按小秦箏的音樂聲。至此，一個辨音識曲，盈盈雅麗的少女形象，出現在眼前了。在上片，作者的心情是開朗的，所以看到落花，寫成飛燕在蹴動，看到榆錢，寫它在舞蹈中顯得困倦，沒有一點傷春的情緒。

下片以「多情」承上片的「朱門映柳，低按小秦箏」，也緊接下片的行樂生活。作者以「珠鈿」兩句極寫揚州春遊之盛。古代女子乘車，男子騎馬。她乘的車，有珠子的嵌金裝飾，車蓋上還綴有翠羽；他騎的馬，用玉裝飾馬轡繩，還垂著紅色的穗子。「珠鈿翠蓋」指車，以代女子；「玉轡紅纓」指馬，以代男子。男女共同出遊，盡情歡樂，至酒空人倦，方才罷休。「漸酒空金榼（音同克，盛酒器），花困蓬瀛」，「蓬瀛」本仙境，借指行樂之地，「花」是指同遊的女子。自開首至此，盡寫春色及遊樂之事，下面「荳蔻梢頭舊恨，十年夢、屈指堪驚」兩句，才點出以上所寫，皆屬前塵舊夢。兩句用杜牧「娉娉裊裊十三餘，荳蔻梢頭二月初」（〈贈別二首其二〉）、「十年一覺揚州夢，贏得青樓薄倖名」（〈遣懷〉）詩意。十年如夢，屈指一算，使人感到心驚。「堪驚」兩字，是詞中點睛之筆。

一結「憑欄久，疏煙淡日，寂寞下蕪城」，由追憶往日舊遊轉入抒寫今日感情。作者憑欄久立，唯見傍晚時分薄薄霧氣中的淡淡斜陽向城牆落下。對比前文的明媚春光，歡娛遊事，使人感到一種人事全非的悵惘。這裡以景結情，不言情而情在其中。

這首詞分今昔兩層寫，在寫作手法上運用了倒敘法。從起筆直到「花困蓬瀛」，都是寫往日光景，景物明豔，晴光迎人，表現得酣暢淋漓，並用此反襯今日的落寞情懷。「荳蔻梢頭」以下數句，以一落千丈之勢轉折而下，扣人心弦。其中物態人情，俱寫得精微細緻。全詞形象鮮明新穎，感情豐富真實，語言清麗，是一首「情辭相稱」的作品。（周振甫）

桃源憶故人　秦觀

玉樓深鎖薄情種，清夜悠悠誰共？羞見枕衾鴛鳳，悶則和衣擁。無端畫角嚴城動，驚破一番新夢。窗外月華霜重，聽徹梅花弄。

秦觀詞的基本風格為雅麗，然亦有少量俚俗之作。此詞既俚又雅，堪稱雅俗共賞。調名〈桃源憶故人〉，詞旨與調名相應，亦在於「憶故人」，因此明人李攀龍評曰：「形容冬夜景色惱人，夢寐不成。其憶故人之情，亦輾轉反側矣。」（《草堂詩餘雋》卷四引）當然這裡所說的是桃源仙洞中的故人，並非一般意義上的朋友，而是指自己的夫婿。詞的內容是寫閨中少婦的寂寞情懷。「玉樓深鎖薄情種」，意謂詞中女子被「薄情郎」深鎖於玉樓之中。在傳統文學中，一般稱男子為薄情郎或薄倖，這裡「薄情種」概指女子夫婿。古代女子藏於深閨之中，與外界極少接觸，遇到夫婿外出，自有被深鎖玉樓之感了。

在介紹環境、引出人物之後，便以情語抒寫長夜難眠的心境。「清夜」，寫夜間的清冷岑寂；「悠悠」，狀夜晚的漫長。悠悠清夜，閨人獨處，倍覺淒涼。而著以「誰共」二字，則更加凸出了人物孤棲之苦。又以問句出之，便漸漸逗出相思之意。此時她唯見一床繡有鴛鴦的錦被、一雙繡有鳳凰的枕頭。鳳凰鴛鴦，皆為偶禽。這對主人翁來說，無疑是強烈的對比，辛辣的諷刺。鳥兒尚且成雙作對，人兒反而單棲孤眠，豈非人而不如鳥乎？因此詞中說是「羞見」。羞，猶怕也。這「羞見」二字用得特別好，既通俗，又準確；以「羞見枕衾鴛鳳」

秦觀〈桃源憶故人〉（玉樓深鎖薄情種）——明刊本《詩餘畫譜》

烘托人物的內心活動，也極為貼切。歇拍「悶則和衣擁」，清人彭孫《金粟詞話》評曰：「詞人用語助入詞者甚多，入豔詞者絕少。唯秦少游『悶則和衣擁』，新奇之甚。用『則』字亦僅見此詞。」他說的是用「則」字這個語助詞寫豔詞，以少游最為新奇。然這一句中，「悶」字似更為要緊，主人翁因為被玉樓深鎖，因為無人共度長夜，更怕見到成雙作對的「枕衾鴛鳳」而更感孤單，所以心頭感到很悶。悶而無可排解，只得和衣擁衾而臥。因此這一句是上片的結穴所在。

下片寫主人翁夢醒。她擁衾而臥，似乎睡著了，入夢了。她夢見了什麼，詞中未寫。然依詞意，她似乎夢得很甜美。但剛剛入夢，就被城門樓上傳來的畫角聲驚醒了。「無端畫角嚴城動，驚破一番新夢」，從語言上看，與上片風格有異，因為它並不俚俗，而略帶雅麗。「驚破一番新夢」，意境好似李清照〈念奴嬌〉詞中的「被冷香消新夢覺，不許愁人不起。」不過這裡的新夢是被畫角聲驚醒罷了。夢被驚醒，睜眼看看室內，照理應該仍是「羞見枕衾鴛鳳」，仍是「悶則和衣擁」。然而這樣寫，詞情便沒有發展，境界便顯得重複。於是詞人宕開一筆，從室內寫到室外。

室外的景象，同樣寫得很清冷，但語言卻變得更為雅麗一些。此刻已到深夜，月亮灑下一片清光，地上鋪著濃重的白霜。月冷霜寒，境界何其淒清！這也是主人翁心境的寫照，即王國維《人間詞話》所云「有我之境」是也。在此境界中，主人翁似乎在諦聽著外面的一切，剛聽罷嚴城中傳來的淒厲的畫角聲，又傳來一陣哀怨的樂曲。「梅花弄」，即〈梅花三弄〉，漢橫吹曲名，本屬笛中曲，後為琴曲，凡三疊，故稱〈梅花三弄〉。聽「梅花弄」而日徹，說明從頭至尾聽到最後一遍，其耿耿不寐，可以想見。這結尾二句，緊承「夢破」句意，從視覺和聽覺兩方面刻畫主人翁長夜不眠的情景，語言清麗，情致雅逸。（徐培均）

調笑令　秦觀

鶯鶯

春夢，神仙洞。冉冉拂牆花影動。西廂待月知誰共？更覺玉人情重。紅娘深夜行雲送，困嚲釵橫金鳳。

秦觀有〈調笑令〉十首，分詠古代十個美女，每首之前冠以一首七言短詩。這種〈調笑令〉，是北宋哲宗元祐年間在教坊藝人影響下所產生的一種新的藝術形式，當時也叫〈調笑轉踏〉。「轉踏」當是一種舞蹈的名稱。王國維《宋元戲曲考》第四章〈宋之樂曲〉云：「北宋之轉踏，恆以一曲連續歌之。每一首詠一事，共若干首，則詠若干事。然亦有合若干首而詠一事者。」可見它是載歌載舞，有念有唱的。詞自產生以來，乃是由歌妓手執紅牙檀板在花間筵前進行演唱的，至此則在演唱方式上發生較大的變化。王國維在《人間詞話刪稿》中還進一步分析道：「秦少游、晁補之、鄭彥能（名僅）之〈調笑轉踏〉，首有致語，末有放隊。每調之前有口號詩，甚似曲本體例。」就是說這種〈調笑轉踏〉，是宋詞向戲曲過渡過程中產生的一種藝術形式。

這裡選錄的是十首中的第七首，詞前有詩曰：

崔家有女名鶯鶯，未識春光先有情。河橋兵亂依蕭寺，紅愁綠慘見張生。

張生一見春情重，明月拂牆花影動。夜半紅娘擁抱來，脈脈驚魂若春夢。

詩詞配合，便將唐人元稹〈會真記〉中鶯鶯與張生月下私期的一段故事描述出來，成為當時教坊藝人演唱的一個段子。

詞原是一種依附於宴樂的抒情詩體，所以清徐釚說「凡詞無非言情」（《詞苑叢談》），要由詞本身來敘寫故事，一般是比較困難的。它必須以其他文學樣式相輔助。即以此詞而言，它仍未喪失抒情的本色。至於敘寫故事，交代情節，它不得不依靠前面的詩句。詩中簡明地引出了鶯鶯這個人物，介紹了河橋兵亂的事件，然後寫鶯鶯與張生相遇，紅娘帶著鶯鶯到西廂與張生幽會。把故事交代清了，氣氛渲染足了，於是感情被推向高潮，便產生了一首以抒情為主的小詞，《淮海居士長短句》中標作「曲」。詞以詩末句二字開端，銜接得非常緊密。使人想像得出，詩一念完，詞即開唱，詩和詞構成一個藝術整體。其他各首也莫不如此。這是〈調笑轉踏〉的一個特點。

從這首詞的內容來說，主要是取了〈會真記〉當中最精彩的待月西廂一節，約略相當於元王實甫雜劇《西廂記》的第三本第二折。開頭兩個短語，一句一韻，表現了張生來到花園外邊的急迫心情。這種突如其來的好事，使他感到如入桃源仙洞一般美好，也像春夢似的迷茫。其意境恰似後唐李存勗的〈憶仙姿〉（曾宴桃源深洞），帶有朦朧的詩意。「拂牆花影動」，本是〈會真記〉中〈明月三五夜〉一詩中的成句，前面著以「冉冉」二字，便加強了花影在微風中微微擺動的動態感。這三句總起來說，是既寫景，也寫情，是主人公在特定情境中特定心態的微妙象徵。對於一個古代書生來說，初次去赴一個女子的約會，心情該是多麼欣喜，又是多麼緊張。而用「春夢」、「花影動」這樣的語言，不是恰到好處地把這種心態表現出來了嗎？

詞中的「西廂」二句，從情緒上看是由激動趨於穩定。他冷靜下來，於是想到他所日夜思念的玉人：她在西廂等待月兒上升，一天清露，花園寂寂，有誰在陪伴著呢？詞中不寫張生對鶯鶯情深，而偏說玉人對他情重，從對面寫來，尤覺愛之深，戀之切。當然這樣的句子不是少游首創，〈會真記〉中原本寫著：「待月西廂下，迎風戶半開。拂牆花影動，疑是玉人來。」好處在於詞人把這句從起首移置中間，化平直敘寫為曲折頓挫，使感情更加深化。結尾二句，雖也抒情，但敘事成分較多。在張生熱切期待的時刻，好心的紅娘「斂衾攜枕而至」了。「行雲送」用宋玉〈高唐賦〉中「旦為朝雲，暮為行雨」的典實，暗喻鶯鶯前來幽會。下面「困嚲（音同朵，下垂狀）釵橫金鳳」一句，則是以象徵手法表現幽會後女子的慵怠情態。從實質上講，這當然是豔語；然而「少游雖作豔語，終有品格」（王國維《人間詞話》），並不像有些詞家那樣赤裸裸地描寫色情。他的分寸還是較為得當的。「釵橫金鳳」亦有所本，李商隱〈偶題二首〉其一云「水文簟上琥珀枕，傍有墮釵雙翠翹」，也富於象徵性、暗示性。少游化用其意，遂使豔情蒙上一層紗幕，不甚露骨。

正是因為處於詞體向戲曲過渡階段，所以這首詞跟傳統詞的特徵有異。它既抒情，又敘事，以致人稱不太清楚，在抒情的時候用第一人稱，而結尾二句又似客觀的描述，頗似第三人稱。另外，由於僅僅憑藉一首短詩和一首小詞，篇幅狹小，縱然詞人善於概括濃縮，能夠傳達出故事梗概和人物概貌，但要給讀者留下完整的印象，卻難以做到。這一任務只有留給以後趙令時的〈商調．蝶戀花〉鼓子詞、金人董解元的《西廂記諸宮調》和元人王實甫的《西廂記》雜劇了。（徐培均）

虞美人 秦觀

碧桃天上栽和露，不是凡花數。亂山深處水縈迴，可惜一枝如畫為誰開？

輕寒細雨情何限，不道春難管。為君沉醉又何妨，祇怕酒醒時候斷人腸。

這是一首託物寓懷、自傷身世的小詞。詞中所詠的幽獨不凡的花，實即詞人高潔品格與不幸遭際的一種象徵。

首句用晚唐詩人高蟾〈下第後上永崇高侍郎〉「天上碧桃和露種」句，只是把「種」改為「栽」，並稍易語序，以就聲律而已。首句連下句讚美花的仙品，說它像天上和露栽種的碧桃，不是凡花俗卉一般。上句正面見意，下句反面強調，正反相濟，先極力一揚。

接下來兩句「亂山深處水縈迴，可惜一枝如畫為誰開」卻突作轉折，極力一抑，顯示這仙品奇葩託身非所。亂山深處，見處地之荒僻，因此，它儘管具有仙品高格，在縈迴盤遶的溪邊顯得盈盈如畫，卻沒有人來欣賞。陸游〈卜算子．詠梅〉有「驛外斷橋邊，寂寞開無主」之句，意蘊與此略似，而此篇詠嘆的意味更濃，音情也搖曳多姿。

「輕寒細雨情何限，不道春難管。」過片兩句，寫花在暮春的輕寒細雨中動人的情態和詞人的惜春的情緒。細雨如煙，輕寒惻惻，這盈盈如畫的花顯得更加脈脈含情，無奈春天就要消逝，此花很快就得不到春的照管。

花的含情無限之美和青春難駐的命運在這裡構成無法解決的矛盾。這就逗出了結末兩句。

「為君沉醉又何妨，衹怕酒醒時候斷人腸！」君，這裡指花。因為憐惜花的寂寞無人賞，更同情花的青春難駐，便不免生出為花沉醉痛飲，以排遣愁緒的想法。「只怕」二字一轉，又折出新意：想到酒醒以後，面對的將是春殘花落的情景，豈不更令人腸斷？這一轉折，將惜花傷春之意更深一層地表達了出來。

託物自寓之作，大多含蓄不露，但也有直接點到自己的，如駱賓王〈在獄詠蟬〉尾聯：「無人信高潔，誰為表予心？」李商隱〈蟬〉尾聯：「煩君最相警，我亦舉家清。」物、我之間或合或分。這首詞的結拍二句也是如此。前六句詠花，即以自寓；後二句「君」我分舉，但從我對花的同情中自可看出同命相憐。因此無論分、合，花都不妨看作詞人身世遭際的象徵。

這首詞在表現上的顯著特點，是基本上不用賦法，避免作正面的描繪刻畫，純以唱嘆之筆，於虛處傳神，所以特富於風致情韻。（劉學鍇）

點絳唇　秦觀

醉漾輕舟，信流引到花深處。塵緣相誤，無計花間住。
煙水茫茫，千里斜陽暮。山無數，亂紅如雨，不記來時路。

桃源

清劉熙載論詞，謂「詞之大要，不外厚而清。厚，包諸所有。清，空諸所有也」（《藝概．詞概》）。這一點對於小令似乎特別重要。秦觀這首〈點絳唇〉是較好的一例，它不但絕少情語，就是寫景也沒有具體細微的描畫，似乎一味清空；細味之，卻又覺得它言外有餘意，意蘊深厚。

這首詞汲古本題作「桃源」。詞的首二句確乎有似於〈桃花源記〉的開篇：「緣溪行，忘路之遠近。忽逢桃花林……」「醉漾輕舟，信流引到花深處」，把讀者帶到一個優美的境界，這兒似乎是桃源的入口。人在醉鄉，且是信流而行，這眼前一片春花爛漫的世界當是個偶然發現。又似乎是一個好夢：「春路雨添花，花動一山春色，行到小溪深處，有黃鸝千百。」（秦觀〈好事近．夢中作〉）一種愉悅的心情也就見於如此平淡的語言之外。同時而起的，卻又有一陣深切的遺憾：「塵緣相誤，無計花間住。」「塵緣」自是相對靈境（王維〈桃源行〉就稱桃源為「仙源」）而言的，然而，聯繫到作者「屢困京洛」（宋王灼《碧雞漫志》卷二）的坎坷身世，又使人感到它有所寄託。「名韁利鎖，天還知道，和天也瘦」（秦觀〈水龍吟〉），那「名韁利鎖」，正是塵緣的具體內容之一，長調固不妨具體些，而此處只說「塵緣相誤」，隱去正意，便覺空靈蘊藉，正所謂「以不犯本位為高」（《藝概·詞概》）。三、四句與前二句，一喜一慨，詞情便搖曳生姿，使人為之情移。

下片一連四句寫景，沒有用力痕跡，俱屬常語淡語之類。然而「煙水茫茫，千里斜陽暮」卻勾勒出一幅「斜陽外，寒鴉萬點，流水繞孤村」（秦觀〈滿庭芳〉）一樣的「銷魂」的黃昏景象。「千里」、「茫茫」尤給人天涯漂泊之感。緊接一句「山無數」，與「煙水茫茫」呼應，構成「山重水複疑無路」（陸游〈遊山西村〉）的境界，這就與上片「塵緣相誤」二句有了內在的聯絡，過片而不斷曲意。值此迷惘之際，忽然風起（這從無字處見出），出現「亂紅如雨」（李賀〈將進酒〉：「桃花亂落如紅雨」）的蕭颯景象，原來是殘春時節了。一句一景，蟬聯而下，音節急促，恰狀出人情之危苦。合起來，這幾句又造成一個山重水複、風起花落、春歸酒醒、日暮途遠的渾成完整的意境。如此常語淡語，使人「咀嚼無滓，久而知味」（宋張炎《詞源》卷下評秦詞）。雖然沒有明寫欲歸之字，而欲歸之意在在皆是。結句卻又出人意外轉折出欲歸不得之意：「不記來時路。」只說「不記」，更為耐味。雖是輕描淡寫，卻使人感到其情蘊深沉，曲折地反映出備受壓抑而不能自解的作者，在夢破後無路可走的深深的悲愁。

雖是寫「桃源」，由於處境與胸次各異，秦詞與陶詩風貌就完全不同。「久在樊籠裡，復得返自然」（〈歸園田居五首〉其一）的陶潛筆下，處處流溢出一個精神上有所歸宿的人的自得情懷；而「醉臥古藤陰下，了不知南北」（〈好事近·夢中作〉）的秦觀筆下，卻時時糾結著一個缺少精神支柱的失意者的迷惘與悲哀。這首小令以輕柔優美的調子開端，「塵緣」句以後卻急轉直下，一轉一深，不無危苦之辭，就很典型地反映了這種心境。它自然能在千百年裡引起那為數不少的失意徬徨之士的感情共鳴。此詞空靈而又「包諸所有」，除了手法含蓄外，還應從它的典型性方面予以理解。（周嘯天）

南歌子　秦觀

玉漏迢迢盡，銀潢淡淡橫。夢回宿酒未全醒，已被鄰雞催起怕天明。

臂上妝猶在，襟間淚尚盈。水邊燈火漸人行，天外一鉤殘月帶三星。

唐宋詞中，寫情人晨起離別情景的佳篇，如牛希濟的〈生查子〉（春山煙欲收），以「記得綠羅裙，處處憐芳草」的詩意聯想傳出纏綿的痴情；周邦彥的〈蝶戀花〉（月皎驚烏棲不定），則以清冷的情境表現內心的淒楚。而秦觀的這首〈南歌子〉，卻以格調情致的清新取勝。

起兩句寫別離的時間。黎明時分，夜漏將盡，著「迢迢」二字，透出此夜時間之長。銀潢，即銀河。天亮前銀河逐漸暗淡西斜，故說「淡淡橫」。兩句寫別前之景，都暗暗傳出離人對長夜已盡、別離在即的心理感受，用筆清淡，而情致自遠。

接下來兩句補敘：「夢回宿酒未全醒，已被鄰雞催起怕天明。」說明前兩句所寫的情景是夢回時所見所聞。因為傷離惜別，夜來借酒遣愁。清晨為鄰雞催醒時，宿酒尚未全醒，朦朧中聽到漏聲迢遞、看到銀河西斜，不免有「怕天明」之感。「怕」字貫串整個上片，點醒傷離者的特殊心態。離別的人最怕別時的到來，而鄰雞並不解離別者的心理，照舊天未明即啼鳴，這在離人聽來，便不免覺得牠叫得特別早，而帶有催人起程之意了。「未」、「已」二字，開合相應，傳出離人的心理。

「臂上妝猶在，襟間淚尚盈。」過片兩句接上「夢回」，從殘妝在臂、宿淚盈襟寫出夜來傷離的情景。而晨起看到昨夜傷離的淚痕，觸緒傷懷之情可想。這是從今晨所見寫出昨宵，又從昨宵暗示出今晨的惜別。周邦彥〈蝶戀花〉有「淚花落枕紅綿冷」之句，亦借枕綿淚冷寫昨夜傷別，與這兩句詞意相近，而周詞密麗凝重，秦詞清疏明快，情調風格有別。

「水邊燈火漸人行，天外一鉤殘月帶三星。」結拍兩句，寫臨行時所見，鏡頭由室內轉向室外：水邊沙上，早起的行人已經三三兩兩地打著燈籠火把在匆匆趕路，天宇之上，繁星已經隱沒，只有一鉤殘月帶著三星寂寥地點綴著這黎明時分的蒼穹，照映著早行的人們。這兩句寫景清疏明麗，宛如圖畫，而且帶有晨起征行所特具的情調氣氛。前一句寫離別的人眼中所見的早起征行情景，其中既隱隱透出自己即將啟程的迫促感，又帶有對征行的某種新鮮感，感情並不沉重。後一句寓「心」字。宋曾慥《高齋詞話》：「少游在蔡州……贈陶心兒詞云『天外一鉤橫月帶三星』，謂心字也。」（宋胡仔《苕溪漁隱叢話》卷五十引）此句所描繪的景物雖帶有清寥意味，但景物本身又帶有一種清疏明潔的美，語調也顯得比較輕快。這似乎透露出，詞中所寫的這場離別，雖不無傷感的成分，但並不顯得過於沉重，和周詞〈蝶戀花〉並讀，可以看得更加清楚。（劉學鍇）

南歌子　秦觀

香墨彎彎畫，燕脂淡淡匀。揉藍衫子杏黃裙，獨倚玉闌無語點檀脣。
人去空流水，花飛半掩門。亂山何處覓行雲？又是一鉤新月照黃昏。

上片是一幅工筆重彩的梳妝圖。遙對篇末「黃昏」，這裡寫的當是曉妝或午妝。「香墨彎彎畫，燕脂淡淡匀」，雖未直說是畫眉、搽臉，但可以從「畫」且「彎彎」，和「匀」與「燕脂」中體會得出。「畫」與「匀」都運用得精當，而「彎彎」與「淡淡」疊字從音情、形色又配合恰好。由於口紅只是圓圓地塗在脣上，只消著一「點」字便妙。只有「揉藍衫子杏黃裙」一句不用一個動詞，不僅省鍊，而且還能傳達一種仔細上下打量的神情。這裡運用了一連串的顏色：「香墨」（墨）、「燕脂」（紅）、「揉藍」、「杏黃」、「檀」（赭紅）等，將畫面渲染得穠麗鮮妍。值得注意的是沒有一種顏色是運用簡單的元色字來替代的（比如「燕脂」與「檀」色都近紅，而有偏朱偏紫的不同），辨色就更具體鮮明。善於運用動詞和設色，不但顯出文采，而且寫出梳妝者的精心著意，一個盛妝佳人如在目前。

僅此還不足言妙。使這幅美人圖獲得畫圖難足的意態的，還是「獨倚玉闌無語」的穿插，由此便有情事可以玩味。既然是「獨」，卻用心打扮，便不能不產生「誰適為容」的問題，畫外分明還有一個人在。「獨倚玉闌」的女子看來是在等待，「無語」二字是意味深長的，使人想起杜甫詩那個「日暮倚修竹」（〈佳人〉）的形象。

不同的是杜詩中「摘花不插髮」的佳人早不存任何幻想；而這一位盛妝的佳人仍存一線希望，雖然盛妝掩飾不住她內心的空虛。

過片完全換了一幅畫面，好像一幅寫意的暮春黃昏圖景。它並不純是寫景，上片已露端倪的情事，在這裡處處有發展，有關合。「人去」二字緊連上文，可見那人的確是遠走了。闌外空有「流水」，流水悠悠長逝，似乎象徵那人的薄倖。風揚「花飛」，是殘春光景，又給人以美人遲暮的暗示。門兒「半掩」而不深閉，似乎為誰半開著，又恰是女子不能斷念的心情的一個寫照。古詩詞中多以浮雲比喻薄情郎的遊蹤：「幾日行雲何處去？忘卻歸來，不道春將暮」（馮延巳〈鵲踏枝〉），「君若無定雲，妾若不動山。雲行出山易，山逐雲去難」（雍陶〈明月照高樓〉），這正是「亂山何處覓行雲」的註腳。由於心煩意亂，移情於物，群山便成「亂山」。水流，花飛，雲行，真見得風流雲散。幾句俱有比興意味，而末句則直賦眼前景：「又是一鉤新月照黃昏。」看來用筆直寫，很客觀，仔細體味，字字是失望的嘆息。「又是一鉤新月照黃昏」，可那人是不會再來了！「又是」二字可見這樣的等待、這樣的失望遠不止是一次，怨情溢於言表。

這首詞沒有直接的抒情敘事，兩片都是「畫」，且有工筆與寫意、寫人與寫景、著色與不著色的不同，但俱能由圖景暗示情事，而且意脈連貫，上片穠麗設色正為下片一洗而空做準備，加之上片音節柔緩而下片則一氣貫注略無停頓，十分成功地表現了女主人公失歡之後，從一線希望到完全失望的情感發展過程。（周嘯天）

臨江仙 秦觀

千里瀟湘挼藍①浦，蘭橈昔日曾經。月高風定露華清。微波澄不動，冷浸一天星。

獨倚危檣情悄悄，遙聞妃瑟泠泠。新聲含盡古今情。曲終人不見，江上數峰青。

〔註〕①挼：音同挪，揉搓之意。藍為植物名，揉搓其葉取得青色為染料，《禮記．月令》已有「刈藍以染」的話。詩詞中以「挼藍」狀水色之青，如黃庭堅〈訴衷情〉：「山潑黛，水挼藍。」

這是秦觀於宋哲宗紹聖三年（一〇九六）被貶郴州途中寫的一首詞，抒寫夜泊湘江的感受。

起兩句總敘。千里瀟湘江上，浦口水色似挼藍，這裡寫詞人泊舟之處。橈，船槳。蘭橈代指木蘭舟，這是對舟船的美稱。《楚辭．九歌．湘君》：「桂櫂兮蘭枻。」柳宗元〈酬曹侍御過象縣見寄〉有「騷人遙駐木蘭舟」之句。這首詞中的「蘭橈」即指騷人屈原所乘的舟船。這一帶正是當年騷人的蘭舟曾經經過的地方。首句寫眼前景，卻從「千里瀟湘」的廣闊範圍帶起。次句由眼前景引出「昔日」楚國舊事，顯現出朦朧的歷史圖景，暗示自己如今正步當年騷人的足跡，在千里瀟湘之上走著遷謫的行程。詞人和騷人，透過「千里瀟湘」這一今古長流的中介，自然聯繫起來。從一開始，詞中就引入了楚騷的意境與色調。

接下來三句續寫泊舟瀟湘浦所見：「月高風定露華清，微波澄不動，冷浸一天星。」夜深了，月輪高掛中天，風已經停息下來，清瑩的露水開始凝結。眼前的瀟湘浦口，微波不興，澄碧的水面蕩漾著一股寒氣，滿天星斗正靜靜地浸在水中。這境界，於高潔清瑩中透出寂寥幽冷，顯示出詞人貶謫南州途中的心境。風定露清，波平水靜，一切都似乎處於凝固不動之中，但詞人的思緒並不平靜。這就自然暗渡到下片。

「獨倚危檣情悄悄，遙聞妃瑟泠泠。」在這清寂的深夜，詞人泊舟浦口，獨倚高檣，內心正流動著無窮的憂思（悄悄，憂愁貌），隱隱約約地，似乎聽到遠處傳來清泠的瑟聲。瀟湘一帶，是舜的二妃娥皇、女英哭舜南巡不返，淚灑湘竹之處，傳說她們善於鼓瑟。這裡說「遙聞妃瑟泠泠」，很可能是特定的地點和清冷的現境觸發了詞人的歷史聯想，並由此產生一種若有所聞、似幻似真的錯覺；也可能是確實聽到鼓瑟之聲，但詞人透過自己的想像把它虛幻化、神話化了。不論是哪一種情形，這瀟湘深夜的泠泠瑟聲都曲折地透露了詞人自己淒涼寂寞的心聲。這兩句寫泊舟浦口所聞，它使整個詞境帶有悲劇色彩。

「新聲含盡古今情」，這是對江上瑟聲的感受。瑟中所奏的「新聲」，包含了古人和今人的共同感情。古，指湘靈；今，指詞人自己。這一感受，正透露詞人與湘靈一樣，有著無窮的幽怨。

「曲終人不見，江上數峰青。」結尾全用唐人錢起〈省試湘靈鼓瑟〉成句，但卻用得自然妥帖，彷彿是詞人自己的創作。它寫出了曲終之後更深一層的寂寥和悵惘，也透露了詞人高潔的性格。

這首詞和作者以感傷為基調的其他詞篇有所不同，儘管偏於幽冷，卻沒有他的詞常犯的氣格卑弱的毛病。全篇滲透楚騷的情韻，這在秦詞中也是特例。（劉學鍇）

好事近　秦觀

夢中作

春路雨添花，花動一山春色。行到小溪深處，有黃鸝千百。
飛雲當面化龍蛇，夭矯轉空碧。醉臥古藤陰下，了不知南北。

此詞正如題中所示，係寫夢境。據釋惠洪《冷齋夜話》：「秦少游在處州，夢中作長短句……後南遷，久之，北歸，逗留於藤州，遂終於瘴江之上光華亭。時方醉起，以玉盂汲泉欲飲，笑視之而化。」（宋胡仔《苕溪漁隱叢話》卷五十引）少游於哲宗紹聖元年（一〇九四）貶監處州酒稅，三年徙郴州，詞蓋作於二年之春。因結語有「醉臥藤陰」之句，後人遂以為死於藤州之讖；及至遷葬無錫惠山，還說有巨藤蓋覆其墓。那當然是帶有迷信色彩的傳說。

這首詞的特點，當得上一個「奇」字。它以嫻熟的技巧，表現了奇麗的色彩，奇峭的聲情，奇特的境界，帶有濃郁的浪漫主義情調。詞的上闋寫詞人夢魂縹緲，漫遊在一條景色瑰麗的山路上。起首二句，寥寥十一字，寫了春路、春雨、春花、春山、春色，環環相扣，宛轉相生：春路上下了一場春雨，給人以浥盡輕塵的快感；春雨過後，春花盛開，給人以無比絢爛的印象；而春花一動，整個山間又出現一片明媚的春光，遂使人目迷五色，如入仙境。三、四兩句，緊承前意。「行到」一句，與首句「春路」相應，點明方才的一切乃詞人的夢魂在春路上行走所見，而這條春路，傍臨小溪，曲徑通幽，越走越深，境界越是奇麗。「有黃鸝千百」，則把這種奇麗的景象充分地渲染出來。「小溪深處」，猶之王維〈皇甫嶽雲溪雜題五首．鳥鳴澗〉詩所寫的「夜靜春山空」，應是一個靜謐的所在，黃鸝或許正在樹上棲息。詞人的突然來到，也像「月出驚山鳥」一般，打破了一片岑寂，無數黃鸝立刻喧騰起來。上有黃鸝飛鳴，下有溪水潺湲，再加上滿山鮮花烘托，境極美矣！詞人徜徉在這一優美的境界中，該多麼自由舒暢；然而這是一個夢幻，現實中並不存在。觀詞至此，可知「夫詞，非寄託不入，專寄託不出」（清周濟《宋四家詞選目錄序論》），確是詞之極詣了。

過片二句，詞人的視線移向天空，只見飛雲變幻著各種形態，竟像龍蛇一樣，在碧空中飛舞。「夭矯」二字，寫出龍蛇盤曲而又伸展的動態，極富於形象性。「空碧」即碧空，因押韻而句法倒裝。碧空萬里，龍蛇飛舞，這個景象煞是壯觀。它象徵著詞人在夢境中獲得了一刹那的精神解放。在用語和造境方面都十分奇特，詞情至此，已發展到一個高潮。因此明人陸雲龍評曰「奇峭」（《詞菁》卷二），陳廷焯評曰「筆勢飛舞」（《詞則．別調集》）。所謂「奇峭」者，當是指景象奇偉，格調峻峭，非一般綺靡之作可比，也與少游其他作品不同。所謂「筆勢飛舞」，是形容詞筆縱橫捭闔，筆端帶有感情，落紙如龍蛇飛動，奔逸超邁，運轉自如。這就不是婉約派所能範圍的了。

結尾二句，由動至靜，在靜的狀態中，創造了一種無我之境，反映出詞人消極出世的思想。在詞人的後半生，為了逃避在現實中遭受貶謫的痛苦，不是在精神上遁入夢境，就是躲進醉鄉。他在橫州所寫的〈醉鄉春〉一詞曾說過「醉鄉廣大人間小」，這裡則說「醉臥古藤陰下，了不知南北」。在古藤濃陰的覆蓋下，詞人酣然入睡，置一切於不顧，似乎很超脫，達到了無我之境，實際上這是對黑暗現實一種消極的反抗，因此明人沈際飛認為這是「白眼看世之態」（《草堂詩餘續集》卷上）。就意境而言，他寫得靜謐幽絕，絕非食人間煙火人語。因此清人周濟評曰：「造語奇警，不似少游尋常手筆。」（《宋四家詞選》）如果說「奇峭」二字是過片二句的特色，則「奇警」二字，便是這結尾二句的特色了。

近人王國維在談到詩詞境界時說：「境界有二：有詩人之境界，有常人之境界。詩人之境界，唯詩人能感之而能寫之，故讀其詩者，亦高舉遠慕，有遺世之意。……若夫悲歡離合，羈旅行役之感，常人皆能感之，而唯詩人能寫之。」（《清真先生遺事．尚論》）在這首〈好事近〉中，少游以特有的詩人的敏銳，把複雜的生活經驗和內心感受，昇華為一種奇特的景象，反映了他對社會人生的看法。在優美的藝術形象中含有深刻的哲理，讀之確實令人「高舉遠慕，有遺世之意」。明代卓人月曾以之與唐人曹唐〈仙子洞中有懷劉阮〉詩的「洞裡有天春寂寂，人間無路月茫茫」相比，說少游「此詞如鬼如仙」（《古今詞統》卷五）。可見它富有濃厚的浪漫主義色彩，只不過較為消極罷了。

少游此詞有名於時，為許多人讚賞。《淮海集》載東坡有題跋云：「供奉官莫君沔官湖南，喜從遷客遊……誦少游事甚詳，為予誦此詞至流涕。」黃庭堅也有詩云：「少游醉臥古藤下，誰與愁眉唱一杯？解作江南斷腸句，只今唯有賀方回。」直至明清兩代，還有不少詩人、學者透過不同方式，向少游深致悼念之情。如明郎瑛《七修類稿》卷三十曾記載道：「余嘗親見其墨跡，後有近代劉菊莊題云：『名並蘇黃學更優，一詞遺墨至今留。無人喚醒藤州夢，淮水淮山總是愁。』」可見，此詞千載而下，仍能催人落淚，其中蘊有多麼深厚的藝術魅力啊！

（徐培均）

畫堂春

秦觀

東風吹柳日初長，雨餘芳草斜陽。杏花零落燕泥香，睡損紅妝。

寶篆煙銷龍鳳，畫屏雲鎖瀟湘。夜寒微透薄羅裳，無限思量①。

〔註〕①下片一作：「香篆暗銷鸞鳳，畫屏縈繞瀟湘。暮寒輕透薄羅裳。無限思量。」

這首詞清李調元《雨村詞話》卷一以為「氣薄語弱，此山谷十六歲作」。按稱黃庭堅作者始自明刻本《豫章黃先生詞》，但宋人楊湜《古今詞話》及黃昇《唐宋諸賢絕妙詞選》已定為少游作。細玩詞之風格，婉麗柔媚，悱惻深沉，非少游莫屬。

全詞寫一位美人的春睡，妙處在於白晝裡紅窗睡穩，夜晚間枕畔難安。以白晝與黑夜對照，說明女主人公正常的生活規律被打亂、被顛倒，心中必有所思。詞中雖寫美人春睡中的姿態和感情，然重點卻在於環境的渲染。宋楊湜《古今詞話》云：「少游〈畫堂春〉『雨餘芳草斜陽，杏花零落燕泥香』之句，善於狀景物。至於『香篆暗銷鸞鳳，畫屏縈繞瀟湘』二句，便含蓄無限思量意思，此其有感而作也。」至於因何有感，當指春情難耐，僅就詞的意境而言，也是寫得相當優美和深遠的。

上片起首二句鋪敘春睡前景色。春雨初霽，春日漸長，東風吹拂柳條，斜陽映照芳草，正是困人天氣。這就為春睡渲染足了氣氛。以下二句是全詞的精彩之處。王國維說：「溫飛卿〈菩薩蠻〉『雨後卻斜陽，杏花零落香』，少游之『雨餘芳草斜陽，杏花零落燕泥香』，雖自此脫胎，而實有出藍之妙。」（《人間詞話》附錄）為什麼少游竟能超過詞壇上一向所豔稱的名句？因為他將好幾層意思濃縮為一個完整的意境。杏花本當令之景，此為第一義；雨後零落，此為第二義；墮地沾泥，此為第三義；泥沾落花，帶有香氣，此為第四義；燕銜此泥築巢，巢亦有香，此為第五義。詞人將如許含義凝為一句，只舉首尾而中間不言而喻，語言優美而意味雋永。除了王國維所舉的例子外，我覺得李清照〈武陵春〉的「風住塵香花已盡」，周邦彥〈浣溪沙〉的「落花都上燕巢泥」，陸游〈卜算子．詠梅〉的「零落成泥碾作塵」，也無不與少游詞相似，但卻沒有他寫得凝練、灑脫、雋永。李攀龍評之曰：「寫景入畫，言少而意甚多。」（《草堂詩餘雋》卷四引）可謂恰中肯綮。由於詞人把環境寫得如此婉美昵人，故佳人不得不陷於春困矣。「睡損紅妝」一語，正補足前面意思，推出人物形象，彷彿令人看到一幅美人春睡圖。

過片寫美人夜間不眠時所見之景象。「寶篆」蓋今之盤香。宋洪芻《香譜．百刻香》云：「近世尚奇者作香，篆其文，準十二辰，分一百刻，凡燃晝夜乃已。」少游在〈減字木蘭花〉中也寫過：「斷盡金爐小篆香。」此處則是表明美人失眠直到篆香銷盡。不是簡單的敘述，而是用景語作為烘托。「畫屏雲鎖瀟湘」，是指屏風上所畫的雲霧瀟湘圖。此以瀟湘喻指思念之人所在，從南朝梁柳渾〈江南曲〉「瀟湘逢故人」化出，「雲鎖」則迷不可見。點出苦想不眠的原因。這種手法不妨說它是融情入景。

結尾二句承上意脈，具體描寫夜寒襲人，美人無法再入夢鄉，於是思前想後，輾轉反側。《古今詞話》所謂「香篆」二句，「便含蓄『無限思量』意思」，正是從藝術結構的渾成統一著眼的。說明前面是景中有情，此處則以情語作結。

這首詞乃是雙疊，上下兩片句式相同，寫法也相同，都是前面兩句著重寫景，後面兩句著重寫情與人。但意味、情境都有差別。上片時間在白天，從室外寫到室內，再寫到人；下片時間在夜晚，從室內陳設寫到佳人衣著，再寫到思想感情。兩結都是寫實，但卻起了畫龍點睛作用。若無此兩結，則通篇虛寫，無所著落，讀者將不知所云了。詞的色彩、音韻也是寫得極美。其中有芳草、杏花、綠柳、香巢，有寶篆香煙、瀟湘雲霧，因而組成了色彩絢爛的畫面。就音韻而言，起首二句暢達流美，節奏明快；過片一聯對仗工穩，韻律諧婉。如果說，存在「氣薄語弱」的毛病，主要是指兩個結句，但其所抒發的感情卻是深摯的，也會引起讀者的無限思量。

（徐培均）

米芾

【作者小傳】（一〇五一～一一〇七）初名黻，字元章，號鹿門居士、襄陽漫士、海嶽外史。太原（今屬山西）人，徙居襄陽（今屬湖北），後定居潤州（今江蘇鎮江）。以母侍宣仁後藩邸恩，補校書郎，太常博士，出知無為軍。逾年，召為書畫博士，擢禮部員外郎，知淮陽軍。世稱米南宮。又因舉止癲狂，稱米癲。能詩文、擅書畫，書法與蘇軾、黃庭堅、蔡襄合稱宋四家。有《寶晉英光集》《寶晉長短句》一卷。詞存十七首。

水調歌頭　米芾

中秋

砧聲送風急，蟋蟀思高秋。我來對景，不學宋玉解悲愁。收拾淒涼興況，分付尊中醽醁，倍覺不勝幽。自有多情處，明月掛南樓。

悵襟懷，橫玉笛，韻悠悠。清時良夜，借我此地倒金甌。可愛一天風物，遍倚欄杆十二，宇宙若萍浮。醉困不知醒，欹枕臥江流。

米芾，字元章，是宋代大書畫家。據宋王明清《揮麈後錄》記其為人：滑稽玩世，不能俯仰順時，晚益豪放，不拘繩檢，風神蕭散。文如其人，他的詞寫得清新韶秀，飄逸絕塵。他與蘇東坡是同時代人，多所交往。東坡〈水調歌頭〉中秋詞名噪一時。他繼之而作，別出機杼，亦不失為佳篇。

東坡中秋詞開門見山發出奇問：「明月幾時有，把酒問青天。」米芾反其道而行之，上片一大段故意撇開月亮，先寫自己晚來的秋意感受。「砧聲送風急，蟋蟀思高秋」，古人有秋夜擣衣，遠寄征人的習俗，砧上擣衣之聲表明氣候轉寒了。牆邊蟋蟀鳴叫，亦是觸發人們秋思的。李賀〈秋來〉詩云：「桐風驚心壯士苦，衰燈絡緯啼寒素。」米芾這兩句著重寫自己的直覺，他是先聽到急促的砧聲而後感到颯颯秋風之來臨，因此，才覺得彷彿是砧聲送來了秋風。同樣，他是先聽到蟋蟀悲鳴，而後才意識到時令已屆高秋了。這種寫法與一般人的思維邏輯正相反，著重寫個人感覺，強調作者為外物所引起的內心的感受，強調秋聲所引發的自己心靈上的顫動。

「悲哉，秋之為氣也，蕭瑟兮草木搖落而變衰。」這是宋玉〈九辯〉中的名句，從此，「見落葉而悲秋」，成為才人志士一種傳統心態。可是米芾卻說，「我來對景，不學宋玉解悲秋」，頗表現出他的曠逸豪宕的襟懷。他這句拗折剛健之筆使文氣為之一振。因為砧聲和蟋蟀等秋聲，畢竟要給人帶來一種淒涼的秋意，而倔強的詞人不願受其困擾。所以，接著他要「收拾淒涼興況，分付尊中醽醁」了。可是把「淒涼興況」交付給杯中美酒消去，並不是那麼容易的，酒後反而心裡加倍感到不勝其幽僻孤獨。從用筆上來說，「不學宋玉解悲愁」，強作精神，是一揚，這裡「倍覺不勝幽」，卻是一跌，詞人透過聞秋聲而引起的內心感情上的波瀾起伏，把「無計相迴避」（范仲淹〈御街行〉）的「悲愁」充分表現出來了。

就在這個時候，一輪明月出來了。月到中秋分外明，此時，明月以它皎潔的光輝，把宇宙幻化為一個銀色的世界，也把他從低沉壓抑的情緒中解救出來，於是詞筆又一振，他情不自禁地歌唱道：「自有多情處，明月掛南樓。」直到上片結拍，詞人才托出一輪中秋月點明題意。「多情」二字是在詞人的感情幾經折騰之後說出的，就極其真切自然，使人感到明月的確是情多。米芾先是反覆渲染中秋節令的秋意，從反面為出月鋪墊，以「自有」二字轉折，使一輪明月千呼萬喚始出來，這種寫法與東坡中秋詞大異其趣。

下片便是寫賞月了。詞人分四個層次寫自己在月光下「橫玉笛」、「倒金甌」、「倚欄杆」乃至「醉困不知醒」的情景。「悵襟懷」的「悵」字承接上下片，巧妙過渡，既照應上片「不勝幽」的「淒涼興況」，又啟下片的賞月遣懷。「橫玉笛，韻悠悠」，玉笛聲固然是富有優美情韻的，不要忘記米芾此時是在大放光明的中秋月下吹笛，那更是何等富有詩情畫意的境界！所以詞人馬上想到要借此清時良夜，像李太白那樣「舉杯邀明月」（〈月下獨酌四首〉其二），痛痛快快大飲其酒了。「遍倚欄杆十二」，說明他賞月時間之長，從多種角度賞覽興致之高，他為這「可愛一天風物」陶醉了。不由神與物遊，引起他對宇宙對人生的遐想。

詞的寫法很妙，自上片結拍點出「明月掛南樓」之後，字面上再沒有出現「月」字，再沒有直接去描寫月亮，然而卻又使人恍如置身在一個月光如水的優美境界中，這個境界空靈、聖潔、寧靜、浩瀚，人與宇宙化為一體了。宇宙之大，詞人視若浮萍，多麼博大的心胸，飄逸的神思，大有羽化登仙、乘風歸去之勢呢！

由於境界美，興致高，詞人不覺豪飲大醉。「醉困不知醒，欹枕臥江流」兩句，使人想起東坡〈前赤壁賦〉結尾的「肴核既盡，杯盤狼籍，相與枕藉乎舟中，不知東方之既白」。要說的前面都說了，此處以不結結之，最妙，何必再要去寫賞月飲酒之後，我心中新的感覺如何，問題解決了沒有呢？

米芾這首中秋詞通篇都是抒寫自己心靈的感受，因此，寫得清空而不質實，開頭泛寫秋聲，蟋蟀之聲當然隨時可聞，而砧聲就未必響於中秋夜了。他如此寫，只是為了表達自己內心的一種秋意感受。接著詞人寫「我來對景」時感情上的折騰，也是虛寫。詞人在賞月，也只是著重寫「橫玉笛」的雅興，「倒金甌」的豪情，「倚欄杆」的遐思，也都是個人內心的感受。寫景也非實寫，「清時良夜」、「可愛一天風物」都是採用一種很概括的寫法，結句「欹枕臥江流」更是意想中的境界，整個詞境如空中之色，鏡中之像，用筆空靈迴蕩，而自有清景無限，清趣無窮，表現出米芾特有的風格。《宋史．米芾傳》說：「芾為文奇險，不蹈襲前人軌轍。」這首比東坡後出的中秋詞，不也體現著這種創新的精神嗎！（高原）

蝶戀花 米芾

海岱樓玩月作

千古漣漪清絕地。海岱樓高，下瞰秦淮尾。水浸碧天天似水，廣寒宮闕人間世。

靄靄春和生海市。鰲戴三山，頃刻隨輪至。寶月圓時多異氣，夜光一顆千金貴。

這是米芾在宋哲宗紹聖四年（一〇九七）知漣水軍（今江蘇漣水）後，登漣水名樓海岱樓玩月之作。米芾在漣水軍二年，在其現存十七首詞中，標明在海岱樓所作者，至少有三首，這是其中之一。這首詞的上片，首先從海岱樓所處的地理位置入手。「千古」一句，總寫漣水全境形勝之處。漣水為水鄉，當時境內有中漣、西漣、東漣諸水，黃河奪淮入海亦經此地，且東瀕大海，北臨運河，水鄉清絕，故以「漣漪」稱之。然後特出一筆，寫海岱樓高，拔地而起，「下瞰秦淮尾」，以誇張之筆，極寫此樓之高。「水浸」二句承「下瞰」而來，轉寫水中浸沉著的碧天；然後又由如水的碧天聯想到「廣寒宮闕」，接觸到「月」，從而為下片寫月出作好鋪墊。但這裡寫「廣寒宮」，並非實寫，而是由水中碧天聯想而來，作者的筆墨仍然是傾注於「人間世」，上片用筆，皆在「人間世」三字上凝結，「廣寒宮」也是為修飾「人間世」而出現的。詞的下片才寫「玩月」。但首句卻不去寫月，而是寫「海市」。「海市」即我們常說的「海市蜃樓」，晉伏琛《三齊略記》和宋沈括《夢溪筆談》等文獻都曾敘述過「海市」的繁華熱鬧。但這首詞中的「海市」，乃是虛寫，實際上只是寫海，從而再次為月出作鋪墊。經過再三鋪墊，曲曲折折，千呼萬喚之後，才是月亮出海：「鰲戴三山，頃刻隨輪至。」鰲戴三山，係古代神話。「三山」，指海中的仙山方壺（一曰方丈）、瀛洲、蓬萊，山下皆有巨鰲（大龜）「舉首而戴（頂）之」，「三山」因此不再漂浮移動（詳見《列子．湯問》）。「輪」，指月亮。梁劉孝綽〈望月〉「輪光缺不半，扇影出將圓」、唐杜甫〈初月〉「光細弦欲上，影斜輪未安」，其中的「輪」皆指月亮，故月有「月輪」之稱。古人以為月亮是從海中出來的，故唐張九齡〈望月懷遠〉有「海上生明月」、李白〈把酒問月〉有「但見宵從海上來」句，盧仝〈月蝕〉說得更清楚：「爛銀盤從海底出。」這自然是誤解。米芾這兩句寫月出，倒不像前人那樣直截了當，表面看來是寫「三山」隨月輪而至，似以寫「三山」為主。月未出時「三山」暗，月出則「三山」明，好像頃刻之間來到眼底。這實際上還是寫月，「三山」只是作為月的被動物出現的，貌似「三山」至，實即月輪出。這是一種借此寫彼的筆法。這兩句不僅充滿了神話色彩，而且寫得神采飛動，「頃刻」一詞，寫月輪出海，凌厲之至，神氣倍生。

詞中真正寫「玩月」，只是最後兩句：「寶月圓時多異氣，夜光一顆千金貴。」「夜光」，指月亮。屈原〈天問〉：「夜光何德，死則又育？」唐王逸註：「夜光，月也。」夜光又為珠名，故以「一顆千金貴」稱述之，這是巧借同名之珠以讚美圓月之可貴。這兩句，前句重在其「異」，後句重在其「貴」。因其「異」，始見其「貴」。一輪明月，不知產生過多少神話，神奇之至，亦美妙之至，月也因此而提高了身價。古人又把月視為群陰之宗，崇拜備至。這兩句包含著作者對於月的種種幻想與評價。這裡寫的是圓月，尤為古人所重視，其價值也更高。米芾是愛月的，在他現存的十七首詞中，寫到月的就有六首。

米芾的這首詞，氣魄很大，充滿了一種奔逸絕塵之氣。全詞幾乎無一句不具有這樣的特點。如「海岱」兩句，作者站在海岱樓頭下瞰，是不可能「瞰」到「秦淮尾」的。這是他的博大想像，千里之遠，近在咫尺。作者神思飛馳，大有凌空飛天之勢。在他的其他作品中，也有類似的想像，多有博大之境。「水浸碧天」、「廣寒宮闕」等句，妙於浸染，景象寧靜而浩瀚，使天上人間渾為一體，這又很像他的氣象迷離的山水畫。「鰲戴」兩句則轉為沉著飛翥，超逸絕塵，倏忽千里。持平而論，米芾的這首詞應該是一首「豪放詞」了。而這種詞，在北宋當時的詞壇上，除了蘇軾等少數詞人之外，其他並不多見。蘇軾、王安石等對米芾都格外垂青，他們都發現了米芾在文學上的真價。此外，米芾的好潔成癖的個性，在這首詞中也有明顯的表現。這首詞的選材造語，無一塵雜，皆給人以玲瓏聖潔之感；且又異象迭生，或靜或動，無不超妙絕俗，使人如置身於絕無煙火氣的廣寒宮闕。米芾的其他詞作，也往往具有這種聖潔絕俗的精靈之氣，這在當時的詞壇上，顯然也是可貴的。（丘鳴皋）

滿庭芳　米芾

詠茶

雅燕飛觴，清談揮麈①，使君高會群賢。密雲雙鳳，初破縷金團。窗外爐煙自動，開瓶試、一品香泉。輕濤起，香生玉乳②，雪濺紫甌圓。

嬌鬟，宜美盼，雙擎翠袖，穩步紅蓮③。座中客翻愁，酒醒歌闌。點上紗籠畫燭，花驄弄、月影當軒。頻相顧，餘歡未盡，欲去且留連。

〔註〕①一作「揮坐」。麈，音同主，揮麈即拂麈。②一作「玉塵」。③一作「金蓮」。

此詞亦入秦觀《淮海居士長短句》中，然《襄陽書畫考》載：「米元章與周熟仁試賜茶於甘露寺，作〈滿庭芳〉詞，墨跡為世所重。」並引錄其警句「輕濤起」三句，「推為獨絕」（清《御選歷代詩餘》引）。云有墨跡傳世，當有所據。雖然書家寫他人作品者多有之，但既云「作〈滿庭芳〉詞」，則自書所作亦有可能，姑定為米芾之作。

北宋人詠物之詞，多無寄託。描情狀物，工巧妥帖，即為佳製。米芾此詞，上闋詠宴集烹茶，細緻優雅；下闋引入情事，兼寫捧茶之人，雖無深意，自饒風韻。

起三句，寫「高會」的情況。「雅燕」，即雅宴，高雅的宴會。「飛觴」，舉杯飲酒。觴，古代盛酒器，呈雀形，稱羽觴，故謂舉觴為飛觴。揮麈清談，本魏晉名士風習，常執麈尾（拂塵），揮動以助談興。如《晉書．王衍傳》謂衍「終日清談……每捉玉柄麈尾」。「使君」，對州郡長官的尊稱。這裡當指周熟仁。三句尚未點出「茶」字，而茶意已出。既有風姿高雅的主人，又有群賢畢集的盛會，酒後清談，怎可以沒有名茶解醒助興呢？「密雲」二句入題。「密雲」，茶名，又名密雲龍、密雲團。「雙鳳」，茶名，即雙鳳團。宋吳曾《能改齋漫錄》卷十五引張芸叟《畫墁錄》：「丁晉公（謂）為轉運使，始製為鳳團，後又為龍團。歲貢不過四十餅。天聖中又為小團，其餅迴加於大團。熙寧末，神宗有旨下建州製密雲龍，其餅又加於小團。」可知「密雲」、「雙鳳」皆珍貴的茶餅。「破」，謂擘開茶餅。「縷金團」，歐陽脩《歸田錄》：「茶之品，莫貴於龍鳳，謂之團茶……宮人往往縷金花於其上，蓋其貴重如此。」蘇軾〈行香子．詠茶〉：「看分香餅，黃金縷，密雲龍」，與此同意。這些名茶皆為貢品，皇帝又每以分賜大臣，即所謂「賜茶」。「窗外」二句，寫生爐子煮水。古人煮茶，非常講究選水。揚子江南零水，有「天下第一泉」（唐張又新《煎茶水記》引劉伯芻評）之號，詞中的「一品香泉」，也許就是指這最佳的泉水。「輕濤」三句，細寫烹茶的情狀。宋人很講究煮茶的方法：把泉水倒進茶瓶，用風爐加熱，小沸即可（術語稱「蟹眼」），再把研碎了的茶葉投入，便有白色泡沫浮在茶湯上面，稱為「玉乳」、「雪花乳」，然後輕輕攪拌，便可斟飲。唐曹鄴〈故人寄茶〉詩「香泛乳花輕」，宋蔡襄〈試茶〉詩「兔毫紫甌新，蟹眼清泉煮」，即寫此狀。上片把煮茶的過程順序寫來，細膩熨帖，亦可想見米癲的茶癖。

過片四句，寫侍女捧茶款客的情景：那嬌豔的女郎，美目斜盼，雙手高擎著茶具，穩步前來。「紅蓮」，指女子的腳步。《南史．齊東昏侯紀》：「鑿金為蓮花以帖地，令潘妃行其上，曰：『此步步生蓮花也。』」「座中」二句，緊承上文。對著名茶美女，怎能不感到良宵太短呢？反愁歌闌酒醒時，人將歸去。「點上」二句，說月已當軒，夜深矣，而馬弄月影，已不耐煩，暗示已到該離去之時。「頻相顧」三句，偏寫座客尚未盡歡，留連不忍離去。「相顧」，與上文「嬌鬟」呼應。下闋撇開對茶事的正面描述，轉寫人事。嬌鬟的動人，座客的留連，都表現了高會難逢，主人情重。正由於能同試珍貴的「賜茶」，就更為這次雅宴清談增添興致了。（陳永正）

李甲

【作者小傳】字景元，華亭（今上海松江）人。宋哲宗元符中，為武康令。工畫，嘗得米芾稱許。詞存《樂府雅詞》中。今有周泳先輯《李景元詞》一卷，凡九首。

帝臺春　李甲

芳草碧色，萋萋遍南陌。暖絮亂紅，也知人春愁無力。憶得盈盈拾翠侶，共攜賞、鳳城寒食。到今來，海角逢春，天涯為客。

愁旋釋，還似織；淚暗拭，又偷滴。謾佇立、遍倚危闌，盡黃昏，也只是暮雲凝碧。拚則而今已拚了，忘則怎生便忘得。又還問鱗鴻，試重尋消息。

清萬樹《詞律》於〈帝臺春〉云「宋人作此調者絕少」，可以說是「僻調」。上下片不像一般長調那樣有對應句法，韻位密處極密，疏處亦疏，頗見搖曳不定的風致。李甲此篇，寫春晚懷舊之情，亦極吞吐之妙。

起句「芳草碧色」，徑從南朝江淹〈別賦〉取來，便有情人遠別，「春草碧色，春水淥波。送君南浦，傷如之何」之意，「春愁」於此，已隱隱發端。「萋萋」句極寫芳草之盛，「絮」而曰「暖」，「紅」而稱「亂」：草長花飛，觸眼一片暮春景象。「物色相召，人誰獲安！」（南朝梁劉勰《文心雕龍．物色》）至此「春愁」二字便自然而然地要出來了。絮飛花落而使人愁，本是尋常蹊徑，而這裡說花絮知人春愁，從對面落筆。「無力」二字雙關，既狀人之懨懨愁悴情態，也寫花絮飄墜時輕柔形象，似亦知人之懶乏無力而有意相陪者，情思深婉。

下文便寫春愁原因，採用憶昔比今見出。「憶得盈盈拾翠侶，共攜賞、鳳城寒食」，寫往日的歡娛。鳳城即京城。北宋汴京寒食清明節日，「四野如市，往往就芳樹之下，或園囿之間，羅列杯盤，互相勸酬。都城之歌兒舞女，遍滿園亭，抵暮而歸。」（宋孟元老《東京夢華錄》卷七）「拾翠侶」本於曹植〈洛神賦〉：「爾乃眾靈（神）雜遝，命儔嘯侶，或戲清流，或翔神渚，或採明珠，或拾翠羽。」這裡是指一同遊春的一位歌兒舞女，「盈盈」是說她的風姿儀態美好。這兩句只說得一件事，而諸般風流繾綣，已在言外。接著以「到今來」三字一轉，「海角逢春，天涯為客」，詞情如墜巖瀉瀑，由美好可念的回憶境界跌落到孤獨惆悵的現實生活中來，仍接應「春愁」。一樣逢春，不同滋味，對比強烈。「海角天涯」，一句分配兩句；「逢春為客」，一事拆為兩意，重新組合，成為工整的對偶句，讀來卻有參差錯落之致，語言上極見功夫。

上片點出春愁，寫了春愁觸發的原因。換頭一氣刻畫愁狀：「愁旋釋，還似織；淚暗拭，又偷滴。」四個三字句，句句用韻，如冰霰降地，淅瀝有聲。五代歐陽炯〈三字令〉，雖連用三字句至十六句，而韻律紓緩，聲情無此緊湊。此十二字四句，散則為四韻，合則為兩組，總之為一意，以言愁，淚亦是愁的表現也。兩組之中，「愁」的一組，「旋釋」是虛，「還織」是實；用「織」字，是言愁似網困人，無可遁逃。「淚」的一組，「暗拭」於前，已藏「滴」字；「偷滴」隨之，「滴」且不已；「暗」字、「偷」字，又寫出獨自傷心無人與訴情景。總言愁不可解，悲不可遏，下字既精鍊，又綿密。人知賞李清照「尋尋覓覓」十四疊字之如「大珠小珠落玉盤」，此亦何遽多讓！且此四句全是滿心而發，肆口而成，不施辭采，不用典實，正如南朝梁鍾嶸《詩品・序》所云：「吟詠情性，亦何貴於用事？……觀古今勝語，多非補假，皆由直尋。」俞陛雲《五代詞選釋》（按：俞書此首作南唐中主李璟詞）評云：「轉頭四句皆二字一句，且多仄韻，節短而意長。論情致則婉若遊絲，論筆力則勁如屈鐵。」遊絲、屈鐵之喻，亦至精當。

因憶舊侶，苦幽獨，至愁且淚，於是尋思其人，便成為題中應有之義。「謾佇立、遍倚危闌，盡黃昏，也只是暮雲凝碧。」謾，徒也，空也。倚樓遠望，不見伊人，直至黃昏。暮雲凝碧，用江淹〈擬休上人怨別〉詩「日暮碧雲合」，而隱含其下句「佳人殊未來」。然而這不是有約而不來，也不是知其所在盼其或來而意無有。兩人的關係是已經離絕了的，所謂「拚則而今已拚了」（拚，音同判，割捨之意），自己何嘗不知道；之所以仍痴痴遠望者，是又所謂「忘則怎生便忘得」也。兩句中有多少追思，深悔，失落感，牽惹意，在「暮雲凝碧」這樣典雅的句子之後，出此又白又淺的語言表述之，而又覺其甚為和諧，才人筆下，竟無所不可。明人潘游龍云：「『拚則』二句，詞意極淺，正未許淺人解得。」（《古今詩餘醉》）看它內中包含許多情思，以及上承倚闌之望，下啟鱗鴻之尋，直溯上片春愁之起，皆因割捨後難忘之故，這兩句確實是極為關鍵，不深究不易知。結拍「又還問鱗鴻，試重尋消息」，全詞思如流水，至此水到渠成，符合人物感情發展的邏輯。較之柳永〈曲玉管〉寫同樣題材，而以「永日無言，卻下層樓」結束者，情節上又進了一步。（陳長明）

趙令時

【作者小傳】（一〇五一～一一三四）初字景貺，蘇軾改為德麟，自號聊復翁。涿郡（今河北薊縣）人。燕王德昭玄孫。宋哲宗元祐中，簽書潁州公事，坐與蘇軾交通，罰金，入黨籍。後官右朝請大夫，改右監門衛大將軍，營州防禦使，遷洪州觀察使。高宗紹興初，襲封安定郡王，同知行在大宗正事。著有《侯鯖錄》《聊復集》。詞以婉柔勝，有趙萬里輯本，錄存三十七首。

蝶戀花

趙令時

庭院黃昏春雨霽。一縷深心，百種成牽繫。青翼驀然來報喜，魚箋微諭相容意。
待月西廂人不寐。簾影搖光，朱戶猶慵閉。花動拂牆紅萼墜，分明疑是情人至。

詞體由於言情特性的限制，很少用來敘寫故事。至蘇軾門下，始有秦觀、晁補之、毛滂用〈調笑轉踏〉描寫崔鶯鶯、西施、宋玉等人的故事，但都是一首詠一人物，情節未得展開，形象難能豐滿。到了趙令時手中，則以十二首〈商調．蝶戀花〉組成一套鼓子詞，把鶯鶯張生相悅相戀的故事，曲曲傳出，收到了前所未有的藝術效果。這種形式是詞中聯章體的發展，為金元諸宮調套曲的先聲。

這套〈蝶戀花〉鼓子詞是根據唐人元稹〈會真記〉改編的，各首之間夾以一段散文，散文採自〈會真記〉而略加改變，猶似今天曲藝中的說白；詞則出自趙令畤的創作，類似曲藝中的唱詞。首段散文之後有「奉勞歌伴，先定格調，後聽蕪詞」的關照，以後各段（末段除外）皆有「奉勞歌伴，再和前聲」兩句慣語，可見是由一人以散文形式講故事，而由另外的歌伴演唱曲子。全篇開端有一段類似序言的散文（一般稱作致語，實際上是開場白），可以幫助我們瞭解作者的意圖：「夫傳奇者，唐元微之所述也。以不載於本集而出於小說，或疑其非是。今觀其詞，自非大手筆孰能與於此。至今士大夫極談幽玄，訪奇述異，無不舉此以為美話。至於倡優女子，皆能調說大略。惜乎不被之以音律，故不能播之聲樂，形之管絃。好事君子極飲肆歡之際，願欲一聽其說，或舉其末而忘其本，或紀其略而不及終其篇，此吾曹之所共恨者也。今於暇日，詳觀其文，略其煩褻，分之為十章。每章之下，屬之以詞。或全摭其文，或止取其意。又別為一曲，載之傳前，先敘前篇之義。調曰〈商調〉，曲名〈蝶戀花〉，句句言情，篇篇見意。……」揆其大意，乃是為了把〈會真記〉「播之聲樂，形之管絃」，以便教坊或瓦子的藝人演唱。這種形式顯然是在〈調笑轉踏〉的基礎上發展起來的。因詞體難以具體地描述故事情節，故分割原來〈會真記〉中的文字以穿插其間。這樣，分述故事的十篇加上首篇總括與末篇尾聲，總共十二篇連在一起，便能有情有節，有本有末，表達一個完整的故事。

這裡選錄的是其中的第四首。它的規定情境是：「是夕，紅娘復至，持彩箋以授張，曰：崔所命也。題其篇云〈明月三五夜〉，其詞曰：『待月西廂下，迎風戶半開。拂牆花影動，疑是玉人來。』」張生接到鶯鶯約他幽會的這幅彩箋，喜不自勝。作者以這首〈蝶戀花〉抒寫張生的心曲。但是起調比較低緩，上片三句仍寫獨處孤館的相思。這時天已黃昏，春雨初霽，庭院裡一派迷茫，十分清冷。「庭院黃昏春雨霽」七字，把當時的環境非常集中地勾畫出來。它好似舞臺上的布景，一下子把讀者的情緒引入詞境。「一縷深心，百種成牽繫」，是寫主人公接到彩箋以前的相思之情。在這裡，詞人極善於鍊字鍊意。「一縷」化為「百種」，不但對仗工整，而且表明思緒之繁。「心」而曰「深」，用來形容主人公對所愛者的一往深情，非常準確。「百種成牽繫」，說明無往而不思念所愛之人。以上三句從景寫到情，都是「抑」，為後面的「揚」作了鋪墊。至「青翼」一句，感情便突然揚起，於是抑揚起伏，構成了美妙的節奏。「青翼」即青鸞，傳說中西王母的使者，這裡借喻紅娘。紅娘遞來彩箋，彩箋上題著約他幽會的詩句。他接到這一喜訊，一天愁緒驀然消失。這時的情緒，可以用元王實甫《西廂記》雜劇第三本第二折相印證：「〔紅云〕怎見得他著你來？你解與我聽咱。〔末云〕『待月西廂下』，著我月上來。『迎風戶半開』，他開門待我。『隔牆花影動，疑是玉人來』，著我跳過牆來。〔紅笑云〕他著你跳過牆來！你做下來，端的有此說麼？〔末云〕俺是個猜詩謎的社家，風流隋何，浪子陸賈！」相比起來，劇情顯豁，詞意則含蓄，它只是說「魚箋微諭相容意」。〈會真記〉原文也是「張亦微喻其旨」。既是「微喻」，就要仔細揣摩，把會意之處藏在背後，不能如戲曲說白那樣敞開地寫，體制不同之故也。

詞的下片，似轉而刻畫鶯鶯，從「待月西廂下」四句化出，也可能是張生看了詩句後想像的情境。那時候，鶯鶯在西廂中悄悄地等待月兒上升。須臾，月到中天，水一般的清輝灑在門口的簾子上，搖搖漾漾。她敞著門兒，心裡也像這簾上的月光，搖曳不定。「簾影」二句，可稱絕妙好詞。前人寫簾幕，多著重於靜態。如張泌〈南歌子〉：「高捲水精簾額，襯斜陽。」歐陽脩〈蝶戀花〉：「楊柳堆煙，簾幕無重數。」寫靜態，往往藉以反映人事的間阻，表現孤棲的寂寞。這裡寫動態，則象徵主人公心境的不安，表現期待的熱切。一會兒竹簾間浮現幾縷月光，似乎透露出一線希望；一會兒月影被雲層遮住，好像希望又隨之幻滅。這種以景色變化烘托情緒變化的手法，有如心畫心聲。「朱戶」一句緊承前意，妙在「猶慵閉」三字。鶯鶯久等張生不來，想把半開的門兒關上，但又懶得去關。著一「猶」字，把那種既想關門又不遽然關門的神態，刻畫得栩栩如生。

如果說，前面三句也是「抑」的話，那麼結尾二句，自然便是「揚」。正值女主人公猶疑之際，忽然看到花枝搖動，花瓣兒紛紛飄落。她所期待的張生來了，詞情突然揚起。此句也是從〈會真記〉的〈明月三五夜〉詩中來，然而綴以「紅萼墜」三字，便加強了動態感。紅萼是被風吹下，還是被人碰落，這裡並未點明，直到下句，才把它足成：「分明疑是情人至」。原來是張生來到了。「分明」與「疑是」似乎相矛盾，其實這是轉折，一會兒覺得真真切切，一會兒又疑疑惑惑，詞情一波三折，搖漾生姿，言有盡而意無窮，頗為耐人尋味。

同秦觀〈調笑令．鶯鶯〉一曲相比，此詞擺脫了敘事成分，洋溢著抒情色彩，保持了詞的本色，語言較凝練，意境也較完整。我們還可以當它是人物的抒情獨唱，已向金董解元《西廂記諸宮調》、元王實甫《西廂記》雜劇前進了一步。（徐培均）

蝶戀花　趙令時

欲減羅衣寒未去，不捲珠簾，人在深深處。紅杏①枝頭花幾許？啼痕止恨②清明雨。

盡日沉煙③香一縷，宿酒醒遲，惱破春情緒。飛燕又將歸信誤，小屏風上西江路。

〔註〕①一作「殘杏」。②一作「正恨」。③一作「水沉」。

這首詞寫閨中懷人，是常見的題材，但在趙令時筆下，卻寫得清超絕俗，別有韻味。

「欲減羅衣寒未去」，春天來了，應是天氣轉暖了。閨閣佳人「欲減羅衣」，卻又躊躇起來，因為她感到此時寒意猶未消去。起句就暗示了女主人公因氣候變化無常而最難將息的心情。「不捲珠簾，人在深深處。」為什麼珠簾不捲？是無此種意緒？還是怕極目生愁？她又為什麼愛一個人躲藏在宅院的「深深處」不願出來？這開頭三句，作者雖未直接說出閨中人的心緒，卻畫出一位佳人惆悵自憐之態，使人隱隱感到她是一個愁人兒。

她為什麼發愁呢？其直接原因看來是清明時節的連綿春雨了。這場雨，不僅使氣候「寒未去」，「欲減羅衣」不能，更重要的，它造成了無可挽回的損失——雨打花枝，落紅無數！所以，簾雖未捲，而女主人公十分關切庭院中的花兒，迫不及待地問詢：「紅杏枝頭花幾許？」當然，不消問，她也料到嬌豔杏花的命運了！她彷彿看到那枝頭幾朵殘存的紅杏，依稀還帶著雨痕，像啼哭一樣，憎恨那殘酷無情的清明雨呢！當然花兒哪有悲與恨，只不過是人的感情折光而已。但按其情緒之劇烈程度看，閨中人因此而啼哭而憎恨，看來不像是一般傷春、惜花的意緒了。我們讀過《紅樓夢》黛玉葬花一節，黛玉為什麼比一般人對落花更為傷感呢？這似乎不能僅用她的愛哭和多愁善感來解釋，她悲花，實是悲自己和花兒相似的飄零命運。詞中女主人公之「止恨清明雨」，亦當別有感恨吧！人世間有許多人和事有如花兒般的美好，結果卻被一場無情「風雨」破壞了。「紅杏枝頭花幾許？啼痕止恨清明雨」，這兩句詞實是頗富有象徵意味的。

換頭三句承上片惜花、傷春情緒，轉寫閨中人內心極度淒寂和苦悶。「盡日沉煙香一縷」，她終日對著一縷裊裊香煙出神，深閨之寂寞冷清和人的百無聊賴可想而知。「盡日」，即李清照所說「愁永晝」（〈醉花陰〉）也。盡日苦坐愁城，無法排遣，唯有借酒澆愁。「宿酒醒遲」，可見恨深酒多，以致一時難醒了，而醒來仍然是空對「沉煙香一縷」而已，此種境遇何等難捱！「惱破春情緒」，關合上一片惜花恨雨，極力渲染出一個「愁」字。

然而，「清明雨」、「紅杏花」畢竟無關人事，閨中人到底因何愁思重重呢？結尾兩句才點出佳人懷人心事。「飛燕又將歸信誤」，她多麼希望春燕給她帶來遠人的信息，而它們卻如史達祖〈雙雙燕〉筆下那「便忘了、天涯芳信」的雙燕，多麼令人失望！於是她只好空對屏風悵望：「小屏風上西江路」，淡煙流水的畫屏上畫的正是通往西江之路，回想當初心愛之人不正是從這水路遠去的麼！歐陽脩〈蝶戀花〉云：「枕畔屏山圍碧浪，翠被華燈，夜夜空相向。」顯然，趙詞歇拍與歐詞意境相似而別出新意，寫出了女主人公的一往情深，神味悠遠。

這首詞筆致含蓄，語婉意深，代表了趙令畤的風格。尤以結處風華掩映，餘韻不盡，頗得詞家稱賞。明沈際飛評曰：「末路情景，若近若遠，低徊不能去。」（《草堂詩餘正集》）可謂得其甘苦。（高原）

蝶戀花 趙令時

捲絮風頭寒欲盡。墜粉飄香，日日紅成陣①。新酒又添殘酒困，今春不減前春恨。

蝶去鶯飛無處問。隔水高樓，望斷雙魚信。惱亂橫波秋一寸，斜陽只與黃昏近。

〔註〕①《小山集》作「墜粉飄紅，日日香成陣」。

宋王灼《碧雞漫志》云：「趙德麟、李方叔皆東坡客，其氣味殊不近，趙婉而李俊，各有所長。」趙令時詞以清麗圓轉見長；如本詞，就又編入晏幾道《小山詞》。

本詞為傷春懷人之作。上片以惜花托出別恨，下片因音問斷絕而更增暮愁。起首三句描繪春深花落景象。所謂「捲絮風頭」，可參看章楶〈水龍吟·楊花〉詞的形容：「傍珠簾散漫，垂垂欲下，依前被、風扶起。」昔人又多以飛絮落花作為寒意將盡的晚春季節的特色，如「綠陰春盡，飛絮繞香閣」（晏幾道〈六么令〉），「落紅鋪徑水平池，弄晴小雨霏霏。杏園憔悴杜鵑啼，無奈春歸」（秦觀〈畫堂春〉）。下面「墜粉飄香」等等，進一步形象地刻繪了花兒的飄謝，斜風過處，但見落英紛紛，清芬沁人，真如小晏〈玉樓春〉所云：「東風又作無情計，豔粉嬌紅吹滿地。」這些雖說是寫晚春景色，而惜春之意也蘊含其中。

「新酒」兩句，觸景生情，因惜春而引出懷人，故爾以酒遣愁。「又添」兩字，加強語氣，徑直道出因懷人而中酒頻仍。「殘酒困」，是從「殘花中酒，又是去年病」（張先〈青門引〉）生發而來。全句與「舉杯銷愁愁更愁」（李白〈宣州謝朓樓餞別校書叔雲〉）的意思接近。「不減」兩字，作一迴旋。雖說所思在遠道，只能以酒銷愁，而離恨卻並不因為分別時間久長而稍有減退。這樣，語氣更顯得委婉，而語意也深入了一層。

換頭「蝶去」三句，極寫孤獨之感，不唯無人可問，連蝴蝶兒、黃鶯兒也都飛往別處，只剩下自己獨倚高樓，凝望碧水。雙魚，指書信。古詩云：「客從遠方來，遺我雙鯉魚；呼兒烹鯉魚，中有尺素書。」（東漢蔡邕〈飲馬長城窟行〉）「惱亂」兩句，因懷人而生春恨。橫波，指美目。李白〈長相思二首〉其一云：「昔為橫波目，今作流淚泉。」「秋一寸」，也指目，李賀〈唐兒歌〉有「一雙瞳人剪秋水」之句。「惱亂」猶言撩亂，黃昏景色撩亂她的眼目，更觸動了她的愁緒。明沈際飛云：「斜陽在目，各有其境，不必相同。一云『卻照深深院』，一云『只送平波遠』，一云『只與黃昏近』，句句沁人毛孔皆透。」「斜陽卻照深深院」（晏殊〈踏莎行〉小徑紅稀），是說午夢酒醒，但見小院深深，春色已盡，只有斜陽一片，徘徊不去。「斜陽只送平波遠」（晏殊〈踏莎行〉祖席離歌）寫行人乘舟去遠，唯見一抹殘陽，映照平波，悠悠而逝。兩者都是以夕照下的景色襯托離愁。而「只與黃昏近」是接上面「惱亂」句而來，「夕陽無限好，只是近黃昏」（李商隱〈樂遊原〉），眼見白晝將盡，長夜即至，送春滋味，念遠情懷，此處不說愁恨而愁恨自見。（潘君昭）

菩薩蠻　趙令時

春風試手先梅蕊，頩姿冷豔明沙水。不受眾芳知，端須月與期。

清香閒自遠，先向釵頭見。雪後燕瑤池，人間第一枝。

宋代是歷史上植梅的繁盛時期，詠梅的作品也很多。趙令時的這首詠梅詞，不如姜夔的〈暗香〉、〈疏影〉等那樣流傳，但無論在藝術構思和手法上，都自有其佳處。

詞論家說：「詞起結最難。」（清劉體仁《七頌堂詞繹》）這首詞的起句不過是說春風拂拂，首先吹開了梅花。可是他用了「試手」二字，春風似乎可以用她那靈巧的「手」，啟開冰封雪蓋的萬物，而且最「先」使梅花吐出了嫩蕊！「試手」而先，彷彿是春風對梅花特別鍾情。句法峭勁，旋折有力。次句即繪出梅花的丰采：姿色美麗（頩，音同娉），冷韻幽香，相伴著它的是明沙淨水。這句七個字，「頩姿冷豔」寫梅花本身；「明沙水」顯示出一片冰清素潔、纖塵不染的環境。彼此映襯，更給人以丰姿俊逸、神采奕奕的感覺。詩人們平時常用「清如玉壺冰」（南朝鮑照〈代白頭吟〉）、「一片冰心在玉壺」（王昌齡〈芙蓉樓送辛漸二首〉其二）來表示自己的高潔。這裡詞人賦予梅花明沙淨水的環境，不也是如冰在玉壺嗎？顯然這被春風首先吹開的梅花，寓有著人的影子。

到三、四句這底蘊便由隱而顯了。「不受眾芳知」，態度不卑不亢，從容而自矜。乍看比起陸游〈卜算子．詠梅〉中「無意苦爭春，一任群芳妒」的境況好得多，語氣也柔婉得多，可是與下句聯看，情景便大不一樣了。

「端須月與期」——只有月亮才配與梅花作伴！前句抑，後句揚，抑揚之間，把梅花格調的高絕，推上頂峰。

下闋四句意分兩層。前兩句與後兩句看似梅花與人分而言之，其實寫人仍是刻繪梅花。「人憐紅豔多應俗，天與清香似有私」（林逋〈梅花〉），梅花的香是「清香」，清幽而淡遠，「先向釵頭見」，女人們把梅花連同釵飾插在頭上。這裡又用了一個「先」字，再現出她與眾芳的不同。「雪後燕瑤池」，這是詞人的奇思異想。瑤池，相傳為西王母居住的仙境。就在這仙境靈域的宴席之上，也有列居眾芳之首的梅花！當然，也可以說這是以瑤池仙子、蕊珠宮女來形容這最早的報春之花。

整首詞除三、四句用欲揚先抑的手法，由起句至煞尾均從正面讚美梅花：她先得春風之助，展現出冷豔幽姿，非凡花可比。換頭寫其清香惹人，最後與三、四句呼應，正因其堪稱「人間第一枝」，故被邀去赴瑤池之宴。寫梅花的事事占先，正是詞人從它的先春而開的特點出發所作的構想，以寄其讚美之情。其次，從起至結，句句寫梅，也句句讚梅；情融景中，最後竟託於奇思異想。較之那些正面直接讚美梅花的詩來，顯然詞又別具深沉流美之致了。

趙令時與蘇軾極友善，蘇軾為愛其才，嘗薦於朝。蘇軾因政爭受打擊時，趙亦受牽累。這首詞顯然是借梅花以寓性情，寄託遙深，非徒然詠物之作。（艾治平）

浣溪沙 趙令時

水滿池塘花滿枝，亂香深裡語黃鸝。東風輕軟弄簾幃。

日正長時春夢短，燕交飛處柳煙低。玉窗紅子鬥棋時。

此詞初看似乎是寫一般文人雅士或閨閣名媛盼望春天到來，春天真正到了又不知如何打發的一種空虛和慵怠心理，即所謂無端的春情、春愁。但細一琢磨，可以發現它寫的仍是一個古老的主題——閨怨，只是著筆輕淡不易覺察罷了。

上片寫女主人公置身於春光的環抱中，春光的柔姿媚態使她陶醉，使她心動。「水滿池塘花滿枝」，是從視覺上觀察到春天的到來的。春水初漲，百花怒放，自然是春天特有的身姿和光彩。「亂香深裡語黃鸝」，是從聽覺和嗅覺上體味到春天的存在的。花香而亂，說明是百花飄香；「亂香深裡」，即百花叢中。黃鸝在飄香的百花叢中歌唱，這自然又是春天特有的氣息和聲音。「東風輕軟弄簾幃」，是從觸覺上體察到春天的溫柔。輕軟的、多情的東風不時拂弄著簾幃，撫掠著女主人公的鬢髮，這自然又是春天的溫暖和柔情。如此種種，無不撞擊著女主人公的心扉，必然使她產生細微而曲折的心理反應。春天是青年男女播種和耕耘愛情的季節，如今她卻是孤身一人，面對這撩人的春光，能不引起對愛情的嚮往與回憶嗎？能不感到若有所失嗎？

如果說，上片只是寫女主人公被春光「勾引」，而心魂搖曳，露出相思的端倪的話，那麼下片就是寫這個女子沉浸於相思之中。「日正長時春夢短，燕交飛處柳煙低」，意思是說既然春心已經萌動，那麼只有到午夢中去會心上人，以療愛情的飢渴，可是春夢又偏偏是那麼短促，心上人杳無蹤影，唯見雙燕交飛，煙柳低垂。燕雙飛，使人想到自身的獨守空閨，徒添相思；煙柳低垂，又使人更生離愁，「垂楊只解惹春風，何曾繫得行人住」（晏殊〈踏莎行〉）。說明這短短的春夢不僅沒有給人以精神的補償，反而惹得愁恨倍增。最後她不能不採取現實的可行的辦法來排除這相思的困擾：「玉窗紅子鬥棋時。」明亮的窗前正好擺著一盤棋，紅色的棋子耀人眼目，那不是鬥棋的最好時刻嗎？一下棋，無端的相思就不驅自散了。全詞就在這種念頭的萌發之際戛然而止，韻味無窮。

全詞僅六句，一句就是一個畫面。每個畫面都是色彩鮮明，表層義是清楚的。其中有四個畫面描摹春景，另外兩個畫面是一般閨閣生活的掠影：一為做夢，一為下棋。這六個畫面之間的內部聯繫，作者未作任何說明，只是安排了一個前後順序。全詞的意境與主旨全由讀者憑著這六個畫面，用類似於電影的蒙太奇手法去拼接，得出最滿意的效果。這難免見仁見智，也正因如此，才使它具有詞淺意深，語短情長的美感。（謝楚發）

烏夜啼　趙令時

春思

樓上縈簾弱絮，牆頭礙月低花。年年春事關心事，腸斷欲棲鴉。
舞鏡鸞衾翠減，啼珠鳳蠟紅斜。重門不鎖相思夢，隨意繞天涯。

看詞調使人聯想到李白有名的同題樂府詩：「黃雲城邊烏欲棲，歸飛啞啞枝上啼。機中織錦秦川女，碧紗如煙隔窗語。停梭悵然憶遠人，獨宿空房淚如雨。」趙令時當時構思是否受李白詩句的影響雖難確知，但從兩篇的內容吟味比較，倒也不無近似之處。因為這首詞的標題作「春思」，所寫正是樂府詩中常見的閨中思婦懷人的主題。

詞的上片，先從寫外景入手。「樓上縈簾弱絮，牆頭礙月低花」兩句對起，首先點明地點和時間。地點是在一處有院牆圍護著的樓房裡，而時間又是在飛絮落花暮春季節的晚上。同時還可以從「縈簾」、「礙月」的細緻心理反應和「弱絮」、「低花」的視覺觀察所見，襯映出芳春夜月懷遠的閨人形象。下面緊接以「年年春事關心事」一句，正式表明閨人感情的趨向和分量，重點在「春事」二字。她所關心的「春事」，可不就是歷來詩詞中經常詠嘆的像「忽見陌頭楊柳色，悔教夫婿覓封侯」（王昌齡〈閨怨〉），或「年年柳色，灞陵傷別」（李白〈憶秦娥〉）一類的離情別緒麼？這裡說「年年關心」，可見離人遠去之久。春歸而人不歸，教她怎不思量！正如前人詞句寫的：「誰道閒情拋棄久，每到春來，惆悵還依舊。」（馮延巳〈鵲踏枝〉）所以當她聽到樓外啞啞啼叫的欲棲而未定的烏鴉時，怎能不為之柔腸寸斷！「腸斷」二字，下得何等沉重，而思婦的哀痛情緒也就可想而知。

上片是寫外景步步侵入內心，引起春思的綿綿不斷。下片改變寫法，再由內景導致情絲的向外延伸，表現相思感情的進一步深化。這內景就是由「舞鏡鸞衾翠減，啼珠鳳蠟紅斜」兩句所展現的春夜閨房畫面。「鸞衾翠減」是指繡有鸞鳥圖案的翠色被面已經褪色，而「舞鏡」只是對圖案上鸞鳥形象的修飾，它是根據古代傳說獨鸞不鳴，見鏡中影即鳴不止的典故，活用來增加鸞鳥形象的生動性，並作為下句「啼珠」的字面對仗。「鸞衾翠減」也是回應上片的「年年」二字，從翠被褪色暗示離人別去時間的長遠。而「鳳蠟紅斜」則是指思婦的深宵不寐，痴對著綴有鳳凰形象的蠟燭，看它不斷消熔的紅淚直到燒殘斜墜了。「啼珠」是指蠟燭點燃後流的蠟珠，此處帶有濃厚的主觀感情色彩，即所謂「蠟燭有心還惜別，替人垂淚到天明」（杜牧〈贈別二首〉其二）是也。總之，兩句詞中的物象無不和思婦當前的處境心事相關，這是景中見人的巧妙寫法。

面對這空房寂靜百無聊賴的境地，又不勝久別憂思的沉重負荷，她感到這兒的天地是那麼狹窄，對自己是多麼難於忍受的壓抑，這就迫使她不能不向夢中去尋求解脫了，因而釀成最後兩句所表現的奇想：「重門不鎖相思夢，隨意繞天涯。」這兩句是從五代詞人顧敻〈虞美人〉「玉郎還是不還家，教人魂夢逐楊花，繞天涯」化出。這是無可奈何的自慰，也是幻想，反襯現實的矛盾，凸出閨人離思的沉重。詞人把孤棲難耐之情，以淒婉慰藉語寫出，更足使人感喟。

趙令畤本是趙宋皇家的王孫公子，卻因和蘇軾結交受累，被新黨排斥，列名元祐黨籍，故在詞中每託閨情幽思以寄怨慕之意，如〈蝶戀花〉句云：「紅杏枝頭花幾許？啼痕止恨清明雨。」即是託意閨幃，自訴衷情之作，表現了他筆致含蓄，語婉意深的獨特風格。那麼這首詞寫的「春思」，也該是有寄託的作品。前人曾拿結尾二句和岑參〈春夢〉詩「枕上片時春夢中，行盡江南數千里」的詩句相比，以為「同一機杼，然趙詞勝岑詩」（清王士禛《花草蒙拾》）。細加玩味，覺得岑詩只是對夢境作了客觀的直接敘述，但以巧思見長；而趙詞則是傷心人別有懷抱，借閨人春思寄託自己政治上的苦悶，以婉言達深意，所以感人特甚。（鄭臨川）

賀鑄

【作者小傳】（一○五二～一一二五）字方回，號慶湖遺老。衛州共城（今河南輝縣）人。宋太祖孝惠皇后族孫。授右班殿直。宋哲宗元祐中，通判泗州，又倅太平州。晚居吳下。博學強記，長於度曲，掇拾前人詩句，少加檃括，皆為新奇。嘗言：「吾筆端驅使李商隱、溫庭筠，常奔命不暇。」又好以舊譜填新詞而改易調名，謂之「寓聲」。詞多刻畫閨情離思，也有嗟嘆功名不就而縱酒狂放之作。風格多樣，盛麗、妖冶、幽潔、悲壯，皆深於情，工於語。嘗作〈青玉案〉，有「一川煙草，滿城風絮，梅子黃時雨」句，世稱「賀梅子」。有《慶湖遺老集》《東山詞》（又稱《東山寓聲樂府》）。詞存二百八十三首。

半死桐（思越人，又名鷓鴣天）　賀鑄

重過閶門萬事非，同來何事不同歸？梧桐半死①清霜後，頭白鴛鴦失伴飛。

原上草，露初晞，舊棲新壠兩依依。空床臥聽南窗雨，誰復挑燈夜補衣！

〔註〕①梧桐半死：晉崔豹《古今註．草木》：「合歡樹，似梧桐。枝葉繁，互相交結。」則所謂「合歡樹」似即連理梧桐。古詩文中例以「梧桐半死」比喻喪偶。唐劉肅《大唐新語》載安定公主初嫁王同皎，同皎死，復嫁崔銑。後夏侯論此事，有「公主初昔降婚，梧桐半死」語。又，白居易〈為薛臺悼亡〉詩：「半死梧桐老病身。」

有宋一代，詩壇是個「被愛情遺忘的角落」，愛情的花朵，幾乎都開放在詞的園林裡。而宋詞中所吟詠的愛情，又幾乎是清一色的婚外之戀——文士和妓女們的卿卿我我，言及夫妻伉儷之情的作品微乎其微。究其原因，殆為封建社會講究門當戶對，並不以兩性愛情為婚姻的第一要義之故。但是，先結婚後談戀愛，在長期同甘共苦的生活中培養出濃郁情感的例子總還是有的。請看賀鑄為其妻趙氏夫人所作的這首悼亡詞。

詞人一生屈居下僚，經濟上不很寬裕，其詩集中嘆貧之辭斑斑可見，宋程俱〈宋故朝奉郎賀公墓誌銘〉和葉夢得〈賀鑄傳〉裡也都有相應的記載。而趙夫人雖是皇族公爵家的千金小姐，但嫁給詞人後卻能夠不憚勞苦，勤儉持家，且對丈夫十分體貼，因此夫妻感情甚篤。哲宗元符元年（一〇九八）六月後至徽宗建中靖國元年（一一〇一）九月前，詞人為母親服喪，停官閒居蘇州，中間曾於元符三年（一一〇〇）冬北上過一次。趙夫人很可能就去世於詞人北行之前，而本篇則作於北行返後。漢枚乘〈七發〉載龍門有桐，其根半死半生，斫以製琴，聲音為「天下之至悲」。故唐李嶠〈天官崔侍郎夫人吳氏挽歌〉曰：「琴哀半死桐。」賀鑄以「半死桐」題篇，正取其悼亡之意以寄託深沉的哀思。

本篇起二句用賦，直抒胸臆。「閶門」是蘇州城西門。詞人回到蘇州，一想起和自己相濡以沫的妻子已長眠地下，不禁悲從中來，只覺得一切都不順心，遂脫口而出道：「重過閶門萬事非。」接以「同來何事不同歸」一問，問得十分奇怪——趙夫人又何嘗願意先詞人而去呢？實則文學往往是講「情」而不講「理」的，極「無理」之辭，正是極「有情」之語。作者撕肝裂肺的哀毀，已然全部包含在這淚盡繼之以血的一聲呼天搶地之中了。

三、四兩句轉而用比。唐孟郊〈列女操〉云：「梧桐相待老，鴛鴦會雙死。」賀詞即以這連理樹的半死、雙棲鳥的失伴來象徵自己的喪偶。「清霜」二字，以秋天霜降後梧桐枝葉凋零，生意索然，比喻妻子死後自己也垂垂老矣。「頭白」二字一語雙關，鴛鴦頭上有白毛（李商隱〈石城〉詩：「鴛鴦兩白頭。」），而詞人此時已屆五十，也到了滿頭青絲漸成雪的年齡。這兩句很形象地刻畫出了作者本人的孤獨和淒涼。

宋孫光憲《北夢瑣言》記江淮間名娼徐月英送別情人詩云：「惆悵人間事久違，兩人同去一人歸。生憎平望亭前水，忍照鴛鴦相背飛。」又宋趙令時《侯鯖錄》載：蔡確丞相謫新州，有一侍妾相從，善彈琵琶。又豢養一隻鸚鵡，能言語。蔡確每喚此妾，即叩響板，鸚鵡便為之傳呼。妾死後，一日誤觸響板，鸚鵡猶傳言。蔡大慟，得病不起。曾有詩云：「鸚鵡言猶在，琵琶事已非。傷心瘴江水，同渡不同歸。」賀詞上闋，明顯是從徐月英、蔡確二詩中奪胎而出。然而徐、蔡二詩今已湮沒無聞，賀詞卻成為千古絕唱。筆者以為，這一方面固然是由於賀鑄有著更高的藝術才華，因而能夠點石成金，「掇拾人所遺棄，少加檃括，皆為新奇」（葉夢得〈賀鑄傳〉評賀詞語）；而另一方面同時也是最重要的一方面，賀詞中所傾注著的感情較之上述二詩更為悲痛與深沉。七言四句已無法承受如此沉重的負荷了，於是乃益以下闋五句，進一步加以申訴。

過片「原上草，露初晞」六字，承上啟下，亦比亦興。漢樂府喪歌〈薤露〉曰：「薤上露，何易晞！露晞明朝更復落，人死一去何時歸？」賀詞本此。用原草之露初晞暗指夫人的新歿，是為比，緊接上片，與「梧桐」二句共同構成「博喻」（二個以上的比喻）；同時，原草露晞又是荒郊墳場應有的景象，是為興，有它導夫先路，下文「新壠」二字的出現就不顯得突兀。

以後三句重又回復到賦體。因言「新壠」，順勢化用陶淵明〈歸園田居〉六首其四「徘徊丘壠間，依依昔人居」詩意，牽出「舊棲」。下文即很自然地轉入到自己在「舊棲」中的長夜不眠之思——「空床臥聽南窗雨，誰復挑燈夜補衣！」這是全詞的最高潮，也是全詞中最感人的兩句。詞人二十九歲時在磁州（今河北磁縣一帶）都作院（管理軍器製造的機構）供職時曾寫過一首〈問內〉詩：「庚伏厭蒸暑，細君弄鍼縷。烏綈百結裘，茹藘加彌補。勞問『汝何為，經營特先期？』『婦工乃我職，一日安敢墮？嘗聞古俚語，君子毋見嗤。瘦女將有行，始求燃艾醫。須衣待僵凍，何異斯人痴？蕉葛此時好，冰霜非所宜。』」說的是妻子早在大伏天就忙著給自己補裰冬天穿的破衣服了。問她為何如此性急，她卻振振有詞地說出一番道理：俗傳古時候有個人臨到女兒快出嫁了，才去請大夫醫治姑娘頸上的腫瘤。冰天雪地等衣服穿時再來縫縫補補，豈不是也一樣的傻麼？全詩透過一件生活小事引出夫妻間的一段對話，活脫脫地寫出了妻子的賢惠與勤勞，寫出了伉儷之愛的溫馨。糟糠夫妻，情逾金石，無怪乎詞人當此雨叩窗櫺，一燈如豆，空床輾轉之際，最最不能忘懷的就是妻子「挑燈夜補衣」的純樸形象！全詞到此戛然而止，就把這哀婉淒絕的一幕深深地楔入了讀者的心扉，鐵石人也不容不潸然淚下了。

在文學史上，賀鑄的這首悼亡詞是和晉潘岳〈悼亡〉三首、唐元稹〈遣悲懷〉三首、宋蘇軾〈江城子．乙卯正月二十日夜記夢〉等同題材作品並傳不朽的。它們同以真摯、沉痛見稱。就藝術而言，潘詩為五古，渾厚拙樸是其所善，稍不足者略嫌鋪張，一題洋洋灑灑數百言，長歌之號，反不及唏聲之抽咽更能哀感頑豔；元詩為七律，形式易得板滯，其作情氣深婉，讀來不覺雕琢，已屬難能可貴；蘇、賀二篇得力於詞體長在言情，樣式上先沾了光，故爾更見迴腸蕩氣；而蘇詞三、四、五、七言交錯，一唱三嘆，又較基本為七言句式的賀詞更勝一籌。從思想內容來看，元詩、賀詞反映出了他們夫婦之間患難與共、甘苦同嘗的感情基礎，這恰恰是潘、蘇的作品中所缺少的；元詩其一云：「顧我無衣搜藎篋，泥他沽酒拔金釵。野蔬充膳甘長藿，落葉添薪仰古槐。」回憶貧賤夫妻當時情事，真切動人，可惜末尾「今日俸錢過十萬，與君營奠復營齋」二句庸俗，損傷了全詩的格調；而賀詞結句不唯有聲徹天，有淚徹泉，情趣也遠比元詩來得純潔，宜其為冠。要之，蘇、賀二詞長於潘、元之詩，堪稱古代悼亡篇章中的雙璧。論藝術性蘇詞差勝，評思想性賀作稍優，「梅須遜雪三分白，雪卻輸梅一段香」（宋盧梅坡〈雪梅〉詩）！（鍾振振）

夜擣衣（古擣練子）　賀鑄

收錦字，下鴛機，淨拂床砧夜擣衣。馬上少年①今健否？過瓜時見雁南歸。

〔註〕①馬上少年：指從軍的年輕夫婿。《史記．陸賈列傳》載漢高祖劉邦自稱其天下「居馬上而得之」。馬上，即謂戎馬之上。

北宋開國伊始，就不斷受到邊疆政權的進犯（先是北方的遼，後來是西北方的夏），因此，經朝廷徵發，遠離家鄉、親人而駐守在北陲苦寒地帶的戍卒為數眾多。統治者對他們的生死哀樂漠不關心，「誰知營中血戰人，無錢得合金瘡藥！」（劉克莊〈軍中樂〉詩）這詩句雖然寫在南宋，但據北宋多次發生士兵暴動的事實，可知當時軍人的待遇也一樣地惡劣。他們既時刻面臨著戰爭和死亡的威脅，又得不到朝廷的愛恤，於是親人們對他們的牽腸掛肚的擔憂和思念，遂成為極正常、極普遍的社會現象。詞人曾於神宗元豐七年（一〇八四）冬在徐州親自目擊了「役夫前驅行，少婦痛不隨。分攜仰天哭，聲盡有餘悲」（見其〈部兵之狄丘道中懷寄彭城社友〉詩）的慘狀，作為一名對人民疾苦抱有同情心的文學家，他不能不站出來，用自己的筆代思婦征夫訴說他們的痛楚。〈古擣練子〉組詞，就是在這樣的時代背景下創作出來的。

〈擣練子〉這個詞牌，名稱起源於晉、宋以來的習見詩題〈擣衣〉。古代一般紡織品的質地較粗硬，須用木杵在石砧上反覆擣，使之柔軟，才能夠製作和穿著。賀鑄這一組詞寫思婦擣衣寄遠，用的正是詞牌的本義。原作共六首，第一首已經殘缺，此首為第二首。

「收錦字，下鴛機，淨拂床砧夜擣衣。」三句寫了思婦的兩組動作。「錦字」，《晉書．列女傳》載前秦時，竇滔被流放到邊疆地區，其妻蘇蕙思念不已，遂織錦為迴文〈璇璣圖〉詩相寄贈。詩圖共八百四十字，文辭淒婉，宛轉循環皆可以讀。「鴛機」是織機的美稱，李商隱〈即日〉詩云：「幾家緣錦字，含淚坐鴛機。」白天光線充足，故思婦忙著在織錦，及至黃昏，不能作此細活了，乃收拾下機。然而夜晚自有月光可以利用，思婦還捨不得休息，於是又將大石板擦拭乾淨，連夜擣衣，準備捎給戍邊的良人。只此「收錦」、「下機」、「拂砧」、「擣衣」一連串動作，便概括了思婦一天一夜的辛勤勞作，而這辛勤勞作，又無不是為了征夫，這樣，一個勤勞、賢惠的思婦的形象就在讀者眼前活起來了。可是，詞人的目的並不在於為《女兒經》作插圖，宣揚婦功、婦德，而是要寫出封建兵役制度的殘忍，寫出思婦心靈上的痛苦和創傷，因此，他沒有把筆觸停留在刻畫思婦如何不憚辛苦、日夜勞作這一淺層，接下去兩句即進而向著思婦的精神世界作深入的開掘，寫她一邊擣衣一邊忐忑不安地思忖著：不知丈夫現在身體可好？為什麼役期已過，卻只見大雁南歸，不見征人北返呢？歇拍處的「過瓜時見雁南歸」七字，是本篇的點睛之筆。此句中用了《左傳．莊公八年》裡的一個典故：是年齊襄公派將軍連稱、管至父去戍守葵丘，當時正值瓜熟，襄公便許諾明年瓜熟之時派人去替換他們。誰知一年期滿，襄公卻自食其言，不准他們回來。之所以舊事重提，正因為在當今世界上，這一類言而無信、隨意延長戍卒役期的卑劣行徑尚在繼續呵！故爾思婦還得日織錦字，夜擣寒衣，征夫仍須防秋於塞上，挨冬於邊頭……有此一句，全篇就閃出了批判性的現實主義的火花。這還只是從思想內容方面而言，若論其藝術手法上的高明之處，則前四句皆是直筆，至此收尾處使一折筆，便有含毫不盡之妙。溫庭筠〈定西番〉（漢使昔年離別）詞：「雁來人不來。」而賀詞卻只說「雁南歸」，將那「人不歸」的正題留給讀者去想，即顯得委婉、含蓄多了。（鍾振振）

杵聲齊（古擣練子）　賀鑄

砧面瑩，杵聲齊，擣就征衣淚墨題。寄到玉關應萬里，戍人猶在玉關西。

賀鑄的《東山詞》中有一組詞，共六首，除第一首缺字很多、題也脫落外，按作者喜另立調名的習慣，分別以〈夜擣衣〉、〈杵聲齊〉、〈夜如年〉、〈剪征袍〉、〈望書歸〉為名，其實都是依〈擣練子〉調和它的本意寫的。擣練是古人製衣的一道工序，即在裁剪衣服前，先鋪用作衣料的絹帛於砧石上，由兩人相對，各執一杵，將其擣洗平淨，然後剪縫成衣。

上面這首詞是第三首，是一首閨怨詞。外有征夫，內有怨女，這是古代兵役制下產生的社會問題。征夫之歌和怨女之詞便由此而產生。這首詞從怨女的角度，展示了一幕人間的悲劇。

詞的發端兩句「砧面瑩，杵聲齊」，平起入題。作者只是從擣練的工具運思下筆，而字裡行間自有擣練之人在。從上句，可以想見，作為一位征人的妻室，擣練帛，作征衣，早已是她的繁重家務的一部分，日復一日，年復一年，以至那面砧石已經被磨得如此光瑩平滑。從下句，可以想見她的擣練操作之熟練，以及與同伴合作之協調，而在那一記記有節奏的杵聲中，正傾注了她辛勞持家的全部心力，傳出了她憶念遠人的萬縷深情。下面「擣就征衣淚墨題」一句，道破題旨，點明其擣練製衣的目的是寄與遠戍邊關的丈夫，而在題寫姓名、附寄家書之際，一想到丈夫遠在萬里外，歸期渺茫，生死難卜，今生今世，相見無日，不禁愁腸千轉，淚隨墨下。「淚墨題」三字，包含了一位失去家庭幸福的婦女的無限辛酸苦痛。詞的後兩句「寄到玉關應萬里，戍人猶在玉關西」，與「擣就征衣」句緊相承接，是上句的延伸和深化，從而進一步加重了這幕悲劇的分量。句中的「玉關」，即玉門關（故址在今甘肅敦煌西北小方盤城），但這裡不一定是實指此關，只是極言戍地之遠，也暗含班超上疏所說「但願生入玉門關」（《後漢書．班超傳》）及李白詩「玉關殊未入」（〈塞下曲六首〉其五）之意。這位身在玉門關之西、未必能生入玉門關的戍人，是這幕家庭悲劇中沒有出場的另一方。

俞陛雲認為這首詞與劉皂〈旅次朔方〉詩「客舍并州已十霜，歸心日夜憶咸陽。無端更渡桑乾水，卻望并州是故鄉」，及歐陽脩〈踏莎行〉（候館梅殘）詞「平蕪盡處是春山，行人更在春山外」，「皆有『更行更遠』之意」（《宋詞選釋》）。這是就詞意而言，主要指後二句；如果就詞藝而言，這是翻進一層的寫法。在古典詩詞中與此同一機杼的例子有李覯〈鄉思〉「人言落日是天涯，望極天涯不見家。已恨碧山相阻隔，碧山還被暮雲遮」，晏幾道〈阮郎歸〉詞「夢魂縱有也成虛，那堪和夢無」，都是先把詩意或詞意推到頂端，然後在此百尺竿頭再進一步，翻出更深一層的意思。這「寄到玉關」兩句就是先寫玉關之遠，再翻進一層，寫戍人所在地之遠，從而使上、下句間有起伏轉折之致，而且，每轉愈深，把這一家庭悲劇顯示得更其可悲，把悲劇中女主角的傷離懷遠之情表現得更深更曲。在當時的交通條件下，這負載著她的柔情蜜意的征衣包裹，寄到玉關已要經歷千山萬水，不知何時才能到達，寄到遠在玉關之西的戍人手中，就更遙遙無期了，更不知這包寒衣寄到時戍人是否尚在人間。如許渾〈塞下曲〉所寫「夜戰桑乾北，秦兵半不歸，朝來有鄉信，猶自寄寒衣」這樣一個最淒慘、最殘酷而又可能出現的悲劇結局，正是長期籠罩在她心頭的一片陰影、不敢去觸動而又時時顫抖的一根心弦，也正是她題寄這包征衣時淚墨難分的一個最痛楚的原因。

這首詞的立意，似來自李白〈子夜吳歌．秋歌〉前四句：「長安一片月，萬戶擣衣聲。秋風吹不盡，總是玉關情。」而李白詩的後兩句「何日平胡虜？良人罷遠征」，則是這首詞中女主角沒有說出的心願。（陳邦炎）

夜如年（古擣練子）　賀鑄

斜月下，北風前，萬杵千砧擣欲穿。不為擣衣勤不睡，破除今夜夜如年。

賀鑄〈古擣練子〉詞共六首，以聯章體的形式，表現了思婦收錦、題墨、擣衣、繡袍、郵寄等活動。語淺情深，誠摯感人，很明顯是繼承樂府詩、民間詞的優秀傳統而來，是北宋詞中一束彌足珍貴的奇花。

這首詞為第四首。首句「斜月下」，點時間；「北風前」，點氣候、節令。深秋的夜晚，銀白色的月光籠罩著大地，北風送來了陣陣凜冽的寒氣。那如水的月光，勾起了思婦對遠戍邊地親人的思念，那刺骨的北風，催促著她們盡快趕製寒衣。自然洗練的六個字，勾畫出一幅邈遠、淒清的畫面。在這樣的背景之中，遠遠近近傳來了此起彼伏的砧杵聲，急促沉重，擣之欲穿。這個場面我們並不陌生，前人有詩云「擣衣明月下，靜夜秋風飄」（南北朝庾信〈題畫屏風〉），「長安一片月，萬戶擣衣聲」（李白〈子夜吳歌．秋歌〉），都是描寫這種情景。賀詞雖從前人語中化出，然而其重點是落在「擣欲穿」三字上，詞人凸出的是砧杵聲的急促沉重。從這撼人心魄的杵聲中，我們可以體會到思婦對親人的體貼、關懷和刻骨銘心的思念。以聲傳情，不言情而情自見，確實較之前人多了一點新的東西。

接下來第三句是「不為擣衣勤不睡」。一般說來，「擣衣」而「勤不睡」，是順承前兩句而來的事實，也是常理。然而作者並不滿足於這種表面現象的描述，他進一步向深處開掘，勒筆作勢，陡起波瀾，揮筆在句首冠以「不為」二字。明明白白地告訴讀者，思婦們不是為了擣衣而徹夜不眠，從而造成「到底是為什麼」的疑問。

第四句，正面作答，「破除今夜夜如年」。「破除」，唐宋人口語，消除、除去意。這一句的關鍵在「夜如年」上。一夜就是一夜，怎麼會如一年呢？對於不同境遇，不同心理，不同情緒的人，這種誇張的說法是合乎情理的，所謂「拘囹圄者，以日為修；當死市者，以日為短」（《淮南子．說山訓》）。作者有意透過這種近乎無理的誇張描寫，去達到深刻表現主題的效果。短短的一夜在思婦看來有如漫漫長年那樣難以消磨，細細品味，言外有多少纏綿執著的思戀和肝腸欲斷的痛苦啊！正像絕望的人常常用酒精來麻醉自己那樣，「愁多夢不成」的思婦，也試圖以不停地擣衣來減輕自己心靈上無法承受的負擔，來熬過這令人難以忍受的孤寂的漫漫長夜。雖然作者寫的是「破除今夜夜如年」，但她們心中的痛苦，又何嘗能「破除」呢？現在再回頭重讀第二句，那「擣欲穿」的砧杵聲，不正傾吐著這種難以訴說、難以「破除」的痛苦嗎！

這首簡短的小詞，只有五句，語言淺近自然，通俗流暢，然而在章法上，卻一波三折，寓意深長。前人謂：「詞之難於令曲，如詩之難於絕句。」（宋張炎《詞源》）清人沈德潛曰：「七言絕句，以語近情遙，含吐不露為主，只眼前景，口頭語，而有絃外音，味外味，使人神遠。」（《說詩晬語》）這首詞可以說深得此中三昧，所以近人夏敬觀論此詞為「觀以上凡七言二句，皆唐人絕句作法」（手批《東山詞》），真可謂獨具隻眼的確評。（李維新）

望書歸（古擣練子）　賀鑄

邊堠①遠，置郵②稀，附與征衣襯鐵衣。連夜不妨頻夢見，過年③唯望得書歸。

〔註〕①邊堠：堠，音同候。邊防偵伺敵情用的土堡。②置郵：即驛車、驛馬、驛站。古代的郵遞工具和設施。《孟子．公孫丑上》：「孔子曰：『德之流行，速於置郵而傳命。』」③過年：逾年。漢桓寬《鹽鐵論．徭役》：「古者無過年之徭，無逾時之役。」有的選本釋為今之所謂過春節，說思婦「一心盼望得到征人回家過年的書信」，是誤解。

本篇是這組詞的最後一篇，恐怕也是寫得最沉痛的一篇。大意是說：邊關千里迢遙，官家的驛車卻配備甚少。難得今天見到了驛使，寄信之外，還附上自己趕製的戰袍。有它襯裡，良人披上鐵甲便不會再感覺到寒冷。唉！一夜之間盡可以三番五次地和夫婿在夢裡廝見，而事實上呢？明年能夠收到他的回信，也就算如願以償了。

詞中寫思婦對於生活的要求，已經低到了不能再低的限度：不敢想真的與征夫重逢，只希望能夠在夢中多見幾面；不敢想人歸，只希望書歸；不敢想回信之速，只寄希望於來年。其哀惋何以復加？在它的背後，正不知有多少個幻想變成過泡影，多少次熱望化作了灰燼！顯而易見，這樣寫，比直接去寫思婦盼望征人早早歸來，何止深沉千倍萬倍！

然而本篇的好處還不盡於此。其哀惋的筆調之下，更潛藏著對於統治者的一定程度的譴責。按古代詩歌中寫思婦、征夫互通音訊之困難的篇章本不在少數，如南朝梁劉孝先〈春宵〉詩曰：「敦煌定若遠，一信動經年。」唐劉希夷〈擣衣篇〉曰：「緘書遠寄交河曲，須及明年春草綠。」賈島〈寄遠〉詩曰：「家住錦水上，身征遼海邊。

十書九不到，一到忽經年。」皆是其例。但它們所強調的，往往還是空間距離的遙遠，屬於客觀因素，只好「怨天」。而本篇於「邊堠遠」三字之下又添了「置郵稀」一句，這就道出了執政者對於征人及其家屬苦痛的熟視無睹，在主觀上有著不可推卸的責任，分明是在「尤人」了。蘇軾寫那專供帝王、后妃們享用的新鮮荔枝、龍眼如何不遠萬里、及時貢進，不是有「十里一置飛塵灰，五里一堠兵火催。……飛車跨山鶻橫海，風枝露葉如新採」（〈荔枝嘆〉）之句麼？雖詠前朝之事，實刺當代的類似情形。用它來反襯賀詞，愈見「置郵稀」三字於輕描淡寫中有微詞在焉，不可等閒看過。

回過頭來綜觀整個這一組詞，近代著名學者夏敬觀指出：「觀以上凡七言二句，皆唐人絕句作法。」（手批《東山詞》，未刊稿）是的，它們確實不類宋調，其手神直追唐音。試觀唐人同題材的七絕，王駕（一作陳玉蘭詩）〈古意〉曰：「夫戍邊關妾在吳，西風吹妾妾憂夫。一行書信千行淚，寒到君邊衣到無？」陳陶〈水調詞十首〉其七曰：「長夜孤眠倦錦衾，秦樓霜月苦邊心。征衣一倍裝綿厚，猶慮交河雪凍深！」張汯〈閨怨〉曰：「去年離別雁初歸，今夜裁縫螢已飛。征客近來音訊斷，不知何處寄寒衣。」賀詞與之相較，正不多讓。宋楊萬里〈頤庵詩稿序〉云：「至於茶也，人病其苦也，然苦未既而不勝其甘。詩亦如是而已矣。……《三百篇》之後，此味絕矣，唯晚唐諸子差近之。〈寄邊衣〉曰：『寄到玉關應萬里，戍人猶在玉關西。』……《三百篇》之遺味，黯然猶存也。」筆者檢《全唐詩》及《全唐詩外編》，未見這兩句，若非原詩今佚，則應是楊氏誤記了。如果真是誤記的話，那就證明賀鑄這組詞之酷肖唐詩，已經到了可亂楮葉的地步。

最後，我們再把這一組詞納入唐宋詞發展史的範圍內來作一考察。像這樣以思婦口吻、借擣衣寄遠以表達懷念戍人之情，並諷譴統治者的題材，在早期民間詞裡是屢見不鮮的。「孟姜女，杞梁妻，一去燕山更不歸。造得寒衣無人送，不免自家送征衣。……」（見敦煌曲子詞殘卷）詞牌正是〈擣練子〉！藝術上是粗糙些，反苛政的思想內容卻很強烈。文人詞中最早的一首〈擣練子〉係李煜（一說馮延巳）所作：「深院靜，小庭空，斷續寒砧斷續風。無奈夜長人不寐，數聲和月到簾櫳。」寫作技巧提高了許多，內容卻換成了寫知識分子夜聽寒砧的悲秋情緒，真是「維鵲有巢，維鳩居之」（《詩經・召南・鵲巢》）了。至於賀鑄這組詞，標明是「古擣練子」，五首中且有三首用韻與上引〈擣練子〉相同，顯然，詞人是有意汲取了早期民間詞中的營養並向其復歸。不過，他益之以文人詞的成熟技法，做到了思想性和藝術性的統一。唐宋文人詞中，這種題材的作品非常少見，達到和賀鑄同樣水準的那就更難尋覓。吉光片羽，彌足珍貴。（鍾振振）

南歌子 賀鑄

疏雨池塘見，微風襟袖知。陰陰夏木囀黃鸝。何處飛來白鷺立移時。
易醉扶頭酒，難逢敵手棋。日長偏與睡相宜。睡起芭蕉葉上自題詩。

這是一首抒懷詞。詞人透過對夏日景物和身邊瑣事的描寫，抒發了自己孤寂無聊、知己難逢的感慨。全詞用筆輕靈，含而不露，貌似閒適而實執著，很值得玩味。

上片寫景。詞人獨立庭院，點點疏雨在池塘中留下了微微的漣漪，輕風拂面而來，「襟袖知」是很巧妙的寫法。周圍樹木成陰，枝頭上黃鸝婉轉啼鳴，一隻不知從何處飛來的白鷺，落在池畔，遲遲不願離去。這個景，表面上看起來，極其閒適恬淡，儼然一幅充分表現士大夫閒情逸致的行樂圖。詞人觀疏雨、沐輕風、聽黃鸝、友白鷺，似乎已經全然陶醉在這充滿生機的夏日景物之中。

詞的下片入人事。詞人一連寫了飲酒、下棋、睡覺、題詩四件生活瑣事。本來，這都是士大夫消夏樂閒的韻事，正好在上片的背景裡展開。然而，在作者筆下，這些事似乎都有一種和韻事格格不入的苦澀味在內，和上片大異其趣。你看：飲酒而「易醉」，下棋而敵手「難逢」；寂寂長晝，作者以昏然一睡為「相宜」來自我解嘲；睡起題詩，則只能「自題」自賞！

據葉夢得〈賀鑄傳〉所載，賀鑄少有大志，「喜劇談當世事，可否不略少假借。雖貴要權傾一時，小不中意，極口詆無遺詞。」但仕宦四十年，一直沉淪下僚，供人驅使，這當然會使他有著滿腹的牢騷和不平。瞭解了這一點，我們就不會為上下片表面上的異趣而詫異，就不會為那種似乎格格不入的苦澀味所困擾。實際上，在上片表面上的閒適恬淡背後，正透露著作者孤寂落寞的情懷和無所事事的痛苦。特別是結尾處那隻「立移時」的白鷺，含情脈脈，不願離去，似乎有意要和形隻影單的詞人作伴，已經暗含著詞人知音難求的感慨。下片身邊瑣事的動輒生愁，特別是第三句「日長」與「睡相宜」之間那個刺目的「偏」字，結拍那無可奈何的「自」字，都強烈地表現出作者內心的憤懣和不平。所志未遂，華年虛度，寂寂夏日，百無聊賴，身邊連一個相濡以沫的朋友都沒有，他怎麼能平靜下來呢？

讀這首詞，細心的讀者會發覺有許多句子似曾相識，實際上，全詞每一句都是從前人詩句變化而來。從頭至尾其出處依次為：「微雨池塘見，好風襟袖知」（杜牧〈秋思〉）；「漠漠水田飛白鷺，陰陰夏木囀黃鸝」（王維〈積雨輞川莊作〉）；「賭棋招敵手，沽酒自扶頭」（姚合〈答友人招遊〉）；「自然唯與睡相宜」（歐陽脩〈有贈，余以端谿綠石枕與蘄州竹簟皆佳物也，余既喜睡而得此二者，不勝其樂，奉呈原父舍人聖俞直講〉）；「曾書蕉葉寄新題」（方干〈送鄭臺處士歸絳巖〉）。賀鑄或是略改數字，或是化駢為散，或是顛倒次序，或是一反其意，合數家詩於一爐，寫成了這首〈南歌子〉。

古典詩詞中經常出現化用前人成句而博得後人激賞的現象。誠如《紅樓夢》第十七回〈大觀園試才題對額，榮國府歸省慶元宵〉中寶玉所說的「編新不如述舊」。不過，像這首〈南歌子〉，通篇皆從前人詩句中化來，而且分別來自不同的出處，類似於詩中的集句體，卻極為少見。很明顯，這些句子在它們的「母體」裡，都有自己的特定含義。把它們用在同一首詞裡，為一個共同的抒情主題服務，就很難避免生硬扞格，支離破碎的毛病。所以清賀裳論「集句」曾說：「集之佳者，亦僅一斑斕衣也，否則百補破衲矣。」（清沈雄《古今詞話．詞品》引）

但這首〈南歌子〉完全不需要我們擔心。經過作者的妙手點化，整首詞語意連屬，情景交融，渾成脫化，如出諸己，表現出賀鑄善於融化前人成句的能力。他好像一個高明的織手，雖然用的是顏色各不相同的絲線，但經過他精心編織，終於織成了一幅渾然一體、絢麗多姿的彩緞。東坡曾經說過：「世間好句世人共，明月自滿千家墀」（〈次韻孔毅甫集古人句見贈五首〉其一），清人鄒祗謨亦云：「詩語入詞，詞語入曲，善用之即是出處，襲而愈工。」（《遠志齋詞衷》）賀鑄的這首〈南歌子〉，可以說為我們提供了這樣一個典範。（李維新）

夢江南（太平時） 賀鑄

九曲池頭三月三，柳毿毿。香塵撲馬歕金銜，浣春衫。

苦筍鰣魚鄉味美，夢江南。閶門煙水晚風恬，落歸帆。

這首詞下片提到江南和閶門，指的無疑是作者曾經長期居留過的蘇州。但開頭所謂「九曲池」，蘇州並無其地。細味詞意，九曲池當是指汴京供皇帝遊樂與士庶縱賞的金明池等一類河塘。五代後蜀花蕊夫人〈宮詞〉：「龍池九曲遠相通，楊柳絲牽兩岸風。」寫的雖是蜀中，而境界與本篇開頭兩句略似。

「九曲池頭三月三」，僅僅是這樣點一下，讀者大概會想到杜甫〈麗人行〉的名句：「三月三日天氣新，長安水邊多麗人。」儘管詞中接下去寫柳色。但由於有杜甫詩作為潛臺詞，讀者從「柳毿毿（音同三，細長下垂狀）」的那種枝葉細長柔嫩之貌，自然可以聯想到柳色掩映中的麗人，也有如柳之婀娜嬌美。「香塵撲馬歕（噴吐之意）金銜，浣（音同握，沾汙）春衫。」仍未直接寫人，但士女如雲，帝城春遊的場面，卻從一個側面被渲染出來了。宋孟元老《東京夢華錄》卷七曾描寫三月一日以後汴京金明池、瓊林苑遊樂之盛：「莫非錦繡盈都，花光滿目，御香拂路，廣樂喧空，寶騎交馳，彩棚夾路，綺羅珠翠，戶戶神仙，畫閣紅樓，家家洞府，遊人士庶，車馬萬數。……自三月一日至四月八日閉池，雖風雨亦有遊人，略無虛日矣。」詞中「香塵撲馬歕金銜，浣春衫」，所暗示的正是這種情景。照說，透過香塵來寫遊人之多，也是較常見的寫法。但「香塵撲馬歕金銜」

一句，卻頗能造成氣氛。《東京夢華錄》又云：「妓女舊日多乘驢，宣、政間唯乘馬，披涼衫，將蓋頭背繫冠子上。少年狎客，往往隨後，亦跨馬輕衫小帽。有三五文身惡少年控馬，謂之『花褪馬』，用短韁促馬頭，刺地而行，謂之『鞅韁』，呵喝馳驟，競逞駿逸。」賀鑄曾居汴京，於都人行樂場景自寓於目而記於心，故能繪聲繪色，生動地寫出了境界。經過這樣渲染後，再接上「浣春衫」三字，就讓人感到這春有十二分的濃膩。

下片仍然寫春，卻是另一種風物和景象。「苦筍鰣魚鄉味美」，即使不看下文「夢江南」三字，單是「苦筍鰣魚」，也立即能令人想到江南之春。祖籍吳越、宦遊北方的詞人，春時想到這種美味，無疑要為之神往而夢思。但此尚不足以盡江南之美。下文進一步拓開：「閶門煙水晚風恬，落歸帆。」閶門，蘇州西門。其地更是江南之萃。「君到姑蘇見，人家盡枕河」（唐杜荀鶴〈送人遊吳〉）。門巷對著煙水，春日將暮，晚風恬靜，點點歸舟，緩緩地駛來，悠悠地落下白帆。「晚風恬」的「恬」字，極其準確地把握江南日暮晚風的特點。風恬，煙水更美，歸帆落得更悠閒。「恬」，不僅是風給人的印象，也是詞人此刻想到江南煙水時的情緒表現。

詞中沒有鋪敘，沒有過多地著意描摹，只是輕輕地幾筆點染，就畫出汴京和蘇州水鄉兩幅春景。它們出現在同一時間，卻展開於不同的空間。前者穠麗，後者清新。前者出於目睹，後者出於想像，各具鮮明的地域特徵。作為多層次、多鏡頭的春的讚美詩來讀，未嘗不可。但細細體會，詞人對其筆下的兩幅春景，所傾注的感情並不是一樣的。下片中「鄉味美，夢江南」的直接抒情，雖然只有六個字，透露出來的情思，卻是極其綿長而深切的。再回轉去看看汴京春遊，作者究竟是身預其中，還是旁觀，雖很難指實，但在感受上有點發膩，有點倦怠而另有所思，卻是隱隱可見的。詞人沒有明白抒寫像晉朝張翰那種思歸之嘆，也許思想情緒還沒有發展到那一步，但這種念頭的萌生，卻從唱嘆中已經透露出來了。最後一句「落歸帆」固然是極美的寫景之筆，而結合抒情去體會，又似乎不排斥帶有象徵倦遊思歸的意味。

宋《王直方詩話》載賀鑄所得前輩關於寫詩的見解，有所謂「格見於全篇渾然不可鐫，氣出於言外浩然不可屈」。夏敬觀指出「此亦方回寫詞之訣」。清況周頤又認為賀鑄的詞「極厚」（《歷代詞人考略》）。這首詞並非一般地記述冶遊、描摹春景，而是有很深摯的鄉思滲透其中，抒寫了詞人的性情，可謂有格有氣。但情思在作品中又表現得非常蘊藉，如寫汴京春景，筆墨極其穠麗，初讀之只見其繁盛而渾不覺有其他用意。作者的感情，雖更傾向於「苦筍鰣魚」的江南，但前面寫汴京春遊，卻又不是簡單地用來對比或反襯，讓人感到後者由前者引發，感情是自一種更深的體驗中折騰而出的。這些，都是「厚」的表現。（余恕誠）

愁風月（生查子）　賀鑄

風清月正圓，信是佳時節。不會長年來，處處愁風月。

心隨熏麝焦，吟伴寒蟲切。欲遽就床眠，解帶翻成結①。

〔註〕①下片出自唐韋應物〈對殘燈〉：「獨照碧窗久，欲隨寒燼滅。幽人將遽眠，解帶翻成結。」

此詞寫獨處孤棲的愁懷。「解帶翻成結」可以作全詞評語，詞中人不斷地力求解脫，卻陷入無可排遣的煩惱之中。

開頭兩句「風清月正圓，信是佳時節」，點出眼前是個風清月圓的好天良夜。但「信是」這種語氣，含有客觀上是如此，而吾心中卻未必然的意味，如「雖信美而非吾土兮」（東漢王粲〈登樓賦〉）就是。果然下二句即突然翻轉：「不會長年來，處處愁風月。」帶著主觀感情，「以我觀物，故物皆著我之色彩」（王國維《人間詞話》）。無邊風月，在離人眼中是可以喚起景是人非之感的。所以，詞中人因與對方長年隔別，每見風月即生愁，「處處」二字，不僅指地，亦指時時，事事，凡關乎風月者，即是愁端。由「佳時節」而「愁風月」，這一轉折，也就是欲解帶而翻成結了。說「長年來」、「處處」，這就從時間和空間的廣泛範圍內把眼前的「愁」展開，對情事作了更具體的暗示。

風月不能解憂，反平添一段煩惱。閨中光景又如何？點香吟詩，藉以排遣愁情，然而「熏麝」反而使心同香一樣焦，吟聲則與蟲鳴一般淒切。這裡仍是寫心情之焦愁與淒苦，用熏麝之「焦」與蟲聲之「切」雙關，便覺倍添意趣，屬於緣情造景，亦與生活合拍，故覺十分諧和。生活中尋求排遣之方總是宣佈失敗。於是乎詞中人便決心睡覺，來與愁苦告別。「欲遽就床眠」的「欲遽」二字，活畫出無可奈何而成決斷的情態。不料在這節骨眼上，衣帶又解不開。越想快點解開，越是糟糕，反而打成了一個死結。全詞這個結尾極富於戲劇性。「欲遽就床眠，解帶翻成結」，儼然六朝樂府之俊語，它寫出了煩惱人處處不順心的惱亂意態。

全詞就透過這樣三解三結，步步深入，把「剪不斷，理還亂」（李煜〈相見歡〉）的離愁寫得很深透。末二句不僅具有民歌情趣，而且是片言據要，乃一篇之警策。這首詞在藝術上的成功與作者善於構思和鍊句是分不開的。（周嘯天）

陌上郎（生查子） 賀鑄

西津海鶻舟，徑度滄江雨。雙艣本無情，鴉軋如人語。

揮金陌上郎，化石山頭婦。何物繫君心？三歲扶床女！

在長期的古代社會裡，由於婦女一直作為男子的附庸，因而就產生了許多「痴心女子負心漢」的愛情和家庭生活悲劇。古代進步作家在涉及這一主題時，往往毫不猶豫地把同情給予那些不幸的女子，而把譴責批判的矛頭直指負心之徒。方回於哲宗元祐四年（一〇八九）八月在歷陽曾賦〈望夫石〉一詩，借當塗「望夫山」的傳說歌詠了這一主題，「交遊間無不愛者」（宋《王直方詩話》）。很可能在同時，他又寫了這首詞，再一次表達了自己鮮明的愛憎。

上片開端兩句亦敘事亦寫景。「西津」，西方之渡口，此泛指送別之地；「海鶻舟」，輕捷如海鶻的船。詞人一開篇就以潑墨式的手法，大筆揮灑，為我們繪出一幅滄江煙雨送別圖。在一派煙雨之中，那艘輕捷的船兒離開渡口，徑直地渡過滄江，消失在迷茫的遠方。這裡，詞人沒有直接去寫送者和行者，更沒有直接去寫送者的悲慟和行者的決絕，而只以津、舟、江、雨所組成的渾茫開闊的圖畫把二者都包容在其中。詞人在「度」之前加一「徑」字，大有深意。「徑」，直也。即使是妻悲女啼，情意綿婉；即使是氣候惡劣，雨急浪險，船還是一點也不猶豫，一點也不留戀地徑直而去。一字著力，用心良苦，景中含情，令人回味。

三、四兩句，詞人採用「移情於物」的手法，出人意料地把雙艣（即櫓）搖動時連續而又低沉的鴉軋聲當作觸媒，產生「荒誕」而又入情的設想。連這本無生命，本無感情的「雙艣」也為上述的送別場景所感動，從而像一個閱盡人間悲歡的老人那樣發出深情的喟嘆，詞人內心感情的這段鬱積也就不言而自明了。

換頭應全為「雙艣」「人語」之內容。（也有人認為這首詞「前邊寫送別丈夫時的情景，後邊說自己堅貞不移」，但如果這樣理解，「人語」就無法落實，故不取。）當然，這實際上也就是詞人的內心獨白。前兩句化用故事，對偶天成。上句出自西漢劉向《列女傳．魯秋潔婦》：魯人秋胡外出作官，五年乃歸。未至家，見路旁婦人採桑，悅之，以金引誘，遭婦堅拒，回家後始知為其妻。這裡借秋胡以指那些用情不專、二三其德的男子。下句出自民間傳說。望夫石各地多有，傳說大同小異，如《太平寰宇記》卷一〇五〈太平州．當塗縣〉載：「望夫山，在縣北四十七里。昔人往楚，累歲不還，其妻登此山望夫，乃化為石。」這裡指純樸堅貞、忠於愛情的妻子。本來，這是兩個各自獨立並完整的故事，現在，詞人借雙櫓之「口」把二者並列在一起，頓時就產生極為強烈的效果。一方無行，一方痴情；一方薄倖，一方堅貞。相比之下，人們很自然就會得出一方使人齒冷，一方使人欽敬的結論。

最後兩句，以反詰呼起，感情變得更加強烈。詞人在「有什麼東西能繫住你的心」這一問之中，已經包含了對負心丈夫的譴責。接著，又以家中還有剛剛能夠扶著床沿走路的三歲女兒來進行再一次的勸喻，誠摯委婉。

讀完這首詞，給我們印象最深刻的當然是詞人將物擬人，以「物語」傳己情手法的運用。雖然在民間詩詞中這種用法早已有之，如漢樂府中的〈烏生〉、〈雉子斑〉，都是假禽言來更深刻地表現主題。不過禽言畢竟是以「禽有生命，禽可以鳴」這一生活現實作為它的基礎。方回在接受這一影響的同時，以「艣語」來表達自己要說的話，可謂推陳出新。（李維新）

惜餘春（踏莎行） 賀鑄

急雨收春，斜風約水，浮紅漲綠魚文起。年年遊子惜餘春，春歸不解招遊子。

留恨城隅，關情紙尾，闌干長對西曛倚。鴛鴦俱是白頭時，江南渭北三千里。

遊子天涯，惜春恨別，原本是詩詞中寫得熟濫的題材，但賀鑄此作語意精警，字句凝練，讀來仍不乏新鮮之感。

題曰「惜餘春」，語出李白〈惜餘春賦〉：「惜餘春之將闌，每為恨兮不淺。」「餘春」者，殘存無多、轉瞬將盡之春光也。唯其無多，唯其將盡，故格外值得珍惜。起三句，繳足題面中「餘春」二字，愛惜之情，亦於言外發之。枝頭繁花，乃春天之象徵，而「急雨」摧花，掃盡春豔，故言「收春」。「收」字極鍊，一如天公與人作對，不肯讓春色長駐人間，稍加炫示，便遣「急雨」追還。「急雨」之來，「斜風」與俱。「約」為約束、攔阻義。雨添池波，風遏逝水，故池水溶溶，新波「漲綠」。加以落英繽紛，漂流水上，泛泛「浮紅」，點綴碧瀾。而群魚嬉戲於漲池之中，你爭我奪，唼喋花瓣，掀動一圈圈波紋。意境何其幽美！「浮紅漲綠魚文起」七字是極經意之筆，非深情留戀「餘春」之人不能如此細膩地觀察「餘春」景物並傳神地將它寫出，蓋一旦浮紅盡沉池底，那可真正是「枝中水上春並歸」（梁簡文帝〈江南曲〉），欲「惜」無從了。透過詞人眼中筆下的「魚文」，我們不難發現他感情深處的漣漪。以下二句，潛藏於景語之中的惜春情緒急轉為遊宦天涯、不得歸家的苦恨。唐陳子良〈春晚看群公朝還人為八韻〉詩：「遊子惜春暮。」詞人曰「年年遊子惜餘春」，加「年年」二字，給出惜春情懷的時間持續度，語氣即顯得更為沉鬱。然而其好處還不在此，須與下「春歸不解招遊子」一氣連讀，方有滋味。遊子年年惜春，可謂專情於春矣，而春天歸去時卻想不到招呼老朋友一塊兒走，真不夠交情！此意當從杜甫〈聞官軍收河南河北〉詩「青春作伴好還鄉」句翻出，一以可與春天偕歸為喜，一因春天棄己獨歸而恨，皆匪夷所思，妙不可言。若究其實，則不過是詞人「貧迫於養」（宋程俱〈宋故朝奉郎賀公墓誌銘〉），離家外宦，任期未滿，不得便還而已。但這話直說出來，就不成其為詩。宋嚴羽《滄浪詩話》云：「詩有別趣，非關理也。」「年年」二句的「別趣」，正當從其不可理喻處求之。

不得歸家倍思家。下闋便自然過渡到寫自己和妻子的離別與相思。「留恨」句記別。「城隅」即城外角，是分袂處，唐王宏〈從軍行〉「羌歌燕筑送城隅」、王維〈崔九弟欲往南山馬上口號與別〉「城隅一分手」等句可證。「關情」句敘別後妻子來信，信末多深情關切之語。（如〈鶯鶯傳〉鶯鶯與張生書末云「千萬珍重！春風多厲，強飯為嘉」之類。）「闌干」句則述自己常於夕陽西下之時，面對昏黃的落暉，獨立高樓，憑欄遠眺，懷想親人。以上三句，一句一意，不斷更換角度，先寫離別，為二人所共；再寫相思，一寄書，一倚欄，為各人所獨：可謂面面俱到，錯落有致。十五個字竟寫出這許多內容，語言之高度濃縮，頗見鍛鍊之功。結二句，就直接語意而言是承上寫自己倚欄時的喟嘆，但兩地相思，一種情愫，從章法上來看，不妨說詞人的筆觸又轉回去兼寫雙方。李商隱〈代贈〉詩：「鴛鴦可羨頭俱白。」杜甫〈春日憶李白〉詩：「渭北春天樹，江東日暮雲。」詞人熔鑄唐詩，以己意出之：「鴛鴦俱是白頭時，江南渭北三千里。」謂夫妻二人，已垂垂老矣，卻一在江南（當指江夏，即今武漢一帶，賀鑄四十六、七歲時在那裡任錢官），一在渭北（長安在渭水北，這裡以漢唐故都借指北宋東京），關山千里，天各一方。二句只說離人年齡之大、分別距離之遠，此外不置一辭，詞意戛然而止，這就給讀者留下了回味的餘地。試想，少年夫妻，來日方長，一旦分攜，猶自不堪；而人瀕老境，去日苦多，百年光陰，所剩無幾，亦如「餘春」，彌足珍惜，此時闊別，心情之沉痛，又當如何？再想，江南渭北三千里，一去誰知幾時還，城隅留恨，那恨該有多重？千山萬水，音問難通，一封家信，紙尾關情，那情該有多深？「嶺樹重遮千里目，江流曲似九迴腸」（柳宗元〈登柳州城樓寄漳、汀、封、連四州刺史〉），夕陽樓上，遊子的鄉思又該是怎樣的難以排遣？細細咀嚼，便知下闋前三句的厚度，全靠末兩句在襯托，至於這結尾本身的重拙，下語鎮紙，那就更不待言了。（鍾振振）

陽羨歌（踏莎行） 賀鑄

山秀芙蓉，溪明罨畫，真游洞穴滄波下。臨風慨想斬蛟靈，長橋千載猶横跨。

解組投簪，求田問舍，黃雞白酒漁樵社。元龍非復少時豪，耳根清淨功名話。

賀鑄五十八歲致仕客居蘇州之後，經常來往於常州、宜興一帶。宜興古稱陽羨，所以賀鑄改〈踏莎行〉為〈陽羨歌〉，作詞抒發他致仕後落寞失志的情懷。這首詞很可能是他初到宜興時所作。

上片寫景為主，詞人先以從容整鍊的四字對句鋪寫陽羨山水的秀麗。據地志所載，陽羨境內有芙蓉山、罨（音同掩）畫溪。顧名思義，應是因山如芙蓉，溪似彩畫而得名。詞人在這裡把本為「芙蓉山秀，罨畫溪明」的句式改成「山秀芙蓉，溪明罨畫」，除了平仄的原因之外，其用意當然不僅指一山一水，而是著意凸出陽羨境內千巖競秀、萬壑爭流之美境，給人以江山如畫、美不勝收的感覺。

第三句寫陽羨之溶洞。「真游」之真，即仙。陽羨有張公洞，相傳漢代天師張道陵曾駐跡修行於此，故以「真游」目之。洞內石鍾乳凝結，或垂或矗，洞穴嵌空邃深，曲折通幽，據說可以「步步勢穿江底去」（方干〈遊張公洞寄陶校書〉）。詞人在「洞穴」之後綴以「滄波下」三字，寫出了天工造化之奇，引人產生無限的遐想。

四、五兩句入人事。西晉周處，陽羨人。少年時兇強使氣，與南山虎、長橋蛟合稱「三横」，曾為鄉里所患。後來他殺虎斬蛟，翻然自新，終成一段佳話。詞人漫步在長橋之上，思接千載，不禁臨風喟嘆：當年斬蛟處的長橋，經歷了近千年的風風雨雨，如今依然橫跨在河上；而轟轟烈烈、名震一時的英雄豪傑卻如明日黃花，杳無蹤跡，這怎能不使「鐵面剛棱古俠儔」（夏承燾〈瞿髯論詞絕句．賀鑄〉）的詞人頓生物是人非之感呢！「慨想」二句，雖有對周處的傾心讚譽，然而更多的卻是「浪淘盡、千古風流人物」的無限感慨。這兩句，既是對上片的總結，也為下片詞人的抒懷埋下了伏線。

詞的上片，首寫美景，次言奇洞，終結以韻事，處處扣緊題目中的「陽羨」，可以說已經寫得題無剩義。

過片抒懷。詞人在上片歌詠陽羨溪山絕勝，夙稱清美之後，承「慨想」之暗轉，直接抒發他此時此地的心聲。「組」，絲織成的闊帶子，古代用以佩印；「簪」，古人所用的一種針形頭飾，可以用來固冠。所以「解組投簪」，皆謂棄官。詞人徽宗大觀三年（一一〇九）曾寫〈鑄年五十八因病廢得旨休致一絕寄呈姑蘇毗陵諸友〉一詩，其中有「求田問舍向吳津，欲著衰殘老病身」的句子。這裡，詞人描述了掛冠歸隱後那種黃雞白酒、漁樵溪山、「侶魚蝦而友麋鹿」（蘇軾〈前赤壁賦〉）的優游生活。應該說，這樣的生活是與詞人的夙志格格不入的。他年輕時曾有著治國平天下的遠大抱負，而四十年的從宦，卻使他一步步認清了汙濁、冷酷的政治現實。所以在這首詞的最後，詞人反用古典，寫出了「元龍非復少時豪，耳根清淨功名話」這貌似達觀而實則悲憤的句子。「元龍」，是三國名士陳登的字。據《三國志．陳登傳》所載，他當漢末天下大亂之時，憂國忘家，為天下所重。他曾對來拜訪他的許汜求田問舍、言無可採的行為表示鄙棄，會面之時，「久不相與語，自上大床臥，使客（許汜）臥下床」，這件事得到了劉備的激賞。詞人在這裡以陳元龍自比，卻說「非復少時豪」，不但不反對別人的「求田問舍」，自己也「求田問舍」起來了，則不過是說反話。他慨嘆自己再也沒有少年時「剛腸憤激際，赤手搏豺虎」（〈留別龜山白禪老兼簡楊居士介〉）的豪氣，再也不願聽到「金印錦衣耀閭里」（〈子規行〉）的功名話頭。

當然，今天的我們滿可以指責詞人的消極和軟弱。但是，我們不能忘記，這時正是徽宗一朝，「鼠目獐頭登要地，雞鳴狗盜策奇功」（〈題任氏傳德集〉），是整個北宋政治最黑暗、最腐敗的時期。詞人此時的退隱，是痛感以自己短促的人生無法和強大的社會對抗而作出的違心的決定。正如古人所云：「古之所謂隱士者，非伏其身而弗見也，非閉其言而不出也，非藏其知而不發也，時命大謬也。」（《莊子‧外篇‧繕性》）

這首詞在用典上很有自己的特點，宋嚴有翼《藝苑雌黃》謂：「文人用故事，有直用其事者，有反其意而用之者……直用其事，人皆能之；反其意而用之者，非識學素高人，超越尋常拘攣之見，不規規然蹈襲前人陳跡者，何以臻此。」詞人在篇末反用古典，除了具備上述的優點外，更重要的是又多了一層轉折。顯示了自己經歷了一個從「少時豪」到今天求「耳根清淨」的痛苦變化，英雄末路，沉鬱悲憤，能給人以更深的感受。

另外，從內容上來說，這首詞已經完全突破了詞為「豔科」的傳統藩籬，而把本來應在詩中表現的內容寫進了詞裡。這說明詞人對於東坡在詞壇的革新是傾心擁護的，他力排眾議，步武東坡，擴大了豪放詞派在北宋後期詞壇上的影響。（李維新）

踏莎行　賀鑄

楊柳迴塘，鴛鴦別浦，綠萍漲斷蓮舟路。斷無蜂蝶慕幽香，紅衣脫盡芳心苦。

返照迎潮，行雲帶雨，依依似與騷人語。當年不肯嫁春風，無端卻被秋風誤。

這是一首詠物詞。詞中隱然將荷花比作一位幽潔貞靜、身世飄零的女子，藉以寄寓才士淪落不遇的感慨。

起二句寫荷花生長的處所。迴塘，是曲折迴環的堤岸；別浦，江河支流的水口。兩句互文同指，先畫出一個綠柳環繞、鴛鴦遊憩的池塘，見荷花所處環境的優美。水上鴛鴦，雙棲雙宿，常作為男女愛情的象徵，則又與水中荷花的幽獨適成對照，對於表現它的命運是一種反襯。迴塘，別浦，又以見水面之小，處境之僻，為下兩句作伏線。

接下來一句「綠萍漲斷蓮舟路」。因為水面不甚寬廣，池塘中很容易長滿綠色的浮萍，連採蓮小舟來往的路也被遮斷了。蓮舟路斷，則荷花只能在迴塘中自開自落，無人欣賞與採摘。句中「漲」字、「斷」字，都用得真切形象，顯現出池塘中綠萍四合、不見水面的情景。

「斷無蜂蝶慕幽香，紅衣脫盡芳心苦。」這兩句寫荷花寂寞地開落、無人欣賞。斷無，即絕無。不但蓮舟路斷，無人採摘，甚至連蜂蝶也不接近，「無蜂蝶」也包含了並無過往遊人，荷花只能在寂寞中逐漸褪盡紅色的花瓣，最後剩下蓮子中心的苦味。這裡儼然將荷花比作亭亭玉立的美人，「紅衣」、「芳心」，都明顯帶有擬人化的性質。「幽香」形容它的高潔，而「紅衣脫盡芳心苦」則顯示了她的寂寞處境和芳華零落的悲苦心情。這兩句是全詞的著力之筆，也是將詠物、擬人、託寓結合得天衣無縫的化工之筆。既切合荷花的形態和開花結實過程，又非常自然地綰合了人的處境命運。唐代詩人陸龜蒙〈和襲美木蘭後池三詠：白蓮〉詩云：「無情有恨何人覺？月曉風清欲墮時。」寄寓的感情與賀鑄這兩句詞類似，但陸詩純從虛處傳神，賀詞則形神兼備，虛實結合，二者各具機杼。

「返照迎潮，行雲帶雨」，過片兩句，宕開寫景。夕陽的餘暉，照映在浦口的水波上，閃耀著粼粼波光，像是在迎接晚潮；流動的雲彩，似乎還帶著雨意，偶爾有幾滴濺落在荷塘上。這是描繪夏秋之間傍晚雨後初晴的荷塘景象，在暮色蒼茫中帶點鬱悶的色彩，形象地烘托了「紅衣脫盡」的荷花黯淡苦悶的心境。

「依依似與騷人語。」荷花在晚風中輕輕搖曳，看上去似乎在滿懷感情地向騷人雅士訴說自己的遭遇與心境。這仍然是將荷花暗比作美人。著一「似」字，不但說明這是詞人的主觀感覺，且將詠物與擬人打成一片，顯得非常自然。這一句是從屈原〈離騷〉「製芰荷以為衣兮，集芙蓉以為裳」引申、生發而成，「騷人」指屈原，推而廣之，可指一切憐愛荷花的詩人墨客。說荷花「似與騷人語」，曲盡它的情態風神，顯示了它的幽潔高雅。蜂蝶雖不慕其幽香，騷人卻可聽它訴說情懷，可見它畢竟還是不乏知音。

「當年不肯嫁春風，無端卻被秋風誤。」嫁春風，語本李賀〈南園十三首〉其一：「可憐日暮嫣香落，嫁與春風不用媒。」而韓偓〈寄恨〉「蓮花不肯嫁春風」句則為賀詞直接所本。桃杏一類的花，競相在春天開放，而荷花卻獨在夏日盛開，「不肯嫁春風」，正顯示出它那不願趨時附俗的幽潔貞靜個性。然而秋風一起，紅衣落盡，芳華消逝，故說「被秋風誤」。「無端」與「卻」，含有始料所未及的意蘊。這裡，有對「秋風」的埋怨，也有自怨自憐的感情，而言外又隱含為命運所播弄的嗟嘆，可謂恨、悔、怨、嗟，一時交併，感情內涵非常豐富。

這兩句同樣是荷花、美人與詞人三位而一體，詠物、擬人與自寓的完美結合。作者巧妙地將荷花開放與凋謝的時節與它的生性品質、遭際命運聯繫在一起，一方面表現出美人、君子不願趨時媚俗的品質和在出處問題上的嚴肅不苟態度，另一方面又顯示出他們年華虛度、失時零落的悲哀。這種感情，在古代知識分子中具有普遍性。

詠物詞一般多託物喻人，情意結構大都為物與人兩層，這首詞卻多了以荷花喻美人這一中間環節。讀來非但不感到疊床架屋，而且分外感到其情采意境的優美。荷花與才士之間，如直接設喻，往往只能取品質操守之貞直這一點，「紅衣」、「芳心」的形容，「不肯嫁春風」的敘寫便很難用上，詞的情采意境就不免受到影響了。這一篇運用多層情意結構，也顯示了詞體柔婉曲折的特點。（劉學鍇）

將進酒（小梅花）　賀鑄

城下路，淒風露，今人犁田古人墓。岸頭沙，帶蒹葭，漫漫昔時流水今人家①。黃埃赤日長安道，倦客無漿馬無草②。開函關，掩函關，千古如何不見一人閒？六國擾，三秦③掃，初謂商山遺四老。馳單車，致緘書，裂荷焚芰④接武曳長裾。高流端得酒中趣，深入醉鄉安穩處。生忘形，死忘名，誰論二豪初不數劉伶⑤？

〔註〕①起六句：唐人顧況〈悲歌〉：「邊城路，今人犁田昔人墓。岸上沙，昔日江水今人家。」②「黃埃」二句：顧況〈長安道〉：「長安道，人無衣，馬無草。」③三秦：項羽破秦入函谷關，三分秦關中之地，以封章邯、司馬欣、董翳，合稱三秦。④裂荷焚芰：屈原〈離騷〉「製芰荷以為衣兮」。南齊周彥倫隱居鍾山，後應詔出來做官。南朝齊孔稚珪作〈北山移文〉加以諷刺，中有「焚芰製而裂荷衣，抗塵容而走俗狀」之語。⑤劉伶：晉劉伶作〈酒德頌〉，曾假設有貴介公子和搢紳處士各一人，起先反對飲酒，後來反被酒徒所感化。

這首詞內容可分四層。開頭「城下路」六句是第一層，詞人由城下道路上風露淒迷和岸頭沙邊蒹葭（蘆葦）蒼蒼的景象，想到古今變化：古人墳墓今已成田，有人耕犁；昔時流水，今已成陸，有人居住。這可能帶有一種世事無常的心理，但就其列舉這些情景來概括人世變化而言，卻多少近似於對人世現象的一種宏觀把握。由此再去看世人的各種行為，便顯得比世俗清醒。第二層「黃埃赤日長安道」五句，寫長安道上人渴馬饑的奔波之苦，可是這種奔波，放在「今人犁田古人墓」的背景下看，到頭來不也是一場空嗎？這一層意思，詞中沒有明點，但有了上面提供的背景，讀者自會朝這方面想。在你爭我奪的戰爭中，今天開函谷關，明天閉函谷關，擾擾攘攘，走馬燈一般地改朝換代，富貴不能長保，人們總是看得多了吧，千古以來，為什麼不見有人肯閒下來不參與爭競呢？歇拍一句，問得很冷峻，見出無論怎樣世事無常，一般人總是看它不破。過片以下六句是第三層，所寫的對象與第二層揭露一般利祿之徒有別。這一層專寫某些隱者。秦末農民大起義時，復有燕、趙、齊、楚、韓、魏六國自立為王，據關東，爭天下，你攻我奪；楚漢相爭，項羽所封的那些諸侯王，也一一被掃滅，人們對於名位利祿，照說更應看輕些了吧？詞人最初覺得商山四皓是能看破紅塵，置身局外的，可是想不到經過統治者馳車致函招請，他們竟也撕下隱者的服飾，接武（一個接著一個）在帝王門下走動起來了。詞人倒不一定認為他們當初隱居就是虛偽的，但至少為他們惋惜，覺得他們不該在皇家的收買面前，改變初衷，到臨老還接受網羅。「高流」五句是詞的最後一層，作者在對連四皓一流所謂隱者也失望之後，認為值得肯定的只有酒徒。阮籍、陶潛、劉伶等人，他們在酒中得到無窮的樂趣，擺脫人世的種種干擾，處於安穩的醉鄉，可算真正的高流。雖然從世俗的觀念出發，人們對他們也許是不以為然的，正像劉伶〈酒德頌〉中寫貴介公子、搢紳處士這「二豪」最初不贊成劉伶一樣，但酒徒「生忘形，死忘名」，不把形骸和名利當一回事，他們對於別人的議論又哪裡在乎呢？就這樣，詞最後落到對酒徒「忘形」、「忘名」的肯定。前此第二、三兩層則是對庸人們的否定。一正一反，中心目標是指向世俗的名利觀念，對那些追名逐利，為統治者幫忙、幫閑之徒，投以蔑視。

這首詞是帶說理性的，但處處與生動、鮮明的形象結合在一起。它在自然與社會不斷呈現著滄桑巨變的大背景上，展開幾種類型人物的活動，場景和人物情態都顯得很逼真。而由於世事無常，種種奔忙究竟有何價值，也就不待多言了。所以就全篇看，作者直接發議論處很少。

賀鑄是一位在詞作方面進行過多種嘗試的作家，如果說他的那些穠麗之作，熔鑄了李商隱等晚唐詩人的某些語言和意境，那麼以這首詞為代表的他的一部分慢詞，則與盛唐、中唐一些詩家的作品有較多的聯繫。夏敬觀說：「（賀鑄）小令喜用前人成句，其造句亦恆類晚唐人詩。慢詞命辭遣意，多自唐賢詩篇得來，不施破碎藻采，可謂無假脂粉，自然穠麗。……取材於長吉、飛卿者不多，所以整而不碎也。」（手批《東山詞》）所評極中肯綮。這首〈將進酒〉詞，除化用顧況〈悲歌〉、〈長安道〉等詩的詞語外，它的「雄姿壯采」（夏敬觀評語），以及渲染飲酒、否定功名富貴、強調人世變化迅速等，都與李白等人的樂府詩〈將進酒〉有一定的淵源關係。可以看出詞人在以〈將進酒〉這個詞調寫作時，同時考慮到了樂府詩的傳統，「所得在善取唐人遺意也」（宋王銍《默記》卷下）。過去，在詞學研究方面比較注意中、晚唐律、絕與詞的關係，而樂府詩與慢詞之間的聯繫，注意者尚少，賀鑄這首〈將進酒〉，以及宋人某些慢詞，特別是一部分詞調與樂府詩題相同的作品，似乎提醒我們不應忽視宋詞與前代樂府之間的聯繫。（余恕誠）

行路難（小梅花）　賀鑄

縛虎手，懸河口，車如雞棲馬如狗。白綸巾，撲黃塵，不知我輩可是蓬蒿人？
衰蘭送客咸陽道，天若有情天亦老。作雷顛，不論錢①，誰問旗亭美酒斗十千？
酌大斗，更為壽，青鬢常青古無有。笑嫣然，舞翩然，當壚秦女十五語如絃。
遺音能記秋風曲，事去千年猶恨促。攬流光，繫扶桑，爭奈愁來一日卻為長。

〔註〕①作雷顛，不論錢：《後漢書．獨行．雷義傳》載，雷義嘗脫免人死罪，其人以金二斤相酬謝，雷不受。又與陳重相善，地方官推薦雷出仕，雷讓與陳重。刺史不允，雷遂佯狂被髮而走。故詞以「雷顛」稱其人。

賀鑄「既是一位豪爽的俠士，也是一位多情的詩人；既是一位嚴肅苦學的書生，也是一位處理政事的能手。他生活在北宋晚期的社會，史稱他『喜劇談天下事』，但經歷的都是些難展抱負的文武小職」（宛敏灝《北宋兩位承先啟後的詞人——張先和賀鑄》），這些個人特點反映在詞體創作中，就有「行路難」一類作品。此詞調寄〈小梅花〉，「行路難」實即詞題，它原係樂府詩題，多寫志士失路的悲憤（概括內容或節取詞語製題放在調名前，乃賀詞慣例）。詞本屬樂府一支，然自《花間集》以來，文人所作，以歌筵酒席淺斟低唱者為多；而用以書憤，得樂府詩遺意的，還是詞壇較新的消息。

「縛虎手，懸河口」均借代人才。手能暴虎者為勇士，口如懸河者為謀士，可引申為有政治才幹的人。倘若逢辰，這樣的文武奇才當高車駟馬，上黃金臺，封萬戶侯。可眼前卻窮愁潦倒，車不大，像雞窩，馬不壯，像餓狗。「車如雞棲馬如狗」語出《後漢書．陳蕃傳．朱震》，極形車敝馬瘦，與「縛虎手，懸河口」的誇張描寫適成強烈對照，不平之氣溢於言表。以下正面申抱負，寫感慨：「白綸巾，撲黃塵，不知我輩可是蓬蒿人？」白綸巾亦猶白衣之類，為未出仕之人所著。黃塵指京城的塵土，黃庭堅〈呈外舅孫莘老二首〉其一：「九陌黃塵烏帽底，五湖春水白鷗前。」任淵註引《三輔黃圖》：「長安城中，八街九陌。」這六字兩句參用晉陸機〈代顧彥先贈婦二首〉其一「京洛多風塵，素衣化為緇」之意，謂白衣進京。結合下句「不知我輩可是蓬蒿人」，謂此行不知可否取得富貴。李白〈南陵別兒童入京〉：「遊說萬乘苦不早，著鞭跨馬涉遠道。會稽愚婦輕買臣，余亦辭家西入秦。仰天大笑出門去，我輩豈是蓬蒿人！」李詩題說「入京」，詩句說「遊說萬乘（皇帝）」、「辭家西入秦」，皆賀詞「撲黃塵」註腳。詞徑取李詩末句，而易一字增二字作「不知我輩可是蓬蒿人」，雖自負而帶一種徬徨苦悶情態，與李白的仰天大笑、欣喜如狂不同，讀來別有意味。以下「衰蘭送客咸陽道，天若有情天亦老」，則襲用李賀〈金銅仙人辭漢歌〉原句。但原辭是透過漢魏易代之際銅人的遷移，寫盛衰興亡之悲感，言天若有感情天也會衰老，何況乎人。此處則緊接上文抒寫不遇者奔走風塵，「天荒地老無人識」（李賀〈致酒行〉）的悲憤。以上從志士之困厄寫到志士之牢騷，繼而便寫狂放飲酒。做了俠義之事不受酬金，像「雷顛」一樣；唯遇美酒則不問價。李白〈行路難三首〉其一云：「金樽清酒斗十千，玉盤珍饈直萬錢。」「作雷顛，不論錢，誰問旗亭（即酒肆）美酒斗十千」，寫出不趨名利，縱酒放歌，乘醉起舞，一種狂放情態。其中含有無可奈何的悲憤，但寫得極有氣派，使詞情稍稍上揚。

簡言之，此詞上片由愁寫到酒，而下片則由酒寫到愁。過片極自然。不過上片所寫的愁，主要是志士失路的憂愁；而下片則轉出另一重愁情，即人生短促的憂愁：「酌大斗，更為壽，青鬢常青古無有。」詞情為之再抑。以下說到及時行樂，自非新意，但寫得極為別致。把歌舞與美人打成一片寫來，寫笑以「嫣然」，寫舞以「翩然」，形容簡妙；「當壚秦女十五」云云是從漢辛延年樂府〈羽林郎〉「胡姬年十五，春日獨當壚」化出，而「語如絃」三字，把秦女的聲音比作音樂一樣動人，新鮮生動，而且不必寫歌已得歌意。這裡極寫生之歡愉，是再揚，同時為以下反跌出死之可悲作勢。漢武帝劉徹〈秋風辭〉云：「歡樂極兮哀情多，少壯幾時兮奈老何。」秋風曲雖成「遺音」，但至今使人記憶猶新，覺「事去千年猶恨促」。由於反跌的作用，此句比「青鬢常青古無有」句更使人心驚。於是作者遂生出「攬流光，繫扶桑」的奇想。似欲挽住太陽，繫之於扶桑之樹，「使之朝不得迴，夜不得伏。自然老者不死，少者不哭」（李賀〈苦晝短〉）。這種超現實的奇想，都恰好反映出作者無法擺脫的現實苦悶。「志士惜日短」（晉傅玄〈雜詩〉），只有懷才不遇的人最易感到生命短促、光陰虛擲的痛苦。所以下片寫生命短暫的悲愁，與上片寫志士失路的哀苦也就緊密聯繫在一起。「行路難」的題意也已寫得淋漓盡致了。不料最末一句卻來了個大轉折：「爭奈愁來一日卻為長！」前面說想留駐日光，使人長生不死，這裡卻說愁人情願短命；前面說「事去千年猶恨促」，這裡卻說一天的光陰也長得難過。一句幾乎翻轉全篇，卻更深刻地反映出志士苦悶而且矛盾的心情，將「行路難」的「難」字寫到入木三分。

「詞別是一家」，在當時是很流行的看法，而這首詞卻寫得像詩中的歌行體。「行路難」本就是樂府歌行的題目，此其一；〈小梅花〉的調式也很特殊，以三字句、七字句為主，間用九字句，「三三七」、「三三九」、「七七」的句式交替使用，句句入韻，平仄韻互換，都與歌行相近，此其二；大量化用前人歌行詩句，其中以採自李白、李賀者為多，此其三。賀鑄曾說：「吾筆端驅使李商隱、溫庭筠，常奔走不暇」（宋周密《浩然齋雅讀》引賀語），可見善於檃括前人詩意或化用前人詩句，是賀詞的一個藝術特點，此詞表現很凸出。

全詞表現作者於失意無聊縱酒放歌之際，既感樂往悲來、流光易逝，又覺愁裡光陰無法排遣的矛盾苦悶心情，但卻用剛健的筆調、高亢的聲調寫成，章法上極抑揚頓挫之能事，讀來覺跌宕生姿，屬於賀詞中的幽潔悲壯之作，在北宋詞壇上也是很凸出的作品。（周嘯天）

凌歊（金人捧露盤）　賀鑄

控滄江，排青嶂，燕臺涼。駐綵杖、樂未渠央。巖花磴蔓，妒千門珠翠倚新妝。舞閒歌悄，恨流風不管餘香。繁華夢，驚俄頃；佳麗地，指蒼茫。寄一笑、何與興亡！量舡載酒，賴使君相對兩胡床。緩調清管，更為儂三弄斜陽。

這是一首登臨懷古之作。據宋王象之《輿地紀勝》卷十八《太平州．景物上》所載，「黃山，在當塗縣北五里。相傳浮丘翁牧雞於此山，山巔有凌歊臺、懷古臺……」方回約於徽宗崇寧四年（一一〇五）至大觀二年（一一〇八）通判太平州。這首詞當作於這段時間內。

詞的上片由寫景引入懷古，前三句寫登凌歊臺而看到的山川形勢。與賀鑄同時的當塗人郭祥正有詩云：「凌歊古臺壓城北，天門牛渚遙相連。」（〈凌歊臺呈同遊張兵部朱太守〉）長江流至當塗以後，因兩岸山勢陡峭，夾峙大江，江面變得比較狹窄，形成天門、牛渚兩處極為險要的處所，為自古以來的江防重地。所以《姑熟志序》在寫到太平州的風俗形勝時說：「左天門，右牛渚，當塗、采石之險，實甲於東南。」方回用一「控」字，寫出峭壁臨江，形同鎖鑰；用一「排」字，寫出江水排開青山，衝突而下。可謂惜墨如金，言簡意賅，山川形勝，盡收眼底。「燕臺涼」句轉入史實，說凌歊臺。

公元四六三年，南朝宋孝武帝劉駿南遊，曾登凌歊臺，建避暑離宮。以下寫當時之盛，及轉瞬之衰。燕臺消夏，綵杖駐山，隨行的妃嬪宮娥（千門珠翠指宮中婦女），個個盛妝靚飾，千嬌百媚，以致山花失色，自愧不如。這裡，方回用了一個「妒」字，把本沒有感情的「巖花磴蔓」寫得像人那樣產生了「妒」意，真是寫足了宋孝武帝的窮奢極侈，寫足了凌歊臺當年的盛況。然而，曾幾何時，那個「樂未渠央」（渠，同「遽」；未央，未盡、未止意。）的喧鬧場面，已經風流雲散，只給這裡留下了「行殿有基荒薺合，寢園無主野棠開」（許渾〈凌歊臺〉）這樣破敗荒涼的蕭條景象。詞人以「舞閒歌悄」一句把昔日極盛一筆揭過，又寫出「恨流風不管餘香」這無限感慨的結句來。當然，這裡的「餘香」，絕不是六百多年以後的詞人所真能感覺到的，這是詞人由眼前的巖花磴蔓而產生豐富聯想的結果。這些「妒」過「千門珠翠倚新妝」的「巖花磴蔓」，是歷史的見證。它們在凌歊臺極盛的當年，也曾被脂水香風所浸潤，幾百年來，花開花落，今天似乎還殘存著餘香。然而一代風流，杳如黃鶴，眼前卻依然是花紅欲燃，蔓翠欲滴，這怎是那些醉生夢死之徒所能料到的呢？詞人用一個「恨」字，表示了對統治者奢侈淫逸的譴責，也表示了自己痛感世事滄桑、人生易逝的遺恨，為下片抒懷作引導。

下片抒懷，前四句承上作出總結。佳麗地，謂今南京。語出南朝謝朓〈入朝曲〉：「江南佳麗地，金陵帝王州。」當塗緊鄰南京。作者嘆惜花團錦簇般的繁華歲月，轉眼之間就如夢雲消散；千古如斯的秀麗江山，依然籠罩在一派煙水迷茫的暮靄之間。這四句，情中置景，情景交融，懷古傷今，打成一片。詞人在一「驚」、一「指」之中，表達了自己的無限感慨。

第五句「寄一笑、何與興亡」是全詞之眼。方回此時，官不過佐貳，人已入暮年。昔日請長纓、繫天驕的雄心壯志，已經銷磨殆盡，所以只好把千古興亡，寄之一笑。這裡的「笑」，如同東坡〈念奴嬌〉「多情應笑我，早生華髮」中之「笑」，都是痛感壯志未酬，烈士暮年的自嘲、自笑。方回雖然口稱「何與」，但他畢竟在這一句之前之後，都清清楚楚地告訴讀者，他不僅已經「與」，而且「與」得相當執著。因此，我們絕不能把這「一笑」，當作方回忘懷世事，擺脫塵紛的輕鬆一笑，而應從中體會他英雄末路的淒涼和苦澀。

「量舡」以下，故作曠達之語，但字裡行間仍然充滿著濃郁的感傷情調，與前句一脈相承。既然千古興亡都可付之一笑，此外還有什麼值得關心的呢？詞人量舡載酒，隨波泛舟，徜徉在蒼茫的山水之間，所幸還有知心好友與自己相對胡床（即交椅），差可相慰。在一派淒迷的夕陽殘照裡，詞人請他「緩調清管」，為自己吹奏笛曲三弄，藉以宣洩胸中的鬱鬱不平之氣。這裡，詞人化用了一個古典。據《晉書．桓伊傳》載：「王徽之赴召京師，泊舟青溪側。（桓伊）素不與徽之相識。伊於岸上過。船中客稱伊小字曰：『此桓野王也。』徽之便令人謂伊曰：『聞君善吹笛，試為我一奏。』伊是時已貴顯，素聞徽之名，便下車，踞胡床，為作三調。」桓伊曾與謝玄等在淝水大破苻堅，穩定了東晉的政局。很明顯，方回在詞中是以桓伊稱許友人的。方回此處的用心，後來宋李之儀在〈跋凌歊引後〉一文中說得很清楚：「凌歊臺表見江左，異時詞人墨客形容藻繪多發於詩句，而樂府之傳則未聞焉。一日，會稽賀方回登而賦之，借〈金人捧露盤〉以寄其聲。於是昔之形容藻繪者奄奄如九泉下人矣。……方回又以一時所遇固已超然絕詣，獨無桓野王輩相與周旋，遂於卒章以申其不得自已者，則方回之人物，未可量也。」由此知道詞人在結拍化用古典，依然是抒發自己不得志於時、不能見賞於執政者的鬱鬱之情。英雄失態，不得而已，怎能不令人為之扼腕呢！

總之，這首詞與〈臺城遊〉（〈水調歌頭〉）一樣，都能把登臨懷古與寫景、抒懷糅合在一起，反映了比較深刻的思想內容。這與東坡的同類詞極為相似，是應該引起我們足夠重視的。（李維新）

臺城遊（水調歌頭） 賀鑄

南國本瀟灑，六代浸豪奢。臺城①遊冶，襞箋能賦屬宮娃。雲觀登臨清夏，璧月留連長夜，吟醉送年華。回首飛鴛瓦，卻羨井中蛙。

訪烏衣，成白社，不容車。舊時王謝，堂前雙燕過誰家？樓外河橫斗掛，淮上潮平霜下，檣影落寒沙。商女蓬窗罅，猶唱〈後庭花〉。

〔註〕①臺城：在今南京市雞鳴山南。原為三國時吳國的後苑城，東晉成帝時改建，後歷宋、齊、梁、陳，皆為朝廷臺省（中央政府）和皇宮所在地。可參看劉禹錫〈金陵五題：臺城〉：「臺城六代競豪華，結綺臨春事最奢。萬戶千門成野草，只緣一曲〈後庭花〉。」

在北宋詞壇上，向來受人注目的金陵懷古詞有王安石的〈桂枝香〉和周邦彥的〈西河〉。前者因其筆力峭勁而被譽為「絕唱」（明沈際飛《草堂詩餘正集》）；後者因其「櫽括唐句，渾然天成」（清許昂霄《詞綜偶評》）而享盛名。方回這首〈臺城遊〉（〈水調歌頭〉），也為金陵懷古。從創作時間上來說，正好位於前兩者之間；從藝術風格上來說，有著自己的獨擅之美，足可以與前兩首鼎立詞壇。然而，因為方回素以「賀梅子」著稱於世，時人多激賞其如〈青玉案〉那樣的盛麗深婉之作，而忽視了他抑塞磊落、激越亢爽的抒懷、登臨諸作，致使這一顆詞中「明珠」，長期以來不甚被人重視。

近代詞學家龍榆生先生三十年代曾著文，盛推賀詞「聲情激越而又美聽」，「顯示其（賀鑄）抑塞磊落、縱恣不可一世之氣概」（〈論賀方回詞質胡適之先生〉）。今天我們重讀這首詞，深感龍先生的評價確實不為過譽。

在這首詞的上片，方回一反懷古詩詞大都採取側面烘托、借景寄慨的蘊藉筆法，首先拈出一段最令人感慨的史實來正面描寫，表現了自己指點江山的鮮明態度和強烈的愛憎。

開端兩句，一寫江山，一寫史實，都從大處落筆，高屋建瓴，氣度非凡。「江南佳麗地，金陵帝王州」（南朝謝朓〈入朝曲〉），長期以來就被騷人墨客所稱道。詞人登臨送目之時，正逢天高氣爽的秋季，因此用「瀟灑」來形容「南國」，就顯得非常貼切傳神。在這澄江如練，龍蟠虎踞的江山之中，數百年來，六朝的末代君主，一個個粉墨登場，恣意聲色，競事豪奢，最終國亡身辱，成為江山的千古罪人。詞人於「瀟灑」之前下一「本」字，於「豪奢」之前下一「浸」字，在貌似客觀的評述之中已經蘊含了自己主觀上的無限感慨，這是不應輕輕放過的。

接下來一連五句，詞人用冷靜的態度鋪敘六朝最後一個君主陳叔寶驕奢淫逸的腐朽生活。這裡的每一句，都有著確鑿的史實依據。據《南史・陳後主本紀》所載，這位昏庸風流的短命皇帝，在隋兵壓境，危在旦夕之際，荒於酒色，不問政事。後宮「美貌麗服巧態以從者千餘人，常使張貴妃、孔貴人等八人夾坐，江總、孔範等十人預宴，號曰『狎客』。先令八婦人襞采箋，製五言詩，十客一時繼和，遲則罰酒」。這就是詞人所寫的「臺城遊冶，襞箋能賦屬宮娃」。他搜刮民脂，營結綺、臨春、望仙三座高達數十丈的樓閣，偎紅倚翠，酣飲消暑。「使諸貴人及女學士與狎客共賦新詩，互相贈答，採其尤豔麗者，以為曲調，被以新聲。……其曲有〈玉樹後庭花〉、〈臨春樂〉等。其略云『璧月夜夜滿，瓊樹朝朝新』，大抵所歸，皆美張貴妃、孔貴嬪之容色」（《南史・張貴妃傳》）。這也就是詞人所寫的「雲觀登臨清夏，璧月留連長夜，吟醉送年華」。在最後一句裡，詞人以皮裡陽秋的筆法寫出了這批渾渾噩噩的末世君臣優游佚樂的生活和醉生夢死的心理狀況，已暗含結拍的轉折。

果然，「大都好物不堅牢，彩雲易散琉璃脆」（白居易〈簡簡吟〉）。公元五八九年，隋兵攻破金陵，燒起了一把梁摧瓦飛的熊熊大火。急迫之中，陳後主與張貴妃、孔貴人避身井中。「既而（隋）軍人窺井而呼之，後主不應。欲下石，乃聞叫聲。以繩引之，驚其太重。及出，乃與張貴妃、孔貴人同乘而上」（《陳後主本紀》），成為歷史笑柄。結拍「回首飛鴛瓦，卻羨井中蛙」兩句，與前五句形成強烈的對比。詞人以「回首」二字，由繁華陡折至敗亡，以「卻羨」二字，漫畫似地勾勒出這個惶惶如喪家之犬的亡國之君欲作井中蛙而不可得的悲慘結局，表現了詞人對這些汙染江山的群醜的憤怒與鄙棄。

下片化用唐人詩意，由詠史轉入撫今。前五句很明顯出自劉禹錫〈金陵五題：烏衣巷〉一詩：「朱雀橋邊野草花，烏衣巷口夕陽斜。舊時王謝堂前燕，飛入尋常百姓家。」昔日的朱門重院，今天已成為荊扉白屋；昔日的長街通衢，今天已變得狹不容車；當年在雕梁畫棟作巢的雙燕，如今參差其羽，又將飛向誰家呢？強烈的感慨使詞人把劉詩中冷靜客觀的描述改為執著的反詰，在這深情的一問之中，我們可以體會到詞人因面目全非的滄桑之變而引起的心緒的動蕩起伏。

「樓外」以下五句，可能是詞人登樓所見到的實景，不過顯然也受了杜牧〈泊秦淮〉一詩的啟發和影響：「煙籠寒水月籠沙，夜泊秦淮近酒家。商女不知亡國恨，隔江猶唱〈後庭花〉。」詞人為了抒情的需要，對眼前的景色進行了精心的剪裁，繪出一幅高遠空靈、迷濛冷寂的秦淮秋月圖：秋夜，銀河橫天，北斗斜掛。一輪明月的柔輝，夢幻般地籠罩著水波瀲灩的秦淮河，把幾桅檣影清晰地映在鋪滿銀霜的寒沙之上。輕蕩的〈後庭花〉歌聲斷斷續續地隨風傳來，如泣如訴，令人神傷。詞人在結尾有意凸出商女「猶唱〈後庭花〉」這一情節，與上片呼應，是有著自己良苦用心的。亡陳的靡靡之音至今猶迴盪在秦淮河上，這與杜牧〈阿房宮賦〉裡「秦人不暇自哀，而後人哀之，後人哀之而不鑑之，亦使後人而復哀後人也」的慨嘆同一目的。方回寫這首詞的時候，正在歷陽石磧戍任管界巡檢（哲宗元祐三年至五年，一〇八八～一〇九〇），只不過是一個供人驅遣的武弁而已。他空懷壯志，報國無門，只能把自己抑塞磊落的弔古傷今之情融入這淒清冷寂的畫面之中，心事浩茫，摧剛為柔，使人無限嘆惋。

這首詞在音律上，一反〈水調歌頭〉僅叶平韻、不叶仄韻的舊例。不僅平仄通叶，皆用同部之韻，而且以發揚豪壯之音的「麻韻」與「馬」、「禡」之上去聲韻互叶。輕重相權，嘹亮亢爽，較他人同調所作，更饒聲情。所以龍榆生先生於這首詞的聲調組織之美，至有「觀止」之嘆。這是我們誦讀此詞時，應該反覆體會的。（李維新）

青玉案　賀鑄

凌波不過橫塘路，但目送、芳塵去。錦瑟華年誰與度？月橋花院，瑣窗朱戶，只有春知處。

飛雲冉冉蘅皋暮①，彩筆新題斷腸句。若問閒情都幾許？一川煙草，滿城風絮，梅子黃時雨！

〔註〕①蘅皋：杜蘅，香草。皋，水岸。曹植〈洛神賦〉：「爾迺稅駕乎蘅皋，秣駟乎芝田……睹一麗人，于巖之畔。」

這首詞說來好笑，原是賀方回退居蘇州時，因看見了一位女郎，便生了傾慕之情，寫出了這篇名作。這事本身並不新奇，好像也沒有「重大意義」，值不得表彰。無奈它確實寫來美妙動人，當世就已膺盛名，歷代傳為名篇——這就不容以「側豔之詞」而輕加蔑視了。

方回在蘇州築「企鴻居」，大約也是因此而作。何以言之？試看此詞開頭就以子建忽睹洛神為比，而〈洛神賦〉中「翩若驚鴻」之句，膾炙千古，企鴻者，豈不是企望此一驚鴻般的宓妃之來臨也？可知他為此人，傾心眷慕，真誠以之，而非輕薄文人一時戲語可以並論。閒話且置，如今只說子建當日寫那洛神，道是「凌波微步，羅襪生塵」，其設想異常，出人意表，蓋女子細步，輕盈而風致之態如見，所以賀方回上來便用此為比。姑蘇本是水鄉，橫塘恰逢水境——方回在蘇州盤門之南十餘里處築企鴻居，其地即是橫塘。過，非「經過」「越過」義，在古用「過」，皆是「來到」「蒞臨」之謂。方回原是渴望女郎芳步，直到橫塘近處，而不料翩然徑去，悵然以失！——此〈青玉案〉之所為作也。美人既遠，木立如痴，芳塵目送，何以為懷。此芳塵之塵字，仍是遙遙承自「凌波」而來，波者，原謂水面也，而乃美人過處，有若陸行，亦有微塵細馥隨之！人不可留，塵亦難駐，目送之勞，惆悵極矣！——全篇主旨，盡於開端三句。

以下全是想像——古來則或謂之「遐思」者是。

義山詩云「錦瑟無端五十絃，一絃一柱思華年」。以錦瑟之音繁，喻青春之歲美（生活之豐盛也）。詞人用此，而加以擬想，不知如許華年，與誰同度？以下月橋也，花院也，瑣窗也，朱戶也，皆外人不可得至之深閨密居，凡此種種，畢竟何似？並想像也無從耳！於是無計奈何，而結以唯有春能知之！可知，不獨目送，亦且心隨。

下片說來更是好笑：詞人一片痴情，只成痴立——他一直呆站在那裡，直立到天色已晚，暮靄漸生。這似乎又是暗與「日暮碧雲合，佳人殊未來」（〈擬休上人怨別〉）的南朝江淹名句有脫化關係。本是極可笑的呆事，卻寫得異樣風雅。然後，則自譽「彩筆」，毫不客氣，說他自家為此痴情而寫出了這斷腸難遣的詞句。縱筆至此，方才引出全曲煞拍一問三疊答。閒愁，是古人創造的一個可笑也可愛的異名，其意義大約相當或接近於今日的所謂「愛情」。劇曲家寫魯智深，他是「煩惱天來大」，而詞人賀方回的煩惱卻也曲異而工則同——他巧扣當前的季節風物，一連串舉出了三喻，作為疊答：草、絮、雨，皆多極之物，多到不可勝數。方回自問自答說：我這閒愁閒恨，共有幾多？滿地的青草，滿城的柳絮，滿天的梅雨——你去數數看倒是有多少吧！這已巧妙地答畢，然而尚有一層巧妙，同時呈現，即詞人也是在說：我這愁恨，已經夠多了，偏又趕上這春末夏初草長絮飛、愁霖不止的時節，越增我無限的愁懷恨緒！你看，詞人之巧，一至於此。若識此義，也就不怪詞人自詡為「彩筆」「新題」了。

賀方回因此一詞而得名「賀梅子」。看來古人原本風趣開明。若在後世，一定有人又出而「批判」之，說他種種難聽的話，笑罵前人，顯示自己的「正派」與「崇高」。晚近時代，似乎再也沒有聽說哪位詩人詞人因哪個名篇名句而得享別名，而傳為佳話——這難道不也是令人深思的一個文壇現象嗎？（周汝昌）

人南渡（感皇恩）　賀鑄

蘭芷滿汀洲，遊絲橫路。羅襪塵生步，迎顧。整鬟顰黛，脈脈兩情難語。細風吹柳絮，人南渡。

回首舊遊，山無重數。花底深朱戶，何處？半黃梅子，向晚一簾疏雨。斷魂分付與，春將去。

方回最負盛名的詞作，就是那首被清萬樹稱為「詞情詞律，高壓千秋」（《詞律》）的〈青玉案〉。細讀這首〈人南渡〉，會發覺它在很多方面與前者有著驚人的相似。請看：節令氣候，前者「梅子黃時雨」，後者「半黃梅子，向晚一簾疏雨」；環境，前者「一川煙草，滿城風絮」，後者「遊絲橫路」、「細風吹柳絮」；地點，前者「衡皋」，後者「蘭芷汀洲」；詞人傾心之人，前者「凌波」、「芳塵」，後者「羅襪塵生」；伊人所居之地，前者「月橋花院，瑣窗朱戶，只有春知處」，後者「花底深朱戶，何處」；詞人的情緒，前者「斷腸」，後者「斷魂」。唯一稍有不同但又相近的是，前者「凌波不過橫塘路，但目送、芳塵去」，是瞻望而弗及；後者「羅襪塵生步，迎顧」，「脈脈兩情難語」，是相會而難語，同屬兩情難以款洽。一個作者，如果在不足百字的兩篇小詞中有如此多的相似與相近之處，只能說明它們的立意基本上是相同的。這兩首詞正可作如是觀。然而方回畢竟是宋代詞人中一流的作手，他肯定不會在自己的作品中只去進行簡單的重複。認真比較，能夠看出這首詞在篇章結構與修辭諸方面，都有著自己鮮明的特點。

首先，在結構方面，這首詞以整個上片，鋪寫與所戀之人心心相印卻又衷情不能相通的具體場景，和〈青玉案〉只以一句「凌波不過橫塘路，但目送、芳塵去」進行簡單的交代，就有著明顯的不同。

那是一個和風拂煦、柔絲飄盪的春日，詞人佇立在長滿香蘭芳芷的汀洲之畔，等待著自己所傾慕的人兒。終於，伊人如凌波仙子，步履輕盈地姍姍而來。她迎顧之間，嫣然脫俗，略整秀鬢，眉目傳情。雖然詞人和她都明顯地感覺到對方的脈脈深情，然而無端間阻，情愫難通，在漫天飛舞的楊花柳絮中，她又飄然南渡，離詞人而去。這裡所出現的美人，翩然而來，倏然而逝，給人以似人亦仙，似真亦幻的撲朔迷離的印象。以此體現他所求之而不得的理想境界，是比較成功的。

詞的下片，抒寫追求幻滅後鬱勃岑寂的落寞情懷。「舊遊」，當是指昔日的苦苦追求。重重疊疊的青山遮斷了「回首舊遊」的視線，無疑是在訴說執著追求時所遇到的重重阻力。以下轉而寫伊人的不知何處，實際上是指理想不易、也不可能實現。「半黃梅子」兩句再轉而寫眼前之景，借景抒情，以江南黃梅季節的無邊雨絲來喻自己的滿腹牢愁。「斷魂」以下收束全詞，直抒愁腸，痛感壯志未遂，青春已逝。這一片，騰挪變化，一步一折，與〈青玉案〉由徘徊日暮而抒斷腸閒愁的順承也有著顯而易見的區別。

其次，在語言方面，這首詞和〈青玉案〉雖然有某些詞語相同或相近，但從總體來看，已經由〈青玉案〉的濃墨重彩、盛麗婉膩變而為清疏淡雅、明雋幽潔，很顯然是屬於另一種風格。（李維新）

薄倖① 賀鑄

淡妝多態，更的的頻回眄睞。便認得琴心先許，欲綰合歡雙帶。記畫堂風月逢迎，輕顰淺笑嬌無奈。向睡鴨爐邊，翔鸞屏裡，羞把香羅暗解。自過了燒燈後，都不見踏青挑菜。幾回憑雙燕，丁寧深意，往來卻恨重簾礙。約何時再。正春濃酒困，人閒晝永無聊賴。厭厭睡起，猶有花梢日在。

〔註〕①本詞一作：「豔真多態，更的的頻回眄睞。便認得琴心相許，與寫宜男雙帶。記畫堂斜月朦朧，輕顰微笑嬌無奈。便翡翠屏開，芙蓉帳掩，與把香羅偷解。自過了收燈後，都不見踏青挑菜。幾回憑雙燕，丁寧深意，往來翻恨重簾礙。約何時再。正春濃酒暖，人閒晝永無聊賴。懨懨睡起，猶有花梢日在。」

這首詞以男主人公的口氣，寫他與情人的戀愛、歡會和不得見面時的刻骨相思。

對方是一位淡妝多姿的美人，在彼此初接觸時，她明亮的雙眼頻頻回首相看。她猜透男主人公有司馬相如追求卓文君那種情意，便目成心許。一次，他們在畫堂邊偷偷會面了。風月之下，她輕顰淺笑，嬌媚之極。男主人公被由畫堂帶進內室，在睡鴨形的熏爐邊，在繪有翔鸞花紋的屏風內，雙雙好合了。這次歡會，發生在燈節之時。正月十九收燈；此後女子能夠走出閨閣，到郊外遊賞的，還有踏青節和挑菜節。他巴望著借此機緣再和對方相會，但兩次都未見到伊人的蹤影。雖幾回設法與對方聯繫，又都障礙重重，音信難通。暮春時節，男主人公在綿綿相思中更覺春濃酒困，他無情無緒地昏睡，但一覺睡起時，日影仍然在花梢之上，人閒日長，實在難以打發。

從以上介紹，可以看出，這篇作品描敘了一個戀愛過程，包含著由好幾個情節構成的愛情故事。詞是一種抒情性很強的詩體。這首詞最本質的方面當然也是抒情，表現男主人公對伊人、對燒燈前歡會的美好而甜蜜的印象和事後強烈的相思。但這種抒情在本篇中主要不是透過與描寫景物相結合來體現的，而是靠與敘事結合傳達出來的。從上片的兩人眉目傳情到幽會，以及下片的尋覓、寄意、相思，都包含著一系列情事和曲折。使人感到主人公的思想情感隨著事情的發生而顯露出來，同時又隨著事件的發展而發展。

詞中雖然敘述了戀愛過程，包含著一個動人的故事，但並沒有改變詞體的特性。從本篇的抒情與敘事關係看，它是以抒情帶動敘事，全篇自始至終都出自主人公的主觀感受，見出主人公感情的流動，表現出濃厚的抒情氣氛。而有關事件，只是挑選那些最關鍵的細節或人物情態，用極其精鍊而富於暗示性的語言點出。讀者根據那含蓄的提示，便可復原出內容更豐富的情節和場面。如從「更的的頻回眄睞」中，可以聯想到如《九歌・少司命》中所說的「滿堂兮美人，忽獨與余兮目成」那種情節和場面；從「都不見踏青挑菜」中可以想像男主人公到原頭陌上，士女群中，眼巴巴地「眾裡尋他千百度」（辛棄疾〈青玉案〉）的情景。

由於敘事因素加強了，詞中便可以透過不同的場面和情節，從更多的側面對人物展開描寫，使人物的形象更為豐滿。如雙方初接觸時女子那種淡雅中顯風流的「淡妝多態」，那一雙「頻回眄睞」的會說話的眼睛，表現了這位女子美麗而富於風情。她鍾情於男子後，便「欲綰合歡雙帶」，幽會時「把香羅暗解」，表現了對於愛情生活追求的熱烈大膽。男主人公在對女子的追求過程中，則表現了他的一往情深。而從燒燈到挑菜節，在很短時間內因不見伊人，就形成沉重的思想負擔，在郊外尋覓，託梁燕寄意。至如春濃、酒困、人閒、晝永的感受，則更深入地體現了他的痴情。

將敘事成分和抒情成分相融合，有一定的故事性，有較細緻的人物描寫，是這首詞在藝術上具有創造性的地方。拿它和柳永的長調相比，雖然兩者在鋪敘方面都顯得很有功力，但柳詞主要是抒情和鋪寫景物結合，敘事成分比較少。在慢詞中織入精妙的故事情節，且手法多樣，善於變化，以周邦彥較為凸出。而賀鑄這首〈薄倖〉，似乎是柳詞和周詞之間具有過渡性的作品。（余恕誠）

伴雲來（天香） 賀鑄

煙絡橫林，山沉遠照①，邐迤黃昏鐘鼓。燭映簾櫳，蛩催機杼②，共苦清秋風露。不眠思婦，齊應和、幾聲砧杵。驚動天涯倦宦，駸駸歲華行暮③。

當年酒狂自負④，謂東君、以春相付。流浪征驂北道、客檣南浦。幽恨無人晤語。賴明月、曾知舊遊處⑤，好伴雲來，還將夢去⑥。

〔註〕①山沉遠照：賀詞別首〈平陽興〉：「寥寥夜色沉鐘鼓。」「沉」字用法同此，可參看。②蛩催機杼：蟋蟀鳴聲若曰：「織、織」，故言「催機杼」。「機」即織機，「杼」即織梭。唐鄭愔〈秋閨〉：「機杼夜蛩催。」溫庭筠〈秋日旅舍寄義山李侍御〉：「寒蛩乍響催機杼。」③駸駸歲華行暮：「駸駸（音同侵）」，馬馳貌。《莊子．知北遊》曰：「人生天地之間，若白駒之過郤（隙），忽然而已。」故以「駸駸」言歲月流逝之速。④當年酒狂自負：漢宣帝時直臣蓋寬饒為人剛正公廉，任司隸校尉，彈劾不法官吏無所迴避，公卿貴戚皆恐懼，莫敢犯禁。他曾說過「我乃酒狂」（喝多了酒就會發酒瘋，實即性格耿介、使酒任氣之意）的話。見《漢書．蓋寬饒傳》。賀鑄也疾惡如仇，剛直不阿，喜面刺人過，雖對炙手可炎的權貴也「極口詆無遺辭」（見葉夢得〈賀鑄傳〉）。因此，詞中似有以蓋寬饒自況之意。⑤舊遊處：謂己舊日曾冶遊之處，指妓家。其所思者為青樓中人，於此可見。⑥好伴雲來，還將夢去：「雲」、「夢」互文，實即「夢雲」一詞。蓋用宋玉〈高唐賦〉中神女入懷王夢之事。

本篇寫遊宦羈旅、悲秋懷人的落寞情懷。這種題材，是柳永最擅勝場的。賀鑄此詞筆力遒勁，揮灑自如，不讓柳屯田專美。就章法而言，平鋪直敘，猶見出柳永的影響。但柳詞融情入景，寓情於景，在描畫自然景物上落墨較多；賀鑄則融景入情，景略情繁，筆鋒主要圍繞著情思盤旋，又有著自己的面目，不盡蹈襲前人。

「煙絡橫林，山沉遠照，邐迤黃昏鐘鼓。」起三句寫旅途中黃昏時目之所接、耳之所聞：暮靄氤氳，縈繞著遠處呈橫向展延的林帶；天邊，落日的餘暉漸漸消逝在蜿蜒起伏的群山中；隱隱約約傳來一聲聲報時的鐘鼓，告訴旅人夜幕就要降臨。詞人筆下的曠野薄暮，境界開闊，氣象蒼茫，於壯美之中透出一縷悲涼，發端即精彩不凡，鎮住了臺角。

三句中，「絡」、「沉」、「邐迤」等字鍛鍊甚工，是詞眼所在。「煙絡橫林」，如作「煙鎖橫林」或「煙籠橫林」，未始不佳，但「鎖」字、「籠」字詩詞中用得濫熟，不及「絡」字生新。且「鎖」、「籠」均為上聲，音低而啞，「絡」為入聲，短促有力，「煙」、「橫」、「林」三字皆平，得一入聲字介乎其間，便生脆響，若換用上聲字，全句就軟弱了。「山沉遠照」，「沉」字本是尋常字面，但用在這裡，卻奇妙不可勝言。它，使連亙的山脈在讀者的感覺中幻作了湖海波濤，固態呈現為流質；又賦虛形以實體，居然令那漫漶的夕曛也甸甸焉有了重量。其作用宛如靈丹一粒，點鐵成金。至於「邐迤」，前人多用以形容山川的綿延不斷，如三國魏吳質〈答東阿王書〉：「夫登東嶽者，然後知眾山之邐迤也。」唐韋應物〈灃上西齋寄諸友〉詩：「清川下邐迤。」詞人巧借來描寫鐘鼓聲由遠及近的迢遞而至，這就寫出了時間推移的空間排列，使聽覺感受外化為視覺形象。凡斯種種，都是值得我們悉心體味的。

「燭映簾櫳，蛩催機杼，共苦清秋風露。」次三句仍敘眼前景、耳邊聲，不過又益以心中情，且場面有所轉換——由曠野之外進入客舍之內，時間也順序後移——此時已是夜靜更深。蠟燭有芯，燃時滴淚；蛩即蟋蟀，秋寒則鳴。這兩種意象，經過一代代詩人的反覆吟詠，積澱了深重的「傷別」和「悲秋」的情緒。「蠟燭有心還惜別，替人垂淚到天明」，這是杜牧〈贈別二首〉其二中的名句。「蟋蟀不離床，伴人愁夜長」，這是賀鑄自己的新辭（〈菩薩蠻〉）。兩句正好用來為此處一段文字作註。「共苦」者，非「燭」與「蛩」相與為苦，而是「燭」、「蛩」與我一道愁苦。詞人心中自苦，故眼前燭影、耳邊蛩鳴無一不苦也。

「不眠思婦，齊應和、幾聲砧杵。驚動天涯倦宦，駸駸歲華行暮。」燭影搖曳，蛩聲顫抖，愁人已不能堪了，偏又「斷續寒砧斷續風」、「數聲和月到簾櫳」（李煜〈擣練子〉），因思念征人而夜不成寐的閨婦們正在揮杵擣衣，準備捎給遠方的夫婿——這直接包含著人類情感的聲音，當然比黃昏鐘鼓、暮夜蟲鳴更加強烈地震撼了作者那一顆厭倦遊宦生活的天涯浪子之心，使他格外思念或許此刻也在思念著他的那個「她」。可是，詞人還不肯即時便將此意旨和盤托出，他忽地一筆跳開，轉從砧杵之為秋聲這一側面來寫它對自己的震動：啊，歲月如駿馬奔馳，又是一年行將結束了！

「當年酒狂自負，謂東君、以春相付。流浪征驂北道、客檣南浦。」歲月的流逝也就是生命的流逝，季節的秋天使詞人痛楚地意識到了人生的秋天。過片後四句，即二句一挽，二句一跌，敘寫青春幻想在生命歷程中的破滅：年輕時尚氣使酒，自視甚高，滿以為司春之神「東君」會加意垂青，在自己的生活道路上灑下一片明媚的春光；誰知道多年來仕途坎坷，沉淪下僚，竟被驅來遣去，南北奔波，無有寧日呢？須加注意的是，「流浪」二句中省去了「長年來」、「不意」（不料）等字面，閱讀時應對照前二句中「當年」、「謂」（以為）之類提示，自行補出。散文句法有「承前省略」、「探後省略」，此處則是詩詞句法中的又一種特殊省略，不妨以「對照省略」名之。這一省略，造成了「流浪」二句的突如其來之勢，如此不用虛字斡旋而徑對上文作陡接急轉之法，即詞家所謂「空際轉身」，非具大神力不能也。（說見清周濟《介存齋論詞雜著》）

「幽恨無人晤語。」青春消歇，事業蹉跎，詞人自不免有英雄失路的深恨，欲向知己者訴說。然而冷驛長夜，形隻影獨，實無伴侶可慰寂寥。此句暗裡反用《詩經·陳風·東門之池》：「彼美淑姬，可與晤語。」幾經騰挪之後，終於以極為含蓄的表達方式將自己因聽思婦砧杵而觸發的懷人情緒向讀者作了坦白。其所深切思念著的這位「淑姬」，可真是「千呼萬喚始出來，猶抱琵琶半遮面」（白居易〈琵琶行〉）呵！

「賴明月、曾知舊遊處，好伴雲來，還將夢去。」「彼美」既已供出，就無須再忸怩作態了，於是詞人乃放筆直抒那千山萬水所阻隔不了的相思：幸有天邊明月曾經窺見過我們歡會的祕密，它當然認識伊人的家了，那麼，就請它陪伴著化作彩雲的伊人飛到我的夢裡來，爾後，再負責把她送回去吧！「美人邁兮音塵闕，隔千里兮共明月。」南朝宋謝莊〈月賦〉中傳誦千古的名句，還不過是把「明月」作為一個被動、靜止、純客觀的中介物，使兩地相思之人從共仰其清光中得到千里如晤的精神慰藉；詞人卻視「明月」為具備感情和主觀行為能力的良媒，一如唐傳奇中的「紅娘」、「崑崙奴」和「黃衫客」——天外奇想，詩中傑構，其藝術魅力似又在謝莊〈月賦〉之上了。

宋張炎《詞源》曰：「一曲之中，安能句句高妙？只要拍搭襯副得去，於好發揮筆力處，極要用工，不可輕易放過，讀之使人擊節可也。」本篇以景語起，以情語結，經意之筆即在這一頭一尾。起三句以鍊字勝，已自登高；末三句以鍊意勝，更造其極。

晚清詞學大師朱祖謀（號彊村），論詞極矜嚴，不輕易評點作品，但卻很推崇此詞，特為寫了一條眉批：「橫空盤硬語。」的確，它以健筆寫柔情，屬辭峭拔，風格與一般婉約詞的軟語旖旎大異其趣。賀鑄出身為一弓刀武俠，因此即便是寫情詞也不免時而露出幾分英氣，清陳廷焯評曰：「方回詞，兒女、英雄兼而有之。」（《雲韶集》評〈半死桐〉語）其謂此乎？（鍾振振）

國門東（好女兒）　賀鑄

車馬匆匆，會國門東。信人間自古銷魂處，指紅塵北道，碧波南浦，黃葉西風。候館娟娟新月，從今夜、與誰同？想深閨獨守空床思，但頻占鏡鵲①，悔分釵燕，長望書鴻。

〔註〕①占鏡：又名「聽鏡」、「鏡聽」。關於這一風俗，引三條材料供參考。唐王建〈鏡聽詞〉：「重重摩挲嫁時鏡，夫婿遠行憑鏡聽。回身不遣別人知，人意丁寧鏡神聖。懷中收拾雙錦帶，恐畏街頭見驚怪。嗟嗟嚓嚓下堂階，獨自灶前來跪拜：『出門願不聞悲哀，身在任郎回不回。』月明地上人過盡，好語多同皆道『來』。卷帷上床喜不定，與郎裁衣失翻正。『可中三日得相見，重繡鏡囊磨鏡面。』」唐李廓〈鏡聽詞〉：「匣中取鏡辭灶王，羅衣掩盡明月光。昔時長著照容色，今夜潛將聽消息。門前地黑人來稀，無人錯道朝夕歸。更深弱體冷如鐵，繡帶菱花懷裡熱。銅片銅片如有靈，願照得見行人千里形。」元伊世珍《琅嬛記》卷上引《賈子說林》：「鏡聽咒曰：『並光類儷，終逢協吉。』先覓一古鏡，錦囊盛之，獨向灶神，勿令人見，雙手捧鏡，誦咒七遍，出聽人言，以定吉凶；又閉目信足走七步，開眼照鏡，隨其所照，以合人言，無不驗也。昔有一女子卜一行人，聞人言曰：『樹邊兩人。』照見簪珥，數之得五，因悟曰：『「樹邊兩人」，非「來」字乎？五數，五日必來也。』至期果至。此法唯宜於婦女。」

離別相思，是素以「婉約」為「正統」的詞裡最常見的題材。它好比體操比賽中的「規定動作」，每個運動員都得來這麼一套。正因為如此，要想在這個題目上出人頭地，真是難乎其難。賀鑄此詞，卻偏偏因難見巧，藝術表現手法有所翻新，別具一格，不失為佳作。

上闋寫離別。起處四言二句，一為二二句法，一為一三句法，謂行者與送行者的車馬匆匆會集在都城之東門外。「國門」即都門。「信人間」句，用南朝梁江淹〈別賦〉「黯然銷魂者，唯別而已矣」句意，「銷魂處」亦即離別處。「處」，本指地；有時也用若「時」，說見王鍈《詩詞曲語辭例釋》；這裡則兼「時」、「地」二者而言。「多情自古傷離別」（柳永〈雨霖鈴〉），前人早已言之，著一「信」字，表示贊同並重申。接下去三句，即具體描繪離別之地與時，遵循慣例作鼎足對。「紅」、「碧」、「黃」為顏色對，「北」、「南」、「西」為方位對，都是所謂「的對」，十分精秀工穩。而「北道」、「南浦」、「西風」除相互為對外，又與上文「門東」遙相呼應。半闋之內，四方畢見，是詞人的精心安排，非偶然湊泊。然其妙處還不完全在這裡。清陳廷焯《詞則．別調集》日本篇上下闋末三句「上三句從眼前說，下三句從對面寫，上下三句俱有三層意義，不似後人疊床架屋，其病百出也」，所評是很有見地的。具體而言，「紅塵北道」謂陸路，謂北方。——北地的交通多依賴陸上車馬。「碧波南浦」謂水程，謂南國。——南方的交通多倚仗江湖舟楫。就這層意思說，「碧波」句承上，是上聯的對句。但它又是對〈別賦〉中「春草碧色，春水淥波，送君南浦，傷如之何」等語的括用，因而還隱含有春日離別的意思，這就兼啟下文，成為下聯的出句，順理成章地逗出了「黃葉西風」——秋天的離別。這三句十二字錯落有致，概括力是很強的。

無論行者所去為南為北，取道由水由陸，首途在春在秋，其為離別則一。故下闋即進而放筆去表現行者的道里之思。「候館」是官辦的客站。「娟娟新月」語出南朝宋鮑照詠月的名句「娟娟似蛾眉」（〈玩月城西門廨中〉）。行人在客館裡望見那初弦月一鉤彎彎，酷似美人纖細的黛眉，自然會聯想到閨閣中人。杜甫〈月夜〉詩云：「今夜鄜州月，閨中只獨看。」賀詞日「從今夜、與誰同」，不啻是說「今後候館月，客中只獨看」，化用杜甫詩意而稍有翻換。「想深閨」以下，不言我思閨人，而言閨人思我，透過一層去寫，實則行者的萬千思量，已然盡寓其中。〈古詩十九首．青青河畔草〉云：「蕩子行不歸，空床難獨守。」末三句正是以「蕩子」身分對閨人「獨守空床」時之心緒所作的懸揣。古代銅鏡，背面多鑄飛鵲之形，故稱「鵲鏡」。當時風俗，思婦常用它來占卜行人的回歸與否以及具體的回歸日期。「頻占鏡鵲」即謂此類，而著一「頻」字，思婦盼望蕩子早早歸來的心情就更見迫切。又，古代婦女首飾有玉釵而雕作飛燕之形者，稱「燕釵」。情侶分袂，女方往往將釵掰折成兩股，一股留給自己，一股贈給男方作為信物。故「悔分釵燕」即追悔輕別之意。至於鴻雁用若「信使」，在古詩詞中更屬習見。「長望書鴻」無非是深盼行人來信。這三句，仍然守譜作嚴整的鼎足對，幽閨心情，幽閨動作，一句一意，摹寫殆盡。措辭之新奇，尤令人拍案叫絕。按照文義，「鵲」、「燕」、「鴻」三字本不必有；但如果徑作「頻占鏡、悔分釵、長望書」，那就一點生氣都沒有了；如果採用正常語序作「頻占鵲鏡，悔分燕釵，長望鴻書」，也味同嚼蠟。而一經匠心獨運，倒作「頻占鏡鵲，悔分釵燕，長望書鴻」，則原先物化為「釵」、「鏡」的「燕」、「鵲」又重新獲得了生命，本來附屬於書信的鴻雁也重新恢復了自由，呆板板的對仗句就變得活潑潑了。這種精彩的修辭手法真可謂腐草化螢！後來南宋吳文英的代表作〈鶯啼序〉（殘寒正欺病酒）中「暗點檢、離痕歡唾，尚染鮫綃；嚲鳳迷歸，破鸞慵舞」一段妙文，即以「鳳」代指已分之釵，「破鸞」代指半面之鏡，顯然是在借鑑賀詞的基礎上又有所演進（索性將「釵」、「鏡」等字面都泯去了）。清周之琦《心日齋十六家詞錄》論賀詞一絕句云：「他日四明（吳文英為浙江四明人）工琢句，瓣香應自慶湖（賀鑄自號慶湖遺老）來。」信然！（鍾振振）

夢相親（木蘭花）　賀鑄

清琴再鼓求凰弄，紫陌屢盤驕馬鞚①。遠山眉樣認心期，流水車音②牽目送③。

歸來翠被和衣擁，醉解寒生鐘鼓動。此歡只許夢相親，每向夢中還說夢。

〔註〕①盤馬：南朝宋劉義慶《世說新語．雅量》：「（庾）翼便為於道開鹵簿盤馬，始兩轉，墜馬墮地，意色自若。」②流水車音：漢劉珍等《東觀漢記．明德馬皇后傳》：「車如流水，馬如遊龍。」南朝梁沈約〈相逢狹路間〉：「轡聲流水車。」③目送：《左傳．桓公元年》：「宋華父督見孔父之妻於路，目逆而送之，曰：『美而豔。』」

此詞通篇以第一人稱敘述口吻寫一男子的痴情。抒情主人公是否就是賀鑄本人，我們不能起詞人於九泉之下，問他個明白。但看那一份執著和纏綿悱惻，筆者以為，即使詞中的情節純屬虛構，至少也應該摻有作者自己的一部分感情體驗。為了行文的方便，這裡且把它當作詞人實曾有過的一段生活插曲來解說。

上闋，寫詞人對他所鍾愛的一位女子的狂熱追求。

「清琴」兩句以對仗起，一句一個特寫鏡頭，場景互不相同。第一個鏡頭，重現了漢司馬相如在卓王孫家宴會上，一再撥動琴弦，以〈鳳求凰〉曲向卓文君表達愛情那戲劇性的一幕，只是男女主角都換了人。據此推測，作者的意中人當是一位大家閨秀，而事件發生之地似乎就在伊人家中。至於詞人如何偶然地有幸一睹了那姑娘的芳容，因而神魂顛倒，平地生出許多風波，詞中雖沒有交代，讀者卻不難以想像得之。接下去，鏡頭跳到了繁華的大街上。「紫陌紅塵拂面來，無人不道看花回」（〈元和十年自朗州至京，戲贈看花諸君子〉）——這是劉禹錫筆下都市春遊的熱鬧景象。「白馬驕行踏落花，垂鞭直拂五雲車。美人一笑搴珠箔，遙指紅樓是妾家。」（李白〈陌上贈美人〉）紫陌尋春之際，發生過多少與此相類似的風流韻事啊！賀詞之所謂「紫陌屢盤驕馬鞚」，顯然也是寫自己認準了伊人的香車，跟前攆後地轉圓圈，欲得姑娘秋波飛眼、掀簾一顧吧。如果說上一幕之鼓曲求凰尚不失其為慧為黠，那麼此處之隨車盤馬卻未免近乎於「傻」了。然而「傻」自有「傻」的可愛。不「傻」即無以見其情之「痴」，夫情而至於「痴」，則其情之專一與深厚不問可知矣。唯「痴」的境界，不是倉促造次間所能達到的，因此，「鼓琴」、「盤馬」兩句雖同是寫追求，貌似平列，其實並非語意的簡單重複，在那鏡頭的跳躍中，有時間的跨度，有事態的發展，有情感的升級。這種種好處，不可以等閒看過。

上文以排句發端，以下即仍以儷句相接。這種作法叫「雙起雙承」，尤其應該注意。初讀詞者不知就裡，往往誤以為一二三四句是順流直下，殊不知其章法如之江三折，應作一三二四看。具體來說，第三句「遠山眉樣認心期」並非緊承第二句寫「盤馬」時之所見，而是遙接首句，回溯「鼓琴」之日事。「遠山眉」見舊題西漢劉向《西京雜記》：「（卓）文君姣好，眉色如望遠山。」首句既以司馬相如自況矣，此處乃就勢牽出文君以比擬伊人，密針細縷，有縫合之跡可尋。「心期」猶言「心意」，詞人似乎從那姑娘的眉叢眼尾看出了她對自己的好感。雖則在伊也許只不過是有意無意之間的一顰一笑，但對詞人來說卻不啻如大旱之得雲霓。如果沒有這驚鴻一瞥，恐怕也就不會有這首絕妙好詞了。補此一筆，就給出了前兩句之間略去的一個情節進展的關捩，既以見當時之「鼓琴」誠為有驗，又以見後日之「盤馬」良非無因。如此，則懸而未決的問題便只剩下一個「盤馬」的結局畢竟如何了。這就逼出了與第二句錯位對接的第四句：「流水車音牽目送。」——香輪軋軋，輕雷滾動，一聲聲牽扯著詞人的心。姑娘的輜車漸行漸遠了，而他，卻仍然駐馬而立，呆呆地以目相送……

下闋寫失戀的痛苦以及自己對那姑娘的一往情深。全用散句，與上闋恰恰相反。

也許，「紫陌盤馬」並沒有達到詞人所預期的目的。——那姑娘壓根兒就沒看他一眼！畢竟，姑娘的「心期」是他「認」出來的，一廂情願的主觀成分居多。也許，「鼓琴」之後，他們真的心心相印了，但由於不得而知的種種客觀原因，這樁好事並沒有成功的可能性，而詞人之「盤馬」，本不過是一種明知其不可而強為之的愛情衝動——不過是想遠遠地和姑娘再見上一面，那麼，即使姑娘報之以青睞，又於事何補？也許，我們的「也許」一個也沒有猜中，但無論如何，說這一天詞人十分傷心總是事實。「歸來翠被和衣擁，醉解寒生鐘鼓動」，眼見得他喝了一場悶酒，回到家裡，衣裳也沒脫便抱被而眠。及至酒醒，已是夜闌，但覺寒氣襲人，但聽鐘鼓催更。此時此刻，他又當是何況味、有何動作呢？我們靜等著作者在最後兩句中予以交代。不料，他卻冷不另丁擲出「此歡只許夢相親，每向夢中還說夢」十四個字來。敘事乎？抒情乎？撲朔迷離，虛實莫辨。待說它是敘事，而曰「只許」，曰「每向」，分明為泛言口氣，並無特定的時間段；待說它是抒情，而曰「歡」，曰「夢」，曰「夢中說夢」，顯然又有著諸多的細節。吟味良久，我們才看出，結二句妙在筆鋒兩到，實不可執一求之。具體來說，一方面，它以逆挽之勢插入前二句間，追補出自己在「擁被」之後、「醉解」之前做過一場美夢，是為敘事之用；另一方面，它又以順承之勢緊繼前兩句之後，抒發「覺來知是夢，不勝悲」（韋莊〈女冠子〉）的深沉感慨，自是入骨情語。心愛的人兒，偏只能和她在夢裡耳鬢廝磨，情已堪憐；卻又「夢裡不知身是客」（李煜〈浪淘沙令〉），還要向伊人訴說這種種溫馨之夢，即更見淒婉；乃似此「夢中說夢」之「夢」，且每每發生，不止今夕一枕而已，其哀感頑豔之程度何可復加？兩句中正不知有多少重刻骨的相思、銘心的記憶、含淚的微笑與帶血的呻吟！一篇之警策，全在這裡了。「夢裡相親」，但凡被愛神丘比特之箭射中了心靈的熱戀中人，幾乎無不有此情幻，是屬對於實際生活現象的直觀，詩家、詞家、小說家、戲劇家人人能道，還不足為奇；而「夢中說夢」，則恐怕不是人們——包括作者本人之實所曾經，不能不說是建築在現實生活基礎上的虛構或對於生活現象所進行的藝術加工和再創造了，正是在這一點上表現出詞人的匠心獨運。成如容易卻艱辛。它絕非淺於情者對客揮毫之際可以立就的，而是由愛情間阻的極端痛苦這一巨大而沉重的精神負荷從詞人的靈魂中壓榨出來。因此，其醇如酎，「讀者亦不自知何以心醉，何以淚墮。」（清人陳廷焯在《白雨齋詞話》卷一評〈踏莎行·楊柳迴塘〉語）

人但知賀鑄〈青玉案〉「若問閒情都幾許？一川煙草，滿城風絮，梅子黃時雨」為佳，以為善於喻「愁」，殊不知其還善於寫「夢」。如〈清平樂〉：「唯有夜來歸夢，不知身在天涯。」〈城裡鐘〉：「高城遮短夢。」〈菩薩蠻〉：「良宵誰與共？賴有窗間夢。可奈夢回時，一番新別離。」〈更漏子〉：「去年歡，今夕夢，怊悵曉鐘初動。休道夢，覺來空，當時亦夢中。」凡此都是雋句。而尤以本篇末二句代表著他在運用這種緣情布置縹緲恍惚之境的藝術手段方面所達到的最高水準。誠然，《莊子·齊物論》曰：「方其夢也，不知其夢也，夢之中又占其夢焉，覺而後知其夢也。」《大般若波羅蜜多經》卷五九六亦云：「如人夢中說夢所見種種自性。……夢尚非有，況有夢境自性可說？」白居易〈讀禪經〉詩也有「夢中說夢兩重虛」之句。賀詞似從中得到啟發。但前人以「夢夢」為理喻，體現著冷靜的思辨色彩；詞人則用作情語，表達出熾熱的感性光華。由道家玄談、釋氏禪宗的語言機鋒發展為詩人情詞中的傑構，可謂「冰，水為之而寒於水」（《荀子·勸學》）了。（鍾振振）

菩薩蠻　賀鑄

彩舟載得離愁動，無端更借樵風送。波渺夕陽遲，銷魂不自持。

良宵誰與共，賴有窗間夢。可奈夢回時，一番新別離！

賀方回是以善於寫愁而著稱的。他的那首〈青玉案〉，就是因為用了「一川煙草，滿城風絮，梅子黃時雨」幾句來比喻自己的「閒愁」，而博得了時人的激賞，以至黃庭堅讀了之後，有「解作江南斷腸句，只今唯有賀方回」（〈寄賀方回〉）之嘆。

這首詞的開端也是寫愁，然而手法卻和〈青玉案〉完全不同。這裡，他突破了向來以山、水、煙、柳等外界景物來喻愁的手法，把難於捉摸、無蹤無影的抽象愁情寫得好像有了體積、有了重量。第一句「彩舟載得離愁動」，「彩舟」，是行人乘坐之舟。長亭離宴，南浦分攜，行前執手，一片哀愁。現在，蘭舟已緩緩地離開了碼頭，隨著蘭舟的漸漸遠去，按理說，哀愁應該有所減輕。然而這位行人的心頭卻還是那樣悲哀，他甚至覺得這載人載貨的舟上，已經裝滿了使人不堪負擔的離愁同行，無法擺脫。真是聯想奇特，語新意深。

第二句「無端更借樵風送」，「無端」，無緣無故，沒來由；「樵風」，典出宋沈作賓《嘉泰會稽志》。鄭弘年輕時上山砍柴，碰到了一位神人。他向神人請求若耶溪上「朝南風，暮北風」，以利於運柴，後果如所願。所以「樵風」有順風的意思。這一句緊承上句。船借著順風飛快地遠航而去，那佇立在岸邊送行的心上人的倩影，很快就不可得見。詞人五內俱傷，哀感無端，不由地對天公產生了奇特的怨責：為什麼偏偏在這個時候，沒來由送來一陣無情的順風，把有情人最後相望的一絲安慰也吹得乾乾淨淨呢！周邦彥送別詞中有「愁一箭風快，半篙波暖，回頭迢遞便數驛」（〈蘭陵王．柳〉），與此同意。然一直一曲，一顯一隱，可謂異曲同工，各擅勝場。

第三句「波渺夕陽遲」，變上面的鬱結蟠曲為凌空飛舞，由密轉疏，情中布景。詞人展望前程，天低水闊，煙波迷離。一抹夕陽的餘暉，在沉沉的暮靄之中，看上去是那樣的淒涼。獨立蒼茫，一葉孤舟上煢煢孑立的行人怎能不有第四句「銷魂不自持」的無限感慨！魂銷魄散，惝怳迷離，悽惻纏綿，無復生意。清人陳廷焯在《白雨齋詞話》卷一裡謂「方回詞極沉鬱，而筆勢卻又飛舞，變化無端，不可方物，吾烏乎測其所至」，這種功夫，我們在這首詞的上片可以略見一斑。

過片重筆另開，由白日的魂銷而設想別夜的落寞惆悵。「良宵誰與共」，是明知無人共度良宵而故作設問，凸出了捨心上人而再也沒有其他人可以和自己共度時光的執著痴情。「賴有窗間夢」，只有獨臥窗下，在神思魂縈的夢境中才能和心上人再一次相見。這裡用了一個「賴」字，說明詞人要把夢中的歡聚作為自己孤獨心靈的唯一感情依託。這兩句，一問沉痛，一答哀婉，有力地表現了自己別後的孤獨和淒涼。

然而，誰都知道，夢是虛幻的，短暫的，夢中的歡聚，也只不過是詞人苦思冥想而形成的一種超現實的精神現象而已。因此，詞人的這種「賴」，當然是靠不住的。詞人煞費苦心地為自己構築了一個痴情而又感傷的希望，在冷酷的現實面前，又不得不親手把它擊得粉碎。

結拍「可奈夢回時，一番新別離！」「可奈」，豈奈、怎奈意。夢中的歡會誠然是纏綿熱烈的，無奈夢總是要醒的。夢醒之後，一番夢會之歡欣恰又導致了「一番新別離」的痛苦！全詞就在這樣令人哀婉欲絕的感慨中結束，餘音不絕，回味無窮。

這首詞，從上片的聯想奇特，怨責無端，到下片的文心起伏，一波三折，寫有情人分別後思想感情的一系列變化，極其細膩真實。特別是「因思成夢、夢回新別」的設想，更是抓住了「情」的關鍵。無獨有偶，晚於方回二百餘年的元代戲劇大師王實甫，在創作《西廂記》時，也在「長亭送別」之後，精心設計了「草橋驚夢」一折。張生離開鶯鶯之後，夜宿草橋店，夢中和連夜趕來的鶯鶯歡會，最後被巡夜的士卒衝散。張生夢醒之後，王實甫用了一支〈得勝令〉來表現張生「夢回新別離」的悵惘和淒涼，曲文是這樣的：「驚覺我的是顫巍巍竹影走龍蛇，虛飄飄莊周夢蝴蝶，絮叨叨促織兒無休歇，韻悠悠砧聲兒不斷絕。痛煞煞傷別，急剪剪好夢兒應難捨。冷清清的咨嗟，嬌滴滴玉人兒何處也。」讀完這支曲子，我們對於方回詞最後感慨的餘味，當可領略一二。當然，我們並沒有證據證明王實甫的創作就是受了方回詞的影響，然而，這種「英雄所見略同」的藝術構思，至少說明了高明的作家在處理相同主題時，由於嚴格遵循生活的真實，是可以做到「殊途同歸」的。（李維新）

琴調相思引 賀鑄

送范殿監赴黃崗

終日懷歸翻送客，春風祖席南城陌。便莫惜離觴頻卷白。動管色，催行色；動管色，催行色。

何處投鞍風雨夕？臨水驛，空山驛；臨水驛，空山驛。縱明月相思千里隔。夢咫尺，勤書尺；夢咫尺，勤書尺。

這是一首送別詞。范殿監，名字經歷均不詳。從詞中可以看出，他是詞人的好友，大概要到黃崗去做官，所以臨行前方回作此詞以贈之。

上片敘事。首句「懷歸」二字，點出方回此時正羈宦天涯，他鄉為客。「懷歸」之前冠以「終日」，則無時無刻不在思念家鄉，盼望著能夠早日歸去的滿腹牢愁，已經溢於言表。在這種心情之下，又要為朝夕相伴、志同道合的摯友送別，所以詞人在這兩者之間連以「翻」字，頓時把客中送客，宦愁加離愁的悵觸和傷感全盤托出。這一句雖然從王勃「與君離別意，同是宦遊人」（〈送杜少府之任蜀川〉）化出，但已經變曠達為執著，層深渾成，籠罩全篇，感情顯得更為沉鬱。

第二句點時、地。「祖」，古代出行時祭祀路神的一種活動；「祖席」，引申為餞行酒宴。按照正常的順序，這一句本應放在第一句之前。然而「文似看山不喜平」，方回有意把次序顛倒，以寫情逆入，一方面固然增加了文勢的起伏，不過更重要的卻是以情來統攝全篇，出手就給人以強烈的印象。春風駘蕩，風和日麗，本來正宜於與知友郊外踏青，水邊飲宴，現在卻要在南城陌上的長亭為他餞行，這是一種什麼樣的情懷呢？平常的敘事被塗上了一層濃郁的感傷色彩，使人不能不佩服詞人的匠心獨運。

第三句寫離宴。「卷白」，即「卷白波」。宋黃朝英《緗素雜記》卷三：「蓋白者，罰爵之名。飲有不盡者，則以此爵罰之。……所謂卷白波者，蓋卷白上之酒波耳，言其飲酒之快也。」按常理講，離宴之上應該有道不完的摯友情，說不盡的知心話。然而詞人只以一句席間的勸酒辭即代替了以上之一切，使主客二人，悒悒寡歡，愁顏相向，以酒澆愁之場景歷歷如在目前。詞人在「卷白」之上加以「頻」，「頻」之前再加以「莫惜」，「莫惜」之上再以「便」字承上句轉折，語氣沉痛，字字重拙。酒不醉人人自醉，舉杯澆愁愁更愁。友情之篤，分攜之苦，俱於言外可見。

第四句是一疊句，以聲傳情，點醒臨行在即。這個時候，席間奏起了淒婉的驪歌，那可能就是催人淚下的《陽關三疊》吧！悲涼的樂曲在席間迴盪，也在離人的心頭迴盪，似乎在提醒、在催促著行人立即上路。三字短句的迴環反覆，「動」和「催」字的兩次出現，都更加深化了此時此刻離人心頭茫然若失，忉怛惆悵的情感。

下片宕開，設想別後的情景。前兩句一問一答，描畫出一幅山程水驛、風雨淒迷的古道行旅圖，把詞人對范殿監體貼入微的關切之情具體化，形象化。特別是「臨水驛，空山驛」的一再詠嘆，更是把野水空山、荒驛孤燈的寂寞和淒涼渲染得淋漓盡致。意馳神隨，情意殷殷，虛而間實，妙到毫顛。

結拍兩句，筆鋒陡轉，振起全篇。一別而後，千里相隔，臨清夜而不寐，睹明月而相思，這當然是去留雙方將面臨的淒婉現實。然而方回在「明月相思千里隔」之前加一「縱」字，立刻使地域上的千里相隔失去了應有的分量。真摯的友情將會超越時空，使我們在夢中近在咫尺地相會，願我們經常地互通書信吧！全詞就在這語重情長的再三囑托中結束，餘音嫋嫋，忠厚綿婉，藹然動人。

讀完這首詞，給我們印象最凸出的，就是方回創造性地在此調中三次運用疊句，充分發揮了詞的聲情美。清王奕清《詞譜》卷六謂此調有兩體，四十六字者押平韻，四十九字者押仄韻，然所引詞中均無用到疊句的。方回不僅根據內容的需要增加了字數，而且巧妙地利用疊句的迴環反覆，使人在恬吟密詠之中，更強烈地體會到詞人低迴窅眇的別緒離情。把這首詞與前人詩歌中的送別名篇相比，只就形式上的錯落有致、一唱三嘆而言，方回詞很明顯地占有聲情方面的優勢。明沈際飛謂：「情生文，文生情，何文非情。而以參差不齊之句，寫鬱勃難狀之情，則尤至也。」（《草堂詩餘四集．序》）以方回此詞觀之，信然。

清人沈雄在《古今詞話．詞品》中謂：「兩句一樣為疊句，一促拍，一曼聲。……一氣流注者，促拍也；……不為申明上意，而兩意全該者，曼聲也。」用這個標準來看，詞中凡是用到疊句的地方，都應該是曼聲。但是，由於詞樂的失傳，使我們再也無法領略此調優美的聲情，這不能不說是一大缺憾。（李維新）

芳草渡 賀鑄

留征轡，送離杯。羞淚下，撚青梅。低聲問道幾時回。秦箏雁促，此夜為誰排？君去也，遠蓬萊。千里地，信音乖。相思成病底情懷？和煩惱，尋個便，送將來。

這首詞，極有可能是寫一對新婚不久的年輕夫婦傷別之作。詞人全擬女子聲口，委婉曲折地寫出年輕妻子與丈夫離別時難捨難分的情景。

一起點離別。「征」，遠行也。恩愛夫妻一旦離別，肯定會有許多眷戀，許多纏綿。從行前之徹夜話別、收拾行裝，到今朝之長亭離宴、鬱鬱寡歡，這正是許多文人不惜全力加以描寫的情節。然而方回卻毅然略去這一切，抓住「征轡」將行那轉眼即逝的一剎那，揮灑自己的筆墨：年輕的妻子對丈夫苦苦挽留，頻頻勸飲。——用留馬和送杯來表現。詞人凸出了一「留」、一「送」兩個動作，簡明扼要，語淺意深，不能不使人嘆賞詞人的匠心獨運。

接下來，詞人又接連以三個動作，極細膩、極委婉地刻畫年輕妻子悲痛欲絕的心理活動。先是「淚下」，未語而先淚，淚並且如斷線珍珠簌簌而落，當可知她內心的痛苦。「淚下」之前冠以「羞」，說明此情此景，這位少婦未曾慣經，正示其為新婚，新別。下面接以「撚青梅」，「撚」，用手指搓轉，這是下意識的動作。

欲言則羞，欲不言則心中有無數話兒要傾吐，所以左右為難，低首撚梅。李白〈長干行〉有句云「郎騎竹馬來，繞床弄青梅」，故成語「青梅竹馬」多用來指青年男女幼時天真無邪的交往。這裡詞人用「青梅」二字，當不是閒筆，它可以給我們以這對年輕夫婦由兩小無猜而結為良緣的豐富暗示。離別的痛苦終於戰勝了新婚的羞澀，故最後再接以「問」，「問」之前又限以「低聲」，「問」之後又續以「幾時回」，真是繪聲繪色，毫髮畢現。未發而盼早歸，明知一去千里，歸期難準，而問以「幾時回」，可以說已經寫盡了痴情女子的情懷。

從開頭到此寫離別，詞人凸出了妻子一「留」、一「送」、一「淚下」、一「撚」、一「問」五個動作，從容寫來，有條不紊，細膩熨帖，婀娜風流，真可謂「狀難寫之景，如在目前；含不盡之意，見於言外」（歐陽脩《六一詩話》引梅堯臣語）。

從此以下，全為妻子最後的送行之語。「秦箏」，絃樂器的一種，傳為秦人蒙恬所造。「雁」即雁柱，為箏上支絃之物；古箏的絃柱斜列有如飛雁斜行，故稱。柱可以左右移動以調節音高。「促」，迫也，近也，柱移近則絃急。後漢侯瑾〈箏賦〉有「急絃促柱」之句。因此「雁促」也就是柱促，即絃急，絃急則音高。古人曾云「豈無膏沐，誰適為容」（《詩經·衛風·伯兮》），又云「自君之出矣，明鏡暗不治」（東漢徐幹〈室思〉），都是說和親人離別後，全無心思梳妝打扮。這兩句意思相近，謂和你分別以後，今夜還有什麼心思彈箏呢？

過片承上，仍是女子對丈夫的囑咐。「君去也，遠蓬萊。千里地，信音乖。」本來，離別千里之遙遠，兩地音信之隔絕，這感覺是去留雙方彼此同之的。這裡用一個「君」字領起，就有設身處地代他說了出來的意味。「蓬萊」，傳說中仙人海上所居之處，此借指丈夫去處之遙遠；不止於遠，而且音信難通，這樣就會因想念妻子而相思成病。「相思成病底情懷？和煩惱，尋個便，送將來。」設想奇特。她不要求丈夫寄信寄物，而要求他把相思成病時是怎麼樣的一種情懷，以及種種煩惱，尋個方便寄送給她。這裡面實包含幾重深意。第一是讓他把滿腔愁苦，百般煩惱，盡情向她傾吐出來，以減輕心裡的鬱悶。第二是把那些精神負擔送給她，讓她來代替承受。第三，這種相思成病的情懷和煩惱，她自己本來也有著同樣的一份；讓丈夫這一份也送給她，她情願自己承受雙重的精神重壓，而不讓丈夫再有負擔，這種自我犧牲的胸懷，是非常感動人的。這種痴情的要求，是不合常理的，然而詞人卻以此把妻子對丈夫的愛惜表現得淋漓盡致，這也就是我們常說的「無理而妙」（見清賀裳在《皺水軒詞筌》）。

方回的這首詞，通篇都是敘事，完全採用賦的手法，讀後讓人有「不是作詞，恍如對話」的感覺。這和宋人詞中多比興、多寫景，迥然不同，很明顯是受了民間詞的影響。從語言上來說，全詞不設色，不雕琢，清麗自然，樸實無華，使人耳目一新。總之，這首詞在藝術風格上有著自己鮮明的特點。前人評詞有「嚴妝」、「淡妝」、「粗服亂頭」之說（見清周濟《介存齋論詞雜著》），方回此作，真可稱得上是「粗服亂頭，不掩國色」，由此也可以看出他藝術風格多樣化的特點。（李維新）

點絳脣　賀鑄

一幅霜綃，麝煤熏膩紋絲縷。掩妝無語，的是銷凝處。
薄暮蘭橈，漾下蘋花渚。風留住。綠楊歸路，燕子西飛去。

這是一首愛情詞，寫一對情侶乍別的悲傷和思戀。

上闋，寫居者——也就是女方，寫別時。「霜綃」即素絹，此處指手帕。詞中寫手帕，常用「羅帕」、「鮫綃」一類字面，這裡用「霜綃」，凸出它的潔白如霜，似乎還有象徵純潔的意思，未必是無心而用之。又手帕的量詞往往稱「一方」，這裡卻改用「一幅」，凸出它的大，也頗值得玩味。「麝煤」是熏爐中所燃燒的香料，蘇軾〈翻香令〉詞「金爐猶暖麝煤殘」句可證。以上兩句係用曲筆，很婉約地暗示讀者：那女子因與情人離別而傷心哭泣，流了許多眼淚，一大塊手絹都浸透了，故須放在熏爐上烘烤。言「熏膩紋絲縷」，則分明是淚雨不曾晴，手絹剛烘乾又沾濕，不知反覆熏焙了多少次，以至於絲帕的香味達到飽和，濃得刺鼻了。「掩妝無語」，改從正面點明女主人公用手絹捂住臉，「竟無語凝噎」（柳永〈雨霖鈴〉）。此時無聲勝有聲。元王實甫《西廂記》「長亭送別」一折，崔鶯鶯對著張生左叮嚀右囑咐，說盡了千言萬語，那是舞臺表演的需要，如果光哭不唱，戲就演不下去，觀眾勢必哄場。唯詞則不然，篇幅有限，貴在簡潔凝練，故爾萬語千言，只以「無語」語之。末句更直截了當地揭出「悲莫悲兮生別離」（屈原《九歌·少司命》）的旨意。「的是」，猶言「確是」。「銷凝」，為「銷魂凝魂」的縮語，謂感懷傷神。「處」，此表時間，用如「時」。這句語雖發露，卻是重拙之筆，和「掩妝」句相配合，以淺顯去融解一二句的濃隱，起到了一定的調劑作用。倘若沒有後兩句的映襯和關照，則前兩句即不免於晦澀，無從顯現其凝練、新奇與生動了。

下闋，詞人更換了角度，轉寫行者亦即男方，寫既別之後。「薄暮」二句，敘行者於傍晚時解纜啟程。一「漾」字鍊得甚好，見出此行乃迫不得已，故絕不肯急帆快槳，而只是隨波逐流。無意中，船兒卻漂向了開滿白蘋花的水中小洲。古代風俗，姑娘們每於上巳（三月初三）、寒食、清明等春日佳節出遊郊野水濱，採集白蘋花贈送給自己的情人。詞中男主人公當也享受過這樣的幸福。如今，驀地見到那凝結著愛情的一叢叢小花，怎不勾起記憶中溫馨甜蜜的往事？怎不觸發心底裡不可遏止的相思？這就逗出了下文。「風留住」，三字單獨成句。明明是人不忍行，故稍遇逆風即小泊蘋渚，徜徉於伊人昔曾採花之地，無限依依，妙在不說破，卻借助擬人化的手法，把風兒寫得極有情意。「綠楊歸路，燕子西飛去」，兩句見意，且用唐人顧況〈短歌行〉「紫燕西飛欲寄書」句歇後。賀詞中用此句處甚多，如〈九迴腸〉：「賴有雕梁新燕，試尋訪、五陵狂。小華箋，付與西飛去，印一雙愁黛，再三歸字，□（古本缺字）九迴腸。」〈鳳棲梧〉：「小研綾箋，偷寄西飛燕。」〈菱花怨〉：「會憑紫燕西飛，更約黃鸝相待。」〈木蘭花〉：「西風燕子會來時，好付小箋封淚帖。」皆可與本篇對參。剛剛踏上旅途，就迫不及待地捎信給心上人，而所託之信使，又非文學作品中同樣習用而水路舟行時更為近便易求的「鯉魚」，大約是嫌魚兒游得太慢吧？不寄「航空快件」，何以表達行者此時此刻霹靂火一般的熾烈相思！

寫到這裡，我們忽又想起《西廂記》中崔鶯鶯送別張生時的兩句唱辭：「從今後衫兒袖兒，都搵做重重疊疊的淚！……久已後書兒信兒，索與我悽悽惶惶的寄！」賀詞上下兩闋，豈不就是寫了這兩件事？稍不同者，

「淚」、「寄書」都等不及那「從今後」和「久已後」。

詞中向來有「疏」、「密」兩派。宋張炎《詞源》謂「詞要清空，不要質實」；又曰：「若堆疊實字，讀且不通，況付之雪兒（歌妓）乎？合用虛字呼喚。……若能盡用虛字，句語自活，必不質實。」他是主「疏」的，但像賀鑄此詞，幾乎全用實字，不靠虛字呼應貫串，使的是潛氣內轉之法，層次的演進從畫面的轉換中表現出來，筋脈都藏在暗處，滅盡了針縷之跡。初讀之，不知所云，但嫌其晦澀；吟味至再至三，密碼破譯，文義自通，當別有一番快意。譬如飲茶，淡者一品即得其清香，固然爽口；而釅者初嘗止覺其苦，但苦盡而甘，味美於回，不也很過癮麼？這種密深隱的藝術風格，上繼溫庭筠，下開吳文英。（鍾振振）

西江月

賀鑄

攜手看花深徑，扶肩待月斜廊。臨分少佇已倀倀，此段不堪回想。

欲寄書如天遠，難銷夜似年長。小窗風雨碎人腸，更在孤舟枕上。

本篇寫與情人的別後相思。上闋以六言對句起，追憶昔日的美好歡會。在姹紫嫣紅、爭芳鬥豔的小園深徑裡攜手賞花，在夜靜人寂、涼風習習的幽雅斜廊上扶肩待月，卿卿我我，情意綿綿。這兩句不僅極其工整，而且極其生動而概括地寫出了男女歡會那樣一種典型環境中的典型情態，一開始就給人以溫馨旖旎的印象。

接下來兩句健筆陡折，點出以上良辰、美景、賞心、樂事這「四美」，都不過是分別後之「回想」。「倀倀」，迷惘不知所措貌。上句以一「已」字，凸出了惜別之際，稍作延佇，已經若有所失、悵然迷茫的悲哀；下句又以「不堪」二字相呼應，加倍寫出今日回想時的痛心疾首，淒婉欲絕。這兩句與李商隱〈錦瑟〉詩中所謂「此情可待成追憶，只是當時已惘然」可謂相反相成，各盡其妙。

上闋四句，兩句一層，情調大起大落。正像築壩蓄水，一旦打開閘門，水勢洶湧澎湃而下，使人目眩耳鳴、蕩魂動魄，詞人一開始就把歡會寫得熱烈纏綿、逼真細膩，然後當頭給以棒喝，由熱烈反跌至悲涼，形成感情上的巨大「落差」。

下闋四句，筆法又有所不同。詞人如層層剝蕉，具體說明「回想」為什麼會「不堪」。第一句「欲」字，是說自己主觀上的願望。和心上人分別之後，羈宦天涯，見面固然已屬痴想；然而誰料就連互通音問，互慰愁腸這一點願望也由於人如天遠，書無由達而落空呢？「欲寄彩箋兼尺素，山長水闊知何處」（晏殊〈蝶戀花〉），主觀的願望被客觀的現實無情地擊碎，在這種情況下去回想舊日的歡會，這是一「不堪」。第二句「難」字，是客觀環境對自己所造成的影響。「遲遲鐘鼓初長夜，耿耿星河欲曙天」（白居易〈長恨歌〉），一個人對著孤燈，淒清寂寞，百無聊賴，在漫漫長夜中咀嚼著分離的痛苦，當然會產生長夜如年那樣難以消磨的無限感慨。這是二「不堪」。第三句「小窗風雨」是耳邊所聞。聽著風雨敲打窗扉之聲，詞人不禁肝腸俱碎。「碎」字極鍊而似不鍊，情景兩兼，可稱得上是著一字而境界全出。這是三不堪。第四句收束全詞，以「更在」透進一層，指出以上之種種，全發生在「孤舟枕上」，把羈旅愁思、宦途悵觸與戀情打成一片。此為四「不堪」。對於離人來說，這四「不堪」有一加之於身，就已經難以承擔，更何況紛至沓來，一時齊集呢？用筆句句緊逼，用意層層深入，沉鬱頓挫，情厚意婉，不愧為愛情詞中的佳作。（李維新）

小重山 賀鑄

花院深疑無路通。碧紗窗影下，玉芙蓉。當時偏恨五更鐘。分攜處，斜月小簾櫳。

楚夢冷沉蹤。一雙金縷枕，半床空。畫橋臨水鳳城東。樓前柳，憔悴幾秋風。

寫與戀人離別相思之詞，方回還有〈菩薩蠻〉「彩舟載得離愁動」一首。男主人公在抒發了初別的痛苦之後，曾經無限哀怨地發出「良宵誰與共，賴有窗間夢。可奈夢回時，一番新別離」的感慨。這首詞則是寫別後經年，相思成夢，夢回淒涼的真實情景。一為設想，一為現實，分別從不同的側面表現了主人公對所戀之人的誠摯深情。

第一句「疑」字用得極妙。這個「疑」，當然是男子之「疑」，然而細細推敲，卻又不似現實中之「疑」。因為心上人所居之「花院」，即使是「深」，也絕不會無路可通，所以，它應該是夢中之「疑」。「夢魂慣得無拘檢，又踏楊花過謝橋」（晏幾道〈鷓鴣天〉）。相別日久，朝思暮想，以致因情生幻，「靈魂出竅」，在夢中跋涉千里，來到了過去曾經和心上人歡會的舊地。夜闌人靜，月明星稀，看著那花木繁茂，曲折幽深的花園，不禁產生出「近鄉情更怯」（宋之問〈渡漢江〉）般的疑慮：這一次相會是否能夠如願呢？是不是會有人從中作梗呢？……這種種忐忑不安的測度借「疑無路通」表現出來，真是寫得迷離惝怳，像煞夢境。

第二句重點在「芙蓉」上。《西京雜記》卷二說卓文君姣好，「眉色如望遠山，臉際常若芙蓉」，以後有「芙蓉如面柳如眉」（白居易〈長恨歌〉）、「彊整嬌姿臨寶鏡，小池一朵芙蓉」（李珣〈臨江仙〉）等句，都是以「芙蓉」來喻美人，這裡也是這種用法。方回在「芙蓉」之上加以「玉」字，前面又限以「碧紗窗影下」之絕美環境，真是形神俱現，呼之欲出。主人公拂柳穿花，孑孑前行，剛剛繞過那幽雅的迴廊，已經看到心上人佇立在如夢如幻的朦朧碧紗窗影下，似玉琢芙蓉，嬝嬝婷婷，顧盼生輝，笑顏以待。玉人之俊秀，一見之乍喜，俱在不言之中。

第三句，「五更鐘」，曉鐘也。良夜何其，歡娛恨短。正當兩人意愜情濃、熱烈纏綿之際，東方已白，曉鐘發動，這怎能不使人產生「偏恨」的感慨呢！句首的「當時」，應是既指今夢，亦指昔時，是夢亦真，是虛亦實，動蕩變幻之中，語語沉著，令人神傷。

第四句「分攜」，即分手，分別。「明月不諳離恨苦，斜光到曉穿朱戶。」（晏殊〈蝶戀花〉）在曉鐘的聲聲催促之下，兩人在戶外執手依依，灑淚相別，那清冷的月光斜照在簾櫳之上，更增添了別離的痛苦和感傷。景中含情，情景交融，使上片的歡會在一派淒涼的氛圍中結束。

過變健筆陡轉，將上片一筆噴醒。清沈祥龍謂：「詞換頭處謂之過變，須辭意斷而仍續，合而仍分。前虛則後實，前實則後虛，過變乃虛實轉捩處。」（《論詞隨筆》）這一句即承上啟下，由虛入實。宋玉〈高唐賦〉謂楚懷王與神女在夢中相會，故詞句以「楚夢」借指上片的情事。驀然驚覺，夢冷蹤沉，殘月殘燭，空虛寂寞。眼前精心繡製（也許即為心上人親手所繡）的金縷雙枕，反襯出他此時的孤獨；身邊空蕩蕩的半床鴛被，更使他黯然銷魂。這兩句與上片形成鮮明對比，是全詞的詞眼所在。

結拍兩句，又化實為虛，從對面寫起。「鳳城」，即京城，男主人公這時正遠在天涯，而他所戀的女子卻遠在京城東邊一角。由上句的「雙枕」、「半床」，很自然地聯想起對方對自己的思念。不過詞人並沒有像「今夜鄜州月，閨中只獨看」（杜甫〈月夜〉）那樣直接去寫對方，而是以樓前楊柳幾度秋風、幾度凋零來暗示女方「妝樓顒望，誤幾回、天際識歸舟」（柳永〈八聲甘州〉）的失望和憔悴，賦情於物，亦物亦人，「樹猶如此，人何以堪」（南北朝庾信〈枯樹賦〉）。

這首詞上片寫夢中相會，是虛；下片寫夢回淒涼，是實。然而詞人於虛中處處用實筆，使上片虛而若實；於實中卻化實為虛，使下片實中有虛。特別是詞的結拍，由己推人，代人念己，「不以虛為虛，而以實為虛，化景物為情思」（宋范晞文《對床夜語》），語彌淡而情彌深。所以無怪乎清陳廷焯有「方回筆墨之妙，真乃一片化工」（《白雨齋詞話》）之讚嘆。（李維新）

減字浣溪沙 賀鑄

秋水斜陽演漾金，遠山隱隱隔平林。幾家村落幾聲砧。

記得西樓凝醉眼，昔年風物似如今。只無人與共登臨。

賀鑄有些詞，往往要在讀完全篇之後，再回轉來加以吟詠體會，方覺真味湧出，含蘊無窮。如本篇上片寫登臨所見：清澈的秋水，映著斜陽，漾起金波。一片平展的樹林延伸著，平林那邊，隱隱地橫著遠山。疏疏的村落，散見在川原上，傳出斷斷續續的砧杵聲。單看這幅圖景，似乎只是客觀寫生，詩人視聽之際究竟有哪些感情活動，並不容易看清楚。接下去，下片前兩句也只是說昔年曾登此樓，風景與今相似。而詞人今日面對此景，究竟喚起何種感慨，卻需要讀到最後一句，才能領會——「只無人與共登臨」，原來昔日同登此樓的人，今已不在，只剩下作者孑然一身，佇立於樓上了。聯繫賀鑄的生平看，那位不能同來的人，可能是他的眷屬。所謂「重過閶門萬事非，同來何事不同歸」（〈半死桐〉），可移作末句註腳。因此，如果說讀者的感情承受力像一架天平，把詞的上下片分置兩頭，本來未見反應的話，此時則猶如陡然增加一個沉重的砝碼，使槓桿失去了平衡。於是我們只好回轉過來，在槓桿的另一端，重新檢查稱量它的輕重，用他的「重過閶門萬事非」的心情，再體會前幾句感情的分量。這樣，便可能感到上片所寫的那秋水斜陽，那遠山平林，那村落砧聲，都不再是被作者純客觀地寫在詞中的景物了，而是心中眼中，都有一種傷心說不出處，這種傷心說不出的情緒，諸如「物是人非」、「良辰好景虛設」，等等，借助於末句的點醒，令人於言外得之，倍覺其百感蒼茫，含蘊深厚。清陳廷焯說：「賀老小詞，工於結句，往往有通首渲染，至結處一筆叫醒，遂使全篇實處皆虛，最屬勝境。」（《白雨齋詞話》卷八）這一首是很有代表性的。

詞上片所寫之景，本來只有一幅，但讀到「記得西樓凝醉眼，昔年風物似如今」之後，原來似乎只是平鋪直敘地再現眼前景物的寫法卻起了變化，虛實相生，出現兩幅景象：一幅是今天詞人獨自面對的眼前之景；一幅則是有伊人作伴、作者當初凝著醉眼所觀賞的往昔之景。昔日之景是由眼前之景所喚起，呈現在詞人的心幕上。兩幅圖景，風物似無變化，但「凝醉眼」三字卻分明透露昔日登覽時是何等愜意，遂與今日構成令人悵惋的對照。詞論家們很欣賞這首詞的下片，說：「只用數虛字盤旋唱嘆，而情事畢現，神乎技矣。」（見陳廷焯《白雨齋詞話》卷二）細細分析起來，所謂「數虛字盤旋唱嘆」，是指用「記得……只無……」兜起了下片三句，把時間跨度很大的今昔兩幅情景，綰結到了一起，詞人的心神浮游其間，表現出一種恍如隔世之感，內容沉鬱無限，而在遣詞造語上，收縱變化，卻又極其自然。（余恕誠）

減字浣溪沙　賀鑄

閒把琵琶舊譜尋，四絃聲怨卻沉吟。燕飛人靜畫堂深。欹枕有時成雨夢，隔簾無處說春心。一從燈夜到如今。

本篇是一首「閨怨」詞。

首句「閒把琵琶舊譜尋」，用韋莊〈謁金門〉（春漏促）詞「閒抱琵琶尋舊曲」句。「把」、「抱」同義，白居易〈琵琶行〉「猶把琵琶半遮面」，或作「猶抱」，即是其例。「譜」，這裡也指曲。「曲」而書之於紙為「譜」，「譜」而付諸管絃為「曲」，不妨通融。「尋」為「重溫」之義。全句寫一位少女百無聊賴，隨意抱持琵琶重彈舊曲。次句「四絃聲怨卻沉吟」承上，言琵琶的四根絃上發出淒怨的音響，一似人在深思時的微吟詠嘆。這裡「卻」字與上句「舊」字是詞眼所在，很值得玩味。「卻」字見出琵琶聲之「怨」、之「沉吟」，恰與彈曲者的主觀意願相反：本欲解悶，適增其愁。那麼，上句所謂「舊譜」，就不能簡單理解成過時的曲子，它當指往日與戀人聚會時曾經彈奏過的樂調。那時候兩情歡悅，因此琴聲歡快，如今兩情隔絕，雖撫絃更彈舊曲，企望用美好的回憶來自我安慰，但無論如何也奏不出舊日的愉悅之音了。第三句「燕飛人靜畫堂深」，語意層遞而進。少女幽居閨中，孤寂無偶，只有梁燕作伴。燕子似乎不忍心聽到這哀怨的琴聲，飛走了；少女本人也不能終曲，放下了撥子。於是，閨中恢復了先前那種死一般的靜止，更顯得深邃。

「欹枕有時成雨夢，隔簾無處說春心。」〈浣溪沙〉下闋一二句通常要用對仗，本篇即循通例。這兩句，上聯寫少女熾熱的情感：斜靠著枕頭，有時像宋玉〈高唐賦〉裡那位「旦為朝雲，暮為行雨，朝朝暮暮，陽臺之下」的巫山神女一樣，在夢中飛到情人身邊；下聯寫人間冷酷的現實：一道門簾，就像沉重的棺蓋，使閨中人與世隔絕，無處訴說她的懷春相思之心。兩句形成了強烈的對比。

「一從燈夜到如今。」「燈夜」即正月十五元宵節夜，這前後幾天城市處處張燈結彩，通宵達旦供人玩賞，平日藏在深閨人未識的姑娘們，難得這樣的好機會，可獲准外出嬉遊。「月上柳梢頭，人約黃昏後」（歐陽脩〈生查子．元夕〉），就在如此良宵，不知發生過多少起青年男女衝決禮教網羅而自由戀愛的故事！本篇所寫的少女，最後一次見到戀人，也就是在元夜。從那之後，魂牽夢繞，深閨寂寞，鬱鬱寡歡，以迄於今。

〈浣溪沙〉末句如同〈憶江南〉，最為難寫。單句叶韻，收束全篇，短短五字、七字，須獨立見意，精彩出場，稍遜功力，即難免湊拍趁韻之譏。大家如溫庭筠，其名作〈望江南〉「梳洗罷」一闋，末句「腸斷白蘋洲」尚且被視為蛇足，他可知矣。然而賀詞此篇，卻偏偏以末句著稱。清代著名詞學評論家陳廷焯《白雨齋詞話》曰：「賀老小詞，工於結句，往往有通首渲染，至結處一筆叫醒，遂使全篇實處皆虛，最屬勝境。」並舉本篇為例，評道：「妙處全在結句，開後人無數章法。」我們試看前五句，當然句句不苟，一句一意，一句一境，塑造出很鮮明的形象，表達了極悱惻纏綿的情懷，但總還是個平面。末句給出前文所述種種狀況的時間持續度，點明「雨夢」、「春心」不自今日始，由來久矣。以數學擬之，前五句好比底數M，末句則有如底數右上角的n次方符號，讀來尋常七字，殊非警策，而它的功效之大，陡使前五句所抒情懷的厚度成倍翻番。《白雨齋詞話》可說是深得此詞三昧！

最後附帶說一說本篇的調名。〈浣溪沙〉有兩種，一種即如此詞，上下闋各三句，每句七言，共四十二字；

另一種則上下闋末句都是十言，上七下三句式，其他各句不變，凡四十八字。宋人有的以四十二字體為〈浣溪沙〉正格，而稱四十八字體為〈攤破浣溪沙〉（又稱〈南唐浣溪沙〉、〈山花子〉）；有的則以四十八字體為正格，而稱四十二字體為〈減字浣溪沙〉，沒有定準。（鍾振振）

減字浣溪沙　賀鑄

樓角①初銷一縷霞，淡黃楊柳暗棲鴉。玉人和月摘梅花。

笑撚粉香歸洞戶，更垂簾幕護窗紗。東風寒似夜來些。

〔註〕①「樓角」一作「鶩外」。明楊慎《詞品》：「近見《玉林詞選》，首句二字作樓角，非也。樓角與鶩外，相去何啻天壤。」

在古典詩詞裡，有些篇幅短小的作品，如水彩畫中的淡墨小品，如音樂中的悠揚牧歌，它那清幽淡遠的意境，令人心曠神怡，彷彿春晚小河的潺湲水聲，久久響在耳畔。在這類作品中，如果去尋找什麼「微言大義」，肯定會失望的，但卻不能不承認，它能給人一種美感。賀鑄這首〈浣溪沙〉就是此類作品。

出現在畫面上的不是一座高樓的全貌，而是它的一角。這一角紅樓，正具有「動人春色不須多」的魅力。在它上面，一縷晚霞正在消逝。「初」，是剛剛的意思。就是說那一縷霞光，眼看著正在消失，從時間說，有個變化的進程，但它是那樣快，不過人卻是看得見，感覺得出來的。總之，這一句不是一幅靜止的畫，它給人以動感。「淡黃楊柳暗棲鴉。」楊柳淡黃，知是初春。「綠柳才黃半未勻」（唐楊巨源〈城東早春〉），「看盡鵝黃嫩綠」（姜夔〈淡黃柳〉），指的都是初春。在淡黃楊柳之中，有烏鴉棲息其中。這裡用了一「暗」字，就更給人以景物清幽之感。但下句境地更美：玉人，本來是美的；月下玉人，更美；月下的梅花，那該是「疏影橫斜」、「暗香浮動」（宋林逋〈山園小梅二首〉其二）吧。正是「以境襯人」，則月美，花美，人更美了。上闋展現的是一幅清幽淡雅的圖畫，直使人有超塵絕俗之感。

下闋緊承人在月下摘花，輕輕啟開她的心扉。「笑撚粉香歸洞戶」，她要回到房間裡去了，手裡撚著梅花，臉上笑盈盈的。這個「笑」是因梅花的清新氣息令人高興而笑，還是想起了旁的什麼事情來？作品像密封的罐頭，未透出一點味兒。

她回到閨房以後，只做了一件事：「更垂簾幕護窗紗。」放下簾幕，使它擋住紗窗，因為東風吹來，比入夜時又冷了一些，為的是使屋子裡暖和點。這「寒」的程度的加深，她在室外時就已感覺到，所以才歸戶，垂簾。這緣故移到末句點明，是〈浣溪沙〉作法上的需要。此調下片首兩句大都用對偶句，末句單承作結，極不易寫好。宋張炎《詞源》說到詞的「末句最當留意，有有餘不盡之意始佳」，所舉擅於此道的詞人中就有賀鑄。賀詞小令的結尾確是不凡，其手法是多樣的。這裡「東風寒似夜來些」一句，既綰住上兩句的歸戶與垂簾的人物活動，又回帶上片從霞消到月上一段時間歷程，可稱妙筆。至於此一句還有什麼「有餘不盡之意」，則在讀者體會了。清人譚獻論詞有「作者之用心未必然，而讀者之用心何必不然」（《復堂詞話》）的話。但是詩詞畢竟是最精練的文學作品，也由於意內言外，以含蓄為上的傳統觀念，因而應允許讀者馳騁其想像，補充豐富作者沒有寫出的意念。就以此詞而論，「淡黃楊柳暗棲鴉」句，胡仔的評語頗有分寸，他只說到：「寫景詠物，可謂造微入妙。」（《苕溪漁隱叢話前集》卷五十九）「微」者，深細也。就是說這句詞深細而妙。但這句就字論義，不過是烏鴉暗藏在淡黃色的楊柳中，它寫出了初春傍晚時的景色，「妙」或有之，「微」又何在呢？

不過從另一方面看可以知道：古樂府裡有一首〈楊叛兒〉：「暫出白門前，楊柳可藏烏。歡作沉水香，儂作博山爐。」後來李白寫了一首〈楊叛兒〉：「君歌〈楊叛兒〉，妾勸新豐酒。何許最關人？烏啼白門柳。烏啼隱楊花，君醉留妾家。博山爐中沉香火，雙煙一氣凌紫霞。」明楊慎說：「樂府二十字，太白衍之為四十四字，而樂府之妙思益顯，隱語益彰。」（《丹鉛總錄》卷十二）「妙思」、「隱語」的彰顯，是說這首寫男女歡情的詩比古樂府的含意，更清楚明白。賀鑄的這句詞，還用了一個耐人尋味的「暗」字，所以也許這裡隱藏著類似「楊柳藏鴉」那樣一段心事。她心有所思，情有所感，因而當她摘完梅花後，臉上出現了「笑」，似不是無緣無故的。

有人說，這首詞全篇寫景，無句不美。但景與情，從來是一對孿生的姊妹。說是寫景，不作情語，準確地說它是寄情於言外。但這裡所寄之情的具體內容是什麼，作為詞，並不一定必須都寫出來，給讀者留下更多的想像的餘地，也是一種「無言」的美。何況並非「不著一字」，只是字在隱處，需要去揣想。至於楊慎《詞品》說「此詞句句綺麗，字字清新，當時賞之，以為《花間》、《蘭畹》不及，信然」。從風格說，近於《花間》中較疏淡那一類作品，而把景物寫得如此瀟灑出塵，的確遠在「花間」之上了。（艾治平）

天門謠　賀鑄

牛渚天門險，限南北、七雄豪占。清霧斂，與閒人登覽。

待月上潮平波灩灩，塞管輕吹新阿濫。風滿檻，歷歷數、西州更點。

據宋王灼《碧雞漫志》記載，本篇詞牌應是〈朝天子〉。〈天門謠〉是作者依照自己詞中所寫的內容為此調改題的新名。

此詞係從宋李之儀《姑溪詞》中輯出，李有和作，題曰「次韻賀方回登采石蛾眉亭」。采石今屬安徽馬鞍山市，在長江南岸，瀕江有牛渚磯，絕壁嵌空，凸出江中。它的西南方有兩山夾江聳立，謂之天門，其上嵐浮翠拂，狀如美人的兩道蛾眉。神宗熙寧年間，太平州（州治在今安徽當塗縣）知州張瓌在牛渚磯上築亭，以便觀覽天門奇景，遂命名曰「蛾眉亭」。此亭年久失修，漸次傾圮。哲宗紹聖二年（一〇九五），呂希哲知太平州，捐官俸重新修葺。紹聖三年四月，賀鑄赴官江夏（今武漢市一帶，長江以南部分地區），途經當塗，適逢該亭竣工，參加了落成典禮，並寫有〈蛾眉亭記〉。後來，徽宗崇寧四年至大觀元年（一一〇五～一一〇七），詞人又曾任太平州通判。本篇究竟作於紹聖還是崇寧、大觀年間，尚待考證。但這並不妨礙我們對作品的理解和賞析。

這是一首小令。用小令來寫登臨懷古的題材，就不能像長調那樣過細地鋪陳具體史實，囿於篇幅，它必須高度概括，遺貌取神。如將本篇與作者的另一篇長調懷古詞〈臺城遊〉（〈水調歌頭〉）細細對讀，即可以發現兩者的寫法有著顯著的不同。

「牛渚天門險，限南北、七雄豪占。」開門見「山」，采石地理形勢之險要、歷史作用之重要，只用兩句十二字道盡。滔滔大江，天限南北。偏安江左的小朝廷，每每建都金陵，憑恃長江天險，遏止北方強敵的南下。而當塗地處金陵上游，牛渚、天門，正是金陵的西方門戶。宋沈立《金陵記》云：「六代英雄迭居於此，……廣屯兵甲，代築牆壘，基址猶存。」詞言「七雄」，當是連南唐也計算在內。「豪占」，猶言「雄踞」。「清霧斂，與閒人登覽。」謂霧氣消散，似乎有意讓人們登磯遊覽。「與」，這裡是「予」、「放」的意思。這個字下得很妙。如果實說登山時恰巧碰上了晴空麗日，未免淡乎寡味，而倒過來說天氣有成人之美，就將那本無生命的「霧」寫活了。兩句之中，這「與」字是詞眼。可見鍊字之法，不必定要追求奇麗，尋常字面調度得當，一樣能使全句神采飛揚。

上闋兩個語意層次，前二句追昔，劍拔弩張，氣勢蒼莽；後二句述今，輕裘緩帶，情趣蕭閒。小令體制本即短小，而半首之內，如此大起大落，是何等筆力！

下闋，若一般作者為之，當承上「登覽」二字，展開描寫眼底景物。詞人卻不落窠臼，江聲山色，無一語道及，偏說要等到月上潮平、笛吹風起之時，細數古都金陵傳來的報時鐘鼓。章法出奇，極夭矯騰挪。「月上潮平波灩灩」，乃化用南朝梁何遜〈望新月示同羈〉詩：「灩灩逐波輕。」「塞管輕吹新阿濫」，「塞管」即羌笛，笛為管樂，塞上多用之，故稱。「阿濫」，笛曲名。南唐尉遲偓《中朝故事》載驪山多飛禽，名「阿濫堆」，唐玄宗采其鳴聲，翻為笛曲，遠近傳播。唐顏師古註《急就篇》曰「鴳（音同宴）謂鴳雀也……俗呼為鴳爛堆。」「阿濫」似即「鴳」字的緩讀。「風滿檻，歷歷數、西州更點」，「西州」，東晉、劉宋間揚州刺史治所，因在金陵臺城之西，故名。「更點」，古代一夜分五更，每更又分五點，皆以鐘鼓報時。詞人登蛾眉亭，時在上午霧散後，「待」字以下，純屬願望、想像之辭。而虛境實寫，江月笛風，垂手能掬，遐鐘遠鼓，傾耳可聞，我們不得不驚嘆詞人的才思。再者，遊人留連忘返，竟日覽勝而興猶未盡，還要繼之以夜，那好山好水的魅力，豈非不著一字，盡得風流？李之儀和詞上片末句云「稱霜晴披覽」，下片即直陳「披覽」所見：「正風靜雲閒平瀲灩，……頻扣檻，杳杳落、沙鷗數點。」固然也風流蘊藉，不愧佳作，但與賀詞相較，就顯得平直。況且，李詞是實寫當時所見之景，賀詞則虛構晚來或有之境，以畫為喻，寫生和創作，難度也還有小大之分。

更其重要的是，賀詞不是一篇普通的模山範水之作，它的主旨在於憑弔前朝的興亡。天險挽救不了六朝（加上南唐，即為七代）覆亡的命運，昔日「七雄豪占」的軍事要地，今卻成為「閒人登覽」的旅遊勝地，讀者不難從中得到江山守成在德不在險的深刻歷史教訓。又，金陵距采石畢竟有一百數十里之遙，「西州更點」豈可以「歷歷數」？詞人卒章牽入六朝古都，是否覺得人們必須牢記這歷史的晨鐘暮鼓，以六朝前車之覆為鑑呢？好在此意並不曾說出，耐人作三日想。

還有一件趣事，百年之後，岳飛之孫岳珂在鎮江北固山上也寫了一首懷古詞〈祝英臺近〉，結尾即原封不動地挪用賀詞「歷歷數、西州更點」七字。同一處金陵鐘鼓，二人一在北宋，一在南宋，分別從上游和下游兩個相反的方向去諦聽，賀詞原唱即佳，而岳珂信手拈來，竟如天造地設，更令人擊節。同時，賀詞對於南宋豪放派的影響，也由此略見一斑。（鍾振振）

六州歌頭

賀鑄

少年俠氣，交結五都①雄。肝膽洞，毛髮聳。立談②中，死生同。一諾千金重③。推翹勇，矜豪縱。輕蓋擁，聯飛鞚，斗城④東。轟飲酒壚，春色⑤浮寒甕，吸海垂虹⑥。閒呼鷹嗾犬，白羽⑦摘雕弓，狡穴⑧俄空。樂匆匆。

似黃粱夢。辭丹鳳⑨，明月共，漾孤篷。官冗從⑩，懷倥傯，落塵籠。簿書叢，鶡弁如雲眾⑪，供粗用，忽奇功。笳鼓動，漁陽弄⑫，思悲翁⑬。不請長纓，繫取天驕種⑭，劍吼⑮西風。恨登山臨水，手寄七絃桐⑯，目送歸鴻。

〔註〕①五都：漢、魏、唐各有五都，此泛指北宋的各大都市。②立談：謂站立而談，喻時間短暫。漢揚雄〈解嘲〉：「或七十說而不遇，或立談間而封侯。」③一諾千金重：《史記．季布欒布列傳》：「楚人諺曰：『得黃金百（斤），不如得季布一諾。』」李白〈敘舊贈江陽宰陸調〉：「一諾許他人，千金雙錯刀。」④斗城：漢長安城的俗呼，因其城按南斗、北斗形狀設計建築，故名。見《三輔黃圖》。此借指北宋東京。⑤春色：唐呂巖〈七言〉詩：「杖頭春色一壺酒。」⑥垂虹：南朝宋劉敬叔《異苑》：「晉義熙初，晉陵薛願，有虹飲其釜澳，須臾吸響便竭。願輦酒灌之，隨投隨涸。」⑦白羽：白羽箭。⑧狡穴：《戰國策．齊策》：「狡兔有三窟。」⑨辭丹鳳：唐東方虬〈昭君怨三首〉其二：「掩淚辭丹鳳。」丹鳳，即丹鳳城。宋趙次公註杜甫〈夜〉詩曰：「秦穆公女吹簫，鳳降其城，因號丹鳳城。」詩詞中用以喻指京都。⑩冗從：《漢書．枚乘傳》顏師古註：「散職之從王者也。」按賀鑄出任監臨城酒稅、滏陽都作院、徐州寶豐監等

差遣時，官階為右班殿直至西頭供奉之間的低級侍衛武官，其性質略相當於漢代之「冗從」。⑪ 鶡弁如雲眾：漢李陵〈答蘇武書〉：「猛將如雲。」鶡弁，本義為武將的官帽，此代指武官。⑫ 漁陽弄：軍樂曲。隋薛道衡〈奉和月夜聽軍樂應詔〉詩：「鼓曲噪〈漁陽〉。」⑬ 思悲翁：《晉書・樂志》：「漢時有〈短簫鐃歌〉之樂，其曲有〈朱鷺〉、〈思悲翁〉……多序戰陣之事。」此處一語雙關，「悲翁」又是自呼。賀詩〈答致仕吳朝請潛登黃鶴樓見招〉：「城隅黃鶴莫登臨，端使悲翁動楚吟。」可證。古人每中年稱「老」稱「翁」。賀鑄於哲宗元祐三年詩中屢自稱「老生」、「老夫」。⑭ 天驕種：《漢書・匈奴傳》：「胡者，天之驕子也。」後人因以稱北方民族。⑮ 劍吼：晉王嘉《拾遺記》：「（帝顓頊）有曳影之劍……未用之時，常於匣裡如龍虎之吟。」⑯ 七絃桐：七絃琴。桐木為製琴的最佳材料，故以「桐」代「琴」。

《東山詞》中的壓卷之作，恐怕非這首閃耀著愛國光輝的〈六州歌頭〉莫屬了。關於它的創作背景，向有二說。二說都把它繫在徽宗宣和七年（一一二五），亦即詞人七十四歲，臨死的那一年。不過一說為抗金而作，一說為抗遼而作，又略有分歧。據筆者考證，此詞實作於哲宗元祐三年（一〇八八）秋，時詞人年三十七歲，在和州（今安徽和縣一帶）管界巡檢（負責地方上訓治甲兵、巡邏州邑、擒捕盜賊等事宜的武官）任；而詞的要旨，則與抗夏有關（詳見拙撰〈賀鑄六州歌頭繫年考辨〉，載《中華文史論叢》一九八二年第四輯）。

北宋開國初，西夏黨項族首領李彝興接受了宋太祖授予的太尉官銜，李氏在其所統轄的地區，建立了政權。仁宗寶元元年（一〇三八）十月，李元昊建國稱帝，號為「大夏」，隨後即不斷來擾，擄掠宋國的人口、財物。這給兩國人民都帶來了深重的災難。缺乏戰鬥力的宋軍屢戰屢北，朝廷只好向西夏歲納大批銀、絹，換取屈辱的和平。熙寧、元豐間，神宗在位，王安石等新黨人物執政，變法革新，整軍抗戰，苟安局面，一度改觀。不料神宗死後，舊黨上臺，盡反王安石變法時之所為，又恢復了對西夏的投降姿態。哲宗元祐元年春，司馬光提出把米脂等西北要塞拱手讓與西夏。劉摯、蘇轍、范純仁等隨聲附和。文彥博更主張連同熙河路全部地區以及蘭州等戰略要地一齊奉送。一時間，投降空氣甚囂塵上。身為下級軍官的賀鑄，人微言輕，又在遠離京城的地方上供職，自然不可能有機會登陞廷對，慷慨陳詞，留下彪炳史冊的忠言讜論；但他將自己「報國欲死無戰場」（陸游〈隴頭水〉）的一腔抑塞不平之氣，吐而為詞，表達了人們迫切要求抗戰、反對投降的強烈呼聲，在以輕音樂為主的北宋樂章上，錄下了振聾發聵的一聲雷鳴。

下面，就讓我們去追尋這一道閃電運行的軌跡吧。

和北宋絕大多數著名詞家不同，賀鑄出身一個七代擔任武職的軍人世家，其本人的仕宦生涯，也從武弁開始。神宗熙寧初，詞人十七八歲時離開家鄉衛州共城（今河南輝縣），來到東京，靠著門蔭，當上了一名低級侍衛武官。至熙寧八年（一〇七五）出監臨城（今河北臨城）酒稅日止，他在京都度過了六、七年倜儻逸群的俠少生活。上闋，就是對這段生活經歷的追憶。

「少年俠氣，交結五都雄。」此二句即李白〈贈從兄襄陽少府皓〉詩之所謂「結髮未識事，所交盡豪雄」也，為整個上闋的總攝之筆。以下，便扣緊「俠」、「雄」二字來作文章。「肝膽洞」至「矜豪縱」凡七句，概括地傳寫自己與夥伴們的「俠」、「雄」品性：他們肝膽相照，極富有血性和正義感，聽到或遇到不平之事，即刻怒髮衝冠；他們性格豪爽，儕類相逢，不待坐下來細談，便訂為生死之交；他們一言既出，駟馬難追，答允別人的事，絕不反悔；他們推崇的是出眾的勇敢，並且以豪放不羈而自矜。「輕蓋擁」至「狡穴俄空」凡九句，則具體地鋪敘自己和儔侶們的「俠」、「雄」行藏：他們輕車簇擁，聯鑣馳逐，出遊京郊；他們鬧嚷嚷地在酒店裡豪飲，似乎能把大海喝乾；他們間或帶著鷹犬到野外去射獵，一霎間便蕩平了狡兔的巢穴。上兩個層次，既有點，又有染；既有虛，又有實；既有抽象，又有形象：這就立體地向我們展現了一軸弓刀武俠的生動畫卷。夏敬觀《手批東山詞》贊曰：「雄姿壯彩，不可一世。」無限神往，可謂情見乎辭了。

上闋末句「樂匆匆」三字、下闋首句「似黃粱夢」四字，是全詞文義轉折、情緒變換的關捩。青年時代的俠雄生活朝氣蓬勃、龍騰虎擲，雖然歡快，可惜太短促了，好像唐傳奇《枕中記》裡的盧生，做了一場黃粱夢。寥寥七字，將上闋的賞心樂事連同那興高采烈的氣氛收束殆盡，驟然轉入對自己二十四歲至三十七歲這十三年來南北羈宦、沉淪屈厄的生活經歷的陳述，急淚迸流，一發而不可收。

「辭丹鳳」至「忽奇功」凡十句，大意謂自己離開京城到外地供職，乘坐一葉孤舟漂泊在旅途的河流上，唯有明月相伴。官品卑微，情懷愁苦，落入汙濁的官場，如鳥在籠，不得自由。像自己這樣的武官成千上萬，但朝廷重文輕武，武士們往往被支到地方上去打雜，勞碌於案牘間，不能夠殺敵疆場，建功立業。十來年的鬱積，一肚皮的牢騷，不吐不快。因此這十句恰似黃河決堤，一浪趕過一浪。起先還只是嗟嘆個人的懷才不遇，繼而擴大到替包括自己在內的眾多武士吶喊不平，終於把鋒芒指向了埋沒人才的統治階級。隨著詞人激憤情緒的一步步高昂，詞的主題也在不斷地深化。

至「笳鼓動」六句，全詞達到了最高潮。元祐三年三月，夏人攻德靖砦，同年六月，又犯塞門砦。這消息傳到僻遠的和州，大約已經是秋天了。如果說，在太平時節，軍人不能得到重用，還情有可原的話，那麼，現在正是國家的多事之秋，英雄總該有用武之地了吧？然而，朝中投降派當道，愛國將士們依然壯志難酬。詞人痛心地寫道：軍樂吹奏起來了，邊疆上發生了戰事。想我這悲憤的老兵啊，卻無路請纓，不能生擒對方的酋帥，獻俘闕下，就連隨身的寶劍也在秋風中發出憤怒的吼聲！一「吼」字，吼出了軍人們報效無門的滿腔義憤，真是擲地能作金石聲！千載之下，生氣猶凜凜然。至此，一個飛鷹走狗的五陵俠少，已經完成了他向「位卑未敢忘憂國」（陸游〈病起書懷二首〉其一）的仁人志士的轉變，形象更高大、更豐滿了；詞中表達的思想感情，也昇華到了愛國的境界。

最後三句，緊承上文，由浪峰沿自然之勢作降落滑行，變激烈為悲涼，在火山噴薄後的平靜中結束了全篇。

「登山」句截用宋玉〈九辯〉「登山臨水兮送將歸」。「手寄」句似從嵇康〈酒會〉詩「但當體七絃，寄心在知己」句化出。而與下「目送」句聯屬，又是翻用嵇康〈四言贈兄秀才入軍〉詩「目送歸鴻，手揮五絃」。句句都與送別有關。因此，本篇很可能是寫來為一位友人贈行的，謂自己既不得遂凌雲之志，只好滿懷恨恨然之情，遊山逛水，撫琴送客，以此來作為宣洩了。

讀完這首詞，我們很容易聯想到樂府古題〈結客少年場行〉。宋郭茂倩《樂府詩集》引《樂府解題》曰：「結客少年場行，言輕生重義，慷慨以立功名也。」又按曰：「言少年時結任俠之客，為遊樂之場，終而無成，故作此曲也。」賀詞顯然是用此古題而賦自己的真情實事，其內容與情調亦近似於《樂府詩集》所錄自漢迄唐屢見不鮮的〈結客少年場行〉、〈少年行〉、〈白馬篇〉、〈遊俠篇〉、〈壯士篇〉諸作。不同的是，上舉各篇一般都是因古題而製文，且均為第三人稱口吻。當然，個中也有些優秀作品寄託著作者本人靖邊報國的赤誠，但假託他人，又何如以自己的喉管直吁胸中浩氣呢？賀詞的真切感人之處，恰在於此。

自唐五代以迄北宋，文人詞中多偎紅倚翠之作，極少直接反映國家的大事件。北宋開國伊始，就不斷遭受到北方民族政權的軍事威脅。可是在北宋詞人筆下，涉及愛國、抗戰內容的詞作，今僅見十餘首，只占現存北宋詞總數的千分之二三。而像賀鑄這樣以戎馬報國為主題，並用第一人稱唱出的壯歌，又只蘇軾一首〈江城子．密州出獵〉可為伯仲。「會挽雕弓如滿月，西北望，射天狼！」蘇詞壯則壯矣，卻沒有賀詞中那一股抑塞鬱憤之氣以及對投降派的強烈控訴。當然，蘇詞作於抗戰派執政的熙寧年間，我們不應撇開具體的歷史背景去吹毛求疵。但哲宗元祐時期投降派猖獗一時，《東坡樂府》中卻不見指斥之作，無論是未作抑或曾作而佚，都不能不說是一件憾事。因此，賀鑄此詞在北宋詞壇上就顯得格外珍貴了。說它是「鐵樹之花」，似乎並不過分。事實上，欽宗靖康以前，憂時憤事而能與後來岳飛、張元幹、張孝祥、陸游、辛棄疾、陳亮、劉過、劉克莊等抗衡的愛國詞作，特此一篇而已。它自是由蘇軾向南宋辛派嬗變的重要樞紐，在詞史上有著不可忽略的特殊地位。

就藝術造詣而言，本篇不但以筆力雄健警拔、神采飛揚騰翥見長，「不為聲律所縛，反能利用聲律之精密組織，以顯示其抑塞磊落，縱恣不可一世之氣概」（龍榆生《論賀方回詞質胡適之先生》），也是一大特色。本調長達三十九句、一百四十三字，宋人所作，用韻較疏，或間入數部別韻；而賀詞卻平上去三聲通叶，連珠砲也似一氣用韻三十四句，句短韻密，急管繁絃，讀來恰如天風海雨飄然而至，驚濤駭浪此伏彼起，激越的聲情在跳蕩的旋律中得到了體現，兩者臻於完美的統一。龍榆生讚美賀鑄「在東坡、美成間，特能自開戶牖，有兩派之長而無其短」（同上）。如果這是指蘇軾詞豪放而往往不屑守律，周邦彥詞調諧音協而多兒女情、少英雄氣，賀鑄詞卻能熔東坡之豪傑與美成之律呂於一爐，雖作壯詞也不隳音樂聲韻之道，甚且要求更加嚴格的話，他的意見是有一定道理的。（鍾振振）

石州引

賀鑄

薄雨收寒，斜照弄晴，春意空闊。長亭柳色纔黃，遠客一枝先折。煙横水際，映帶幾點歸鴻，東風銷盡龍沙雪。還記出關來，恰而今時節。

將發。畫樓芳酒，紅淚清歌，頓成輕別。已是經年，杳杳音塵都絕。欲知方寸，共有幾許新愁？芭蕉不展丁香結。枉望斷天涯，兩厭厭風月。

據說賀鑄曾與一女子相愛，久別之後，那女子因思念而寄以詩，詩云：「獨倚危欄淚滿襟，小園春色懶追尋。深恩縱似丁香結，難展芭蕉一寸心。」賀鑄見詩，感而作此詞。（見吳曾《能改齋漫錄》卷十六）

詞的上片主要是寫景。一、二句寫由雨而晴。初春天氣陰冷，細雨綿綿，午後雲開霧散，雨止天晴，「弄晴」二字寫出了雨後斜陽照射下萬物煥然一新的景象。「春意空闊」一句，便是這種景象的概括。接著就由近而遠地渲染，近處寫得具體、細緻——「長亭柳色纔黃，遠客一枝先折」；遠景則闊大、蒼茫——「煙横水際，映帶幾點歸鴻，東風銷盡龍沙雪」。（龍沙，沙漠地帶的通稱。）層次井然，筆勢酣暢多姿。賀鑄是善於鍊字的，宋王灼曾說：「賀方回〈石州慢〉，予見其稿，『風色收寒，雲影弄晴』，改作『薄雨收寒，斜照弄晴』。又『冰垂玉箸，向午滴瀝簷楹，泥融消盡牆陰雪』，改作『煙横水際，映帶幾點歸鴻，東風銷盡龍沙雪』。」（《碧雞漫志》）改後之詞，「薄雨」與「斜照」對比鮮明，於變化之中烘托出雨後斜陽的光彩和溫暖，顯出春意的盎然，空氣的清新，景色的明靜，以至「纔黃」的柳色也引人注目。原詞「冰垂」三句，顯得言辭雕琢，境界狹小，「煙橫」幾句，就寫得境界開闊，畫面豐富，景中含情。這樣「春意空闊」也就有了更形象的依託。「還記出關來，恰而今時節。」前面一路寫景，到此一筆挽住，上片的煞尾，實屬全詞脈絡的關鍵。它使上面所寫景物與詞人的生活經歷相聯繫，使之具有特定的內涵，例如：「空闊」，是雨止天晴、四宇寥廓之景，然而在此時此刻愈是空闊，則愈覺孤寂，愈能觸發思親懷人的感情；「長亭柳色」是景，然亦含有別情；「煙橫」三句，也暗寫了雁歸人不歸、春歸人未歸的感慨，可見景語雖多，卻都是為情為事而設，為情為事而寫。此外，上結兩句並有帶動下片的作用。

下片由寫景轉入敘事。開頭便是沿著「還記」追思當年的分別。「將發」二字，寫自己即將辭別登程，極其乾淨利落。「畫樓」二句寫酒樓宴別，「紅淚」，指佳人胭脂沾滿了離別的淚水。「頓成輕別」，追憶以往，透露出無限悔恨之情。「已是經年，杳杳音塵都絕」。音塵，即信息。這兩句語淺情深。年年盼相見，盼音信，然而卻是「音塵都絕」，表現出別後之思和思而不見之苦。由「輕別」而思，而悔，而愁。思與悔已融合在上面的寫景敘事之中，愁呢？作者先以一問句引出「愁」字，「共有」二字又逗出了兩地同愁，你愁，我愁，正不知有多少「新愁」！「芭蕉不展丁香結」，芭蕉葉卷而不舒，丁香花蕾叢生，芭蕉、丁香兩個形象都是用來形容愁心不解。這一句是巧借唐人李商隱〈代贈二首〉其一「芭蕉不展丁香結，同向春風各自愁」詩句。同時，也是化用了那女子詩中的兩句，這樣既回答了愁之深，又表達了對對方的瞭解和憐惜之意，可謂問得巧妙，答得也真切感人。

詞至此，似乎一切皆已道盡，但詞人又再補一筆——「枉望斷天涯，兩厭厭風月」。「兩」字與「共有」

相呼應，厭厭，愁苦的樣子。這兩句寫得空靈蘊藉，既是總括了過去——回首經年，天各一方，兩心相念，音信杳然，只有「玉樓明月長相憶」（溫庭筠〈菩薩蠻〉）；也是對日後痛苦的寫照——關山渺邈，天涯之思，對景難排，心底總隱藏著不滅的思念和期望，然而光景常在，年華易逝，「待得團圓是幾時」（呂本中〈采桑子〉）？茫然之境，足以使人為之傷懷。可謂收得盡，放得開，能給人回味，促人想像。

這首詞從眼前追憶過去，從過去回到現在，想到日後，並且極其巧妙地把時間的遷移，內心的活動，交織在寫景、敘事、抒情之中，景不虛設，事不冗雜，緩緩而起，曲曲道來，雖是尋常細事，卻令人覺得山重水複，餘味無窮。無怪人稱賀鑄工於言情。（趙其鈞）

望湘人　賀鑄

厭鶯聲到枕，花氣動簾，醉魂愁夢相半。被惜餘薰，帶驚剩眼①。幾許傷春春晚。淚竹②痕鮮，佩蘭③香老，湘天濃暖。記小江風月佳時，屢約非煙④遊伴。須信鸞弦⑤易斷。奈雲和⑥再鼓，曲終人遠。認羅襪無蹤，舊處弄波清淺。青翰棹艤⑦，白蘋洲畔。盡目臨皋飛觀。不解寄、一字相思，幸有歸來雙燕。

〔註〕①帶驚剩眼：《南史・沈約傳》載沈約言己老病，有「百日數旬，革帶常應移孔」之語。②淚竹：堯有二女，為舜妃，舜死後，二女灑淚於竹，成為斑竹。③佩蘭：屈原〈離騷〉：「紉秋蘭以為佩。」④非煙：唐武公業妾，事見唐皇甫枚《非煙傳》。此指自己的情人。⑤鸞弦：舊題漢東方朔《十洲記》：「仙家煮鳳喙及麟角合煎作膠，名之為『續弦膠』，或名『連金泥』，此膠能續弓弩已斷之弦，刀劍斷折之金。」後稱男子續娶為續弦。這裡以鸞弦指情事。⑥雲和：古時琴瑟等樂器的代稱，一說為樂曲之名，此處皆通。⑦青翰棹：刻畫青色鳥形的小舟。艤（音同蟻），泊船靠岸，《廣韻・紙韻》：「艤：整舟向岸。」

這首詞是方回自度曲，《全宋詞》從《唐宋諸賢絕妙詞選》輯出。原有題曰「春思」，是選本率意所加，細玩詞意，當為傷離懷人之作。

上片開端首先以一「厭」字領起，可謂破空而來，不知所由起。「厭」字下接以四字對句，寫室外充滿生機之盎然春意，極細膩，極柔媚。鶯聲恰恰而到枕，花香溫馨而動簾，春光明媚，欣欣生意，本應使人賞心悅目，心曠神怡。現在冠以不合常理之「厭」字，立刻化歡樂之景而為悲哀之情，變柔媚之辭而為沉痛之語。哀愁無端，一字傳神，為全篇定調。故明代沈際飛《草堂詩餘正集》評曰：「『厭』字嶙峋。」第三句具體描寫「厭」字之神理。「魂」而曰「醉」，則借酒澆愁，已非一時；「夢」而曰「愁」，則夢魂縈繞，無非離緒。醉、愁交織，充斥胸臆，作者此時，欲不厭春景，又將何如！起三句由外而內，由景入情，迷離惝怳，開篇即已哀感頑豔。

「被惜」三句，寫室內景物，透露「醉魂愁夢」之由。「餘薰」謂昔日歡會之餘香，「剩眼」指腰中革帶空出的孔眼。詞人以一「惜」字寫出睹物思人、物是人非之悲哀，以一「驚」字寫出朝思暮愁、形銷骨立之憔悴。讀到這裡，我們才恍然大悟，原來前邊之「厭」、之「醉」、之「愁」，全由此一段與戀人分離的情事而發。然而詞人卻欲言又止，接下來歸結為「幾許傷春春晚」。這一句是上片脈注所在。「傷春」總上，「春晚」啟下，刻意傷春而春色已晚，其中既有韶華易逝、春意闌珊之悲哀，亦暗含與戀人往日共度春光而今不可復得之痛苦，故詞人把「幾許」（猶云多少）這一無法準確測定的量詞置於「傷春春晚」之前，無限傷感，溢於言表。

「淚竹」三句，再由內而外，寫即目所望。在一派濃暖的暮春天氣裡，湘妃斑竹，舊痕猶鮮，屈子佩蘭，其香已老，所見徒為愁人供資料耳。這裡，詞人把舊典活用，凸出了「鮮」、「老」二字，亦景亦情，情景交融。歇拍以「記」字領起，再由景到情，拍合舊事，振起上片。眼前的景物是那樣熟悉，詞人的腦海裡，很自然浮現出昔日歡會的場面。還是這同樣的地點——小江之畔，還是這同樣的時間——風月佳時，自己曾經不止一次地與戀人聚首。這兩句平平敘來，若不經意，然而由於有了前面的層層鋪墊和渲染，故讀後字字都能給人以痛心疾首之感。曾幾何時，意愜情濃，一別而後，景是人非。至此，上片迴環反覆之愁情句句都落到實處。

過片抒情，前兩句承上啟下，直抒胸臆。鸞弦易斷，好事難終；雲和再鼓，曲終人遠。詞人在上句借絃斷喻自己與情人的分離，然而心中未始不殘存著鸞膠再續的一線希望；在下句化用唐錢起「曲終人不見，江上數峰青」（〈省試湘靈鼓瑟〉）句意，使這一線希望頓時破滅。「須信」和「奈」（怎奈）兩個虛詞的一承一轉，把鬱積在心頭的落寞和絕望淋漓盡致地表現出來。「認」字以下，直至「盡目臨皋飛觀」，都是望中所見。以眼前之景達「曲終人遠」之情，情中置景，細膩熨帖。詞人登「臨皋飛觀」而望遠，則洲畔白蘋萋萋，江邊畫舫停泊，即目皆為舊日景物，然而昔時雙雙攜手水邊弄波之舊處，卻再也見不到心上人輕盈的體態。這幾句皆為倒卷之筆，文勢騰挪夭矯，文心委婉曲折，較平鋪直敘，更饒姿態。

結拍「不解寄、一字相思，幸有歸來雙燕」，別出機杼，透過一層。「不解」句，上應「鸞弦易斷」、「曲終人遠」，以加倍筆法，深化此時淒婉欲絕的心情。伊人一去，不僅相見無期，而且連一點消息也得不到，這怎能不使人黯然神傷、五內俱焚呢？「幸」，張相《詩詞曲語辭匯釋》解作「正」，「幸有」句意謂：正在這時，「似曾相識」的舊時雙燕翩翩歸來，似來伴寂寞，給人帶來了一些溫暖。然而燕子不解寄相思，詞人的心底仍然有著無限的淒涼和感傷。燕歸人遠，燕雙人孤，強顏自慰，愈見辛酸。

這首詞寫尋常離索之思，既吸取了花間語言典雅華麗、蘊藉凝練的特點，又吸取了柳詞長調結構嚴密、動蕩開合的特點。上片由景到情，下片由情到景，「曲意不斷，折中有折」（沈際飛《草堂詩餘正集》評），往復交織，情致委屈，於精麗中見渾成，於頓挫中見深厚。所以李攀龍評此詞云：「詞雖婉麗，意實輾轉不盡，誦之隱隱如奏清廟朱絃，一唱三嘆。」（《草堂詩餘雋》引）清黃蘇亦謂：「意致濃腴，得《騷》、《辨》之遺……張文潛稱其樂府絕妙一世，幽索如屈、宋，悲壯如蘇、李，斷推此種。」（《蓼園詞評》）（李維新）

畫眉郎（好女兒）　賀鑄

雪絮雕章，梅粉華妝。小芒臺①、榧機羅緗素②，古銅蟾硯滴，金雕琴薦，玉燕釵梁。

五馬徘徊長路，漫非意，鳳求凰。認蘭情、自有憐才處，似題橋貴客，栽花潘令，真畫眉郎③。

〔註〕①小芒臺：「芒」，當是「芸」字的傳寫訛誤。芸香草氣味能驅書蠹蟲，故古代皇家藏書處或稱「芸臺」、「芸閣」。②緗素：是淺黃色細絹，古代多用以抄書，後遂成為典籍的代名詞。③畫眉郎：用漢張敞為妻畫眉故事，代指夫婿。

在古典詩詞中，大量是寫愛情的篇什，它們反反覆覆表現的無非都是纏綿悱惻之情。賀鑄這首〈畫眉郎〉，寫少女心中的追求，但不是具體寫她對某個少年郎的鍾情，而是寫她心中一種理性的思考，即什麼樣的人才值得自己愛戀，才是自己最理想的夫婿。當然，古代的女子實際上沒有這種選擇的自由，然而社會又怎能禁錮她們的思想，不叫她們在心中盤算自己的終身大事呢？有趣的是，這首詞的作者賀鑄，是身材魁偉、狀貌奇醜的男子漢，且看他如何來寫小女兒的心事。

作者在上片中先將女主人公作一番介紹：她是一位待字閨中的少女，一位才貌雙絕的佳人。「雪絮雕章」，用晉代才女謝道韞詠雪的故事，她曾用「未若柳絮因風起」形容大雪紛飛景象，贏得謝安讚賞。作者似在介紹說：我們這位女主人公雕章琢句的本領，亦不減謝道韞呢！「梅粉華妝」，用南朝宋壽陽公主故事。相傳壽陽公主於人日臥含章殿檐下，有梅花一朵飄著其額，拂之不去。後世女子遂紛紛仿效，爭為「梅花妝」。在這裡，作者告訴人們：詞中女子也是天生麗質的美人，她靚妝入時，大有壽陽公主的風采。

作者寫這女子，請出兩位古代佳人來作比之後，便不再對她的面容、形態作具體描摹，卻轉而不厭其詳地展覽女主人公閨房裡的陳設。「小芸臺、榧（音同匪）機羅緗素」，說女子香閨儼然是一小小藏書閣，榧木几案上羅列著重重書卷。「古銅蟾硯滴」，閨房裡還陳設著古雅精巧的文具，一種銅製的蟾蜍，注水於其腹中，放在硯臺旁，能自動吐出水泡，供人研墨（見宋何薳《春渚紀聞》）。「金雕琴薦」，閨房裡還有名貴的鳴琴，看那琴墊繡著金鷹圖飾。琴墊華美如此，那琴更加寶貴了。「玉燕釵梁」，說女兒家的閨房自然少不了各種精緻首飾，那雕著飛燕形狀的玉釵，真是精美。

作者寫這些，想說明什麼呢？原來他精心布置了一臺道具，用象徵的手段引發讀者的想像。呵，原來這是不同凡響的閨房，它的雅致陳設，它的文化氣氛，不正見出它的主人的氣質、素養和情操麼！

漢樂府民歌中有一篇著名的〈陌上桑〉，說秦氏有好女，自名為羅敷。一天，有位達官貴人為羅敷美麗的姿色傾倒了：「使君從南來，五馬立踟躕。」這位使君用榮華富貴來引誘她，結果遭到了羅敷的斷然拒絕。現在我們再來看詞人筆下這位窈窕淑女吧，求婚者何嘗不是趨之若鶩呢。換頭二句：「五馬徘徊長路，漫非意，鳳求凰。」顯然，〈陌上桑〉中的故事也在我們的女主人公身上重演了。她對這些高貴的求婚者不屑一顧，再高的官兒也徒有非分之想而已！

然則這位待字閨中的佳人究竟要選擇什麼樣的如意郎君呢？至此，詞人用一連串的散句鄭重表述這位少女的心意：「認蘭情、自有憐才處，似題橋貴客，栽花潘令，真畫眉郎。」她愛的是風流才子，是像司馬相如和潘岳那樣的人。

據晉常璩《華陽國志》記載：「城北十里有昇仙橋，有送客觀，司馬相如初入長安，題市門曰：『不乘赤車駟馬，不過汝下也。』」司馬相如後果為漢武帝賞識。潘岳，晉代著名美男子，也是一位才子。作河陽縣令，境內遍植桃李，時稱河陽一縣花。這兩人都是文采風流，為古代女子傾慕的人物。她們這種追求比之那種單純追求榮華富貴的庸俗生活，格調要高尚得多。因此，如詞中女子之有才有貌，又有「憐才」之心，在當時社會，也自是男子心目中理想的女性呢，像賀鑄這樣沉淪下僚的才子，更是珍惜這樣的知音了，故將她寫入詞篇。

這首詞寫作上的顯著特點是通篇用典，而語意並不晦澀。特別這首詞寫理性的思考，其中寫了女子的花容月貌、多才多藝、情志趣味及對婚姻的考慮等等，在幾十字的小令中，表現如此複雜的內容，不能不借助用典。用典使詞的意蘊豐富了，人物形象飽滿了，大大擴大了詞的含量。如起二句說女子才貌，如用直接描述，不知要費多少筆墨；而現在只用八個字，拈出兩個古人，就輕而易舉地解決了。結尾寫女子理想中的夫婿，也是用同樣手法。於此可見賀鑄善於用典的技巧。

〈好女兒〉調起二句例用散句，而此詞卻改用了對仗；〈好女兒〉調結尾通常是三句平列的鼎足對，而此詞卻改用了散句。賀鑄所以這樣做，當然是從內容與藝術兩方面來考慮的，他注重格律而又不死守格律，在創作中常表現出一種銳意探索的精神。（高原）

仲殊

【作者小傳】即僧揮，姓張，又字師利，安州（今湖北安陸）人。曾舉進士，後出家為僧，居蘇州承天寺、杭州吳山寶月寺，與蘇軾交遊唱酬。宋徽宗崇寧中，自縊而死。詞風奇麗清婉，有《寶月集》，不傳。今有趙萬里輯本，錄存四十六首。

南柯子　仲殊

憶舊

十里青山遠，潮平路帶沙。數聲啼鳥怨年華，又是淒涼時候在天涯。

白露收殘月，清風散曉霞。綠楊堤畔問荷花①：記得年時沽酒那人家？

〔註〕①宋黃昇《花菴詞選》作「鬧荷花」。

詞人本姓張，名揮，「仲殊」是他出家後的法名，因好食蜜，被東坡稱為「蜜殊」，一般又稱僧揮。東坡曾說他：「此僧胸中無一毫髮事。」（《東坡志林》卷十一）可見他是一位性情坦盪不拘禮法的和尚，寫的詞頗能反映他的個性。

仲殊〈南柯子〉（十里青山遠）——明刊本《詩餘畫譜》

題目是「憶舊」，寫詞人在夏日旅途中的一段感受。開篇兩句如電影鏡頭，映出一個身在旅途的人，這時正走在江邊潮濕帶沙的路上，許是向那遠在十里外的青山叢林去找尋投宿的人家吧。兩句寫出了一幅山水映帶的風景畫面，這畫面隱襯出畫中人在孤身行旅中的寂寞感。否則他不會驟然發出下面「數聲啼鳥怨年華」的慨嘆。其實這何嘗是啼鳥在怨年華，而是行客自己在途中聽到鳥聲油然而起年華虛度的悵恨。鳥啼花放，原是快意暢遊的大好場景，可對一個天涯行客來說，感到的卻是「淒涼時候」，前面還加上「又是」二字，說明這種漂泊生涯為時已經不短了。從兩句嘆息聲中，我們可看出詞人對浮生的坎坷命運未能釋然。但他能把旅途中的見聞感受用詞筆如實寫來，情景並茂，又顯出他的濃郁詩情和坦率性格。

下片還是以寫景的偶句對起，進一步以「殘月」、「曉霞」點明這是一個夏天的早晨，白露泠泠，清風拂拂，殘月方收，朝霞徐斂，詞人繼續行走在沒有歸宿的路上，他一面欣賞著這清爽夏朝的旅途光景，一面也咀嚼自己長期以來萍蹤無定的生涯況味。行行重行行，不覺來到一處綠楊堤岸的荷池旁邊，池中正開滿荷花。呵，荷花！他眼前一亮，獨個兒浪跡天涯，缺少的恰是個談心旅伴，當此孤寂無聊境地，美麗的荷花一時竟成了難得的晤談對象。「綠楊堤畔問荷花」，這一問多有情趣！「問荷花」，顯出了詞人清操越俗的品格，暗示出只有出淤泥而不染的荷花才配作自己的知己。真的，亭亭玉立的荷花以它天然的風韻喚起了他的美好記憶，使他恍然意識到這裡是舊地重遊，因此，此堤，此樹，此花，無一不是似曾相識。他清楚記得那次來時，為了解除行旅勞倦，曾向這兒一家酒店買過酒喝，乘醉觀賞過堤畔的荷花。這一切都因眼下荷花的啟發而記憶猶新。於是最後他欣然向荷花發出問話：「記得年時沽酒那人家？」「那人家」是自指，「家」在此用作語尾詞，是對「那人」的加強語氣。意思是：「你還記得年前到此買酒喝的那個人麼？」即景生情，寓情於景，於情景相生中見出僧揮的性格、風趣，和他那任真自得的飄灑詞筆。（鄭臨川）

訴衷情　仲殊

寶月山作

清波門外擁輕衣，楊花相送飛。西湖又還春晚，水樹亂鶯啼。閒院宇，小簾幃，晚初歸。鐘聲已過，篆香才點，月到門時。

仲殊是北宋著名詩僧，東坡守杭州，雅重其人，嘗稱「此僧胸中無一毫髮事，故與之游」（《東坡志林》卷十二）。仲殊此詞作於杭州寶月寺。寺在城南吳山西偏寶月山麓，與西湖清波門相近。這是一首暮春即興之作，掇拾眼前景物，卻從容自在，深得詩家三昧。

上片四句寫湖畔春景，嫣然獨絕。清波門在杭城西南，地瀕西湖，為遊賞佳處。「清波門外擁輕衣」，受風的衣裾，蓬鬆鬆地擁簇著自己往前走，衣服也像減去了許多分量似的。一個「擁」字下得多麼工鍊，它與「輕衣」的搭配又是多麼熨帖入微。一種清風動袂、衣帶飄然的風致，就這樣被活靈活現地描繪出來了。寫罷湖上的和風，接著寫柳絮——古代楊柳無別，這是暮春的使者。隨風飄盪的楊花陪伴著自己走上寺門的歸路。「相送飛」三字將一種殷勤護持的情意傳達出來了。一切無情並化有情，於此可見出作者的心境，它與融和的景物是多麼和諧地統一在一起。「西湖」句由景物描寫折到時令，筆意一轉，帶出下文。「水樹亂鶯啼」五字重塗濃抹，儼然一幅江南春色圖畫。南朝梁丘遲〈與陳伯之書〉所述「暮春三月，江南草長，雜花生樹，群鶯亂飛」

之佳麗景色，並於此五字中見之。特別是這個「亂」字下得很有力量。試想一下：一個緇衣白足的詩僧，徜徉在湖邊山腳的花徑上，周圍是繽紛的花雨，耳邊是如沸的鶯聲，這是多麼愜意的遊春圖景呵！「亂」也者，言其紛至沓來，不暇應接之狀也。「自在嬌鶯恰恰啼」（杜甫〈江畔獨步尋花七絕句〉其六），本已令人顛倒情思，何況是群鶯亂啼，更何況是在這湖邊花徑之上，真足以攝召魂魄了。

如果說上片寫春色之穠麗，是以表現動態之美見勝的話，那麼，轉入下片，則以表現深靜之意境見工了。上下兩片，一動一靜，相映成趣，俱見匠心，便有珠聯璧合之妙。

過片一起三句，點出寺宇闃寂、僧寮清幽的場景，而用一「歸」字與前片關合，以實現這一場景的轉換。曰「閒」，曰「小」，曰「初」，皆涉筆輕靈，雅稱其題，彷佛把人帶進了一個紅塵不到的世界。結拍三句，進一步烘托寺中的環境，補足前意。作者抓住了三個有時間特徵的景物——鐘聲、篆香和月色，來加以刻畫。一結悠然，有竟體空靈之妙。撞鐘擊鼓，為佛門旦暮必行的功課。唐盧綸「孤村樹色昏殘雨，遠寺鐘聲帶夕陽」（〈與從弟瑾同下第後出關言別四首〉其三），杜牧「夜深月色當禪處，齋後鐘聲到講時」（〈宣州開元寺贈惟真上人〉），都是描寫晚鐘的名句。仲殊即景寫來，亦實亦虛，尤有遠韻。接著又拈出「篆香才點」與之作偶，更覺筆有餘妍。用「篆」字形容迴旋上升的煙縷，真是工緻入微了。以晚鐘之遠韻匹篆香之煙痕，是聲與色、大與小之對比，又都取景目前，真如天設地造一般。「月到門時」，本是歸時實景，唯用在鐘聲、篆香之後，便覺充滿禪機和妙不可言了。詩是人格的披露，詩中的物象，則是詩人心靈的閃光。從這輪伴隨著詩僧回到山門的朗月裡，我們不是可以感受到作者襟期的灑落和行止的自在從容麼?宋黃昇稱其〈訴衷情〉一調，「篇篇奇麗，字字清婉，高處不減唐人風致也」（《花菴詞選》），洵為知言。這是一杯醇醪，讓我們細細呷品它吧！（周篤文）

訴衷情　仲殊

寒食

湧金門外小瀛洲，寒食更風流。紅船滿湖歌吹，花外有高樓。

晴日暖，淡煙浮，恣嬉遊。三千粉黛，十二闌干，一片雲頭。

杭州西湖山明水秀，擅東南之勝，唐人已有「江南憶，最憶是杭州」（白居易〈憶江南〉）之說。唐末五代經濟重心南移，到北宋時這裡已成了東南的大都會和遊覽勝地。在歌詠杭州西湖的詩詞佳作中，這首寫寒食風光的小令是別饒風姿的妙品。

全詞鑄辭奇麗清婉而造境空靈，表現出較高的獨創性。湧金門為杭州城西門，「湧金門外」是西湖，詞中卻代稱以「小瀛洲」。「瀛洲」為海上神山之一。有山有水的勝地，用海上神山比之也正相合。而西湖之秀美又不似海山之壯浪，著一「小」字最貼切不過。下句的「風流」一詞本常用於寫人，用寫湖山，則是暗將西湖比西子了。「人間佳節唯寒食」（宋邵雍〈春遊五首〉其四），作為遊覽勝地更是別有景象，不同常日，故「寒食更風流」。「更風流」進一層，仍是籠統言之，三句以下才具體描寫，用語皆疏淡而有味。把遊湖大船稱做「紅船」，與「風流」「小瀛洲」配色相宜。清厲鶚《湖船錄》引釋道原詩：「水口紅船是妾家。」則紅船或是妓船，故有「歌吹」。「花外有高樓」則用空間錯位的筆觸畫出坐落在湖畔山麓的畫樓。這是一個「水光瀲灩晴方好」（蘇軾〈飲湖上初晴後雨二首〉其二）的日子，湖上飄著一層柔曼的輕紗，過片「晴日暖，淡煙浮」就清妙地畫出這番景致。於是春花、紅船、畫樓、湖光、山色具焉，織成一幅美妙的圖畫，畫外還伴奏著簫管歌吹之音樂。沒有著意寫遊人，卻深得「恣嬉遊」的意趣。於此處下這三字，才覺真力彌滿，遊春士女之眾可想而知。詞人卻並不鋪寫這種盛況，而採用了舉一反三、畫龍點睛的手法寫道：「三千粉黛，十二闌干。」以「粉黛」代美人，言外香風滿湖，與「風流」二字照應。美人竟然如此之多，則滿湖遊眾之多更不待言了。「闌干」與「高樓」照映，又包括湖上的亭閣，使人窺斑見豹。

結尾三句用了鼎足對形式，省去許多話，精整而凝練。特別是析數法的運用很有趣味，「三千——十二——一片」，隨數目的遞減，景象漸由湖面移向天外，形象由繁多而漸次渾一，意境也逐漸高遠。而最後的「一片雲頭」之句，頗含不盡之意。《維摩詰所說經》云：「是身如浮雲，須臾變滅。」李白〈宮中行樂詞八首〉其一云：「只愁歌舞散，化作彩雲飛。」作者為釋氏門徒，又擅文辭，「浮雲」之喻當爛熟於胸中。用於篇末作結，於寫足繁華熱鬧之後，著一冷語，遂使全篇頓添深意。清黃蘇《蓼園詞評》對這結尾有一解會：「按宋之南渡，西湖號為銷金窩，一時繁華遊冶之盛，有心者能不憂之？不謂物外緇流，已於冷眼中覷之。『一片雲頭』四字，真力彌滿，傑句也。」說此詞有所諷喻，固然，但以為指南渡後事，則是誤解。僧揮乃北宋人，俗姓張，名揮，安州士人，因事出家，名仲殊。與蘇軾有交遊，見《東坡志林》。陸游《老學庵筆記》卷七謂其「雅工於樂府詞，猶有不羈餘習也」，卒於徽宗崇寧年間，距南渡為時尚遠。（周嘯天）

晁補之

【作者小傳】（一〇五三～一一一〇）字無咎，號歸來子，濟州鉅野（今屬山東）人。宋神宗元豐二年（一〇七九）進士。哲宗元祐初，除祕書省正字，遷校書郎，以祕書閣校理通判揚州。紹聖末，坐修《神宗實錄》失實，貶監信州酒稅。徽宗朝，召拜禮部郎中兼國史編修、實錄檢討官。大觀末，出黨籍。起知達州，改泗州，卒。「蘇門四學士」之一。文章溫潤典縟，亦工詩詞。詞學東坡，豪爽中有沉鬱之致。著有《雞肋集》《晁氏琴趣外篇》。詞存一百六十七首。

八聲甘州　晁補之

揚州次韻和東坡錢塘作

謂東坡、未老賦歸來，天未遣公歸。向西湖兩處，秋波一種，飛靄澄輝。又擁竹西歌吹，僧老木蘭非。一笑千秋事，浮世危機。

應倚平山欄檻，是醉翁飲處，江雨霏霏。送孤鴻相接，今古眼中稀。念平生、相從江海，任飄蓬、不遣此心違。登臨事，更何須惜，吹帽淋衣。

哲宗元祐七年（一〇九二）三月，蘇軾到揚州知州任，時晁補之已由祕閣校理出為揚州通判，以詩相迎，其中云：「為霖功業在傅巖，如何白首擁彤幨；世上讒夫亂紅紫，天教仁政滿東南。青袍門人老州佐，干世無成志消惰；封章去國人恨公，醉笑從公神許我。」他嘆息蘇軾有宰相之才，而不見容於朝廷，臨老出為地方官，而又幸自己因此得以朝夕相從。先是他在十餘歲時為蘇軾所賞識，稱其文「博辯俊偉，絕人遠甚，將必顯於世」（〈晁君成詩集敘〉），由此知名，為「蘇門四學士」之一。到此時得以同守一州，誠然是極快慰的事。蘇軾和他的詩裡也有「避人聊復去瀛洲，伴我真能老淮海」之句，亦可見師生相得之情。但是相聚未久，同年八月，蘇軾即被詔回朝為兵部尚書充南郊鹵簿使，兼侍讀。行前於平山堂宴別僚屬，補之為賦此詞。

詞是和蘇軾在杭州所作寄參寥子一首韻的。開頭從東坡早欲歸隱而不得，展開詞情。東坡早在神宗熙寧四年（一〇七一）初赴杭州通判任時，〈遊金山寺〉詩中即有「有田不歸如江水」之誓，其〈八聲甘州．寄參寥子〉詞也說：「約他年、東還海道，願謝公雅志莫相違。」以後輾轉服官，未能如願，此蓋是天意未許其遽作「歸去來兮」之賦。近年出知杭州，繼知潁州，兩地皆有西湖；湖雖兩處，其為秋波媚嫵則同，湖上有飛靄澄輝，並增光色。寫湖山勝境，只以水光雲影月色表之，語極凝練。似此，天之待公亦不薄。離潁州又知揚州，也是東南名郡。杜牧〈題揚州禪智寺〉詩：「誰知竹西路，歌吹是揚州。」「又擁竹西歌吹」句本此，「擁」字體現東坡的知州身分。「僧老木蘭非」句又脫胎於唐王播〈題木蘭院〉詩：「三十年前此院遊，木蘭花發院新修；而今再到經行處，樹老無花僧白頭。」王播少時孤貧，嘗寄居揚州惠照寺木蘭院，隨僧粥食，久之僧頗厭，乃飯後始鳴鐘以拒之。後播得志，出為淮南節度使，鎮揚州，因訪舊遊處，作此詩。詞中此句，表古城人世滄桑之感。由此接入「一笑千秋事，浮世危機」寄慨。蘇軾〈宿州次韻劉涇〉詩已有「晚覺文章真小技，早知富貴有危機」之語。古來士大夫從宦者，莫不恐懼得罪，有不測之禍。自《晉書．諸葛長民傳》有「富貴必履危機」

之語，後代詩詞中頗多引用，如辛棄疾〈最高樓．吾擬乞歸，犬子以田產未置止我，賦此罵之〉詞也說：「吾衰矣，須富貴何時？富貴是危機。」補之此處，以「一笑」二字領出，似為達觀，實亦無可奈何。上面引述的唱和詩中，一個說「世上讒夫亂紅紫」，一個說「避人聊復去瀛洲」，他們出仕都不是圖富貴，而想有所作為，但又都為朝廷小人所不容；出任州郡，雖然所到之處是湖山偉麗之邦，但潛伏的「危機」依然存在，心之所感，不覺筆下便流露出來。

下片回到平山堂的離筵上。葉夢得《避暑錄話》載：「歐陽文忠公在揚州作平山堂，壯麗為淮南第一。堂據蜀岡，下臨江南數百里，真、潤、金陵三州，隱隱若可見。公每暑時，輒凌晨攜客往遊。」歐陽脩有〈朝中措〉詞云：「平山欄檻倚晴空，山色有無中。……文章太守，揮毫萬字，一飲千鍾。」蘇軾〈水調歌頭．黃州快哉亭贈張偓佺〉詞：「長記平山堂上，攲枕江南煙雨，杳杳沒孤鴻。認得醉翁語：『山色有無中』。」補之詞下片起首五句參合歐、蘇兩詞語，寫當時宴席情景，特地點出「是醉翁飲處」。蘇之於歐，己之於蘇，情分略同；歐、蘇先後知揚州，飲於平山堂，倚欄檻，望江南，懷古人，想當世。自己身歷其境，興懷宜亦同之。「送孤鴻」兩句用李白〈金陵城西樓月下吟〉詩「古來相接眼中稀」，又杜牧〈登樂遊原〉詩「長空澹澹孤鳥沒，萬古銷沉向此中」。昔賢已矣，隨飛鳥而俱逝；今人誰繼，即入眼亦無多。這一感慨，不但是自己的，連蘇軾的心事也說在裡面了。蘇公文章道德，是自己以為儀範的，此會一別，不知日後尚能追隨否。「念平生、相從江海，任飄蓬、不遣此心違」，上句是說此前，下句是說今後，申臨別之意，表膺服之心。倘再有幸相隨左右，則「登臨事，更何須惜，吹帽淋衣」，登山臨水，風雨必從。這是指形跡上的事，其實「江海」、「飄蓬」二語，已包含有政治風波之意在其中；「登臨」而計及「吹帽淋衣」，豈不也有同樣的預感？詞宜婉轉，寫政治懷抱、師友情分而如此蘊藉深厚，正得其要旨。清劉熙載《藝概．詞概》論晁補之詞，謂其「坦易之懷，磊落之氣」，

與東坡差可追隨。其〈八聲甘州〉原唱與和詞，氣息正復相似。此詞化用前人語，也恰到好處，有語短意長的效果。（陳長明）

摸魚兒 晁補之

東皋寓居

買陂塘、旋栽楊柳，依稀淮岸湘浦。東皋雨足新痕漲①，沙嘴鷺來鷗聚。堪愛處，最好是、一川夜月光流渚。無人獨舞。任翠幄張天，柔茵藉地，酒盡未能去。

青綾被②，莫憶金閨③故步。儒冠曾把身誤。弓刀千騎成何事？荒了邵平瓜圃④。君試覷，滿青鏡、星星鬢影今如許！功名浪語。便似得班超⑤，封侯萬里，歸計恐遲暮。

〔註〕①「雨足新痕漲」一作「嘉雨新痕漲」、「新雨輕痕漲」。②青綾被：漢代尚書郎入直（值夜），官供新青縑白綾被。③金閨：即金馬門，漢武帝時學士草擬文稿的地方。④邵平瓜圃：秦時的東陵侯邵平在秦亡後隱居長安城東種瓜。後泛指退隱。⑤班超：漢扶風安陵（今陝西咸陽東北）人。他曾投筆從戎，平定西域三十六國，封定遠侯，回京時已七十一歲，不久即死。

晁補之政治上接近蘇軾，是蘇門四學士之一，隨著元祐黨人地位的變化而沉浮宦海。徽宗崇寧二年（一一〇三），被免官回到故鄉（山東鉅野），自號歸來子，於東皋修葺歸來園，過著陶淵明式的隱士生活。這首詞就是此時所作。

詞的上片寫景，表現了歸隱的樂趣。陂塘楊柳，野趣天成，彷彿淮水兩岸，湘江之濱。東皋新雨，草木蔥蘢，溪水的漲痕清晰可辨，沙洲上聚集著白鷺、鷗鳥，一片靜穆明淨的景色。然而最令人神往的，莫過於明月映照著溪流，將那一川溪水與點點沙洲裹上了一層銀裝。以「一川」（滿地、一片）形容夜月，可見月色朗潔，清輝遍照。「光流渚」三字則將寧謐的月色寫得流動活躍，水與月渾然一體，那滔滔汩汩流動著的，真不知是溪水還是月光。純是一幅動靜諧和的江天月夜圖。面對著此景，詞人翩然起舞，頭上是濃綠的樹幕，腳底有如茵的柔草，偌大的世界好像只剩下他一個人，他盡情地領略這池塘月色，酒盡了還不忍離開。

晁補之擅長丹青，他曾說：「畫寫物外形，要物形不改；詩傳畫外意，貴有畫中態。」（〈和蘇翰林題李甲畫雁二首〉其二）可見他的詩詞也追求「詩中有畫」的境界。從這裡繪色繪影的描寫中，也可見到他的畫師手段。詞中用了由大及細，由抽象到具體的寫法，先說園內景色如淮岸湘浦，是大處落墨，總述全貌。接著寫雨至水漲，鷗鷺悠閒，是水邊常見景物，但已見其明麗清幽。最後以「堪愛處」、「最好是」引出野居幽棲的最佳景象。這正如畫中高手，尺幅之中，既有淋漓的潑墨，也有精細的工筆，兩相映帶，顯出超群軼倫的技藝。

下片即景抒情，以議論出之，表現了厭棄官場、激流勇退的情懷。詞人直陳胸臆，以為做官拘束，不值得留戀，儒冠誤身，功名亦難久恃，這一句是從杜甫〈奉贈韋左丞丈二十二韻〉「儒冠多誤身」句化出。他深感今是昨非，對自己曾躋身官場、虛擲時日表示後悔。詞人開函對鏡，已是白髮種種，益見功名如過眼雲煙，終為泡影。末句說顯赫如班超，也只能長期身居西域，到了暮年才得還鄉。言外之意，仕途的不足戀便顯然可見了。

這裡借議論抒懷，情真意摯，氣勢豪邁，連用典故而能流轉自如，一氣貫注。他這種駕馭文字、典故的能力，及整首詞暢達的氣勢，很像他的老師蘇軾，所以宋王灼《碧雞漫志》中說：「晁無咎（補之）、黃魯直（庭堅）皆學東坡，韻製得七八。」清劉熙載《藝概．詞概》中說：「無咎詞堂廡頗大。人知辛稼軒〈摸魚兒〉『更能消幾番風雨』一闋，為後來名家所競效。其實辛詞所本，即無咎〈摸魚兒〉『買陂塘、旋栽楊柳』之波瀾也。」說明了這首詞對辛棄疾的影響。（王鎮遠）

水龍吟 晁補之

次韻林聖予惜春

問春何苦匆匆，帶風伴雨如馳驟。幽葩細萼，小園低檻，壅培①未就。吹盡繁紅，占春長久，不如垂柳。算春常不老，人愁春老，愁只是、人間有。

春恨十常八九，忍輕辜、芳醪經口。那知自是，桃花結子，不因春瘦。世上功名，老來風味，春歸時候。縱樽前痛飲，狂歌似舊，情難依舊。

〔註〕①壅培：壅（音同雍），施肥；培，培土。

此詞寫「惜春」題目，而落筆頗與他人不同，抒情融以說理，理性多於感情。所謂「次韻林聖予惜春」者，似林有來詞言惜春之情，晁氏就此命題發抒己見，以為春來春去，本屬自然之理，去無須惜，亦不必愁。與蘇東坡〈無愁可解〉詞序所謂國工花日新作越調〈解愁〉，龍丘子（陳季常）笑之，謂此雖免乎愁，猶有所解也，乃反其詞作〈無愁可解〉云云，同一理趣。林聖予惜春詞今不見，無可參證，但從晁詞及題語體味，說他這樣寫是有某種針對性的，可能大致不差。

詞的開頭先表達一般「惜春」之意：「問春何苦匆匆，帶風伴雨如馳驟。幽葩細萼，小園低檻，壅培未就。」惜春詩詞，多有嗟嘆春去之速的，如蘇軾〈寒食雨二首〉其一云：「年年欲惜春，春去不容惜。」周邦彥〈六醜·薔薇謝後作〉云：「願春暫留，春歸如過翼，一去無跡。」又從花被風雨摧殘，加足惜春筆墨，如蘇詩之寫海棠泥汙，周詞之賦薔薇謝後。大抵心之所同，不是有意相襲。此詞也寫風雨春歸，但寫到花的地方，又別有寓意，說被吹落的花，是些在「小園低檻」之中，「壅培未就」的嫩花小朵，一經風雨，便已吹掃淨盡；而垂柳經春，由鵝黃而翠綠，而密可藏鴉，春二三月正是柳芽萌發以至茁壯成長的時期。「吹盡繁紅，占春最久，不如垂柳。」「占春最久」是相對「繁紅」易盡而言的，這裡不僅有物情的體會，有哲理的蘊藏，也反映了作者興趣的所注。辛棄疾〈鷓鴣天·代人賦〉「城中桃李愁風雨，春在溪頭薺菜花」，思想情趣與晁詞有契合之處。

從垂柳經春益茂，作者引申出一番道理：「算春常不老，人愁春老，愁只是、人間有。」四序代謝，春去復來，從長遠看，是「春常不老」，這是第一點。春花易謝，春柳不凋，從近時看，春總是「發生」的季節。《爾雅·釋天》云：「春為發生。」這是春「不老」的第二點。人因春去而愁「春老」，自然界不任其咎，只是人們自己在那裡多愁善感罷了。作者寫到這裡，在「惜春」這個題目上已把自己的見解闡述清楚，使用的不是如陳季常〈無愁可解〉那樣純是理性的語言，它有景語，有情語，也有一點蘇東坡的曠逸之氣。試看東坡的〈南鄉子·梅花詞和楊元素〉言「花謝酒闌春到也，離離，一點微酸已著枝」，不是對春之歸去也有無可無不可的味道麼？

但作者不是一開始就對「匆匆春又歸去」（辛棄疾〈摸魚兒〉）的問題有如是通脫的見解的。他也曾如常人一樣，愁春、惜春過。下片開頭，接過上文「春常不老」、「愁只是、人間有」的命題，結合人們包括自己的所謂春恨表現，自嘲自解。「春恨十常八九，忍輕辜、芳醪（因同牢，濁酒）經口」，用「世間不如意事十常八九」

的成語，說明每當春去匆匆，風雨摧花時，必生悵恨，唯有借酒遣之。這是自嘲。「那知自是，桃花結子，不因春瘦」，桃花之落，是因為它要結實了，而不是春之無情，有意造成「紅瘦」的局面。中唐詩人王建的〈宮詞一百首〉其九十早就這樣說過：「樹頭樹底覓殘紅，一片西飛一片東。自是桃花貪結子，錯教人恨五更風。」晁詞語即本王詩意。明白了這是自然規律，那麼春恨便無須發生了。這是自解。以上就「惜春」題目反覆推究，把花開花落的常見現象從物理和哲理上加以剖析，心理上的疙瘩似乎可以消除，文章也可以做完了。但是且慢，作者的本意，原不在於要說「春去」應當惜或者不應當惜。他之所以費如許筆墨寫出他已經明白的自然界的道理，就是為了襯托出他還不曾明白，不能解決，正在苦惱的政治、人生方面的「春歸」問題。這才是這首詞的「主意」。「惜春」的題目以及有關此問題的一大片文字，歸根到底都只好算是「賓」！

「世上功名，老來風味，春歸時候！」詞到此才大步進入主題。「世上功名」是為國家立功揚名，在封建社會的知識分子心目中有一個從讀書、應試、為官到建功立業的打算。「老來風味」：人生一世，由少而壯而老的最後階段。而這兩方面，在作者此時來說，都已到了「春歸時候」，即事業無成，人已老大。作者十餘歲時以文章受知於蘇軾，為「蘇門四學士」之一。神宗元豐年間舉進士，試開封及禮部別院皆第一。曾任祕書省正字、校書郎，主張以軍事力量收復幽薊十六州，論政、論史諸文也有切實的見解。及哲宗紹聖末年，受黨爭牽連被謫，退隱家鄉。詞的這幾句便反映了他的思想感慨。「縱樽前痛飲，狂歌似舊，情難依舊」，縱能借歌酒自我排遣，奈何已失的政治上的和人生的青春不能恢復，豪情難似舊時，這才是作者所無法譬解的那種「惜春」之情。「君試覷，滿青鏡、星星鬢影今如許！功名浪語。便似得班超，封侯萬里，歸計恐遲暮。」這是他〈摸魚兒．東皋寓居〉詞的結尾。此詞末兩韻持與參看，可以明白其用意所在。（陳長明）

迷神引　晁補之

貶玉溪，對江山作

黯黯青山紅日暮，浩浩大江東注。餘霞散綺，向煙波路①。使人愁，長安遠，在何處。幾點漁燈小，迷近塢。一片客帆低，傍前浦。

暗想平生，自悔儒冠誤。覺阮途窮，歸心阻。斷魂素月②，一千里、傷平楚。怪竹枝歌，聲聲怨，為誰苦。猿鳥一時啼，驚島嶼。燭暗不成眠，聽津鼓。

〔註〕①一作「回向煙波路」。②一作「斷魂縈目」。

晁補之為「蘇門四學士」之一。哲宗親政後，因坐元祐黨籍，被貶監處州、信州（治所在今江西上饒市）酒稅。此詞即作於貶信州時。江即信江，源出玉山縣懷玉山。

一起寫詞人佇立信江畔所見的景色。青山，本碧綠青翠，說它「黯黯」，是由於「紅日暮」，但斜照下，山色反而顯得雄渾沉厚。這是遠望所見。俯視腳下，但見「浩浩大江東注」，不由人不發出人生如逝水東流的感嘆。

「餘霞散綺」承首句「紅日暮」；「向煙波路」，承次句「大江東注」。這兩句源於南朝謝朓詩「餘霞散成綺，澄江靜如練」（〈晚登三山還望京邑〉），是對「紅日」、「大江」的深一層渲染。詞用一「向」字，別具意味。如綺（錦緞）的「餘霞」映在淡煙輕霧籠罩的江面上，一直跟隨著流水往前，這樣，把「東注」的「浩浩大江」寫得既真實又清空，使人感覺那江水一直綿綿無盡地流著，流著。

接著，徑直抒情。「長安」，代指北宋京城汴梁。晁補之是一個頗想在政治上有一番作為的人。他二十七歲考中進士，在開封府和禮部考試時均名列第一。「晁張班馬手，崔蔡不足云」（〈奉和文潛贈無咎篇末多見及以既見君子云胡不喜為韻〉），黃庭堅稱讚他和張耒如司馬遷、班固，而遠超過漢代的崔瑗和蔡邕。但正是這樣一個才氣縱橫、政績斐然（如知齊州時救濟災荒）的人，卻半生潦倒，功名蹭蹬。所以，這「使人愁」，不只是因為大江東去，而有著被貶他鄉、政治失意的深沉內容。李白〈登金陵鳳凰臺〉詩「總為浮雲能蔽日，長安不見使人愁」，是此三句所本。

佇立江畔，目睹青山、大江、紅日、晚霞，真是思緒萬千，不能自已。隨著時間的流逝，映入眼簾的景象又不同了：「幾點漁燈小，迷近塢。一片客帆低，傍前浦。」漁燈不僅只有幾點閃閃爍爍，而且細小微弱；這時近岸的船塢裡，也一片迷濛了。再往稍遠的地方看，航行江面的客船，也降下船帆，靠在前面臨水近岸的地方了。由於近觀，漁燈「幾點」而「小」，看得清清楚楚；由於遠望，故所見客帆「一片」，給人以多的感覺。從用字說，「幾點」對「一片」，「近塢」對「前浦」，一寫少和多，一寫近和遠，概括出詞人當時目力所見的空間範圍。這是從正面用筆，而時間的推移，卻從側面暗示：漁燈閃爍，紅日、餘霞早已隱沒，此時已由暮而夜了。

上闋以景起，氣象雄渾，景物壯闊。接著，前結四個短句是起處寫景的繼續和演化。從人的感情說，開始佇立江濱，見青山、紅日、大江，心胸為之開闊，故有此壯美之景。後來，隨著江水望去，「長安遠，在何處」，不見長安，只見漁燈、客帆，於是感到「愁」來。上闋處理景、情、意的關係，理路清楚，而運筆有起伏，有襯托，以「長安遠」為中間樞紐，前後時間、場景，頓生變化，由高遠綺麗轉為低小幽寒，反映作者迷茫的心境。而通體不離「對江山」所見，詞筆極為渾成。

下闋一連四短句十六個字，傾吐出滿懷衷腸，語淒情苦。「古人名換頭為過變，或藕斷絲連，或異軍突起，皆須令讀者耳目振動，方成佳製」（清周濟《宋四家詞選目錄序論》）。這樣汪洋恣肆地抒懷，是上闋醞蓄、堆積的結果，當感情的閥門一下打開，便一發不可收拾。「自悔儒冠誤」，是一句十分悲憤感慨的話。「紈袴不餓死，儒冠多誤身。」（杜甫〈奉贈韋左丞丈二十二韻〉）富家子弟養尊處優，而一般讀書人往往潦倒一生。杜詩言辭激憤，溢於紙面。政治生涯不順利的晁補之，前句用「暗想」，後句用「自悔」，自怨自艾的情緒更多一些。晉人阮籍，佯狂不羈，縱酒頹放，表現出他對當時政治的不滿，實際上也是一種遠禍全身的手段。他常駕車獨遊，等到路走不通了，便痛哭而返（見《晉書．阮籍傳》）。這裡詞人覺得他和阮籍一樣，施展自己的宏圖抱負是不可能了，而羈於謫宦，欲歸又不得歸。換頭後這四句是詞人抑鬱壅塞的感情的爆發，令人「耳目振動」，調子卻淒苦了一些。

接下來借素月、〈竹枝〉歌聲、猿鳥啼鳴，對淒苦的情懷，再作更富形象性的渲染。晁補之是濟州鉅野（今屬山東）人，此刻貶官信州，一北一南，千里迢迢，煙樹蒼茫，面對素月，怎能不為之銷魂呢？「平楚」，謝朓〈宣城郡內登望〉詩：「寒城一以眺，平楚正蒼然。」明楊慎稱：「楚，叢木也。登高望遠，見木杪如平地，故云『平楚』，猶《詩》所謂『平林』也。」（《升庵詩話》）「一千里、傷平楚」，與李白〈菩薩蠻〉「平林漠漠煙如織，寒山一帶傷心碧」，意境很相近，只不過李詞自遠而近，從暮靄籠罩的平林、寒山，寫到暮色蒼茫中獨倚高樓的遊子；此則由近而遠，思故鄉千里迢迢，故望「平楚」而傷情無限。借景抒情，流暢自然。

「怪竹枝歌，聲聲怨，為誰苦。」接著再從聽覺方面寫這種淒苦情懷。〈竹枝歌〉，原是巴渝（今四川東部）一帶的民歌。「聆其音，中黃鐘之羽。其卒章激訐如吳聲，雖傖儜不可分，而含思宛轉，有淇濮之豔」（劉禹錫〈竹枝詞引〉）。周邦彥〈點絳脣〉「楚歌聲苦，村落黃昏鼓」，是說歌聲作用於人，只感到怨苦。晁詞「為誰苦」，用似問非問的提示，而且前用「聲聲怨」加重形容，便更覺其苦深。周詞則用歌聲鼓聲相應和的映襯手法，寫出人的苦，所以兩者是同中有異的。

「猿鳥一時啼，驚島嶼。」寫島嶼上的猿啼鳥鳴，呼應開頭的「大江東注」，表明作者的住處在江邊水湄。「一時啼」，即同時啼。正當夜深人靜時，忽聽得猿鳥驚啼於島嶼之上，就更會產生淒涼之感。

「燭暗不成眠，聽津鼓。」燭暗，表明夜深。夜深仍未成眠，猿啼鳥鳴也因困倦而睡去了吧。渡口停泊的船隻，發出了開航的鼓聲信號，表明天色將明，而人之徹夜未眠又可知。

這首詞寫作者貶玉溪（信州）後，面對江山興起的悲愴情懷。上闋以寫景為主。有青山、紅日、大江、餘霞的綺麗壯景，也有幾點漁火、一片客帆的淒迷景色，略寓感情。詞的藝術上的成功，著重在下闋，於一瀉無餘傾吐衷曲後，用多種帶有濃厚感情色彩的事物，層層渲染，步步加深來抒發因貶謫而產生的愴然之情。從紅日暮到紅燭暗，到津鼓響，時間的跨度長，調動的景物多，但寫來如春蠶吐絲，條條縷縷，清晰明白，使詞人的悲愴之情如見。既曲折，又明快，用古人的話說大抵是：「觸景生情，復緣情布景，節節轉換，穠麗周密。譬之織錦家，真竇氏迴文梭也。」（清賀裳《皺水軒詞筌》評潘汾〈倦尋芳·春閨〉，一作蘇庠詞）（艾治平）

臨江仙　晁補之

信州作

謫宦江城無屋買，殘僧野寺相依。松間藥臼竹間衣。水窮行到處，雲起坐看時。

一箇幽禽緣底事，苦來醉耳邊啼？月斜西院愈聲悲。青山無限好，猶道不如歸。

晁補之幼而能文，頗有經世濟民的抱負與才幹。三十幾歲便任職祕書省，並出知齊州，有政績。但是，因涉於新舊黨爭，於哲宗晚年，以「修《神宗實錄》失實」罪名「降通判應天府、亳州，又貶監處、信二州酒稅」（《宋史‧晁補之傳》）。這首〈臨江仙〉就是在此時寫就的，表現出一種謫居異鄉的苦悶，一種出世與入世的思想矛盾。

補之正當壯年而身為逐客，孤處贛東山區，猛志尚存而前途微茫，心情自然是憤懣孤淒的。他胸懷痛楚又不能直述，於是採取了側面抒寫的手法。

詞的上片先寫自己清苦的生活，以一種表面上淡泊的意境，表露著自己徬徨苦悶的心情。他說自己謫宦江城，困窘無依，只能與殘僧野寺相依存。這當然是一種誇張的說法，唯其誇張，才愈發流露出一種委屈孤憤的情緒。明乎此，下面三句所描繪的似乎十分恬淡超脫的隱士生活：在松林擣藥，向竹叢漫步，水源已到而足猶未駐，雲濤四起仍茫然眺遠，便分明突現出了一個胸積沉鬱者的形象。下片更跌進一層，借著怨責一隻夜鳥的悲啼，傾訴出自己縈懷難解的謫居之怨，思鄉之苦，構思之巧，令人撫案。古人作詞十分重視過片，說「須要承上接下」（宋張炎《詞源．製曲》），「才高者方能發起別意」（宋沈義父《樂府指迷》）。補之此詞，用一個頗帶激情的強問句於過片處，「一箇幽禽緣底事，苦來醉耳邊啼？」既用啼聲打破了上片結句創造的看來寧靜的氛圍，揭示出詞人內心的並不寧靜，又使詞意宕開一步，引出下文披露的懷歸之情，確是「承上接下」，才高一籌。「醉耳」二字用得尤好。古來懷才不遇的知識分子都喜歡聲稱「但願長醉不願醒」（李白〈將進酒〉），可實際上他們正是十分清醒地承受著痛憤的折磨。果真是「醉耳」，又焉能為幽禽的悲啼所震動！接下去的三句明裡寫鳥鳴，暗裡寫心聲，層層深入，「月斜西院愈聲悲」，一個「愈」字，說明幽禽的悲鳴一直縈繞耳邊，隨著時光的推移，愈來愈使心靈強烈震顫。走出世歸隱與世無爭的道路嗎？青山雖然無限美好，放浪山林的生活雖能使自己暫離仕途的煩惱，但終非自己的宿願，詞人豈甘這樣默默地度過餘生？「不如歸去」，這杜鵑的哀呼，不正是詞人的心聲嗎？鳥猶思歸，何況逐臣！

補之此詞除了極好地運用了側面烘托的手法，另一特點是善於運用前人成句，且做到玉潤珠圓，天衣無縫，藝術上是很成熟的。「殘僧野寺相依」，化自杜甫〈山寺〉：「野寺殘僧少。」杜甫此詩寫荒山古寺之景，接下去還寫了山路、鳥獸、懸崖、流泉，補之僅化用其首句，既能引人聯想到杜詩描繪的荒山僻徑之景，擴大了意境，又迴避了原詩較為輕鬆的情趣，切合詞旨，手法頗高。「水窮」兩句用得最妙。王維〈終南別業〉有兩句名句道：「行到水窮處，坐看雲起時。」補之略變詞序，改為「水窮行到處，雲起坐看時」。這不僅是格律的需要，而且也是內容的需要。王維是真心退隱，因而寓居終南山陲，每當興至，便信步於山林深處，直走到山溪源頭，便席地而坐，仰觀飄然的雲濤自山坳騰起，這是何等的恬靜淡泊！窮水源、看雲起都出於有意無意之間，摩詰是心景合一的。補之則不然，他是憤鬱難抑、百無聊賴才向林間漫步散心，山溪已盡而足猶未止；

他是心事重重，懷歸思遠才悶坐崖頭，晚雲四起而仍在茫然遠視。水自窮，雲自起，詞人之心全不在此。詞序一改而意境全非——補之是身在景中而心存景外的呵！除此之外，「青山無限好，猶道不如歸」，則用范仲淹〈越上聞子規〉詩成句：「夜入翠煙啼，晝尋芳樹飛。春山無限好，猶道不如歸。」則以其契合於心，寫入作品亦自然合拍。宋詞中此例亦不少見。（陳振寰）

洞仙歌 晁補之

泗州中秋作

青煙冪處，碧海飛金鏡。永夜閒階臥桂影。露涼時，零亂多少寒螿，神京遠，唯有藍橋路近。

水晶簾不下，雲母屏開，冷浸佳人淡脂粉。待都將許多明，付與金尊，投曉共流霞傾盡。更攜取胡床上南樓，看玉做人間，素秋千頃。

此詞徽宗大觀四年（一一一〇）中秋作於泗州（宋時屬淮南東路），時詞人任泗州知州，此為其絕筆之作。此詞通篇都寫賞月。開頭即寫作者仰望皓月東升情景。「青煙冪處，碧海飛金鏡」，這兩句同李白〈把酒問月〉「皎如飛鏡臨丹闕，綠煙滅盡清輝發」意境相近，「青煙」指遮蔽月光的雲氣。「冪」是覆蓋之意。夜空像茫茫碧海，無邊無際；一輪明月穿過雲層，像一面金鏡飛上碧空，金色的光輝照亮了天上人間。「飛」字寫乍見月之突然升起，使人感到似是何處飛來，充滿驚異欣喜之情。月色這樣美，怎能把它辜負？作者不由得在庭中徘徊留連，盡情賞玩，不管涼露沾衣。中秋正是桂子飄香時刻，月光把桂樹的影子映照在臺階上，空氣中飄散著陣陣清香；夜露已降，涼意侵人，寒蟬發出零亂的叫聲。「桂影」語意雙關，既實指庭中桂樹之影，也暗指月光，因為神話傳說月中有桂樹。「寒螿（音同江）」即寒蟬，為蟬之一種，入秋始鳴，宋陸佃《埤雅》引《風土記》云：「寒螿鳴於夕。」只有在寂靜中才能感覺到螿聲的零亂，而夜越寂靜月色就越發顯得皎潔。永夜、閒階、桂影、涼露、寒螿，都是極寫月夜的靜寂清冷。這三句既是寫所見所聞的景物，也是暗寫月色的美好和作者對它的珍惜眷戀；而環境的靜寂清冷，又烘托出作者的孤寂心情。

在自然景物中，月是最能觸動人的情懷的。望月思鄉，望月懷人，望月感懷，幾乎成了詩詞中的永恆主題。此詞下面兩句，就是寫因望月而生的身世感慨。「神京」，指北宋京城汴梁。藍橋，在今陝西藍田縣東南。唐裴鉶《傳奇．裴航》云：書生裴航在鄂渚遇仙人樊夫人，夫人贈詩云：「一飲瓊漿百感生，玄霜擣盡見雲英。藍橋便是神仙窟，何必崎嶇上玉清（道家稱天帝所居的最高仙府）。」後裴航經過藍橋驛，口渴求漿，得遇仙人雲英，尋得玉杵臼擣藥百日，與之結為夫婦，一同仙去。裴航擣藥時晝作夜息，夜裡見有玉兔持玉杵臼相助夜擣，「雪光輝室，可鑑毫芒」，此與古代流傳的月中有玉兔擣藥的傳說相合，故詞中引用，以藍橋神仙窟代指蟾宮月窟。兩句意思是說，京城邈遠難至，倒是這一輪明月，與人為伴，對人更加親近，怎能不盡情地賞玩呢！作者為蘇門四學士之一，曾三次任京官，後面兩次都是因牽連黨爭而去職，被貶外郡；作此詞前不久雖得脫出黨籍，起任泗州知州，但朝中已無知音者。「神京遠」的「遠」，主要是從政治的含義說的。這就是上面幾句在讚美眷戀中透著幾分淒清的原因。這時作者已五十八歲，前次去官回家，就已修葺歸來園隱居，自號「歸來子」，忘情仕進，此詞對仕途坎坷，也僅微露悵恨而已，全詞的主調，仍然是曠達豪放的。兩句明白點出孤寂心情，意脈緊接上文，而場景則由環境景物轉到望月抒懷，宕開一筆以結上片，筆致富有變化。

上片寫室外賞月，下片轉寫室內宴飲賞月，場面又變，文意卻緊密相連（都是賞月），正符合過片講究似斷實連的要求。「水晶簾不下」反用李白〈玉階怨〉「卻下水晶簾，玲瓏望秋月」，「雲母屏開」化用李商隱〈嫦娥〉「雲母屏風燭影深」。捲簾、開屏，都是為使月光遍滿，為下文「付與金尊」預作地步，表現了對明月的極端愛悅。「佳人」指席間的女性。「淡脂粉」的「淡」字也與月光極協調。水晶做成的簾子高高捲起，雲母屏風已經打開，明月的冷光照入室內，宛如浸潤著佳人的淡淡脂粉。筵上的人頻頻舉杯，飲酒賞月，似乎要把明月的清輝全部納入金尊之中，待天曉時同著流霞，一道飲盡。這裡把月下筵面的高雅素美，賞月興致的無比濃厚，都寫到極致。月光本來無形，作者卻賦予它形體，要把它「付與金尊」，思致奇美。「流霞」本為神話中的仙酒名，漢王充《論衡．道虛》載，項曼都離家求仙，被仙人帶至月邊，飢渴時則飲以流霞一杯，每飲一杯，數月不饑。詞中語意雙關，既指酒，也指朝霞。天曉時分，月尚未落，朝霞已生：將二者同時傾盡，其實就是說賞月飲酒，打算直到月落霞消方罷。這個比喻極新穎別致，富有詩意。

末尾又把筆宕開，由室內轉到室外。夜更深，月更明。雖然夜深露冷，作者賞月的興致不但沒有衰減，反而更加豪壯。這時他想起南朝宋劉義慶《世說新語．容止》記載的一個故事：晉庾亮在武昌，嘗秋夜與諸佐吏殷浩之徒在南樓賞月，據胡床詠謔。（「胡床」又稱「交椅」、「繩床」。）作者覺得在庭中賞月不能盡興，所以要像庾亮那樣登上南樓，去觀賞那月光下如白玉做成的人間世界，去領略那無邊無際素白澄澈的清秋氣象。古代五行說以秋配金，其色白，故稱秋天為素秋。用「玉做人間」比喻月光普照大地，可謂奇想自天外飛來。它既寫月色，也暗含希望人間消除黑暗和汙濁，像如玉的明月一般美好之意。兩句包舉八荒，麗而且壯，使通篇為之增色。

清劉熙載稱「無咎詞，堂廡頗大」（《藝概．詞概》）；近人張爾田謂「學東坡者，必自無咎始」（《忍寒詞序》）。此詞從天上到人間，又從人間到天上，最後「玉做人間」，更是天上人間渾然為一，境界闊大，想像豐富，詞氣雄放，同蘇軾詞確有不少相同之點。詞從月起，以月結，宋代胡仔稱它「如常山之蛇，救首救尾」（《苕溪漁隱叢話後集》卷三十九）。篇中或明寫，或暗寫，將月之色、光、形、神，人對月之憐愛迷戀，寫得極為生動入微。清人黃蘇評論此詞說：「前闕從無月看到有月，次闕從有月看到月滿人間，層次井井，而詞致奇傑。各段俱有新警語，自覺冰魂玉魄，氣象萬千，興乃不淺。」（《蓼園詞評》）分析頗為精當。（王思宇）

無名氏

臨江仙 無名氏

綠暗汀洲三月暮，落花風靜帆收。垂楊低映木蘭舟。半篙春水滑，一段夕陽愁。

灞水橋東回首處，美人新上①簾鉤。青鸞無計入紅樓。行雲歸楚峽，飛夢到揚州。

〔註〕①一作「親上」。

這首詞，《草堂詩餘前集》作無名氏詞，《類編草堂詩餘》、《花草粹編》作晁補之詞。《草堂詩餘》為南宋人編，今存元刊本。《類編草堂詩餘》後出，為明嘉靖時刻。《花草粹編》亦明人所編。故本篇作者為誰，應暫存疑。《全宋詞》列入晁補之存目詞中，態度是審慎的。從內容看，本篇抒發了一個萍蹤遊子的旅愁和鄉情，思緒綿綿不盡，風韻清幽瀟灑。

上片側重寫景，景中寓情。首句大筆勾勒，「三月暮」交代節令，「汀洲」，點明地點，「綠暗」二字，濃墨重彩，為這個特定的時空背景塗上一層陰沉的底色，在人們眼前展開了一幅岸渚沉寂、芳草萋迷的畫面。接著點染岸邊近景：風已收煞，落英繽紛，布帆暫捲，垂楊下蘭舟斜橫，氣氛一派清幽。景中彷彿杳無人跡，然而從剛收風帆、暫傍垂柳的蘭舟，人們不難想像舟中所載的萍蹤無定的遊子，他或是正靜坐在船窗旁支頤凝想，也許是剛踱入柳陰深處面水躊躇，「半篙春水滑，一段夕陽愁」，不正是這位遊子面對眼前實景而產生的真切感受嗎？江中春水方生，行船流利，故曰「滑」；夕陽將下，遊子未歸，觸景生情，故使人感到「愁」。半篙春水，一段愁情，亦有將愁比作春水之意。這裡明寫舟外景物，暗寫舟中遊子。整個上片，由背景引出人物，由遠景寫到近景，由寫景過渡到寫情。在寫景中，著重攝取「綠暗」、「垂楊」、「夕陽」等物象，寫風而曰「靜」，寫花而曰「落」，寫春而曰「暮」，這就用幽暗的光感和寂靜遲暮的氣氛，烘染了旅愁的凝重。

上片由春暮帶出落花，由風靜帆收引出木蘭舟，由木蘭舟而寫到半篙春水，一段夕陽，環環扣合，而結出一個「愁」字。下片則是「愁」字的生發和具體化，詞意似斷實續。灞水橋，在陝西西安市東。唐人離開京都，多於此處折柳贈別，如鄭谷〈闕下春日〉詩：「秦楚年年有離別，揮鞭揚袖灞陵橋。」羅鄴〈鶯〉詩：「何事離人不堪聽，灞橋斜日裹垂楊。」因此，灞橋就成了與親友話別地點的代稱。詞中遊子凝想當日方別之後，回望紅樓，仍見豔妝美人正捲簾佇望；如今泊舟江渚，懷想往日那佳人住處，已甚遙遠，真望有青鳥使者傳遞消息——「青鳥殷勤為探看」（李商隱〈無題〉）。然而，蓬萊路遠，無計可通，「青鸞無計入紅樓」，這是多麼令人心緒煩亂，惆悵不已！「青鸞」一句，對遊子愁的內涵和來由，略略一點。遊子不僅有江湖漂泊之感慨，且有懷念情人、音信難通之愁苦，則心情的悵惘寥落，可想而知。於是，這深沉的旅愁在遊子心頭激盪起綿綿無盡的遐思：緬懷消逝的既往，憧憬美好的未來。煞尾兩句，正是遊子思緒的體現。

「行雲」句是暗用巫山神女的故事。宋玉〈高唐賦序〉載，楚懷王夢見巫山神女與他歡會，臨別前告訴他說：妾「旦為朝雲，暮為行雨，朝朝暮暮，陽臺之下」。此後，文人多用巫山雲雨暗示男女戀情和幽歡。這裡以行雲歸楚峽喻往日戀情生活的消逝。往日情事，如今雖只留下美好的回憶，然而遊子豈能忘懷，他要追尋、找回那失去的一切。往日的情遇大約同繁華的揚州有關，或者聯繫上文「美人新上簾鉤」來看，這裡是用杜牧所詠唱的「春風十里揚州路，卷上珠簾總不如」（〈贈別二首〉其二）的典故，如同「楚峽」一樣，都是虛指冶遊之地。既不能忘情，故寤寐以求之，不禁「飛夢到揚州」了。夢本來是可以超越時空的局限的，而遊子不滿足於一般的夢遊，而要「飛夢」，可見其嚮往追求的心情是多麼急切！

下片承上「愁」字展開，因愁而憶，因憶而思之，求之，寫出低迴往昔、憧憬來日的複雜情懷。全篇由景到情，由環境烘染到人物心緒的刻繪，物象婉麗，筆墨瀟灑，餘韻悠然不盡。（劉乃昌、崔海正）

晁沖之

【作者小傳】字叔用，初字用道，濟州鉅野（今屬山東）人。晁補之之從弟，南宋藏書家晁公武之父。終生無功名，授承務郎。宋哲宗紹聖間，隱居河南禹縣具茨山下，世稱具茨先生。著有《具茨集》十卷。詞作清朗明媚，有《晁叔用詞》一卷，不傳。今有趙萬里輯本，存十六首。

臨江仙　晁沖之

憶昔西池池上飲，年年多少歡娛。別來不寄一行書。尋常相見了，猶道不如初。

安穩錦屏今夜夢，月明好渡江湖。相思休問定何如。情知春去後，管得落花無？

晁沖之是蘇門四學士之一晁補之的弟弟，他因和蘇軾交往，和晁補之一道遭受新黨的政治迫害，後來隱逸以終。

這首詞顯然是懷舊之作，但寫得比較沖淡隱約，表現性情的豁達通脫，善於控制自己的感情。

詞的發端直接敘述當年和朋友們在汴京西池（金明池）暢飲的歡娛情景，從「年年多少歡娛」的語氣中隱隱透露了「情隨事遷，感慨係之」的極為沉重的悵惘情緒。看光景當然是在因列名元祐黨籍受禍以後所產生的對往事的回憶。同時他在想，過去常常聚會的朋友如今天各一方，為什麼連一行字的書信也沒有呢？但他又何嘗不知道這不是人情冷暖的變化，而是同在難中各有顧忌，不敢貿然聲氣相通。因此，從「別來不寄一行書」一句裡，可以聽出遷客逐臣憂讒畏譏心情的弦外之音。接著下面更進一層設想，別說分手後斷絕音信，即使而今仍像以往一樣天天見面，誰又敢和當初那般親密談論呢？所以說「尋常相見了，猶道不如初」，這是由追憶往事聯繫現實所悟出的道理。語言平淡通俗，卻勾畫出在嚴酷政治壓迫下反常的社會現象。只有經過政治風雨的人，才能體會得到。

下片從往事的回憶寫到個人目前的處境和想法。政治環境既然如此險惡，把人逼到息交絕遊的境地，他現在只能在被錦屏圍障著的七尺臥榻上得到一點安全感，在那上面做著自己的夢了。「安穩錦屏今夜夢，月明好渡江湖」，兩句說得很富於詩意，內中卻藏著一段沉鬱的情思。當此之際，在羅網而無羽翼的處境，既與古人相同，杜甫〈夢李白〉的詩句「君今在羅網，何以有羽翼？」似乎是詞人心有所通、藉以寄情的媒介。杜詩說「故人入我夢，明我長相憶」，又說「落月滿屋梁，猶疑照顏色」，是寫故人月夜赴夢；「告歸常局促，苦道來不易；江湖多風波，舟楫恐失墜」，是寫夢中故人來也艱難。詞人既然為自己安排了一個好夢，自然也祝願故人夢魂趁今夜月明，「好渡江湖」，飛來相會。詞語對杜詩的運用似反實正，都是對故人命運的關注。患難知交的相濡以沫，卻以歡暢的語氣出之，何異含著眼淚的微笑！下文「相思休問定何如」，仍是懸想與夢中故人相見後的情景，深知彼此眼前處境，也無須互相問訊起居何如了。這一句仍然從杜甫懷念李白的詩句生發。杜甫〈送孔巢父謝病歸遊江東兼呈李白〉詩末云：「南尋禹穴見李白，道甫問信今何如。」問「何如」即問安，六朝時已有此語。南朝梁王筠〈與長沙王別書〉：「高秋淒爽，體中何如？」也見於六朝人偽託漢班固撰的《漢武帝內傳》：「不審比來起居何如？」自唐至宋沿用，吳曾《能改齋漫錄．事始》便說：「今世書問往還，必曰『不審比來起居何如』。」舉《漢武帝內傳》為證。那麼詞人為什麼說「相思休問定何如」呢？下面接著發抒他的感嘆：「情知春去後，管得落花無？」春天都已過去了，落花的命運還堪聞問嗎？這個「春天」是政治上的春天，「落花」是指他們那一班受風雨摧殘的同道。向他們發出「季子平安否」之類的問訊，豈不徒增辛酸嗎？這兩句比喻，含義甚為顯豁，但因為情深語痛，故不覺其淺露。

全篇以淡雅筆觸寫肅殺的政治氣候，從「憶昔」寫到「夜夢」，從「夜夢」又轉到「春去」，括盡人世滄桑與複雜心事，一氣貫注，曲折盡情，發人深思，饒有餘味。（鄭臨川）

漢宮春 晁沖之

梅

瀟灑江梅，向竹梢稀處，橫兩三枝。東君也不愛惜，雪壓風欺。無情燕子，怕春寒、輕失花期①。唯是有、南來歸雁，年年長見開時。

清淺小溪如練，問玉堂何似，茅舍疏籬？傷心故人去後，冷落新詩。微雲淡月，對孤芳、分付他誰。空自倚、清香未減，風流不在人知。

〔註〕①一作「佳期」。

此詠梅之作。據宋胡仔《苕溪漁隱叢話前集》卷五九：「（徽宗）政和間，（晁沖之）作此詞獻蔡攸。是時朝廷方興大晟府，蔡攸攜此詞呈其父云：『今日於樂府中得一人。』京覽其詞喜之，即除大晟府丞。」（宋曾敏行《獨醒雜志》卷四載同。宋陳鵠《耆舊續聞》卷九引陸游云乃晁贈王逐客仲甫作，茲不取。）可見是詠梅而有所寄意的。詞雖長調，其寄意卻單純，只就梅之品性孤高與環境冷落兩方面反覆寫來，其情自深。

首句「瀟灑」二字狀梅品的清高，概盡全篇。「江梅」可見是野梅。又以修竹陪襯寫出。蓋竹之為物有虛心、有勁節，與梅一向被稱為歲寒之友。「向竹梢稀處，橫兩三枝」，極寫梅的孤潔瘦淡。芳潔固然堪賞，孤瘦則似須扶持，以下二句就勢寫梅之不得於春神，更為有力：「東君也不愛惜，雪壓風欺。」梅花是淩寒而開，其蕊寒香冷，不僅與蜂蝶無緣，連候燕也似乎「怕春寒、輕失花期」。因燕子在仲春社日歸來，其時梅的花時已過，故云。一言「東君不愛惜」、再言燕子「無情」，是雙倍的遺憾。「唯是有」一轉，說畢竟還有「南來歸雁，年年長見開時」，其詞若自慰，其實無非憾意，從「唯是有」的限制語中不難會出。同一意念，妙在說來富於變化。同時，這幾句詞筆揮灑而思路活潑，蓋「燕、雁與梅不相關，而挽入，故見筆力」（《獨醒雜志》卷四）。

林逋詠梅名句云：「疏影橫斜水清淺，暗香浮動月黃昏。」（〈山園小梅二首〉其二）下片則化用以寫在野的「江梅」的風流與冷落。唐人詠梅詩云：「白玉堂前一樹梅，今朝忽見數花開。兒家門戶重重閉，春色因何入得來。」（薛維翰〈春女怨〉）這是此詞「玉堂」所本。過變三句言「清淺小溪如練」，梅枝疏影橫斜，自成風景，雖在村野（「茅舍疏籬」），似勝於白玉堂前。以問句提唱，緊接又一嘆：「傷心故人去後，冷落新詩。」「故人」即指林逋，此謂「梅妻鶴子」的詩人逝後，梅就失去了知音，「疏影橫斜」之詩竟成絕響。即有「微雲淡月」、暗香浮動，又有誰賞？（「分付他誰？」）不過「孤芳」自賞而已。仍以問意提唱，啟發末二句，言孤芳自賞就孤芳自賞罷：「清香未減，風流不在人知。」這裡「空自倚」三字回應篇首，暗用杜甫「天寒翠袖薄，日暮倚修竹」（〈佳人〉）句意，將梅擬人化，意味自深。

按《苕溪漁隱叢話》的說法，這首詠梅寄意的詞似是干謁之作，但政和末宣和初時蔡攸提舉大晟府，晁沖之為其僚屬。屬官作一佳詞而長官稱美之，事亦尋常，似不必牽涉過深。此詞風格疏淡雋永。原因是多方面的，首先是詞中梅的形象給人以清高拔俗的感覺。為了塑造這樣一個形象，作者選擇了「瀟灑」、「稀」、「清淺」、「冷落」、「微」、「淡」等色淡神寒的字詞，刻畫梅與周圍環境，儼如一幅水墨畫，其勾勒梅花骨格精神尤高。

與此相應，全詞句格也疏緩紆徐，往往幾句（通常是一韻）才一意，結構上也沒有大的起落，這就造成一種清疏淡永之致，毫無急促寒窘之態了。（周嘯天）

張耒

【作者小傳】（一〇五四～一一一四）字文潛，號柯山，楚州淮陰（今屬江蘇）人。「蘇門四學士」之一。宋神宗熙寧六年（一〇七三）進士。曾任祕書省正字、起居舍人。哲宗紹聖中，因元祐黨籍，謫監黃州酒稅。徽宗初，召為太常少卿。崇寧初復貶房州別駕，黃州安置。尋得自便，晚居陳州。著有《張右史文集》。詞有趙萬里輯《柯山詩餘》，錄存六首。

風流子 張耒

木葉亭皋下，重陽近，又是擣衣秋。奈愁入庾腸，老侵潘鬢，謾簪黃菊，花也應羞。楚天晚，白蘋煙盡處，紅蓼水邊頭。芳草有情，夕陽無語，雁橫南浦，人倚西樓。

玉容知安否？香箋共錦字，兩處悠悠。空恨碧雲離合，青鳥沉浮。向風前懊惱，芳心一點，寸眉兩葉，禁甚閒愁。情到不堪言處，分付東流。

張耒〈風流子〉（木葉亭皋下）——明刊本《詩餘畫譜》

開頭五字點時序明地望，爽然已攬情景於一句之中。此何時何地也？落木蕭蕭，川原極望，千里驚心。本是「亭皋木葉下」，用南朝梁柳惲〈擣衣詩〉句，為是音律須協，故曰「木葉亭皋下」。讀詞，知其為音樂文學，此例極多，必宜在意。亭皋者何？水旁平地也。語又出漢司馬相如〈上林賦〉，所謂「亭皋千里，靡不被築」。木葉下，則用屈子《九歌・湘夫人》「洞庭波兮木葉下」。老杜云「無邊落木蕭蕭下」（〈登高〉），一葉落而天下知秋，況悵望川原，蕭蕭者無際乎？全篇神情已攝於此語，不待下云節近重陽、擣衣天氣矣。

然則點重陽，點擣衣，莫非詞費語剩乎？非也。重陽乃聚會之令節，擣衣乃閨中之情事。擣衣二字最重要，最吃緊。秋閨念遠，擣衣為誰，所以寄離人於千里之外者也。天涯遊子，一聞砧杵，離別之苦，日月之邁，滿腹纏綿，一齊觸發矣。此情難任，已經幾番？須看他一個「又」字，便又將年年此際之情腸，提挈一盡。

庾腸，以北周庾信（〈哀江南賦〉千古不朽）自喻羈遲異地。潘鬢，用又一賦家晉潘岳〈秋興賦〉「春秋三十有二，始見二毛」（頭髮有了黑白兩色了）的故事感嘆年華之易逝。黃菊乃重陽典俗，「菊花須插滿頭歸」（杜牧〈九日齊山登高〉）是矣，然而「謾簪」者，聊簪也，胡亂戴也，而深恐「人老簪花不自羞，花應羞上老人頭」（蘇軾〈吉祥寺賞牡丹〉），歲月不居，轉頭老大，風情才調，漸非當年意緒。至此，句句找足，無復餘墨矣，而筆端一轉，便又歸到此際平蕪極目、對景懷人的地望上。白蘋洲，紅蓼渚，照應開首「亭皋」，一絲不亂。溫飛卿寫念遠盼歸之詞〈望江南〉云：「梳洗罷，獨倚望江樓。過盡千帆皆不是，斜暉脈脈水悠悠，腸斷白蘋洲！」倘知合看，會心不遠矣。然而這一切，全由「楚天晚」三字過脈，最是文心詞筆細密超塵之處。只此三字，便引出了下文那四句十六字的千古風流、名世不朽的警句。

且道「芳草有情，夕陽無語，雁橫南浦，人倚西樓」十六字畢竟有甚佳處？切莫只想「畫境」、「化境」那些陳言，也切忌只會講什麼「形象性」、「性格化」這一派時興的但無助於任何藝術領悟力的那種俗套。須看他「有情」、「無語」是何等深致，「雁橫」、「人倚」又是何等神態。

芳草何以有情？難道是「擬人性格化」的事嗎？講中國的文學，要懂很多事情。「萋萋芳草憶王孫」（唐趙光遠〈題妓萊兒壁〉），「春草明年綠，王孫歸不歸？」（王維〈送別〉）本源更早出於《楚辭》。方知芳草與懷人，為伴生情事。再問芳草何以引起念遠懷思之情？則可細玩白香山「遠芳侵古道，晴翠接荒城」（〈賦得古原草送別〉）之句，蓋芳草綿延，「連天」無際，只有她是「通連」天涯的「可見」之痕跡，最是觸動離人積恨的一種物色。明乎此，方曉「有情」二字的真諦。

夕陽何以無語？難道又是「擬人性格化」？也不相干的。詞人所云，是指時至暮天（楚天晚），人對斜曛，當此之際，萬感中來，而又無由表述，相望無言，默默以對，——乃是兩方面的事情。相對夕陽者，即下句獨倚西樓之人是也。「無語」者何？即下片「情到不堪言處」是也。

雁則橫，人則立，又一動一靜，相為襯映。一有情，一無語，實亦互義對文，蓋愈無語，愈含情；愈有情，愈默默也。斜陽芳草，一紅一綠，又復相為襯映。至於一個雁橫南浦，上應楚天晚照，而早又遙引下片「香箋共錦字，兩處悠悠」，尤為針線密細。吾學文之士，不於此等處降心參會，只講什麼形象性格之類，豈不毫釐千里哉。

由「芳草有情」以至「人倚西樓」，十六字畫所難到，何其美極！

「兩處悠悠」，證明此詞從單面起（庾腸潘鬢），而以兩面結，懷人者，被懷者，彼此交互寫照想像，而非始終一方望遠懷人之情景也。「日暮碧雲合，佳人殊未來」（南朝江淹〈擬休上人怨別〉）；「青鳥不傳雲外信，丁香空結雨中愁」（李璟〈攤破浣溪沙〉）。如是如是。

「向風前」以次，筆致自精整漸歸疏縱，慨然蕭然，高情遠致，於此俱備。「芳心」、「寸眉」，補足上文「玉容」之義。一結謂此情無計可能表於言說，只有無限深衷，寄東流而共遠。「自是人生長恨水長東」（李煜〈相見歡〉），後主名句，可合看，而又不盡同。細玩自得，豈待一一道破耶！（周汝昌）

秋蕊香　張耒

簾幕疏疏風透，一線香飄金獸。朱欄倚遍黃昏後，廊上月華如畫。別離滋味濃於酒，著人瘦。此情不及牆東柳，春色年年如舊。

張耒是蘇門四學士之一，在政治上因受蘇軾的牽連，累遭貶謫。但在詞的風格上卻無東坡詞的豪放氣勢，現在流傳極少的幾首詞中，倒和柳永、秦觀的詞風相近，這首〈秋蕊香〉就可作為代表。

據說張耒在許州作官時，曾愛上一個名叫劉淑奴的歌伎，他卸任離開許州以後，為思念劉淑奴寫過兩首歌詞，〈秋蕊香〉便是其中的一首，用代言體手法，寫對方相思的濃摯深情（事見宋吳曾《能改齋漫錄》卷十七）。

上片寫景，由室內寫到簾外，是寓情於景。頭兩句先寫從疏簾縫隙間穿透進來的風，使金獸爐中的一線香煙裊裊飄動，以動襯靜，表現出室內居人的孤寂心情。這因風飄動的香煙，難道不正是多情姑娘的心靈遊絲在冉冉飄浮的象徵嗎？是什麼牽動了她心靈的遊絲呢？只看她搴簾外出的行動和感受便知道了。「朱欄倚遍黃昏後，廊上月華如畫」兩句，透露出了姑娘內心的隱祕。原來她從寂寞空房的爐煙裊裊記起當時兩情綣繾的往事，如今離分兩地，教人怎不思量！所以她不禁由室內走出簾外，在朱欄繞護的迴廊上，一遍又一遍地倚欄望著，從白天盼到黃昏，從黃昏盼到皓月流輝的深夜。「月華如畫」，說明這是一個月白風清的良夜，往日相聚，兩人濃情密意，喁喁低語，何等歡愛；可是而今天各一方，形單影隻，欲語誰訴？怎不教人深深惆悵！這一切，人物本身並未自我表白，而是借「金獸飄香」，「朱欄倚遍」，「月華如晝」幾幅景物畫面暗示出來，讓人看到這位多情少女的重重心事，是那麼歷歷如繪，纖毫畢現。王國維《人間詞話》說：「一切景語，皆情語也。」上片寫法正是如此。

下片寫情，借外景反襯內心的苦悶，是以景襯情。下片的內容構思是由上片「月華如晝」一句生發開來的。因為在皎潔的月光下，她才發現自己獨立的孤影顯得分外消瘦，從而追索這令人消瘦的原因，原來是「別離滋味濃於酒」。「濃於酒」三字取譬甚妙。一是說酒味濃，能使人醺然迷醉，而「別離滋味」給人的刺激之深又過於酒；還有一層意思，是這種「別離滋味」連酒也消除不了。既然如此，長期的精神負擔，教人哪得不消瘦！「著人瘦」一個「著」字，用得很俏，把抽象的感情形象化了。它既揭示了現象，又隱含著致瘦的原因。這兩句承「相去日以遠，衣帶日以緩」（〈古詩十九首·行行重行行〉）之意，又確是詞的語言。由此逼出煞尾兩句。銀色的月光照見了她的伶俜瘦影，同時又現出東家牆頭的重重煙柳，兩者映襯對比，不覺感從中來，發出如怨如慕的嘆息：「此情不及牆東柳，春色年年如舊。」牆東的柳樹，到春天翠色依然，而自己的情懷則不似舊時了。拿有情的人和無情的柳相比，看似無理，卻表現出她的痴情，傳達出她的心曲，這要比直接表述深情感人得多。

（鄭臨川）

李廌

【作者小傳】（一〇五九～一一〇九）字方叔，華州（今陝西華縣）人。少以文章謁蘇軾，為「蘇門六君子」之一。然屢試不第，中年絕意仕進，寓居長社（今河南長葛東）。著有《濟南集》，已佚。清有輯本。詞存四首。

虞美人

李廌

玉闌干外清江浦，渺渺天涯雨。好風如扇雨如簾，時見岸花汀草漲痕添。

青林枕上關山路，臥想乘鸞處。碧蕪千里思悠悠，唯有霎時涼夢到南州。

李廌，字方叔，北宋詞人留存作品很少的一個。這首〈虞美人〉，寫春夏之交的雨景以及由此而勾起的懷人情緒。

上片從近水樓臺的玉欄杆寫起。清江煙雨，是欄杆內人物所接觸到的眼前景物；渺渺天涯，是一個空遠無邊的境界，隱藏著下片的抒情內容。「好風如扇」句比喻新穎，近代詞人況周頤《蕙風詞話》以為「『好風』句絕新，似乎未經人道」。春夏之交，往往有這樣的景色。陶淵明詩「春風扇微和」（〈擬古九首〉其七）的扇字是動詞，作虛用；這裡的扇是名詞，作實用：同樣給人以風片柔和的感覺。「雨如簾」的繪景更妙，它不僅曲狀了疏疏細細的雨絲，像後來楊萬里〈小雨〉詩「雨來細細復疏疏，……千峰故隔一簾珠」那樣地落想；而且因為人在玉欄杆內，從內看外，雨絲就真像掛著的珠簾。「岸花汀草漲痕添」，也正是從隔簾看到。「微雨止還作」（蘇軾〈端午遍遊諸寺得禪字〉），是夏雨季節的特徵。一番雨到，一番添上新的漲痕，所以說是「時見」。「漲痕添」從「岸花汀草」方面著眼，便顯示了一種幽美的詞境。這是精細的描繪，跟一般寫壯闊的江漲氣勢採用粗線條勾勒的作法全不相同。

下片由景入情。見到天涯的雨，很自然地會聯想到離別的人，一種懷人的孤寂感，不免要湧上心頭，於是窈想就進入了枕上關山之路。（「青林」句是化用杜甫〈夢李白〉詩：「魂來楓林青，魂返關塞黑。」）乘鸞處，即遊仙處，亦即喻冶遊處。乘鸞的舊蹤何在？只有模糊的夢影可以回憶。碧蕪千里的天涯，怎能不引起「王孫遊兮不歸，春草生兮萋萋」（《楚辭．招隱士》）的悠悠之思呢！可是溫馨的會面，在夢裡也不可能經常遇到。「唯有霎時涼夢到南州」，這麼一結，進一層透示這僅有的一霎歡娛應該珍視，給人的回味是悠然不盡的。

懷人念遠的詞，容易寫得淒抑，讀者往往會感到心情上的不舒暢。這詞卻能掃除一切流淚斷腸的字面，達到況周頤所說歇拍「尤極淡遠清疏之致」（《蕙風詞話》）的神境。（錢仲聯）

阮閱

【作者小傳】生卒年不詳。字閎休，號散翁，舒城（今屬安徽）人。宋神宗元豐八年（一〇八五）進士（榜名美成）。自戶部郎官責知巢縣，徽宗宣和中，知郴州。高宗建炎初，知袁州。致仕，寓居宜春。有《松菊集》（不傳）、《詩話總龜》。詞有今輯本《阮戶部詞》，存六首。

洞仙歌　阮閱

贈宜春官妓趙佛奴

趙家姊妹，合在昭陽殿。因甚人間有飛燕？見伊底，盡道獨步江南，便江北、也何曾慣見。

惜伊情性好，不解嗔人，長帶桃花笑時臉。向尊前酒底，得見些時，似恁地、能得幾回細看？待不眨眼兒覷著伊，將眨眼底工夫，剩看幾遍。

詞本起源於民間，多俚俗淺近；後經文人染指，日漸雅化，然唐宋兩代，雅詞雖占主導地位，俚詞亦時有出現。近人劉永濟著有《唐五代兩宋詞簡析》，其八為「兩宋通俗詞及滑稽詞」，中收作品十一篇，僅為舉例而已，實際上不止此數。雅詞與俚詞的分別，一是語言方面有雅麗與俚俗之異，二是表現手法有含蓄和坦率的不同，三是雅詞多書卷氣，俚詞則有生活氣息。這首詞雖出自文人之手，然仍保持民間詞通俗、坦率及富有生活氣息的特點。

阮閱是《詩話總龜》的編者，對詩詞研究資料頗為熟悉，亦能詞。宋吳曾《能改齋漫錄》卷十七說他「能為長短句，見稱於世。政和間，官於宜春，官妓有趙佛奴，籍中之錚錚也，嘗為〈洞仙歌〉贈之」。填詞贈妓，是古代文人常有的事，如黃庭堅有〈憶帝京〉（薄妝小靨閒情素）詞贈彈琵琶妓，秦觀有〈南歌子〉（玉漏迢迢盡）詞贈陶心兒，大都帶有雅謔或滑稽的趣味。此詞謔則有之，雅則不足，然亦能做到謔而不虐。起首三句，先讚美趙佛奴像「趙家姊妹」一樣美貌，不應生活在民間，而應居住在后妃的宮殿裡。按：趙家姊妹係漢成帝時宮人，成陽侯趙臨之女，其姊初學歌舞，以體輕如燕，掌上可舞，故號曰趙飛燕，成帝立為后，居昭陽殿，專寵十餘年，色衰，其妹合德代之，封昭儀。這裡用典非常確切。因為趙家姊妹姓趙，佛奴也姓趙；趙家姊妹善歌舞，佛奴為官妓，亦善歌舞：技藝、姓氏都相同，這一點頗符合古典詩詞中「用事合題」的要求。在此基礎上，詞人又把昭陽殿與人間（即民間）作了對比，意思是趙佛奴當官妓是委屈了她，憑她的美貌，應當享受后妃的待遇。這種寫法，頗類杜甫〈贈花卿〉詩：「此曲只應天上有，人間能得幾回聞。」下面是以江北與江南對比，「見伊底」，猶今語「見她的」，底即的，這和下片的「恁地」，都是宋時方言。這幾句是說，凡是見到她的人，都說她色藝雙絕，獨步江南。但詞人認為即使把江北也算上，也很少見到這樣的美人。以上共用了兩個層次，讚揚趙佛奴的美麗，但究竟怎樣美並未說出，這就引出了下片。

下片具體描寫趙佛奴的美貌及詞人對她的愛戀。作法猶如漢樂府〈陌上桑〉，先從女子本人寫她的美，再從別人對她的反映，烘托她的美。詞人說趙佛奴不僅容顏長得嬌，而且性情生得好。她不懂得嗔人——發脾氣，總是堆著一臉笑，笑起來像綻開一朵桃花。語言通俗簡練，猶如畫家作畫，僅用粗略的幾筆，便把人物的形象勾勒出來。「向尊前」幾句寫他們在酒席筵前相見，從而點出了各自的身分。因為作者是詞客，故佛奴為之歌舞以侑觴。可是趙佛奴長得太美了，以致詞人顧不上飲酒，只是不停地向她注目。趙佛奴好比一塊磁鐵，把詞人深深地吸引住了。「似恁地」，意猶似這般。「恁地」，如此、這樣。「能得幾回細看」一語，把詞人抓緊時機、細心審美的心情和盤托出，於是逗出結尾三個警句：「待不眨眼兒覷著伊，將眨眼底工夫，剩看幾遍。」詞人看這美女，連眼睛也不眨一眨，為的是把眨眼的工夫省下來，好多看上幾眼。在現實生活中，人不眨眼是不可能的。但詞人卻要把不可能之事強作可能，可見愛美之切之深，亦反襯出趙佛奴之美豔絕倫。唐宋詞中常用痴語、無理語刻畫人物性格，語言越是痴，越是無理，越能凸出鍾情之深，愛戀之切。這樣的語言看起來很俗，實際上是最能揭示人物心靈的文學語言，可謂拭盡鉛華，盡露本色，富有濃郁的生活氣息。

這首詞有些像元曲，因此《宜春遺事》云：「已為元曲開山矣。」（《御選歷代詩餘》引）現在不妨作一比較。元人趙彥輝席上詠妓〈油葫蘆〉曲云：「喜遇得、樽席上猛見了。更那堪情性好，言談語話那清標。你看那聰明伶俐諸般妙，更那堪續麻道字無差錯。生的來花樣嬌、柳樣柔，知今博古通三教。鐵石人一見了也魂銷。」兩者都寫席上的歌妓，情境相似，語言都同樣的俚俗潑剌，感情都同樣的坦率徑露，甚至達到淋漓盡致，毫不含蓄的地步。（徐培均）

眼兒媚 阮閱

樓上黃昏杏花寒，斜月小闌干。一雙燕子，兩行征雁，畫角聲殘。

綺窗人在東風裡，無語對春閒。也應似舊，盈盈秋水，淡淡春山。

本篇《類編草堂詩餘》卷一以為秦觀作。南宋胡仔《苕溪漁隱叢話前集》卷十一錄此詞，謂阮閱「嘗為錢唐幕官，眷一營妓，罷官去，後作此詞寄之」。胡與阮時代相及而稍後，其《叢話》即因阮閱《詩總》（後改稱《詩話總龜》）而繼作，於《前集》序中明言之。所云阮作此詞情事，當可信。

宋代地方官妓隸屬於「樂營」，也稱「營妓」。長官每有宴會，輒召官妓歌舞侑酒，座客與她們接觸多了，往往會產生感情。宋詞中有大量反映這種情事的作品。阮閱此詞，寫別後的相思，語淡情深，別是一種風格。

詞的開頭寫登樓望月。黃昏，指登樓時刻；杏花寒，謂登樓季節。據明王逵《蠡海集》載「二十四番花信風」，在雨水這個節氣中，一候菜花，二候杏花，三候李花，其時當在二月。但這裡兼有描寫環境的作用，故而於清冷中顯出幽美。詞人獨上層樓，極目天涯，無邊思緒，自會油然而生。何況登樓之際，春寒料峭，暮色蒼茫，一鉤斜月，映照欄杆，這種環境，多麼使人感到孤單淒涼。下面三句，寫登樓所見所聞。「一雙燕子，兩行征雁」，含意深長。燕本雙飛，雁慣合群，特寫「一雙」、「兩行」，反襯詞人此際的孤獨。耳邊還傳來城上的畫角聲，心情之淒楚，可以想見。整個上闋俱為寫景，不曾出現人物，然而景中有情，情中見人。

下闋由寫景到抒情。此情是懷人之情，已從上闋登樓遠望和雙燕雁行的描寫中透露出來。懷人又從懸想對方著筆。「綺窗」，謂雕飾華美的窗櫺。唐王維〈扶南曲歌詞五首〉其五云「朝日照綺窗，佳人坐臨鏡」，把佳人與綺窗分作兩句，意境優美；阮閱此詞則將綺窗與人合並一起，逕稱「綺窗人」，語言更加濃縮，形象更加鮮明。彷彿詞人從這熟悉的華美的窗口透視進去，只見其人亭亭玉立於春風之中，悄然無語。這裡的「無語」，實際上就是深思；「春閒」，實際上是春愁。就中可以看出，窗內人是一個深於情的女子。結尾兩句「盈盈秋水，淡淡春山」，謂佳人眼如秋水之清，眉似春山之秀。前面著以「也應似舊」一句，詞情頓然跳出實境，轉作冥想之筆。而冥想又非無根而來，乃是以舊時慣見的形象做底子，貫入詞人此時的纏綿之思，摹想而出。是鏡中花，水中月，恰與杜甫〈月夜〉之寫「香霧雲鬟濕，清輝玉臂寒」同其意致。

此詞語言上自有特色：上闋三個四字句，前兩句對起，後一句單收，似〈浣溪沙〉的後片，形成不穩定感，易於過渡；下闋末三句，前面用一個單句，對上作為轉折，對下作為領首，末兩句為對結，恰與前闋相反。這種「對結」方式處理得不好，易流於板滯。而作者功力老到，對結外不僅煞得自然，而且餘味不盡，似乎這女子眉目之間，尚有許多話要向詞人訴說。所謂「想當然」者，就是這種境界了。（徐培均）

趙企

【作者小傳】字循道，南陵（今屬安徽）人。宋神宗朝進士。徽宗大觀間任績溪令，重和時，通判台州。存詞二首。

感皇恩　趙企

別情

騎馬踏紅塵，長安重到。人面依然似花好。舊歡才展，又被新愁分了。未成雲雨夢，巫山曉。

千里斷腸，關山古道。回首高城似天杳。滿懷離恨，付與落花啼鳥。故人何處也？青春老。

這首詞是寫「乍相逢，又相別」的離情別緒的。詞的上片寫乍逢又別的惆悵。「騎馬踏紅塵」三句，寫舊地重遊、故人無恙的喜悅心情。「紅塵」，指繁華的巷陌。「長安」借指宋都汴京，即今天的開封。在這裡詞人巧妙地把唐代詩人崔護〈題都城南莊〉的「去年今日此門中，人面桃花相映紅。人面不知何處去，桃花依舊笑春風」的詩，加以翻用與濃縮，不但恰切地表達了主人公重逢故人的欣愉之情，而且使詞更富於翰藻，更富於韻味。這三句話有兩層意思，一是寫主人公重遊京都，騎馬訪舊，故人如何？老是像一塊沉重的石頭，壓在自己的心頭。「昔日青青今在否」（韓翃〈章臺柳〉）的疑團，一直是一個沒有解開的疙瘩。二是寫久別重逢，故人依舊，喜出望外的歡快情緒。詞中主人公滿懷希望、又擔心失望而終如所望的內心活動，全在「依然」兩個字中表現出來。不言歡悅，而歡悅之情自見。「舊歡才展」二句，是感情的一個大轉折，是「柳暗花明」之後，忽然出現的「慘綠愁紅」的景象。一個「才」字，一個「又」字，不但寫出了他們乍相逢、又相別的悵惘情緒，而且寫出了難相逢、易相別的淒涼心境，為下片的「滿懷離恨」作了很好的鋪墊。「未成雲雨夢」兩句，運用宋玉〈高唐賦〉中楚懷王夢遇巫山神女的故事，來形容其乍見輕別的「新愁」，顯得既典雅，又含蓄；既莊重，又風韻。

下片寫已別還思的眷戀。這裡分三個層次來表達他的離恨。「千里斷腸」三句，是寫初別時的留戀之恨，是第一層。在這裡寫了三重恨：一別「千里」，是一恨；獨行「古道」，是二恨；「回首」不見，是三恨。總此三恨，說明此別是長期的，後會是無期的，從而把主人公的羈旅淒苦之情，臨歧留戀之意，淋漓盡致地表達了出來。「回首高城」，用唐歐陽詹詩「高城已不見，況復城中人」（〈初發太原，途中寄太原所思〉），落實到所思城中之人。「滿懷離恨」二句，寫別後的種種離愁，是第二層。這是主人公想到從此以後，會因看到落花而感到年華易老，聽到啼鳥而想到無枝可依。感時恨別，花鳥移情，這是羈旅異鄉的人最容易產生的「移情」作用。正是這種「移情」作用，使這兩句詞化靜為動，化單一為豐富。末二句，進一步深化「滿懷離恨」的感情，是第三層。這「故人何處」的呼問，「青春老」的感嘆，使主人公那種強烈的離愁別恨，產生巨大的感染作用。透過以上三層的細膩的描寫，詞中主人公「滿懷離恨」的心理活動，就十分真實而完美地表現了出來。

有人認為這首詞另有寄託，是借男女之情，寫故國之思。細味詞意，也未嘗不可作如是觀。清王夫之說：「作者用一致之思，讀者各以其情而自得。」（《薑齋詩話》）對於這首詞所包含的思想內容，確實可以再研究。我想還是根據詞句本身，把它作為男女之間的悲歡離合來欣賞吧。（羊春秋）

毛滂

【作者小傳】（一〇六一～一一二四？）字澤民，衢州江山（今屬浙江）人。宋哲宗元祐初，為杭州法曹，受知於東坡，後出蔡卞之門。元符二年（一〇九九）知武康縣，就縣舍改築東堂，故以名集。徽宗政和中，知秀州，與賀鑄唱和。詞風瀟灑明潤，以清疏見長。有《東堂詞》傳世，存二百零一首。

攤聲浣溪沙

毛滂

天雨新晴，孫使君宴客雙石堂，遣官奴試小龍茶。

日照門前千萬峰，晴飆先掃凍雲空。誰作素濤翻玉手，小團龍。
定國精明過少壯，次公煩碎本雍容。聽訟陰中苔自綠，舞衣紅。

冬末春初的一天，衢州知州孫賁（字公素）在雙石堂大宴賓客。毛滂即席命筆，作了這首〈攤聲浣溪沙〉（即〈攤破浣溪沙〉，又名〈山花子〉）。詞旨無非頌贊主人，以為應酬，但寫得風調飄逸，清新喜人。

「日照門前千萬峰，晴飆先掃凍雲空」，二句倒裝，頗見匠心。開篇迎面而來的是燦爛陽光照耀下連綿聳立的山峰。「千萬峰」見其數量之眾多，更見其氣勢之磅礴。「照」字點出一種動態，輝映出群山的奔騰之姿。全句寫景，作為起句，凸出了群峰的形象，可以映照全篇。境界壯闊而雄渾，令人心胸頓開。次句中「掃」字帶出席捲、蕩滌之氣勢。寫晴空，卻從凍雲初散落筆，這是「以掃為生」之法，眼前的景色益發顯得清朗可愛了。

接下來，由「誰作」二字推開，筆鋒陡轉，寫到試小龍茶的情景：「誰作素濤翻玉手，小團龍。」小團龍，又作「小團」，茶之品莫貴於此。據歐陽脩《歸田錄》載：「慶曆中蔡君謨（蔡襄）為福建路轉運使，始造小片龍茶以進，其品絕精，謂之小團。凡二十餅重一斤，其價直金二兩。然金可有而茶不可得，每因南郊致齋，中書、樞密院各賜一餅，四人分之。宮人往往覆金花於其上，蓋其貴重如此。」素濤謂注沸湯於茶甌時泛起的白沫。宋人有「分茶」之法，置茶葉於眾甌中，迴環注以沸水。楊萬里〈澹庵坐上觀顯上人分茶〉詩形容為「紛如擘絮行太空，影落寒江能萬變。銀瓶首下仍尻高，注湯作字勢嫖姚」。前二句寫注水後的奇觀，後二句寫注水時的妙手，可以從中體會詞裡「作素濤」、「翻玉手」的情狀。「翻」字寫出纖纖玉手靈巧的動作。上片由門前而堂內，由景及人，流露了歡愉的情緒，並且在誇讚主人的情盛茶香。

過片一連用定國、次公兩事來頌揚孫使君。定國姓于，字曼倩，西漢人，官至丞相。為人清廉，決獄公允。善飲，史稱「定國食酒至數石不亂，冬月請治讞，飲酒益精明」。享年七十餘歲。蓋寬饒字次公，亦西漢人。歷官司隸，勤於職事，「行清能高」、自稱「酒狂」（並見《漢書》本傳）。詞裡借這兩位古人比況孫使君，身分正相切合。作者稱讚使君清廉盡職，老當益壯，尤其是以暇整應劇煩的閒雅風度。同是此旨，設若不假故事，聽來便過於直淺，不如現在的委曲盡妙。「過」、「本」諸字誇讚色彩明顯。下面兩句皆就「雍容」二字生發。「聽訟陰中苔自綠」，事與景融合。相傳西周時召公巡行鄉邑，聽訟於甘棠樹下，後人概括為「棠陰」一詞，即此「陰」字所本（見《史記．燕召公世家》）。「苔自綠」者，謂孫使君治郡清平，民無訟事，故庭中綠苔自生。「舞衣紅」，則謂其公餘以歌舞自娛，兼樂賓客。這兩句也如同蘇東坡贈黃州知州徐君猷〈少年遊〉詞所謂「獄草煙深，訟庭人悄，無吝宴遊過」。雖是諛辭，卻寫得巧妙。句中「紅」與「綠」相映照，把實景與虛景聯繫起來，收住上文。情調明朗，五色交輝，給人的印象極深刻。

這首詞起得高闊，結得清朗，筆致飄逸圓潤，雖為應酬之作，卻無塵俗氣息，詞人的個性鮮明地表露出來，實在是一首有意境、有韻味的小詞。（周篤文、王玉麟）

惜分飛　毛滂

富陽僧舍作別語贈妓瓊芳

淚濕闌干花著露，愁到眉峰碧聚。此恨平分取，更無言語空相覷。

斷雨殘雲無意緒，寂寞朝朝暮暮。今夜山深處，斷魂分付潮回去。

在《東堂詞》中，這是最為膾炙人口的一首。宋周煇《清波雜志》云：「元祐間，罷杭州法曹，至富陽，所作贈別也。因是受知東坡。語盡而意不盡，意盡而情不盡，何酷似少游也。」說它含情宛轉神似秦郎，是對的。說毛滂因此受知於東坡，則是傳聞失實。東坡兄弟與滂父毛維瞻交誼篤好，識毛滂於少年。東坡在出知杭州以前，就曾以「文章典麗可備著述科」（〈薦毛滂狀〉）舉薦毛滂，怎麼會至有此詞才獲知呢？不過此詞由於周煇的渲染，更為人們所樂道，可說是一個幸運的誤會。

這首詞是毛滂青春戀情的真實記錄。情人訣別，後會無期，送一程，再送一程吧。從杭州直送到百里之遙的富陽。然而這黯然銷魂的別離還是不可避免地到來了。令人心碎的帷幕就此拉開。「淚濕闌干花著露，愁到眉峰碧聚。」掛滿淚珠的臉頰猶如帶露的花朵，顰蹙的黛眉像遠山一抹。一幅嬌憐痛惜的模樣，經過妙筆的模寫，就這樣呈現在我們的面前了。它同周圍的景色化成一片，構成一種淒麗哀惋的色調，一上來就緊緊抓住讀者的心弦。白居易的「玉容寂寞淚闌干，梨花一枝春帶雨」（〈長恨歌〉），張泌的「黛眉愁聚春碧」（〈思越人〉），為此二句所本。然卻用得脫化無痕，形神兼勝，真是色繪高手。「此恨」句，說明離愁對於雙方是同樣的沉重。要知道兩人的地位是不同的。一個是宦遊四海的貴冑公子，一個則是淪落風塵的煙花女郎。但是地位的懸殊並沒有阻止他們傾心相愛。他們熱戀著，共同承受著離恨的折磨。當然，他們也知道這種戀情是難以維持的。今番解手，就要相見無期了。所以這次分離，多半成了長別。這怎能不令人柔腸寸斷呢？「更無言語空相覷」一句，純乎寫情，有直指奔心的力量。語已盡，淚已枯，無聲的飲泣往往比呼天搶地的號啕更加沉痛。「空相覷」三字反映出一種木然相對的絕望的悲哀。語樸而情摯，傳神之極筆也。

下片「斷雨」二句，寫景色之荒殘。零零落落的雨點，澌滅著的殘雲，與離人的心境正相印合。這是一層意思。另外，還有一層雙關之意。宋玉〈高唐賦〉有「旦為朝雲，暮為行雨，朝朝暮暮，陽臺之下」之語，即後人所謂神女生涯也。毛滂兼取此意來形容他與瓊芳的戀情。而這種殘雲斷雨的淒涼景象，不也象徵著這段露水姻緣已經行將結束了嗎。從此以後，只剩下岑寂的相思來折磨著這一對再見無期的離人了。結拍兩句，設想別後的思念，付斷魂於潮水。情景交融，綿綿無盡，可說是極悱惻纏綿之能事了。

從藝術風格來講，這首詞與一般鏤刻藻繪的別情之作不同，它是以淺近之語傳穠至之情而獨擅勝場的。愁眉淚頰，斷雨殘雲，本是尋常物態，可是一經作者感情之醞釀融注，便含情吐媚，搖盪人心。明沈際飛說：「第一個相別情態，一筆描來，不可思議」（《草堂詩餘正集》），就在於其以真情出至語，自然而然，遂成妙詣，非小慧詞人垛砌者所可比也。

浮生擾擾，歲月如流，多少年過去了。當重經富陽時，少年情事仍深深地激動著這位衰暮的詞人。在一首〈菩薩蠻．富陽道中〉裡他這樣寫道：「春潮曾送離魂去，春山曾見傷離處。老去不堪愁，憑闌看水流。」青青的戀情，沒齒不忘。正是這種真誠，才賦予這首詞以異樣的光彩吧。（周篤文）

燭影搖紅　毛滂

松窗午夢初覺

一畝清陰，半天瀟灑松窗午。床頭秋色小屏山，碧帳垂煙縷。

枕畔風搖綠戶，喚人醒，不教夢去。可憐恰到，瘦石寒泉，冷雲幽處。

毛滂《東堂詞》，《四庫全書總目提要》稱其「情韻特勝」。此首寫松窗午夢初覺時感受，融情入景，清閒雅，迷離惝，頗饒情韻。

「松窗午夢」，從題意與全詞的意境來看，是寫夏日。烈日炎炎，詞人高臥松陰之下，涼意滿窗，詞情盈懷，因而寫下這首小詞。首句「一畝清陰」，極言松陰覆蓋面積之廣大；次句「半天瀟灑」，極言松樹之高爽。「瀟灑」一詞，原為清麗、明爽意，如孟浩然〈宴鮑二宅〉詩：「是時方盛夏，風物自瀟灑。」然此詞所云「瀟灑」，似乎讓人感到在微風吹動之下，聳立半空的松樹發出蕭騷的韻律。此句下綴「松窗午」三字，總括上文，兼點題面。說明以上情景，均為午夢初覺時透過窗口所看到的。「床頭」二句寫近景。屏山，即屏風。「碧帳」，即綠色帳子，古代常稱「碧紗廚」。因為窗外為松陰所籠罩，所以室內光線變得非常暗淡，床頭的屏風像是蒙上一層層秋色，床上的碧紗帳子像是一縷縷綠煙。這種景象都是從枕上看出去的，都恰到好處地描寫了松窗下的涼意，切合「午夢初覺」的特定情境。可見詞筆之工鍊與準確。白居易在忠州所作〈東樓竹〉詩云：「瀟灑城東樓，繞樓多修竹；森然一萬竿，白粉封青玉。卷簾睡初覺，欹枕看未足。影轉色入樓，床席生浮綠。」詞的情事、意境皆似之，而造語宛轉含蓄，又勝於詩。

過片由窗外景、窗內景逐步寫到詞人本身。詞人午夢方醒，可是在松陰籠罩之下，又覺得涼意可人，仍然留連在夢境之中。「枕畔風搖綠戶」，不是寫眼見，也不是寫耳聞，而是寫詞人的感受。他本來在枕上瞑目而睡，可是窗外風搖綠陰，把他喚醒了；但喚醒以後，又「不教夢去」，夢境仍留，寫足了似夢似醒的迷濛之感。結尾三句，寫詞人留戀夢境的景況。同上闋相比，前者是實寫，故語語如在目前；此處為虛寫，故句句輕悠縹緲。詞人在醒前所夢見的，是來到一個所在，那裡有瘦石，有寒泉，有冷雲。一句話，清幽極了！詞人極善於鍊字鍊意，「瘦」、「寒」、「冷」諸字，都是精心提煉出來的，把現實中的松窗涼意帶入夢境，又昇華為幽靜恬美，富於詩意的境界，從而產生一種引人入勝的情韻。令人覺此松窗之下，真境是夢，夢境似真，其所以「不教夢去」，並非無故。

宋人周煇評毛滂〈惜分飛〉一詞云：「語盡而意不盡，意盡而情不盡，何酷似少游也！」（《清波雜志》）毛滂受秦少游影響，不僅在情詞方面，這類描寫日常生活情趣的小詞，也似受到少游的啟迪。

另外，曹組〈如夢令〉（門外綠陰千頃）一首（按：見本套書第三卷），在章法、意境、格調上，頗為相似。然曹組寫得較凝練，著重在一「靜」字，此詞寫得較清，著重在一「涼」字。二者可謂異曲而同工。（徐培均）

臨江仙　毛滂

都城元夕

聞道長安燈夜好，雕輪寶馬如雲。蓬萊清淺對觚稜。玉皇開碧落，銀界失黃昏。

誰見江南憔悴客，端憂懶步芳塵。小屏風畔冷香凝。酒濃春入夢，窗破月尋人。

這首小詞歷來深得人們喜愛，堪與見賞於蘇東坡的〈惜分飛〉（淚濕闌干花著露）一詞相頡頏。

毛滂平生沉淪下僚，不得展其驥足。此時客居京城，困頓潦倒，憔悴不堪。汴京元夕本是一年中最熱鬧的一個夜晚，但在羈滯異鄉的詞人，卻別有一番滋味。然而毛滂畢竟是毛滂，似乎生活的蹉跌不足以泯滅他那開朗的個性，他的詞篇充滿瀟灑的風致。滿懷苦情，盡以飄逸秀雅之筆抒寫，正表現了東堂詞的藝術風格。

「聞道長安燈夜好，雕輪寶馬如雲」，開篇以「聞道」二字引出元夕盛況。言「聞道」，知作者未曾涉足其間，下文只是虛寫。宋人詩詞中常以長安代指都城汴京。「長安燈夜好」，以泛筆起，下面皆由此句拓展開去。「雕輪」、「寶馬」，是豪宦人家所乘。這句帶有濃郁的華貴氣息，車馬如雲，更見士女之眾，興致之高。這裡雖然是誇張之筆，一旦比之於下面三句，還算是「虛中之實」哩。「蓬萊清淺對觚稜」，蓬萊，傳說中的海上仙山；觚（音同孤）稜，宮殿的屋脊。「蓬萊清淺」一語蓋出自晉葛洪《神仙傳·王遠》。麻姑云：「向到蓬萊，水又淺於往昔，會時略半也。」此是借用以形容汴京宣德樓前燈山瀉瀑的景觀，見宋孟元老《東京夢華錄》

卷六「元宵」。接下來，「玉皇開碧落，銀界失黃昏」，極力渲染花燈之盛。看吧，黃昏時分的街市上，那五彩繽紛的花燈一簇簇、一串串，如山如海。夜晚的皇城，恍若玉皇大帝大敞的天宮，宛如銀河飄落，輝煌無似。於是星河與花燈交映，仙界與人間同歡，元夕盛況遂寫到了極致。這工緻的對句，造語奇絕，想落天外，以瑰麗、輝煌、飄逸的境界收住上片，結得奇妙。因為是設想之辭，不便作過細的正面描繪，故而只用側筆烘托點染，歸結到一個盛字上。

不夜的元夕盛況誠然可觀，而作者卻僅僅是「聞道」而已。佳景不賞，則其心緒可知。「誰見」二字遙承「聞道」，度入下片，極寫景況之落拓。「端憂」猶言閒居憂悶。江南倦客，百般憂愁，有誰曾見，有誰相憐呢？自傷孤苦，恨無相知，悲命途乖蹇，嘆人情澆薄，種種滋味盡在行間字裡了。這兩句正面描述，直道憂思。「懶步芳塵」也多少流露出詞人清高孤傲的一面。至下句「小屏風畔冷香凝」，看似自得其樂，實際是自嘲之語。冷香，蓋指當令的梅花之類，藉以自喻不慕榮華、自甘孤寂之心懷。

「酒濃春入夢，窗破月尋人」，何等瀟灑的筆觸，可骨子裡又隱含多少道不盡的憂愁！「酒濃」而後方能在夢境中求得片刻的歡娛，煩愁的無計排遣已不待言；只有破窗透進的月光特意來尋，與之默默相伴，情景之淒清更如在目前。以麗語道苦懷，倍增悽惻。這兩句極盡清雅秀逸之致，近人吳梅以為「何減『雲破月來』風調」（《詞學通論》），並不過分。此詞上片為賓、下片為主，以賓襯主，愈見情景之可悲可嘆。「冠蓋滿京華，斯人獨憔悴」（杜甫〈夢李白二首〉其二）之句，可以為詞人詠。（周篤文、王玉麟）

蘇庠

【作者小傳】（一〇六五～一一四七）字養直，泉州（今屬福建）人。蘇堅之子，初以病目，自號眚翁。後徙居丹陽之後湖，號後湖病民。宋高宗紹興間，與徐俯同召，不赴。著有《後湖集》，不傳。今有易大厰校印《後湖詞》一卷，存二十三首。

鷓鴣天　蘇庠

楓落河梁野水秋，淡煙衰草接郊丘。醉眠小塢黃茅店，夢倚高城赤葉樓。

天杳杳，路悠悠。鈿箏歌扇等閒休。灞橋楊柳年年恨，鴛浦芙蓉葉葉愁。

這首〈鷓鴣天〉詞，寫的是客途別恨。一個蒼涼寥廓的秋天，作者來到了一座荒村野店，醉夢中回到了心上人的身邊，醒來百感交並，幽恨盈懷。

「楓落河梁野水秋，淡煙衰草接郊丘。」寫旅途上所見的秋郊景色。紅彤彤的楓葉已經凋落了，剩下了光禿蒼老的樹幹。站在河橋上一望，野水退落，呈現出秋的寂寥。（宋玉〈九辯〉「寂寥兮，收潦而水清」，王勃〈滕王閣序〉「潦水盡而寒潭清」，都是說秋水退落，顯得清寒而寂寥的意思；此處「野水秋」中的「秋」字，也即指此而言。）遠處，薄霧迷濛，恍似淡煙籠罩——這是黃昏時郊原的景觀特色。枯黃的野草，連接著郊原、山丘，一直伸向天邊……好一幅蕭瑟蒼涼的圖畫，一幅旅人眼中所見的圖畫！就取景和構圖的角度而言，作者選取落了葉的楓樹、退了水的小河、淡煙、衰草來寫，是抓住了秋郊特徵性的東西的；再加上河橋和郊丘，巧妙地組合在一起，有近有遠，有高有低，畫面遂富於立體感和寥廓感。一個「秋」字，既點時令，又點景物特色，一拍兩響。這兩句是作者黃昏時分走在旅途上的所見。

過程遞進，時間推移，作者來到了山村中的一座客店。「醉眠小塢黃茅店，夢倚高城赤葉樓。」「塢」是四面高而中央低的山間村落，「黃茅店」是茅草蓋的客店；地既荒僻，店亦簡陋。在這樣的環境中，是最容易引起羈旅愁懷的。大概是為了借酒銷愁吧，他喝了酒，而且醉了，於是就上床而眠。不知不覺，他做了一個夢，夢見自己身在城裡的一座高樓上。「高城」指大城市，秦觀〈滿庭芳〉詞有「高城望斷，燈火已黃昏」之句，也即此意。「赤葉樓」是周圍種了楓、槭類樹木的樓，不是名叫「赤葉」的樓；猶如「赤欄橋」不是一座橋名一樣。中國中部多這類赤葉樹（或春夏葉綠而秋來變赤），小樓掩映其中，紅葉綠窗，交相輝映，故「赤葉樓」是常見的住宅布局。這座樓上住的是什麼人？為什麼值得作者這樣地夢魂牽繞？這是問題的關鍵。根據詞的傳統表達習慣，可判斷其與綺情有關。「紅樓」、「青樓」之為歌妓所居，有五代、北宋的大量詞作為證；夢中去尋找樓中的情人，晏幾道就有很多類似的描寫：「夢魂慣得無拘檢，又踏楊花過謝橋」（〈鷓鴣天〉）是最著名的一例。清人龔自珍的〈臨江仙・寫夢〉詞，寫他夢中來到一座紅樓，「中有話綢繆，燈火簾鉤，是仙是幻是溫柔」，情景就更為具體。作者「夢倚高城赤葉樓」所見的，大概也就是類似的情景吧。

這兩句，無論意境、對仗、聲律，都很富於美感。因愁而醉，因醉而夢，因夢得歡，悲境與歡境變換；從「小塢黃茅店」到「高城赤葉樓」，實境與虛境變換；一悲一歡，一實一虛，形成了強烈的對比。而無論實境還是虛境，都能給讀者提供出充分的想像餘地：黃茅店的簡陋、破敗，生活於此境中的人物的愁苦頹喪；赤葉樓的明麗、雅致，生活於此境中的人物的旖旎風光，包含的形象畫面，是相當豐富的。就對仗而言，「醉眠」對「夢倚」，「小塢」對「高城」，「黃茅店」對「赤葉樓」，無論意態、顏色，還是詞性、詞組，都兩兩相對，工力悉敵。故明代的楊慎評此二句曰：「佳句也。」（《詞品》卷三）

好夢誠然是溫馨的，然而好夢也最難留；一旦醒來之後，其愁腸恨緒的百轉千迴，自不待言。詞的下片，即抒發這一內容。「天杳杳，路悠悠」，這是作者醒來之後，想像明天踏上征途的情況：天是這樣的遙遠，路是這樣的悠長，走啊走啊，離開心愛的人，也就越來越遠了。於是他想到「鈿箏歌扇等閒休」，在那位佳人身邊享受「鈿箏歌扇」的生活，已經結束了。「鈿箏」指奏樂，「歌扇」指唱曲，顯然都是那位歌女的當行技藝。這裡包括多少兩情繾綣的往事啊，晏幾道曾經吟道：「鈿箏曾醉西樓，朱絃玉指梁州，曲罷翠簾高捲，幾回新月如鉤。」（〈清平樂〉）「舞低楊柳樓心月，歌盡桃花扇底風。」（〈鷓鴣天〉）秦觀也曾經吟道：「東風裡，朱門映柳，低按小秦箏。」（〈滿庭芳〉）都是很好的註腳。然而如今都已經輕易地結束了，就像柳永吟唱過的那樣：「暗想當初，有多少、幽歡佳會，豈知聚散難期，翻成雨恨雲愁。」（〈曲玉管〉）這怎能不叫他幽恨縈懷！

最後兩句：「灞橋楊柳年年恨，鴛浦芙蓉葉葉愁。」上句言別恨，下句傷遲暮。漢人送別，在灞橋折柳，故「灞橋楊柳」即代指離別。「年年恨」，是說離別的頻繁。大概作者奔走各地，到處惹下相思，故有此話頭吧？宋代的士子，很多都有此經歷的。「鴛浦芙蓉」句，其源蓋出於賀鑄。賀鑄〈踏莎行〉云：「楊柳迴塘，鴛鴦別浦。綠萍漲斷蓮舟路。斷無蜂蝶慕幽香，紅衣脫盡芳心苦。」是說浦中的綠荷於「紅衣脫盡」（即繁花凋落）後，再沒有「蜂蝶」來依慕（即無人垂顧）了。此詞即承此意，寫剩下的荷葉在發愁，也就是表示年華老去，自傷遲暮。這兩句，就對仗來說，也是十分工整的。

這首詞，言短意長，含蓄有味，寫景言情，皆臻佳境，而格律工細，語言醇雅，深得小令創作三昧。是宋詞中的上乘之作。（洪柏昭）

菩薩蠻 蘇庠

宜興作

北風振野雲平屋，寒溪淅淅流冰谷。落日送歸鴻，夕嵐千萬重。荒陂垂斗柄，直北鄉山近。何必苦言歸，石亭春滿枝。

蘇庠，蘇堅（字伯固）之子，湖南澧州人，徙居丹陽之後湖，自號「後湖病民」，高宗紹興中詔征不赴。張元幹跋其所作贈王道士詩墨跡云：「吾友養直（蘇庠字），平生得禪家自在三昧，片言隻字，無一點塵埃。宇宙山川，雲煙草木，千變萬態，盡在筆端，何曾氣索？」此詞作於客遊宜興時，寫冬寒景象，而無愁慘之色，體現了詞人隨遇而安的情懷，與元幹對他的評價是頗為接近的。

上片寫風捲平野、寒凝大地的景象。起筆即推出風吼雲湧、寒溪冰谷的鏡頭。「北風振野」，一個「振」字表現了北風呼嘯的威力；「雲平屋」，一個「平」字摹狀出冬雲低壓的態勢。烏雲籠罩，朔風怒號，形成一幅肅殺凜冽的圖像。山谷之中，寒溪淅淅。以「寒」寫溪，以「冰」言谷，字面上已是冷氣逼人。因為到了枯水季節，「林寒澗肅」（北魏酈道元《水經注・江水》），水勢已不大，但涓涓細流，已無潺潺之勢，只餘淅淅之聲。北風呼呼，寒溪淅淅，在巨聲中間以細響，在大動之下配以微流，相得益彰。烏雲如蓋，冰谷似槽，地上已是陰晦，谷底更是幽暗。開頭這兩句以風、雲、溪、谷的景物，從聲、色、勢、溫等方面烘染出淒冷的氣氛，然而這裡也有宜人的景致。下面「落日送歸鴻，夕嵐千萬重」兩句，所寫的景物和給人的感覺即迥然不同。極目遠天，落日徐徐而下，鴻雁緩緩飛過；遙看山巒，雲氣氤氳，嵐翠重疊。雁浮於夕嵐之上，浴於晚照之中，趕著歸程。此景舒徐寧靜。上片四句寫出兩種境界，不必是一時所見，總是作者在山間生活中所攝取的、有會於心的鏡頭。他「隱丹徒，五召不起」（宋徐詡〈跋周德友所藏養直帖〉），實是因時政混亂，不願與奸佞同朝。詞中以寒流暗示了政壇的險惡，又從鴻雁寄寓了歸心。由此轉入下片抒懷。

「荒陂垂斗柄，直北鄉山近。」北斗星低垂於荒陂，點明了方位。丹陽在宜興之北，因而說「鄉山近」。家鄉既然很近，回去是比較容易的了，加上「落日送歸鴻」，接著寫出回鄉之思完全是順理成章的。可是作者卻陡轉一筆：「何必苦言歸，石亭春滿枝。」不必苦苦地想回鄉，宜興不久將是滿樹春光。參照他所作〈題張公洞〉（洞在宜興）詩「銅官之南山復山，捫蘿絕壁苔蘚斑。只今何處可容足，乞我石房雲一間」，明真隱者何必擇地，凡遠離塵囂處皆可居。「何處可容足」，不是指他無安身之地，仍是有政治上的寓意。政壇既不可涉足，則只有借山而隱；宜興之山亦是大好，又何以必歸丹陽？詩和詞的意思在這一點上相合了，詩詞的意思又同他的性情、思想相合了。「石亭春滿枝」句好像是寫實景，其實卻是虛擬，從「北風」、「寒溪」推演而出：一是山中未必盡是冬日苦寒，自有春暖花開之日；二是如心無所苦，則冬日亦視若春時。一結其味雋永。

這首詞沒有慷慨之音，豪邁之情，只表現了作者不樂仕進，安於閒適的情懷。因此他沒有像辛棄疾、陸游那樣豪氣干雲，但也不是甘心沉淪，與當政者同流合汙。張元幹另有〈蘇養直詩帖跋尾〉又云：「亡友養直，神情蕭散，儀矩雍容，自是貴公子……英妙時（少壯時）已甘心山澤之臞，故詞翰似其為人。……晚乃力辭召聘，高臥不起，老於丘園。蓋此事素定於胸中，非一時矯激沽譽者。」知此可以讀其詞，正是「詞如其人」。至於藝術上寫得曲折斡旋，又脈絡貫通，亦有一定的審美價值。（徐應佩、周溶泉）

謝逸

【作者小傳】（一〇六八～一一一二）字無逸，號溪堂，撫州臨川（今江西撫州）人。屢試不第，然以詩文名於一時。曾作蝴蝶詩三百首，世稱謝蝴蝶。呂本中將他列入江西詩派。詞本《花間》溫、韋，有《溪堂詞》，存六十二首。

蝶戀花　謝逸

荳蔻梢頭春色淺。新試紗衣，拂袖東風軟。紅日三竿簾幕捲，畫樓影裡雙飛燕。

攏鬢步搖青玉碾。缺樣①花枝，葉葉蜂兒顫。獨倚欄杆凝望遠，一川煙草平如翦。

〔註〕①一作「輕漾」。

這首閨怨詞寫得比較含蓄委婉。發端「荳蔻梢頭春色淺」，巧妙地隱括了杜牧〈贈別二首〉其一中句：「娉娉裊裊十三餘，荳蔻梢頭二月初。」既明寫春色尚淺的初春時節，又暗指正值荳蔻年華的少女。這句是筆意雙闋，合寫初春和少女。下兩句則分寫。「新試紗衣」，寫春天到來，天氣和暖，閨中少女起床後換上新做好的薄薄的紗衣。「拂袖東風軟」，主要是寫春風。軟，和緩也。唐人戴叔倫〈泛舟〉詩云：「風軟扁舟穩，行依綠水堤。」和緩的春風徐徐拂動著薄薄紗衣的長袖。從服飾的描寫中，使人想見少女楚楚動人的身姿。「紅日」句開始微微透出春閨中孤寂無聊的氣息。已是紅日高照的時刻了，少女才春睡醒來，穿好衣服，慵懶地捲起簾幕。不捲則已，一捲起簾幕，一下子映入眼中的是「畫樓影裡雙飛燕」。生機勃勃的春燕在樓陰中比翼雙飛，輕盈自在，這情景不由得觸動了少女的情懷。春風中燕雙飛，而春閨中人獨居，人不如燕，情何以堪！五代詞人歐陽炯的閨怨詞〈獻衷心〉中有句云：「恨不如雙燕，飛舞簾櫳。」上片結句正是此意，雖然不明說「恨」字，而意中怨恨之情格外深沉。閨中人不及空中燕，這一反襯，十分有力！

由於雙飛燕的觸動，少女不由得懷念起遠方的人兒，盼他早日歸來的願望，此時格外強烈，於是梳妝倚欄等待。「攏鬢」三句寫少女梳妝之精心和首飾之精美。步搖，古代婦女的一種首飾；《釋名．釋首飾》云：「步搖，上有垂珠，步則搖動也。」「青玉碾」，指步搖上的飾物用青玉細細磨成的。極言首飾之華貴精緻。所插花枝的式樣新穎別致，是通常的式樣中所沒有的。綴以巧妙製作的蜜蜂，栩栩如生，在花葉上起伏顫動。梳妝整齊以後，「獨倚欄杆凝望遠」。這裡的「獨」字與上片的「雙」相呼應。凝望，全神貫注的長時間地眺望。然而其所盼望的人兒並沒有出現，視野遠處，只有「一川煙草平如翦」。以景結情，餘韻裊裊，十分飄逸。必欲盛妝以後才倚闌眺遠，可見她是滿懷希望今天能盼到心上人兒歸來的，但見到的還是只有那一平如翦的帶著煙霧的芳草地。開始時越是滿懷希望，而今越是大失所望。可以想像得出少女極度失望的情狀。下片意境跟溫庭筠〈望江南〉詞所寫的頗為近似。溫詞云：「梳洗罷，獨倚望江樓。過盡千帆皆不是，斜暉脈脈水悠悠。腸斷白蘋洲。」溫詞結句點明「腸斷」，而此詞以景收結，含蓄不露，顯得格外蘊藉。

這首詞不長，十句八韻，一韻一轉意，寫出了女主人公心靈深處感情的波瀾。春天來了，換上新衣；見春燕雙飛，而自悲獨居，油然懷遠。精心打扮，滿懷熱望，結果極度失望。詞意數轉，而愈轉愈深；曲折多變，而深婉不露。薛礪若《宋詞通論》說謝逸的詞，遠規花間，逼近溫韋，渾化無痕，與陳克並為花間派的傳人。「他既具花間之濃豔，復得晏歐之婉柔；他的最高作品，即列在當時第一流的作家中亦毫無遜色。」這個評價大體上是切合實際的，這首〈蝶戀花〉詞便是一證。（程郁綴）

菩薩蠻　謝逸

暄風遲日春光鬧，葡萄水綠搖輕棹。兩岸草煙低，青山啼子規。
歸來愁未寢，黛淺眉痕沁。花影轉廊腰，紅添酒面潮。

這是一首春閨怨詞。女主人公的情緒有一個由不怨到怨的發展過程。

「暄風遲日春光鬧，葡萄水綠搖輕棹。」一開始詞人用濃墨重彩，描繪出一幅春日冶遊圖景，雖無一字及人，而人在其中。「暄風」，即春風。（梁元帝《纂要》：「春日青陽……風日陽風、春風、暄風、柔風、惠風。」）「遲日」，即春日。（《詩經．豳風．七月》：「春日遲遲。」）而暄、遲二字，能給讀者以春暖日長的感受。「春光鬧」顯然是「紅杏枝頭春意鬧」（宋祁〈玉樓春〉）的名句的化用，雖是概括的描寫，卻能引起奼紫嫣紅開遍的聯想。「葡萄水綠」乃以酒喻水，本李白〈襄陽歌〉：「遙看漢水鴨頭綠，恰似葡萄初醱醅。」將春水比作葡萄美酒，則暗示著遊春者為大好春光陶醉，不徒形容水色可愛。畫橈輕颺，春風吹衣，陽光和煦，其樂如何。

不同境遇的人對韶光的感受也應不同。對於此詞的女主人公，春天的良辰美景同時便是觸發隱衷的媒介。「兩岸草煙低，青山啼子規」二句，就是由樂轉悲的一個過渡。雖然看起來只是寫景，似乎船兒劃到一個開闊去處，水平岸低，時聞杜鵑。然而古典詩詞中的語彙與意象有其特殊的內容積澱。那芳草萋萋的景色，就暗示著情親者的遠遊未歸。（《楚辭．招隱士》：「王孫遊兮不歸，春草生兮萋萋。」）那「不如歸去」的鳥語，更坐實和加重了這一重暗示。（范仲淹〈越上聞子規〉：「春山無限好，猶道不如歸。」）景語能含情事，由此可悟作詞之法。

「歸來愁未寢，黛淺眉痕沁。」寫春遊歸來，興盡怨生。只「未寢」二字，便寫出女主人公愁極失眠，同時完成了時間由晝入夜的轉換，一石二鳥。眉間淺淺的黛色，既意味著殘妝未整；又暗示著無人掃眉，己亦懶畫。

這個不眠的春夜，是個月夜，於是女主人公獨個兒喝起悶酒來了。「花影轉廊腰，紅添酒面潮。」兩句之妙，妙在由花影而見月，由醉顏而示悶。空靈蘊藉，句有餘裕。「花影」由廊外移入「廊腰」，可見女主人公花下對月獨酌已久。而喝悶酒最易醉人，看她已不勝酒力，面泛紅潮了。可「醉貌如霜葉，雖紅不是春」（白居易〈醉中對紅葉〉）呵。如此複雜的心緒，如此難狀之情景，在詞人筆下表達得多麼輕靈。雖「語不涉己」，已「若不堪憂」（唐司空圖《二十四詩品·含蓄》）。

從溫、韋到西蜀詞人（即所謂「花間派」）逐漸形成了詞的傳統表現手法，即注重比興與暗示，化直接的敘寫為情景的感性顯現，富於文采，句子間跳躍感強，句法也較靈活，風格以婉約見稱。此詞保留了較多的傳統手法，這對於閨怨的題材，似乎特別相宜。（周嘯天）

江神子 謝逸

杏花村館酒旗風，水溶溶，颺殘紅。野渡舟橫，楊柳綠陰濃。望斷江南山色遠，人不見，草連空。

夕陽樓外晚煙籠，粉香融，淡眉峰。記得年時，相見畫屏中。只有關山今夜月，千里外，素光同。

謝逸的詞，以清麗疏雋著稱，〈江神子〉正是具有這種風格的一首作品。時節在春暮夏初的時候，地點在野外村郊臨水的路邊。這時，映入眼簾的，首先是輕風中微微飄揚的酒旗。目光下視，才看到開滿杏花的村落裡的酒館。起首一句源於杜牧詩句：「借問酒家何處有，牧童遙指杏花村。」（〈清明〉）詞的首句可看成是個獨立的句子，以下的寫景抒情，都從此時自身所處之境，生發開去。

接著兩個三字短句寫眼前景象：「水溶溶，颺殘紅。」一句寫水，一句寫落花。溶溶，流動貌。碧波粼粼，是令人心清氣爽的美景。可是後句便迴然不同了。「颺殘紅」，「紅」本已「殘」，何況又「颺」！逢此時刻，古人總是心緒蒼涼的。聯繫全詞看，此時見「颺殘紅」，謝逸興起的思緒是「今春看又過，何日是歸年」（杜甫〈絕句二首〉其二），怎麼會不心憂神傷？

「野渡舟橫」用韋應物〈滁州西澗〉詩「野渡無人舟自橫」。原詩雖寫景如畫，野趣盎然，但詩人的寥落之感，悠然可見。宋初的寇準把韋詩衍為兩句：「遠水無人渡，孤舟盡日橫」（〈春日登樓懷舊〉），意境仍出一轍。總之，「野渡舟橫」四字，暗示「杏花村館」前的淒清冷落，給予詞人的感受，應與「颺殘紅」同。但接下去一句，情趣又迥異了：「楊柳綠陰濃。」一灣江水，兩岸楊柳，綠葉成陰，遮蔽天日，別有一番幽美情趣。「水溶溶」以下四句，在這幅用淡墨掃出的畫圖中，前兩句是近景，後兩句是遠景；一、四句使人鼓舞，二、三句使人神傷；以景襯情，巧妙地透視出詞人感情上泛起的微波。

「望斷江南山色遠，人不見，草連空。」這時，詞中才正面顯現出人物來。江南山色，連綿無際，目力何能窮盡？這個「遠」字，如王維寫終南山峰接連不斷：「連山接海隅。」（〈終南山〉）也如杜甫寫泰山的綿亙曠遠：「齊魯青未了。」（〈望嶽〉）山遠，路遙，所思之人，望而不見，所能望見的，只是「草連空」！這三個字，正如秦觀的「天連衰草」（〈滿庭芳〉）。不過謝詞的三句是連成一氣的。即：所見者是山色煙雲，芳草樹木，一片大自然景色，所不見者是人！這三句和范仲淹的「山映斜陽天接水，芳草無情，更在斜陽外」（〈蘇幕遮〉）的意境很相近，只不過范詞委曲宛轉，詩情畫意，融成一片；謝則鋪敘直陳，把滿腔心事和盤托出了。

換頭三句是「人不見」之後，在詞人腦海中展現出的往日裡一幅溫馨旖旎的畫面：樓外夕陽西下，不久，暮靄漸深，晚煙朦朧。在這充滿神奇色彩的環境裡，一位「晚妝初了」的美人出現了。詞人用借代手法，不正面寫人的手姿神采，花容月貌，只聞到她暖融融的脂粉香，只看到她那淡掃的蛾眉。這三句寫環境用實筆，寫人則虛中寓實，用側筆。接著，又回到眼前的現實中來，直述其事，加以補敘：「記得年時，相見畫屏中。」粉香眉淡，那是在去年，是相見在畫屏中的時候。這五句都是記敘往事。「夕陽」三句如過電影般的重現腦際，空靈超脫，而「記得」兩句，則完全是板實之筆。既見清空，又復質實，可說也是此詞的長處。

最後以感嘆作結：「只有關山今夜月，千里外，素光同。」萬水千山，芳草連天，「人不見」，是肯定的了。人在陷入難以解脫的苦悶中時，常常會作自我慰藉，強求解脫。這個結尾便是。南朝宋謝莊〈月賦〉云：「美人邁兮音塵闕，隔千里兮共明月。臨風嘆兮將焉歇，川路長兮不可越。」此詞末韻雖只化用其中一句，實亦包孕全部四句之意。以此收尾，稱得上是「如泉流歸海，迴環通首源流，有盡而不盡之意」（清江順詒《詞學集成．法》引張砥中語）的一個較好的結尾。

異地思鄉懷人，是詞中最常見的主題。但此詞一是風格清麗疏雋，寫景抒懷，自然天成。二是藝術手法，時有變化，敘述似平直，情意實搖漾，因此悽惻感人，似肺腑中流出。《苕溪漁隱叢話後集》卷三十三引《復齋漫錄》稱，謝逸曾過黃州關山杏花村館驛，題此詞於驛壁。過者愛賞，紛紛鈔錄，每索筆於館卒，卒苦之，以泥塗去。則可見此詞見重於當世了。（艾治平）

卜算子 謝逸

煙雨冪橫塘，紺色涵清淺。誰把并州快剪刀，剪取吳江半。

隱几岸烏巾，細葛含風軟。不見柴桑避俗翁，心共孤雲遠。

謝逸，博學工文辭，但屢試不第，終老布衣，遂以詩文自娛。這位隱逸之士，又被列入江西詩派。江西派論詩，主張「無一字無來處」（黃庭堅〈答洪駒父書〉），提倡「奪胎換骨，點鐵成金」。所作詩詞，往往襲用前人詩意而略改其詞，甚或全用前人成句。這首小詞，就充分體現了這一特點。可以說，謝逸是化用杜甫詩句而成就這首詞的。

首句「煙雨冪橫塘」，句法全襲杜甫的「煙雨封巫峽」（〈秋日荊南送石首薛明府辭滿告別，奉寄薛尚書頌德敘懷，斐然之作三十韻〉）；三、四兩句完全化用杜甫的「焉得并州快剪刀，剪取吳淞半江水」（〈戲題王宰畫山水圖歌〉）。下闋首句「隱几岸烏巾」，可以從杜詩中找到痕跡：杜詩〈小寒食舟中作〉云：「隱几蕭條戴鶡冠。」〈北鄰〉詩云：「白幘岸江皋。」〈南鄰〉詩云：「錦里先生烏角巾。」烏巾、白幘，都是頭巾，岸，露額也。至於「細葛含風軟」，則全用杜詩〈端午日賜衣〉成句。下闋一、二句，描寫的是隱者的服飾和神態。不論是用詞，還是意境，都是從杜詩演化來的。下闋三、四句，「避俗翁」，指陶淵明，陶為柴桑人，故云。杜甫就明明說過「陶潛避俗翁」（〈遣興五首〉其三）。「孤雲」，出自陶詩「萬族各有托，孤雲獨無依；曖曖空中滅，何時見餘暉」（〈詠貧士七首〉

其二）。杜詩亦云：「百鳥各相命，孤雲無自心。」（〈西閣二首〉其二）杜詩〈幽人〉又云：「孤雲亦群遊，神物有所歸。」孤雲，隱士之喻也。幽人，亦隱士也。陶詩「孤雲」喻貧士，貧士亦隱者也。常建〈宿王昌齡隱居〉詩說得最清楚：「清溪深不測，隱處唯孤雲。」「心共孤雲遠」，「共」字好，「遠」字用得更好，物我一體，把隱者高潔的情操和高遠的志向生動而形象地表現出來了。

謝逸自己的〈寄隱居士〉詩（一題〈寄饒葆光〉），就是這首詞的最好註腳，「隱士」實謝逸自謂也。詩云：

處士骨相不封侯，卜居但得林塘幽。家藏玉唾幾千卷，手校韋編三十秋。
相知四海孰青眼，高臥一庵今白頭。襄陽耆舊節獨苦，只有龐公不入州。

這首詞，雖襲用前人詩句，但寫得輕倩飄逸，不失為佳作。上闋寫景，描畫出了隱者所處的環境：煙雨空，水色天青，橫塘瀲灩，吳江潺湲，風景如畫，使人心靜神遠，幾欲忘卻濁世塵寰。橫塘、吳江，不必實指，詞尚寄託，更富詩意。下闋寫人，烏巾葛衣，儼若神仙，心逐孤雲，何等胸襟，隱几自恬淡，山水寄幽情，此之謂真隱士也，豈凡夫俗子所能比。境是仙境，人是高士，顯得多麼完美和諧，簡直達到了無差別境界！前人評此詞曰：「標致雋永，全無薌澤，可稱逸調。」（清徐釚《詞苑叢談》卷三）（張忠綱）

謝薖

【作者小傳】（一〇七四～一一一六）字幼槃，號竹友，撫州臨川（今江西撫州）人。逸之從弟。有《竹友詞》。

鵲橋仙　謝薖

月朧星淡，南飛烏鵲，暗數秋期天上。錦樓不到野人家，但門外清流疊嶂。
一杯相屬，佳人何在？不見繞梁清唱。人間平地亦崎嶇，嘆銀漢何曾風浪！

北宋後期江西臨川的「二謝」——謝逸和謝薖（音同科），一向以樂志不仕，高風亮節，為人所稱；詩歌亦有名當時，被人列入江西詩派。謝薖是謝逸的從弟，其詩文集《竹友集》中存詞十多首，數量雖少，但被人稱為「尤天然工妙」（清張泰來《江西詩社宗派圖錄》），可見具有相當的功力。

這首〈鵲橋仙〉，詠的是七夕的事，但不是像一般同類詩詞那樣感嘆牛郎織女的別多會少，也不是像秦觀那首同調的詞作那樣，禮讚兩位仙人的「金風玉露一相逢，便勝卻人間無數」，而是觸景生情，抒發自己失去伴侶的悲哀。

詞從即景寫起。「月朧星淡」三句，寫七夕所見天空景象，並及七夕傳說。七夕是古老的民間節日，唐《藝文類聚》卷四引後漢崔寔《四民月令》云：「七月七日，曝經書，設酒脯時果，散香粉於筵上，祈請於河鼓（星名，即牽牛星）織女，言此二星神當會。守夜者咸懷私願，或云見天漢中有奕奕正白氣，如地河之波，輝輝有光曜五色，以此為徵應，見者便拜乞願，三年乃得。」這就是七夕天上牛女相會和民間乞巧習俗的早期記載。至於牽牛、織女星分隔在天河東西，只准每年七夕相會一次，傳說就更早，〈古詩十九首〉「迢迢牽牛星」一首即詠其事。後來又發展為烏鵲填橋之說。七夕這一晚，當農曆七月的上旬，月相為上弦，其狀如弓，光線本來就不太亮，當雲彩遮蔽時，從地上望去，月亮就更顯得朦朦朧朧，而星光也就顯得暗淡了，故曰「月朧星淡」。這時候，作者想起了今夕是雙星渡河之夕，於是便寫出了「南飛烏鵲，暗數秋期天上」兩句，以詠其事。古代觀念，男女相會，總免不了有一點羞澀；不管是戀人還是夫妻，神仙還是凡人。故「月朧星淡」，也就是最好的相會環境。這幾句，在敘事、寫景之外，還蘊含著對牛女相會的歆羨、讚美之意。

「錦樓不到野人家」二句，寫自己在此佳節中的情況。「錦樓」句是說沒有慶節擺設。宋孟元老《東京夢華錄．七夕》載：「至初六日、七日晚，貴家多結彩樓於庭，謂之乞巧樓。鋪陳磨喝樂（梵語譯音，或寫作摩睺羅伽、磨合羅，一種泥塑偶人）、花瓜、酒炙、筆硯、針線，或兒童裁詩，女郎呈巧，焚香列拜，謂之乞巧。」可見到了宋代，七夕已成為一個相當熱鬧的節日，慶節擺設是繁多的。「錦樓」即「彩樓」，總指節日鋪陳。作者是個山野隱士，他不作此種鋪陳，故曰「錦樓不到野人家」。眼前所對的，僅「門外清流疊嶂」（即青山綠水）而已。為什麼這樣呢？是因為「彩樓」為「貴家」所結，他這個山野人家辦不起嗎？事情沒有那麼簡單。我們知道，七夕意義主要有二。其一，年輕婦女結彩樓穿針，向織女乞求心靈手巧。其二，恩愛夫妻向此對象徵永恆愛情的神仙盟誓，祈求愛情的進一步淨化與持久。如果無此兩種需要，慶祝這節日來做什麼呢？明乎此，我們對作者的獨對「清流疊嶂」而不結「錦樓」乞巧，就思過半了。這兩句，充分透露出作者心情的枯槁孤寂，給人一種沉重的壓抑感。用這樣的句子來結束上半闋是高明的，因為它能夠引起讀者進一步探究作者心靈祕密的意願，為下片帶來抒情敘事的廣闊餘地。

過片緊承前文，進一步敞示心靈的創痛。「一杯相屬」三句，以沉痛的詢問，抒發出喪失伴侶的悲哀。「一杯相屬」，常有的表現。「佳人何在？不見繞梁清唱」，這是痛苦的呼喊：勸我以美酒、娛我以清歌的佳人不在了。——其中包括多少對前塵往事的追憶，對今日形單影隻的傷心！從「繞梁清唱」句可看出，作者失去的那位「佳人」，本是一位歌女；後來大概成為他的姬妾吧，可惜事跡無傳，我們已無法指實此姬為何人，與作者是何關係，曾有過多少綢繆繾綣了。詞寫至此，作者為什麼不結彩樓以慶七夕，已得到了充分的解答。過片如此寫法，是深得若即若離、不黏不脫之妙的。

結尾二句，以天上愛情的美滿反襯人間愛情的不幸，返回牛女事作結。「人間平地亦崎嶇」，同天上的牛郎、織女相比，有著多麼大的差距！於是，作者最後唱出一句：「嘆銀漢何曾風浪！」銀河裡是不起風浪的，牛女的愛情，亙千萬億年以至永恆，不衰不滅。這是有力的反襯，彌覺人間的不美滿，骨子裡是凸出作者自己的不幸。這一結束，議論而兼抒情，屬於「情結」一類。它接觸到一個普遍性、永恆性的感慨，耐人尋味。從結構上來說，它回應了開頭，緊扣七夕話題，用作詞的術語來說，叫做「拍合」，使全詞顯得圓融、完整。

這首詞，觸景生情，從雙星轉入說自己，又從自己轉回說雙星，都自然流暢，妙合無間，如大匠運斤，得心應手。（洪柏昭）

司馬槱

【作者小傳】字才仲，陝州夏臺（今山西夏縣）人。司馬光之孫。宋哲宗元祐六年（一〇九一），任河中府司理參軍，應賢良方正科，入五等，賜同進士出身，授初等職官。存詞二首。

黃金縷　司馬槱

妾本錢塘江上住，花落花開，不管流年度。燕子銜將春色去，紗窗幾陣黃梅雨。

斜插犀梳雲半吐，檀板輕敲，唱徹黃金縷。望斷行雲無覓處，夢回明月生南浦。

宋代的五七言詩中，很少寫到愛情。而司馬槱（音同友）當時卻以豔體詩聞名。可是，從他流傳下來的詩來看，說到措詞婉約、纏綿悱惻，又遠不及他這傳奇式的小詞了。

據張耒《柯山集》載，司馬槱「制舉中第，調關中一幕官，行次里中，一日晝寐，恍惚間見一美婦人，衣冠甚古，入幌執板」，歌唱此詞的上半闋，歌罷而去。司馬因續成此曲。而宋何薳《春渚紀聞》則謂下半闋為秦覯（字少章，秦觀弟）所續，並說司馬後為杭州幕官，其官舍後乃唐（應為南朝齊）名妓蘇小小之墓，所夢的美婦人即蘇小小。元人楊朝英《陽春白雪》竟據此以全首為蘇小小作。其實，無論是司馬故弄狡獪，假託本事，還是真有所夢，此詞的著作權還是要歸於他本人的。

上片是夢中女子所歌，故以女子口吻出之。首句「妾本錢塘江上住」，寫女子自道所居，看似平平，實在頗堪玩味。北宋時杭州已是繁華都會，多酒樓妓館，朝歌暮絃，搖盪心目。句中已暗示這位女子的身分。緊接「花落」二語，已含深怨。歲歲芳春，花開花落，更惋傷那美好的華年如水般流逝。這本是舊詩詞中的常語，可是這裡加上「不管」二字，所感尤大。等閒開落，何其無情，全不管人們的傷春心事，那就更加深了身世的悲感了。這位家在錢塘江上住的女郎，也許是司馬舊日的情侶，作者託諸夢寐，以寄相思相別之情。前三句寫一位風塵女子，感年光易逝，世事無常，想必也厭倦了歌妓生涯，而又苦於無法從中擺脫出來吧。「燕子銜將春色去，紗窗幾陣黃梅雨。」寫殘春風物，補足「流年度」之意。燕子銜著沾滿落花的香泥築巢，彷彿也把美好的春光都銜去了。「銜」字語意雙關，有很強的表現力。燕子歸來，行人未返，又正是惱人的黃梅時節，不時聽到幾陣敲窗的雨聲，樓中人孤獨的情懷可想而知了。黃梅雨，是江南暮春的景物，濛濛一片，日夜飄灑，恰與在紗窗下凝思的歌女淒苦的內心世界相稱。

下片寫詞人追憶「夢中」情景，實際上是寫對遠別的情人刻骨的相思。俞陛雲《宋詞選釋》評為「琢句工妍，傳情淒婉」。「斜插」句，描寫歌女的髮式：半圓形的犀角梳子，斜插在鬢雲邊，彷彿明月從烏雲中半吐出來。句意與毛熙震〈浣溪沙〉詞「象梳欹鬢月生雲」同。女子的裝飾，給詞人留下很深的印象。她輕輕地敲著檀板按拍，唱一曲幽怨的〈黃金縷〉。《春渚紀聞》載，夢中女子歌「妾本」五句，司馬愛其詞，因詢曲名，女子答是〈黃金縷〉。〈黃金縷〉，即〈鵲踏枝〉調的別名，以馮延巳〈鵲踏枝〉詞中有「楊柳風輕，展盡黃金縷」而得名。又，唐代有流行歌曲〈金縷衣〉，當時名妓杜秋娘曾經唱過：「勸君莫惜金縷衣，勸君須惜少年時。有花堪折直須折，莫待無花空折枝。」花，象徵著青春，象徵著歡愛。歌曲的主題是勸人及時行樂，不要辜負了大好時光。夢中女子唱〈黃金縷〉，大概也是這個用意吧。聯繫起上片「花落」二語，益見其怨恨之深。情人遠別，負卻華年，花謝春歸，怎能不滿懷幽怨！

「望斷行雲無覓處，夢回明月生南浦。」全詞至此，作一大頓挫。寫詞人夢醒後的感懷。「行雲」，用巫山神女「旦為朝雲，暮為行雨」的典故，暗示女子的歌妓身分，也寫她的行蹤飄流不定，難以尋覓。「南浦」，語見江淹〈別賦〉「送君南浦，傷如之何」，因用為離別之典。兩句寫夢回之後，女子的芳蹤已杳，只見到明月在南浦上悄悄升起。這裡的「夢回」，也意味著前塵如夢，那一段戀愛生活再也不可復得了。宋李獻民《雲齋廣錄》載，司馬後來經過錢塘，因憶夢中之事，寫了一首〈河傳〉詞，中有句云：「芳草夢驚，人憶高唐惆悵。感離愁，甚情況。……人去雁回，千里風雲相望。倚江樓，倍淒愴。」也可以作本詞的補充說明吧。（陳永正）

惠洪

【作者小傳】（一〇七一～一一二八）僧人。字覺範，後易名德洪，俗姓彭，筠州新昌（今江西宜豐）人。宋徽宗大觀中，以醫結識丞相張商英。後張商英得罪，惠洪決配朱崖，旋北還。著有《石門文字禪》《冷齋夜話》《天廚禁臠》等，詞多豔語，有周泳先輯《石門長短句》，存二十一首。

青玉案

惠洪

綠槐煙柳長亭路，恨取次、分離去。日永如年愁難度。高城回首，暮雲遮盡，目斷人何處。

解鞍旅舍天將暮，暗憶叮嚀千萬句。一寸柔腸情幾許？薄衾孤枕，夢回人靜，徹曉瀟瀟雨。

據宋吳曾《能改齋漫錄》卷十六載，惠洪這首詞是和賀鑄名作〈青玉案〉韻的。細揣詞意，此詞當為行旅懷人之作。

上片主要寫行者與居者離別時的情景。在槐柳夾道的長亭路上，可恨就這樣地草草分別了。綠槐煙柳，是夏初光景。長亭，古代官道上所置之亭，為行人休憩及餞別之處。取次，這裡是草草之義，意味著走得匆促。歡情未足，就分別了。離別已堪恨，「此別匆匆」就更添人恨。這個「恨」字乃一篇主旨。別後定是「日永如年愁難度」。而當此乍別之際，「高城回首，暮雲遮盡，目斷人何處」，尤人情所不能堪。這三句化用唐人歐陽詹「高城已不見，況復城中人」（〈初發太原，途中寄太原所思〉）詩意，「目斷人何處」一句，明點心事，更覺感情深摯。

下片轉入行者對居者的思念，又主要是從行者的角度來寫居者。首句寫行者在日色將暮時歇馬解鞍，寓居旅舍。客館寒窗，孤寂中又追憶起情人臨別時千萬句叮嚀囑咐的話語。「千萬句」，極言離別時對方叮嚀話之多，真可謂「語已多，情未了」（牛希濟〈生查子〉），句句包含著無限深情。「一寸柔腸情幾許？」柔腸多指女性的纏綿情意，如李清照〈點絳唇〉云「柔腸一寸愁千縷」。「情幾許？」語氣是反詰，語意卻十分肯定。情多少？情無限！結尾「薄衾」三句，如果理解為是行者在旅舍中獨宿孤枕，徹夜難眠，也不是講不通；但這樣一來，詞意就直露平淡。惠洪是很會寫言情詞的，宋人許顗《彥周詩話》曾稱其「善作小詞，情思婉約，似（秦）少游，至如仲殊、參寥，雖名世，皆不能及」。所以把末三句理解為行者在旅舍中思念遠方女子，想像她此時也一樣在相思的煎熬中思念著我。這樣講，意趣就大不相同了。自從自己走了以後，她一個人獨守空閨，薄衾半溫，孤枕難眠。春宵峭寒，又是薄衾，難以抵禦自然界的寒氣；又是獨宿繡幃，內心更充滿了寒意。無人相伴，「夜夜除非，好夢留人睡」（范仲淹〈蘇幕遮〉）。好夢醒來，再也睡不著了。夜深人靜，聽著窗外瀟瀟雨聲，「一聲聲，空階滴到明」（溫庭筠〈更漏子〉）。「徹曉瀟瀟雨」，表明女子在撩亂人心的風雨聲中，一直到天亮也沒有再睡著。這樣，詞從對面寫來，不但文勢曲折深婉，而且表達的感情也倍深一層。當然，如果將結尾理解為「一石擊兩鳥」，既指旅舍中行者實況，又指行者想像遠方閨閣中女子此時也是如此。這種講法好像也是可以的。（程郁綴）

王安中

【作者小傳】（一〇七六～一一三四）字履道，陽曲（今屬山西）人。宋哲宗元符三年（一一〇〇）進士。歷官中書舍人、御史中丞、翰林學士承旨、檢校太保、大名府尹。欽宗靖康初，貶象州。高宗紹興初，復左中大夫。曾師事蘇軾及晁說之，晁教以為學當謹初，故牓其室曰初寮。作詞刻意鍾鍊，有《初寮詞》，存五十五首。

點絳脣

王安中

峴首亭空，勸君休墮羊碑淚。宦遊如寄，且伴山翁醉。

說與鮫人，莫解江皋珮。將歸思，暈紅縈翠，細織迴文字。

這首詞見於胡仔《苕溪漁隱叢話後集》卷四十，書中有「王初寮（王安中號）有〈點絳脣〉一詞，送韓濟之歸襄陽」云云。

北宋後期，江西詩派盛極一時，流風所及，文人作詞亦喜用典。王安中生當北宋末年，自然受其影響。這首小詞的最大特色，就是因送人歸襄陽，遂全用有關襄陽的典故。襄陽為古代軍事重鎮，是歷史文化名城，文人雅士，多所吟詠。這首詞，上闋前兩句，係用晉代名將羊祜鎮守襄陽的故事。峴山，一名峴首山，在襄陽城南，為遊賞勝地。據《晉書・羊祜傳》載，祜性愛山水，每遇佳日，必登臨峴山，置酒言詠，終日不倦。後「襄陽百姓於峴山祜平生遊憩之所建碑立廟，歲時饗祭焉。望其碑者莫不流涕，杜預因名為墮淚碑」。所以李白詩云：「峴山臨漢江，水綠沙如雪。上有墮淚碑，青苔久磨滅。」（〈襄陽曲四首〉其三）山上建有峴山亭，一名峴首亭。宋神宗熙寧元年（一〇六八），史中輝守襄陽，第二年「因亭之舊，廣而新之」，熙寧三年十月，歐陽脩為作〈峴山亭記〉云：「山故有亭，世傳以為叔子（羊祜字）之所遊止也。故其屢廢而復興者，由後世慕其名而思其人者多也。」

上闋後二句，蓋用山簡故事。晉永嘉三年（三〇九），山簡鎮襄陽，「於時四方寇亂，天下分崩，王威不振，朝野危懼。簡優游卒歲，唯酒是耽。」（《晉書・山簡傳》）南朝宋劉義慶《世說新語・任誕》亦云：「山季倫（簡字）為荊州，時出酣暢，人為之歌曰：『山公時一醉，徑造高陽池。日暮倒載歸，酩酊無所知。復能乘駿馬，倒著白接籬……』」高陽池即在峴山南。所以李白〈襄陽歌〉云：「落日欲沒峴山西……笑殺山公醉似泥。」末句「且伴山翁醉」，亦有韋莊〈春暮〉詩「不學山公醉，將何自解頤」之意。安中晚年仕宦不如意，屢遭貶謫。「宦遊如寄」云云，名為贈友，實亦自況。

上闋所用二典，是就宦遊者而言。下闋宕開，反就思念者說。韓濟之歸襄陽，安中即擬思婦口吻而戲贈之。《文選》晉郭璞〈江賦〉云：「感交甫之喪珮。」李善註引《韓詩內傳》：「鄭交甫遵彼漢皋臺下，遇二女，與言曰：『願請子之珮。』二女與交甫。交甫受而懷之，超然而去，十步循探之，即亡矣。回顧二女，亦即亡矣。」漢皋臺，即漢皋山，一名萬山，在襄陽城西，北臨漢江。神女解珮處，後名解珮渚，是漢江中的一個沙洲。孟浩然〈萬山潭作〉所云「游女昔解珮，傳聞於此山」，即指此。鮫人，是神話傳說中居於海底的怪人。舊題晉張華《博物志》卷二云：「南海外有鮫人，水居如魚，不廢織績，其眼能泣珠。」在此借韓妻口吻寄語水居之人，勿解珮誘我丈夫。

以下再申思夫之意，將對丈夫的深切思念織入錦字迴文詩以寄。「將歸思」三句，是用竇滔妻蘇蕙的故事。據《侍兒小名錄》載〈璇璣圖敘〉云：「前秦安南將軍竇滔，有寵姬趙陽臺，歌舞之妙，無出其右。……蘇氏（即蘇蕙）年二十一，滔鎮襄陽，與陽臺之任，絕蘇氏之音問；蘇悔恨自傷，因織錦迴文，題詩二百餘首，計八百餘字，縱橫反覆，皆為文章，名曰〈璇璣圖〉。遣蒼頭齎至襄陽，滔覽錦字，感其妙絕，因送陽臺之關中，而具車從迎蘇氏，恩好愈重。」（轉引自宋胡仔《苕溪漁隱叢話後集》卷四十）「暈紅縈翠」，寫得生色，此為安中慣用句式，如「嗅蕊撚枝」、「落粉篩雲」之類；此四字與其〈蝶戀花．長春花〉詞的「暈粉揉綿」，同臻工妙。「細織迴文字」，一個「細」字，活畫出思婦心情。

這首詞連用四個典故，句句不離襄陽，可稱工巧。上闋典雅深重，下闋詼諧生動，可得典故之助而使詞句含意更豐富。（張忠綱）

謝克家

【作者小傳】（?～一一三四）字任伯，上蔡（今屬河南）人。宋哲宗紹聖四年（一〇九七）進士。高宗建炎四年（一一三〇），參知政事。存詞一首。

憶君王　謝克家

依依宮柳拂宮牆，樓殿無人春晝長。燕子歸來依舊忙。憶君王，月破黃昏人斷腸。

這首詞是懷念宋徽宗的，最早見於宋石茂良所著的《避戎夜話》。宋徽宗趙佶於靖康二年（一一二七）被金人俘虜，過了九年的恥辱生活，死在五國城（在今吉林省境）。明楊慎《詞品》卷五云「徽宗被虜北行，謝克家作〈憶君王〉詞」，「忠憤之氣，寓於聲律」。謝克家在國家和民族的危機中，寫下了這首忠憤填膺的詞，其淒涼怨慕之音，纏綿悱惻之感，溢於字裡行間。

全詞富於抒情色彩，不言國破君虜，巢覆卵毀，而言宮柳依依，樓殿寂寂，一種物是人非的今昔之感，躍然紙上。拿它與宋徽宗的〈燕山亭〉對讀，倍覺山河破碎，身世飄零，往事堪哀，真切動人。「春晝長」一語，把客觀的景物描寫，轉向主觀的心理感受，是景為情使，情因景生。富麗堂皇的景物後面，蘊藏著深深的隱痛。這就是宋徽宗的「問院落淒涼，幾番春暮」（〈燕山亭〉）、「帝城春色誰為主，遙指鄉關涕淚漣」（〈北去遇清明〉）那種思想感情隱約而曲折的反映。接著詞人把筆鋒一轉，從「國破山河在，城春草木深」（杜甫〈春望〉）的描寫，轉為「登樓遙望秦宮殿，茫茫只見雙飛燕」（唐昭宗李曄〈菩薩蠻〉）的感嘆：「燕子歸來依舊忙。」燕子哪裡知道樓殿依舊，而主人已換，仍然忙著銜泥，在舊梁上築起新巢，正是「這雙燕，何曾會人言語」（〈燕山亭〉），儼然有「舊時王謝堂前燕，飛入尋常百姓家」（劉禹錫〈金陵五題・烏衣巷〉）的滄桑之感。然後點明題旨，懷念故君。

這首小令，從頭到尾都是寫對君主的懷念，由柳拂宮牆，而想到宮殿的主人；由宮殿無人，而想到燕歸何處；由燕語呢喃，而想到「燕子不知何世」（周邦彥〈西河・金陵〉），蓄意到此，便有精神百倍之勢，集中全力於這「月破黃昏人斷腸」的結句，自然真味無窮，辭意高絕。因為它是從題前著筆，題外攝神，只用了一個「破」字，便把從清晨憶到黃昏，又從黃昏憶到月上柳梢，都沉浸在如痴如呆的回憶中。昔日的宮柳凝綠，今朝的淡月黃昏；昔日的笙歌徹旦，今朝的樓殿無人，在在是強烈的對比，在在是傷心的回憶，不言相憶之久，而時間之長自見；不言相憶之深，而眷顧之意甚明。「月破黃昏」是寫景；「人斷腸」是抒情。景物在感情的絲縷中織得更加光彩奪目，感情在景物的烘托中更加表現得淋漓盡致。不著一實語，而能以動盪見奇，迷離稱雋，辭有盡而意無窮。（羊春秋）

秦湛

【作者小傳】生卒年不詳。字處度，高郵（今屬江蘇）人。秦觀子。官宣教郎。宋高宗紹興二年（一一三二），添差通判常州。存詞一首，斷句一。

卜算子　秦湛

春情

春透水波明，寒峭花枝瘦。極目煙中百尺樓，人在樓中否？四和裊金鳧，雙陸思纖手。擬倩東風浣此情，情更濃於酒。

秦湛，字處度，秦觀之子。南宋胡仔稱其詞句「藕葉清香勝花氣」曰：「寫景詠物，可謂造微入妙。」（《苕溪漁隱叢話前集》卷五十九）惜其全篇不存，現在所能看到的只有這首〈卜算子〉，在寫景抒情方面，也很有特色。

起首二句，以工整的一聯點季節、寫環境。「春透水波明」，以水寫春，是說春光已透，水波澄澈如鏡。透者，足也。「寒峭花枝瘦」，是說春寒猶在，所見之花有未開者，正是乍暖還寒時候。以「瘦」字形容含苞待放的花枝，真是恰到好處。《雪浪齋日記》云：「山谷小詞『春未透，花枝瘦，正是愁時候』，極為學者所稱賞味。秦湛（處度）嘗有小詞云『春透水波明，寒峭花枝瘦』，蓋法山谷也。」（《苕溪漁隱叢話前集》引）山谷詞這三句曾被認為「峭健亦非秦（觀）所能作」（清張宗橚《詞林紀事》卷五引陳師道語）。秦湛此處學山谷，是也可稱得上「峭健」二字的。春光駘蕩，水波澄澈，給人以心胸暢快的感覺；而春寒料峭，花枝傲然挺立，亦給人以瘦骨淩霜的印象。所有這些，都流露出峭健的氣韻。小詞自花間以至宋初，都偏於柔媚香豔；即使到了秦觀，也未脫盡綺靡淒婉的格調。秦湛不學花間，反而從風格峭健的黃山谷那裡繼承氣脈。這說明宋詞發展到他那個時代，已經產生較大的變化。此詞雖屬於婉約一路，然已注入剛健峭拔的因素了。

如果說起首用的是比興手法，那麼「花枝瘦」三字非但是客觀地摹寫自然景物，而且也是觸景生情，興起詞人對所眷戀者的思念。因此到了三、四兩句，詞人便直接抒寫相思之情了。就是說，在這春光明媚的時刻，他看到那瘦小的花枝，不禁忽有所思，這種感情渺渺茫茫，甚至有些捉摸不定。也許這瘦小的花枝幻化為他那戀人的倩影，於是他不自覺地極目天涯，想看到戀人曾經居住過的那座高樓。「人在樓中否」一句，點明所想者是他心目中的那個人。從語氣上看，他們相別已很久，別後也未通音信，因此彼此的情況都不瞭解。只一句自言自語的問話，便表達了他對所戀者無限深厚的情意。

上片歇拍僅僅提到他所思念的那個人，她的形象，她的行動，都來不及描寫。過片二句便緊承前意，描寫昔日樓中相聚的情景。「四和」，香名，亦稱四合香。「金鳧」，即金鴨，指鴨子形的銅香爐。「雙陸」，古代一種博戲的名稱，相傳是三國時曹植所製。本置骰子兩隻，到了唐末，加到六隻，謂之葉子戲。其法中國已失傳，流傳至日本，稱飛雙陸，現尚存。詞人回憶當年樓中，四和香的煙縷從鴨子形的銅香爐中緩緩升起，裊裊不絕。他和那個女子正在作雙陸這種博戲，女子玩弄雙陸的纖纖玉手，使他歷久難忘。往日的甜蜜生活，女子的形象特徵，詞人只是在感情的抒發中順帶說出，自然而又妥帖，這比作專門交代要高明得多。

此詞當中四句具體寫懷人，末二句則在懷人的基礎上集中筆力抒發愈欲排遣、愈益濃重的愁情，並與起首二句相映射。「東風」者，春風也。首二句云春透波明，云寒峭花瘦，都是春風中景象。由此可見，詞人本有滿腹懷人之愁情，故欲出來借賞春加以排遣，始見大好春光，胸襟為之一快；繼而見花思人，復又陷入更為痛苦的離情之中。「擬倩東風浣此情，情更濃於酒」，化景語為情語，設想奇警，把詞人當時矛盾的心情極其深刻地揭示出來。浣者，洗也、滌也。衣裳沾有汙垢，可以洗滌，心靈染有愁情，也說可浣，此喻絕妙；而藉以浣愁者，不是水而是風，此喻亦絕妙；浣而愁未去，反而更濃，其濃又恰濃於醇酒，此喻更加絕妙了。李白〈宣州謝朓樓餞別校書叔雲〉詩云：「抽刀斷水水更流，舉杯銷愁愁更愁。」詞意與之相似，但李詩所用的是兩個平列的比喻，並以前者烘托後者。這裡則是用一個比喻，以後一句加強前一句，使情緒更推進一層；而兩句之間，又用兩個「情」字構成頂真格，銜接緊密，語氣連貫，詞人的感情似不可遏止，傾瀉而出。因此顯得不柔媚、不淒婉，與起首所定下的峭健的基調相一致。這樣就把它從傳統的花間風格區別出來，在小詞發展的長河中，它是一朵可愛的浪花。（徐培均）

徐俯

【作者小傳】（一〇七五～一一四一）字師川，自號東湖居士，洪州分寧（今江西修水）人。黃庭堅之甥。以父禧死事授通直郎。宋徽宗崇寧初，入元符上書邪等。高宗紹興二年（一一三二），賜進士出身。累官端明殿學士、簽書樞密院事、參知政事。有《東湖集》，不傳。存詞十七首。

卜算子 徐俯

天生百種愁，掛在斜陽樹。綠葉陰陰自得春，草滿鶯啼處。
不見凌波步，空憶如簧語。柳外重重疊疊山，遮不斷、愁來路。

徐俯，字師川，黃庭堅的外甥。有人說他的詞「源於山谷」，他很不快樂，回答說：山谷詞固然妙天下，君可問諸水濱；然而詞的領域極其廣大，我獨知之濠上。（見明蔣一葵《堯山堂外紀》）就是說他作詞不因襲他人，哪怕是他的舅舅；而願獨闢蹊徑，寫出心中的體會就是了。讀了此詞，可知其言為不虛。

詞中寫的是離愁，但卻剛健質樸，毫不柔媚。詞一開頭，即將胸中萬斛愁情，噴薄而出，全不像花間派詞人寫愁，先扭捏作態一番，才回到本題。夫愁本在胸中，何以一下子掛在斜陽樹呢？語似無理，然亦有所本。

李白〈金鄉送韋八之西京〉詩云：「狂風吹我心，西掛咸陽樹。」此語豪而且工，把李白對韋八的繫念之情表現得淋漓盡致。徐俯這首詞的語言結構、誇張方式與李白詩非常相似，但李白詩中寫他的心「西掛咸陽樹」，全賴「狂風吹」三字作為動力。而徐俯胸中之愁掛在斜陽樹上，則缺少一種吹送的力量。原來李白詩中的境界是動蕩的，而徐俯詞中的境界則相對靜止，所以它沒有強烈的動詞。細玩詞意，蓋所思之人遠在山外，故而詞人舉目遠望，唯見斜陽照處，煙霧迷茫，一帶青山，好似披掛著滿樹愁緒。詞人觸景生情，以情融景，遂產生這種形似無理、實卻情深的語言。一本起句作「胸有千種愁」，語雖通俗真摯，然不如「天生百種愁」雅致。所謂「天生」者，此愁與生俱來，欲排之而不可得矣。

「綠葉」二句承上語意，描寫詞人所見景物。「綠葉」因「樹」而生，「草」、「鶯」應時而發，皆一時之景也，結構至為緊密。由於詞之發端，情緒激越，至此則略一頓挫，節奏上趨於舒緩和平穩。就詞意而言，蓋先以愁人之眼觀樹，覺滿樹愁情，驟生悵觸；爾後冷靜觀察，則樹自為樹，人自為人。「自得春」三字，下得極妙。《莊子．秋水篇》云：「莊子與惠子遊於濠梁之上。莊子曰：『儵魚出遊從容，是魚樂也。』惠子曰：『子非魚，安知魚之樂？』莊子曰：『子非我，安知我不知魚之樂？……我知之濠上也。』」這裡所寫的境界和莊子所寫的知魚之樂何其相似！綠樹芳草，欣欣向榮；黃鶯當春，自鳴得意，亦猶儵魚出遊從容，與人邈不相涉，唯達其理者體其情。從詞情發展來看，這裡雖宕開一筆，而思想上確是深化了。有的本子「自」字作「占」字，便覺遜色不少，明眼人一望便知。

上片只說愁，究竟因何而愁，卻未說出。到了下片便具體化了：「不見凌波步，空憶如簧語。」從這兩句看，原來主人翁所懷念的是一位絕色佳人。「凌波步」，形容女子走路時步履輕盈的姿態，語出曹植〈洛神賦〉「凌波微步，羅襪生塵」。「如簧語」，形容女子的聲音美妙動聽，有如音樂，語出《詩經．小雅．巧言》「巧言如簧」。

但把原來的貶義改為褒義。古典詩詞中刻畫人物形象，由於筆墨有限，不能作細緻的描繪，往往只是揀最傳神的地方點染幾筆。此詞正是如此。這位佳人輕盈的步履、美妙的聲音，一直縈迴在主人翁的胸臆。因被重重疊疊的山巒所遮斷，所以憶而不見，便產生難以排解的愁怨。這兩句既與起首二句相映射，也逗引起結尾二句，雖為實寫，卻為詞中關鍵之筆。否則全篇皆虛，讀者將莫知所云了。

結尾二句借喻新奇，常被前人稱道。清沈謙《填詞雜說》云：「徐師川『柳外重重疊疊山，遮不斷、愁來路』，歐陽永叔『強將離恨倚江樓，江水不能流恨去』：古人語不相襲，又能各見所長。」《苕溪漁隱叢話前集》卷五十九云：「趙（令時）德麟『重門不鎖相思夢，隨意繞天涯』，徐師川『柳外重重疊疊山，遮不斷、愁來路』：二詞造語雖不同，其意絕相類。」就是說歐陽脩、趙令時與徐俯三人的詞，雖同樣寫離愁，但各人的表現手法卻不相同。歐詞說滔滔江水流不去心中的愁恨，表明愁如絲縷一般，硬是纏著人不放。趙詞說任憑重門深鎖，相思的魂夢仍會飛度重門，繞遍天涯。他們兩位，一是借水流恨，一是以門鎖心，認為愁恨與相思係從人物這一主體產生，不能借客體的力量強遣之去（愁恨），也不能阻之不去（相思夢）。徐俯則反其意說，愁自外面向主體襲來，要借客體的力量把它擋住。可謂各盡其妙。又昔人喻愁，多採取直截對比，如趙嘏詩云：「夕陽樓上山重疊，未抵春愁一倍多。」（引自宋羅大經《鶴林玉露》乙編卷二）這是以山之大之高，對比出愁之多之重。徐俯這裡卻不用山來直截喻愁，而用山來構成重重疊疊的屏障，企圖阻擋憂愁的侵襲；然而仍然阻擋不住，則愁之深重，更加可想而知了。愁之來路為何與山有關，因所思之人在斜陽外、山那邊也。古人填詞講究救首救尾。此詞起首以樹比愁，結尾以山遮愁，前後照應，渾然一體。歐拍又加一「遮」字為襯字，讀起來利於脣吻，頗有力度，顯示了一種特殊的聲情之美。（徐培均）

葉夢得

【作者小傳】（一〇七七～一一四八）字少蘊，號石林居士，長洲（今江蘇蘇州）人。宋哲宗紹聖四年（一〇九七）進士，累官中書舍人、翰林學士、吏部尚書、龍圖閣直學士，帥杭州。高宗朝，除尚書右丞、江東安撫使兼知建康府、行宮留守。移知福建。晚居吳興卞山。曾兼總四路漕計，以給饋餉，軍用不乏。能詩工詞，長於議論，詞風早年婉麗，中年學東坡，晚歲簡淡而時出雄傑。著有《建康集》《石林詞》《避暑錄話》《石林燕語》等。存詞一百零三首。

賀新郎 葉夢得

睡起流鶯語。掩蒼苔、房櫳向晚，亂紅無數。吹盡殘花無人見，唯有垂楊自舞。漸暖靄、初回輕暑。寶扇重尋明月影，暗塵侵、上有乘鸞女。驚舊恨，遽如許。

江南夢斷橫江渚。浪黏天、葡萄漲綠，半空煙雨。無限樓前滄波意，誰採蘋花寄與。但悵望、蘭舟容與。萬里雲帆何時到，送孤鴻、目斷千山阻。誰為我，唱金縷。

宋人關注在〈題石林詞〉一文中，對葉夢得的詞下了這樣的評語：「味其詞婉麗，綽有溫、李之風。晚歲落其華而實之，能於簡淡時出雄傑。」本詞風格婉麗，該是他早期之作。

上片是靜景，並在靜景中體現出作者的內心幽情。起首三句描繪自己午睡乍醒，已是傍晚時分，忽聞鶯聲婉轉，「流鶯語」，以細聆鶯囀來凸出環境的幽寂，也即「鳥鳴山更幽」（南朝王籍〈入若耶溪〉）之意。環顧四周，但見地上點點青苔，片片落花，說明春光已盡，令人不勝惋惜。「吹盡」兩句，進一層描寫庭院景象。春暮只剩殘花，殘花又已吹盡，吹盡且無人見，一句中有無限感慨。花落是悄悄地沒人注意，只有柳條還在隨風輕擺，這是靜中見動；一「自」字寫出四周無人的寂寥況味，用來襯托作者徘徊四顧的孤獨心情。

「漸暖靄」三句，先從時節轉移寫起。春去夏來，暖風帶來初夏的暑熱，由於想到消暑而引出了寶扇：這是一把布滿塵灰的扇子，但它上面那隱約可見的月宮「乘鸞女」卻使他陷入了沉思。關於「乘鸞女」，原本有著一個月中仙女的傳說。據說唐玄宗在八月十五日遊月宮，「見有素娥十餘人，皆皓衣乘白鸞」（唐《龍城錄》）。那扇面上模糊的素衣仙女畫像，引起他的聯想，勾起了他隱藏於內心深處的「舊恨」，使他自己也感到驚訝的是那「舊恨」，竟會如此猛烈地湧上心頭。

下片為想像，承上「舊恨」展示心頭感情波濤。「江南」三句，是說昔年樂事已成而今「舊恨」，伊人遠去，猶如乘鸞仙女，無由再見。「江南」，是昔日相會之地；「夢斷」則是說舊時情事如昨夢前塵，已成過去，故言「斷」。夢已斷而復思之，意承上「驚舊恨」而來，以下即寫所思江南其地其人。洲渚橫江，江水綠漲，江浪拍天，化為半空煙雨。先寫江景，為下文鋪墊。李白〈襄陽歌〉：「遙看漢水鴨頭綠，恰似葡萄初醱醅。」這裡「葡萄漲綠」即本李白詩。「無限」三句，遙想伊人倚樓凝望，但見煙波蒼茫，情思無限，能採蘋花寄我否？「採」由上「江渚」生發，所謂「汀洲採白蘋，日暖江南春」（南朝梁柳惲〈江南曲〉）。而採蘋以寄所思之故人，古詩中不少見。除上舉柳惲詩外，又有唐劉希夷同題之作：「……蘋花日自新。以此江南物，持贈隴西人。空盈萬里懷，欲贈竟無因。」這首詞則從男子方面懸想：「誰採蘋花寄與。」「誰」即指伊人。作問意者，一是果採蘋花寄與我否？二是採得後能寄到否？我也只能悵然想望著她泛蘭舟容與（徘徊）於江上吧。這裡意思當從《楚辭．九歌．湘夫人》化出：「搴汀洲兮杜若，將以遺兮遠者。時不可兮驟得，聊逍遙兮容與。」「萬里」兩句，更深一層，寫兩人之間隔著千山萬水，舟船難通，只能目送征鴻，黯然魂銷。柳永〈玉蝴蝶〉詞末幾句境界與此相似：「海闊山遙，未知何處是瀟湘。念雙燕、難憑遠信，指暮天、空識歸航。黯相望：斷鴻聲裡，立盡斜陽。」結末兩句深恨無人為自己唱起〈金縷曲〉。〈金縷〉即杜秋娘所唱〈金縷衣〉。其辭曰：「勸君莫惜金縷衣，勸君須惜少年時。有花堪折直須折，莫待無花空折枝。」有深悔年少光陰虛過之意。

關於這首詞，南宋劉昌詩《蘆浦筆記》說：「葉石林〈賀新郎〉詞有『誰採蘋花寄與』、『但悵望蘭舟容與』。下『與』字去聲。《漢．禮樂志》『練時日，淡容與』，顏（師古）注：『閒舒也。』今歌者不辨音義，乃以其疊兩『與』字，妄改『寄與』作『寄取』而不以為非，良可笑也。慶元庚申，石林之孫筠守臨江，嘗從容語及，謂賦此詞時年方十八，而傳者乃云為儀真妓女作。詳味句意皆不相干，或是書此以遺之爾。」錄供參考。

（潘君昭）

水調歌頭 **葉夢得**

九月望日，與客習射西園，余病不能射。

霜降碧天靜，秋事促西風。寒聲隱地初聽，中夜入梧桐。起瞰高城回望，寥落關河千里，一醉與君同。疊鼓鬧清曉，飛騎引雕弓。
歲將晚，客爭笑，問衰翁：平生豪氣安在？走馬為誰雄？何似當筵虎士，揮手弦聲響處，雙雁落遙空。老矣真堪愧，回首望雲中。

宋曾慥《樂府雅詞》所錄這首詞的題序是：「九月望日，與客習射西園，余偶疾不能射。客較勝相先。將領岳德，弓強二石五斗，連發三中的，觀者盡驚。因作此詞示坐客。前一日大風，是日始寒。」悼惜流年，感嘆衰病，是古代詩詞中常見的主題。葉夢得此篇與眾不同的地方，首先在於作者的衰病之嘆是放在「與客習射」的雄健背景上，透過和「當筵虎士」的對比來抒發的，因而衰颯中透著高遠與豪邁，迥異同類主題詞作中往往存在的柔靡習尚，讀來給人以振奮和鼓舞。其次，細味全文，我們還會發現這首詞的字裡行間處處隱藏著作者赤誠的愛國精神。上半闋寫夜飲，在一片蕭瑟淒涼的氣氛中，出現了一個「起瞰高城回望，寥落關河千里，一醉與君同」的詞人形象。關河，指異族佔據的北方領土。作者登城回望，最關心的只是千里關河，而且正因為關河寥落，才引出「一醉與君同」的夜飲。由此可見，詞中寫夜飲，實際上表達的卻是作者那無法壓抑的愛國情緒。下半闋寫習射，在接連提出「平生豪氣安在」、「走馬為誰雄」的問題並對將領岳德的射技進行描寫之後，作者沉重地發出「老矣真堪愧」的慨嘆。為什麼「老」就堪愧？「回首望雲中」一句告訴了我們答案。雲中，指雲中郡，以漢魏尚、李廣在此抗擊匈奴而著名。詞人望雲中而愧恧，便道出了他衰病之嘆的真諦：這不是花前月下的自怨自艾，不是故作多情的無病呻吟，而是對不能報效疆場而發出的感喟。——這種衰老卻不忘國家民族的精神無疑是可貴的。

這首詞在有限的篇幅裡，把時令、氣候、物象，熱鬧的人事、淒然的感情有機地糅合在一起，乃是它最主要的特色。這在前半闋中表現得尤為凸出。比如：前四句是在「霜降碧天靜」的基礎上，用「秋事」、「西風」、「寒聲」、「梧桐」表現「前一日大風」。可是透過這些描寫，我們不但能夠發現對「是日始寒」的暗示，而且詞中一年將盡的意思也同「吾生已老」的情緒完全合拍，所以這淒冷的天氣也應是作者悲涼心理的反映。「起瞰」以下三句透過動作、行為傳達作者的思想感情，但這種感情也與環境、氣氛、場面融合成一個統一的整體：「高城」寫地點，不過作者當時正在衰老、病痛、秋寒的包圍之中，因而他堅持登高回望山河的形象就分外感人；「寥落關河千里」再現殘破的北方領土，而這又恰與詞人得不到慰藉的寂寞心理相統一；「一醉與君同」描寫夜飲場面，然而誰又能說這裡的作者不是在借酒澆愁呢？「疊鼓鬧清曉，飛騎引雕弓」兩句最熱鬧，是主題所需要的。「疊鼓」，南朝謝朓〈入朝曲〉有「疊鼓送華輈」，《文選》李善注說：「小擊鼓謂之疊。」這是校射場面的前奏曲，鼓聲馬蹄聲，便烘托出一種宛如「勇士赴敵場」的氣勢和作者躍躍欲試的心情。

這是一闋抒情小詞，其中卻體現了作者塑造人物形象的本領。這除了「起瞰高城回望」以外，還如「何似當筵虎士，揮手弦聲響處，雙雁落遙空」，塑造了一個武士形象，其超群的武藝、敏捷的身手、威風的氣概，都是透過詞語活躍到紙上來的。特別是「回首望雲中」所刻畫的引頸長望的詞人形象，承上數句體現了愧羨之意。用這樣的形象結尾，就可以把語言傳達不了的無窮無盡的感觸留在作者深邃的眼神裡，使作品真正收到「言有盡而意無窮」。（李濟阻）

水調歌頭 葉夢得

秋色漸將晚，霜信報黃花。小窗低戶深映，微路繞欹斜。為問山翁何事，坐看流年輕度，拚卻鬢雙華？徙倚望滄海，天淨水明霞。

念平昔，空飄蕩，遍天涯。歸來三徑重掃，松竹本吾家。卻恨悲風時起，冉冉雲間新雁，邊馬怨胡笳。誰似東山老，談笑靜胡沙！

北宋末、南宋初，金人來犯。葉夢得為江東安撫大使兼知建康府（府治今江蘇南京），因籌措糧餉得力，軍用不乏，沿江諸將得以全力擋住金兵向江南的進攻。高宗紹興十四年（一一四四），在福建安撫使兼福州知州任上，上疏告老。退居湖州後，在許多詩、詞裡抒發了對時局的感慨以及憂國憂民的情懷，這是其中的一首。

開頭兩局「秋色漸將晚，霜信報黃花」，點明時令。黃花盛開報來了霜降的消息，正是秋高氣爽的時候。寫秋景，一般多寫得蕭瑟，衰颯，這裡卻把秋景寫得很美，反映出詞人的開朗胸懷，其實，他的內心並不是怎麼平靜的，它是在為下邊的抒發感慨作勢。「小窗低戶深映，微路繞欹斜」，點明住地。簡樸的房子，掩映在黃花叢中，外邊環繞著蜿蜒的小道。這是個幽靜偏僻的所在，很適合於過隱居生活，但心情是否閒適呢？並非如此。下邊抒發出內心的感慨：「為問山翁何事，坐看流年輕度，拚卻鬢雙華？」秋晚山居，無所作為，詞人這個隱居山林的老翁，因起不甘心而又不得不空耗流光，徒增白髮之嘆。「拚」為「割捨之辭，亦甘願之辭」（張相《詩詞曲語辭匯釋》），「拚」而加問意，即為「豈甘」、「不甘」。這裡所說的「流年輕度，拚卻鬢雙華」，不是一般的牢騷話，而是委曲婉轉地表達出對時局的不滿情緒。宋欽宗靖康二年（一一二七），金兵攻下汴京，徽、欽二帝被擄，他隨高宗南下，任戶部尚書，陳述戰守大計，甚被親重。後來在兩次建康知府任上，建樹更大。後高宗向金屈膝求和，岳飛、張憲等被冤殺，趙鼎被貶官。他本人亦為當時政治形勢所迫而離任。詞人之嘆，實乃壯志不酬、英雄空老之喟慨。「徙倚望滄海，天淨水明霞。」他走出了「小窗低戶」，沿著崎嶇的小路來到了太湖邊上，凝視著浩茫無際的滄海一般的湖波，天宇澄淨，綺麗的彩霞在波光裡閃動。這樣優美的景色有沒有使他忘懷世事呢？顯然沒有，他的感慨又油然而生了。

換頭三句「念平昔，空飄蕩，遍天涯」。上片「流年輕度」，是從時間上說的，這裡的「遍天涯」，是從空間上說的，再一次感嘆自己的一事無成。「歸來三徑重掃，松竹本吾家。」化用陶淵明〈歸去來兮辭〉「三徑就荒，松菊猶存」。「本」字表現自己歸隱的決心。下邊陡轉：「卻恨悲風時起，冉冉雲間新雁，邊馬怨胡笳。」他鬱結於心的就是這個「恨」，恨什麼呢？恨的是在蕭蕭的寒風裡，從北向南的新雁帶來了邊疆的訊息：強敵壓境，邊馬哀怨。這裡化用東漢蔡琰〈悲憤詩〉「胡笳動兮邊馬鳴，孤雁歸兮聲嚶嚶！」但換用「恨」、「悲」、「怨」幾個字，就顯得比原詩更加蒼涼激楚，構成了這幾句詞語的基調，唱出了自己的心聲，流露出對於當朝割讓大片土地換取偏安局面的不滿情緒。就是這個大恨梗塞於胸，使得他「小窗低戶」，不能安居；黃花、松竹無心觀賞；萬頃碧波也無意領略。他身雖隱退而心有不安，於是他想起了東山再起的謝安：「誰似東山老，談笑靜胡沙。」東晉著名宰相謝安，從隱居的東山進入仕途。淝水一戰，擊潰了苻堅南侵的百萬大軍。這裡詞人隱然以謝安自況。這兩句是從李白的〈永王東巡歌十一首〉其二「但用東山謝安石，為君談笑靜胡沙」

化來，表現了作者念念不忘收復失地的抗金意志。但著以「誰似」二字，又透露出自己願為謝安而不可得的感慨，且當前復有何人？其沉鬱之處，又與李白原句之意態昂揚者異趣了。

寫景與抒情交互進行，而以抒發情懷為主，景物只起反襯作用，藉以表現內心的矛盾，可以說是這首詞表現手法的一個特點。它語言明快，很少藻飾，而感情卻很深沉，風骨稜稜，透露出逸氣豪情，明顯地受到了蘇東坡詞風的影響。宋人關注評葉夢得詞「能於簡淡時出雄傑，合處不減靖節（陶淵明）、東坡之妙，豈近世樂府之流哉！」（〈題石林詞〉）正道出葉詞微旨。（李廷先）

八聲甘州 葉夢得

壽陽樓八公山作

故都迷岸草，望長淮、依然繞孤城。想烏衣年少，芝蘭秀發，戈戟雲橫。坐看驕兵南渡，沸浪駭奔鯨。轉盼東流水，一顧功成。

千載八公山下，尚斷崖草木，遙擁崢嶸。漫雲濤吞吐，無處問豪英。信勞生、空成今古，笑我來、何事愴遺情①。東山老②，可堪歲晚，獨聽桓箏③。

〔註〕①遺情：指思念往事。曹植〈洛神賦〉「遺情想像」，李善注引《楚辭．九章．遠遊》：「思舊故以想像。」②東山老：指謝安，他曾隱居東山。③桓箏：《晉書．桓伊傳》記載，謝安晚年為晉孝武帝疏遠。一次，謝安陪孝武帝飲酒，桓伊彈箏助興，並歌曹植〈怨歌行〉：「為君既不易，為臣良獨難。忠信事不顯，乃有見疑患。」孝武帝聽後「甚有愧色」。

這首詞大約寫於高宗紹興三年（一一三三）前後，當時作者被排擠出朝，任江東安撫大使，兼知建康府並壽春等六州宣撫使。壽春，今安徽壽縣，東晉改名壽陽。八公山在壽縣城北，淝水流經其下。公元三八三年，東晉謝安命謝石、謝玄在這裡以八萬兵力巧勝號稱百萬的前秦苻堅大軍，使「淝水之戰」成為歷史上以少勝多的著名戰例，贏得了文人墨客的不斷吟詠。葉夢得在宋室南渡之後積極從事防務和軍餉供應，是主戰派人物之一。因此在遭受打擊之後登臨八公山，他便自然想起謝安的故事了。

詞的上半闋是對淝水之戰的回想。「故都」，有人認為係指建康，但壽春在公元前二四一年也作過楚國的首都，如今作者又是在此懷古，所以說是壽春更恰當。「長淮」即淮河，這裡指淮河的支流淝水。開頭三句從眼前的城和水寫起，似乎是弔古詩文的老調。然而作者下一「迷」字，則給全篇罩上了一層不可解脫的陰影：透過迷岸的野草，約略感受得到亂糟糟的社會和詞人如麻的心緒。再者第三句說「依然」繞孤城，也就預示了「物是人非」的主題。這種開頭，庶幾可免「泛寫景」之弊。以下七句，集中寫淝水之役。「烏衣」，巷名，故址在今南京市東南，在晉代曾是王、謝等名門貴族居住的地方。淝水之戰中，謝安的弟弟謝石、侄兒謝玄、兒子謝琰等年輕將領顯示了出色的軍事才能，所以詞中說「烏衣年少」。「芝蘭秀發」用南朝宋劉義慶《世說新語．言語》中謝玄的話「譬如芝蘭玉樹，欲使其生於階庭耳」，比喻年輕有為的子弟。「戈戟雲橫」，字面的意思是：戈戟等武器像陣雲一樣橫列開去，在這裡有雙關作用，一是借指東晉部隊的軍容、軍威，一是暗用《世說新語．賞譽》中「見鍾士季（會）如觀武庫，但睹矛戟」的典故，讚譽謝安等人滿腹韜略、足智多謀。「驕兵」指苻堅的軍隊。「奔鯨」，南朝謝朓〈和王著作融八公山詩〉：「長蛇固能剪，奔鯨自此曝。」《文選》李善注說：「奔鯨，喻（苻）堅也。」從寫法上看，上半闋先用渲染法，在「想烏衣年少」等三句中樹立起謝家子弟的英武形象；然後改用對比和反襯之法：因為對手是「驕兵」，是「奔鯨」，所以勝利者的功業便更見輝煌，「坐看」、「轉盼」、「一顧功成」的從容風采也就更為鮮明。這種寫法凸出了淝水之戰以少勝多、驅逐異族（苻堅為氐族）的主題，為下文「撫今」打下了堅實的基礎。

下半闋寫作者的感觸。面對陳跡，回首往事，聯繫當權者的不抵抗政策，再考慮到詞這種文體的特殊性，詞人既有滿腹心事，但又不好直說，因之這半闋故意使用了曲筆、逆筆。「千載」三句仍從眼前落墨，在上下兩闋之間起著過渡作用：把這三句同「望長淮、依然繞孤城」對看，那麼詞人分明是在喟嘆「山河依舊，古人不再」；把這幾句同「漫雲濤吞吐，無處問豪英」對看，則一說草木皆兵，一說朝中無人，作者懷古的用意差不多全在其中了。「漫雲濤吞吐，無處問豪英」正面寫對英雄的仰慕；「信勞生、空成今古」卻從反面說謝氏子侄勞碌為國，也不過空成過去。「笑我來、何事愴遺情」從反面說「我」不必為往事悲傷，好像是作者的自我否定；「東山老，可堪歲晚，獨聽桓箏」，卻又明明在訴說豪情受到冷落後的強烈不滿（句中那個「獨」字，反映了比與孝武帝「共」聽桓箏的謝安更加寂寞的處境）。——這四層意思中，正說、反說、直筆、曲筆交替使用，每變一次筆法，詞意便被推進一步。清劉熙載說：「一轉一深，一深一妙，此騷人三昧。倚聲家得之，便自超出常境。」（《藝概．詞概》）這種寫法，不僅易於表達作者複雜的情緒，而且詞篇也因之更加搖曳多姿了。

（李濟阻）

念奴嬌 葉夢得

雲峰橫起，障吳關三面，真成尤物。倒捲回潮，目盡處、秋水黏天無壁。綠鬢人歸，如今雖在，空有千莖雪。追尋如夢，漫餘詩句猶傑。

聞道尊酒登臨，孫郎終古恨，長歌時發。萬里雲屯，瓜步晚、落日旌旗明滅。鼓吹風高，畫船遙想，一笑吞窮髮。當時曾照，更誰重問山月。

這首詞是作者在宋高宗紹興八年（一一三八）受任江東安撫制置大使兼知建康府（治所在今江蘇南京）時期作的。紹興初年，作者也任過同樣的職務。過了幾年，又重任此職，所以建康是他的舊遊之地。從下片起句「聞道尊酒登臨」，以及「孫郎」、「畫船」這些字句來看，此詞應是作者乘船登鎮江北固山有感而作。鎮江也是作者管轄之地，當年是孫吳早期的政治中心。

在作者寫這首詞的四十多年前，蘇軾於神宗元豐五年（一〇八二）謫遷黃州時寫了〈念奴嬌．赤壁懷古〉詞，流傳很廣。葉夢得這首就是步東坡詞原韻寫的，其構思和謀篇與赤壁詞也有相似之處。

詞的上片是借景抒懷。起句「雲峰橫起」，真如奇峰突起，氣勢就已不凡。下句「障吳關三面」，是寫雲峰分布情景：雲霧繚繞的山峰像屏障一樣把古吳國所屬地區遮去了三面。三面，是指東、西、南三面。吳關，泛指吳國轄境，此處指今江蘇沿江一帶。接下去「真成尤物」，是作者對雲峰的讚嘆。尤物，原意指尤異的人物，一般是指女性，這裡借指雲峰的奇特可愛。

以上三句是作者仰觀後的感受。緊接以下兩句是作者平視所見：從江干極目望去，回潮倒捲之處，水天渾然一體，無邊際可尋。這句是用韓愈〈祭河南張員外文〉「洞庭漫汗，黏天無壁」的下一句，很切合詞意，押「壁」字韻，可謂天衣無縫。一個「秋」字點出時令。下面五句由寫景轉入抒情。前面說過，作者曾兩次出知建康府，第一次到建康時不過五十歲多一點，還不算老，「綠鬢人歸」，回去時頭髮還是青的；可是這次重返故地，已是過了花甲的人了，人雖還活著，但已是滿頭白髮，回想當年情景，有如大夢一場，只有詩情未減，下筆仍像往日那樣雄渾奔放。作者在這裡雖然感到年歲日增，精力已不如前，但並無傷感情緒，還以「詩句猶傑」自豪，胸襟是很開朗的。

詞的下片，則是作者看了眼前景物，思潮起伏，興起了一系列的感慨。

首先他想到東漢末年崛起江東的孫策，也常攜酒登臨此山遊宴，時而引吭高歌。當時孫策正值英年，手握雄兵，有澄清天下之志。可惜他壯志未酬就短命死了，飲恨千秋。「萬里」以下五句，應是作者興盡下山，回到自己座船以後的思想活動。他向西望去，萬里濃雲綿亙，此時北岸臨江的瓜步一帶，夕陽正照著軍營中的旌旗或明或暗，鼓角聲隨著秋風飄來，詞人不禁想到：淮水以北地區已被金兵佔領，南宋政權岌岌可危，收復失地渺不可期。安得有一天王師北定中原，大軍直入金人腹地，以實現舉國父老的願望。「窮髮」一詞出自《莊子．逍遙遊》，指最遙遠的北方，詞裡是指金人的後方，「吞窮髮」也就是岳飛所說的「直抵黃龍府」（《宋史．岳飛傳》）之意。這幾句表達了作者的愛國思想。結尾兩句，也寫得非常高妙：月亮從東山升起了，就是這個月亮，曾照遍古往今來的人，其中既有孫策，也有率軍南下進駐瓜步的北魏太武帝拓跋燾，當年的情景，月亮統統可以作證。這些歷史事件，可是有誰去問過它呢！「更誰重問山月」這一結句，既有景又有情，給讀者留下無盡的聯想餘地。

填詞步他人原韻，要受韻的限制，較自行創作為難。縱觀此詞，言情狀物虛實交融，行文錯落有致，有今有古，亦古亦今，始終把自己置身其間。而且情調健康，氣韻自然，沒有雕琢氣。宋人王灼認為葉夢得詞「學東坡……得六七」（《碧雞漫志》）；清人馮煦也認為他的詞「顧挹蘇氏之餘波」（《宋六十一家詞選例言》）。從作者這首詞來看，王、馮之說頗有見地。而此詞與東坡的赤壁詞相比，也差可繼武。（吳丈蜀）

臨江仙　葉夢得

與客湖上飲歸

不見跳魚翻曲港，湖邊特地經過。蕭蕭疏雨亂風荷。微雲吹盡散，涼月墮平波。

白酒一杯還徑醉，歸來散髮婆娑。無人能唱採菱歌。小軒攲枕簟，檐影掛星河。

本詞題云：「與客湖上飲歸。」詞意便是從此句生發拓開。上片先接「飲歸」兩字，寫宴集既散，餘興未盡，特地繞道來到湖邊，原想看看湖邊港灣水草茂密之處那些翻跳出水、閃著白光的魚兒，但夜色朦朧，湖水平靜，只聽得雨聲稀朗，打落在隨風翻亂的荷葉上。這首兩句是倒裝句，表現出作者的體物入微。「卻傍水邊行，葉底跳魚浪自驚。」（葉夢得〈南鄉子・自後圃晚步湖上〉）觀看魚兒從水中跳起又落下本是他的樂趣，但眼前天暗波平，只有晚風疏雨翻亂荷葉的蕭蕭之聲。忽然，風過處，雲散去，一片涼月，影入湖中。這裡不說是月影，而要說月墮平波，乃是由於作者正注目沉沉湖水，忽然湖清見月，幾疑月兒從天上落下。

下片寫湖上歸來以後的心情。想不到酒宴之上僅僅飲下一點白酒，就竟然頗有醉意。「散髮婆娑」，極寫自己披散頭髮，徘徊納涼，以解除酒後燥熱煩悶之感。「無人」句是說想聽支採菱小曲，聊以解悶，但夜深人靜，無人放歌，而愁悶也只好鬱積心底，無從排遣。這裡的「無人」，其實是藉以說明作者的沉憂和孤獨感，也是深一層的寫法。

夜深了，小軒中的作者倚枕而臥，難以入睡，但見月光之下，屋宇飛檐，十分清晰，天上銀河垂懸，好似掛在檐角之上。透過這一靜景描寫，凸出了作者月夜沉思的形象，他所沉思的內容是什麼呢？該不僅僅是個人的閒愁罷！作者含蓄地以景作結，讓讀者自己去領略體會。

這首詞洗卻綺豔，格調疏放。與作者同時的關注說其早期詞「其詞婉麗，綽有溫、李之風」，但他也受到蘇軾及其門人的影響，時有疏放之作，在目前可以證實為他晚期所寫的詞作之中，已看不到婉麗的風調，也就是關注所說的「晚歲落其華而實之」，亦即詞風由婉麗轉為簡淡疏放，「不作柔語殢人」（明毛晉〈石林詞跋〉）；由個人閒愁轉為家國之感。此詞即是顯例，而疏放中又有含蓄的一面。（潘君昭）

虞美人　葉夢得

雨後同幹譽、才卿置酒來禽花下作

落花已作風前舞，又送黃昏雨。曉來庭院半殘紅，唯有遊絲千丈罥①晴空。

殷勤花下同攜手，更盡杯中酒。美人不用斂蛾眉，我亦多情無奈酒闌時。

〔註〕①罥（音同眷）：懸掛糾結。「罥」一作「裊」或「舞」。

葉夢得生平以經術文章著稱，所作歌詞，初極婉麗，有溫、李之風；晚歲洗盡鉛華，能於簡淡中表現出雄傑的氣韻。宋人王灼以為他學東坡得其六七，「其才力比晁、黃差劣」（《碧雞漫志》卷二）。這首小詞與東坡的婉約之作有些相似，是《石林詞》中之佳作。

上片寫景。昨夜一場風雨，落花無數。曉來天氣放晴，庭院中半是殘花。內容極為簡單，寫來卻有層次，且有氣勢。從時間來看，重點在清晨，也即「曉來」之際；昨夜景象是從回憶中反映出來的。意境頗類李清照〈武陵春〉「風住塵香花已盡」，但李詞較凝練，葉詞較舒展。一般寫落花，都很哀婉低沉，如歐陽脩〈蝶戀花〉「淚眼問花花不語，亂紅飛過秋千去」，秦觀〈千秋歲〉「春去也，飛紅萬點愁如海」，均極淒婉之致。可是這裡卻用另一種手法，不說風雨無情，摧殘落花，而以落花為主語，說它在風前飛舞，把「黃昏雨」給送走了。

創意甚新，格調亦雅。曉來殘紅滿院，本易棖觸愁情，然詞人添上一句「唯有遊絲千丈罥晴空」，情緒遂隨物象揚起，給人以高騫明朗之感，音調也就高亢起來。我們說它像東坡的婉約之作，這是第一點。

下片抒情。前二句正面點題，寫詞人雨後同幹譽、才卿兩位友人在來禽花下飲酒。來禽，即林檎，南方叫花紅，北方名沙果。此時詞人蓋已致仕居湖州卞山下，故能過此閒適生活。「殷勤花下同攜手」，寫主人情意之厚，友朋感情之深，語言簡練通俗而富於形象性，彷彿看到這位賢主人殷勤地拉著幹譽、才卿入座。「花下」當指林檎樹下。奇怪的是上片已云花落，為何此處不說樹下而說「花下」，這除了平仄關係（「樹」字仄聲，此處宜平）以外，還因為前面已經言明「庭院半殘紅」，可見樹上尚有殘花，詞中針線還是密的。「更盡杯中酒」，一方面見出主人殷勤勸飲，猶如王維〈送元二使安西〉中所說的「勸君更盡一杯酒」；一方面也顯出詞情的豪放，如歐陽脩〈朝中措〉中所寫的「揮毫萬字，一飲千鍾」。然而從前面所鋪敘的落花這一背景來看，此句可能帶有人生無常、及時行樂思想，不過只是暗寓，僅可意會罷了。以豪放之筆寫悲感，這是像東坡的第二點。

結尾二句寫得最為婉轉深刻，曲折有味。所以明人沈際飛評曰：「下場頭話，偏自生情生姿，顛播妙耳。」（《草堂詩餘正集》卷二）古代達官、名士飲酒，通常有侍女或歌妓侑觴。此云「美人不用斂蛾眉，我亦多情無奈酒闌時」，「美人」即指侍女或歌妓而言，意為美人愁眉不展，即引起我不歡。其中「酒闌時」乃此二句之規定情境。酒闌意味著人散，人散必將引起留戀、惜別的情懷，因而美人為此而斂起蛾眉，詞人也因之受到感染，故而設身處地，巧語寬慰，幾有同其悲歡之慨。多麼婉曲，又多麼深沉！沈際飛稱其顛播得妙，確為有識之見。

總的來講，這首詞以健筆寫柔情，以豪放襯婉約，讀起來令人深受感動而不低沉欲絕。明人毛晉稱其詞「不作柔語殢人，真詞家逸品」（〈石林詞跋〉），於此可見一斑。（徐培均）

點絳脣　葉夢得

紹興乙卯登絕頂小亭

縹緲危亭，笑談獨在千峰上。與誰同賞，萬里橫煙浪。

老去情懷，猶作天涯想。空惆悵。少年豪放，莫學衰翁樣。

宋高宗紹興五年乙卯（一一三五），葉夢得登上他所居住的吳興西北卞山（一稱弁山）絕頂亭。絕頂亭位於卞山南山之巔，為葉夢得所築。亭基將建成，他即離吳興出任江東安撫大使兼知建康府，兼壽春等六州宣撫使，時在紹興元年。此時則已去任歸居卞山，登此亭，心有所感，寫了這首詞。

「縹緲危亭」，一起徑直點題。危亭，東漢許慎《說文解字》：「危，在高而懼也。」此言亭之高，應題目的「絕頂」，絕頂亭就是因所在位置之高而命名。縹緲，隱隱約約，亦因其高而望之似可見似不可見，應題目中的「小亭」。杜甫〈白帝城最高樓〉詩「獨立縹緲之飛樓」的「縹緲」，也是這個意思。

「笑談獨在千峰上」，由亭而寫到人，應題目的「登」字。由於小亭位於「絕頂」，故登亭之人有在「千峰上」之感。作者又說此時亭上只有他個人「獨在」，那麼這「笑談」卻又對誰而發呢？這年作者已經五十九歲，看來登上絕頂亭不會是一個人來。從下文「少年豪放，莫學衰翁樣」看，同登的應該還有他的兒輩，很可能是他的少子葉模。《建康集》有詩三首，題為〈送模歸卞山并示僧宗義為余守西巖者〉，首云「自我離山間，忽已兩改月」，自註「江東領八州」，是作於初離卞山出任江東安撫大使兼知建康府時；詩中又囑咐兒子「為吾課童僕，開闢盡二面（西山、南山）」，則葉模是替他管理卞山的別墅的，此時登上絕頂亭當也隨行。而作者登亭用了個「獨」字。不是與朋友同遊是可以用「獨」字的。這個字還有它特殊的意義，表示出雖老而仍登此絕頂小亭的歡暢心情。上述〈送模歸卞山……〉詩第二首末云「莫言羊腸險，徑小煩屢轉；杖藜不用扶，吾腳猶爾健」，是接在詩自註「築南山絕頂亭，亭基垂成而來」之下的詩句。亭未成而去建康赴任（詩自註中「來」字是從建康的角度說的），而今去職歸山，獨登此亭，自慶腰腳猶健，有杜甫〈望嶽〉的「會當凌絕頂，一覽眾山小」的豪情，但同時又不免有孤獨寂寞之感，這就是下面的「與誰同賞，萬里橫煙浪」。

這兩句應該作為倒裝句式看，即「萬里橫煙浪」的寫景句在前，「與誰同賞」的抒懷句在後。「萬里」，喻其廣遠，指吳興以北直至淪陷的中原地區，此時宋室南渡已八個年頭了。「煙浪」形容煙雲如浪，與「萬里」相應。北望中原，煙霧迷茫，不知恢復在何日。「賞」字不只為了協韻，還含有預想失土恢復後登臨賞覽的意思在內。「與誰同賞」即沒有誰與之同賞，回應「獨」字。「獨在」而推及「同賞」，「同賞」又感嘆「與誰」；歡快味的「賞」字與壓抑感的「獨」字聯翩而來，表現作者心中此時的複雜情緒，抒發在下片之中。

「老去情懷，猶作天涯想。」「天涯想」，指有志恢復中原萬里河山。年齡雖老，壯志未衰，「猶作」二字流露出「天涯想」的強烈感情。又想起此身閒居卞山，復出不知何日，獨自登臨送目，縱有豪情，徒興惆悵。「空惆悵」，是自覺「心有餘而力不足」所產生的無可奈何的情緒，收住了「天涯想」。而這「老驥伏櫪，志在千里」（曹操〈步出夏門行〉）的熱情，又不甘心默焉以息，便借吩咐隨侍的兒輩說：「少年豪放，莫學衰翁樣。」這裡的「衰翁樣」指的是「空惆悵」，得「少年豪放」而解脫之，回復到「天涯想」的豪情壯志上去。「少年豪放」一句也不是突然而來，隨意而生，它在第二句的「笑談」二字中便埋下根子，蓋亦是所謂「此中有人，呼之欲出」了。

葉夢得在江東安撫使兼知建康府任上，九月望日，與客習射西園，時病不能射，作〈水調歌頭〉，下片云：「歲將晚，客爭笑，問衰翁。平生豪氣安在?走馬為誰雄?何似當筵虎士，揮手弦聲響處，雙雁落遙空。老矣真堪愧，回首望雲中。」俞陛雲評曰：「下闋清氣往來，十句如一句寫出，自謂豪氣安在，其實字裡行間，仍是百尺樓頭氣概也。」（《宋詞選釋》）移評此詞，也頗恰當。（陳長明、艾治平）

大江東去，浪淘盡：唐宋詞鑑賞辭典（第二卷）
北宋

作　　者 宛敏灝、周汝昌、葉嘉瑩、唐圭璋、繆鉞、俞平伯、施蟄存等
封面設計 陳玟秀、江麗姿（二版調整）
內頁排版 藍天圖物宣字社
編輯協力 王映琦
行銷企劃 黃羿潔
業務發行 王綬晨、邱紹溢、劉文雅
資深主編 曾曉玲
副總編輯 王辰元
特約總編輯 趙啟麟
發 行 人 蘇拾平

出　　版 啟動文化
Email：onbooks@andbooks.com.tw

發　　行 大雁出版基地
新北市新店區北新路三段 207-3 號 5 樓
電話：(02)8913-1005　傳真：(02)8913-1056
Email：andbooks@andbooks.com.tw
劃撥帳號：19983379
戶名：大雁文化事業股份有限公司

二版一刷 2023 年 12 月
定　　價 990 元
ISBN 978-986-493-159-0
EISBN 978-986-493-158-3(EPUB)

※本書為改版書，原書名：《【每日讀詩詞】唐宋詞鑑賞辭典（第二卷）：大江東去，浪淘盡——北宋》

國家圖書館出版品預行編目（CIP）資料

大江東去，浪淘盡：唐宋詞鑑賞辭典 . 第二卷 , 北宋 / 宛敏灝等 . -- 二版 . -- 新北市：啟動文化：大雁文化事業股份有限公司發行 , 2023.12
面；　公分

ISBN 978-986-493-159-0(平裝)

833.5　　112017511

圖書許可發行核准字號：文化部部版臺陸字第 108007 號
出版說明：本書係由簡體版圖書《唐宋詞鑑賞辭典》以正體字在臺灣重製發行，期能藉引進華文好書以饗台灣讀者。